大
方
sight

大秦帝國

THE QIN EMPIRE

2019年全新修订版

阴谋春秋

孙皓晖
SUN HAO HUI
著

中信出版集团 | 北京

图书在版编目（CIP）数据

大秦帝国．阳谋春秋 / 孙皓晖著．-- 北京：中信出版社，2019. 3（2024. 3 重印）
ISBN 978-7-5086-9898-4

Ⅰ．①大… Ⅱ．①孙… Ⅲ．①长篇历史小说－中国－当代 Ⅳ．① I247.5

中国版本图书馆 CIP 数据核字（2019）第 003067 号

大秦帝国·阳谋春秋
著者：　孙皓晖
出版发行：中信出版集团股份有限公司
（北京市朝阳区东三环北路 27 号嘉铭中心　邮编　100020）
承印者：　河北鹏润印刷有限公司

开本：880mm×1230mm　1/32　　印张：30.875　　字数：917 千字
版次：2019 年 3 月第 1 版　　印次：2024 年 3 月第 5 次印刷
书号：ISBN 978–7–5086–9898–4
定价：128.00 元

服务热线：400–600–8099
投稿邮箱：author@citicpub.com

献给中国原生文明的光荣与梦想

赳赳老秦　共赴国难

中国文明正源的强势生存

——序长篇历史小说《大秦帝国》

一

大秦帝国是中国文明的正源。

大秦帝国所处的时代是中国五千年文明史中最重要的一个时代。

不幸的是，作为统一帝国的短促与后来以儒家观念为核心的官方意识形态的刻意贬损，秦帝国在“暴虐苛政”的恶名下几乎湮没在历史的沉沉烟雾之中。有限史料所显示的错讹断裂且不必论，明清小说《东周列国志》《二十四史演义》等通俗史话作品，对秦帝国的描述更是鲁莽灭裂，放肆亵渎，将这段历史涂抹得狰狞可怖面目全非。这种荒诞的史观，非但是官方正统意识形态的形象化，而且流布民间，形成了中国民众源远流长的“暴秦”口碑。事实上，对于酷爱说古道今的中国老百姓而言，话本小说、评书戏剧、民间传说等对民众意识所起到的浸润奠基作用，远远大于晦涩难懂的史书。两千年来，在对秦帝国的描绘评判中，旧的正统意识形态与旧的民间艺术异曲同工，或刻意贬损，或肆意涂抹，悠悠岁月中众口铄金，中国文明正源的万丈光焰竟然离奇地变形了。

这是中国历史的悲剧，也是中国文明的悲剧——一个富有正义感与历史感的民族，竟将奠定自己文明根基的伟大帝国硬生生划入异类而生猛挞伐！

悲剧的深远阴影正在随着历史的进步而渐渐淡化，儒家式的恶毒咒骂也已经大体终止了。但是，国人乃至世界对秦帝国的了解，依然朦胧混沌。尽管万里长城、兵马俑、郡县制、度量衡以至我们每日使用的方块字（请注意，人们叫它“汉字”），都实实在在地矗立在那里，人们观念的分裂却依旧如斯。

秦为何物？老百姓还是不甚了了。即或在知识阶层，能够大体说叨秦帝国来龙去脉与基本功绩的，也是凤毛麟角。

于是，就有了将秦帝国说叨清楚的冲动。

在漫长艰苦的写作中，这种冲动已经慢慢淡了下来，化成一个简单的愿望——将事实展现出来，让人们自己去判断。

虽然如此，还是想将研究与写作过程中形成的一些基本思想大体说说，给读者与研究家们提供些许谈资，以做深究品评。

二

通常意义上，“帝国”是一个历史概念。它一般包含三个基本特征：其一，统一辽阔的国土（小国家没有帝国）；其二，专制统治或高度集权（民主制没有帝国）；其三，强大的军事扩张（无扩张不成帝国）。秦在这三个方面都表现得极为鲜明，可算是典型的古典帝国，而不是一个普通的王朝。

所以，这部描述秦兴亡生灭过程的长篇历史小说，就叫了《大秦帝国》。

秦之作为大帝国，略早于西方的罗马帝国，但大体上是同时代的。在古朴粗犷的铁器农耕时代，大秦帝国与西方罗马帝国一起，成为高悬于人类历史天空的两颗太阳，同时成为东西方文明的正源。但是，大秦帝国与罗马帝国的历史命运却是截然不同的。这里有两个基本方面特别值得注意：其一，秦帝国统一大政权存在的时间极短，只有十五年；而罗马帝国却有数百年大政权的历史。其二，秦帝国创造的一整套统一国家体制与文明体系，奠定了中国文明的根基，而且绵延不断地流传了下来；具有数百年历史的罗马帝国，却在历史更替中变成了无数破碎的裂片，始终未能建立一脉相承的统一文明。

一个是滔滔大河千古不废。一个是源与流断裂，莽莽大河化成了淙淙小溪。

历史命运的不同，隐寓着两种文明方式内在的巨大差异。详细比较研究这种差异，不是文学作品的任务。《大秦帝国》所展现的，只是这个东方大帝国的生灭兴亡史的形象故事。与罗马帝国的比较只是说明，秦帝国是一个具有世界意义的东方帝国，是创造了一整套不朽文明体系的大帝国。在整个人类文明史中，这样的大帝国是独一无二的。

这是我创作《大秦帝国》的信念根基。

我对大秦帝国有着一种神圣的崇拜。

三

先得说说那个伟大的时代与伟大的时代精神。

秦帝国兴亡沉浮的五百多年（从秦立诸侯国到帝国二世灭亡），是中国历史上最为自由奔放、充满活力的大黄金时代。用那个时候的话说，那是一个“礼崩乐坏，瓦釜雷鸣，高岸为谷，深谷为陵”的剧烈变化时代。用历史主义的话说，那是一个大毁灭、大创造、大沉沦、大兴亡，从而在总体上大转型的时代。青铜文明向铁器文明的转型，隶农贵族经济向自由农地工经济的转型，联邦制政体向中央统治政体的转型，使中华民族在那个时代达到了农业文明的极致状态。

这个辉煌转型的历史过程，就是秦帝国生灭兴亡的历史过程。

春秋战国孕育出的时代精神是全面竞争，强势生存。用当时的话说，就是“凡有血气，皆有争心”的“大争之世”。所谓大争，就是争得全面，争得彻底，争得漫长，争得残酷无情。春秋三百年左右的纷争组合，就像春水化开了河冰，打碎了古典联邦王国时代的窒息封闭，铁器出现、商业活跃、井田制动摇、天子权威削弱、新兴地主与士人阶层涌现，整个社会的生命状态大大活跃起来。于是，旧制度崩溃了，旧文化破坏了，像瓦罐一样卑贱的平民奴隶雷鸣般躁动起来，高高的山陵塌陷了，深深的峡谷竟然崛起为巍巍大山！进入战国，这种纷争终于演变为大争，开始了强势生存的彻底竞争。弱小就要灭亡，落后就要挨打，成为几乎没有任何缓冲的铁血现实。彻底地变法，彻底地刷新自己，成为每个邦国迫在眉睫的生存之道。由此引发的人才竞争赤裸裸白热化。无能的庸才被抛弃，昏聩的国君被杀戮，名士英才成为天下争夺的瑰宝，明君英主成为最受拥戴的英雄。名将辈出，大才如云，英主迭起。中华民族的所有文明支系都被卷进了这场全面彻底的大竞争之中！经济、政治、军事、文化、民俗，乃至生活方式，举凡社会生活的所有领域，都在这种大争之中碰撞出最灿烂的辉煌。战争规模最大，经济改革最彻底，权力争夺最残酷，政治生活最阳光，文化争鸣最激烈，民众命运与国家命运的联系最紧密，创造的各种奇迹最多，涌现的伟人最多……所有这些，都是后来的时代无法与之比肩的，甚至是无法想象的。

在这样的历史土壤中成长的秦帝国，是那个伟大时代强力锻铸的结晶。

秦帝国崛起于铁血竞争的群雄列强之林，包容裹挟了那个时代的刚健质朴、创新求实精神。她崇尚法制，彻底变革，努力建设，统一国家，统一文明，历一百六十余年六代领袖坚定不移地努力追求，才完成了一场最伟大的帝国革命，建立起一个强大统一的帝国，开创了一个全新的铁器文明时代，使中国农耕文明完成了伟大的历史转型。

作为时代精神汇集的大秦帝国，最集中地体现了那个时代中华民族的强势生存精神。中华民族的整个文明体系之所以能够绵延相续如大河奔涌，秦帝国时代开创奠定的强势生存传统起了决定性的作用。

这种强势生存精神，可以概括为六个基本方面：其一，彻底的不断的变法革命，以激发民众最旺盛的活力与国家最强大的实力为生存之本。“求变图存”，此之谓也。其二，对外部野蛮民族与愚昧文明的冲击，实行“强力反弹，有限扩张”的战略。其三，整合统一，霸气巍巍。其四，统一架构文明载体，使不同习俗的民族分支在同一文明载体下凝聚起来。其五，兼容并蓄，消解融会外部流入的不同文明。其六，崇尚法制，实行英才治国。

这种强势生存的基本精神，已经在中国文明的历史发展中一以贯之地表现了出来。否则，我们这个幅员辽阔人口众多的国度，根本不可能在统一文明中顽强地生存数千年而成为世界唯一。

大秦帝国又是中国历史上的一个黑洞，一个巨大的兴亡之谜。她只有十五年生命，像流星一闪，轰鸣而逝。

这巨大的历史落差与戏剧性的帝国命运中，隐藏了难以计数的神奇故事以及伟人名士的悲欢离合。他们以或纤细，或壮美，或正气，或邪恶，或英雄，或平庸的个人命运奏成了这部历史交响乐。帝国所编织的统一文明框架及其所凝聚的文化传统，今天仍然规范着我们的生活，构成了中华民族的巨大精神支柱。

这些，就是《大秦帝国》要用故事去表现的最基本内涵。

四

虽然我们没有忘记秦帝国，但却也淡漠了那个时代的勇气与创造力。

在这种民族精神衰退面前，欧洲人的复兴之路是我们的镜子。

当欧洲社会将要被中世纪的死海窒息时，欧洲人发动了文艺复兴，力图从古希腊与罗马帝国勃勃生气的文明中召回强大的生命力。历史没有辜负欧洲民族。正是古希腊与罗马帝国原生文明的光焰，摧毁了中世纪宗教领主文明的藩篱，引发了波澜壮阔的启蒙运动。一个新兴的资本阶级破土而出，开辟了人类历史的新纪元。

被尘封的历史竟然有如此巨大的力量？

原生文明是一个民族的根基。一个国家、一个民族，在她由涓涓溪流汇成澎湃江河的历史中，必然有一段沉淀、凝聚、升华、成熟的枢纽期。这个时代所形成的文化文明，如同一个人的生命基因，将永远以各种各样的方式影响或决定一个人的生命轨迹。这便是原生文明。各个民族对其原生文明的深刻反思，从来都是各个民族在各个时代发挥创造力的精神资源宝库。

当许多人在西方文明面前底气不足时，当我们的民族文明被各种因素稀释搅和得乱七八糟时，我们淡忘了大秦帝国，淡忘了那个伟大的时代，淡忘了向伟大的原生文明寻求“凤凰涅槃”的再生动力。

与西方原生文明相比，以秦帝国为最高峰的中国原生文明更加灿烂，更加伟大。

与中国春秋时代大体同步的古希腊文明，温和脆弱娇嫩。虽然开放得多姿多彩，却缺乏一种强悍的张力与坚韧的抵抗力。所以，在罗马军团的剑盾方阵面前倏忽崩溃灭亡。这是一个文胜于质的民族的必然悲剧。幅员辽阔的罗马帝国，则是铁马剑盾铸成的刚性社会。他没有汲取希腊文明融会改造自身，本民族又缺乏丰厚渊深的原生文明。所以，他在岁月侵蚀中无声无息地解体了。这是一个质胜于文的民族的必然悲剧。

大秦帝国则不然。她既创造了博大精深的统一文明体系，又具有强悍的生命张力与极其坚韧的抵抗力。自然条件的严酷、内部整合的激烈、野蛮部族的蚕食、强大外敌的入侵、意识形态的较量、各种文化的渗入，都远远未能撼动她的根基。秦帝国兴亡沉浮的五百多年中，华夏文明历经千锤百炼而炉火纯青，具有无可匹敌的独立性与稳定性。秦帝国时代创造的统一文明，使中国人在此后两千多年中历经坎坷曲折而没有亡国灭种。

我们可以骄傲地说，在这个地球上，只有中国人创造的原生文明在自己的国土上绵延不断地生存发展到今天！

这绝不是“地大物博，人口众多”所能解释的。

罗马帝国不大么？奥斯曼帝国不大么？拜占庭帝国不大么？一个一个，灰飞烟灭，俱成过眼烟云，这些帝国所赖以存在的民族群也都淹没消散到各个人类族群中去了……唯有中华民族，一个黄皮肤、黑头发、写方块字、讲单音节的族类，所建立的国家始终是以其原生文明为共同根基的国家。

还得感谢大秦帝国，我们那伟大的原生文明的最高峰时代。

还得感谢这种原生文明所蕴涵的奋争精神与生命张力。

这是在写作《大秦帝国》中经常涌动的骄傲与激情。

否则，我是无法坚持这么多年的。

五

从文学艺术的角度说，大秦帝国无疑是一个世界性题材。

这不仅仅在于秦帝国对中国统一文明的奠基作用。从文学艺术的角度讲，更重要的在于这个时代本身的故事性。中国原生文明的春秋战国时代是中国人心中的圣土。政治的、经济的、军事的、科学技术的、文学艺术的、法学的、哲学的、神秘文化的……举凡基本领域，那个时代都创造了我们民族在自然经济时代的最高经典，并当之无愧地进入了人类文化的最高殿堂。仅以战争规模论，秦赵长平大战，双方参战兵力总数超过一百万，秦歼灭赵主力大军五十余万（坑杀二十万）！如此战争规模，即或在当代也仍然放射着炫目的光彩而难以逾越。而创造这些奇迹的各种人物以及这些事件的曲折艰难，都构成了作家无法凭空想象的戏剧性故事。展现这些人物，展现这些故事，展现那些令人感慨唏嘘的历史血肉，是文学艺术的骄傲，是文学艺术的使命。

在中国元代以前，中国是世界文明中心，西方世界是当时的“周边文明”。秦帝国及其之后的一千余年，中国的强盛衰落总是居于世界的中心潮流，无不对世界其他文明发生着深远的冲击与影响。中国文明具有悠长内力的根源，在于秦帝国，而不是别的任何时代。从这一点说，帝国时代创造统一文明的过程与史诗般的兴亡幻灭，是当今世界具有最大开采价值的文化矿床。文学艺术对这段历史的开发，更具有特殊的意义和特殊的价值。因为只有文学艺术，才能形象地告诉人们，那个时代人的生命状态是何等饱满、何等昂扬、何等自信、何等具有进取精神！

六

遗憾的是，正面表现秦帝国时代的文学艺术作品始终没有问世。

虽然学力浅薄笔力不济，还是勉力上阵了。

时常觉得，不做完这件事情，我的灵魂将永远不得安宁。1993 年冬天进入案头工作以来，其中的艰难周折无须细说。完成一个大工程，种种艰难几乎都是必然会发生的，也只有硬着头皮不去理它了。

作为作者，我想告诉读者的一点，仍然是有关作品的一点儿体会。

《大秦帝国》最艰难的是剪裁，也就是理出一个故事框架来。帝国时代是一个气象万千而又云遮雾罩的时代。浩瀚而又芜杂的典籍资料，无数令人不能割舍而又无所适从的故事与结局，常常使人产生遍地珍宝而又无可判断的茫然与眩晕。鲁迅先生曾感慨系之，说三国宜于做小说，而春秋战国不宜于做小说。其实质困难也许正在这里。以秦帝国为轴心主体，以帝国兴亡为主线（古话叫“国运”吧），以人物命运与事件冲突为经纬，虽然是能想到的一条较好路子，但依然不能包容伟大帝国时代的全部冲突，甚至不得不割舍许多重要素材（譬如诸子伟人的许多故事）。这种遗憾可能将是永远难以弥补的。为了使读者更为深入地透视帝国命运，我欲另将早秦部族的故事专门写成一部《马背诸侯》，完成后另行出版，以完整展现那个曾为中华民族文明做出伟大贡献的古老部族的历史命运。

孙皓晖

修订于海南・积微坊

2012 年春

目录

第三章　邯郸异谋

第四章　咸阳初动

第五章　情变横生

第六章 子楚还国

第七章 流火迷离

第八章 风雨如晦

第九章　吕氏新政

第十章　合纵回光

第十一章　仲父当国

第十二章　三辕各辙

第十三章　雍城之乱

成功走出历史困境

——《大秦帝国·阳谋春秋》序

如何走出历史困境，是任何时代任何国家都会遇到的难题。

《大秦帝国·阳谋春秋》呈现的就是一个成功走出历史困境的大故事。在中国文明史上，这是一曲堪称空前绝响的悲壮突围的历史长歌。其政治智慧之炫目，其国家意志之坚韧，其腾挪策略之神妙，其人性真伪之交织，其本能理性之纠缠，无不令人感慨唏嘘，掩卷不能。

商鞅变法之后的秦国，是引领战国时代的超强大国。正是这样一个秦国，在秦昭襄王时期大展实力，将山东六国的国家实力几乎摧毁殆尽。秦对楚国连续发动的彝陵水战、郢都之战，威逼楚国再次迁都，楚怀王死难，楚国大衰；秦对赵国的三年长平大战，一举摧毁赵军主力并夺取上党高地，赵国大衰；秦对魏韩两国发动的伊阙之战、河内之战、大破合纵之战等，魏韩大衰；秦助燕灭齐，激起齐国田单坚守即墨六年的复国之战，战后齐燕两国俱衰。这就是秦昭襄王高峰时期全面大战所造成的战国大格局——天下俱衰，秦国独大。也就是说，秦昭襄王时期的秦国，将山东六国全部打入了历史困境时期，天下低谷，一强独大。按照历史的逻辑，此时若秦国不犯错误，稍事休整后再度东出，中国统一的进程完全有可能大大提前。

然则，历史的偶然性却在这里突然出现了。

秦赵长平大战后，秦昭襄王突然膨胀，昏招迭出。在强令白起大军战胜后立即班师的错令之后，又突然强令白起率军灭赵；白起大局清醒，称病不出；秦昭襄王执拗，强令王陵率军灭赵，大败；秦昭襄王怒火中烧，又强令王龁率军攻赵，被信陵君合纵大军打得大败；此王急怒，下令白起自裁，再派一个范雎的恩人饭桶郑安平率军攻赵，又是大败，赵国不接受郑安平投降，秦军全部被杀。至此，秦国在白起为统帅的三十余年里积累的国力、军力与战胜之威，几乎消耗殆尽；山东六国的合纵抗秦，在六大战国尽皆岌岌可危的大势下，终于形成动则可成的潜在威压。本来是六国皆弱我独强的大好局面。孰料，两三年间竟突然跌回七大战国大致平齐的一弱对六弱的初始之局。

秦国的历史困境，秦国的低谷时期，就是这样形成的。

屡屡兵败，再杀干城，就在秦国因君王昏招迭出而濒临崩溃的危局时节，秦昭襄王突然清醒了。秦军全面收缩，关外河内郡放弃；免范雎相位，任计然派名士蔡泽为丞相，多病老太子安国君领国政，自己退隐二线；任用李冰为蜀郡守，启动都江堰工程；隐在幕后的秦昭襄王，则全力解决后继有人的问题。至此，秦国几乎退出了函谷关外的风云变幻，开始了封闭疗伤的历史困境时期。

走出历史困境的大故事，就是从这里开始的。

在古典文明时期，国家最大的历史困境，一是庙堂权力轴心后继乏人，二是外部强大压力难解，三是国家实力大衰民生凋敝。在君主制时代，后两者并非要命难题，庙堂后继有人才是最大的难题。期间根本，在于王室嫡系人才对于国家命运具有决定性的意义，而优秀继承人的涌现，又实在是一个说不清的变数；选出一个合适而相对理想的储君，当真是时也命也，非人力可为也。本部故事的主人公，就是在秦国急于解决后继有人的关键时刻出现的。

吕不韦走上历史舞台，是带着几分历史幽默开始的。

一个雄心勃勃的大商人，一个落难窘迫的人质公子，不期然在赵国相遇了。他们以理性志向为根基，以双方利益为纽带，以相互认同为条件，同心结盟，走进了秦国庙堂的视野。从此，吕不韦开始了引领秦国走出历史困境的坎坷路程。基本的说，吕不韦对秦国的引领与挽救，体现在五个方面。

其一，在秦昭襄王暮年之期，以其杰出的管理与斡旋才能，襄助老太子嬴柱与丞相蔡泽领国理政，并引导确立公子嬴异人成为秦昭襄王承认的老太子嫡子，解决了秦国庙堂后继无人的最大难题。

其二，在老太子嬴柱即位一年而突然病逝的危机时刻，以顾命大臣之身，周旋各方，力挽朝局动荡，推动嬴异人即位秦王。

其三，任秦国丞相后，领国有方，于低谷时期发动灭周之战、出关之战，一定程度的恢复了秦国的进攻态势；同时，宽法理国，恢复经济，启动郑国渠工程；再者，接回秦庄襄王嬴异人之妻赵姬母子，并主导八岁的嬴政立为太子，解决了多病的秦庄襄王的继任人难题。

其四，在秦庄襄王在位三年突然病逝的危机时期，再度以顾命大臣之身，一力主导嬴政继任秦王，亲自摄政，安定秦国。

其五，在嫪毐与太后架空吕不韦摄政领国之相权后，断然与秦王嬴政结盟，粉碎嫪毐政变，推动秦王亲政。

吕不韦的结局，具有一种复杂的悲剧性。悲剧性的根源，是吕不韦的《吕氏春秋》的政治理念与秦王嬴政的法治治国理念的冲突。用现代政治文明的理念说，吕不韦的“宽法义兵”理念没有错，秦王嬴政的法治治国理念也没有错；可是，政治权力与治国理念的唯一性，尤其是领导权的唯一性，决定了他们之间的必然冲突。唯其两方正确而又必然冲突，此谓历史悲剧也。双方都赞同秦法，宽一些还是严一些，并不是问题的根本；根本处在于，谁来做同一理念下的权力主导，谁来做这一时代的引领者。

悲剧，往往是时代向前的动力之一。

走出历史困境，必须具有不畏悲剧的历史勇气，又必须具有解决一系列重大难题的智慧与才华。秦昭襄王如此，吕不韦如此，秦王嬴政更是如此。他们给后人留下了无尽的历史遗产，也给后人留下了无尽的感慨。

孙皓晖

海南·积微坊

2019 年岁初

楔子

秦昭王五十一年，白露一场森森霜雾，天气顿时冷了。

霜降八月初，时令乖戾天下失序也。寻常庶民虽不谙此等天人玄机，却对年景冷暖看得一清二楚。十几年间大战连绵，天下疲软失形，天道时令岂能不乱？先是燕齐六年苦战，两国同时衰败。紧跟着秦赵两强大鏖兵，长平血战赵国奄奄一息。战后秦国两次攻赵兵败，也是垂垂无力。倏忽之间，战国中期号称天下四强的秦赵齐燕一齐衰落，天下顿时没了光彩。大军对垒的广袤战场沉寂了，使节纵横的宽阔官道冷清了，逃穷避战的难民潮消失了，商旅交错人马喧嚣的关隘也萧疏了。人斗累了，天看累了，连大河南北莽莽丛林中的大象都蛰伏到山坳里去了。大国小国强国弱国，都成了卸套老牛，粗重地喘息着，连向夙敌嘶吼一声的力气都没有了。

天地翻覆的战国之世，第一次进入了令人战栗的寂然峡谷。

这个寒冷的秋日，燕赵边境人迹寥落，从北方群山银线般抽出的燕赵官道一进易水河谷便埋进了茫茫轻霾，清晨的太阳也变得红蒙蒙混沌起来。一阵清脆激烈的马蹄声如急雨而来，倏忽从北方官道掠进了河谷山口。堪堪两个转弯，一阵大笑声在高处突兀荡开，茫茫霜雾中恍若天外之音。骤然之间骏马一声长嘶，急雨般的马蹄声骤然收敛，骑士高声喝问：“何方高士？现身说话！”

“蔡泽离燕，欲投何处？”霾中声音浑厚悠远。

“阁下何人？知我蔡泽之名！”

“落拓不遇，燕山蔡泽也。唐举岂能不知？”

骑士顿时一阵大笑：“易学大家中途截道，却是为何？”

“足下匆匆南下，未免操之过急也。”话音落点，一个身影已经站在了骑士对面的大石上，依稀可见一领青袍一顶斗笠一支竹杖，分明一个世外隐者。

“足下何意？蔡泽不明。”红衣骑士一脸不屑的微笑。

“弱冠离家，游说诸侯十五年不遇，足下不思因由何在？”

“天下昏昏，不识我长策大谋也，岂有他哉！”

青袍者哈哈大笑：“怨天尤人，唯不责己，孔孟之迂阔也。”

“唐举！”骑士马鞭直指，“我计然家与孔孟一辙么？”

“计然之学重经济，轻法治，与秦国南辕北辙也。”

骑士脸色倏忽一变，跳下马来一拱手道：“先生教我。”

青袍者笃笃一点竹杖：“秦以法治立国，治秦得以固法为本。法固，而后行计然长策，固法与富国并举，咸阳方可立足矣。”

骑士脸色倏忽又是一变：“先生莫非为范雎预谋退路？”

“才大心小，蔡泽也。”青袍老者悠然一笑转身而去。

“且慢！”骑士深深一躬，“蔡泽尚有一请。”

“老夫知无不言。”老者悠然一笑。

骑士语态昂昂：“闻先生易学精深，相人如神，曾相李兑百日之内必任赵国丞相，此后应验无差！蔡泽敢请先生一相。”

“大丈夫当为则为。预断吉凶，非名士之道也。”

“先生差矣！”骑士骄傲地笑着，“蔡泽不忧功业不成，何求预断吉凶。吾所忧者，人生苦短也！唯请先生明示，蔡泽人寿几何？”

“既然如此，老夫做一回相师也罢。”目光从骑士身上扫过，青袍者淡淡一笑，“足下身形五官特异不群：鼻粗仰天，脖颈奇短，肩宽高耸，膝挛罗圈，眉眼拥挤，面色焦黑透红。此相谓之‘魋颜蹙齃’，为异人异相，可享高寿也。”骑士两手漫不经心地绞着马鞭不以为然地摇摇头：“高寿之说模糊无定，不当出自大师之口。料事能测百日之期，相寿岂一个‘高’字了得？”青袍者微微一笑道：“足下既要诘难相学之深浅，老夫便直言不讳了：自今而后，足下尚有四十三年生期，当在七十八岁时寿终正寝。”骑士片刻愣怔却又立即一阵哈哈大笑：“佩相印，结紫绶，膏粱齿肥，四十三年足矣！”

青袍老者一点竹杖：“然则，老夫尚有一言……”

“功业之事，无须先生指点。”骑士一拱手，说声告辞飞身上马。那匹雪白的骏马一声长嘶，风驰电掣般去了。青袍者看得一阵，摇头叹息着消失在了云雾山中。

旬日之后，蔡泽进了咸阳，在尚商坊的燕山社寓住了下来。社寓者，商社寓所也。燕山社寓，燕国商社公寓也。此时燕国商旅大见萎缩，咸阳燕商已经远远没有了燕昭王时的声势，皇皇一片燕式庭院，空荡荡日见萧瑟。不意有故国名士入住，燕商们不禁大喜过望，捐金大宴，将赫赫有名的六国大商与旅居咸阳的山东名士们一拨拨请来，川流不息地与蔡泽做风雅盘桓。蔡泽卓尔不群，第一次宴席高谈阔论：“即墨大战，燕齐两衰。长平大战，秦赵两衰。若无变身新法，秦国不能再起也！”有士子问先生志向，蔡泽更是语惊四座：“秦相范雎，可取而代之也！”

一时席间哗然。不消几日，蔡泽公然谋求秦国丞相的勃勃雄心，在咸阳巷闾流传开来，成了轰动秦人的一则奇闻。消息传到丞相府，范雎笑了：“狂狷之士多奇才，此人倒是值得一见。”于是，家老奉命驾着六尺伞盖的青铜轺车，请来了这位燕国名士。

蔡泽洒脱不羁，下得轺车不待通报，站在门厅一阵大笑道：“应侯何在？燕山蔡泽来也！”径自摇着奇特的罗圈步悠悠然进了两厢灯火之中。方入第三进大庭院，一阵笑声从迎面风灯摇曳处飘了过来：“未飞先振翼，声闻三千里，必是燕山鸿鹄来也！”随着笑声，一人布衣散发大步走到面前。蔡泽一拱手高声道：“其翼若垂天之云，不振焉得高飞？”范雎不禁大笑：“惊世大言，天下无出其右也！”蔡泽呵呵笑了：“岂敢岂敢，原是在下心虚，大言壮胆而已。”范雎揶揄笑道：“老夫赞为鸿鹄，足下竟自认北溟鲲鹏，一惊一乍，果是游说有术也。”蔡泽这才肃然一躬："不敢班门弄斧，在下原是为进言丞相而来。"范雎虚手一扶笑道："既是有备而来，厅中说话。"

进得厅中，范雎吩咐女仆煮茶。蔡泽一耸鼻头笑道："秦有太一山，这茶香算得纯正。"范雎道："饮得太一茶，差强秦人了。"蔡泽大摇其头："未必未必，在下纵是吃得肥羊炖，也还是燕人一个。"范雎笑道："做得秦国事，自是秦国人，何在乎吃羊吃茶？"蔡泽又是大摇其头："未必未必。应侯为秦做事十余年，莫非秦人了？"说话间女仆将热腾腾茶水捧了上来，范雎扬手一个虚请，悠然笑道："先生左右遮挡，看来是有话在心不吐不快也。有何说辞，老夫洗耳恭听。"

蔡泽对着大陶杯冒出的腾腾茶气深深地做了一个吐纳，方才悠然笑道："应侯天下大器，何以见事如此迟缓？"见范雎只似笑非笑地盯着自己，又是一笑，"天有四时，人有代谢。功成者退，后来者进，君以为然否？"

范雎鼻头哼了一声，还是没有说话。

"心境高远，方得名士人生也！应侯以为然否？"

"……"

"功业千秋传颂，天年善终无灾，可是人生善事？"

"……"

蔡泽大是尴尬，终于不甘这种有问无答的自说自话，细长的手指叩着座案一泻直下："五百年来，天下强国之功臣莫过于越之文种、楚之吴起、秦之商鞅也！然三人皆功成惨死，余恨悠悠。细究三人政行，皆是建功之才有余，立身之道不足也！虽有功业刻于史书，终无大德流传后世，诚为憾事哉！"

范雎笑了："足下鲲鹏高远，敢问何为传世大德？"

"功成而能身全，名士之大德也！"蔡泽词锋大展，"功成身死，是为小德。无功身全，是为无德。恶行遗臭，等而下之。大丈夫建功立业，当以全身而终为上。功成身死，人生至境之泰半，与贤哲极致相去甚远，不足效法也！"

"以鲲鹏高见，五百年来何人当可效法？"

“陶朱公范蠡，武信君张仪，全功全德也。”

“啪！”的一声，范雎拍案而起：“蔡泽大谬也！大丈夫不以天下兴亡为己任，唯以个人安危为至高，谈何大德传世？文种治越安民，宁自杀于相位而不随范蠡隐退。吴起变楚，明知与贵族为敌而不避凶杀。商君变秦，宁取杀身之祸而止息秦国内乱。此三人者，极身无二虑，尽公不顾私，宁负重屈己而不荒政误民，宁做牺牲而不乱政误国，堪称大德之最高风范，忠节之千古楷模也！至于范蠡张仪者流，知难而退，见祸而走，狗苟蝇营于山野林泉，竟有尔等视为全功全德，当真令范雎汗颜也！足下自诩展翼鲲鹏，说辞却如蓬间雀，如此欲取范雎而代之，未免小瞧这颗秦国相印了！”

“应侯之见，何为名士大德？”面色通红的蔡泽勉力支应着。

“以义死难，以身全国！”范雎齿缝间掷出八个字，大袖一挥，说声家老送客，径自去了。蔡泽难堪愣怔，一时茫然不知所措，及至家老道一声先生请，才惶惶然跟着家老摇了出去。

是夜月明星稀，范雎被蔡泽搅得心绪不宁，在后园池边漫步遐思。正在转悠，却闻婆娑竹林中一阵笑声：“望水者，心在山野林泉也。”范雎闻声不禁大喜：“原是唐举兄到了，无怪风清月明也！”随着笑声，竹林中走出了一个青袍老者，竹杖搭手一拱道：“惯做不速之客，有扰范叔雅兴了。”范雎哈哈笑道：“正在忧思难解，哪里来的雅兴？走，书房清静，痛饮一番。”唐举笑道：“与人相约游历，酒却免了。顺道前来，只是送一卷奇书，供你这书痴消遣罢了。”范雎一声叹息：“纵有奇书，何消胸中块垒也！”唐举从背上解下一个青布包袱递了过来：“只读此书，保范叔心神通泰。”范雎双手接过青布卷笑道：“也好！唐兄素来神龙见首不见尾，酒，日后再补也罢。”

唐举哈哈大笑，一声告辞，倏忽消失在竹林之中。

范雎也不过问，悠悠然回了书房。灯下打开青布包袱，却见粗粗一卷竹简，用麻线捆扎得分外仔细，解开绳结抖开竹简，刚一铺开，题头赫然五个大字——评点计然书！范雎大是惊讶，仔细一看，这卷书简非同寻常：韦编连缀极是精致讲究，搭手摸去，竹简背后竟没有一个皮线绳结；紫色竹简刻正文大字，绿色竹简刻评点小字，紫绿相间，文评有别，分外简明清爽；竹简天地打磨得极为光滑，还分别涂出一道蓝色（天）与黄色（地），蓝黄天地偶有眉批，朱砂书写，悬于石粉过白的中间刀刻文字之上，似白璧之上镶进了颗颗红色珠玉，上手入眼爽心悦目。范雎书吏出身，娴熟书房事务，一看便知此书是高人名士凝聚心血之孤本杰作，否则断不会如此讲究。按此书制作之精，外面还当有或铜或木之书函，目下没有，定然是唐举背负不便，将函去掉了，殊为可惜。然则，真正令范雎惊讶的，还不是这诸般考究的书式制作，而是这失传数百年的奇书再现，且有人如此精心评点。

计然者，春秋末期晋国之智谋奇士也。此人游历吴越，收了个叫做范蠡的布衣之士做学生。范蠡后来成了越国上大夫，辅助越王勾践复仇灭吴，成就了一代霸业，后来飘然隐退泛舟湖海，于陶[1]地以“朱公”名号染指商旅，不到十年富甲天下，于是被商旅呼为陶朱公。这《计然书》，是范蠡隐退后辑录老师计然之言论，并参以自己见解所成，全书七策八千余言，说的是一个邦国致富术。富国富人，字字精到，天下商旅呼之为“绝世富经”，名士则称之为“计然七策”。

如此一部奇书，两百年来只听人说不闻人学。纵是名士大家云集的稷下学宫，也没有教习《计然书》的名士大家。这部口碑相传的奇书，亦如计然、范蠡，湮没在变幻莫测的人世沉浮中去了。此等奇书突兀面世，范雎如何不惊讶非常？

顾不得细细揣摩，范雎一目十行地浏览起来。几节读过，发现这《计然书》的评点比本文更是奇特。本文曰：“知战则修备，时用则知物，二者形，则万货之情可得而观已。”评点云：“今世多战，修备更在战后。大战国乏，唯知养息致富而后起，国可长盛。四强皆衰者何？不谙战后修备之道也！”随着本文主旨，评点者又将计然的“修备知物”细化为养息富国之六策：通货物、振百工、平物价、轻税赋、重水利、兴农桑。

[1] 陶，春秋小诸侯国，今山东定陶。《括地志》记载：曹州济阳县东南三里有陶朱公冢。

每策之后又有细化，林林总总精当齐备。范雎虽非经济之才，毕竟为相秉政多年，对国计民生之要害关节还是清楚的，一看此等见解，便知评点者决然一个经国致富之行家里手，不禁连连赞叹，一口气看了下去。

五更鸡鸣，范雎犹在捧着书卷揣摩，品咂端详之间，突然放声大笑起来。

蔡泽回到燕山社寓，大商们纷纷聚来聆听高论，以为这鲲鹏名士的相府之行必是一鸣惊人，都想请这“未冠丞相”先行指点秦国商机。存了这个想头，商人们分外慷慨热络，蔡泽未回时，社寓正厅已是大宴齐备锦衣如云，纷纷议论如何酬谢这个看重商旅的名士丞相了。燕国商人们更觉光彩过人，兴奋呼喝应酬不已。

不想，蔡泽进得大门一脸愤激之色，尚未就座便对着众人一个长躬：“范雎不识时务，蔡泽愧对诸位，告辞！”一甩红衣大袖径自走了。燕商们大是难堪，一阵愣怔连忙追出来劝阻，不想蔡泽出门便飞马而去，一时踪迹皆无。山东商人们大觉无趣，顿时纷纷散去，只留下几个燕商对着满厅酒宴兀自发呆。

飞马疾驰，暮色时分蔡泽到了蓝田塬下的松林坡。正欲跃马出林，蔡泽却骤然勒住马缰愣在了当道——前方树下的一方大青石上，一个青袍斗笠的老者正对着他悠然发笑。蔡泽顿觉难堪，走马上前黑着脸道：“先生笑我么？”

“足下不当笑么？”

“蔡泽固当笑，先生更当一笑！”

“噢？”

“唐举易相大家，料运南辕北辙，岂非可笑！”

“此时尚有如此说辞，无可救药也！”唐举一点竹杖站了起来，“守不当志，言不当行。纵有天命，亦当流于无形。足下好自为之，老夫就此别过。”

“且慢！”蔡泽跳下马一拱手，“蔡泽究竟何错？”

唐举无可奈何地一笑：“赵良说商鞅故事，足下可知？”

“何消问得！”

“足下见范叔说辞，不觉与赵良同出一辙么？”

“敢请明示。”蔡泽依旧一副较真口吻。

“赵良之错，足下之误，皆在唯以全身之道劝人急流勇退。殊不知历来国士入政，最是崇尚忠贞节义之牺牲，最是蔑视明哲保身之中庸。范雎两次举荐无节之人，误国害己，原本已对全身无节者深恶痛绝。足下操流俗猥琐说辞，却自以为是，岂能不大大碰壁？就实而论，足下本经济谋国之士，本当直面阐发治秦主张，宣示富国谋略。明察如范雎者，量君之才，自会一力举荐。范雎虽计较恩怨，终不失天下胸怀也。否则，孤傲范叔如何能延请足下入府聚谈？老夫言尽于此，足下却自思量。”

蔡泽脸色阵红阵白，乖戾桀骜之气倏忽一扫而去，不禁深深一躬：“大师之论，为我十五年游说拨云见日。蔡泽明于事而暗于人，离秦后定当惕厉锤炼，不负大师指点。”

唐举笑了：“蔡泽命在咸阳，谈何离秦而去？”

“大师是说，重返咸阳依然有望？”

“行事守正，自有天道。”

“好！”蔡泽精神一振，“得大师指点，蔡泽绝不会再次铸错。告辞！”一拱手翻身上马绝尘西去了。

林中一阵大笑声传来：“唐兄费劲也！善举已罢，上路了。”唐举转身对着林中笑道：“此事若成，全赖那卷奇书之功。只是老夫无法赔你了。”林中人笑道：“只派得用场方算珍奇，我又不想做丞相，要那物事何用？”唐举边走边笑道：“此等事终是尽心也，日后是蔡泽自己了。走，随你到南国消闲去也。”入得松林片刻，马蹄沓沓车声辚辚，一直从蓝田塬向东南去了。

蔡泽重回咸阳，做派大变。

头一桩，蔡泽住进了咸阳国人区的秦人客栈，而后早出晚归，细心踏勘秦国官市民市百工作坊。看了三日，蔡泽只觉大有裨益，深感自己下车伊始哇啦哇啦实在是狂躁浅薄。从此蔡泽日每入市，将咸阳民生与官府治理摸了个一清二楚。半月之后，蔡泽又西出咸阳到郿县访查踏勘。郿县本是老秦人聚居的第一大县，关中第一富庶之地。全县二十八里，里里都有勤耕得爵的官身农夫。秦人将村叫做“里”，二十八里也就是二十八村。蔡泽一里一里访去，之后又在县城踏勘三日，一月下来，对秦国耕战之法有了扎实明晰的见解。第一场大雪降临时，蔡泽回到了咸阳，埋头三日，拟就一卷《富秦六法》，要重新拜访丞相府，与范雎做一番长策较量。

正在第四日清晨，雪花轻柔如柳絮飞扬，一辆青铜轺车辚辚驶到客栈大门。店主匆忙迎出，又立即飞也似的跑进了店中，及至拉着蔡泽出房，一名黑袍官员已经恭敬地站在了庭院中：“在下行人张固，奉王书请先生入宫。”说着将一卷竹简双手递了过来。

“阁下奉王书召我？”蔡泽冲口一问。

“秦王沉疴在身，礼数不周处尚请先生见谅。”

行人恭敬，蔡泽却一阵不安，倏忽之间有些茫然。这“行人”本是秦国执掌邦交事务的官员，隶属丞相府，除了涉及邦交，行人不会直奉国君书令办理具体事务。今日行人前来，莫非此事与范雎相关？果真如此，只怕大坏。素闻范雎睚眦必报，最是计较恩怨，岂能说自己好话？定然是范雎故伎重施，要借秦王之手除掉自己！范雎啊范雎，身为天下第一相国，如此胸襟安得立足？蔡泽一介布衣，死则死矣，却偏是要在秦王面前撕破你的伪君子面具！心念及此，蔡泽再不犹疑，回房揣起书卷随行人登车去了。

片刻之间，轺车进了王城。蔡泽随行人进了西偏殿，却见白发白须的一个老人面色困倦地半躺在一张极大的榻上，想来是赫赫声威的老秦王了。蔡泽赳赳大步摇上前去，气昂昂一拱手：“燕山蔡泽，参见秦王！”“先生入座。”苍老疲惫的秦昭王抬手一指右手大案，待蔡泽入座，淡然一笑，“人言先生有经纬之才，有访秦之苦。我大秦正在艰危之时，先生何以教我？”蔡泽极是机敏，一看秦昭王气色，心知此王已耐不得长篇大论，一拱手开门见山道：“蔡泽师计然富国之学，访秦又拟《富秦六法》，今呈秦王闲来一观，便知秦国经济之弊，亦知秦国致富之道也！”蔡泽只寻思尽速撂过这个话题，便可相机揭露范雎之险恶。

“先生不妨大要言之。”秦昭王显然有延续话题之意。

“大要而言：秦国经济弊端在于富源闭塞，六年大战已国库空虚民力疲弱。秦国重新崛起之道，只在法、富、强、清四字并重，犹如驷马铁车之稳固飞驰也！”蔡泽两句话说完停顿下来，只等老秦王口吻扭转话题。

秦昭王老眼骤然生光：“何谓富源闭塞？”

蔡泽心无所求，说得分外洒脱利落：“秦之财富，在于近百年积累所成。积累之缓慢，远不及大战耗费之所需。其所以如此，在于富源闭塞未开，出入渠道不畅。但遇连绵大战，支出远大于岁入，一旦不能速胜，或不能从战败国掠财补充，元气便会大衰！何谓富源闭塞？其一，依赖外商周流财货，限制国人商市，自断商旅税源；其二，田虽私有而水利未开，民众耕耘之力不能生发，赋税不能扩大；其三，唯知奖励耕战，不知奖励生育，人口来源不丰。此大要也，细目数来，皆在《富秦六法》之中，秦王自看可也。”

“驷马铁车，却是何说？”秦昭王分明意犹未尽。

“秦以法治立国，然唯法不能成天下。固法之外，尚须富、强、清并重，方可长盛不衰。富在开源，强在众民，清在官吏。法治巩固，富源大开，人口众多，吏治清明，此谓驷马也！有此驷马驾驭邦国战车，何惧一战两战之败哉？”

“好！应侯这次终是没有走眼。”一拍坐榻，秦昭王霍然站了起来，“委屈先生暂做客卿，辅助丞相处置国政如何？”

骤然之间蔡泽心中一亮，立即深深一躬：“蔡泽受命！”

出得王宫，蔡泽根本没心思去办理印信府邸等诸般事务，立即来到丞相府拜访范雎，要做一次坦诚的负荆请罪。谁知相府掌书却说丞相巡查郡县去了，走前留得一书，叮嘱蔡泽若来便得开启。蔡泽当即开书，寥寥两行大字：

蔡泽已受王命，掌书着即安置其代行丞相署理国政。

良久默然，蔡泽对着书简深深一躬，说声请掌书稍待，匆匆走了。来到王城，蔡泽请见秦王。守在秦王书房的王室长史却捧出了一卷竹简，说是秦王教他看罢定夺。蔡泽觉得蹊跷，忐忑不安地打开竹简，一时愣怔了：

辞相书

范雎顿首：臣任丞相十数年，虽于邦交有尺寸之功，然亦有错荐两人之罪。长平大战后老臣才思枯竭，无良策重振秦国，忝居相位，实为误国也！今有蔡泽，治国之论特异深刻，察秦之细，过臣多矣！若得其人为相，定有良策兴国。老臣请卸任丞相之职，请以蔡泽为相治秦。范雎有先荐之错，所荐当否，唯王明察决断。

蔡泽一阵唏嘘感慨，对着长史一拱手道："敢请转禀秦王：蔡泽虽可暂署丞相府，然愿请回应侯领相职，蔡泽辅之可也。"长史笑道："原是秦王要大人定夺，无须禀报。"一番思忖，蔡泽明白定然是秦王无法挽留范雎，教自己相机行事了。

日色过午，蔡泽不再多说，出王城快马一鞭，自咸阳东门直向蓝田塬而来。

第一章 暮政维艰

一 落拓奇士隐秘出山

日落时分，一辆遮盖严实的黑篷车驶到了丞相府后门。

篷车停稳，驭手利落下车轻声两句，厚厚的布帘掀开，一个胖大苍白的黑衣人扶着驭手的肩膀走了下来，头无高冠，身无佩玉，散发长须，简约得看不出任何身份。黑衣人低声吩咐一句，驭手将篷车圈赶到了对面一片柳树林中。一眼瞄去府门紧闭，黑衣人从容走了过去轻轻叩门。方过三声，咣当吱扭两响，厚重的木门落闩开启，一颗雪白的头颅从门缝伸了出来："先生何人？家主不见后门来客。"黑衣人不说话，只将手掌对门一亮，雪白的头颅倏地缩了回去。黑衣人一步跨过了门槛，方过影壁，白头老仆匆匆赶来："大人且缓行几步，容老朽禀报家主。"

"不用。"黑衣人大袖一甩，径自绕过影壁向里去了。

穿过一片竹林一片水面，一道草木葱茏的土石假山横亘眼前。山麓一座茅亭，亭下一人红衣高冠，正在暮色中悠悠然自斟自饮。黑衣人遥遥拱手："燕士齐风，信哉斯然！"亭下红衣高冠者哈哈大笑："孟春之月，万物章章，安国君也活泛了？"黑衣人笑道："新相秉政，理当恭贺。"红衣高冠者离座起身，罗圈步摇到茅亭廊下一拱手："新政未彰，蔡泽愧不敢当。"说罢一招手，"垫毡。"已经碎步赶到亭外的白头老仆一声答应，将一方厚厚的毛毡片垫在了茅亭下的石礅上。黑衣人道："丞相关照入微，多谢了。”在对面石礅上坐了下来。“燕人粗筛孔，何有入微之能？”红衣高冠者呵呵笑着，“若非应侯多方交代，蔡泽何知安国君畏寒忌热也。”黑衣人一声感喟：“应侯离秦，未能相送，诚为憾事矣！”

“逢得此等人物，安国君却是拘泥俗礼了。”蔡泽悠然一笑，“名士特立独行者，无如范雎也。君恩未衰，力请隐退。两袖清风，不辞而去。何等洒脱！当年穰侯罢黜出秦，十里车马财货满载铜臭熏天，两相比照，何异霄壤之别？而今想来，范雎在相，曾遭秦人恚骂；范雎离国，秦人万千惋惜，几是天下一奇也。此人此行，送与不送都是一般，安国君无须自责。”

“理虽如此，心下终是不安。”安国君叹息一句转了话头，“应侯辞官之际，唯丞相与之盘桓三日，不知何以教我？”一副殷殷期待教诲的神色浓浓地堆在了脸上。蔡泽不禁笑道：“三日交接国事，一板一眼，实在是寡淡不当聒噪，岂敢言教？”安国君一声长嘘：“非是嬴柱强人所难，实是丞相有所不知也。父王年迈无断，丞相新入无威，我虽储君，游离于国事之外，如此等等，嬴柱寝食难安。原指望应侯指点歧路，不想他却径自去了。”蔡泽哈哈大笑：“安国君所虑者，子虚乌有也！秦王沧海胸襟，大事孰能无断？蔡泽新入无威，亦有国家法度在后，安国君稳住自己便是，无须杞人忧天。”

“敢问丞相方略何在？”嬴柱不觉嘲讽，立即跟上一问。

蔡泽目光一闪：“安国君心下有虚？”

一阵默然，安国君不知如何说了。立储废储素为邦国头等机密，莫说蔡泽不知情，纵是知情又如何能公然说明？更有一层，蔡泽乃新任丞相，自己是王子封君，此等隐秘造访虽说不上有违法度，却也大大的不合时宜，私相谈论立储机密，更是不妥。范雎虽则离秦，也还有“去职不泄国”的天下通例。蔡泽若将范雎作为国事交代的立储之见泄露出去，岂非种恶于人？想得明白，安国君起身笑道：“叨扰丞相，告辞了。”

“且慢。”蔡泽突兀一问，“安国君子女中可有能者？”

“我嫡妻华阳夫人向未生育，二十三子十三女，尽皆庶出也。”已经走到廊下的安国君叹息了一声，忧心忡忡道，“其中两子尚算有能：一个行六名傒，勤奋好学，文武皆可；一个行十名异人，自幼聪慧，只可惜一直在赵国做人质。”

“两子师从何人？”

“秦法有定：庶出王子皆由太子傅派员教习。”

蔡泽笑道：“我举荐一人，做公子傒老师如何？”

“好事！”安国君精神陡然一振，“不知丞相所荐何人？”

“士仓。”

“河西名士，智囊士仓？”

“士仓之学，法墨兼顾，正合秦国。”

安国君苍白的脸上大起红潮，深深一躬道：“子嗣若得有成，丞相便是恩公也。”蔡泽一阵哈哈大笑：“荐师之举，原本与蔡泽无涉。”从大袖中摸出一支铜管递给安国君，说声收好，摇着罗圈步湮没到晚霞竹林去了。安国君恍然一笑，将铜管揣进贴身皮袋，大步出门对驭手低声吩咐一句，黑篷车向王城辚辚而来。

春寒犹在，暮色中的咸阳城大是萧瑟。清风过街，车马稀疏，连入夜灯火汪洋的尚商坊也变得星光寥落，国人区更是湮没在暮霭的灰黑里。间或有店铺官署的灯光闪烁，如点点萤火飞动，更显这座关西大都的幽暗深邃。若非王城的一片灿烂灯光，任谁不会相信这是往昔车水马龙热气蒸腾的大咸阳。

黑篷车一路驶过空旷的长街，一辆官车也没有遇上。进入王城，车马场空荡荡一片，灯火煌煌之下，幽静得仿佛进入了一道世外峡谷。黑篷车木闸咣当落下，回声响彻王城，慌得场边石屋中的中车府[1]吏惶惶然小跑过来，老远一声喝问：“非官车不得擅入王城！不知道法令么？”安国君悠然一笑：“自己没长眼还怨人不知法令，倒是好执事。”已经跑到面前的中车府吏连忙一躬：“小吏没想到此刻有车，慌得没认出安国君，大人毋罪小吏。”安国君一点头：“不消说得，你去验车。”转身匆匆踏上了宫前三十六级天步阶。

[1]　中车府，秦国掌管王城车马的官署，主管官吏为中车府令。

除了冷清寂寥，王宫一切如常。每个转角都立着两座六尺高的铜人风灯，每道大门都笔挺地站着四名带剑甲士，每间殿口都守着一名面无表情的老内侍。几个转弯，安国君到了通向王室书房的长廊，远远见肃立在廊下的老内侍一闪身进了书房，及至他从容来到门前，老内侍恰好迎出，拱手低声道："我王正在暮寝，请安国君稍候片刻。"

嬴柱轻轻地叹息了一声，在廊下漫步转悠起来。往昔臣子晋见，只要进入书房长廊，老内侍远远一声报名传呼，只要事先没有特殊禁令，只这一声传呼，臣子便可径直入内议事。这原本是父王在长平大战期间立下的规矩，宗旨只是六个字："废冗礼，兴时效"，为的是尽量快捷地处置紧急国务。倏忽六年，这讲求实效的快捷规矩不知何时没有了。细细想来，父王确实老了。一个六十余岁年近古稀的老人，纵然心雄天下，也是难以撑持了。白起死，范雎辞，王龁、王陵两次攻赵兵败，再加郑安平败军降赵之大耻，六国合纵复起，秦国重陷孤立。短短六年，风云突变，秦国出人意料地从顶峰跌到了低谷。在接踵而来的危机面前，父王能够苦撑不倒已经是不易了，还能要他如何？近年来，父王日暮便犯迷糊，迷糊得一阵醒来，则是彻夜难眠。于是，有了这"朝暮不做"与"宵衣旰食"同时并存的新规矩：日暮初夜，王宫中最是幽静；一过初更，有急务的臣工方才纷纷进宫，直到四更尾五更头，王宫书房一直都是灯火通明；次日清晨，父王又是酣然大睡，直过卓午。如此一来，要见父王办事只有两段时间：午后一个多时辰，中夜三个多时辰。安国君事有隐秘，这次只想单独与父王诉说，日暮时来撞撞运气，但愿父王没有暮寝，不想依然如斯，只有耐心等候了。

"灯亮了。安国君可入也。"老内侍轻步走过来低声一句。

秦昭王蓦然醒来，侍女已经点亮了四座铜灯，捧来了一大铜盆清水。用冰凉的布面巾擦拭一阵，秦昭王顿时清醒，在厚厚的地毡上转悠起来。这是他暮寝之后的例行规矩，或长或短转得片刻，惺忪之态一去，便要伏身书案彻夜忙碌了。

"儿臣嬴柱，见过父王。"安国君毕恭毕敬地深深一躬。

"呵，柱儿，进来。"秦昭王转悠着一指座案，"有事说。"

嬴柱清楚父王厌恶虚冗的禀性，只肃然站着恭谨率直地开了口：“嬴柱庶出子异人，在赵国做人质已经十三年，日前托商贾捎回羽书一件，说在邯郸备受赵国冷落，生计艰辛，请王命召他回国；若不能召回，则求千金以资生计。嬴柱无奈，特来禀告父王，呈上异人书简。”

“异人是你的儿子？”秦昭王沙哑的声音透着一丝惊讶。

苍白的嘴唇猛然一个抽搐，嬴柱迅速平静下来，依旧一副平静率直的国事口吻：“异人乃儿臣之妾夏姬所生。十三年前，异人奉宣太后之命为质于赵，今年已是二十余岁。”

“商贾传书？异人没有侍从？”秦昭王突兀一问。

嬴柱没有说话，只默默地低着头。父王与祖母一起做过十几年人质，人质之艰难何须他说。惟其不说，才是对父王最好的提醒。果然，在这片刻之间，秦昭王摇头低声含混嘟哝了一句，回过头来长嘘一声：“人质难为也！异人书简交行人署，着其与少内署商议处置。[1]千金之数，只怕难为也。”咳嗽一声，苍老的声音显然滞涩了。嬴柱心中一酸，不禁慨然一句秦人老誓：“赳赳老秦，共赴国难！生计维艰，对王子也是历练，父王无须伤感。”两道白眉下目光一闪，秦昭王脸上倏忽绽出了一丝笑容：“王族子弟多奢靡。子能体恤邦国困境，难得也。你却说，异人能召回么？”

“不能。”

“为何？”

“秦赵两困，寒铁僵持，彼不为敌，我不破面。”

“好！”秦昭王难得地赞叹了儿子一句，轻松地坐到了宽大的书案前，“舍身赴难，义士之行。王者大道，要洞察全局而决行止。你能窥透秦赵奥秘，以大局决断异人去留，比赴难之心高了一筹。实在说话，为父没有想到呵。”

“父王激励，儿臣不敢懈怠！”嬴柱顿时精神抖擞。

“哪日闲暇，我去看看孙子们。”秦昭王慈和地笑了。骤然之间，嬴

---

[1]　行人署，秦国外事官署。少内署，秦国掌管钱财官署。两署均属开府丞相管辖。

柱心下一热，正要拜谢诉说，听见书房外脚步轻响，两名内侍已经将一大案公文书简抬了进来，按捺下心头冲动，只深深一躬便要告辞，却见父王忽然一招手，便大步走到书案前俯下了身子。

“你的病体见轻了？”秦昭王轻声问了一句。

“禀报父王，儿臣本无大病，只是阴虚畏寒。一年来经扁鹊弟子奇药治疗，已经大为好转，几近痊愈。”嬴柱声音虽低，却满面红光。

“好，你去。”秦昭王说话间已经将铜管大笔提到了手中。

匆匆回到府邸，嬴柱兴奋得心头怦怦乱跳，连晚汤也无心进了，走进池边柳林漫无目的地转悠了小半个时辰，方才渐渐平静下来，吩咐卫士将公子傒找来说话。盏茶工夫，一盏风灯远远向石亭飘悠过来，快捷脚步托着一个英挺的身影，已经到了亭外廊柱之下。

“守在路口，任何人不要过来。”嬴柱对卫士轻声吩咐了一句，对灯下身影一招手，“灭了风灯，进来说话。”英挺身影“嗨”的一声，将风灯一口吹熄，咔咔两大步进了石亭。暗夜之中，喁喁低语湮没在了弥漫天地的春风之中。

次日清晨，一队骑士簇拥着一辆黑篷车出了咸阳北门，翻上北阪直向北方山塬而去。这片山塬位当关中平川之北，河西高原之南，虽无险峻高峰，却是土塬连绵林木荒莽越向北越高，直抵北方的云中大河。时当初春，草木将发未发，沟壑苍黄萧瑟，这荒莽山塬又无官道，车马只有在间不方轨的商旅猎户小道上艰难跋涉。如此三日，前方突兀一片青山，黑篷车后的骑士们顿时噢嗬嗬欢呼起来。

“君父，桥山到了！”紧随车侧的英挺骑士翻身下马，掀开了车帘。

“好。下车。”

篷车中话音落点，一名健壮的少年仆人先行跳下车来，回身将一个胖大的黑衣人背了下来。英挺骑士已经将一方厚厚的毛毡安放到了一棵大松树下，少年仆人将黑衣人靠着松树轻轻放下，转身快步从篷车上拿下一个皮囊，向骑士手中的铜碗注了一碗清水。骑士喂水，少仆捶背，一阵忙碌，黑衣人苍白虚胀的脸才泛起了一片红晕，睁开眼睛长嘘一声：“傒，这便是桥山？”英挺骑士笑道：“没错！我等兄弟行猎，来过桥山多次。”黑衣人沉下脸道：“黄帝陵寝，是行猎之地么？”骑士连忙道：“君父误会，我等兄弟历来只在桥山外围狩猎，从来不进桥山松柏林。”黑衣人点头道：“秦人护黄陵。越人护禹陵。这是天下大规矩，坏不得。”说着话扶着少年仆人站了起来，从怀中摸出一方折叠的羊皮纸抖开：“看看这张图，能找到么？”骑士接过羊皮纸图端详片刻道：“看图上地势，这个所在是黄陵之后，沮水河谷。孩儿没去过，大略知道。”黑衣人道：“如此便好。吩咐车马人等在此扎营，只你随我进山。”骑士急迫道：“君父体虚，不宜跋涉，还是车马进山好。”黑衣人脸色一沉：“傒呵，你已到加冠之年，不知访贤求师规矩么？”骑士红着脸一躬：“是！孩儿知错。”转身马鞭一扬，“车马人等在此安营造饭，巡查等候！”众人一声领命，开始了忙碌扎营。骑士一回身，见父亲已经大步走了，连忙快步赶上，抢前开路进山。

“君父，士仓敢居桥山，忒是怪异。”骑士边走边说。

“好在没犯法。”黑衣人一挥手，“先找见人再说。”

“也是。君父随我来。”骑士用长剑拨打着枯黄的茅草，沿着山麓绕了过去。

这桥山乃是天下一奇。奇之根源，在于华夏上帝——黄帝陵寝在此。自从黄帝葬于桥山，桥山成了桥陵，秦人呼为黄陵。原本，桥山只是沟壑纵横的河西高原的一座寻常土山，与周围山塬一样，只生杂木野草，每到秋天枯萎萧瑟茫茫苍黄。可自从有了黄帝陵寝，这桥山便生出了四季常青的万千松柏，郁郁葱葱地覆盖了方圆十余里的山头，加之沮水环山，桥山竟成了四季苍翠的一座神山。逾千余年来，遍山松柏株株参天合抱，枝干虬结纠缠，整个桥山被苍松翠柏遮盖得严严实实。但有山风掠过，遍山松涛如怒潮鼓荡，声闻百里之外，那浓郁的松香随着浩浩长风弥漫了整个河西高原。

自秦人成为东周开国诸侯入主关中，桥山黄陵便成为秦人顶礼膜拜的圣地。在华夏传说中，黄帝生于上邽轩辕谷[1]。轩辕者，天龟也，玄武

[1]　上邽，今甘肃天水地带。轩辕谷，传说为上邽古城堡以东七十里的河谷。

之神也，西方上帝也，四灵之根也[1]。这上邽之地位于华夏西部，恰恰是老秦部族立国之前生存的根基。这轩辕谷，这玄武天龟，这西方上帝，则都是老秦人在西方游牧部族的包围中艰难自立时的佑护神灵。黄帝虽非秦人直接先祖，秦人却是在黄帝根基之地生存壮大而起的。唯其如此，秦人对黄帝的景仰膜拜，与对自己直接先祖的景仰膜拜有过之而无不及。除了祭祀者的足迹与香火，秦法禁止农人猎户靠近桥山十里居住。秦人尚黑，其源多出，根源之一，甚或第一个根源，是对黄帝玄武之神的崇拜，后来才是阴阳家的水德论证。

如此一座神山圣陵，却有人在此隐居，如何不令造访者忐忑不安？

“君父，你看！”

胖大黑衣人顺骑士指向看去，遥遥一帘瀑布从对面高山挂下河谷，苍黄草木中一缕炊烟袅袅直上，其下一座茅屋隐隐可见。端详有顷，黑衣人笑道：“前有满山松柏，后有天河飞瀑，脚下滔滔清流，左右修竹成林，好个所在也！”除下皮靴布袜，卷起长袍裤脚，说声走，大踏步走进河中。骑士高喊一声：“君父且慢，我背你涉水！”连忙赶上，见父亲头也不回，也不再说话，只抢到前方趟水去了。

春日河枯，水流清浅，不消片刻二人涉水到了对岸。瀑布茅屋炊烟已经不见，唯闻水声如隐隐沉雷，面前竹林遍山摇曳，与对岸桥山的万千松柏恰成遥遥呼应。黑衣人也不整衣衫，赤脚向竹林山坡爬了上来。将到半山，骑士忽然停下：“君父你听！”

山上传来悠长的吟诵，在隐隐沉雷中若断若续：“……古之大化者，乃与无形俱生。反以观往，复以验来。反以知古，复以知今。反以知彼，复以知己。动静虚实之理，不合来今，反古而求之。事有反而得复者，以人之意也，不可不察……言有不合者，反而求之，其应必出。言有象，事有比……象者象其事，比者比其辞也。以无形求有声，其的语合事，得人实也……”

---

[1] 远古以龟龙凤麟为“四灵”，春秋战国演变为“五灵”（增加了白虎），与五行相配。依据此说，龟为水位，居北面南，是为四灵之本。

“咿咿呀呀念叨个甚？”骑士一脸茫然。

默默沉思的黑衣人突然道：“傒儿，还记得为父那篇《天吟》么？”

“记得。”

“好！为父气力不足，你与他一唱。”

骑士一清嗓子，放喉唱了起来，粗犷的秦音顿时贯满山川——

天有长风　我无帆篷
天生惊雷　我做困龙
天为广宇　我思鲲鹏
翼若垂云　何上苍穹

歌声方落之际，山腰传来一阵哈哈大笑：“好！其志可嘉也！”

黑衣人再不说话，猫腰大步向山坡爬上。精壮骑士连忙飞步抢前，拨草寻路，拉着父亲上山。爬得一阵，眼前一片平地，茅屋炊烟隐在竹林深处，那道飞珠溅玉的大瀑布却挂在茅屋北侧的山腰。茅草中一条小道直入竹林，隐隐可见茅屋前发黑的竹篱与幽静的小庭院。黑衣人喘息打量一阵，深深一躬：“秦，安国君嬴柱，拜会先生。”

“大火不燎燎，王德不尧尧。”

随着长声吟诵，瀑布旁的山崖上突兀现出一人，须发散乱虬结，精悍黑瘦，几是一个山民猎户。骑士看得一眼，大皱眉头道：“君父，回去算了。”黑衣人凌厉的目光向骑士一扫，回身遥遥拱手：“敢问先生，何以称谓？”山崖之人朗声笑道：“河西士仓，等候安国君多日矣！”黑衣人肃然一躬：“请先生回庄，嬴柱父子登堂拜谒。”山崖人朗朗一笑：“士仓茅舍，向不待客。安国君稍待，我片刻来也。”笑声落点，倏忽不见了山崖人身影。

客不当道。嬴柱父子刚刚走上竹林旁山坡，一束松枝火把高高抛向林中茅舍屋顶，山坳处一团烟火骤然升腾。伴着扑鼻松香，一阵大笑传来，茅舍庭院顿时被大火吞没。

“洒脱不羁，真名士也！”嬴柱不禁高声赞叹。

“君父，忒煞怪也！”骑士惊讶地嚷嚷起来，“这烟火不向四山蔓延，烧到竹林松柏火便住了！”

嬴柱板着脸：“这是桥山，黄帝陵寝，不知道么？”

骑士不说话了，只皱起眉头盯着渐渐飞散的烟火。此时，山坡竹林中一阵婆娑，精悍黑瘦的身影已经站在了小道中间，一身布衣粗针大线地钉满了各色补丁，肩头一只包袱脏污得没了本色，手中一口短剑也是锈蚀斑斑，加上长发长须赤脚草鞋，活生生一个落荒难民。骑士想笑不敢笑，硬生生憋出一个响亮喷嚏。安国君顾不得呵斥连忙迎了过来：“山路崎岖，先生顷刻而至，嬴柱佩服。”来者哈哈大笑：“士仓常居山野，与鸟兽争食，身轻体健而已，安国君谬奖了。”嬴柱笑道：“敢问先生贵庚几何？”士仓道：“老夫已过耳顺之年，六十有三也。”“六十有三？”嬴柱惊讶地打量着劲健轻捷的士仓，无论如何不敢相信自己的眼睛，不禁长长一躬：“先生真世外仙人也！”士仓一摆手道：“范叔扯出老夫，要给哪位王子点拨？”

嬴柱对山坡骑士一招手，回身拱手道：“久闻先生大才，我父子同为先生门下，回到咸阳行拜师大礼。”一指骑士，“此儿乃我六子嬴傒。傒，拜见老师。”

嬴傒板着脸走过来浅浅一躬：“嬴傒拜见老师。”

士仓目光飞快地向嬴傒一扫，淡淡一笑：“公子不好书，不深思，只醉心剑戈骑射，何以称文武俱佳？”

嬴傒顿时面色涨红，昂昂高声道：“刀兵天下，剑戈骑射有何不好？”

“竖子无礼！”嬴柱呵斥一声，回身颇为难堪地一拱手，“国事幽微，不得已出此考语，尚请先生见谅。若得补上此子学问见识，嬴柱一门永不负先生之恩。”

士仓哈哈大笑道：“此儿不学无术，却不失本色，老夫姑且一试也。”

嬴柱心中大石顿时落地，当即吩咐嬴傒背老师下山。士仓一摆手，说声老夫自在山下等候，已从草木间掠下山坡去了。嬴柱板着脸看一眼儿子道："你既好武，追上先生是本事。"嬴傒顿时精神抖擞，口中好字未落，人已飞身下了山坡。山腰到河谷大约二里许，路程不长，却是荆棘丛生草木纠缠，要想快步下山谈何容易。嬴傒自恃精壮，顺着来路趟开的毛道，连跳带滚地来追落拓老士。说也奇怪，分明看见前方身影悠悠然如履平地，连跳带滚的嬴傒却总是无法望其项背。眼看再过一道山坎荆棘便是河谷草地，老士身影还是遥不可及。情急之下，嬴傒一个大跳和身滚过荆棘山坎，要在大下坡的河谷草地追上老士。不想刚滚下山坎荆棘丛，便被一名武士扶起道："公子莫慌，我正在候你。"

"我慌个甚！"嬴傒一脸汗污一身泥土，又气又笑，"你说在这里候我？"

"正是！"武士赳赳挺身，遥遥向河对岸一指，"那个老药农说的。已经有两人去接安国君了，公子莫慌。"

"你才慌！"嬴傒没好气吼得一声，大踏步趟水过河去了。上得岸边，却见士仓大开两腿骑坐在一方滚圆的大石上，悠悠然兀自吟诵着嬴傒全然不懂的古奥句子。嬴傒赤脚走过去冷冷一笑："先生腿脚好利落。"士仓头也没回道："老夫利落，何止腿脚？你小子却没得一件利落。"嬴傒红了脸道："滚山爬坡算个甚？剑戈骑射才是真功夫！"士仓回身哈哈大笑："滚山爬坡尚不利落，却有真功夫？小子当真可人也。"嬴傒愤愤然道："我是黑鹰剑士！先生知道么？"士仓呵呵笑道："纵是鲲鹏名号，你小子也是蠢猪一头。"嬴傒大急，正要冲上来理论，却听身后哗哗水响，回头一看，父亲正沉着脸站在河边，连忙低下头走到旁边预备车马去了。

嬴柱赤脚走过来一拱手道："先生之意，歇息一日再走，还是即刻便行？"

"但凭安国君。"士仓晃荡着枯树枝般的大脚，"老夫只一样，毋得张扬。"

"如此甚好。"安国君笑道，"我不如先生健旺，歇息两日启程了。"回身正要吩咐军士造饭，山道上一马飞来，片刻已到面前。骑士跳下马顾不得擦拭淋漓汗水，对迎上来的安国君一阵急促低语。安国君听罢，回身一声吩咐："即刻拔营启程！嬴傒前骑开路，我与先生同车。"一阵忙碌，骑士小队护着那辆大黑篷车轰隆隆出了桥山。

二 天地不昭昭 谋国有大道

次日落黑，嬴柱车马匆匆过了泾水，再向南翻过北阪便是咸阳了。

嬴柱刚刚松得一口气，篷车外马蹄声疾，嬴傒在车外低声急促道："君父，北阪扎了军营！是绕道还是停车请令？"嬴柱略一思忖掀开车帘道："你上车护住先生，无论何事，不许出来！"说话间已经跳下篷车上了嬴傒战马，待嬴傒在车中说声好了，又吩咐二十多名骑士前后护持篷车，便策马飞驰直向北阪而来。

北阪，原本是咸阳北面一道孤立的土塬，南北宽约十余里，东西横亘近百里，南面大下坡是咸阳，北面大下坡是泾水河谷。这道土塬地势高峻林木葱茏，历来是咸阳北面天然的要塞屏障。虽则如此，北阪却极少驻军。尤其是秦惠王之后，北方的河西高原已经被秦国牢牢控制，除了阴山匈奴，来自北方的威胁基本已经消除，北阪只成了"金城汤池"的标志而已。如今这座军营突兀驻扎北阪，封锁了北面进入咸阳的道口，实在令嬴柱莫名其妙。眼看军营连绵在前，嬴柱丝毫没有减速，领着身后车马自顾隆隆冲来。

"车马停队！验令通行！"道中鹿砦后一声大喝。

"安国君驾到——"一名骑士高举火把遥遥喝道，车马队风一般卷到了鹿砦之前。嬴柱一勒马，手中一面黑玉牌飞了出去。

"封君令牌，不能放行！"鹿砦后一声粗喝，黑玉牌又嗖地飞了回来。

"请王陵老将军出营说话。"嬴柱一瞄那面大纛旗，知道是五大夫王陵大军。

"大人稍待。"鹿砦后一声应答，一支响箭带着哨音直飞军营深处。顷刻之间马蹄如雨，一员大将风驰电掣般卷到营门，勒马间哈哈大笑："啊呀呀，安国君如何到了这里？"

“我奉王命，旬日前北山治药，没有即时令牌。”

“篷车中是药材？”

“药材另车在后，篷车中是为父王诊病之神医。”

“好！打开鹿砦，百人队送安国君回咸阳！”王陵一挥手，一个百人骑队从灯影里飞出鹿砦，两列夹护住嬴柱车马。王陵笑着一拱手道：“老夫固与安国君相熟，却也得按上将军令行事，尚请见谅。”嬴柱笑道：“何消说得，闲暇时再与老将军盘桓。”说罢一挥手策马去了。

一路出营进城，王城区外军士林立，国人区长街也是甲士游弋森严定街。嬴柱本欲先到丞相府见蔡泽，问清究竟何事召他紧急还都，然一想身边有王陵的百骑队“护送”，只有悻悻作罢，回到府中顾不得细想，先忙着亲自安顿士仓的衣食居所。

士仓却是奇特，坚执不住嬴柱原先预备好的华贵庭院，只要住一间茅屋，说辞只一句话：“老夫土性，沾得茅草心踏实。”嬴柱不能勉强，与家老一阵密商，立即腾出了仆役居住的一座小院落，打扫干净收拾整齐，请士仓去看。进得小院也没有影壁，迎面一株合抱粗的大柳树，柳芽初发，嫩绿清新；柳树后一座土丘，荒草荆棘交错，活似一座荒冢；土丘后又是三五株细柳，细柳后一排三间茅屋，屋旁一口青石井台的老井。

士仓看得呵呵直笑：“好好好，只是太得干净也。”旁边的嬴傒忍不住嗤地一笑。嬴柱瞪了儿子一眼，回身肃然拱手道：“此地原本是修建府邸时的工役棚，土丘是挖池泥土堆积。除了幽静，实在简陋得一无是处，先生坚执要沾土，嬴柱惭愧了。”士仓哈哈大笑：“安国君尽管惭愧可也，老夫只管舒坦便是。”一言落点，嬴柱也不禁笑了起来：“先生如此简约，嬴柱无由效力，心下老大不安。”士仓呵呵笑道：“这吃喝老夫却是讲究，不知安国君何以安顿？”嬴柱郑重道：“天下珍馐美味，但凭先生指点名目。”士仓连连摆手：“错错错，你说的那些物事不叫珍馐美味，叫烂肠之食。老夫要咥的，是桥山野果。要喝的，是飞瀑山泉。没得这两样，老夫浑身毛病。”嬴柱慨然道：“先生但说个名目数量。”士仓掰着指头道：“松子、榛子、酸枣、山杏、野梨、羊屎枣、麦李子、山柿子、山栗子、山核桃，等等等等，只要是桥山采摘，老夫都咥得，每日六七斤可也。”嬴柱思忖道：“山水，是否先生庄侧瀑布？”“然也！”士仓得意点头，“水就省事些个，每月三坛，老夫只做水引子用。”嬴柱惊讶道：“先生不食五谷么？”士仓皱起了眉头：“没奈何时也得咥，只是生咥罢了，熟了咥不得。”旁边嬴傒憋不住大笑了起来，嬴柱正要发作，士仓摆摆手笑道：“不打紧不打紧，此子不笑，非此子也。天性使然，呵斥无用。”嬴柱深深一躬：“先生山川胸襟，此子却是无状。”士仓哈哈大笑：“安国君苦心，老夫知道了。”

说话间家老已经将诸般琐务料理妥当，过来一禀报，嬴柱将士仓送进茅屋，自己带着嬴傒与家老告辞去了。回到正院已是三更，嬴柱将家老唤到书房，仔细询问蔡泽密书急召的缘由。家老却只说了经过：三日前，丞相府文吏夜半送来蔡泽手札一件，叮嘱连夜急送安国君，便匆匆离去了。这几日咸阳大是异常，家老派人四处探听，莫衷一是，甚也不知。

嬴柱心下郁闷，不能安寝，一时莫名其妙地恐惧起来。他从来不涉国事，蔡泽秘密手札要他即刻还都，想必是国中发生了与自己有关的大事。此种大事，除了立储，还能有甚？莫非父王忽生决断，要废黜自己这个太子而另立储君了？极有可能！除了废立大典自己这个原太子封君当事者必得到场外，其余国事，自己在不在咸阳有谁过问？蔡泽不明说，便是不好说，若是委任国事，又何须蔡泽密书，早有王命车马隆重迎接了。

三年前，范雎查勘十一位王子时，曾在嬴柱的太子府多有走动。最后一次临走时，嬴柱谦恭求教，范雎只说了一句话：“明君在前，谋正道，去虚势，储君之本也。”从那以后，嬴柱幡然醒悟，除了潜心读书，便是着意侍弄自己病体，对外则从来不用太子名号，为的是韬光养晦，以免在父王对自己尚存疑虑之心的情势下无端招来王子们的猜忌合围。年前范雎悄然去职，给蔡泽留下了举荐士仓做自己儿子老师的密简。那日进宫，父王对自己的身体似乎也流露了满意神色。如此等等，一切似乎都是顺利征兆，如何突兀便有如此巨大的转折？果真如此，只有两个原因：一则是父王对自己病体彻底失望，二则是有了十分中意的储君人选。仔细揣摩，这两点恰恰都是顺理成章。自己多病虚弱，已经是朝野皆知的事实。正是因了这个缘故，自己从小与军旅弓马无缘，纯粹是一个文太子。如此一个"孱弱"缺陷，在战国之世是很难为朝野接受的。父王对自己淡淡疏离而不加国事重任，显然是一直在犹疑不决。嬴柱不止一次地确信，只要父王有了中意人选，会毫不犹豫地废黜自己而另立储君。那么，这个新太子会是谁？一阵思忖，嬴柱恍然醒悟了，对，嬴辉，非他莫属。心念及此，嬴柱不禁一阵悲伤，此人为君，我门休矣……

"君父，该练剑了。"嬴傒一阵风似的撞了进来。

"蠢猪！"嬴柱骤然暴怒，劈面一掌，"练剑练剑，顶个鸟用！"

挨了一掌的嬴傒摸摸脸却呵呵笑了："君父，还是出粗解气，我没说错也。"

嬴柱不禁又气又笑："出粗出粗，你倒粗出个主张来！"

"请来个老土包闲着不用，我能有个甚主意？"嬴傒低着头小声嘟哝。

"住口！"嬴柱一声呵斥，点着儿子额头痛心疾首道，"嬴傒啊嬴傒，你已加冠成人，立身之道何在？你想过么！顽劣无行，不敬先生，自甘沉沦，毋宁去死！"

"君父息怒。"嬴傒垂手低头，"儿子原本景仰名士高人，可此人土俗粗鄙，他若真有才学见识，儿子自然敬他。"

嬴柱板着脸瞪了嬴傒一眼："走，去见先生。"

父子两人匆匆来到小庭院，大门敞开茅屋无灯，院落空荡荡一片幽静。嬴柱低声道："先生劳累，定是歇息了，明日再来不迟。"正要反身出去，土丘顶一个声音突兀道："既来何须走？明日却迟了。"话方落点，松柴般枯瘦的士仓已经站在院中，"安国君，进屋说话。"嬴柱笑道："先生喜好天地本色，正有明月当头，院中也好。"士仓一摆手："春风送远，话不当院。进屋。"径自进了茅屋。嬴柱蓦然醒悟，默默跟进了茅屋。士仓也不点灯，只一指脚底大草席："安国君，坐了说话。"径自先在大草席东首坐了下来，将嬴柱之位自然留在了对面西首。屋中虽是幽暗不明，嬴柱却心知此中道理：士仓与他非“官交”，故而不行官礼坐南北位，而将西首尊位让他，是士仓在这座茅屋以主人自居以待宾客。仅此随便一礼，这个落拓不羁的老名士的铮铮傲骨可见一斑。嬴柱非但不以为忤，反倒生出了一份敬意，席地而坐，肃然拱手道：“深夜叨扰先生，嬴柱先行致歉。”士仓笑道：“受托尽责，原是要为人决疑解惑，安国君但说不妨。”

“丞相私简召我紧急还都，嬴柱不明就里，又无从探听，不知国中何变？”

“此情此景，必是肘腋之变。”

“何以见得？”

“北阪驻军，咸阳定街，查官不查私，此三者足证非敌国之患。”

“果真如此，肘腋之患是何等事体？”

“若非王族内乱，则是权臣生变。目下秦无强权重臣，安国君当明白也。”

“先生之见，与废储立储无关涉？”

士仓恍然一笑：“原来安国君心病在此，多虑也。”

“何以见得？”

“安国君身为储君，不明国政大道，却如庸常官吏学子，心思尽从权术之道求解政事变化。此非不可也，却非大道也。适逢明君英主，尤非常道也。”

“先生……能否详加拆解？”嬴柱面红过耳，一时嗫嚅起来。

士仓悠然笑道：“空言大道，人难上心。待事体明白，老夫再行拆解不迟。”

“好，我明日见蔡泽。”

“错也错也。”士仓揶揄笑道，“安国君果然善走权术小道。身为储君，国生大变不立即朝王协力，却先做小道试风，此乃自毁其身也。”嬴柱心下一惊，又觉得士仓未免小题大做，一拱手道：“先生之见，嬴柱在心。”一声告辞，转身出屋，一直侍立屋门的嬴傒也跟着父亲腾腾腾大步去了。

次日清晨，安国君府中门大开，一辆六尺伞盖的青铜轺车辚辚驶出，直向王城而来。一路留心，嬴柱已经从旗号兵器甲胄看出，定街甲士只是咸阳守军，并没有蓝田大营的主力大军。所谓定街，军士也只对往来官车盘查，市井国人照常忙碌生计，街市并未骤然冷清。进入王城石坊，多年都是清晨空旷的王宫广场已经是车马云集，仅六尺伞盖的青铜轺车已密匝匝排了一大片。一眼望去，重臣贵胄们悉数进宫。嬴柱原本以为自己来得够早，打算在宫门"巧遇"蔡泽，先行探询一番再觐见父王。此情此景，嬴柱不敢怠慢了，轺车尚未停稳便一跳落地匆匆进宫了。

偌大王城确实忙碌起来了，正殿前东西两厢百余间官署全部就位署理职事，吏员出入如梭，时有羽书斥候飞骑直入，恍然如长平大战时的国事气象。走过两厢官署，上得长长高台便是正殿。正殿前的两座大铜鼎青烟袅袅，一头白发的给事中[1]肃然站在鼎间殿口。嬴柱心知父王正在与大臣们朝会无疑，便快步登阶而来。方过大鼎，老给事中迎了过来轻声道："太子请随我来，我王不在朝会。"嬴柱心下一怔，不及细想跟着老给事中绕过正殿走了。

过了东西两座偏殿，是总理王室事务的长史官署，穿过长史署的长长甬道，便是国君的书房重地。从秦孝公开始，这里已经是四代国君书房了，从来没有变过。一进甬道，嬴柱便知要在书房觐见父王，心下不禁一阵宽慰——父王不与大臣朝会，却在书房召见自己，这是何等荣宠也。热流弥漫心田之际，却见老给事中分明已经走过了书房道口，却还是匆匆前行。嬴柱心头蓦然一跳，脱口要喊住给事中，却咳嗽两声生生憋了回去。老给事中回头一望，依旧脚不停步地走了。大事不好！嬴柱顿时一身冰凉，只有稳住心神跟了上来，双腿灌铅般沉重。

书房之后只有一座官署，一座唯一设于王宫书房之后的特异官署，这便是驷车庶长署。商鞅变法之前，秦国有四种庶长：大庶长、右庶长、左庶长、驷车庶长。四种庶长都是职爵一体，既是爵位，又是官职。大

[1]　给事中，战国时秦国执掌王宫内事的官员，通常由宦官担任，大体相当内侍总管。

庶长襄赞国君，大体相当于早期丞相；右庶长为王族大臣领政，左庶长为非王族大臣领政，驷车庶长则是专门执掌王族事务。四种庶长之中，除了左庶长可由非王族大臣担任，其余全部是王族专职。商鞅变法之后，秦国官制仿效中原变革，行开府丞相总摄政务，各庶长虚化为军功爵位，不再有实职权力。唯独这庶长之末的驷车庶长，因了职掌特殊，既不能取缔，又无法虚化，成为唯一保留下来的职爵一体的祖制庶长，且都是王族老资格大臣担任。但凡王子王孙与王族贵胄，最敬畏的便是这个地方。此署职司大体有四：其一，登录王族功爵封赏与罪错处罚；其二，登录并调理王族脉系之盈缩变化，处置王族血统纠纷；其三，执掌王族族库财货；其四，考校王族子弟节操才具，纠劾王族成员不轨之行。凡此等等，但让你来，十有八九都是查证纠劾之类的颇烦事体。嬴柱太子之身，被领到如此一个地方，能是好事么？

“庶长在署等候，太子请，老朽去了。”一句交代，老给事中匆匆走了。

嬴柱黑着脸走进官署，偌大厅中却没有一个人影。憋闷沮丧的嬴柱不想在此等地方主动开口问事，正要径自坐进一张大案等候，大木屏后脚步声响，一个白发苍苍的老人扶着一支竹杖摇了出来道：“老夫将闲人都支开了，你是太子嬴柱？还记得老夫么？”嬴柱一拱手道：“王叔别来无恙。”老人笃笃点着手杖目光骤然一亮：“噢，果真记得？老夫何系何支呵？”全然一副考校王族宗谱的神色。嬴柱心下又气又笑，脸却板得硬邦邦道：“王叔姓嬴名贲，乃父王族弟，排行十三，嫡系庶支。”老人顿时沉下脸气哼哼道：“跟我治气算甚本事！王族嫡系出事，不该问你么？”说着颤巍巍走到中央大案后的特设坐榻上落座，竹杖一点大案，“过来，看看这宗物事。”

一听王族嫡系出事，嬴柱一阵心跳，再不敢怠慢，走过去一打量，案上一只锦绣包裹的方匣——蜀锦！嬴柱顾不得细想，伸手一摁匣前凸起的铜铆，叮的一声振音，方匣弹开，一大块四四方方的棕红色干肉赫然现在眼前！

“王叔何意？敢请明示。”骤然之间，嬴柱一头冷汗。

“这是蜀侯贡品，胙肉[1]。当真不识？”

“既有胙肉贡品，当是辉弟孝敬父王了。”

“孝敬？你敢咥么？”

“若得父王赏赐，自是嬴柱之福，安有不咥之理？”

“胆色倒是正。你来闻闻。”

嬴柱上前一步捧起锦匣，一股浓烈的烟熏盐腌味儿夹杂着一丝隐隐的腥臭扑鼻而来，眉头一皱道：“巴蜀地原有熏腌治肉之法，数千里之遥贡胙肉，熏腌之后可保不坏，且咥来另有风味。嬴柱以为无涉礼法。”

“你没有闻出异味儿？”

“没有。”嬴柱摇摇头。

老人板着脸不说话，从案头铜盘中拿过一支白亮亮银锥，猛然插进匣中胙肉，倏忽一线暗黑宛如蛇舞蹿起，顷刻蔓延银锥！老人拔出银锥当啷丢进铜盘，冷冷一笑：“东海方士认定：此毒乃钩吻草也，蜀山多有。你却何说？”

嬴柱大惊失色：“父王咥胙肉了？！”

老人不置可否：“你只说，蜀侯嬴辉给太子府进礼为何物？”

嬴柱长嘘一声，咬紧牙关生生压住了翻翻滚滚的思绪，一拱手道：“驷车庶长明察：辉弟为蜀侯以来，三次祭祀，向太子府的进礼都是蜀山玉佩一套、蜀锦十匹。胙肉为贡品至尊，只能进贡父王。蜀侯此举合乎法度，嬴柱以为无差。”

“蜀侯与太子府，可有书简来往？”

“蜀侯军政繁忙，无有来书，只嬴柱每年一书抚慰辉弟。”

“好，你且自省一时，老夫片刻回来发落。”老人说罢点着竹杖笃笃去了。

说是片刻，嬴柱却焦躁难熬若漫漫长夜。士仓所料不差，果然是肘腋之患。若父王无事，一切还有得收拾，若父王中了胙肉之毒，一病不起或一命呜呼，大局就难以收拾了。寻常看父王暮年疏懒，对国事有一

[1]　胙肉，祭祀天地宗庙时的牺牲（猪牛羊）肉。古礼：牺牲正肉祭祀后分食，可得天地祖先庇护。

搭没一搭，便想何如没有这个不理事的老王。如今乍临危局，顿时便见父王的砥柱基石之力，如果没有父王，自己这个虚名太子立即大险。今日之事大为蹊跷，莫非父王弥留，有人要秘密拘禁自己？心念及此，嬴柱一身冷汗。

竹杖笃笃，老王叔摇进来喘息着一摆手："去，大书房。"

嬴柱苍白的脸涨红了，骤然站起，一个踉跄几乎跌倒。老庶长嘿嘿冷笑，沉着脸色走过来将竹杖塞到嬴柱手中："如此定力，成得甚事？"嬴柱勉力稳住心神，推开竹杖道："我只担心父王。"说得一句，突兀振作，大步匆匆去了。

大书房的长长甬道依旧那般幽静，踩着厚厚的地毡，嬴柱有些眩晕。眼看到了书房大门，嬴柱突然一个马步蹲扎，闭目长呼吸几次，方觉心神平静下来。从容走进书房，却见父王陷在坐榻大靠枕中，耸动着两道雪白的长眉，似睡非睡地半睁着老眼，周围没有一个侍女内侍。

"儿臣嬴柱，参见父王。"

一阵默然，陷在靠枕中的秦昭王淡淡道："事已发作，由他去了，莫管。你只给我谋划一件事：日后如何治蜀？蜀不大治，秦不得安也。"

嬴柱等待有顷，见父王依旧默然，恭敬答道："儿臣谨记。"

"旬日之期……"一句话未完，坐榻靠枕中传来断断续续的鼾声。

嬴柱深深一躬，出了书房，略一思忖又来到驷车庶长署，与老王叔说得半个时辰，方才出宫去了。依嬴柱本意，此时最想见蔡泽，请他指点治蜀之策。然蔡泽是开府丞相，要见得去丞相府。想得一阵，似乎不妥，嬴柱径直回了府邸。

嬴傒已经在府门等候得焦躁不安，见父亲轺车驶回，急不可耐地跟在车后一直跑到书房廊下，又抢步上前将父亲扶了下来。嬴柱看着一头大汗毛手毛脚的儿子，一声叹息进了书房。嬴傒跟进来急匆匆道："君父，我早间练剑，在池边柳林遇见士仓先生了。"见父亲只唔了一声不问所以，嬴傒又急匆匆道："我见他昨夜说得还算有学问，向他说了君父今日进宫，问他有何高见？这老头儿只点点头又摇摇头，转身走了，怪也！"嬴柱一阵默然，猛然转身一挥手："走，去见先生。"

进得小跨院，老井台上一张草席，旁边一炉明火幽幽包着吊在铁支架上的陶罐，院中弥漫出一片清新的异香。一双黑瘦长腿大叉着半卧半坐在草席旁的井台石上，却不见人头。嬴傒噫的一声，正要冲上去看个究竟，嬴柱摆摆手笑道："先生，煮茶么？"话音落点，一颗散披长发的头颅悠然从井口探出，转身坐正一个深深的吐纳，落气之后方才笑道："桥山药茶，须接地气饮之。这口老井深通渭水，老夫没有想到。"嬴柱眉头一皱："先生之法，颇具方士术气，不敢苟同。"士仓呵呵笑道："惠王之后，秦国对方士深恶痛绝，原是不错。然则以养生论之，方士之术亦非全无可取。老夫聊做消遣，比划一二，却与正道无关，安国君毋得忌惮也。"嬴柱见落拓不羁的士仓说得认真，连忙拱手笑道："原是嬴柱浅陋无知，先生见谅。"士仓一指井台草席道："安国君坐了说话。只怕你这难题老夫不好解也。"

"先生洞若观火，肘腋之患果然无差。"席地而坐，嬴柱将今日进宫情形说了一遍，末了忧心忡忡道，"不瞒先生，嬴柱虽侥幸躲得一劫，前路却无以应对也。"士仓一直静静地听着，黑脸枯树皮一般板着，此时却突兀一问："君与蜀侯之纠结，能否实情见告？"嬴柱叹息一声道："此事龌龊也！不敢相瞒先生。"想着说着，断断续续地说出了一段宫廷秘事——

太子嬴柱与蜀侯嬴辉的恩怨纠葛，可谓纷杂交错。秦昭王先后有九女，名位分别是：王后（正妻）、夫人、美人、良人、八子、七子、长使、少使、女御。按照天下传统，王女比爵食禄，除王后至尊之外，所有"王女"都比照官制爵位享受禄米：夫人比爵大良造，年三千石；美人比爵少上造，年两千石；良人比爵右更，年千五百石；八子比爵中更，千石；八子之下，一律六百石。战国之世，大国君主动辄"畜女"数千，墨子孟子一班大家无不痛斥有加。相比之下，秦孝公之后的秦国君主实在是简约了许多，"畜女"大体只在十人上下，大体遵循了"天子十二女，诸侯九女"的古老传统。

周礼有定制：男子三十而娶，女子二十而嫁，天子与庶民同礼。然自春秋以降，婚礼已经在各诸侯国大大松动。为了增加人口，各邦国纷纷降低嫁娶年龄以奖励生育。越王勾践以民少为患，严令国中男子必于二十岁之前娶妻，女子十七岁出嫁，否则治父母以重罪。在这数百年的松动中，诸多新的早婚礼法逐渐形成，其中最显眼的一则，是国君可十五岁大婚，以利多子。秦昭王从燕国回来即位时，恰恰是十五岁，宣太后为他娶了一个楚国王族的十四岁少女。宣太后本是楚国王族女子，这位十四岁少女理所当然地成了秦王正妻，宫中称为芈后。两年后，这位芈后生下了秦昭王的第一个王子，自己却因大血崩而死了。二十岁时，秦昭王加冠大礼，宣太后一次为秦昭王册封了四个嫔妃，品级却都在“八子”之下。十年之中，四个王妃生下了两子四女。一个儿子是嬴柱，另一个儿子便是嬴辉。嬴柱的生母是唐国后裔，品级是八子，被宫中称为唐八子。嬴辉的生母是故蜀王后裔，品级是少使，被宫中称为王少使。由于没有王后，三个王子由品级最高的唐八子执抚养职责，都在唐八子的泾苑吃住读书，嬉戏习武，相处得很是快乐。

倏忽十余年，秦昭王又先后增立了四个王妃，陆续生下了十个王子、六个公主。此时宣太后已死，秦昭王亲政，重行排定嫔妃品级：王后空位，以示对宣太后主婚的敬意；原先的四位老王妃依次递进，嬴柱生母做了夫人，其余三女分别做了美人、良人、八子。不料，那位王少使刚刚做了半年八子，却莫名其妙地死了。

王少使的突然病逝，开始了嬴柱与嬴辉之间的龃龉纠葛。

在三个年长王子中，原本各有心病，越是长大，心病越重。长子嬴倬与次子嬴柱都是体弱身虚，从小经不起摔打，连秦国王子人人必需的练武都不堪重负，军旅磨炼更谈不上了。三子嬴辉精壮敏捷，醉心剑戈搏击，十三岁入蒙骜军中历练，十分得秦昭王钟爱。然则，嬴辉生性恶学，见读书便喊头疼。管教严厉的唐八子多次责打嬴辉，有次竟连竹尺也打劈了。两手鲜血的嬴辉逃出泾苑，对生母王少使大哭大嚎。王少使大是痛惜，立即领着儿子到秦昭王面前哭诉。秦昭王无可奈何，破例允准王少使执嬴辉教习职责。虽说两家由此生疏冷漠，毕竟无甚深仇大恨，还算相安无事。

王少使突然身亡，正在河内战场的嬴辉连夜回到咸阳晋见父王，一口咬定生母是唐八子谋害致死，理由是，为生母诊病的太医是唐八子族叔。秦昭王顿生疑惑，立即下令密查。查来查去一个月，始终都是子虚乌有。可嬴辉依然咬定唐八子不松口，私下扬言要为生母手刃仇人。隐忍一月的嬴柱母子闻讯大怒。唐八子不见秦昭王，径直闯进廷尉府状告王子诬陷养母，忤逆难容，罪在不赦。嬴柱请见国尉，举发嬴辉因私逃军，请以军法治其罪。

如此一来，王室家丑举朝皆知，自然也演变成了一桩国事。秦昭王恼则恼矣，对这诉诸国法军法的嬴柱母子却也实在无奈，只有下令廷尉府秉公彻查。三月之后，廷尉府会同太医令联名具奏：王八子（死后追认品级）为寒热瘟病致死，诊治太医药方药物煎药器皿，均查证无疑，当依法处嬴辉流刑千里。秦昭王半晌默然，突兀厉声下令："嬴辉流蜀！三年不得返国！"

在老秦人眼中，蜀地山高水险蛮荒僻远甚于陇西。流放蜀地，显然是最严厉的处罚了。嬴柱母子非但无话可说，反倒是隐隐生出了一丝悔意。毕竟，唐八子一手将嬴辉抚养到十岁，眼见自己亲生儿子虚弱，心下存了好生抚养嬴辉以使儿子将来有个得力帮衬的念想；如今画虎不成反类犬，自己也落了个绝情寡恩的恶名，如何不心痛追悔？

嬴辉被放逐一月之后，秦昭王突然册立长子嬴倬为太子，册封嬴柱为安国君。一时之间，三位年长王子都有了自己的结局，事情似乎也就平息了。

然则，三年之后，秦昭王又突然册封嬴辉为蜀侯，就地赴任，不需来朝。这一重大变故，嬴柱母子事先毫不知情。若不是嬴柱与赴蜀特使有交谊，还真不知道父王会在何时告知他们。唐八子满腹狐疑，借着太子探视养母的时机询问太子，太子也是事先不知。如此一来，嬴柱母子与太子一起突生疑惧：莫非老秦王准备教嬴辉做储君？果真如此，以嬴辉的顽韧刚猛，一旦君临秦国，嬴柱母子必是永无宁日了。太子原也不满，却因体弱性柔，只吭吭哧哧埋头叹息，半晌没有一句话。

"只要太子安心，我倒是乐得你等兄弟一心帮衬。"嬴柱记得很清楚，母亲淡淡说完这句话，丢下他和太子径自走了。从此以后，母亲在任何人面前都只夸赞嬴辉，即或太子有几次探视欲言又止，母亲也照样夸赞不休，说完便走，再没有与太子作过母子谈。

嬴辉做蜀侯一年之后，太子嬴倬出使魏国，突然死在了大梁。太子孱弱萎缩，秦国上下原不看好，今番猝死，朝野波澜不惊。秦昭王一番伤痛，为太子举行了隆重的葬礼，下书白起、范雎等一班股肱大臣举荐太子人选。正在此时，回咸阳奔丧太子的嬴辉却突然秘密上书，指太子使魏前曾入宫拜辞养母，安国君嬴柱也曾为太子饯行，请彻查太子死因。正在嬴柱母子惊恐不安之时，王室书房吏密报消息：秦昭王怒斥嬴辉“不识时务不读书”，下令其即刻回蜀，无王书不得返国。

唐八子大感困惑，多方秘密探听，终于弄明白了一个天大的秘密：秦昭王对嬴倬、嬴柱两个儿子的孱弱一直耿耿于怀，始终对强悍精明的嬴辉寄予厚望；当初将嬴辉放逐巴蜀，实际上是要保护嬴辉不受宫廷争斗的伤害；这次重臣议举太子，秦昭王密令驷车庶长着意查核嬴辉在蜀之言行政绩，并即时通报范雎白起；不想正在此时，嬴辉却急不可耐地跳了出来上书纠劾嬴柱母子，反而使自己落了个“觊觎储君”的朝议。秦昭王大为光火，将嬴辉赶回了蜀地，立太子的事自然也就搁置了。

嬴柱母子渡过了险关，从此更加小心翼翼，非但不和嬴辉疏远，反倒是借着礼数关节一力修补与嬴辉的亲情，在公开场合更是时时留心维护手足之情。久而久之，国中大臣们渐渐淡忘了王子们之间的龃龉，安国君的贤名也渐渐在朝野流传开来。

三年后，秦国与赵国大争上党，战云密布，长平大战已是箭在弦上。白起范雎联袂上书请立太子，以安定大局凝聚国人战心。秦昭王当机立断，没有丝毫犹豫，将安国君嬴柱立为太子，并当即书告朝野。做了太子的嬴柱，第一桩大事是在父王秘密开赴河内后镇守咸阳。那时候，嬴柱全力以赴，多方督察关中军政，得到了父王与朝臣的一致褒扬。可是，在长平大战后与赵国拉锯三年，秦国三次大败，嬴柱终于支撑不住，又一次病倒了。从此以后，嬴柱再没有参与过任何一件国事，连太子身份似乎也被父王遗忘了。直到这次朝局突变，关中严密布防，嬴柱一直都是局外之人。若非今日进宫，嬴柱还是不知道嬴辉之变的真相。

原来，在长平大战后的三四年里，嬴辉一直与父王有着紧密的信使往来。络绎不绝的各种消息给了秦昭王一个强烈印象：蜀地大富，人口大增，可做秦国征战中原的雄厚根基。有此政绩，嬴辉在父王的心头重新活泛起来。去年，父王特派最忠实的王族大将嬴摎为秘密特使，前往蜀地查核。嬴辉闻得密报，却找不见特使在蜀地何处查核，情急之下，以来春举行祭天大礼为由，在蜀地遍索特使摎。遍索两月，嬴摎依旧没有现身。无奈之下，嬴辉只有孟春祭天，之后依照规矩给父王进贡了祭天的胙肉。

驷车庶长告诉嬴柱：胙肉贡来之时，特使嬴摎尚未回到咸阳。秦昭王接到嬴辉贡品很是高兴，邀了几位王室元老共享这难得的祭天胙肉。当侍女捧来两只热气蒸腾肉香扑鼻的大鼎，老给事中依例插入银针检验，秦昭王呵呵笑道："验个甚？祭天正肉，亲子之贡，还能有毒不成？"元老们一阵大笑喧哗："多余多余！蛇足也！"谁想便在君臣笑语之时，那支六寸银针骤然通体变黑，宛如一支焦炭，举座无不大惊失色。

"岂有此理！"父王脸色一沉，"银针定然有误，牵只狗来。"

一只高大的阴山牧羊犬刚刚吞下一块红亮的大肉，便怪叫着夹着尾巴打旋，没转两圈倒在厅中一命呜呼了。元老们目瞪口呆，一时无一人说话。秦昭王脸色铁青地站了起来，大袖一拂径自去了。当晚，王族老将嬴豹率领一个铁骑百人队兼程出大散岭，直下蜀地去了。然后，有了关中腹地的大军布防……

"除此而外，我甚也不知道了。"喋喋说完，嬴柱一声粗长的叹息。

故事说完，已是暮色将至。士仓卸下早已熄火的铁架上的陶罐，向井边两只陶碗中斟满了红亮的汁液，一指陶碗道："亦茶亦药，安国君来一碗如何？"嬴柱道："先生茶果有定数，安敢掠美，但请自便。"士仓道："怕药味儿么？"嬴柱摆手道："哪里话来，我吃的药，只怕比先生吃的桥山野果还多。"士仓呵呵笑道："你药我药，非一药也。你喝下这碗，只日后别向老夫讨要便是。"嬴柱一笑："如此承情。"端过靠近自己的一碗咕咚咚喝了下去，咳嗽一声大皱眉头，"苦涩酸甜，还有些许腐草气息，先生喝得下去？"士仓哈哈大笑道："安国君硬口一个，这便好！”一抹嘴岔了话题，“说说，安国君如何应对老王？”

沉吟片刻，嬴柱终是摇了摇头：“我已心乱如麻，如何拿得出治蜀之策？”

士仓不屑地一撇嘴：“阴沟已过，太子已经平安，乱个甚？”

“先生说甚来！”嬴柱眼睛骤然瞪起，“嬴辉必要返国纠缠，到时还不是诬陷我母子害他！此等事谁又说得清楚？还不是父王一念决断？如此险境，我能平安么？”

“噗”的一声响，士仓喷出了一口药茶哈哈大笑道：“真道事中迷也。嬴辉已经死了，事情已经完了，老王已经在想如何治蜀了。偏你安国君还兀自神道道将心悬在半空，好笑也！”

“嬴辉死了？你你你如何知晓？”极是整洁的嬴柱顾不得喷洒一身的药茶，急得有些口吃起来。士仓枯树皮般的黑脸倏忽板平了：“特使匿踪，必是蜀地政绩有假；祭天胙肉有毒，关中大军布防，必是嬴辉要谋逆反国；嬴豹铁骑南下，必是奉密书调兵定蜀。老夫料定，不多日必有嬴辉死讯。老王急求治蜀之策，必是蜀地民不聊生。如此这般而已，安国君信也不信？”寥寥数语，嬴柱顿时醒悟过来，伏身草席纳头一拜：“先生之言，醍醐灌顶。如何应对老王，敢请先生教我！”

对这番大礼士仓视若不见，只悠然一笑道：“安国君，可知老夫师何家学问？”嬴柱坐正了身子答道：“人言先生法墨兼通，想必两家学问了。”士仓笑道：“法家之士，施政为本，岂能隐居深山？”嬴柱道：“既然如此，先生自是墨家大师了。”“大师？”士仓嘴角撇出一丝揶揄，“秦人熟知后墨，你可曾听说过老夫这个墨家大师名号？”嬴柱摇摇头道：“我对诸子百家原是无知，敢请先生指点。”士仓道：“老夫原本无师无派，后读墨子大作，生出景仰之心，士人们便认老夫做了墨家，如此而已。”嬴柱恍然大悟：“如此说来，先生原是自成一家！”士仓哈哈大笑着连连摇头：“不不不，老夫还是墨家便了。方才安国君之难题，老夫便请老墨子教你，听好也！”咳嗽一声笑容收敛，厚重平直的河西秦音在庭院中激荡开来：

“虽有贤君，不爱无功之臣。虽有慈父，不爱无益之子。是故，不胜其任而处其位，非此位之人也；不胜其爵而处其禄，非此禄之主也。良弓难张，然可以及高入深。良马难乘，然可以任重致远。良才难令，然可以致君见尊。是故，江河不恶小谷之满己也，故能大。国士贤才，事无辞也，物无违也，故能为天下器。天地不昭昭，大水不潦潦，大火不燎燎，王德不尧尧者。千人之长者，其直如矢，其平如砥，不足以覆万物。是故，溪狭者速涸，流浅者速竭，硗确者其地不育。王者之能，不出宫中，则不能覆国矣！”

尾音长长一甩，士仓目光盯住了嬴柱。嬴柱听得一头雾水，茫然摇头道：“似懂非懂，还请先生详加拆解。”

“不学若此，难为哉！”士仓叹息一声，枯树般的指节将井台石叩得梆梆响，“这是《墨子》开宗明义第一篇，名曰《亲士》，说的是正才大道。老夫方才所念，大要三层：其一，为臣为子者，当以功业正道自立，而不能希图明君慈父垂怜自己，若是依靠垂怜赏赐而得高位，最终也将一无所得。其二，要成正道，便得寻觅依靠有锋芒的国士人才，虽然难以驾驭，然却是功业根基。其三最为要紧，说的是天地万物皆有瑕疵，并非总是昭昭荡荡，大水有阴沟，大火有烟瘴，王道有阴谋。身为冲要人物，既不能因诸般瑕疵而陷入宵小之道，唯以权术对国事；又不能如箭矢般笔直，磨刀石般平板。只有正道谋事，才能博大宏阔伸展自如，才能亲士成事。最后是一句警语：但为王者，其才能若不能施展于王城之外的治国大道，功业威望便不能覆盖邦国，立身立国便是空谈！”

良久默然，满面通红的嬴柱喟然一声长叹：“先生之言，再造之恩，嬴柱没齿不忘也！”士仓狡黠地呵呵一笑：“安国君，可知范雎对君之考语？”见嬴柱愕然摇头，士仓一字一板念出：“精明无道，愚钝有明，学而能知，可教也。今夜一谈，方知范叔之明矣！”嬴柱既惭愧又高兴，嘿嘿笑道：“若非应侯这考语，只怕先生不肯出山了。”

“然也！”士仓得意地笑了，“竖子可教，老夫便值了。”

“只是，”嬴柱嗫嚅着，“这治蜀之策……”

“大道既立，对策何难？”士仓枯树般的大手一挥，“走，老夫教你看样物事！”说罢霍然离席，大步噔噔进了茅屋。嬴傒连忙扶起父亲跟了进去，自己石桩一般守在了茅屋门口。直到月落星稀雄鸡高唱，嬴柱父子方才离开了茅屋庭院。

三　布衣水工震撼了咸阳君臣

秦昭王终于缓过了劲来，可以批阅文书了。

展卷一看大题，他便没了兴致，一卷卷撂将过去。目下最使他焦灼的，是治蜀无策。自惠王九年司马错出奇兵定巴蜀，至今已经六十年，秦国对巴蜀两地一直都采取类似于封地的王侯自治——先是以巴蜀两头领分别为蜀王巴王，再派出两名强干大臣分别为蜀相巴相执掌实权，除了不许成军，民政全部自治，基本上不向国府上缴赋税。后来，丞相甘茂担心巴蜀尾大不掉，奏请秦武王将巴蜀两君降格为侯爵，并改由王族大臣担任，领地自治却没有任何改变。也就是说，秦国的郡县制一直没有推行于巴蜀。仅仅如此还则罢了，要紧的是，原指望这方富庶之地与关中一起成为秦国的金城天府，如今却成了民不聊生频繁生乱的危地。而这一切，又恰恰都是在嬴辉骗局破解之后才真相大白的。贡肉有毒，秦昭王还只是大生疑惑，派出嬴豹为特使彻查而已。及至查勘蜀地的嬴摎秘密返回咸阳，带来大量翔实证据，证实了蜀地十余年来穷乱不堪的危局，秦昭王才真正地勃然大怒了。嬴辉不堪！竖子该杀也！盛怒之下，他当即密令驻守汉水的大将桓龁率军一万直下蜀中，“请回”嬴辉明正典刑。谁料兵马方入蜀地，蜀人大起风声，说蜀侯贡品被养母下毒，蜀侯只有起兵杀回咸阳，肃清宫廷大患。桓龁率军兼程疾进，抵达蜀中，乌合之众的叛军一哄而散，嬴辉也畏罪自裁了。当那颗淤血的人头摆在案头时，秦昭王天旋地转，顿时昏厥了过去。

半月卧榻，秦昭王愈发坚定了彻底治蜀的主张。

仔细想来，嬴辉固然有罪，可要说蜀地穷困是嬴辉一人之失也未免牵强。六十年一直如此，嬴辉并未改弦更张，纵然浮躁添乱，穷乱根基却远非自他酿成。若不彻底治蜀，这方山水将永远成为秦国的巨大乱源，不说饥民流窜，仅是长驻一支大军，便是不堪重负，如此下去，秦国何安？要在中原逐鹿，更是白日做梦也。

噫，这是何人上书？秦昭王白眉突然一耸，哗啦一声摊开竹简，题头大字赫然入目——治蜀方略书！愣怔有顷，秦昭王迫不及待地一眼扫到书简卷末，却是“儿臣嬴柱顿首”几个字。揉揉老眼再看一遍，还是嬴柱，没错。秦昭王的惊喜之情顿时烟消云散：嬴柱虽有长进，然素来不学无术，唯求明哲保身，能有甚个治蜀长策？还不是被自己逼得急了，来虚应故事。然则，嬴柱毕竟还是太子，且看看他如何说法再做道理。

看得两行，秦昭王精神一振，说得不错！再看下去，竟被书简深深吸引了：

治蜀方略书

臣奉王命应对蜀策：蜀地原本富庶山川，然入秦六十年而贫瘠生乱，非蜀人之过也，皆国府之失也！国府治蜀之失者三：其一，侯相领蜀自治，几与封地无异，国府法令无以直达民治，反酿王族祸乱之源；其二，蜀道艰难僻远，关山重重，消息闭锁，财货难通，几同海外之邦，无以一体流通；其三，蜀地平川沃野，号为绿海，然水患频仍，庶民无积年衣食，常陷饥馑荒年，但有变故，不乱奈何？更兼封君唯求坐镇之权，无视庶民忧患，不思为国开源，蜀地便成累赘重负矣！臣尝闻昔年司马错取蜀功成，惠文王曾言：得蜀易，治蜀难。我得蜀地六十年而未大治，不亦明哉？唯其如此，臣斗胆直陈治蜀方略：力行郡县，大开蜀道，根治水患。此三策若行，蜀地必得大治也！王若纳臣之言，臣当举一人入蜀治水，以解庶民倒悬。儿臣嬴柱顿首。

“来人！”秦昭王啪地一拍书案，“宣安国君即刻进宫。”

给事中匆匆出去传令。秦昭王又埋首书案，再三咀嚼，觉得嬴柱这治蜀书洞若观火，道理说得彻里彻外地明白，方略又能扎扎实实地推行，无大言虚文，无掩饰造作，分明一个医国名士。怪矣哉，这是嬴柱么？这是那个只知唯唯保身而对国事退避三舍的王子安国君么？这是那个孱弱多病深居简出始终不被自己看好的太子么？莫非此子大器晚成，这几年修习得道？又莫非此子遇到了高人，竟至点石成金？一时间思绪纷繁，秦昭王罕见地在书房大厅转悠起来。

“父王离榻举步，儿臣欣慰之至。”

秦昭王转身笑道：“二子呵，快，进来说话。”

嬴柱一答谢礼，进了书房，步态轻捷精神抖擞，连苍白虚胀的大脸也透出了结实的黑红色，恍然换了个人一般。秦昭王老眼一亮，点点头喟然一叹：“非天意也，孰能为之哉！”接着一指书案上摊开的竹简，“这是谁人主见？”嬴柱望着老王的炯炯目光，一拱手坦然道：“父王明察：儿臣原本为病体所困，忧戚在心而不学无术。然自兄长病故、长平战后三败于赵国以来，儿臣痛感父王心力交瘁，遂生发奋雪耻之心，一面求医强身，一面读书体察国情。近年来，儿臣对《商君书》《法经》《鬼谷子》《墨子》并秦国法典反复揣摩，多有心得。当初，父王以三弟嬴辉为蜀侯，儿臣深感不安。然三弟与儿臣母子龃龉，儿臣劝谏，父王未必听之。无奈之下，儿臣多方搜罗巴蜀图书，处处留心蜀地民治，方对治蜀有所主张。然儿臣多年疏离国事，不敢贸然进言，若非父王限期上书，儿臣依旧不敢言事。此次上书，乃儿臣留心蜀治之多年心得，无敢欺瞒。”

大书房静如幽谷。默然良久，秦昭王疲惫地倚上坐榻一声长嘘：“二子呵，数年之间有此鱼龙变化，不易也！儿抱病谋国，精进如斯，为父却熟视无睹，实在抱愧了。”

“父王……”嬴柱一声哽咽，不禁拜倒在地。

“起来了，坐。”秦昭王轻松地笑了，“说说，你举荐何人入蜀治水？”

“水家名士李冰。”

“水家？”秦昭王惊讶了，“我只闻许由之农家，如何还有个水家？”

“水家详情儿臣不甚清楚，只知李冰有《治水三经》，士人呼为水家。”

“立经成家，谅是不差。说说此人来由，你如何识得了？”

嬴柱坐直了身子，对父王说起了一则往事：十年前，他南下楚国湘山求医采药，在洞庭泽北岸遇见一片修浚河沟的民伕营。其时阴雨连绵，嬴柱一行三人随带军食已经耗尽，想在这里买一些干肉。指路老人说："找官没用，只有找水神。前方那院石屋是县令，旁边那间干栏是水神，看好了，别拜错庙门。"依老人指点，嬴柱来到那间楚人称为"干栏"的吊脚竹楼前，高声询问，里边却空无一人。正在等候之际，大雨滂沱而至。两名卫士将虚弱的嬴柱扶进了干栏避雨，然后守在了干栏下继续等候。

滂沱大雨直下了一天一夜，呐喊呼喝声在遍野闪烁无定的火把中遥遥传来，干栏主人却始终没有回来。第三日雨过天晴，清晨便闻干栏外人声大起，一群泥猴似的民伕惊慌哭喊着："水神升天！小龙归位！"拥向干栏而来。嬴柱闻声出来，漫山遍野的泥人哭喊着潮水般围了过来，片刻之间将干栏前一片平地塞得水泄不通，咒骂官府与哭喊水神的叫嚷汹汹动地。

嬴柱正在干栏廊下，俯瞰人群中间的两具尸体分外清楚，稍一端详，不禁一声高喊："此人有救！莫要动他，我来！"回身冲进干栏，提着药包跑了下来。嬴柱原是久病成医，孜孜不倦地寻药问医，几十年下来，对医道倒是比寻常太医还来得精熟。此番南下，非但随身携带救急奇效药，沿途所采名贵药石也有些许。此刻一声高喊惊动众人，灰蒙蒙的泥人群中便听一个熟悉的老人声音大喊："天意也！快闪开！"众人闪开一条通道，嬴柱呼呼大喘着冲了进来，打开药包，先将三根闪亮的银针捻进了长胡须男子的肾俞、大肠俞、膀胱俞三处大穴；接着来看黝黑细瘦的少年，右手四指立即掐住了少年左手的四缝穴。片刻之间，少年睁开了眼睛，叫一声"我父！"猛然翻身坐起。嬴柱连忙摁住道："小哥莫急，老者是脏腑绞痛，稍待片刻便当苏醒。"少年瞪着眼睛打量着嬴柱，突然翻身扑地大拜："先生神医！我父得救，二郎永世感恩也！"遍野泥人立即由近及远哗啦啦跪倒，一片乱纷纷哭喊："先生救活水神，洞庭郡恩公！"

嬴柱起身团团一拱，顾不得多说，来看那长胡须男子。捻动银针之间，男子已经悠悠醒转，睁开眼睛不胜惊讶："噫，我去见了东海龙王，如何便回来了？"周围灰蒙蒙泥人立即欢呼雀跃起来，"水神回来了！""水神万岁！"的呼喊隆隆荡开在大泽高山。嬴柱见长须男子神秘兮兮的模样，皱着眉头摆摆手道："这位兄台莫得心急，你经年劳累，食水太差，肾肠胃皆有痼疾，若不好生调治，只怕撑持不了许久。"男子目光一闪低声道："先生莫得声张，到干栏再说。"突然坐起一挥手高声大喊，"海龙王召我，密授洞庭水道！旬日之间，毋近干栏！"灰蒙蒙泥人群齐齐地吼了一声"谨遵水神"！轰隆隆片刻散去了。

进得干栏，嬴柱告诫男子卧榻禁言，立即开始了治药配药煎药的一番忙碌。三日之间三换药方，男子终于有了起色。少年也变得生龙活虎，里里外外地浆洗起炊，将一干人的衣食弄得分外妥帖。嬴柱得以分身，又精心配制了一剂补养元神的草药，教给少年煎药服药之法。少年大有天赋，一说便会，做得极是到家，完全不用嬴柱插手劳累。

到得第九日，长须男子精神大见好转，少年治了一席洞庭鳜炖莲藕，又打来了六桶楚国兰陵酒，满当当摆满了一张大草席，恭恭敬敬地请嬴柱三人入席。嬴柱方得席地落座，沐浴之后的男子已经脱去了一身脏污的短打，身着一领黑色麻布长袍，步履稳健神色庄重地从内间走了出来，领着少年对着嬴柱扑地拜倒，连连叩头："恩公再造生身，我父子粉身碎骨无以回报也！"

嬴柱连忙扶住男子道："医家救人，原是本分，水神言重了。"

男子起身肃然一躬："在下李冰，一水工而已，不敢当恩公如此称呼。"

嬴柱见男子气度敦厚，全然没有了那日的神秘兮兮，不禁笑了："原是随众人景仰呼之，必是足下治水若神，何须过谦？"

"先生有所不知也！"男子席地而坐一声感叹，"大凡治水，皆是犯难赴险，多有生死关头，须舍身赴死方可为之。当年大禹治水，多杀方国头领，以至最后诛杀共工。非大禹好杀戮也，诚为立威也。在下庶民水工，无令行禁止之权，若不能使众人慑服，这水家之学便做永世虚幻了……"言犹未尽，却又打住不说了。

嬴柱恍然大悟，又惊讶莫名：“足下如何是庶民之身？治水大事，官府不管么？”

“来！”男子捧起了大陶碗，“恩公举酒，三爵之后，我再细说。”

“好！三碗为限，祝足下康复如初！”

喝着兰陵酒，咥着洞庭鳜，男子断断续续地说起了自己的往事。男子姓李名冰，祖上原是蜀地之民。因不堪蜀地经年水患，祖父辈打造了十几艘小船，举族三百余人顺江东下逃奔楚国。不想在船行大江峡谷险滩时，骤遇横贯江面的漩涡激流，十几艘小船全数被卷入江底，举族三百余人顷刻沉没。李冰后来才知道，在那次大劫难中，只有一个新婚三个月的少妇神奇地被漩涡激出了水面，漂到了岸边。这个少妇，便是李冰的母亲岷灌女。出蜀之时，岷灌女已经知道自己有了身孕，在江边埋下了一块白色大石，割破手掌在白石上摁下了一个血手印。做好族人牺牲的印记，少妇岷灌女爬上了南岸的高山，千辛万苦地跋涉到了夷陵，在蜀地难民的狩猎村庄住了下来，第二年生下了一个儿子。岷灌女给儿子取名一个冰字，自此有了李冰。

李冰一生下来，跟着立誓不嫁的母亲开始了颠沛流离。婚俗极为开化的蜀人猎户们，容不下这莫名其妙的守身少妇。岷灌女带着三岁的李冰，跋涉到了人烟稀少的沅水谷地，在一个渔民村寨住了下来。母亲为渔民织网洗衣，日每只挣得三尾鱼两碗米，艰难地抚养着举族唯一的根苗。艰难之中，李冰渐渐长大，母子竟成了洞庭郡的名人。

李冰天赋奇才，水性奇佳，入水摸鱼一个时辰，比渔网捕捞半日还多。更有一样，李冰悟性极高，但教一字，过目不忘。到八岁时，已经将方圆数十里内识得一半个字的老人的“学问”全数吞没，成了识得六十三个字的布衣小先生。风声渐渐传开，李冰在十五岁那年被官府征发去，破例做了洞庭郡治水民伕营的抱账官仆，以官府仆人之身署理民伕们的炊事账目。按照常例，李冰熬得几年，便可入官身做最低级的小吏了。

然则此时，李冰却突然失踪了，一去十三年音信皆无。在岷灌女奄奄一息的时候，一个黝黑精瘦的后生回到了沅水谷地，寻到了破旧茅屋。

茅屋的灯火整整亮了一夜。次日清晨，白发苍苍的岷灌女带着满足的笑容永远地去了。安葬了母亲，黝黑精瘦的李冰又匆匆去了。

这一年秋天，百年不遇的大洪水从洞庭泽倒扑出来，三湘千里汪洋，六畜尽成鱼鳖，万千渔民山民皆做了背井离乡的流浪群落。此时，一个布衣士子走进了洞庭郡官府，自请为总水工，要官府征发十万民伕交自己统领，五年之内根治洞庭湖水患。其时楚国刚刚丢失郢都北迁寿春，楚怀王得报勃然大怒："十万精壮民伕，五年统领，竖子要反叛啦！岂有此理！民乱大于水患，晓得啦？不行！"就这样，治水不成，布衣士子反倒被郡守急惶惶"送"出了官府，责令其永不得擅自"统领治水"。

眼看遍地汪洋治水无望，流浪庶民围着布衣士子嚷嚷起来，不让他离开洞庭泽。突然，布衣士子踊身跳入洞庭湖的万丈狂涛。一个时辰后，士子竟骑着一条小船般的巨鱼，飞出波涛直抵岸边高山！在流浪人群惊愕不已之时，布衣士子突然高喊自己是水神下界，民众只要服从水神号令，便能根治水患恢复田园。山塬之间立即响彻狂热的欢呼，族长们络绎不绝地前来拜见水神，立誓跟定水神治水。

三年之后，几条通往洞庭湖的大水服服帖帖地归了原本水道，只要每水再引出一两条大渠，洞庭郡盆地便成可四季灌溉的沃野良田了。然则数万民伕全靠各族自己谋粮，与当年大禹治水如出一辙。此法初时尚可，时日一长便捉襟见肘了。眼见水患大体消失，民伕们不耐饥馑，渐渐散去了。从此，李冰的水神名声传遍湘楚，各地但有沟洫之谋，便来请李冰出任水工统摄水利。虽则如此，楚国官府却始终不敢起用李冰。李冰始终只是一个布衣水工。这次疏浚沅水，县令秘请李冰，不敢上报楚王。李冰依旧是布衣之身，行官府之事。一番话说完，李冰泪光莹然，嬴柱也是一时沉默。

"倘得统领一方水事，足下志向若何？"嬴柱突然问了一句。

"但能统水十年，其地一座陆海粮仓！"慷慨一句，李冰回头一挥手，"二郎，拿我的《治水三经》来。"少年飞步入内，捧来一方木匣打开，李冰捡出一卷卷展开递过，"先生但看，这是治河卷，这是治湖卷，这是沟洫卷……"突然哽咽，李冰一拳捶地，揪心的一声叹息，"天生我才，何其无用也！”

嬴柱心头一颤：“他年若有相求，何处寻找足下？”

少年一拍掌笑道：“最好找也！普天之下，哪里有水患，哪里有水神！”

那日，李冰醉了。二郎说，水工生涯酒做伴，父亲这是生平第一次醉在了水事之外。

……

故事说完了，秦昭王喘息着没有说话。

良久默然，秦昭王轻声问了一句：“这个李冰，现在何处？”嬴柱道：“去年济水河道淤塞，泛滥淹没齐赵两国数十万亩良田。李冰正在那里修浚河道，还是庶民水工。”秦昭王一双白眉猛然一耸：“你没有请他到咸阳？”嬴柱低声道：“用人事大，儿臣不敢擅自做主。”秦昭王凌厉的目光一闪，又平静了下来淡淡道：“说说，你既举荐李冰，欲任他何职？”嬴柱道：“蜀郡水工。民伕可由郡守统领，李冰只司治水，以防万一。”

“谁来做郡守？”

“郡守事关重大，儿臣尚未有举荐之人。”

“嬴柱啊嬴柱，”秦昭王一声叹息，“你长了谋国之见识，却没长担待国事之胆魄也。法令既定，用人任事便是国君第一难题。一个好国君，见识不高有能臣可补。用人无识无断，虽上天无法补也！”

嬴柱肃然一躬：“儿臣谨受教。”

“记住了，”秦昭王叩着坐榻扶手，“旬日之内请回李冰。如何任用，应对之后再定。”

“是！”嬴柱慨然挺胸，“儿臣当即亲赴济水。”

四月初旬，一支商旅车马队匆匆进了咸阳，直抵幽静的驿馆。秦昭王夜半得报，当即拍案下令：即时就寝，清晨卯时在正殿举行应对朝会。多年来，秦昭王天亮就寝午后方起，已经成了咸阳宫不成文的办事规矩。清晨时分百事停摆，禁止任何响动，金红的朝霞穿破层层宫殿峡谷，弥漫出一片辉煌的幽静与落寞。

今日却是不同，寅时首刻宫中内侍全体出动，洒扫庭除预备朝会。封闭多年的正殿隆隆打开，宽大厚重的红毡可着三十六级白玉阶直铺到车马广场，殿外平台上的两只大铜鼎又变得皇皇锃亮，粗大的香柱升起了袅袅青烟，神圣的庙堂气息顿时随着袅袅青烟弥漫开来。寅时末刻，宫门车马辚辚，应召大臣已经陆续进宫，鱼贯进入正殿，在自己的座案前肃然就座。卯时钟声刚刚荡开，殿前给事中一声长长的宣呼："卯时正点，秦王登殿朝会——！"座中朝臣齐齐拱手一呼："参见我王！"目光齐刷刷聚向了王座后巨大的黑鹰木屏。长平大战后，秦昭王再也没有举行过朝会，都是单独召见大臣决事，诸多不涉实际事务与不干急务的大臣，已很难见到秦昭王了。昨夜骤闻朝会书令，大臣们惊疑不定忐忑不安纷纷揣测事由，但最要紧的，还是要看看老秦王身体究竟如何。毕竟，老秦王已经年近古稀了，无论出于何种想头，目睹老秦王气色如何都是第一要紧的大事。

肃然无声的寂静中，黑鹰大屏后传来隐隐脚步声，虽显缓慢迟滞然却不失坚实。随即一个高大而略显佝偻的身躯拄着一支竹杖稳稳地走了出来，一领黑色麻布大袍显然已经比着王制改短，一头苍苍白发散披在肩头，一脸沟壑纵横的纹路上赫然印出了大片的黑斑，头上无冠，脚下无靴，腰中无剑，全然一个山居老人。然则如此一个老人，站在王座前目光缓缓一扫，举殿大臣们立即陡然振作。

"诸位大臣，"秦昭王坐进了特制的坐榻，伸展开双腿点着竹杖沉稳开口，"今日朝会，只为一事：定我治蜀之策。事由缘起，由丞相、太子对诸位申明。"说罢向东方首座一点头，微微闭上了一双老眼。

蔡泽离座起身，转身面对朝臣高声道："列位同僚：巴蜀入秦六十年，无增国家府库，反是祸乱迭起，以致成我累赘。秦王欲改治蜀之策，太子上书以对。今日朝会，是议决定策：先议太子三策以定总则，再议蜀地水患治理之法。太子上书已发各署阅过，诸位畅所欲言，尽可质询。"

片刻沉默，大田令[1]站起道："臣启我王：太子三策，至为妥当。老

---

[1] 大田令，战国秦官，执掌农事，与魏国"司土"相当。

臣担心者，只是蜀地水患难治，民风刁悍，须得妥选郡守。否则，可能重蹈覆辙。”

“臣等赞同太子三策！”殿中一口声呼应。

蔡泽笑道：“人同此心，心同此理，此事也实在无争无议。太子请。”

嬴柱第一次在重大国事中居于首倡位置，又被举朝大臣同声拥戴，心下很是振奋，将自己的治蜀三策再次阐发了一遍，而后转到了治水，将李冰其人其事扼要说了一遍，末了道：“蜀制之改，实同变法，且需十数年之功，非举国同心无以撑持。蜀制之变，以水患至大。水患不除，变法便会落空。唯其如此，嬴柱举荐李冰治水。其人能否担承水工重任，尚请朝议决之，父王断之。”

秦昭王竹杖笃地一点：“宣李冰。”

随着“李冰晋见”的迭次传呼，殿前司礼导引着一个人走进殿来。大臣们惊讶得异口同声地噫了一声。此人一身黑色麻布短衣，手中一支粗长闪亮的铁杖，身背斗笠，脚下草鞋，黝黑干瘦又细长，活似一根大火余烬中捡出的枯枝木炭。众目睽睽之下，此人毫无窘色，坦然走到殿中一拱手：“布衣李冰，参见秦王。”

秦昭王笑道：“老夫年迈，未得远迎，先生见谅，请入座。”

司礼官员将李冰领到秦昭王左手侧下的大案前，将李冰虚扶入座，转身去了。这张座案比蔡泽的首相座案还靠前三步，且正在两方大臣的中央位置，显然是国士应对的最尊贵位置。按照秦国传统，只有诸如苏秦张仪范雎这般山东名士被秦王召见，才有此等礼遇。今日这李冰显然一个村夫渔樵，竟得如此尊贵，大臣们如何不惊讶莫名？李冰一入座，大臣们便交头接耳地嘀咕起来。

蔡泽机敏，拱手笑道：“先生扶铁执杖，莫非体有内伤？”

“这是探水铁尺，并非铁杖。”李冰淡淡一句。

“探水？”一位白发老臣不禁噗地笑出声来，“四尺铁棍，也能探量江河之水？”

“前辈以为，江河之水，常深几许？”李冰依旧淡漠如前。

“尝闻：河之常深三丈余，江之常深五丈余。”

李冰也不说话，手中物事向殿门一伸，喀喀连声，那支闪亮的铁尺竟一节节连续暴长，顷刻之间直抵正殿门槛，光闪闪足有六丈余，又一伸手，铁尺喀喀喀缩回，又成了一支铁杖。

“奇哉怪哉！如此神奇探水尺，老夫孤陋寡闻也！”

“业有专精，术有专攻，如此而已，何足道哉。”

只此一句，这个布衣水工的傲骨铮铮角出。大臣们一时愣怔，却也不禁肃然起敬。蔡泽见秦昭王眯缝着一双老眼，心知应对不能太长，否则老王在朝会上打起呼噜来可是有失大雅，思忖间向李冰一拱手：“先生有水神之号，敢问天下水患，大势若何？”

“九州水流，一千二百五十二条。流程八百里以上者，一百三十七条。”李冰肃然正容，方才的淡漠散漫一扫而去，略带楚地口音的雅言响亮清晰地回荡在大殿，“天以一生水，浮天载地，高下无所不至，万物无所不润。是故，水为物先也。自古及今，水乃不可须臾离者也。然则，水之为善也大，水之为害也烈。盘古生人三大患，水也，火也，兽也。察其为害之烈，水之劫难，世间第一大患也。水之为害，怀山襄陵，浩浩滔天，漂没财货吞噬生灵，莫此为甚！天下水流，皆可生利。天下水流，皆可为害。兴水利而去水患，经国第一大计也。禹之为大，与天地同在者，疏导百川入海，出入于高山洞穴也。查方今天下，列国灾难十之八九在水患：中原魏韩周有大河之患，赵国有汾济之患，东方齐国有海患济患，北方燕国有辽水易水之患，南方楚国有江患泽患，秦有泾渭之患蜀水之患，吴越有震泽之患与海难之患。岭南之地，更是水患荒莽及于太古。凡此等等，九州之内凡得水利者，水患无处不在！此为天下水患之大势也。”

“天下水患，皆可治乎？”苍迈的驷车庶长急不可待地插了一句。

“世无不治之水患，全在为与不为之间也。”

蔡泽赶紧追回了话题：“先生之见，天下水患，何地最烈？”

“天下水患之烈，以楚地洞庭之患、蜀水之患为最。”李冰断然一句，看着大臣们困惑的目光，侃侃拆解道，“楚地云梦、洞庭、彭蠡、具区四大泽[1]，本为大江溢水弥漫生成，实乃吐纳江水之天地神器也。江水旱涸，四泽出水入江。江水泛滥，四泽尽数吸纳。若以天地之道，四泽之地尽占水利，何有洞庭水患？然则，要得水利，便得使四泽通江之水道畅通无阻，时时疏通淤塞。楚国唯知尽占水利，却不思维护水利之源，听任地裂之变堵塞洞庭水道百余年而熟视无睹，以致江水与洞庭水每年雨季碰撞喷溢，滔滔弥漫南楚，淹没庶民财货不计其数。积年累代，洞庭水患成天下第一大害也。”

“先生差矣！”大田令突然高声插话，“老夫执掌农事，对水之利害尚知一二。自大禹治水始，大河便是天下水患之首，江水次之也！先生既师水家之学，却独以自家治理未就之洞庭与自家祖籍之蜀水，为天下水患之首，岂不怪哉！”

“前辈但知其一，不知其二也。”李冰非但毫无懊恼之色，反倒是第一次爽朗地笑了起来，语态也是平和庄重，“大禹之时，河患自是最烈。然自大禹合天下民力十三年全力疏导，大河入海之道已框定大势，险难河段业已明白如画，河决之患已是百不遇一。是故，自夏商周三代以来千余年，大河清流滔滔，两岸人口聚拢日甚，村畴繁衍不息，已成我华夏丰腴腹地也。李冰之见：除非山林巨变，大河两岸山塬多成不毛之地，其时河水成泥，河床日高，定然成为华夏心腹之患。否则，大河永远都是天下第一水利！”

“有见识！”蔡泽拍案赞叹一句，转身揶揄地笑了，“大田令也是经济之臣，如何连‘江河虽烈，禹后多利’这句断语也浑然不知了？”

“丞相学问大矣！”大田令硬邦邦顶了一句，“敢问何方神圣下此断语？”

“《计然策》。足下读过么？”蔡泽一脸轻蔑地微笑。

“虚妄传闻之书，不足为凭！”大田令雪白的山羊胡子骤然翘了起来。

---

[1] 四大泽具体为：洞庭泽，今洞庭湖；彭蠡泽，今日鄱阳湖；具区泽，又名震泽，今日太湖；云梦泽于两汉后渐渐干涸，化为今日湖北无数小湖。

蔡泽正待反唇相讥，却听背后竹杖笃笃，立时恍然大悟：当此紧要之时，岂能自顾炫示自己学问见识？心下一紧，当即向面红耳赤的大田令一拱手笑道："蔡泽鲁莽，大令兄见谅，议决正事要紧。"回头一脸肃然，"先生方才说了洞庭水患，尚未言及蜀地水患。蔡泽敢问：蜀地并无大江大河，如何水患竟与洞庭泽同列天下之最？"

"蜀地水患，实是天下独一无二也！"李冰粗重地一声喘息，站起身从怀中抽出一只皮袋打开，拿出一方白色物事哗啦抖开，题头大字赫然是"蜀地山水"。殿口给事中极是机敏，挥手低声吩咐一句，两个少年内侍立即快步抬来一个图架在大殿正中支好，将李冰手中的山水图对着秦昭王挂了起来。两厢大臣纷纷离座，一齐围到了图板前方两侧。

"山为水源，要得知水，须先知山。"李冰走到图板前用量水铁尺指点着，"蜀地水患，根源在山。蜀地大势：四面群山环绕，中央盆地凹陷，地势北高南低。蜀西昆仑万仞，为华夏江河之源。蜀北有岷山巴山，江水支流尽出其中，而以岷水[1]为最大。蜀南有江水穿行，山峦夹峙东去，自不易为患。蜀地水患，尽在穿行蜀中之岷水也！"李冰喘息一声，啪地一点图板，"诸位但看：岷水自北出山，两岸山高谷深，水流湍急，自无泛滥之灾。岷水南下入蜀中一马平川，水势浩浩铺开，骤遇玉垒山阻挡不能东流，汪洋回灌夺路南下；其夹带泥沙年年淤积，河床年年抬高而成悬壶之势；虽有千里沃野，然年年淹灌，庶民便呼为'灌地'，或呼为'岷灌'，纷纷举族迁徙。空有苍茫绿海，却无庶民生计可言！而玉垒山以东之平川，因不得岷水，却又是大旱频仍土地龟裂，更是贫瘠之地。岷水过蜀中平原而不能得水利，此蜀地所以贫困也。玉垒山阻隔水道，一山而致蜀中水旱两灾。此等水患，天下独一无二。非万众之力十年之期，不足以治也，不亦难乎！"

这番话侃侃说罢，图板两厢的大臣们鸦雀无声了。

自惠文王取巴蜀，秦人一直以蜀地为无垠陆海，以巴地为江水重镇，前者得富，后者得强，何乐而不为？然得蜀六十年，蜀地非但没有

[1] 岷水，即今岷江，先秦古人除将长江称江，黄河称河，其余河流一律称为"水"。

成为秦国后援府库，反倒成了倒贴的一个大包袱。于是，朝野上下自然而然地将愤懑归结到了守蜀的王族大臣身上，对动辄作乱的蜀地怨声载道，指斥是他们吞噬了蜀地财富。否则，如此陆海岂能民不聊生？基于“乱蜀不生财”的朝野口碑，曾有大臣提出“弃蜀留巴”的甩包袱方略。当年若非上将军白起以“弃蜀必强楚”为由坚执反对，很可能蜀地已非秦地了。此次，嬴柱对策一出而举朝赞同，实际上是大臣们长期怨蜀的积累而已。今日听得李冰剖陈水患，大臣们方知蜀地穷乱由来已久，穷乱根源恰恰在于水患。蜀水之患在山，山乃天成，人岂能治？

“蜀地若此，无救也。”大田令转身一躬，“老臣之见：蜀水无治，莫若早弃！”

“诸位之见如何？”秦昭王目光缓缓巡睃，大臣们没有一个人说话，显然是默认了弃蜀主张。秦昭王目光在太子嬴柱的脸上顿住了，见嬴柱一脸茫然，又在蔡泽脸上顿住了。蔡泽明朗一拱手道：“臣以为，既是水患为本，当先听李冰之说，而后决之。”

秦昭王点点头：“先生但说无妨。”

“蜀地水患，看似天灾，实乃人祸也！”一双草鞋在厚厚的红毡上大跨前两步，李冰对着王座一拱手慨然高声语惊四座，“蜀人最是多灾多难，与洪水猛兽相搏，于高山密林谋生，世代为水患所累，家家有洪荒之恨，苦思治水若大旱之望云霓也！然则，昔年蜀王昏聩，视水患为天降不治之灾，从无治水之愿。蜀地归秦，庶民厚望治水，秦蜀官府却屡屡以中原战事为大而推托，唯知征赋敛财，不思于民除害，以致岷水河床日高，水患年年加剧。如此世代水患，孰非人祸也！远古之时，洪水荡荡怀山襄陵，天下庶民尽成洞穴之兽。然有大禹出，率民治水，导百川入海，终成华夏之水利伟业。由此观之，水患虽烈，终可治之。天下水患不足畏，唯畏官不任事。官不任事者，人祸之首也。世间百害皆可除，唯人祸难消也！”

一席话掷地有声铿锵回荡，大臣们勃然变色。自商鞅变法以来，秦以富民强国傲视天下，何曾被人公然指斥过官不任事人祸成灾？今日一个布衣草鞋的小小水工，如此在秦国朝堂斥责秦政，是可忍，孰不可忍！

“老臣请杀李冰，以正天下视听！”驷车庶长愤愤然喊了一句。

“臣等请杀李冰，为秦政立威！”举殿一片呼应。

只有太子嬴柱与丞相蔡泽没有说话。嬴柱实在没有想到李冰会将水患归结到如此一个匪夷所思的话题上来，这还是水工么？如此狂悖之论，父王岂能容得？刹那之间，嬴柱后悔了，自己轻率地举荐了这个不识大体的水工，完全有可能连自己也给卷了进去，当此之时不能轻举妄动，只有等父王开口了再说。蔡泽却是另一番心思，自己新入秦国为相，欲行计然富国之策在关中治理泾渭，却总是不能雷厉风行。李冰所言“官不任事者，人祸之首也”分明是自己想说而又不敢说的话。目下之策，不能杀了李冰，留下此人，可做自己在关中治水的得力臂膀。

“臣启我王，”蔡泽在众目睽睽之下开口了，“李冰虽诋毁秦政，然终是有用之才，当罚为官役，许其在秦中河道戴罪立功。”

“丞相差矣！”大田令直指蔡泽，“诋毁秦政，安可饶恕？”

看着若无其事淡漠微笑的草鞋布衣水工，大臣们义愤填膺，齐齐地吼了一声：“诋毁秦政，罪不可赦！”将目光一齐转向了王座。

白眉猛然一耸，似睡非睡的秦昭王倏然睁开了一双老眼，一声冷笑道：“诋毁秦政？谁个说说何为秦政？李冰怎个诋毁了？”这冷冷一笑轻轻一问，大殿中骤然死一般寂静，大臣们张口结舌没有一个人开口。秦昭王脸色一沉，笃地一点竹杖站了起来，“尔等私心，老夫岂能不知？都怕我这老王脸上挂不住，都来逢迎。却没有一个人为国事着想，说一句耿耿直言。极心无二虑，尽公不顾私，商君所开秦政之风也。曾几何时，以至于斯，痛哉惜哉！商君之风安在哉！”眼睁睁看着须发雪白的老秦王挥袖拭泪，大臣们满面通红默然低头，一时大为尴尬。蔡泽与嬴柱更是如坐针毡无地自容。

良久，秦昭王转过身来肃然向李冰深深一躬：“先生不世良臣也，嬴稷谨受教。”

李冰不禁扑地拜倒："蜀人水深火热，秦王但念之救之，李冰愿戴罪效力死不旋踵！"嬴柱连忙冲过来扶起了李冰。秦昭王笑道："秦政之要，在富民强国，岂有他哉！蜀人亦为秦人，老夫敢不念之？先生耿耿风骨，老夫敢不用之？"笃地一点竹杖一字一顿道，"本王书令：蜀地改行郡县制。李冰为蜀郡守，爵同左更[1]，赐镇秦王剑，军民统辖以治蜀。"

"我王明断！"李冰尚未开口，举殿一声赞同。

"先生还有何求，尽管说来。"秦昭王只目光炯炯地看着李冰。

"十年之期，李冰定还大秦一座金城天府！"

秦昭王哈哈大笑，苍老的身躯瑟瑟抖动，一句话没说点着竹杖径自去了。

四　昭襄王暮定计然策

蔡泽忙碌着李冰赴任，内心翻腾得江河湖海一般。

入秦为相眼看一年，自己的计然策还没有任何施展，便被这个不期然冒出来的李冰夺去了富秦首功。虽说蔡泽绝非狭隘忌才之辈，对李冰也是激赏有加，然则总觉得不是滋味。自己挟计然长策入秦，说动应侯范雎让贤荐贤，虽说也有唐举襄助之功，毕竟自己是真才实学胜算在胸。做了丞相，蔡泽却突然觉察到了秦国朝局的错综复杂与种种微妙，根基未稳便大张旗鼓做事，完全有可能一事无成先淹没了自己。警觉之下，蔡泽放弃了立即着手治理关中河渠的方略，而将扎稳根基放在了第一步，决意不急于做事，内心给自己立下了个"切忌急功近利"的规矩。大半年来，朝局奥妙已经看得清楚了。有太子之名而无太子之实的安国君嬴柱，显然将自己看成了未来股肱。几方有实力的王族大臣，也都或明或暗地向自己示好。军中大将们也与自己熟络了许多，开府丞相的为人口碑眼看着立起来了，一河冰水也眼看着渐渐开了。只要自己摸准老秦王

[1]　左更，秦国第十二级军功爵位。秦军功爵共二十级，第十级以上为高爵，第二十级（列侯）最高。

对身后大事的确定安排，蔡泽便可以放开手脚做事了。如此一来，蔡泽很是为自己这种范蠡式的智慧欣然陶醉不已——盈缩自如，明睿保身而后立功，大有陶朱公之风也。

然则，这种欣然陶醉却被老秦王冷冰冰撕碎了。

当李冰的人祸说震惊朝堂而举殿喊杀时，唯有蔡泽提出了不杀而役使的主张，断语是“虽诋毁秦政，然终是有用之才”。在那刹那巨变之时，蔡泽闪出的念头是：既要给老秦王留足脸面，又要保住李冰为我所用，还要显示开府丞相的胸襟似海。就官场急智而言，能在间不容发之际三面皆顾，实在已经是难能可贵了。然则，老秦王冷冰冰一句“何为秦政”，蔡泽立时大感不妙。后面那些痛心责难，虽是面对请杀李冰的大臣们说的，却更是令蔡泽脊梁骨发凉。其中根由，是老秦王对他这个开府丞相的主张连一个字也没提。没提不是遗忘，而是生生显出了冷落，显出了他比请杀的臣子们更有私心。更要紧处，事先老秦王已经与他商定了朝会事宜：李冰应对之后，由他与太子嬴柱一起酌情提出对李冰的任用，老秦王首肯而已。可情势一变之后，老秦王全然抛开了他与太子，断然亲自下书，将李冰这个布衣水工一举擢升为郡守，且是左更高爵赐镇秦王剑，直是匪夷所思！书命一宣，老秦王连看也没看他一眼，径自大笑去了。此情此景，情何以堪？

毕竟，蔡泽不是平庸之辈。散朝之后冷静思忖，猛然悟到自己又犯了入秦之初说范雎的大错：不从谋国做事处着眼，而只以全身自保为念，才有了立足于权术的种种应对。此等作为在山东六国可能不失为高明，然在秦国却是注定碰壁。为相近年不施展，大才在前无胆魄，所谓的计然策只剩下了吆喝，老秦王何等君主，觉察不来么？蔡泽啊蔡泽，你在范雎面前已经碰壁了一回，这次又碰一回，当真其蠢如驴也！当日若非唐举指点，范雎何能隐退而举荐你入秦为相？目下没有了唐举此等高人，你却如何？难道无可救药了？果真如此，你蔡泽还有脸做燕山名士么？

蔡泽狠狠地咒骂了自己一番，静下心来仔细揣摩，立即明白了该当如何。

第一件事，全力以赴地为李冰入蜀做好铺垫。老秦王如此重用李冰，给李冰的权力比王族大臣出任的蜀侯还大，显然是将治蜀重任一举压在了李冰肩上。若依原先的立身之道，蔡泽自然也是赞同无疑，然而却绝对不会周详谋划，更不会全力以赴。经此朝堂之变，蔡泽郑重告诫自己：一定要大道谋国无私做事，否则将一事无成灰溜溜地离开秦国。全面权衡了秦国大势与蜀地危局，蔡泽确认老秦王决策堪称明断，李冰天赋奇才更兼风骨凛然，确是治理蜀郡的上上人选，非但要全力支持李冰，更要将治蜀当做富秦大政，当做该由丞相全局调遣的大事来做，绝不能泛酸掣肘。

虽则如此，蔡泽总觉得此事有失周全。记得老秦王下书之时自己心头一闪，可当时没想明白，也不敢说，便将这个疑惑压了下来。如今公心一起，此事顿时明白如画——秦法有定：无功，得任事而不得受爵；连张仪之武信君与范雎的应侯，都是在任相建功后封爵的，而蔡泽这个丞相则至今尚无爵位；今李冰固当大任，然尚未赴任便得十二级高爵，秦法岂不错乱失序？此例一开，后必仿效，秦法岂不沦丧？秦国奖励军功，要害便在这爵禄之上，爵禄滥赐，必伤朝野功业报国之心，岂是小事？

想得明白，蔡泽立即上书秦王，剖析了其中利害，直言不讳地“请除李冰爵位，以正秦法”。蔡泽已经想好，秦王若有责难或不予理睬，自己立即请辞。不想上书次日，老秦王紧急召蔡泽进宫，当着太子嬴柱的面，对蔡泽当头便是一躬：“丞相公心护法，本王谨受教也！”蔡泽热泪盈眶，当即请命自任蜀道总使之职，以六年之期开通蜀道。秦昭王很是惊讶，但却呵呵笑了：“丞相甘赴难事，足见已将治蜀纳入大局了，老夫欣慰也。然则，此事非纲，丞相还是任用一个属官去做了。”说罢打着呼噜睡着了。

怏怏而归反复思忖，蔡泽最后还是认定老秦王没错。的确，无论这条路多么重要，毕竟都不是纲，一个丞相做了修路总使，谁却来统摄全局政事？纲为何物？全局要害也，大厦梁柱也，开府丞相之职责也。开府丞相不总揽全局，却要做一方路工，老秦王如何不失望？看来，自己的第二件大事应该着手了。

一月之后，丞相府颁布了在蜀地推行郡县制的法令。开通蜀道的诸般事务也做实了，李冰入蜀的属员配置也全部就绪。就在五月大忙到来之时，蔡泽与太子嬴柱率领全体朝臣在咸阳南门外郊亭为李冰饯行。李冰爵位被除，大臣们疑惧消散，对李冰变得真诚了许多，纷纷举着酒爵对李冰诸般叮嘱。李冰却始终都是那种淡淡漠漠的微笑。

蔡泽担心这位深得老秦王激赏的水神记恨，特意自己驾着轺车将李冰单独送到了南山脚下，临别笑道："公若治水有成，蔡泽第一个为公请命，必使公高爵于国也！"一阵愣怔，李冰哈哈大笑："原来丞相心病在此，在下何其蠢也！"说罢下马肃然一躬，"李冰生平之志，唯求一官身水工领民治水。能得郡守之职，统摄一方民力财力，于治水有百利而无一害，故此欣然受之也！水患消除，蜀地富庶之日，秦国便没有了李冰，何言高爵于国矣！"蔡泽大是惊讶："先生师陶朱公之风，功成身退？"李冰摇头笑了："我为水工，天下水患未尽，安敢言功成身退？"说罢一声告辞，上马去了。

愣怔怔看着李冰人马隐没在了南山谷口，蔡泽方才长叹一声，回车进了灞水河道。午后炎热，走得几里蔡泽觉得干渴，在道边一片树林中停下轺车，坐在一方大石上打开水囊喝了起来。正在此时，道边辚辚车声，一人笑道："高人便高，丞相果然在此也。"蔡泽抬头一看，一个胖大的身躯已在眼前，不是嬴柱却是何人？

"安国君荒野来寻，莫非又来采药？"蔡泽揶揄地笑着。

"愧对丞相，嬴柱赔礼了。"嬴柱深深一躬，坐在了对面大石上，"丞相举荐名士助我，嬴柱举动却未预闻丞相，实在有违君子之道。然则事有原委：嬴柱原以为丞相不世大才，嬴柱即或出得几彩，何能掩丞相光华？却未曾料到，丞相迟迟不行计然长策，竟教嬴柱先出治蜀对策，陷丞相于难堪境地。平心而论，嬴柱实为父王所逼，对策自保，未曾虑及其他，尚请丞相见谅。"

"士别三日，当刮目相看也！"蔡泽瞪起了一双细长晶亮的三角眼，很想嘲讽地笑一笑，弥漫在脸上的却是无法掩饰的惊讶，"安国君但说，君之所为，是否士仓指点？"

“是。不全是。”

“此话何意？”

“士仓告诫：谋国有大道，根基在功业，身为储君重臣，不能尽以权术立身也。自省往昔行径，嬴柱抱愧无以自容。仔细想来，蜀乱根源原本清楚。水患、路塞、王侯领地自治，此中弊端谁个不知？无人点破者，无非畏惧伤及王族利害而已。得先生训诫，嬴柱决立公心正道，方有了那卷说真话实话的上书。如此而已，实在平常得紧。”

良久默然，蔡泽一声喟叹：“谋国有正道，根基在功业。士仓说得好啊！”

“嬴柱今日寻来，是想给丞相一个消息。”

“噢？安国君又要出惊人之举？”

“哪里话来！”嬴柱细长的眼睛闪烁着，“父王决意巡视关中，丞相有何见教？”

“如此说来，安国君奉王命随行？”蔡泽心下惊讶，脸上却很是淡漠。

嬴柱摇摇头道：“今晨进宫探视母亲，方才得知。”

“没有大臣随行？”

“详情不知。”

“甚时起行？”

“三日之后。”

“好！事或有救！”蔡泽一掌拍下，又连连摇晃生疼发红的瘦手，“这个机会断不能错过，你我都得同行巡视。说说，安国君有何谋划，要老夫给你让道么？”

“两岔了，两岔了。”嬴柱连连摆手，“我本无随行之心，只是不解父王何以甘冒风险老迈出巡，特来向丞相求教而已。丞相怀计然之学入秦，对治秦富秦必有通盘划策，我争个甚道？嬴柱今日申明：此后必与丞相协同谋国，助丞相推行长策！”

“安国君果真鱼龙之变也！”蔡泽红着脸哈哈大笑几声，站起来在大石前转悠着，脸色沉了下来，“秦王年逾古稀，绝不会有再次出巡了。

执意为之，其意明白不过：治蜀大事上道，秦王已生急迫之心；不知会同行，是对你我失望，岂有他哉？”

“丞相大是！”嬴柱霍然起身，“我正欲全力报国，父王何其不明也？”

蔡泽摇摇头：“也是事出有因：老夫是蜗身不展，长策虚置。安国君大约是偶有识见而常无胆魄，缺少担待了。事证在前，怨不得老秦王也。”

“如此说来，一番心血付诸东流了？”嬴柱不禁红了脸。

“莫急莫急，”蔡泽摆摆手笑了，“目下，你我之于秦王，犹鸡肋耳，弃之可惜，啐来无味，明白？”见嬴柱困惑摇头，蔡泽笑了，“安国君不用费神这等事，只安一颗全力为政知无不言的心便了。”

“不能随行，对谁个言去？”

“此事老夫担承，保你三日后随行出巡。”说罢大手一挥，“走，该回去了。”摆着罗圈步摇出了树林。片刻之间，两辆轺车向晚霞中的咸阳城辚辚驶去了。

五月初旬，南风吹拂，关中原野倏地遍野金黄。

咸阳也顿时热了起来，连晚风中也裹着烘烘的燠热之气。秦昭王最是怕热，要在往昔，早该到章台去避暑了。然则，章台虽好，离咸阳也只有百里之遥，却终是离开了中枢之地。当此国事艰危朝野浮动之际，国王威权便是镇国利器，秦昭王如何敢须臾离开？说起来，自长平大战后秦昭王已经是多年没出王宫了，纵是夏日燠热，也只有忍了。

热归热，国事还是不能耽搁。给事中几番选择，秦昭王允准了在后宫园林的滈池边召见一班老臣。滈池是东引滈水入宫成池，再南流出王宫园林入渭水，是关中两水在咸阳王城结成的一颗明珠。池中活水流动，碧绿汪洋。岸边垂柳成行，时有大石亭面水临风，实在是比大冰镇暑的王宫书房还清爽了许多。今日，外围最宽敞的一座石亭做了小宴铺排。明月刚刚挂上树梢，一班应召老臣陆续来了，一时间交错行礼谈笑风生，池边一片喜庆。

谁也没有料到，老秦王这番召见的是清一色的经济老臣：大田令（掌农事土地）、太仓令（掌粮仓）、大内（掌物资储备）、少内（掌钱财流通）、邦司空（掌工程）、工室丞（掌百工制造）、关市（掌商市交易并税收）、右采铁（掌采掘铁矿石）、左采铁（掌冶铁），还有一位驷车庶长，齐楚楚十位老臣。这十位臣子虽然都是经济大员，爵位、执掌、隶属却大都是三等：驷车庶长为高爵王族大臣，因执掌王族封地生计，关涉经济而被特召；大田令、太仓令、邦司空三位，为经济官员之首，位列朝堂大臣，直向秦王奏事；其余六位，则是开府丞相的属官，大体皆是大夫级中等爵位，寻常情势下都是听命于丞相而不直接面对秦王。此等官员职爵虽低，却都是实权在握，直接与百业庶民打交道，被坊间国人呼为“业官”，即专精一业之官员。

依国事法度与秦国传统，这般三等臣子合为一体被国君召见，是从来没有先例的。也许正是因了这个缘故，老臣子们礼遇寒暄之后，三三两两地议论起来：

“足下瞅瞅，召来一班致仕老朽，你说老秦王要做甚？”

“无非要大行敬老之风，老王先自垂范朝野，岂有他哉？”

“老哥哥可笑也！若行敬老，能独敬我等食货之老？其余老臣不算老么？”

“大是大是！老夫之见，大约老王要谋经邦济世之策，要我等建言献策。”

“不不不！”一老连连摇头，“属官尽在，丞相缺位，能做朝会谋划？”

“对也！丞相不来，忒也托大！”一老愤愤然了。

“噤声噤声。”一老低声笑道，“丞相能不来么？那是未奉王命，不得见召。”

“这就奇了。一年丞相便不见重，匪夷所思也！”

“不召丞相，老秦王有精神？听得完我等絮叨？”

“听得完听不完不打紧，要紧是谁个总揽推行？老秦王自个动手么？”

“这不对了？说说而已也，听听而已也，莫得当真。”

老臣们惊喜忧戚莫衷一是之时，四盏风灯悠悠从池边而来，老臣们立时肃静了下来。风灯渐行渐近，老秦王坐在两名武士抬着的荆山竹榻上，雪白的长发散披在佝偻的肩头，宽大的麻布袍袖几乎苫盖了小巧精致的竹榻，一双老眼始终微微闭着，时不时传来一声断续的呼噜。看看将近石亭，走在竹榻旁的给事中轻轻咳嗽了一声，老秦王立即睁开了双眼，呵呵笑声随风飘了过来：“老人都到了，好啊！不用见礼，各自入座，先吃喝着。”说话间竹榻稳稳落地，秦昭王拂开了前来扶他的给事中，竹杖一点站了起来，微微颤抖着霜雪般的头颅一步步挪了过来。

“参见我王！”老臣们肃立在亭外各自座案旁，齐齐地躬身施礼。

“坐了坐了。”秦昭王呵呵笑着靠近了特设在石亭宽大台阶上的坐榻座案，伸展着腿脚扫视了老臣们一眼，“谁不能席地？说一声，换坐榻。”

“臣等尚可。”老臣们齐齐地回了一声。

“老来能屈伸，好事也！”秦昭王感喟一句，举起了大爵，“都是一班老人，多年未曾谋面。来，先干一爵，诸位硬朗康健！”

“我王万岁！”老臣们兴冲冲一呼，纷纷举爵汩汩饮了下去。

“难得也！”秦昭王悠悠啜了两口，放下酒爵笑道，“今日月明风清，与昔年老人一聚，实堪欣慰。诸位尽皆经邦济世之臣，掌事务实，熟悉我土我民，虽致仕有年，时或有上书言事者，足见老人忧国之心未尝有减也。”激励一番，秦昭王一声叹息，“天意也！长平大战后，老夫有失洞察，三战皆败，国力大减，竟不能出函谷关逐鹿中原，诚令山东六国笑耳。当此之时，如何使秦国再起，如何使根基夯实，老夫无良策以对，想请老人一谋。诸位但以国事为重，尽可直言相向，毋得有虚。”

亭下一片寂静，原本隐隐约约的呱呱蛙鸣与悠悠蝉声显得有些聒噪。见老臣们的目光都看着驷车庶长，秦昭王哈哈大笑：“有言在先：今日只论职事所能，不论官爵高低。老庶长不涉实务，懂个甚？请他来还不是为了做起来方便？太子丞相都没来，就是为了诸位说话方便。毋得多虑，但说无妨。”

“老臣有话。”太仓令颤巍巍站了起来，“长平大战前老臣掌仓，其时大秦腹地六座仓廪尽皆盈满，庶民小户犹有百斛存粮，更不说汉水房陵仓、楚地南郡仓、河内野王仓、阴山云中仓，仓仓足储。我王昔年入河内督导长平后援，不患粮秣不足，唯患运力不逮，何等气象也！倏忽十余年，秦国腹地仓廪存储不足三成，山东外仓更是压仓犹难。近年关中旱涝不均，土地荒芜，年成大减，庶民家仓消耗殆尽，已成春荒望田之势。唯其如此，老臣以为，当今第一要务，是增加年成，足仓足食！”

一言落点，末座右采铁已经站了起来：“臣启我王：自我大军退回关内，宜阳铁山复被韩国夺回，铁石所需难以为继。咸阳铁坊开工不足两成，兵器打造已经停顿，唯能小修小补而已。大型兵器非但十余年未添一件，且多有锈蚀坏朽无以修葺。如此再有数年无铁，大秦之强兵将不复在矣！”

“如何如何？”秦昭王嘴角猛烈一抽搐，“年前国尉尚且有报：铁石足兵，不足为虑。如何一时如此窘境了？”

左采铁昂然站起高声道：“大秦官风今非昔比，我王听得几多真话？”

秦昭王脸色倏地阴沉了下来，终是生生忍住，腮帮咬得鼓鼓的狞厉一笑：“诸位但说，兜底儿说真话，老夫要的便是个真字！”

“我王求真，老臣敢不谋国？”关市起身慨然拱手，“自山东六国重起合纵，我军大败于信陵君统率的救赵联军，关外入秦商旅已锐减八成。咸阳尚商坊原本是万商云集，物流如河，而今萧疏冷清，百不余一。偌大咸阳南市，原本是与北地胡商交易牛羊战马的天下大市，如今也减少了四成上下。商市萧疏十余年来，山东大商之税锐减九成，其余关市税金大减六成，若无盐铁两项支撑，大秦商市几于崩溃矣！”

“老臣也有话说。”老态龙钟的前少内颤巍巍站了起来，“老臣昔掌钱财，府库存金三万六千镒[1]，秦半两通行天下，年铸六千八百三十四万枚，珠玉宝藏并各种古董器物一万六千二百五十三件。但有秦使东出连横，在在挟金千镒之上，其时不患无钱，唯患无才，却是何等气象！然

---

[1]　镒，战国重量单位，合二十两或二十四两不等，一镒也做一金。

则，今日之拮据，老臣委实难以出口……”一语未了，期期唏嘘语不成声。

秦昭王白眉猛然一耸：“今日如何？府库没钱了？”见举座无声，秦昭王不禁勃然大怒，“谁知道今数？说！”旁边侍立的给事中躬身低声道：“臣启我王：秦法有定，府库存金素为邦国机密，致仕臣子无由过问。臣因王宫用度，与府库多有来往，大体揣摩，府库诸项钱财合计，大约只是昔日三成上下。”

“岂有此理！”秦昭王笃笃笃连顿竹杖，满脸沟壑都抽搐起来，见老臣们一片惶恐，生生咬着牙关压下了怒火长嘘一声，“老夫非对你等也，说，还是那句话，兜底说！”

一时间老臣们纷纷诉说。大内说器物存储不足以应对一场大战。大田令说，关中数万亩良田变成了荒芜的盐碱地，昔年入秦的山东移民已经开始悄悄外逃。邦司空说，民力维艰，仅靠刑徒劳役根本不足以开通蜀道。工室丞说，百工作坊已经有一半停工待料，连兵器维修的皮革、生铁、木材等也不足用了。连驷车庶长都说，王族封君的封地这些年也是水旱频仍年成大减，有几家非但无力纳赋，还得王族府库倒贴……总之，是人人诉说艰难，缅怀昔日大秦强盛，无不感慨唏嘘。

说着听着，秦昭王的怒火似乎渐渐地平息了，那双雪白的长眉紧紧缩成了两个白钻，听到末了冷冷一笑：“再难再苦，总得有个出路不是？诸位说说，当此艰危之际，当如何使秦国再起？哭穷哭难，顶个鸟用！”

一句粗鲁的骂声，老臣们惊愕得面面相觑无话可说。骤然之间，老臣们觉得未免也太兜底了，老秦王脸上也是实在搁不住了。可是，要教老臣们当下谋划对策，却是谈何容易。且不说这些老臣子致仕多年已经不谋其政，纵想谋政，也都是人各一业的事务传统，谁个能有通盘长策？更兼原本已经觉得说得太多，谁还敢贸然对策？愣怔错愕之下，都低头盯着案上的酒菜痴痴发起老呆来。

“散会！”秦昭王竹杖笃地一点，站起身匆匆大步去了，慌得给事中与几名武士连忙一溜小跑赶了上去，竟将一班老臣丢在了池边无人理会。

回到书房，秦昭王脸色铁青，靠在坐榻里泥雕木塑般望着黑沉沉的屋梁，吓得书房内外的内侍侍女大气也不敢出。过得顿饭时光，秦昭王猛然站了起来大喊一声："传令长史：明日立即出巡关中！"给事中答应一声飞步去了。片刻之间，长史捧着一方木匣匆匆来到，进门道："启禀我王：丞相蔡泽夤夜紧急上书。"秦昭王冷冷道："本王在宫，为何不来直说？"长史道："丞相是要晋见，臣言我王今夜早寝，丞相思忖再三说声难得，留下书简去了。"秦昭王扫一眼木匣上的泥封，喘了口粗气："打开。"说罢靠在坐榻大枕上眯缝了一双老眼，"念来听听。"

长史念得几句，秦昭王猛然睁开眼睛连连摆手："且慢且慢，从头再念。"长史一点头，抑扬顿挫的声音在书房清晰地回荡起来：

> 臣蔡泽顿首：入秦有年，臣未展长策，心实有愧。期年揣摩踏勘，臣对再度强秦已有定见，述其大要，王可忖度。长平战后，秦国大衰，跌至惠王东出以来最低谷。其间根本，在于秦国本土经济一直未有长足开发。往昔秦之殷实，一在积累，二在扩地，三在掠国。自我王即位，五十年大战连绵，连夺河东、河内、夷陵、南郡四地，魏楚韩周之累世财货，泰半入秦矣！上党与强赵相持三年，而终能长平一战大胜，多赖秦国财货囤积之盛耳。然终因未能一鼓灭赵，且失河外之地，财货自此无所进项也。及至再行灭赵，三战败北，举国积财消耗八成有余矣！更兼近十余年六国合纵锁秦，入秦商旅锐减，咸阳百业萧条，关中水旱不均，蜀地水患民乱迭生，关外四郡复失，内无食货之根，外失财货之源，秦之国计民生终陷凋敝矣！然则，困境并非无救。臣以为：秦欲再起，当一反往昔积财之道，以腹地开发为本，以扩地掠国为末。唯本土民生蓬勃茂盛，强国之根方无以撼动也！唯其如此，臣有七字方略：明法、整田、重河渠。实施于国，则当以关中平川为轴心，蜀中陇西为两翼，消弭水患，泻卤出田，老秦本土当成天府也！盖秦国新法虽有蛀蚀，然根基坚实，朝野无变乱之虞，唯国策得当，十年之期，强秦再起有望矣！

“念啊！”秦昭王霍然睁开眼睛，敲打着坐榻扶手。

“启禀我王：丞相上书完。”长史将竹简放上书案，“丞相有言，明日午后入宫晋见，尚有详实对策说王。”目光一阵闪烁，秦昭王轻轻点了点竹杖：“念也念了，你以为这对策如何？”长史恭谨道：“臣不谋大政，对丞相长策无以置喙，唯觉论秦之失似有太过，邮传朝野，恐于国不利。”秦昭王目光又是一闪：“你是说，此书不邮传郡县？”长史低声道：“依据秦法，丞相之国事书当邮传郡县知晓。然此书指斥历代秦王国策有失，臣恐徒乱民心。以臣之见，可以‘该书未涉实政’为由，留宫不予邮传。”

秦昭王默然了，凝神思忖片刻，突然一拍坐榻扶手：“不！全书抄本照发，并责令各郡县立即上书以对！”说罢起身向给事中一挥手，“备车，丞相府。”长史尚在愣怔之中，秦昭王已经点着竹杖出了书房。片刻之后，一辆遮盖严实的黑色篷车在几名便装武士簇拥下出了王宫，向东面的大街辚辚驶来。

新丞相府坐落在正阳道的北侧，七进官邸，属官官署应有尽有，只是没有后苑园林，显得宏阔不够。其间原由，是蔡泽尚未定爵，入主范雎的应侯丞相府多显唐突，秦昭王当初便下书另辟了这座闲置官署做了蔡泽丞相府。黑篷车到了府前，便见府门风灯明亮，各色吏员穿梭般出出进进，车马场也是满当当没有空位，秦昭王不禁大是惊讶，低声吩咐驭手绕道后门进府。

从后院一路前行，后三进院落一片寂静，廊道转角连风灯也没有。将近府邸中段的国事堂，领道的老仆向行榻旁的给事中示意停步，自己要去通禀丞相。秦昭王摇了摇头，竹杖一点从武士抬着的行榻上站了起来，径自向灯火通明的大厅走去。给事中低声吩咐几句，教武士们原地守候，只带着一个长衣带剑武士匆匆跟了上来。

国事堂是丞相府第三进庭院的公务大堂，形制如一座小型宫殿，前有六级宽阶；庭院两侧是属员官署；庭院中央是传送政令的谒者亭，亭外一车一马，随时准备将丞相国事堂用印的政令传送出去。在整个丞相府，这第三进庭院是中枢所在。此时已经三更末刻，庭院中的每间官署却都是灯火煌煌大门洞开，遥遥看去，吏员们不是埋头书案便是匆匆进出，连谒者亭都是灯火通明驭手在车，一副待命出发的模样。

秦昭王脚步悠悠，心下却是疑惑：近日并无国事定断，这蔡泽连夜忙碌个甚来？莫非有了紧急军情？六国攻秦了？及至扶杖摇上六级宽阶，站在廊下向大厅中一望，秦昭王不禁愕然——面对大门的北墙上张挂着一幅巨大的《秦国山川图》，凡有山水交汇处便有大大的红点绿点。黑瘦的蔡泽正站在图下对几名属官指点着挂图说话，两厢一张张书案前的吏员则一边埋首翻阅卷卷竹简，一边不断地拨动算器，没有一个人抬头。大约顿饭时光，蔡泽与属官们会商完毕，一回头才看见秦昭王站在廊下，愣怔之下一时张口结舌。

“丞相夤夜忙碌，老夫看得痴迷了。”秦昭王呵呵笑着进了大厅。

“我王这厢坐。”蔡泽恍然醒悟，连忙将秦昭王向自己的主案前领引。无奈主案前却是相府领书与几名属官正在稽核，一边忙碌一边争执，对身后事浑然不觉，满厅没有一个空闲处落座。蔡泽正在尴尬，秦昭王抬起竹杖一指朗声笑道：“好！一派振兴气象也！国事若此，夫复何言？”蔡泽连忙拱手道：“臣未向我王禀报，清理举国府库，此时尚未理出头绪，臣之过也，请我王处置。”秦昭王慨然一叹：“丞相言重也！公心谋国，何过之有？本王当国五十余年，别无长处，唯这放手臣下任事，还是说得也。前有太后穰侯，后有武安君应侯，无论本王亲政与否，何曾因大臣集权任事而生龃龉？天下人才，唯敢任事者方可成事。丞相振作，老夫高兴尚且不及，谈何罪过处置矣。”蔡泽低声道：“臣有一上书，言及先王之失，心下正在惶恐不安。”秦昭王点着竹杖哈哈大笑：“丞相没读过先君孝公之《求贤令》么？不数先君之错失，安有秦国变法！邦国要富强，自当因时而变，祖宗之法何足畏也？”

“臣谨受教！”蔡泽大感振奋，当即深深一躬。

“秦王万岁！”大厅吏员们一片欢呼。

“好好好，万岁一回。”秦昭王雪白的头颅颤动着呵呵笑了，“你等忙了，我与丞相另找个地方说话。”蔡泽连忙一拱手：“前四进皆满，臣冒昧请我王入臣寝厅。”秦昭王点杖笑道：“好，寝厅，左右好歇息。”

直到雄鸡高唱天色发白，那辆黑篷车才辚辚离开了丞相府。

三日之后，秦昭王在丞相蔡泽与太子嬴柱陪同下出巡关中，在任经济大臣十五人一体随行。除了老秦王一辆宽大结实的辒凉车，其余官员尽皆轻骑，出了咸阳东门沿着渭水河道向东而来。这辒凉车是特制的宽大车辆，人在其中可坐可卧，车厢的弧形顶盖有可闭可合的天窗，左右两边也有窗牖，外有粗麻布车衣，垂衣闭窗则温，去衣开窗则凉，故曰辒凉车，也叫辒车。后来始皇帝死于酷暑，尸体用这辒凉车运回，辒凉车渐渐演变为丧车，也叫安车，这是后话。

车马东出咸阳数十里，是关中大县高陵地面。高陵县正在泾水入渭水的交汇地带，东接秦国故都栎阳，一马平川，也算得秦国腹地的上等县了。秦昭王怕热，一直坐在大开的车厢天窗之外，四野风光尽收眼底，眼见城池外的田禾已经收割净尽，农人们正忙着引水灌田，田畴中却时不时传来一阵激烈的吵嚷，不禁大奇："夏灌好事，农人们吵闹个甚？"

车旁蔡泽马鞭遥指答道："关中水荒，历来夏灌争水，吵闹家常便饭了。"秦昭王不禁大皱眉头："怪也！关中八水环绕，如何有水荒？"蔡泽一拱手道："我王醉心战事，未尝详察关中山水农事。关中虽有八水十三池，然引水灌田之河渠却始终只有一条，便是穆公时百里奚在郿县修成的百里渠。其余各县庶民灌田，全部依赖老井田制遗留的残渠，与民户自开的毛渠。这残渠毛渠，渠道窄浅，极易淤塞。战事多发，县吏、亭长、里正等一班吏员忙于催纳赋税，民众则忙于收种与战时徭役，众多残渠毛渠无暇修葺，夏灌之时引水极少，自然争吵起来。"蔡泽说得扎实，秦昭王不禁红了脸道："那井田制里外四层水网，井渠、里渠、社渠、成渠，外接河流，如何目下成了残渠？"蔡泽笑道："我王有所不知也。三代之时，地多民少，井田制水利自然规整。然千年之下，江河水流人口土地已经沧桑巨变，井田制已成古董废墟，其里外四层水渠早成荒草干沟，无引水灌田之利，有助长洪水之患，且大占田土。是以才有商鞅变法的'废井田，开阡陌'。这开阡陌，便是平整井田制遗留的废路废渠为耕田。据臣踏勘，关中二十三县，保留的井田残渠只有五条，每条宽不过六尺，长不过二十里，对于抢时抢种之夏灌，无异于杯水车薪也！”

秦昭王默然了，咣当咣当的车轮沉重地碾在心头，良久无语。多少年来，秦昭王都自信自己是个明君，知国知人洞察烛照，对秦国的操持绝不会有差。然今日一到高陵栎阳，自己对民情民生已如此生疏，遑论偏远之地？一时百感交集，秦昭王一声叹息：“邦国生计，卿能如数家珍，实堪欣慰矣！”闭起一双老眼不再说话了。

蔡泽说一句我来领道，匹马前行，出了官道两层护林向田间村路东去。

半个时辰后，车马从渭水北岸的田野接近了栎阳地面。突兀一阵白茫茫尘雾卷来，秦昭王“噫”的一声揉揉眼睛，接着几个响亮的喷嚏，连连摇手吭哧道：“甚地方？有白毛风！”蔡泽咳嗽着高声道：“渭北斥卤地，民人呼为硝碱滩！[1] 我王看了——”

秦昭王费力睁开老眼，脸色倏地沉了下来。遥遥望去，白如雪地的盐碱滩茫茫无涯，间或有大片荒草形成的雪中绿洲，极目而尽，没有一个村庄，只有一片片粼粼水光在阳光下闪亮。时有大风掠过，片片白色尘雾从茫茫荒草渗出的盐碱渍水滩卷地扑面而来，森森可怖。

“如此硝碱滩，关中几多？”秦昭王嘶哑地喊了一句。

蔡泽挥舞胳膊指点着：“咸阳以东六十里开始，再向东三百里，渭北平川断断续续全部如此。关中耕地，主要在渭水两岸，渭北占一大半，差不多白白扔了。”

秦昭王阴沉着脸一指：“走，塬上看！”

车马上得一座树木稀疏的土塬，但见北方天际山塬如黛，背后是渭水滔滔，这茫茫白地夹在渭水与北山之间断断续续向东绵延，活脱脱关中沃野的一片片丑陋秃疤！在这片片秃疤中，绿兮兮的是茫茫荒草，白森森的是厚厚碱花覆盖的寸草不生的白毛地，明亮亮的是渗出草地的比盐汁还要咸的恶水。水草之间蓬蒿及腰狐兔出没蛙鸣阵阵，偏偏是不生五谷。

[1]　斥卤地，先秦对盐碱地的官称，语出《史记·夏本纪》。硝碱滩，秦地古代俗称，流传至今。

“这这这，关中沃野，何以有此恶地？”秦昭王生平第一次茫然了。

蔡泽马鞭指点着渭水南北道：“关中八水，五水在渭南，渭北唯泾水洛水也。自周人建丰京镐京始，河渠灌溉多在渭水以南，然渭南之地多为山林，多为王室园囿。渭北则因河流少开垦多，多为旱田荒原。渭水流经关中中央地带，河床南高而北低，但有洪水，便向北溢流蔓延，在草木荒地中淤积成滩，无以排泄。久而久之便积渍成这种白土斥卤地，民人呼之为硝碱滩者是也。”

凝望之下，秦昭王突然眯缝起老眼一指：“那片白滩有星星黑点，是人？”

“那是扫碱民人。”蔡泽接道，“硝碱成害，也有一蝇头小利，出碱。渭北庶民除了耕耘仅存坡地，凭扫碱熬碱谋生。”

“扫碱熬碱能谋生？”嬴柱惊讶地插了一句。

蔡泽指着白茫茫滩地道：“这白地寸草不生，却有浸出的晶晶碱花。民以枯干蓬蒿结成扫帚，在滩地扫回碱花，加水以大锅大火熬之，泥土沉于锅底，碱汁浮于其上。将碱汁盛满一个个陶碗，一夜凝结，便成一个大坨，秦人呼为‘碱坨子’。碱坨子化开，便是碱水。精者可以厨下和面防止面酸，粗者可以鞣皮。非但咸阳皮坊常来购买，即便胡人入秦，也必来收购碱坨子带回。渭北农人之生计，大多赖此蝇头小利，以艰难度日矣。”

“好事也！艰难个甚？”嬴柱更是困惑了，“天生硝碱，不费耕耘之力，大扫卖钱便是，钱换百物，如何还是艰难度日？”

“安国君有所不知，”蔡泽叹息一声，“就成碱而言，这白茫茫滩地也分为几等，并非处处都有碱花可扫。你看，蓬蒿荒草之地没有碱花，渍水过甚处也没有碱花，唯有那浸透盐硝却又未渍出咸水，潮湿泛白而又寸草不生的不毛之地，才有碱花生出。更有一样，碱花也是夏秋多生，冬春则成白土烟尘。如此一来，能扫碱者也是寥寥几处，何能大扫大卖做摇钱树了？”

秦昭王不禁悚然动容：“老夫生为秦人，五十余年过秦无数，却是熟视无睹也！卿本燕人，对秦地却有如此深彻了解，孰非天意使然矣！”

“人各用心，原不足奇也。”蔡泽第一次在老秦王面前显出了天下名士的洒脱不羁，“计然之学，讲究的便是察民生知利害。臣师计然之学，悉心勘察天下各国之经济民生近二十年。入秦之先，臣曾在渭水泾水间奔走两年有余。否则，臣何敢入秦争相？”

“名士本色也！”秦昭王哈哈大笑，“老夫几乎走眼矣。”

“原是臣公心有差，亦不谙官道所致。”蔡泽红着脸深深一躬。

“好事多磨，何消说得！”秦昭王慨然一点竹杖，“你只说，秦国出路何在？”

“远近两策，可保秦中富甲天下！”

“近策？”

“三年之内，大力整修渭北残渠毛渠，确保可耕之田足水保收！”

“远策？”

“十年之期，引泾出山，东来泻卤，成秦中良田三百万顷！”

嬴柱急迫插话：“丞相慎言！三百万顷，岂非痴人说梦？”

蔡泽悠然一笑，马鞭遥指西北道：“我王且看，泾水遥出故义渠国山地，经中山瓠口东南流入渭水。若得西引泾水出中山瓠口，于塬坡高地修干渠三百里，向东注入洛水。再于三百里干渠上开百余条支渠，向南灌溉冲刷，此谓泻卤成田之法也。此渠但成，不出十年之期，关中当尽现良田沃野，天府陆海便在秦川！”

默然有顷，秦昭王向蔡泽深深一躬：“果能如此，丞相再造之功也！”不等蔡泽说话，秦昭王转身点着竹杖连续下令，“长史快马羽书：立召渭北十县县令急赴栎阳，太子襄助长史准备栎阳朝会；丞相准备三年近策之实施方略，届时全权部署，老夫只为你坐镇便是。走，我等车马立回栎阳！”

于是，一行车马在夕阳晚照中下山了。夏日晚风漫卷着秦军的黑色旌旗，栎阳的闭城晚号粗犷地回荡在渭水山塬，辚辚车马融进了火红的晚霞，融进了暮色中的幽幽城堡。

五　华阳夫人憋出了一字策

嬴柱忧心忡忡地说完了视察关中之行，士仓不禁哈哈大笑。

“先生笑从何来？”

“安国君何忧之有？老夫实在不明。”士仓一拍草席，“栎阳朝会，大势已定，老秦王明是要将治国大权交出，安国君当真觉察不出？”

“交给蔡泽么？他还没有封爵，只怕众望难孚。”

“有此策划之功，蔡泽爵位，只怕便在旬日之间。”

“此等情势，我何求也？”一阵默然，嬴柱粗重地叹息了一声，“栎阳朝会，但以蔡泽为轴心，我只一个呼喝进退的司礼大臣。事后，父王也未对我有任何国事叮嘱。先生但想，蔡泽总领国政实权，年迈父王一旦不测，我这空爵太子如何应对？如此局面，岂不大忧也。”

“安国君当真杞人忧天也！”士仓摇摇头无可奈何地笑了，“久病在身，惶惶不可终日，疑心重了，是也不是？”见嬴柱苦笑着不说话，士仓拍着井台急道，“分明是监国重任即将上肩，你却疑老王疑蔡泽疑自身，萎靡怠惰不见振作，当真老秦王一朝不测，你却如何当国？”

“愧对先生了。”嬴柱红着脸拱手一笑，“父王总是不冷不热，我不得安宁。”

“不冷不热？”士仓微微冷笑，“一个治蜀好谋略，一个治水好人物，安国君却做得如此没有胆魄，竟教老秦王黑着脸出马方才化开一河冰水，你遇得如此一个儿子，能视若柱石么？吾师老墨子的训诫，看来安国君还是没有上心也。”

嬴柱大窘，默然良久，突然迸出一句：“先生说我将监国，有何凭据？”

“没有凭据。”士仓摇摇头，“安国君自去揣摩，不信也就罢了。”

嬴柱天生的没脾气，非但丝毫不以士仓的冷落不耐为忤，一张稍见起色的大脸反倒是堆满了谦和的笑容：“先生高才，遇我这等悟性低劣不堪教诲者，尚请见谅了。”

“言重也。”士仓笑着摆摆手，“安国君之长，在折中平和，只不过大争之世要立见高低，一味折中显得没力气罢了。但能好自为之，未尝没有几年好局。”说罢将一双黑瘦的长腿箕张开来，两只硕大干枯的赤脚几乎伸到了嬴柱眼前，一回身拿过一只大陶碗举起，“来一碗么？”分明是不想再这般费力地解说国事了。

嬴柱恍然醒悟，接过陶碗汩汩饮干，也像士仓那样伸手一抹嘴道：“先生这土药茶却是奇特，喝得几次，我竟自觉精神见长。”士仓嘿嘿一笑：“如何？老夫说过，日后别向我讨喝便好。”嬴柱道：“先生说说方子与煎法，日后我自己动手，也省了叨扰先生。”士仓又是嘿嘿一笑：“安国君通晓医道，不知‘水土三分药’么？老夫试过，离了桥山水土，这药茶便平庸得紧了。”嬴柱慨然道：“这却不打紧，我将桥山果、药、茶、水连连搬来咸阳便是。”“难矣哉！”士仓叹息一声，“桥山聚天地精华之气，离山即散，人力不可为也。”

说得片刻，月亮已经挂在了老树梢头，士仓似乎没了兴致，嬴柱便告辞去了。虽说多受士仓冷落嘲讽，嬴柱心中却踏实多了，从栎阳朝会生出的郁闷心绪不知不觉地消散了。毕竟，嬴柱心底也隐隐约约地游荡着一丝光亮，一经士仓这般多谋名士印证，自然化为一片光明了。大势既然明朗，嬴柱想起了多日不曾督导的儿子嬴傒，匆匆来到了后园大池边的双林苑。

这双林苑是后园最小的一座庭院，因有一片柳林一片竹林而得名，原本是嬴柱自己的太子书房。当初应侯范雎查勘所有王子王孙，嬴柱隐隐明白了其中奥妙，立即下令可望成材的公子傒搬到了双林苑，半日读书，半日习武。本来，嬴傒住在宽敞粗简如演武场一般的兵苑，对这座幽静斯文的庭院一百个看不顺眼，听得家老教他换住处，硬邦邦撂出一句话：“竹林柳林，没力气得紧，不去！”嬴柱思忖，此等事也不能硬扯强弓，亲自与儿子密谈了一番，这个刚勇粗猛的少年武癖才皱着眉头说了一句：“先住三个月，不行我还走。”

也是无巧不巧，嬴傒刚刚搬进双林苑一月，应侯范雎来太子府訾议国事。说是訾议国事，范雎却只拉着嬴柱在府邸后园中转悠，海阔天空地闲谈议论中，巧遇了一个个王孙公子。那日，范雎对双林苑的“书剑两全”大加赞赏，连说这位六公子是可造之才。不久，给事中颁给了嬴傒一面可随时进出王城典籍馆的令牌，宫中也传出了安国君教子有方的嘉许议论，重立太子的种种议论也渐渐平息了。少年嬴傒第一次得到老王垂青，在王孙公子中有了“才兼文武”的名头，不禁大是兴奋，冲进父亲书房摇晃着令牌笑叫：“做得做得！双林苑是我的，任谁不给！”虽是浮躁，却也天真率直，嬴柱将它看做了儿子“可造”的征兆，于是有了拜访蔡泽、桥山求师的种种苦心，也才有了士仓如此一位风尘谋士的襄助。若非天意，岂有这般一路巧合？

然则，士仓入府多有谋划，却从来没有与自己说起过儿子，嬴柱总觉有些蹊跷。风尘名士但为人师，那是比吃官俸的王命之师更上心的。对于前者，学生是他们本门学问与治世主张的传承者，是他们毕生希望的凝聚。对于后者，学生只不过是奉命教习的对象而已，一桩国事而已，认真固认真，呕心沥血却是说不上的。唯其如此，风尘名士但有弟子，大多视若己出骨血，关切之心溢于言表，遇事遇人多有评点，鲜有绝口不提者。这个士仓入府有年，正身本是嬴傒之师，却从来不对自己的学生有褒贬之辞，岂非有违师道？

越想越是不对，嬴柱不由自主地加快了脚步。

“父亲？”嬴傒一身甲胄提着一口吴钩从柳林中跑了出来，满头汗水淋漓气喘吁吁，“二更头了你还没歇息，甚事？”

“又练上吴钩了？”嬴柱淡淡一句。

“这吴钩却怪！”嬴傒一挥手中那口瘦月般的弯剑，划出了一道清冷的弧光，“与胡人战刀、中原长剑大异其趣，我练了一个月才堪堪会了一个‘划’字，那劈、钩、刺、挑诸般功夫还不沾边……”

“就想做个剑士？”嬴柱冷冷一笑。

“纵是做大将，不通晓诸般兵器，也是没力气得紧。”

“纵然精通天下百兵，也做不得白起那般大将，充其量一个教习而已。”

“我又没想做白起。”嬴傒嘟哝一句，“左右父亲看我不入眼。”

“到亭下去，有事问你。”嬴柱黑着脸走到竹林旁茅亭下坐在了一方石礅上，冷冷问了一句："说说，这段时日跟先生读了甚书？"见跟过来的嬴傒只站在对面低着头面红耳赤不说话，嬴柱不禁心下来气，"说！出甚事了？"

"没，没甚事。"嬴傒嗫嚅着终于迸出一句，"我不想他教我。"

"究竟甚事？说！"

嬴傒一咬牙，竹筒倒豆子般说了起来："老士仓分明会武，也通晓兵学，可就是不教我！只塞给我一卷《墨子》，要我三个月倒背如流，而后再看能否教我。那老墨子分明是天下异端，老是兼爱、非攻、民生忧患，不涉一句治国理民，看着都呕心，我背它做甚？我不背，他就不睬我，就是这般，谁也没理谁。"

"谁也不理谁，就这么耗过去了？"嬴柱哭笑不得地问了一句。

"如此老朽，理他做甚！"嬴傒理直气壮。

"岂有此理！"嬴柱勃然变色，"你小子如此托大做硬，还不是仗恃个王子王孙？可这是秦国，不是魏国楚国，纵是王子王孙，也得有才具功业说话，否则你只布衣白丁一个！会舞弄几样兵器就牛气了？鸟！秦武王倒是拔山扛鼎，到头来甚个下场！你你你，你全然忘记了当初我如何对你叮嘱……"愤然嘶喊之下，嬴柱只觉血气上涌，一口鲜血突然喷出，颓然软倒在了石案上。

"太医！"嬴傒大惊，一声大叫扑上去揽住了父亲沉重胖大的身躯，要背起去找太医。正在此时，却听竹林中传来一声清亮的吴语呵斥："莫要动他！晓得无？"嬴傒愣怔回身，婆娑竹林中婀娜摇出了一个黄衫长发的窈窕女子，一脸肃杀，月下又令人怦然心动。

"娘？"嬴傒惊讶地叫了一声，肃立在亭下不动了。

"莫叫我娘。"黄衫女子冷冷一句，径自走进石亭揽住了昏厥的嬴柱。女子右手翻开了嬴柱眼皮略一打量，左手两粒药丸塞进了嬴柱口中，随即又拉过腰间一只小皮囊利落咬去囊塞，自己咕噜喝得一口，对着嬴柱微微张开的嘴缝喂了进去。如此三五口水喂下，嬴柱喉间断断续续的几声呻吟，眼睛却始终没有睁开。女子偏过头闻了闻喷溅在石案上的血迹，冷冷道："血迹自己收拾，侬晓得？"说罢也不待嬴傒答话，一蹲身将嬴柱硕大的身躯背了起来。

“娘，你不行，我来！”嬴傒恍然醒悟，大步过来要接过父亲。

“此等事用不得牛力，莫添乱。”黄衫女子淡淡一句，出了茅亭，回头又是一句，“毋叫娘，晓得无？”一步步摇出了庭院，居然连脚步声也没有。嬴傒愣怔怔看着父亲庞大的身躯覆盖着那个细柳般的女子悠悠去了，分明想追上去看护，双脚却被钉住了一般不能动弹。良久木然，嬴傒大步回房，片刻后一身轻软布衣出来，悄无声息地穿过庭院外的胡杨林，沿着波光粼粼的大池消失在了一片红蒙蒙的甘棠林里。

鸡鸣时分，嬴柱终于醒转过来，蓦然开眼惊讶地坐了起来：“夫人？你？我如何到了这里？”黄衫女子正好捧着一只细陶碗来到榻前，摸摸嬴柱额头笑道：“不烧了便好，来，该服药了。”说着揽住嬴柱脖子，将陶碗药汁喝得一口，右手细长的手指娴熟地拨开虬结的胡须，将红红的嘴唇压上嬴柱肥厚阔大的嘴缝，只听吱的一声轻响，一口药喂了进去。如此十多口喂下，嬴柱额头已经有了晶晶汗珠，黄衫女子放下陶碗，拍拍嬴柱额头咯咯笑道：“发汗了，晓得热了，好也！夜来冷得瑟瑟抖，多怕人，晓得无？来，大垫子靠上说话。”利落地在嬴柱背后塞进了一方厚厚的丝绵垫儿，自己坐在了榻下毛毡上，手扶着榻边，笑吟吟地看着嬴柱。

“夫人呵，”嬴柱粗重地喘息了一声，“夜来你一直跟着我么？”

“哟，侬却好稀罕！”黄衫女子笑了，“人在池中泛舟赏月，侬牛吼般嚷嚷，谁个听不见了？不作兴过去瞧瞧？”

“傒儿没跟你过来？”

“毛手毛脚只添乱，要他来毋得用。”

“傒儿没跟你说甚？”

“顾得么？真是。”黄衫女子娇嗔地笑着，“将息自己要紧，忒操心！”

“夫人有所不知也。”嬴柱疲惫地摇摇头，“傒儿是我门根基，他若学无所成，我这储君之位也是难保。若非如此，我对他何须如此苛责？”

黄衫女子笑道：“这个嬴傒不成材，晓得无？侬关心则乱，心盲罢了。”

“夫人差矣！”嬴柱喟然一叹，“你是王命封爵的华阳夫人，太子正妻，儿女们的正身母亲，身负课责教养之责，如此淡漠，你我垂暮之年何处寄托？”

“莫忧心，晓得无？”黄衫女子轻柔地拍了拍嬴柱的大手，“天命如斯，急得没了自个管用了？只可惜也，我没能生出个儿子……”

“莫乱说！”嬴柱板着脸一把攥住了那只滑腻细嫩的小手，“你小我二十岁，嫁我时已经迟了，怨你甚来？没有你，嬴柱也许早没了……”

“好了好了，不说了。”黄衫女子跪起在榻前细心地拭去了嬴柱脸上的泪水，“侬再睡得一个时辰，我唤侬起来服药。”

“不，不能睡了。”嬴柱撩开薄被站了起来，“我要去见士仓，商定个办法。”

黄衫女子略一思忖道：“侬勿乱动，要去我送你。”说罢回身一声吩咐，“推车进来。”外间一声应是，片刻间一个侍女推进了一辆两轮小车，车身恰恰容得一人坐进，座位扶手包了麻布，车轮被厚厚的皮革包得严严实实。黄衫女子也不说话，只将一个大绵垫竖起在座位中道：“来，坐好了。”将嬴柱庞大的身躯扶进了小车，回身又对侍女吩咐一声，“煎好药等着。”推起小车出了寝室向后园而来。

嬴柱坐在车上，既不觉丝毫颠簸，也听不见咯噔咣当的车轮声，悠悠前行如同泛舟池水一般，不禁一声感喟：“夫人呵，难为你也！这车何时打造？”

黄衫女子笑道：“打造多年了，给老来预备的，今日教你撞上了。听说孙膑当年便坐得这两轮推车，我托人从临淄尚坊搞来了图样，在咸阳打造了一辆。只这皮革包轮是我的思谋，晓得无？坐着惬意么？”

“好好好，惬意之极也！”嬴柱拍着扶手连连夸赞，“只是呵，要个侍女推便了，你推太累了。”“毋好毋好。”黄衫女子笑得咯咯脆亮，“侬是爷了，我却谁也信不过，晓得无？”嬴柱不禁哈哈大笑，学着楚音道：“侬个小妮子，是颗甘棠果，晓得无？”身后女子咯咯笑应：“甘棠便甘棠，侬毋得软倒牙好了。”

谈笑间到了后园门外，停车举步，嬴柱已经大感轻松，吩咐华阳夫人不要等他，大步匆匆地走进了简朴的小庭院，一个长躬一声请见，却闻庭院中一片寂然了无声息。嬴柱心下困惑，轻轻推开了中间大屋虚掩的木门，一眼看去，榻案皆空，不见士仓。仔细打量，空荡荡的书案上一张羊皮纸在晨风中啪啪拍打着压在上面的石砚，快步走上去拿起了羊皮纸，一眼瞥去，目光痴痴地钉在了纸上：

安国君台鉴：老夫出山有年，对公子多方导引，却无矫正之法，有愧于君矣！先墨而后法，此乃消弭公子乖戾浮躁禀性之唯一途径。奈何公子恶文如骨，嗜武如命，闻大道而辄生轻薄，不堪以国士待之也。老夫纵有谋国之学，终非庙堂之器，空耗宫廷，无异刻舟求剑，何如早去矣！虽负君之敦诚，终不敢欺心为师。虽负范叔之托，终不敢以治国大道非人而教。不期相逢，老夫宁负荆范叔之前，亦无意空谋于君也！

嬴柱的双手瑟瑟发抖，脸色涨红得无地自容。能说甚？老士仓的话句句带刺，字字中的，对他父子一片赤裸裸的蔑视嘲讽，尖刻辛辣，情何以堪？然则，老士仓说得不对么？嬴傒不是乖戾浮躁么？自己不是空耗宫廷么？士仓为自己设谋，自己却遮遮掩掩，不能大刀阔斧地建言力主，老士仓如何不觉得“空谋于君”？嬴柱啊嬴柱，你比儿子强么？还不是一般的“不堪以国士待之”……

“晓得又有事了。”

随着一句柔软的楚语飘来，华阳夫人拿过了那张羊皮纸，端详一阵哧地笑了，“这老儿倒是扎实，毋转虚文。”嬴柱脸色顿时难看起来，冷冰冰一句：“扎实个甚？分明辱我父子。”“哟！”华阳夫人惊讶地娇笑一声，一只手摩挲到了嬴柱胸口，“侬毋上气，良药苦口，侬整日教我的。”嬴柱不禁红着脸勉强地笑了：“只这老士仓不辞而别，未免太教人难堪也。”华阳夫人笑道：“悄悄然又无谁个晓得，难堪甚了？自己跟自己过不去！”“也是。”嬴柱长嘘一气终是释然笑了，“这难堪丢开它了，只日后却是难也。傒儿文武兼通的名声已经沸沸扬扬，一朝露相如何收场？父王暮年操政，常有旦夕之变，身边没个大谋之士，处处捉襟见肘。你说，不难么？”

“蛮好，想到这厢才是个正理。”华阳夫人偎着嬴柱，一只手在嬴柱胸口肚腹上下摩挲，两汪大眼睛却只滴溜溜转着，“这样好毋好？还在这老儿身上谋出路。”

“人已经走了，如何谋法？真是！”

“追！”华阳夫人哗哗摇着羊皮纸，“你听，‘不期相逢，老夫宁负荆范叔之前’，这老儿定然是找范雎去了。若跟着老儿找到范雎，他能不帮你么？想想。”

“对也！”嬴柱恍然拍掌，“应侯一定会帮我，好主意。”一转身大步出了庭院，匆匆往前院书房去了。华阳夫人冲着嬴柱背影淡淡地笑了笑，慢悠悠地推着两轮车消失在庭院外的林间小道中。

暮色时分，两辆辎车[1]各带一名便装骑士出了太子府后门，出了咸阳东门，在宽阔的秦中官道向东疾驰而去。

[1]　辎车，战国时带篷帘的小型轻便座车。

第二章 商旅大士

一　名士逢楚头　慷慨说山东

初夏的鸿沟两岸，满眼都是莽莽苍苍的绿。

鸿沟[1]也叫大沟，是战国之世赫赫有名的一条人工河流。北边的进水沟口，开在大河南岸的广武，东南穿过大梁城外，再南下三四百里连接颍水入淮，实际上是连接大河与淮水的一条人工运河。这条赫赫大水南北全长近千里，贯穿魏国全境，堪称战国之世最大的水利工程。魏国西南富甲天下，十有八九是得利于滔滔鸿沟灌溉了两岸的无垠良田，促成了大梁城的水陆大都会。鸿沟修建之时，正是魏惠王即位的第一个十年（惠王在位五十余年），锐气正盛，国力最强，历时二十有一年，直到魏惠王三十一年，这条引水大沟方才竣工。至今历经八十余年风雨沧桑，这鸿沟依然是巍巍然大有气象——堤岸宽三丈高三丈，比寻常城堡的城墙还要坚固雄峻；堤岸林木夹持，绿树参天，每隔三里便有一道引水支渠伸向东西两岸的原野。东岸大堤是一条再拓宽六丈的南北官道，道边三层白杨遮天蔽日，傍着鸿沟官道一直伸向了淮北的无垠平川。透过护道白杨，鸿沟的滚滚碧波在明亮的阳光下如一面面铜镜闪烁。车马

[1]　鸿沟，今河南省中部贾鲁河（因元代贾鲁领导修浚鸿沟而得名）。鸿沟自秦末战乱后渐渐淤塞断流，所以后世声名与水利史地位，不如至今仍在发挥作用的都江堰与郑国渠显赫。

路人行于道中，白杨林遮天蔽日，清风吹拂，流水滔滔，教人感喟不绝。

此时正当午后，车马络绎不绝。时有商旅在道，运货牛车衔尾相连，动辄两三里长，鸿沟大道一片不绝于耳的轰隆咣当声，秀美深邃的白杨林峡谷也显得燥热起来。这车马如流的大道上，一红一白两匹骏马靠着道边一路飞驰南下，及至路人抬头观望，红白两骑已如两朵流云飘了过去。

“好骑术！”辎车中有人啧啧称赞。

“彩——”牛车夫们坊间博戏般高喝一嗓子，道中轰轰然连绵不绝。

饶是如此，两骑依旧如飞掠过，只言片语树叶般飘了过来：

“又不是逃跑，歇息一阵也。”一个柔和清亮的声音笑着喘着。

“前面是阳夏地[1]，山冈歇马。”

前行骑士话音方落，坐下骏马一声长嘶四蹄大展，一团火焰般飞出了夹道层林，飞上了鸿沟东岸的一座山头。后行白马衔尾急追，红衣骑士勒马之际，白马也长嘶一声人立在侧。一个白衣女子飘然下马，指着山头一柱高大的石刻惊讶道：“魏尾楚头？鸿沟还没完，这是楚国地界了？”红衣骑士笑道：“三五十年前，别说鸿沟，就是淮北也有一半是魏国。那时候，这鸿沟以南的淮北地面叫做‘魏尾楚头’。近二三十年来，魏国萎缩乏力，楚国趁机蚕食了整个淮北。这一方‘魏尾楚头’石，也被楚人北移到阳夏来了。”白衣女子一撇嘴笑道：“刚打个盹儿世事就变了，真是。”

“说得好！”红衣骑士哈哈大笑，“倒真是刚打了个盹儿也。”一声笑叹又指点道，“大道车马多，忒憋闷。这山冈多好，大石有得睡，山溪有得喝，比满路商人车马在眼前晃悠，强得多也！”白衣女子笑笑，从马背上拿下一个皮褡裢放在了一方大青石上：“你自酒肉，我去打水。”拿着空水囊向山腰的淙淙山溪走了过去，刚要汲水，突然凝神侧耳一阵，回身笑道：“仲连，山谷里有歌声，耳熟也！”

---

[1] 阳夏（音 jiǎ），战国前期魏县，中后期楚县，后来的农民军领袖吴广生于此地。今河南太康县。

红衣骑士放下手中褡裢大步走了过来，搭眼望去，只见谷底树林旁的草地上支着一顶白布帐篷，一辆黑篷辎车停在旁边，两匹红马在草地上悠闲啃草，炊烟袅袅，歌声隐隐，只是不见人影走动。

“楚歌也。”白衣女子轻声笑道。

“听！”红衣骑士一摆手，两人屏息凝神，散漫歌声从谷底隐隐飘来：

布衣遨游兮　瓦釜不鸣
长策未尽兮　山河难定
鱼龙百变兮　恩怨丛生
远去大邦兮　悠悠清风
……

听得一阵，红衣骑士哈哈大笑，放声喊道：“范叔——，你不当官了？”

歌声戛然而止，谷底树林中影影绰绰一个身影走出来挥着大袖喊道：“山上，莫非鲁仲连乎？”

“果然范叔，天意也！”红衣骑士一拍掌蹽开大步向山坡下流星般飞来。山下身影也大笑着快步迎来。片刻之间，黑红两个身影在山脚下拥在了一起。

“去国遨游，瓦釜不鸣。范叔堪称大雅也！”

“布衣纵横，无冕将相。仲连依旧本色也！”

两人互相打量着。曾几何时，范雎已经是两鬓斑白，往昔英挺的身材已经显出了隐隐的佝偻，一领宽大的麻布袍分明是前长后短了，久坐书房的白皙面容也是沟壑纵横写满了风尘沧桑。鲁仲连更是见老，一张古铜色的大脸上虬结着灰白的长发长须，一领大红斗篷衬着隆起的肚腹，身材更显得粗壮高大，若非那双依然炯炯有神的豹眼与一口浑厚的齐鲁口音，任谁也想不到这便是当年英风凛凛的布衣将相鲁仲连。

“仲连，光阴如白驹过隙，不觉老去也！”

“范叔，逝者如斯夫，我辈风云不再矣！”

痴痴打量之间，两人一声感喟，唏嘘不能自已。正在此时，山坡上遥遥飞来一阵明亮的笑声，裙裾飘飘，白衣女子已经从山坡轻盈地飞到了两人身后，笑吟吟奚落道：“不期相逢，老友白发，枉自嗟呀！”闻声回头，两人俱各开怀大笑。鲁仲连正待介绍，范雎却摆摆手，兀自上下将白衣女子打量一番，不胜惊讶道：“呀！这便是小越女么？青山不老，绿水长春，活生生南国仙姑，我等孙女也！”认真、夸张而又谐谑，白衣女子不禁红着脸咯咯笑弯了腰：“哟哟哟，那我也来猜猜，一脸沧桑，金石嗓音天下独一无二。分明昔年咸阳应侯府那个范雎了！”“噫！”范雎困惑地大耸着肩膀摊开着两手，“老夫知你易，千里驹小越女如影随形两不离。你却何以识得我了？”鲁仲连笑道：“范叔不明白，但凡我与要人密谈，她都守在门外或窗下。当年我入咸阳，也是一般。”范雎恍然大悟，不禁哈哈大笑道：“十年不忘一听之音，弟妹好耳力也！”

小越女笑笑，回身一个呼哨，山冈上两匹骏马一声嘶鸣从山坡上飞了下来。小越女从马上拿下两个长大的皮褡，笑吟吟道：“范叔有炊锅大好，今日你俩口福也。”范雎恍然笑道：“我是闲散游，酒肉炊具齐全，都在车厢帐篷，弟妹根本不用添甚，只动手便了。”小越女粲然一笑：“别个不用，只怕这酒是要添的了。”范雎拊掌笑道：“说得好！楚头逢老友，敢不醉千盅？不管甚酒，只管上。”鲁仲连兴奋得大手一拍笑道：“好！只一路臭汗湿衣，这道水绿得诱人，先清凉一番再来痛饮如何？”“妙极！”范雎顿时来了精神，“我车上有干爽衣衫，走！”

这傍山小河是颍水的一条支流，虽然湍急水深，却清澈得连河床的鹅卵石都清晰可见。鲁仲连三两下剥光衣衫跳入水中一阵费力扑腾，水花四溅声势惊人，却只在原地打转。岸边大石上正脱衣衫的范雎不禁哈哈大笑：“东海千里驹，原是个笨狗刨也！”跃身入水，便如一条颀长的白鱼飘到了兀自四溅不休的水花中。“噫！”鲁仲连抹甩着脸上的水珠站了起来，“范叔不是旱鸭子么？”范雎一边划水一边道：“祖上三代都是大河船民，能不会水么？”鲁仲连恍然笑道：“噢——怪道我祖上是猎户，原是我不会水害得也！”骤然之间，范雎喀喀两声咳嗽踩水站了起来，笑得腰都弯了下去，一句话也说不出来。鲁仲连浑然不觉，大喊一声又兀自扑腾起来，沉雷般的水声夹着范雎的大笑声弥漫了幽静的河谷。

“开席也——”遥遥传来小越女清亮的呼唤声。

两人上得岸来各自换上干爽麻布长袍，一身清凉大见精神，一路笑声到了袅袅炊烟处。帐篷外草地上已经铺好了一张大草席，草席上满当当热腾腾四个大盆，一盆清炖鲤鱼雪白雪白，一盆炖肥羊飘着嫩绿的小葱，一盆临淄鲁鸡烤得红亮焦黄，一盆藿菜米饭团金黄翠绿；四大盆之外，还有一片荷叶上整齐码着的三五斤切片酱干牛肉，一大木盘小葱小蒜，一大碗醋泡秦椒，两大坛老秦凤酒外加满当当一个酒囊，直是色色诱人。

“彩！”范雎喝得一声，指点赞叹，“一席齐楚秦，弟妹好本事。”

“啧啧啧！”鲁仲连笑道，“不遇范叔，只怕我这老饕还没有此等口福。”

“一路风火逃兵祸一般，有得空了？”小越女笑吟吟解下腰间布围裙，走过来将手中几片荷叶在席边摆好，“来，荷叶后就座。范兄开鼎了。”

“坐。”鲁仲连一拉范雎，在草席上大盘腿坐了下来，见范雎还是一撩大袍压着脚跟挺身跪坐，不禁揶揄地笑了，“范兄终是官场势派撂不开，那般坐法得劲么？若非这草席太小，我这粗汉便大伸腿了，那何等惬意也！”“说得是。”范雎脸一红笑了，“这礼坐等闲也只半个时辰，否则两臀压得双脚发麻，站都站不起来。”小越女惊讶道：“哟，怪道贵人们起身要侍女扶持，原本是脚麻也。”范雎不禁哈哈大笑：“布衣没有侍女，大盘腿了。”说着一屁股坐实在地盘起两腿，“好实在，好舒坦！来，开鼎——”说罢拿起粗大的竹筷当地一敲陶盆，举起了面前的大陶碗，“楚头逢故交，风尘两布衣，快哉快哉！干！”

“好酒辞！”鲁仲连举碗一句赞叹，“老布衣与你新布衣干了。”说罢两碗一碰，两人汩汩干了。见小越女没有举碗，范雎慨然道：“南墨小越女名满士林，今日第一次谋面，来，老夫与弟妹干了这一碗！”正要举碗尽饮，小越女却一把拉住范雎胳膊笑道：“范兄且慢，我是从来不沾酒，只能用白水替代了。”说罢捧起面前陶碗，将一碗清亮的凉水只轻轻呷了一口放在了面前。“噫！”范雎大是惊奇，“白水也只饮一口？”鲁仲连呵呵笑道：“范兄不知，她是三日一餐，一日三水，由得她了，你我只管痛饮。”范雎更是惊奇：“弟妹南墨名士，如何修习道家辟谷之术？”“范兄两岔矣！”鲁仲连笑道：“她这是幼时一段奇遇所成，来日方长，有暇教她说给你听。来，再干！”

小越女岔开话题笑问：“范兄遨游，夫人何不共行？”

“双飞比翼者，岂能人人为之也！”范雎慨然一叹，“我已将家人送回故乡了，河谷一庄，桑园百亩，也够得她母子生计了。”

小越女惊讶道：“都说魏安釐王要给你百里封地，范兄没有就封？”

范雎摇摇头：“我为秦相十余年，出远交近攻之策，夺三晋土地城池无数，与魏赵韩结下了山海冤仇。三晋迫于强秦之威，一力示好于我，我却如何能陷进这个泥沼？”

“好！”鲁仲连一拍大腿，“范兄终是明澈也。魏国连一个信陵君都容不下，你纵然就封不理事，也是安宁不得。走得好！”转而又是一声叹息，“若非长平撤军，秦王当不会见疑于范兄。说到底，是仲连将你拖进了六国泥沼也。”

范雎一笑，摇摇头一脸肃然：“仲连差矣！长平撤军，基于秦可胜赵然却无力灭赵之大势也。如秦有灭赵之力，范雎岂能主张撤兵？况仲连兄入咸阳见我，秦王尽知。若非如此，我一己之策岂能不见疑于朝野？说到底，长平撤军原是将计就计，岂有他哉！”

“妙也！”鲁仲连哈哈大笑，“自以为范兄中计，却是我钻了圈套，好！两清。”

范雎又是一叹：“谁料秦王无端反悔，骤然三次起兵灭赵，皆大败于赵军与合纵联军。其间又逼死白起，以致秦国朝野汹汹，以我为替罪牺牲也。当此之时，秦王固不疑我，然我却已经没有了资望根基。秦王一旦有变，我岂非白起第二？当真说起来，我之离秦，不在秦王疑我，而在我疑秦王也。”

“范兄此话有理！”鲁仲连钦佩间又是慨然一叹，“范兄呵，你知道山东六国最惊诧最疑惑处在何处么？”

“先杀白起，再放范雎，岂有他哉！”

“着！”鲁仲连一拍大腿，“如此昏庸老王，守着他等死么？走得好！”

范雎一阵默然，又淡淡一笑道：“好也不好，不好也好，不说它了。说说你老兄弟，不是赵国要对你与信陵君封地授爵么，如何跑到楚国来了？”

“先干一碗再说！”鲁仲连猛灌一大碗，顿时满面涨红气咻咻嚷了起来，“鸟个封地授爵！不要者塞给你，真要者不给你，如此赵王，安得没有长平大败？秦国若是再爬起来，这山东六国我看便真是完了。范兄且看，早晚总有那一天。”

“如何，救亡图存千里驹，也对山东六国没信心了？”

“左右你不是秦国丞相了，有没有，你又能如何？”鲁仲连黑着脸嘟哝了一句。

范雎不禁哈哈大笑：“我能如何，该当是你能如何，还为六国周旋么？”

“范兄呵，仲连这次可是真伤心也。”小越女幽幽一叹，“自秦赵两强上党对峙，我就再没有回过会稽，一直跟着他奔波了十几年。可任谁也不能预料，合纵成了，联军胜了，原先的一切指望竟都化成了泡影。”鲁仲连黑着脸只是饮酒，范雎默默地看着小越女，目光中尽是疑惑关切。小越女便断断续续地说起了她所看到的故事——

白起死了，老秦王又执意灭赵，山东六国的有识之士看到了恢复合纵的大好时机。鲁仲连飞赴楚国，邀春申君北上邯郸会见平原君共商大计。三人密商一日，鲁仲连与春申君星夜南下大梁，秘密见到了信陵君。此时的信陵君已经赋闲多年，对合纵抗秦几乎已经丧失了希望。然则，当鲁仲连将雄心勃勃的合纵谋划通盘说完时，信陵君还是怦然心动了。鲁仲连的谋划是：由他与春申君、平原君出面联结五国出兵救赵，信陵君做联军统帅；败秦之后，赵国出面以合纵联军护送信陵君回魏国，胁迫魏安釐王让位于信陵君；信陵君做魏王之后，与赵国共同成为合纵轴心，全力振兴山东，十年之期，一举灭秦！

于是，才有了威势最大的这次合纵救赵，也有了六国一举击败秦国主力大军的皇皇大胜。可是，当联军班师邯郸时，一切却都变了。

邯郸举行了隆重的犒赏大典。一路黄土垫道，清水洒尘，鼓乐大作，民众夹道欢呼。王城箭楼还悬挂了两幅足足六丈的大布，右为“存魏救赵”，左为“功高天下”。赵国君臣光灿灿排列于王城正门两侧，孝成王大红胡服居中，平原君亲自做了司礼大臣。在一道三丈宽的红毡大道中，信陵君、春申君、鲁仲连等被赵国君臣簇拥着进了王宫大殿。

可是，大宴开始后赵王却始终不提联军护送信陵君回魏之事。鲁仲连几次向平原君眼神示意，平原君浑然不觉。眼见信陵君脸色阴沉下来，鲁仲连将大爵嗵地一砸大案，一声高喊：“乐舞停！”

乐声歌声骤然止息，大殿里静悄悄如幽谷一般。平原君看一眼鲁仲连便高声宣呼：“犒赏有功，行王封书令——”赵孝成王一挥手，一名王室大臣捧着王书高声念了起来，从头念到尾，关乎信陵君鲁仲连者只有三句话：“……救赵大功，首推信陵君与仲连义士。特封鄗城六万户，为信陵君食邑。特封仲连义士为武定君，享三万户食邑……”

王书念完，却无人谢恩，等待恭贺的赵国大臣们愣怔了。正在举殿寂然之时，鲁仲连仰天一阵哈哈大笑，长身站起，一甩大红斗篷对赵王高声道：“鲁仲连纵横列国二十余年，从不受官任爵，想来赵王未必不知也！”

赵孝成王淡淡一笑：“区区衣食之源，义士何须清高？”

鲁仲连不理睬赵王，炯炯目光只盯住了平原君：“合纵有约，信陵君之事如何落脚？”平原君满面涨红，一拱手正要说话，却见信陵君从座中站起向赵王一拱：“魏无忌素来不愁衣食，不敢受六万户封邑。今日不胜酒力，就此告辞。”说罢昂昂去了。一直惊讶沉默的春申君恍然大笑：“噢呀，这赵酒变味啦！喝不得，告辞！”也昂昂去了。两位统帅一走，各国的联军大将顿觉难堪，也纷纷去了。

眼见救赵功臣片刻散去，平原君拉住了鲁仲连不放，硬是将鲁仲连小越女请到了府邸小宴。席间平原君大诉赵国难处，请鲁仲连设法劝说信陵君先留在赵国闲居，容后缓图。鲁仲连一改谈笑风生的豪侠气象，硬是一句话不说，只埋头饮酒。平原君无奈，以老友名义赠送两万金，要鲁仲连择地定居，以为答谢。及至黄灿灿两万金抬到面前，鲁仲连硬邦邦道："人言平原君高义谋国，今日看来，连商旅之道也是不及。鲁仲连除兵不图报，今日告辞，终身不复见君也！"说罢腾腾腾砸了出去。

……

范雎良久默然，灰白的须发随风乱飞在肩头，捧起大陶碗咕咚咚一饮而尽，放下陶碗一声喟然长叹："世固不乏良谋长策，惜乎不逢其时，不遇其人。人算乎，天算乎？"

"鸟！"鲁仲连笑骂一句，"人算也好，天算也罢，左右我是不再掺和这龌龊合纵了。来，饮酒是正经！"大碗与范雎一磕，汩汩饮干。

范雎放下碗一笑："仲连此话当真，从此不再布衣纵横？"

"不信老兄弟？"鲁仲连哈哈大笑，"仲连布衣，只没个辞官处便了。"

"范兄，仲连可是真要归山了。"小越女笑道，"他与我说好的，南下陈县拜会一位好友，而后随我到会稽山隐居治学。"

"雄奇入世，节义归槽，壮哉千里驹也！"范雎衷心赞叹一句举起了大碗，"来，浮一大白！"两人一气饮干，范雎慨然道："今日既知仲连归山，我当千里送君，直下会稽！"鲁仲连哈哈大笑："好！左右你也是云游四海，先跟我到陈县会会这位风尘大士。"

"大士？"范雎惊讶了，"何人当得大士名号？"

"此人当今奇才，若假以时日，必成当今陶朱公也！"

"噢，原是一个商人。"范雎微微一笑，"纵然富绝古今，又能如何？"

"范兄差矣！"鲁仲连一脸正色，"春秋以来四百余年，商旅蓬勃兴起，非但周流天下财货而利国利民，且多守节义大道，每每在邦国危难之时挺身而出，义报消息、捐献财货、舍生从戎。更有一点，但凡商人，身行天下而扎根本土，极少迁出弱小祖国，是故方有当今天下弱国多富商之异象也。凡此等等，虽我等士人，亦未必人人能及，范兄何独以商道牟利而轻之乎？”

“糊涂也！”范雎不禁哈哈大笑，“倒是忘了，仲连生平唯受一人钱财，这便是号称商旅孙吴的田单。对么？”

“不然，后来还有这个商旅大士。否则，我喝西北风周旋列国么？”

“惭愧惭愧！”范雎呵呵笑着抱拳一拱，又是轻轻一叹，“老哥哥书吏根底，委实是不解商旅，心下实远之。说说，你老兄弟生平至交，如何偏偏是两个商人？”

“天意也！我何能知之？”鲁仲连诡秘地笑笑，“也许，见了此人你自明白。”

范雎慨然拍掌：“既入得仲连法眼，自然要见识一番。”

倏忽间已经是暮色降临。小越女燃起了一堆篝火，幽暗的河谷闪烁出一片亮光。鲁仲连与范雎还是无休止地说着无休止地喝着，一个话题接一个话题，谁也没有睡意，不知不觉间，天渐渐亮了。

“晨风清凉，莫如直下陈县。”鲁仲连霍然起身。

“妙！你快马我轻车，到了陈县再大睡。”范雎欣然赞同。

小越女咯咯笑道：“亏你好盘算也，到陈县你却困不得了。”

“我不信，谁能挡得睡神大驾？”范雎呵呵笑着。三人便动手收拾车马物事，片刻就绪，两马一车飞出阳夏河谷，从鸿沟官道辚辚南下了。

二　天府鬼蜮　沧桑陈城

鸿沟南入颍水的交汇地带，巍巍然矗立着一座大城，其名曰陈。

陈虽县城，却是楚国北部重镇。天下人但说“楚头”，十有八九指的都是这陈县。其所以如此，在于陈非寻常县城，而是一个风华古国的大都城。这个古国，便是陈国。周武王灭商后首封八个诸侯国：燕（召公奭）、殷（武庚）、管（叔鲜）、蔡（叔度）、霍（霍叔）、康（康叔）、曹（叔振铎）、陈（胡公满[1]）。八大诸侯中，陈国虽位列最末，却是赫

[1]　胡公满，胡公为姓，源不可考，满为名。

赫然别有风光。其特异处，一则是位次虽末，却与王族诸侯同享一等公爵，领百里之地；二则是周武王将自己的元女（长女）大姬婚配给了胡公满，陈国成了外戚诸侯，尊享王族荣耀。而胡公满部族所以成为首封八诸侯，最根本处，在于这个部族是舜帝后裔；其次，在于曾出兵孟津助周灭商。远古之时，舜部族居住在河东的妫水[1]河谷。古俗以地为姓，族人姓了妫。出了个舜帝之后，妫部族却一直平平淡淡地蜗居在妫水河谷耕耘，再没有兴起过风浪了。骤然立国为诸侯，自然以国号为大，整个妫部族也以国号“陈”做了姓，天下从此有了陈氏。

周武王于灭商第二年病逝，第一批诸侯中的六大诸侯（管、蔡、霍、康、曹、殷）竟一齐叛乱发难。于是，引出了周公东征平乱。陈国也决然加入了王师东征大军。靖乱之后，六大诸侯悉数湮灭，首封八诸侯只剩下了燕、陈两国。周公以周成王名义再行分封，才有了鲁、齐、卫、宋、晋、楚、郑、蔡等一班诸侯。从此，陈国有了忠勤王室克难靖乱的无上荣耀，一举成为西周初期诸侯中的赫赫栋梁。

世事沧桑，也是难料。自此以后，这陈国再也不出彩了。到了西周二百七十余年的末期，陈国悄无声息地沦落为二三等诸侯了。谁知到了春秋之世，陈国却又一次声名鹊起，成了大名鼎鼎的诸侯。

其间因由，一则是陈国地处颍水两岸，土地肥沃多有沟洫，陈人又善于耕作，农事兴旺，国人丰衣足食。于是，陈有了“足食之邦”的大名，小国辄遇水旱饥馑，多向陈国借粮。二则，陈国都城修得坚实雄峻，春秋之世又几次扩建，气势超过了一等一的老王族诸侯鲁国郑国的都城，自是分外显赫。三则，陈国公室以先祖阏父曾在周武王时做陶正[2]为荣耀，自诩陈人“善营作”，君主代代好商，为商旅大开国门：免去关隘税收，大召列国商旅入陈，官市之外大建自由交易的民市。渐渐地，陈国成了中原以南的第一富庶风华之地。

若仅仅如此，陈国倒也暗合了天下潮流，天下人也绝不会如后来那

[1] 妫（音 guī）水，古水名，发源于今山西永济县历山，西流入黄河。
[2] 陶正，掌制作、销售陶器的官员。

般蔑视陈国。偏偏是风华浸淫之下，陈国君臣耽于奢靡，国君大臣聚相以玩乐为能事，淫靡之风大兴，种种丑闻不断随着商旅车马流布开来。流风日久，陈国终于渐渐糜烂了。

传到第十八代君主，陈国终于出大事了。

这第十八代君主是陈灵公。灵者，窃国之谓也。以“灵”字谥号于国君，大体都是乱国失国之辈。古人很睿智，创制了谥法，是在人死之后将其生前作为品行给予一个总评定，加给死者一个称号，从而弘扬王道君德，贬斥奸恶劣迹。《逸周书》云：“谥者，行之迹也。号者，功之表也。车服者，位之彰也。是以大行受大名，细行受细名。行出于己，名生于人。”国君之号，由礼官提出经大臣公议而定。臣下之号，则由国君颁赐。应当说，直到秦汉之世，古人对谥法还是很实在的，所加称号，大体百不失一。不若后世将谥法变成了歌功颂德的廉价伎俩。譬如春秋之世还有一个晋灵公，同样是一个忠奸不辨昏聩致乱的国君，酿出了“赵氏孤儿”的悲剧，导致晋国从此衰亡。这个陈灵公更是荒诞乖戾，即位之后一件正事未做，却生出了一件天下所不齿的最大丑闻——

时有郑国少女名姬，貌美痴淫，嫁给了陈国臣子夏御叔，时人呼为夏姬。夏姬生下了一个儿子夏征舒，其夫夏御叔便死了。府中童仆有传言，说是家主不堪夏姬昼夜痴淫，硬是给累死了。流言不胫而走，喜好淫乐的陈灵公以抚慰亡臣之名进入夏府，与夏姬私通了。另有两个大臣，一个叫孔宁，一个叫仪行父，都是陈灵公寻常淫乐的伴当，闻得消息，也先后与夏姬私通了。君臣三人各自藏了一件夏姬的贴身衣衫，在大殿朝会后相互观瞻品评，看谁的藏品是真正的亵物。后来，君臣三人索性不再避讳，公然与夏姬一起宣淫于夏府，指着在厅廊外习武的夏征舒，高声谈笑争论是谁的儿子。话随风出，夏征舒听得清楚，心中怒不可遏。一天夜里，陈灵公从夏姬寝室刚刚出来，被夏征舒一箭射杀。赶来接活儿的孔宁、仪行父大惊失色，连夜逃亡楚国去了。

其时，楚国正是雄心勃勃的楚庄王在位的第十六年。一闻消息，楚庄王立即带领大军入陈靖乱，杀夏征舒，灭了陈国，将陈地变成了楚国的陈县。[1] 不久，中原以晋国为首的诸侯联盟声讨楚国“不奉王命，僭越灭陈”，要出兵干预。面对强大压力，楚庄王将陈灵公的儿子陈午拉出来重新做了国君，算是恢复了陈国，这是陈成公。

虽则复国，陈国的名声却因这一特大丑闻而一落千丈，始终只能战战兢兢地做楚国的附庸，在诸侯争霸的夹缝里生存。又过了五代一百二十年，晋国的四大部族（智、魏、赵、韩）已经将这个最大的老诸侯掏空，晋国再也无力主持诸侯纷争的“公道”了。其时楚国势力大涨，又一举出兵灭了陈国，再一次将陈国变成了陈县。传了二十四代六百四十五年的陈国，永远地消失在战国前夜了。

这一年，是楚惠王十年，距三家分晋天下进入战国只有四年。[2]

陈国归楚，楚国在淮北有了立足之地。其时楚国的腹地虽然在荆山云梦泽一带，被天下称为“荆楚”，但因长江下游有吴越两国，长江中游的洞庭湖两岸与岭南之地尚是蛮荒未开发之地，要谋取丰腴土地与人口财货，只有向中原拓展。春秋数百年，楚国的有为君主从来都将北上中原争霸当做拓展楚国的第一要务。对楚国而言，争夺中原只有两个方向最理想，其一是老路，从东北上与齐国争土；其二是新路，越过淮水北上，正面进入中原与三晋争夺土地人口。然则，三百余年过去，楚国始终没有大胜过齐国，这条老路眼看是劳师费力而没有结果了。要北上，楚国只有打通淮北。

天缘巧合，压在淮北的最大诸侯国便是陈国。灭陈而占据淮北，是春秋战国之交楚国最大的梦想。楚庄王闻陈之乱而毫不犹豫起兵，这是根本原因。历时百余年，楚国终于梦想成真，陈国变成了楚国陈县，楚国如何不大喜过望？

灭陈得地，楚国的第一要务是延续陈城的商旅都会传统，将陈地变为楚国汲取中原财富的最大吸盘。为此，楚惠王将陈县令升格为“上执圭”爵位的大臣，由左尹担任。上执圭是楚国第三等高爵，仅次于君、

---

[1] 楚国第一次灭陈，在公元前 599 年。

[2] 楚国第二次灭陈，在公元前 479 年，也有记载作公元前 478 年。

侯两级，因有楚王亲赐圭（长条形礼器玉）而得名，封地相当于附庸小国之君。左尹，则是令尹之副。也就是说，陈县令实际上是由做过副丞相（左尹）的大臣担任，其爵位比做左尹时还高。就实而论，楚国是将陈地陈城看做重镇经营的。但在名义上，却只将它作一个县。这是楚国君臣的高明处：麻痹中原诸侯，宣示自己对中原垂涎的陈地并不如何看重。

如此一来，陈县成了中原边缘最为繁华的商旅都会，与大梁、洛阳、新郑这三个最大的中原都市比翼鼎足，成了天下最著名的商旅都会之一。其所以著名，在于陈城虽非当时都城，却有大诸侯都城的文化底蕴与商旅传统；纯粹的商旅天下，几乎没有任何交易限制，更没有大都城的诸多官府与关节的必须应酬，商人只要缴了税金，便再也无人过问其他了。久而久之，陈城成了天下商人的福地乐园，非但中原各国商旅云集，戎胡商人也如过江之鲫，大凡在大国都城官市不能交易的物资财货，在这里应有尽有。白昼大市，夜来海市，吞金吐玉出铁进盐聚敛财货醉死梦生。陈城的每个时刻，都是商人心醉神迷而又心惊胆战的生死关头。

商旅大都，自然也是百业作坊的渊薮之地。作坊云集，自然有各式工匠纷至沓来寻觅生计。这里没有“料民”[1]法度，对所有人口都不盘不查，不管你是逃亡奴隶，还是饥民逃国，抑或杀人越货的罪犯，只要有人雇用收留，无人问你的来龙去脉。如此一来，这陈城人口纷杂无计，冠带轺车如云，贩夫走卒如流，锦衣满街，饥民当道，各色人等汇成了汪洋恣肆的大海。

于是，天下商旅有了“楚头陈城，天府鬼蜮”的说法。

说也奇怪，如此一个长鲸饮川般吐纳天下金钱财货的商都鬼蜮，矗在中原边缘，楚国却没有大军驻防。直到战国末世楚国将都城北迁到陈，陈城一直都是兵不过万，吏不过百，几乎是无为而治。更令人不解的是，进入战国近二百年，没有一个国家试图争夺陈城，也没有一个国家声讨楚国坏了世道人心，更没有列国盟约压迫楚国改变规矩。大国小国都对陈城视而不见，也从没有一个邦国限制过商旅入陈。

---

[1] 料民，古代户口登记法，始于西周。

倏忽之间，陈城商风蓬蓬勃勃地弥漫了淮北。

三　天计寓三杰聚酒

鲁仲连一行进入陈城，正是凉爽的早晨，也正是陈城街市最热闹的辰光。

长街两侧全是大木搭起的连绵板棚，棚外人头攒动熙熙攘攘，几乎望不到尽头。每段板棚便是一家坐贾商铺，柑橘、丝绸、兽皮、麻布不一而足。最显眼者，是短兵器商铺显然多于其他商铺。一眼望去，吴钩、越剑、胡刀、韩弓、兵矢的幌子随风摇荡相连，令人目不暇接。拐过街角是一条宽阔的石板街，青砖大屋鳞次栉比，市人略少，大店比邻而立，盐社、铁社、木社、谷社，每家都是一大排店面，街中多有锦衣商人的精巧轺车与运货牛车交相往来，辚辚隆隆之声连绵不绝，气势比板棚街市大过许多。来往行人的服饰色彩纷繁，既不是楚国郢都的满街黄衣，也决然看不出任何一种色彩的服饰占据主流，恍若草原河谷的蝴蝶漫天飞舞，教人眼花缭乱。

“四海杂陈，竟不知谁家之天下也！”范雎不禁一声感叹。

“只要不是一片黑，范兄左右不好受。”鲁仲连不无揶揄地一句，指点着车马人流高声笑道，“唯其五湖四海，才是真天下也！”

范雎微微一笑：“浩浩之势也，岌岌之危也，见仁见智了。”见无回话，范雎回头看去，原来已经到了又一条街口，旁边牵着马的鲁仲连目光只在人群中巡睃，便问一句，“仲连找人么？”

鲁仲连遥遥一指：“看！那里。”

一眼望去，只见前方十字路口的热闹处竖着一面大木板。木板左右的大石上各站一名白衣人正在大声喊话：“进山伐木，日赚五钱，愿去报名啦！”木板周围聚着一群又一群衣衫破旧身背小包袱的青壮男丁，围着木板指指划划。距木板丈许之地，立着一顶大帐篷，一名麻布长袍的中年人正在给一些人发放小木牌。领到木牌者依次坐到大帐旁的草席上，此刻已经坐了一大片人。

“差不多，走！”鲁仲连将马缰交给小越女，“你且等等。”拉着范雎过了路口。

路口大木板上赫然一幅粗黑的木炭画：左上方是三人伐木（两人拉锯，一人斧砍），右中间是两枚刀币光芒四射，直指木板下方最大最显眼的画面——农人盖屋的热闹景象。

一个粗黑的男子向同伴嚷道：“一年伐木，能盖三间砖瓦房，值！”

同伴连连点头：“值值值！快走，报名！”拉着粗黑男子向大帐篷挤了过去。

鲁仲连笑了：“又有新点子了，妙！”

“伐木耳耳，千年旧事，妙个甚来？”范雎不以为然地笑了。

“范兄慢慢品味。随我来！”

鲁仲连哈哈一笑，拉着范雎的手向大帐篷走了过去。帐篷前的中年人连忙迎了上来拱手笑道：“二位先生，在下这里不做生意，尚请见谅。”鲁仲连也不说话，只从腰间皮袋摸出了一枚小铜牌向中年人眼前一亮。中年人略一打量深深一躬：“先生风尘劳顿，在下却是鲁莽。敢问，先生可是欲找先生？”鲁仲连一拱手道：“多有叨扰，敢问先生在否？”中年人笑道：“二位稍待。”匆匆过去对几个正在忙碌的短衣人吩咐几句，回头过来一拱手，“先生，请随我来。”鲁仲连笑道：“我等还有车马在街。莫耽搁足下活计，你只指个路径。”中年人谦恭笑道：“先生初来，只怕我说了先生也是难找。车马在下已经看见了，自有人随后赶来，先生无须操心。”堪堪说罢，小越女笑吟吟走了过来道：“车马妥了，走。”白衣人一声请了，领着三人向一条稍许僻静的石板街走去。

范雎心下忐忑，拉着鲁仲连低声道：“你没来过陈城么？”

“陈城找人，天下一难。”鲁仲连笑道，“你倒是来过，不也一抹黑了？”

“我说的是，你与他们相熟么？”范雎不禁有些着急。

鲁仲连嘿嘿笑了：“莫担心，此人办事之周密，不下于你那秦国法度。我倒是盼着他有一个疏漏处，好扬眉吐气地骂他一顿，可十几年都没等着，你说丧气不？”

见鲁仲连如此笃定，范雎也不再说话，只打量着街巷走路。范雎细心缜密，对陈城老街市的格局还是清楚的，走着走着，心下不禁一紧，此人有何神通，如何能住进这等所在？陈城是不法商旅之天府，江洋大盗之渊薮，莫非鲁仲连结交了个游侠道人物？

原来，走出这条林荫夹道的幽静石板街，左拐是一条砖铺小巷，入口处两排厚实简朴的青砖瓦屋，临街墙上有两个大字“死巷”。分明死巷，麻布长袍的中年人却悠悠然丝毫没有停步。数十步之后，两边没有了一间房屋，只是一色的老砖高墙，遮得巷道幽暗得如同深深峡谷。幽暗中行来，范雎蓦然想起了章台宫的永巷密道，心下顿时恍然，这是进入了古陈国的老宫殿区。

出得这条大约两三百步的峡谷巷道，果然一片高墙包围的宫城。一眼望去，面南城墙连续五六个城门，东边几个城门车马不绝，眼前两个城门却是幽静非常，硕大的铜钉木门都紧紧关闭着。跟着麻布长袍者走到最西边门洞前，城门正中镶着一方铜牌，却是没有字的铜块。长袍中年人走进门洞，用一支长大的铜钥匙打开墙上一方铁板，伸手进去一扳，沉重的大门轧轧开了。

走出幽深的城门洞，眼前一道横宽十余丈的巨大青石影壁，影壁上赫然镶嵌着四方铸铁，也是一字皆无。小越女咯咯笑道：“铜铁上墙却没有字，这位老兄甚个名堂？”范雎笑道：“有底无字，字在心中，左右不是暴殄天物。”鲁仲连哈哈大笑：“还是范兄了得。此公正有口头语，大道在心。”范雎点点头道：“平和不彰，也算难得也。”

说话间绕过影壁，眼界大开：一片高大厚重的砖石房屋沿着中间一片碧绿的水面绕成大半圈，大屋后面一片参天大树，遮住了来自任何方面的视线；整个所在幽静空旷之极，看不见一人走动，仿佛进入了山谷一般。范雎四面打量，微笑点头。

“范叔看出了奥妙？”鲁仲连饶有兴味地问。

范雎指点着道：“这片高房大屋该当是一片储物仓库，中间水池或是防火而设。后面大树成荫，确保库房阴凉干燥。主人倒是用心也。只是，唯有一处不解。”

“范叔也有难题么？”鲁仲连不禁笑了起来。

范雎伸手一指两座很高的石屋：“如此之高，又是石墙，储存何物？”

鲁仲连回身向中年人问道：“你说，高大石屋储存何物？”

“我等各司其事，在下不知屋中何物。”

范雎笑道：“此乃老陈国宫城，也许本来就有那些高房大屋了。”

“非也。”麻布长袍者摇头，“这是先生后来特意加高的，并非本物。”

鲁仲连一挥手：“走，找到正主儿自会明白，我等唠叨个何来。”

麻布长袍的中年人一抬手，一支响箭带着长长的啸音与红色火焰掠过水面直飞对岸。片刻之间，一只乌篷小舟悠然漂来泊在了眼前一方石码头前。中年人拱手说声请，三人相继上船。小船划开，却见岸上的中年人已经匆匆去了。小越女不禁笑了：“这老兄行径，很有些墨家风味也。”范雎摇摇头道：“同是军法节制，墨家讲求一个义字，此公却是讲求效率以牟利也。那人如不及时回去，街市雇佣伐木事岂不误了？”鲁仲连不以为然地笑了：“商旅为牟利而生，谁能外之？然此公有言：义为百事之始，万利之本。你说他求不求一个义字？”范雎哈哈大笑：“奇哉！自来义利相悖，此公却将义做万利之本？”“还有，”鲁仲连高声吟诵着，“不及义则事不和，不知义则趋利。趋利固不可必也。以义动，则无旷事矣！如何？”范雎惊讶道：“此公能文？”鲁仲连笑道：“我只看过他写下的两三篇，也不知写了多少？”范雎喟然一叹：“如此立论，匪夷所思也！”小越女笑道：“若无特异言行，田单如何交得他了？”“怪也。”范雎笑了，“田单以商从武，此公以商从文，这商旅奇人如何都教你鲁仲连撞上了？”鲁仲连哈哈大笑：“以范兄轻商之见，只怕撞上了也是白撞。”范雎正要辩驳，小越女突然一指岸上道：“仲连，那不是他么？”

此时小舟将近岸边一箭之地，范雎已经看得清楚，岸边大柳树下正站着一人，白衣飘飘正如玉树临风。鲁仲连连连挥手间一声长呼：“不韦，我来也——”

朗朗笑声随风飘来，白衣人大步走到岸边遥遥拱手：“仲连兄，我已等候多时了。”

小舟如飞靠岸，鲁仲连笑道：“足下耳报何其速也！”

“仲连兄载誉南归，不韦岂敢怠慢？”

说话间鲁仲连小越女已经飞身上岸，与白衣人执手相握，一阵豪爽大笑：“呜呼哀哉！偏吕子常有妙辞，骂鲁仲连逃官逃金，是为沽名钓誉么？”

小越女不禁笑道：“仲连心穴，只有吕子瞅得准也！”三人一阵快意笑声。

范雎缓步登岸，随意打量得岸上人一眼，不禁有些惊异了。此人身穿一领白中带黄的本色麻布长袍，脚下一双寻常布履，长发整齐地扎成一束搭在背后，头顶没有任何冠带，通身没有一件佩玉，身材不高不矮不胖不瘦，肤色不黑不白，颔下没有胡须，脸上没有痣记，一身素净清雅，通体周正平和，分明没有一处扎人眼目，却教人看得一眼再也不能忘记。范雎看多了周身珠宝锦衣灿烂的商人，实在是没有见过如此寒素布衣的大商，一时竟有些疑惑迷糊起来，仿佛走进了一座幽静的山谷书院，面对着一个经年修习的莘莘学子。

“老兄快来！”鲁仲连大步过来拉住了范雎的手，“来，这位是此间主人，商旅大士吕不韦。不韦兄，这位是我一个老友，张睢，魏国隐士。”

范雎一拱手道：“一路多闻吕子言行，今日幸会。”

吕不韦谦和地笑着一拱手：“先生不世高人，不韦何敢当一‘子’字？若蒙不弃，先生便如仲连兄一般，但呼我不韦便是。”

“不韦真有说辞。”小越女一笑，“但凡先生，就是不世高人？”

吕不韦依旧谦和地笑着：“先生清华峻峭，决然大有来历，日后尚请多多指教。”

“书剑漂泊，胸无长物，岂敢言教。”范雎心下惊诧脸上却淡淡一笑。

鲁仲连左右望望两人，向范雎丢个眼色，得意地纵声大笑起来。吕不韦浑然不觉，只微微笑着逐一拱手：“先生、仲连兄、越姊，请。”领着三人走进了凉风悠悠的树林。出得树林，寻着一条草地小道到了一座庭院前。庭院门厅并不高大，一色青石板砌成，厚实得古堡一般，门额正中镶嵌着三个斗大的铜字——天计寓。

“天计寓，出自何典？”鲁仲连兴致勃勃地打量着。

“天道成计然。”吕不韦笑着，“执事们都说有个名字好说事，我凑了一个。”

“妙极！”鲁仲连拍掌赞叹一句回头道，“张兄讲究大，可有斧斤之削？”

范雎揶揄地笑了：“智辩莫如千里驹，你都妙极了，老夫说甚？”

“呀！下回偏要你先说。”鲁仲连哈哈大笑，“不聒噪了，进去说话。”

这是一座全部由小间房屋组成的紧凑庭院。一过影壁是头进，两厢房屋时有身影进出，虽都是脚步匆匆，却毫无忙乱嘈杂之象。穿过北面厅堂，第二进依旧如故。吕不韦指着第二进厅堂道：“这是总事堂，与后院不直通。这厢请。”领着三人从厅堂东边的一道拱形石门入了第三进，刚绕过一道影壁，眼前竹林婆娑清风洒洒，暑气顿去一片清爽。

鲁仲连笑叹一声道：“几时得如此清幽所在，直是一座学宫也！”吕不韦笑道：“那几年仲连兄正忙着即墨抗燕，还不知道陈城鱼龙变化。这里原本是老陈国旧宫，楚国为招揽商旅，划做六门高价开卖，我买下了这最后两门。”小越女粲然一笑：“哟！毋晓得你是王侯商人也，宫殿何处？”“越姊想住宫殿，难矣哉！”吕不韦一阵爽朗大笑，“四门宫殿的主人，目下是楚国猗顿、赵国卓氏、魏国白氏、秦国寡妇清。我这两门，只是原来的宫室府库与一片园林空地，没有一座宫殿。”小越女惊讶道：“如此说来，你与天下四巨商比肩了？”吕不韦摇头微微一笑：“若论财力根基，不韦尚逊一筹。”旁边一直不说话的范雎突兀插进一句：“若论心志谋划，足下却不屑与之比肩也。”吕不韦一个愣怔，鲁仲连哈哈大笑：“有理有理！你只说，何以见得？”范雎侃侃道：“买府库而不买宫殿，求实用而不务虚名，此乃商家大道也。不若四巨，徒然昭彰天下，实则置身于火山之口也。此等谋划，此等心志，岂是只知彰显财力之商人可及？”“高明也！”鲁仲连不禁拍掌赞叹，“老兄总算揣摩着不韦根底了。”吕不韦悠然一笑：“先生如此说，不韦却也无从辩解了。这厢请。”

从碎石小径穿过竹林，一片碧绿的草地上一座茅屋庭院，屋前两座茅亭，四周高大笔直的白杨林参天掩映，幽静肃穆如草原河谷。鲁仲连摇头道："宫城起茅屋，不觉刻意么？"吕不韦笑道："这是一片废弃园囿，将势就势而已，管不得别人如何想了。"小越女对鲁仲连咯咯笑道："晓得无？这可是四重茅草也，冬暖夏凉不透不漏，与竹林草地正是相得益彰。就晓得青砖大瓦好！"

三人一阵大笑，说话间到了茅屋庭院，只见正中门额上赫然三个铜字——利本堂。鲁仲连嘿嘿笑道："老兄，此番你先说，其意如何？"范雎最是急智出色，略一端详道："足下是濮阳卫人了。"小越女先惊讶了："噫！你如何晓得？"范雎指着门额大字道："此乃魏字。濮阳卫国，文字从魏，只是将右立刀外勾，这'利'字正是其形。商旅在外，心怀故国，方有此等怀乡之刻。"吕不韦一拱手笑道："先生洞察烛照，在下正是卫国濮阳人氏。"鲁仲连一挥手道："莫得敲边鼓，你只说，其意如何？"范雎笑道："唯知其一，不知其二。"

"其一如何？"

"明刻利本，寓藏大义，其间真意，义为商根。"

"其二？"

"如此立论，有断无解，其意终究难明。"

"老兄是说，义为利本，道理不通？"

"若能将'义为利本'之立论著一大文，剖析透彻，天下一大家也。"

"好！"鲁仲连拊掌大笑，"不韦，看来你这立论还不扎实也。"

"谈何立论。"吕不韦谦和地笑了，"我是随心而发，一句算一句。著文立说，那是先生仲连兄此等大家之事，不韦却是不敢想。"

"呀！"小越女一声笑叫，"述而不作，不韦岂非孔夫子也！"

四人一齐大笑。吕不韦道："走，三位先沐浴一番消乏一个时辰，日昳[1]时聚首痛饮如何？"时当正午，鲁仲连三人一路车马颠簸，倒也真是汗湿重衣身心疲累，听得吕不韦如此安顿，一齐点头说好。立即有

[1] 日昳（音 dié），古人对午后的称谓，大体在午后两三点之间。

一男一女两个少年仆人过来，将三人领到了茅屋后厅。片刻之后，粗重的鼾声便从幽静的后厅弥漫了出来。

片时之后，小越女先醒了过来，看看院中茅亭的日影，叫醒了鲁仲连，正要再去叫醒范雎，却见范雎长袍散发悠然到了门口。小越女讶然道："范兄自己醒了？"范雎笑道："假寐片刻也就是了，真到梦乡一个时辰能回来？"尚在懵懂的鲁仲连嘟哝道："老天也是怪了，分明炎炎夏日，却凉得通透，倒头便不想起来。"范雎揶揄笑道："仲连兄几时做了村叟，没看见榻后那个大铜柜么？"鲁仲连打量一眼恍然笑道："噢，如此大一个冰柜，怪道凉爽得三秋一般。"范雎道："我那丞相府也只是大木桶盛冰消暑，何有此等冰柜？你来看，"走过去咔哒拉开了大铜柜指点着，"这冰柜内分三层，每层盛冰足足两大桶。屋内但有凉气弥散，却是一滴水也没有。墨家善工，弟妹说说，这化冰之水何处去了？"小越女在凉冰冰的高大铜柜上敲打了一番笑道："这铜柜层层密封，柜底当有一支铜管接出，埋在地下引出屋外，寻常但管添冰，无须理会水路，当真机巧也。""吕不韦，异能之士也！"范雎感叹一声，"我是揣摩这冰柜奥秘，竟没得合眼也。"鲁仲连不禁哈哈大笑："范兄做了一番丞相，便以为天下技能尽在王室官府也，该当开眼！"

正在笑谈，一个须发雪白的红衣老人在门外深深一躬："三位贵客，先生有请。"鲁仲连说声走，三人随老人来到了茅屋正厅。

吕不韦正在厅门前六步之地相迎，所不同者仅仅是头上增加了一顶竹皮冠，顿时平添了一份肃穆敬客的庄重。范雎心知吕不韦与鲁仲连夫妇交谊甚深，此番礼敬皆因自己是初交宾朋而起，遥遥躬身，虚空做捧物状肃然道："张睢惜无腒头以敬，谨奉鲁子之命一见。"虽只寥寥一句，却是大有讲究。依据古老的周礼：士初相见，主人当衣冠齐楚迎之，来者则当以雉（野鸡）为礼物；冬日用带长羽的活雉，夏天便用腒（风干的雉）；拜见之时依据时令，来者面北对主人将雉或腒横捧于双手，雉头或腒头朝左（左手为东为阳），礼辞是"某也愿见，无由达，某子以命命见。"范雎堪称饱学，此刻见吕不韦戴冠迎出，便以此等拜会古礼作答，心思只看吕不韦如何应对。

吕不韦谦和地笑着迎了上来拱手道：“先生博古通今，不韦何能应对得当？寻常只知衣冠礼敬这句老话，便拎了顶竹皮冠扣上，不成想平添拘谨，先生见笑了。”说罢顺手解开冠带拿下竹冠，“还是随意好，与先生一般的散发布衣。”

鲁仲连笑了起来：“虽说张兄把得细，终究是不韦迂腐了一回，好！”

“说人迂腐，还有个‘好’字？”小越女笑着瞪了鲁仲连一眼。

“当真好也。”鲁仲连一脸正色，“多少年都等不到不韦一个疏漏，今日教张兄了却了我这心愿，能不好么？”

四人一阵大笑，相继进了茅屋正厅。略一打量，鲁仲连笑了起来：“四菜一酒，不多不多。”范雎却只盯着北面墙下一柱与人等高的白石端详。吕不韦满面春风地走过来请范雎入座北面的主客尊位。范雎恍然，连忙推着鲁仲连坐进了主客位，自己坐了东手侧席，小越女自然是西手侧席。吕不韦是主人，与鲁仲连相对，坐了南席。

一时坐定，吕不韦笑着举起了面前铜爵：“仲连兄与越姊偕先生南来，不韦为三位洗尘。今日快意之时，来，先干此一爵！”说罢双手抱爵环敬一周，一饮而尽。鲁仲连与范雎自是二话不说，举起铜爵汩汩饮干。小越女也捧起面前一只碧绿的玉碗一气饮了，见范雎惊讶地看着自己，一笑道：“不韦晓得我不沾酒，这是琅邪山石泉水。”范雎困惑道：“千里迢迢，这石泉水纵然运得过来，存得几日岂不馊了？”吕不韦笑道：“我有三层冰柜车，两层坚冰，一层泉水，兼程运到后冰窖存储，半年之内保得原味丝毫不差。”范雎喟然一叹：“足下如此做派，虽王侯宫室犹有不及也。”说话间脸上一片阴影掠过。吕不韦眼睛骤然一亮笑道：“不韦布衣，焉敢虚势？原是今年有几位老友来会，却都是林泉山人饮不得酒，方有此举，先生见笑了。”鲁仲连顿时兴致勃勃：“说说，都有谁个要来？”吕不韦道：“一个唐举已经走了，一个士仓还没来，一个越姊正在当前。”

“且慢！”范雎向正要大发议论的鲁仲连摆摆手，惊讶地看着吕不韦，“足下识得唐举、士仓？”

“唐举兄与我是书交，士仓兄与我是另交。”

“何谓书交？何谓另交？”

“以书成友，谓之书交。以另类隐事成友，谓之另交。”

“敢问足下与唐举以何书成友？”

“我得《计然书》评点本，请唐举兄品评。唐举兄时有急用，我送了他。”

“可知唐举要《计然书》何用？”

“信人便送人，送人则由人。问之，非友道也。”

“足下与士仓以何事而交？”

“老友之隐，不韦不便相告，先生见谅。”吕不韦不卑不亢满面微笑，显然不打算再说下去的模样。

此间分际颇是微妙：以宾主通行礼节，范雎本不当对崂山泉水事语带讥讽；然则战国之世的名士风范恰恰是坦诚犀利，况范雎之讥讽毕竟是基于节用本色而发，吕不韦浑然不觉，诚心说明缘由；范雎再次突兀插问交友之情由，则必是与所说之人相熟，依寻常礼节，吕不韦当坦然告之，以使宴席间皆大欢喜；然则，这看似一团和气的吕不韦却突然不卑不亢地拒绝了范雎最后一问。范雎心性恩怨分明睚眦必报，若要再追问一句甚或反唇相讥，便是当下尴尬。

正在吕不韦话音落点之时，鲁仲连一举大爵高声道：“来！痛饮一爵再说！等士仓这老兄来了，我教他自己说给张兄。”

“天意也！”范雎一声感喟，站起来对着吕不韦深深一躬，“若非足下高义，范雎岂能举荐蔡泽而辞官隐身？今日知情，容当一谢。”

“妙也！”鲁仲连哈哈大笑，“不韦，赫赫应侯现身，你当如何？”

吕不韦丝毫不见惊讶，只悠然一笑站起身来也是深深一躬：“世间典藏珍奇，归宿原有定数。应侯既得，便是天意，与不韦却不相关，何敢当得一谢？”

范雎猛然拉住了吕不韦的手道：“遇合者天意也！你我与仲连越妹一般，莫再先生应侯的客套了，如何？”

“承蒙范兄不弃，不韦敢不从命！”

“啊呀呀！”鲁仲连大笑着走过来将大手搭在两人手上，“执手如刎颈，顷刻交生死。好！”话方落点，小越女捧着一个大铜盘轻盈飘到了面前：“来，人各一爵！”三人执手大笑，各取一爵当地一撞说声干，一齐汩汩饮尽了。

此时，席间因范雎而起的些许生分一扫而去，四人重新落座，一通豪饮饕餮。堪堪半个时辰，吕不韦抬头恍然笑道：“越姊如何不下箸？试试了，你都吃得也。”鲁仲连道：“她是三日一食，由得她。”范雎看去，小越女案上铜鼎中一只热气腾腾的整形蒸鸡，鼎脚下的细木炭冒着红亮的火苗，另有一鼎油亮鲜红的炖枣，呵呵笑道：“不韦呵，不饮酒有备，不食肉却无备，该罚也。”吕不韦已经饮得满脸涨红，拭着额头汗水笑道：“越姊，此物乃岭南伺潮鸡，你但尝得一口，或许破戒也未可知。”小越女端详着铜鼎笑道：“生平毋得吃肉，蒸鸡能吃么？”犹豫片刻，小越女终是伸出了细白的手指。

“越姊，下箸夹得下来。”吕不韦兴奋地提示了一句。

“她从来不会用筷，只会上手。吃便好，就用手！”鲁仲连笑得开心极了。

小越女飞快地瞟了鲁仲连一眼，脸上飞过一片红晕，小心翼翼地撕下了一丝鸡肉，闭着眼轻轻放到了嘴里，轻轻地嚼着。三个男子都屏住了气息看着小越女，一时间人人紧张得如临大敌一般。眼见小越女脸上渗出了一片细汗，轻轻地嘘了一口气，“呵，还真好吃也。”随着话音落地，三人不约而同如释重负地长嘘一声，接着一阵哄然大笑。小越女绯红着脸咯咯笑道：“好吃便好吃，笑我也吃！”两手撕下一大块鸡肉，旁若无人地大吃了起来。

吕不韦对鲁仲连一拱手笑道：“越姊始食肉，仲连兄一大幸事也！”

“不韦……”鲁仲连眼中闪烁着泪光，一口气饮干了一爵。

范雎大惑不解：“不韦呵，这鸡肉有何特异，竟能使辟谷者破戒？”

吕不韦兴奋笑道：“此鸡产于南楚苍梧大山，俗称长鸣鸡，叫声清亮贯耳，一声之鸣能穿海潮呼啸之威。然则，此鸡不鸣于晦明交替，唯在大海涨潮之际随着潮声长鸣，岭南楚人呼其为伺潮鸡。”

“天地之大，竟有此等奇鸡？”

“伺潮鸡以铜鼎蒸之，其肉若鱼之鲜，若笋之清，为食素者尝肉之佳品。不韦尝闻，中原一隐士深入岭南，尝此鸡而戒辟谷，便为越姊一试了。”

“此等神异之物，定然极难觅得。”

“得此鸡有三难。”吕不韦轻轻叩着案头，“其一，山高水险，千里迢迢，等闲人到不得苍梧山海间。其二，捕捉难。此鸡半家半野，涨潮时飞到海岸长鸣竟夜，潮将退去之时，鸣叫分外高亢悲切，唯有此时捕捉，鸡肉才与常鸡迥然有异。其三，饲养难。伺潮鸡离海不能超过十日，否则声哑而亡。”

“如此说来，此鸡刚刚运回？”一直看着小越女的鲁仲连蓦然插来一句。

“不韦得仲连兄行止，掐着时日从岭南运回，今日是伺潮鸡离海第八日。”

良久默然，范雎大是感慨：“这般用心，不韦难得也！”

吕不韦神色郑重道：“仲连兄者，天下士也。担待大义，粪土爵禄，勇于赴难，羞于苟且。士林如鲁仲连之风骨卓然者，唯此一人耳！不韦一介商贾而与天下士交臂，能尽绵薄之心，幸何如之？”

小越女扮个鬼脸笑道：“不韦莫说了，仲连再逃，我可跑不得了。”

范雎揶揄道：“此地没有两万金，逃跑做甚？”

“我只备了千金之数，是否太少？”吕不韦亦庄亦谐一句。鲁仲连陡地睁眼，目光炯炯地盯住了他。吕不韦迎着鲁仲连目光坦诚地笑了：“仲连兄，凡事适可而止，过犹不及也。纵是圣贤，也须衣食住行有靠，方能心忧天下。兄与越姊平生无积财，今去东海隐居，何能不需钱财？兄若果真变做赤脚操劳之渔人猎人，鲁仲连价值何在也！”一声喟叹，吕不韦轻轻叩着大案，“千金之数，大体建得一座庄院，打造得一条好船，养得两匹良马，维持得十年衣食无忧。但能如此，仲连兄方可读书修身，亦可闻警而出。否则，闭塞山林，只做得衣食囚徒也。”

一时举座默然。小越女是听凭夫君决断。范雎觉得吕不韦说得实在，然想到鲁仲连辄遇爵禄金钱从不听人，一言不合便扬长而去，也只好听其自然。不想鲁仲连思忖一阵，慨然拍案：“不韦千金，我受了！”

“好！”范雎哈哈大笑，“一日三奇，我等浮一大白！”

“范兄说说，何谓三奇？”小越女笑得灿烂，手中也举起了那只泉水玉碗。

范雎一副肃然地指点道：“食气者竟食肉，一奇。鲁仲连粪土爵禄，今日却受千金，二奇。商人挥金不图利，却图义，三奇！如此三则，可算得战国奇闻？”

“再加一奇。”鲁仲连一副揶揄笑容，“睚眦必报者，今日浑不计较。”

“彩！”吕不韦与小越女一声喝彩，范雎哈哈大笑，个个痛饮了一爵。吕不韦最是快意，一连饮了三大爵。范雎嚷嚷着不行，也跟着饮了三大爵。鲁仲连哈哈大笑，二话不说跟着大饮三爵。一时席间谈笑风生海阔天空，不知不觉地暮色降临了。吕不韦吩咐掌灯，茅屋大厅顿时一片大亮。

范雎本是豪饮海量，为秦相十余年处处谨慎几乎戒酒，今日万事俱去身心空明，加之遇上了天下一等一酒量的鲁仲连，倒是真做了酒逢知己千盅少，一个一个由头地连连举爵，直饮得不亦乐乎。偏是吕不韦特异，虽很少提起举爵由头，却是一爵不落，爵爵奉陪，饮得多时，六只五斤装的空酒桶已经赫然在厅，吕不韦依旧是爵爵奉陪，依旧是满面春风，与鲁仲连范雎的酒后狂放判若两人。

“噫！奇也！”范雎举着酒爵摇了过来，“不韦呵，你爵爵同饮，当真未醉？”

“范兄之见，不韦醉了？”

“好！老夫试得一试。仲连，你也过来。”范雎举着大爵摇到北面墙下一指，“不韦，这柱白石，刻得甚字？”

“坚白石。”

“对公孙龙子的‘离坚白’不以为然么？”

“玄辨之学，不韦不通。坚白石者，自勉也。”

“取何意自勉？”

“坚不可夺，白不可磨，石不可破。”柔和实在，掷地有声。

“坚不可夺，白不可磨，石不可破。”范雎摇晃着大爵念叨了一遍，一脸肃然，“三者若得合一,千古神话也！不韦呵，不觉太难么？”

吕不韦依旧是柔和实在：“世事不难，我辈何用？”

“好！坚白石壮我心志，浮一大白！”鲁仲连一句赞叹，径自饮干了一爵。范雎欲言又止，内心却被眼前这个看来不显山露水的英年商人在瞬间迸发的豪气深深触动了，不禁一声感喟：“呜呼！其势荡荡，何堪一商？不韦当大出天下也！”吕不韦哈哈大笑，摇摇晃晃地嘟哝着多了多了，软软地扑倒在了厚厚的地毡上。

盘桓得几日，鲁仲连要去了。

吕不韦要他消夏完毕再走，鲁仲连却说还要南下郢都与春申君辞别，赶到吴越也就立秋了。遇到此等天马行空之士，吕不韦也不再阻拦，一应物事备好，送鲁仲连小越女上了颍水官道。范雎本欲与鲁仲连夫妇南下，却接到了一管莫名其妙的飞鸽传书，要他务必等候旬日，却没有具名。范雎思忖一阵，只好放弃了南下遨游，与吕不韦一起做了饯行东道。

这一日清晨，颍水两岸绿野无垠，城南十里杨柳清风，一通饯行酒在郊亭饮得感慨唏嘘不胜依依。范雎最是心绪翻滚，与鲁仲连不停举爵痛饮，眼见红日高升人当上路，不期一声长叹：“仲连一去，天下纵横家不复见矣！”说罢放声痛哭。鲁仲连却是一阵大笑：“时也势也，后浪勃勃连天，前浪消弭沙滩，此乃天地大道，范兄何须伤感也！”吕不韦慨然道：“范兄伤感也是该当。纵横原是连体而生，山东无合纵抗秦，关西几无远交近攻。仲连兄一去，合纵大潮消退，范兄纵是复出，也是落寞无对，不亦悲乎！”范雎哽咽着连连点头：“仲连将去，我心空空也！”鲁仲连不禁一声叹息：“范叔呵，六国已成朽木之势，秦国也是垂垂衰落，无数十年之功，天下风云难起也。我辈纵然复出，徒叹奈何！”

亭下良久默然。小越女抬头看看时辰，向吕不韦看了一眼走出亭外。吕不韦跟出来笑道：“越姊莫急，索性暮色时分上路了。”小越女低声笑道：“他二人说话，我只要送你一样物事。”吕不韦呵呵笑着一拱手：“越姊有赠，不韦大幸也。”

小越女走到大树下红马旁，从马背皮囊中抽出一个小布包双手捧了过来。吕不韦连忙整整头上竹冠，双手接过打开布包，却是一册陈旧发黄的羊皮书，一瞄书皮大字，竟是《范子计然术》，不禁惊讶道：“越姊，这是陶朱公范蠡的真迹么？”小越女笑着点点头：“不错也。范蠡所作，西施手抄。”

“西施抄本？”吕不韦翻开书页，见字迹娟秀劲健，与士子书写的宏大结构迥然不同，肃然一拱手道，“越姊与仲连兄归隐林泉，正当切磋学问以传后世。不韦一介商旅，得此奇异珍本，明是暴殄天物，何敢受之？”

“晓得无？”小越女一笑，“世间计然书多有抄本，然却脱漏错讹太多。你送给唐举的那本也是一样，唯此真本一字不差，堪当治世之学也。”见吕不韦似乎还要推托，小越女认真摆了摆手，“我是越国若耶溪边女，也就是出了西施而被越人称为浣纱溪的地方。《范子计然术》，是我十三岁那年在若耶溪边的山谷中捡到的。后来我成了南墨子弟，将此书交给了老师。五年前老师辞世，临终前又将此书赠还与我。老师郑重嘱托：计然书天下奇学，非商政兼通之士不能得其真谛，我辈难通此学。若天下果无此等人物，天绝计然也……不韦，此书不当你么？”

“越姊，不韦只是商人，不通政事，亦不会入仕。”

小越女笑道：“毋晓得你竟如此迂阔！我要归山，书便给你。你若不任，不能选一个合适人物了？如何与仲连一般，受人赠与便退避三舍！”

吕不韦顿时轻松地大笑起来：“既是如此，我受了。”

此时亭下也是一阵笑声，鲁仲连与范雎又开始了海阔天空。小越女道：“要不启程，你等没完没了。”遥遥招手一喊，“范兄，放仲连上路也！”吕不韦连忙大步来到亭下：“仲连兄稍待，我还有一宗俗物送你。”说罢一招手，一少仆捧来了两只撑得胀鼓鼓的雪白丝袋。鲁仲连目光一闪道：“不韦，要再多事，我真要逃之夭夭也。”

“且放宽心，不是金钱。”吕不韦笑着解开了一只丝袋，掌中一捧红亮的大枣道：“此物是齐国特产，名叫乐氏枣，那日越姊尝过的。乐毅当年长困即墨，在即墨城外栽种燕国枣树。每年打枣时节，乐毅都要用这种大红枣佐酒，宴请远征将士，同时还要送给田单一筐。后来燕惠王疑忌乐毅，乐毅派专使送给了燕惠王一袋红枣，以表赤心不移……”

“乐氏枣，赤心枣也！”鲁仲连双手颤抖，捧起一捧大红枣儿泪眼蒙眬，“那时我常在即墨，每与田单共尝乐毅送枣，都要大醉一回，哭笑一回……”

“不韦此礼，当真暖心也！”范雎唏嘘一叹，“齐人恨燕，却记挂几乎灭齐的乐毅，可见天下公道，自在人心也。”

吕不韦殷殷笑道：“仲连兄去国远居，唯以赤心枣做个念想。”

小越女小心翼翼地摩挲着赤红的大枣，低声道：“再过三五年，我教这赤心枣红遍房前屋后，那时，你等再来……”一声哽咽，猛然回头去了。

看着两马一车辚辚南下，在颍水官道渐渐远去，范雎与吕不韦大步登上山冈，痴痴地凝望了大半个时辰。鲁仲连是苏秦张仪之后的又一个纵横大家，先救奄奄齐国，再救岌岌赵国，使战国大争之格局又一次保持了数十年的大体平衡，其特立独行的高远志节更是天下有口皆碑，成为战国名士的一道奇异风景。鲁仲连的退隐，标志着战国纵横家的全面衰落。自此以后，山东六国救亡图存的合纵大业，再也没有出现过波澜壮阔的整体行动局面。这是后话了。

四　旷古未闻的商战故事

吕不韦范雎两人回到天计寓，一时无话。范雎年近花甲连日纵酒，一旦松心一身软黏昏昏欲睡。吕不韦也不多说，只将范雎安顿在一间幽静的卧房，派一个精细少仆专司看护侍奉，便匆匆去了天计寓书房。

“先生，去邯郸车队已经准备妥当，可否准时启程？”吕不韦刚刚翻开案头报事策，一个白发苍苍精神矍铄的老人轻步走了进来。

“老总事，能否迟得旬日启程？”

“赴赵商队是大宗生意，已于邯郸议好交货日期。”老人简短一句。

“说的是。”吕不韦沉吟片刻断然拍案，“老总事安排车队后日启程。旬日之后，我兼程北上，大约可在濮阳会齐，如何？”

“如此甚好。老朽先行押队北上，先生只需准时赶来交割货物。”

“不。”吕不韦摇摇头，“老总事年事已高，只坐镇陈城照应可也。邯郸商队教荆云兄劳顿一场。”

“先生，”老人似有犹疑，“商队公行，关关勘验照身，荆云义士……”

“老总事莫得担心，此事我来安顿。”说罢霍然离座，“走，验看商队。”与老人匆匆出了天计寓，来到前院高大的库房区。

长长的车队整齐排列在仓储高房外的林阴道下，绕着湖边成了一个巨大的扇形。每辆都是铁皮包轮的大车，棕色牛皮将货物苫盖得严严实实，粗大的麻绳又将牛皮捆扎得稳稳当当，每车相距两丈，只要犍牛入车上套，立时一支声势浩大的商旅车队。老总事道：“总共三百辆铁轮坚车，装载一千具物事，只待先生做最后勘验。”

吕不韦点点头，随意走到一辆车前奋力用肩膀一撞，长约三丈高约一丈的庞大货车纹丝不动毫无松垮喀啦的响动，满意地笑了：“横载平装，老总事的法子果然见效。”老总事肃然道：“这是十六名大工匠亲自动手，连续三昼夜装成的，确保千里颠簸，毫发无损。”“好！”吕不韦转身大步走上湖边山亭，“只这一宗生意，开了山东先例，做得五六笔如何？”老总事惊讶得连连摇头：“此等生意风险太大，先生不可贪多，一笔足矣！”吕不韦打量着湖边车队笑道：“老总事未免小心过余也。此等生意我纵放手，别家可是做得来？”老总事惶恐道：“老主东曾立下规矩：财不聚一家，大宗生意一笔为限，要给同行留有利路，以免商家相残。先生要六国尽做，老朽难以承命。”吕不韦蓦然回头哈哈大笑：“老总事何其迂阔也！商事如战，家父如同商战之宋襄公。商家不争利，犹如兵家不争地，本业大道尚且不立，谈何留利规矩？”老总事却昂昂辩驳道：“先生有言，义为万利之本。若一家尽揽天下之财，商道大义何在？”吕不韦哭笑不得，一挥手道：“两回事，回头再说。犍牛车伕都齐全了？”

“四百名精壮车伕，八百头秦川犍牛，全数在城外扎营三日，养息得好精神。”

“沿途粮秣？”

“商丘、陶邑、濮阳、朝歌、安阳、邯郸、巨鹿七大站，均已备足粮草。”

“沿途关隘？”

“北上千里，楚魏韩赵四国二十三关，全数打点畅通，花费万二千金。”

“好。”吕不韦轻松地笑了，“老总事只管照应好陈城根基，入山伐木、作坊打造两件大事万万不可有差，北上押队我来处置。”说罢大步下了山亭，径自进了湖边那片莽苍苍的白杨林。

白杨林的深处有一座幽静的小庭院。吕不韦踏上林间小径，遥遥望见庭院屋脊时打了一个响亮的呼哨。呼哨飘荡间一阵短暂低沉的喉鸣声传来，待吕不韦走近庭院门前，一只戴着铁链的威猛黑犬已经蹲在了门厅一侧，毫无声息地打量着来人。吕不韦笑着一拱手：“獒兄，我可以进去么？”黑犬威严地耸了耸鼻头，哗啷一声蹿上了门厅，头只一顶，两扇厚重的木门咣当开了。“多谢獒兄。”吕不韦又一拱手，走了进去。黑犬昂头蹲伏在门厅下，如一尊石像般岿然不动了。

半个时辰后，一个黑色长袍黑布蒙面者送吕不韦走了出来，到得门口止步问道：“吕公，我可否带荆獒同行？”吕不韦笑道：“只要于事有利，一切但凭荆兄。”长袍蒙面人道：“此獒神异非常，与我失散有年而能寻觅到陈城，远道大是有用。”吕不韦对着黑犬肃然一躬：“獒兄如此忠义，不韦敬佩不已。”此时黑犬已经蹲在了门侧，对着吕不韦也是两只前爪一并一摇。吕不韦不禁笑道：“獒兄啊，你但随行，第一位是保护主人。荆兄但出差错，我却找你要人。”威猛黑犬却陡地一喷鼻，转过脸连吕不韦看也不看了。“獒子，不得对恩公无礼。”长袍蒙面人低声呵斥一句，黑犬立即趴在了地上，头却正对着吕不韦。吕不韦一拱手笑道：“獒兄对我之叮嘱嗤之以鼻，足见神异无双，何罪之有？不敢当了。”又回头道，“如此神犬，荆兄何须铁链囚禁？”长袍蒙面人叹息一声道：“荆云大罪在身，恩公却以义士待我，自当隐匿形迹。它若自由，便会巡视整座庄园，若不慎惹事，荆云何颜面对恩公？”“荆兄差矣！”吕不韦顿时肃然，“荆兄诛杀恶吏，为民除害，原是任侠仗义。不韦援手，亦是为天下正道张目。你我尽皆坦坦荡荡，何须隐匿行迹？这神獒，也莫委屈了它。偌大商战谷，有獒兄昼夜巡视，岂非大大一桩美事？”

“好。但凭吕公。”荆云走过去拍了拍黑犬头，“獒子，恩公给你开链了。”大獒[1]闻声霍然起身。荆云撩起长袍从皮靴中抽出一把短剑，青光一闪，挑开了铁链皮条。随着铁链哗啷落地，大獒汪汪两声对着吕不韦翻了两个滚儿，嗖地蹿了出去消失在树林中了。

“荆兄，我也去了。”吕不韦大笑着一拱手，出了白杨林。

两日后，商队逶迤北上。吕不韦亲自送到陈城北门外十里郊亭，给初上商道的荆云壮行。诸般事体完毕，吕不韦回到天计寓匆匆来看望范雎。范雎大睡三日方醒，一番沐浴之后，一领宽松大袍一头蓬松散发，正在廊下悠悠漫步。吕不韦遥遥拱手笑道：“范兄，好清爽。”范雎情不自禁地伸了个长长的懒腰，回头乐呵呵道：“不韦呵，出世之乐，仲连之明，今日始得感悟也，不亦乐乎？”吕不韦道：“难得范兄如此空明心境。走，亭下老陈汤等着你。”范雎说声好，大袖飘飘地跟着吕不韦来到了前院。

四面三层白杨林遮住了夏日的炎炎天光，绿草如茵，清风徐来，茅亭下一案美酒佳肴，当真是撩人胃口。范雎大步上前一番打量，大耸鼻翼：“噫！这味儿却是特异，似酸似甜还夹带着异样肉香，闻所未闻也！”吕不韦笑道：“满案佳品，范兄独赏老陈汤，高人。”范雎也算讲究食仪，思忖道：“老陈汤甚个讲究？陈年老汤么？”吕不韦摇头笑道：“范兄也有不食之盲，难得难得！老陈汤者，非陈年之陈，乃陈国之陈，晓得无？”“噢——”范雎见事极快，顿时恍然大悟，“那定是陈国宫廷所创，流播民间之美味了？”“终是拎得清嘞。”吕不韦又转了一句楚语，

---

[1] 獒，春秋便有记载的猛犬。《尔雅·释畜》：“狗四尺为獒。”《公羊传·宣公六年》：“（晋）灵公有周狗谓之獒。”周狗，经过训练听从指挥的猛犬。后世《博物志·器名考》亦有记载。

“陈灵公别无所能，唯对食、色二字天赋异禀。日日美酒，夜夜佳丽，一朝亡国，只留下了这酒后汤去了。陈国遗民呼为‘老陈汤’了。”范雎不禁莞尔：“如此说来，这是亡国汤了，你也不怕晦气？”吕不韦一阵大笑：“好！晦气均沾。”说着打开石案中间那只丝绵套包裹的硕大铜鼎，“来，尝尝。”

范雎一看，鼎中雪白碧绿金黄的一汪。拿起旁边大木盘中的细长木勺，小心翼翼地向自己的玉碗中打了半勺，一口下喉，冰凉酸甜又肥厚，休眠三日的肚腹立时咕噜噜一阵大响，不禁一声赞叹：“好个老陈汤，妙不可言！”说罢也不谦让，一碗一碗地呼噜噜大喝。片刻之间，一大鼎空空如也。

“没有了，再上！”范雎一伸勺叫了起来。

吕不韦笑不可遏：“范兄呵，老陈汤三日治一鼎，现做只怕来不及。”

范雎品咂着碗底汤汁惊讶道：“三日一鼎，如此周章么？”

“你且听听。”吕不韦掰着指头，“精米三合、芋子一升、干红枣一合、竹笋一支、小鸭六头、逢泽麋鹿肉八两、姜十两、鲜葱十两、苦酒五合、井盐一合、豉汁五合、淮南橘皮三叶。如此备齐，先分别制成素汤羹与肉汤羹，再合成。以极文木炭火煨得六个时辰，再入冰窖冷藏六个时辰，方可得一斗老陈汤。一斗两鼎。荆云前夜与我痛饮大醉，为怕误事，醒后请他喝了一鼎。”

“荆云何人？也有如此口福？”

“至交义士，我请他总押商队北上。”

“噢，商队北上，你如何没走？”

“范兄与士仓相会后，我再兼程北上不迟。”

范雎一阵默然，与吕不韦饮了几爵温醇的楚国兰陵酒，良久一声叹息：“不韦呵，我虽不通商，然秉国多年，也算略知商道。尝闻：商家言不及义。非不义也，实在是义利两难也。你如此看重一个义字，对人对事尽皆如此，却能与天下四大巨商比肩而立，匪夷所思也。”漫漫不经意之间，关切疑惑俱在。

“范兄，不韦说说商道，你可愿听？”

“求之不得也。”范雎慨然道，“我任秦相，所短正在富国通商，否则我还真不想举荐蔡泽。如今虽已学不当时，却愿师法孔老夫子：朝闻道，夕死可矣！”

“只要范兄愿听，我和盘托出。”吕不韦见范雎诚心责已虚怀若谷，不禁大是感奋，“左右范兄对我知之甚少，不韦从头道来。”饮得一爵兰陵酒，娓娓说了起来。

十多年前，吕不韦接手老父生意而入商旅。

其时，吕氏的家业只有濮阳的三家麻布作坊与千金活钱，在商旅之中只算得一个三等小康罢了。老父终生固守一行，守定时令收麻制麻，再织麻卖布。吕不韦很不满意这般小本生计，接手伊始改弦更张，留下一个老执事维持麻坊，自己带着两个年轻精明的执事，来到了商旅汪洋的陈城。在街市作坊转悠了三日，吕不韦以年金一百的高价，租下了陈城最繁华老街的一座临街庭院。两个年轻执事大惑不解，少东做的是甚生意，未见一个主顾便阔绰出手，八百本金当得折腾么？吕不韦却不理会，只吩咐两人细细访查，将所有厚利大生意悉数摸清来报。两个执事连日奔波，每晚回来禀报，都不见少东人面。

一月之后，吕不韦突然夜半归来，将两个执事唤醒要听禀报。两个执事备细说了大半个时辰，最终都是一句话：“大生意甚多，获利最厚者首推兵、铁、盐。我门本金甚微，还是收购苎麻做老布行为上策。”满面风尘的吕不韦问：“六百本金收苎麻，其利几何？”抱账执事答：“麻布六分利，六百金进料，出货得利三百余金，已是我门最大宗生意了，甚是稳当。”吕不韦又问：“得利十万金，要得几多时日？”骤然之间，两执事眼睛瞪得溜圆，只盯着吕不韦愣怔。“如何，算不出来？”吕不韦追得一句。抱账执事嗫嚅道：“苎麻年产一料，纵是年投千金做本，利金大体六百金上下，得十万之利，要，要，要得百五十年上下。”吕不韦鼻息一哼冷笑道：“一百五十年，五六代人，不愧老东打磨的石蜗牛，也不觉空耗了这大争之世！”那出货执事秉性利落，忍不住问：“少东之意，不做麻布了？”“正是。”吕不韦断然拍案，“先做盐，再做铁，再做兵，三年要见万！”抱账执事翕动着嘴唇说不出话来，良久涨红着脸期期艾艾道：“少，少东要做三大行，有，有，有几多本钱？”

“本钱几多，你不知道？”吕不韦又气又笑。

“在下原以为少东筹措到了巨金，若是本钱如故，在下劝少东莫得做梦。”抱账执事顿时清醒，说话也利落起来，“三大行利厚是实，可都是各国官市经营专利，寻常私商极难染指。不说其余，头一道关口是要得官府特许。我门与各国官府素无瓜葛，区区六百金还不够关节酬酢，哪里还有本钱采盐、晒盐、护盐、运盐？为吕门长远计，少东老实做个麻布商为是。”

“不。”吕不韦摇头，“我已谋好齐国海盐路数，只需三百本金便可进货。”

“恕在下不敢从命。”抱账执事红着脸道，“老东临行叮嘱：大险不出金。”

吕不韦恍然大悟，才知这抱账执事奉有临机监控自己的大权，不禁对老父的迂腐哭笑不得，思忖一阵叹息道：“既是如此，徒叹奈何？只有做麻布生意了。”抱账执事见主人回归正道，有些歉疚：“少东若是买进苎麻，用尽本金也是该当。”吕不韦怏怏道：“明日踏勘一番再说。”说罢丢下二人去了寝室。

次日正午，吕不韦方才悠然起来。梳洗一番用罢“早餐”，已经是日昳之时。刚要出门，出货执事匆匆进院，说他们两人已经觅得一大宗上好的生麻，抱账执事守在那里，请少东前去定夺。吕不韦淡淡笑道：“上好货色我已谋定，你先吃饭，完了跟我走。”出货执事一听二话不说，揣起几个舂米饼跟着吕不韦走了。

次日清晨，两人风尘仆仆地赶回。趁着吕不韦沐浴，出货执事向抱账执事详细叙说了少东在淮北两县定下的生麻货色如何好，价钱如何低，就是一样：要委托亭长从麻农手中直接收购，时日上费些周折。抱账执事空等一日一夜，原本有些委屈，一听之后舒心地笑了：“麻布生意小本薄利，进料最是该节省的一关。少东能不辞劳苦下市买麻，实在是吕门大幸。说不得，你我都要全力襄助。”饭后三人商议，吕不韦做了分派：

他与出货执事携带六百金到淮北收麻，抱账执事坐镇陈城，看护运来的生麻并雇三百辆牛车，一俟生麻收齐，三人一起押车回濮阳。如此分派乃商家老规矩，谁也没有异议。当晚，吕不韦将六百金打进辎车铜箱，带着出货执事意气风发地辚辚去了。

一出陈城南门，吕不韦辎车不去淮北，却向东北的齐国兼程疾上。

原是吕不韦多日访查陈城商市，已经敏锐嗅出了这天府鬼蜮目下的行情要害。盐、铁、马、皮革四宗货色日渐见涨，几家大店存货眼看已经见了仓底，都在竞相抬价；饶是如此，依然被来路颇为神秘的货主源源不断地吞噬净尽。吕不韦谨细缜密，做了一个游学的南楚布衣士子，每日去那家最豪阔的南国酒社盘桓。没出旬日，与一个经常出入大店的黑瘦胡商成了海阔天空的酒友。每次共饮，都是胡商慷慨付账。这一日，吕不韦坚执要自己做东请老哥哥痛饮。胡商大是不悦："小兄弟读书游学，几个钱何等艰难，在这一掷千金之地做得甚东？嫌弃老哥哥铜臭太重么？"吕不韦温润地笑了："交友在情义，老哥哥纵是堆金成山，兄弟何能坦然受之？不割肉一次，兄弟何颜再聚？"胡商哈哈大笑："士人果然有道，好！小兄弟割肉一次，老哥哥受了！"

吕不韦一副不谙商旅模样，饮酒间求教胡商指点陈城商道风习，以做论学谈资。胡商得士子小兄弟求教，大是欣慰，滔滔不绝说出了个中奥秘：目下左右天下商市行情者，齐燕两国；燕国要复仇，齐国要称霸，各自大肆扩军，一应成军货物大大令人眼热；各大国官市对成军物资控制极严，这天府鬼蜮的陈城自然成了三大行大吞大吐的上佳之地。末了，胡商拍着吕不韦肩膀哈哈大笑："小兄弟游个甚学，谋得百车海盐，你一辈子酒钱也！"吕不韦涨红着脸呵呵笑道："兄弟倒是有几个闲钱，只没个门路，毋晓得如何个谋法？""迂！"胡商又是哈哈大笑，"如今何等年月，小兄弟倒像个出土老古董。老哥哥明说，大买主肚皮空得嗷嗷叫，只要能倒腾出盐、铁、马、皮任何一宗，自有人追着你买，要个甚门路？""兄弟还是拎勿清。"吕不韦一脸迷糊，"老哥哥方才也说各国官市卡得紧。譬如兄弟在齐国买几车海盐，出得关隘么？老哥哥说大买主追着买，如何兄弟在这里没见一个人说买卖？""蠢蠢蠢！"胡商又气又笑，“关卡、门路，那是对三百车以上之特大宗货物，都卡死了谁做买卖？各国如何来钱？民货如何周流？至于大买主，哼哼，老哥哥便是一个！”吕不韦惊讶道：“你不是说齐燕商贾是大买主么？老哥哥是个林胡商人，如何也成了大买主？”胡商冷冷一笑：“都说士人有学问，我看狗屎不如。”吕不韦呵呵笑道：“兄弟若非狗屎，老哥哥骂谁去？”胡商不禁拍案大笑：“小兄弟好脾性，倒能入商。”

那日，两人直到子夜方散。当酒社侍女用铜盘捧来一支精致的竹简时，胡商瞥得一眼一脸肃然：“小兄弟，二十金当得寻常人家半生花销，你……”吕不韦却拿起竹简笑道：“有约在先，老哥哥只管痛饮。”回头对侍女一笑，扔过一支硕大的铜钥匙，“车马场吕氏辎车，开了钱箱去拿。”“噫！”胡商惊愕笑叹，“小兄弟倒是有钱人做派也！”吕不韦哈哈大笑：“有钱不花，也是无钱。没钱敢花，便是有钱。老哥哥以为然否？”“大然！”胡商慨然拍案，“小兄弟，对老哥哥脾胃！记住了，他日若想变钱，来找老哥哥！”说罢从皮靴中摸出一方巴掌大的物事往吕不韦案头一丢，“无论在陈城哪个酒肆，只要将此物放置案头，半个时辰内便会有人找你。”

经此一夜，吕不韦心中已经有了一个雄心勃勃的谋划，不想还没跨出门槛，便被对老父忠心耿耿的抱账执事冷冰冰挡了回来。然则，吕不韦岂能就此知难而退？次日夜里，他带着出货执事又来到了南国酒社，一边饮酒一边慷慨诉说，终是将那个朴实精明又忠心的年轻执事说得心服口服，立誓跟着少东闯荡一番。于是，有了两人合谋骗得抱账执事出金的“淮北买麻”故事。

兼程五日，吕不韦赶到了齐国东部的商旅重镇——即墨。

即墨近海，是齐国的海盐集散地。城中商铺一大半都是盐店，盐店一大半又都是私店。齐国官市由来已久，自春秋姜齐时的齐桓公任用管仲治国起，首先建立了天下最大的官市，将盐、铁、谷、兵器、布帛、山林水面等国计民生之基本物资全数纳入官营。最令天下惊奇的是，管仲连新创的妓院也由官府经营。管仲的一统官市，看似矫正了春秋时期无序涌起的私商，有效保护了邦国赋税，实际上却恢复了西周的极端官市制，大大限制了正在蓬勃兴起的私商潮流。唯其如此，齐桓公管仲死后，一统官市轰然解体，齐国的私家经济无可阻挡地弥漫渗透成长壮大起来。及至最大的私家势力田氏取代了姜氏国君，齐国的官市一统便永远地寿终正寝了。进入战国之世，齐国私家商旅大兴，尚未变法之际，已成了首先以商而富的大国，与率先变法而兼以农商致富的魏国一起，同时成为战国初期中原文明的两个轴心。

吕不韦初到齐国，正是齐湣王号称东帝齐国气势正盛的时日。其时，秦国蜀中的井盐尚未大量开采，燕国辽东与已属楚地的吴越海盐出货也很少，岭南海滨尚无盐业，而池盐、岩盐在战国之世更少。如此大势之下，即墨海盐几乎占去天下盐产的十分之七八，即墨盐市自然成为天下第一盐市。若仅从盐业看去，齐国是天下命脉。若齐国禁绝海盐出境，只怕天下得淡出鸟来。然则，齐国却硬是不敢，原因在齐国缺铁。战国之世，铁为新军司命，铁多铁少，往往直接决定着新军强弱。韩国虽小，却因有天下著名的宜阳铁山，有强兵利器而成“劲韩”。齐国虽大虽富，缺铁却是一个致命缺陷。无铁不成军。各大战国正是瞅准了齐国这一致命缺陷，在事实上达成了制约齐国的默契：齐国若禁盐，各国便禁铁。正因了大势明白如画，齐国对盐市始终是半官营半私营——官店对内，私店对外。所谓私家盐店，十有八九都是外国盐商。外国盐商的一大半又都是官商私身，也就是官府以私商名义驻扎齐国，为本国保障盐路。其中最大的私家盐商，是在吴越海滨治盐起家的楚国巨商猗顿氏。即墨盐商谁都明白，猗顿的盐业便是楚国的盐路。

三两日走下来，吕不韦对即墨盐市的路数有了底，而后与出货执事仔细踏勘了各种盐价。六日之后，吕不韦决意出手：直下海滨盐场，一次买下大颗精盐二百六十车。

盐市颇有讲究。用盐商的话说，是“价分三等，货分五色”。所谓价分三等，便是：在海滨开盐场晒盐的官商私商一个价，直接在海滨盐户手中收购一个价，在即墨盐市大批买盐而运往他国者一个价。若仅以当地价钱论，盐场盐价最低，盐户稍高，盐市最贵。然无论以何种方式购盐，若以获利薄厚论，三者最终却是不相上下。其中因由，在于盐场出货价格虽低，量却极大；盐户出货价格稍高，大多却是小场精盐，收购者再出手时抬价幅度便大；盐市价格最高，然却省去了海滨到即墨的运货费用。所谓货分五色，是直晒盐以颗粒大小分做三色：大颗粒谓之精盐，豆粒盐谓之粗盐，粉盐谓之场底盐；作坊制盐分两色：印盐、花盐。印盐是经多道工序精制成的盐块，其正四方，晶莹透亮，宛若白玉官印。花盐则是将盐铺排于石板屋顶，加适量水于炎阳之下暴晒，盐汁垂下如钟乳之光泽，因成形各异而被呼为花盐。这特殊制作的印盐花盐价格最高，大多是各国王室贵族与富商大贾包揽了。

除了价钱货色的考量，还有金钱的讲究。

战国之世，商旅交易被视为商战，其丰富多变与激烈复杂，远非后世商业可比。其间最直接的原因，是多币种、多价格、多关隘、多习俗、多法令。凡此等等相互组合，每一个商人的每一宗生意，可能都会因种种因素而结局不同。以目下吕不韦正在进行的海盐买卖论，一面是货色价格的不同，另一面是币制的不同。也就是说，用何种钱币来做这桩生意，其结果便会有诸多不同。

吕氏家族本是卫国小商。卫国小而弱，本国货币很难通行天下，卫国商人多用魏币或楚币。吕不韦老父积累的“金”，是楚国的“卢金”。卢金是楚国在战国中期铸造的一种饼金，圆形金板如饼状，时人又呼为金饼。这金饼上打有一个或数个圆形印记，印记内刻有“卢金”二字。“卢”者，楚国产金之地，又与“炉”通，意谓卢地铸造的炉火精炼之金。卢金与楚国早期铸造的饼金“郢爰”并用，是楚国的两种金币。战国后期楚国迁都陈城，又铸造了一种新金币叫“陈爰”，这是后话。

其时各国货币不一，齐国仍然通行中原各国已经不再铸造的刀币。齐国的刀币有两种三式。所谓两种，一种是齐刀，另一种是即墨刀。所谓三式，齐刀分两式：一式是立国初期铸造的刀币，刻字为“齐建邦造法化”；一式是战国齐刀，刻字为“齐法化”。即墨刀，是齐国在这个盐业重镇专门铸造的刀币，刻字为“節墨之法化”[1]。法者，法定也

---

[1]　節墨，原字如此，为即墨之古写。“法”字在齐刀上的字形为“灋”。

准则也。化者，取“货”之头，货也。“法化”即“法货”，法定之标准货币也。齐国一直只使用刀币，币值数百年很少变动，在天下信誉极高，购买力也很强。物平之年，一枚即墨刀可买海盐二十二斤半[1]，买粟二百五十余斤[2]。

即墨为通商大市，各国货币皆可使用。寻常商旅入齐，但做百车以上的生意，决计都是金币支付。一则金币币值大，易于携带，结算不抠毫厘来得快捷，二则可省兑换之烦。然则，吕不韦却精明缜密，寻思既然直下海滨盐场从盐户手中买盐，必是一宗宗小买卖积少成多，若用金币，非但羞于压价，且要莫名其妙地流去很多找头，一宗宗漏下来，价钱便接近即墨大市了。如此思谋已定，立即找到了一家齐国最大的田氏盐社，按照盐社开价，一举将三百金币换成了六万枚即墨刀。见这个年轻商人果断利落丝毫不讨价还价，田氏盐社的老执事很是赞赏，破例派出了盐社运钱的两辆铁车并一百马队，将吕不韦与六万即墨刀护送到了海滨盐场。见老执事也是忠厚长者，吕不韦便出五十金，委托老执事代雇二百六十辆牛车，每日向盐场发去五十辆，盐车回即墨后由盐社代管存储。老人慨然应允，且执意只收了三十金。

出货执事原本没经过如此大宗的生意，面对即墨汪洋大海般的盐市声势，懵懂得手足无措。如今见吕不韦半日之间解决了最大的运货难题，不禁对这个少东敬佩得五体投地，到了海滨盐场顿时生龙活虎，一宗宗买盐生意做得干净利落分毫不差，盐场之行顺利得大大出乎意料。旬日之间，主仆二人赶回即墨，二百六十辆盐车已经整齐屯扎在盐社车场，大牛皮苫盖得严严实实，两场大雨滴水未渗。

吕不韦心存感激，请老执事到即墨最大的酒楼饮酒。谁知老执事却歉疚地笑了：“公子莫请我，我家主东归来，正要请公子赴宴。”吕不韦道：“在下与主东素昧平生，如何当得一个请字？”老人淡淡一笑：“商家无虚情，有请便有事，有何当得当不得？”吕不韦不禁笑道：“老执事

[1] 战国量制，相当今日将近十四市斤。
[2] 战国量制，相当今日一百一十五斤多。

如此说法，在下便叨扰了。”

回到寓所一说，出货执事大是紧张，说齐人贪粗好勇，定是要算计少东。吕不韦一阵大笑，心下却也存了几分疑虑，叮嘱出货执事：若是自己三更未回，立即知会卫国商社报官。安顿妥当正是暮色时分，吕不韦登上老执事的接客辎车如约而去。

吕不韦早已清楚，这田氏盐社是赫赫大名的即墨田氏的产业。在整个即墨盐市，这家盐社是齐国本邦最大的私家盐商。由于田氏是王族支脉，虽然经商，实际上却起着襄助官府节制盐市的巨大作用。但是，即墨田氏是天下大商，生意遍布列国，田氏总社也设在临淄，即墨盐社事实上只不过是根基之地的一个分店而已，族长主东极少前来，即墨盐事惯常都是那个老执事全权处置。吕不韦相信，主东回即墨绝不会是因了他这个小商人的一宗小生意，只能是听了老执事禀报，临机决断要见他。猜不透的是，如此一个名闻天下的田氏主东，究竟有何事要请他，而且是在私家府邸？既是临机决断，也就只有目下这宗生意是根由，可是，这宗生意又有何处不妥呢？吕不韦一路想来，不得要领。

辎车直入府邸，一个布衣散发者正站在廊下，黝黑沉稳身板笔直，分明正在三十岁刚出头的英年之期。老执事刚刚低声说得一句：“廊下我家主东。”布衣散发者已迎了上来拱手笑道：“在下田单，有失远迎。”吕不韦心下惊讶这田氏掌族主东竟是如此年轻，却也笑吟吟报名见礼，被田单请进了灯火通明的正厅。

开宴几句寒暄，田单开门见山道：“今日相请，原为两事，公子幸毋介怀。”吕不韦毕竟初出商道，心下忐忑，脸上不动声色道：“先生贵为地主，但说无妨。”话中却暗含着委婉的警告：你若以地主之势欺行，我也未必惧之。田单笑道：“正因了田氏有地主之身，此事才须得一说。其一，公子以卢金换刀，老执事一口报价原也不错，然却是一年前老行情，按时下卢金比价，当换得即墨刀六万六千，今日补回，并向公子致歉。”说罢一拍手，老执事带着两个壮仆抬进来一口大铁箱，深深一躬道：“公子明鉴，此事原是老朽欺心。主东决断：补回公子六千刀，并退回佣金三十，以表歉意。老朽这便将钱箱运回公子寓所。”

“且慢！”吕不韦涨红着脸霍然站起，向着田单一拱手一口气说了下去，“先生之断，在下愧不敢当。不韦初入商道，更是初入齐国，虑及举目生疏，恐误入陷阱遭人暗算，方才有意到贵社兑钱，以图让利结交。兑价我本知晓，心下却只图兑得五万八千即可。不韦本意：虽折损八千刀，却得贵社援手，保我初出不败，已是大利。及至老执事报价六万，不韦思谋此乃两厢得利，遂一口应允，又以五十金请老执事代雇车队，而老执事只收了三十金。商战之道，以牟利为本，两厢得利，皆大欢喜，何有补偿退金一说？要说欺心，也是在下算计在先，与老执事毫无关涉。不韦敢请先生收回成命，否则在下立即退宴！”吕不韦愧疚难当，一席话辞色激昂，额头汗水涔涔。

“且慢。”田单惊讶地盯住吕不韦上下打量，“足下初入商道？初入齐国？”

“正是。”吕不韦粗重地喘息了一声，“在下初接父业，操持第一笔生意。”

“来！为足下初展鸿图，干此一爵！”田单慨然举爵，与依然红着脸的吕不韦汩汩饮了一爵，拱手诚恳道，“足下若不介意，能否见告：为何初出商道便来涉足盐市？”

“在下却要先问先生。”吕不韦执拗地涨红着脸，“双方已然得利，先生却要退金补钱，既是得不偿失，又是小题大做。在下不明：田氏若素来如此，分明有违商道，何以竟能成为天下大商？”

“足下以为，我社此举乃得不偿失小题大做，且有违商道？”

“正是。”

一阵默然，田单起身一拱手：“足下请随我来。”

在两盏硕大的风灯导引下，田单领着吕不韦来到正厅之后的大庭院。院中古树参天，森森然笼罩着一座巍然石亭。田单一摆手，两个仆人的风灯举在了亭口。明亮的灯光之下，只见亭下一柱硕大青石，石上赫然八个大字——商德唯信，利末义本！

“这，这出自何典？”一阵愣怔，吕不韦有些惶恐了。

“此乃田氏族训，先祖所立，至今已经二百余年。”田单面色肃穆，语气缓慢而沉重，“田氏根基原本在陈，以商旅入齐，在即墨治盐而立足。其时齐国商风败坏，商家唯利是图，多以白石颗粒碾碎，再以海水浸泡后入盐，牟取暴利。久而久之，天下传出商谚：‘咸不咸，即墨盐，五石两水三成盐。’各国官市为避坑害，纷纷禁止本国私商涉足盐业，而一律以官商进入即墨，自建盐场采盐。齐国畏惧列国断铁，自是不能拒绝。不到二十年，赫赫大名的即墨海盐臭名昭彰，列国一律拒收，国人则唾骂有加。倏忽之间，‘即墨盐商’在天下成了无信无义之同义语，唯有奄奄待毙。眼睁睁看着如此巨大之盐利尽行教列国瓜分，齐国便将即墨盐业统归官营，将私家盐商悉数赶出即墨。饶是如此，齐国官商的海盐列国还是拒收，官市盐只有卖给齐国人自己了。足下精明过人，当可想见，对齐国赋税，此乃何等惨痛之一击也！”田单长长地叹息了一声，看看目光闪烁脸色不定的吕不韦惨淡地一笑，“那次，田氏也被赶出了即墨，被迫改做了布帛生意。先祖痛切自省，族长断指立下了这柱血字刻石，并为族中留下了一条戒律：田氏子孙但有一人一事欺心牟利，死后不得入族墓族庙……此后几近百年，田氏之诚信商道才渐渐为天下所知。大父回迁即墨，重操盐业，也将这柱血石刻移回了即墨，以戒后世永不欺心。”

吕不韦听得惊心动魄，一时间无地自容，不由自主地对着大石深深一躬，回头对着田单也是深深一躬，躬罢回身便走。

“且慢。”田单扯住了吕不韦衣袖笑道，“足下的故事尚没说，能去么？”

“先生……”吕不韦眼中噙着泪水，“卑微之心，何颜面对泰山沧海？”

“足下差矣！”田单诚恳地笑着，“纵是圣贤，孰能无过？人能自省，愧色便是赤心。走，你我再痛饮一番！”

重回正厅，感慨唏嘘的吕不韦从进入陈城说起，一口气说了自己初掌商事一个多月的经历，末了道：“不韦十五岁随老父奔波商旅，一心只要改换门庭，使濮阳吕氏成为天下大商，以为只需对商家牟利之种种机巧揣摩透彻，便可翻云覆雨伸我鸿图。今日得遇先生，方知商战有大道，不循大道，终将败亡也！”

“足下尚未加冠？”神色专注的田单突兀问了一句。

“在下今岁十九，明年行加冠大礼。”

“足下悟性之高，实属罕见也！”田单拍案赞叹一句笑了，“足下何愧之有？田单今岁三十有六，二十岁前读书，二十岁后入商，跌跌撞撞八九年，才悟得了一些商战之道。两年前接掌田氏商社，我才开始做万金之上的大宗生意。你方入道，便一掷千金挥洒自如，且眼见已是做成了。如此大手笔，他日必是商旅奇才也！”说着举起了大爵，“来，为足下少年大才，干此一爵！”

“先生奖掖后进，在下委实汗颜也！”吕不韦举起酒爵红着脸先自汩汩饮尽，“若非今日得先生教诲，吕氏败亡也只在早晚之间。若蒙先生不弃，不韦愿投师门下，追随先生修习商道。”

“足下差矣！”田单爽朗大笑，“你乃天赋之才，非学而知之者也。方今天下大争，商旅之道更是陵谷交替瓦釜雷鸣。当此之时，师法天地可也。入身田氏此等数百年老商，种种戒律束缚之下，鲲鹏何能展翅九万里！”

吕不韦见田单绝非推托，而是真心对他寄予厚望，也不再坚持，只惋惜叹道：“在下只是心仪先生，盼能多有裨益也。”

田单淡淡笑道：“守本同道，自是知音同心，又何在乎名分？”

吕不韦倏地站起：“不韦立誓：终生与先生同道守本，但违商德，天诛地灭！”

“好！”田单拍案大笑，“如此我来说第二件事。”

正在此时，三更刁斗随风传来，吕不韦蓦然想起临行时对出货执事的叮嘱，匆忙便要告辞，却又不好对田单公然说明，脸红得重枣一般。田单也不多问，立即亲自送吕不韦回去。宽大的辎车中，田单说起了今日请吕不韦的第二件事。未及说完，到了寓所门口，进了寓所直说到四更。田单离去，吕不韦却是无论如何也不能入睡，竟在寓所小庭院中直看着残月褪尽东方发白。

原来，田单给吕不韦的生意指了一条匪夷所思的路径——

其时，齐燕交恶之势已经彰明。眼见燕国朝野仇视齐国意欲复仇，齐湣王下了一道王书：齐国官商私商全部撤出燕国，封锁齐燕通商的全部关隘。即墨田氏有王族支脉的名号，只有奉命离燕，蓟城商社只留下了几个执事善后。齐燕两国的商旅往来便这样突然一朝终止了。说起来，燕齐两国都是老诸侯，自西周立国，是华夏东北的两大屏障。两国的国计民生也是互相契合补充，切入极深。齐国的海盐、布帛、粟谷、兵器、海鱼等，向来是燕国的主要进路。燕国的皮革、木材、马匹、牛羊等，也历来都是齐国的主要货源。齐威王之后，齐国日见强盛，燕国日见衰落，燕国对齐国的依赖更深了。实力雄厚的齐国商旅，几乎占据了燕国商市的十分之七八。如今齐国突然禁绝市易，燕国顿时捉襟见肘了。不说别宗，单是盐路断绝，燕国就难以撑持。本来，燕国的辽东在西周与春秋早期也是海盐产地，但后来被林胡部落占据，中原商旅断绝，辽东海盐场也就自然停顿荒芜了。战国中期燕国驱逐林胡收复辽东，本欲重新恢复辽东盐业。奈何燕国屡经内乱，又被齐国趁着平乱之机大肆劫掠了一番，国府空虚私商乏力，拼尽全力也只是恢复了两个最小的盐场，产盐有一搭没一搭，连辽东庶民都嗷嗷喊淡，何能供得举国之盐？

田单建言的路径是：以大船装盐出海，直下辽东，为燕国新军供盐！

“辽东冰天雪地，能有燕国大军？”吕不韦大是惊讶。

田单讳莫如深地笑了：“燕齐交恶，早有奇能异士从中斡旋探察，此等大事断无虚言。足下若是不信，我也不能多说。”

“我非疑虑先生，只是惊奇而已。”吕不韦笑着开释一句又皱起了眉头，“此事于我有两难：一则无巨金做本，打造海船，雇用一应水手，首买一船之盐，少说也得六千金之上，而我目下只有三百活金可用。二则，我无海路生意之阅历，对辽东从来陌生，既不通关隘，更不识燕军辎重大将……”

“不韦只说，这桩生意本身如何？”田单叩着书案打断了吕不韦。

“大手笔，大谋划，一本万利！”

“好！”田单拍案赞叹，“你有此断，我便细说了此事根底。”及至田单侃侃说完，吕不韦愣怔无话，良久默然，方才站起来对着田单深深一躬。

海路输盐，原本是田氏盐社的大宗生意之一。田氏拥有三条大海船，一通辽东，一通吴越，一通高丽与东瀛，数十年从无间断。齐国突然禁绝了与燕国通商，田氏的北上海船自然便停顿了下来。目下，田氏想将这艘海船交给一个可靠而又有能事的商家继续运营。其所以如此决断，在于齐国的有识之士以为：齐国君主暴虐多行不义，已成外强中干之势，在齐燕交恶中极可能面临不期厄运。未雨绸缪，与其教燕国对齐人深恶痛绝，以齐国封锁盐路为名发动合纵灭齐，不若改头换面维持燕国盐路；一则不激起列国公愤使燕国合纵难成，二则使燕军将士有感于齐人与齐国君主有别而仇恨稍减，万一齐军战败，齐人可免被大肆屠戮的劫难。唯其如此，田单与有识之士计议，出动海船下辽东，维持燕国盐路。

田单坦言，选中吕不韦是临机决断。他说了三个因由：其一，卫国小邦，卫商不易引起列国猜测；其二，吕氏在商旅道无名，云集即墨的各国盐商也不会在意；更要紧处，吕不韦初出商道便有能事之才、罕见悟性与愿循商旅大道的一片赤心。末了，田单一声感喟："与君而言，此事虽有一举成名之利，也有一朝湮没于兵灾之险。君若为之，诚为商旅义士也。君若不为，田单亦当引为同道之交也。君自断之，毋得介怀矣！"

"我做。"吕不韦平静地点了点头，声音有些喑哑，"生身一世，何处无险？刀兵连绵之世，初出商道便能追随先生，为生民免遭涂炭尽一己之力，不韦何其大幸也！"

从此，吕不韦成了卫国盐商，在海滨专开了一个吕氏大盐场，专一地做辽东海路盐生意。三年下来，竟成了赫赫有名的后起盐商。按照约定：吕不韦与田氏盐社对半分成，六年之后视情势再定。可在第四年开春之时，燕国合纵五国联军大举南下，一时战云骤起，齐国人心惶惶。此时，田单赶回了临淄，派出快马执事星夜赶赴即墨，将田氏盐社的库存三万金并两车刀币全数装车交给吕不韦，催促他立刻离开即墨。田单的泥封密书只有短短两行："齐国危矣！田氏与国共存亡。全金交君，毋得推辞，即速海船出齐，切切此意！”没有任何约定，没有任何叮嘱。吕不韦要赶赴临淄与田单告别，快马执事坚执摇头冷冷道：“齐军告败，流民塞道，公纵一死，与事何益！”吕不韦噙着泪光一跺脚：“走！”装金上船连夜南下了。盐社的田姓族人全数留在了危城即墨，与吕不韦同行的只有非田姓的三十一个执事仆人。

就是这样，吕不韦重新回到了陈城。

两年之后，一个不速之客风尘仆仆地匆匆登门，不意竟是大名鼎鼎的鲁仲连。鲁仲连告诉吕不韦：田单在即墨孤城抗燕，目下陷入了极大困境，极需外援；他虽联结楚国海路援齐，深感力不从心。鲁仲连给吕不韦带来了一封密书，破旧的牛皮纸上只有寥寥两句：“不韦但能援手，即墨生民之福。田单顿首。”骤然之间，吕不韦泪如泉涌，二话不说担承了全部采购事宜。那时，楚国也在观望胜负，说好援救齐国只以库存器物为限，不能大肆购买而开罪列国。齐楚国情原本两样，如此一来，即墨需要的器物楚国往往没有，楚国多余的陈货即墨又不需要，开援一年，竟只运去了两船破破烂烂的兵器甲胄与一百石发霉的稻谷。鲁仲连气得吐血顿足，楚国君臣却无动于衷。

吕不韦没有慷慨激昂的宣示，只与鲁仲连约定每三月起运一次货物，由他的吕氏商社直运到琅邪装上海船，由鲁仲连押运北上。三言两语一说，吕不韦便匆匆去了。半月之后，鲁仲连在琅邪接收了第一船物资。看着骤然精瘦黝黑满面风尘的吕不韦，看着满当当一船救战救命的货物，鲁仲连哽咽了，一句“真义士也”尚未说完，挥泪去了。

从此，吕不韦在商道大显身手。兵器甲胄、布帛粟菽、酱醋烈酒、菜蔬干肉、皮革猛火油甚或牛马草料，举凡困境所需种种，吕氏商社都尽行收购，且件件都是长流水的大宗生意。一时间，这天府鬼蜮的万商之城议论蜂起争相猜测。郢都楚王得报，顿时大起疑心，为怕开罪于气势正盛的燕国，给陈县令下了一道密书：立即驱逐吕不韦！正在此时，鲁仲连闻讯兼程南下，向楚王痛陈利害，才说得楚王勉强赞同放手。经此一挫，吕不韦索性操起了游商生计，一车驷马，马不停蹄地奔波在中原各大商市之间，各色货物照样源源不断地运往琅邪装船。如此这般只出不进，四年多之后，偌大的吕氏商社山穷水尽了。堪堪此时，田单火牛阵大破燕军，齐国复国了。

消息传到陈城，吕不韦顿时瘫倒卧榻，三月未起。

春暖花开的时节，鲁仲连来了，已被封为安平君的田单的特使也来了。形销骨立的吕不韦，被隆重接到了临淄。新齐王要吕不韦做客卿颐养，吕不韦婉言辞谢了。田单要吕不韦入丞相府总掌商市，吕不韦也辞谢了。田单不解，吕不韦笑道："义举不图报，士之道也，商之德也。不韦正在盛年，何愁不能自立于商道？为官累君，不韦不为也。但能揽得即墨重建生意，不韦足矣。"田单默然良久，一声感喟："昔日弱冠之吕不韦，今日果成商旅大士也！"说罢当即下令：即墨官市之大宗物资，统经吕氏商社进出。

此后，吕不韦重开商路，三五年间又蓬蓬勃勃地发了起来。

所不同的是，经过援齐搜购的几年锤炼，吕不韦对兵、铁、盐三大行洞悉备至，重入商旅便专做这三大行生意。即墨重建一了，吕不韦将总社又迁回了陈城。说到底，他赞赏这个万商云集居南北枢要的古城，驻扎在这里，他便顿生运筹商战的勃勃雄心……

故事完了，吕不韦疲惫地靠在石柱上闭上了眼睛。范雎听得心潮难平，径自饮了一爵，兴致勃勃问道："如此说来，你的十万金雄心已经成功？"

"十万？"吕不韦睁开眼睛摇摇头，脸上漾着难以琢磨的微笑，"不瞒范兄，截至目下，吕氏商社累金已逾三十万，作坊店铺四十余家遍及七大战国，执事雇员两千六百余人。"

"三十万？"范雎惊讶得胡子都翘了起来，"一个韩国存金尚无三十万，你……"

"不可比也。"吕不韦悠然一笑，"邦国财富在土地、城池、大军、官吏、庶民，岂是区区几十万金可比？若比活金，莫说韩国，便是目下秦国，也未必有三十万，是么？"

"如此说来，天下四大巨商都是数十万金之富？"范雎立即跟上一句岔开话题。

“我来数数。”吕不韦也是浑然不经意般笑着掰着指头，“楚国猗顿氏煮盐起家，目下已是第六代盐商，累金当在五六十万之间。赵国卓氏，主做战马生意，兼及木材石料布帛，目下第五代，累金当在四五十万之间。秦国寡妇清，主做丹砂车船生意，兼及采玉木材丝绸，目下第四代，累金当在六十万上下。魏国白氏，以铁行起家，兼及酒店珠宝，白圭时几为天下首富，目下第五代已经大为衰落，仅以祖先盛名跻身四大巨商。要说活金，实则已在十万之下。”

“即墨田氏算不得天下巨商么？”

“自然算得也！”吕不韦喟然一叹，“范兄有所不知，所谓几大巨商者，也是天下士人的一种大体揣摩罢了，何能丝丝入扣？天下大商，唯独即墨田氏是王族支脉。只是王族有顾忌，素来不事张扬，然做的却都是实实在在的盐铁大生意，仅海盐一宗，至少是天下最大盐商。如此十余代，你说累积财富有多少？若非六年抗燕打光了家底，田氏才算得真正的天下第一巨商。”

“不韦，你为何不愿做官，当真志在经商？”范雎突兀问了一句。

“说不清楚。”吕不韦笑了笑，“那时，只觉得我不是田单，我只是个商人。”

话语如流，不知不觉间夜色降临，初升的月亮已经挂在了白杨林的树梢。

五　吕不韦豪爽地接受了落魄者的托付

一连三四日，范雎都饶有兴致地跟着吕不韦在陈城转悠。凡遇吕不韦处置商事，范雎便在一边听着看着，无人时一连串究底寻根的询问。吕不韦有问必答，每一宗都说得明明白白。几天下来，范雎对汪洋大海般的商市已有了大体的说道，直做天外有天之叹。

这一日无事，范雎问吕不韦商战谷那两座奇高库房有何秘密？吕不韦二话不说，将范雎领到湖边高房前。也不见吕不韦任何号令，恰恰一名精壮执事从白杨林跑来，两扇三丈多高的包铁木门也自动地隆隆打开。当门一座与门几乎等高的影壁，影壁两侧的青石地面有寸许深的车辙。走过影壁，屋顶有大片阳光洒下，偌大屋宇丝毫不显幽暗，一排排几乎挨着屋顶的高大物事分成了三个区域密匝匝整齐排列，区域之间几道深深的室内峡谷，人立其下也显得渺小起来。

“四轮云梯！”范雎惊讶地喊了一声。

“范兄，人说秦国大兵精良，你且看看我这货色如何，可入得蓝田大营？”

所谓“大兵”，是大型兵器的时称。范雎曾经是秦国开府丞相，自然熟悉秦军主要兵器，加之平日也喜欢谈兵，见吕不韦有意请他品评，走近靠边一架仔细端详敲打一阵，啧啧赞叹道：“云梯能做得如此精细讲究，天下罕见也！一辆开价几何？”

“大兵行情范兄当知，以为当值几何？”

“四十金。比寻常云梯多十金，公平交易。”

“范兄果然知兵。”吕不韦一笑，“按货色论价，四十金不差上下。我这云梯，车轮、兵仓均用精铁包裹，车身、梯身尽是岭南水雾硬材所制，非但其坚如铁，且极难燃烧，除了猛火油，寻常火把根本奈何不得。若真要出价，五十金也是供不应求。然则，我做兵器交易从来是一国一价，不定死价。卖给楚国是三十金，卖给赵国是二十金。若要卖给秦国，大约得百金之数了。”

范雎目光闪烁着揶揄笑道：“足下还是墨家弟子，兼爱非攻，抗秦义士？”

“范兄，墨家弟子无商人。”吕不韦笑着摇摇头，“赵有灭国之危，楚有困厄之衰，自当别论。秦国嘛，恃强凌弱，总该不当助力了。”

范雎淡淡一笑：“秦国历来不从商家手中买兵器。”

“……”吕不韦惊讶了。

“不韦，在秦国有生意么？”

“没有。”

“去过秦国么？”

“没有。”

“可惜也！”范雎长叹一声，“争名于朝，争利于市。天下最大商市，堂堂商旅大士竟视而不见，呜呼哀哉！”

吕不韦哈哈大笑：“好好好，只要有了大生意，我便去咸阳争利。”

范雎正待开口，一个须发雪白的老人轻步匆匆地走了进来，在吕不韦耳边低语了几句。吕不韦点点头转身拱手道：“范兄自看，我片时便回。”说罢跟着须发雪白的老人去了。

暮色时分，范雎正在白杨林边漫步眺望晚霞，见吕不韦从湖畔走来，便迎了过去：“不韦行色匆匆，莫非商旅有变？”吕不韦笑道：“范兄半只脚还在泥沼里，只怕还要拔得一阵。”范雎目光一闪，慵懒闲适一扫而去：“士仓有消息？”

“并非士仓。”吕不韦摇摇头，“一个楚商正在陈城寻觅范兄踪迹。”

“楚商？”范雎大是困惑，“我与商旅素无交往，识得甚个楚商？”

“商人是假，探察是真。范兄只想，还有何事未尽？”

范雎皱着眉头道：“未尽之事，只有妻小庄园了。”

“不会。”吕不韦又摇摇头，“范兄家事妥当，并无急难之所。”

“噫！”范雎大是惊讶，“你却如何知晓？”

吕不韦不禁笑了：“商旅通四海，得个消息何难？”

“不韦呵，我终是明白：鲁仲连天马行空，如何却交了你这个商人朋友。”

“此等小事不足挂齿。”吕不韦一句撂过，语色有些急迫，“我只担心，会不会是老秦王狐疑反复，起了……”却又突然打住，只看着范雎不再说了。

一阵默然，范雎字斟句酌道：“老秦王秉性，只要功业有人撑持，做事倒是大器。当初杀白起，也是为了白起临危不受命，实在说，内中并无私怨。我若不荐蔡泽便扬长而去，倒是当真有身危之患。目下有了蔡泽撑持，该当不会异常。”吕不韦思忖道：“虽则如此，却也不能大意。与其教此人神秘游荡，不若先发制人。”范雎眼睛顿时一亮：“你且说说。”待吕不韦低声说罢，范雎笑了：“谋人之道，不韦倒是通达。便是如此。”

当夜三更，一个楚商装束的中年人被“请”进了天计寓书房。

吕不韦板着脸沉声问：“敢问足下，为何在我庄园内夜半游荡？”

“事出有因，先生见谅。”中年人操着一口魏国话不慌不忙笑道，“我乃大梁人氏，在荆楚做珠宝生意。三年前，一位大人在我店定制上等荆山玉佩九套，约定一年之期金玉两清。此后，大人音信皆无。今夜初更，在下于南国酒社外，不意发现那位大人的辎车，尾随而来。寻思这是大人府邸，欲与这位大人了清生意。不意辎车进庄，几个弯道不知去向，在下四处寻觅。既见先生，尚请见告：那位大人可是贵庄庄主？若能一见，了却生意，在下当即便走。中也不中？”

“那位大人高名上姓？”

“大人密定生意，商家不得显客官姓名。”

“我庄客人甚多，不知姓名如何查找？”

“在下只请辎车主人一见便中。”

“密定生意，必有信物。足下若拿得出，在下去请大人辨认。”

“中。”黄衫客思忖一阵，从贴身皮袋中摸出一物双手递了过来，神态十分恭谨。吕不韦将丝绳一提，此物在铜灯下赫然闪烁出奇异的光芒，端详之下，却是一只铭文交错的黑色椭圆形玉璧。吕不韦慢悠悠地端详着问：“玉璧铭文，是甚文字？”

黄衫客脸色顿时阴沉：“此乃大人订货信物，先生不当问，在下不当说。”

“好，足下稍待，我这便去。”

“不中！”黄衫客目光一闪，“先生有诈，还我玉璧！”说话同时突然闪电般一个凌空飞身，吕不韦手中玉璧不翼而飞，黄衫客却已经飞步到了门厅。两侧便有身影一齐飞出，堪堪左右夹住了黄衫客。“尔等何人！”黄衫客大吼一声，一口短剑闪电般横掠左右身影。

“西乞休得无理。”随着一声咳嗽，须发灰白的范雎从大屏后悠然走了出来。

黄衫客骤然收势，目光瞥过，深深一躬：“在下西乞木，参见应侯。”

“这般行径，到此做甚？”

“在下奉命寻觅应侯，有要事禀报。”

吕不韦笑道：“书房清静无人，范兄在这里与客官盘桓。我去安顿酒菜。”范雎多经秘事，知道这是吕不韦的以防万一之想，打消了要将西乞木带到自己小庭院的念头，说声你随我来，带着西乞进了大屏后的书房密室。

四更时分，吕不韦吩咐家老请范雎与客人小酌。家老却来禀报说，书房里已经无人，先生的小庭院也黑灯了。正在此时，隐蔽在书房外白杨林中的执事也来禀报，说客人已经走了，先生独自在湖边转悠了一阵回小院去了。吕不韦疲累已极，一时来不及多想，倒头在榻鼾声大起。直到将近午时，吕不韦才被家老唤醒，说先生在天计寓茅亭下备了酒席正在等他。吕不韦连忙离榻冷水沐浴了一番，散发大袖来到了茅亭之下。

范雎在亭廊下拱手笑道：“今日反客为主，不韦尝尝我大梁风味。”

吕不韦入亭一看，偌大石案上几色大梁名菜分外齐整：麋鹿炖、鼎方肉、大河鲤、藿菜羹、春面饼，还有一大盘金灿灿的米饭团、两桶大梁老酒，名贵与家常兼具，分外诱人。吕不韦不禁恍然笑道：“大梁酒肆厨艺精湛，在陈城大大有名。我倒是忘记了请范兄前去一了乡情，惭愧惭愧。”范雎哈哈大笑：“我何有如此周章？这是大梁酒肆送来也。”

“噢，那个‘中不中’，没走？”

“此时定然走了。”范雎笑道，“此人也是奇特，分明一个老秦人，平日也是颇木讷一个人，昨夜却是一口纯正大梁话，且辩才赳赳，实在令人揣摩不透。”

“如此说来，此人是秦国黑冰台。”

“噫！你知道黑冰台？”

“商旅道人人皆知。”吕不韦坐进了石案前，“黑冰台颇多奇能异士，出道之初，山东大商很是震惊，纷纷重金延揽死士护卫。后来见黑冰台做事讲规矩，只入列国官署府邸，从来不扰商扰民，便也无人计较了。”见范雎若有所思，吕不韦心下一紧，“这个‘中不中’既是黑冰台，莫非老秦王又盯上了范兄？”

范雎摇摇头："是太子，嬴柱。"

"太子？"吕不韦惊讶莫名，"范兄与太子有恩怨纠葛？"

"既非恩怨，亦非纠葛，一番事端而已。"范雎便将长平大战后的诸般故事说了一遍，末了粗重叹息一声，"秦自孝公以来，三代四任国君个个强势，不意到了这第四代，竟是一整茬软足公子，令人不忍卒睹，数也命也，不亦悲乎！"

吕不韦淡淡道："君子之泽，三世而斩。范兄当明此理。若依然揪心，便是秦根未断，不妨回咸阳再做丞相了。"

"刻舟求剑。"范雎板着脸，"余事未了便要重新做官么？亏你商旅大士也！"

吕不韦不禁笑了："看来范兄成算在胸：只了事，不回头。"

"然也！"范雎颇为得意地一拍案，"此中关节我早料到，举荐士仓便是善后之举。不意这位老兄刚上道便撂套，始料未及也。目下看来，当初我若不举荐士仓，此事便落到了蔡泽肩上。举荐了士仓，士仓一走，嬴柱反倒是顺理成章地粘上了老夫。你说，不了此事行么？"

"如此看来，这个老太子也还不笨。"

"此话好没力气。不笨便是好君主？"

"好君主由不得你我，急个甚来？"吕不韦看范雎焦躁不安，一阵爽朗大笑，"来！辘辘饥肠，先吃先喝，大梁菜讲究个热鲜。"说罢给范雎打满了一碗香冽的大梁酒笑道，"先干一碗，范兄再开鼎了。"范雎干得一碗大梁酒笑道："分明商旅，却老儒一般礼数周章，没有钟鸣，还要开鼎。"用铜盘中一支铜钩钩起了厚重的鼎盖，炖麋鹿的异香顿时弥漫开来，煞有介事地拱手一礼，"我有嘉宾，示我周行。请。"

"四牡骓骓，周道倭迟。"吕不韦也煞有介事地吟诵了一句。

"噫！你也来得？"

"有礼无对，岂非冷落了东道？"

两人的吟诵应对，原是春秋时期宴席间以诗酬答的一种礼节。范雎吟诵诗句的意思是：我尊贵的客人啊，请你为我指出路径。吕不韦作答的诗句意思是：虽有驷马高车如飞，这条路也太遥远了。范雎原是觉得吕不韦礼数太细，索性以这番古礼难他一番，不想吕不韦应声作答，范雎自然大是惊奇。两人笑得一阵开吃，片刻将一案大梁酒菜吃得干净。

酒足饭饱，范雎思忖道："后天已是旬日，士仓不来，我便告辞。"吕不韦道："何须掐得如此之准，我纵有事，范兄只在这里等候便了，急个甚来？"范雎目光一闪反问道："你这次去何地？"吕不韦笑道："范兄有事但说，何须明知故问。"范雎默然一阵，终是郑重其事道："替我找到一个人，视境况援手些许。"吕不韦道："你只说，如何样人？"范雎目光左右巡睃一阵，方才低声道："嬴异人。"

吕不韦一怔，笑道："此等人还用找么？一国人质，大名赫赫。"

"此一时彼一时。你只说，难不难？"

"找人不难。"吕不韦笑了，"我只是不明：一介商旅，对此等人如何援手？不若范兄与我同往邯郸，你说我做便了。"

"我能入邯郸，何须烦你？"范雎板着面孔，"且不说赵国秘密斥候，我一动便会满城风雨，弄得不好还会重新挑起两强争端。更有一宗，当年老秦王为我复仇，曾经威逼平原君入秦并囚禁平原君近月，逼赵国交出魏齐头颅。此举非但使平原君蒙受耻辱，而且使魏国与赵国反目。你说，我入邯郸避祸尚且不及，还能伸展手脚办事？"

吕不韦恍然大笑："糊涂糊涂，我如何没想到。不消说得，我办！"

"若有大宗用度，我知会安国君加倍补偿。"范雎认真补充一句。

"范兄差矣！"吕不韦一团春风的笑脸罕见地沉了下来，"我受范兄之托，却与某君何干？范兄若将此事当做奉命国事待之，恕不韦不能从命。"

"拧了拧了。"范雎连连摆手，"商旅有盈亏。你对秦国原本无好感，若再为此事亏了利市，岂非得不偿失？唯此耳耳，万无国事之想。"

吕不韦哈哈大笑："范兄试探于我，愈描愈黑也！若无国事之想，便是陷不韦于不义了。金钱为良友而去，岂能以利市计之？"

"好！老哥哥这厢赔礼了。"范雎说罢，起身深深一躬。

"笑谈笑谈，折杀我也。"吕不韦呵呵笑着，连忙站起扶住了范雎。

第三章 邯郸异谋

一 所谓伊人 在水一方

朝阳初起，晨雾淡淡如烟。

千里直下的大河在桃林高地骤然东折，冲破三门大峡谷掠过洛阳王城，进入了一望无际的中原平野，苍苍茫茫的水面上白帆点点，分外的壮阔辽远。中流航道之上，一艘船头插着半人高红色菱旗的白帆小船，正不断在运货大船与各色官船间穿梭东下。过了虎牢关，精巧的白帆小船渐渐慢了下来。此时舱中走出一人，白衣散发悠悠然船头临风站立，凝神远望一阵问："前方可是鸿沟渡口？"

舱口站立的黄衫老者道："前方正是鸿沟渡。半个时辰便到。"

"我无急务，让过后面大船。"

黄衫老者似想说话，思忖片刻，终是走到船头取下了那面红旗，回头向舱中一声呼喝，小船向边流航道荡了出去。

战国之世，黄河还是清流滔滔航道宽阔，渭水、洛水、汾水等十余条主要支流也是水路通畅。其时除了燕国北部与楚国南部，天下货运十之六七尽在大河水网之内。夏秋两季，中原河段更见繁忙，货船官船渔船游船穿梭交织，一派兴旺。虽是列国纷争割据大河两岸，然对于天下共享的大河水道，却都是一力维护，没有一国敢于荒疏河道。水路航行，也有约定俗成的法则：吃水深的盐铁兵器粮食陶器等大船行于中流航道，吃水浅的丝绸麦秸茅草竹竿药材等货船左行；官船与游船右行，渔船可在两侧浅水区抛锚捕捞，但不能在中流定死捕捞；无论中左右，都是双向航道，上下穿梭避让，全凭各自权衡。载客小船若有急务，只需在船头插一面红旗（夜航则为红灯），便可在航道间任意插空穿梭。所有船只都奉行着这些久远的习俗规则，一切都在古朴自然地流畅运行着。

这艘轻盈的白帆游船，原是在中流航道快速穿梭行驶，此刻见一艘吃水极深高扬巨帆的大货船顺流直下，游船主人便拔去红旗偏出主航道，要让过满载货物的大船。白帆游船刚刚荡出中流，大货船水手们雷鸣般一声齐吼："谢——"吼声回荡间，大货船一座小山般悠悠压了过来。

白帆船头临风伫立的主人不经意回首，目光骤然一亮。

淡淡晨雾之中，一位绿衣少女跪坐高高的船头，裙裾随着河风飘起，宛若云中仙子。随着少女舒缓起伏的玉臂，巍巍船头飞出了荡气回肠的乐声，似琴非琴，低沉舒缓，清丽空阔，几从幽幽山谷中飘出。未几，一阵歌声随着清凉的晨风弥漫在淡淡晨雾之中，清纯柔婉，白帆船头的主人猛然一颤。

兼葭苍苍　白露为霜
所谓伊人　在水一方
溯洄从之　道阻且长
溯游寻之　宛在水中央
何有伊人　相将共扶桑

"彩——"歌声尚在悠悠回荡，河面各色船只上不约而同地长长一吼，立即有人高声呼喝："大河国风，谁来对歌——"

骤然之间，雄浑激越的歌声从白帆船头飞起，划破晨雾，直上云中：

苇草茫茫　大河长长
壮士孤旅　古道如霜

何得伊人　集我苞桑
悠悠大梦　书剑共稻粱

歌声方起，巍巍船头乐声骤然激昂飞扬，跌宕相随丝丝入扣。歌声已落，高高船头悠长空阔的一声叮咚，依稀不胜惜别。河面骤然幽静之时，绿衣少女从巍巍船头站了起来，向着白帆小船遥遥招手。白帆下的白衣散发人对着巍巍大船也是遥遥一拱，白帆小船箭一般顺流直下了。淡淡晨雾中，犹见绿衣少女凝神远望，良久伫立船头。

一个时辰之后，满载货物的巍巍大船缓慢地靠上了鸿沟码头。

战国之世，所有从水路进出魏国大梁的货物人口，都要在鸿沟渡口验关，而后方能交易出入，或出鸿沟而入大河，或入鸿沟而进大梁。大梁是素负盛名的天下大都会，财货游客吞吐量极大，鸿沟渡口自然也就成了中原极为重要的物资集散地与水路商埠。

目下，鸿沟码头上停泊着各式货船与官船。那艘巍巍大船缓缓靠稳码头，隆隆抛下石锚，船舷中伸出三副宽厚沉重的大木板，分别搭在了岸边的大条石上。一个身穿红色短袍的商家执事在船舷摇着一面小绿旗长长一喝："货主卸货也——"

早已在码头守候的一名魏国商家一挥手，身后抬着大绳大杠草垫篷布的一百多名精壮雇工围拢了过来。正在此时，一名红衣吏带着一队甲士匆匆赶来，远远一声大喝："法度有变！且慢卸货！"魏国商人立即笑着迎了上来，欲待询问，被红衣吏一把推开："官府验关，谁敢阻挡！登船！"身后甲士"嗨"的一声，径直拥上了卸货大板。

"敢问关市，有何公干？"一位身材高大的老人从船舱迎出，紧身胡服，白发白须，分外的矍铄硬朗，当头向红衣吏一拱手。

红衣吏冷冷一笑："卓氏巨商天下闻名，竟敢骗关违禁，触犯大魏法度！"

胡服老人淡淡一笑："卓原乃赵国商人，如何触犯魏国法度？"

"私运魏铁出境，该当何罪？！"红衣吏一声厉喝。

"入魏商船，何来出境之罪？"

“在此之前！”

“商船出入，每次验关。本次追前次，魏国官府可有凭据？”

“休得聒噪！登船便有凭据！”红衣吏转身一声大喝，“拿下老匹夫！其余登船搜验！”轰然一声，几支长矛逼上，一条铁链哗啷锁住了老人手脚。红衣吏带着其余甲士轰隆隆登上了货船。

“大父——”船头一声女子哭喊，绿衣少女飞也似冲了下来抱住老人，转身一声怒斥，“尔等无礼，放开我爷爷！”

甲士头目盯着美丽的少女，嘿嘿笑了：“放开？只怕官市大人想你。来，一起锁了！”老人脸色骤变，锁手铁链猛然举起，声如雷吼：“大胆！谁敢碰我孙儿！”甲士们猛然一惊退开。少女冷冷一笑：“不锁我也跟着爷爷，谁怕你等！”

正在此时，红衣吏黑着脸大踏步下船，将怀里一方木匣嘭地打开：“老卓原，这是你出境魏铁之凭据！敢不认罪么？”

“足下当真好笑也。”老人冷冷地耸着眉头，嘴角流露出轻蔑的笑意，“此铁为励志之物，乃贵国名士孔斌赠送信陵君之礼。信陵君客居邯郸，老夫受人之托带货而已。既非商家货物，况只区区一锭，也算得魏铁出境？”

红衣吏满面涨红，收起木匣大喝一声：“休得狡辩！带大梁官署论罪！”

绿衣少女正待发作，卓原老人冷冷道：“昭儿少安毋躁，看好货船，大父不会有事。走！”绿衣少女哭喊一声抱住了老人：“不！我要跟着爷爷！”红衣吏烦躁地一把拉开少女：“若再纠缠，一起带走！”绿衣少女脸色骤变，嗖地拔出一口雪亮的短剑：“竖子无礼！”一剑当胸刺来，快如闪电。红衣吏尖叫一声就地滚出连忙嘶喊：“快锁上！带走！”一队甲士长矛齐伸，哄然一声围住了绿衣少女。

“住手！”随着一声断喝，一个白衣散发者快步走了过来。甲士们愣怔之间，白衣人悠然走近红衣吏，顿时满面春风：“敢问关市，这位前辈何事犯官？”

红衣吏冷笑道：“足下何人？走开！否则一起带走！”

白衣人不卑不亢道："在下也是赵商。敢请关市告我，前辈究竟何罪？"

绿衣少女目光飞快地一瞥："他诬我大父出境魏铁！"

在白衣人问话时，一个黄衫老者悄悄走近红衣小吏，极其稔熟地向红衣吏衣袋中一伸手，又轻轻拍了一下他的手背。红衣吏觉得腰间皮袋猛然一沉，面色顿时温和，顾不得斥责绿衣少女，向白衣人拱手笑道："小吏奉丞相府差遣，拘押卓氏，因由么……"凑近白衣人耳边一阵低语。白衣人一拱手道："敢请关市稍候，我半个时辰回来。"转身上了黄衫老者牵着的一匹白马如飞驰去。

黄衫老者向红衣吏拱手笑道："敢请大人开了这位老人家锁链，我家主人必有重谢。"红衣吏迟疑片刻一挥手："开了。你等上船，本官在此守候。"黄衫老者向开了锁链的老人一躬："老人家但请回船，一个时辰内定会完事。"老人慨然摇头："那位先生仗义执言，老夫岂能先回？"绿衣少女顽皮地一笑："爷爷歇息去，我在船下等候。"老人略一思忖道："如此也好。这位老哥哥请随我饮茶去。"拉着黄衫老者登上了大船。

堪堪大半个时辰，白衣人飞马驰回，尚未下马扬手抛出一支金灿灿令箭。红衣吏抄手接稳一看，阴沉沉的冷脸立即雪消冰开，对着白衣人当头一躬："大人能讨得丞相金令箭，在下却是唐突了。"白衣人温文尔雅地拱手一笑："关市奉命行事，原是多有辛劳。几个郢金，弟兄们饮酒了。"从马背皮褡裢中摸出一只极为考究的棕色小皮袋，哗啷一摇，塞到了红衣吏手中。红衣吏大是惶恐，满脸笑着欲待推托，却被白衣人笑呵呵一拍，浑身酥软得一句推辞话也说不出来，转身一喝："走！在这定桩么！"带着一队甲士轰隆隆去了。

"耶！挥金如土。"绿衣少女一撇嘴揶揄地笑了。

凝神盯着甲士远去的白衣人恍然转身，拱手笑道："姑娘见笑了。大梁官风如此，在下也是不得已耳。"

"谁却说你了？"绿衣少女一脸灿烂的笑容。

白衣人挥袖一沾额头的津津汗水，略一喘息平静笑道："你社货船已经无事，尽可卸货了。在下告辞。"说罢转身便走。

“哎哎哎！”绿衣少女飞步跑过来拦在了白衣人面前，红着脸急匆匆道，“你的家老我的爷爷还在船上，你如何走得？也不留个姓名，爷爷要人，知道你是谁也？”

白衣人道：“天下商旅，原本一家，谁是谁无甚打紧。家老自会回来。在下尚有急务，容当告辞，后会有期。”

“哎哎哎，”绿衣少女大急，回身一喊，“爷爷快来，他要走！”

“先生留步，卓原这厢有礼了。”老人在船舷遥遥一拱，快步下船走到白衣人面前道，“萍水相逢，先生义举令老夫感佩！若无急务，敢请先生到我舱中小酌片刻。”

白衣人拱手笑道：“商旅之道，逢危互救，前辈无须介怀。在下有急务欲去邯郸，不能与前辈共饮，尚请见谅。”

老人上下打量一番笑道：“若老夫没有猜错，先生是濮阳吕氏之少东？”

白衣人略一思忖深深一躬：“素闻前辈大名，吕不韦见过前辈。”

“果然不错也！”老卓原一伸手扶住吕不韦，一阵哈哈大笑，“老夫家居邯郸三世，敢请先生急务之后，来府盘桓几日如何？”

“谢过前辈相邀。”吕不韦拱手作礼，“急务之后，在下定然前来求教。”

绿衣少女笑吟吟递过来一方竹板：“车道图。莫错了地方。”

“谢过姑娘。”吕不韦收起竹板，向卓原爷孙一拱手，“在下告辞。”与黄衫老者翻身上马去了。绿衣少女怔怔地望着吕不韦背影，小声嘟哝着：“哼，一个不问，一个不说，一对老少糊涂。”老卓原不禁哈哈大笑：“大父不说，他亦不问，奥妙在此间也。”“爷爷！”绿衣少女娇嗔一句，红着脸咯咯笑了。

二　邯郸遇奇　谨言慎行

一支庞大的车队在邯郸南门外的谷地扎下了营帐。

当吕不韦几骑快马进入山谷时，这片营帐已经扎了三日。与押车总事荆云一聚首，吕不韦带着老总事与三名年轻执事立即清点货物。暮色降临时，三百六十四辆马车全部清点完毕，车货无一摧折损伤。吕不韦大是满意，当晚在总事大帐设宴犒劳荆云骑队，全部车伕也在月光下的草地上聚酒痛饮。吕不韦吩咐老总事发放工钱，每个车伕在约定工钱之外再加十枚最实惠的“临淄刀”。山谷中顿时欢呼雀跃，车伕们举着酒碗可着劲儿喊“少东万岁”！吕不韦却不敢酣畅，饮得几爵，留下荆云与老总事照应各方，到自己的帐篷里去歇息了。

次日清晨，一辆华贵的青铜辎车辚辚驶出山谷，不疾不徐地进了邯郸南门。

此时的邯郸，与长平大战前另一番气象。战后赵国虽然元气大伤，但与山东列国的邦交却达到了最好状态。鉴于赵国以几乎亡国的惨痛代价，扛住了强秦席卷山东的风暴，列国在合纵败秦之后纷纷对赵国示好，除了紧缺物资的援助，又鼓励商旅进入赵国。对于一战打光了六十万大军，又连续三年遭受秦国猛攻而满目疮痍的赵国，些许援助实在是杯水车薪。只是在山东商旅大举入赵之后，赵国才真正地起死回生渐渐地复苏过来。而今，邯郸城内外虽然还是到处可见大战废墟，但街市交易已是一片生机，店铺连绵车马川流市声鼎沸，分外热闹。

青铜辎车一进南门长街，避开闹市，拐进了一条僻静的街巷，曲曲折折地向王城大街而来。赵国王宫也同所有的宫城一样，坐北面南，城楼之外一条林阴笼罩宽阔幽静的石板大街，显赫王族大臣的府邸几乎都在这条街上。奇特的是，这条大街东西两侧的大树之后却都是断断续续的红墙，没有一座东西府门临街而开。原来，这条大街只是一条车马大道，所有的府邸都在大道两侧的十多条街巷中。青铜辎车在林阴大道行驶一阵，弯进了东首第三条石板巷。这条街巷只有一座府邸，气势很是宏大，巍峨的横开六间门厅几乎与小诸侯宫室一般，门厅前立着一柱丈余高的白玉大石，石上镶嵌着四个大铜字——平原君府。

青铜辎车辚辚驶入门厅对面的车马场，在入口一个带剑吏的导引下停在了进出便利的最合适位置上。车方停稳，不待武士驭手回身，白衣玉冠的吕不韦推开铜包木档悠然下车。正在此时，一辆破旧的单马黑篷车咣当咣当地进了车马场，向着青铜辎车的旁边便要停车。带剑吏回身一声低喝：“停役车那边，不能停官车场！”驾车的老人面色涨红，正要争辩，却听车中人低声一句，只有将老马圈转，咣当咣当地驶到旁边的工役车场去了。

吕不韦好奇心大起，向工役车场打量了一番，只见杂乱排列的牛马车中走出了一个清瘦苍白的年轻人，头上的竹冠暗淡脏污，一领黑袍缀满了各色补丁，脚步匆匆，却又显得虚浮犹疑，分明要进府邸，目光却不断瞟向大门两侧的长矛甲士，瞟向矗在门厅台阶中央的光鲜门吏。

突然，吕不韦心中一动，远远跟在黑衣人身后从容走了过去。

门吏傲慢地挥了挥手，分明要黑衣人赶快走开。虽然犹疑畏缩，黑衣人还是走到了六级台阶之下，一拱手尚未开口，门吏已嫌恶地吆喝起来：“没看见后面有贵客么？走开走开，横在中间也不觉寒碜！”黑衣人默然迟疑片刻，终是走到大门边空旷处孤零零地站下了。吕不韦转身对跟来的黄衫老者低声吩咐了几句，老者匆匆向车马场去了。

吕不韦走到门前刚一报名，门吏的胖脸立即堆满了笑容：“府君有命：先生若来可直入正厅，无须通禀。先生请。”吕不韦悠然进府，方入第二进庭院，遥遥便闻正厅一片慷慨议论之声。正在此时，一名精干的书吏迎了上来：“政事厅多有不便，先生请随我来。”将吕不韦引领到政事厅东面的一座大屋。吕不韦知道，政事厅是平原君会聚大臣处置国务的殿堂，官员书吏接踵不断，几乎没有空闲。这片胡杨林中的书房兼客厅，才是平原君会见重要客人的所在。

方到长廊尽头，一阵苍老的笑声从屋中飞来：“不韦先生，别来无恙乎！”

“平原君别来无恙。”吕不韦笑应一句，绕过迎门大木屏深深一躬，“不韦沿途跌宕，比约定之期迟到三日，尚请平原君见谅。”

“不韦请入座。上茶。”须发雪白的平原君靠在坐榻上虚手一礼，待吕不韦在左手长案前坐定，悠然笑了，“谚云：千里商旅，旬日不约。商家非兵家，三日之期算延误，先生自责过甚也。”

“平原君如此胸襟，不韦感佩之至。”吕不韦谦和恭敬地笑着，“我已将赵国去岁预订器物运到邯郸，敢问在何处交接？”

“一次运到？”平原君惊讶地坐直了身子，“各有几多？”

“大型云梯三百架、云车六十辆、塞门刀车六百辆、机发连弩一千张、六寸精铁箭镞十万枚、精铁胡刀六千口，六色共计十万七千九百六十件。”吕不韦一口报完，毫无拖泥带水。

“好！”平原君拍案方罢呵呵笑了，“总金几何，如何未报？”

吕不韦利落答道：“去岁订货价格略高，今岁物价落平。赵国大宗兵器生意，当按今岁物价斟酌计之，是以未报。”

“岂有此理！”平原君哈哈大笑，“订货之价便是价，斟酌计之，岂非坑商？老夫只一句话：兵器乃邦国性命，只要货色上乘，老夫只有加价赏商，断无减价之说！”

吕不韦肃然一拱：“平原君敬商，不韦何能愧对赵国？敢请君家一道书令，不韦将兵器直接运往巨鹿军营，经李牧将军悉数检验并试用一月。果然合意，不韦凭将军公书前来结算。若有一件不合，不韦分文不取。”

“不韦经商，真义士也！”平原君喟然一叹，疲惫地靠在了坐榻大垫上，“不韦呵，若非在长平大战全军覆没，军辎耗尽，赵国何能进购商家兵器？虽说鲁仲连当初举荐了你，可老夫还是忐忑不安。九年连绵大战后，老夫再度开府摄政，第一要务便是重建新军，这兵器是重中之重。当此紧要之时，商家兵器若能使大军将士满意，足下便是中兴赵国之功臣也。老夫纵是让得万金之利，夫复何言！”

吕不韦座中深深一躬：“君以公心言商，不韦终当无愧于君。”

平原君慨然一叹：“老夫识人多矣！足下之于天下商旅，实乃凤毛麟角。圆和其外，坚实其内，泱泱大器局也。纵是范蠡、白圭再生，亦未必能及矣！”面对风华才俊，这位老公子似对自己倏忽消逝的英风不胜怀恋。

“平原君谬奖，晚辈愧不敢当。”

平原君哈哈大笑：“老夫倨傲，谬奖于人素来不为也！”

笑声未落，一名文吏匆匆走了进来低语几句，平原君雪白的浓眉顿时一皱："也好，带他进来。"吕不韦见状道："君忙国事，不韦告辞。"平原君颇为神秘地摇摇手："莫走莫走，你且见个稀奇。"吕不韦饶有兴趣地笑道："得见奇人，自是大幸，不韦何敢推辞？"又顺势坐了下来。

大木屏外一阵轻微的窸窣脚步声，一个年轻黑衣人竹竿般摇了进来："秦国质使嬴异人，见过平原君。"深深一躬，苍白的脸色顿时涨得通红。

平原君大靠在坐榻上"哼"了一声，连身子也不曾欠得一下。

"启禀平原君，"嬴异人谦恭地一躬身，"异人入赵为质，业已十年。十年之间两国大战连绵，邦交中断。其间，秦国辗转运来的衣食财货，大半被贵国扣押，发到我手不足十分之一。长此以往，异人将客死他乡。异人身为人质，无处求助，唯求平原君过问此事，给异人一条生路。"

"人质？"平原君冷冷一笑骤然爆发，"老秦王发动连番大战，几曾顾忌你这人质死活？不能止战，你还算得人质么？早知你嬴异人在秦国如此轻贱，当初该索你父亲来做人质！战后三年，秦国何曾送过你衣食财货？秦人杀我赵国子弟血流成河，若非老夫着意照应，你早被邯郸国人万刃零剐！能活到今日？"

说也奇怪，在老平原君的霹雳电闪之下，这个细瘦苍白神态畏缩的年轻人倒是舒展了些许，惨淡一笑道："平原君说得不差，嬴异人业已成了咸阳弃儿，本不当苟活于异国他乡。然则，求生之念，人皆有之。今日异人最后一请，平原君轻我辱我，异人纵是厚颜求生，亦当抱愧了之！"说话间牙关已经咬破，一缕鲜血从嘴角流出，转身一头撞向了厅中大柱。

"且慢！"吕不韦早已看出端倪，一个飞身箭步扑上去抱住了嬴异人。饶是如此，死心之力竟带着吕不韦一起撞上了大柱。"咚"的一声，嬴异人的额头撞起了一个大青包。吕不韦愤愤然道："大胆秦人！要陷平原君于不仁不义么？"

电光石火之间，平原君脸色大变。无论如何嬴异人也还是秦国人质，若果真死在自己厅堂，且不说列国如何纷纭闲话，单是给秦国一个大大的口实，便是邦交大忌。心念闪动，正要大喝来人，却见吕不韦已经抱住了那个没有几分力气的黑瘦子，长嘘一声离座，走到瘫在地毡上呼呼大喘的嬴异人面前，淡漠地笑道："安国君嬴柱早做了秦国太子，他是你父亲，为何不求赵国放你回去？"

嬴异人大喘着粗气道："秦国朝局你自清楚，为何明知故问？"

思忖片刻，平原君淡淡地笑了笑："方才老夫言语不当，公子见谅。自下月始，老夫知会邯郸令，每月支你些许衣食器物。你也可自向咸阳带信，老秦王若记得你这个王孙，或者你那太子父亲还记得你这个王子，自是你的富贵之期。好自为之，去吧。"转身又是一声吩咐，"来人，给公子随带三日伤药，送他出府。"

沮丧的嬴异人被一名武士扶了起来，涕泪唏嘘地走了。

"今日开眼。"吕不韦笑了，"此等人物平原君亲自打理，也是奇事一桩。"

"不韦有所不知也，入座听老夫说来。"骤然降临的麻烦消除，平原君对吕不韦大有好感，靠上坐榻一声叹息，"不韦呵，莫看这个人质王子乞丐一般，却是秦赵之间一个暗结。老秦王歹毒，丢下个人质不管不顾，分明是丢给赵国一桶猛火油。老秦王如意盘算：赵人仇秦，必置秦国人质于死地，只要这个人质死于赵国，无论你是杀了他还是饿死他，秦国便要大起事端。老夫偏不入彀！不杀不放不死不活，教尔老嬴稷翻脸无辙，要王孙无门，便是这般干耗着，他却能奈我何！"

"平原君纵横捭阖，不韦佩服。"

"老夫难矣！"平原君大摇其头，"秦赵山海血仇，教这小子活下来谈何容易！大兵护持么，将士愤懑在心，不定哪天一矛捅死了他，届时你能如何？放任不管么，必是碎尸街头。丰衣足食么，小子优游自在，国人却要骂声载道。交邯郸官署管辖么，也与交军营将士一般麻烦，不定哪天又饿死毒死了他。上下左右都难，只有老夫亲自把持这个分寸了。如此一来，却又得秘密操持，既不能教此儿知道，又不能教朝野知道。此儿若知老夫亲自料理他，会有恃无恐日日登门。朝野若知，又会骂老夫小题大做亲秦无度……你说，老夫难也不难？"

看着平原君雪白的须发抖抖索索，红脸倏忽变黑，黑脸倏忽变红，吕不韦无言以对了。良久默然，吕不韦慨然叹息道："天道昭彰，君老成谋国，终有善报也！”

“求此善报，老夫惭愧也！”平原君一阵大笑，“你解老夫一难，老夫诉说一番，如此而已，岂有他哉！”

“平原君胸襟韬略，不韦谨受教。”吕不韦离座肃然一躬，分外恭谨。

“多礼多礼。”平原君伸手一个虚扶，起身呵呵笑道，“足下为商，老夫为政，唠叨些许，又不怕泄露机密，不亦乐乎！”

“不韦牟利之人，纵有此心，亦无此胆。”

“笑谈笑谈。”平原君转身一挥手，“家老，用我轺车送先生出府。”

这辆六尺伞盖的四马青铜轺车辚辚出府，引得车马场官员一片艳羡惊叹。自信陵君蜗居、孟尝君过世、鲁仲连归隐，老平原君已隐隐然成为天下纵横家领袖，更兼暮年重掌赵国大权，威望蒸蒸日上，等闲不出门送客。这辆邯郸国人尽皆熟知的四马轺车，也是极少出府。轺车有盖无篷，乘者可坐可站，路人市人对车上人也是一目了然。平原君轺车送客，便恰恰是要给客人这种万众观瞻的荣耀。这辆轺车既高且大，青铜车身粲然生光，六尺伞盖华贵无比，四匹清一色的火红胡马更是雄骏无伦。一旦辚辚过市，这位客人顷刻便会成为名满邯郸的尊贵人物。如此荣耀，进出官员如何不惊愕驻足？

然则，吕不韦却皱起了眉头。轺车方出府邸，他便轻跺右脚叫了停车。下得车来，吕不韦满面春风地对着家老一拱：“不韦要去城外商营，不敢暴殄天物，敢请家老回车，不韦改日向府君谢罪。”说罢一挥手，对面车马场的黄衫老者快步过来，在轺车外档的小铜箱里咯噔放入了一件物事。原本一脸不悦的家老顿时释然：“先生既要自便出城，老朽不远送了。”说罢一圈丝缰，四匹火红的骏马一声嘶鸣，整齐划一地转身向府门去了。

上得自家辎车，吕不韦长嘘一声，顿时靠在了劲软的大垫上，轻跺一脚，这辆四面铜格垂帘的特制马车轻盈驶出了街巷，直向南门外飞去。暮色时分，这辆辎车又飞出山谷营地，进了邯郸南门，向灯火灿烂马鸣萧萧的胡坊而来。

邯郸胡坊，是胡人聚居的区域。赵国胡风源远流长，赵武灵王胡服骑射之后，赵国相继征服北方诸胡。林胡羌胡东胡等诸多崩溃星散的胡人部族纷纷移居赵国北部草原，胡人商旅也纷纷进入了赵国腹地城池。其时人口是强盛根基，任何邦国都不会拒绝外族进入定居。一时间邯郸胡风极盛，胡人聚居区几乎占据了整个邯郸的西北城区。胡人商旅以从大草原输入马匹牛羊皮革兵刃，从赵国输出盐铁布帛五谷烈酒为主要生意。久而久之，邯郸胡坊成了中原列国对草原胡人商路的一个根基之地。胡人商旅淳厚粗粝，最认打过交道又守信用的老客，加之酒风极盛，于是这胡坊之中多有胡地酒肆客寓。举凡大宗生意，胡商将客商邀入酒肆先痛饮一番，成交之后，再以热辣辣的胡女将客商留宿一夜。次日双方皆大欢喜，生意磐石一般稳固。邯郸市谚云："胡酒胡女，伊于胡底，泱泱胡坊，热风荡荡。"说的便是这胡坊区的特异风景。

辎车驶进了最宽阔的一条石板街，又拐进了一条风灯摇曳的小巷。

进得小巷半箭之地，便见"岱海胡寓"四个大字随着风灯摇曳闪烁。辎车到得门前，门厅风灯下肃立着四名红色胡服的金发女子。当先两人笑吟吟走了上来，一人打起车帘，另一人伸手搀扶车中贵客。

"免了。"吕不韦拨开了那只雪白丰腴的手臂，跨步下车，"云庐。"

一名胡服虬髯的男子殷勤迎来："云庐在后，主人请随我来。"

胡寓散漫宽敞，与中原寓所大异其趣。进了灯火煌煌的门厅，是一条宽约三丈长约一箭之地的竹篱甬道，胡人呼为箭道。常有客商酒后技痒，在尽头栽一草靶炫耀箭法。穿过甬道，一片数十亩地大的绿油油草地，挺拔的胡杨疏密有致地围出了大大小小诸多"院落"，一盏盏风灯在林间院落闪烁飞动，风灯之后的帐篷便是胡寓独特的客房。

穿过一条幽静的林间小径，两盏风灯吊在两根拙朴的青石灯柱上，"云庐"二字随风摇曳，恍惚间阴山牧场一般。进了灯柱一箭之地，是一大三小四顶帐篷。虬髯男子在中间一顶白色大帐前停下脚步，昂昂拱手道："禀报主人：云庐六亩草地，右帐三名侍女，左帐两名炊师，后帐是主人家老仆役。若有不时需求，摇动帐前风灯，奴仆即刻便到。禀报主人，禀报完毕。"

"胡人也学得周章了。"吕不韦笑着一挥手，"三侍女退去，右帐留下。”

“主人！”虬髯男子顿时红脸，“三女白得像阴山雪，嫩得像岱海草，温顺得像绵羊，酸热的马奶子像汩汩泉水。主人要退，瞧不起我岱海林胡！”

大笑一阵，吕不韦突然压低声音道：“生意成交之后再要。不少你金。”

“嗨！”虬髯男子昂昂一声，大步去了右帐。此时安置好车马的黄衫老者正好赶来，在右帐外与虬髯男子嘀咕得几句。片刻之后，三名胡女欢天喜地地跟着虬髯男子去了。

进得大帐一踏上六寸厚的羊毛地毡，吕不韦周身一阵酸软，不由分说躺倒在地长长地伸展了一番。黄衫老者轻步进帐，叹息一声道：“先生实在该有个女仆也。老朽之意，这便物色一个胡女进来。”吕不韦骤然翻身坐起，笑道：“展个懒，却与女仆何干？”黄衫老者歉疚道：“先生万金之身，出行唯带老朽一人，身边诸事多有不便。老朽之见，一剑士、一女仆必不可少。”吕不韦思忖片刻道：“女仆作罢。剑士倒是有一个也好，只是一时尚无适当之人。”

“老朽之见，荆云义士最好。”

“荆云？大材小用。”吕不韦摇摇头却又恍然，“对也，请他举荐一个。”

“好，此事老朽办理。”黄衫老者笑道，“先生疲惫若此，晚餐用些甚个？”

“疲惫个甚？”吕不韦心不在焉地一挥手，“胡饼羊骨汤，薛甘醪。”老者转身正要走，吕不韦又突兀一句，“今日之事办得好！居所清楚了么？”黄衫老者恍然笑道：“些许小事，先生如此记挂？一切都清楚了，老朽明日禀报。”吕不韦摇摇手：“不，晚餐用完便说。”老者无可奈何地摇摇头，出帐去了。

片刻之后，一大盆浓稠雪白的羊骨汤、一盘黑厚劲软的燕麦饼、一桶异香弥漫的甘醪捧进了帐篷。吕不韦狼吞虎咽一阵，顿时周身汗水，起身在后帐用热水一番沐浴，换上一领宽松的丝绸大袍，唤来老总事会商。半个时辰后，黄衫老者匆匆出了云庐。吕不韦也漫步出了白色大帐，悠悠然进了树叶哗哗的胡杨林。

虽是初秋，邯郸的清晨已经有了几分萧瑟的凉意。

一辆极是寻常的两马辎车出了岱海胡寓，几经曲折辚辚驶进了一条隐秘幽静的长街，长街将尽，又骤然折进了一条石板小巷。小巷尽头又是一折，辎车戛然刹住了。驭手回首低声道："禀报先生：巷套巷，道窄不能回车。"车中一声咳嗽，一个白衣散发人走下车来，对驭手低声吩咐了几句，辎车丢下白衣人辚辚折了回去。

白衣人站在巷口一番打量，不禁皱起了眉头。这条深藏长街之后的小巷煞是奇特：两侧是一色清森森的石板墙，高得足以遮挡四周屋顶的视线，原本只有一车之路的小巷，在高墙夹峙下成了一条深邃的峡谷。小巷口守着两棵冠盖硕大的老榆树，枝杈伸展相拥，将深邃的巷道峡谷变得一片幽暗，若是路人匆匆而过，站在老树之外决然看不进巷口一丈。老榆树的叶子已经开始飘落，零星黄叶在巷中随风飞旋，沙沙之声倍显落寞空旷。

思忖片刻，白衣人踏进了幽暗的巷道。

走进小巷丈许，一股腐叶气息扑面而来。分明是石板巷道，脚下却没有丝毫声息，静得教人心跳。低头打量，年复一年的落叶已经堆起了两三尺深，唯有中间的腐败落叶有隐隐足迹，算是一条不甚明显的小径。几乎用不着揣摩，便知这条小巷极少有人进出。白衣人无声无息地走得一阵，蓦然见右手石墙中一个门洞，一片黝黑的物事牢牢镶嵌在两边石墙之中。仔细一看，黝黑物事竟是两扇坚实的木门，门厅入深三五尺，外边还有三级台阶。

白衣人略一思忖，用力拍门："开门，我是债主——"

连喊数声，黝黑的铁包木门咣当打开一方小窗。一个红衣小吏模样的中年人探出头来将来人端详一阵，拉长了声调："公子欠你账了？几多呵？"

白衣人愤愤嚷了起来："这个公子欠债不还，还住得如此僻背，若不是我下势跟踪，谁个能找到这狗也嗅不出的巷子！快还我来，你等护着他我也不怕！我是外邦商人，我有邯郸官署的经商官文……”

“聒噪个甚！”红衣吏沉着脸，“说，欠你几多？”

“百金之数！长平大战时借的，快十年了。若是目下谁借他！”

“聒噪！”红衣吏又是一声呵斥，“说，关金几多？”作势便要关窗。

“且慢。”白衣人顿时一脸笑容，“依着讨债行情，讨百出五，门关五金。可我怕一次讨不回，只有做常索之想，不能教秦人占了便宜。我要常来，付关金二十。”

“好，拿将过来。”红衣吏作势又要关了那窗。

“来了来了。”白衣人连忙递上一只锵锵响又沉甸甸的精致皮袋，脸上一副心疼不忍的模样。红衣吏不禁呵呵笑了起来：“先生当真可人。实话说，你不会有亏。若是没有我等酒钱，不说欠你百金，便是欠你万金，你也休想跨进这门洞半步！明白？”

“何消说得！”白衣人一拍胸脯，“只要买卖顺畅，你等酒钱在下包了！”

大门嘎吱吱大响着拉开，红衣吏在门洞一脸神秘地压低声音道：“此人虽穷，脾气却古怪。若有不测，你只大喊一声，我等弟兄便来。左右小心。”

白衣人答应着走进了庭院。这座庭院很狭小，四面高房，中间一方天井，险峻幽暗得与门外石板巷绝无二致。天井中零乱安着几方石案石凳，显然是看守吏员兵士们吃饭的场所。绕过庭院影壁，是半个杂草丛生的小院。院中停着一辆破旧的黑篷车，正北三开间大屋，廊柱油漆斑驳脱落得破庙一般。廊下晃悠着一个老人，衣衫褴褛内侍模样，正在一只大燎炉前生火，潮湿的木柴烟气缭绕，熏得老人咳嗽不止。

白衣人一拱手高声道：“行商债主请见公子，烦请通禀。”

衣衫褴褛的老人转过身来，呆滞的目光盯住来人，仿佛打量一个天外怪客。良久，苍老的声音终是从烟雾中飘了过来：“足下何人，要见公子？”

“十年前胡寓痛饮，公子心知肚明！”白衣人昂昂高声，其势不胜其烦。

老内侍擦了擦被烟气熏呛出的泪水，默默向幽暗的大屋中去了。片刻之后，大屋中高声嚷嚷："岂有此理！甚个胡寓？教他进来！穷得叮当，我却怕甚！"白衣人听得嚷叫，回身看一眼靠着影壁瞧热闹的红衣吏，狡黠地招手一笑，不待老人出来，赳赳大步走了进去。

幽暗的正厅空旷得只有一榻一案，黑瘦苍白的年轻公子兀自在烦躁地嚷嚷着，突见白衣人背光走进，一个踉跄几乎跌倒，"你你你，你不是那人么？我甚时欠你金了？"见白衣人只是瞄着他上下端详，又是一阵嚷嚷："你要讨人情？我却不认！我活着不如死了好，不领你情分！你要不忿，院中那辆破车还有那匹瘦马，都给你！"

"公子少安毋躁。"白衣人微微一笑，声调醇厚平和，"此前之言，自是虚妄，皆为请见公子而出，尚请见谅。实不相瞒，我乃濮阳行商吕不韦。见过公子。"说罢深深一躬。黑瘦苍白的年轻人愣怔了，看着这个气度沉稳衣饰华贵的人物，两只细长的秦人眼眨动得飞快，终是板着脸冷冷道："足下请回，嬴异人无生意可做。"

"在下欲大公子门庭。"吕不韦突兀一句。

"如何如何，再说一遍？"嬴异人嘻嘻笑着，只上下打量吕不韦，心中飞快地思忖着如何应对这恶毒的捉弄。

"在下可大公子门庭。"吕不韦一字一顿地又说了一遍。

嬴异人苍白的面容突然涨红，竭力压抑着怒火揶揄地笑了："大我门庭？请先自大君之门庭，而后再来大我门庭可也。"

"公子差矣！"吕不韦认真地摇摇头，"我门待公子之门而大，故得先大子门。"

嬴异人微微一怔，思忖良久，深深一躬："愿闻先生高见。请。"

此时，门外老人搬进了终于生好火的大燎炉，阴冷潮湿的大屋终是有了些许热气。只有一张破旧的长案，两人对头跪坐在同样破旧的草席上。嬴异人吩咐一声"上茶"，一名铅华褪尽满脸褶皱的干瘦侍女走来，用一个漆色斑驳的木盘捧来了几色煮茶器具，却只跪坐在铜炉前低头不语。

“煮茶。愣怔个甚？”嬴异人不耐地叩着破案。

“禀报公子：没，没茶。”干瘦侍女声音细小得蚊鸣一般。

吕不韦爽朗笑道：“此地阴冷，大碗热白开最好不过也。”满面愧色的嬴异人这才回过神来道：“快，烧开水去也。”干瘦侍女连忙匆匆去了。

“困厄若此，先生见笑也！”嬴异人长长地叹息一声。

“龙飞天海，尚有潜伏之期，公子一时之困，何颓唐若此？”

“先生有所不知也。”一语未了，嬴异人涕泪唏嘘，“我十余岁尚未加冠，便入赵为质，至今十二年过去，已近而立之年也！自长平大战开始，我形同监禁，求生不能，求死不得，不死不活地在这座活坟墓中消磨。我虽英年，却已两鬓白发，心如死灰……巷口那两棵老树都快要枯萎了，年年败叶，岁岁死心，树犹如此，人何以堪！”一语未了，嬴异人伏案大哭。

良久默然，吕不韦慨然一叹：“鱼龙变化，不可测也。不韦只问：公子一应王器是否在身？其中有无老秦王亲赠之物？”

嬴异人哽咽点头：“赵人当初搜刮了所有钱财，唯独此等器物一件未动。我派老内侍几次拿去市卖换钱，竟无一人愿买，奇也！”

“奇也不奇，日后自明。”吕不韦笑得一句，肃然叮嘱，“此等器物，公子当妥为收藏，万勿轻忽市易，更勿随手送人。”

“好，记住了。”

吕不韦低声道：“此地不宜久谈，三日后我请公子做客再叙。”

“难也。”嬴异人连连摇头，“我要出巷，须平原君老匹夫说话，来回折腾半个月，也讨不来放行牌一张。”

“此事公子无须上心，只养息好自己为是。”说话间吕不韦已经站了起来一拱手，“我当告辞。无须送。”嬴异人尚在愣怔，吕不韦已经出门，在门廊下对老内侍低声几句，领着老人去了。大约一个时辰，老内侍赶着那辆破车咣当咣当地回来，卸下了几大麻袋物事。干瘦的侍女嘿嘿直笑，忙得脚不沾地。片刻间，庭院中弥漫出久违了的肉香菜香与酒香。嬴异人饥肠辘辘，没饮得一碗便醉了，软软倒在榻上犹兀自喃喃：“怪也，怪也……”

三 奇货可居 绸缪束薪

吕不韦第一次失眠了。

又大又圆的月亮挂在胡杨林树梢，云庐的草地在脚下已经有了秋日的干爽。在平原君府门第一次看见那个黑瘦苍白的公子，他的心头便是猛然一跳。那一跳，他心血来潮，要老总事探明此人身份，若真是秦国公子嬴异人，设法教他进府见到平原君。说不清为何要这般做法，当时只有一个闪念：看看这位公子在平原君面前如何境况？当那个嬴异人在平原君的尖刻奚落下犹自低声下气时，吕不韦油然生出了一种蔑视。然则，当嬴异人最终不甘受辱咬破牙关而撞柱自戕时，吕不韦心头又是猛然一跳，几乎不假思索地扑上去抱住了他。若非这一撞一抱，吕不韦决计不会留下来听平原君说叨。

多年磨炼，他已经有了一个确定不移的约束：与官谋商，不涉政事。这一约束，来自与田单多年交往的阅历。商人一旦涉政，轻则影响对市利的判断，重则毁灭商家大业的根基。然则，要做旷世大商，不做官府生意便是空谈；要做官府生意，不与官员来往还是空谈；要与官员来往，不言及政事则几乎无从结交。这便是天下大商的共同路数：以牟利需要而接触官员，不期然言及政事，渐渐地由浅入深生出来往情谊，最终相互为援，皆大辉煌。然则，吕不韦对这种路数大不以为然。大争之世，政无恒势，显官大臣最是动荡无常。此其时也，周流财货之商旅，是天下最需要的行道。举凡鏖兵大战，大臣官员便是肃杀换代之期，商人却是大发利市之时。两相比较，以兴旺恒长之业，就动荡无常之道，岂非火中取栗？思谋揣摩之下，吕不韦有了自己与显官权臣交往的独特方式：让利守信，不涉政务。这个“不涉”，大要有三：其一，洽谈商事单独晋见当事官员，绝不在官员与部属会商政事时晋见；其二，商事交接妥当便行告辞，绝不海阔天空；其三，谈商期间，官员若有即时公务，则即行告辞，约期另谈，绝不留场等候。多少年了，吕不韦都是一以贯之，在列国官场留下了极好的口碑：持重干练，不起事端，轻利重义，商旅大士也！

可是，那日他竟留了下来，听完了平原君的全部说叨。

吕不韦突兀生出一个奇妙的评判——奇货可居，嬴异人也！

按照范雎的说法：这个嬴异人禀赋不差，尚未加冠便做了“质使”，十余年过去，已经成了秦国弃儿；此子若无大变，或可立为安国君世子，以固安国君的太子地位。范雎介入此事，自然有他不得已的苦衷。当初范雎主张老秦王仍然以安国君为太子，除了他自己与安国君交好这一根基，最硬实的理由是：安国君有两子堪称众多王孙中的人才。如今，那个嬴傒已经被士仓断为“不堪”，安国君大起恐慌，只有密求范雎谋划。范雎多方思谋，想到了托吕不韦打探嬴异人境况这条路子，以图了结此事。范雎一再向吕不韦申明：他对这个做了十多年人质的嬴异人不抱厚望，只要有个消息知会安国君即可，其余交安国君自己决断，范雎决计不再陷入其中。那日范雎感慨良多，最后几句话不胜唏嘘：“立嫡换代，风险难测也！老秦王尚遗忘此子，我与嬴异人素昧平生，若再度错举不堪之人，地下何颜面对老秦王矣！”基于此念，范雎托给吕不韦的事也实在不难：找到此人，查勘一番境况，接济救困，而后再将消息密书告知范雎，吕不韦便算完成了又一桩义举。

然则，吕不韦却有了完全不同于范雎的判断。最主要者在三处：一则，老秦王非但没有遗忘这个王孙，恰恰是铭刻在心的一颗邦交棋子。吕不韦相信，作为邦交敌对方的赵国，平原君的评判比已经是局外人的范雎更准确。二则，嬴异人心志尚未全然泯灭，长期忍辱负重，隐隐然有能屈能伸之相。仅是这番阅历积淀的品性，也必然强于那个“不堪”的嬴傒。果真此子入得秦国，做安国君嫡世子大有可能。三则，老秦王年近古稀，随时可能薨去，安国君五十有余，虚弱多病，也可能几年便去。如此看去，嬴异人由世子而太子而秦王，绝不是一条不可预测风险的漫漫长路。以吕不韦之独特眼光，十年之期，大体可成。

果然如此，吕不韦前路何在？

每每如此一问，他便是猛然地一阵心跳。

功业之心，人皆有之。所不同者，因境况而异，功业目标色色不同罢了。农夫以桑麻有成丰衣足食为功业，从军兵卒以执掌将军印信为功业，士子以入仕为官为功业，大臣以治国理民之政绩为功业，国君以称霸天下为功业，学派以践履信仰为功业，商旅以财富累积为功业……凡此等等，酝酿成了蓬勃壮阔而又生生不息的天下大潮。大争之世，此其谓也。而所有这些五光十色的功业之举，都可以一言以蔽之——大我门庭，耀我族类。

若是没有与田单、鲁仲连的共事根基，若是没有因此而生出的长达十余年的兵器生意中与列国官府的往来周旋，也许吕不韦不会有这种心跳，而只会奔天下第一大商而去，心无旁骛，无怨无悔。偏偏有了如此一番阅历，有了洞察官场的独特眼光，有了周旋官场的实际才干，骤遇可能使自己像田单一样步入庙堂的大机遇，心田便会突兀激荡起来。

商人纵是富甲天下，何如一代功业名臣光耀千古？

在这一次又一次的心跳中，吕不韦做了最后的决断，亲自走进了嬴异人的囚居之所，用独具一格的说辞，打动了这个形同枯槁心如死灰的人质公子。“大子之门”，谁都能听得懂，却又绝不涉及难以言传的云雾绝顶。这便是吕不韦的独特语言，最直白，而又最隐晦，最浅显，而又最深奥。

既然听从了魂灵的召唤，便当义无反顾地走下去。

雄鸡开始第一声长鸣的时分，淡淡的晨雾轻纱般笼住了云庐草原，也笼住了军阵一般的胡杨林。终于，吕不韦披着一身细蒙蒙的露水回到了云庐大帐。

“先生，老朽已经将邯郸账目结清。”老总事也一身露水走了进来，将一本厚厚的羊皮纸账册放到了长案上，“先生当歇息了，老朽午时再来。”

“西门老爹，请坐。”吕不韦毫无倦意，从后帐提出两袋马奶子，“来，一人一袋喝了。云庐之内，你老何须跟着我转悠。”

老人摇摇头笑道：“这是胡寓，得谨细。好在荆云举荐之人三两日就到了。”

“我商社在赵国存金几多？”吕不韦啜着马奶子突兀一问。

“连同本次获利，邯郸大库共有十三万金，列国钱币十二万枚。”

“陈城、濮阳两库加列国商号，可集金几多？”

老人掰着指头一口气报道：“陈城存金十六万三千，濮阳老宅存金三万；列国商号二十三家，可随时调遣者，金十六万，钱币六十余万枚。”

“假若十年之间只花钱不进账，老爹以为境况如何？”

老人肃然道：“若只自家生计，终生也花销不完。”

吕不韦淡然一笑：“不。有大宗支出。能否支撑十年？”

老人目光一闪，苍老的声音微微发抖：“大要计之，每年支出五万金上下，足够支撑十年。此等开销，几与邦国比肩……先生何事，需得如此巨额支出？”

“也就是说，十年后若不能回收，吕氏将家徒四壁。”

“正是。”老人额头渗出了涔涔汗珠，“何等交易，竟有十年不能回收者？如此风险，商家大忌，先生慎之戒之也。”

吕不韦大笑：“世无风险，吕不韦这般商人何用也！”

“先生，慎之戒之。”老人惶恐地重复一句，默然了。

吕不韦离座，挂起喝空的马奶子皮袋，又从后帐拿出一支精致的铜管：“西门老爹，明日即派员将此信送回陈城，交范雎即可。先生接信，若要离开，妥加护送，万不能出错。”

“先生毋忧。万无一失。”老人分外认真。

“西门老爹呵，不韦一言，姑且听之。”吕不韦感慨中来，不禁一声叹息，“你随我父经商多年，又随我经商十八年，可谓吕门商贾生涯之擎天柱矣！如今，老爹已是花甲之年，暮岁担惊历险，不韦于心何安？此战风险难测，不韦只有请老爹自立商社了。”说罢，从袖中掏出折叠成方的羊皮纸抖开，双手一拱，递到了老人面前，“这是不韦所立书契……一个月后，陈城商战谷就是老爹的西门商社了。”

“先生差矣！”老人早已离座站起，脸色顿时涨得通红，“当年，老朽一个出货执事而已，幸得追随先生克难历险，方尽筹算之能，在天下商旅得享薄名，富庶惠及我族。当此之时，老朽正当追随先生赴汤蹈火，何能受此重产退避三舍！”

“西门老爹……”吕不韦深深一躬。

老总事猛然跪地托住了吕不韦双手：“先生定然如此，是信我不过也！老朽自当引咎辞去，决然不受先生分文钱财！”

骤然之间，吕不韦泪水涌满了眼眶，连忙扶起了老人：“西门老爹……既然如此，我等就一起往前走也。”

老人顿时高兴得嘿嘿笑了：“先生看见了大鱼，老夫也想跟着摸！”

“好！”吕不韦不禁大笑，“摸这条大鱼！”

第三日清晨，两辆青铜辎车隆隆驶进了空旷的小巷。

嬴异人分明听见了天井中的说话声，却实在不敢相信这是接自己来的。更令他惊讶的，是连看守的小吏也带着两个换成了便装的兵士坐进了另一辆辎车。看着小吏兵士受宠若惊的嘿嘿笑模样，嬴异人硬是憋住了舒心的笑容，矜持地咳嗽了一声，坐进了铜窗垂帘的华贵辎车。

两辆辎车轻快地进了云庐草原。老总事笑吟吟地将他们迎进大帐，立即安顿打尖压饥。说是打尖，分明是一顿罕见的丰盛酒席，还有四名热辣辣的胡女侍饮。看着满案名贵的食具与天下闻名的珍馐美味，嬴异人恍然觉得自己是当年锦衣玉食的少年王子了，实在想吟唱一番，再饕餮大咥。但是，看着小吏与兵士搂着胡女大呼小叫，狂放失态，嬴异人莫名其妙地没了胃口，只饮了一袋马奶子，吃了两块燕麦胡饼，特意安置在他案前的一桶浓香甘醪酒一滴未沾。

在这片时之间，三名高大鲜嫩的胡女已经将三个男人抱在怀里，做起了坊间男女的“口杯”饮。滚圆雪白的大奶子裸露着，紧紧挤在男人的胸口，丰润肥厚的艳红大嘴含着凛冽的赵酒，热腾腾地包住了男人的半个脸膛。“猛士哥，喝也！”一声肉味十足的叫嚷，半碗做一口的老赵酒汩汩灌进了男人的骨肉酒器。大约是生平第一次如此这般地消受女人，红衣小吏与两个兵士筋骨酥麻，豪气陡长，手脚并用，大吞大笑，不亦乐乎。看着近在咫尺的男女放肆折腾，嬴异人心下怦怦大跳，实在想搂过偎在身边的胡女也放浪一番，终究没有伸出手去。心烦意乱间，嬴异人正要起身出帐，却见三个胡女一阵咯咯长笑，三个男人竟都软软地扑在了她们脚下，大红脸膛尚兀自荡着浓浓的笑意。

“公子请随我来。”老总事轻步进来，径自领着嬴异人出了大帐，“请公子登车。”细长的眼睛眨了几眨，嬴异人终是没有说话钻进了辎车。一个不辨年龄的黝黑男子坐上车辕，四马青铜车哗啷飞了出去。嬴异人一直盯着窗格望孔外的景象，眼看辎车出了邯郸北门，驶向郊野的隐隐青山，渐渐地山道青黄峡谷幽深，似乎进了人迹罕至的荒山，山林风声中隐隐约约的猛兽啸吼与萧萧马鸣。嬴异人不禁浑身一抖，想说话终是咬紧了牙关。后座的老总事低声一句：“公子，这是野马川，百兽出没之地。”

片刻之后辎车停稳，老总事先行下车，打开车门说声“到了”。尚未伸手，嬴异人已经自己下车了。揉揉眼睛四面打量，嬴异人不禁大是惊愕——来处草木荒莽，这驷马高车竟能进得山谷！再看眼前，辎车停在一方突兀伸出的巨大岩石平台上，岩石旁一棵三五人不能合抱的大树，枝杈如箭，直是一个硕大无比的绿色刺猬。

“先生在此？”嬴异人终于忍不住问了一句。

“公子随我来。”老总事手中一支长杆拨打着茅草，绕到了那只绿色“刺猬”的背后，拨开随风摇曳的茅草，现出了一个废墟般的浅小山洞，进得三两丈便到了尽头。嬴异人正在狐疑观望，老总事袖中伸出一只小铁锤，走到洞尽头壁立的山石前向左侧猛然一击，那方黑色大石轰隆隆向右滑开，洞底蓦然现出一个与人等高的洞口，一股干爽的热气顿时扑面而出。

老总事避身一侧，一拱手道：“公子请。”

嬴异人虽则不再惶惶然，却也是小心翼翼地进了山洞。一入洞嬴异人惊讶莫名，脚下是劲软的胡毡，两侧洞壁间隔镶嵌的风灯竟毫无油烟，恍然之间，仿佛是少年时曾经走过的章台永巷。过了三五丈幽暗处，一个拐弯，前方遥遥一片光亮，仿佛又要出洞。走到光亮近前，竟是一方深不可测的天井。向上看去，一片蔚蓝孤悬高天，一朵白云悠悠荡荡，一片阳光直洒而下，透过天井半腰的细密铜网，落在洞底成了一片整齐排列的“光砖”，明亮和煦的天井隐隐弥漫出一种奇特的神秘。

“幽幽斯井，愿日月之恒光。”嬴异人不禁低声吟诵了一句。

“慨其叹矣！遇人之艰难。”对面铿锵一句，吕不韦倏忽站在眼前。

“哀心无志，异人谨受教。”

“公子有此悟性，不韦甚是欣慰。”吕不韦扶住了嬴异人笑道，“那日未及谋划，公子心下必是忐忑。今日请公子到此，是要给公子一方脚石。”说罢向西门老总事已经打开的天井四面石洞一指，“公子且看，此乃吕氏之邯郸金库。北洞存赵金六万余，南洞存楚金六万余，西洞存魏钱齐刀共计十二万，东洞存各色珠宝玉璧珍奇古董三百余件。一并计之，大体在二十万金上下。”

“天！先生富可敌国矣！”嬴异人一声惊叹。

“不。这只是吕氏商社的金库之一。”

“……”

“公子请入座。你我谋划完毕，西门老总事会带你逐一验看。”

两人在天井正中的石案前席地对坐。老总事捧来一只大铜盘，盘中是两大碗飘着甘醪异香的果酒。吕不韦笑道：“此乃邯郸甘醪薛特酿的山果醪，已经窖藏了五十年。我遇大计，饮酒只限一碗。公子另论，尽可一醉也。”

“先生差矣！”嬴异人拍案慨然，“公为我而计，异人岂能醉生梦死？公之规矩，也是异人规矩，一碗了事。”

“好！”吕不韦原是多方试探嬴异人禀赋心志是否可造，如若委实不堪扶植，自当退而重操商旅，此刻见这位王孙举一反三，于酒色二字尚能自律，心下十分高兴。两人碰得一碗，吕不韦问：“咸阳朝局大势，公子可否清楚？”见嬴异人连连摇头，吕不韦便将范雎鲁仲连平原君等所说情势，加上自己的条分缕析，从长平大战后说起，一气说了半个时辰，仿佛亲历亲见。嬴异人听得感慨唏嘘不能自已，末了一声哽咽道：“嬴氏凋零如斯，异人于心何安？先生若有良谋长策，自当决计听从！”

吕不韦叩着石案道：“长策远图，也须以第一步为根基。目下只说起步：三年之期，全力使公子重回咸阳。开步最难。我之谋划：不韦营咸阳，公子营邯郸，全心周旋，力谋胜算。”

“我？我……却如何周旋？”

“公子毋忧也。”吕不韦悠然一笑，“旬日之后，这座金库的主人便是公子。公子当在邯郸广交名士，疏通国府，教异人的贤名传遍列国，更传到秦国。”

“先生……”嬴异人的脸刷地白了。

“公子毋得他想。”吕不韦摇摇手打断了嬴异人的急切表白，沉重地一声叹息，“坦诚相告：不韦不吝金钱，唯一担心处，是公子心志不坚，一朝金钱在手，玩物丧志，舍大事而图享乐……若有那一日，嬴异人、吕不韦，将成为天下笑柄也。”

“先生！”嬴异人嘴唇猛烈地抖动着，从腰间大带猛然抽出一把短剑，“先生引我起死回生，嬴异人若自甘沉沦，当为天地不容！”说话间左手在石案上一摊，短剑一闪，左手小指蹦出了丈余之外。

吕不韦肃然站起深深一躬：“公子有此壮士之心，不韦夫复何言？”

西门老总事已经匆匆过来，将嬴异人的伤口上药包扎。不消片刻，嬴异人疼痛全消神色如常。吕不韦笑道：“公子若有精神，今日尚有最后一事。”

“先生但说无妨。”

“敢请公子，将十六年的王孙生涯细细叙说一遍。”

一声叹息，嬴异人点点头，断断续续地说了起来，直说到天井的日光变成了月光，月光又变成了日光。

四　博徒卖浆　风尘两奇

太阳初升，吕不韦的单马轺车轻快地进了博酒道。

博酒道者，广聚天下美酒之大市也。这是邯郸城名闻天下的一条三里长街，列国酒铺比肩相连，酒香几乎弥漫了半个邯郸。商市规矩：酒市不开饮。也就是说，这博酒道之市易，只做整桶整车的买卖，没有饮酒场所。如此一来，大酒市不会夺了诸多饭铺酒肆客寓的聚饮生意，商旅之间相安无事。然则，气势如此宏阔的酒市，果真没有酒商酒痴与游人的品啜之处，也是煞了风景。岁月磨合，这博酒道两侧便有了三条小巷，却是专一的卖浆去处，市人一律呼为“浆巷”，堪称别有趣味的饮者佳境。

浆者，淡酒也，时人俗称“醪”，后世流变为“醪糟”。浆者醪者醪糟者，实则都是酵酿的米酒，其历史实在是源远流长。《周礼》记载：天子六饮，水、浆、醴（甜酒）、凉（以水调酒）、医（药汁）、酏（粥）。其中的“浆人”一职，便是专司酿造这种甜淡米酒的作坊。浆之酿制，三两日便能成酒，只能鲜饮，不能长途贩运。见之于酒市，自然只能是邯郸国人的小买卖，既不会伤及诸多饭铺酒肆客寓，也给博酒道增添了几分饮者神韵，便成了邯郸酒市的一道特异风景。深深小巷，且酿且饮，时鲜家常，别有神韵，大得市人青睐。

轺车在博酒道走得片刻，到了中间一条浆巷。这是一条石板小巷，干净整洁，两侧小店挑出各色酒旗，醇香酒气腾腾弥漫。巷中无车无马，尽是各色酒痴游荡，进进出出，呼喝熙攘，比大街还多了几分热闹。轺车停在了街巷相接的空阔处，吕不韦信步进了小巷。边走边打量间，酒旗林中一面菱角黄旗飘荡，“甘醪薛”三个大红字招摇夺目。吕不韦眼睛骤然一亮，径直向这家酒铺走来。

甘醪酒铺在三级青石台阶之上，三开间门面简朴洁净。进店三尺处，立着一道及胸高的红木柜台，柜上一列排开着九只大陶罐，红布压口，大碗扣盖，纤尘不染。柜后一位长须散发的红衣中年人，正悠闲地打量着各色行人，毫无寻常酒家招揽市人的殷勤。见吕不韦进店笑吟吟地四处端详，柜后红衣人也只微笑着一点头。

“敢问酒家，甘醪卖与不卖？”

“买则卖，不买则不卖。”

“店家所答，非经商之道也。”吕不韦一阵大笑，“卖则有买，不卖则无买。何来买则卖，不买则不卖？”

散发红衣人不紧不慢：“邯郸酒谚：甘醪薛，买则卖。此谓酒卖识家。不买者，实则不识。遇不识者，叫卖亦无买。”

“如此说来，不买甘醪，便是不识甘醪？”

“识则买，买则识，不买不识，不识不买，市井交易之道也，何足怪哉！”

“好！敢请酒家赐饮三升！”

红衣人一点头，从柜下拿出三只陶升一字排开：“甘醪两饮，是凉是热？”

“一凉，一热，一温。”吕不韦指点着三只陶升。

“先生酒道人也！”红衣人笑得很是开心，捧起柜上大陶罐，向第一只陶升斟满了黏稠清亮而又略带红色的甘醪。又从身后炉架上提过一个铜壶，向第二只陶升斟满，酒气蒸腾，一望即是烫酒。随后又向店后喊了一句，“温酒一升——”木屏后一声答应，转出了一位中年女子，怀中抱一只丝绵包裹的陶罐，利落地斟满了第三只陶升。

红衣人一拱手：“先生，请品甘醪三味。”

双手捧起凉酒长鲸饮川般一气而下，吕不韦长长一嘘：“冰甜而能出得酒气，上佳！”红衣人瞅瞅剩余两升，却不动声色。吕不韦又捧起了温酒，一大口一大口地吞饮，一升下肚已是面色微红，不禁拊掌赞叹：“温润利喉，酒力绵长，大妙也！”红衣人脸上绽开了笑意，双手捧起热气蒸腾的陶升：“先生请。”吕不韦一拱手笑道：“两饮之后，甘醪须当佐餐品啜，否则大醉三日。甘醪三饮，足下寻常只赐客人两饮，原是为此。今日在下破例，然却酒力不胜，敢请见谅。”红衣人哈哈大笑道：“先生深知甘醪之妙，夫复何言！说，买几多？”吕不韦笑道：“欲买甘醪三百斤，今日便欲装车。”红衣人目光一闪，揶揄地笑了：“甘醪薛百年酒基，日酿一坛。三百斤甘醪，先生要断我生路？”吕不韦深深一躬：“薛公莫非当真久居酒肆乎？”红衣人愣怔片刻，肃然拱手：“这升热酒，敢请先生后堂一饮。”

吕不韦进得店中，才见这位闻名邯郸的“甘醪薛”原是左腿微瘸，手中一支铁杖点地，别有一番沧桑气韵。甘醪酒铺只有三进。所谓后堂，实是后院作坊与店面之间的一排大屋，右首寝室，通道左首的两间隔成了待客的厅堂。中年女人热情地捧来了一大盆炖羊蹄、一大碗时鲜秋葵，甘醪薛便请吕不韦佐餐热饮。

吕不韦饮得面色红润，不禁慨然一叹："薛公深藏陋巷，暴殄天物也！"

"酒各有品，人各有志。不达，则独善其身罢了。"

"独善其身？"吕不韦摇头一笑，"薛公原本大梁名士，正欲游学天下一展才具，却遭官场一班文吏诬陷下狱。虽经信陵君援救脱难，却为权相魏齐所忌，不得已避居邯郸市井也。信陵君客居赵国，多次与薛公做布衣畅饮，引得平原君嘲讽信陵君有失风范。薛公不欲累及他人，从此与信陵君不相往来。如此独善其身，公不以为过乎？"

薛公冷冷一笑："煞费苦心，探人踪迹，先生意欲何为？"

吕不韦起身肃然一躬："大业于前，愿先生助我。"

良久默然，薛公扶杖一笑："先生一介商旅，何事堪称大业？"

"立君，定国，平天下。"吕不韦一字一顿。

"何国何君，竟容商旅施展？"

"公若有心，自当和盘托出。"

"买则卖。"

"好！甘醪之道也。"吕不韦大笑一阵，重新入座，将诸般事体与自己的谋划讲述了一遍，末了道，"不韦之意，欲请薛公入世，做异人策士，助其扎下根基之名。薛公意下如何？"薛公目光炯炯，爽朗一笑："识则买，买则卖。先生识我信我，甘醪薛只有卖也。"

"只是，邯郸从此没了甘醪薛，酒痴们要骂我了。"

两人一阵大笑。吕不韦道："酒铺善后我立即来做，公全身出山可也。"薛公点点手杖道："此事倒不忙，须得善后时我自会料理。先生尽管派事便了。"吕不韦慨然道："好，三日后请公到云庐一聚。"薛公沉吟道："我有一老友，智计过人，先生若能见容，大事可成也。"吕不韦肃然拱手道："不韦若有褊狭处，愿先生教我。"薛公摇头笑道："先生错会了。薛某此说，因了此人委实大异常人。纵如信陵君之贤，初见此人也是大皱眉头。是故，担心先生不能见容也。"吕不韦笑道："愿闻其详。"

薛公所说之老友，人呼"毛公"。这个毛公生于书吏世家，自幼喜囫囵读书，不求甚解却读得极快，借着父亲在王宫典籍库做小官，十六岁时便读完了所有能见到的藏书，且能说得每书之大要精义。一班弱冠士子交游论学，毛公论无敌手，一时声名大噪。列国游学大梁的士子闻风纷纷约战，毛公慨然应约大胜三场，从此却讳莫如深闭门不出。薛公与其交好，或问如何读尽天下之书？毛公嘿嘿一笑："只拣明白能懂者，读得几处便是。"又问生字如何？毛公又是嘿嘿一笑："蠢也！绕过便是。它不认我，我何认它？"薛公恍然道："如此之学，犹如浮萍。我欲游学天下以增根基，兄若与我共往磨炼，大才可期也！"毛公却哈哈大笑："我等你归来，你若论战胜我，我再出游不迟。"

薛公将走未走之日，那场诬陷之祸骤然降临了。毛公挺身而出，奔走官场为他呼吁。也不知走了甚个门路，毛公竟闯到了丞相魏齐的政事堂，当厅指斥大梁官场种种弊端，历数丞相府一班文吏的斑斑劣迹，引经据典，嬉笑怒骂，激烈敦请立即开释薛公。魏齐大是惊愕，一时不能决断。此时，主书老吏在魏齐耳边低声嘟哝了一阵，魏齐当即拍案："一介少年士子，有此才学胆识，大魏之幸也！你且留下，明日随我进宫，如前对魏王陈述一遍，定然如你所愿。"

次日大朝，毛公在魏国君臣聚集的大殿上一气慷慨激昂了半个时辰。话音落点，举殿大哗。大臣们争相指斥，罗列出毛公引经据典的三十多处谬误，罪名更是一长串：亵渎圣贤、玷污典籍、杜撰诗书、臆造史迹、惑乱视听、心逆而险、行僻而坚，等等，等等。最后是统摄典籍的太史令定论："此儿险恶，毕竟弱冠，不教之罪在其父：擅携此子出入典籍重地，肆意截览，遂成鲁莽灭裂之徒。臣等请灭其族，以戒后来！"

在举族被屠戮的那一日，毛公疯了……半年之后，出狱的薛公得信陵君援手，找到疯癫的毛公，星夜北上来到了邯郸，在市井之中开始了漫长的隐名生涯。

"天磨才士，以至于斯！"吕不韦一声叹息，"此公灵异，疯癫必是示人以伪。"

"先生洞明也！"薛公一声叹息，"虽则不是真疯，然此公性情行径也是大变了。他不屑做我这般生计操持，更不愿受我接济，只混迹坊间博戏赌徒之中谋生。也是此公灵慧无双，逢赌必赢，三两年间落了个'毛神赌’名号，金钱直是哗啦啦脚下流淌。”

“奇哉毛公也！”

“偏他做派更奇。”薛公笑道，“此公只求赢赌，不求赢钱。每日赌罢，哈哈大笑着将案上金钱分还输家，自己只取十钱，一日酒食而已。开始，输家们不要，他便将钱撒到门前街市任人拾取。如此一来，一班赌痴不怕输，赌注越来越大，多时一日竟赢千金。金如山钱如水，人却只是一领布衣一间破屋，日每只要一瓢之饮，乐呵呵神仙一般。久而久之，坊间博者赌者无不视为神异，聚相追随求技，追随之众，绝不下孔夫子三千弟子。”

“诸子百家，可添一赌学也！”

“此公却不立门不收徒，只硬邦邦一句：‘看会才算真本事，教会算个鸟！’年复一年，此公落拓依旧，每日一赌一醉一孤眠。正是此公这等做派，才引得信陵君与平原君几乎失和。”

“噫，却是为何？”

原来，合纵败秦之后，信陵君因窃兵救赵不能回魏，客居邯郸。得闻毛公薛公隐于邯郸市井，便着意访查。那一日，布衣徒步的信陵君突兀进了甘醪薛。薛公大是感慨，两人一番痛饮。海阔天空一阵，信陵君拉薛公去寻觅毛公。此公原不难找，未过三家博戏赌坊，便听见了他特异的嘶哑笑声。信陵君历来厌恶玩乐无度，只在门厅等候，请薛公进去拉毛公出来，到他府邸聚饮畅叙。不料薛公进去一说，此公却瞪起眼睛嚷嚷一句：“信陵君是甚？不晓得也！”又埋头赌案了。薛公心下气恼，一挥铁杖挑翻了那张赌案：“你只说，去也不去！”见薛公发怒，毛公却又突然笑嘻嘻嚷叫起来：“甘醪薛好没道理，请人可有此等请法？果真敬我，来看我赌三局再说！门厅站桩，我便只是个博徒，两不相干！”薛公正在愣怔，信陵君已经走了进来，对着毛公当头一躬：“久闻神赌毛公大名，我与你赌得三局如何？”毛公哈哈大笑：“痛快痛快！侍儿开案设局！”一班风雅赌徒谁不知信陵君大名，立时一片喝彩纷纷押赌。闻讯而来的赌坊总事立即亲自做了司赌，一清点押下赌金，竟全数都押在了毛公一边，一案足足三百金之多。司赌笑问信陵君是否足赌？信陵君微微一笑："区区数百金何足道哉？"

片时之间，信陵君连胜三局！

邯郸博戏赌坊大是轰动，赌痴们闻风拥来，将这家赌坊围了个水泄不通。毛公大皱眉头，却也是无可奈何，对着信陵君深深一躬："命也数也，我服君矣！毛公当以誓约，从此戒赌。"信陵君哈哈大笑，拉着毛公出了赌坊。三人招摇过市，一时引来市人观之如潮。

消息传开，平原君大不以为然，对夫人大发议论："夫人兄长天下无双，今日我却听说，他竟与博徒卖浆者同游，招摇过市，越轨也！妄人也！"夫人原本是信陵君妹妹，将平原君这番议论告知了兄长。信陵君却道："赵有平原君，我方敢于窃兵救赵。不想平原君却只图豪阔交游，而不求士也！无忌在大梁，常闻毛公薛公之能，今日居赵，深恐不能相见。我纵与之布衣同游，尚未必得人。平原君竟以为羞耻，实不足共举也！"即时便要整装离开赵国。平原君得知，惭愧不已，当即登门，免冠谢罪，诚恳挽留信陵君。信陵君虽没有离开赵国，却也与平原君疏离了许多。平原君门客得知这一番言论，几乎有一半离开平原君，归附了信陵君。

"这位毛公，目下居于何处？"吕不韦精神大振。

"先生但能见容，三日后我等聚会。"薛公笑道，"此公戒赌后行踪无定，仓促访去，实在未必能见。"

离开博酒道回到云庐，吕不韦唤来西门老总事商议一番。老总事当即驾车去了嬴异人的幽居小巷。两日之间，诸事已经安排妥当。第三日清晨，吕不韦亲驾一辆宽大辎车到博酒道接来了毛薛二公。进得云庐，嬴异人殷殷迎出，吕不韦一番中介，毛公薛公与嬴异人相互见过，进了云庐大帐品茶会商。

经月余调养，嬴异人的菜色虽未褪尽，却也比先前英挺了许多。待各人一落座，对毛薛二人正式地大礼一拜，诚恳谦恭地请求指点。"天也！"一直似睡非睡半闭着眼睛的毛公突然拍案笑叫，"此事大妙！成也成也！你等莫问，天机不可泄露！"薛公倒是不动声色，只向嬴异人微微点了点头。吕不韦笑道："天机者，人谋也。我等还是就事论事，说实在出路。邯郸不立根基，咸阳便是枉然。”薛公不紧不慢道：“出头邯郸固是根本，然公子蛰居已久，不宜暴起，须得循序渐进。就大势而言，以两三年出名为宜。以先生之大时排序，似无不妥。”吕不韦皱着眉头道：“我明春赴咸阳，须得公子一个贤名，否则无以着手。公之谋划固是稳妥，只三年后再赴咸阳……”正在沉吟，“啪”的一声拍案，毛公沙哑的声音嚷嚷起来：“不行不行！老子云，道可道，非常道。非常之事，岂能以常法处之？老夫之见，此事只在明春之前一举成名！有个潜龙勿用，还有个亢龙有悔，我只给他个飞龙在天！”薛公不耐地挥挥手：“夹七夹八，生熟并用，老病也！你只说，半年之间如何一举成名？”毛公非但丝毫不以为忤，反倒是哈哈大笑：“老薛哥只想，我这劳什子赌神，如何一举成了名士？”“还不是信陵君……”薛公突然打住了。“着啊着啊，飞龙在天也！先生公子，此事只在我这老哥哥一念了。”薛公悠然一笑道：“这癫狂老说得也是，若与信陵君一交，倒当真是一举成名也。”

吕不韦大是振作：“两公得信陵君激赏，谋划得当，定然有成。”

“哎哎哎，”毛公连连摇手，“信陵君持重肃杀，虽看得老夫为士，却不喜老夫狂态。此事老夫无用，非我老哥哥出马，老夫只抱个龙尾跑跑。”

吕不韦肃然一躬：“薛公稳健缜密，不韦拜托也。”

薛公慨然拍案：“既谋共事，何消说得！”转身铁杖一指毛公，“你个老癫既自承抱龙尾，便在一个月内做成一事。”

“但说无妨。”

“寻觅得一部失传兵书，教得公子烂熟于胸，且须得有几句真见识。”

“呜呼哀哉！你老哥哥偏要我读书么？”毛公一脸苦笑，大是摇头。

举帐哄然大笑。吕不韦向帐口老总事一挥手：“上酒，边饮边说。”片刻丰盛酒菜上案，四人一直议论到日暮方散。送走三人，吕不韦疲惫地靠在了坐榻上，恍惚之间，蒙眬了过去。老总事正要灭灯，吕不韦却又蓦然睁开了眼睛：“西门老爹，正有一段空时，我须得回濮阳一趟。”老总事看了看吕不韦，却没有说话。

“有甚不妥么？”

“先生有卓氏之约，至今未践……”

“对也！”吕不韦恍然笑了，“一个大转弯，忙乱了。”

五 商旅说政 女儿生情

秋色斜阳之下，两骑快马出了邯郸北门，直向山塬深处而去。

行得片时，快马进入了一道河谷，山势也渐渐高峻起来。后行红马骑士高声一句：“先生，滏阳水！”前行白马骑士闻声勒住马缰，从怀中皮袋摸出一方竹板打量一眼道：“前方东首，走！”一抖马缰，那匹雪白的骏马一声长嘶飞了出去。两骑前行三五里，东山一道峡谷在望，走马进得谷口，草木葱茏苍翠，深秋时节毫无萧瑟气象。转过一道山弯，峡谷豁然张开，一片粼粼明澈的大水荡在眼前，天光云影山色草木林林总总地重叠倒映，顿时令人心神明朗。白马骑士观望一阵，见湖对面两座山头若断若续，便从湖边草地走马绕了过去。

“先生，天卓谷！”暮色之中，红马骑士扬鞭遥指。

果然，山口东首的白石山崖上“天卓谷”三个大红字依稀可见。空谷幽幽，谷口没有任何守护。走马入谷，已是暮色四合，遥遥便见远处点点风灯闪烁，一阵似琴非琴的乐音在谷风中漫漫飘来，舒缓深沉绵绵不断。前行骑士突然一提马缰，那匹白马一声长嘶向灯光处飞去。

渐行渐近，隐隐一片屋楼连脊而去，四角高高的望楼上摇曳着硕大的风灯，随风传来刁斗声声，一个苍老的呼喝分外悠长：“初更已至，瓦屋灭灯——”倏忽之间，随山起伏的低矮瓦屋的灯火一齐熄灭，唯余山根下的三座木楼闪烁着点点灯光。显然，这里是天卓谷的主人庄园。

两骑到得庄前广场，白衣骑士翻身下马，将手中马缰交给身后红衣骑士，向庄门而来。此时秋月已上山巅，雄峻的石坊在月光下一片清幽，旁边一柱高杆上吊着三盏斗大的铜灯，“天卓庄”三个大字赫然在目。石坊内一箭之地是六开间的宏阔庄门，六根合抱粗的廊柱上各悬一盏铜灯，灯上是状貌奇异的六种神兽——鹰、龙、麟、凤、虎、龟。灯光明亮，庄门紧闭，偌大门厅既无庄兵，亦无门仆。似琴非琴的乐音从幽深的庄院中飘出，与朦胧山月融汇成一片，使面前这座庄院平添了几分神秘。

白衣人凝神片刻，和着乐声击掌拍了起来，啪啪之声若合符节。

乐声戛然而止。片刻之间，大门隆隆拉开。

“呜呼神哉！果然公子也！”随着一声惊叹，须发雪白的老卓原哈哈大笑。

“不韦大哥——”远远一声清亮的呼唤，一个绿裙飘飘的少女飞到了面前，红着脸气喘吁吁兀自一阵嚷嚷，“日暮马鸣，我说是大哥白马，爷爷偏不信，还说我出神入幻！方才掌声，还是不信。不信不信，却比我走得还快！”

“不速之客，有扰卓公。”吕不韦深深一躬。

老卓原快步下阶扶住吕不韦笑道：“公子光临，老夫何其快慰也。来，快快请进。”拉着吕不韦笑呵呵一挥手，“昭儿知会家老，备酒！”少女一声答应，飞步去了。此时却闻高处一声长喝：“贵客夜至，灯火齐明——”呼喝落点，庄中灯火点点燃起，倏忽现出层叠错落的楼台亭榭与鳞次栉比的片片房屋，且行且看，大是不俗。

坐落在半山松林的三重木楼是天卓庄正屋。进得大厅，绿裙少女已经在利落煮茶了。卓原笑道：“公子啊，此乃老夫孙女，名叫卓昭。昭儿过来，见过公子了。”少女红着脸走过来一礼：“卓昭见过不韦大哥。”老卓原板着脸道：“礼见贵客，昭儿何能僭越辈分！”吕不韦哈哈大笑：“不拘不拘，各随各叫，说话方便而已。”卓昭粲然一笑：“还是不韦大哥好。”转身对着爷爷一个鬼脸，“孔夫子也！”裙裾一闪飘到茶案前去了。卓原轻轻叹息一声摇摇头一笑：“自幼多宠，老夫也是无可奈何也。”吕不韦慨然赞叹：“小妹灵慧率真，文武兼通，原是得卓公真传也！”“公子此说，老夫却是惭愧。”卓原摇头大笑，“此儿言不及商，只将商旅当做游历，却不学商家本事，除了练剑，只对诗乐两样痴迷。老夫原指望卓门出个商旅女杰，眼看烟消云散也。”

说话间两人入座。卓昭一声笑叫：“不韦大哥，茶来也！”左手铜盘右手提篮已经到了眼前。左手铜盘是两只茶盏与一只绵套铜壶，右手提篮是一具茶炉一匣木炭。人到眼前，眨眼之间将诸般物事摆置妥当：一只盛茶铜壶斟出两盏热茶上案，精致的青铜茶炉已经在旁边案上安好，蓝荧荧木炭火已经燃烧起来。

“香！滑！酽！”打开茶盅品啜一口，吕不韦连声赞叹一番评点，“清香固如越茶，却比越茶多了几分粗厚，茶色绿中带红，茶汁略带滑腻，清苦于前，甘甜于后。”

“公子好鉴赏也！”卓原笑得很是快意，“此茶乃越地茶树苗，二十年前老夫带回几株山庄自栽。采得茶叶，不料劲力大大过于越茶，专一地克食利水，寻常人饮得一两盏，肚腹便呱呱叫了。”

盏茶下肚，吕不韦果然觉得腹中响动起来。正觉尴尬，卓昭笑吟吟捧来一盘白酥松软的胡饼：“这是马奶子烤饼，爷爷说点茶最好。”吕不韦点点头夹起一个吃了，腹中顿时舒坦，瞄得一眼有些惊讶：“卓公如何却没动静？”卓昭咯咯笑道：“爷爷铁肚肠，每日清晨饮茶半个时辰，从来不须点补也。”吕不韦不禁诧异：“噫！此等本事我等却是望尘莫及。”卓原哈哈大笑：“日久成习，算个甚本事，上酒！”

六盏明亮的铜灯下，两案酒菜片刻上齐。吕不韦不经意地吸了吸鼻子：“噫！百年赵酒么？竟能透海生香！”卓原悠然一笑，点点两座中间的木制酒海：“公子所言不差，此酒正是窖藏百年的赵国陈酿，乃当年赵敬侯特意酿造，献给魏武侯之礼酒。卓氏祖上与赵国酒监交厚，买下了三桶窖藏，至今当是一百零三年。”吕不韦闻言肃然一拱：“不韦品酒尚可，原不善饮，敢请卓公换得甘醪即可，此酒当留做大用为是。”“公子差矣！”卓原摆手一笑，“十余年来，老夫多闻吕氏商社之名，惜乎无缘结识。鸿口渡老夫遇劫，若非公子义举，我爷孙如何得脱困境？老夫商旅五十余年，也算识得几多人物，然如公子气象者，却是绝无仅有。美酒逢嘉宾，老夫倍感欣慰矣！”卓昭跪坐两案之间，此时笑道：“不韦大哥，我不夜食，来为你等斟酒。”说话间打开厚重的红木桶盖，揭下桶口一层红布，利落地挥起长把木勺先向卓原案头爵中斟酒。

“昭儿错也，公子乃我嘉宾，何能后之？”

卓昭一笑：“大父尊长，不韦大哥，不错也。”

“又来也。”卓原板着脸，“礼仪有屈，岂是待客之道？”

吕不韦诚恳地一拱手道：“启禀卓公：不韦原是晚辈，又兼单传，真高兴识得此等一个小妹。尚望卓公许小妹随心所欲，礼法过甚，不韦也是拘谨。”

“公子既有此言，老夫也就不做孔夫子了。来，干得一爵！”

吕不韦慨然饮干，卓昭手中的细长酒勺随着咯咯笑声飘了过来：“不韦大哥真好！”一勺清酒如银线般注向爵中，灿烂的脸上却骤然掠过一抹红晕。

卓原一捋雪白的长须笑道：“老夫对公子尚有不解之处，不知能否坦诚相向？”

“不韦正欲求卓公指点，自当坦诚以对。”

卓原字斟句酌道：“老夫观之：公子理财经商，已是天下佼佼；处事圆通干练，颇似治世能臣；谈吐清雅丰文，却似当今名士；救难披肝沥胆，又有战国任侠风骨。以公子才具，凡事皆可大成。然人皆有本，老夫敢问：公子之志，欲以何事为本？”卓原话音落点之时，卓昭两只明亮的眼睛盯住了吕不韦，少女的妩媚骤然变幻成了审视的犀利。

吕不韦手抚酒爵，长驻脸庞的微笑中增添了几分庄重，突然举爵一饮而尽，拉过酒巾沾沾嘴角，陷入一阵沉默。“卓公此问好极！”吕不韦终是慨然开口，“十八年前，不韦继承父业初为商旅，其时之志，是成为天下巨商，与秦国寡妇清、齐国程郑、魏国孔松、赵国卓公、楚国猗顿相比肩，成为天下屈指可数的大富家族。然则，久历商旅之后，不韦却倍感商人之软弱，以致又生踌躇……”一声深重叹息，似自责，又似彷徨。

“商人软弱么？我看不出也。”卓昭笑得有几分揶揄，又有几分顽皮。

“孩子家知道甚来！”卓原脸色一沉，“商家不软弱，我社货船如何能在鸿口渡横遭盘查？大父如何能被官府突兀扣押？”

“不韦所言，却非此意也。”吕不韦摇头一叹，“若是此等个人遭际，不韦倒实在不放在心上。关卡盘查，贪官索贿，于商家原是寻常。”

“噢？”老卓原困惑地笑了，“何事之弱，于商家不同寻常了？”

“十年前，一个孤寡的老妇人教不韦明白了此间分际。”吕不韦猛然饮得一爵，断断续续地说了起来——

燕国灭齐的第四年，吕不韦随鲁仲连海船秘密进入齐国海岸。卸下援助物资后，吕不韦带着一个采货执事进入了齐国，意欲试探一条从琅琊直达即墨的陆上商路。鲁仲连说太冒险。吕不韦却说乐毅要仁政化齐，不妨一试，商旅之身，谅燕军也不会如何。便上路了。那日黄昏时分，进入了即墨以南的大沽水河谷，遥遥一片残破的房屋笼罩在暮霭之中，死一般沉寂。村口大道旁，一个白发散乱的老妇人扶杖伫立，凝望着夕阳一动不动，几是一具石俑。吕不韦看得心酸，下马向老妇人深深一躬，从怀中掏出一只金币叮当作响的丝织钱袋，双手恭敬地捧给了老妇人。老妇人缓慢木讷地摇了摇头，抬起手杖，环着死一般沉寂的村庄转了一圈。吕不韦顺着老人的手杖望去，村外疏疏落落的树林中吊满了血肉模糊的尸体，破衣烂衫随风抖动，惨烈萧疏不堪卒睹。

“老人家，跟我走吧……”吕不韦哽咽了。

一阵马蹄声急骤而来。老妇人身体一抖突然开口：“客官快走！”

吕不韦没有走，他偏要看看乐毅统率的燕军是如何“仁政化齐”的。片刻之间，一队棕色皮甲胄的燕军骑士飓风般驰来，下马便来撕扯老妇人。吕不韦愤怒地大喝了一声：“住手！这是燕军仁政么！”骑士头目打量着吕不韦连连冷笑：“嘿嘿，足下何方牛鼻子，硬插到老子眼里来？仁政不仁政，是你管得么？闪开！”吕不韦高声怒斥：“乐毅明告列国，燕军仁政化齐，莫非要欺骗天下不成！”骑士头目目光一阵闪烁，扬着马鞭吼叫起来：“鸟个仁政！齐军当年杀燕人，你小子见过么？我等奉骑劫将军大令，征取军赋，这个村庄无粮无钱还死硬！这个老妇，暗中撺掇民人抗赋，不该杀么！”

“此村赋税几多？我替老人家交。”

骑士头目一指树林尸体呱呱大笑：“你交？此村刁民三年不纳赋，你全包？”

吕不韦冷冷点头：“说，折金几多？”

“嘿嘿，你纵开得金库，官爷只是不要。”骑士头目阴险一笑，勃然大怒，“小小商人，甚个鸟货！竟敢诽谤我燕军大政，来，一起捆了！”

燕军骑士不由分说，将吕不韦主仆与老妇人大绳捆起，撂在马上风驰电掣般去了。在即墨城外的燕军大营，骑劫一脸不堪地讯问了他们，哈哈大笑着收缴了吕不韦随身所带的两只金币褡裢，说念他“义举助燕”，放了他与老妇人一条生路。

老妇人与吕不韦只走回到一片尸体废墟的故里，再也不走了。吕不韦主仆守候了一夜，老妇人终是圆睁着双眼去了。弥留之际，老人只断断续续留下了一句话：“客官，商家金钱，买，买不来天下太平呵。”

……

老卓原默默叩着大案，眉头紧紧地锁着。卓昭已经是隐隐抽泣了。吕不韦沉重地叹息了一声：“不韦纵然富甲天下，又能如何？救不得老人家一条孤残性命，止不得小军头目一次任意杀戮……金钱，买不来天下太平。老人家这句话，使不韦从天下大商的美梦中惊醒过来。生平第一次，不韦感到了财富与金钱的苍白软弱，感到了世间有比金钱更强势的物事。”

三人默然良久，卓原蓦然一句：“老夫忖度，可是公子已经有了从政志向？”

“卓公明鉴。不韦不敢有虚。”

“公子信得老夫，夫复何言！”卓原慨然一叹，“金钱虽则买不来天下太平，然却可铺垫权力之路。老夫今日一诺：公子日后若有所需，卓氏钱财尽公子提调。”

骤然之间，吕不韦一阵感奋一阵歉疚，心下顿时吃重。

拜访卓原的来路上，吕不韦已经想得清楚：放弃业已大获成功的商旅生涯，扶植嬴异人谋求权力，原本是一种极为冒险的转折。在常人看来，实在是匪夷所思。过不了一年半载，这件事必将在天下商旅士子中传开，各种非议也必是沸沸扬扬。商旅生涯固可对任何传言一笑了之，为政却是不能。权力是天下公器。器之为公，民心民意是根基。民心者何？士农工商之公议也。谋求权力而不顾及天下公议，那便是背道而驰，在战国这个大争之世决然站不住根基。之所以要嬴异人在邯郸先立名而后动，本意正在于此。嬴异人如此，自己也一样须得不断增强名望，没有大名，进入秦国便会事倍功半。目下自己仅有的名望是商旅之名，无论如何不能因将来的传闻而毁了这仅有的根基。卓氏是天下巨商之一，老卓原的豪侠与眼光更是为同道钦佩，若得卓氏口碑支撑，自己的根基境况便要舒展许多。存了此等心思，吕不韦决计不对老卓原做任何隐瞒，全然坦诚对之，若得冷遇，也还来得及补救。不想老卓原非但解他情怀，且慨然一诺，许“卓氏钱财尽公子提调”。心存机谋而得对方大德，吕不韦如何不惭愧歉疚？所以吃重者，在于此事前途渺茫，结局实在难料，如何能将卓氏一门再陷将进来？

想到此间，吕不韦离座深深一躬：“卓公高义，不韦铭记在心。然则，入政风险远过商旅，不韦何敢将卓氏商社拖入无底黑洞？”

“公子差矣！”老卓原哈哈大笑，“钱多了，找条正路花他一番，岂非强如堆在石窟生锈？公子用它谋得正途，正好替老夫操了这份心也！”笑得一阵又是喟然一叹，“实不相瞒，老夫也曾经有过入政之心，想做个赵国白圭[1]。不想惨淡经营近十年，耗金巨万，却是为山九仞功亏一篑，又回头重操旧业了。”

“啊——”吕不韦轻轻地惊呼了一声，“卓公有过入政之心？”

卓昭也惊讶地瞪起了眼睛：“大父几时入政，我如何不知？”

“那时呵，你父亲也才十余岁，你却在哪里？”老卓原呵呵一阵诙谐，接过卓昭捧过来的大爵汩汩饮了几口，悠悠然从头说了起来——

卓氏祖上本是“秦赵”。秦赵者，秦人入赵也，入赵之秦人也。四百多年前，流落西陲的老秦部族因勤王镐京，从戎狄兵劫中挽救了周王室，被封为东周的开国诸侯。大举东迁之时，老秦部族遭遇戎狄余部的猛烈袭击，一支秦人被围困在了大峡谷之中。三月之后，这支秦人得山民援助，从狩猎小道分路突围，曲曲折折地进入了赵国的北部山地，聚拢之后尚有三万余人。对于人口稀少的赵国来说，这支善战勤劳的老秦人是一笔巨大的人口财富。赵国善待老秦人，特许秦人迁徙到晋阳沃

[1]　白圭，战国初期魏国大商，曾在魏武侯时做过丞相。

土农耕狩猎放牧生息，入仕从军与国人等同，毫无歧视。久而久之，这支秦人安定下来，真正地化入了赵国。赵国原有“秦赵同宗”的流传，说三皇五帝时秦人赵人原本便是同族一脉，秦人入赵，如认祖归宗。进入战国，秦国痛感人口单薄，献公、孝公、惠王三代锲而不舍地秘密联络“秦赵人”返国。终于，在孝公末期，一万六千余“秦赵人”回到了秦国。此时，秦赵人在赵国已经繁衍为数十余万人的大部族，何去何从，对于两国都是举足轻重的大事。

赵成侯慌了，亲自巡视“秦赵人”聚居的晋阳、雁门、巨鹿三郡，亲自颁行王书，对“秦赵人”中的望族赐爵，遴选“秦赵人”中的能士贤才入仕官府，并特书减轻所有“秦赵人”的三成赋税。在这次大安抚中，一个商旅家族被赐封为大夫爵位，封地十里，名曰涿乡。究其实，是涿水上游的一片谷地。从此，有了“涿秦赵氏”这样一个大夫爵的商旅家族。爵位传到第二代，已经是赵武灵王胡服骑射之后了。随着赵国强大，“秦赵人”也终于稳定地化入了赵国，成了名副其实的国人。这“涿秦赵氏”的大夫族长很是明锐，觉得这个族姓族号徒招事端，与族中元老会商，确定了一个新族姓，这便是“卓”。这个姓氏完全摆脱了秦赵烙印，只隐隐约约地留下了对封地渊源的怀恋，大得族人拥戴。

这个族长，是卓原的父亲。

其时，卓氏的布帛生意已经扩展到了马匹与铁器，商事堪称蒸蒸日上。然父亲深感卓氏一族根基太浅，而刀兵之世的商旅生涯是脆弱的，永远不会使卓氏成为一国望族，更不会成为天下望族。一番思虑，父亲决意教少年卓原读书入仕，壮大卓氏根基。父亲的谋划是：长子卓桓经商，次子卓原做官，卓氏一族进退两便。

卓原很有天赋，甚好兵家之学。父亲不惜重金觅得了天下有名的十几部兵书，又请来了一位兵学隐士做卓原老师。十年之后，卓原的兵学剑术俱臻佳境。父亲慨然决断，亲送卓原带十辆重型战车入军。此时战车虽已在战场上淘汰，但古老的从军传统还是保留了下来：国人子弟从军，若做骑士，须得自备战马兵器；若做车士，寻常国人都是十家合力打造一辆战车，可带十名子弟入军；贵胄子弟独带战车从军，入军便可做最低爵位的将军——千夫长。卓原独带十辆重型战车入军，驾车战马四十匹、随车兵卒两百名，当真是声威赫赫。

于是，卓原立即做了千骑长，成了骑兵将军。

其时正逢赵武灵王率军征战草原，几战下来，卓原晋升为万骑将军。因了卓原兵政皆通，赵武灵王破格擢升卓原为平城副将，襄助老将军牛赞镇守北长城要塞。赵国法度：要塞大军之副将，是中大夫爵位，但入朝官，当是该官署的实权主管吏，如同辎重将军赵奢入朝做田部吏一般。如此势头下去，卓原的仕途是不可限量的。然则，便在这踏入大臣门槛的关节点上，废太子赵章的谋逆罪发，与赵章过从甚密的平城主将牛赞，被视为赵章的军中根基，整个平城的将军因此而同受牵连，虽未人人问罪，然升迁之途却显然是停滞了。

没过三五年，做了“主父”的赵武灵王惨死在了沙丘宫。即位的惠文王赵何还是少年，秉持国政的元老大臣赵成，恰恰是在诛杀赵章、剿灭叛乱、逼死主父的三件大功上崛起的，对与赵章有牵连的将军官员一律查勘问罪。邯郸的“废太子党羽”几乎悉数被杀。卓原一班将军却因实在查不出结连谋逆的罪证，只有不了了之。

此时，卓原在平城接到急报：父亲病体垂危，兄长商路罹难。

卓原昼夜兼程地赶回邯郸时，兄长的尸体已经入殓了，只父亲在奄奄一息地撑持着，等着他回来。弥留之际，老父亲只断断续续地说了两句话：“时也命也，二子，回，回来。撑持卓氏，非你莫属……”一言未了，撒手去了。

……

厅中寂然无声。卓昭显然是第一次听大父讲述家族的故事，苍白的脸上挂着泪珠，一句话也说不出来。吕不韦心下一阵悸动，与其说是惊讶，毋宁说是被深深震撼了。天下大商几乎都知道，面前这个须发雪白的老人是半路入商，行事隐秘，极少亲自出面料理商市，因此而得“商隐”之名。可谁能想到，老卓原曾经是一位兵家士子，一员驰骋沙场的战将，一个即将进入庙堂大臣之列的兵政全才。如此沧海阅历，虽亲如孙女而从未显露，今日却和盘托出给他这个仅有一面之交的不速之客，此间深意，能仅仅是报鸿口渡之恩么？

“从此，老夫挂冠辞军，做了商人，回归祖业了。”悠然笑声中，老卓原大袖一挥，将昔日沧桑轻轻拂去了。

“卓公故事，不韦感佩无以复加。”吕不韦肃然拱手一礼，“沧海桑田之变，不韦一时难以窥透其间奥秘，容当铭刻在心，时时咀嚼。”

“故事而已，公子吃重了。”老卓原哈哈大笑一阵道，“老夫业已不堪长夜，但请公子歇息一晚，明日老夫再行奉陪。昭儿，你与家老照应公子了。”说罢向吕不韦一拱手出厅去了。

与老主人一般须发雪白的家老轻步走了进来，向卓昭看得一眼，显然是在目询是否还要继续夜饮？吕不韦笑道：“家老呵，夜饮是不能了。天亮还有一个多时辰，正好赶邯郸早门。”卓昭正在若有所思的恍惚之间，猛然跳起来嚷道：“甚甚甚？哪有个四更离门的客人！家老但去歇息，不韦大哥交给我了。”吕不韦笑道：“久在商旅，几更离门有甚计较？左右也是不能合眼了，何如夜路清风？”“好也！”卓昭一拍手笑道，“我也没得瞌睡，走，有个好去处，正当其时。”说罢拉着吕不韦便走。

从正厅出来，东首是一条葱茏夹道的石板小径。卓昭兴致勃勃地拉着吕不韦从石板道走了上去，渐渐登上了一座浑圆的山头。这座山头虽不险峻，却显然是河谷的最高处，虽是夜阑，视线也极是开阔。此时，庄园的迎宾灯火已经熄灭，鳞次栉比的屋楼闪烁着几处仅存的灯火，使这片在日间极是紧凑的谷地显得辽远空旷。一钩明亮的残月悬在蓝幽幽的夜空，疏疏落落的大星在头顶闪烁，习习谷风荡起悠长的林涛，恍惚间人在天上一般。

“好一钩残月！”吕不韦长长地一个伸展，深深地一个吐纳，顿时精神一振。

“不韦大哥聪明也！”卓昭咯咯笑着，“这里正是残月亭，秋夜最好。”

吕不韦哈哈大笑：“我要说星星好，便是笨了么？”

“可你偏说了月亮好。”

“一钩残月，秋夜魂魄呵。”

“残月之美，胜似满月。不韦大哥，爷爷这话如何说法？”

吕不韦默然良久，轻声一叹：“残缺者，万事之常也。虽说盈缩有期，满月之时却有几日？卓公感喟，原是至论矣！”

“我却只喜欢满月。”卓昭嘟哝一句又是一笑，“美者满也，满者美也，便是几日，又有何妨？不强如残月萧疏么？”

“也是。”吕不韦点头一笑，“事不求满，何来奋争？人不求满，何来圣贤？唯得其满，纵然如白驹过隙，夫复何憾。”

“噫——”卓昭顽皮地惊呼了一声，“你左右逢其源也！”

吕不韦又是大笑一阵，道：“小妹竟然读过《孟子》，才女了。”

“大父不务商事，老夫子一般整日督我诗书礼乐剑样样磨叨，不是才女也由不得人也。”卓昭一阵笑语娇嗔，“究其实呵，我是只喜欢诗、乐两样。剑术嘛，些许喜欢。”

“我在庄外听到的琴音，定然是你了？”

“不是琴，是筝，秦筝。真是个商人！”

“秦筝？”吕不韦当真惊讶了，“秦国有如此美妙乐器？”

“走！带你去开开眼界。”卓昭一副得意的神气，拉起吕不韦便走。

下得残月亭，顺着石板道西弯半箭之地，一座木楼倚在山脚，通向木楼的是一道小巧精致的竹吊桥，桥上风灯摇曳，桥下水声淙淙，朦胧残月之下，依稀仙境一般。吕不韦打量得一眼笑道：“此楼只怕要千金之巨了。”卓昭咯咯笑道：“真是个商人也，铜臭！”拉着吕不韦上了吊桥。走得几步，吕不韦“噫”的一声停了下来——分明是竹桥悬空，两人踩上去却毫无响动，坚实得与石板道一般无二。坚实则坚实矣，整座桥却是飘悠轻晃，仿佛一只悬空的摇篮。见吕不韦愣怔端详，卓昭娇嗔道：“有甚稀奇也！我原本晕船，大父便造了这座怪桥，教我整日晃悠。说也怪，半年下来我不晕船了。”吕不韦恍然笑道：“卓公智计，当真兵家独有也。”

过得竹吊桥，是木楼的户外楼梯，拾级而上，空空之声在幽静的山谷分外清晰。上到最高的三层，卓昭道：“这是我的乐房，只是，不能穿靴。”说罢脸却红了。吕不韦微微一笑，弯腰摘了两只皮靴，现出一双白色高腰布袜："乐室洁净，该当。"卓昭拍着手笑道："比爷爷强，有敬乐之心也！爷爷说我太过周章，从来不进我乐房。"说着话也一弯腰摘了小皮靴，拉着吕不韦推门走了进去。

乐房一片洁白，白墙白帐，中间两张红木大案，一案苫盖着一方白丝，一案赫然显露着一张比琴更长更大的乐器。卓昭脸一红笑道："听你庄外击节，没顾上盖……这便是秦筝。"

"如此庞然大物？"吕不韦惊讶地笑了。

卓昭顽皮尽敛，换了个人一般温文肃然："这是秦人国乐之器，名为秦筝，弦丝较琴弦粗得三倍，共有九弦，音色宽宏丰厚苍凉深远。较之琴音，我更喜欢秦筝。"

"能否请小妹奏得一曲？"吕不韦也是肃然一拱。

"从来没有当人奏乐过……"卓昭的脸又是一红，"今日，破例了。"说罢对着筝案深深一躬，坐进了案前绣墩之上。

稍一屏息，卓昭挥袖调弦，轰然一声空阔深远，余音不绝于耳。少顷，筝音绵绵而起，初始如月上关山，舒缓圆润，继而如荒山空谷苍凉凄婉，如大河入海悲壮回旋，如大漠草原金戈铁马，渐渐地残月如钩，关山隐隐，边城漠漠，戛然而止却又余音袅袅。

"好一曲《秦月关山》！"吕不韦不禁高声赞叹一句。

卓昭蓦然抬头："不韦大哥熟悉此曲？"

吕不韦慨然一叹："我有一友，虽非秦人却知秦甚深。每说秦国，他便要对我唱起这支歌。他最恨秦国，然每唱这支歌，他便要感喟一番，说秦人一席好话。于是，这支歌也成了我对秦国的唯一所知。"

"好也！"卓昭兴奋得一拍手，"从学曲开始，我就被这支曲子迷住了！偏我不知歌词，不韦大哥唱一遍，我要永远记住她！"

"天色欲晓，惊扰卓公好么？"

"爷爷早起来练剑了，残月曙色，放歌正当其时！"

吕不韦点点头，闭目凝神有顷，突然一声悠长的啸叹，浑厚的嗓音激越破空，悲怆高亢地飞荡开去——

邪——

巍巍秦关　莽莽秦川

苍苍明月　迢迢关山

同耕同战　浴血何年

锐士铁衣　女儿桑田

谁谓明月　照我无眠

天地同光　念日月之共圆

歌声沉寂，卓昭的一双大眼睛溢满了泪水。

“彩——”楼外遥遥一声喝彩，一个苍迈的声音隐隐飞来，“公子这老秦歌唱得好，我庄老秦人都山听了！”

“卓公？”吕不韦一惊，顾不得卓昭匆匆出得木楼在廊下一望，却见曙色之中四面山头站满了黑红人群，不禁深深一躬，“不韦狂放，惊扰父老，尚请见谅。”

“公子哪里话！”站在竹吊桥上的卓原哈哈大笑，“至情至性，原是赵秦本色。公子一歌，慰我庄人等念祖之心，不亦乐乎！”

“公子万岁——”“秦歌万岁——”四面山头一阵呐喊。

此时卓昭已经出来，一拉吕不韦衣袖笑道：“走，下去用饭。”

曙光之中，四山人群渐渐散去，吕不韦过得吊桥便是一礼：“卓公，清晨凉爽，不韦正欲辞行。”老卓原大笑着摇头：“辞行总归要辞行，然也不在一个时辰，走，先填了肚腹再说。”不由分说拉着吕不韦走了。

厅中已经备好了几样精致爽口的菜蔬与烫好的甘醪。吕不韦一夜未眠，此刻胃口大开，与卓原礼数完毕埋头吃了起来，及至吃罢抬头，对面案前却没有了卓原。愣怔着刚刚站起，老卓原大步走了进来，身后跟着的卓昭鼓着小嘴一脸不高兴的模样。卓原打着手势笑道：“公子且坐得片刻，老夫还有几句话要说。”

“卓公但说无妨。”

“昭儿，过来，你自己说。”老卓原第一次淡漠得毫无笑意。

卓昭却落落大方地走了过来：“不韦大哥，我要跟你走。”

"……"吕不韦惊讶得皱起了眉头。

"我要嫁给你。"

吕不韦顿时愣怔了，看着爷孙两人谁也不说话只盯着他，吕不韦离座向卓原深深一躬，显然是赔罪之意，转身对卓昭温和平静地笑道："小妹，我已三十有六，家有妻室。不韦若有唐突之处，尚请见谅，日后……"

"骗我。你妻室已经在六年前亡故！"卓昭扑闪着大眼睛。

吕不韦又是一阵愣怔，转身对着卓原又是一躬："卓公明鉴：小妹年少，此等心潮实乃不韦有失检点所致，心下惭愧无以复加……"

"公子差矣！"老卓原微微一笑，"昭儿心性，我岂不知，全然与你无干也。老夫虽有三子，但只有次子，也就是昭儿父亲才堪商旅。老夫半路归家，素来不善商事决断。次子总理卓氏商社，几乎是长年不归。为此缘故，昭儿从小由老夫教养。也是老夫不堪泯灭其少年天性，故多有放纵，不想今日礼法皆无也！"一声叹息，见吕不韦欲待说话，摇摇手慨然一转，"然则，话说回来，公子独身，昭儿未嫁，此事亦非荒谬。老夫之心，唯觉昭儿唐突过甚。然此女顽韧不堪，定然要跟了你去，老夫又能如何？公子所虑，则在昭儿年少。为今之计，余皆不说，只在公子意下如何？公子与昭儿同心，老夫便还有话说。不同心，则公子依旧是老夫忘年至交，何得有他！"

卓昭一句话不说，只扑闪着大眼睛盯住了吕不韦。

此时的吕不韦大费踌躇，原本以为匪夷所思的一件荒唐事，却教豁达豪迈的老卓原一席话变成了当即便可定夺的婚配。实在说，丧妻六年来吕不韦当真还没有认真思虑过自己的事，一是商旅大计接踵而来，二是也确实没有遇见可堪婚配的女子。自邯郸决策大转折，心思更在嬴异人身上。与卓氏爷孙相交，虽有机谋之心，却断无掠美之意。对卓昭更是看做一个天真无邪的少女，丝毫没有超越喜欢小妹妹般的情愫之心。而今突兀生出情事，吕不韦心下直是回转不过那种难以言说的生疏，也就是说，生不出那种热腾腾的心潮来。然则，吕不韦本能地觉得此事不能轻率决断，须得仔细思虑一番。

“卓公明鉴。”吕不韦涨红着脸道，“婚事情事，皆为大事。一则，不韦近日要回濮阳老宅，容我禀报父母得知而后决断。二则，小妹年少，留得时日再行思虑，原是稳妥。”

“好！”老卓原慨然拍案，“公子决断，甚是得当，便是如此。”

“只要你来，我便等你。”卓昭做个鬼脸，额头涔涔细汗。

六 岌岌故土 悠悠我思

暮色之时，吕不韦匆匆回到邯郸，毛公薛公已经在云庐等候了。

薛公备细说了几日来的诸般谋划，捧出一卷金额用度支付算册请吕不韦过目定夺。吕不韦将卷册推过一边笑道：“公为贤士，却将不韦做算度商旅待之，原非共事之道也。若是商旅经营，不韦自要算度无差。然则，此事为功业大计，锱铢必较，必败其事。不韦若惜金钱，何入此等渺茫之途？两公若信我，放手作为。若信我不过，此事便是败兆，不韦也无心操持矣！”薛公大是难堪，红着脸一拱手道：“先生见谅，都是薛某无定见，听了那个老疯子。”毛公大乐，呵呵笑道：“两位急色个甚？不闻‘决事未必如临事’么？商旅之道，算金爱钱原是本性。说归说，不试出个本心来，老夫这挥金如土的脾性，如何放得开手脚也。”吕不韦哈哈大笑道：“好好好，偏是这挥金如土四个字正合我意。不韦只要异人贤名大噪，不问支金几多也。”薛公道：“老夫之见，这嬴异人尚算得明睿沉稳，可堪造就，成其名望，幸无愧疚。只是一样，老夫心下不安。”

“噢？薛公但说无妨。”

“老夫颇通医道。嬴异人少年元气本未丰盈，又兼生计拮据郁闷日久，身体亏损过甚，纵是从今善加调养，只怕也不能得享高寿。”

“薛公是说，嬴异人可能夭寿？”吕不韦蓦然一惊。

“二十年之内了。”

“老哥哥忒没气力！”毛公笑着嚷嚷，“人活五十，不算夭寿，嬴异人寿几五十，已是托天之福也。左右此事用不了十年，忧心个甚？”

“也是。”吕不韦释然一笑，“谋事在人，成事在天。二十有年，足矣！”

“先生但明白便是。”薛公一笑岔开话题，“毛公杂学甚精，谋划颇为扎实，几处细节却是要紧，先生要预闻决断才是。”

毛公连忙向吕不韦摇摇手：“此非钱财用度，公莫急色才是！”吕不韦与薛公不禁哈哈大笑，毛公狡黠地一撇嘴，低声说了起来，一气半个时辰，末了得意地一问，“公以为如何？”

“妙！”吕不韦拍案赞叹，“毛公智计不着痕迹，却中要害，便是如此。”三人一番商议，直到夜阑方散。

连日奔波应对，送走两人吕不韦大感疲累，正要和衣上榻倒头睡去，却有一个袅袅身影飘了进来：“热水已经备好，我来侍奉先生沐浴。”吕不韦惊讶地坐起揉着眼睛问：“你是何人？谁叫你来？”袅袅身影柔柔笑道：“小女莫胡，老总事与荆云大哥要我来也。”吕不韦打了个长长的哈欠，欲待说话，一阵朦胧袭来颓然扑倒在了卧榻上，立时鼾声大作。

次日过午，明亮的阳光洒满了云庐大帐。吕不韦睁开眼睛坐起，正要下榻，一个红衣少女飘然进来，一个轻柔的笑靥，过来扶他。吕不韦摇摇手：“你是？”少女笑道：“小女莫胡，先生忘了。”吕不韦恍然，径自离榻道：“莫胡，来便来了，未必做侍女。待我与老总事商议，教你做点大事。”“不。”少女红着脸低着头，“莫胡做不了大事，莫胡只侍奉先生。”吕不韦不禁笑了：“你且先去备饭，饭后再说。”少女一笑：“饭菜酒已经齐备上案，我只侍奉先生整衣梳洗了。”吕不韦一摆手：“整衣梳洗我自来，你去请西门老爹来。”少女莞尔一笑：“老总事已经请在外帐了，只你整衣梳洗便了。”吕不韦不禁惊讶：“你自请西门老爹来得？”少女笑道：“不对么？先生离开三日，昨夜未及得见，今日自要请来议事了。再说，莫胡不请，老总事也会来。”吕不韦无奈地笑笑，也不说话，径自到与人等高的一面铜镜前整衣理发。可无论他如何自己动手，总有一双如影随形的手恰到好处地替他收拾着，片刻之间一切就绪，除了褪去睡袍露出贴身短衣的那一刻有些不自在，几乎觉察不出是两个人。待吕不韦回身之际，已经不见了少女，寝帐中却已经是洁净整齐日光明亮，与自己一个人时的零乱几是霄壤之别。

“一个活精灵。”吕不韦兀自嘟哝一句，出了寝帐。

老总事过来低声道：“荆云义士说，此女灵异过人忠诚可靠。”

“何方人氏？”

“楚国湘水人，生于云中草原。”

“老爹入座，边吃边说。”吕不韦目光一闪，“忠诚可靠之说，从何而起？”

帐中两案原本摆成了近在咫尺的一排，老总事坐进了稍小的偏案，说话声恰恰是吕不韦刚刚听得清楚：“荆云义士说，此女父亲，是先生当年在陈城救下的一个死囚，此人目下是荆云马队的骑士。至于详情，荆云义士日后自有禀报。”

吕不韦恍然点头：“既然如此，教她留下。”略一思忖，突然一阵耳语。

“我自省得。先生莫担心。”老总事频频点头。

此时，莫胡飘了进来：“先生没动甘醪？这可是从‘甘醪薛’特意新打来也，秋寒时热饮最好。”说着跪坐案边，抱起绵套包裹的木壶给吕不韦斟酒。吕不韦饮得一口问道：“莫胡还说得吴语么？”莫胡笑道：“侬毋晓得为弗为？”[1] 吕不韦大笑：“好！这吴侬软语原是纯正。其余如衣食住行，还都记得么？”莫胡道：“晓得些了，侬虽生在云中，姆妈却是吴风，侬为弗为也为了。”吕不韦目光一闪：“你母现在何处？”莫胡眼睛一红：“那年，姆妈将我送到陈城，病累去了。”吕不韦心下一沉，拍拍莫胡肩头笑道：“莫胡，云庐便是你家，你不会再苦了。”莫胡粲然一笑一点头，一双大眼睛闪烁出晶莹的泪光。

过得月余，邯郸诸事处置妥当，吕不韦轻车南下了。

此时正当小寒节气，过得安阳，一天彤云大雪纷飞。官道之上车马寥落人迹几绝，三马轻便辎车辚辚驶过茫茫原野，一路满目寥落。河内地带原本已经被秦国夺去做了河内郡，不想长平大战后老秦王执意灭赵，

[1] 唐代前古语，侬指我。今江浙上海方言，侬指你。此处从古，侬为我。为弗为，会不会之意。

逼得六国合纵再起，联军三败秦军，将秦国逼回了函谷关，河内又重新回到了魏国韩国手中。似乎是三十年河东三十年河西，山东六国与不可一世的强秦打了个平手。可仔细参量，这个“平手”可是百味俱在大有文章。便说这六十余城的河内之地，原本是三晋腹心，千里沃野村畴相接城池相望，何等的富庶风华。昔年纵是窝冬之期，河内原野也是炊烟袅袅如暮霭飘荡，鸡鸣狗吠如市声喧嚷，毗邻城池号角遥遥呼应，条条官道车马络绎不绝，那一番热气蒸腾的气象，任谁也是眼热也。然则倏忽之间，河内原野一片萧瑟落寞，十里不见一村，百里难觅炊烟，唯余座座城池在连天风雪中孤独地守望，暮色中一声声闭城号角苍凉得令人心碎。

对天下商旅道，吕不韦最是熟悉不过。对这几乎是半个故乡的河内之地，吕不韦更是熟悉得如数家珍闭目也可周游。最令他感喟的是，河内之地的百姓原本都是魏韩老民，可在秦国的河内郡过了十多年日子，竟不可思议地变成了秦人。长平大战，河内十五岁以上男子悉数入军为伕，人人踊跃。秦军败退回防，河内之民又是悉数随秦军“逃国”，到关中去做了真正的秦人。战国之世地广人稀，人口多寡比土地多寡更要害。盖人可夺地，地却未必能夺人。河内之地可谓天下仅有的富庶沃野之一，百余万魏韩之民却硬是离了故土随秦军而去，何能不令人一声浩叹！有一次，吕不韦在平原君府邸与几员赵军大将会议兵器商事，言及河内之民逃国，大将们异口同声说这是秦军裹胁所致。愤激之情，溢于言表。平原君见吕不韦默然不语，问吕不韦以为如何？吕不韦淡淡笑道：“魏国占据秦国河西之地近百年，有几个秦人入魏？赵国容纳一支老秦流部，费力费时三百余年，最终依然是三四成离赵回秦。秦人裹胁之力，也未免忒是离奇也。”一语落点，大将们脸黑了。平原君尴尬得呵呵笑了一阵，终是没有说话。

薛公毛公第一次被吕不韦请到云庐，与吕不韦作了一次长夜谈。两人都不约而同地要吕不韦说说何以看好秦国？按薛公说法，长平大战秦国大军死伤过半，三败之后更是退回函谷关回到了老秦局面，秦势犹如霜后秋草，五六十年决然不能恢复元气；当此之时，且不说扶助嬴异人能否成功，纵然成功，又能如何？毛公则嘻嘻笑道："秦赵两败俱伤，然赵有五国后援，复原只在朝夕之间。秦却是独木一支，失道之下，能撑得几日？公携危人，又入危邦，盲人瞎马，夜半临池，有个好么？老夫之意，莫若我三人全力辅佐信陵君回魏称王，做一番实在大业！"

"两公之言差矣！"吕不韦大笑一阵坦率答道，"两公虽则高才多谋，然蜗居邯郸市井太久，所执之论，皆为山东士子庸常之见也。不韦久为商旅，唯有一长，长年累月地在各国周游走动，所见所闻皆是实在无虚。不韦之见，山东士子们的'秦赵大争，两败俱伤'之说，太过轻率也！"

"何以见得？"薛公立即紧跟一句。

"敢问两公，战国之世，国本何在？"

"人口。"毛公薛公异口同声。

"好！"吕不韦淡淡一笑，"十年以来，两公到过河内么？"

"但说便是，老夫敢回河内么？"毛公红着脸一句嚷嚷。

"千里河内，公之故国，已是空空如也！"吕不韦一声感喟，"河内昔年之景象，两公当比不韦知之更深。而今河内，已是唯见城池，不见村畴，百余万河内庶民，十有八九都跟着秦军进了函谷关。残余一两成，也都被官府全部聚集到了城池居住。偌大河内，已比洛阳王畿更过荒凉破败！秦固三败，然仅仅败军而已，人口根基并未流失几多。六国固胜，元气却是大伤，人口流失之巨更是空前。河内便是一半魏国，如此荒凉萧瑟，须得多久岁月才蓄积得百万人口？纵想成军抗秦，却是谈何容易！如此看去，这'两败俱伤'大是不同。秦国外伤，六国内外俱伤。孰轻孰重？公自断之。"

"他国人口，也同样流失么？"薛公重重地叹息了一声。

"不韦所见，六国人口皆大损伤。"吕不韦掰着指头数起来，"楚国老郢都区域人口最多，然被秦国夺取而设置南郡近二十年，秦军回撤之时，七八成庶民溯江而上进了蜀地。那个李冰正在建都江堰，蜀地有望大富，楚人入蜀至今络绎不绝。东北两面，燕齐大战后两国人口原本已经大大减少，虽无大逃亡，然所余三四成人口何年才能复原？韩国更不消说得，数十万庶民连同上党早归了赵国，河外之民不断逃国，总共人口剩余不到百万，几乎不到秦国一个郡！魏国河内已失百余万，全部河外人口不过五六百万。赵国大败之后惨胜，精壮男子已是十余其三，举国人口锐减到不足千万，勉力重建新军二十万，只能一力防范死灰复燃的匈奴。如此大势，是两败俱伤么？”

“秦国人口有几多？”薛公又迫不及待地插了一句。

“不韦多年经营兵器盐铁，对目下各国人口有一大致推算。”吕不韦笑道，“秦国人口，当在两千三五百万，占天下人口泰半也。”

云庐大帐一阵默然，良久，毛公笑叹一声：“商人终究务实，先生难得也！”

也就是那一次，吕不韦真正说服了两个风尘隐士抛却了山东士子们难以释怀的仇秦之心，愿意与他共事谋划一件前途渺茫的宏大功业。说到底，但凡战国名士，自然是首先追求报效祖国，然在报效无门之际却也不会永远地拘泥于邦国囹圄。毕竟，战国之世的天下意识是宏大主流，邦国畛域事实上被士人们看做极为褊狭的迂腐。假若不是如此，吕不韦何能以卫国人之身寻觅得两个隐居在赵国的魏国名士来谋划一件秦国大计？

漫天大雪之中，车马终于到了白马津渡口。

白马津者，因神异白马之传说而得名也。大河流经中原，到得卫国地面正是中段。卫国都城濮阳在河南，与之遥遥相对的大河对岸有一座山。时人流传：山下常有白马如云群行，白马悲鸣则大河决口，白马疾驰则山崩地裂，白马从容如白云悠悠，大河滔滔无事。但有河决，官府便招得勇士将山下白马三匹投沉大河，水患便告平息。唯其如此，这山叫了白马山，这渡口叫了白马津，渡口边的硕大石亭叫了神马亭。为了不惊扰白马悠悠以免悲鸣，多少年来白马津有了一个无声渡河的习俗——无论风雨霜雪，马匹都要衔枚裹蹄，车辆都要摘去铃铛，号角禁绝，金鼓屏息，船户旅人不得喧嚷。

大雪漫漫飞舞，天地间唯有绵绵无断的嚓嚓轻响，纵是高声说话，丈许之外也难以听得清楚。驾车执事遥遥一望渡口回头笑道：“先生，想要个响动都难，还须得整治车马么？”吕不韦已经推开车窗走了下来，一挥手道："乡俗生天地。下车动手。"说罢走到车前开始摘铃。执事连忙一纵身下车："先生莫动，我来。"带住马缰跳下车来开始动手，片刻之间收拾得紧趁利落，回头正要请先生上车，却见吕不韦已经在茫茫大雪中向渡口走去，再不说话，轻轻一抖马缰牵着马赶了上来。

虽是冰封雪拥，渡口也停泊着几条客船。吕不韦刚站到空旷的码头，一个黝黑精壮的中年人出现在最近的一条小船船头："客官要渡河么？"吕不韦一拱手笑道："敢问船家，冰冻几许，船可开得？"船家遥遥一指河面："冰冻不匀，薄厚无定。先生若有急事，俺便领你过冰。"吕不韦道："不是我想走冰，是我有一车三马两人，不知你船能否载得？"船家摇摇头道："俺船载不得车马。客官若要船渡，俺唤一只大船过来。"吕不韦点头笑道："那便多谢。"话刚落点，黝黑船家举起手中一面黑色角旗在空中左右摆动了几下。雪舞之中，南面码头一面黑旗也是遥遥摆动。

片刻之间，一只大船悠然泊来，一个须发雪白的老人站在船头："舟柳子，可是你要船？"黝黑船家一拱手道："卫老伯，是这位客官车马渡河。你家大船可破冰，俺这小船不中。"老人摇头道："风大雪大，老夫舵功不如你，若要渡客，只怕要你掌舵了。"黝黑汉子慨然笑道："何消说得，中！老伯只督水手号子便了。"说罢一个纵身，竟从两丈开外的小船飞到了大船船头，引得吕不韦身后的执事一声喝彩，却又连忙惶恐噤声。

车马上船，吕不韦不进船舱，与老人一起站在船头。刚要说话，却闻船尾黝黑汉子一声低喝："起船！"船底八支长桨哗的一声整齐入水，船头老人一声悠长低缓的呼唤："风雪渡哟——缓起手哟——"八支长桨随着悠长的节拍划动起来。大客船喀啦啦冲破半尺厚的冰层，对着东南方驶去。眼看到得中流，冰层渐渐变薄，船行也舒缓了许多。

正在此时，却见蒙蒙风雪之中，一座冰山影影绰绰从上游正横对船腰漂来。吕不韦眼力颇好，又久行舟船，顿时一身冷汗，刚要喊给老船家，便听船尾一声炸雷也似的大吼："深水快桨！起——"船头老人也骤然紧声疾呼："河水洋洋！北流活活！冰山横波！白马助我！"节律一字一顿，恰恰是长大木桨最快入水出水的速度，苍迈铿锵如长戈击盾壮人胆魄。三轮呼号之后，硕大的冰山恰恰擦着船尾丈许之遥漂了过去，底舱顿时一声欢呼："白马助我！万岁——"

一个时辰后，大船终于在对岸停泊了。

水手的号子声刚刚平息，吕不韦向老人深深一躬，转身向执事低声吩咐几句，执事从车中捧出来三个精致的棕色小皮袋。吕不韦慨然拱手道："卫老伯，诸位风雪破冰，冒死渡河，些许船资请收了。"老人一个躬身笑呵呵道："如此多谢客官。"转身高声一呼，"舟柳子，水头儿，客官船资，上来领了！"底舱一声整齐呼喝："谢了——"呼声落点，一个精瘦的赤膊后生架着黝黑汉子一瘸一拐地走了上来。老人脸色顿时一变："舟柳子，腿伤了？"黝黑汉子摇摇头："嘿嘿，不成想狗日的冰山吃水忒深。不打紧，三五日便好。"

吕不韦熟悉船上生涯，一听便知是这舟柳子见双手把舵不稳，将双脚蹬住了船身凸起的档木，将整个身体做了一个伸直的支架死死撑住大舵，才得与冰山擦肩而过。此中险急，寻常人不得而知。吕不韦心下一动，从车中捧出了一个红木方匣："柳子，这匣伤药颇有功效，敢请收了。"

"谢过先生！有伤药，俺的船资免了。"黝黑汉子豪爽一笑。

"不！"吕不韦一摇手，"足下掌舵负伤，乘客自当尽心，与船资无关。"

"不中！"黝黑汉子也是一摇手，"渡河掌舵，船家生计，死伤都与乘客无关。伤药船资，俺只能收得一样，白马津规矩破不得！"

"好说好说。"老人走过来指着红木药匣，"这药只怕两份船资也买不来，舟柳子叨光客官了。船资嘛，老朽那一份与舟柳子对分。"说着从执事手中拿过一只小皮袋，刚一拎手便是一愣，又拿过另外两只皮袋一掂，只听呛啷一阵，顿时大摇其头，"客官差也！一渡船资只在五七十钱之间，客官三十个饼金，我等若收，便是欺客！"

"老伯言重。"吕不韦一拱手笑道，"晚辈也是商旅道人。这冬日渡河原本五七十钱，然风雪非常，冰山突兀，险情大增，何能依常价计之。再说，冬日船少，物以稀为贵，纵超得几钱，也只算得找头而已。老伯休得再说了。”

此时，水手们也上得船来收拾船面诸般物事，见船家与客官高声，好奇地围了过来，听得几句，都愣怔沉默了。老人举起三只皮袋哈啷一摇：“你等只说，三十个饼金收也不收？”水手们异口同声一喊：“欺客无道！不收！”老人回头呵呵笑道：“客官且看，老朽纵是收了，也分不出去，若是独领，岂非伤天害理？”吕不韦寻思若是再坚执下去，船工们会以为客官小觑他们，无可奈何地笑了笑，转身向执事一招手：“钱。”

执事快步到车中取来一只稍大的皮袋，向老人一拱手道：“启禀老伯：这是三十枚临淄刀，委实太少，再加十个饼金方为妥当，望老伯收了便是。”老人笑道：“临淄刀值钱了。也好，只取一个饼金，算舟柳子赏金。”说罢接过钱袋又拿出一个饼金，将三个小皮袋递回给了执事，向吕不韦一个深躬，转身高声道：“船资清偿，恭送客官登岸——”

“客官登岸，平安大吉——”水手们整齐的一声呼喝。

风雪止息，红红的太阳从厚厚的云层中爬出了半片额头。车马上岸，吕不韦伫立岸边良久，一直看着那只空荡荡的大船悠悠回航。执事笑道：“莫说先生上心，此等船家原是少见。”吕不韦不禁一声叹息：“厚德持身，莫如卫人也！何天道无常，邦国沦落如斯！”

辎车辚辚上路，翻过一道白雪皑皑的山梁，濮阳城遥遥在望了。

濮阳是一座古老的城堡。三皇五帝时，这里是颛顼帝的城邑。颛顼帝归天，这座城堡得名帝丘。殷商时期，帝丘与国都朝歌隔河相望，一道濮水滔滔流过城北，桑林茂密土地肥沃，文采风华盛极一时，男女风习奔放热烈。殷商老民多商旅，常于远足商旅之前与意中女子幽会桑林，踏青放歌昼夜欢娱，一时蔚为独有风尚，被天下呼为“桑间濮上”，将男女幽会也直呼为“桑濮”。《礼记·乐记》云：“桑间濮上之音，亡国之音也。其政散，其民流。”实在说，这是殷商灭亡后王道之士的正统抨击，与这座老城堡子民的愉快感受是毫不搭调的。殷商灭亡后，商人遗民不甘周室王道的僵硬礼制，要重新恢复那自由奔放的日月，于是有了大规模的叛乱。后来，叛乱被周公剿灭，全部殷商本土遗民被分作了两大块。一块为“殷商七族”，被限定在已经成为废墟的故都朝歌地带居住，国号为“卫”，国君却是周武王的弟弟康叔，都城依然在朝歌。另一大块是殷商王族后裔，被专门封作了宋国，以殷商王族做国君。这便是殷商两分。周公的分治谋略是高明的：真正具有叛乱实力的殷商老民，做了周室王族诸侯的子民；奢靡无能的王族贵胄，却让他们独立成国，以示周人的王道胸怀。究其实，殷商遗风是在卫不在宋。

从此，有了“名周实商”的卫国。

数百年后的春秋之世，戎狄大举入侵中原。公元前六百六十年，戎狄攻卫，卫军大败，朝歌被占，国君卫懿公死于战乱，“国人”仅有七百三十人泅渡濮水逃生。幸得齐宋两国援助，卫国立了新君，将帝丘老城堡西南的大河岸边的曹城[1]做了都城。未几流民纷纷归来，终于有了五千人众。从此，卫国沦落成了小邦诸侯。

三十年余后，戎狄势力退却，卫国将都城迁回了帝丘，殷商后裔们又回到了快乐的桑间濮上。进入战国之世，以地形特征命名城堡的风气大盛，帝丘城北有濮水流过，城在濮水之南，帝丘改名叫做了濮阳。

濮阳西临大河，南望济水，东临齐国巨野大泽，北望齐国要塞东阿。方圆三百里，唯濮阳堪称古老大城一座，水陆尽皆畅通，说起来也算大得地利之便。然则，自封建诸侯始，卫国立国业已六百余年，濮阳既没有成为通商大都，也没有成为粮农大仓，只一座十里城郭孤独落寞地守望在水陆两便土地肥沃的冲要之地，令天下直是一声叹息。士子们但凡说古，总有一句口边辞：“西有洛阳，东有濮阳。”除了大小不等，这两座城池简直就是两个孪生老姐妹一般，都是老井田制，国人居于城中，隶农居于田畴。战国百余年，奴隶们已经逃亡得寥寥无几。车行官道，大雪覆盖的无边田畴中无一缕炊烟飘荡，寂静荒凉得令人心颤。

“先生，鼓乐之声！还有仪仗！”驾车执事遥遥向前方一指。

吕不韦推开车窗一阵端详：“绕道，从城南插过去。”

执事一圈马缰正要回车，鼓乐队前遥遥一声高呼：“先生且慢——”随着呼喊，一个红色身影跌跌撞撞地跑了过来，到得车前三五丈处气喘

[1] 曹城，春秋卫国之都城，在今河南滑县旧县城东。

吁吁地站住，展开一卷竹简尖声念了起来，“君上有，有书：先生荣归故里，赐入国晋见，以全先生大名也！”

“噢，卫君要我晋见？”吕不韦惊讶地笑了，思忖片刻也不下车，只对着内侍使者一拱手，“既是如此，请贵使上车同行。”内侍使者连连拱手道：“卑微小臣，不敢僭越，只当为先生鼓乐开道。”吕不韦笑道：“我本一介商旅，谈何僭越？还是上车同行快捷。”内侍使者还是连连拱手：“先生奉书，便是国宾，小臣万不敢当！”吕不韦笑道：“贵使执意，我便去了。”脚下一跺，三马辎车辚辚驰向古老的城池。

吕不韦的惊讶不是受宠若惊，而是莫名其妙。

卫国本是西周始封的王族诸侯，立国便是公爵之国。直到春秋之世孔夫子游说列国，卫国依然是春秋十二大国之一。孔夫子那令人尴尬的“子见南子”的故事，便发生在卫国。然则，自从进入战国，卫国便江河日下了。第十五代国君时，卫国自贬爵位，做了“侯”国。齐国灭宋后卫国大吃惊吓，在第十七代时再次自贬，做了“君”国。从此战战兢兢如履薄冰，守在濮阳龟缩不出。

庶民却不然。殷商遗民们虽然成了周室诸侯的子民，却无心做周人社稷宗庙与僵硬井田的奴隶，对殷商老民驾牛车走天下的传统一心向往之，除了老弱妇幼固守桑麻，精壮男子不是离国经商，便是游学为士，总之是不安于枯守家园。百十年下来，卫国出了许多大商名士。留在濮阳的老国人，只有嫡系正宗的西周王族血统的子民了。这些守望社稷的君臣“国人”自恃血统高贵，分外矜持，既不能阻止殷商老民外流，也不再理会这些“见利忘义”的商人与士子。殷商血统的大商名士们偶然回归故里，也从来不入朝拜会卫国君臣，与老周室老国人也是两不搭界。久而久之，井水不犯河水，老死不相往来。大名士如商鞅者，至死没有回过卫国。此等老传统之下，这个卫君却要“赐”吕不韦“入国晋见”，如何不令人莫名其妙？

说起目下这个卫君，实在是战国中后期一个奇异人物。

要知奇异处，先得说说末世君道。战国之世，一大批西周老诸侯国与洛阳王室的天子一道，都进入了风烛残年之期。同是末世衰微，各个老国的因应之道却不尽相同。大体说来，有五种法式：其一，燕国式。得地利之便，整军固守，拓边扩地而进入“战国”行列。其二，齐国晋国式。地广人众，新地主与士人崛起，庙堂高层恪守王道旧制而不思变革，终于被新贵们推翻替代，晋国成了魏赵韩三国，姜氏的齐国成了田氏的齐国。其三，宋国式。对先祖（殷商）功业念念不忘，不思变革而只图名号惊人，执意称王图霸而遭列强瓜分灭亡。其四，陈、杞式。既非王族诸侯，却又赖大圣贤祖先之名（陈国以舜帝后裔得封，杞国以大禹后裔得封）不思进取，逐渐被列国蚕食灭亡。最后一式，洛阳天子、鲁国、卫国式。此三国都是正宗的西周王族血统，天子王族不消说得，鲁国君是周公之后，卫国君是周武王弟康叔之后。进入战国之世，这三国都是执意恪守祖先旧制，丝毫不思变革，国中始终一片死寂波澜不惊。其间，鲁国虽有新士人新地主崛起之征兆，但也只是死水微澜而已，迅速沉寂了下去。三国之君主，也是一色的无为守成，小心翼翼地不开罪任何强国，甚事不做，守到哪日算哪日。虽然如此，鲁国终究还是被齐国灭了。

从此之后，洛阳濮阳两君主更加小心翼翼了。

同是无为守成，洛阳濮阳也是小有不同。洛阳周天子是真正的任事不问，一应“大事”只交给太师处置。王族要依照祖制分封裂土，分便分，一片王畿分封出了“东周”“西周”两个公爵“诸侯”，王畿之地真正成了孤城一座。纵然如此，周天子依旧是整日沉湎于残破的乐舞，昏昏大睡绝不问事，此道以周显王为最甚。

卫君的“君道”不同处，在于孜孜不倦地鼓捣这个小城堡中残留的臣民。目下这卫君名怀，时人呼为卫怀君。此君癖好权术之道，纵然其天地小若濮阳一城，也是整日折腾乐此不疲。为了使臣下敬畏自己，卫怀君派出十几个心腹小吏，扮成官仆进入几个县令与几个大臣的府中刺探其隐私。

一名县令很是简朴，一晚就寝，觉得身下有异，起身点灯，揭起褥垫一看，木榻草席已经破了一个大洞。次日清晨，县令尚未进入公堂，卫怀君的特使到了。说是特使，其实只传一句话：“闻卿席破，特送新席一张。”放下草席便走了，直将个县令惊得一身冷汗。

白马津是卫国关市设卡收税之重地。一日，卫怀君派人扮作客商，过关时有意向关吏行贿三件玉佩，免了十金关税。当晚，关吏被急召濮阳。卫怀君当头冷冷一句：“神目如电，小吏岂可暗室亏心？三玉何在！”关吏大惊失色，当即奉上尚未带回家的三件玉佩，并自请重罚。卫怀君却又是一番大笑：“吏有改过之心，处罚免了。”小吏敬畏国君神明，也加进了“发私”行列。卫怀君的神明之举，便越来越多了。

除了“神明”，卫怀君还有一长，在后宫与大臣之间设置“螳螂黄雀”之局。卫怀君很是宠爱美妾泄姬，但又怕泄姬父兄借势坐大，便对正妻魏妃表现出异常的尊崇，同时又分别密嘱魏妃与泄姬“发其不法”。对于已经零落稀疏的政务，卫怀君很是倚重信任掌管宫廷事务的长史如耳。怕如耳蒙蔽欺君，卫怀君擢升下大夫薄疑为上大夫，名为襄助如耳，实则使之两相对抗。后来，如耳与薄疑竟鬼使神差地成了同心好友。卫怀君觉察，立即同时罢黜两人，又擢升了另一对冤家互为“襄助”。人或不解，卫怀君神秘一笑：“螳螂捕蝉，黄雀在后，不亦妙哉！”

卫国有了此等一个神秘兮兮活宝一般的君主，天下名士一片嘲讽。大名赫赫的荀子一针见血地指斥：“卫君，聚敛计数之君也！未及治民也。聚敛者，召寇、肥敌、亡国、危身之道也，故明君不蹈也。”[1]

吕不韦一路忖度，卫怀君狡黠而善秘事，必是探听得自己商旅有成，要派给自己一个“义举”。所谓义举，对于商旅十有八九是“献金报国”。若仅仅是要钱，吕不韦无论如何是要出的，不管此君做何用场，都得出。否则，此君之口会使你在天下沸沸扬扬五颜六色，你却找谁个辩驳？然则，此君若是别有所图，却该如何应对？从今日之势看，此君依然是牵绊衡平之术——鼓乐仪仗相迎以示其诚，君不出面以示其威，分明有求于人，却矜持得要“赐见”于人。此君自以为高明，恩威并出面面俱到，吕不韦却分明看到了一副苍白的可怜相如在眼前。

“濮阳义商吕不韦晋见——”内侍尖亮的通报在飕飕冷风中分外

---

[1]　见《荀子·王制》，《资治通鉴》专引荀子此段言论评判卫国君主。

刺耳。

吕不韦笑了，未曾谋面已将他定在“义商”之位，除了献金能有甚事？心下一松，跟着导引内侍悠然进了陈旧残破的大殿，过得一座黑沉沉的大屏紧走几步，在中央座案前深深一躬：“在下吕不韦，参见君上。”

“先生请起。”须发灰白的卫怀君虚手一扶，又矜持地一笑，“赐座。”

吕不韦正要到最近的案前就座，却见一名中年侍女悠然走来，伸手示意，将他领到了卫怀君左下侧的案前，算是完成了“赐座”礼仪。吕不韦释然一笑，席地跪坐案前，却只看着卫怀君不说话。卫怀君笑道：“先生达礼，本君却是待士不周也。”吕不韦知道卫怀君这前半句是说他待君先话，算是通达礼仪，然后半句却是不明，如此国君果然能自责么？一拱手道：“君召国人，原是常道，在下大幸也。”卫怀君目光闪烁间又矜持地一笑：“先生，无觉膝下有异乎？”吕不韦不看座案之下，只摇头道：“在下愚钝，敢请君上明示。”卫怀君一怔，终于又是一笑：“先生座案之下，草席破洞矣！”

其实，吕不韦入座时早已瞥见了破旧草席上的一个大洞，偏是浑然不觉，要与卫怀君兜兜圈子看他如何做作，此刻肃然一拱：“物力维艰。君上节俭为本，在下感佩不已！”卫怀君似乎愣怔了一下，呵呵笑了：“原是捉襟见肘也，谈何节俭。”见这位君主终于显出困窘之相，吕不韦慨然笑道：“君上既有此言，在下愿献千金，以补宫室之用。”卫怀君却又矜持地端了起来：“果然，义商无虚也。然则，先生区区千金，与社稷何补？本君之意，欲请先生撑持邦国，不知先生意下如何？”

吕不韦心下一惊，果然来了，这回显然不是金钱之事，却要小心应对，谦恭笑道：“在下一介商旅，何能撑持邦国？若是事端之难，敢请君上明示。”

“区区细务，不难不难。”卫怀君笑得分外可人，“本君思忖：先生理财大家，可做我大卫关市大夫，专司十三处关卡税金。每年若能收得万金，三成归先生。先生既有官身，又是公私两利，岂非立身上策乎！”津津乐道，很有几分得意。

骤然之间，吕不韦几乎要放声大笑，然却生生憋住，满脸通红地皱着眉头拱手道："君上妙算，在下愧不敢当。在下小本生意，年利不过百金，如何有运筹万金之大才？若是一年收不齐税金，在下倾家荡产事小，误国只怕事大。如此重任，在下断不敢当也。"

"足下大名赫赫，不想如此器局也！"看着吕不韦额头涔涔汗水，卫怀君不禁哈哈大笑，且立时将称呼变了，"才不堪任，足下倒也实在。不做便不做，至于大雪天出汗么！"笑得一阵，卫怀君突然压低声音，"然则，足下车马皇皇，不像小本商人也。"

"君上神明。"吕不韦沮丧地苦笑着，"人云衣锦荣归，在下原是虚荣也。这皇皇车马，原本赵国大商卓氏之物，因了寄放在在下的车马客栈里，在下趁着窝冬之期用了这车马。若不是借这车马，在下如何能在大雪窝冬时回乡？谁个不知阳春三月好上路也。"一番话唠叨仔细，当真一个活生生的小商人。

"噢——"卫怀君恍然点头长长地一叹，"既是如此，足下千金也就免了。"

"这却不能。"吕不韦连连摇头，"商旅游子，根在故国，献金原是该当！"

"足下忠心可嘉！然则，何年何月，你才能兑得千金之诺？"

"君上，"吕不韦怪模怪样地一笑，"在下正有千金在车，原是积攒多年要孝敬父母了，明日我派人送来宫室如何？"

"既是在车，何须明日费时费力？"

"正是正是。"吕不韦恍然拍案，"君上跟我去拿，岂不利落？"

"也好。"卫怀君矜持地一笑，起身离座，"本君成全足下一片忠心。"

吕不韦打量了一眼这个肥肥白白的君主，一挥手："走。"大步走了出去。卫怀君也再没了诸般礼仪，跟着吕不韦便出了大殿。到得车马场，吕不韦向驾车执事低声吩咐几句，执事惊愕得说不上话来，愣怔一阵才从车中提出一个沉甸甸的棕色大皮袋，有意一摇，一阵呛啷金声夺人耳目。卫怀君一挥手，一个老内侍推着一辆手车走来，卫怀君上前两步，亲自接过大皮袋，要解开袋绳验看。偏这吕氏钱袋是祖传手艺，袋口绳是密结暗扣，等闲人休想随意开得。卫怀君一阵摸索，不得要领，大是尴尬。吕不韦面无表情地向执事一点头，笑意憋得满脸涨红的执事过来摆弄了几下，大皮袋松了口。卫怀君甩手打大袋口，一片粲然金光赫然烁目。卫怀君又一挥手，内侍走过来推走了皮袋。

卫怀君这才轻松地笑了：“足下献国千金，却要何赏？”

“但凭君上。”

“传书。”卫怀君转身高声吩咐身后的长史，“赐吕门一世子爵，领封地三里。”话音落点，大袖一甩径自去了。

辎车出了濮阳北门，吕不韦大笑起来，想一阵笑一阵，笑一阵又哭一阵，最后终是软软地瘫在了坐榻上。驾车执事心下不安，时不时回头透过车窗瞄得一眼，见吕不韦疲累得睡了过去，才从容驱车在雪原上走马北去。

行得片时暮色来临，遥见前方凛凛刺天的白杨林披着软软的晚霞隐隐红成了一片。驾车执事回头道：“先生，前方该当是吕庄了。”吕不韦蓦然惊醒，揉揉眼睛跳下了车：“对，正是吕庄！你赶车前行，我后边走走看看。”

执事答应一声，辎车悠悠去了。吕不韦长长地展了一番腰身，在冰冷嫣红的旷野中踏雪走去。虽说大雪盈尺，平原之地已经是极目漠漠，几乎没有了任何突兀显眼的物事，吕不韦放眼望去，却仍然清晰地辨认出了烙在记忆里的一草一木一沟一坎，历历数来，感慨万端。

还在大父当家的时候，吕氏一族十三家迁到了濮阳城外。

在濮阳国人中，吕氏既不是周人后裔，也不是殷商老民。殷商时期有吕国，受封国君原为姜姓。庶民以国号为姓，于是有了吕姓。又因国君为姜姓，所以吕、姜成了可以相互置换的姓氏，如同嬴与秦一般。赫赫大名的太公望正是如此，既为吕尚，又为姜尚。因了这个吕尚对西周有灭商大功，非但古老的吕国保留了下来，且太公吕（姜）尚还成为齐国首封国君。如此一来，天下吕氏分作了两处，一为吕国，一为齐国。后来，齐国公室为了与吕国之吕氏相区别，自认了姜氏为姓，天下吕氏便只有吕国之吕氏了。吕国原本是不足百里的小诸侯，刚刚进入春秋之世，被向北拓展的楚国灭了。[1]

吕不韦依稀记得，自己还是总角小儿的时日，大父曾经说过：吕氏失国之后，吕族星散而去了；其中一支逃往齐国，路上有一家族患病难行，脱离主支，留在了濮阳郊野。这个家族，便是吕不韦家族。大父说，当年先祖为何没有继续追赶主支，谁也说不清楚了。只有一点是明白的，这支吕氏自做了卫人，农家生计年复一年地衰微了。大父为了振兴吕氏，离农为商，与熟识的殷商老民一道驾着牛车奔波生意去了。

十年之后，大父小成，积得三百金，率领已经繁衍为十余家的吕氏迁出了濮阳城池，在北门外的老井田里建了一片简朴的庄园住了下来。大父说，老周人欺客，与其住在城中小心翼翼，何如搬出来自家做生意。

大父临终时，吕不韦已经是十余岁少年了。弥留之际，大父抚摩着吕不韦的长发，气喘吁吁地说了一句话："乃父庸才也，光大吕门，在子身也。"至今，吕不韦还清楚地记得这句话，记得大父那殷殷期望的目光。

因了大父的临终遗命，父亲在盛年之期交出了吕氏商社的权力，将尚未加冠的吕不韦推上了商旅之路。就实说，父亲的经商才能确实平庸，襄助大父二十年，独掌生意十年，吕氏商社只积得千金耳耳。然则，若论自明知人，父亲却实在非同寻常。

吕不韦五岁那年，父亲重金聘来了一个曾经在稷下学宫游学三年的濮阳名士，给吕不韦启蒙讲书。父亲对蒙师只有一个规矩："王道礼仪等虚玄之书，少讲不讲都可。时下诸般实用之学，多学益善！"濮阳名士原本杂学一派，东家此说大对脾胃，十足劲头地盯着这个蒙童灌了起来。也是天赋根基，十年之期，吕不韦对商、农、工、医、水、算等诸般实用之学大体通晓，对辩驳求证学问的名家、杂家与主流显学法家、墨家、儒家、道家也大体心中有数，若干名篇更能琅琅上口。

老师本欲再教十年，要将吕不韦教成天下一等一的名士。吕不韦也想再学十年，如苏秦张仪般纵横天下。不想父亲却坚执摇头："此子有商

[1] 史家考证，古吕国在今河南省南阳以西，春秋时被楚国吞并。

才，通得实学即可，谁却要做名士？先父遗命不敢违，明年，他便是吕氏商社执掌了。”

三十六年梦幻般过去了。父亲已经年逾花甲，他还好么？

“先生，庄门已闭，我该当先行通禀一声才是。”执事早已将车停在庄外，人却返回来一直远远跟着吕不韦转悠，见晚霞褪去天色黑了下来，过来提醒。

“呵，不用。”吕不韦恍然笑了，“一支响箭即可。”

执事答应一声，大袖一扬，一支短箭尖锐呼啸着飞向了庄门望楼的大红风灯。片刻之间，遥闻望楼一声长呼：“少东信使到，大开庄门——”呼声方落，厚重的庄门隆隆拉开，一座吊桥也同时嘎吱大响着悠悠放了下来，结结实实地轰然塌在了雪地上。

“且慢。”吕不韦对启动车马的执事一摆手，“跟着我走。”大步上了吊桥。人车马刚过，身后吊桥已经嘎吱大响着悠了上去，望楼上又一声长呼：“信使高名上姓——”吕不韦高声答得一句：“西门老总事差遣，车马执事越剑无。”望楼红灯左右三大摆：“信使入庄，庄门关闭——”吕不韦回头笑道：“越执事，日后回庄，如此这般，记住了？”车马执事点头道：“记住了。先生回归故里，不显行迹，是……”吕不韦笑道：“并非故里有险。我若报名，今晚休想安宁也。走了。”

这座吕庄虽是吕氏族业，住的却不仅仅是吕氏四十余家，还有依附于吕氏各家的田户百余家，加上各家仆役、全庄日常生计的十多个作坊的全部工匠，总共有三百余户两千余口。随着吕氏商社日见兴旺，吕氏庄园建得小城池一般。若以战国寻常城池的规模——三里之城五里之郭，这吕氏庄园至少当得一座县城无疑。庄中三条大街十多条小巷，全是一色的青石板道，大街两侧更是多有老树参天。窝冬之季，日落而息，庄中灯火极是稀疏，但借着厚厚积雪的蒙蒙白光，庄园的整肃格局还是清晰可见。

想到族人识得自己者已经不多，吕不韦在雪地中悠悠漫步，领着车马走街串巷，拐得几个路口，到了庄园正中的一片老宅前。显然是已经得到了庄门望楼的灯火信号，老宅大门已经大开，门厅亮着两盏风灯，一个须发雪白的老人正在阶下雪地里等候观望。

突然之间，老人愣怔了：“你，你是少东？”

吕不韦紧赶两步高声笑道：“相里老爹，我是不韦，识不得了？”

“果是少东也！”老人两手抓住吕不韦衣袖哽咽起来，“十年也，老朽老眼昏花了。”猛然回身高声吩咐，“少东回庄，老宅通明——”只听门廊一声答应，一声声传呼开去，片刻之间院墙内外灯火大亮。

“相里老爹，不韦当年多有轻慢，尚请老爹见谅了。”吕不韦深深一躬，老人连忙扶住，又是一阵哽咽，“少东哪里话来，原是老朽迂阔迟暮，多年回思，老朽终是通明。少东若是自责，老朽无颜苟活也！”

原来，这个相里老爹便是吕不韦初出商道时的那个抱账执事。自吕不韦带着出货执事避开他奔赴即墨做成了第一笔盐生意，这位颇有理财之能的大执事既抱愧在心，又大不服气。抱愧是对吕不韦，不服气却是对着那位出货执事。从此每有生意，这位相里大执事总与出货执事暗中较劲，出货执事自知资历尚浅，从来都是以忍以让，不与大执事发生任何争执，只是唯吕不韦之命行事。几年后，吕不韦全力承担了援助即墨田单的秘密商路，经常带着年轻干练的出货执事在外秘密奔波采货，抱账大执事更是愤懑了。一次，吕不韦随鲁仲连的大货船去了齐国，留下出货执事在陈城继续采购一批兵器，约定两个月后立即装船运出，由吕不韦在之罘接货，再秘密运往即墨。但两个月后，货船杳无音讯。吕不韦大急，星夜兼程赶回陈城，才知是抱账大执事拒付货金，理由只有一句：“铁兵交易须得少东亲自出金，他人不支。”出货执事百般无奈，又不好向少东“举发”同事，事情便僵持下来。事由查清，吕不韦勃然大怒，叫来抱账执事严厉申斥一顿，当即拿出两千金要他离开吕氏商社。抱账执事痛悔不已，再三再四地请求留下。吕不韦却冷冷一句：“执小气而毁大义，你不觉惭愧么？”抱账执事脸涨得通红，撇下两只金袋转身走了。

三年后，吕不韦接到老父书简，说相里执事在老庄做了总管。再后来，吕不韦从老庄来人的口中知道了原委。一个夜里，抱账执事风尘仆仆赶到老庄，对着老东大拜三拜，一句话也没说昏厥了过去。老父情知有异，连忙请来庄中医家好生诊治，并吩咐一个年轻仆人加意守护。可是，次日清晨抱账执事却不见了踪迹。老父大急，立即派族人四处寻找，三日三夜找遍了方圆百里，还是没有踪迹。老父一番寻思，派了三个得力精壮，甚也不做只专门寻访大执事。一连三年，终于在即墨海边找到了已经变成疯汉的大执事。车马送回吕庄，老父整日守着这个昔年最是忠诚能事的大执事说道个没完，几个月下来，大执事终于渐渐平静了下来。

当吕不韦知道了这一切的时候，深深为自己的操切轻率自责不已。老父的作为，使他第一次真切地明白了何谓义商。也就是在那时候，他写下了《无义》篇，写下了那句永远烙在心头的话——义者，百事之始也，万利之本也，中智所不及也。

“不韦呵，是你么！”

一声颤巍巍的呼叫，使女扶着一个白发老人从灯影里匆匆走了过来。“娘！”吕不韦鼻翼顿时一酸，叫得一声迎面拜倒。“不韦呵，儿起来，甚话别说，教老娘好生看看……”吕不韦默默起身，听任母亲摩挲着自己的脸膛，听任眼中的泪水洒在母亲枯瘦苍老的手指上。老相里也是伤感得唏嘘不已，抹着泪水道：“老夫人，雪后风大，还是进堂说话了。”“也是。”母亲哽咽着一点头，颤巍巍转过身来，吕不韦连忙扶住母亲上得宽大的青石台阶进了正屋厅堂。灯火煌煌之下，偌大厅堂空荡荡了无一人。

“娘，老父歇息了？”吕不韦心下顿时一沉。

“只怕是偎着燎炉。你去，娘等着。”

吕不韦将母亲交给使女，大步绕过木屏穿过耳房，小心翼翼地推开了书房厚重的木门，再绕过一道大木屏，愣怔得挪不动脚步了——一盏高高的铜人灯下，一具燎炉燃着通红的木炭，一个雪白的头颅在苍老佝偻的身躯前一点再点，一丝细亮的口涎伴着粗重的鼾声连绵不断——倏忽十年，父亲苍老如斯！

“父亲！”一声哽咽，吕不韦跪倒在冰凉的石板上。

鼾声突然终止了，雪白的头颅蓦然抬了起来，摇摇，再摇摇：“是，不韦？”

“父亲，不韦回来也！”

“好好好，好呵。”父亲呵呵笑了，“忒般大了，哭个甚来，快起来，脱了皮裘轻松些个。这大燎炉呵，盛得一斗半木炭火，暖和得紧也。方才还与你娘说话，如何瞌睡了过去？呵，我还撑持得住，莫上心。”老父亲兀自唠叨诉说着，伸出竹杖比划指点着，却始终只坐在燎炉前没有挪动半步。

吕不韦挂好皮裘，转身一打量恍然变色：“父亲，你，瘫了？”

“走不得路怕甚。”父亲呵呵笑了，“天意也！奔波一生，走路太多，却又一事无成，上天教我歇了，歇了。”

吕不韦长叹一声，良久默然。父亲不若母亲。父亲秉性是卫国商旅的老规矩：商人重和，和气生财，从来不喜怒形于色，永远都是平和冷静地处事待人。除了丧葬大礼，卫商是忌讳动辄伤感的。对这样的父亲，任何抚慰都会显得多余，除了商旅大计的成功，作为掌家长子，几乎没有教父亲感到快慰的亲情琐事。

“父亲，到厅堂去。”吕不韦推来了书案旁的两轮手车，扶着父亲坐了进去，“饮得几爵，也好消消寒夜。”父亲坐进手车依旧呵呵笑着：“不韦呵，十年不归，得听你好好说说外边的世事了。”吕不韦悠悠地推着轻巧的竹制手车，这才注意到所有的门槛都锯断了，所有的台阶旁都有了一条平滑的坡道。父亲原本节俭，厅堂寝室书房从来不铺地毡，只是一色的光洁石板，若非半瘫枯守，只怕原先的小燎炉也不会换成一斗半木炭的硕大燎炉。

到得正厅，使女已经将茶煮好。刚饮得一盏，相里家老已指点着厨下仆人上酒上菜。片刻之间，三案酒菜整齐备好。吕不韦看得一眼，叫住仆人吩咐道：“再上一案，相里家老入席。”老相里连忙笑道：“不须不须，老朽在小厅陪越执事也是一乐。左右少东不急走，老朽改日专陪一席如何？”父亲笑道：“慢待越执事也是不妥，还是家老明白。不韦有心为敬，也是好事。”两句话抹个溜平。吕不韦只好一拱手笑道：“如此多谢家老，改日你我痛饮。”老相里连连答应，一拱手笑呵呵走了。

母亲指着热气腾腾的大爵笑道："不韦呵，这是家酿清酒，尝尝如何？"

吕不韦捧着大爵肃然长跪："父亲，母亲，不韦十年不归，有失孝道。此爵敬我高堂，万寿无疆！"说罢举爵一饮而尽。父亲却只轻轻啜得一口笑道："卫商老话，商旅无孝道。说的便是这经商奔波之人，难以尽寻常孝道。不韦说则说矣，莫为此等事当真上心。大孝者，成先祖之遗愿，大我门庭也，岂有他哉！"母亲也跟着笑了："说归说，你要门庭大，我却只要儿子好。"此时吕不韦又饮得一口热酒，对着母亲一笑："家酿清酒果真香醇，上品！"母亲高兴得眯起眼睛笑了："只可惜也，家门无酒徒，娘这酿酒术也无人鉴赏了。"吕不韦哈哈大笑："娘有几多存酒，全教我带走如何？""好也！差不多一车够了。"母亲开心地絮叨着，"这吕氏清酒，原本是濮阳有名了。你大父迁出濮阳，关了酒铺，那些吕氏酒痴还追到庄里来买哩。后来吕氏布帛生意大了，你大父不教娘酿酒，只助你父验布管布了。这一车，还是那年停酿时藏下的，都快三十年了，是留给你回来……"母亲又哽咽了。

"不韦呵，你这十年，缓过劲来么？"父亲呵呵笑着岔开了话题。

"非但缓了过来，且进境多也！"吕不韦喟然一叹，"十年前，我因援齐抗燕，使吕氏商社陷入困顿拮据，几于倒闭。父亲非但不责怪于我，反书简宽慰我，说此乃天下大义，败则败矣，无须上心。后来，父亲又派人送来老宅镇库底金两万，嘱我撑持下去。若非父亲深明大义，不韦何能撑持到田单复齐……"

父亲呵呵笑道："此等事不说了，我知道。你只说目下如何？"

"后来，商运大开！"吕不韦拍案笑道，"目下，吕氏商社专做三大行生意：盐、铁、兵器。丝绸珠宝生意维持日常开销。除了秦国，山东十八国国国有店，全部执事工匠两千六百一十三人。"

"盐、铁、兵，其利几何？"

"盐、铁之利，十倍上下。兵器之利，三、五、十倍不等。"

"四宗生意，年出货量几多？"

"盐两万车上下，铁百万斤上下，兵器年成交两三次，每次百车上下。”

父亲默默掐指运算一番，声音颤抖了：“利金，三十万上下！”

“不止。”吕不韦摇摇头，不无骄傲地伸出了拇指小指。

父亲默然了，良久，终是粗重地叹息了一声兀自喃喃不断：“上天，匪夷所思也匪夷所思也，吕氏终成天下巨商了，天下巨商了，好生想想，好生想想。”

吕不韦笑道：“父亲所想，可是金钱之出路？”

“不韦，随我到书房。”父亲断然一句，径自摇着车轮走了。

大书房中，红红的木炭火映着父亲紧锁的雪白长眉。吕不韦颇是犯难，把不定该如何向父亲说明自己的转折决断。父亲不是昏聩老人，不说，问心有愧。然父亲毕竟已经风烛残年，如此渺茫的冒险说得太透，累他老人家忐忑不安，也是问心有愧。反复思忖，也只有随着父亲的话头随机应变了。

“不韦，六十万金，堪比一个诸侯国了。”父亲第一次没有了呵呵笑脸。

“活金堪比，真正财富不堪比。”

“商家无闲钱。如此巨金，你要派何方用场？”

吕不韦思忖道：“商家以牟利为本。敢问父亲，耕田之利几何？”

“劳作立身，其利十倍。”

“珠玉之利几何？”吕不韦问。

“珠玉无价，其利百倍。”

“若得谋国，其利几何？”

“谋国？”父亲大是愣怔，“邦国焉得买卖？何谋之有？”

吕不韦字斟句酌道：“譬如，拥一新君，掌邦国大权。”

“……”父亲默然，良久，竹杖笃笃顿地，“如此谋国，其利万世不竭！”

吕不韦顿时如释重负，轻松笑道：“父亲明白若此，不韦便大我门庭，或可做一回范蠡、白圭般的国商。”

“业已选准利市？”

“奇货可居，唯待上路。”

“不韦呵，”父亲竹杖点着石板，“志固可嘉，风险太大也！”

“父亲说得对。”吕不韦悠然笑道，“谚云，商险在财，政险在身。以奔波之劳、情义之失、荡产之危为代价，而谋财货之利，商人之险也。以心志之累、终身毁誉、身家性命为代价，而谋定国之利，从政之险也。世无风险，雄杰安在？我吕氏积三世之力，累金巨万，当有大图谋也！巨财小谋，岂非暴殄天物？大谋者，谋国为上。若不谋及天下苍生安危，不将吕氏一族刻于青史之上，我金价值何在？你我父子，又于心何安？”

父亲静静地倾听着，老眼中闪烁着异乎寻常的光彩，终是拍案长嘘一气：“不韦呵，有志气！比父亲强。老父信你。纵然破财灭族，老父不悔也！”

“父亲……”吕不韦泪水盈眶，对着白发苍然的老父亲深深一躬。

此后几日，吕不韦沉沉大睡。日上三竿方起，用过饭便与等候在厅堂的族人们饮茶聚谈。三五日过去，家主们来遍了，厅堂没有等候者了，吕不韦便自己在庄中挨家拜会，族人完了便拜会田户工匠与仆役，一连月余，忙碌得不沾家。进入腊月，终于将全庄人家走了一遍。大寒这日，吕不韦吩咐厨下在自己的小庭院备好了三案酒菜，特意请来了父亲与相里家老，备细说了自己走动月余所得知的诸多隐情，末了满腹感慨道：“吕庄生计，囿于卫国之迂腐旧制太深，与天下潮流远矣！不韦之见，吕庄之法须得有变。否则，吕氏一族终将生出祸乱也！”

吕不韦所说之生计，是吕庄的“田商两分”现状。当此之时，天下已经是战国中后期，卫国却依然是井田旧制悠悠不变。由于吕氏族人是“国人”，有着一份永远不变的“王田”——每户三百亩，不管你是否耕耘，这份根基之田都是世代承袭的。然则，吕氏族人户户为商，几百年下来，几乎没有一人耕田了。田土是根基，虽然不耕，却也得占着。于是，吕氏族人各自容纳了多少不等的逃亡隶农，来替代耕耘。这便是所谓的“附庸田户”。这些田户，原本大多是他国逃亡的奴隶，替主家耕田，自然只是求得吃饱穿暖而已，田中五谷所收，悉数归于“国人”

主家。若是浅尝辄止，似乎一切都是平和的天经地义的：逃亡隶农衣食无着，吕氏族人收留了他们，理当为吕氏族人无偿耕耘；更何况，吕氏族人并无王族国人作威作福的恶习，善待隶农，与他们同庄而居，虽贫富天壤之别，却是比濮阳城内王族国人的田户强得多多了。然则，祸乱之根恰恰便在这里：濮阳王族国人的田户，大多是卫国残留下来的公田老隶农，终生不出国门，根本不知道天下大势潮流，认定了做牛做马是隶农的天命；吕氏族人容留的逃亡奴隶却不一样，四海漂泊而来，对各国变法潮流与新田制大体上都能说道得一二，留在吕庄，图的是卫国尚算太平，吕氏族人尚算宽厚；然则世事一旦有变，或起战端，或遇天灾，或是国事之乱，隶农们终究是了无牵挂抬脚便走，轻则逃亡一空，重则劫主造反入山为盗，如同楚国的盗跖军一般。生计旧制而致灭族之难，吕不韦所说的祸乱根源正在这里。

一席话说罢，父亲与老相里不约而同地倒吸了一口凉气。

“少东说得是。”这次相里家老先开口，“族人皆商，户户累金百千，若果真有动荡之险，后果不堪矣！少东阅历甚丰，必有良策。”

父亲脸色少有地阴沉着：“事虽至大，也得看办法如何。”

“我意只在八个字：分买田劳，除人隶籍。”吕不韦拍着书案一字一顿，“分买田劳，是一体两事。其一，分买耕田。族人将耕田分出一半给田户，以目下田价之五成折算，卖给田户，许田户在十年之内以谷物劳役抵消。其二，此后，族人若以田户代耕，须得出金买劳，如此两便。除人隶籍，是将族人所握田户之隶籍证物悉数销毁，将老壮田户、隶籍仆役之身躯残留的印记悉数医治，不能医治者则掩盖，使田户仆役与我族人同为吕庄庶民。如此做去，祸根消除，吕氏必得平安也！”

“壮哉少东！”老相里拍案赞叹一句，又皱起了眉头，“这除人隶籍，本是邦国之权。一庄私除，若是卫国官府追究起来，只怕难以应对。”

“此一时彼一时，目下大势，卫国何敢追究？”吕不韦便将路过濮阳时卫怀君的种种做作说了一遍，末了笑道，“卫国君臣，心思尽在聚敛搜刮，只要收得税金，何管你是隶籍还是国人？再说，若卫怀君稍有异动，我族便扬言迁徙赵国，他却舍得么？”

“好好好。”老相里笑得很是开心，“少东见得透，老朽茅塞顿开也！”

父亲又呵呵笑了：“这分买田劳，未免繁琐。吕氏族人左右不缺那几个钱，索性将耕田送给田户一半，也是个世代人情。”

“父亲差矣！”吕不韦认真地看着父亲，“荀子有言，人之性恶，必待师法而后正。人无师法，则偏险而不正。田户有勤懒良莠，若无偿送田，使唾手而得，反不知珍惜，勤耕劳作之心必减。作价卖与田户，则能激励人人勤耕，争相早日抵消债金，以使耕田归己。当年齐国之田氏，正是这般‘私制’崛起也。秦国奖励耕战，变疲民为锐士，奥秘也正在于奖勤罚懒，岂有他哉！”

父亲长嘘一声，竹杖一点：“相里家老，此事你筹划。宜早不宜迟，来春启耕前分买田土。”

“老朽遵命！”相里家老慨然一拱手，嘿嘿笑得不亦乐乎。

“笑个甚来？”一语未了，老父亲也呵呵笑了。

“老也老也，竟经得一回‘吕庄变法’，高兴也！”言未落点，三人一齐大笑起来。

整个冬日，吕不韦帮着老相里奔波谋划，将这“吕庄变法”做得分外扎实细致。老田户们感奋不已，全然忘记了窝冬，整日忙碌备耕，偌大吕庄一片热气腾腾。大年那日，吕庄社火通宵达旦。父亲与老相里硬是被田户们抬了出去，神灵般坐在火把簇拥的高车上在全庄周游。吕不韦破例没有出门，陪着母亲在燎炉前守岁。

“不韦呵，娘有一事，你须得有个说法。”老母亲第一次这般认真。

“娘，又是婚配事了。”吕不韦笑了。

“婚配事小么？”母亲板着脸，“你业已三十有六，该当续弦了。老话说，不孝有三，无后为大。你当真不教娘看看孙儿了？打实说，我已托家老在濮阳物色得一女，大夫门庭，人家对你也略微知道些个，若是提亲，谅来没有大碍。教娘说，这次便成亲，你只要住得三月，妻有身孕你便走，娘不拦你。商旅多别，难为人丁呵……”

“娘……”吕不韦眼睛也红了，“娘，儿多年未得续娶，并非定要官门之女。目下世事，商旅之家已经不再卑贱了。儿若想做个大夫，立即便能做。儿对母亲起誓：两年之内，定然婚配，否则，听娘指妻！”

“你呵，”母亲点点儿子的额头笑了，“有可意女子？”

吕不韦一点头脸却红了：“只是，年岁太小，有些不当。”

“太小？二八小女？”

吕不韦点点头：“若是大得几岁，也许给娘带回来了。”

“是这女子要嫁你，对么？”

“娘说得是。”

“不韦呵，”母亲慈和地笑着，“女小不为过。只要她家门有教，能跟你甘苦始终，纵是迟得两年再娶，又有何妨？娘只担心，你不用使女，身边又没有个女子操持衣食寒暖，终是活得不浑全呵。”

“娘，”吕不韦勉力笑着，“夫妻为人伦之首，儿只是不甘轻率罢了。两年之后，娘定然满意便是。”

“好，娘等着。”母亲拭了拭眼角，一如既往地笑了。

倏忽之间，冬去春来，雪消冰开，中原大地的启耕时节来临了。在这耕牛点点的时刻，一骑快马出邯郸，渡大河，从白马津直下了吕庄。是夜，吕不韦小庭院的灯光直亮到东方发白。清晨时分，驾车执事越剑无一马去了白马津渡口。暮色时分，邯郸来人也飞马离庄。吕不韦也开始了诸多头绪的忙碌。

这一日，正是清明节气，夹道杨柳在纷纷细雨中现出湿漉漉的嫩绿，族中商人的车马也在细雨中急匆匆地上路了。清晨起来，吕不韦去庄外祭扫了祖先陵园，回来收拾好车马便要向父母道别。正在此时，相里家老走过来低声道：“老朽送少东上路，两位老人从后山去祭祖了。”吕不韦痴痴一阵，对着父母亲的庭院深深一躬，回身又对家老深深一躬：“相里老爹，拜托了。”老相里顿时老泪纵横：“少东毋忧，天佑吕氏，老主家平安大吉。代老朽给西门老兄弟道个好……”吕不韦认真一点头，转身大步出门去了。

辎车辚辚出得庄门，吕不韦愣怔了——吊桥内外的大道两边，男女老幼齐刷刷夹道而立，除了族中的晚辈少年，全数都是吕庄田户，细雨蒙蒙之中，一眼望不到尽头。骤然之间，吕不韦两眼酸热，泪水盈眶涌出，一个挺身站上车辕拱手高声道："父老兄弟姐妹们，不韦告辞了！不韦不会忘记故土，不韦还会回来——"

"少东恩公，万岁——"绿蒙蒙原野一声春雷般的呐喊。

"后生们上！抬恩公上路——"一个苍老的声音喊了一声，吊桥里边的大群精壮一声呼喊，黑压压围过来抬起辎车牵走三马，一声"万岁"呐喊，嗨的一声虎吼，一辆足足两千斤重的青铜辎车忽悠上了肩头。

细雨蒙蒙，号子声声，雨水夹着泪水，吕不韦战栗的心田湮没在了无边的绿野之中。

这是公元前260年的春天。吕不韦踏上了西去秦国的漫漫官道，开始了一条亘古未闻的谋国之路。低谷时期的战国历史，轰轰然翻开了新的一页。

第四章 咸阳初动

一 幽幽南山 不宁不令

四月，长史与给事中属下的两大官署，随着老秦王悉数搬到了章台别宫。

战国之世，中原大河流域的气候与今迥异。林木苍苍，潮湿炎热，大象犀牛鳄鱼剑齿虎等诸般丛林热地动物寻常可见。号称金城汤池的大咸阳，虽占尽兵家地利，然在气候上却正好窝在渭水一个臂弯里，背后是高耸的北阪，东西是构成巨大河湾的林木山塬，唯余南面来风，却有远处的南山（秦岭）巍巍然横亘数百里。大风口不利，咸阳的夏日分外湿热。时人谚云："金城无风，汤池多水，逢夏流火，燎炉烤背。"说的是这大都咸阳，逢夏火炉一座，整日价挥汗如雨。商鞅建造咸阳之初，在南山风口章台旁为孝公建了避暑的别宫，可见选定咸阳城址并非不知其弊，只是利害权衡更重安危罢了。

年年入夏，秦昭王都要在章台旁的别宫住得三两个月，轻车简从，一有大事立即赶回咸阳。然则今年不同，非但兴师动众地迁去了王室直属的所有官署，且明书朝野：太子嬴柱镇国，丞相蔡泽晋爵纲成君，开府总摄政事。书令一发，咸阳老秦人纷纷揣测，然慑于"不得妄议国事"的法令，只能是私相窃窃罢了。

国事不明，国人议论不安，春秋战国谓之"国疑"。寻常多见者，大多是“主少国疑”，说的是幼主在位，国人对朝局动向多有疑惑揣测。如秦昭王这般雄强君主在位，而使国中扑朔迷离者，当真少见。究其竟，在于秦昭王在位五十余年，目下已经是年逾七旬，如此明书朝野，大有临终善后意味。大争之世，一代君王一代国命，其对庶民生计的作用无论如何估计都是不过分的，更兼太子的平庸孱弱朝野皆知，国人难免疑窦丛生。

老秦人窃窃私议，尚商坊已经响动大起。尚商坊是咸阳建城时特辟的山东六国商贾区，也是六国商人与游士学子在秦国聚居的坊区，赫赫然十余万人，超过了任何一个大都会的外国商旅，只有战国初期的魏国都城安邑与齐宣王时期的临淄可与之比肩。尚商坊大商名士云集，议论国事全然战国奔放之风，火辣辣热腾腾以切中要害为能事。秦国每有大举，尚商坊一片议论一片忙碌。议论之要，是传播消息辩驳根由论争对策。忙碌之要，是向本国急发“义报”，警告预为应对。秦昭王书令一发，尚商坊便有了一个惊人传闻——老秦王风瘫了！秦国要乱了！无论是酒肆客寓，还是行商坐贾，到处一片慷慨高声，话题惊人的一致：秦国势必衰落，山东该当如何？

风声很大，咸阳官府却一如既往的平静，既没有依秦国律法追查六国商人“妖言惑众”，也没有加强商旅关卡的盘查，更没有尚商坊传闻的大举动——封锁函谷关，强征六国商人以重税，而后尽行驱赶六国商旅，从此闭关自守。如此旬日过去，六国商旅们大惑不解，不敢造次生事，渐渐平静了下来。

在这主老国疑国人惶惶之中，一支马队拥着一辆青铜传车出了咸阳，直向南山而来。尚商坊又是一则传闻：谒者传车非时出城，老秦国必有异动！[1]

谒者传车进得南山河口，谷风习习凉爽宜人，湮没在遍山林木的章台更是一片清幽静谧。传车从林间大道进入章台石门，稳稳停在了长史官署廊下。长史大臣桓砾迎了过来，与谒者低声交接得几句，从谒者手

[1] 传车，装载王室文书的专用车辆，方正如箱；谒者，职掌传送文书的官署。

中接过一只两尺见方的铜箱，匆匆向秦王书房去了。方到长廊尽头，桓砾见白发白须的老给事中向他摇了摇手，示意稍候片刻。两人都是老臣子了，只此一个手势便清楚：老秦王正在午眠。桓砾一句话不说，肃立在廊下静候。

过得片时，书房大门无声滑开，一个少年内侍走出来向老给事中一点头，给事中又向桓砾一招手，接着长声一呼：“长史桓砾晋见——”

书房隐隐传来一声苍老的咳嗽，桓砾抱着铜箱走了进去。

章台的王书房原本宽大简约，除了高大耸立的红木书架，便是几张厚重宏阔的书案。而今，这王书房已经被改得面目全非了：两进连环，里间做寝室，外间是书房，中间立着一面黑沉沉的大木屏；纵然寝室近在咫尺，书架环立三面的中央空阔处，还是有一张可坐可卧的特大木榻；木榻前一张长大的书案，案上竹简码成了一道连绵“文山”。隐隐之间，说不清是寝室还是书房。自进南山，古稀之年的秦昭王觉得别宫与章台虽然邻接，毕竟不便，索性搬进了章台王书房不动了。自进书房，老秦王终日半卧在那张长大木榻上，时睡时醒，一切都是断断续续没有任何定准，桓砾与老给事中的弓弦始终绷得紧紧的。

国君的随行官署有两大系统：一为长史署，是国君处置国务及直属财政的官吏系统，后世一度演变为中书省；二为给事中署，是以内侍机构为中心的国君生活官署。不管国君走到哪里，这两套人马都是随行跟进的。所不同的是，秦昭王往年出巡或避暑，都只带两署的几名干练吏员，主管大臣长史与给事中倒未必跟随。这次却是不同，非但两套官署全数随行，且事先对章台做了一番大大的修葺改建。这修葺改建，是王室尚坊直奉老秦王书令秘密进行的，长史与给事中两位贴身大臣都未曾预闻。悉数官署随迁章台，桓砾也只是在临行前三日，才从老秦王口中得知的。

已经做了二十余年长史，种种密动迹象已经使桓砾有了一个明晰判断：老秦王必有特异之变，要长住章台别宫了。究竟何变？桓砾自然有所揣测，但未奉告知，却也决然不能说破。进得别宫旬日，老秦王深居简出，连他这原本时时不离王室书房的枢要大臣，也见不上秦王了。今日若非谒者送来极重要上书，他还是不能晋见，惟其是进驻章台第一次晋见秦王，桓砾心下有几分忐忑不安。

进入业已生疏的书房，桓砾正要行礼参见，却见榻上的秦昭王一指榻侧座案，又对身后侍女一招手。侍女轻盈地飘了出去，片刻间带着老给事中走了进来。

“两位，皆本王腹心。”苍老沙哑的声音飘荡着，“今有一事告知：去冬岁寒，本王不意风瘫在榻。当此，非常之时，务须严守机密。”

“老臣遵命！”桓砾与给事中异口同声。

秦昭王眯起了朦胧的老眼，给事中立即说得声老臣告退，轻步出了书房。秦昭王微微一抬手：“长史，甚事？”

“启禀我王：纲成君与太子上书。”

“噢？”秦昭王白眉一耸，“念来听。”

“纲成君上书。”桓砾展开一卷念道，“臣奉王命，晋爵开府，大局如常，唯一事颇见蹊跷，不敢不报：臣三次相约太子议政，太子皆未能如约。臣遂赴太子府就教，方知太子业已卧病不能理事。事关邦国社稷之根本，臣不敢不言：太子年已五旬有余，沉疴积弱，隐忧已显。臣不揣冒昧进言，我王当未雨绸缪，早断太子立嫡大计。纲成君上书完。”

“啪！”秦昭王轻轻一拍榻边扶手，没有说话。

“太子上书。”桓砾又展开一卷，“儿臣启禀父王：嬴柱受命镇国，政事繁剧，肩负重大，唯任劳任怨以报国家。然唯有一事，儿臣戚戚不能决断：嬴柱已过天命之年，尚无嫡子，难以为继，今欲请王命，拟在诸庶子中择其贤者立嫡，以为社稷存续，敢请父王决断。太子上书完。”

“……”

默然良久，秦昭王微微开眼，嘶哑缓慢一句：“长史，密召蔡泽。”

桓砾答应一声匆匆去了。国君秘密召见大臣，历来都是给事中奉命执行，今日下令长史，桓砾自觉有些异常。不及细想，当即派出干练吏员驾车奔赴咸阳，暮色时分接来了蔡泽在长史署等候。初夜掌灯，老给事中来传秦王口谕：长史桓砾，随同纲成君蔡泽一同晋见。

在给事中导引下，两人穿过了布幔密封的长长永巷，到了章台最隐秘的无名室。桓砾知道，这里是秦昭王当年与范雎密谈昼夜的地方，等闲大臣几乎永远不可能踏进这个神秘的处所。可是，如今这密室也改得寝室书房含混不清，除了隐秘二字，说不上这是甚个用场的所在。

“臣蔡泽参见我王。”蔡泽的尖亮嗓音在四面密闭的石室也显得低沉了。

“臣桓砾参见我王。”爵位低得几级，桓砾只能跟在后面行礼。

秦昭王的眼睛微微启开了一条细缝：“纲成君，入座。长史，书录今日对答，交太史令。社稷续断，总要对先祖后世有个说时也。”

桓砾这才明白，今日是要他代替史官笔录君臣对策。依照传统，史官所录，大体皆为曾经发生的国事，如颁行修改法令、祭祀天地、晋升贬黜大臣、对某国开战等等。君王之言谈寻常不录，除非国君自认为须得笔录，或对谈臣子以为重要，事后追录而交太史令。寻常时日，史官并非如影随形般追随国君左右。今日应对，要长史大臣亲自笔录，桓砾顿时觉得此事非同寻常——既为密谈定策，必是一时不能明告朝野的机密大事；然又要笔录在案，则是必须显示：国君曾经就此大事有过决断。笔录其所以要交太史令入典籍库收藏待查，是国君对先祖后世乃至朝野的一个交代凭据。蓦然之间，熟读史籍的桓砾觉得老秦王似乎在仿效当年的周公之法。

西周初年，周武王病势沉重。周公祭祀天地，默默对天发誓：愿代天子身死，祈求上天将自己的寿命续于天子。此事举动颇大，周公自然得许史官笔录。然则，祭祀祷告之内容，史官与随祭大臣却一无所知。周礼法度：祭祀天地祖庙之祷告书，须交史官入库待查。所以，大臣与史官谁也没在意周公的哑祷。不想，周公却将祷告书当场锁入金匮密封，而后交太史令入王室典籍库，严令非王命不得打开。于是，周公祭天遂成了一个谜。年余之后，周武王病逝，年幼的周成王即位，周公总摄国政。一时流言四起，纷纷诋毁周公居心叵测。有人密告周成王：当年周公哑祭天地，是要诅咒武王早死，以篡夺天子之位。成王大疑，亲自进入王室典籍库，打开了周公密封的祷告书。一看之下真相大白，周成王涕泣不已，从此深信周公不疑。

目下老秦王说要对先祖后世有个说时，分明是有难言之隐而借此表明心迹。从来都是凛凛断事的老秦王，今日如此谨慎，足见此事之微妙难测。桓砾虽隐隐地有所意会，但心下依旧是腾腾直跳。

“纲成君。”半卧榻上的秦昭王终于开口了，字斟句酌，分外清晰，“老夫年逾古稀，人生苦短矣！本以为雍城祭天，上苍会赐老夫些许寿命。不意乍逢风瘫，以致病卧不起。天意如此，夫复何言？见君上书，老夫何尝不忧也！”

“我王毋忧。”蔡泽一声哽咽，“王执秦政五十有四年，迭克危局，连度险难，使大秦成皇皇大业。纵是今日国事繁难，亦终得上天庇护而安邦定国，何忧之有？”

“纲成君差矣！”苍老纵横的沟壑中抽出了秦昭王的一丝笑意，“我即位秦王，前三十余年为太后、穰侯之功。嬴稷亲政，唯成一事：大摧赵国，使秦国最大强敌衰落。余皆不足论也。然，嬴稷亦有一大缺失：空享高寿，未栽培得一个雄强太子，太子之后，亦无一个才堪继统的嫡子。后继乏力，我心何安……查勘王孙，择贤立嫡，非一日可成之事也。然六国环伺，虎视眈眈，岂容我从容决断？两难之境，本王何堪矣！”苍老颤抖的声音飘荡在密室，弥漫出一片晚境老人的凄伤。

笔下一抖，桓砾的一滴大泪噗地从羊皮纸激溅起来。

“君若出得良策，当是大秦不世功臣。”秦昭王喘息着补了一句。

“臣启我王。”蔡泽平静了许多，从容答道，“太子之弱，王孙之立，臣一时实难就事断事。然臣为丞相，开府统政，自当有总揽全局之策。臣前出计然七字策，为在富秦。目下之势，却在安秦。臣有八字方略，可安秦国十年，以使我王得以转圜。”

“……”骤然之间，秦昭王目光大亮。

“息兵养国，决内安统。”蔡泽一字一顿。

“姑且说来。”秦昭王语气平淡，目光连连闪烁。

蔡泽侃侃道：“八字三事，原为一体。大统续断，社稷安危之头等大事也。然此事非兵争扩地，立决立断反易铸成大错，唯假以时日徐徐图之，可保得当。唯其如此，须外事无忧，国家无战乱兵争之危，方可争得时日。河内、南郡、燕齐、长平，四次旷世大战后，大秦乏力，山东六国更见衰弱，合纵攻秦业已难以为继。当此之时，我对山东外可虚张声势，而内行息兵养国之策。就实而言，一不扩军，二不打仗，只图自守；自守之下，养息民力，整肃吏治，以为未来新君扎下根基。若能持此守势而息兵养国，我王可从容决内，立定大统继承，此谓决内安统也。决内须得有时，有时须得息兵，息兵养国，方可得时决内。一生二，二生三,三生万物。相辅相成，此谓八字三事皆一体也。”

“息兵养国，决内安统。”秦昭王轻声念叨一句，默然片刻，一拍卧榻扶手，“好！便是这八字方略。纲成君，惜乎老夫垂垂，不能对你一拜了。”

“君上……”蔡泽一声哽咽拜倒在地。

秦昭王摇摇手，默然片刻，叩着扶手低声道：“长史起书：纲成君蔡泽得对太子嬴柱诸子详加查核，择其贤者，报本王决断。查核之法，许纲成君酌情行事，太子府无得干预。”

“……”蔡泽顿时惊愕，默然片刻肃然拱手作礼，“臣启我王：太子立嫡，事关社稷，唯我王会同王族资深大臣决断处置，方可平息国疑，服膺朝野。臣资望不足，更兼素不熟悉王子王孙，若有失察，纵身死不足以补过也！”

“纲成君，”秦昭王罕见地笑了，“君之八字，解得老夫忧烦，何其操持之功却要推辞？八字三事，息兵不难，难在养国与决内。两事相比，养国不难。秦有成法循吏，养息民力尽可交太子督察，谅无大碍。唯立嫡一事，难矣哉！若老夫可一书决断，岂能等到今日？”喘息得片刻，突然低声吩咐，“长史，将本王密匮打开，请纲成君过目。”

桓砾一溜碎步从帷幕后搬来了一只铜箱。秦昭王抖索着枯瘦的右手拉开了胸前大领，赫然现出一支晶晶亮的铜钥匙。桓砾肃然一躬，趋前双手轻轻取下，当的一声打开铜箱捧到了蔡泽案前：“纲成君请。”

小心翼翼地浏览完十多卷竹简，蔡泽额头汗水涔涔，勉力镇静心神道：“臣愿奉命，唯有一事，尚请我王允准。”

“何事？”

“两年之内，许臣随时晋见。”

“可也。”秦昭王点点头，“老夫也有一说，纲成君斟酌。”

“愿闻王命。”

“至迟三年，须得底定。”

“臣谨奉命！”见老秦王呵呵笑得一阵不再说话，蔡泽一躬，“我王保重，臣告退。”秦昭王对外厅一招手：“给事中驾王车，礼送纲成君。”老给事中隔门一声答应，领着开门出来的蔡泽去了。

“立即密宣上将军蒙骜。”秦昭王低声一句，疲惫地靠着大枕闭上了眼睛。

桓砾当即书令，待王书发出时，长榻上的秦昭王已经发出了粗重的鼾声。桓砾正待悄然退到外厅，却听秦昭王突然一句：“移回书房。”又是鼾声大起。桓砾正在愣怔不知所以，却见四名黑衣内侍走来，拥着长大的木榻悠悠然碾过厚厚的地毡，悄无声息地消失在可墙张挂的帷幕之后去了。

三日之后，上将军蒙骜从函谷关飞骑赶来，王书房的灯光一直亮到五鼓鸡鸣。

二　丞相府来了不速之客

回到咸阳，蔡泽心下总是沉甸甸的。

老秦王采纳他的八字安秦新方略，原在意料之中。然则，将最重大的立嫡事务也压给了他，蔡泽无论如何没有想到。按照法度，确立太子是国事，大臣得参与议论，或奉命考校候选王子之才德。然，太子立嫡却没有定规。战国传统，若非牵涉王室权力，贵胄立嫡寻常都作为家事决断；若立嫡牵涉到王室权力格局，则国君视情形而决定干预程度。齐威王时，丞相靖郭君田婴无嫡子，齐威王直接下书，立其庶子田文为靖郭君嫡子，爵封孟尝君。战国之世，国君亲断王族大臣立嫡事务，这件事最是引人瞩目。目下，太子嬴柱的嫡子确立，直接关乎王位大统，远非孟尝君之事可比，本当秦王亲自处置，谁想却压到了蔡泽头上。若仅仅是事关重大朝野瞩目，蔡泽绝不会畏难，名士建功立业，无克危难何见功勋？要害处在于，太子立嫡直接关涉王族各支脉的利害格局，棘手处太多，事事都是投鼠忌器，外臣极难操持。再说，战国之世崇尚将相之功，名士当国或兵争扩地，或富民强国，这种宫廷斡旋，天下难见其功，也非名士所长。以范雎斡旋之能，当年奉秦昭王之命考校王子，也是浅尝辄止，三个月后便辞相归隐，其间难处可想而知。蔡泽很是内明，深知自己在资历威望、功业根基、斡旋奇谋等诸般方面，在战国秦的历代丞相中都是平庸的，与商鞅、张仪、魏冄、范雎不可同日而语。纵是此等四位赫赫大才，最后也都在雄主末世的宫廷斡旋中败北而去。蔡泽何能，避之唯恐不及，何曾想过一身承当？

然则，蔡泽还是受命了。

秦昭王教他看的那箱密件，使他不得不接受这一棘手特权。密件有目下老臣们对择立太子嫡子的上书，有当年范雎对诸王子的查勘上书，有太子嬴柱的自查上书等等。然最令他惊诧的是，竟然还有河西隐者士仓的一卷秘密上书。士仓对太子诸子有八字评判——不习经国，唯好弓马。最后硬邦邦写道："士仓布衣，率性建言：诸王孙若不习计然经国之学，秦国危矣！"正是士仓的上书，使他不得不接下了这件棘手的差事。士仓是范雎秘密举荐给太子嬴柱的，是通过蔡泽的传信促成的，依着法度，两人都是"私举"。当此局势，士仓举荐他督导王孙，他能拒绝么？且不说这件背着老秦士的"私举"密行之罪，只有自己接受王命才能化解，只自己凭着精通计然之学入秦为相，便不能拒绝。这个士仓究竟何许人也？果真隐士，走便走矣，何须来此一番狗拿老鼠？

苦思不得其所，蔡泽决计先到太子府知会交接。

蔡泽轺车辚辚到了太子府，家老连忙迎来，说太子正在池畔亭下。蔡泽说声无须通禀，摇着鸭步径自向池边走来，石亭在望，呵呵一笑："好一股香！谁道良药苦口也？"嬴柱刚刚放下药盅，站起来一拱手道："开府丞相如此逍遥，纲成君无愧大才也！"蔡泽诡秘地摇摇手："奚落管个甚用？老夫是蚂蚱拴得鳖腿，没个蹦跶。"嬴柱不禁笑了："足下方得晋爵开府两桩喜庆，如何却成了鳖腿蚂蚱？"蔡泽坐进了对面石礅，只看着嬴柱不说话。嬴柱大奇，欲待发问，却闻遥遥一声长呼：“王书到——”

嬴柱匆匆迎到亭外。一名白发老内侍已经捧着王书走了过来，接着是尖亮的诵读：“秦王书命：太子嬴柱，镇国监政，当以纲成君蔡泽之方略行事，代丞相督察政事。大秦王五十四年夏四月。”老内侍宣罢去了，嬴柱却捧着王书兀自愣怔。

“安国君明白么？”石亭传来蔡泽的嘿嘿笑声。

“明白个甚！”嬴柱霍然转身，苍白浮肿的脸骤然红了，“我代丞相督察政事，你这丞相做甚？你之方略，我却如何知道？镇国监政变成了署理政务，父王分明是老……”

蔡泽悠然自得地笑了：“署理政务者，熟悉国事也，不好么？”

“甚个好不好，是不合法度！”

“职事变通，与法度无涉。”

“储君与丞相职事，焉能动辄变通！”

“安国君少安毋躁。”蔡泽虚手一请，将喘着粗气的嬴柱请进了亭下坐定，淡淡一笑，“敢问安国君，近日可曾上书？”嬴柱目光一阵闪烁，终是点了点头。蔡泽接道：“如此变通出在安国君上书之后，必与安国君上书相关。只做如此想去，断无差错也。言尽于此，老夫告辞。”

“且慢！”嬴柱霍然站了起来，“我署政事，岂非罢黜了丞相？”

“甚个说法？”蔡泽一脸正色，站起身边走边说，“老夫依旧开府丞相，足下依旧镇国太子。敢请安国君明日过府，与老夫交接。”说罢摇着鸭步径自去了。嬴柱望着蔡泽背影愣怔半日，回不过神来。

蔡泽回到府邸，正是日暮时分，起了咸阳极是难得的徐徐凉风，庭院燥热之气大减。蔡泽吩咐书吏将书案搬到庭院宽阔通风处，一张大席四盏风灯，要消受一番夜读消夏的自在。方得就绪，家老轻步走来道：“家主，有一士子求见，说是带信而来。”蔡泽夜读兴头正浓，一挥手道：“不见。信拿回付赏金便了。”家老凑近低声一句，蔡泽眉头一皱又笑道：“既是如此，请他进来。”

家老去得片刻，一个白衣人飘飘而来，方近书案一躬道：“濮阳商贾吕不韦，见过纲成君。”初月之下，来人束发无冠举止风雅，一团亲和之气如朦胧月光弥漫开来。蔡泽心下一动，虚手做请笑道：“足下入座说话。”

吕不韦一声“遵命”，撩起麻布长袍跪坐于大席边缘，离着那张大案还有三尺之遥。蔡泽不禁一个拱手作礼：“先生通得这咫尺为敬之古礼，实属难得也。”转身一声吩咐，“上茶。”吕不韦谦恭地微微一笑：“不韦一介商旅，粗通礼仪而已，不敢当纲成君褒奖。”蔡泽目光一闪笑道：“先生识得范君？”吕不韦一点头，从长袍衬袋中拿出一支细长铜管，双手捧起膝行案前：“此为书简，应侯不便入秦，不韦传信而已。”

蔡泽接过铜管，见管头泥封赫然，心下一动，当即用刻刀剔开泥封拧开管盖抽出一卷羊皮纸打开，眼前分明范雎手迹：

> 蔡兄如晤：老夫隐退山林湖海，念安国君千里求助之诚，念兄无端受士仓之累，一事唯做消息告之：安国君庶子异人，已在赵国觅得踪迹；此事赖商旅义士吕不韦之劳，欲知异人之情，尽可询问之。策断如何，凭兄自决，老夫自无说事。

蔡泽看得一阵心跳，面色却是平静如常，很随意地卷起羊皮纸塞入铜管，再将铜管丢进了书案边上的木函，悠然一笑：“先生入秦，欲商？欲居？欲游？老夫或可助之。”

“先游。”吕不韦满面春风地笑着，“或商或居，待后再说。”

“先生寄宿何处？”

“长阳道泾渭坊。”

“噢？”蔡泽不禁惊讶，“尚商坊豪阔客寓多矣！如何住了国人坊？”

“欲知秦风，当知秦人。尚商坊虽在咸阳，却非秦之真髓也。”

“好！”蔡泽拍案笑道，“先生见识不凡，老夫无须操持了。”

“纲成君国事繁剧，不韦告辞也。”吕不韦说罢起身，肃然一个长躬，径自去了。蔡泽欲待起身相送，白色身影已经飘然过了池畔山麓，愣怔一阵，重新拿出范雎书简揣摩起来，思谋一阵，转悠到池畔燕山上去了。

范雎这封书简颇见特异，且不说内中消息，单是这传信方式便大是蹊跷。依着商旅带信规矩，泥封铜管意味着传信者没有打开过书简。若是寻常书简，蔡泽绝不会生出疑惑之心。然则，这是事关未来君王权力的至大事体，其间有可能出现的权谋往往是匪夷所思。别个不说，那个士仓，分明是范雎举荐给安国君第六子嬴傒的老师，分明是一个与宫廷毫无瓜葛的桥山隐士，如何生出了一桩上书老秦王的奇事？骤然看到士仓上书，蔡泽如同吃了一记闷棍，一切辞谢立嫡事务的理由都被无边的疑惧淹没了，甚至对范雎也生出了一丝隐隐的疑心——此公莫非要借我之手有所图？因了这份疑心，蔡泽对范雎的书简只能不置可否，他要想想看看再说。况且，范雎在书中恰恰提到了吕不韦，从语气看，还颇为倚重。从其人言谈辞色看，吕不韦似乎不知书简内容。然若果真不知，这书简如何捎来？莫非是辗转相托？以范雎之能，要给咸阳丞相府带一书信原是轻而易举，如何会辗转托付这个吕不韦？而吕不韦若知晓此信内容，却能安然面对，此人此事更见深不可测。

诚然，嬴异人有了下落确实是个好消息。今番奉命操持太子立嫡，有了这个少年声望颇好而又久无音信的公子的下落，那个嬴傒便不再是唯一人选。只要有“择”的余地，对于蔡泽而言，操持起来有利得多，且结果无论如何，至少都可以对朝野有个公正的交代。然则，这个嬴异人，却不能轻易从这条途径亮出。此间要害处，在于范雎与吕不韦有无阴谋他图？若有阴谋，蔡泽宁可选择邦交途径去赵国查勘嬴异人，而不愿通过范雎吕不韦之“消息”途径联络嬴异人。尽管范雎在书中已经言明只报消息，凭君决断，蔡泽还是隐隐不安。毕竟，权力斡旋中的言行不一是太多太多了。

渐渐地月上中天，蔡泽终于想得明白，回到书房立即做了一番调遣。清晨时分，两骑快马飞出了咸阳东门，一名商旅装束的书吏也出了丞相府后门。

次日晚间，蔡泽接到了书吏密报：卫国商人吕不韦，确实住在长阳道泾渭坊的栎阳客寓，入住三日，只出门一次，无任何人拜访；尚商坊的六国商人，大多不知吕不韦其人，只有楚国大商猗顿氏的老总事略知一二，说此人根基在陈城，根本不会来秦经商。此后一连半月日日密查，报来的消息都一样：吕不韦每日出门踏街游市，暮色即归，从未与任何人交游往来。

此时，山东两路秘密斥候快马回程，密报了两个消息：其一，范雎隐居河内王屋山，逍遥耕读，近年多病蜗居，无任何异动；其二，士仓已经离开了桥山，与一个叫做唐举的士子结伴周游去了，连桥山的茅屋都烧了，并未查出任何"密士"踪迹。蔡泽不禁大松了一口气，然一丝疑惑总是挥之不去——均无异常，难道是老夫疑人偷斧了？思忖一番，蔡泽进了一辆密封辎车，从后门辚辚驶出，直奔长阳道而来。

进得栎阳客寓的车马场，有侍者殷勤迎上，蔡泽说要拜访吕姓客官，侍者笑道："先生居修庄，足下是第一位访客，请随我来。"将蔡泽领到了最深处的一座庭院，方到竹篱院门，一柱与人等高的白石上两个斗大的红字：修庄。蔡泽点头赞叹："客寓好风雅，竟有修庄之名！"侍者谦恭笑道："足下褒奖，愧不敢当。我寓定规：客官入住，可给自己居所命名，我寓只刻石。"蔡泽原是计然学派，留心诸般民生流俗，闻言大奇："如此说来，一座庭院岂非有诸多名号了？"侍者笑道："客官命名，人走名留。后住客官若不满前客所留名号，可重新命名；若中意于前客名号，便可在这柱名号石上刻得自己姓名，以示认可。"蔡泽细看白石，左下角果然只有"濮阳吕"三个小字，恍然笑道："看来'修庄'名号，是这位客官新立也。"侍者一点头，一声高呼："修庄有客——"

片刻之间，院内朗朗笑声，一人布衣散发大袖软履，从竹林小径悠悠走来，分明便是那个传信商贾吕不韦，只目下看去，却是比在丞相府多了一份消闲洒脱，全然不似寻常商贾那般珠玉满身。及至近前，吕不韦显然有些惊讶，看了一眼侍者，竟没有说话。

"先生，客人领到，在下告退。"侍者一躬，转身去了。

吕不韦这才笑着一拱手："纲成君布衣而来，不虑白龙鱼服之患？"

"这是秦国。"蔡泽一副为政者的自信，"走，进庄说话。"

客寓庭院不大，杨柳掩映绿竹婆娑，人行林间石板小径之上，清风徐来，幽幽然毫无湿热郁闷之气，顿时神清气爽。蔡泽摇着鸭步道："足下所取修庄名号，何典何意？”吕不韦从容笑道：“荀子有言：内不修正其所以有，然常欲人之有，如是，则国不免危削。不韦取荀子‘修正’之说，命为修庄，尚请纲成君斧正。”蔡泽略显矜持地一笑：“荀子此言，是在稷下学宫论战王霸之道时说的，其时老夫在场也。此言乃邦国理财之说，本意在劝人劝国：要自省、改正对自己财富的用途，而不能总是图谋占有他人财富。否则，在国国危，在人人危。能出此典者，必有两处异于常人也。”吕不韦笑道：“凭君论断，两处何在？”蔡泽站住了脚步正色道：“拥巨万财货，读天下群书。否则，决然不能出得此典。”吕不韦一阵大笑：“一庄之名，在君竟成卦象，纲成君好学问也。”蔡泽一脸板平道：“无打哈哈，老夫所言对也错也？”吕不韦只笑得不停：“对也错也，原在君一断之间，我说有何用？纲成君请——”

一路走来，过了竹林一片杨柳围起三座茅屋，茅屋小院前一座掩在杨柳浓阴下的茅亭，茅亭下石案上一尊煮茶的铜炉，正悠悠然蒸腾出一片异香。蔡泽一拍掌：“好个修庄，简洁舒适，有品！”吕不韦笑道：“这是客寓最简陋、最便宜、最僻背的一座庭院，我稍事收拾了一番而已。”蔡泽连连点头：“好好好，身在商旅，却能本色自守。噫！你好棋？”话未落点大步摇到了茅亭下，盯着石案上的棋局不动了。

“闲来无事，自弈而已，纲成君见笑了。”

“黑棋势好！”蔡泽目光依然盯在棋盘，“足下以为如何？”

“不韦之见，倒是白棋略好。”

“不不不，黑棋好！”说着一招手，“我黑你白，续下。”

“也好。”吕不韦转身啪啪拍得两掌，茅屋中应声飘来一个绿衫少女，跪坐案前伺服那尊茶炉了。吕不韦坐进了蔡泽对面一拱手：“请。”

“噫！荆玉也！”蔡泽拈起一枚黑子打下，又捻着两根指肚惊叹起来。

“好手！”吕不韦由衷赞叹一句，“这荆山玉非上手不知其妙，然若非酷好棋道之个中人，指肚却实在难有这般功夫。”

“啧啧啧！”蔡泽已经从棋匣中夹起了一黑一白两子，对着午后阳光自顾端详，“蓝如海天，红如朝霞，合如七彩霓虹，上品也！”转身又打下一子，“打得荆山玉，方不枉了老夫平生棋艺，走啊！”

吕不韦拈起白子悠然一笑：“纲成君赢得此局，我当输君一副好棋。”

“妙！”蔡泽拊掌大笑，“博一彩！不为居官受礼也。”

大约半个时辰，蔡泽在黑白密交的棋盘上打下一子笑道：“最后官子，完了！”一伸腰长嘘一气，端起面前茶水呱的一声吞了下去，“好茶！”吕不韦端详盘面片刻，笑道：“我输大半子。纲成君果然圣手！”蔡泽哈哈大笑：“大半子么？数数！”吕不韦笑道：“久在商旅，不韦粗通算经，略知心算之术，不用数。”

“围棋局数，足下可曾算过？”蔡泽立即跟了一句。

“纲成君但说布局基数，不韦试算之。”

“好！见方三路，九子布棋，可演几多局数？”

“一万九千六百八十二局。”吕不韦默默掐指，当即作答。

“见方五路，二十五子布棋，可演几多局数？”

“八千四百七十二亿六千八百八十万九千四百三十局。”

蔡泽目光一闪：“全盘三百六十一路布棋，可演几多局数？”

吕不韦低头沉吟片刻，抬头答道：“围棋总局，无人算尽。依不韦算来，大约要连写五十个万，才是大体数字。五十个万字，用尽数元，亦无法计之。”

“匪夷所思也！”蔡泽惊讶了，“若非当年听墨家禽滑鳌大师说过围棋局数，老夫当真不敢信这是一人当下算得！五十个万呵，第九位才是万亿万万垓局。说说，如此浩渺局数，基本算理何在？”吕不韦笑道：“这个却不难：一路变三局，其后布棋无分横直，增加一子，一律乘三，增至三百六十一子时，依旧子子乘三，大体是总局数。”蔡泽恍然一笑：“足下果是算经高手，佩服！只是，老夫却要讨彩了。”吕不韦爽朗大笑着一伸手：“纲成君请，西厢茅屋了。”

这茅屋非同寻常，进门一片凉爽，分明三重茅草冬暖夏凉胜过砖石大屋的特建“贵茅”。绕过一道本色竹屏，宽敞明亮的厅堂——青石板铺地，中央大案上一方棋枰，两侧各一方草墩；西侧一具古琴，东侧一座香案，细细的青烟犹在厅中缭绕；正面是红木大墙，两枚硕大的棋子镶嵌其中，白黑两个大字生发着润泽的亮色——棋庐。

蔡泽矜持地点了点头，径自摇到大墙下端详起来：“黑白两子玉石琢成。噫！这字，却是如何进去也？”吕不韦笑道：“此乃楚国制玉名家和氏第三代传人之绝艺，剖玉刻字，如在镜中。”“鬼斧神工也！”蔡泽一声惊叹，“足下识得楚国和氏？”吕不韦道：“吕氏商根在陈，也算得楚商。和氏传人作璧，只托不韦出手。”蔡泽恍然一笑，欲言又止，摇到中央棋枰前得意笑道：“看来，这副好棋是老夫彩头也！”

“荆山常玉，如何做得纲成君彩头？”吕不韦一笑，转身啪啪啪三掌。须臾之间，一名须发雪白的老人推着一辆小四轮木车进了厅中笑道：“先生终是输棋了。”吕不韦点头笑道：“西门老爹，十年彩头，今日有主，大幸也！”蔡泽眼睛直眨：“如何如何？足下十年未输一局？”吕不韦一声笑叹：“圣手者，可遇不可求也！”蔡泽嘿嘿笑道：“圣手不敢当，天下弈者，老夫可居第三。”吕不韦惊讶道：“冠军圣手，却是何人？”蔡泽一脸正色：“唐举第一，士仓第二。老夫不及也。”吕不韦笑道：“依纲成君之见，不韦可算入流？”蔡泽嘿嘿一笑：“论棋艺，足下大约在十座之后。论棋具，足下冠绝天下！”吕不韦不禁一阵大笑：“十座输三圣，值也！纲成君，看看自家彩头了。”

蔡泽摇将过来。西门老总事打开了车面木盖。吕不韦俯身车中，双手捧出一个青铜镶边的长方形木匣。蔡泽郑重其事地接过，不禁一声惊叹：“好重也！”端详一番不禁又是惊讶，“买椟还珠，竟在今日？四颗海珠，这棋匣价值万金也！”吕不韦摇摇手笑道：“纲成君，棋为圣人所制，启迪心智，岂能以市人目光衡价？不韦曾于岭南海滨伐木，助渔人打造出海大船，渔人送我四颗大珠。若是上市买得，岂非有辱大雅也。”蔡泽哈哈大笑：“好！如此说去，老夫心安理得也！”

说话间，西门老总事已经接过棋匣在车顶打开，从匣中先抽出了一方长方形棋盘。蔡泽正在困惑，老总事两手一扳，棋盘拼成了方形：棋盘为沉沉红木，九星之位以紫铜条连线，盘面交织出一个光芒柔和精美绝伦的“田”字。两函棋子却是荆山精玉磨成，看去莹莹晶晶，摸来温润圆柔，确是棋中极品。

“幸亏一副棋具也，否则断不敢受之。”蔡泽第一次脸红了。

吕不韦笑道：“好棋入圣手，物得其所也，纲成君何愧之有。”转身道，“西门老爹，茅亭下摆得一席，为纲成君博彩庆功。”

片时之间，酒菜摆置妥当，两人在暮色晚风中对饮起来。说得一阵棋趣，蔡泽蓦然想起一般问道：“足下与范雎何时相识？”吕不韦道：“三年前，应侯辞相南游，鸿沟尾巧遇鲁仲连夫妇。仲连本我至交，邀应侯一起到陈城聚首。盘桓月余，应侯自去了。”蔡泽目光一阵闪烁，又道：“足下年来又见范雎，不知他境况如何？”吕不韦歉疚道：“陈城一别，与应侯只通过一书，未及拜访，不韦也是心下不安。”蔡泽眼睛骤然一亮：“范雎托你捎书，如何没有谋面？”吕不韦笑道：“四月入秦，我在白马津接到商旅同道捎来的书简，应侯并未前来。”转身高声道，“西门老爹，将书函拿来。”须臾，老总事将一方木匣捧来。吕不韦打开翻检一阵，拿出一支竹筒递过：“应侯书。”蔡泽呵呵笑着打开，却见羊皮纸上只有寥寥数语：“不韦如晤：闻你商旅过秦，可带我一书交蔡泽。但能脱得秦事之累，我心安矣！兄若欲扩展商事于秦，可告蔡泽助之，断不误事也。”

“范雎信得老夫，足下如何信不得老夫？”蔡泽板着脸将羊皮纸摇得哗啦响。

“纲成君何出此言？”吕不韦笑道，“是否在秦国经商，我得先踏勘一番再说。商旅之道，并非朝堂有靠便可大成。若决意入秦为商，不韦岂能不求助于纲成君？”

“好也！”蔡泽拍案赞叹一句，却又突然压低了声音，“不韦呵，可知应侯书简所言何事？”吕不韦摇摇头：“书简私件，不告不知。”蔡泽哈哈大笑一阵，满面红光：“今日此酒饮得痛快！来日老夫酬答！”

三　奇策考校　太子府一团乱麻

疑团廓清，蔡泽顿时精气神大爽，当即谋划入手路径。

立嫡虽则繁难，根基却只有一点：在诸王孙中遴选出真正的贤能之才。只要这一根基立定，其余的利害关涉自有老秦王杀伐决断。但是，恰恰是遴选贤能这件事最难做，否则，老秦王也不会教一个统政丞相抛开政务来做此事。就实而论，此事难在三处：其一，以何尺度取贤？也就是说，以何家学问为基准查勘考校？战国之世，百家争鸣流派纷呈，除了专攻经济民生（如农家水家工家医家等）与玄奥之学（如星相家堪舆家阴阳家易家名家等）的诸多流派，其余“显学”几乎家家都是治世经国之学，其中最显赫者有法、儒、墨、道与王道之学，时人号为“经纬五学”。虽说秦为法治之国，法家之学地位显赫，但以战国求贤之道，却从来无分学派轩轾。当年秦孝公的《求贤令》便是范式，只求“能出奇计而强秦者”，而绝不限定学派。自孝公商鞅变法之后，秦国用人之道更趋明朗——只要恪守秦法，无论所持何学。当年的甘茂、魏冄是杂家，而今的蔡泽是计然家，都不是法家，却都做了丞相。唯其如此，你不能限定某家某派之学为王孙考校之依据，但是，又不能没有一个学问标尺，这是第一难。

其二，骑射剑术与军旅之能者算不算贤才？对于君王，若是嫡子自然继承，或某种无可变易之大势所既定，不学无术而又异常杰出的马上国君大有人在，自不存在此等难事。然则，此处要害恰恰是太子无嫡子，要在诸多王孙中遴选，这个难题立即凸显出来。秦国激励耕战，朝野无不尚武，谁能说骑射军旅之能不是干才？偏偏是士仓打破了这个禁忌，直然上书老秦王，断言范雎初选的嬴傒“不堪国君之才”。老秦王决意重选，实际上是肯定了士仓主张。但是，老秦王毕竟没有明令，更没有将嬴傒排除在备选者之外，这便成了一个实在的难题。

其三，以何种方式遴选？论学论战，对策应答，骑射较武，任官试用，组合考校，哪一种方式都牵涉到诸多方面。再说，太子嬴柱有二十六个庶子，十四男十二女，年齿悬殊，最大者三十二岁，最小者八九岁。哪种方式能使王孙及其背后势力都无可指责？这是大大一个难题。还有，公主在不在遴选之列？十岁以下的幼子在不在备选之列？仔细揣摩，在在都是棘手难题。

思谋得几日，蔡泽拿不出一个稳妥的方略，决意先到太子府拜访一番。

轺车到得太子府门，尚未进得车马场，门吏便将蔡泽轺车直接从侧门车道领进了第二进大庭院。蔡泽与嬴柱年岁相当，非但常常共商国是，更有着范雎与士仓的微妙关联，来往颇为相得。蔡泽下车，径直进了国事堂。

“禀报纲成君：太子方才午眠，请稍等片时。”主管书吏迎上来一躬。

“午眠？打实说，太子病了么？”

“纲成君，”主管书吏低声道，“日前，太子从河西巡视回来病倒了。”

蔡泽再不说话，摇着鸭步去了后园，到得大池边柳林的大石亭下，果见嬴柱正靠在长大的竹榻上闭目养神，身边石案上一只药炉还袅袅飘着药香。蔡泽一拱手笑道：“安国君，别来无恙？”嬴柱颇艰难地坐起身一招手道：“你消闲了，我能无恙么？坐了。”转身对守着药炉的侍女一挥手，侍女抱着药炉走了。蔡泽坐进石案前关切道：“如何？是暑气还是当真大病？”“天磨我也！”嬴柱叹息一声，“说轻不轻，说重不重，见劳便发，歇息便好。老样子，不说它也罢。”蔡泽歉疚笑道：“丞相府千头万绪，实在是不当劳你。君命如此，老夫奈何？”嬴柱摇摇手道：“纲成君，我终是通了，此事也实在非你莫解。我劳事小，只要你能底定大事，是万全也。”蔡泽满面忧色地摇头道：“难，难乎其难也！”嬴柱不禁呵呵笑道：“纲成君说难，便是有谱[1]了。”蔡泽故作神秘地一笑：“便算有谱，非得安国君从权，不能成事也。”嬴柱霍然站起一拱手道：“君奉王命，谁敢掣肘！纲成君只说，是否要我搬出太子府回避？”“不不不。”蔡泽连忙摇手，“安国君只要通了，一切如常反是好事。只有一样：王孙及其教习，须得悉数听从老夫号令。安国君与诸夫人，尤其诸夫人，最好不过问，不说情，以全老夫公道之心。”

“不是‘最好’，是必须。”嬴柱板着脸，“此乃父王之命，纲成君何须松弛？哪位夫人敢坏大计，纲成君找嬴柱说话。”

“好！”蔡泽大笑，“安国君此时精神否？”

---

[1]　谱，先秦时指记事之布。《史记·三代世表》“正义”：“谱，布也，列其事也。”

“只说何事？”

“召得几位教习，老夫想与几位官师先行议论一番。”

嬴柱略一思忖，转身唤来府邸总管正色道：“家老听好：自今日起，纲成君每来我府，你侍奉左右，奉命行事，若有违抗，我必严惩！”回头对蔡泽一笑，“纲成君自己说。”见嬴柱如此认真，蔡泽也不再推辞，当即吩咐家老请各位教习到学馆正厅，又对嬴柱慨然一拱：“安国君养息，老夫去也。”

学馆在后园大池的西岸，临水面竹一座庭院，最是幽静去处。蔡泽悠悠然摇到时，五位王孙师已经在馆厅等候了。秦法：太子老师为国臣，分左右傅（太子左傅、太子右傅），王孙辈的教习却是官师私请——太子若无聘定的名士教习王孙，可请太子傅官署派出“官师”教习王孙；派出官师无法定官职爵位，俸禄依旧归属太子傅官署。这便是律法许可的官师私请。嬴柱庶子众多，请来的官师有五位：两位武道官师，三位学问官师。

“参见纲成君！”五位官师一齐肃然作礼。

“诸位入座。”蔡泽一拱手答礼，目光巡睃了一圈，但见首座一位四寸玉冠的白发老者，依次两位三寸竹冠的中年，末座两位精瘦黝黑散发无冠不辨年龄的壮士，心下明白了八九分。蔡泽入得东厢独座，向对面一字排开的五座打量道：“北座三位文师，南座两位武师，可是？”

“纲成君明察！”五人齐声一答。

“敢请五位高名上姓？”

“在下赵嶂，云阳赵氏之后。”首座老者端严中有着几分矜持。

“在下相里轸，商山人氏。”次座中年人颇为稳健。

“在下庄塍，北楚人氏。”第三座中年人淡淡漠漠。

“在下乌丹，西秦戎人，通骑射。”

“在下孟明桓，郿县人氏，职剑术教习。”

虽是连珠报来，蔡泽也听得明白，嬴柱所请这五个人还都有些根基来头。老者赵嶂自称云阳赵氏之后，显然是秦孝公时云阳名儒赵亢赵良兄弟的后裔了。当年赵亢被商鞅斩首，赵良说商鞅未遂依附甘龙复辟一党，又被秦惠王根除旧贵族时一并斩首。遭此重创，赵氏却一直没有离开秦国，可见一斑。相里轸商山人氏，显然是墨家名士相里氏后裔。后期墨家在秦国朝野名望颇大，天下呼为"秦墨"，相里轸分明是秦墨弟子了。庄滕北楚人氏，虽则不明源流，然北楚历来多出名士，如甘茂如庄辛，谁能说这个庄滕与楚国当年的纵横名士庄辛没有关联？两个武师也是不凡。西秦戎人归秦已有三百年之久，乌丹能入国为太子傅官署武师，绝非寻常。最后这个孟明桓报出郿县，显见是郿县"孟西白"子弟。郿县孟西白三族向为秦国军旅名将渊薮，在朝在国盘根错节，何能小视？

"敢问赵师，王孙教习取何法式？"蔡泽根本不去理会心下诸般闪念。

"禀报纲成君，"赵嶂中规中矩地一拱手，"王孙众多，无法单独课读，无论男女，只以长幼分作三班。已加冠者一班。未加冠者两班：十岁以上一班，十岁以下之蒙童一班。我等五人以两月为一周期，每人一旬全督三班，所余一旬为学子歇息。如此，可保王孙公平受教也。"

"好！人说儒家通教，果然如此！"蔡泽拍案赞叹一句，悠然一笑，"某受王命，欲选王孙之贤才三五人，入官历练。以诸位官师之见，该当如何遴选？"

厅中一时默然，三位文师谁不看谁，却也都不说话。终是孟明桓慨然拱手道："武事好说！拉到校场便见分晓。如何考校，但凭纲成君定夺！"乌丹立即跟道："正是这般。孟明兄大是！"蔡泽点头笑道："如此，武事算定了，届时老夫自有主意。文事，三位官师没个说法？"

"纲成君明察。"老者赵嶂一拱手正色道，"治学育人，以儒家为上。老朽之见，欲查王孙之贤愚，当考校诗、书、礼、乐、射、御六学，参以德行而定高下。古往今来，唯德才兼备者可谓之贤，舍此无他也。"

"赵师差矣！"相里轸立即接口，"儒家六艺，除射箭驾车两门尚有实用价值，诗书礼乐四学，与经邦治国几无用处。考校此等学问，无异使王子王孙食古不化。而所谓德行，若以儒家规矩，人道无异于虚、伪二字。以此选才，贤者何堪也。"

赵嶂冷冷一笑："此非论战，只说如何考校。驳斥儒家，何劳足下？"

"考校之法，唯在明辨大义。"相里轸口吻极是自信，"天下显学，唯墨家秉持大义，节俭自律，敬天明鬼，兼爱四海。其耕读致用、营国建造、百工技艺、兵学攻防诸般学问，无一不堪称立国之本。若以墨学考校，高下立见！"

"相里之说，未免偏颇也。"庄滕淡淡一笑，"墨家虽显，实用之学亦高，然根基在野，历来自外于各国官府，号为'天下公敌'。只此一点，若以墨家为本，王子王孙便要人人自立山头，谁个却想到邦国社稷之安危了？"

相里轸揶揄地笑了："足下那三代王道，也就几篇《尚书》，比文王八卦还老，莫非靠着那物事能保国安民了？"

"岂有此理！"庄滕勃然拍案，"王道之学，万世不朽，岂容轻慢？在下敢请纲成君主持正道，惩治此等狂悖之徒！"

"奇哉怪哉！"相里轸哈哈大笑，"诋毁别家危言耸听，轮到自家不容一言，天下可有如此大雅敦厚之王道？莫说纲成君在场，纵是秦王亲临，墨家论政之风依旧如斯！"

"成何体统也！"赵嶂皱着白眉摇着白头，"君子克己复礼，尔等如此褊狭，却争相为学为师，天厌之！天厌之！"一言落点，相里轸与庄滕哄堂大笑，连两个武师也跟着嘿嘿笑了。

蔡泽学问博杂，熟知各流派掌故，知道这"天厌之"一说，乃孔老夫子当年会晤卫侯夫人南子，事后人疑老夫子与南子暧昧不清，老夫子情急无辞，连呼"天厌之！天厌之！"一时天下传为笑谈。如今这老赵嶂急呼此辞，大是不伦不类。蔡泽忍俊不禁，也跟着呵呵笑了起来。不想老赵嶂大为羞恼，黑着脸霍然站起一拱："纲成君放纵轻薄，老朽告辞。"大袖一甩，径自点着竹杖去了。

举座愕然！良久，没有一个人说话。

"好说好说。"蔡泽站起来呵呵笑着，"威武不能屈，儒家讲究也。老夫子争此一气，也是事出有因，左右老夫是不计较了。"

“我等也不计较！”四位官师异口同声。

“这便好。”蔡泽笑道，“今日初议，虽无定则，也是畅所欲言。诸位尽管如常，届时老夫自有定见。”说罢摇着鸭步出了大厅，也不再见嬴柱，直然回了丞相府。

修庄庭院蝉鸣声声，更显一片清幽。日色过午，吕不韦宽袍大袖散发去冠，正在柳林小径逍遥漫步，西门老总事匆匆赶来，说纲成君已经在茅亭下等候了。吕不韦吩咐一句：“冰甘醪。”匆匆向茅亭来了。

“不韦呵，好洒脱也！”蔡泽在亭廊下招手。

“惭愧惭愧。”吕不韦大步进亭，“有事我去，何劳纲成君暑天奔波。”

“不不不。”蔡泽连连摇手，“人说丞相开府门庭若市，老夫终是领教了。你但想，吏员二百余时时穿梭，大臣不计数日日进出，看得你眼晕。能有修庄这份清幽？老夫得空便来，做得片刻快活，管他有事无事也。”说话间，蔡泽解开腰间牛皮大带，脱了长大官衣，摘了头顶六寸玉冠，轻衫散发长嘘一声，“峨冠博带者，不亦累乎！”

吕不韦大笑一阵，指着亭外道：“纲成君且看，快活物事来也。”

一个童仆推着一辆绵套覆盖的两轮手车，辚辚到了亭下，揭开三层绵套，一片弥漫的白色冷气中显出了一只紫红的木桶。蔡泽笑道：“冰茶么？解暑佳品也！秦宫冰茶也是一绝，当年秦惠王所创，这栎阳客寓也做得了？”吕不韦从童仆手中接过一碗，捧给蔡泽，悠然一笑：“品尝一番再说了。”蔡泽接过，但觉入手冰凉，白玉大碗中一汪殷红透亮的汁液，一股冰凉甘甜而又略带酒香的气息清晰扑鼻，说一声好个冰酒，呱地饮了一大口，未及说话咚咚咚牛饮而下，喘息间大是惊喜：“再来一碗！”如此连饮三大碗，蔡泽额头汗水倏忽间踪迹皆无，周身尽觉凉风飕飕舒坦无比，不禁惊讶道：“此酒何名？如此神奇！”

吕不韦笑道：“这是邯郸冰甘醪，产自名家老店甘醪薛。”

“甘醪薛？”蔡泽大惑不解，“老夫过邯郸多次，也曾饮得几回，只记是热饮甘醪，如何还有这冰甘醪？”

吕不韦道：“冰甘醪者，并非仅仅冰镇，而是特料特酿特窖藏，方可保得暑天冰镇后原汁原味，最是费事费力，店家寻常不甘卖人也。”

“噫！”蔡泽愈发好奇，“莫非你买下了这家老店不成？”

“不韦有酒，便得有店么？”吕不韦道，“来，此刻亭下对弈，保你凉爽通泰。”

看着童仆从车上拿下棋具摆置，蔡泽一摇手：“且慢，老夫还有两句话。”吕不韦坐到对面，笑着一点头。蔡泽道：“范雎书简说，是你在邯郸找到了异人下落，其境况如何？”吕不韦道：“不是找到，是在平原君府堂遇到也。过后，我派家老打问一番，给了应侯一封书简。”蔡泽的燕山大眼不断地扑闪：“你与平原君有交？”吕不韦笑道：“几宗生意往来，兑金须得平原君首肯，如此而已。”蔡泽恍然点头：“不韦说说，家老打问的异人境况如何？”吕不韦笑道：“诸事纷杂，我已记得不甚清楚，还是教家老自己说。”回头对亭外童仆吩咐道，“请家老过来。”

片刻间，老总事匆匆到来。吕不韦道：“西门老爹，纲成君询问那个秦国人质境况，你说说。”西门老总事对着蔡泽深深一躬道：“禀报纲成君：老朽曾请先后看护公子的三个赵军百夫长饮酒，打问得清。秦赵上党对峙期间，异人公子被软禁居所，处境艰难；长平大战后，赵人复仇之势汹汹，平原君将异人公子转移到巨鹿军营，备受折磨；六国胜秦后，异人公子重回邯郸，看守有所松动，渐渐地有了些许走动。今春离开邯郸时，老朽听得坊间传闻，说信陵君与秦国质公子异人论战兵法，甚是相得。邯郸国人议论纷纷，都在私相揣摩信陵君的一句断语。”

“是何断语？”蔡泽目光炯炯。

“老朽记得是，‘秦失异人，六国之福也！’”

蔡泽目光一闪，默然片刻，又问：“还有何传闻？”

“老朽已经记不得了。左右是说这个异人公子有才罢了。”

吕不韦笑道：“西门老爹还要回邯郸，纲成君若觉有用，再打问。”

“便是如此！”蔡泽一拍石案，“西门家老，老夫先行谢过。”

“纲成君折杀老朽了。”西门老总事连忙深深一躬，“老朽告退。”匆匆去了。

“不韦呵，”蔡泽思忖道，“以你之见，这异人能否出得赵国？”

“难说也。”吕不韦道，“听老总事说，此人虽能走动，但始终有赵国一班护卫。纲成君意欲何为？若要此人回秦，却有何难？派出秦王特使接回便了，作难个甚？”

“不不不。”蔡泽连连摇手，“邦交正道若是行得，何待今日？你在商旅，却不知此间奥秘。譬如，你欲得之货在别人之手，你若急色求购，后果如何？”

吕不韦大笑：“庙堂大器，纲成君也。佩服！”

“此事撂过，老夫想想再说。”蔡泽不无矜持地岔开了话题，“不韦只说，依你商旅阅历，如何才算得经邦治世之学问？”

“既蒙纲成君垂询，不韦自无虚言。”吕不韦笑容依旧，语气很是认真，“自来士子修学，都是先学后行，往往书卷有成之时，对天下世事却一无所知，此谓书生也。书生之学，纵腹藏五车之书，亦非真学问也。专精一业或可有成，经邦治世，却是误国误民之徒也。此间要害，在于此等书生不知法令，不知民生，不知四时之稼穑，不知人口财货之周流。譬如赵括，读尽天下兵书，却不知上党长平之地势利害，空有大军六十万，反被白起五十余万围之灭之，岂非纸上谈兵耳。如此看去，治国学问只在‘真切’二字。空言大道，只是玄奥之学也。”

“说得好！”蔡泽拍案赞叹一句，骤然神秘地一笑，“三日之后，老夫请你做一回督学主考。”见吕不韦惊愕莫名，蔡泽得意地笑笑，一口气说了小半个时辰，末了两人不约而同地大笑起来。

这一日清晨，太子府学馆大不寻常。

宽敞幽静的大庭院热闹起来了。石案石礅点点布于大树之下，王孙们都聚在了庭院中忐忑不安地等待着。几个年长公子峨冠博带，与各自中意的老师在大树下庄重地低声交谈。二十岁上下的几个公子公主，各自拿着一卷竹简，三三两两地转悠着议论着。十岁上下的几个少年公子公主，则是人各一案，在板着脸的书吏督导下高声吟诵着未熟的《诗》《书》。时有顽劣者喊渴喊饿，远处树下的乳母作势禁止，或嘘声或摇手或低声呵斥，不一而足。竹林后的一排木屋，原本是王孙们学间用餐处，此刻却坐满了身着各式各色华贵服饰的夫人与妾，她们都是王孙生母，关切之心惶惶，无一人安然入座，都挤挤挨挨地站在了门庭下，引颈遥望着学馆正厅的大门。

卯时首刻，太子府家老一声长呼：“纲成君到——”

学馆庭院顿时寂然无声，王孙们一齐肃立齐声：“见过纲成君！”

衣冠整齐的蔡泽带着两名书吏进门，大步到了庭院北面的中间石案前站定，悠然一笑问道：“太子府家老，诸位王孙可曾到齐？”家老一躬身高声道：“禀报纲成君：除公子异人质赵未归，二十六位公子实到二十五位，悉数到齐！”蔡泽一点头肃然道：“本君奉王命，考校诸王孙学问才能。老夫无意偏袒，力求公平考校。为此，请得一经世之士做今日主考。请先生入馆。”

“先生入馆——”家老肃立门厅一声长呼。

余音犹在回荡，吕不韦已经信步走进了门厅，一身布衣一顶竹冠满面微笑，如一团春风拂过庭院，满院王孙们竟都莫名其妙地绽开了笑意。蔡泽遥遥地虚手一请：“先生这厢入座。老夫旁观也。”吕不韦拱手一礼：“谢过纲成君。”进了蔡泽让出的主案前，环视庭院一周，朗声说道：“诸位王孙皆庙堂之器，身负经邦治世之重任，根本之学自在务实求治，不在玄谈妙思。在下一介布衣，受纲成君之托，拟以实学考校诸位公子，以合大秦治国之法统，诸位以为如何？”

“我等赞同！”第六子嬴傒慷慨高声，“求学不实，有甚用处？”

“对！我等赞同！”几个酷好剑术骑射的公子齐声呼应。

其余公子公主一片沉默，却也无人反对。圈外的首席官师赵嶂冷冷道：“王命有定，如何考校听任纲成君做主，先生客套甚来，开始便了。”

吕不韦微微一笑道：“诸位公子，今日文考共十题。三题起首，不能答三题者作罢；连答三题者，问满十题。能答八题者，再行考核武学。听得明白么？”

“明白。”公子们或回答或点头，神色各异。

吕不韦从袖中抽出了一个软皮袋打开，在石案上摆开了一排羊皮纸条，转身对家老低声吩咐了几句，家老高声道：“诸位公子听我宣点，点到者上前答问。点名之法：以二十岁为中界，一大一小轮流。第一位，八公子杜！”

二十岁的嬴杜白嫩俊秀，面色通红地走到了吕不韦案前。吕不韦指着案上的一排羊皮纸条道：“公子任选三张。”嬴杜很是新奇，反复摸索一阵抽定了三张递上。吕不韦接过，展开一张高声念道：“问曰：秦国人口几何？土地几何？郡县几多？”

骤然之间，庭院一阵寂静又一阵哄然，见嬴杜抓耳挠腮的难堪模样，庭院终是人人默然噤声。在出奇的静中，嬴杜红着脸期期艾艾道：“这，这，是否，有土一成，有众一旅？”话方落点，庭院一阵哄然大笑，一位公主笑叫：“哟！秦国几时成夏少康也！”哄笑声中，嬴杜恼羞成怒：“笑甚！《尚书》所载，何错之有！”转头道，“不知道，下问了。”

吕不韦又展开一张：“二问曰：目下天下邦国几多？七战国以土地多寡排列，次序如何？”在满庭院一片窃窃声中，嬴杜又是面色涨红：“官师只讲《诗》《书》，几时教得这些琐碎！”吕不韦不动声色，又打开一张羊皮纸条：“三问曰：秦国律法几多？总纲何在？”嬴杜面色煞白，额头涔涔冒汗，情急大喊一声：“律法问廷尉！关我甚事！”

家老上前两步躬身道：“请公子退下。”嬴杜气咻咻大袖一甩：“鸟！这也叫考校？”昂昂大步去了。家老受命执法，面色顿时尴尬。吕不韦却笑着摆摆手，示意家老少安毋躁，回头道：“在座诸位王孙公子，谁能答上此三问？”连问三遍，无人应声。

“我有话说！”前排嬴傒大步上前。

“公子能答得三问？”吕不韦笑容可掬。

“不！我答不得三问。”嬴傒愤激高声，“足下此等考校，居心叵测！我等王孙公子，非官非吏，六艺修业，兼习骑射，何须通晓此等微末之学！大秦以耕战立国，或考校六艺学业，或考校骑射剑术，皆为正道也。今日考校，搬出寻常官吏之雕虫小技，不言大道，不习矛戈，我等不服！”

“对！我等不服！”十多个成人王孙立即跟上，大喊一声。

“公子好说辞也。”吕不韦挥手制止了面色不堪的家老，平静的微笑中带着显然的揶揄嘲讽，“敢问公子，你等自命非官非吏，究是何等人物？在下之见，诸位公子王孙绝非甘居一介庶民，实是以庙堂之器自诩也。志存高远，心在庙堂，自当知庙堂为何物。夫庙堂者，邦国公器也，统官吏而治万民，制法令而安邦国也。统官吏，制法令，却不知官吏之真实操持，不知法令之纲目功效，不知邦国之民生运筹，遇事何断？遇危何克？纵然入得庙堂，执得公器，岂非也是楚怀王一般？诸位公子不服，尽可登高疾呼遍问秦人，谁能信得一个连秦国几多郡县几多民众几多法令都一无所知之人，竟能执得庙堂公器？”

“……”嬴傒瞠目结舌，一句话也说不上来。

“好呵。”蔡泽从树阴下摇过来笑道，“无一人答得三问，不打紧，再学便是。散场！”大袖一挥，摇着鸭步径自去了。家老连忙过来，恭敬一躬，要护送吕不韦出馆。吕不韦却淡淡笑道：“我自随纲成君去，家老还是善后为好。”说罢也径自大步去了。满庭院王孙公子们眼看着蔡泽吕不韦背影远去，愣怔着回不过神来。直到竹林后夫人妃妾们一拥出来惊诧打问，庭院才轰然大乱起来。

吕不韦出得学馆，来到大池岸边的柳林道下，正要登车，却听林中一声“先生且慢”，一位绿裙女子倏忽到了面前，体态丰满，肌肤白皙，一看便是贵胄夫人无疑。吕不韦稍一愣怔，女子明朗笑道：“先生幸毋见疑，我唯一问：先生何方隐士？可否见告高名上姓？”吕不韦一拱手道：“在下濮阳商贾，吕不韦，并非隐士。”女子惊讶地笑了：“哟！可遇着奇人了，一拨姐妹谁不以为先生是名士高人也！”吕不韦笑道：“商贾无反话，夫人有话请直说。”女子扑闪着眼睛神秘地一笑：“错也！我与她们不是一事。如何，不想知道我是谁么？”吕不韦淡淡一笑：“夫人毋忧，在下不会无端打问。告辞。”登上辎车去了。

日落嬴柱回府，刚唤来家老要询问日间考校事，一班嫔妾拥进了书房，愤愤然凄凄然地诉说起来。听得片刻，嬴柱苍白的脸色一片铁青，勃然拍案怒喝：“一群活宝现世！家丑！国丑！竟有脸聒噪！传于朝野好听么？”嫔妾们从来没见过老太子如此怒火，一时噤若寒蝉，书房大厅一片寂然。喘息一阵，嬴柱冷冰冰道：“都给我听好：不管坊间如何传闻，我府任何人不得提及此事。尔等谁敢絮叨抱怨，冷宫苦役，其子同罪。下去！”

嫔妾们悄无声息地走了。嬴柱长嘘一声，这才吩咐家老将日间考校备细说了一遍，听得额头冷汗涔涔直流。良久默然，嬴柱断然吩咐家老三事：其一，立即辞还五名官师。其二，自明日起，只请一名干练老吏，专一对王孙们备细教习诸般“实学”。其三，王孙若有不服者，立即家法囚禁。家老奉命去了，嬴柱在卧榻上静卧片刻，只觉腹下隐隐胀痛，吩咐两名随侍健仆将自己用竹榻抬到后园。方进甘棠林，闻琴声隐隐，嬴柱心下一松，琴声却戛然而止。

“停下，我来。”林中飘出的黄衫女子轻声吩咐一句，轻柔地偎上竹榻，将体魄硕大的嬴柱毫不费力地背了起来，说声你等去，悠悠然进了甘棠林后的庭院。到得院中茅亭下，黄衫女子将嬴柱轻轻放到草席上靠着廊柱，刚要转身，却听嬴柱笑道：“华阳不用拿药，今日无事，只想来听听琴声。”黄衫女子拍拍嬴柱额头，借着月光打量笑道：“毋晓得气伤肝？常人无大碍，你却是要调理了。”说罢轻盈飘去，片刻间捧得一只玉碗出来，“舒肝化气汤，来也。”说着喝得一口凑了过来，嬴柱闭着眼轻车熟路般张开大嘴吞住了肉乎乎鼓起的小嘴，呱的一声吸了进去，如此三五口，最后竟嘬住了肉乎乎的小嘴不放，两臂一张将女子裹到了怀里。黄衫女子娇笑着拍拍嬴柱的脸颊：“急色，一个时辰等不得也！”扒开嬴柱的大手，只跪坐着面红气喘地看着嬴柱。

“华阳呵，你要生得一子，何来这般龌龊事也！”嬴柱叹息了一声。

“又忘了？我命无贵，只能侍奉夫君。”女子咯咯笑着，“一大群儿女，缺得我生一个了？你活我活，你去我去，不忧心了。”

“胡说！”嬴柱低声呵斥一句，拉起身边那只柔腻的小手，“你是夫人，是嬴柱正妻，跟我去做甚？你有才思，要为嬴氏顶住门庭。记住了？说说，只要你看中了哪个庶子，我立他为嫡，你是正仪母亲！”

“莫急莫急。”华阳夫人轻轻拍着嬴柱的手笑了，“你也是五十几岁老太子了，立嫡便是立秦国储君，能由得我一句话么？再说，儿女一大群，没有一个实学干练之才，我却选谁去？”

“你，你晓得日间考校事了？”

“学馆府中沸沸扬扬，我能不知？”

“天机莫测也！”嬴柱一声叹息，“原想，嬴傒虽不入士仓之眼，总归还是实学实干，不想今日一见真章，竟也是皮厚腹空，庸才一个也！”

“少年看老也。”华阳夫人笑道，“我留心嬴傒十多年了。此子好勇斗狠，浮躁乖戾，纵是你我选中，也过不得老父王一关。”

良久默然，嬴柱叩着草席一声长叹：“嬴氏何罪，其无后乎！”

“哪里话来？毋得乱说！”华阳夫人笑着打了嬴柱一掌，“左右也是二十六子，与后不后何干？万一不济，筷子里挑旗杆，一代弱君也坏不了国运。”

“妇人之见。”嬴柱嘟哝一句，疲惫地闭上了眼睛。

“莫睡莫睡。”华阳夫人摇着嬴柱，“药行腹要时辰，醒着，我有话。”

“好好好，说，甚事？”一旦郁闷，嬴柱便止不住睡意。

“两件事，听好了。”华阳夫人抚摩着嬴柱笑道，“那个在赵国做人质的异人，有消息了，你却如何打算？还有，今日考校王孙的这个吕不韦，我看大有蹊跷。”

嬴柱霍然坐起：“如何如何，再说一遍！”

华阳夫人将家老从蔡泽口中得到的消息说了，又将今日考校的情形备细说了一遍，末了道：“这个吕不韦大异常人。其一，考校之法匪夷所思，细想之下却又大合情理。其二，见识说辞不虚不妄，大白话说得很是实在，平中见奇，官师王孙们根本无从辩驳。其三，面对贵胄不卑不亢，气度全然不像寻常商贾。有此三者，又从赵国入秦，我觉有些蹊跷。”

“说得是。”嬴柱频频点头，思谋一阵道，“蔡泽近来也颇有些异常，这吕不韦是他延揽而来，异人消息也是从他而来，他不报我，却说给家老，其意何在？”

“若未报你，此事便非国府邦交所能解。”华阳夫人笑道，“你想，禀报太子便是国事，邦交若不能解，岂非朝堂难堪？私下透露给家老，是大有文章了。”

嬴柱突然哈哈大笑："好！夫人周旋此事，我只做壁上观。"

四　碧潭废墟的隐居夫人

秋分时节，蔡泽又一次被秘密召进了章台。

一到书房廊下，老给事中低声叮嘱："漏刻两格，不得延时，纲成君在心了。"蔡泽顿时心下一沉。这漏刻两格，说的是铜壶滴漏下的箭杆刻度，一格为一刻，一日一夜一百刻，[1]漏刻两格是两刻，大约也就是顿饭时光，说得清楚甚事？然从老给事中的神情看，显然是老秦王已经耐不得长时论事，也是无可奈何。心下思忖着简洁叙说的腹稿，点点头摇了进去。

听得脚步，半卧长榻的秦昭王突然白眉一耸睁开了眼睛，缓缓一招手没有说话。蔡泽心下明白，立即快步到了榻侧早已安置好的绣墩旁，正要开口禀报，却见老秦王又是抬手缓缓一摇，便肃然躬身道："老臣恭听王命。"

秦昭王苍老的声音飘荡着："纲成君，考校王孙得法，赐金百镒。"蔡泽正要说话，苍老的声音又飘荡起来，"嬴异人，邦交之道不通，好自为之。"蔡泽精神一振，实在祈望老秦王能就异人事多说几句，以使他能够揣摩个大体尺度。仅此一句，只说了不能如何，却不说可以如何，岂非大大棘手？正在思谋该不该问时，苍老的声音又飘荡起来，"吕不韦，才具尚可，似有备而来，慎之慎之。"一声喘息，两道雪白的长眉松松地拢在了一起。

蔡泽一阵默然，想禀报一番，分明老秦王并不需要再知道甚事了，想请命几句，分明老秦王对三件事都有了口诏，且旁边大案前还有长史笔录，请命还能问甚？身后响动，蓦然回头，笔录的长史桓砾已经收拾起笔墨走了。蔡泽恍然大悟，对着长榻深深一躬，说声老臣告退，转身摇出了书房。

---

[1] 漏刻发明于黄帝时期，先秦时广泛应用，其时将一日分为一百刻，每刻大约今日十四分钟。

回程一路秋风，蔡泽却燥热得心烦意乱。身为计然名士，挟长策入秦为相，蔡泽一门心思都在开府治国之上，何尝想到过今日这般尴尬——高爵开府却疏离国务，竟做了专职周旋宫廷权谋的人物。历来名士，皆长于理国而短于权谋，商鞅若此，张仪若此，魏冄若此，连最是机变的范雎，最后也对权谋之争拙于应对了。入秦之前，蔡泽素无官场阅历，除了对国计民生有实学之外，对官场应对很是生疏。模棱两可的话听不懂，需要揣摩的事不会做。譬如方才，除了赏赐自己百金是明明白白之外，后两件最要紧的大事始终是朦胧一片，他实在拿不准可否请老秦王明确示下：能不能派出黑冰台干员入赵密查？能不能动用府库重金贿赂赵国权臣？还有吕不韦，老秦王如何就断他“似有备而来”？可有确切依据？备谋何方？如何“慎之”？是要驱赶此人？疏远此人？抑或有限制地任用此人？说不清，实在是说不清。

暮色时分进入咸阳，蔡泽一声吩咐，辎车拐进了长阳道。

“纲成君何其匆匆？”吕不韦惊讶地笑着迎了上来。

“一团乱麻。”蔡泽嘟哝一句笑了，“酒酒酒，饿瘪人也。”

“上酒。”吕不韦笑道，“今日请饮吕氏家酒，老母所酿，决然上口。”

须臾，酒菜搬到亭下，蔡泽一阵猛吃猛喝，抬起头说声好酒好菜，便哈哈大笑起来。吕不韦只慢条斯理地品咂着微笑着，有一搭没一搭只问些秋日寒暖之类的话。磨得一阵，蔡泽“当”的一叩石案：“不韦！也不问老夫前来何事么？”吕不韦不禁笑道：“纲成君位居庙堂，一身机密，当言则言，不韦何能聒噪？”“也是一说。”蔡泽释然一笑，“你那考校，搅得太子府上下熙熙攘攘，你却消闲也。”吕不韦道：“原是临机帮得纲成君一忙，想他何来？”蔡泽冷冷一笑：“帮老夫一忙？只怕是要将自己帮进去罢了。”吕不韦一阵大笑：“纲成君，你纵不来，我也要向你辞行也。”蔡泽大是惊讶：“如何如何，你要走了？”吕不韦道：“三日之后，南下陈城。”蔡泽一对燕山大眼睁得溜圆：“咸阳天下大市，你不在此做商？”吕不韦笑道：“行商行商，说的便是个来往奔走，决住一城，经个何商也？”蔡泽长长地出了一口气，笑道：“不韦才具，做个商人当真可惜也！”吕不韦笑道：“交友尽义，算不得甚个才具了。”蔡泽歉疚笑道："不韦入秦几月，老夫一无所助便要匆匆离去，实在惭愧也。""纲成君见外也！"吕不韦又是一阵大笑，"当年不韦暗助田单鲁仲连，也与今日一般，君幸勿介怀也。"

蔡泽思忖一阵，突然笑道："一王孙官师，偶对老夫丢下两句话，可想知之？"

"第一句？"

"嬴异人，邦交之道不通，好自为之。"

"第二句？"

"吕不韦，才具尚可，似有备而来，慎之慎之。"

片刻默然，吕不韦拍案笑道："说得好！纲成君只依这两句话行事，断无差错。"

"噫！"蔡泽惊讶了，"懵懂两句，谶语一般，如何据以行事？"

"纲成君差矣！"吕不韦笑道，"譬如这第一句，首说邦交之道不通，是要你莫指望通过邦交途径解此难题。此中又有两点深意：其一，邦交索讨人质，秦赵两厢为难；其二，嬴异人在赵国不会出事，果真出事，或许正是老秦王所期待也……"

"岂有此理！"蔡泽拍案打断，"老秦王期望自己孙儿出事么？"

吕不韦微微一笑："纲成君只想，秦赵血仇似海，何以一个人质却安然无恙？二十余年来秦国常居强势，想讨回人质有何艰难？却偏偏闭口不提，所为何来？赵国尽管恨秦入骨，杀掉人质也是易如反掌，却偏偏不杀，所为何来？在秦，是明丢一个'国饵'，待你赵国上钩，而后大举伐赵便是正正之旗。在赵，心知肚明绝不上当，既不吞饵，也不放饵，偏是看你秦国如何处置？王孙人质果成弃儿，秦国便是无情无义禽兽之道招天下唾骂。秦国若讨人质，赵国便是一宗绝大生意。如此纠结，秦王赵王俱各明白，只纲成君以寻常骨肉之情忖度国事利害，懵懂一时也。"

"不可思议！"蔡泽倒吸了一口凉气，"好自为之呢？"

"要你相机行事，酌情处置，莫将事情搞得不可收拾。"

"哼！"蔡泽冷笑，"八个字容易，你说，如何个相机行事？"

吕不韦大笑道："此等事意会可也，言说却难，不敢班门弄斧。"

蔡泽揶揄一笑："说说第二句，是否中你要害了？"

"如此断语，见仁见智也。"吕不韦淡淡笑道，"以说话者之意，分明是要提醒纲成君对不韦要有所戒备。然细加揣测，此话却非实指不韦，而是实指赵国。也就是说，要纲成君提防吕不韦是赵国斥候，或为赵国所用。"

"啊！说你有备而来，是此意么？"蔡泽惊讶得胡子都翘了起来。

"邦交如兵，皆诡道也。纲成君小心便是。"

"鸟！"蔡泽突然骂得一句又哈哈大笑，"走时知会，老夫送你！"

三更时分，吕不韦将蔡泽送出栎阳客寓，回到书房唤来家老吩咐：明日开始善后，三日后离开咸阳。西门老总事大是不解，张张嘴想说话终是点了点头。吕不韦皱着眉头道："没住够预定日期，金钱交足店家。"老总事摇头道："此等小事，无须先生操心。老朽只是疑惑，大事方见端倪，离去岂非可惜？"吕不韦恍然笑道："谋事须得临机而变，何能守株待兔？我走，西门老爹却要留下。"西门老总事惊讶莫名，木然愣怔着不说话。吕不韦道："西门老爹，你留咸阳两件大事：其一，选择咸阳城外隐秘处建一庄园，以为日后在秦根基。其二，照应两只大船，保得其人其物随时可用。若有难处，我请荆云义士过来助你。"老总事又点头又摇头："只要有事，便无难处。老朽不在，荆云义士正好助先生一臂之力，来咸阳大材小用了。"

正在此时，庭院一阵轻微急促的脚步声，一身利落的越剑无大步走进书房："禀报先生：方才有一人影倏忽来去，我没追上，查看庭院，留下此物。"说着捧过来一支细长的泥封竹管。吕不韦接过便要打开，西门老总事说声先生且慢，一伸手拿了过去，反复打量片刻，方用竹刀刮去泥封拧开管盖抽出一卷羊皮纸递过。

吕不韦展开一看，寥寥两行大字：

> 敢请足下，明日巳时到丰京谷口一晤，毋带从人。
> 赴约与否，但凭君断。

一阵默然，吕不韦笑道："二位以为如何？"西门老总事锁着一双白眉只是沉吟摇头："此事大有蹊跷，不妨静观几日。"越剑无慨然拱手道："信使身手不凡，主使者必有剑道高士，不带从人不行。"吕不韦思忖片刻道："好，容我想想，天亮再说。"

次日清晨，吕不韦梳洗完毕将老总事唤来叮嘱一阵，然后吩咐备车。正在此时，越剑无大步匆匆赶来，坚执要换下驭手自己驾车。西门老总事笑道："天下成例，驭手不为从人，越执事不为违约也。"吕不韦无奈点头，登上厢窗密闭的辎车辚辚去了。

出得咸阳南门，过得横卧渭水的白石大桥直插西南，行得半个时辰便是滔滔沣水。沣水南岸，一片松林莽莽苍苍覆盖了一道山塬。这道山塬实则是湮灭了五百余年的西周丰京废墟，老秦人呼为松林塬。沣水流经松林塬，恰恰冲刷得一道深深峡谷，沣水涌进，积成了碧绿的深潭，两岸山塬松柏森森，废墟城堡倒映水中，虎啸猿啼飞鸟啁啾，幽静得令人心颤。

辎车沿着沣水南岸到得丰京谷口，吕不韦下车打量，空山幽幽人迹全无。正在疑惑，一声悠长的呼哨，一只小舟从碧绿的水面如飞掠来，隐隐喊声随着山鸣谷应飘荡过来："岸边可是修庄先生？"吕不韦遥遥回得一声："正是。"

应答落点，小舟已经飞到，恰到好处地停泊在一方巨石之前。舟头一黑衣壮汉打量着两三丈外的辎车与虎视眈眈的越剑无，皱着眉头一拱手："先生带从人赴约，请回程。"吕不韦一拱手笑道："驭手不做从人，天下通例也。东道主焉得不明此理？"黑衣壮汉略一思忖笑道："也是。请先生登舟。"越剑无猛然咳嗽一声，吕不韦转身严厉地盯了一眼，传出的声音淡淡柔和："执事回去，我自拜客。"回身上了巨石，稳稳地跃上了小舟。

又是一声呼哨，小舟轻盈转身，悠悠然漂进了潭水深处。行得片刻，峡谷渐窄潭水渐浅，松柏虬枝与嵯峨古墙已经伸手可及。黑衣壮汉一扬手，一支响箭带着尖锐的呼啸飞上了东岸山头，小舟也应声停泊在了一段黑黝黝的古墙下。黑衣壮汉拱手说声请，跨上了古墙下淹在水中的一道石条。吕不韦随上，见这石条竟是拾级而上的一道山梯，上得二十余级是一片平台，松林掩映，一座古老的城门赫然横在眼前。

吕不韦正在饶有兴致地打量古门，却见城门洞大步出来一位吏员模样的黑衣中年人，与黑衣壮汉低声说得两句，对吕不韦深深一躬："先生请随我来。"领着吕不韦进了城门。一路上坡，脚下古砖小径，两边松柏参天，时有爬满山藤的断垣残壁突兀而起，旁边大石上有斗大的红字——易台、文王殿、兵室、虎苑、寝宫等等不一而足。一路看来，吕不韦满腹沧桑，全然沉浸到亘古皇皇的废墟古堡里去了。

"先生稍候。"黑衣中年人一个躬身，匆匆进了又一座古老的城门。

吕不韦恍然醒转，方见已经到了山顶，松柏林中几排茅屋隐隐可见，面前城门正中两个火痕斑驳的殷商古金文大字——王道，不禁又是一阵感慨中来。早周丰京废墟尚是如此气象，那隔水相望的大镐京废墟却当何等令人神往！

"多劳先生，本夫人在此赔礼了。"

吕不韦蓦然醒悟，却见眼前一个白皙丰满的绿裙女子，分明是那日在太子府突兀拦路者，拱手一礼道："在下吕不韦，敢请夫人名号。"

"华月夫人，可晓得了？"女子笑得清亮可人。

"夫人见谅，不韦未尝闻也。"

"你去过太子府，可晓得太子夫人名号？"

吕不韦微笑着摇摇头："夫人见谅，未尝闻也。"

"哟！就会一句未尝闻也？"华月夫人笑得泼辣又亲切，"说了无妨，太子妻华阳夫人，是我小妹，晓得了？"

吕不韦一躬："夫人居于王道之地，在下景仰不及。"

"王道之地？"华月夫人咯咯一笑，"一片废墟，建几座茅屋清净罢了，先生如何做得王道乐土看了？"

"非是在下私度。"吕不韦一指断垣残壁的古城门，"夫人请看，这'王道'二字虽经烈火风雨，依然凿凿在目。在下不敢唐突，此地便是天下向往的王道古圣境。"

"哟！"华月夫人长长地惊叹了一声，一双大眼顿时热辣辣的光彩，

“先生好学问，竟识得如此老古字！你不说只怕我老死也毋晓得头顶‘王道’两字呢，当真惭愧！”

吕不韦一拱手道：“夫人率直古风，在下服膺。此乃殷商老金文也。文王之前，镐京未建，周都丰京，其时文字便是这殷商金文。周得天下，方有了周金文，却是好认多了。”

“哟！你说，此地风水[1]如何？我住得么？”

“风水之说，原在心证。但能敬天尊古，不损先人踪迹，自得上天庇护也。”

“好！”华月夫人开心地笑了，“此地一草一木我都未敢动，几座茅屋还建在没有废墟的空地上。我只觉看着这些烧焦的城门宫殿又酸楚又舒坦，请了秦王一千金，修葺了两三年。原本这里狼虫虎豹满山林，谁个敢来？”

“夫人功德，与天地不朽也。”吕不韦深深一躬。

“哟哟哟！”华月夫人连忙笑盈盈扶住，“先生原本那般作势，睬都不睬我，不想却在这破烂废墟上夸赞于我，不是天意么？此事一定成！”

“夫人贵胄，在下商旅，不知何事示下？”

“不管何事，能在这里说了？先生随我来。”华月夫人说罢，领着吕不韦进了王道古门，穿过一片密匝匝松林，到了一座四面无遮拦的茅屋庭院。庭院前一座大亭，亭顶茅草虽有风雨痕迹，却也能看出是三两年之物，亭柱亭基与亭底石板及亭中石案石礅，俱各黝黑如漆，伤痕斑驳，分明丰京古亭。

“盖茅屋时，这里一片空地，只有这座孤零零的石亭。”华月夫人一边指点，一边将吕不韦让进了古亭，转身吩咐一声上茶，坐到了吕不韦对面。

“庭院无墙，夫人不怕山林猛兽？”吕不韦一番打量颇有疑惑。

“先生毋晓得，丰京谷的虎豹狼虫只在山外吼啸游荡，从来不进松

[1] 风水，先秦时对“堪舆”之学的俗称，后世流布民间，几乎取代“堪舆”。《葬书》释义云：“经曰，气乘风则散，界水则止，古人聚之使不散，行之使有止，故谓之风水。”

林废墟。”

“天念周德，存恤之心也！”吕不韦不禁感慨一叹。

“湘楚之地，先生可熟？”华月夫人突兀一问。

“不韦生于濮阳，却久居陈城经商，于湘楚尚熟。”

“可知湘楚人秉性？”

“口不欺心，辣言辣行。”

华月夫人的笑容倏忽消失：“今日相请，却无难事，只要听先生真话而已。”

“夫人但问，不韦无虚。”吕不韦庄容一答。

“来，先饮了这盏震泽绿茶。”华月夫人举起精美的白玉碗，“我有小妹生于吴地，酷好绿茶。我也觉香得可人，比秦茶强多了，先生以为如何？”

“兰陵酒，震泽茶，天下佳物也。”吕不韦品得一口蓦然笑道，“然夫人此茶，却是两年前藏品，清醇香气业已大减。”

“哟！”华月夫人惊讶笑道，“先生果然知楚呢。然你只想，秦楚千里之遥，又时常交恶，如何能年年有新茶？小妹去年送来一箩，先生包涵了。”

“物得行家钟爱为贵。”吕不韦慨然拍案，“自后年年三月，不韦奉夫人新茶一箩！”

“好也好也！”华月夫人大是开心，“我收，只是无以回报了。”

“好说。夫人得茶，付半两[1]一箩便了。”

“哟！好办法，一箩半两一箩茶，两不欠。”

“人各无愧，事便可为。也是商旅之道，夫人见谅。”

“先生有见识！”华月夫人赞叹一句，默然片刻又是突兀一问，“先生眼光，那日临考诸王子，有无可造之才？”

“……”吕不韦默默摇头。

“先生从赵国来，可曾听说公子异人？”

---

[1] 半两，秦国铸币，铁钱，每枚重半两得名，为当时重量最大的圆钱，号为大钱。

吕不韦心下怦然一动，静神思忖一阵道："曾在两处无意听到公子异人名字。一次，是在平原君府中结交官金，遇到一寒素公子报名请见平原君，始知此人乃秦国质公子异人。另次，与赵国隐士薛公、毛公饮酒，听两人议论，又闻公子之名。此外，似乎邯郸坊间尚有公子传闻，惜乎没有留意。"

"两公议论之言，还能记得么？"

"毛公称赞公子异人久困守节，颇具良臣风范。薛公说，公子异人聪慧睿智，腹有经纬……实在记不得许多也。"

"先生说公子寒素，是如何境况？"

"想起来也！"吕不韦拍案一笑，"薛公说得一事：长平大战后公子初见平原君，瘦削苍白，黑衣破旧，短而宽大，着身空空荡荡。厅中吏员哂笑。公子则说，此乃秦制楚服，何笑之有？平原君责难曰：秦便秦，楚便楚，秦制楚服，不合国礼也！公子答：吾居他邦，思念父母，吾父秦人，吾母楚人，秦色楚服，外不忘父，内不忘母，天地大礼也！一番对答，举座肃然。平原君方以使节礼待公子。"

华月夫人沉思片刻，离座深深一躬："谢过先生，两日后我当回拜。"

吕不韦连忙也是一躬："不韦三日后离秦，明晚离开修庄上船处置商事，若蒙夫人不弃草莽，敢请夫人到我商船一晤。"

"哟！船上好，便是这般。"华月夫人开心地笑了。

五　霜雾迷离　宫闱权臣竟托一人

甘棠苑的秋色是醉人的，华阳夫人终日徜徉林下，每每忘归。

甘棠者，棠梨也，古人亦呼杜梨。说是梨，太小，味涩而酸，除了酿酒，很少人吃。果实不起眼的甘棠，有两样非凡处：一是材质奇绝，叶可染布，木可制弓，果可酿酒，通身一无废物。二是花儿开得绝美，白棠似雪，赤棠鲜红。万木苍黄的八月秋日，雪白血红的棠梨之花如火如荼灿烂燃烧起来，时有片片黄叶坠地，直将凄凉美艳在萧瑟秋风中淋漓尽致地一片挥洒。

天下甘棠之盛，莫如中原的殷商故都朝歌。当年周武王统率红色大军与殷商的白色大军血战朝歌郊野，雪白血红茫茫交织，殷商国人说是甘棠遍野如火如荼。从此有了"如火如荼"这句民谣般的老话。周灭商后，仁慈的王族大臣召伯巡视殷商遗民，常常在已经成为焦土废墟的朝歌城外的甘棠树下与农夫工匠盘桓。庶民感念召伯，有了那首流播天下的《甘棠》：

蔽芾甘棠　勿翦勿伐　召伯所茇
蔽芾甘棠　勿翦勿败　召伯所憩
蔽芾甘棠　勿翦勿拜　召伯所说

自举族随宣太后进入秦国，华阳夫人爱上了中原的棠梨之花。每逢秋日漫步林间，看着如火如荼的花海，看着飘零坠地的落叶，万千滋味凝聚心头。在太子府的妻妾群中，华阳夫人是孤独的。所以孤独，不仅仅是她的深居简出，更在于一种奇特的尴尬。论身份，她是太子正妻。论爵次，她是夫人[1]。无论是礼法还是传统，她本当都是毫无争议的主内掌家，太子府的所有女人都当属她辖制。但是，一个致命的缺失却使一切都变得面目全非。

为人妻二十三年，她没有生下一儿一女。

礼法有定：正妻生子为嫡子，嫡长子是本门法定承袭人；其他嫔妾所生子女，即或年长排行在先，也不能取代嫡子的位置；若正妻没有子女，便要在其他嫔妾所生的"庶子"中遴选出一名做嫡子，承袭本门基业与荣耀。因了始终无子，她在太子府的地位渐渐微妙起来。在嬴柱还不是太子的时日，一切都风平浪静，她还劝嬴柱多纳嫔妾多生子，以利将来选贤立嫡。然自嬴柱做了太子，一切利害关联骤然放大了：正妻眼见可能成为王后，嫔妾们若不能成为夫人、世妇、八子等封爵女官，便

[1] 先秦时，"夫人"是一种女爵，仅次于"后"，后世成为已婚女子的通称。

要永远地沉沦为冷宫活寡；谁是嫡子，眼见便能成为储君成为国王；若是庶子，注定要成为苦做功劳的臣民。利害天壤，原先潜伏的种种龃龉便如洪水般大肆泛滥了。

嫔妾们个个美艳，且大都生有一两个儿女，于是生出了觊觎之心，纷纷图谋取她而代之。战国之世礼法原本松弛，宫廷女眷们的地位也如同朝堂臣工一样，没有一成不变的定规，人事随时随地都可能新旧代谢。卑微者以能才取代高位贵胄，从来都是再正常不过的事情。远者不说，秦孝公之后的秦国宫廷便是一路的天翻地覆，毫无常理。

孝公与胡人宫女交，生子秦惠王，若非胡人宫女自己出走，这个胡女自是国后了。惠王正妻惠文后有才无子，将胡女嫔妃所生的嬴荡（秦武王）认了嫡子，做了太子，那个胡妃便莫名其妙地病逝了。惠王的另一个嫔妃，楚女芈八子生子嬴稷，也因与惠文后不和，母子双双去燕国做了人质。嬴荡（秦武王）举鼎骤然惨死，纵横宫廷一生未败的惠文后，在芈八子母子回秦后莫名其妙地寿终正寝了。芈八子原本是楚国为结好秦国而献给秦惠王的一个远支王族女子，入宫一直是“八子”的低等女爵，然其才具过人，机敏干练泼辣，理乱定国而摄政，成了赫赫大名的宣太后。因了宣太后，秦宫从此多楚女，楚女与胡女成了秦国宫廷的两个大群。秦昭王的嫔妃中有六名楚女，王后自然也是芈姓楚女。秦昭王立的第一个太子嬴倬，便是楚女王后（芈后）的亲生长子。

嬴倬三十岁病死。多年之后，封爵安国君的嬴柱才被立为太子。

由庶子而安国君，由安国君而太子，嬴柱的皇皇飞升，其功全在母亲。嬴柱的母亲是秦宫女子中又一个另类。她本是唐国女子，也是“八子”低爵，号为唐八子，娇小玲珑得玉人也似，聪颖有学，性情可人，很得秦昭王宠爱。然若仅仅是宠爱，远远不足以促成孱弱的嬴柱由庶子而成为太子。毕竟，床第风情与诸般才艺，王宫女子们争奇斗妍各领风骚，谁也说不得独占鳌头。面对奔放率真的胡女与火热柔腻的楚女，一个娇小得如同自己故国一般的唐八子，却有着非凡的应对。先是以才情得宣太后器重，继而以课督诸王子修业得秦昭王赞赏。在蜀侯嬴辉屡次发难之际，她都保持了颇具大家风范的包容与忍让，从来没有明火执仗地汹汹纠缠。更为难得的是，唐八子在诸般争斗的宫廷纠葛之中，犹能在老秦王面前一如既往地纯情娇媚，除非老秦王询问，自己从来不诉说委屈是非，只全副身心地侍奉老秦王舒坦。与朝中权臣也从来没有任何交往，只督责儿子嬴柱修身力学培植王孙。老秦王大是感慨，曾经几次对嫔妃们说："唐八子才不及太后，德犹过之。你等但如八子，宫廷安矣！"

有了唐八子，才有了安国君，有了新太子。有了安国君，有了新太子，也便有了眼见将成事实的唐太后。子以母贵乎？母以子贵乎？在风云诡谲恩怨似海的深深宫闱，谁却能说得清楚。

华阳夫人之难，比惠文后宣太后唐八子有过之而无不及。

宣太后唐八子虽难，却都有赖以寄托的儿子。她没有。惠文后虽然没有儿子，但有着老秦人的根基势力，更有着德才兼备的朝野口碑。这两点，她都没有。然则事有奇正，华阳夫人也有着自己独具一格的过人之处，否则她早已经没有资格为立嫡忧愁了。华阳夫人的独具一格，在于吴女特有的柔媚细腻舒缓，除了对国事一无才思，诗琴歌舞天赋过人无一不精，卧榻之上风情万种，太子嬴柱每与相处，大是享受。

然真正使嬴柱离不开她的，却是她的医护之术。也是天意玄奥，华阳夫人的父亲也是羸弱多病之身，她从小熟悉病榻，不知不觉跟着府中白发苍苍的老医士学会了诸多救急医护之法，且操持得极是纯熟。初入太子府，聪慧过人的她已嗅出了风中飘荡的草药气息，嗅出了夫君身上的独有病味儿。

新婚合卺，嬴柱大汗淋漓地奋力耕耘着柔嫩肥美的处子沃土，却突然从她胸脯上软软地滑了下去。顾不得身下一片飞红，顾不得说不清的痛楚与喜悦，她连忙翻身爬起，湿漉漉的身子贴上了嬴柱，嘴对嘴地大呼大吸，待夫君稍有喘息，又是两支雪亮的细针捻进了中府、阴陵泉两处大穴，再将一颗硕大的蜜炼药丸咬碎用舌头顶进了夫君嘴里。仅仅是小半个时辰，嬴柱又生龙活虎地扑到了她身上。那一夜，她连声音都喊哑了。事后嬴柱越想越惊奇，问她不召太医不害怕么？她只是柔柔一笑："裸身相拥，要太医看么？你毋晓得，太医治病，救急医护却比不得我了。”嬴柱大是欣慰，从此对身边侍从有了一道秘密指令：在外但有不测，立即告知夫人。

唯其如此，对于正妻地位，华阳夫人没有感到几多威胁。使她真正上心而生出忧虑者，是立嫡。没有满意的嫡子，她终究是没有归宿的……

“哟！小妹好兴致，害我好找耶！”

华阳夫人蓦然回身，只见雪白血红的棠林深处倏然飘动一幅嫩绿，笑着迎了过来：“姐姐有得空了？你毋晓得，小妹正想姐姐呢。”绿裙女子正是华月夫人，高声大气笑道：“哟！偏你嘴儿甜，只哄得老姐姐高兴。”华阳夫人娇笑道：“谁教姐姐能事了？你毋高兴，我靠谁了？”说罢亲昵地拉起了华月夫人的手，“来，姐姐茅亭下坐了，小妹给你操琴唱歌，我自写词的《甘棠》，听听如何？姐姐只说，上茶上酒？”华月夫人进得茅亭，用雪白的汗巾匆匆沾拭着额头与红扑扑的脸颊，一边笑道：“不茶不酒不听唱，都改日了。今日老姐姐一路赶来，只讨个话便走，没忒多工夫听你悠悠磨叨。”华阳夫人娇嗔道：“自来有事都是姐姐了断，我只听命，何时要讨我话了？”华月夫人咯咯笑着将华阳夫人摁到了石礅上：“哟！谁教你有个好夫君也！小事老姐姐做得主，你的大事不听你听谁？”华阳夫人顽皮地做个鬼脸：“耶！好夫君我又没得独占，姐姐倒是分得开。”“小妮子！”华月夫人红了脸一点华阳夫人光洁的额头，突然低声，“林中没有别个人么？”华阳夫人连连摇头：“没没没，除了棠梨便是我，只说也！”

华月夫人低声说了半个时辰，末了笑道：“如何？只看你主意。”

华阳夫人咬着嘴唇默然一阵，长嘘一声道：“姐姐主意无差，方今也只这一条路了，通不通都得试试。知人任事，小妹不如姐姐。姐姐但信得此人，便是他了。”

“老姐姐信！”华月夫人一拍石案，“此等事宜私不宜官，老蔡泽反倒束手束脚。此人只要探清异人底细详情，回秦事老姐姐再来设法。他纵有诈，老姐姐也留得一手。”说罢又是一阵低声密语。

“姐姐也忒狠了些。”华阳夫人笑了，“好，但凭姐姐主张。”

“他只实在，我便没事，老姐姐晓得火候。”华月夫人站了起来，“你只转悠去了，别慢腾腾送我。”说罢一阵轻风，嫩绿的裙裾消逝在雪白血红的棠林中了。

次日清晨轻霜洒地，淡淡薄雾笼罩了关中原野。

太阳爬上山巅，山山水水无边无际的朦胧金红。秋色迷离之中，一艘黑帆小船悠然漂出了丰京谷口，直向东南而来。行得三十余里，前方大水苍茫，一线沣水溶进了浩浩渭水。再行片时，咸阳南门箭楼隐隐在望，一道长龙般的白石大桥横卧渭水，轻霜薄雾中恍如天上宫阙。大桥两侧舟船云集樯桅如林，四片码头排开两岸，上下连绵二十余里，仿佛整个原野都成了茫茫水城。轻舟东来，遥遥便闻卸货号子声靠岸离岸呼喝声渡客相互召唤声桥上桥下车马声不绝于耳，熙熙攘攘热气腾腾的一片大市，纵是秋风寒凉霜雾迷离，也没有萧瑟之气。

大桥西侧乃上游码头，船只稍许稀少，一艘高桅白帆大船分外显眼。黑帆小船渐渐靠近，船头一长两短三声清亮的牛角号声。高桅大船立即飘出一面白色大旗，同时两声悠扬号角，大船侧舷一只白旗小舟倏然漂出，向黑帆小船迎了过来。片刻之间两舟相会，一个绿色身影跨过船桥，白旗小舟飞快地靠上了高桅大船。

三声悠长的号角，高桅大船上一片高呼：“迎我大宾，四海同心！”

“哟！呼喝一片，先生规矩大了。”一领绿色斗篷的女子在船头笑了。

吕不韦一拱手笑道：“商船老规矩：但有客官，同船大礼，原是个和气生财。仓促之间未及更改，夫人见谅。”

“新鲜热火，也是商旅本色，改个甚来。”

“请夫人入舱就座。”吕不韦侧身一让，一名楚衣少女走过来一礼，说声夫人随我来，将华月夫人领进了大舱，西门老总事守在了舱门口。

进得舱中也不见吕不韦吩咐，楚衣少女倏忽之间将一切打理妥当，飘然去了，简洁密闭的船舱只弥漫着一片茶香。华月夫人打量一番笑道：“先生这商旅做得有气象，一个使女也如此能事，少见呢。”吕不韦笑道：“此女茶道最佳，夫人品尝这震泽绿茶如何？”华月夫人这才注意到案上茶盏，只见羊脂般的白玉盅中一汪柔和的碧绿，看得一眼大是舒心，端起饮得一口，啧啧连声地惊叹：“哟！好茶！香得清正，醇得温厚，绿得醉人！”吕不韦爽朗大笑：“夫人行家也！大得震泽绿春之神韵，在下服膺。”华月夫人连连摆手道：“这几句是我学来的，不作数。要说鉴赏震泽绿春，天下只怕莫过我那小妹了，只可惜她没这口福了。”吕不韦笑道：“商旅道专一地周流财货，此等事方便。不韦已为夫人备得一箩震泽新绿春，夫人尽可与小妹共品。来春三月，便有真正的上佳春茶。”华月夫人顿时一拍案笑道：“哟！不早说，我可没带一箩半两来也！”吕不韦大笑：“好说也！有账，届时本利一次算。”

笑谈之间，华月夫人饮得一盏茶下，那名楚衣女仆恰到好处地飘了进来斟得一盏，又飘然去了。华月夫人倏然正色道：“先生大舱漏风么？”吕不韦微笑道：“商战多秘事。此舱乃不韦密室，三重坚木密闭，唯舱门家老、屏后使女与在下三人，夫人尽可放心。”华月夫人一点头道：“如此便好。”说着离案深深一躬，“我有一事托付先生。”

“夫人但说，在下何敢当此大礼。”吕不韦连忙也是一躬。

“先生入座，且听我说。”华月夫人坐回案前罕见地字斟句酌着，“前日说起在赵为质的异人公子，原本是我门亲侄儿。老身夫君早亡，膝下无子，意欲收异人为嫡，承袭我门根基。奈何秦法有定，王族子弟过门立嫡，须得王室核准其才德阅历，以免贻误他门功臣。故此，老身欲托先生，在邯郸查勘异人公子言行操守，越细越好，尽报老身。不知先生为难否？”

“此事原是不难。”吕不韦思忖点头，“只在下不甚明白，邯郸之秦商势力颇大，夫人何舍近求远而托付在下？”

“哟！先生好精明。”华月夫人笑了起来，“你是说老身何不动用秘密斥候？那倒不难，可那得老秦王手书。再说了，踏勘人物，官府的斥候小吏也未必做得好，万一有差，再托他途反倒不便。先生能事明大义，托付先生，比官府牢靠多了。”

“夫人信得不韦，不韦受托了。”

“这才是先生！”华月夫人朗朗一笑，从绿裙衣袋中拿出一个小小铜匣打开，取出一方黑玉制物，“先生可知这是何物？”吕不韦摇摇头：“玉佩万千，无人能尽识。”华月夫人拿起黑玉信手一晃，舱中灿然划过一片蓝光：“先生可知黑冰台？”吕不韦道：“风闻而已，不甚了了。”华月夫人笑道：“先生以商旅之身受托，难保没有诸多不便，若有为难处，可持此符到邯郸岱海胡寓求助。”说着递过玉符，笑吟吟盯住了吕不韦。

吕不韦心下猛然一跳——岱海胡寓是黑冰台邯郸根基！脸上却呵呵笑道：“在下持此玉牌，岂非也变成了秦国官身？此事岂非也成了国事？”

“哟！先生却是呆。”华月夫人带着三分娇嗔，“若是国事何须先生？这是我族私牌，老身一族弟在邯郸效力，私牌只可动他一人，左右保你有个援手，与国事无关。”吕不韦接过玉牌一拱手笑道：“夫人周详，不韦谢过。”华月夫人笑吟吟又饮了一盏震泽绿茶，站了起来：“正事已了，我告辞了。”恰逢楚衣女仆又飘进来斟茶，华月夫人笑道：“先生好消受，只可惜老身没有此等一个侍女了。”

吕不韦大笑一阵道：“莫胡，拜见夫人了。”

“小女莫胡，见过夫人。”楚衣女仆一口楚语，盈盈一拜。

“哟！起来起来，湘楚人氏么？”

“洞庭郡南，湘西屈氏封地。”莫胡红扑扑的脸膛分外的动人，“屈原大夫投江，族人星散了，我族逃到了胡地草原……”

华月夫人粗重地一叹：“哀哉楚人，何其多难！”

“不想夫人与莫胡竟是同乡，难得也！”吕不韦感喟一句笑道，“夫人喜好吴茶楚菜，莫胡正精于茶道，通晓楚菜，将莫胡借给夫人如何？”

“哟！先生好大器。”华月夫人开心得一拍手，“不作兴送给我做个女儿！”

吕不韦大笑：“莫胡，夫人要认你做女儿了，你却如何？”

“女儿拜见母亲！”莫胡一头叩了下去。

“哎哟，还当真捡了个女儿，快起来！”华月夫人一脸灿烂，“可要说好，莫胡若在老身处不惯，先生要许她回来了。”

“自当如此。原本是借了。”吕不韦转身向舱门高声吩咐，“西门老总事，那只轻舟给莫胡姑娘，许她随时回我商社。”舱门外一声答应，一阵脚步声去了。

华月夫人道了告辞，莫胡搀扶着华月夫人出了舱门。华月夫人笑道：“你也不收拾一番自个衣物零碎，如此跟我走么？”莫胡笑道：“轻舟便是我的家，物事都在船上呢。”华月夫人回头笑道：“还是先生虑得周全，有了我这女儿，线扯紧了。”吕不韦笑道：“天意如此，在下只是听凭夫人吩咐。”华月夫人扑闪着大眼笑了：“哟！谁听谁，老身可是还没吃准呢！”一阵笑声，三人上了船头。

此时霜雾已散，西门老总事正在侧舷摆动着白旗调遣船只。华月夫人向下看去，见自己的黑帆小舟旁泊着一艘打造得极为精巧的白帆轻舟，似乎比自己的五人小船还小了些许，便问：“这轻舟可有水手？”莫胡笑答：“没。我自个驾船，采茶买菜都是它。”华月夫人惊讶道：“采茶？哪里采茶？”莫胡笑答：“每年开春，我都随大商船南下楚吴，驾着这只轻舟上震泽东山岛采茶呢。”华月夫人不禁脱口赞叹：“哟！没看出还当真楚姑一个了！”吕不韦微微一笑：“夫人，不韦或可有谋，然却无假。”华月夫人明朗笑道：“只要是个真人，老身决然不负先生。”

此时两艘小舟并行靠近大船，莫胡搀扶着华月夫人下了侧舷板桥，在黑帆船头深深一躬：“母亲慢行，女儿驾舟随后。”轻身一跃，稳稳地落在了侧旁丈许的白帆轻舟之上。大船侧舷的吕不韦向黑帆小舟遥遥一拱手，大船一声高呼：“送我大宾，其利断金！”呼声落点，西门老总事白旗挥动，两艘小舟悠悠去了。

“起锚。”吕不韦轻轻一声吩咐。

大商船悠悠然漂离码头顺流东下，出咸阳过栎阳再过下邽，一天晚霞的时分，进入了林木苍莽的陕塬[1]河道。吕不韦站在船头，白衣飘飘极目远望。陕陌山塬万木秋色，浩浩大河在山塬东尽头铺开，两岸苇草茫茫起伏，抖动着一片无边无际的粼粼锦红。

这个华月夫人实在是个人物，既干练实在又扑朔迷离，一时难以揣

[1]　陕塬，西周时名陕陌，周公、召公分陕而治，陕东周公，陕西召公。今河南省陕县高原。

摩得透。实在说，托付探听嬴异人，原是正中下怀，吕不韦自然不会拒绝。然则，吕不韦心下总是飘荡着一丝不安——华月夫人似乎隐隐约约地揣测到了何事，似乎料定了吕不韦不会拒绝，既是明晰托付，又是隐约防范，抛出一个“黑冰台族侄”便是最大的玄机。吕不韦久做兵器盐铁大宗生意，在商旅道也是最需要防范各国暗劫的。为此，吕氏商社对天下七大战国的“秘兵”历来探听得一清二楚，赵国黑衣、魏国苍獒、韩国铁士、燕国虎骑、齐国海蛟、楚国吴钩、秦国黑冰台。对秦国黑冰台虽然不如对山东六国“秘兵”那般了如指掌，却也是大体熟悉。比较而言，秦国对秘兵掌控最严。自秦惠王与张仪创制黑冰台，严令黑冰台只隶属丞相府行人署[1]，只涉外事，严禁干政。黑冰台之调遣，以开府丞相奉秦王秘密兵符为准，其余任何权臣不得介入。目下，连蔡泽这般已经是封君开府的丞相，尚不能得秘密兵符调遣黑冰台，一个华月夫人，竟能以族中长辈名义调遣一个黑冰台武士？吕不韦相信，这个精明的夫人不会是故弄玄虚无中生有，然则果然属实，这其中可能大有文章。蓦然之间心下一抖，吕不韦觉得云雾之中似乎有一双深邃的眼睛遥遥俯视着一切……

正在兀自出神，前方一阵似吟似唱的歌声遥遥传来：

大道将成兮　天地无情
陶朱泛舟兮　其心难平

随着一声激越的长吟，北岸茫茫苇草中倏然荡出一只独木小舟，舟头一人红衣散发斗笠长桨，横在河面厉声一喝：“吕不韦！尔竟不辞而别！”

吕不韦拱手一阵大笑：“纲成君，做劫道生意么！”

“老夫要事，你只下来！”蔡泽的声音尖亮地回荡在河面。

吕不韦转身下令：“放下轻舟，大船如旧行进。”片刻之间，大船侧

[1] 行人署，秦国执掌外事邦交的官署。黑冰台之创制过程见《大秦帝国·国命纵横》。

舷漂下一叶小舟，吕不韦攀着绳梯下到水面处跃上小舟，径自操桨荡了过来。靠近蔡泽小舟，吕不韦高声笑道："纲成君，我这里有两坛老酒，过来如何？"说话间两只小舟并拢，吕不韦已经用长钩搭住了独木舟，蔡泽黑着脸道："我船漂走了你赔么！"吕不韦哈哈大笑："这叫两头钩，卡住船帮，两船便是一体，只过来便是。"蔡泽嘿嘿一笑："商人毕竟有门道。好！老夫过来也。"纵身大步跨越，一个趔趄坐到了吕不韦对面，两人不禁一阵大笑。

吕不韦轻轻扶橹，又将小舟荡进了茫茫苇草，坐下来提过两坛酒打开："纲成君，吕氏老家酒，一人一坛。"蔡泽接过扬起脖子咕咚咚喝得几大口，说声好酒，喘息着道："那个华月夫人，有托于你了？"吕不韦一笑："纲成君此话何意？"蔡泽黑着脸："你只说，是有是无。""有。"吕不韦一副坦然，"私事相托，有违秦法么？"蔡泽嘿嘿冷笑："遴选储君，好大私事也！"吕不韦笑道："夫人所托，捎书问事而已，并非教不韦遴选储君。纲成君，有事直说。"蔡泽锁着眉头冷冷道："今日我被急召章台，老秦王只一句话：异人之事，宜私不宜公，君可徐徐图之。你只说，此话何意？"

吕不韦思忖道："纲成君之意，是老秦王密令？"

"说不得。"蔡泽又是冷冷一句。

"纵是老秦王密令，与不韦何妨？"吕不韦笑道，"为各国捎带传书问事，商旅道上比比皆是。纲成君，何至如此不安？"

"商旅之道，怎知其中奥秘？"蔡泽喟然一叹，"你只想，'徐徐图之'其意何在？还不是要老夫撒手！既要老夫撒手此事，便当重新开府领政，可又没有明书，丞相府还在太子嬴柱手里。你说，老夫不是分明被闲置了？你自是不急！"

"事中迷矣！"吕不韦不禁大笑连连摇头，"不韦远观，这与纲成君事权无关，无非目下稍闲而已。若无意外，一年半载间，纲成君依旧是开府丞相。"

"何以见得？"蔡泽立即追上一句。

"帝王执掌公器，事理之心却于常人无异。"吕不韦侃侃道，"纲成君但想，老秦王旦夕无定，何尝不想看看这个老太子处置政务之才干？若仅仅镇国，下有丞相，上有秦王，太子便是优哉游哉。借立嫡之机闲置丞相，一肩重担压给太子，老秦王所图谋者，是要看太子能否担得繁剧国务。足下爵位擢升反而闲置，看来不可思议，实则却是老秦王暗伏的一着妙棋：权臣淡出，但有国乱，便是安邦砥柱也！”

“噫——！”蔡泽奋然中透着狐疑，“老秦王何不明言？”

一阵默然，吕不韦生生咽下了冲到口边的一句话，只是淡淡一笑：“雄主权谋，鬼神难明，不韦何能尽知？”

蔡泽遥望着西天晚霞，兀自喃喃道：“莫非也不放心老夫，要试探老夫临危应变之胆魄？然则教老夫自己揣摩，也不怕诸事不备临危抓瞎？老秦王，说不清说不清也。”吕不韦看着蔡泽又是淡淡一笑，依然没有说话。

“不韦啊，”蔡泽叹息一声，“老夫看来，你似商非商，倒是从政之才也。”

吕不韦又一阵大笑：“就事论理罢了，纲成君折杀我也。”

蔡泽突然正色道：“余事不说，老夫截你，是有事托你。”

“噢——？”吕不韦大感意外。

“请在邯郸着实查勘，有无近期秘密接回异人公子之路径？”

“秦有黑冰台，何须我做秘密斥候？”

“黑冰台？”蔡泽冷冷一笑，又恢复了惯常口吻，“赵国还有黑衣！再说，黑冰台要老秦王秘密兵符兼手书，方能启动。老夫却只想动用属下之力，秘密了结此事。只要异人公子回秦，这番立嫡纠葛便告完结，老夫只安心做丞相治国了。”

“纲成君，还是水到渠成者好。”吕不韦少有的正色一句。

“你自不急！”蔡泽涨红着脸，“名士当国，陷在此等泥沼云雾中成何体统？百年以来，计然派唯一为相者，便是老夫！若不能治理出一个富强之邦，计然派声誉何存？李冰已经修成了都江堰，蜀郡大富！若不能在关中大兴水利，纵立得一个好秦王，老夫有何颜面做这个丞相！”

良久默然，吕不韦淡淡一笑：“纲成君如此想，不韦受托一试了。”

“好！”蔡泽哈哈大笑间一拱手，“老夫去也。”

秋日的晚霞消逝，独木小舟倏忽融进北岸黝黑的陕塬，一轮明月悠悠然挂在了山头。吕不韦望着秋月愣怔良久，放舟而去，在三门大峡追上大船扬帆东下了。

第五章 情变横生

一 弭兵论战 嬴子楚声名鹊起

每年立秋，都是邯郸最红火热闹的日子。

凉风至，白露降，寒蝉鸣，是为孟秋。孟者，排行之大也，以时令论，乃四季之首月。正月、四月、七月、十月皆为孟月。七月为孟秋之月，第一个节气便是立秋。阴阳家云："立秋之日，盛德在金。天地始肃，不可以嬴。"也就是说，从七月开始，天地之气转为肃杀（缩），人之言行亦当顺天应时，由饱满伸张转为收缩内敛。于是，邦国决狱讼论有功，农家收五谷入仓廪，商旅清货仓盘收支，士人论学问推贤能。举凡朝野百业之言行，都围着大收获转向大收敛这一主旨，在热气腾腾地进行着一年中最后的大忙碌。

立秋抡材是赵国士林一年一度的大典，也是邯郸孟秋月最大的盛会。

战国之世，士人领潮流之先，挟长策以游说诸侯，不钻营，不苟且，不出违心之论，不为违心之行，合则留，不合则去，邦国择士，士择邦国，其人格之独立，其精神之自由，虽千古之下亦令人神往。治国名士如此，治学名士亦如此——或投学宫以立身修学，或居山林以收徒教人，或游天下以传布信仰，或专艺业而躬行实践，恒专恒信，矢志不移，代代传承，遂成大家。如工师之技，如农家之艺，如治水之工，如医药之道，如营国[1]之学，如格物之辩，如堪舆之术，如音律器乐，如私学育才，尽成亘古之奇伟高峰。于是，天下有共识：一国能否强盛，根本处在于聚士召贤。

战国谚云："得士人者得天下。"说的便是战国士人的潮头风光。

中原士林之盛，原本以魏国大梁、齐国临淄居先。战国口碑云："经邦名士多出魏，天下学问尽在齐。"说的便是当年魏国齐国的士林盛况。李悝、乐羊、吴起、白圭、商鞅、孙膑、张仪、范雎，这些赫赫名士即或不是魏人，也是先入魏国成名而后出走。而齐国临淄之稷下学宫，则汇聚了除墨家之外的天下几乎所有的学派，学问大家一时蔚为奇观：儒家孟子，法家慎到，儒法兼具的荀子，阴阳家的邹衍，纵横家的鲁仲连，名家淳于髡，黄老学派的田骈、宋妍、伊文、环渊，杂家的田巴、接子，等等等等。惜乎魏齐两家好景不长，自魏惠王后期，魏国大梁失去了中原文化中心的地位。自齐宣王之后，齐国经六年抗燕大战而全面衰落，稷下学宫士子纷纷流失，临淄也风光不再了。

如今，中原士林的中心转到了赵国邯郸。

赵国尚武之风最为浓烈，士风原本寻常。然自赵惠文王起，赵国成为唯一能与秦国抗衡的山东强国，加之齐魏两国衰落，名士争相流向邯郸。数十年间，赵国官署的文吏大多被中原士子取代，王族贵胄的门客大大增多，各种学馆也雨后春笋般遍布邯郸。六国合纵败秦后，更有一变数推波助澜，使邯郸士风不期然蔚为大观，一时居天下之冠。

这个变数，是"战国四大公子"之首的信陵君魏无忌客居邯郸，与平原君赵胜互为呼应，使邯郸士风大盛。战国四大公子者，信陵君魏无忌（魏国）、孟尝君田文（齐国）、平原君赵胜（赵国）、春申君黄歇（楚国）也。四人当年与苏秦、张仪斡旋于合纵连横，从此成风云之士，天下呼为"四大公子"。四公子以信陵君才具最高，知兵善战而通晓政务。秦赵对抗后期，信陵君又统率六国联军救赵败秦，堪称名重天下。其余三人则因种种因由，此时已经黯淡了许多。孟尝君田文侠风过甚，柔韧

[1]　营国，先秦筑城学派，规划兼施工，时称营国术。

不足，治国领政也是寻常，罢职后心志颓唐，在燕齐六年对抗中匿居封地，郁闷病死。春申君黄歇，善于斡旋庙堂，军政才能却尽皆平庸，随着楚国衰落淡出中原邦交，小心翼翼地固守着自己最后的封地与权力。平原君赵胜，虽历经危难而矗立领政之位，然却因治民乏力、长平大战赞同去廉颇用赵括、合纵败秦后对信陵君鲁仲连多有不当等诸多瑕疵，名望一时大损。

于是，信陵君如一株参天老松，巍巍然矗立中原。

盛夏之时，信陵君与一班门客开始了大典谋划。本心而论，信陵君并不想在邯郸张扬过甚。毕竟，赵国离魏国太近了，自己在赵国的一举一动都会立即传到大梁，生出种种难以预料的议论。议论越多名望越大，回到魏国的可能就愈加渺茫。审时度势，信陵君抱定了一个方略：布衣客居，常道交士。就前者说，在赵国不受封地不任官爵，只做布衣游士般客居。如此，既可向魏国昭示自己依旧是故国之身，又可使赵国觉得自己没有野心图谋，而减少对自己的猜忌。就后者说，与士子们常态交往，是向天下昭示信陵君还是信陵君，本色无改。危难之时，自己能窃取兵符诛杀大将一呼百应而夺兵救赵，靠的还不是平日的信义威望？若过分收敛，做成一副苟且行状，信陵君还是信陵君么？

心中底定，信陵君一如既往地与贤能之士多方结交，布衣入市井，觅得了薛公、毛公做座上宾。昔日星散的门客得信，也纷纷从大梁与各国都城来到邯郸重新投奔门下。对于去而复返的众多门客，信陵君没有孟尝君那种“士态炎凉”之怨，一概慨然接纳。纵是平原君的门客改主来投，他也是毫无顾忌地接纳。如此三五年，信陵君的门客士子荡荡乎三千余人，超过了昔年养士最多的孟尝君，成为战国养士之最。

战国养士之要，首在权臣的封地根基。没有封地，士子来投衣食无着，自然谈不上接纳门客。门客士子三千，其衣食住行之费用比同等数量的军兵大了数倍。没有百里以上封地的寻常贵胄，根本无能为力。此养士之难也。

信陵君在赵国没有封地，寻常看去无法养士。然则，一切难题都水到渠成般化解了。其时信陵君救赵败秦，功劳声望名重山东。赵孝成王因不敢兑现原先对救赵功臣的封地承诺，已经使天下议论纷纷，此时做出了分外慷慨的姿态，非但将邯郸最大的一片王宫园林拨给了信陵君做府邸，号为“信陵园”，且月支千金以为衣食。山东各国唯恐不能结交信陵君这般救亡名臣，此时风闻其招士纳贤，一时纷纷赠金赠物。列国巨商大贾为昭示义举，也个个慷慨解囊。倏忽几年，信陵君财力反倒是比在大梁还要充盈，足堪荡荡三千门客了。

自然而然地，信陵园成了每年立秋抡材大典的不二会场。

抡材者，遴选木材也。《周礼·地官》规范其山林土地官员之职责云：“凡邦工入山林而抡材，不禁。”也就是说，邦国工匠在特定时节进入山林挑选木材，是法度允许的。进入春秋战国，抡材一词流变为考校遴选人才的专用语。虽说百业都有抡材之说，都有抡材之举，然最引国人关注的，还是士子们的抡材大典。

这种抡材盛会，并不是为某国某郡具体地选拔贤能，而是以大聚会大论战的形式，切磋探究天下大势，一年一个主旨议题，各家各派畅所欲言，个中翘楚则一举成为天下名士，周游列国身价百倍。如此功效，非但士子们人人视为一举成名之盛典，各个邦国也是深为关注，纷纷派出秘密特使或各种形式的斥候到会踏勘，以求有用之才。

依着传统，抡材大会的主旨议题，由东道主会同公认的名士大家商定。

夏至时节，信陵君正与毛公薛公等一班名士会商论战议题，有门客报来，说荀况大师过赵，将南下楚国。信陵君顿时一振，立即亲自驾车赶赴邯郸郊亭，大礼将荀子迎入信陵园上宾馆入住。此时孟子已去，荀况是最有名望的学问大家，天下皆呼为荀子。这荀子非但学问渊深，论战犀利，年轻时已是孟子理念的论战劲敌，更有一样过人处，为人平实本色，全然不似过世的老孟子那般霸气逼人。有荀子坐镇，抡材大典会少去诸多麻烦。

当晚，信陵园大宴邯郸名士，为荀子接风洗尘。当信陵君陪着荀子步出厅堂时，士子们的目光齐刷刷扫了过去——荀子正当盛年，颀长挺拔，不胖不瘦，苎麻布衣，短腰布靴，一顶久经风吹日晒已经由绿变白的竹冠压着略见灰白的须发，沧桑风尘刻在沟壑纵横的黝黑脸膛，明澈的目光漾出一片深沉平和的笑意，方到廊下拱手一周：“荀况过赵，特来拜会信陵君，就教诸位同人。”

仅此一句，可见荀子谦和。几百名士子一齐拱手高呼：“恭迎先生入赵！”

宴席设在大池边的胡杨林下，天中明月高悬，林间风灯高挑，晚风徐徐，蛙鸣声声，一派夏夜风光。酒过三巡，信陵君起身向荀子肃然一躬：“子为天下大家，领袖士林。无忌敢请先生为今秋抡材大会点题，以孚众望也。”

荀子一拱手笑道：“天下士子，八九在赵，况何能独孚众望？愿先闻诸位拟议，以开我茅塞。”信陵君知荀子谦和，拍得一掌笑道：“也好！有题议者先说来，先生评点定夺。”

“我等有议。”一个蓝衣士子从一片蓝衣大案中站起，挥手向身后一圈高声道，“我等皆从稷下学宫入赵，人称‘邯郸稷下’是也。我等以为：昔年孟子与各派大家，在稷下学宫论战人性未了。而今天下人欲横流，善恶不分，急需以正视听。今秋论战议题当为：人性孰善孰恶？何以克恶扬善？”

“好！正是如此！”话方落点，蓝衣士子身后一片高声叫好。林下目光也一齐聚向荀子，以为这个议题荀子必然赞同无疑。谁知荀子只是淡淡一笑，毫无开口之意。

“我等赵国士子。”与主案遥遥相对的红衣案群中一人挺身站起，慷慨高声道，“我等议题：何以重振合纵？何以复兴中原？诸位但想：自古乱象，莫如今日！山东危难，莫如今日！自长平大战赵国失利，幸得信陵君奋起合纵，击败秦国。然则，山东六国毕竟已是大衰，若不思振兴，中原文明[1]必将被蛮秦吞没！我等中原士子，当以救亡图存为己任，寻求振作六国之长策。空议人性善恶，全然不着边际也。”

---

[1] 文明，源出《易·乾·文言》：“见龙在田，天下文明。”意为光明文采。孔颖达疏：“天下文明者，阳气在田，始生万物，故天下有文章而光明也。”

“彩——”胡杨林下的赵国士子们轰然一声喝彩。

荀子看看信陵君，依旧只是淡淡一笑。

“我有一题，就教诸位。”东首毛公案旁站起一人，宽短的黑色楚服在风灯下分外显眼，士子们顿时一片啧啧称奇。黑衣楚服者浑然不觉，向信陵君与荀子两座一拱手高声道，“天下息兵，邦国止战。化为议题总归一句：弭兵之道可否救世？在下以为：战国祸乱之源在战，战而不息之根在兵；若有长策息兵止战，天下自安；若集众议而不得一策，我等士人便当重新思谋天下出路！”

“敢问足下何人？”一个稷下士子霍然站起。

“在下子楚，老秦士子一个。”黑衣楚服者悠然一笑。

胡杨林下顿时哗然，哄嗡议论声如潮水拍岸。哄嗡潮水中，稷下学宫的红衣士子群中一人高声笑道：“老秦士子，未尝闻也！蛮勇无文，连名字都要沾着一个楚字，侈谈弭兵救世，只怕杞人忧天了。”话音落点，胡杨林间哄然一片大笑。

“足下差矣！”黑衣楚服者正色高声道，“文化文明者，绝非士子多寡学风厚薄所定也。邦国法制、民风民俗、农工劳作、财富分配、国人治乱者，方为文明之根也。秦国士风固不如中原，然文明之根强壮中原多矣！子楚才学固不如足下，然，何至于借一‘楚’字立得姓名？吾母楚人，子楚之名，怀念母亲而已，岂有他哉！”

胡杨林下一片寂静，士子们显然惊讶了。百年以来，但逢士子聚会，何曾有过一个秦国士子登堂入室高谈阔论？今日天下名士云集，竟有秦士突然出现，且引出了如此一个重大的文明话题，如何能不令士子们大为意外？一片默然之际，信陵君环顾四周高声道：“今日并非论战之期，诸位养精蓄锐，且听先生评点议题。”转身郑重拱手道，“方才三方拟题，先生以为如何？”荀子正在饶有兴致地注视着子楚，回头悠然笑道：“方才三题，人性善恶之论，失之太虚，虚则难见真才实学；重振合纵之论，失之太实，实则多利害之争，难见天下胸怀。老夫之见，秦士所拟弭兵之论较为中和平实，既切中天下时弊，又脱出邦国利害，诚为名士胸怀也。尤为可贵处在于最后匿伏之问：若无弭兵长策，天下出路何在？老夫粗浅之见，究竟何选，信陵君定夺。”

荀子话虽谦和，论断却极是扎实，话未落点，士子们的目光齐刷刷聚到了子楚身上。信陵君略一思忖起身笑道：“先生有断，大是幸事！无忌当会同各方商定议题，于大典之前旬日通告各馆。”

“信陵君明断！”全场不约而同的一声呼喝，轰隆隆散去了。士子们原本对秦人的议题不以为然，不料名高望重的荀子却评价甚高，显是一片不快。料想信陵君最是敬贤，况且事先言明请荀子“评点定夺”，定然会当场立断定下议题，使这个秦士一夜成名；谁想信陵君竟破例食言，硬是回旋了过来，士子们顿时舒心，谁还去管信陵君是否食言，想都不想便同声拥戴。

众人散尽，湖风掠过，胡杨林下一片清幽。信陵君正自凝望着渐渐远去的人群，却听身后响亮快意的呱啧品咂声，回头一看，薛公毛公在悠悠然自斟自饮，不禁惊讶笑道：“两位好兴致也！”毛公左手当当敲着铜爵，右手翻转一亮手中陶碗：“真喝酒，还是大碗来神！”信陵君慨然道：“好！我陪毛公再来一桶！”薛公连连摇手：“且慢且慢，饮酒是个由头，我二人留下，实在是想助君一臂之力也。”信陵君目光闪烁道：“两位与子楚交好，要定下议题是也不是？”毛公哈哈大笑：“鸟！敢小觑老夫！不想留下老夫子么？”信陵君恍然点头：“难为两位想到此事。好，这便去。”说罢唤过家老一阵低声吩咐，带着毛公薛公向胡杨林深处匆匆去了。

明月当头，沿着大湖东岸蜿蜒前行，进了胡杨林深处，点点风灯闪烁在一片金红色的朦胧之中，黝黑的屋脊若隐若现，铁马叮咚落叶婆娑，座座庭院如海市蜃楼一般。薛公不禁笑道：“这上宾馆清幽隐秘，倒是对老荀子脾胃了。”信陵君道：“这几座庭院，原本是赵王安顿各国逃亡大臣所在。当年魏齐被范雎追杀，也被平原君塞在此处。”毛公突然一摆手道：“不对，只怕老荀子要走！”薛公一拉信陵君道：“毛公贼耳，定有动静，快。”

上宾馆是大庄园套小庭院，一道低矮的白石墙曲曲折折圈进了一大片胡杨林，进得大门是若干条通幽曲径，不经门吏引导，等闲人找不见任何一座庭院。信陵君通晓五行奇门之术，熟悉其中奥妙，一进大门领着两人匆匆绕进了东北角一座庭院。小庭院都是竹篱做墙圆木为门，古朴得山居一般。三人匆匆而来，却见圆木大门洞开，院中风灯穿梭脚步杂沓，信陵君不禁一阵愣怔。

毛公大步进门笑嘻嘻拉住了一个少年："后生呵，夜半三更忙个甚来？"

"我师有命：天亮启程，我等正在收拾书车。"

薛公对着正北厅堂一拱手高呼："信陵君拜会荀夫子——"

厅堂正门咣当拉开，廊下风灯映出了荀子瘦削的身影："寅时末刻，荀况自当辞行，何劳信陵君夤夜走动也。"

"搅扰清兴，先生见谅。"信陵君当头深深一躬，"无忌有棘手之难，两公有难言之隐，尚请先生赐教。"

荀子淡淡笑道："老夫唯知青灯黄卷，何有断事之能？三位请回。"

"老夫子差矣！"毛公醉态十足地摆着手摇到廊下，"国非国，事非事，非常之时不常法，晓得么？老，老夫子！"

"也是。"荀子目光骤然一亮，"三位请。"

进得书房，荀子拍得两掌，一个少年仆人出来煮茶斟茶。薛公低声道："夫子弟子们可知今日宴席之事？"荀子摇头道："潼萌是仆，非修学弟子也。老夫弟子不执杂务，不入世俗应酬，唯学而已。"毛公指着薛公嘿嘿笑道："你个老哥哥，不知道老夫子规矩么？荀子教人，讲究个冥冥之志、惛惛之事。说的是治学要专心致志，深沉其心，自省自悟，不为热闹事务所乱心乱神。此所谓'君子博学，而日参省乎己，则知明而行无过矣！'对么老夫子？"荀子不禁点头笑道："毛公说得不差。除了论学论战，老夫从来不带弟子入宾客宴席。今日之事，弟子们并不知晓。"薛公不禁大是感慨："先生清严若此，无愧一代大家！尝闻昔日孟夫子，举凡宴会都是随行弟子尽数出席，且位次要在陪席名士之前，当真满得过分也。"信陵君笑道："孟子荀子，道不同也。孟子弱于政而富于学，治学便有霸气。荀子强于政而弱于学，治学虚怀若谷。究其实，荀子学道谦逊而入世强锐，强过孟子多矣！"荀子大笑道："信陵君谬奖也！老夫只不想与士子们纠缠无端是非，如足下一说，老夫竟是图谋渊深了，何敢当之？”

四人一阵大笑，信陵君郑重一拱道：“今日议题之事，原是我客居赵国，顾忌邯郸士林，没有当场立断。食言失信，无忌委实惭愧，尚请先生见谅。”薛公接道：“信陵君也只是给平原君留个颜面。今日邯郸士子，大多都是平原君门客。所拟议题，自然也是平原君首肯了。此公老迈褊狭，原本便对门客流入信陵君门下愤愤作色。虑及魏赵盟约，信陵君方才推延几日，先生万莫上心。”毛公一拍酒葫芦笑道：“嘿嘿，老夫子何等睿智，用得你等如此聒噪？”荀子不禁朗声大笑：“还是毛公，不愧神生也！‘国非国，事非事，非常之时不常法’，有此警语，荀况安得不悟？”

“如此说，夫子可以留赵了？”薛公钉铆分明。

“难也！”荀子喟然一叹，“老夫也是赵人，投鼠者忌器，既不能长策正国，何如避走他邦治学，或可育得一二大才，以为祖国进言图存也。”

“鸟！偏是这赵国难整。”毛公笑骂道，“当年一出稷下，荀夫子便为赵惠文王进策，力主二度变法，师法秦国彻底取缔贵胄封地。嘿嘿，赵国君臣议论月余，不置可否。荀夫子又能如何？走，走了好！留在邯郸吃气！”

“报国之心，志士终不能免矣！”薛公一声叹息，“荀夫子不为祖国所用，却思培育弟子以接踵报国，赤子之心[1]，我等自愧弗如也！”默然良久的信陵君肃然一拱道：“敢请先生立秋之后南下，无忌决意不负先生厚望。”

“好！老夫拭目以待也。”

荀子一言落点，各人心下顿时舒展，纵横笑谈，不知不觉地雄鸡高唱了。信陵君吩咐几句，上宾馆执事送来了四案邯郸最有名的胡饼羊骨

[1] 语出先秦。《尚书·康诰》：“若保赤子，唯民其康乂。”孔颖达疏：“子生赤色，故言赤子。”《孟子·离娄下》：“大人者，不失其赤子之心者也。”

汤。胡饼是胡人远行携带的一种面饼，以铁板或陶片烧烤而成，巴掌大小焦黄干脆，等闲一月不霉不馊。无论放牧行军，野炊胡饼配以炖羊汤或马奶子，当即一顿结实的美食。胡服骑射之后，胡人衣食习俗大行赵国，胡饼羊骨汤便成了邯郸人最风行的便捷早餐。寒凉的清晨，一鼎热腾腾撒着翠绿小葱的雪白羊骨汤呼噜噜下肚，再大嚼几只焦黄干脆的胡饼，通身细汗，顿时人人精神大振。

信陵君拭着额头汗水道："先生且与毛公薛公盘桓，我去见平原君了。"

荀子一拱手："公子但去，老夫正要与两公手谈一番。"

昨夜信陵园散场，平原君听了门客总管毛遂的一番禀报，心下大是憋闷，一夜不能安枕，听得楼头五更刁斗打响，到胡杨林下跑马练剑去了。

去岁冬日，吕不韦特意请见，向平原君秘密建言：目下秦国利市最大，吕不韦欲借嬴异人之力进入秦国经商，所得利市愿与平原君均分；吕不韦所求者，唯请平原君解除禁锢，允准嬴异人以自由身在邯郸交往走动。平原君一番思忖，当晚进了王宫请见赵孝成王，秘密会商一个时辰，次日答应了吕不韦所请。平原君与孝成王的谋划是：吕不韦入秦经商，可给赵国府库平添一大笔岁入；让嬴异人自由交往，既无损于赵国，又能试探秦国动静。正是将计就计。平原君的最大期望是：秦国闻风而提出要嬴异人回秦，赵国借机与秦国重开会商，打开长平之战后的对抗僵局。毕竟，秦国之强大已远非昔日，赵国硬生生将这座大山扛在自己肩上，山东六国也未必领情。当年赵国在长平浴血抗秦，山东五国落井下石，无论赵国如何苦苦相求，粮草援兵一概没有。直到白起死去秦军力衰，五国才在盗窃兵符的信陵君感召下出兵"救赵"。侥幸战胜，又一片鼓噪，纷纷将自己当做了赵国的"存亡恩邦"。赵王负气，平原君寒心，没有给信陵君封地，不想竟惹来天下同声谴责，俨然赵国欠着山东五国的救命大恩一般。如此山东，赵国朝野早已寒心透了。若能与秦国重新媾和，天下秦赵两强并立，瓜分山东五国，与赵国没有任何损伤，何乐而不为？再说，人质的价值在于使对方有所顾忌，当真将这个人质囚禁死困，使对方无望救回人质而放开手脚大打，岂非事与愿违？

谁想，这个嬴异人解困出山，以“子楚”之名在邯郸交游，短短几个月竟颇有声名。按照平原君本意，嬴异人出名能引起秦国注意，原是好事。可这嬴异人却与信陵君搅在了一起，平原君大大的不是滋味了。

无论如何，信陵君是当今山东柱石，是唯一真正体察大局的威望名臣。有信陵君在，至少魏赵两大国的盟约不会解体。虽然魏王嫉恨信陵君，而信陵君只能暂时地客居赵国，但在事实上，谁也不会将信陵君做白身士子对待。因为山东六国都明白，但有危机，信陵君的威望与号召力是无可匹敌的。正因了如此，赵国对客居邯郸的信陵君不能不礼敬有加。可是，平原君内心却总是有着几分顾忌，时常忐忑不安。

平原君深深知道信陵君对魏国的坚贞。当赵魏利害冲突之时，信陵君决然会坚定不移地为魏国谋划，而绝不会将三晋当做一家。魏赵韩三家分晋一百多年来，血肉相争者多，同气连枝而结盟者少。基于这一根基，平原君对信陵君始终保持着应有的警觉。

同为战国四大公子，信陵君入赵而使平原君光芒大减，平原君总觉得不是滋味。尤其是门客纷纷投奔信陵君，自己的士林声望急剧下降，平原君最为恼火沮丧。然则，恼火归恼火，沮丧归沮丧，战国之世便是这等自由奔放，合则留不合则去，你却又能如何？既无力改变，又不能得罪，一阵愤懑之后，平原君也就放开了，对门客士子任其来去，对信陵君听之任之。唯有一条不能懵懂，不伤及赵国利益。

谁想恰恰此时，这个子楚竟成了信陵君的座上宾，平原君心下顿时一个激灵。万一子楚做了信陵君与秦国秘密联络的通道，赵国岂非大大麻烦？从大局着眼，赵国是不允许山东任何一国与秦国单独沟通的。只有赵国，只有付出了近百万生命鲜血从而抵挡了秦国风暴的赵国，才有以山东六国宗主国的资格与秦国会商斡旋。一番思忖，平原君与毛遂等一班心腹门客商议，要在抡材大典时试探信陵君。

这个试探，是策动赵国士子提出论战议题：何以重振合纵抗秦，进而振兴六国？平原君要看的是，信陵君将如何在这个关乎六国存亡的重大议题上的说辞？无论其说法如何，只要信陵君说辞一出，便是赵国游说策动六国的最佳时机，重振合纵的声势一旦形成，会构成逼迫秦国媾和的巨大压力。再加上这个人质子楚的诱惑，秦国会处于极为被动的态势。同时，抗秦议题对这个子楚也是当头一记警钟。如此一箭三雕，平原君自然很是满意这个谋划。

不成想，信陵君在大庭广众之下搁置了议题，平原君心下顿时一沉。尽管几个心腹门客都说，信陵君是为了搪塞老荀子才不做决断的。平原君却大不以为然，认定信陵君恰恰是搪塞赵国、搪塞他才如此做法。信陵君的威望根基，在重信义敢担当，既言明请老荀子点题，能出尔反尔么？临时搁置，只能是顾忌赵国颜面，顾忌平原君颜面，岂有他哉！教平原君警觉的是，信陵君此举究竟有何图谋？

此君客居赵国已经五年，魏国依然冷淡如初，丝毫没有请他返国之意。以信陵君之文韬武略，客居他国尚且养士三千，能耐得这般寂寞？设身处地去想，信陵君的最佳出路是早日回魏国秉政，若魏国权力在信陵君之手，天下完全可能是另一番格局，至少山东六国定然是另一番格局。这种格局是赵国所不愿意看到的，也是平原君所不愿意看到的。以魏国之根基实力与地利，一旦有英主能臣，必将成为中原轴心，其时赵国地位必然大大衰落。而有权力在手的信陵君斡旋天下，平原君也必将更为黯淡。

当初，信陵君统率六国联军战胜凯旋之时，平原君与孝成王叔侄已经将未来格局看破，也才有了那番奇特应对——不实封信陵君土地人口，却又像神一般供奉着这位功臣。前者怕他羽翼丰满，后者是做给天下人看。这是赵国乐意重金供奉信陵君的真正原由，也是孝成王与平原君的最大机密。明知此等作为有负信陵君，平原君却是毫无愧色——为了赵国的根本利益，他只能如此。平原君相信，若是信陵君处在自己的位置，也会同样如此做法。

以信陵君之能，不可能体察不出其中奥妙，也不可能不向重回魏国的皇皇目标全力靠近。然则，五年之中，信陵君却始终没有“出格”动静，赵孝成王与平原君一时松了心神，疏于防范了。如今看来，信陵君果真要动了。否则，断不可能在关乎邦交走向的“士论”大题上搁置赵国动议。可是，动向目标何在？平原君一时揣摩不出个所以然。

“禀报主君，信陵君拜会！”门客总管毛遂大步匆匆报得一声。

“噢？”平原君蓦然回身，“人在何处？带门客几多？”

“单车一人，已到府门。”

“好！你立即出迎，亲自驾车将信陵君接到弭兵亭。”

毛遂快步而去，片刻之间驾着一辆青铜轺车辚辚入府，直向林间草地的大石亭驶来。轺车停稳，毛遂来扶信陵君下车，信陵君指着亭额三个大红字笑道：“弭兵亭，何时建造？”说着一步下了轺车。毛遂笑道：“长平大战后，平原君有感于生民涂炭列国旁观，故建此亭，以明息兵之志。”“想起来也。”信陵君恍然点头，“正是那时，先生脱颖而出，一剑廷逼楚王会盟出兵，无忌佩服！”毛遂拱手一礼道：“公子天下柱石，正当重振合纵中兴六国，何独重子楚迂腐之论也！”信陵君不禁呵呵一笑：“昔年，先生鼓动平原君建这弭兵亭，也是迂腐么？”毛遂慨然道：“此一时，彼一时，公子当体察大势而后断。”信陵君悠然一笑：“先生以为，大势要害何在？”毛遂毫不犹豫接道：“秦国独大，六国皆弱，结众弱以抗独霸，大势之要也。”信陵君笑道：“苏秦以来，六国断续合纵数十年，愈合愈弱，先生以为因由何在？”骤然之间，毛遂语塞，红着脸道：“此中因由，在下尚未揣摩得清楚。”信陵君不禁一阵大笑：“老话一句，此一时彼一时也，合纵并非万年良药，也该有条新路子了。”

“新路何在？愿君教我。”服饰整肃的平原君在亭下遥遥拱手。

毛遂笑道：“两公子且入亭叙谈，我去备酒。”匆匆去了。

“请君入座。”平原君笑得分外爽朗，待信陵君进亭入座，落座正色道，“赵王之意：若能重开合纵，赵国欲请君为王命特使，斡旋天下会盟，功成之日，赵国力促君为六国丞相，如苏秦在世也！”平原君慷慨一句，语气分外地诚恳亲切，“为弟思忖，此乃姊夫回魏执政之最佳途径，姊夫以为如何？”

“赵胜呵，你叔侄果真期望我回到魏国？”信陵君淡淡地笑了。

“姊夫何意？赵国若有不周，但请明言。”

“逢场作戏，赵胜长进了。”信陵君冷冷一笑，“你我皆过花甲之年，自少时纵横邦交，成名于天下，些许小伎也能障眼？赵国若当真想无忌回魏，何须如此云雾大做？只以‘不再援手’对魏国施压，无忌便可重回大梁也。无忌领政，力促魏国再度变法，中原便是赵魏两强并立结盟之格局，其时秦国奈何？此等大局大计，你叔侄当真揣摩不得？非也。为维持赵国山东独强，你叔侄宁愿无忌老死赵国！”

平原君大是难堪，面色时红时白，片刻无言以对。正在这尴尬沉默之际，毛遂领着两名仆人送来了酒菜。平原君顿时舒缓，指点石案笑道：“姊夫，热甘醪，甘醪薛打得，先来一碗。”信陵君说声好，径自举碗汩汩饮下。旁边毛遂看在眼里，立即为信陵君再打满一碗，又是肃然一躬：“敢请信陵君指点：昨夜所提三题，君似对弭兵议题有所偏爱，不知因由何在？”

信陵君明知这是毛遂代平原君说话，也不辩驳偏爱之说，只悠然一笑道：“弭兵之议，人皆以为虚妄而不切时务之要害。实则大不然也。方今天下涂炭，生民厌战。山东士林若能大起弭兵议论，六国官府随即大举呼应。足下试想，其势如何？”

“出其不意！好！”毛遂目光炯炯地一拍掌，“撂给秦国一个火炭团：他要加兵山东，便是天下公愤，激我合纵立成！他若息兵，是给我变法富强之机遇！”

“若公然高喊重振合纵，又当如何？”

毛遂红了脸，声音也低了下去：“以此想去，公然昌明重振合纵，是给了秦国大举整军经武的口实，似对山东不利。”

“毛遂真名士也！”信陵君哈哈大笑，径自扬长而去。

小暑大暑一过，立秋接踵而至。立秋之日，最大的忌讳是雷、雨、风。中原三谚说的便是这三样禁忌。一云：“立秋一雷，晚禾折半。”二云：“雨打立秋，多涝不收。”三云：“秋日一风，田土干底。”年年岁岁立秋日，朝野臣民盼的自是个风和日丽。

今岁立秋恰是如此，清晨太阳上山，天空万里碧蓝，邯郸城平添了三分喜庆。卯时刚到，通往信陵园的大道车马如流，服色各异的士子们从邯郸的大街小巷淙淙流入此时已显得狭窄的六开间大门，流入湖边那片金色的胡杨林，人头攒动，衣袂相连，热闹得大市一般。胡杨林的空阔处早已辟成了一个方圆百十丈的大会场，正北中央一座竹木高台，十二个斗大的鲜红木字高悬在台额与两侧，台额是“立秋抡材”，东首是“论战无道”，西首是“文野有法”。高台西角矗立着一座丈余高的木架，架上一面牛皮大鼓，两名红衣司鼓雄赳赳立在两旁，与当年稷下学宫的论战大会一般无二。

鼓报辰时，司礼薛公走到台中高声一呼：“秋日辰时，抡材开典，士子明誓——”随着话音，大场中的千余名士子从木墩整齐站起，肃然拱手向天高诵：“昊天在上，违心之言，天地诛之！”齐刷刷落座。薛公又是长声一呼：“祭酒入席——”须发灰白清癯健旺的荀子从大屏后稳步走出，被信陵君的执事门客引入中央大案前就座。

祭酒者，原本是远古时期飨宴时酹酒祭神的长者。举凡村社大宴，必公推一位德高望重的老人在天地神位前代村社众人洒酒祭拜，此人呼作“祭酒”。进入春秋，“祭酒”渐渐成为各业团体领头人的称谓，尽管还不是官府职爵，却是行业团体公认的威望长者。战国之世，士人大起，士林聚宴之“祭酒”成为最引人关注的人物。此人未必一定要年岁最大，却一定要是自成一家且为士子们服膺的学问大师。一旦做了“祭酒”，也不再仅仅是宴会祭酒而已，而是事实上的士林领袖。荀子之学问、见识、人品尽皆为人称道，在稷下学宫时曾三为“祭酒”[1]，齐国将其等同于上大夫职爵，事实上便是稷下学宫的学宫令。因了荀子在稷下学宫的巨大声望，自然毫无争议地做了这次大论战的祭酒，坐镇论坛，仲裁可能出现的纠葛，掌控论战进程。

荀子入座，场中肃静了下来。薛公又是一声高呼：“东君入席——”随着呼声，执事门客领着信陵君与平原君走出，在高台东侧的两张大案前入座。

---

[1] 祭酒，在东汉时成为正式学官，西晋改称国子祭酒，隋改为国子监祭酒，沿袭至清代。

“祭酒宣题——”

荀子从座中站起高声道：“诸位同人[1]，今秋抡材论战，议定论题为：天下多难，当否弭兵息战？在座士子或以邦国为本位，或以学派为本位，出一人阐发；邦国学派但有持论不同者，尽可单独上台驳论。高下文野，唯任天下士子公议也！”

“抡材论战起——”

薛公一声高呼，两名鼓手隆隆擂动牛皮大鼓。三通鼓罢，前排一个三绺长须大红长袍的中年士子走上了高台，一拱手高声道：“诸位同道，在下环渊，稷下学宫法家士子，师从慎子门下。我等稷下士子以为：今秋论题荒诞虚妄，实为不着边际之空谈！弭兵之论，自春秋宋国之华元、向戌奔波首倡，至今已经三百余年，何曾有过一日弭兵？便是华元向戌的弭兵之会，也是晋楚争霸两败俱伤，寻求喘息而已！息兵止战未满一年，晋国恢复四军；未满三年，楚国大攻郑、卫两国，次年晋楚举国大战！三十年后，诸侯不堪刀兵连绵，又有十三国弭兵大会[2]。然在弭兵八年之后，天下战端再起，弭兵终成空文！春秋尚且如此，方今战国大争之世，举国大战如火如荼，我等士人不思变法图强之道，却来空谈息兵止战，匪夷所思也！两位东君名重天下，荀夫子更是当今大家，三为稷下学宫之祭酒，竟能点此议题以为抡材，实乃滑稽笑谈也！我等不屑此等海外奇谈，告辞！”说罢大袖一挥径自下台，连台上三老看也未看一眼。

台下顿时哗然一片！自来论战再烈，也从来没有过对论题本身大加挞伐。今日第一人直指论题发难，且直名指斥信陵君平原君与荀子，确实是谁也没有预料到的局面。发难者又是赫赫大名的稷下学宫元老级法家大师慎到门下的老弟子，更见非同寻常。这环渊名望虽远不如荀子，却与荀子是同辈学者，也算得是天下名士了。稷下学宫士子们两三百人都在会场中心，若当真随他退场，岂非未曾论战便是一场“虚席”丑

---

[1] 同人，语出《易·同人》：“象曰：天与火，同人。”后亦称共事或志趣相同者。

[2] 春秋弭兵之会两次，第一次公元前579年（宋共公十年），第二次公元前546年（宋平公三十年）。

闻？一时之间，士子们乱了起来。

“诸位同人，我有异议！”场中一个身着宽大黑衣者霍然站起，一声高喊场中静了下来，正在骚动犹豫的稷下学宫士子们也顿时站住不动了。依着论战传统形成的习俗，但有敌手提出异议，发论方须得应战，若要脱身，得先行认输表示折服，否则会被公认为不堪礼仪之人，为士林所不齿。黑衣士子高喊异议，实则公然宣战，稷下士子岂能就此便走？

“在下秦士子楚。”黑衣人也不上台，只站上座墩向四周一拱手，“弭兵之题，当初由在下动议。东君与各方磋商采纳，子楚以为，极是妥当！春秋战国以来，刀兵不断，息兵呼声也从来未断。兵争愈演愈烈是事实，非兵之论接踵而起也是事实。老子以兵为不祥之器，恶之。墨子大倡兼爱非攻，呼吁天下太平。吴子列暴兵逆兵，指斥兵灾。孟子云，春秋无义战。尉缭子直言，兵为凶器，战为逆德。司马穰苴则说，国虽大，好战必亡。更有诸如华元向戌一班志士仁人奋勇奔波，大呼弭兵不止。凡此种种，弭兵何错？至于方才环渊所言，弭兵之论荒诞虚妄不着边际，大谬也！老子云：人法地，地法天，天法道，道法自然。何谓自然？生民性命，万千家园，世人大同，向善安乐也！敢问环渊：法家变法图强，所为何来？不为庶民康宁，不为邦国富庶，不为天下太平，何人要尔等变法？至于能否弭兵，如何弭兵，正赖我等热血士子为天下谋划：或以战止战，或以义兵荡暴兵，或以我等热诚奔波弭兵之会。总归是要天下弭兵，庶民太平。稷下环渊身为赫赫法家名士，束手无策倒也罢了，反来指斥弭兵之论荒诞虚妄，倒是当真令人汗颜也！”

“子楚之论，居心叵测！”环渊直指高高站在人海中的子楚，“尔为秦士，分明要借弭兵之论迷惑山东，使六国息兵偃战，听任秦国宰割，何其阴鸷也！”

“论战诛心，非正道也！”子楚遥遥一指环渊，“弭兵息战，包容天下，秦国何能自外？敢问环渊：子楚说过秦国不在弭兵之列么？除非夫子自甘陋习，依然将秦国看做中原异类。否则，断无此等推理。”

“吾观子楚，终是为秦国说话！”稷下士子群中霍然站起一人，“环渊学兄虽有偏颇，终不为过。长平大战后秦赵俱弱，譬如当初之晋楚两霸也。当此之时，子楚出弭兵之议，分明是要为秦国争得喘息之机！”

“我等赞同！”稷下士子一片附和。

“掩耳盗铃，今日始闻也。”子楚一阵大笑，“长平大战秦国胜，合纵救赵六国胜。结局并非秦赵两弱，而是七国俱弱。若论实情，只怕秦国之疲弱，尚稍好于山东六国也。秦国固需喘息，六国不需喘息么？审时度势，此时纵然六国合纵攻秦，依然是无分胜负两不奈何。更有甚者，若内政不修而致庶民饥荒离乱，不定哪国便有灭国之祸！当此之时，纵有争雄之心，何如各方先行息兵止战休养生息，恢复国力之日，再堂堂正正决战疆场！”

“如此说来，弭兵终是虚妄！”

“稷下名士，何多迂腐也？”子楚冷冷笑道，“弭兵者，天下自救之道也。兵争者，天下王霸之道也。一张一弛，轮回不止，人世之铁则也。子楚倡弭兵，不敢声言永世弭兵，却依然力主目下弭兵。尔等稷下名士，既不敢面对生民苦难而主目下弭兵，又不敢正视将起之兵争而指斥弭兵虚妄。譬如人之肚腹，吃了泻，泻了吃，永无休止也。以君之论，吃了又泻，何如不吃？泻了又吃，何如不泻？果真如此，安得人世生生不息也！”

“彩——”整个会场可劲儿一声喝彩，赵国士子群尤为响亮。

环渊面色顿时涨红，思忖片刻昂昂拱手道：“今日之论，算我等败君一合！”说罢一摆大袖落座，稷下士子群也纷纷落座，会场顿时整肃下来。

“我有一说，求教诸位。”会场中心的赵国士子群中走出一人大步上台，拱手高声道：“在下毛遂。我等赵国士子以为：弭兵之论，当看时势，时也势也，可也不可也！今日时势，七强伤痕累累，列国委顿不堪，天下生民苦若倒悬。再起兵争，玉石俱焚同归于尽。我等士人，当为天地立心，为生民立命，为乱世开太平。弭兵之会，此其时也！赵国士子呼吁：今秋抡材论战，天下士人当大倡休战，力促七国行弭兵会盟，解民倒悬，天下生息！诸位以为如何？”

“彩——”赵国士子群排山倒海般呼啸一声。

合纵败秦之后，毛遂大名早已随着“脱颖而出”的故事与剑逼楚王盟约出兵的壮举传遍了列国。山东士子们都知道他做了平原君的门客总管，为平原君斡旋一应大事，与当年孟尝君的门客总管冯驩一般模样。今日毛遂出面以赵国士林的名义倡言，显然是代平原君说话，也就是代赵国说话。目下赵国是山东屏障，赵国倡行息兵，他国如何能有争议？战国士子们都与本国权力层盘根错节，对本邦利益心中有谱，一看赵国士林拿出定见，不再犹豫，齐齐地喝了一声彩，到邯郸游历的散士们也纷纷呼应，场中响起此起彼伏的喝彩叫好声。

此时唯有稷下学宫的士子群沉默着。稷下学宫虽已衰落，但仍然是各种纯学问派别的渊薮之地，保持着疏离仕途而专心治学的百年传统。今岁稷下士子们大举入赵，原本也是提出了一个大大的文明论题——人性善恶，要为天下廓清一个最根本的界限。然则几番论战，他们的学问心法已经被搅得松动了根基。尤其是祭酒环渊被那个子楚问得无言可对，尽管内心不服，毕竟承认了失败。如今赵国士林出面呼吁，天下士子尽皆响应，稷下士子群能佯装不睬么？再说，弭兵之论若能形成声浪，总是人心所向，素来有天下胸怀的稷下学宫士子群如何能漠然置之？声浪掀起之时，士子们的目光齐刷刷聚向了环渊。环渊目光一扫，见士子们纷纷点头，跳上座墩向主台遥遥拱手高声道：“弭兵之议，稷下士子赞同！”

“我等赞同——”稷下士子群一片呼应。

高台上的荀子看看信陵君与平原君，三人不约而同地哈哈大笑起来。

二　秋夜高楼　秦筝忽起

白露时节，吕不韦回到了邯郸。

一过朝歌河段，各种传闻纷至沓来，最多最活的是有关子楚的故事。吕不韦大是振奋，立即吩咐鼓帆快桨，两三个时辰到了白马津渡口。抛锚停泊，吕不韦上岸登车，于当夜初更时分进了邯郸的胡寓云庐。未曾沐浴梳洗，吕不韦立即吩咐越剑无驾车去接嬴异人。不想一个时辰过去，越剑无才匆匆回来，禀报说公子出去与一班士人夜饮了，他等候得半个时辰，那名老内侍却来说公子可能不回来了。吕不韦呵呵笑道："成名士了，应酬多了，好事呵。走，去看看毛公薛公。"

毛公正在薛公家饮茶闲话，突见吕不韦风尘仆仆而来，不禁喜出望外。薛公喊出夫人一番吩咐，片刻之间满当当三案接风酒菜摆上了厅堂。三碗热腾腾甘醪下肚，毛公绘声绘色地说起了子楚论战的情景，薛公时而打几个补丁，未过片时，将年来子楚发奋的诸般情形说了个八九不离十。吕不韦大是感慨，一拍案举起大碗道："两公树人于落拓不济之时，发才于平庸萎缩之日，真义士也！不韦敬两公一碗！"大碗一扬，汩汩饮了。薛公慨然道："我等避祸他乡，自甘市井风尘，若非吕公宏图大谋，何得重入士林也！"毛公晃着空碗笑道："嘿嘿，我等何足挂齿。要说还得说嬴异人那小子可造！一教便会，一点便透，锦衣玉食，高车驷马，嗨嗨，还当真有一番气象，成了个人物也！"吕不韦哈哈大笑："好！只怕此子不是个人物，是个人物便好说。"薛公向毛公一摇手："先别乱岔，听吕公说说咸阳情形。"吕不韦悠然一笑，将大半年来在咸阳的诸般周旋大体说了一遍，末了道："归总说，咸阳时势仍在两可之间。以我揣摩，老秦王对嬴异人已经上心，然不会拿一个身在敌国的人质公子做孤注一掷。也就是说，秦国宫廷必定同时在其他王子中遴选储君。嬴异人能否成事，还需我等全力周旋。"薛公沉吟道："以老夫忖度，老秦王明知嬴异人安然在赵，而不以邦交途径索回公子，无非是顾忌赵国开价过高。若是别国，定然早就软硬兼施了。老秦王不动声色，委实老辣也！"毛公拍案笑道："老辣个鸟！秦赵血海冤仇，老嬴稷敢提索回人质，只怕平原君叔侄便要提割让崤山函谷关。嘿嘿，赵胜这老小子不怕嬴异人成名，分明是要喂一口肥猪好要高价！老哥哥说得也是，老嬴稷是老辣，宁可不要这个王子，也不尿赵国这一壶。鸟！这便是君王，生生的铁石心肠也！""粗也粗也。"薛公皱着眉头摇摇手，"老夫以为，此事要害在两处：一则是公子成名成事以增身价，二则是如何返秦？目下看来，成名成事不难，只怕后来最大的难处在回秦。"

"两公所言极是。"吕不韦思忖道，"回秦事我来谋划。两公只管教公子借弭兵之议，有所作为。”

“嘿嘿，老夫还得说一句。”毛公耸动着一双白眉，“这小子近日来可是有些神不守舍，老夫给他拟的新说辞，三日还不顺溜。”

“你是说嬴异人？”薛公惊讶了。

“不是这鸟人还能是我！”毛公一瞪眼红了脸。

“毛公可人也！”吕不韦哈哈大笑，“十年落难，一朝成名，招摇分心也是在所难免也。不韦明日找他说话。”

“如何？异人公子不知道吕公回来？”薛公又惊讶了。

“我是昼夜兼程，他如何知道。”吕不韦一拱手笑道，“业已四更，告辞。”起身去了。

回到云庐，吕不韦头晕腿沉很是疲惫，倒身卧榻呼呼大睡，直到次日正午方才醒来。走进连接寝帐的浴房一看，硕大的红木盆中已经备满了腾腾热水，伸手一试，凉热得当，立即丢开宽大睡袍躺了进去，浸泡得小半个时辰，精神顿时振作，长发拭干，穿上细布内衣，外罩一件轻软的苎麻长夹袍出了寝帐。方到前厅，见一案酒后美食已经摆置就绪：一摞焦黄的胡饼，一盆脂玉般的牛骨茶，一盘肥白的蒸蔓菁，一盅碎绿的胡荽。鲜香实惠，是这胡寓的名吃，时人呼之为“蔓菁牛茶饼”。牛骨茶者，乃胡人以牛骨汤与牛油为基，配以春麦面与北地粗茶炒制而成干粉，俗谓“炒油面”，食前加水煮开，便是香浓异常强身健胃之汤食。胡人但出远门，三只皮囊必备，马奶子、牛骨茶、胡饼干肉。马奶子随时解渴，牛骨茶与胡饼干肉，则是扎营野炊的正食。胡服骑射之后，赵人一应接纳了胡人的简便衣食习俗，牛骨茶经赵国而传入中原，后世广为流传。蔓菁则是中原胡地都有的根菜，与萝卜并称。《诗》云：“采葑采菲。”这葑是蔓菁，菲便是萝卜。后来吕不韦在《吕氏春秋·本味篇》中说：“菜之美者，具区[1]之菁。”后世杜甫亦云：“冬菁饭之半。”说的是蔓菁可以顶粮食。这是后话。胡荽却是西方胡人一种有奇异香味的菜，茎叶翠绿细嫩，些许碎叶入汤，牛羊之腥膻大减，美味益增，胡人直呼

[1] 具区，今太湖一带，可见蔓菁乃中国古代遍及大江南北的蔬菜。

为“香菜”，中原人却称之为“胡荽”[1]。

吕不韦熟悉胡人风习，将一撮翠绿的胡荽撒在热腾腾的牛骨茶上，大喝一口牛骨茶，大嚼一口脆黄胡饼，一大盆呼噜噜下肚额头津津热汗，再捧起一只肥白劲韧清淡爽口的蒸蔓菁吞下，通身舒坦无比。

“先生，我已去过秦寓，公子尚在酣睡。”

吕不韦蓦然回身，见越剑无一副难堪神色不禁笑道：“夜来聚酒，贪睡也是常情。”越剑无却道：“我已问过侍女，公子五更天方回，根本没饮酒。”吕不韦笑道：“走，我去看他。”稍事收拾了衣冠，由越剑无驾着辎车直奔邯郸吏士坊而来。

邯郸城原本格局粗放，除了王城独居正北，其余士农工商与胡人流民自由杂居，大街小巷交错无序，腥膻弥漫，是天下有名的“乱邦”。武灵王变法之后赵国富庶强盛，城郭几经修葺整治，格局也渐渐整肃起来，全城大体形成了北王城、东吏士、南工商、西农牧的格局。这吏士坊是大小官吏与士子们的居住区，北望王城南临商市，既清幽又方便，实在是邯郸城内最好的坊区。去冬吕不韦回乡之前，在吏士坊给嬴异人买下了一座不大不小的三进庭院，嬴异人禁锢解除之后已经搬了进来。越剑无车技精熟，轻盈地拐过两个街口到了这条幽静的石板巷。巷中共有四座府邸，最深处的一家是嬴异人庭院。方到门前，正有三五辆轺车驶出车马场，远远便听见了驾车者的说话声。

“这个子楚也忒迷糊，日头偏西了还睡，比信陵君都难见！”

“怪也！这子楚原本很勤谨，如何突兀轻慢起来？”

“人一成名，势派大了，懒得见我等，还能有甚！”

“狗屁公子！一论成名，未必真本事！”

一阵笑骂声随着辚辚车轮飞出了石板巷。吕不韦从车窗探出头来着意望了一眼，见都是几个年轻士子，不禁微微皱起了眉头。越剑无刚刚将车停稳，吕不韦一步跨了下来径直到了两开间的门廊。府邸仆人是荆云精心遴选，都识得吕不韦，见越剑无驾车来到，门房仆人早已经迎到

[1]　胡荽，战国称谓，后世学名为芫荽。香菜，当时与后世之俗称。

了阶下。

“公子昨夜几时回来？”吕不韦当头一问。

“寅时首刻，鸡叫两遍。”

“几日了？”

“十三日，早则夜半，晚则五更。”

吕不韦大袖一拂径自跨进了门槛。绕过影壁一片庭院，几棵黄叶飘零的老树下，那个白发苍苍的老内侍正在北屋廊下遥遥向西侧招手。吕不韦回头打量，那个已经变得白皙丰满的中年侍女正在一棵老树下的石案上摆弄收拾一件物事，竟是没有看见。老内侍苍老尖锐的嗓音喊出了声：“少使，备沐浴了！”中年侍女蓦然回身应得一声，急匆匆到正屋去了。

“敢请家老通禀：吕不韦拜会公子。”

“呵，恩公到了。”老内侍颤巍巍一躬满脸堆着笑意，“请厅中入座，老朽煮茶。”

“不用煮茶。”吕不韦一摆手进了正厅，“家老请坐，我有几句话问。”

“不用，站着方便，恩公但问。”

“公子连日晚归，白日高卧，是何因由？”吕不韦淡淡地笑着。

“恩公……”老内侍一阵木讷，两道白眉猛然耸动起来，面色涨红粗重急促地喘息着，“恩公呵，你劝劝公子了。老朽跟随公子二十余年，没见过他如此失魂落魄也！如此下去，公子毁在邯郸了，还回甚个秦国？老朽心痛啊……”

“家老莫急。”吕不韦扶住只要跪拜下去的老内侍，“你只说甚个因由。”

“只可惜老朽不知呵。”老内侍唏嘘拭泪，“公子出门，素来都是武仆一人驾车跟随。旬日以来，老朽只闻公子每夜必出，饮酒一通，便下令武仆驾车原地等候，而后便独自一人出酒肆去了。如此三五日，老朽心急，暗中跟随公子要看个究竟。不想老朽迟笨，被公子在酒肆外觉察。公子发怒，一顿皮鞭打得老朽差点走不回来……恩公呵，老朽急，可老朽不知道因由也！”

良久默然，几乎永远都是一团春风的吕不韦渐渐没有了笑意。老内侍悄悄捧来煮好的茶汁斟好，见吕不韦依旧石人般伫立沉思，张嘴想说几句，终是没有开口悄悄去了。正在此时，木屏后一阵拖沓的脚步声，一人宽袍大袖披散着湿漉漉的长发走了出来，当头一躬："先生久候，恕异人不周。"

吕不韦不禁惊讶了，这是嬴异人么？双眼红肿脚步虚浮神色恍惚，连说话都没了力气。吕不韦记得清楚，便是当初困窘之时，嬴异人眼中也时时闪烁着困兽犹斗的贼亮光芒，言谈举止在绝望中透着一种苦苦支撑的凄然之力。立秋论战之时，此子还是生气勃勃。如何短短一月之间萎靡如此？思忖之间，吕不韦又浮现出了平和的微笑："公子交游日多，疲累也是寻常，琐碎礼仪不必上心。"说罢径自入座西侧客位笑道，"如何？这里还住得惯么？""甚好。"嬴异人淡淡一句，心不在焉地笑了笑，在吕不韦身旁案前落座，"先生商旅劳顿，异人本当为先生洗尘，奈何晚间又有酬答，先生见谅了。"

"晚间酬答，何人？"

"噢，平原君门下毛遂，大约还有那个环渊。"

"三日前，毛遂代平原君出使燕国，回到邯郸了？"

"如何如何？毛遂不，不在邯郸么？"嬴异人大是困窘，满脸顿时红布一般。

吕不韦笑意倏忽褪去，轻轻叩着大案道："我等大事正在要害之际，不韦从咸阳归来，正待与公子计议诸多事端，公子却不闻不问，当真匪夷所思也！不韦生为商贾，素来不喜临大事而心猿意马。公子如此神不守舍，究竟所为何事？若能明告，不韦自信世间无不解之难题。若是公子心志颓丧，或自感功成名就而甘于安居赵国，不韦从此退身，只做从来没有识得公子便了。"

"先生……"嬴异人唏嘘伏案，"先生救我于将死，异人安能忘怀？"哽咽间一拳砸案，"先生啊，我中邪也！"一时放声大哭。

待嬴异人哭声稍缓，吕不韦一声叹息："王子王孙，心多凄苦也！公子少年入敌国为质，无天伦之亲，无亲友之谊，无可做之事，无常人之乐，形同幽禁，孤独困顿。唯一能做的，便是抵押生命，凄凉忧愤处，实非寻常人所能体味矣！目下形似伸展，实则漂泊难定，致公子生出空荡荡无处着落之伤感。不韦粗疏，竟未曾体谅，实在有愧也。”

“不！不！”嬴异人哭喊一声，“先生，我中邪也！定是上天派他来也！”

思忖一阵，吕不韦走过去扶着嬴异人坐好，轻轻拍着他肩头抚慰道：“公子莫得伤感，你只说出甚事，但有不韦，万事可解。来，慢慢说。”嬴异人住了哭声，接过吕不韦递过来的茶水咕咚一口，抹抹泪水长嘘一声断断续续地说了起来。

半月之前的一日夜晚，嬴异人与薛公毛公一道拜访信陵君，茅亭风灯下饮宴叙谈，评点天下兵法。这本是毛公谋划，意图是教嬴异人拜个兵学大家为师。信陵君坦荡豪爽，从太公吕尚的《六韬》说起，逐一地评点了《孙子》《吴子》《孙膑兵法》《司马法》，精当简约，处处透着深邃。嬴异人大是敬佩，谦恭地提出想借抄信陵君自己撰写的兵法。不料，信陵君一阵大笑：“老夫一战而得虚名也！若是战胜白起尚有一说，偏偏只胜得王龁王陵之辈，何敢自认兵家？不提兵法也罢！”连说饮酒，避开了这个话题。

那夜散席，嬴异人心下有些烦闷，觉得自己与六国人士终究是隔膜一层。趁着浓浓的酒意，嬴异人驱车到了南城大湖边，将辎车停在湖畔大道，径自摇进了那片红蒙蒙的胡杨林。走着走着，嬴异人突然一阵愣怔，钉在林间挪不开脚步了——

秋月之下，胡杨林深处飘来了奇妙的乐声。没错，是秦筝，魂牵梦萦的秦筝！苍凉悠远激越悲怆，直教人热血沸腾！骤然之间，嬴异人泪如泉涌，一声长喝放喉唱了起来。沙哑的吼声破空回荡，和着沉沉秦筝回旋在寒凉的秋夜。在嬴异人如痴如醉地吼唱时，筝声却突然沉寂了。长风掠林，嬴异人顿时浑身发软，倒在了飘零飞舞的落叶之中。良久醒来，他觉得整个身心空荡荡地只要飞将起来，朦胧之中又低声哼起了那首老秦歌谣：“北阪有桑，南隰有杨。有车辚辚，远别我邦。黑发老去，烈士相将。西望关山，念我故乡。”低沉的哼唱幽幽回荡，叮咚筝声竟也悠悠地飘了过来，隐隐相随若合符节，竟似抚慰他这个离家游子一般。那一刻，每个音符都甘霖般渗进他干涸的心田，敲击着他已经麻木的思乡心弦，激起无以言喻的震颤。

就这样朦胧地快意地低哼着，嬴异人几乎唱遍了倏忽浮现在记忆中的秦国民谣。直到邯郸城楼的刁斗打响了五更，他才带着一身秋露恋恋不舍地离开了胡杨林。回到府邸，他失魂落魄般在庭院直坐到蒙蒙朝雾散去。

秦筝，是嬴异人的少年梦幻，是故国咸阳留给他的最深印记。

八岁那年，父亲安国君特意带嬴异人去了当时还是五大夫将军的蒙骜府邸。原因只有一个：这个儿子醉心秦筝，而蒙氏家族则是秦国最有名的筝器世家。当蒙骜将军听说这个少年五岁时便能操筝弹奏《国风》的所有乐章时，高兴得哈哈大笑：“异人异人，其名如实也！”立即爽快答应将嬴异人收做学生，并唤来自己十岁的儿子蒙武与嬴异人相见，叮嘱他两人一起习筝。此时，异人的生母常卧病榻，父亲又忙于国事周旋，根本无法督责这个庶出儿子的学业。见蒙骜将军父子都很喜欢异人，父亲索性将儿子的一应幼学都交给了蒙骜将军，请将军如同他儿子一般督责自己的儿子。从那以后，嬴异人每日早出晚归，除了在自家夜宿，整日都在蒙氏府邸习筝修学。两年之后，已经是太子的伯父死了，父亲有可能立为太子，合府上下都在忙碌周旋，父亲更是没有心力督责一班庶出儿女了。嬴异人请准父命，搬到了蒙氏府邸与蒙武同吃同住同修学，分外的畅快。

蒙氏祖上原本是齐国士人，素有家学。自蒙骜入秦国，蒙氏族人进入军旅者日多，成了文武兼修的家风。蒙骜持重缜密，承袭族长，对族中子弟的学业历练督责极严，以致后来的蒙氏子弟个个都是文武全才。这蒙武也是个聪明少年，刻苦好学，非但通达《诗》《乐》，弹得一手好筝，且对父亲交下的兵书修习也是绝不误事。嬴异人一入蒙氏府邸，立时觉得了自己的苍白，除了筝乐，自己对其他学问一无所知。幸运的是，比异人大得两岁的蒙武厚重秉性，从来不嘲笑讥讽异人，只小老师一般认认真真地为异人补学。

五更鸡鸣，蒙武一骨碌爬起来拉异人起来。练剑半个时辰，梳洗之后早饭，之后是晨课、午饭、午课、晚汤。只有晚汤之后暮色来临，两人才到池畔林下谈筝对歌，直到三更。如此三年，嬴异人大体补上了蒙武学过的所有课业，两人也都长成了一派英风的少年。一次，蒙骜将军随大军班师回到咸阳，请来安国君一起查核两人学业。举凡课业，两人都对答如流，剑术筝乐也大有长进，将军破例地赞叹了一番。见这个昔日只会躲在母亲小院子默默弹筝的庶出儿子有了如此长进，安国君大是感慨，宴席间连续三次向蒙骜将军敬酒，还执意将自己随身的一件名贵玉佩赠给了少年蒙武。末了父亲诚恳请求蒙骜，许嬴异人在蒙氏府邸继续修学，直到加冠成人。

"好！"蒙骜爽朗拍案，"两子共学，切磋激励，好事！"

嬴异人大是欢欣，从此与蒙武又开始了亲如兄弟般的快乐日子。蒙骜将军虑及自己常在军旅，请了族中一个曾经修学稷下学宫的饱学老士长住府中，做了两人的业师。这位老士非但文武两学，精通秦筝，更有一种自由奔放的稷下学风，实在是难得的良师。在业师督责之下，异人与蒙武开始了重修天下学问的成人治学：诸子百家一一涉猎，关键只在两学，蒙武主修兵家，异人主修法家，共同兼修筝乐之学。

每日晨课，都是各自的正式课业。一到午后，老师带着两个弟子出了咸阳，或到北阪的苍苍松林，或到渭水泛舟清流。选得一处清幽之地，老师讲得半个时辰乐书乐理，便教两名弟子弹筝竞奏，然后逐一评点。每到春日踏青，老师会停了主课，带两人走遍关中村社，听农夫士子田间放歌，听牧童少女的春日吟唱，遇动听歌谣便弹筝相和，记谱保存。堪堪五个年头，嬴异人几乎学会了所有的秦风歌谣。更有回味处，是他与蒙武每春归来，必要商讨给那些没有歌词的"野曲"写词儿，一词写完，两人你弹我唱我弹你唱不亦乐乎……

不料，快乐的少年生活突然中断了。

那年，风闻韩国要将韩上党拱手让给赵国，进而三晋结盟对抗秦国。压力之下，主司邦交纵横的丞相范雎主张：先行结好赵国，进而威逼韩魏，最终拆散这场对秦国极为不利的上党交易。秘密特使几番斡旋，赵国却指斥秦国反复无常，提出若能单方（不互换）派出一位王子入赵做人质，方可结盟修好。秦昭王思忖再三,一咬牙答应了下来。战国人质有公认传统，不是在位国君的儿子，便必须是太子的儿子，大国索要的人质尤其如此。其时秦昭王的几个老儿子都已经四十出头，各据实职，不宜也不想做人质，异口同声地推举已经做了太子的安国君遴选驻赵人质。安国君无奈，在庶子中选定了嬴异人。

消息传出，少年嬴异人顿时蒙了，与蒙武抱头痛哭。

那年秋天，嬴异人的“质使”车马离开了咸阳。蒙武在十里郊亭为他隆重饯行。席间，蒙武郑重地将一副秦筝赠给了异人。蒙武说，这副秦筝是蒙氏祖传宝器，南山古松精制，筝板专门嵌进了自己的祝词与异人的名号，望上天护佑异人抱筝而归。异人大是感奋，亲自弹起秦筝，与蒙武一起唱了那首荡气回肠的《北阪有桑》……

谁也不能预料的是，嬴异人入赵两年之后，秦赵两国便开始了上党对峙，成了势不两立的死敌。从此，异人与咸阳的官方来往切断了，像断了线的纸鹞般飘摇在赵国风雨之中。长平大战后，秦赵仇深似海，嬴异人被赵国转移到邯郸北山的一处秘密洞窟囚禁了起来。为防走漏消息，守护军士严禁异人弹奏秦筝。他每日能做的唯一事情，只是面壁静坐，低声哼唱那些烙在心头的秦风歌谣。

六国联军胜秦后，嬴异人虽然被转回了邯郸，但境况却大大恶化了。行同囚居不说，赵国拨付的些许物事分明仅仅够一个人用度，却偏偏说是给十个质使随员的，嬴异人是王子，赵国不管。两年下来，老内侍卖光了所有随行之物，八名年轻力壮的随员还是在冻饿病交加中一个个死了。一次，那个侍女也饿得气息奄奄。嬴异人一咬牙，将那副形影不离的秦筝交给了老内侍……

老内侍脚步蹒跚地走了。嬴异人水谷不进，整整昏睡了三天三夜，醒来时形销骨立，老内侍与侍女心碎得嚎啕大哭。从那时起，囚居的小院死一般沉寂，再也没有了叮咚秦筝的苍凉乡音。

“胡杨林下，是我秦筝！”嬴异人一拳砸下，泪如泉涌。

“一耳之听，你能断定？”吕不韦惊讶了。

“能！”嬴异人哽咽着，“寻常秦筝九弦，蒙氏秦筝十弦，音色力道大是不同！那南山红木，原本天下奇材，做成筝板弦柱，宏大幽深如空谷瀑布，别个秦筝如何能有？不说听得一夜，便是拨得一弦，我也断不会听错！”

“于是乎，你夜夜去听？”

“是。”嬴异人轻轻点头，几乎是在喃喃自语，“我筝新主人一定是个聪慧奇人。除了力道稍欠火候，那筝声美得令人心醉。我唱，他弹。他不熟秦音，随我走，三五日之后，他便能伴我唱任何一曲了。先生，听着那秦筝，蒙武公子在我眼前了……”

“公子既是此人知音，前去拜访便了，至于如此么？”

“我去过。”嬴异人拭着泪水，“次日中夜筝声又起，我循声寻到了胡杨林深处，月下一座高楼四面石墙，没有一丝灯光。无论我如何喊话唱歌，楼内始终死寂一般。可在我怏怏离去之后，那秦筝却又悠悠然飘荡了过来，忒煞怪也！那天，我白日去了。石墙依旧，高楼依旧，可没有一道进出的门，我爬上了一棵大树查看。忒煞怪！林中看去，楼阁高耸，高处一看，却只有交错参天的一片胡杨林，荒草藤蔓纠缠，落叶盈尺飘零，全然一座废墟古宅……当时一看，我一身冷汗……可是，那天晚上，我还是不由自主地去了胡杨林。当月亮升起的时候，那秦筝又叮咚飘荡了，我也忘乎所以地唱了起来，直到五更。”嬴异人苍白的脸上泛起一片红晕，“先生，你说，他是人，还是鬼……”一言未了，软软地倒在了地毡上。

“没事。”吕不韦对匆匆进来吓得不知所措的老内侍摇摇手，蹲身试了嬴异人的鼻息与额头，回身吩咐道，“夜受风寒，心悸失神。先煮一碗浓姜汤、一鼎灵芝安神汤，先后喂下，而后安置公子卧榻歇息。再煎一剂散寒祛风汤等候，公子醒来后服用。家老记住，我明晨便来，在此之前，任何人不得以任何事体搅扰公子！”

老内侍惶恐道：“若公子暮色醒来，又要出去，如何是好？”

"家老莫担心。"吕不韦边走边说，"请一个名医守在这里，务必让公子一次睡透。一夜之间，我料他不会醒来。"

三　胡杨林中的落寞庭院

回到云庐，吕不韦立即吩咐越剑无带几个精干执事访查城南湖边胡杨林中的弹筝之人，务必于明日午时之前确实回报。越剑无一走，吕不韦唤来原本是邯郸吕氏商社总执事的老仆，叮嘱他带人收拾新买的居所，三五日之后立即搬出胡寓云庐。诸事安顿妥当，吕不韦登上辎车匆匆来见薛公毛公。

薛公虽然没有搬出旧居，却也听从了吕不韦的建言，自己脱出了卖酒行当，又接受了吕不韦为他买下的相邻三进大庭院。两院打通，大儿子带着一个老酿酒工住在原先小院，维持"甘醪薛"酒铺。薛公夫妇带着小女儿住进了三进大庭院。毛公原是独身一人，坚执拒绝了吕不韦为他购置居所，只乐呵呵地住进了薛公后园，说是省得日每烟火之累，强如一人快活也。寻常时日除了为嬴异人谋划奔波，两人便在后园茅亭下聚酒对弈，其乐陶陶。

吕不韦进园，见两老正在面红耳赤地争执一块角地的杀法。默默看得一阵，吕不韦清楚了其中奥妙，拿起一枚黑子"啪"地打下。毛公顿时愕然，继而高声嚷嚷："哎呀好！你老哥哥能事，如何看不到这一步？如此一点，不是明摆着死棋么！"薛公哈哈大笑："你倒是看到了，只胡乱鼓捣也！"毛公双手一拱："先生这招神妙！老夫空有神生之名，惭愧！"薛公揶揄道："你那神生是赌，棋何时神过了？"吕不韦笑道："棋局但临厮杀，要害便在算路。毛公大局出色，然此等角地无关大局，仅在厮杀算路，便失之于粗疏了。不韦算学尚可，是以看得明白，岂有他哉！"三人一阵大笑，薛公唤来女儿煮茶。

饮得两盅热茶，吕不韦已经将嬴异人走神原由大体说得清楚，末了道："看来不是大事，只是思乡过甚也。我已派越执事访查此人，引他与公子做个知音之谊，谅来便可安神。两公以为如何？"薛公笑道："如此好，有了唱和，也省去毛公曲高和寡也。”毛公却只瞪着老眼默默摇头。

“毛公以为不然？”吕不韦笑问一句。

“正是。”毛公少有的郑重其事，“老夫也是少逢劫难，理会得此等心境。你等却是难以体察。大凡少年遭遇巨变，长成便有两途：或狂放不羁如老夫，或压抑心志如公子。如老夫人等，流浪漂泊游戏人生，涉邪放纵肆意发泄，久而久之，少时伤痛也就变做了厚厚的老茧。如公子人等却是不同，放纵不能，发泄无门，受尽人世炎凉之态，却只能死死憋在心头，但有出口发作，只怕纠葛甚多，等闲不能了结也。”

“纠葛？至于么？”吕不韦颇有些茫然，“毛公之意何在？”

“嘿嘿，今日看来，先生却是精于事而疏于情也。”毛公诡秘地一笑，“其一，此人少年抛家离国，从无天伦之情抚慰。其二，此人年近而立，从未有过男女情欲之乐。其三，此人身为王孙且有歌乐禀赋，却从无声色犬马钟鸣鼎食之消受。凡此种种，心中自是冰山一座，能至今日，全在一个‘挺’字。若有诱发而处置不当，心河溃决，汹汹之势难当，先生将前功尽弃也！”

“你且说个实在，如何叫处置不当？”薛公急迫插得一句。

“譬如，弹筝者若是个女子，大大麻烦。”

“异想天开！”薛公一拍案，“秦筝粗豪宏大，哪有女子操持此物？”

“嘿嘿，”毛公诡秘地摇摇头，“天下事，难说也。”

陡然之间，吕不韦想起了“神生毛公”这个名号。虽则是赌徒们叫响的名号，但邯郸坊间却流传着毛公种种未卜先知的奇异传闻。此时所言，谁能说不是灵异所至？心念及此，吕不韦笑道：“若是女子，教她随了异人，或妻或妾，左右公子安心事大也。”

“嘿嘿，这话却要慢说。”毛公又郑重其事地摇着一颗硕大的白头，“先生若是要公子为君为王，便莫轻言许妻。妻者，王后也，国母也，坤首也，宫闱之主也。若与先生嫌隙，后患无穷。”

“海外奇谈也！”吕不韦不禁大笑，“异人之妻，莫非还要与我等同心？”

“不是与我等，是与先生。”

“远了远了。”薛公摇摇手，“只要先生心下有备，是女子又如何？左右有个知音友人，公子便可安宁。眼下大事，还是谋划下一步要紧。”

“也是。”吕不韦悠然一笑，“两公只管谋划，公子安神之事我自当慎重。天色已晚，不韦还须照拂那头，来日搬入新居再与两公盘桓。”说罢告辞去了。

回到云庐已是初更，异人府老内侍差人来报：公子服药之后睡得极深，医家说一两日不会醒来。吕不韦心下松泛，独自小酌一壶安然卧榻，一觉醒来却再也不能安枕，沐浴一番出帐漫步，见繁星闪烁霜雾迷离，正是拂晓最黑暗之时。信步走出竹篱，执事与仆役的几座帐篷也没有灯光，越剑无没有回来还是没有起来？心念一闪，吕不韦笑了。一个弹筝之人的消息，至于如此上心么？吕不韦也吕不韦，你是否也中邪了？一边嘲讽自己，一边却又顽固地猜测揣摩那个神秘的弹筝者，当真好笑。将日间事仔细回味，吕不韦心头蓦然一亮，对了，是毛公！是那个突兀的女人话题！自从谋定嬴异人奇货可居并付诸行动以来，吕不韦从来没有从男女情欲处想过嬴异人处境，若非毛公一番话，也许永远都不会想起。当初若是想得一想，那个机敏可人的莫胡一定送给嬴异人了……

“禀报先生，弹筝者尚无下落。”

踽踽独行的吕不韦恍然回身，见是一个年轻执事，问：“越执事何在？”

“越执事带着三个兄弟仍在访查，日中时最后回报。”

“那座林中庭院的主人是谁？”

“那是一座废弃府邸，二十年前已经无人居住。”

“好。”吕不韦微笑点头，“我已吩咐厨下备了蔓菁牛茶饼随时等候。夜来风寒，你先去喝得几碗，出一番大汗再睡。”

“谢过先生！”年轻人一拱手去了。

将到午时，越剑无回来禀报，说整个城南商贾人家都没有操持秦筝之人，举凡酒肆客寓官署府邸都一一问过，操琴者多有，没有一个摆弄秦筝者。那座废弃庭院的主人也不能确定，只有一个老商贾说，这座庭院五六十年前曾经是一座将军府邸，后来没有人住了。吕不韦见越剑无一脸愧疚，呵呵笑道："没了踪迹也好，我还真怕他时不时冒出来搅扰。今日没事了，你先去饱睡一觉。"越剑无慨然道："一个时辰便可，先生有事随时唤我。"大步匆匆地去了。

心下轻松，吕不韦要去看望嬴异人。车马备好正要出门，老执事碎步跑了过来："先生且慢，无名羽书！"吕不韦惊讶道："何人送来？没留姓名？"老执事气喘吁吁道："钉在大帐顶上的，若非胡寓仆人给帐顶加毛皮，谁个都不知道，忒煞怪也！"吕不韦不禁笑了："如此顽劣手法，能有个正经？启封看看。"老执事从随身皮袋拿出一柄细长闪亮的记事刻刀，小心翼翼地剥去铜管泥封，抽出的却是一卷白绢，抖开扫得一眼递了过来："先生，此乃私书，老朽不当看了。"

吕不韦疑惑接过，只见白绢上赫然一颗红心。端详之下，原是红字绕成了一个大大的红心，从心底看去，却是一封诗信：

阔别有年　白露又霜　言犹在耳　伊人何方

蓦然之间，吕不韦心下猛烈一跳！静神思忖片刻，转身吩咐道："老执事，越执事醒来后请他去公子府邸探望，有异情立即回报。我有要事，出门半日。"说罢跳上辎车辚辚飞出了云庐草地，直向城南而来。

邯郸南门里有一片大湖，是从城外牛首水[1]引进的活水湖，赵人呼为"南池"。南池东西横贯邯郸，池北纵横交错四条大街形成了一个大"井"字，这便是邯郸的商市区，国人呼为"井字坊"。南池最东部的北岸是一片三四百亩地大的胡杨林，林中巷道交错，坐落着大大小小的庭院府邸，是邯郸的外邦商贾区，赵人唤做"云商林"，说的是此间人家流动无定如天上云彩。

虽非赵人，吕不韦对这片坊区却很是熟悉，驱车沿着湖滨大道直入东头胡杨林，将车停在林间一处车马场，疾步匆匆地向胡杨林深处去了。

---

[1] 牛首水，战国时赵国河流，流经邯郸西北入漳水。《水经注》："又有牛首水入（漳水）焉，水出邯郸县西堵山，东流分为二水，洪湍双逝，澄映两川。"

秋气萧瑟，株株胡杨都是一团瑟瑟抖动的火焰，脚下红叶飘零，置身林中如飘进了无边的火海沐进了漫天的落霞。此刻的吕不韦全然无心欣赏这秋日奇观，只顾循着嬴异人所说的路径寻向了一条荒僻的青石小径，曲曲折折走得一阵，火红的林木中隐约露出了一座发黑的高楼。渐行渐近，一圈灰色的石墙便在眼前。吕不韦绕着石墙走了一圈，果然如嬴异人所说，是一道没有门户可入的死墙。午后斜阳穿过林木，点点洒落林间，吕不韦终于发现了原先门户被拆被封时留在墙上的痕迹。沿着“门户”处仔细端详，地上除了飞舞的红叶便是黄白的枯草，没有任何痕迹可寻。

正在疑惑处，吕不韦突然觉得脚下有异，拨开落叶一看，草地上显出一柱三五寸高的圆形石礅。吕不韦眼前顿时一亮，围着石礅转悠着端详揣摩起来。突然之间，他看见褐色石柱的额头有一抹白云状的纹路悠悠然飘向落日方向。

试试再说。吕不韦嘟哝一句定定神气，蹲下身子双手抱紧石礅，用力向西手一旋，石礅只喀啦啦转了半圈，再也不动了。刚一松手，石礅却又喀啦啦转了回来，回头看石墙“门户”，也没有任何动静。略一思忖，蹲身再转一次，石礅喀啦啦转了大半圈又喀啦啦转了回来。心头一亮，吕不韦突然明白了这是墨家的方圆四季术：一转比一转接近圆周，第四转便可转满退满！想得清楚，吕不韦顿时精神一振，全力再转两转，恰在石礅第四转喀啦啦倒回之时，南面石墙的“门户”隆隆洞开。

“好！”吕不韦直起腰身，只见门后台阶荒草摇摇，一道高大的青石影壁赫然横在台阶上挡住了视线。大步过了影壁，吕不韦不禁有些惊讶——正北台地上矗立着一座久经风霜雨雪而显得黑白斑驳的木楼，两边各有一排低矮的石板房，秋风扫过落叶沙沙，庭院一片寂静。庭院简约朴实，落叶尚未完全覆盖的石板地面很是干净，缝隙中没有一根杂草，虽说不上整肃，却也不像嬴异人说的那般荒芜，显然是时常有人收拾。

“客人主家，有人在么？”吕不韦高声一问，庭院空有回声。

犹疑片刻，吕不韦进了庭院。两排石板房空荡荡了无一物，推开木楼沉重的大门，随着咣当一声一团灰尘迎面扑散。烟尘散尽，吕不韦小心翼翼走了进去，四面打量，楼内虽然也是空空荡荡，却没有灰尘，中间还铺着四张发白的草席，屋角有一道木楼梯还铺着红地毡，钉镶地毡的铜片两边虽有锈蚀，中间却有蹭磨出的亮色。吕不韦不再犹疑，踏着红毡木梯到了楼上，眼前豁然一亮。

大厅东半张草席铺地，席中一张本色木案，案上整齐摆置着刻刀竹简石砚竹笔，左首一方镇纸压着一张三尺见方的羊皮图。案后有一张窄小的军榻，榻侧一副坚实的红木剑架，剑架上横亘着一口近似吴钩的三尺战刀，铜箍包皮的刀鞘已经变成了沉沉黑色。寥寥几物，渗透着旧时主人的简朴奋发。与此不协调的是，大厅西面却被一幅落地白纱隔开，红毡铺地，靠墙处一张硕大的铜制卧榻，临窗中央的空阔处是一方精致的玉案，除了案后一方锦绣灿烂的坐垫，案上空无一物。虽则也是寥寥几样，与东边旧主的做派却是天壤之别。

突然之间，吕不韦不禁哈哈大笑起来。微风吹来，一阵熟悉的气息拂过，不是她却是何人？这个小妮子！走到榻前帐口耸耸鼻头，吕不韦心下一颤，不错，正是那特有的永远都令他不能忘怀的体香！略一思忖，吕不韦从随身皮袋拿出一支铜管，拧开管盖倒出一支木炭，两步走到西面墙下挥洒开两行大字——

我方回赵　莫得顽劣
见字即来　早则奖迟则罚

写罢下楼出门，又将机关恢复做石墙，回了云庐。

四　法度精严兮　万绿家邦

掌灯时分，越剑无来报：异人公子已经退热，仍在酣睡，医家说大约明日暮色可醒转。吕不韦心下顿时轻松，立即着手已经思谋好的第二件事，一阵低声吩咐，越剑无当即去准备了。半个时辰后，那辆密封辎车飞出了云庐，直向邯郸井字坊而来。

武灵王之后，赵国市易大是扩展。三五十年之间，邯郸成了咸阳之后又一个新兴的商贾云集的大都会。其时，大梁、临淄已经相继衰落，山东六国的商贾名士游侠丽人能工巧匠以及种种失意官吏纷纷拥入邯郸，加上草原诸胡历来以赵国为与中原交易窗口，邯郸成了名副其实的万商之都，比咸阳另有一番汪洋恣肆的气象。天下商贾的说法是：“咸阳利市大，邯郸人市大。”利市大者，生意大利金大也。然则咸阳法度森严，商贾区与国人区两分，非但商贾流士游客之种种奢靡享受只能在尚商坊一地，且不能融入秦人，始终似一张外贴的膏药而已，未免有些缺憾。邯郸是山东老传统，虽则也有划定的商贾区——井字坊，然对商贾与国人之间的来往市易却没有任何限制。只要商贾能买得地皮，可将店铺开在邯郸任何地方。只要国人有钱，便可如外邦商贾一般尽情消受种种乐事。赵人近胡，风习奔放粗豪，加之不断有胡人融入，朝野国人少有畛域之分与无端禁忌，大得商旅流士之青睐。即或在咸阳赚大利的商贾，也必同时在邯郸买得宅院立下根基，宁可在邯郸不做生意，也要在邯郸消受这难得的人生奢靡。如此外邦游客大增，邯郸百业围绕着种种游客的种种消受大肆扩展，形形色色的酒肆饭铺社寓客栈百工作坊如雨后春笋般蓬勃起来，一到夜间，则更见风情万种。

辎车进入井字坊的中心地带，遥遥一片风灯海洋中映出了三座成“品”字形排列的绿楼，四个斗大的风灯红字高高在楼顶摇曳——万绿家邦。

越剑无驾着辎车缓缓穿过一道十字街口，刚将车头对准绿楼大道口，立即有一个红衣侍者从灯海里飞出，笑吟吟招手引导辎车进入车马场，转过两排高车，才觅得一个刚刚空出的车位。越剑无车技精熟，笼着马缰碎步走马，无须进退折腾径直将两马辎车停得妥当。

“足下高手！”红衣侍者赞叹一声，走到车侧打开垂帘毕恭毕敬地一声请大人出车，跪地扶住了车底踏板。吕不韦一脚伸出笑道：“绿楼从临淄搬来邯郸，花式见长也。”侍者起身间红衣大袖作势一拂吕不韦膝下，挺身低头恭敬笑道：“大人送利，我等恒敬之，原本天职也。”吕不韦不禁哈哈大笑：“说辞文雅，好！赏一金。”越剑无一步跨前，将一个沉甸甸的饼金打到侍者掌心。侍者昂昂一声谢大人赏金，回身向车马场外一摆衣袖，灯海深处两个长裙女子推着一辆竹车飘了过来，左右偎着将吕不韦扶上了座车，悠悠进了灯火煌煌的庭院深处。

“大人，左姝右姝也？”长裙女子声音甜美得令人心醉。

“长青楼。”吕不韦淡漠地一笑。

万绿家邦是邯郸最大的色艺场，原是临淄“绿商”入赵所开，气势之大已经远远超过了当年的临淄绿街。女子以色艺谋生存，古已有之。但将女子出卖色艺做成了专一的行业，却是春秋时期齐国的首创。其时，齐桓公姜小白以管仲为丞相大行变法。为了广开税源，管仲将齐国各城堡卖色卖艺的女子全数征召到临淄，在官市区的一条大街专门筑起了二十余座绿竹楼；再由官府征召商贾，接收官府分配给的色艺女子，在绿楼街开办专门出卖色艺的客寓酒肆，与所有商贾市易一样向官府缴纳税金。这便是被列国大加嘲笑的“国营色艺”。进入战国风气大开，私商汪洋恣肆般弥漫开来，出卖色艺也很快演变为一个私商行业。因了色艺客寓大都沿袭了以绿竹盖楼的传统，时人将此等行业呼之为“绿行”，将此等商贾呼之为“绿商”。吕不韦久在商旅，曾经风闻楚国大商猗顿氏、秦国大商寡妇清都暗中染指绿行，这万绿家邦之所以如此显赫，背后势力可能便是这两个大商中的一个。

虽然从来没有踏入过这锦绣靡靡之地，吕不韦对万绿家邦的诸般规矩讲究却也是耳熟能详。三座绿楼名称不一，消受也不一。前面两座掩映在大片竹林的绿楼隔湖遥遥并立，号为双姝楼，分为左姝、右姝。左姝蓄养天下形形色色之美女，号为卖色。右姝则云集各国歌女舞女乐女，专供风雅者指定歌舞乐曲款待宾客，号为卖艺。后面一座小楼叫做长青楼，是一个颇神秘的去处，除非客人自请前往，侍者从不引领客人进入此楼。

见吕不韦要去长青楼，两个绿衣侍女倍加恭谨，一人悠悠推车，一人摇曳在前领道，再也没有说一句话。竹车在两厢风灯中绕过了一片大池，在一片竹林前的路口停了下来。前行领道的侍女停下脚步，一声吟诵：“我有嘉宾，鼓瑟吹笙。”竹林中立即传来一个女子回应：“我有醇酒，以燕乐嘉宾之心——”随着曼妙吟诵，一个裙裾拖地的红衣女子飘然出来，对着吕不韦深深一躬：“小女恭迎大宾。”说罢虚扶吕不韦站起，转身款款进了竹林小径。

吕不韦也不说话，向身后越剑无一招手跟了进去。出了竹林，面前一片空阔的草地上矗立着一座已经发白的小竹楼，既不是此行传统的翠绿色，也没有前院两楼的奢靡豪华，只一排风灯将门厅映照得温馨如春。进得门廊绕过大屏，宽敞的大厅别致而堂皇：六盏铜人高灯下，六张绿玉案恰到好处地各自占据了一个角落，全然没有整肃的宾主席次；迎面大墙镶嵌着一面巨大的铜镜，大厅更显开阔深邃；左首墙下一张琴案，右首墙下一列完整的编钟，中央空阔处则是两丈见方的一片大红地毡，没有一张座案。

“先生这厢请。”长裙女子将吕不韦领到了东南角玉案前落座，回身一拍掌，一名黄衫少女出来煮茶，长裙女子回眸一笑飘然去了。茶香堪堪弥漫，隔开座案的大屏后转出了一个衣着极为考究的大胡须中年人，对着吕不韦拱手一礼，又亲自斟了一盏茶双手捧到吕不韦案头，这才谦恭笑道：“先生顺便踏勘，还是买心已定？”

“买。”吕不韦只淡淡一个字。

大胡须立即转身，对红木大屏肃然一躬：“客官业已定夺。”

须臾，大木屏后传来柔和清丽的笑声：“先生气度高华，果是不凡。”

吕不韦早已看出大木屏下方有一个镶嵌着同色细纱的窗口，心知这个女人便坐在屏后案前，叩着长案笑道：“女东隐身，岂是敬客之道？”

“看来先生是第一次涉足了。”清丽声音一笑，“长青楼主例不见客，非不敬客，实乃两便也。买卖一毕，永不相干。先生果真成交，自当知晓我楼规矩实乃体贴客官也。”

“客随主便，便说买卖。”

“先生要讨何等品级？”

“初涉此道，敢问品级之说？”

“先生且听。”清丽声音舒缓柔和，“女子才艺，文野有差。女子体性，天下无一人相同。女子门第贵贱阅历深浅，也是人所看重。如此三者糅合之不同情境，便是才女品级也。长青楼目下共有三十六位，人人皆是才女。然三者糅合，便分出了三等：美艳之才、清醇之才、曼妙奇才。美艳之才者，火焰胡女也。此等女子肌肤如雪，三峰高耸，丰腴肥嫩，非但精通胡歌胡乐，卧榻之间更是一团烈火。更有一奇：体格劲韧，任骑任打，乐于做卧榻女奴，若主人乐意，也可做女王无休止蹂躏主人。清醇之才者，中原处子丽人也。此等女子通达诗书，熟知礼仪，精于歌舞器乐；体貌亭亭玉立如画中人，处子花蕊含苞待放。曼妙之才者，或公主，或豪门之女也。"

"此处能有公主？"吕不韦大是惊讶，脱口而出。

"先生未免迂腐也。"清丽声音咯咯笑了，"万绿家邦出言无虚，不会毁了自家招牌。先生但想：天下大战连绵，岌岌可危之小诸侯尚有二十余个，邦国公主流落离散者正不知几多。我楼所选公主只有三人，身世血统纯正可考，才貌色艺俱佳，卧榻间曼妙不可方物。若非如此，三十个也有得了。"

"愿闻其短。"吕不韦淡漠如常。

"先生如此清醒，难得也。"清丽声音停顿了片刻，"美艳胡女，皆非处子。清醇之才，性情端正而不涉狎邪，性事乐趣稍有缺憾。曼妙之才身世高贵，非名士豪侠不委身，且是待价沽之。"

"其价几多？"

"美艳才女千金之数。清醇才女三千金之数。曼妙之才么，人各不同：豪门才女六千金，一公主八千金，一公主万金。"

吕不韦微微一笑："曼妙三人，敢请女东告知其身世来路。"

"向无此例。"大屏后的清丽声音咯咯一笑，"曼妙生意之规矩：除非先生明定书契，此三女姓名身世，事先不能告知。"

"但定书契，若不中意，如何处置？"

"先生差矣！"清丽声音显然不悦，"万绿家邦信义昭著于天下，百年以来从无一例买卖纠葛，更无一客不中意。今日先生既疑，本东单定规矩：若不中意，本东加倍偿还；然则，三女有露面不成交之险，须得价外先交三千金。此金本东分毫不取，只为抚慰三女之心。先生以为如何？”

“可也。”吕不韦向身后一招手。赳赳挺立的越剑无对大胡须中年人一拱手：“请随我车上取金。”大屏后清丽声音却道：“先生随带重金，其诚可见，无须多费周折。鲸执事，立约。”大胡须恭敬地挺身一诺，向身后一招手，原先那名长裙女子捧着一个大铜盘飘了进来，跪在长案旁将几样物事在吕不韦面前摆开：一条六寸宽寸许厚的翠绿竹简、一把雪亮的刻刀、一方盛着朱砂的玉盏、一支打磨精致的竹笔、一方铺好墨汁的石砚、一根细亮的铜丝、一盏火苗粗大的猛火油灯、一个一尺多高的铜支架。

吕不韦虽不熟悉绿行细则，然对商道立约却是久经沧海，待案上物事摆置妥当，便拿起了那片绿竹。只见竹片中间一道朱红粗线，一个大大的“约”字横跨粗红线，红线两边各是两行相同文字：“两方约定以□□金市□□□女，两清之期，再无相扰。”下方是两方空阔的留白。

“先生且听三女之情，而后决之可也。”大屏后清丽声音又柔和地传了出来，“六千金豪门才女者，赵国安平君之孙女也。八千金公主者，安陵国公主也。万金公主者，卫国公主也。先生可先选品级了。”

吕不韦笑道：“主东周详谨细，步步成法，不妨一次说完，通盘斟酌。”

“人市贵在细密，先生见谅。”清丽声音一声喟叹，“鲸执事说了。”

大胡须拱手一礼道：“客官选定女子品级，便可立约。立约之后，可与选定之女晤面叙谈半个时辰，我行谓之‘初相’。初相中意，则践约。初相不中意，则交付一半金额，再与另一女子晤面叙谈。如此可三次初相。初相之法：可触肌肤以品色，可谈诗书以定才，可观歌舞以试艺；然有两禁：其一不得性事狎邪，其二不得询问女子身世周折。若三相不中，主东之金全数退还，且可无偿赠送客官一上佳歌女。一旦选中践约，客官须在半月之内领走市女，逾期有罚，每日百金。最后一禁：无论成交与否，客官都不能对外说及长青楼诸般情景，我方亦绝不外泄与客官交往之情。这便是‘买卖一毕，永不相干’。先生若能理会此间诸般深意，便可选品立约了。”一番交代条分缕明，老到干练，显然是绿行执事高手。

吕不韦听得分明，不禁对这长青楼女主东生出了几分敬意。普天之下，人市两行：一行是奴隶买卖，因了奴隶大多有黑色烙印，商道呼之为“黑行”；另一行便是被呼为“绿行”的女色买卖。春秋战国五百年，这两行此消彼长。春秋时奴隶市场兴旺，居于人市主流，女色买卖尚在萌发之期。战国之世，奴隶人口根基已崩溃，随着官府奴隶市场的消亡与各国法令对奴隶买卖的严厉禁止，奴隶买卖大为衰微，沦落为极少数不法商贾的隐密黑市。当此之时，女色买卖蓬勃而起，各国大市都有法令许可的绿行，且成为许多中小诸侯国的重要税源。然则，无论利市如何丰厚，黑绿两行从来都没有逃脱过天下公议的抨击，也从来都为正道商贾所蔑视。非但吕不韦这样的富商大贾绝不会涉足此等龌龊利市，吕不韦所熟悉的战国大商，也没有一家卷入绿行。假若没有今日特殊之需，他注定永远都不会踏入万绿家邦，更不会直入长青楼。然今夜一番见识，却使他蓦然对这长青楼有了一种异样的感觉——不是商家大手笔，断不会有此等经营之道。战国商贾，除了秦国寡妇清这个久闻其名未见其人的奇女子，难道还有别个女商有如此气魄？刹那之间，吕不韦对大屏后的主东生出了一种强烈的好奇。

“长青楼法度甚是得当。”吕不韦淡淡一笑，“只是，我欲与主东晤面一谈。”

大胡须眼光飞快地向大屏一瞄，正色拱手道：“先生见谅，主东从不与客官晤面。无论何等心愿，只要涉及市易，尽可与在下磋商。”吕不韦没有理会大胡须，只注视着大屏默然微笑。“先生，主东业已退听了。”大胡须的炯炯目光盯住了吕不韦，“主东不见客，这也是长青楼法度之一。客官若不见谅，买卖就此完结。客官只需交三千金而已。”

吕不韦大笑：“既然如此，客随主便。豪门赵女。立约。”

“先生明断。”大胡须顿时恢复了恭谨神态，跪坐在吕不韦对面，从大案上拿起竹笔在石砚墨汁中轻轻一蘸，在宽条竹简两行字的留空处分别填写上了“六千金”与“豪门赵女”七个字，恭敬地双手将竹简捧到吕不韦面前："请先生留名烙记。"

吕不韦接过竹简，从怀中皮袋拿出一方铜印，在猛火油灯上烤得片刻，在竹简右半下方的空白处一摁，嗤的一声轻响，抬起铜印，竹简上赫然现出了一个焦黄的奇特记号，似山水环绕，又似怪兽纠缠；再拿起竹笔，在记号下写上了四个古老的篆字——吕氏不韦。如法炮制，又在左下方烙记留名，将竹简推给了大案对面。大胡须笑道："先生印记大雅，书法工稳，我等望尘莫及。"说罢从腰间鞶带抠出一方墨绿色石印，也在猛火油灯烤得片刻，在吕不韦印记旁一摁，一个似黄发白的印记清晰凸现出来。烙好两方印记，大胡须拿起竹笔又写了两次，恭谨地递过来道："请先生验证。"

略一端详，吕不韦心下一跳！这方印记线条古奥纷繁交错，粗看似江河流淌又似群山嵯峨，实则却是一种已经消失的文字——籀文！吕不韦少学博杂，知道这籀文原本是夏商周三代刻在钟鼎上的一种铭文，因其古奥难写，日常书写多不采用，春秋之后已经渐渐消失，唯能在三代青铜器上见到，故此也被士人称为"金文"，也有人称之为"大篆"。进入战国，各国文字纷纷简化，这种古奥的文字已经少有人识得了。眼下这个籀文古字吕不韦似曾相识，一时却想不起来。

"足下印记倒是有趣。"吕不韦淡淡一笑递过竹简，"割契。"

"这是主东印记，在下也不识形。名字是在下，鲸桑麻。"大胡须说着话，左手拿起案上那根细亮的铜丝在猛火油灯上一阵烧灼，待铜丝中段烧红，右手将竹简啪地卡进那座铜支架，烧红的铜丝对准竹简中间的粗线勒了下去。如此两次，宽大的竹简在一阵淡淡青烟中分作两半，中间那个"约"字也恰恰被勒为两半。

"立约已成，先生收好。"大胡须递过一半竹简，拱手笑道，"请移尊驾，初相。"

"不必了。"吕不韦将竹简插进怀中皮袋，起身一摆手道，"我信得长青楼，足下只随我搬金。人，半月之内来接。"

"这如何使得？"大胡须惶恐道，"先生原本说好三选，故而多收三千金，如今先生不选不相，长青楼有负先生。在下只怕要请主东示下，方可做主。"

"足下未免聒噪。"吕不韦笑道，"自来买卖，成交前随主，成交后随客。我已立约，交付你九千金便了，折腾个甚来？"说罢径自大步出门。越剑无一拱手说声请，陪着大胡须匆匆跟了出来。

到得万绿家邦大门外的车马场，吕不韦的车旁已经新停下了一辆封闭严实的铁轮车。吕不韦对大胡须道："这是全数，越执事随足下清金，我先告辞。"大胡须连忙深深一躬："先生走好。一月之内，在下随时听候先生吩咐。"

"不。半月。"吕不韦一摆手踏上辎车辚辚去了。

五　情之有契　心之唯艰

秋夜寒凉，车马行人稀少，辎车穿街走巷，不消片刻到了薛公小巷。

偏院茅屋的灯火仍然亮着，毛公正在灯下自弈，一手白一手黑，落得一子举起酒葫芦大饮一口，摇晃着长发散乱的雪白头颅，兀自好棋臭棋地品评一番，饶有兴味。

"夤夜自弈，老哥哥好兴致也！"

毛公蓦然回头，见是吕不韦站在身后，跳起来哈哈大笑："呀！竟还有一只夜鼠窜游，好好好！来，先干一口！坐坐坐！"酒葫芦刚塞到吕不韦嘴边，又拉着摁着吕不韦坐到了草席上，光着脚红着脸嚷嚷起来，"你老兄弟说说，人活到这份上有甚个兴头？吃了睡、睡了吃，日落卧榻黎明即起，抛洒了多好的静夜辰光，分明不是农夫工匠，却非得农夫工匠一般折腾自己，酒也不吃，棋也不下，有甚个活头！老夫憋气，明日搬出这破园子！要不是你个老兄弟夜猫子来，老夫这就找人吃酒下棋去！"

吕不韦不禁噗地笑了："薛公一夜不陪，老哥哥耐不得了？"

"嘿嘿，那老小子牛筋一根，忒没劲！"毛公红着脸兀自嘟哝一句，坐到了大案对面，"说，甚事又发了？"

"甚事没有，陪老哥哥厮杀一番消夜。"

“嘿嘿，别哄弄老夫。骂一通作罢，你只说事。”

吕不韦不再说笑，从怀中皮袋抽出那支竹简递了过去。毛公接过一瞄，白眉猛然耸动，一声长长的叹息：“老兄弟苦心也！谋事如此扎实。”吕不韦笑道：“下边那个烙印似曾相识，只想不起来，老哥哥指点了。”毛公眯缝起老眼一阵端详：“这是个籀文，‘清’字，断无差错！”吕不韦思忖道：“少时听老师讲书，籀文业已失传，唯一班嗜好钟鼎铭文者能辨识些许。一个绿行商贾，以籀文为记，岂非蹊跷？”毛公摇头道：“你老兄弟知其一不知其二。所谓籀文失传，只是天下官府与治学士子不再书写。庶民市井之间，却并未绝迹。”“如何如何？”吕不韦大是惊讶，“庶民市井间竟有此等古文流传？”毛公嘿嘿笑道：“老夫少时遭逢巨变，曾远遁秦国巴蜀。秦之商旅老号，立约大都是这种籀文，常人看去天书一般，极是隐秘。老夫还听说，岭南楚人、高丽人中多有夏商周三代败落贵胄之逃亡部族，此等人也通行这种古奥的籀文，只是不曾亲见而已。老兄弟通晓商旅，对秦国却恰恰生疏，不知者也是常情。”

“清字？”吕不韦思忖间突然拍案，“寡妇清！秦国大商！”

“八九不离十。”

“赫赫巨商，卷入人市绿行，匪夷所思也！”

“关你甚事，不坑客不害民不违法，谁说大商不能绿行了？”

“老哥哥懵懂也！”吕不韦一拍案道，“公然绿行，原是无甚关涉。然则长青楼买卖豪门女子、诸侯公主，哪国法令能允许了？”

“嘿嘿嘿，”毛公连连摇手，“话虽如此，却也是当今乱世使然。你老兄弟觉得这老寡妇丢了大商脸面，可你买了人家物事救急，终不成还去告发？大事当前，操那般闲心甚用？果真有朝一日，你老兄弟做了秦国丞相，再去找这个老寡妇理会便了。”

“老哥哥说得是。”吕不韦释然道，“车马各路，目下管不得许多也。”

“这就对了。”毛公嘿嘿一笑，转身从屋角拉过一口木箱打开，“看看，《质赵大事录》。只等那小子醒过神来，老夫教他弄得顺溜。”

吕不韦看着满当当一箱破旧的竹简，心头蓦然一热，不禁一叹：“老哥哥如此心血，但愿嬴异人迷途知返。”

“怪也！”毛公手中酒葫芦一顿，“你老兄弟也有沮丧之时？没底了？”

“实不相瞒，不韦确是不安。”吕不韦轻轻叩着棋案，“男女之事纷杂，不韦素来不谙此道，当真拿不准异人能否过得此关。”

“呜呼哀哉！”毛公一阵大笑，“老夫以为天塌地陷也，却是苟苟男女之事！莫看我这老鳏夫，最能揣摩儿女之事，你老兄弟到时只听老哥哥招呼，断无差错！”

见毛公如此笃定，吕不韦心下顿时舒畅，本当立即告辞，却闻雄鸡长鸣，寻思此时回云庐未免动静太过，欣然提出与毛公对弈一局。毛公高兴得连呼快哉快哉，哗啦抹了自弈棋局，提起一子便啪地打下。吕不韦欣然应对，两人酣畅淋漓地厮杀起来，待到东方曙光托出朦胧温润的秋阳，吕不韦才离开了小巷。

回到云庐，越剑无来报，将长青楼一支镌刻着“收讫”两字的铜牌交来。吕不韦接过铜牌，见底端一片水纹状的线条隐隐也是个古籀文“清”字，心下又是一动，着意将书契竹简与铜牌一起收藏进了密件铜箱。一切妥当，喝了一鼎热滚滚的牛骨茶，茸茸细汗中泛起了浓浓倦意。正要卧榻安睡片时，老执事匆匆来报说，接到飞鸽传书，西门老总事已经从咸阳启程，估摸三两日内可赶回邯郸。吕不韦虽感意外，一时却也想不明白，摇摇手进了后帐，片刻之间鼾声大起。

掌灯时分，吕不韦矇胧初醒，听得一阵熟悉的说话声隐隐传来，霍然起身来到前帐，果然见西门老总事正在灯下站立，老执事与越剑无的匆匆背影刚刚消失在帐口。吕不韦大步过来拉住老总事笑道：“西门老爹归来，不韦松泛也！”西门老总事一躬身道：“咸阳情势蹊跷，老朽不及请准先生，放下手头事星夜赶回。”吕不韦心头不禁一跳，呵呵笑道：“不打紧，先为老爹接风，事情慢慢说。”正要转身吩咐云庐仆人，西门老总事却道：“先生惺忪倦怠，不妨沐浴一番，酒饭之事有老朽。”吕不韦心中一热，说声好便进后帐去了。

片刻出来，灯下两张大案酒菜已经齐备，寒暄几句饮得两爵，西门老总事低声道：“入秋以来，咸阳风传老秦王风瘫加重，失忆失语，不能料理国务。官府也不正视听，听任风传弥漫朝野。恰在此时，纲成君蔡泽又前往蜀郡，视察李冰的都江堰去了。起行那日，太子嬴柱率百官在郊亭饯行，声势很是铺排。送走蔡泽之后，太子嬴柱卸去了‘暂署丞相府’职事，住进了章台，丞相府竟无人主事了。老朽不明所以，与莫胡姑娘秘密通联，嘱其留心打探。旬日前，莫胡传出消息：华阳夫人三次前往丰京谷与华月夫人密谈，详情无从得知。老朽难解其中奥秘，星夜赶了回来。”

默然片刻，吕不韦笑问一句：“咸阳庄园建得如何？”

“大体完工，唯余内饰善后。密道之事，先生定准路径，老朽再找荆云义士。”西门老总事从腰间皮袋摸出一张羊皮纸递过，“这是庄园地理图，先生定个方向出口。”

吕不韦接过地图灯下端详，见庄园前临大水后依山塬，不禁笑道：“老爹所选，分明一处形胜之地也！这庄园北临渭水，密道只要东西两路，出得远些，隐秘些便是。”

“省得。”老总事收起羊皮纸，“邯郸新居有越执事等料理，老朽明日去会荆云义士，商定后顺道赶回咸阳。”

“莫急莫急。”吕不韦摆手笑道，“业已入冬，百工停做，庄园又不是等用，赶个甚？老爹多日不在，不韦还真有些左右不济。既然回来了，留下来明春再说。不管咸阳如何变化，我等明春都要动。邯郸这边，离不开老爹。”西门总事的一双老眼泪光莹然，可劲儿一点头，径自饮下一大爵赵酒，一句话也没有说。吕不韦慨然一叹，也陪着饮了一大爵。西门老总事低声道：“先生毋忧，异人公子醒来后已经大体如常，该当不会有事了。”吕不韦恍然一笑，一时竟无从说起。

正在此时，帐外一阵急促脚步声，越剑无已到了面前，一句禀报先生尚未说完，一阵顽皮的笑声随着一个红色身影轻盈曼妙地飘飞进来。吕不韦猛地站起，笑声骤然打住，红色身影已经扑到了吕不韦怀里。片刻愣怔之间，吕不韦已经清醒了过来，亲切地拍着怀中颤抖的肩膀笑道：“昭妹呵，来了就好。来，坐了说话。”

来者正是卓昭。她撅着嘴嘟哝了一句，不但没有就座，反而搂着吕不韦脖子咯咯笑了起来："大哥孔夫子一般，我不怕，偏要抱你！"吕不韦红着脸道："孩子家性情，莫玩闹。"说着话拉开了缠在脖子上的柔嫩的臂膊，将卓昭摁到了座案里，转身正要吩咐备酒，却发现老总事与越剑无已经不在大帐了。

"左看右看，心不在焉，没劲！"卓昭生气地撅起了小嘴。

"无法无天。"吕不韦沉着脸，"说，大父何在？我去接人。"

"爷爷又不是影子，不作兴一个人来么？"

"如何如何，你一个人来？"

"如何如何，不能来么？"卓昭顽皮学舌的脸上一片灿烂。

"你呀你！"吕不韦顿时着急，"邯郸何事？我陪你去办，完了即刻送你回去！"

"何事？你不明白？"卓昭的脸蓦然红了，"上年说得好，偏这时你忘了。一春一秋，你只泥牛入海，不作兴我来么？"

"便为这等事？"吕不韦惊讶了。

"呵。"卓昭目光一闪又顽皮地一笑，"悠悠万事，唯此为大。"

"上天也！"吕不韦又气又笑，"此等事急个甚？大父知不知道你来邯郸？"

"你说，这是小事？"骤然之间，卓昭一双明眸溢满了泪水。

"莫非还是大事？"

"当然大事！大事——！"卓昭猛然哭喊一声，冲出了大帐。

"……"吕不韦想喊一声回来却没有声音，想抬脚去追却黑着脸钉在了帐口。

不知过了多长时间，越剑无轻步走来禀报说，西门老总事拦下了卓昭姑娘，已经派一名云庐女仆侍奉她住进了那顶最厚实的牛皮单帐，用餐已罢，目下正在沐浴。木然呆坐的吕不韦长嘘一声，对越剑无低声吩咐了几句，径直到云庐西南角的单帐去了。

所谓单帐，是只供人居而没有议事帐厅的小型帐篷。这顶牛皮单帐，原本是专为嬴异人来云庐长谈夜宿预备的。虑及嬴异人体格单薄，吕不韦刻意吩咐西门老总事给单帐外多加了两层翻毛羊皮，帐门也特意做成了厚木板外钉翻毛皮的防风门，入冬燃起木炭燎炉，大寒时节帐内也是暖烘烘一片。

吕不韦信步而来，见虚掩的帐门在呼啸的北风中吱呀开合，径直推门走了进去。幽暗的帐中一片凉意，只后帐口直直站着一个捧着衣盘的少年胡女。见吕不韦进来，小胡女一躬身柔声道："禀报先生：公主正在沐浴，她执意要开着帐门的。"

"姑娘去了，这里有我。"吕不韦笑着点点头，从怀中皮袋摸出两个沉甸甸的秦半两塞进小胡女裙袋中，小胡女说声多谢，一溜碎步去了。

吕不韦关了帐门，给燎炉加了木炭，又点亮了两盏铜人纱灯，明亮的帐中顿时暖烘烘一片。左右打量，又拿来帐角一个木架，将小胡女所捧衣盘中的雪白皮裘挂在了后帐口。一切妥当，这才坐在案前斟茶自饮默默思忖。

"衣裳。"后帐传来一声隐隐约约的呼唤。

吕不韦急忙起身，打开丝绵帐帘，一只手将皮裘伸了进去。"噫——"只听帘后惊讶的一声，厚厚的绵布帘忽地掀开，一个明艳美丽的少女随着一团扑面的香风水雾飘到了吕不韦面前。一身红纱长裙，一头如云长发，雪茸茸的皮裘拥着白中泛红的细嫩肌肤，灿烂的笑靥点着一双汪汪墨亮的大眼，纤细轻盈的身姿鼓荡着诱人的丰满婀娜，天上仙子一般。

"你，终是来了……"柔美的声音在微微颤抖。

"昭妹，来，坐下说话。"吕不韦木然站着，笑得有些尴尬。

"不韦大哥……"卓昭轻轻叹息一声，裹起皮裘怏怏跪坐在了案前。

吕不韦亲切随和地跪坐到了对面，欲待捧起茶炉上的陶壶给卓昭斟茶，手却伸到了壶身，烫得自己嘘的一声缩了回来。卓昭噗地笑了："笨也。我来。你只坐了。"说罢利落斟了两盏茶，将一盏茶捧到对面，笑吟吟地盯住了吕不韦，"我不生气，听你审问便了。"吕不韦笑了笑，皱起了眉头道："先说，你是如何逃了出来，不怕大父忧急么？""亏了爷爷不是你也。"卓昭顽皮地一笑，"说便说，迟早的事。你走后一春没得消息，我急得整日求爷爷想办法，爷爷只骂我没出息沉不住气。到了立秋，父亲商路传回消息，说你在咸阳奔走于官府之间。爷爷揣测你事情上路，归期没个准头。没多久又听说你与丞相蔡泽成了好友，还进太子府考校一群王孙。爷爷说大功可期，只担心你财力不足。我缠着要爷爷带我去咸阳找你。爷爷不答应，说不能给你添乱。我生气了，不吃饭。爷爷没辙，想了三日，终于答应我来邯郸等你。我便来了。没了。”

“缠人也！”吕不韦笑叹一声，“那座老宅烟火不举，却显然有你的寝室卧榻，你一人住在废弃老宅里，万一出事如何是好？没个操持！”

“老夫子大哥担心我，好也！”卓昭咯咯笑道，“那座废弃老宅离你这云庐近便，我天天只去那里打探你的消息。晚间我便离开，住在卓氏商社，甚事没有。”

“你晚间不住老宅？”

“是呵，不住。”

“这却奇也！老宅夜半有秦筝之声，不是你么？”

“噫！”卓昭大是惊讶，“你却如何知道？”

“先说，秦筝是你弹奏了？”

“真个审问也！”卓昭做个鬼脸一笑，又是轻轻一声叹息，“不知道是人是仙还是命，左右我也想不明白了。那日入夜，我在云庐外转了整整一个时辰，见确实没有你的消息，回到了老宅。本说三更走，只是天上秋月明亮澄澈得玉盘一般，秋风掠过胡杨林，片片金红的树叶飘进萧疏的老宅，恍惚是月宫中飞来的花瓣。那一刻，忽然想起第一次遇见你时我在大河船头弹筝放歌，便操起了秦筝，只想或许你又能神奇地出现……不成想，一曲未了，胡杨林中竟有歌声唱和！嘶哑高亢，激越苍凉，一声声直往人心头叩打，比你当日唱给我的秦歌还凄楚动人！一时之间，我是真被那歌声打动了。也是好奇，我顺着秦风音律奏了下去，想到哪一曲弹哪一曲。说也怪哉！不管我弹哪一曲，那歌声都是丝丝入扣如影随形，且都是我没听过的老秦古词儿。他越唱越见纯熟，一口气唱了十六支歌儿，我的手都弹得酸了，他还在唱！那一晚，我没有回商社。我想记下那些歌词，次日晚上没有再弹，只在老宅楼上备好了笔墨等候。实在说，我也不知道他会不会来。谁想，方到三更，那歌声又幽幽地飘了过来。没有秦筝，歌声分外清楚，秦音咬字又重，我全部记了下来。第三日晚上，我还是没弹秦筝只等候。我想，他一定不会再唱了。可是，三更刁斗刚打，歌声又飞了过来。一连六个晚上，他都独自唱到落霜降雾蒙蒙曙光。我心下实在不忍，在第七日为他再弹了一夜。说是我弹他唱，实则是他引领着我不断纠正偏离秦风的音律。后来，我弹他唱，我不弹他也唱。”卓昭骤然打住，粗重地叹息了一声，“我骂自己没出息，可我忍不住……后来，我终是离开了老宅，再也不去了。毕竟，我不能不找你……”

吕不韦静静地听着，心中怦怦大跳！

卓昭说得满面通红神采飞扬，最后泪光莹莹，这是吕不韦从来没有见到过的。自大河唱和得以神交，他与卓昭仅仅有过短暂的两次直面相处。在他眼中，卓昭是温婉沉静而又不失热烈奔放的一个少女。然则，自今晚骤然闯来，卓昭的一言一行一笑一颦，却使他感到了一种难以捉摸的陌生——淘气任性得像一块无法染色的顽石，扶摇冲动得又像哗哗作响流淌无形的浪花。婚约之事，本来是一件徐徐图之从容计议的大事，她竟能一意孤行只身乱闯；夜半入老宅，本来已经够荒唐，她竟能心血来潮，与一个陌生歌者做半月之久的昼夜唱和。蓦然之间，吕不韦想到了嬴异人的痴迷病卧，一个念头轰然涌到了心头——如此二人忘情如一，倒真是一对儿！

心念一闪，吕不韦心头大跳起来——毕竟，他也是深深爱着这个少女的，更不要说，他还在天卓庄当着卓原老人的面许诺了婚事，岂能生出如此荒唐想法？倏忽之间，吕不韦勉力平息了自己的心潮涌动，此时此刻，自己若再把持不住，事情可能乱得无法收拾。想得清楚，吕不韦亲切地笑了：“老宅之事，倒是奇遇一桩，没准是上天开恩，派乐师教昭妹秦风音律也。不说了。新宅搬定，我便陪你回天卓庄。”说罢起身一摆手，“昭妹该歇息了，我清晨过来说话。”

“哎，莫走！”卓昭一伸手扯住了吕不韦衣襟，“正事还没说也。”

“顽闹！”吕不韦沉着脸，“不是说陪你回天卓庄么？等几日说不迟。”

“老夫子！”卓昭咯咯笑道，“卓昭就知道要嫁人么？”

“真有正事？”

“看！”卓昭小手一扬，“你之所爱所想。”

吕不韦哈哈大笑：“一方羊皮纸，是我之所爱？”

“看看再说嘛。”卓昭娇憨地将一个白色方块拍到了吕不韦手心。

吕不韦哗地抖开一瞄：“这是甚个物事？堪舆图么？”

“呀呀呀，村夫一个！看仔细也。”卓昭笑得直打跌。

吕不韦将羊皮纸拿到灯下，见纸上一幅暗红色大图，线条粗大硬实，接头处有明显的再笔痕迹，全图没有一个字，只有山水树木与几种奇异的记号。端详有顷，吕不韦转身皱着眉头道：“此图诡异，似乎是用竹片木棒之类物事蘸着血画成。这条粗线走向，似乎是漳水。除此而外，实在看不出所以然。”卓昭道：“再看这块山峰，像甚来？”吕不韦不假思索道：“一枚老刀币。”卓昭咯咯笑道：“老商天性，就认钱也！我说不韦大哥保准一眼认出，爷爷还不信，说他分明画得一柱怪峰。”吕不韦不禁笑道：“近看是山，远看是钱，原是都没错。”卓昭一撇嘴：“能事也！你说，这钱山位置在何处？”吕不韦思忖道：“看山水走向，大体当在巨鹿沙丘以东、太行井陉口以西之群山地带。”卓昭咯咯笑道：“东西三百里，你老牛耕耘，慢慢翻也！”吕不韦摇摇头：“此等秘图，原是只画给作者备忘，等闲破解不得，谁能说得准确位置？”卓昭噗地一笑：“你抱抱我，领你去。”一语未了，满脸涨得通红。吕不韦一怔，亲切地拍拍卓昭肩膀笑道：“沙丘井陉间好山水，只是，要去游玩，也得明春天暖了才好。”卓昭头一低，顿时泪水盈眶，猛然将一支铜管打进吕不韦掌心：“谁要去游玩？拿去看也！”

吕不韦心中有事，实在有些不耐，无奈勉力一笑：“好，我回去看看，明晨再说。”转身匆匆去了。卓昭脸色通红，一跺脚坐在地毡上哇地大哭起来。吕不韦连忙回身，捡起掉落在地的皮裘包住卓昭，不由分说一把将她抱起来，大步走进后帐丢在了榻上，只黑着脸站在帐中不说话。卓昭咯咯一阵娇笑，飞身上来紧紧抱住了吕不韦：“不怕你打我骂我，只要你抱我！”吕不韦木然站在那里，任卓昭亲昵笑闹只是一句话不说。

片刻之间，卓昭悄无声息地松开了双手，颓然跌坐在榻上面色涨红急促地喘息着。

“四更了。有事明日再说。”吕不韦勉力笑得一笑，匆匆去了。

回到云庐大帐，吕不韦立即拿出了那支粗短的铜管，灯下一看，见铜管盖口有紫红色的泥封印鉴，割开泥封抽出一卷羊皮纸抖开，正是卓原老人熟悉的笔迹：

> 不韦君如晤：昭儿痴心，我亦无辙。此儿至情至性，多有黏缠处。君正远图，若感难处，可不必拘泥婚约之言，但有一信，老夫自来说她。另嘱：老夫半生商贾，所积财富无得大用，君之大谋，长我商贾志气，老夫之财，便凭君调遣。画图之秘，老夫已尽告昭儿，只她领你起财便是。此事与你等婚约无关，唯老夫率性之举而已。卓原手字。

捧着羊皮纸，吕不韦不禁愣怔了。显然，这是卓原老人给自己的私密信件，卓昭肯定没有看过。回味咀嚼，吕不韦一时感慨万千，无以决断。卓原老人旷达豪放，与自己一见如故，彼慨然解囊，我坦然受之，也无亏一个“义”字，反倒可能是一段商旅佳话。然则，夹进了卓昭婚约一层，想起来终是有愧。更要紧者，卓昭初显任性，已经使他深感黏缠，如他这般押定人生荣辱与举族财富而全力以赴谋一件大事者，能否奉陪得此等女子，心中还真没个分寸。辗转反侧，眼见得晨曦初露，吕不韦还是一团乱麻，索性起身沐浴一番，漫步隐没到云庐帐外的漫天霜雾中去了。

红日初起，西门老总事寻来禀报，说城外新居已经内修妥当，请先生择吉日乔迁。吕不韦笑道：“吉凶不在选，三日后迁居。”话方落点，一领红裙从草地火焰般飞了过来，远远一声高喊：“不韦大哥，你好难找也！”吕不韦还来不及说话，火红长裙已经随着一阵咯咯笑声绕在了他脖子上。吕不韦红着脸剥开那双柔嫩的玉臂笑道：“昭妹别顽闹。走，我带你去城外，看新居。”卓昭高兴得一拍手又猛然一撇嘴：“哎，你不去巨鹿山了？”吕不韦抚摸着卓昭被晨风吹得散乱的长发笑道：“这几日事多，迁完新居再去不迟，左右不缺钱，不用急。”卓昭长发一甩道：“用钱者不急，我急么？出城才是好事，走！”拉着吕不韦风风火火去了。

出得邯郸西门，双马辎车在官道奔驰得小半个时辰，向北拐进了一道河谷。莽莽苍苍的胡杨林在料峭北风中一片火红，沿着山岭河谷铺展开去，仿佛似一天霞光。两山间一道水流碧波滚滚，淡淡热气如烟云般蒸腾弥漫，两岸绿草茸茸彩蝶翻飞，冬日的萧疏荡然无存。行得片刻，红林绿草的深处，一座高达山腰的竹楼伫立在一片淡黄色的屋顶之中，铁马叮咚之声隐隐传来，河谷山林倍显幽深。

“美也！仙境一般！”卓昭一声惊叹，掀开车帘跳了下去。

“这是仓谷溪，天成地热，冬暖夏凉。”吕不韦也跟着下了车。

“仓谷溪？好怪的名字！”

“春秋时，这道河谷曾经是晋国赵氏的秘密谷仓。赵人立国，扩建了巨桥老仓，储粮数十万斛，这里的谷仓也并入了巨桥。谷仓没了，名字却留了下来。”

“这等老古董，偏你最清楚！”

吕不韦遥遥一指远处竹楼屋顶：“那里便是新居，比天卓庄如何？”

“妙极！”卓昭一句赞叹又猛然皱眉，“你，想要我在这里隐居么？”

“隐居？没想过。”吕不韦悠然一笑，“昭妹有隐居之志？”

“深山住久了，腻也！”卓昭连连摇头，“我只想游历世面，不想隐居。”

“好！”吕不韦哈哈大笑，“昭妹但有此心，世面有得见！”

“怪也！不想隐居，何须将庄园建在这等隐僻之地？”

吕不韦淡淡一笑：“不与其事，不知其心。总有你明白时日，不用急。”

“只要你不卖了我，我便不急。”卓昭明媚地一笑，猛然抱住了吕不韦。

“莫闹莫闹。”吕不韦急忙剥开卓昭双手，“越执事车在后边。”

“老夫子！”卓昭娇嗔地撒手撇嘴，“没劲道。”

“真小孩子家，莫怪大父说……”吕不韦突然打住，尴尬地笑了。

“爷爷说我坏话！信上写甚？快说快说！”卓昭的小拳头雨点般砸在了吕不韦胸口。

“真闹也！”吕不韦大袖揽住了卓昭的一双小拳头，低声训斥道，“爷爷说你孩子气太重，要我好生管教，知道么！”

“呸呸呸！”卓昭抽出双手咯咯笑道，“你管教？将我教成女夫子么？”

“你还真得孔夫子来教教。”吕不韦板着脸，“知道夫子如何说女子么？”

“你定然知道了，说来我听。”卓昭顽皮地笑着。

吕不韦拉长声调吟诵道：“唯女子难养也，近之，则不逊[1]，远之，则生怨。”吟诵罢不禁一笑，“如何？像你这个小女子么？”

“呸呸呸！”卓昭满脸涨红，“真当我不知道也，孔夫子说的是‘唯女子与小人难养也’。自家迂腐板正得像具僵尸，还怨女子，老坏虫一个！你便去了小人二字，也没甚个好！男女相好，发乎情，生乎心，相悦相戏，能有个‘逊’了？要得逊，除非他是个老阉宦！我偏不逊，气死老夫子也！”一双明亮的大眼溢满泪水，一串话响当当炒豆一般。

吕不韦大是难堪，说声惭愧，深深一躬：“大哥哥说错了，向小妹赔罪也。其实，我也厌烦孔老夫子，只是鬼迷心窍，想到了那句话而已。”

卓昭噗地笑了，飞身过来啪地亲了吕不韦一口：“老夫子，偏不逊！”

无可奈何又哭笑不得的吕不韦，脸上虽是满不在乎的微笑，心下却已经烦乱不堪，勉力一笑道：“今日风大，庄园也没齐整，乔迁之日一并看，如何？”

“随你。”卓昭咯咯笑道，“山庄都一个样，我只看人看心。”

---

[1]　逊，谦恭顺从。《书·舜典》：“百姓不亲，五品不逊。”《后汉书·胡广传》有“常逊言恭色”之说。

吕不韦立即转身吩咐跟上来的越剑无："越执事，将驭马卸下，我与昭妹骑马回程。你在庄里换马回来。"越剑无答应一声，卸下两匹红色胡马备好鞍辔，大步向庄园去了。吕不韦将一根马缰交给卓昭，两人飞身上马驰去。

将近谷口，却闻遥遥嘶鸣马蹄急骤。吕不韦心下一惊，喊一声跟我来，一马飞上了左岸边山头。立马向山下谷口观望，吕不韦不禁皱起了眉头——苍黄见绿的草地上，一匹黑亮的骏马在狂奔嘶鸣，马上骑士光着身子狂暴地挥舞着马鞭，连绵不断的吼叫声回荡在河谷，撕心裂肺般凄惨。突然之间，骏马如闪电般飞进胡杨林又闪电般飞出，颓然滚倒在了苍黄的草地。骑士的黑色马鞭如雨点般抽打在骏马身上，凄惨的吼叫声声入耳："起来！起来！我要死了！死了！你也得死！你也得死！"

"谁？他要死？"卓昭身子猛然一抖。

"成何体统！"吕不韦面色铁青。

"你认识此人？"

"日后你也会认识。"

"疯子一个！我才不想认识他。"卓昭咯咯笑了。

吕不韦默默眺望谷中，猛然回身打了个长长的呼哨。片刻之间，越剑无飞马赶到，吕不韦低声吩咐道："轻车快马，立即将他送回邯郸静卧。我随后便到。"越剑无嗨的一声，飞马下山去了。吕不韦转身道："昭妹，我们从这边出山。"说罢上马，从另一面山坡飞了下去。

午后时分回到邯郸，吕不韦将卓昭送到云庐，立即轻车来见毛公。两人说得片刻，同乘辎车到了嬴异人府邸。进得正厅，浓郁的草药气息弥漫过来，唤来老医者一问，回说公子服药方罢，正在卧榻养息。毛公嘿嘿一笑，也不多问，拉着吕不韦进了第三进。

寝室拉着落地的帷纱，虽然幽暗，显而易见的豪华。毛公踩在外廊厚厚的红地毡上没有一点儿声息，觉得有些眩晕，不禁嘟哝一句："铺排得宫殿一般，能不生事？多此一举也！"吕不韦一扯低声道："先要他熟悉了贵胄奢华才好，晓得？"毛公嘿嘿一笑："饱暖思淫欲，只怕你不得安生了。"说着话已经进了中门，当年那个干瘦黝黑如今已经肥肥白白的老侍女正板着脸肃立在虚掩的门外，乍见一个衣衫邋遢雪白须发散乱虬结的老翁颠着闪着撞来，连忙横在门前一声低喝：“你是何人？退下！”毛公正在嘿嘿打量这个满身锦绣发髻齐整的肥白女子，吕不韦已经大步赶了上来：“少使大姐，此乃名士毛公，公子老师，今日识得便了。”融融笑意倏忽弥漫了老侍女的肥白脸膛：“哎哟！我这少使还没得咸阳正名，先生倒是上口了。见过毛公，见过吕公。公子正在卧榻，尚未安枕，两公请。”回身轻轻推开中门，将两人让了进去。

中门之内横着一道黑色大屏，绕过大屏是帷幕低垂的寝室。一架硕大的燎炉燃着红亮的木炭，整个寝室热烘烘暖春一般。毛公大袖一抹额头正要嚷嚷，吕不韦却指了指帐榻，毛公便笑嘻嘻地到了榻前。

“又来扰我好梦！滚开！”榻帐里一声嘶哑的吼叫。

“嘿嘿，梦见仙子乎？无盐女[1]乎？”

“该死！”纱帐猛然撩开，一人赤身裸体须发散乱大汗淋漓脸色血红地跳了出来，两眼一瞪，“噫！”的一声，软软地倒在了地上。

吕不韦正要抢步上前，毛公嘻嘻摆手：“莫急莫急，看老夫治他。”说罢一蹲身，抡圆胳膊对着倒地人啪啪两个响亮的耳光，“教你做梦！你是谁！”倒地人猛然弹坐起身，摇摇头粗长地喘息了一声，仿佛溺入深水刚刚浮起一般：“我，我是，嬴异人呵。你……”毛公冷森森道：“老夫是谁？你自说了。”嬴异人木然盯着毛公片刻，双手猛然捂住眼睛嚎啕大哭起来：“老师啊，闷死我也！异人不肖！不肖……”

吕不韦走过来笑道：“大丈夫哭个甚？来，别冒了风寒。”说罢蹲身抱起嬴异人放入帐榻，又为他盖上了大被，“静静神，有话慢慢说，天下哪有个过不了的门槛？”

“吕公，异人有愧于你。我，恨我自己！”嬴异人牙齿咬得咯咯响。

“小子蠢也！”毛公骂一句又嘿嘿笑了，“不就个弹筝女子么，值得如此疯癫？你小子给我听好了：吕公业已找到了那个宝贝儿，果然是筝琴乐舞样样精通，人更是仙子一般。你但如常，老夫与吕公便为你主婚，

[1]　无盐，本名钟离春，齐国丑女，因居齐国无盐邑而被呼为无盐女，后嫁齐宣王。

成全你小子如何？”

“吕公！果真如此么？”嬴异人骤然翻身坐了起来。

“公子大事，岂有戏言？”吕不韦正色点头。

“公之恩德，没齿不忘！”嬴异人翻身扑地，头叩得厚厚的地毡咚咚响。

“好出息也！”毛公不禁嘎嘎大笑，“幽王、夫差[1]在前，不意又见来者！吕公呵，老夫劝你收手便了，莫得白费心机也！”

“老师差矣！”嬴异人霍然爬起身子，目光炯炯地盯住毛公指斥一句，慷慨激昂仿佛换了个人一般，“纵是一国之君，爱心何错之有！情欲何罪之有！幽王夫差之误，原不在钟情可心女子，而在猜忌良臣，处政荒诞。但能倚重良臣，同心谋国，何能有失政亡国之祸？老师天下名士，却与儒家一般，将亡国失政之罪责归于君王痴情之心，岂非大谬也！”

“……”放荡不拘形迹的毛公一时瞪起老眼无话可说，愣怔片刻终是笑了，“嘿嘿，小子行也，堂里倒是没乱。你说，你小子能做到痴于情而明于国？”

“能！”

“嘿嘿，老夫只怕你是未必。”

“苍天在上，嬴异人但溺情乱国，死于万箭穿心！”

“指天发誓，也好！嘿嘿，小子灵醒，只怕吕公那宝贝儿到不了手也。”

一直不动声色的吕不韦突然一阵大笑，一拱手道：“公子神志清明，可喜可贺！三日之后，我迁新居，保公子解得心结。”

“若得如此，唯公是从。”嬴异人肃然一个长躬。

---

[1] 幽王，西周最后一王，因宠爱褒姒而致诸侯生乱戎狄入侵，西周灭亡。夫差，春秋吴王，因宠爱越女西施而对越国疏于防范，终被越国灭亡。

六　殷殷宴席生出了无端波澜

冬至这日，吕不韦搬出云庐，迁入了仓谷溪河谷。

冬至者，冬日到也。此后经小寒大寒两个节气，便到了万物复苏的立春。春秋战国之世，中原各国（齐国特殊历法除外）将冬至节气分别称为至日、长至、短至。“至日”取其本意——此日最冷，冬日至矣！“长至”，取其一年中此日夜晚最长之特点。短至，取其一年中此日白昼最短之特点。无论如何称谓，在古人眼里，冬至都是极为重要的一个节气。其根本处，在于冬至是寒冬将到一元复始的转换时节，漫长休眠的窝冬期即将结束，勃勃生机的春日即将来临。因了冬至至冷，且具寒尽春来之象征，中原各国有冬日暖汤酺的习俗。暖汤者，热食也。酺者，聚饮也。实则是亲友相聚，大吃一顿热热火火的滚汤饭。此风流播后世，有了冬至吃热汤饺子的习俗，不吃热饺子，便是“不过冬”。也有了俗谚：“冬至不过冬，扬场没正风。”这是后话。

吕不韦虽不在意吉凶之说，西门老总事却是老商旅的老规矩，事事总要踩个吉祥的步点。乔迁如同动土，都是居家日月的大事，左右旬日之内没有大吉之日，便将日子定在了冬至日。吕不韦一听老总事禀报笑道：“冬至好啊！岁将更始，以待来春，大吉也！”

有西门老总事操持，诸般事务极是整顺。冬至这日正午，幽静的仓谷溪河谷一片喜庆祥和。吕不韦没有知会任何商旅老友与赵国熟识人士，只请来了毛公、薛公、嬴异人与荆云四位小宴。客人不多，但加上吕氏商社的一班老执事老仆人，小小河谷也顿时热闹起来。

正午时分，一辆红色车帘的辎车轻盈驶入了庄园偏门。吕不韦对西门老总事低声吩咐几句，来到庭院对正在前后呼喝仆人的毛公笑道：“琐事忙不完，开席。”毛公满面红光嚷嚷道：“老夫好容易呼喝主事一回，急个甚来？今日须听老夫号令行事，不得乱了规矩！”吕不韦哈哈大笑：“军令大如山，自然要听毛公！那我去陪客了？”“只管去也，保你片时开席。”毛公嚷嚷一句，又顿着藤杖呼喝去了。

新居庄园是沿山而上的六进宅院，前门第一进与最后两进都是执事仆役居所。吕不韦的中间三进恰恰坐落在山腰，飞瀑流泉淙淙而下，竹林青绿，胡杨金红，茅屋亭台错落于山水之间，一派清幽脱俗的出世气象。第二进六开间一排青砖大屋是正厅，宽敞明亮，除了崭新的大红地毡与一色的乌木大案，厅中没有任何风雅陈设。

正厅被毛公封了门，说不到开席，任何人不许入厅，待客处放在了第三进书房外的竹林茅亭。吕不韦绕过正厅来到茅亭下，却见薛公与嬴异人正在对弈，黑方嬴异人部伍散乱多头出逃，显然劣势。荆云只默默静坐观看，石雕一般。薛公端详着盘面道："吕公高手，说说这棋局如何？"吕不韦淡淡一笑："无阵无形，焉得好棋？"嬴异人一推棋匣起身道："溃不成军，还是吕公来。"吕不韦说声也好，正要入座，毛公遥遥一声嘶喊："大宾下山，入厅待座——"薛公嘟哝道："入厅便入厅，还要待座？偏这老兄能折腾也。"吕不韦推枰笑道："司仪如将，当心受罚，走。"四人说笑着下了山道。

大厅中门已经洞开。四人见毛公正色站立门厅石阶之上，正在对厅中急促地比划着，不禁一阵哄然大笑。素来不修边幅的毛公，今日一领大红锦袍一顶四寸竹冠一双崭新皮靴；正衣正冠之外，手中依然是那支不离不弃歪歪扭扭的古藤杖；仅是如此还则罢了，偏偏又是满头大汗须发散乱，一手拄着藤杖，一手提着大袍襟扇风凉，反倒比寻常补衲褶皱的布衣更见邋遢，模样儿分外滑稽。

"谁再笑得第二声，罚酒一石！"毛公藤杖指来，声色俱厉。

四人片刻噤声，却又忍俊不禁，不禁一片窃窃嬉笑。薛公勉力忍住笑意，一拱手道："敢问司仪夫子大人，入厅待座，出自何典？甚个讲究？"

"老夫出令，典个鸟也！"毛公红着脸骂得一句，笃地一跺藤杖，"今日过冬，适逢东公乔迁，诸位大宾入厅，先当同贺，而后待本司指定爵位。这便是入厅待座。"

"合理合礼，我师当真学问！"嬴异人着意响亮地赞叹了一句。

"小子乖巧，偏老夫饶不得你。"毛公嘟哝一句，突然一侧身高声呼喝，"宾主入厅，大宾先行——"喊声方落，薛公、嬴异人与荆云鱼贯入厅。吕不韦待要教毛公先行，却被毛公板着脸推了进去。毛公随后跟进，扯着苍迈的老嗓子一声长呼："奏乐，大宾同贺——"一时管弦丝竹大起，毛公拉着三人长身一躬："吕公乔迁，我等同贺！"吕不韦连忙一躬到底呵呵笑道："客套客套，不韦奉陪。"毛公一步闪到空阔处高声道："礼成！大宾入席——"藤杖连连指点，"公子异人，坐东面西。荆云义士，坐南面北。薛兄老夫，坐北面南。东公之位，坐西面东——"

随着毛公呼喝，四人也煞有介事地正衣正冠各入其座。刚刚坐定，毛公又是一声长喝："女宾入席，坐西面东，兄妹同案——"嬴异人心头怦怦大跳，回身死死盯住了身后的大屏。须臾之间，只见一个纤细丰满的红裙少女轻盈地飘了出来，对着座中一个洒脱的拱手礼："小妹卓昭，见过各位大宾。"一个明艳的微笑，坐到了吕不韦身边。

嬴异人大起狐疑，莫非她便是毛公所说的"宝贝儿"？不对！毛公说"宝贝儿"是吕公找到的，若是吕公之妹，如何能深夜在一座遗弃孤庄弹筝？又何用吕公寻找？如何又能叫做卓昭？然则，若不是吕公之妹，毛公又如何喊做"兄妹同案"？此女究竟何人？嬴异人一时想不明白，蓦然回身，却见身后大屏前有一幅红锦苫盖着的大筝，屏后一队隐身乐手，心下便是一亮！显然，将弹筝者另有其人，绝非眼前这位吕公小妹，而那个"宝贝儿"若果真被吕公找到，只能是那个弹筝仙子，只能是将要弹筝者！一想到夤夜弹筝的仙子，嬴异人顿时面红耳热，对对面遥遥打量着自己微笑的卓昭视若无睹。

"布酒布菜——"

随着毛公呼喝，六名少年仆人络绎捧来酒菜。酒是每案三桶，一甘醪，一赵酒，一兰陵酒。菜是一鼎、一盆、一盘，未上案头，蒸腾异香已和着大厅四角四只大燎炉的烘烘热气弥漫开来。薛公耸着鼻头笑道："甚个肉香，如此勾人？老夫垂涎三尺矣！"毛公打了个响亮喷嚏笑道："嘿嘿，这三只异味，只怕老夫要给诸位老兄弟说叨一番也。"

"先说鼎肉！"卓昭笑叫一声。

"好！"毛公敲打着鼎盖，"此鼎之肉，名曰熊蒸，即蒸熊肉也。蒸熊之法，老夫首创：猎取大熊一头，剥皮，开腹，连头带脚剁得五七大块，加大颗青盐，大火炖得熟透，皮肉却要完整；而后得大笼密封，蒸得半个时辰，出笼后撕成巴掌大肉片儿，蘸苦酒豉汁葱蒜末儿，人皆垂涎三尺也！”

“我也猎熊蒸熊，委实来得！”荆云拍案笑道，“只法子不同，不如毛公猛士之风。”

“如此说来，熊有两蒸？”薛公大是好奇。

荆云侃侃道：“楚地熊小，得去头脚，而后开膛，将熊肉切成两寸许方块，加豉汁与秫米揉透，再将切细的橘皮、小蒜、胡芹和成糁子，一层肉一层秫米一层糁子，铺入大笼，蒸得小半个时辰，烂熟取出，切成六寸见长一寸见厚之块肉，铺入大盘，周围秫米拱卫，极是上口！”

“下次吃荆云大哥！”卓昭一声欢叫，满堂哄然大笑。

“细得记都记不住，甚个吃头？”毛公嘟哝一句，叮当一敲大陶盘盖子，“此乃炙烤猪、木耳黑饧，谁个知道做法？”见举座忍俊摇头，嬴异人禁不住正色高声：“我师厨学，无人匹敌！”话方落点，又觉不妙，伸出舌头做了个鬼脸，逗得对面的卓昭咯咯长笑。“噫——小子有见识！”毛公眯缝着老眼认真点头，“厨学，说得好！老夫便创他一个厨学出来，好让厨下之道也入得百家之学，好主意！诸位以为如何？”座中几位本来就强忍笑意，见毛公煞有介事，不禁哄堂大笑。

薛公戏谑道：“毛子厨学，只不开席，肚肠之学便要归他人了。”

“不不不，厨下通肚肠，两学一体，何能割据？”毛公一串快语，藤杖一顿一声长呼，“开席——东公举爵——”

吕不韦举起酒爵笑道：“冬至之日，寒尽春来，干此一爵热酒！”

“同贺吕公，天地转机！干！”举座同声，呱的一声饮尽。

毛公一敲鼎盖：“东公开鼎上手——”

吕不韦哈哈大笑：“好规矩，开鼎上手！”拿起案上木盘中一支铜钩勾住鼎盖提起，一团热气顿时蒸腾扑面，“毛公熊肉，过冬暖心，诸位上手！”

“上手！”各人笑叫一句，叮当钩开鼎盖，再钩出一片肥厚的蒸熊肉，两手撕开，一蘸手边的葱蒜苦酒盅大嚼起来。

“其余盆盘，各自招呼，老夫不能光喊不吃也！”毛公嚷嚷一句，两手大忙起来，酒肉齐动，也不理会举座巡酒，只是埋头大咥，片刻之间满脸汤汁肉屑，面前的一大鼎蒸熊空空如也。及至抬头，座中已是酒过三巡，吕不韦正笑吟吟地看着他。毛公猛然醒悟，酒爵一顿高声道：“今日一喜一庆，故国名门才女赵姬蒙平原君举荐，一展诸般才艺，为吕公乔迁之贺！诸位但说，歌舞乐，先来哪般？”

薛公笑道：“客随主便，吕公为东，先说。”

“今日诸位大宾当先，不韦随波逐流。”

荆云笑道：“我等不善此道，还是异人公子说。”

“歌为乐首。先歌了。”嬴异人淡淡应了一句。

“好！”毛公拍案，“乐起，公主一歌——”

骤然之间，乐声大起，旷远悠扬，分明北秦莽原之风。随着乐声，大屏后飘出了柔美明亮而又高亢激越的歌声：

雁飞山原
声闻于天
北溟之鱼
鲲锁深渊
我何负于上邪
独望乡关

秩秩斯干
幽幽南山
如竹如松
逝者长川
我何负于上邪
长困深渊——

歌声在一声回旋高拔的苍凉吟哦中戛然而止。举座默然。嬴异人牙关紧咬，眼中泪光莹然。良久，薛公喟然一声叹息：“感怀伤情，悲乎！只是少了阳刚之气，缺了高远之志，空有忧伤，只落得困龙之叹也。”毛公理着油水粘连的大胡须道：“嘿嘿，老夫听来，只是个‘潜龙勿用’，没个指望。”见嬴异人脸色铁青，吕不韦呵呵笑道：“歌者可能有独游异乡之沧桑，见识所限，未必人人独游异乡而无归心大志。公子以为如何？”嬴异人“啪！”地一拍案：“吕公所言极是！未必人人如此！”吕不韦悠然一笑：“好，往下走了。”

“乐起——舞——！”毛公的老嗓子已经变得嘶哑，兴头却是十足。

一片丝弦奏出了悠扬轻快的乐曲，顿时使人想到了春日的胡地草原。乐曲稍顿，一个紧身胡服的壮汉大步出场，在厚厚的地毡上飞身窜跃着捕捉那不断啾啾鸣叫的飞燕。随着一声清越的鸣叫，心不在焉的嬴异人只觉眼角绿影一闪，一个绿衣女子飘出大屏从案头轻盈地飞了过去，一幅长长的锦带拂过嬴异人额头，他不由自主地惊叹了一声：“呀！飞天仙子也！”

一声惊叹之中，丝弦之声大起，绿纱锦带的女子已经在大红地毡上飘飘起舞——胡服壮汉兴奋地追逐着不断飞过眼前的燕子，绿纱燕子则飘忽无定地上下翻飞，与草原猎人尽情嬉戏。绿纱女子时而飞身掠起，时而灵蛇般贴地游走，轻盈柔美的绿影闪电般在大厅飘飞。正在举座宾客眼花缭乱之际，胡服壮汉一个飞步，终于抓住了飘飘飞翔的绿色锦带——燕子被猎人捕获！但闻一声短促的鸣叫，正在飞掠大厅的绿纱女子神奇地随着锦带悠然升空，倏忽倒退飘落在胡服壮汉高高举起的一只手掌，骤然陀螺般飞旋起来，裙裾飘飘锦带翻飞，整个大厅都被一片绿色笼罩。

“彩——！”举座轰然一声呼喝。

绿纱女子单足踩在壮汉手掌之上，红着脸拱手旋身一周，轻盈落地，毫无声息。人们这才注意到这个女子是何等惊人的佳丽，不禁又是高声喝得一彩。恰恰面东的绿纱女子对着嬴异人粲然一笑。嬴异人心下怦然一动，暗自思量，若此女果是胡杨林弹筝之人，幸何如之！心念一闪不禁拍案高声道：“歌舞双绝，仙子佳丽，只不知乐技如何？”

绿纱女子明眸流波嫣然一笑：“诸般乐器大体通晓，只心下钟爱秦筝而已。”

“便请秦筝！”嬴异人心下大动，脱口一请。

绿纱女子一笑：“公子若能和得秦歌，筝趣更浓也。”嬴异人笑道：“你自弹来，若得秦筝神韵，我自和歌。”女子微微点头，款款从嬴异人身边擦过，走到大屏前揭开那幅红锦，对着硕大的秦筝肃然一躬，悠然落座。倏忽停顿，叮咚一声筝音大起，偌大厅堂排山倒海般轰鸣起来。一曲方罢，举座喝彩，独不见嬴异人和歌。

绿纱女子柔声笑道：“公子意趣何在？但请评点。”

“但得其势，无得其味也！”嬴异人慨然一叹，“秦筝者，苍凉激越之器也。放眼天下，当真能得秦筝之气韵者，唯蒙氏父子也，余皆不足论。邯郸秦筝，只在梦中矣！”

“邯郸岂无秦筝？我来一试！”卓昭奋然一句，起身对身后的两名女仆吩咐，“备我秦筝。”遥遥站在大厅边门的西门老总事顿时急色，对着卓昭连连摇头示意。卓昭浑然不解，只连催侍女备筝。毛公盯住吕不韦嘿嘿一笑：“吕公呵，天下事鬼神莫测也。”吕不韦淡淡一笑，对着侍女一挥手：“备秦筝，愣怔个甚？”回头对毛公悠然一笑，不再说话。薛公与荆云不禁大皱眉头，却又无可奈何。

卓昭少年心性娇憨成习，原本是兴高采烈地陪不韦大哥共举家宴庆贺乔迁，理所当然地以为自己是唯一的女主。渐渐地，她却觉得今日宴席有异，似乎一切都是为了这个秦国公子。及至绿纱女子赵姬出场，还被毛公称为“公主”，此等感觉更是强烈。在卓昭看来，赵姬才艺过人歌舞绝伦，分明是个绿楼艺妓，纵是平原君举荐又能如何？将此等人塞给秦国公子原是与她无涉，无可无不可，只是大肆铺排着意撮合，将整个乔迁家宴变成了艺妓献艺男女唱和，便觉得吕不韦有些过分，更兼对赵姬的几分妒忌，心下大是愤懑。嬴异人冷言贬低赵姬秦筝，卓昭竟对这个郁郁寡欢的秦国公子骤然生出了几分喜欢。待到嬴异人怅然若失地感叹：“邯郸秦筝，只在梦中矣！”卓昭骤然生出好胜之心——偏教你见识一番真正名门女子的才艺！于是，有了这番奋然请筝之举。

嬴异人细心敏感，已经从在座宾主四人的情绪变化中觉察到了其中微妙，虽然还是不清楚卓昭身份，然虑及自己毕竟是困顿公子，不当伤及大恩公吕不韦与两位后来之师，起身一个长躬：“吕公明鉴：异人原是无心之语，不敢劳动公之未婚夫人，尚请收回成命可也。”吕不韦看看满脸通红的嬴异人，一阵哈哈大笑：“公子差矣！卓昭我小妹也，谈何未婚夫人？公子但坐。”谁知这一说，卓昭眉头大皱，气冲冲笑道：“未婚夫人也罢，义妹也罢，只我做得主，与他人却不相干也！”毛公觉得不妙，径自打断道：“嘿嘿，只无论哪个身份，都是女主无差。我等理当消受待客之礼。”薛公拍案接道：“此言极是！邯郸有秦筝，老夫也是闻所未闻，不想今日如愿以偿！”

说话间侍女已经将一具秦筝抬来，安放在吕不韦案前三尺处。卓昭仪态从容，走到筝前凝重一躬入座，深深一个吐纳，屏息心神片刻，两手一抬，大秦筝悠然轰鸣起来，低沉宏阔如万马席卷草原，隐隐呼啸如长风掠过林海，陡的一个高拔，俨然一声长长的吟哦，筝声铿锵飞溅，恰似夕阳之下壮士放歌，苍凉旷远，悲怆激越，直使人心弦震颤。

“十弦筝！我的秦筝！”嬴异人骤然大叫一声，簌簌颤抖着站了起来。

筝声戛然而止，卓昭大是不悦：“足下身为公子，不觉失态么？”

嬴异人浑然不觉，跌出座案大步抢到了筝前，却又突然站定，反复端详压着一双玉臂的秦筝，双眼直勾勾盯住卓昭：“你，你这秦筝，可是十五年前在邯郸官市所买？”

“是与不是，与你何干？”卓昭顽皮地笑了。

嬴异人突然拨开卓昭，双手将筝身立起，右手在筝头一拍一抽，一片筝板握在了手中，浑身颤抖道：“你，你且看也！”卓昭接过筝板端详，只见六寸余宽的红色筝板底面上赫然镶着两行铜字——

筝如我心　一世知音

蒙武制赠异人君

“噫！”卓昭惊叹一声又咯咯一笑，“公子若是物主，可知我几价买得？”

“两金三十钱。”嬴异人不假思索。

“公子既是此道中人，何能将知音信物街市贱卖？”

“其时困赵八年，唯此一物值得几钱。”

“十五年间，公子可曾弹筝？”

“当初立誓：我筝不回，异人此生不复弹筝！”

“此筝若回，公子便当复弹？”

“市易唯信也！此筝理当属于姑娘，异人断无非分之想。”

“不。”卓昭一拱手，“小妹为公子道贺。”

“姑娘已得秦筝神韵，异人听之足矣！”

“筝有灵性，波折得遇旧主，命数也。只是，我有一请。”

“异人甘效驰驱！”

卓昭咯咯一笑：“谁个要你驰驱？你只弹得一曲，入得我耳，我便还筝。”

“但凭姑娘点曲。”

“北阪有桑！”

骤然之间，嬴异人满脸红潮两眼大放光芒，看得卓昭一眼，啪啪两下装好筝板，退后两步对着大筝肃然一躬，入座凝神片刻，颤抖的两手猛然扫过筝面，只听轰然一声，透亮的乐音顿如山泉般洒遍大厅。便在此时，大厅红影闪过，卓昭已经轻盈起舞，舞步飞旋中响起豪放悲凉的秦歌：

北阪有桑　南山稻粱
长谷如函　大河苍苍
君子去也　我多彷徨
关山家园　与子共襄

萧萧雁羽　诉我衷肠

子兮子兮　道阻且长
雨雪霏霏　知音何伤
死生契阔　赤心皇皇
……

明亮的歌喉因秦风的高亢悲怆而渗出了几分粗放沙哑，明快刚健的胡风舞姿因歌词的悲凉而渗出了忧伤柔软与飘洒，两相融合，水乳交融，使得卓昭的舞姿与歌喉极为美妙动人，在烛光照耀下仙子起舞般动人心魄！

筝声倏忽止息，嬴异人两眼含泪，起身走到大厅中央，对着卓昭扑地一拜，尚未开口，已软软地瘫倒在了红地毡上。卓昭正在红着脸喘息，突兀惊叫一声，扑到了吕不韦身上。

厅中宾主尽皆愕然，一时神色各异。毛公狡黠地嘿嘿一笑，飞快地瞄了吕不韦一眼，抢步上去揽起嬴异人，粗黑的指甲已经掐上了人中穴。薛公愣怔地看看吕不韦，无可奈何地摇摇头。荆云沉着脸，只盯住嬴异人不放。吕不韦早已经起身离座，淡淡一笑拍拍卓昭肩膀将她推开，转身对两名侍女一招手："扶公主下去歇息。昭妹，你也去歇息，不会有事。"见卓昭嘟哝着去了，吕不韦又对已经站在身后的西门老总事吩咐道："收拾客寓，准备公子安歇。"西门老总事低声道："要否请老医家？"吕不韦摇摇头："只热水热汤。"

嬴异人已经长长呻吟一声醒了过来，对着吕不韦纳头便拜，却一句话不说。吕不韦叹息一声笑着扶住了嬴异人道："夜冷风寒，公子先行歇息，有话明日再说不迟。"毛公接道："嘿嘿，你小子好遇合，公主到手也！放心睡大觉去。"

"不！不是，公主……"嬴异人粗重地喘息着。

"公子先行歇息。"吕不韦挥手打断，"一切事明日再说。"

"嘿嘿，便是如此，老夫陪这小子。"

荆云目光一闪道："此事何劳先生，我来侍奉公子。"说罢蹲身两手一伸，将软绵绵的嬴异人平托了起来，跟着一个领道仆人大步出了正厅。

“吕公呵，”薛公大是摇头，“此时收手，尚来得及，三思了。”

“鬼话！”毛公嘿嘿一笑，“半坡碌碡能收手？只说如何决断，吕公舍得否？”

“难矣哉！”默然良久，吕不韦喟然一叹，“此事牵涉尚多，非我一人一心能断，尚须两位助力才是。”

薛公慷慨道：“事无难处，老夫何用？吕公只说！”

“嘿嘿，老哥哥还算出彩。”毛公摇头晃脑地笑了。

“少不得借重两公。走！随我到书房计议。”

三人来到山腰书房，吕不韦心事重重地一一说明了此中关节。薛公毛公各出谋划，三人直议到满山霜雾雄鸡长鸣，方才散了。

七 欲将子还兮 子不我思

霜雾尚未散尽，一辆辎车辚辚驶出仓谷溪，过了邯郸直向北去。

三日之后的夕阳时分，辎车又回到了仓谷溪。风尘仆仆的薛公对迎在谷口的吕不韦低声道：“卓公只有一句话：但凭昭儿之心。”吕不韦长嘘一声，吩咐西门老总事置酒为薛公洗尘，自己匆匆来到跨院客寓。

三日之间，毛公始终盯在客寓，与嬴异人形影不离。依着薛公主张，嬴异人情痴意乱，当让他“醉卧”几日，待诸事妥当再教他醒来最好。吕不韦却是另一番主张，以为嬴异人此次异常与胡杨林初闻秦筝时大不相同，情痴而心未乱，重施“醉卧”之法，其心必生疑窦，于后便是隐患；加之卓昭与赵姬均在当场，嬴异人“醉卧”不起，对如此两个女子也不好圆说，尤其卓昭至情至性，若有口无心地嚷嚷起来反倒生乱。毛公听罢连连点头：“嘿嘿，吕公思谋深远，我等老兄弟只就事论事而已！吕公之心，理会得，这小子只交给老夫。”也是毛公奇思妙想，一场儿女斡旋竟做得有声有色不着痕迹——清晨在林间活动筋骨，不意“撞见”踽踽独行的异人，主动谈及昨日酒宴秦歌，嬴异人精神陡长。毛公嚷嚷拜师，要嬴异人教他秦歌。秦歌唱得三五支，山顶便有了遥遥秦筝随和。嬴异人心神悸动，一时突然噤声。毛公哈哈大笑，颠颠儿爬上山顶，邀来了兀自操筝的卓昭，要请卓昭弹筝，他与嬴异人轮流和歌。卓昭大是欣然，只毛公一开口便笑得打跌岔气，要嬴异人来操筝。如此两人轮流操筝，时而相互校音，加上毛公的滑稽唱法搅和，竟是其乐融融。次日清晨霜雾尚在弥漫，嬴异人便来敦请毛公林间学歌，乐得毛公手舞足蹈，直将秦歌唱得怪腔怪调，一曲未了，山头又传来了清亮曼妙的长笑。

如此三日，毛公将这一对痴情歌手周旋得胡天胡地忘乎所以，卓昭竟一次也没有来找吕不韦黏缠。然则，吕不韦忧心忡忡，眼看这长图远谋要卡在如此一个关节上，实在有些难以决断。论得雄杰谋划，一个女子之事委实不当乱心乱志。若是寻常一个女子，吕不韦肯定会毫不犹豫地赠给嬴异人。但是，卓昭偏偏不是如此可以毫不犹豫送人的女子。且不说自己确实钟爱卓昭，仅是当着大义高风名动天下的卓原公当面允诺亲事这一节，也不当擅自决断。更兼卓昭任性娇憨，吕不韦还当真拿不准，这个小妹对这个漂泊公子能否看得入眼？毕竟，卓昭不是平民女子，而是那种对等闲王孙公子根本不屑一顾的女子。唯其虑及这一难处，吕不韦在第一次听了嬴异人倾诉之后便有了盘算：重金秘密买得一个才貌俱佳的名门女子，隆重为嬴异人举办婚事，以安这颗骤然唤醒情欲的骚动之心。谁知买得了赵姬，备得了缜密的宴席，却不曾料到陡然横生的波澜。宴席之上，吕不韦虽然勉力保持着主人应有的雍容微笑，内心已经是一声悲凉的叹息——人算何如天算也，命当如斯，徒叹奈何！及至薛公劝说“此时收手尚来得及”，他才悚然警悟，决意妥善处置这件难堪棘手的儿女之事，决意不教它毁了半道大谋。虑及自己面对卓原老人难以启齿，才请薛公担当了这个微妙的说客。薛公往返天卓庄的三日，吕不韦如坐针毡。他已经做好了最坏的准备：若是卓原坚执不赞同此事，只有与嬴异人摊开了说，一力劝他接受赵姬；若嬴异人坚执不接受赵姬，甚或痴情发疯，他就此出世隐居，绝不重回商旅。如今，卓原老人如此的旷达，剩下的唯一难关，则是自己直接面对卓昭了。

一想到那双荡漾着浓浓情意的眼睛，吕不韦心中一阵莫名酸楚。

“嘿嘿，来得正好也！”毛公站在客寓门外的山道上，竹杖向山坡一指，拉着吕不韦进了茂密的胡杨林。不待吕不韦开口，毛公一阵低声咕哝，说罢哈哈大笑。

“老哥哥把得准？”

“嘿嘿，十拿九稳也！”

“直说？”

“直说！”

吕不韦长嘘一声，良久默然，对着毛公深深一躬，转身去了。

掌灯时分，神采飞扬的卓昭一团火焰般飘进了书房：“不韦大哥，我来也！”

明亮的铜人灯下，吕不韦正在缓慢地往一支竹简上写着字，低头答应了一声，抬手将竹简摆好，这才回身笑道：“昭妹来了，入座说话。”“偏不坐！”卓昭粲然一笑，过来从案间拿起了几支摆放整齐的竹简，“又不是书吏，整日刻写个甚？我看看。”转悠着念了起来，“天生人而使有贪，贪有欲，欲有情，情有节。圣人修节，以止欲，故不过行其情也……哟！老夫子一般，还论说情欲耶！”

“情欲不当论么？”吕不韦淡淡一笑。

“只是拘泥过分，似孔似孟，没个挥洒！”

“人皆有根，既不能斩断，亦无法逾越，只能听之任之了。”

“不韦大哥，”卓昭微微皱起了眉头一声叹息，“我不明白，为何越是走近你就越是生疏？我所歆慕的你，原本不是这般样子。”

“你所歆慕者，只是你心中的幻象而已。”

“不韦大哥！”卓昭一声娇嗔，猛然扑到了吕不韦怀中，赤裸的双臂紧紧缠住了他的脖颈热切地拥吻着。吕不韦仿佛一尊石雕，既不躲避也无回应，一任卓昭热切地搂抱拥吻。渐渐地，卓昭松开双手，看看淡漠的吕不韦，猛然站起来捂住脸庞哭了。

“昭妹，你我都不要骗自己了。”吕不韦一声叹息又淡淡一笑，“最初的朦胧已经过去，一道虚幻的彩虹而已。相处有期，你觉我迂阔执一，用情淡泊。我觉你任情任性，不堪其累，使我分心过甚。平心而论，你我都觉对方美中不足，偏偏彼此又都无法改变。我之用情淡漠，不足以使你快慰心怀。你之任性炽热，使我不能专心谋事。诚然，若是没有意外，此等缺憾也许不难弥补。然则，今日却实实在在地出现了如此一个痴情者。他将爱看做第一生命，不惜舍弃未来的君王大位，而只以与所爱之人相知终生为人生志趣。胡杨林一曲秦筝，拨动了他的心弦，旬日间夜夜和歌，在他心中扎下了情爱根基。人之为情欲生欲死，不韦纵然难为，孰能无动于衷？”见卓昭只静静地看着他不做声，吕不韦也从案前站了起来，声音有些沙哑颤抖，“昭妹灵慧，既有了一个与你相类之人，情愫一般地热烈，志趣一般地相投，知音知心，莫之为甚！你我又何必要再拘泥一句承诺之言，来维持这种无望改变的缺憾？而他之于你，且不说高贵血统远大前程，更为紧要者，他以爱你为生命之根本，没有你，他的生命就会萎缩，就会死亡！坦诚地说，此等爱心，吕不韦永远也难以做到。我可以做你的朋友，做你的兄长，然不敢做，也不能做为你献出全部生命的情人与夫君！”长长地喘息一声，吕不韦如释重负。

“那个人是谁？”卓昭的目光如五彩流云般不断变幻着。

“秦国公子，嬴异人。”

“明白也！”卓昭脸庞溢满了罕见的揶揄笑容，“我是你送给他的礼物。他活得有激情，你的权力之路便更为通达。是么？”

“礼物？”吕不韦冷冷一笑，“将天下豪侠巨商卓原公的孙女儿做礼物送人，吕不韦有此资格么？恕我直言，假如嬴异人不是如此炽烈，昭妹也不为嬴异人之炽烈而动心，不韦岂敢有负天地良心也！”

“我？为之动心？”卓昭咯咯笑了。

“昭妹忘了，不韦是商人，心中有衡器。”吕不韦不无诙谐。

“也是。他有劲道！”卓昭又是咯咯一笑：“可你，不以为自己懦弱么？”

“时也命也！”吕不韦喟然一叹，“不韦无事不成，唯败于一个情字。至少，情字当前，吕不韦从来不是英雄。”

“这便是‘圣人修节以止欲，故不过行其情也’？”

“……”

“你，不觉心中很冷么？”

“冷与不冷，因人而异也。”吕不韦摇头笑了，“人生一世，几无失败之婚配，多有失败之功业。”

“说得好！”卓昭冷冷一瞥，“我回过爷爷再答复大人。”

“薛公专程回了天卓庄。大父有言：但凭昭儿之心。”

“……”卓昭背着身一声哽咽，风也似的去了。

吕不韦面色苍白，几乎便要跌倒，勉力扶住身边的剑架闭目凝神，总算没有晕过去，良久睁开眼睛，毛公正摇晃着雪白的头颅打量着他嘿嘿笑个不停。吕不韦粗重地喘息一声道：“老哥哥，你笑得出来？”毛公扶着吕不韦进入座案，又斟了一盏凉茶放在案头，这才大盘腿坐在对面笑道：“兄弟正心拨乱，老哥哥高兴也！”吕不韦木然摇头叹息：“拨乱正心？难矣哉！”毛公陡地拍案厉声一喝：“吕不韦！你要翻悔！”吕不韦突然吃惊，使劲摇摇头方觉清醒：“老哥哥，我要翻悔么？”毛公目光炯炯地盯住了吕不韦：“嘿嘿，老夫只一句话：下笔勿改，愈描愈黑。你自斟酌，老夫去也！”起身竹杖一点便走。

“老哥哥留步！”吕不韦扯住毛公，“你看，我好了。”

“嘿嘿，好了？你只说，目下要紧处何在？”

“异人卓昭成婚。”

“然也！夜长梦多，愈快愈好。”

吕不韦思忖道：“老哥哥言之在理，只是此间关涉甚多，尚须周详谋划。”

“嘿嘿，老夫晓得。”毛公一顿竹杖，“你之所谓关涉，首在卓昭与赵姬之间如何衡平？其次在如何向老卓原交代此事？也就是说，如何顾全卓氏体面？对也不对？”

“不是体面，是举族安危也！”吕不韦压低了声音，“老哥哥只想，秦赵血海深仇，赵国若知卓氏有女嫁于秦国公子王孙，岂能善罢甘休？”

“嘿嘿，老夫早有妙策，保你各方安稳。”

“来！入座细说。”

“嘿嘿，书房漏风处多，还是到山头上去。”毛公笃的一顿竹杖，拉着吕不韦出了书房上了后山。风清月冷，山林寂然，两人喁喁细语直说到四更起雾方散。

次日清晨，一骑快马飞出仓谷溪直奔邯郸。当晚，信陵君总管带门客名士三十，平原君总管毛遂带门客名士三十，两路车马到仓谷溪祝贺乔迁。是夜仓谷溪长夜大宴，席间吕不韦请出义妹才女赵姬献歌舞乐以助兴，一时惊动四座名士，盛赞赵姬为“歌舞乐三绝，才情天下无双”。秦国公子嬴异人当场虔诚求婚，当众慷慨立誓：“但妻赵女，世做赵人！若得负约，短寿夭亡！”感奋之下，吕不韦慨然应允，许诺一月之内当即为两人成婚。举座名士门客交口赞叹，众口一词地恭贺嬴异人与赵姬白头偕老。三日之后，嬴异人在薛公陪同下与两路名士门客高车骏马浩浩荡荡地回了邯郸。吕不韦一直送出谷口十里，方才还庄。

旬日之间，秦国质公子立志娶赵女的消息传扬开来，才女赵姬的名声大作，一时成为邯郸佳话。客居赵国的名士也都纷纷到嬴异人府拜访祝贺。信陵君与平原君也送来了丰厚的贺礼。嬴异人神采焕发日日迎送不迭，忙得不亦乐乎。诸般消息传到仓谷溪，毛公乐得手舞足蹈连呼天意，直催吕不韦早日了事。吕不韦原想立春时节再办理此事，毛公连连摇头：“立春开新篇。此事是个结笔，不能过冬也！”

终于，吕不韦将送亲之日定在了大寒。

清晨起来，明亮冰冷的阳光洒满了山谷，胡杨林漫山遍野的金红，重重庭院一片苍凉。吕不韦从山腰书房出来，站在高高的石阶上向跨院注目凝望，数十年一团春风的脸庞骤然苍老了，深深的皱纹粗重地刻在两鬓与腮边，平添了几分沧桑冷峻。

西门老总事匆匆来了：“先生，迎亲车马已经到了谷口。”

“知会毛公，请车马稍待，我去请赵姬姑娘。”吕不韦低声吩咐一句，下山向卓昭的跨院客寓走来。

客寓坐落在书房西南一个极为避风的小山坳里，面对山泉溪流，四面胡杨环绕，空谷幽幽，温暖如春，原是极好的待客之所。自那日书房一谈，卓昭径自住进了客寓，一次也没有出来，更没有见过吕不韦。所有需要卓昭知道的事情，都是毛公进客寓去说。而毛公每次回报，都说卓昭姑娘深明大义通达晓事，尽可放心。吕不韦心下忐忑，几次想与卓昭再叙一次，都被毛公劝了回去。依着毛公主张，吕不韦今日也无须出面，只听他安排便是。然则，西门老总事一声禀报，吕不韦却再也忍不住了——无论如何，他都要亲自送走卓昭。

“啪，啪，啪。”轻轻的叩门声在清幽的山谷分外清晰。

庭院寂寂，厚重的铁钉木门轻轻滑开，两名侍女抬着一张香案出来，又两名侍女抬着那具秦筝出来，在门厅摆置停当，肃然无声地钉在门廊不动了。一阵轻微的脚步声，吕不韦心头不禁猛地一颤——卓昭走来了，一身白色长裙，一件大红斗篷，秀发高挽，缓步悠悠，仙子般美丽，雪山般冰冷。她走到已经摆好的香案前，从侍女手中接过已经点燃的两支大香，向北方深深一躬扑地跪倒：“爷爷，父亲，孩儿今日告别了。”吕不韦一阵心悸腿软，几乎便要随之拜倒，紧紧咬住牙关，终于挺住了身子。

“心别之日，为君一歌。”卓昭起身，对着吕不韦深深一躬，返身走到秦筝案前，神色平淡端庄地入座。倏忽之间，秦筝叮咚而起，山塬共鸣，空旷悠远：

野有蔓草　清扬婉兮
邂逅相遇　与子偕乐
子惠思我　褰裳涉水
子不思我　岂无他君
唯子之故　使我不能息兮
唯子之故　使我不能餐兮
欲将子还兮　子不我思
子不我思兮　生而不能知
……

随着冰冷的歌声，吕不韦心底翻江倒海一般，眼前飞掠着卓昭与他相识之后的种种景象，终是一声闷哼，沉重地倒在了门厅冰冷的青石条上。卓昭没有丝毫的惊讶，缓缓起身径自摇摇去了。待毛公闻讯赶来，吕不韦正被一个红裙女子搂在怀中喂热汤，不禁大是惊讶：“赵姬，你如何能出来？回去！”

“我是卓昭，与赵姬何干？”红裙女子揶揄地笑了。

“嘿嘿，倒是奇也！你不恨他？”

“我爱他！甘愿做牛做马。”红裙女子抱起吕不韦大步走了。

“天意也！”毛公一顿竹杖，不禁一阵哈哈大笑。

第六章 子楚还国

一　乾纲独断　策不乱法

春三月，蔡泽从蜀中回到咸阳，原本昂奋的心绪倏忽沉了下去。

还都当晚，蔡泽下车伊始便将路途中赶出来的秘密简札派主书连夜送往王宫。在这札用了二百多支竹简的奏疏中，蔡泽据实禀报了巴蜀两郡在李冰治理下的长足变化，振奋人心者只在二十四字“水患平息，水利大兴，蜀中富庶，几为天府，百姓殷实，堪为根基”。仅仅如此一个喜讯，蔡泽也不会急于上书。要害处在于这札奏疏禀报了一个急待定夺的大事——楚国正在密谋夺取夷陵，进而溯江西上夺取巴蜀；李冰坚请以留驻蜀中的一万秦军为根基，扩充郡兵五万，独当一面抵抗楚国，以免秦军主力鞭长莫及而使富庶粮仓落入敌手。秦国法度：大军直属国府，郡县不成军。李冰要建立郡兵，且是只能驻扎巴郡江防要塞而对中原大局无甚助力的水军，蔡泽如何做得主张？然则为秦国大局计，李冰的主张确实是确保巴蜀的良谋远图，作为封君丞相，蔡泽实在没有不予支持的理由。思忖再三，蔡泽终于在临行宴席上慨然拍案：“郡守不避忌讳，蔡泽焉能知难而退乎！老夫附议你谋，并上书秦王定夺。”李冰不禁悚然动容，对着蔡泽长长一躬：“纲成君敢当越法之议，巴蜀之福也，大秦之福也！”若非如此，自来酷爱游历的蔡泽也不会挤着沿途造饭与扎营夜宿的零碎时光挤出这札奏疏。毕竟，这一谋划的干系太重大了，若得实施，对秦国法度的影响也是极为深远的。依着秦国处置政务的快捷传统，以及老秦王对巴蜀两郡的殷殷关切，蔡泽以为必得夤夜宣他入宫，禀报详情商讨对策。想不到的是，蔡泽沐浴更衣用餐完毕没有回音，冠带在书房守到五更，还是没有回音。直到次日清晨，依蔡泽吩咐守在长史房等待王命的主书方才披着一身霜花匆匆回府。

“王命如何？”蔡泽霍然起身。

“长史昨夜进王书房，没有出来。直到清晨内侍方才传话，叫不要等了。”

“没有别话？”

“没有。”

月余鞍马劳顿，蔡泽原已累得腰膝酸软头晕目眩，闻得此言，一个哈欠还没打完，倒撞卧在了长大的书案上，满案堆成小山一般的竹简哗啦啦压在了身上。赶主书抢步过来，蔡泽已经呼呼扯起了粗重的鼾声。

红日临窗，蔡泽终于醒了过来，睁开惺忪老眼的第一句话便是：“几多时光了？”榻边侍女答道：“两日两夜，天方早晨。”话未落点，蔡泽光脚赤身冲出榻帐大嚷：“一群废物！王命宣召也不叫醒老夫！”侍女忙不迭用一件丝绵大袍裹住他道：“大人莫急，王命宣召，我等岂敢隐瞒？”蔡泽猛然双眼圆睁：“你说，没有王命？”“没有。”侍女认真地摇摇头。“岂有此理！老夫不信！”蔡泽一把甩开侍女，“叫主书！叫家老！谁个糊弄老夫，剥了他皮！”

片刻之间，主书与家老风一般赶到。一番对答，蔡泽眼前顿时一团模糊，分不清是眼屎糊还是云雾遮，“噫！”的一声手舞足蹈：“天黑了！快！天狗食日！击鼓鸣钟，驱赶天狗……你等，为何不动？”大厅骤然屏息，仆从书吏们目瞪口呆。

“主东！”从燕国跟随蔡泽入秦的家老惊叫一声扑上来抱起了蔡泽放进榻帐，转身哭声大喝，“快！请太医！”大约顿饭辰光，太医令亲自带着一名长于眼疾的老太医赶到了。一番望闻问切，老太医道：“急火攻心，云翳障目，而致短时失明，服药后静心歇息几日自会好转。只是日后目力有损，纲成君须得着意调养才是。”蔡泽长嘘一声老泪纵横，一句话也说不出来。

暮色时分，家老小心翼翼来报：“老太子嬴柱前来探视，主东眼药未除，老朽想回了他，不知可否？”蔡泽嘟哝一句糊涂，掀掉蒙在眼睛上的药布翻身下榻摇到了前厅。

“纲成君！”嬴柱正在厅中转悠，一见蔡泽须发散乱衣裤单薄两手兀自摸索着走来，不禁惊叫一声大步过来扶住蔡泽，正要将自己的狐皮长袍裹住蔡泽，却见一个侍女抱着皮裘竹杖匆匆跑来，连忙扶着蔡泽在便榻上坐好。待侍女侍奉蔡泽穿好衣裳，另一名侍女也将燎炉烧旺茶水煮好，嬴柱这才在蔡泽身边落座，未曾开言一声长叹。

“安国君叹息何来？”蔡泽冷冰冰一问。

“开目不能见日，不亦悲乎！”

“安国君说的是老夫？”

“纲成君目盲犹可，嬴柱心盲，何医也！”

“太子兼领丞相府，身居中枢，何来心盲？”

“陀螺受鞭，茫然飞旋，身不由己，心岂有明？”

蔡泽竹杖啪地一顿，突然压低了声音：“安国君也见不到老王？”

“一言难尽也！”嬴柱紧紧拧着眉头，肥白的脸膛被燎炉炭火映得通红，“纲成君上书之夜，我即被急召进宫。父王半卧在榻，教长史交给我一卷书简。我方读罢，深感事态紧急，当即建言：事关大秦法度，当先与纲成君等一班大臣商议，再交开春大典朝会决之。谁知父王一句话也不说，挥挥手教我去了。去便去，谁料我尚未出得宫门，老内侍又追来请我回宫，在王书房外等候。一直等到次日天光大亮，老内侍又出来说要我回去候召。回府三日，刻刻在心不敢安枕，却甚个音信也没等来。纲成君但说，如此大事，我这个封君太子兼领丞相府却是如在五里雾中，连来看望纲成君也担着个心事，只怕突兀有召。领政若此，岂非是个木陀螺也！”

听得仔细，蔡泽心中一块石头顿时落地。他原本所虑者，只恐老秦王绕过自己，与太子及秦国元老断决了此事。果真如此，那便是末日到了。自己孤身入秦，以经济之才出掌丞相，偏逢老秦王暮政之期，国事多扑朔迷离。秦中腹地的水利富民工程屡屡因政事干扰而不能破土上马，自己的经济才干非但无以酣畅淋漓地挥洒，还要在自己的短场——权力斡旋中奋力周旋。多年无功，落得个庸常丞相之名，竟被嬴柱这个老太子给“兼领”了去。虚封君爵高位而脱丞相府实权，在当国大臣是实实在在的危机。当此之时，蔡泽为了挽回颓势，才有了出使巴蜀附议李冰的慨然之举。蔡泽的谋划是：老秦王若与自己商议采纳此策，自己便有了固土安邦之功，能在老新交替之际站稳脚跟；若老秦王不纳此策，则是自己退隐之时；若老秦王绕过自己与嬴秦元老决断，则无论纳与不纳，都是自己的仕途末日。唯其如此，三日未闻秦王宣召，蔡泽才急得一时失明。如今听嬴柱一说，蔡泽如何能不如释重负？

“陀螺之身，终归有期，何忧之有也？”心下一松，蔡泽顿时活泛过来。

“我纵无忧，李冰何待？莫非要等到巴蜀丢失之日，我等才说话！”

“太子之意，促成秦王决断？”

“正是！”嬴柱拍案而起，“君若畏难，我自担承！”

蔡泽呵呵一笑：“你先说个请见由头。否则，不能入宫也是枉然。”

“楚国谋蜀！莫非还有比此事更大的由头？”嬴柱满面涨红。

“安国君少安毋躁。”蔡泽一点竹杖站了起来，“老王暮政，今非昔比也。一则，老王已知此事，无断未必无思，思虑未定，我等以此事求见，自讨无趣。二则，老王之心，不在此处，只怕见了也是心不在焉。”

“奇也！”嬴柱揶揄地笑了，“王心不在邦国安危，却在何处？”

“暮政之君，大非常人也。安国君当真不知么？”

“依你之见，还是立嫡？”

“悠悠万事，唯此为大。”蔡泽悠然一笑。

“如此说来，巴蜀之事搁着了？”

“非也。”蔡泽诡秘地一笑，压低声音咕哝了一阵。

“也好。”嬴柱苦涩地笑笑，“成与不成，听天由命也。”

蔡泽见嬴柱赞同，大是快慰，立即召来主书一阵叮嘱，主书欣然去了。嬴柱半信半疑，怏怏然便要告辞回府。蔡泽来神，坚执要与嬴柱对弈一局立等消息。嬴柱笑道："等便等，纲成君眼疾未愈，对弈免了也罢。"蔡泽顿着竹杖连声吩咐摆棋。片刻间棋具摆好，蔡泽指点使女道："老夫出令，你只摆子。"嬴柱惊讶笑道："纲成君能下蒙目棋？"蔡泽呵呵一笑："你只赢得一半子，便算高手。"嬴柱大感新奇，当即落座投子："左四四！"蔡泽悠然一点竹杖："右三三。"两人兴致勃勃地厮杀了起来。

落子方逾百手，主书匆匆入厅："禀报纲成君：密件呈进片刻，长史出来宣诏，'着纲成君蔡泽并太子嬴柱，当即入宫。'"嬴柱又惊又喜，一推棋匣霍然起身拱手："纲成君料事如神，嬴柱佩服！"蔡泽摇摇手诡秘一笑："应对之事，却在安国君也。"嬴柱慨然道："在其位，言其事，何消说得！"说话间使女已经将蔡泽冠带整齐，两人出厅登车向王城而来。

自从秦昭王风瘫，去岁秋日又移驾回了咸阳王城。自此，咸阳宫戒备森严。辎车一进北向的正阳大道便得缓辔走马，短短两里有三处查验照身令箭的"街关"。嬴柱不胜其烦，几次想发作都被蔡泽连扯衣襟制止了。到得王宫正门百步，辎车被卫士拦住，说只能在宫门停车步行入宫。嬴柱终于按捺不住，一步跨出车门厉声呵斥："岂有此理！大秦王宫几曾有过宫门外停车？本太子紧急国务，偏要驱车入宫，谁敢阻拦！"一名带剑将军大步赶过来一拱手："我等方奉将令：三更后禁止车马入宫。敢请太子无得越法。"嬴柱又要发作，蔡泽摇着鸭步过来一扯嬴柱笑道："春夜和风，漫步正好也，走！"不由分说拉着嬴柱便走。进得宫门，只见偌大车马场空空荡荡风扫落叶如幽幽空谷一般，嬴柱不禁感慨："自先祖孝公迁都咸阳，这宫城从来都是车马昼夜不断。曾几何时，这般凄凉矣！"蔡泽低声道："太子若想成得正事，便请噤声！"嬴柱长长一叹，再不说话，只默默跟着蔡泽摇上了高高的白玉阶。

大殿廊下正有一名老内侍等候，领着两人一阵曲曲折折穿廊过厅到了王书房门外。老内侍一声轻轻咳嗽，书房大门无声滑开，老长史桓砾轻步出来一招手，便领着两人进了长长的甬道。蔡泽清楚地记得，这甬道原本是两端通风中间没有任何遮拦的，如今非但两端封死，连甬道中间大墙也嵌入了三道暗厅，每厅都站着四名便装剑士。甬道尽头的门外，也站着四个年轻力壮目光炯炯的内侍。

“我王精神如何？”蔡泽在长史桓砾的耳边低声问了一句。

老桓砾仿佛没听见一般，推开书房大门走了进去。又过了两道木屏隔门，来到宽敞温暖的大厅，老桓砾一躬身高声道：“启禀我王：纲成君、安国君奉书觐见！”正面帷帐后一声苍老的咳嗽，桓砾回过身来道：“纲成君、安国君，这厢入座。”

两张座案摆在白色大帐前三步处。待两人落座，一名老内侍上前轻轻拉开了落地大帐，只剩一道薄如蝉翼的纱帐垂在三步之外。纱帐内长大的卧榻隐隐可见，一颗硕大的白头靠在大枕上没有任何声息；卧榻前紧靠着一张与榻等高的大书案，书案两头整齐地码着两摞简册，中间一口破旧的藤箱与几卷同样破旧的竹简。

蓦然之间，纱帐内有了苍老断续的话音，实在模糊得难以听清。两人困惑之际，跪在榻前的一个中年内侍突然高声道：“王曰：蔡泽答话，《质赵大事录》从何路径入秦？”

“臣启我王，”蔡泽眼角一瞄，见老长史桓砾已经在案前开始录写，知秦昭王虽是语艰耳背，心下却明白不乱，仅是这头一问便直指要害，当下提着心神拱手高声道，“此简札乃吕不韦密使送来，老臣唯遵王命，居间通连而已。”

“王曰：纲成君之见，此件真也伪也？”

“臣启我王：此大事录很难作伪。根据有三：其一，行人署[1]探事司已经秘密与公子异人之随行老内侍、老侍女连通，查明公子异人质赵数年，每晚必记事而后就寝；其二，吕不韦乃山东商旅极有口碑的义商，扶助公子，代为传递，沿途没有差错；其三，近年来公子交游邯郸士林，才名鹊起，臣亦时有所闻。以常理推测，其才力当能胜任。”

帐中默然片刻，又是一阵沙哑模糊的声音，跪伏榻边的内侍回身高声道：“王曰：嬴柱说话，此子才具如何？”

---

[1] 行人署，秦国外事官署，隶属丞相府。

“启禀父王，”嬴柱憋着气咳嗽了一声，小心翼翼道，“异人赴赵之时尚未加冠，而今已过而立之年，期间变化，儿臣难料。若说少时才情，蒙武将军与异人同窗数年，或可有说。儿臣实不敢妄断定评。”

又是一阵默然，帐中内侍突然回身：“王曰：异人籀文，师从何人？”

“籀文？”嬴柱蓦然一惊，“王孙之师，皆出太子傅属员，无人教得上古籀文。”

“臣启我王，”蔡泽突兀插话，“吕不韦少学博杂，识得籀文，或可为师。”

帐中一声苍老的喟叹，接着一阵沙哑模糊的咕哝，内侍高声道：“王曰：纲成君蔡泽，立即着行人署使赵，试探异人回秦是否可行？安国君嬴柱，太子府立嫡事缓行，待王命定夺。可也。”

一闻“可也”二字，蔡泽起身一躬，臣告辞三字尚未出口，嬴柱高叫一声：“父王且慢，儿臣有言。”帐中一阵沉寂，苍老的声音突然迸出一个清晰的字音：“说。”嬴柱霍然离案凑到榻前一躬：“父王明察：楚国图谋巴蜀，李冰急请戍军。事关邦国安危，大秦法度，尚请父王立断！”

又是一阵默然一阵咕哝，帐中内侍高声道：“尔等既知法度，便知当去何处。可也。”

嬴柱肥白的大脸骤然通红，正要据理力陈，老桓砾过来一拱手低声道：“安国君少安毋躁，君上一夜只歇息得一个多时辰，已经四更大了。”蔡泽过来一扯嬴柱衣襟，躬身一声臣等告退，出了书房。走到门厅外，嬴柱终是按捺不住：“纲成君何其无胆，忘记你我进宫初衷么？”蔡泽也不说话，只拉着嬴柱出了宫门登车，方才低声道：“上将军府，此时去得么？”

“对呀！我如何忘了老蒙骜！”嬴柱恍然一拍车帮。

“笑？那张老黑脸可不好看。”

“不打紧！我与老将军通家之交。走！”嬴柱一跺车底厢板，辎车辚辚上了正阳大道向南而去。

更深人静，沿途官邸都是灯熄门闭，唯独大道尽头的上将军府风灯明亮中门洞开车马络绎不绝。嬴柱略一思忖，吩咐驭手将车驶到偏门报号。偏门是仆役运物的进出之道，属府中家老节制，不是军士护卫。廊下守门老仆一听驭手报号，立即打开了车道大门，辎车从偏院长驱直入。到得第三进停车，嬴柱领着蔡泽穿过内门来到正院。这正院第三进是蒙骜的书房与客厅，依嬴柱思谋，夜深人静之时纵然有事，蒙骜也必然会在书房处置。不料第三进庭院却是冷冷清清，书房虽然亮着灯光，却只有一个文吏在静悄悄埋头书案，与府门情形截然两样。

“走，去前院。”嬴柱拉着蔡泽便走。

到得前院，嬴柱大是惊讶，第二进满院灯火，环列东南西三面的十六个属署门门大开，各色军吏匆匆进出，纵是毫无喧哗，也分明弥漫出一种紧张气息。北面的兵符堂大门虚掩，廊下四名甲士肃然伫立，激昂话音隐隐传出，分明是在举行将军会议。嬴柱低声道：“走，去兵符堂。”蔡泽摇摇头：“将军会议必是重大军务，且勿唐突，还是到书房等候最好。”嬴柱思忖点头，说声也好，对中军署文吏叮嘱两句，与蔡泽回到了第三进。

“多劳久候，老夫失礼也。”大约半个时辰，蒙骜终于进了书房。

“老将军为国操劳，不胜钦佩！”蔡泽连忙起身肃然一礼。

蒙骜疲惫地笑笑，一摆手坐进了两人对面的大案，啜了一口滚烫的茶汁笑道：“两君夤夜前来，必有要务，但说便是。”

“巴蜀成军事，可是老将军处置？”嬴柱突兀一问。

“两君可是奉王命前来？”白须白发衬着沟壑纵横的黑脸，蒙骜没有一丝笑意。

“老将军，原是这般事体。”蔡泽笑着一拱手，“巴蜀成军，原是老夫与李冰联袂上书所请。多日不见君上会议，我等心下不安。今日老夫与安国君同时奉命入宫，末了言及此事，王曰：尔等既知法度，便知当去何处。是以前来相询。老将军若以为王命未曾明告知会他人，我等自当告退也。”

嬴柱拍案笑道：“如何不明？分明是要我等讨教老将军。”

“既是此事，两君坐了说话。”老蒙骜粗重地喘息一声，接过书吏递过来的滚烫面巾在脸上大搓片刻，红脸膛冒着热气道，“楚军异动，汉水我军斥候早已报来。老夫当即请命，亲率五万大军南下夷陵布防。上书旬日，君上却无消息。三日之前，老夫奉命入宫，方知纲成君与李冰上书。君上征询老夫，老夫以为：此谋不失救急良策，然却牵涉秦军统属法度，不敢轻言可否。君上思虑良久，只说了一句‘策不乱法，军不二属！’便要老夫回府谋划，既要不乱国法，又要化解巴蜀之危。老夫思虑昼夜，却是难也。”

嬴柱不禁大急：“如此说来，老将军尚无对策？”

“若无对策，君上岂能将两位支到这里？”蒙骜淡淡一笑，“老夫召来在咸阳的几员老将商议，也无良策，驰马蓝田大营聚集众将谋划。不意，一个年轻千夫长竟提出了对策：国军郡养，长驻巴蜀。只这八个字，一经拆解，将军们齐声喝彩！”

“好！”蔡泽欣然拍案，“这是说，由上将军府派出大将率一班军吏入巴蜀，征召巴蜀精壮建成水陆两军；所成之军仍是国府大军，由上将军府统一节制；所不同者，巴蜀两郡提供粮饷军资，该军亦长期驻守巴蜀。”

“然也！”老蒙骜笑道，“据实而论，巴蜀原该有一支大军驻守。当年巴蜀穷困，人口稀少。司马错夺取巴蜀，只留下了一万军马驻守蜀中，其军资粮饷全部由国府供给。一支马队由秦中经大散关进入巴蜀，三月才能到达，要养一支大军实是力有不逮。而今李冰治水成功，蜀中大富。夷陵要塞也在我手多年，江水西上之航道也大有改观，经商於入汉水江水，再溯江西上，半月便可抵达。当此之时，无论是巴蜀提供粮饷军资，还是国府节制驻蜀大军，都可轻易实施。时势变化，建成大军确保巴蜀粮仓，此其时也！”

蔡泽不禁赞叹：“此策高明也！果然是‘策不乱法，军不二属’。”

嬴柱听得心下松泛，饶有兴致问：“老将军，那千夫长甚个名字？教人想起白起！”

“呵呵，不错。”老蒙骜一点头，“此人叫王翦，二十余岁。”

“代有雄杰，秦军大运也！”蔡泽慨然拍案。

“纲成君好辞！”嬴柱大笑一阵，看看眼圈发青白头点睡的老蒙骜，起身一拱手道，“正事已了，我等告辞。”蒙骜恍然抬头，起身离案方一拱手，一个摇晃轰然跌倒在了案边。两人大惊，抢步来扶，却听沉重的鼾声已经打雷般响起，亮晶晶的涎水已经滚洒在了蒙骜的白须上。嬴柱一把拉住疾步赶来的中军司马问：“老将军今日没得歇息么？”中军司马低声道：“五日六夜没睡了。”说罢与书房军吏一起将蒙骜抬上了屏后的军榻。

蔡泽嬴柱愣怔片刻，匆匆出得府门，已是曙光初显。方要登车，蔡泽拉住嬴柱低声道：“今日之事，足证君上不会延误国事。老夫之见，安国君还得收心回来，着力安顿好立嫡大事。”嬴柱叹息一声道：“非嬴柱不着力，无处着力也。”蔡泽颇显神秘地一笑：“纲成君但养精蓄锐，不日自有分晓。”说罢一拱手登车去了。

二　立嫡密书生发出意想不到的事端

嬴柱一觉醒来，见华阳夫人正坐在榻前，长长地打了一个哈欠道：“春睡无边，佳人候榻，快哉快哉！”华阳夫人抚摩着嬴柱散乱的长发咯咯娇笑道：“老猫一般睡，三日三夜了，晓得无？该起来晒晒了，日头正好也。”惺忪双眼前朦胧着倒挂下来的明眸皓齿，鼻翼弥漫着撩人的温热肉香，嬴柱一双手猛然探进了雪白丰腴的胸脯，抓住一对大奶子用力一扯。“疼也！”华阳夫人一声娇笑惊叫，柔软的身子灵蛇一般翻转过来，裙带蓦然散开，明艳的肉体赤裸裸压在了嬴柱身上。嬴柱啪啪两掌打上玉山一般的肉臀，两手一扯光鲜劲韧的大腿，女人嘤咛伏身，迎着长驱向上的男根大喘蠕动起来……

“劲力如何？”嬴柱亲昵地拍打着女人的脸颊。

“三日大睡，老猫不虚辰光。”华阳夫人香汗淋漓笑得分外娇憨。

“老夫老猫，小女子是甚？”嬴柱又猛然压住了赤裸裸的肉身。

“哎哟饶命！小女子小狗子小隶奴！”

嬴柱哈哈大笑，翻身坐起将女人搂在胸前揉着：“肚腹空了，咥个甚？”

华阳夫人惊叫娇笑着跳开：“鱼羊炖！只不许咥我。”又凑上来用红丝汗巾沾拭着嬴柱身上的汗水咯咯笑道，“听话也，老猫起来晒暖和，阿姐园中等你多时了。”

嬴柱顿时惊讶：“她来做甚？”

“做甚做甚，能做甚？咥你也！”华阳夫人做个鬼脸，过来侍奉嬴柱更衣。

嬴柱任华阳夫人翻转折腾着笑道：“这老阿姐甚个都好，偏是聒噪多事。”

“呸呸呸！”华阳夫人娇嗔道，“得了便宜卖乖，想人又骂人！”

“好好好，你将鱼羊炖抬到亭下，我先去陪老姐姐。”

“不消说得。”华阳夫人嫣然一笑飘了出去。

嬴柱悠悠然来到庭院甘棠林，远远便见茅亭下徜徉着一个高挑婀娜的黄裙女子，遥遥一拱手高声道：“华月夫人，别来无恙？”女子转身笑道：“哟！好正经。你倒是有恙，大白日折腾得天摇地动，也不怕阿姐泛酸。”嬴柱呵呵笑道：“老姐姐索性改嫁了来，两姐妹一起侍奉老夫，不亦乐乎！”华月夫人一阵咯咯长笑：“耶！老猫吃鱼不忘腥，你敢娶，我便敢嫁，晓得无？不知羞！”嬴柱呵呵笑着走进茅亭，松软地倚着亭柱瘫坐在了青石条上。华月夫人一阵风飘了过来：“起来起来！有壳没瓤空瓢儿一般，能坐得冰凉石条么？来，阿姐汗巾垫了，这厢坐！”说话间一手将绿莹莹的丝绵汗巾折叠起来铺在了亭下石礅上，一手扶着嬴柱坐了过来。嬴柱一番大动后原是疲惫，此刻笑得喘息咳嗽好一阵才上气不接下气道：“有壳没瓤，还不是教你两姐妹咥空了？”华月夫人轻轻抚摩捶打着嬴柱脊背娇声笑道：“哟哟哟，好金贵！我姐妹要做万年藤，老兄弟可是常青树也，若不是有事要来照应，阿姐急吼吼来甘棠林讨干醋么？”嬴柱捉住华月夫人的小拳头低声笑道：“甚好事？我可不想老姐姐嫁人。”华月夫人红了脸：“呸，没正形！你的大事，不要听？阿姐走了。”嬴柱连忙揽住了华月夫人丰满柔软的细腰：“敢不听么？过来说。”要搂了女人坐进怀中。华月夫人就势抱住嬴柱，伏在他耳边一阵急促咕哝。嬴柱顿时惊讶站起："果真如此？你如何得知？"华月夫人坐在了旁边石礅上颇为神秘地一笑："车有车道，马有马道，你纵是太子，管得着么？"嬴柱凝神思忖一阵摇头道："我不信。老姐姐万莫多事。""多事？"华月夫人一双大眼瞪得溜圆，"晓得无，你倒是说话轻松，我姐妹没个根，不揪心么？"嬴柱笑道："揪个甚心？阿姐小妹都是老夫心头肉，哪里没根了？"华月夫人一撇嘴："朝露无根水，晓得无？我姐妹要的是长远。"

"好热闹也！"亭外一声笑语，华阳夫人轻盈飘来，身后两名侍女抬着食盒相跟。华月夫人笑吟吟起身，过来指点侍女摆置酒菜。一时妥当，华阳夫人吩咐侍女退去，与姐姐左右陪着嬴柱忙了起来。华月夫人烫酒斟酒，华阳夫人开鼎布菜，嬴柱只管埋头吃喝。不消片时，一鼎滚热香辣的鱼羊炖和着热腾腾的兰陵酒下肚，嬴柱额头冒出了晶晶汗水，顿时觉得浑身通泰。

"阿姐今来定是有事，说了么？"华阳夫人亲昵地用汗巾沾着嬴柱额头。

华月夫人正要开口，嬴柱拍拍华阳夫人肩头起身道："你姐妹稍待，我片时便来。"华阳夫人欲待说话，华月夫人飞来一个眼神，娇声笑道："晓得无，莫忘了来陪阿姐吃酒。"嬴柱在亭外漫应一声，径自大步去了。

华月夫人诡秘一笑，立即挪坐过来一阵喁喁低语，华阳夫人惊喜莫名连连拍掌："好好好！上天开眼也。"华月夫人一皱眉道："好是好，人回不来也是枉然。"接着一阵说叨，华阳夫人顿时愣怔。华月夫人见妹妹沮丧，噗地笑道："我有一策，只不晓得小妹心思如何？"华阳夫人娇嗔道："小妹只管卧榻营生，余事阿姐照应，原本是你的话，如今却来难我，晓得没好！"华月夫人搂住华阳夫人低声道："晓得无，这法子要老太子点头。你不定个主张，老阿姐功夫行么？"华阳夫人红着脸一阵娇笑："至不济三人共榻，他有个不服软了？""死妮子！"华月夫人一点妹妹额头，"贪吃不顾仓空，就晓得舒坦！呜呼了老太子，岂非没了靠山？"华阳夫人摇手笑道："毋怕毋怕，还有老大一个儿子也。"华月夫人大乐，两人咯咯笑着搂做了一团。

嬴柱匆匆来到署事庭院，正待走进书房，却闻身后一声高宣："驷车庶长到——"回身一看，四名壮汉抬着一张军榻已经过了影壁，榻上靠坐着一位须发雪白的老人，正是驷车庶长嬴贲。嬴柱心下一跳，大步迎过去一躬："嬴柱见过王叔。"榻上老人竹杖啪啪一敲："老夫今日是王使，安国君书房接命。"嬴柱心下又是一跳，伸手一指为首壮汉，说声随我来，领着军榻进了正厅东面的书房。

"安国君屏退左右。"军榻落定，老庶长嬴贲板着脸一声吩咐。

"禀报王使：嬴柱书房素来没有侍从。"

"好！你等出去守在门厅，不许任何人进来。"老嬴贲一声令下，四名壮汉赳赳出门。待嬴柱掩上厚重的大门回身，老嬴贲哆嗦着双手从军榻坐垫下摸出一支粗大的铜管捧起："太子嬴柱接书，只许看，不许读。"嬴柱肃然一躬，接过铜管启开泥封取出细长一卷竹简展开，两行大字赫然扑入眼帘：

大秦王命

公子异人立为安国君嬴柱嫡子　返国事另为谋划

蓦然之间，嬴柱一阵眩晕心头怦怦大跳。勉力平息心神，抬头看着老庶长愣怔得不知该不该说话。老庶长一点竹杖，苍老的声音分外冰冷："安国君嬴柱切记：太子立嫡，为邦国公事；王族封君立嫡，却只是王族事务。唯其如此，此后凡关涉公子异人之事，皆由老夫与安国君商议定夺，他人不得涉足。"

"嬴柱明白。"

"老夫告辞。"老庶长竹杖啪啪啪三点，四名壮汉推门进来抬起军榻走了。

嬴柱恍然醒悟，揣起竹简一阵风般到了甘棠苑。茅亭下两姐妹已经是满面酡红，见嬴柱疾步匆匆模样，不约而同站了起来。嬴柱过来也不说话，只挤进两女中间两边一搂，突然一阵开怀大笑。两女眼神交会，两边偎住嬴柱也咯咯笑了起来。

“说！姐妹咕哝，是否生了鬼谋？”

“耶！老犁头好宽，连姐姐也划了进来，美死你也！”

“偏不说！”华阳夫人做个鬼脸，“晚来有你消受也，晓得无？”

“瞒我没好。”嬴柱倏忽沉下脸色，“王书未下，大姐便知消息，你姐妹岂能没有预谋？实在说话，老父王法度森严，外戚私通宫廷是死罪，晓得无！我只叮嘱一句：立即收手，切断私连，否则弄巧成拙。”

“是也。”华阳夫人乖巧一笑，“夫君只说，王书可是下了？”

“知道了还问。”嬴柱板着脸从怀中皮袋掏出竹简啪地丢在案上，“你俩看，是封君立嫡，不是太子立嫡，小心为妙！”

“哟！”华阳夫人笑了，“太子是你，安国君也是你，不一样么？”

“蠢！”嬴柱呵斥一声又呵呵一笑，“太子立嫡是国政大事，须书告朝野，使人皆可知，无涉机密。王族封君立嫡，却只是王族事务，自定君定皆是机密，局外人预闻消息抑或私举干涉，便是触犯法度。明白么？”

“就事论事，原是没错。”华月夫人悠悠然一笑，“只这次安国君却是危言耸听。姐姐看来，老王以封君立嫡处置，原是权宜而已，意不在保密。权宜者，规避法度也。嬴异人未经王室法定考校，若公然立为太子嫡子，自是有违法度；老王既不想开乱法立嫡之先例，又想趁着清醒及早了结这桩大事，便出了这个权宜之策；这叫弱其名而定其实，与机密何干？”

“妙！”华阳夫人拍掌笑道，“策士之风，阿姐也！”

“老姐姐能事明理，说得原也不差。”嬴柱亲昵地拍拍华月夫人，喟然一叹，“只是事关重大，国事又在非常之期，老夫尚须小心翼翼，何况你等也。”

“晓得晓得。”华阳夫人娇笑着一手搂住嬴柱一手端起一盅热酒，“这是阿姐请齐国方士制的乾坤酒，只此一盅也，来！”嬴柱把住一双柔嫩的玉臂呱地吞了热酒下去，拍打着两个女人的脸庞曼声吟诵：“美人醉兮，朱颜酡些。湘女可人兮，独厚老夫。”华月夫人挣脱身子笑道：“起晚风了，莫教他受凉，小妹背起了。”华阳夫人答应一声，笑吟吟偎住男人腋下一挺身，嬴柱肥大的身躯小山一般飘出了茅亭。

次日清晨，甘棠苑尚在胡天胡地之中，贴身侍女在榻帐外急促禀报，说驷车庶长府派主书来请太子商议大事。嬴柱一听，顾不得两女娇娇绕身，气喘吁吁爬起来匆匆整衣钻进辎车去了。

老嬴贲已经在专门处置王族事务的密室端坐等候，见嬴柱脚步虚浮精神恍惚浑身散发着莫名异味，大皱着眉头冷冰冰道："殷鉴不远，在夏后之世。安国君可知这句老话？"嬴柱肥白的大脸顿时涨红，尴尬入座，勉力笑道："侄儿一时有失检点，尚望王叔多多包涵。"老嬴贲竹杖一点长嘘一声："老夫尝闻：君子之泽，三世而斩。嬴氏自孝公奋起，至当今老王，恰恰三代矣！交替之时，安国君这第四代变故多出，先有太子嬴倬英年夭亡，再有蜀君嬴辉争嫡作乱而身首异处，王族强势日见凋零。当此之时，安国君以羸弱之躯而承大命，年逾五十而尚未立嫡，邦国之难王族之危，已迫在眉睫矣！"老嬴贲痛心疾首，竹杖直指嬴柱鼻端，"君受公器，不思清心奋发，沉湎女色而自毁其身，何堪嬴氏之后！何堪大秦雄风也！"

"王叔……"嬴柱扑拜在地大哭起来。

"起来起来，你受不得凉气也。"老嬴贲竹杖对着身后大屏敲打两下，一个少年内侍轻步走了出来。老嬴贲低声吩咐："扶安国君热水沐浴，务使其发汗才是。"少年内侍低头脆生生答应一声，过来扶起嬴柱，蹲身一挺背着嬴柱软绵绵的庞大身躯去了。

大约半个时辰，嬴柱冠带整齐红光满面地到了厅中。老嬴贲竹杖一指大案淡淡道："喝了那鼎药膳汤再说话。"嬴柱默然入座，见案上一鼎热气蒸腾，鼎下铜盘中木炭火烧得通红，钩开鼎盖用长柄木勺舀着啜了起来。未到半鼎，嬴柱额头细汗涔涔体内热乎乎一片通泰，眩晕虚浮之感顿时消散。

"谢过王叔。"嬴柱一拱手，"侄儿不肖，若不能洗心革面，愿受族法！"

"功业在己不在天，好自为之也。"老嬴贲感喟一声，拄着竹杖艰难地站了起来走到嬴柱面前，丢下一支细长的铜钥匙，"右案这只铜匣，打开。”嬴柱移座右案，利落打开了铜匣，一只怪异的兵符赫然在目。

嬴柱心下猛然一跳：“黑鹰兵符！王叔何意？”

“你且听了。”老嬴贲点着竹杖，“王命：着安国君嬴柱凭黑鹰兵符领精锐铁骑三万，秘密开赴离石塞口。”

“我……领，领军打仗？”嬴柱大为惊讶，一时口吃起来。

“你能打仗？”老嬴贲冷冷一笑，“整日心思都在哪里，木桩一个！”

默然片刻，嬴柱恍然拍案：“王叔是说，要我接应异人返国？”

“要你出场，还能有甚？”

“可，邦交无门，异人能回来么？”

“异人回国，王命另有处置，你只管接应。”

“哪，何人领军？”

“蠢！”老嬴贲怒斥一声，“你持兵符，还要谁个领军？”

“我，我说的是领兵大将是谁？”

“天！嬴氏子孙竟有此等兵盲，气煞老夫也！”老嬴贲雪白的头颅乱颤，“持兵符者，有选将之权，不知道么？若在战场，老夫早一剑劈了你！”

“王叔……”嬴柱哽咽一声，“我本羸弱，从来没想过做这个太子也。”

“你，你好出息也！”老嬴贲粗重地喘息一阵，黑着脸冷冷一句，“送你到家了。记住：前将军蒙武为将，他与异人同窗情深，只怕比你还上心；你只坐镇，一切行止悉听蒙武决断，保你无差。”

“谢过王叔指点！”

“且慢。”老嬴贲一点竹杖，“此次各方举动皆为秘密事宜，消息若是外泄赵国，异人有杀身之祸。知道么？”

“侄儿明白！”

回到府邸，嬴柱也不去甘棠苑，蒙头大睡到暮色降临方才起来，沐浴用膳后自觉精神尚佳，立即吩咐贴身护卫备车。正在此时，家老匆匆来报，说纲成君蔡泽来访。嬴柱略一思忖，提着马鞭来到了正厅。不料蔡泽对着嬴柱一番打量，呵呵一笑又告辞去了。嬴柱心下疑惑，匆匆追上道："纲成君呵呵两声便走，岂有此理！"蔡泽依旧是呵呵一笑："见君知君，何须聒噪也。"转身摇着鸭步优哉游哉走了。嬴柱无可奈何地一笑，大步回到后园钻进四面密封的辎车，从后门出了府邸。

旬日之后，三万秦军铁骑经北地郡秘密抵达离石要塞。由于全部路径都在秦国境内，消息没有丝毫走漏。大军越过离石要塞，在河东一条大峡谷隐秘扎营，日不起炊，夜不挑灯，临近的赵国边军一无觉察。主将蒙武在血战长平时已经是前军先锋千夫长，稳健周密有乃父蒙骜之风，机警勇猛却是显然过之，担任全军尖刀从来没有出过差错，军中誉为"铁鹞鹰"。老嬴贲点蒙武为将，除蒙武与异人笃厚，最根本处是看中了蒙武单独出兵的可靠及嬴柱与蒙氏一族的通家交谊。

驻定当晚，蒙武对嬴柱一阵交代，传下将令：由自己亲自率领一万人马原地驻守，做各路总策应；其余两万人马分解成十路轻骑，每路专分五百人前出散开探察，千五百人则埋伏要道口专司接应；若遇赵军追杀公子，接战骑队当一面死力拼杀，一面以随带猛火油大纵明火为号，各路马队见火立即驰援。军令下达完毕，两万轻骑衔枚裹蹄趁着夜色弥漫向广袤的河东山塬。

如此月余已过，眼看寒风呼啸已是腊月隆冬天气，各路依然毫无动静。这一日蒙武心下不安，到嬴柱帐中道："月余无消息，末将总觉有异。各路轻骑所带军食有限，我欲撤回散出兵马，专一只在河东峡谷守候，安国君以为如何？"嬴柱原本不谙军事，自是赞同蒙武主张。蒙武见嬴柱没有异议，当即下令撤军回谷。三日之间大军收拢，蒙武部署好各军扎营地点，又从河西要塞调来充裕军粮，便在河东峡谷中扎营守候，每日轮番派出斥候游骑在百里之内耐心巡查踪迹。匆匆又过一月，大年正月已经到了最后一日，条条路口依旧是毫无动静。蒙武觉得蹊跷，与嬴柱商议准备回兵。不想此时，驷车庶长嬴贲派特使送来紧急王命：蒙武军立即分兵一半东出离石，赶赴上党西口同时接应。

"各将聚帐！"蒙武一声令下，二十位千夫长与两员副将片刻便到帐中。蒙武紧急下令最得力的千夫长王龁行副将职权，率领五千铁骑先行赶赴上党，后续五千人马由自己亲自率领随后跟来。军士拔营之时，蒙武匆匆来到安国君大帐，想请年长体弱的嬴柱留守离石要塞巡查策应。不想未进大帐便听帐内一片慌乱杂沓，蒙武即时一惊。

连日起早贪黑，嬴柱疲累已极，闻得军情有变，正在思忖是跟蒙武驰驱上党还是留守策应，却闻帐外马蹄如雨！嬴柱尚未起身，一个须发灰白满身脏污的老人踉踉跄跄扑了进来："主东，出，出大事了……"

"家老！你如何来了？"嬴柱忽地站了起来。

"华阳华月两夫人被，被廷尉府突然拘拿！"

"……"

"大道无消息。老朽私下打探，也是传闻纷纭……"

"！"嬴柱大急，闷哼一声轰然哗啦地倒在了案上。

三 佳人归来兮 春不可以残

嬴异人婚礼大成，邯郸士林一时传为佳话。

吕不韦百味俱生，勉力应酬完婚礼与宴席酬酢，匆匆回到了仓谷溪蒙头大睡。两个昼夜过去不吃不喝不出门不理事，竟似要永远地睡下去一般。西门老总事大是忧心，吩咐越剑无连夜请来了毛公商议。毛公听完老总事一番诉说，也不去吕不韦寝室，径自点着竹杖摇到了跨院客寓。

初夏时节，小庭院卧在满山花草与莽莽胡杨林中，刁刁谷风阵阵鸟鸣，分外的幽静空旷。毛公推开虚掩的大门，院中毫无动静。毛公可着劲儿咳嗽一声，一个总角小女仆不知从哪个角落冒到了面前："老伯何事？忒大动静！"

"嘿嘿，动静不大你个小姐姐能出来？找人。"

"赵姬公主成婚了，客寓没有人了。"

"蠢！"毛公板起黑脸，"老夫要见卓昭姑娘。"

"老伯早说也！"小女仆做个鬼脸，凑近毛公低声嚷嚷道，"姑娘一直卧榻不起，叮嘱我说来人说没人。我说若是主东来咋说，她说这里人早忘记了她，来人也是仆人杂事，只回没人。我说那你吃饭咋办，她骂我一句蠢，关上门再也没出来。"

“几日了？”

“今日整整六日六夜。”

“你能开得门么？”

“能。可姑娘没有吩咐，不敢开也。”

“蠢！要饿死人么！”毛公竹杖重重顿在青砖地上，“老夫奉主东之命看望姑娘，开门！且慢，开门之后，快去厨下吩咐制一盅好汤备着，半个时辰后送来。”小女仆鬼个脸答应一声，从裙带上拿下一支扁扁长长的铜钥匙，带着毛公到了庭院最深处的一座青砖大屋前，咣当咣当拨开了门闩。大门推开，幽暗的厅中立即有一股异样的沉闷气息扑面而出。小女仆顿时慌乱，叫了两声姑娘已嘤嘤哭了起来。

“蠢！拉开帷帐，打开门窗。”毛公站在门口皱起了眉头。

明亮和煦的阳光伴着习习谷风洒过，屋中依然寂静无声。毛公笃笃点着竹杖绕过大屏进了隔间寝室，一双老眼顿时瞪直了。凉幽幽的寝室整肃洁净四面雪白，白榻白帐白案白墙，地上铺满了已经有些枯萎但依然洁白的山花，一个雪白丝衣的女子静静仰卧在白榻白帐之中，枕旁一束火红的山茶花将女子脸庞的微笑映得分外明艳。

倏忽之间，毛公眼眶溢满了泪水，白头瑟瑟颤抖着大盘腿匍然坐地，两掌对着白榻笔直推出又缓缓收回，口中悠长地呼唤吟诵：

天佑佳人　魂兮归来——
幼清以廉洁兮
逢离乱而未泯
入歧路守节义兮
长离殃而愁苦
魂兮归来——
南方炎炎不可以止也
西方流沙不可以驻也
北方冰雪不可以留也
东方流金不可以居也

上天雷渊者危矣
土伯幽都者寒矣

魂兮归来——
天地四方　返故居也
共献岁以发春兮　时不可以淹

同饮尽欢兮　路不可以渐
佳人归来兮　春不可以残
魂兮归来——
天佑汝以白芷芳兰

嘶哑悠长的吟诵在空谷回荡，悠悠蒸腾的白气在厅中弥漫，在毛公大汗淋漓之时，白榻上一声细微的呻吟，游丝般的声音飘荡了过来："上苍无处，我回来也。"

"公主金玉之身，何须如此也！"不知何时，吕不韦站在了寝室门口。

"嘿嘿，累煞老夫也。"毛公大袖拭着额头汗水站了起来，"你老兄弟终是来了，老夫去也。"转身对厅中捧着食盒的小女仆使个眼色，"小姐姐有功，扶老夫回去有赏。"小女仆顽皮地一笑，将食盒放到案中搀扶着毛公去了。

吕不韦捧着汤盅走到榻前道："公主既已醒来，请饮了这盅灵芝麋鹿汤。毛公的方士之术只管得一时，固不得根本。"女子蒙胧着双眼淡淡道："往事不堪，我早已不是公主，先生叫我本名好了。"吕不韦尴尬笑道："赵姬之名已经被替代了，不韦惭愧，尚请见谅。"女子依然淡淡漠漠："赵姬原非我名，我本名，叫陈渲。"吕不韦不禁一惊："如此说来，姑娘是故陈国公主？"女子轻轻一声叹息，闭上了眼睛，一丝泪水渗出眼帘爬上了苍白的脸颊。吕不韦心中猛然一颤，上前扶起女子靠在大枕上，捧过汤盅一勺一勺地喂女子喝下。

“谢过先生。”女子睁开眼睛，脸上泛出了一片红晕。

“陈渲姑娘如此自残，不韦殊为痛心也。其中因由，能否明告？”

“先生无须自责。”陈渲淡淡一笑，“先生重金买我，其意本在那位公子。陈渲无才，不能取公子之心，反累先生失其所爱。于情于理，于长青楼规矩，陈渲皆负疚过甚。我若留世，各方多有不便，何如去也。陈渲一生至此，路虽崎岖，身心清纯如雪，自怜自痛，选了如此长眠之法，原本与先生无关。今两公救我，小女无以回报，只求先生送我回陈国故土，桑麻隐居了我一生。先生大恩大德，但求再生相报矣。”

默然良久，吕不韦突然开口：“不韦若有他想，又当如何？”

“长青女规矩：主人生我死我，无怨无悔。”

“陈国故土一无安宁处，姑娘莫做此想。”

“如此，陈渲唯有一死相报。”

“不！我要娶你为妻！”

突然之间，陈渲一阵咯咯长笑：“异想天开也。先生只不知长青女另一规矩：终身为奴，绝弃妻愿，若谋妻位，其身必灭。”

“与公子结缡，你何以没有此说？”

“委身公子，乃主人买我之初衷，敢不从命？”

“女不为人妻，岂有此理！”

“先生且听我说。”陈渲又是淡淡漠漠地一笑，“长青楼主图谋长远，方有这一规矩。先生但想，长青女若仗恃才艺美貌与主人妻室争位，搅得主家分崩离析，长青楼焉得在巨商富豪间有万无一失之口碑？先生若为一时躁动之心，惹来后患无穷，得不偿失矣。”

“我却不信！”吕不韦一声冷笑，大步跨前两手一抄抱起了女子。陈渲一声惊叫昏了过去。吕不韦不管不顾，一把扯掉陈渲裙带，又三两把脱去自己衣裳，上榻赤裸裸压在女子身上嘴对嘴地大呼大吸起来。未及片刻，陈渲嘤咛一声醒来，满面涨红地挣扎着软瘫的身子，不禁泪水泉涌。吕不韦却疯了一般揉搓着柔若无骨的嫩滑肉体，一句话不说只分开陈渲双腿奋力一挺。一声微弱的呻吟惊叫，陈渲顿时没了声息。

大约半个时辰，满面红潮汗水涔涔的陈渲睁开了眼睛，见吕不韦正盯着自己打量，不禁放声大哭。吕不韦依然是一句话不说，下榻穿好衣裳回身猛然抱起陈渲大步出了客寓。来到山腰庭院，毛公与小女仆正在厅前笑嘻嘻眺望，旁边的西门老总事一脸不安。吕不韦抱着一身白衣的女子赳赳大步走来，遥遥一声高喊："毛公、老总事，我要大婚！迎娶陈渲姑娘！"

"天意也！"毛公一阵哈哈大笑，"吕公业已心无藩篱，可喜可贺！"

三日之后，仓谷溪一片平静温馨的喜庆。没有管弦乐舞，没有高朋大宾，婚礼宴席只有四张座案——薛公毛公与吕不韦陈渲。开席未几，旁厅宴席的西门老总事与执事仆人们轮番进来敬酒完毕，毛公薛公正要与一对新人痛饮嬉闹，吕不韦已经是醺醺大醉了。一身红裙玉佩的陈渲默默用大枕将吕不韦靠在座案上，离座起身肃然两躬，亲自为毛公薛公各自斟满了三大爵百年赵酒，又在自己面前满当当斟满了六爵，方才粲然一笑："赵姬去矣，吕公再生。两公大德，陈渲当代夫君敬谢。"说罢连番举起沉甸甸铜爵一气饮干，胸前衣襟竟是滴酒不沾。毛公又惊又喜，拉起薛公忙不迭举爵急饮，酒液流淌顿时将胡须胸襟淹得湿漉漉一片，一时间酒香弥漫了大厅。毛公薛公正在哈哈大笑，不意竟匪夷所思地醉了过去，颓然软瘫在大案前。

西门老总事闻讯，带着越剑无与两名女仆匆匆赶来，要扶几人回房歇息。陈渲红着脸笑道："夫君有我，诸位但侍奉两公回房便了。"说罢一矮身将吕不韦双手托起，脚步轻盈滑出，舞步一般摇曳飘去。越剑无大是惊讶，一拉西门老总事跟出了大厅。

仓谷溪庄园的正厅坐落在向阳避风的山坳，寝室却在山坡庭院的书房之后。今夜月在中天又是处处红灯高挑，各条路径看得分外清楚。饶是如此，越剑无两人出厅之时，山腰石径已经没有了人影。越剑无心中一急，左臂一夹老总事飞身跃上了山坡庭院，进得大门掠过书房便看见了红烛高烧的洞房。西门老总事低声道："莫急，先听听动静。"与越剑无悄无声息地贴近了一片红光的落地大窗。

房内一声粗重的喘息，吕不韦的声音："姑娘，你恨我么？"

"不。"女子轻柔断续的声音，"你是主人。只是，委实意外。"

“假若吕不韦不是主人，你会有情于我么？”

“不知道。”

一阵长长的沉默，又是吕不韦声音：“陈渲姑娘，事已至此，无须隐瞒。不韦原非草率轻薄之人，强犯姑娘原是我有意为之。卓昭原是我所爱之人，却因夜半弹筝无端巧遇，而被异人公子引为天人知音。公子为此相思成疾，以至于癫狂失心。为解难题，不韦方才踏入长青楼选得姑娘，欲以佳丽才情化解公子情痴心病。不合波澜横生，公子竟因秦筝认定卓昭正是胡杨林梦境中的天人知音，坚执求婚。实在说，也是卓昭姑娘秉性奔放热辣，亦为公子炽热动心。当此之时，不韦若不成全两人婚配，非但嬴异人身心俱毁，吕不韦也是功败垂成矣！”屋中响起脚步声，吕不韦一声叹息，“此间诸般变化，姑娘皆在云雾之中，然却良善宽厚，非但不以遭受陡然冷落而滋生事端，反欲以白身辞世解脱不韦之难堪。此心此情，若非毛公点破，吕不韦依旧一派混沌也。唯感念姑娘情欲有节，无奈出此下策，以破佳人冰封之心，欲救回姑娘以为发妻，而绝非不韦以买主欺人，做禽兽之举。此番心事，天地可鉴。吕不韦若有一句欺心之言，后当天诛地灭！”

“做则做矣，要得如此板正么？”

“姑娘……”

“卓昭出嫁，何以冒我之名？”轻柔的声音突兀一问。

“秦赵死敌也。”吕不韦的身影在大窗上徘徊着，“赵国若知卓昭嫁于秦国公子，必得加害于卓氏一族。虽是天下巨商，卓氏也无力对抗此等叛国灭门之罪。卓昭隐名冒名，原是避祸之策，无得有他。”

“无墙不透风，此事瞒得多久？”

“五七年之间，异人公子可望大出，其时赵国纵然知情，卓氏亦可免祸。”

“大出？这位公子要做国王？”

“不错。公主后悔还来得及。三年后我保你进得秦王宫。”

“原来如此也！”妙曼的身影一声轻柔悠长的惊叹，突然又大笑起来。

“笑从何来？信不得吕不韦么？”

妙曼身影长躬扑拜在地：“先生救我于心死，实是再生大德！”

“公主……”吕不韦木桩一般矗着。

妙曼的身影膝行几步骤然抱住了吕不韦双腿，轻柔的声音颤抖着哽咽着：“我不是公主，不是奴隶，我是你妻！你也不是主人，你是我的夫君！”

“我，我……”吕不韦手足无措，木讷得语不成句。

“夫君！”妙曼身影倏然长起，火红的大袖包住了木桩般的吕不韦……

窗外的西门老总事轻轻一扯越剑无说呆看个甚？走！越剑无鬼脸笑笑，在老总事臂膊一趁，两人悄无声息地飞身出了庭院。

次日清晨，幽静的仓谷溪庄园飘出了一朵婀娜多姿的红色的云，出入于重重庭院，摇曳在条条小径，分派着仆人们整治庭院，指点着厨师们备炊造饭，召唤着使女们洗衣浣纱，偌大庄园显出了一片井然有序的活泛气象。惯常日出而作忙碌得团团转的西门老总事第一次悠闲地抄着双手唤起了沉沉大睡的毛公薛公乐呵呵地上山看日出去了。几位吕氏商社的老执事也惊喜得满庄园张罗前后品评，直是不亦乐乎。越剑无看无须帮忙照应，一骑飞出了山谷。待到日上三竿吕不韦走出庭院，庄园已经是整齐洁净满眼生机。蓝天白云下炊烟袅袅笑语不绝，林木山溪中鸟语花香捣衣声声，昨日还透着几分苍凉酸楚的满院红灯，此时弥漫出一派热气腾腾的喜庆。

“噫！”吕不韦揉揉眼睛，惊讶得兀自一声喟叹。

“嘿嘿，偷着乐么？”

“毛公薛公，”吕不韦蓦然回身红着脸嘟哝，“一觉醒来，全不对劲也。”

“天地翻覆，只怕是言不由衷也。”薛公揶揄地笑了。

“嘿嘿，你那情欲有节之道，该当再添几句。”毛公对着吕不韦摇头晃脑地吟诵起来，“乾之为大，无坤者虚也。山之为雄，无水者枯也。情欲有节，无爱者冷也。人世之寒热，泰半在女子也！”“添得好！”吕不韦一阵开怀大笑，从来没有过的精神抖擞，见西门老总事在山坳庭院遥遥招手，两边拉住毛公薛公道：“走！今日痛饮，不醉不休！”

正厅中酒宴业已摆置整齐，依然是一身红裙却显然比昨夜之淡漠判若两人的陈渲正在笑吟吟给各案定爵布酒，见三人谈笑风生而来，虽意味不同但却都饶有兴致地打量着她，不禁满脸通红羞涩地一笑，说声两位先生请入席，风一般飘去了。三人不约而同地大笑一阵，个个就座举爵痛饮起来。酒过三巡，陈渲悠然进来照应布酒，又轮番与三人对饮，毛公薛公引着一对新人海阔天空地戏谑笑谈，一片融融之乐前所未有。不知不觉间已到午后，越剑无匆匆归来，说声西商义信，递给吕不韦一只裹扎严实的皮袋。吕不韦当下打开拿出一支泥封铜管启开，抖出一卷羊皮纸展开眼光一瞄，却是一行极为古奥的籀文，递给相邻的毛公薛公：“我识得不全，两公且看。”

“好事！吕公大事成矣！”薛公惊喜拍案。

“嘿嘿，只怕未必也。”毛公哗啦一抖羊皮纸，“只这两句话：太子已立嫡，作速设法与公子回秦。消息人是谁？不知道！两句话也说得不明不白：嫡子立的是谁？如何立得？老秦王王命还是太子自作主张？全不清楚！嘿嘿，只怕不能凭这一纸之言轻举妄动。”

“老夫之见，你老兄弟这次却是妖狐多疑也。”薛公悠然笑道，“秦赵交恶，此等事本是极端机密。消息人准定是半公半私，公事私办。万一走漏消息，也是个扑朔迷离，使赵国难以判定真伪。能用已经消失的古籀文密写，足见消息人对吕公学问底细知之甚深，准定认为这两句话足以明事，无须蛇足之笔。吕公以为如何？”

“薛公所言不差。”吕不韦折叠起羊皮纸装入贴身皮袋，起身一拱，“两公且随我到书房计议。渲妹，你与西门老爹立即清理庄园，紧要物事悉数装车。越执事，立即赶到无名谷知会荆云义士。”说罢与毛公薛公匆匆出了大厅。

仓谷溪立即忙碌了起来。

四 峡谷丛林的蒙面马队

暮色时分，一队车马辚辚出了庄园，到得仓谷溪口分作了三路：两辆垂帘辎车驶上了邯郸大道，两匹快马箭一般驰向了西北方向的山塬。大约半个时辰，两匹快马进入了一道险峻的峡谷，迎面一骑飞来禀报说，荆云义士已经在河谷丛林聚集马队等候了。吕不韦说声走，一骑当先飞入了林木莽莽的大峡谷。三五里之后，峡谷渐渐开阔，淙淙水流旁高耸着大片青黄苍苍的胡杨林，进入林中一箭之地，朦胧月光下每株形如伞盖的胡杨树下都耸立着一尊黑黝黝的物事，马罩皮甲人戴面具，铁塔般岿然不动。待吕不韦走马入林，黑黝黝铁塔们突然刀光闪亮整齐一呼："参见吕公！"

"诸位义士，"吕不韦在马上一拱手，"中秋将至，不韦特来拜会，盘桓痛饮！"话方落点，林中又是一声谢过吕公的欢快呼声。喊声方息，右前一骑沓沓走马到中间高声道："壮士兄弟们！荆云告知诸位一个重大消息：吕公业已将我等一百零三人家室全数安置妥当，每家三百金加两百亩良田！我等既往罪责，一概从官府了结除名！自今而后，兄弟们不再是官府追拿的要犯，家小族人也不再为我等所累！此等大德大恩，我等何以为报？"

林中铁塔们一片沉寂，骤然一阵夹杂着唏嘘哽咽的雷鸣般吼声："追随吕公！效忠吕公！死不旋踵！"队前荆云又高声道："吕公之意：我等护商使命业已告成，中秋之后便可各归故里，重操桑麻耕耘。哪位弟兄若有未了之事，今晚可说明，吕公当在旬日之内理清事端，保我等安然离赵。兄弟们意下如何？"奇怪的是林中一片沉默，唯有粗重的喘息夹杂着偶然的战马喷鼻清晰可闻。吕不韦有些惊讶，看看荆云正要说话，林中一人高声问道："荆云大哥如何打算？回归故里么？"荆云一拱手道："兄弟既问，荆云明说不妨：当年吕公救我出黥刑苦役，此恩不报，我心不泯！目下吕公大事正在最后一步，荆云要送吕公安然出赵，再行离开，不能与诸位兄弟同走。"林中铁塔们顿时一片骚动，一个声音喊道："大哥说得好！我等谁个不是吕公涉险犯难救于牢狱刑场？

大哥不走，我等如何走得！”“对！大哥不走，我等如何走得！”“我不走！”“我也不走！”“任侠之风，岂能不报而走！”一片嚷叫声终于汇成了一片吼叫的巨浪：“吕公不离赵，我等不离赵！”

荆云走马过来低声道：“吕公，诸位兄弟同心，我也无能为力。”

“也好，我来说透。”吕不韦走马上前几步，一拱手高声道，“诸位义士，吕不韦当年所为，皆是感念诸位侠义高风，憎恨官府苛政害民。倏忽十余年，诸位与吕氏商社甘苦共尝，栉风沐雨历经艰险，方保得吕氏商社庞大车队屡遭劫难而无一次倾没。若非如此，吕不韦岂能成事！十余年来，义士马队战死者十三人，负伤者九十六人。每念及此，不韦痛心负疚无以复加。此等流血拼杀之大功大德，报偿吕不韦昔年破财救难虽百次而有余！谈何不报而走？纵是专诸、聂政、豫让再生，谁个敢说诸位义士不报而走？”马队寂然林风习习，吕不韦不禁一声哽咽，稍稍平静心绪又道，“今日所以遣散义士马队，无得有他，皆因不韦行将弃商从政。政者，正也。战国变法百余年，各大国都是政肃法严，不韦将成官身，安能有私家马队追随？不瞒诸位义士，今秋之内吕不韦要离开赵国西入秦国。诸位都是山东义士，各人家族与秦国或多或少都有血战仇恨，若随不韦入秦，心下岂能坦然？不韦心中无他，唯念诸位任侠之士，回归故里便是各得其所，不韦也心无挂牵了。”吕不韦说罢翻身下马，对着林中铁塔般的马队深深一躬，“此心唯诚，诸位义士体谅。”

林中马队肃然无声。依着战国之风，这便是不赞同却又几句话说不清。荆云见状走过来低声道：“吕公，我看先不说此事也罢，左右不在几日。回头我与兄弟们先私下说说再说不迟。”“也好！”吕不韦慨然一笑向林中一招手，“兄弟们，今夜月明风清，各国老酒应有尽有！走与不走姑且不说，我等先来个一醉方休！”

“吕公万岁——！”林中一片欢快的呼喊。

一场豪侠夜饮直到东方发白。胡杨林中篝火熊熊酒香弥漫一架架烤羊烤猪蔚为大观，红木酒桶咕咚咚抬来轰隆隆滚去，骑士们卸甲摘面大陶碗酒花飞溅，丛林河谷一片呼喝笑语。吕不韦醉了，荆云醉了，所有一百零三名骑士都醉了。直到落日西沉又是暮色，吕不韦两骑才出了谷口，一路之上心绪说不出的百味杂陈。

这支马队与吕不韦实在是血肉相连。

二十年前，他初入商道与田单达成第一笔盐业买卖之时，深深体察到了行商长途运货的艰险。从即墨海滨的盐场到中原大市，迢迢千余里，一二百辆牛车，三五百号人马，当真是谈何容易。然则，行商最要害处尚不在这事务繁难，毕竟战国之世比起春秋时期的诸侯林立关卡重重路途要通畅许多，只要有几个精于运筹的执事与主东齐心协力，做到井然有序忙而不乱倒是不难。行商之要害，只在一个险字，险则在于盗。盗，是春秋战国之世对游离于官府法网之外的乱民的称谓，几类后世所说的匪。战国之世大战连绵天灾人祸此起彼伏，所滋生的“盗民”比春秋之世大大增多。盗民者，或是大战之后被丢弃的伤兵无计还乡，或是各国逃出的苦役犯（刑徒）、复仇杀人犯不敢还乡，或是各种各色的逃逸奴隶无乡可还无家可归，或是大饥馑后残留的奄奄孤儿，或是逃离本国苛政远走他邦却依旧流离失所。凡此人等流窜啸聚汇于各邦国交界处的险要山川，官府鞭长莫及，穷山恶水地薄无收，狩猎亦不足以存活，成就了以劫掠商旅富豪与小国辎重粮仓为生计的盗群。

初为盐商，吕不韦对要隘劫道者或送一笔金钱，或卸下半车一车盐袋，或丢下几口袋商旅路上必备的干饼酱肉加几桶好酒，总是求买得个路途通畅人马无伤。然时间一长，盗们得寸进尺胃口膨胀，大盗群动辄便要五七车财货，吕不韦不堪重负了。恰在此时，田单在即墨抗燕，吕不韦受托做起了秘密供给齐军物资的总筹办，无论是分散采买或是集中运送，件件都是大宗生意十分火急绝不能中途出事。开初几次，都是鲁仲连亲自带领着临时招募的一支马队护送货车。半年之后，吕不韦深感诸多不便。一是牵累鲁仲连不能专一襄助田单；二是匆忙招募的骑士难免良莠不齐，几次被盗群首领收买，若非鲁仲连与几名骨干骑士奋力血战，车队便是全数被劫。

反复思虑，吕不韦请鲁仲连举荐一个义士，重新物色遴选可靠武士，组成一支可共患难甘苦的护商马队。鲁仲连也正在焦虑即墨战事危机而不能脱身，听罢连连点头，说齐国有一个义士堪称当世任侠，只怕你我目下财力起他不出也。吕不韦问此人何在？鲁仲连说，此人被齐南百姓呼为“鱼鹰游侠”，现在莒城以东百余里的一座刑徒营服苦役；燕军破齐后，燕将秦开奉乐毅之命，立即占领了齐国南部这座关押三万余人的牢狱大营，要将这些刑徒押送回燕国填充劳役。为宣示燕军的王师仁义，乐毅通告齐人：旧齐国苛政，刑徒多有冤狱，齐人可以金钱财货赎救罪犯还乡，无人赎救之刑徒听凭燕军处置。

吕不韦笑道：“此公人望甚高，岂不早被人赎救了去？”鲁仲连愤愤苦笑：“你却懵懂！齐人鸟兽四散，财货被燕军大掠十之八九，谁个有重金赎救刑徒？空头仁义，乐毅骗得谁来！”“原来如此也。”吕不韦恍然大悟，“此番你押送海船北上，我去莒城燕军大营。”

三日之后，两人水陆两路分头北上。吕不韦到得莒城，在城外难民聚居的山谷寻觅到了一个昔日富豪的田姓齐人出面，自己扮做家老跟随，找到了燕军大营求见主将秦开。秦开听罢诉说冷冷一笑：“此人顽劣入骨，在刑徒营鼓噪越狱，明日正要明正典刑，不在赎救之列。”吕不韦抢前一步拱手笑道：“我家主东原与此人无甚关涉，赎救与否皆无所谓。只是我家主东深受旧齐苛政之苦，要给齐人做个表率，以示燕军仁政无虚。此人在狱虽则刁顽不堪，昔年却做得许多好事颇有人望，若赎救得出，齐人对燕军自是刮目相看。将杀之际能许赎救，则更见燕军宽厚爱人，我齐国子民拥戴无疑。老朽此言，尚望将军三思。”秦开沉吟一阵笑道：“一个家老竟有如此说辞，难得也！如此稍待，我禀明上将军定夺。”

次日清晨，一队骑士护卫着一员大将飞到燕军大营，上将军乐毅亲自前来处置这件事情了。乐毅说此人虽可赎救，然须多出一倍赎金，否则无以惩戒顽劣之民，纵有仁政依然落空。吕不韦连忙扯了扯“主东”衣襟，“主东”慨然应允了。

这个“鱼鹰游侠”被抬出肮污不堪的洞窟时，已经遍体鳞伤奄奄一息了。粗通医道的吕不韦立即清洗了鱼鹰游侠的伤口，清楚地记得大小伤口共是六十六处。然后用浸透药汁的大幅麻布将人包扎停当，抬上了铺有三层兽皮的密封辎车，亲自驾车昼夜兼程回到了陈城。商社的西门老总事已经接到消息，请来了隐居荆山的楚国万伤神医。大布打开，须发如雪的老神医看得一眼已皱起了眉头："此人内伤外伤新伤旧伤重重交叠，毒脓遍体，命在旦夕，老夫也是无能为力也。"吕不韦大急，一声闷哼栽倒过去。片刻醒来，老神医沉吟道："伤不难治，毒脓难消。若得钩吻草三枝、鸩羽一枝，或可有救。只是此物实在难觅也。"吕不韦霍然起身转身便走。也亏了是在这南北商旅交汇的陈城，两日之内，吕不韦居然以三千金的骇人高价从一个岭南大药商手中买得了两种剧毒之物。老神医将鸩羽入酒，再用人们闻之变色的鸩酒清洗毒脓渗溢的伤口，割去腐肉，又用钩吻草熬成的药汁浸布包扎新肉伤口。如此这般一月有余，鱼鹰游侠竟神奇地起死回生了。

三月之中，游侠只整日在后园林中默默转悠，即或在吕不韦为他举行的庆贺小宴上也是沉着黑脸一言不发。吕不韦也从来不说事体，只隔三岔五地到林中茅屋谈天说地请教剑术。游侠似乎不耐聒噪，对吕不韦的谈笑风生始终只是默然相对。一次终是难忍，举着大陶碗咕咚饮尽大手一抹嘴角道："公既赎我，又救我命，有死事但说，何须整日絮叨！"吕不韦顿时闹了个大红脸，肃然一个长躬到底："君为任侠，不韦从鲁仲连处闻名，心怀景仰故而救君。不韦救君，无买命复仇之心，唯愿与君死生一体图事而已。君但斟酌，若以为不韦所事当得君为便为，不当为则不为。不韦若有图报之心，天地人神灭之！"说罢径自大步去了。

旬日之后，一个月明风清的夜晚，吕不韦接到西门老总事急报，说从岭南运回的皮甲在洞庭湖北岸被山盗劫走大半。吕不韦郁闷心头漫步后园，蓦然却见林下一人赤身跪伏路口背负带刺荆条背上鲜血淙淙，分明正是鱼鹰游侠。大惊之下，吕不韦抢步上前解开荆条扶他起身，自己却一时喘息着说不出话来。游侠深深一躬，低沉地迸出几句话来："公为大义商旅，我为风尘武士，与公生死一体共图大事，自今日始！"

没有说一句话，两人紧紧地抱在了一起，鲜红的血沾满了白麻布袍，滚烫的泪滴满了赤裸的身子……那一夜，两人痛饮了三大桶烈性赵酒，快语如风连绵不断，直到红日高挂谁也没醉。

游侠说他的本名叫荆云，是当年秦国商鞅的卫士荆南的后裔。商君死难，荆南安置了商君的诸般后事逃离秦国，先入墨家。老墨子死后墨家分崩离析，荆南晚年隐名居在了齐国海滨。三世以来，荆氏一族已达到三百余口，武风不衰，代有侠士。荆云出生，三岁开始修习武术根基，十五岁已经是一流剑士，二十一岁加冠，荆云的剑术节操已经在齐东地带有口皆碑了。时逢齐湣王苛政害民赋税繁多，荆云不堪乡里百姓叫苦，带领四乡民众交农罢耕。谁知齐湣王闻报非但没有免赋（劳役）减税（实物），反倒派来军兵缉拿首犯剿灭乱民。愤怒之下，荆云带领荆氏一族与罢耕农人三千余人连夜入海逃上了一座无名孤岛，所有举事乡民无一伤亡。荆云因此得鱼鹰游侠之名。三年后，荆云登陆采买渔船渔具，不意在即墨被官府抓获，定为不赦终身苦役，当即黥刑刺面押到齐南刑徒营单窟关押。两年后，成了无数绵绵蠕动在原野上的苦役犯之一。

燕军大举破齐，守狱齐军惶惶大乱。荆云极为警觉，立即策动刑徒们在一个深夜大举暴动。杀散惶惶官兵，就要结队逃往就近莒城寻找貂勃做抗燕义军时，燕军秦开部十万轻骑风驰电掣般卷来，将万余刑徒封堵在山口之内。守狱燕将查出了荆云是起事首领，许他以燕国刑徒营总领之官并减所有刑徒罪名，条件是他说服刑徒们安心迁燕做官府终身劳役。荆云怒斥燕将，断然拒绝。燕将大怒，将荆云捆在木桩上用皮鞭抽得半死，又关进了冰冷脏污的石窟。燕将不信世间有如此硬骨头，每日十鞭，非要打服荆云不可。虽日每血流如注，荆云却是一声不出，回到石窟则极为机密地做着联络刑徒们暴动越狱的谋划。若非那个传送消息的齐人老狱吏因说梦话泄风，酷刑之下供出了荆云，刑徒营的风暴在吕不韦到来之前已经再次爆发了……

吕不韦百感交集唏嘘不已，慨然提出要与荆云拜“刎颈”之交[1]。荆云默然良久，摇了摇头。吕不韦难堪不解。荆云说：“大义不在俗交。公图大事，不当死便不能死，何须为全一人之义轻了性命？生若我等武士，本是个战阵生涯，头颅悬于腰间说丢便丢。与公刎颈，全小义而废大义，实则不义也！”吕不韦无话可说，请荆云出任商社总执事。荆云又摇了摇头说：“公所缺者非商道之才，实武士之才。譬若田单昔年经商，有

---

[1]　战国习俗，一人死，另一人得自杀（刎颈）跟随，是谓同死。

两百敢死马队，非但保得商路无恙，且能撑持鲁仲连呼风唤雨纵横天下。荆云自认武才不差，定然为公谋得百人死士以济缓急。然却有四请，公须切实做到。”吕不韦肃然点头。荆云便说出了四个条件：一不参与商社任何事务，二不出席任何公开酬酢，三不对任何人泄露马队武士的姓名身世，四不接受除吕不韦之外的任何人差遣。

吕不韦记得，他郑重地接受了荆云的全部四请。

一个月后，荆云容貌大变，一个俊秀英挺的青年永远地消失了，站在吕不韦面前的竟是一个连鬓虬髯面若涂炭分不清年龄的精悍汉子。吕不韦热泪盈眶哽咽难言，虬髯汉子却一拱手去了。半年之后，吕不韦有了一支三十人的马队，两年之后，马队逐渐增加到一百一十六人，从此有减无增。荆云说，快速马队不若战阵大军，贵在精悍，百人足矣。所有这些骑士，都是荆云秘密物色的特殊死士，不是为民获罪而成刑徒，便是仇杀逃匿而成流民。荆云物色一个，吕不韦周旋解救一个，数年之间整整支出三万金之巨！

从此，吕氏商社的车队经最初两年的十多次实力闯盗关之后，从来没有出过大事。荆云不是一个草莽侠士，而是一个机谋深沉果敢明断的首领，他不断通过各种途径与各色盗群结交，十多年下来，山东六国畅通无阻。吕不韦深为感慨，几次对荆云叹息：“兄弟大将之才也！生逢战国之世正当其时，不若出世为将，不韦当全力襄助。”素来不苟言笑的荆云哈哈大笑：“倘若吕公一日为相，荆云自当为将！”一句话说得吕不韦也是哈哈大笑。

三年前商事收手，吕不韦要安置武士遣散马队，荆云却总是摇头，这件事便搁了下来。直到吕不韦咸阳归来，才说动荆云，开始动手诸般安置。荆云不闻不问，依旧恪守约定信条，恒常如一地住在峡谷丛林，整日带着马队驰骋演练。今次前来，吕不韦似觉马队武士们有些变化，面具马甲整齐，直与秦国的铁甲锐士一般。本想问来，终因素来不干荆云马队铺排，也便没有说出，只是在心头压着一个心思：骑士们要走在我后，该如何疏通赵国关隘放行？

“先生，老总事！”越剑无扬着马鞭遥遥一指。

斜阳之下，一辆青铜轺车如飞而来，前厢驭手挽缰挺立雪白的须发散乱飘舞，一看便是西门老总事驾着吕不韦的高车来了。这辆轺车在吕不韦图谋入政长住邯郸后极少使用，一则是这辆车全部青铜打造华贵讲究三马系驾，行止太过惹眼；二则是轺车只有伞盖而无辎车垂帘，乘者或坐或站都被路人看得清楚，如此便多了许多路途应酬。今日西门老总事亲自驾着青铜轺车迎出仓谷溪，必有意外之事。

“西门老爹，何等事体？”勒马之间吕不韦高声一句。

“咸阳密使到了！”老总事也是刹车之间高声一句，又抖着马缰将车兜过喘息着笑道，“来人做派甚大，我驾出轺车迎你回去，免得他人笑我商社寒酸。”

“咸阳？密使？”吕不韦大是惊讶，“奉何人之命？有书信么？”

“大势派也！”西门老总事咋舌一笑，“甚都不说，只说要见吕公。”

吕不韦下马登车笑道：“老爹也是，管他甚做派，我是我便了。走！”

五　一波三折　先机行险

夕阳时分，幽静的河谷山道罕见地热闹起来。

一队黑衣武士与一队红衣侍女清一色的黑马长剑，簇拥着一辆锃亮的青铜轺车辚辚隆隆地开进了仓谷溪庄园。远远看去，仿佛一团乌云托着雨后的太阳在山谷漫游。马队轺车之后，远远跟着一队嘎吱嘎吱大响的牛车，每车都苫盖着一张棕色的防雨牛皮，将高高隆起的车厢裹扎得极为严实，直是一座座小山在河谷蠕动。拐过一个弯道，河谷深处的山头上一座竹楼抖动着红色幌旗遥遥在望。青铜轺车中一声令下，前行骑士一马飞出摇着一面黑色小旗直奔庄园，报号之声回荡山谷：“远方客来拜会吕公——！”

“敢问何方贵客？”正在忙碌的西门老总事闻报出来，实在有些不明就里。

“咸阳客到，作速禀报吕公。”骑士勒缰圈马丝毫没有下马的样子。

老总事呵呵笑道：“大宾自远方来，也得有个名号，否则何以禀报？”

“多事！”骑士用马鞭一指，“你只说咸阳密使到，余事莫问！”

“贵客稍待。”老总事一拱手匆匆回了庄园，吩咐仆役停止善后忙碌立即收拾厅堂庭院，又到山腰书房对夫人陈渲禀明请她暗中指点诸般应酬，自己备好青铜轺车出了庄园。到得大门，见马队轺车已经到了庄园外车马场，后队牛车尚在络绎涌来，老西门连忙下车走过去对着青铜轺车一躬：“老朽乃吕公家老。我家主东访客未归，请大宾进得庄园稍候，老朽去迎接主东。”

“不晓得吕不韦忙了。”轺车上一个楚音极重的黄衣中年人矜持地叩着伞盖铜柱四面打量，“以堪舆之学，此地有龙虎之象了！晓得无？”轺车左右两名颇显斯文的骑士连连点头呼应。中年人又转身盯住了西门老总事问：“吕不韦通晓阴阳之学？”见西门老总事笑笑不置可否，又蓦然惊乍：“咿呀！那辆轺车上等货色！家老用车了？”西门老总事谦恭拱手：“禀报大人：此车为我家主东之高车，寻常不用。敢请大人随吴执事入庄歇息等候，老朽迎接主东片刻即回。”“好说了！我等等吕不韦无妨。”黄衣中年人矜持地笑呵呵下车，在武士们簇拥下进庄去了。

一路听老总事说了诸般细节，吕不韦心中的疑云越来越重。咸阳与他有涉者，唯蔡泽与华月夫人。蔡泽已有极为隐秘的籀文密书，再派密使显然蛇足了。华月夫人精明能事操持秘事尤为练达，纵是不知吕不韦与蔡泽之间的秘密而要给吕不韦预闻消息，又岂能派如此一号神道兮兮的人物来做密使？果真如此，又有谁能直派密使招摇入赵？太子嬴柱么？事关重大又是利害贴身，似有可能。然则，太子嬴柱秉性粘连少断唯王命是从，似乎又不是独行其是的人物。如此能是何人？老秦王么？吕不韦心中猛然一动，连自己也吓了一跳。以密使之势派，似乎只能是王命。老秦王晚年多有出人意料的密行，似乎也不能排除其匪夷所思之举——派一个善于作伪示形的秘事能臣前来，再以商事遮掩，实则给吕不韦部署嬴异人回秦之法？果真如此，必有后手。然则，秦赵断绝邦交多年，能有何等后手？使节无用，大军施压也无用，甚至是令山东六国闻之变色的黑冰台都对睡觉也睁着眼睛的赵国无计可施，老秦王又能有甚个后手？若无后手，派如此一个密使前来岂非还是蛇足？直到辎车进了火焰般的胡杨林山道，吕不韦还是理不出个头绪来。

“山后进庄。”吕不韦轻轻吩咐一声，辎车远远绕过庄园车马场驶进了草木荒莽的山谷。这是一条完全没有路径痕迹的密道，看去一片齐腰深的荒草，草下却是平整的车道。绕过山头，辎车进入了一座草木遮掩的山洞，停好车马，三人从山洞密道直接到了山腰的起居庭院。吕不韦吩咐西门老总事先去正厅应酬，越剑无带领几个仆役上山头望楼，自己进了书房。

陈渲刚刚回来，说厅中尚算安然，进庄人马连同牛车夫总共三十二人已经酒足饭饱，密使与两男两女四名随从正在厅中饮茶。“你没闪面？”吕不韦问得一句。陈渲摇头一笑低声道：“这个密使是楚人，如何却是秦使？你须谨慎才是。”吕不韦心中猛然一亮，点点头出了书房，进得大厅一躬：“濮阳商旅吕不韦见过公子。”

“哎呀不敢了。”正中座案前的肥胖黄衣人呵呵笑着一拱手却没有起身，反倒是主人一般虚手一请，“吕公入座说话了。”吕不韦满面春风地坐到了下手，只笑吟吟看着黄衣人不说话。黄衣人悠然呷得一口热茶笑道：“初入邯郸，尚算可人。不想赵国经长平大战，竟没有被我大秦打得趴下，啊！”说罢见吕不韦依旧只笑不说话，径自一阵哈哈大笑，“吕公呵，我是华阳夫人与华月夫人的胞弟，芈亓，受命前来。”吕不韦这才笑道：“敢问公子封爵？官居何职？”黄衣人矜持地笑了笑：“吕公有士商之名，何以如此世俗？秦国那爵位官职，都是要血汗凭证方得做的，谁却歆羡了？芈亓只做个逍遥商，在秦楚间做珠玉皮革生意，强如封君封侯了。”吕不韦呵呵笑道：“不想公子贵胄，却与吕不韦有同道之好。公子若欲在三晋开辟商路，不韦可效犬马之劳。”黄衣人大笑一阵连连点头叫好，末了骤然凑近吕不韦低声急促道：“实不相瞒，两位老姐姐总想要我做做国事公差，鼓捣个封君爵位。我没那兴致，老姐姐就急。这次嘛，也是老姐姐逼我来也，说是要助她一臂之力，也给我挣得些许功劳。我要不来，还真不晓得邯郸有大生意，有吕公这等义士了。老兄弟跟我芈亓搭手，决然无差了。两三年谋个五大夫爵准定了！晓得无？”

“谢过公子。”吕不韦一拱手，“敢问两夫人托公子做何生意？”

“哎呀！夫人爵比王后只差着一等，用做生意？”芈亓的大笑中有着矜持有着鄙夷也有着恍然，信手从袖中抽出一个竹筒一晃，“看看，这般生意了。”身后一武士装束的少女立即双手接过捧给了吕不韦。吕不韦不理会芈亓神情，默默启开泥封掀开铜盖，抽出一卷羊皮纸展开，两行齐整的小字：

> 吕公如晤：王命秘颁，子楚立为太子嫡子。华阳夫人思子愁焦，派胞弟芈亓入赵援手，以保子楚早日归秦，吕公亦建不世大功。华月手字。

思忖片刻，吕不韦笑问一句：“援手二字何指？”

“哎呀！如此一件大功送到面前，你却没事人了！”芈亓又气又笑地站了起来指点着吕不韦，“援手便是援手！你吕不韦一个商人，能办得如此大事？”

“公子莫急，送来大功，自有重谢。”吕不韦恍然一笑，向身后西门老总事低声吩咐了两句。西门老总事快步出厅，片刻推来了一辆精致的两轮小铜车。吕不韦一拱手道：“公子既是珠宝商路，不韦奉献一物，敢请笑纳。”老总事推过小车，当的一声掀开小车厢铜盖又揭去一层红锦——厅中光芒一闪，两厢灯烛顿时黯然。

“哎呀！”芈亓的眼睛立刻瞪直，“南海龙珠！晓得无？魏惠王才有了！”

“宝物藏于识家。自今便是公子之物。”

“哎呀吕公！”芈亓惊乍地笑着大步走过来伏身凑到吕不韦耳旁神秘地一阵咕哝，又回身对一个黑衣武士一招手，“你过来。吕公，有他万无一失了！”黑衣武士走过来神态稳健地一拱手：“在下芈戡，见过吕公。”吕不韦心知此人必是华月夫人当初交代给他而他却从来没有联络过的那位“黑冰台”族侄，笑着一还礼道：“不知两位如何谋划？公子如何行止？”黑衣武士道：“公子住邯郸，与在下监视平原君府，掩护吕公与子楚公子相机离赵。赵国若察觉追赶，我等断后！”见吕不韦沉吟不语，黑衣武士有些不悦，“不当之处，尚请见教。”吕不韦思忖道：“谋划并无不妥。只是敢请公子住在仓谷溪，不宜住邯郸。”

“哎呀！这是何道理？邯郸大市，不玩玩行了！”芈亓大急。

“恕我直言。”吕不韦罕见地没有了笑容，“邯郸‘黑衣’[1]极多。公子奢华好酒秉性外向，万一有差，我等多年绸缪毁于一旦。敢请公子包涵才是。”

“岂有此理！”芈亓面红耳赤地挥着大袖叫了起来，“本公子王公诸侯见得多了，车载斗量！你吕不韦见过甚了？无非害怕赵狗而已！涉世浅，好大口气了！本公子偏住邯郸，做一回大事你看了！”气咻咻喘息一阵大袖一甩，“两个老姐姐给你带来十车秦货，抵得你那没用的龙珠了！走！”

吕不韦没有丝毫气恼，只对黑衣武士连使眼色。黑衣武士皱着眉头低声道：“我这族叔原本神道兮兮，痴犟！在下无法，吕公再劝只怕要出事，我上心防备便是。”吕不韦无奈地叹息一声，良久愣怔着说不出话来，听得车马声隆隆远去方才蓦然醒悟，立即唤来越剑无吩咐飞马邯郸去请毛薛两公。

天亮时分，毛公薛公匆匆赶到。听吕不韦一说事体，薛公大皱眉头，毛公勃然变色：“甚个夫人？饭桶！蠢鸟！”薛公摇摇手制止了毛公吼骂，思量道：“事已至此，最险者是这只蠢鸟再粘上异人公子，勾连出事端。老夫有上中下三策应对：上策，毛公设谋三五日内尽快将这只蠢鸟赶出邯郸；中策，公子与吕公立即物色隐秘新居，尽快搬入蛰伏不出，给他来个泥牛入海，待他无趣而归再相机而动；下策，异人公子搬迁新居，吕公原地不动应酬各方。两位以为如何？”

“嘿嘿，你老哥哥这上策只怕不中。”毛公将大案叩得梆梆响，“没听说那只蠢鸟是个痴犟，身边还有个黑冰台侄子？要赶走，无非是酒徒赌徒市井痞子诸般人等骚扰不休，可那蠢鸟仗着财大势大，必定是非但

[1]　黑衣，赵国王室武士，后来成为王室直接控制的探事秘密斥候。

不走还要硬对着大闹，届时召来邯郸官府，岂非将暗事做成明事？不中不中！”

薛公红了脸道：“不中不中，你只谋划个中的来，急吼吼有用？”

“不韦之见，下策可行。”吕不韦一番思忖道，“中策似有不妥。若两方一齐遁去，反倒是着了形迹，只怕平原君府要先起疑心，缓急有变又不宜突兀出面，反多有不便。下策水到渠成。公子大婚时我等已经扬言公子要搬迁府邸。此正当其时也，禀报平原君也是顺理成章，只要那个黑冰台一两月查不出踪迹，便算过关。”

“吕公决断甚当！”薛公当先赞成。

“嘿嘿，也中。”毛公摇晃着白头，“要那黑冰台小子踏勘不出，老夫倒有一法，你等放心便是。只是嬴异人那小子要否事先叮嘱清楚，老夫心中无底也。”

吕不韦默然点头，思忖片刻道：“此事不是太难，只要相烦毛公。”

“嘿嘿，对老夫也客套了？你只说个法子，甚个烦不烦！”

“卓昭冰雪聪明，只找她说明利害。”

薛公连连摇头：“要是卓昭，该当吕公去说，毛公不管用也。”

“……”吕不韦尴尬地笑笑，一句话也说不出来。

“老哥哥懵懂！”毛公煞有介事地挖了薛公一眼，又得意地嘿嘿笑了，“如何忘了这小妮子也。中！此事老夫包揽，准定有用。”

又议得一阵将诸般细节靠实，匆匆用过中饭，三方立即分头行事：毛公去异人府邸稳住阵脚，并联结昔日酒徒赌友大行骚扰黑冰台的疑兵计；薛公陪嬴异人去信陵君平原君府邸拜会，借机请准平原君许其迁宅；西门老总事立即进入邯郸物色新宅，越剑无则带着一名精明少仆便装飞马跟踪芈亓一行；吕不韦坐镇仓谷溪如常应酬部署善后。旬日之间，一切安置妥当，嬴异人迁入一处出城极为便捷的隐秘宅第，最令人担心的芈亓一行，也安然无事。

吕不韦大大松了一口气，眼见秋风萧疏行将入冬，与毛公薛公细密商议，定下了一条不着痕迹的出逃之策：秋冬之内一面缓缓疏通平原君与沿途各方关隘，一面将需要离赵入秦的诸般人士以各色名目在开春之前离开邯郸入秦，只留下吕不韦毛公薛公嬴异人夫妇与越剑无；来春启耕，六人六骑以踏青为名出邯郸悄然西行，一日之内进入离石要塞，使平原君无从觉察。三人反复计议揣摩了其中诸般细节，一致认定此策可行万无一失。吕不韦久经商旅秘事，立即做了周密部署：毛公薛公加嬴异人夫妇，只管交结平原君信陵君府邸上下诸般人等，务必成就"秦子楚不思故国，醉心赵酒胡女"的口碑，而使信陵君蔑视平原君松弛。吕不韦特意叮嘱最放得开手脚的毛公："邯郸之举，譬如当年勾践之示形于吴王夫差，成与不成，便看此处！半年之内，公若挥洒得万金之数，大事底定也！"薛公摇头道："吕公只怕老夫小本生意做惯了不敢挥洒，错也！此事须得有度，豪阔过甚犹不及矣！"毛公嘿嘿一笑："老哥哥差矣！不韦老兄弟岂不知过犹不及？无非要你我另辟蹊径，花钱而不显铜臭，岂有他哉！我看中！老哥哥只场面定舵，铺排大雅有我，只不韦老兄弟不要事后心疼！"三人一阵大笑。疏通西行关隘与他人分期入秦的两件大事，吕不韦交给了西门老总事。这位老爹撑持商社事务三十余年，处置此等买路上路事务之老辣精到连吕不韦也自叹弗如，交给老人完全放心。

留给吕不韦须得亲自处置的一件大事，只有荆云的丛林马队。若如骑士们坚执之说，吕不韦与嬴异人等离赵后骑士们再散，便得先期筹得足够一年的粮肉及诸般用品，并得时时疏通赵国的邯郸将军，不使其以"剿盗"为名生出事端。这一切，若是吕不韦依然在赵，自然百事皆无。战国大商皆有护路马队是通行规矩，吕不韦又是长期供应赵国兵器材料的名商，任谁也不会为难。然若吕不韦带着秦国人质突然消失，赵国岂能放过这支马队？一番思忖，吕不韦决意再次与荆云会面，务在明春之前妥善安置了这支义士马队。

火焰般的胡杨林中，商讨计议持续了一个夜晚。荆云与十位什长终于赞同了吕不韦的新谋划：马队骑士全数进入齐国即墨做骑兵，挣得官身后各人自选前程。吕不韦立即派人与齐国安平君田单联络齐军接纳事宜；一俟音信有定，或冬或春，马队便以护商之名离赵入齐。议定之后吕不韦心中大石落地，与骑士们整整盘桓痛饮一日，逐个听了骑士们的新近家境状况，记下了几个人要在邯郸了结的难题，趁着月色回到了仓谷溪。当晚吕不韦修书一封，派越剑无兼程赶赴临淄。入冬之际越剑无风尘仆仆地赶回，带来了田单回书：已经飞书即墨将军接纳骑士，开春之际马队即可东来。吕不韦倍感轻松，破例与即将先期入秦的夫人陈渲痛饮了一番，醺醺大醉。

冬日一天天过去，眼看河冰消融杨柳发出新枝，独守仓谷溪的吕不韦前所未有地不能平静。正月十五，越剑无从邯郸报来消息：芈亓在邯郸已经住遍了所有的上等客寓，腊月住定胡寓云庐不再挪窝，整日与三名金发胡女胡天胡地；原本说正月一过要回秦，近日却说要买下三名金发胡女带走，正在与胡寓主东讨价还价，一俟买定便走；芈亓笃信阴阳之学，上路日子选在了“龙抬头”的二月初二。毛公薛公也是日有佳音：嬴异人新宅第宾客不断，与邯郸名士已经非常交好，也成为信陵君平原君两府的座上大宾；在薛公周旋下，信陵君已经答应举荐嬴异人给平原君，请平原君为嬴异人在赵国谋得一个大夫爵位；说定那日，信陵君哈哈大笑，说人质公子如嬴异人者，异数也！异人在平原君酒宴上兴致勃勃地说到春日踏青，平原君当即欣然拍案：“二月踏青放歌，公子可与国人同游，品我雄强赵风也。倘有中意女子野合，可破例城外露营一宿！”此言一出，举座哄然大笑……

一切都出乎意料地顺利，吕不韦心下反而不能平静了。

正月末这一夜，吕不韦几次从梦中惊醒，心头怦怦直跳，裹衣而起，在燎炉前盯着红幽幽的木炭转悠起来。是高兴得心潮难平么？不是！吕不韦清楚地记得，这种心悸生平只有一次，那是田单火牛阵大破燕军的前夕，他乘大海船亲自押送猛火油与油脂松木的那一路。若说当年还掺着几分初经大事的紧张恐惧，目下这件大事却已经是绸缪已久处之泰然，还能是紧张恐惧么？不是！吕不韦从来不凭神秘兮兮的邪说断事，却也隐隐约约地相信魂灵深处的警示——心象异常，必有异事！如此说来，谋划中有漏洞？

怔怔凝视着发白的木炭火反反复复地斟酌分解着每一个细节，吕不韦依然莫衷一是。窗外霜雾弥漫，细微的唰唰声弥漫天地如同万千春蚕在吞桑吐丝。突然，眼前燎炉“啪！”地弹起一个爆花，一片带着火星的炭灰打上额头，烫得吕不韦一个激灵，心头猛然一道闪亮——芈亓！最可能出事的环节！如此一个不伦不类的人物在邯郸大张旗鼓地挥霍一秋一冬，以平原君信陵君之老谋深算竟不能觉察？再想回来，若你吕不韦是平原君，觉察了这天大秘密又当如何处置？

吕不韦心头猛然一颤。

正在此时，一阵急骤的马蹄声敲打着冻土在峡谷中如战鼓雷鸣。庭院战马尚在嘶鸣喷鼻，越剑无已经裹挟着一阵寒风冲了进来：“先生，出大事了！暮色时分，芈亓带着一个胡女，与几个士子模样的醉汉出了胡寓，至今未归！我等三人已经秘密打探了三个时辰，还是没有踪迹！”

一阵冰冷倏忽漫过身心，吕不韦骤然生出了一阵身临悬崖绝境的眩晕。他牙关狠狠一咬，挺直了摇晃的身躯，心头豁然明亮——平原君也一直在示形作伪以静制动，眼看芈亓要拔脚回秦，悄然收网了！“不用找了，人在平原君府。”吕不韦向越剑无摆手一笑，随即低声吩咐几句，两人匆匆大步出了庭院。

此时的平原君府邸，灯火通明弦歌声声。

依照久远的习俗，正月年节的最后一日是要聚酒大宴的。“年”是一个蕴涵深远的最大节候，过法也极是漫长讲究：腊月便开始敬天敬地向天地禀报年来祈祷，“年”初是举家欢乐享受天伦，随后几日渐渐延及族人亲戚，“年”中（后世称为元宵节）社火，弥漫村社乡里一团红火，“年”末则是宾朋大聚。年末之重要在于窝冬之期真正结束，春日耕耘真正来临，最后聚得一日共勉痛饮就此开元，显得分外不同寻常。还在“年”初之时，平原君约定了与信陵君并一班名士在自家府邸年末聚饮。客居他乡的信陵君无心此等应酬，推辞笑道：“你那府邸官事忙乱，要聚饮到我破园来。”平原君神秘地一笑：“还是我那里，聚饮事小，教你看一出滑稽戏。”信陵君淡淡一笑浑没在意。

年末这日雨雪纷纷，午后有高车驶到信陵君府邸门前，却是平原君门客总管毛遂亲自驾车来接。信陵君不好拂意，知会一班门客名士相跟了去。进得平原君府邸，最大的第二进庭院全部搭起了牛皮帐篷，三百多张大案密匝匝摆开，百余盏红丝风灯悬吊一圈，照得大帐院一片通红。身处帐中，天外雨丝雪花摇曳飞舞，帐内酒香弥漫冠带满座，别有一番况味。待信陵君与门客名士就座，平原君高声宣布开鼎。酒过三巡，天色黑了下来。正在司礼高声宣呼舞乐登场之际，平原君一扯邻座信陵君衣襟眼神示意，信陵君起身跟着出了庭院大帐。

绕过一片冰封雪雕的大池，是第三进书房。两人落座，侍女捧来滚烫飘香的煮茶。信陵君品茶不说话，分明是要看神秘兮兮的平原君如何抖开滑稽戏的秘密。平原君却是笃定，对信陵君狡黠一笑，啪啪两掌。

掌声方落，一股醺醺酒气裹着一个肥胖的皮裘黄巾人从大屏后摇了出来，摆得几摆，黄巾人终于飘手飘脚地坐到了旁边一张案前，一阵大喘气道："快！快送我回胡寓云庐了。云庐！晓得无？否则，有，有你两老匹夫好看了！"平原君突然拍案："芈亓！实在说话，你入邯郸意欲何为？借醉隐瞒无甚好处！"黄衣人猛然一个激灵："你，你等何人？这是甚个所在了？"平原君微微冷笑："老夫平原君赵胜。座上大宾，赫赫信陵君魏无忌。你还想如何？"

突然，芈亓肥厚的嘴巴张得酒爵一般："你？不怕秦国了！"

"长平大战都没怕，怕个老之将死的嬴稷么？"平原君哈哈大笑间突兀变脸，"若得不信，老夫立即将你这楚秦肥子塞进虎笼，扒出五脏六腑，看老秦王却能如何？"

芈亓骤然失色，忙不迭扑地拜倒不断叩头："不能不能了！两公子大名如雷贯耳，只是此事重大，委实不能泄露，晓得无？唯求两君明鉴了！"

平原君学着芈亓的楚音揶揄笑道："晓得了晓得了，只你对我说我不对别个说自不会泄露了，晓得无？"

"晓得了晓得了。"芈亓呵呵笑着，"我对你说你不对别个说，便不会泄露了。真是！我如何想勿到此番道理了？"

一语未了，信陵君忍俊不禁，噗的一声将一口茶喷得满案水珠。平原君浑然无觉只淡淡一笑："那便说了，说晚了我就对别个说了。"芈亓忙不迭摇手道："不可不可万万不可，对别个一说岂不泄露了？"平原君笑道："你说我便不说，你不说我便说，晓得无了？""晓得晓得，我说我说了！"芈亓哭丧着脸喘息一声，"不！先来一大桶凉茶再说，我心烤在燎炉上，冒火了！"平原君呵呵笑道："心烧没事了，才说得利落了。说完了再茶，凉茶还得热茶晾凉不是了？""也是了。"芈亓转着混沌的眼珠呵呵笑着，"说了无妨，实在也不是大事了。秦王立嬴异人为太子嫡子，秘不示外了。华阳夫人怕日久生变，急欲使异人早日回秦。华月夫人派我做密使，前来襄助吕不韦，要公子早日离赵回秦了。"

"吕不韦与此事何干？"一直沉默的信陵君突兀一问。

"不晓得了！老姐姐只说找到吕不韦便是大功，其他也没说了。"

"你见了嬴异人几次？他要如何离赵？"信陵君又追一句。

"谁见过嬴异人了！"芈亓嚷嚷着，"我是按图索骥，他却没踪迹了！能找见公子，我赖在邯郸吃这西北风了！你不说我还想不起了，你说了我要问了！你，你，说！赵国将公子藏在何处了？你敢杀他了？说，说了！"

"坐了坐了。"平原君轻轻一推踉跄打圈指点呼喝的芈亓，宽大的皮裘裹着黄巾醉汉颓然跌到案前。平原君跟着笑问："既没找见嬴异人，你为何要走了？"

"你你你甚都要问了？"芈亓骤然红了脸吭哧起来，"我为特使，不得回国复命了？再再再说，好了好了说也无妨了！我得了两个女宝，要不走你抢了我找谁去了！"

"两夫人如何选得你做密使了？"

"不晓得么？"芈亓得意地笑了，"入秦芈氏中，我芈亓最周全干练了！"

见信陵君一副厌恶神情，平原君硬生生憋住了笑意一挥手，大屏后出来两个壮汉将醉醺醺的芈亓架了出去。芈亓回头嘶哑着嗓子兀自嚷嚷着："记住了不能对别个说了，说了便是泄露了！凉茶凉茶，你不作数了！"

厅中一片寂然。平原君看看信陵君冷峻沉思的白发黑脸，想笑也笑不出来了，思忖片刻问：“如何处置？君兄可有对策？”信陵君突然拍案，倏忽一脸杀气：“扣下嬴异人！斩首吕不韦奸商！”“好！”平原君一拍掌哈哈大笑，“英雄所见略同！六国命运又有转机也！”信陵君长嘘一声笑道：“你是有备而出，好自为之也。只不要走了吕不韦。嬴异人只是个鞭下陀螺而已，对山东六国还有用。”平原君点头一笑，回身挥手召过站在书房入口的府邸总管吩咐道：“家老亲驾我车去子楚府邸，代我邀他来府聚饮，说信陵君要与他切磋兵法。”家老匆匆出厅，平原君对着门厅一拍掌道：“将军请进。”随着话音，厅外嗵嗵脚步，旋即砸进来一个须发雪白皮甲胡服的老将：“末将赵狄，已等候将令多时！”平原君肃然拱手道：“老将军，今日要务干系重大，许成不许败，方请准赵王调来将军。老将军乃赵国王族谋勇双全之骁将，定可当得大任！”赵狄赳赳挺身：“平原君但下军令，末将万无一失！”平原君从袖中抽出一支灿然发光却比寻常令箭短得许多的金令箭举起道：“老将军带精锐骑士三千，赶赴武安至滏口陉的各条要道，设置关卡严加盘查！若遇不持我令强行过关者，当即拘拿。拘拿不能，格杀勿论！老将军，放走一人一马，你我提头去见赵王！”赵狄慷慨拱手，“嗨！”的一声嗵嗵砸将出去。

“主书。”平原君轻轻一声，一名红衣文吏已经站在了面前。

“你持我丞相官文前往邯郸将军府传令：自明日卯时起，邯郸各门立即戒严盘查；将吕不韦图影张挂，遇得此人立即拘拿！”

“为何不从今夜开始？”见书吏出厅，信陵君问了一句。

“我反复思谋，心中有底也。”平原君悠然一笑，“一则，我数月未动，此时秘密拘拿芈亓，吕不韦毫无觉察，断不致今夜漏网；二则，今夜适逢年末，国人昼夜出入城门川流不息，毕竟不是起战，年末夜大军森煞多有不便。”

“半年前吕不韦就住在城外了。”

“可嬴异人一直在邯郸城里，”平原君笑了，“没有嬴异人，吕不韦单独逃走值得几何？此中轻重，此等奸商自己有数。君兄多虑也。”

“赵国如此笃定，无忌夫复何言？”信陵君淡淡一笑站了起来，“方才韶乐奏得极妙，一个女乐工竟能操得编钟，我要再领略一番。”“哎呀，一个女乐工你倒是上心也！”平原君哈哈大笑一阵突然低声问，“嬴异人来了你不在好么？此人身价已涨，不能少了礼仪。”信陵君又是淡淡一笑：“年末之夜，小民也是围炉聚饮，况乎异人？先前未约，夜半请人，不会来也。”“你我相请，庶子岂敢不来！”平原君觉得信陵君话味有异，红着脸嚷了一句。信陵君毫无争辩之意，还是淡淡笑道：“也是。来了派人知会一声，我奉陪。”说罢径自出门没入了纷飞雨雪。

吕不韦两骑飞驰邯郸，进得西门时丑时更鼓刚刚打响。

一进西门，吕不韦将马匹交给了越剑无，吩咐他在最靠近城门的一家相熟客栈喂马等候，自己徒步匆匆地冒着风雪到了嬴异人的新宅。西门素来是邯郸的城防要害，靠近西门的民宅商铺都是赵军战死官兵的遗属，叫做止戈坊。每遇战事紧急或大搜罪犯，这止戈坊都是赵军极少光顾的地带。吕不韦之所以赞同西门老总事的选择，将嬴异人的新宅安置在这片外表极为寻常的民宅区，除了出城西去便捷，是芈亓与黑冰台很难找到此处。对平原君的理由却是：“公子好兵，止戈坊与信陵君府邸后园相邻，能多多拜会修习。”吕不韦记得，当初平原君连问也没问便大笑着答应了，如今想来，老谋深算的平原君分明是将计就计。所幸的是，经过西门老总事以种种义举名义的疏通，止戈坊的国人们对这位贵公子非但不再冷眼相对，反而是一片颂声处处给以方便。越剑无能在夜半之时进入客栈喂马刷马等候望风，自是这日渐疏通的功效。

匆匆走进一条小巷，几个醉汉笑着叫着迎面摇摇晃晃撞来。吕不韦知道这是毛公示形于黑冰台的酒徒疑兵，说声我有急事找毛公，拨开几人挤了过去。几个酒徒倒是明白，一听是找毛公，立即笑闹着转悠到巷口去了。吕不韦匆匆走到小巷最深处一座不显眼的石门前，正要敲门，石门已轰隆拉开，毛公正一头出来与吕不韦撞个满怀。

“吕公？嘿嘿，巧！”

“毛公？是巧！薛公可在？”

“老夫觉得不对也！”毛公一把将吕不韦扯进门后喘息着，“方才，平原君突兀派人来邀公子聚酒谈兵。老夫汗毛一奓！你说怪也不怪？”

“公子去了么？”吕不韦声音很低，又急又快。

“嘿嘿，能去么？我与薛公挡了驾，说明日三人专程拜会。”

“天意也！”吕不韦长嘘一声，吩咐站在门后的自己的昔日执事目下的异人府总管，“立即关闭前门，打开两道偏门等候；知会仆役人等立即收拾好马匹，衔枚裹蹄，不要车辆，半个时辰内收手待命！快去！”总管嗨的一声关了石门，转身大步匆匆去了。吕不韦转身一拉毛公，边走边说，到得第三进庭院，说得毛公已经是额头冒汗连骂平原君阴鸷老鸟竟使得老夫吃跌。到得红灯高照的门厅已经是满脸涨红，一脚踹开大门冷着脸撞了进去。

“毛公！吃醉了？”正在与薛公及几位名士谈笑斗酒的嬴异人惊讶起身，“你不是有事走了么？”薛公极是机警，一看毛公从来没有过的肃杀黑红脸心知有异，撩开酒爵过来要扯毛公到僻静处说话。毛公不理会，竹杖当当敲打着门框一拱手喊道：“老夫失礼！老夫被几个老赌徒纠缠上了，要借公子府邸赌它一夜！诸位请作速离开，免得赌鬼酒徒脏污碍眼！”厅中一阵惊愕沉默，嬴异人正要发作，十多个名士已相互看看嘴角带着轻蔑的冷笑纷纷走了。

眼看一干人等出了庭院被总管领走，吕不韦从阴影处大步进厅，对沉着脸喘息的嬴异人与薛公低声一句：“情势危急，我等须立即离开赵国，迟则生变！立即收拾，半个时辰后出门！”

“甚甚甚甚也！”嬴异人惊讶莫名黑着脸霍地起身，急得分说不清，“甚是甚呀，出了甚事？好端端逃命么！吕公吕公，你甚时怕成如此模样？当真咄咄怪事！”

“正是逃命！”吕不韦一声低喝，素来满面春风的脸膛一副肃杀，“陡变之时无暇多说，除非嬴异人要客死他邦！这里不用你管，快去教夫人收拾。”

“哎呀吕公！”嬴异人大急，“她她她，她已有三月身孕，如此逃法不是要她命么？我不走！我陪她！要死一起死！！”

“公子听我说。”吕不韦冷冰冰站在对面，“赵姬之事我有安置，自不能教公子未来长子连同亲娘毙命于不测路途。只是她须得与你先行分开，各自平安后自能聚合。”

“冰天雪地，你，你要她去何处？！”

“嬴异人！”薛公早已经理会得危机迫在眉睫，第一次厉声喝出嬴异人名讳，“吕公商旅沧桑数十年，重然诺明大义素不负人，你竟疑心！赵姬是谁？你不清楚么！吕公能不妥善安置？身为王孙公子未来国命所系，紧要处如此颟顸，我等有眼无珠也！”嬴异人顿时愣怔默然，脸色铁青喉头一哽，一口鲜血竟“哇！”地喷了出来！毛公抢步上前，一颗大如黑枣的物事利落塞进了嬴异人口中。倏忽之间，嬴异人睁开眼睛霍然起身大步匆匆地走了。薛公说声老夫去看，便跟了出去。

毛公一拉吕不韦低声道：“我那是方士急救奇药，入口即化，大约管得两个时辰。这里还有两颗，你带了应急。不借外力，我看这小子撑持不住。”吕不韦想也没想道：“你手法娴熟，何须我带着？”“你也懵懂！”毛公点着竹杖，“老夫与薛公不能走也！”“岂能不走！”吕不韦大急，“我等一走，平原君要找替罪羊，老哥哥岂非坐以待毙！”“嘿嘿，你老兄弟事中迷！”毛公当当点杖，口中炒豆般快捷，“一是我俩老迈不善骑乘太累赘！二是邯郸需要善后，省得你另派干员护送赵姬！三是老夫两人有信陵君交谊，死不了！还有个四日后告你！再说客套，拿着药！”陡然之间，吕不韦热泪盈眶，对着毛公深深一躬。

此时，厅外一片匆匆脚步，嬴异人拉着赵姬与薛公一道走了进来。异人已经是一身黑色劲装外罩翻毛皮袍手持短剑，显然准备上路。赵姬火红长裙雪白皮裘，面色通红腰身初现，灯光之下倍显丰腴明艳。自各个大婚，吕不韦始终没有再见这位赵姬。此刻，心中那个奔放美丽的少女一夜之间陡然变成了一个风韵无限的少妇，心头不禁怦然大动，几乎脱口喊出卓昭小妹。突然一个激灵，吕不韦死死咬紧牙关，终是平息了心绪。然而，他却无论如何当面叫不出赵姬这个名字，稍一沉吟平静利落地吩咐道：“夫人与老仆侍女留下，由毛公薛公安置。我带几名干员与公子离赵入秦，目下便走。”

“夫人……”嬴异人哽咽一声猛然抱住了赵姬，“你要受苦也！”

“丧气！”赵姬红着脸推开了一双臂膊，点着嬴异人额头，“大事听吕公，万无一失，记住了？”异人噙着泪水殷殷点头。赵姬又回过身来，对着吕不韦略显艰难地深深一躬，一句话不说走了。毛公点杖笑道：“嘿嘿，生离死别一般。走！我老兄弟送你等出门。”

趁着纷纷雨雪茫茫夜色，吕不韦越剑无与两名在异人府做事的精干执事共嬴异人五骑，出了熙熙攘攘的邯郸西门，飞驰西北方向的武安官道。这是吕不韦早早谋划好的一条万不得已时的密逃路线——出武安要塞，过滏口陉峡谷，穿越上党再东南直下安邑渡河入秦。这是一条经过反复踏勘揣摩的路线。其间要害在三：其一，邯郸经武安抵滏口陉只有二百余里。秦昭王两次攻赵大败后上党复归赵国，赵军在滏口陉至邯郸间已经不再严密设防盘查，吕不韦遴选的北胡骏马一个多时辰可飞跃这段赵国本土。其二，上党虽名归赵国，然却只十万步军驻守，不可能做到所有要道隘口都有防守；吕不韦曾派出一个驮货马队探路，全部走无人防守的隘口要道，三日穿越上党没有遇见一个赵军。其三，秦军虽退出河东郡，但魏韩两国也无力无心派出大军驻守这随时有可能丢失的老本土，只在名义上设官理民，关防盘查几乎完全放弃；出得上党一进河东，渡河没有障碍。吕不韦警觉即动，走得虽然仓促且又是雨雪交加，但也有一样优势：人少马快没有任何拖累，天色大亮霜雾消散前至少还有三个时辰，完全可悄然越过滏口陉进入上党。只要进入上党山地，平原君纵然派军追赶，在纵横交错的峡谷山道中也是无能为力。

五骑越过仓谷溪谷口，前行二十里便要进入武安防区。马队刚刚进入一片黑黝黝的胡杨林，斜刺里马蹄奔腾，遥遥传来一声长喝：“前方虎口！勒马慢行——！”

“勒马！”吕不韦低喝一声，五骑未及停稳，斜刺马队已经风驰电掣般隆隆卷到面前。微微雪光之下，但见人人黑铁面具坐下战马皮甲裹住头身，手中战刀一片青光，威猛森森一片杀气。吕不韦惊讶喘息着尚未开口，当先一骑已经铁塔般矗在了身前：“吕公！情势有变，武安道已经重兵把守张网以待，快随我来！”吕不韦冷冷道：“荆云，你我有约：你当率诸位义士东入齐国。”“吕公，我等任侠操守无须多说！快走！”黑铁塔面具后的声音带着尖锐的嗡嗡振响。吕不韦却没有动：“荆云，你如何知道我此番行踪？”铁塔面具嗡嗡又起，口气严厉果决：“吕公！大义当前，琐事何论！除非吕公自毁大计，否则不要争执！”说罢不等吕不韦说话转身便是威严不容辩驳的军令，“吕公五骑居中，越剑无率十八骑护卫！主力马队各成锥形三骑阵，四周散开拱卫！哨三骑前行三里探路，吴钩九骑断后！沿途但以兽鸣为号，不得出声！起马！”

一阵隆隆如雷的马蹄翻滚，吕不韦五骑不由分说被卷进了马队，狂飙般卷出了密林山冈，没入了雨雪交加的沉沉夜幕。

六　长歌当哭兮　大义何殇

黎明时分宾客散去，平原君方才疲惫上榻，一觉醒来满室白亮，不禁一惊，连忙下榻来到廊下，却见北风呼啸大雪飞扬夜来雨雪交加的开春征候竟陡然转向。回来再看铜壶滴漏，那支竹针正正地指着午时。喊来侍女问可曾有过军报？侍女回说没有。平原君吩咐备汤沐浴。热水泡得一时，换上已经被丰腴的侍寝侍女在怀中焐得温热馨香的轻软细麻布短装，再披上一件绒毛足有三寸的白狐裘，平原君方才精神抖擞地坐在燎炉旁开始用餐。虽然已经年逾花甲，平原君赵胜却是老当益壮雄风不减当年，每饭必大吞一只肥羊腿六张厚胡饼三升老赵酒。今日静候佳音，平原君分外舒心，兴冲冲将专职侍饭的金发胡女拥入怀中折腾一番而后不亦乐乎开吃。

“主君，赵狄老将军急报！”主书急匆匆进了膳室。

“念。”平原君捧着肥大的羊腿头也没抬。

“我军如令张网，日夜无获。斥候探察：一马队于清晨雪雾中越过漳水，进入阏与谷口，快捷隐秘不似商旅，末将疑为吕不韦逃赵！请令定夺。”

当啷一声大响，肥羊腿砸在了铜鼎盖上。平原君一把推开偎在大腿上的金发胡女，霍然起身厉声连串喝令：“传令赵狄：当即飞骑插往晋阳官道守住阏与谷出口！无论何人骑队不许越过晋阳！百骑立赴仓谷溪，庄中人等一体拘拿！胡马飞骑整装待命！”三道军令出口，主书“嗨！”

的一声转身便走，却与大步进门的门客总管毛遂撞个满怀。毛遂前来禀报，仓谷溪庄园与嬴异人宅第都是空无一人，谷口猎户说昨夜多有马蹄声，吕不韦与嬴异人肯定已经逃走。

“岂有此理！”一声怒喝，平原君骤然变色。

方才还心怀侥幸，他要等待仓谷溪有回音后再做决断，以免落得临事慌乱的笑柄。尤其是信陵君在邯郸，每出大事，士林国人总拿信陵君与平原君比对，进而滔滔不绝地议论战国四大公子的种种短长。自己若处处落得口碑下风，在山东六国会失了人望。四大公子以邦交合纵抗秦共保成名，若没了六国共同认可的声望，在赵国根基也会跟着松动，平原君如何能不上心？可巧信陵君昨日有言，问他何不今夜开始？他回答得那般笃定，其实是从心里一直蔑视着这个吕不韦。一个与他多年交接兵器买卖从来都是满面春风言不涉政只会算计钱财得失的商人，能有几多处置大事的军国才能？卷进邦交政事无非不自量力而已。唯其如此，平原君对吕不韦从来都是给足面子而不做实交。给足面子者，赵国需要此等兵器大商也。不做实交者，王族贵胄与俗流商贾不可同日而语也。虽说早早便盯上了芈亓疑上了嬴异人吕不韦，可他偏偏就是不收网。他要尽情戏弄这一班不知天高地厚的谋政者，要教秦国将这对儿蠢公子蠢商人的身价抬得天一般高时，再亮出他平原君赵胜手中的囚笼钥匙，你纵天般价，也须得向我赵国来讨个活人回去。火候不到，嬴异人不是太子嫡子，囚禁他杀死他徒然种恶招来天下骂名，还给秦国留下了一个随时都可以起兵发难的借口。平原君非常清楚，嬴异人渐渐现出储君人选之势，赵国便不能肆无忌惮地杀剐了之。此中要害，在于借既定的囚居人质之便恰到好处地要挟秦国，不失时机地订立永久盟约，确保赵国不受威胁。可嬴稷这个老匹夫太过狡诈，硬生生将个王孙人质撂在赵国不理不睬，让赵国无处着力。要与此等老枭斗法，自要耐得性子。你不理我也不理，是只死老虎也要“质”在赵国，直到这死老虎变成有价值的“王”老虎。人质本意，原是以王子王孙为质押，保证出质之国不犯受质之国，若有进犯，受质国可名正言顺地处死人质。当年秦国为了麻痹赵国也为了破开山东合纵，派出嫡王孙身份的公子异人到赵国做人质。

可不到几年，秦国便与赵国展开了一场旷古未有的长平大血战。照天下公理，赵国杀死嬴异人天经地义。可赵国没杀。因由是平原君力主不杀。后来的事实证实了平原君的洞察烛照——唯其不杀人质，秦国失义于天下而有所顾忌，列国合纵抗秦则成大义之举，如此可保奄奄一息的赵国喘息过来。

平原君的深谋远虑获得了山东六国有识之士的衷心拥戴，一时与信陵君成为抗秦中流砥柱。十多年之间，平原君最充分地利用了这只人质死虎——允准吕不韦之请，许嬴异人不出邯郸以自由身交游走动；赞同信陵君推波助澜，使嬴异人成为“名士”而不动声色；秘密探知了吕不韦居赵入秦之动机而浑然不觉。平原君等待的，正是嬴异人成为秦国关注的重要人物。终于等来了这个时日，秦赵邦交也出现了微妙的转化：秦赵两国的商旅之路开了，秦军不再咄咄逼人地袭击上党骚扰赵国了。恰在此时芈亓入赵，平原君本能地预感到与秦国邦交大战的时机到了。此时此刻，却突然消失了两个要命人物，匪夷所思也！

“胡马飞骑！老夫亲追！”瞬间愣怔平原君铁青着脸一声大喝。

飞扬的大雪陡然收刹，半掩红日从厚厚的浓云缝隙向茫茫雪原洒出刺眼的光芒。红色胡服马队隆隆雷鸣般扑出邯郸西门，风驰电掣直向西北官道。这是平原君的护卫亲军，天下赫赫大名的胡马飞骑。骑士两百，人皆精壮猛士马皆雄骏无匹，人手一口赵武灵王创制的四尺长厚背战刀，一张王弓一壶二十支铁镞长箭一把精铁打造的近战短剑；每骑士配置两匹战马轮换骑乘，长途奔袭追击最是快捷迅猛无与伦比。平原君久事纵横，常在列国间奔走急务，行止第一要务便是一个快字。这支马队成军三十年，骑士战马已经更换了三代，人马尽皆年轻力壮，中原大地之内任你艰险崎岖从来都是电闪雷鸣朝发夕至。今日大举出动，声势自是惊人，引得邯郸国人争相追出城来引颈观望，眼见皑皑白雪中火焰般马队弥天烧去，处处一片惊叹。

一接赵狄军报，平原君料到吕不韦是要出阏与峡谷，经晋阳[1]外山

---

[1]　晋阳，今日太原，战国时秦赵拉锯交相占领，秦昭王缩势后赵国控制晋阳。

道进入秦国的河西军离石要塞[1]。就实而论，在此之前平原君确实想不到吕不韦会走如此一条险狭路径。他的预料是，即或吕不韦要逃，也会走武安滏口陉上党，从河东入秦一线。吕不韦是商人，这条路径虽然远了些，但却是商旅道所熟悉的路径，尤其是得到吕不韦曾经两次派马队走这条路运货入秦的密报后，平原君更加确信无疑。派赵狄率三千精锐骑兵守住武安之滏口陉的各处要隘，为的正是要在上党之前的赵国老本土布下罗网，以防吕不韦万一出逃。而今，吕不韦非但抢占得半夜先机逃走，而且走了这条只有大将之才方能想到的路径，委实是平原君所无法预料的。盖因此路阏与谷横亘当前，素来险狭车马难行，在马服君赵奢血战胜秦之后，其险名更是昭著天下。商旅运货虽也图近便，终是要车马牛易行货物安全，从来不走这条车不能方轨马不能并行人入其中如同洞穴的险道。只有将兵轻骑奔袭者，才以此路为上选。根本原因只有一个——阏与谷人马过多反而施展不开，但有一支精锐马队冲破阻拦，此路是入秦之最近便道。当年秦将胡伤从阏与谷攻赵，为的便是以迅雷不及掩耳之势逼近邯郸；马服君轻兵奔袭阏与谷死战截杀秦军，为的也是这咽喉地带最能出奇制胜。这个吕不韦竟能从此路出逃，足见其有兵家将才。毛遂急报之后平原君骤然清醒，目下已到最要紧关头，再蔑视这个吕不韦只怕多年绸缪的保赵大计要功亏一篑。亲自率领自己的胡马飞骑追击，是一定要在晋阳之前拦截住两个要犯。

荆云马队出了仓谷溪一路西北飞驰，晨曦初露时到了阏与谷口。

秦赵为敌后，阏与谷成为与滏口陉及武安并列的三大要塞。之所以成为要塞，在于它是邯郸与晋阳之间的最便捷通道。秦国从河西的离石要塞出兵越过晋阳东来，若阏与失守，一日可抵达邯郸城下。唯其如此，阏与谷出口（北）城堡始终驻扎着五千长于防守的重甲步兵；中段一道石砌长城飞架两山，有三千配备大型弩机的弓箭营驻防；入口（南）城

[1] 离石要塞，战国秦军要塞，属秦国河西守军设防，故要塞设在黄河东岸，却称河西军离石要塞。

堡则只有两千轻骑兵驻守，一千谷内，一千谷外。这是赵奢在阏与之战后提出的三段防守谋略，当年的赵惠文王欣然赞同，从此成为阏与要塞的防守传统。

吕不韦久闻阏与要塞壁垒森严，一路只疑惑这百人马队如何冲杀得过去。担心是担心，吕不韦始终没有问得一句。他熟知荆云的将才谋略，自己聒噪絮叨只能徒乱军心，当此最危急关头，放手随他调遣才是最明智的抉择。

大雪飞扬迷离，天地一片混沌。吕不韦突然听得马队中一声低喝，所有战马倏忽间变成了从容小跑。前队哨探同时飞出一骑冲向皑皑高山，举着一支粲然生光的金令箭遥遥高喊："平原君令箭！百骑队急赴晋阳要务——"喊声未落，人马踪影淹没在了茫茫雪雾之中。片刻之间，半山中一声响亮的铜锣接着是一吼："马队过——"

飞越山口时，吕不韦才在蒙蒙晨曦中恍然注意到身边马队一色胡服皮甲，与赵军一般无二，心头不禁猛然一热。荆云既能将平原君的金令箭打出且经过了赵军辨认，必然是有备而来。如此一想，自己的行踪消息与诸般谋划荆云也是早早留心了。既然如此，荆云为何不说给自己？蠢也！心念一闪，吕不韦暗自骂了自己一句。荆云若是先说了，其时胸有成算且与马队有遣散之约的自己能接受么？

纷乱思绪之中，马队进了天下闻名的阏与"鼠穴"。马服君赵奢将阏与峡谷叫做鼠穴，实在是名副其实。两山绵延夹峙，谷底一线迂回曲折，时有突出岩石磕磕绊绊的羊肠小道，两边山坡陡峭林木苍莽怪石嶙峋洞窟散乱密布，任你车马入谷，只能一线独行。然则，这支马队却是奇特，不见任何命令也没有骑士下马，一进谷口马队便悄然成了单骑衔尾，蹄声沓沓从容走马，所有的路障都被极为灵巧地躲了过去。便是吕不韦嬴异人两骑，在马队越剑无用一支长杆恰到好处的指点下也走得十分顺畅。走到中段飞长城下已经是将近午时，飞扬的大雪将峡谷捂罩得温暖寂静，竟使吕不韦生出一种奇特的欣慰来。交验令箭之时马队停息了片刻，还是没有任何命令，所有的骑士都打开了挎在马颈下的草料布袋，在战马的呱呱咀嚼中，骑士们也解下马奶子皮囊与干牛肉，无声而快速地完成了中途战饭。吕不韦是后来才想起这次战饭情景的：骑士与战马都单列兀立不动，谁看谁都是背影，谁也看不见谁。多少年之后，每当想到峡谷大雪中的那一尊尊红色背影，他的心都是一次猛烈的颤抖。

越过中段飞长城，谷道稍见宽阔，马队立即变成了时而两骑并行时而单骑成列的小跑，前后游动交错如流云飞雪，哪怕是几步几丈的极短的宽路也被最充分地利用着。不消一个时辰，马队通过了最北的出口城堡又翻过了一座不很高的山头。前面是最后一座孤立原野的高山，翻过山头下到坡底便是宽阔的晋阳官道。以这支马队的雄健脚力放马飞驰，天黑时分抵达离石要塞该当是万无一失。

一声长嘘尚未吐尽，身后山谷隐隐一阵沉雷滚动，方才已经见亮的天色蓦然间彤云四合昏暗幽幽。春雷暴雪，异数也！在吕不韦一闪念之间，马队中陡然传出一声低喝："赵军飞骑队！越剑无三骑护人脱身！马队埋伏截杀！"吕不韦尚在愣怔之中，坐下骏马已经闪电般飞向最后山头。

一进阏与谷口，平原君便知道了前行金令箭赵军必定是吕不韦的马队乔装，一时不及申斥守将，只大喝一声追，飞骑队鱼贯进入了峡谷羊肠道。到得中段飞长城，入口守将带着一千骑士从后赶来，平原君恼怒呵斥："人多何用！要的是能追上！回去！"出谷之时，北口守将又要带重甲步军两千随同追击。平原君更是怒火中烧，喝骂一声蠢龟追兔，一鞭抽得守将一个趔趄飞马去了。追进谷外山头，盘旋山道的前行马队已经隐约可见，平原君一声长嘘心头顿时松泛，战刀一举传下军令："咬住敌骑，出山截杀！"

平原君虽非名将，然自少年时起驰骋沙场，对赵国诸要塞地形熟悉不说，对骑兵战法之精要也是深得要领。阏与谷外过得两山是平坦的丘陵山塬，他的胡马飞骑比吕不韦马队多得一倍，速度更是无与伦比，在如此最利于驰骋的地形中包抄对方活擒吕不韦嬴异人当是十拿九稳。若在最后一座山中包围截杀，对方逃跑无望而做困兽之斗，结局反倒难料。到得山塬地带，对方要竭力逃脱而不会死命拼杀，他的马队便会淋漓尽致地发挥优势捕获猎物。说到底，吕不韦马队纵然在商旅中出类拔萃，然与他的沙场铁骑相比实是不堪一击。目下吕不韦马队的身影已在眼前晃荡，还怕他逃脱么？

眼看进入了山谷深处，斥候飞骑一马来报：前行马队突然遁形不见了踪迹！平原君立马高坡瞭望，果然只见满山皑皑白雪，盘山道上没有了红色马队！眼见天色幽暗彤云四合暴雪将至，平原君断然下令：“快马出山！咬住后随时截杀！他若隐藏山中，我只出山守住要道，凭暴雪困死冻死这班贼匹夫！”

不料在暴风雪到来之前，胡马飞骑在山腰半道遭遇了诡异的伏击。

这段山路奇特之极。一座突兀巨岩从山腰横空而出恍如鹰钩当头山龟腾飞，其势恰成一个切断两山的突出山嘴。一条不足一丈宽的石板道在凌空山崖下盘着巨石山嘴突然一个转折。山嘴遮绝了两边视线，双方共同可见者，只有那可容三五骑的一方凌空弯角。凌空山嘴下是深不见底的峡谷深渊。依着路面宽度，寻常车辆大可通过，便是战马骑士，三四骑并辔而过也是从容。胡马飞骑接了平原君将令要快速出山，骑尉高声号令：“三骑并行，战马衔尾，尽速通过山嘴弯道！”前行斥候三骑闻令即出，在六马沓沓绕弯的刹那之间，一阵惨嚎一片嘶鸣震荡山谷，三名骑士六匹战马树叶般飘向了茫茫峡谷！

“敌手伏击！停——！”骑尉一声大吼，马队齐刷刷止步。

平原君闻声来到前队，看得一眼山势冷笑下令：“备用马匹退后，三骑接踵冲杀，其余骑士箭雨疾射山坡掩护！”骑尉跃上山坡一方大石喝令：“马队退后百步！三骑连环冲杀！预备——杀——”当先三骑高举战刀飞马杀出，后队骑士弯弓齐射箭雨立即封住了山嘴高坡。喊杀之中平原君来到后队，低声下令五十名骑士下马徒步爬上山坡，绕过山嘴袭击对方背后。平原君也跳下战马带着两名护卫徒步上山，要在高处鸟瞰战况临机决断。两名护卫武士匆忙找到一处堪堪立足的山石，平原君上来两边一看却不禁大吃一惊——右手自己的马队不断冲杀，左手山坳却不见人马踪迹。饶是如此，胡马飞骑却是连连倒地已经有十余骑跌进了峡谷深渊。心头一闪，平原君大喝停止，立即下令已经上山的徒步骑士缒下山崖前后夹攻。

过得片时，山崖下一声震荡山谷的虎啸。一徒步骑士气喘吁吁上山禀报说，山嘴那边根本没有敌骑，只有七八架装好的弩机与一堆当道的乱石。平原君快步下山一看，只见乱石已经被搬开，弩机也正在拆卸。骑尉报说已经有四拨十二骑被弩机射中跌入深谷。平原君大皱眉头：“既无人操持，这弩机如何发箭？”骑尉说弓弩是机发，敌骑在山嘴依次绷了四道白亮的牛筋绳，大雪白光下谁也没在意，马队冲到牛筋绳便带动机关连发三箭。平原君听得又气又笑，当即喝令：“三骑前行清道，全数上马追击，务必在暴风雪前包抄截杀！”胡马飞骑已经被这种不齿于骑士的宵小手段激怒，闻得将令人人愤激，发一声喊呼啸着掠过了山嘴。

一过山嘴道路渐宽，马队奔驰愈发加快。眼看前哨三骑已经飞过了山口，前队十骑飞驰进入了山口。恰在此时，半山腰隆隆沉雷大作。胡马飞骑们还没分清是否暴雪前的雷声，前队十骑已被凌空翻滚的滚木擂石砸得人仰马翻，收刹不住的后续十骑也被砸得四散闪避，隆隆涌来的主力顿时层层叠叠挤在了狭窄的山道。居中的平原君来不及叫声散开，山腰箭雨已经呼啸泼来。骑士们大怒，前队吼叫着挥舞战刀拨打飞矢，后队喝骂着一齐弯弓对射。片刻之间，又有十多骑轰然倒地。平原君大怒，正要喊出死战冲杀山口的命令，陡然却见山口山腰箭雨消失滚木擂石也没了动静，心下一亮举起战刀高喊：“缓兵之计！敌骑业已逃遁！冲出山口截杀！”

一声震荡山谷的怒吼，疯狂的胡马飞骑飓风般卷出了山口。此时，雷声大作彤云翻滚大风裹着大雪密匝匝压下，冬日暮色顿时变成了茫茫白夜。平原君嘶声大喊：“两翼展开！包抄追击！”话音落点，红色马队骤然分成两队展开，如两条火龙般搅进了风雪大作的无边雪原。赵国骑士最是善于在寻常人不辨南北的茫茫草原奔驰激战，目下这疾风暴雪的混沌天地对于这支胡马飞骑可谓正得其所，不失方向不减速度两马轮换，只向着晋阳方向全力追击。

大约半个时辰，胡马飞骑终于在一片丘陵谷地中渐渐咬住了又渐渐超出了同样顶风冒雪风驰电掣如同火焰般燃烧的逃遁马队。飞骑队中陡地一声虎啸，两条火龙隆隆聚合，搅着漫天风雪包住了一路戏弄他们的敌手。雪亮的战刀翻飞狂舞，一场惨烈的殊死拼杀就此展开。

平原君立马山坡看得片时，不禁大为惊讶。这支与赵军马队制式完全相同的马队，战法与赵军飞骑迥然相异，竟是秦军骑士的三骑锥。三骑锥战法乃白起独创，通行秦军骑兵以来大见成效，其要害是将战国骑兵通行的“十骑一战”[1]减低到了“三骑一战”，骑兵作战的变化能力大为改观。盖骑兵冲杀之基本方式为散兵格斗，无论双方参战骑士规模多大，最终都是展开格杀，不可能像步军那样结阵而战。然这种格杀又不是完全孤立的武士决斗格杀，而是每骑之前后左右随时都可能出现敌骑突袭的战场格杀。唯其如此，骑士之间需要协同配合，既掩护同伴不遭突袭又可以放手搏杀，便成为战场骑兵的最佳作战方式。十骑虽然已经很精悍，然在烟尘弥漫杀声震天流矢飞舞刀剑交错的战场，还是难以做到精妙配合。减至三骑配合，是将骑士能够及时驰突关照的范围定在了恰如其分的程度，格杀之流动配合大见流畅。以三骑锥为格杀最小单元，白起又创建了一整套“三”字制骑兵战法：三个三骑锥加一个灵活策应的什长便是十骑，三锥相互协同格杀，十骑便能自成小战场；如此向上，三十一百,三百一千,三千一万,三万十万，广阔战场上的骑兵军团可成收发自如进退流畅格杀协力的铁流劲旅。若非如此，长平大战中秦军以等量兵力死死困住剽悍的赵军不能突围便成为匪夷所思的神话了。

三骑锥之奥妙，在于马队越小越见威力。荆云马队面对倍我之敌，非但丝毫不见左右支绌，风雪战场反倒是个难分难解之局。酣战之中，突闻谷地一声雕鸣，各“锥”为战的荆云马队一声大吼，人各亮出一口短柄铁斧，左斧迎面猛磕敌手战刀，右手战刀便猛力砍杀过去。片刻之间，赵军有多骑落马，形势陡然为之一变！

风雪山坡上的平原君没有慌乱。以胡马飞骑的战力，纵突然吃得一亏也会迅速恢复过来，无论如何赵军马队还有一百余人，而对方只有六七十骑了，何怕死战？只是方才这一变，平原君心中突然闪过一个疑

---

[1] 十骑一战，即十骑士为一个基本作战单元。

惑——这支马队不借此良机突围竟还是原地死死拼杀，莫非吕不韦已经逃走？心念一闪，平原君借着雪光突然看见血红雪白的马队纠缠中总是闪烁跳动着两颗黑点。凝神观望，果见两骑士臂膊上各裹一幅黑布，人马腾挪也显然有些不大灵动。平原君心中陡然一亮，对身边两名护卫武士低吼一声："看准黑布人，射其下马，冲阵抢出！"两武士嗨的一声援弓搭箭，但闻隐约尖啸穿过风雪，两个黑点倏忽消失。与此同时，两武士飞骑直下冲入阵中要抢射翻之人。千钧一发之际，被赵军死死缠住的马队却突然从不同方向飞出几把铁斧，砍瓜切菜般将飞来两骑的人头马头连根切去，纵是战场亦煞是森然。

"死战冲阵！擒杀黑布人！赏万金——"平原君终于忍无可忍了。

赵军骑士精神大振，呐喊一声纷纷换马死命冲入战圈杀了上来。此时，被困马队又是一变，分明已经被射翻落马的黑布人不见了踪迹，拼杀骑士中也再没有了那两个腾挪不便的笨拙者，剩余四五十骑围成一个相互呼应的大圈子又厮杀起来。

看得片刻，平原君又疑惑了。这支马队分明已经是人马力竭，有几人已经在步战了，为何依然毫无突围之象？两黑布人若果然是吕不韦嬴异人，莫非他们还要与马队同死？可分明曾经有过突围的一线生机，为何还要同死？突然之间，平原君心中又是一亮，夹杂着被屡次捉弄的怒火一声大吼："脱身战场！追杀吕不韦——！"一马冲下山坡率先顺着汾水河谷向东南飞驰而去。

如此一来形势陡变！竭力脱身的胡马飞骑变成了"逃亡"者，竭力死战的荆云马队变成了"追击"者，翻翻滚滚在风雪弥漫中纠缠着厮杀着奔驰着。荆云马队的战马纵然同样雄骏，也比不得胡马飞骑的两马轮换。一日一夜兼程奔驰又经过两个多时辰的生死血战，等闲战马骑士早已经是脱力而死了。饶是如此，荆云马队竟能神奇地死命尾追纠缠，偶有骑士杀得赵军立即飞上赵军马背向前追杀，全然没有了三骑锥的阵形呼应。也正是因了如此战法，平原君马队虽然不能全数全速向前追击，荆云马队的骑士也在一个个迅速减少。大约一个时辰，到得出汾水河谷距离石要塞只有百余里时，尾追赵军的荆云马队终于销声匿迹了。

平原君马队已经只有二十余骑，然脚力却是未减。出了汾水河谷风雪稍减，转折西来的赵军马队依稀看见了前方几骑影影绰绰的飞驰身影。平原君大吼一声飞马，马队骤然发力在雪原上包抄过来。正在此时，前行两骑突然回身兀立不动，只听低沉的噗噗之声连响，当先几骑赵军突然落马！平原君怒喝一声放箭，赵军马队引弓齐射，当道两骑立即被扎成了红刺猬轰然倒地。可是，在赵军旋风般卷上来的时刻，两具红刺猬却突然从雪地上凌空飞起，死死扑住了最前两骑！突闻两声凄厉的号叫，两骑士竟被四只铁钳般的大手活活扼死。

“骑尉——！”平原君嘶声一吼轰然倒撞下马。赵军骑士也骤然勒马，被这匪夷所思的恐怖袭击震慑得一片默然。这个亲军骑尉是老将军赵狄的幼子，也是平原君最为器重的族侄，其所以未入军为将而做了亲军骑尉，实是平原君为了历练这个王族英才。骑士们都知道，他们的骑尉来日必是赵军大将。如今突然遭此横祸，一时愣怔不知所措。正在此时，前方沉雷隐隐，风雪之中隐约可见黑色马队从离石要塞方向遍地压来，前行两骑也不见了踪迹。突然之间斥候哨骑一声惊呼：“蒙字大旗！秦军铁骑到了！”

平原君已经醒转，一挥手惨然笑了：“回军。”

秦军铁骑也不追赶，听任红色马队隆隆东去。马队到得晋阳郊野已经是次日清晨，正要进城歇息休整，平原君却突然下马指着几具尸体下令：“打开他等面具。”几名骑士下马将几具尸体的青铜面具撬开，连同平原君在内所有人都惊得轻轻“呵”了一声，情不自禁地倒退了一步——几具尸体的大脸自双眼以下全部挤成了一团，晨曦之下分外的狰狞可怖。

“自毁面容！”一个骑士惊叫了一声。

“所有尸体面具全都打开。”平原君冰冷漠然地伫立着。

散落雪原与赵军骑士尸体交错纠缠的尸体被一具具剥离拖来，又一具具打开了面具。晋阳城外河谷共三十三具尸体，当面具一张一张被打开，狰狞可怖而又无法辨认的肉团脸一张一张显露出来，骑士们不禁连连呕吐。

平原君冷峻苍老的脸上涌出了两行泪水，大袖一拭回身低声吩咐道：“晓谕晋阳令，全数收拾沿途尸体，两相剥离，面具尸体送离石秦军大营。”说罢踽踽独行，径自步履蹒跚地绕着尸体唏嘘感慨不能自已。人怀必死之心，此等侠士举世无匹矣！能使百余侠士舍生取义者，诚大英雄也！赵胜门客三千，然有几人当得烈士？吕不韦呵吕不韦，你一介商旅竟有如此结交死士之能，而老夫却懵懂不得知，呜呼！此情何伤矣人何以堪！

吕不韦蓦然睁开双眼，看见的是一副宽阔黝黑连鬓大胡须的脸膛。

“荆云？荆云何在！”一声惊呼吕不韦坐了起来又软瘫在了军榻。

“吕公，我是前将军蒙武。”军榻边的大胡须俯身低声道，“公子已经醒来，正在用饭，吕公也当喝得一盆羊汤暖和振作些许，医士还要换药疗伤。你已经昏睡两天两夜了。”吕不韦又挣扎坐起：“将军，我，我要见荆云……”蒙武默然片刻向左右一挥手：“抬吕公出帐。”两边军士抬起军榻，蒙武护持着出了大帐。

暴风雪已经过去，暮色残阳照得一片银白世界。军榻周围的所有人都沉默着，脚下咯吱咯吱的踩雪声特别刺耳。行得半里许，来到军营内的一片避风洼地，蒙武俯身扶起吕不韦，手臂一指喉头咕的一声大响，背过了身去。吕不韦猛然跳下军榻，踉踉跄跄一阵扑跌，骤然无声地倒在厚厚的雪窝之中。老医士一阵忙乱，面色苍白如雪的吕不韦终于长长地吼出一声：“荆云！吕不韦何忍独生也——”捶胸顿足放声痛哭，又跌跌撞撞地爬进了洼地……白雪皑皑的山坳里整齐摆放着十排麻布遮盖的尸体，一座丈余高的无字黑石巍然矗立，四周山坡密匝匝站满了黑松林一般的秦军骑士。没有蒙武军令，没有官佐相呼，自尸体运来，三千骑士已经自发地在这里守候了一天一夜。军旗猎猎，战马悲鸣，山谷中死一般的沉寂。

吕不韦颤抖着双手揭开了头前第一幅麻布，大嚎一声扑到了冷冰冰的尸体身上……良久醒来，吕不韦披散着长发挥舞着绵袍大袖一声震动山谷的呼啸——呜呼！烈士死难兮，我心沦丧。长歌当哭兮，大义何殇。

荆云等我……一头撞上了那方黑色墓石。

三日之后，吕不韦再次醒来时，已经是身在离石要塞了。当嬴异人第一次小心翼翼地来探望他时，惊得大叫一声跌倒在地——斜倚军榻的吕不韦苍白瘦削形同骷髅，一头白发散乱在肩两眼只直勾勾盯着虚空一脸茫然。嬴异人费力爬出帐外又爬进蒙武大帐，只说得一句："快！邯郸毛公……"哽得昏了过去。

当夜，两骑斥候飞往邯郸，蒙武铁骑也秘密拔营兼程南下了。

第七章 流火迷离

一　太庙勒石　捶拊以鞭王族

安国君嬴柱星夜赶回咸阳，迎接他的是一场极为尴尬的灾难。

家老紧急报信，说华阳华月两夫人被廷尉府拘拿，传闻罪名纷纭不清。嬴柱顿时急蒙了过去，及至蒙武匆匆赶来，依然愣怔不知所措。蒙武吩咐乱作一团的家老卫士侍女一体退下，啜着滚烫的酽茶陪着这位王族父辈人物默默地坐着。嬴柱浑然无觉，间或一声长嘘始终没有一句话。良久，蒙武一拱手道："小侄之见，君伯当回咸阳。"见安国君只是叹息不语，蒙武又道，"君伯虽奉王命，领小侄策应公子离赵。然据连番探报，公子不会在三月解冻之前贸然逃赵。君伯尽可南下，小侄留离石要塞策应足矣。"嬴柱突然开口："咄咄怪事！你说甚个因由？"蒙武思忖道："常理揣测，内眷获罪无非两途，不是受夫君株连，便是私干国事。如今君伯安然，夫人获罪可能与国事关涉。"嬴柱皱着眉头一副不愿意相信的神色："会否与楚国攻秦有关？"蒙武笑道："方才也是小侄冒昧揣测，实情难说。两夫人本是楚人，也难说没有此等可能。"蒙武谦和持重不做反驳，倒使嬴柱没有了罗列种种可能的兴致。"难矣哉！"默然片刻嬴柱长叹一声，"蒙武呵，我身负王命职司密行，何能擅离河西也！"蒙武一番沉吟，依旧是谦和地笑道："依小侄之见，陡发如此大事，很可能有王命随后召君伯还都。君伯还是准备启程为好。"嬴柱正在沮丧地摇手摇头，帐外马蹄声疾，随之太子卫士分外响亮的报号声：“王命特使到——”

王命简单得只有一句话：“太子着即还都，原事交前将军蒙武。”嬴柱来不及赞赏蒙武，坐着那辆因他病体不能长途驰马而特制的轻便辒凉车兼程南下了。三日驰驱，到得咸阳正是午后。按照受命被召的法度，嬴柱没有先回太子府歇息，而是先径直奔王宫觐见。意料不到的是，老父王并没有召见他，只有老长史桓砾出来传了一句口命：着嬴柱到廷尉府会事。传命之后教他回府歇息。

头绪不明又受冷遇，嬴柱更不敢大意，当即出宫转车赶到了廷尉府。廷尉府坐落在商君大道的中段，毗邻当年的商君府。府邸不算高大雄阔，门前更非车水马龙，却有着一种简朴静穆的威严。嬴柱吩咐辒凉车停在车马场，自己徒步进了府邸径直来到书房等候老廷尉。这老廷尉有个咸阳官吏人人皆知的口碑，“冷面唯一堂”。“冷面”是说他从来不苟言笑。“唯一堂”则说他整日只在厅堂处置公务，从来没有人在书房见过他。嬴柱觉得两夫人事实在难堪，不想在厅堂与老廷尉见面，选择了在书房等候，宁可老廷尉下堂后再会事。一个粗手大脚的女仆煮好了酽茶匆匆去了。嬴柱一盏茶尚未啜毕，女仆又匆匆回来，说老廷尉请他到厅堂会事。嬴柱摇摇头一声叹息，站起来去了前院厅堂。

老廷尉正在与一班部属议事，见太子风尘仆仆入厅，礼见之后散了会议与太子单独会事。既入公堂，嬴柱只有依着法度办事，入座案前说得一句：“嬴柱奉命前来会事，只听老廷尉知会事宜。”便默然静待。老廷尉也没有任何寒暄，重重咳嗽一声道：“本廷尉奉命知会安国君：公子异人得密书立嫡，而密情无端泄露赵国，非但置公子于危境，且使秦国对赵邦交大陷不利；本廷尉奉命立案彻查，得人举发：华阳夫人华月夫人指使族弟芈亓，以私家密使入赵，擅自动用黑冰台并联络吕不韦，之后久居邯郸铺排淫糜，被赵国拘拿，供出国情隐秘；本廷尉依法拘拿两夫人下狱，目下正在讯问之中，供词恕不奉告。”老廷尉字正腔圆却平板得如同念诵判词一般，而后又是一声重重咳嗽，“今请与安国君会事，质询一则：安国君可曾对任一夫人提起过公子立嫡事宜？若未提起，安国君以为两夫人如何得知密书立嫡事？”

默然片刻，嬴柱字斟句酌道：“廷尉依法查案，本君自当据实陈述。然嬴柱兼程归来，不胜车马颠簸，心下已是混沌不堪。请容一夜歇息，神志清明而后回复质询。”

“可也。”老廷尉站起身来，“以明日日落为期，本廷尉等候回复。”说罢一拱手将嬴柱送出了厅堂，始终没有一句私话。

回到府邸，已是掌灯时分。嬴柱顾不上饥肠辘辘，立即唤来主书、家老并几个掌事仆役询问消息。各方一番凑集，事情终于有了大略眉目：事发之前三日，华阳夫人的贴身侍女梅树出府未归；三日后两夫人被同时拘拿，华阳夫人未做任何申辩，跟着廷尉吏走了；当晚廷尉府知会太子府，侍女梅树做举发证人，被廷尉府转居监护，太子府不得私相过问。主书曾以公事名义寻找华月夫人家老，力图得知真相，家老已经逃走不知踪迹。此后案情讯问之情形，府中上下无从知晓。

嬴柱听罢不得要领，只沉吟思谋着不说话。主书是个细致周密的中年人，见家老仆役们面面相觑莫衷一是，欲言又止。嬴柱心头一闪，吩咐几个掌事仆役各去应事，只留下家老主书两人说话。主书方才一拱手道：“在下冒昧一问，安国君是要救两夫人，还是听凭廷尉府依法论罪？”嬴柱皱起眉头道：“也要救得才是。”主书道：“在下以为此事有三处蹊跷不明：其一，华阳夫人素来不干政事，何以能背着安国君密谋如此重大之事？其二，两夫人有何途径，能得密书消息？其三，梅树为夫人贴身侍女，素来忠心不贰，何能突兀举发？此三事不明，施救无从着手。”所说三事，事事隐指华阳夫人可能受了华月夫人唆使。家老猛然醒悟，也立即接道：“老朽之见，华阳夫人八九冤屈，主君当设法为之鸣冤才是。”嬴柱思忖良久终是一声叹息：“难也！两人同罪，只救一人，如何着力？”主书便道：“此案要害，只在得知密书之途径。谁有密书途径，谁便是主谋主犯。以在下揣测，华阳夫人与王宫素无丝缕关联，断无先于安国君而得知密书之可能。”嬴柱不禁一惊：“噫！你如何晓得我知密书在两夫人之后？”“安国君明鉴，”主书一拱手，“在下主司公务，府中日每来往官身之人均有记载。日前，在下查阅了年来所有记载，以国事法度推之：半年前驷车庶长来府那日，华月夫人恰好先行入府；那日安国君于棠棣园先见华月夫人，后在书房密室会见驷车庶长；若驷车庶长是下达密书而来，华月夫人也必是先知密书而来；据此推断，不能排除华月夫人在饮酒叙谈之时，已经先行将密书告知了安国君。若此点属实，洗清华阳夫人不是难事。”

“依你之说，也可推断我得密书后回头告知了两夫人？”

“不能。”主书镇静如常地看着拉下脸的嬴柱，“若得如此，安国君必然要与两夫人共谋此事。一旦共谋，安国君至少绝不会赞同以芈亓为特使。更根本处，安国君在会见驷车庶长之后，与两夫人只有一夜之聚，天方黎明便被驷车庶长召去，此日暮色当即出咸阳北上河西。依照常理，如此重大谋划不能一夜急就。若安国君果真参与了谋划，在得领军接应公子的王命之后，也必会立即取消这一私行谋划。安国君北上而私行谋划照常进行，可知安国君对此事一无所知。一二三连环，无一便无二三，今无二三，也便无一。由此可知安国君并未将密诏告知两夫人。”

“如此说来，我可摆脱廷尉府追究？”

“周旋得当，自可摆脱。”

“呜呼哀哉！”嬴柱拍案长嘘一声，“酒饭上来，吃饱再说！”

主仆三人的这顿酒饭吃了大约半个时辰。因忌酒而不善饮酒的嬴柱破例饮了两爵，红着脸边咥边说议定了大体路子。散席之后嬴柱浑身如同散架一般，被两名侍女扶进浴房泡进热腾腾的大盆推拿按捏了又大约半个时辰，方才被抬上卧榻，头一靠枕鼾声大作。谁料夜半之时却莫名其妙地醒了过来，再也不能入睡，幽幽暗夜中两个夫人的影子总是在左右诡秘地晃悠。嬴柱索性裹着大被坐起，也不点灯，只盯着红毡地上一片冰冷的月光发着愣怔，心头只突突跳动着一个个狂乱飞舞的大字——飞来劫难，你能躲过么？

据实而论，嬴柱实在难以预料这件突发罪案的牵连深浅。华月夫人事先知道了密书，且先于驷车庶长透露给他是事实，他拿到密书后炫耀地摆在了两夫人面前也是事实。那个胡天胡地的秋夜里，两个狂放的女人将他侍奉得如醉如痴昂奋不能自已，除了忘情的大呼小叫与语无伦次的粗话脏话以及后来总在眼前晃动的两具雪白肉体，他已经完全记不清楚自己应过甚事说过甚话了。回想起来，那天夜里两姐妹高兴得忘乎所以，常常情不自禁地趴在他身上咯咯直笑，吞吐把玩着他总在说一件他自己也很乐意听的事情，他连连点头说好，两姐妹咯咯长笑争相向他献媚。目下想来，除了那件当日刚刚从不同途径得到消息且与每个人都息息相关的大事，还能有甚事喋喋不休？可是，自己连连点头的究竟是一件甚事？若果真两姐妹说要派私家特使入赵襄助异人回秦，如何自己连一丝一毫的记忆都没留下？若不是此事，还能有甚事要自己点头？他朦胧记得，两女人一个骑在他脸上一个趴在他身上一齐呻吟着娇笑着拍打着要他说话，他被丰滑肉体堵住的大嘴巴只能闷声嗷嗷呜呜，两个女人一时笑瘫在了他身上。那时候能是甚事？若果然此事，为何非得他点头答应？纵是儿子在他毫不知情时突兀归来，身为父亲他能不高兴？那么，便是……对了对了！嬴柱心头猛然一颤一闪——芈亓入赵，要凭太子府令牌才能在丞相府官市署取得通关书令！

如此说来，自己岂能逃脱罪责？

然则，晚来主书一席拆解也是振振有词。若自己以“当日发病昏迷不省人事”对应廷尉质询，留给廷尉的很可能便是如主书一般的推理，自己很可能逃过一劫。可是，若两夫人要减轻自己罪责，一口咬定此事得安国君首肯，自己却如何辩解？细想起来，这两个女人他实在把不准，肉身亲昵放浪得刻骨铭心须臾不能离开，心头却总好像云雾遮掩不晓得深浅。她们时常背着他抱做一团神秘兮兮地唧咕，见他来了咯咯笑着分开缠上来侍奉得他没有一句发问的机会。依常人之心忖度，两夫人皆无儿子，靠的是他这个太子，无论如何不当有陷他于不利境地的密谋。然则，翻过去再想，关心则乱，两夫人眼看后继有望，难保不会做出事与愿违的蠢事；目下入狱，更难保不为了自保连带出他这个王储以图减轻罪责。

果然如此，他当如何？

最佳之策，当然是周旋得两夫人无罪，同时保住自己。若在山东六国，对于一个太子这实在是一件轻而易举的小事。可这是秦国，如此想法简直荒诞得异想天开！违法论罪，这在秦国是无可变更的法治国情，除非老父王力行特赦，如此泄密重罪想一体逃脱无异于痴人说梦。事已至此，必须有人为泄密事件及其带来的严重后果承担罪责。为今之计，能保住自己已经是万幸了，何能再希图救出两位夫人？华阳华月啊，非嬴柱不救，实不能救也……

清晨卯时，酣睡中的嬴柱被侍女唤醒，说家老令她进来禀报纲成君蔡泽在正厅等候。嬴柱猛然坐起穿好衣裳匆匆洗漱完毕大步赶到了正厅，迎面一长躬："纲成君想杀我也。"蔡泽大笑着连忙也是一躬："三月未见，不想安国君成谦谦君子也。"嬴柱顾不得寒暄应酬，一把拉住蔡泽便走，到了书房掩上门又是一个长躬："纲成君救我！"蔡泽扶住嬴柱惊讶道："安国君何事惊慌？"嬴柱连连顿足："两夫人被拘拿，嬴柱岂能不受牵连？老父王火急召我却不见我，大势危矣！"蔡泽恍然大悟，目光连闪间长长地"啊——"了一声，悠然一笑道："安国君啊，有道是人到事中迷，果不其然也。""你说甚？"嬴柱一脸懵懂惊愕，"你你你说我迷？你说我迷！我如何迷果真迷么！"蔡泽不禁笑得前仰后合："也也也！安国君，老夫未及早膳赶来点卯，肚腹空空，不教人咥笑得饱么？"

"好说好说。"嬴柱拉开门一声大喊，"酒饭！快！"

片刻间酒饭上来，蔡泽入座埋头吃喝。嬴柱不吃不说话，一边看着蔡泽一边从自己座案不断往蔡泽身边一蹭一蹭凑来，迫切之相如同狗看着主人乞求骨头一般。蔡泽从容吃得一阵终是不忍，搁下象牙箸笑道："安国君如此待客，老夫如何咥得？来！坐了说话。"嬴柱迷瞪着双眼浑然不觉："不不不！纲成君只管咥我也咥，咥罢再说不迟。"蔡泽的公鸭嗓呱呱笑道："罢了罢了，来，坐回去听老夫说！"见嬴柱只痴痴盯着自己，蔡泽蓦然大觉局促，霍地起身离座一躬："君将为万乘之尊，安得如此惶惶乱象？请君入座，老夫自有话说。"嬴柱一个激灵方才恍然一笑，不及站起双手撑地猛然挪动大屁股退了回去："你只说！"

蔡泽这才落座一笑："安国君，此事看似危局，实则十之八九无事也。"

"如何如何？何能无事？甚个根由？"

“其一，吕不韦已知芈亓出事，做好了周密谋划。其二，公子之老内侍老侍女与吕不韦新妻并商社执事，已经在年前安然回到咸阳。其三，老夫得信，公子与吕不韦已经离开了邯郸，只要路途不遭意外，当可安然返国。”

“这？这与两夫人之事何干？”嬴柱依然一片混沌。

“君不闻釜底抽薪乎？”

“啊，啊，啊——”嬴柱终于明白了一些。

“另则，两夫人事安国君未尝预闻，本无危局，亦无须忧虑。”

“我未尝预闻么？”嬴柱不期然惊愕一句又连忙改口，“对对对，我未预闻。”

“是否预闻不凭君说，乃老夫推断之事实。”蔡泽梆梆叩着大案，“若你预闻，两夫人自会供出；两夫人未供，可证你未尝预闻。不是么？”

“你你你，你如何晓得两夫人未供？”

“两夫人若已供出，安国君去廷尉府只怕不是会事了。”

“是也！”嬴柱长嘘一声，自己如何连如此简单的道理也迷了心窍？以老父王执法如山的铁石心肠，但有两夫人供词，自己能不连带下狱？老廷尉会事问的正是自己是否预闻，若两夫人供了还会那般依法质询么？还不早将供词撂出教我招认了？对也对也！两夫人甚也没说！骤然之间，一丝愧疚漫上嬴柱心头，不禁恳切拱手，“纲成君，两夫人乃先祖宣太后族孙，孤身无后，唯靠嬴柱照应，敢请援手一救！”

“救？救哪个？”蔡泽白眉猛然一耸，“此案必得一人承担罪责，周旋得当，或可解脱一人。两人得救，只怕难于上天也。”

默然良久，嬴柱一声叹息：“呜呼！但得一人，夫复何言？”

“安国君存得此心，老夫便有一策。”见嬴柱又急急凑到面前，蔡泽低声说了起来。嬴柱边听边点头，脸上荡开了一片近日难得的笑容。

蔡泽一走，嬴柱闭门大睡到午后方才起来，自觉神气清爽了许多，啜得几盏滚烫的酽茶驾着轺车去了廷尉府。公堂相对老廷尉素无闲话，径直请安国君如实回复昨日质询。嬴柱回得极是简洁：离开咸阳之前从没有对两夫人透露过密书，两夫人从何途径得密书消息，也无从得知，不敢冒昧揣测。老廷尉请他在书吏录写的竹简后手书了官爵名号，平板板一拱手道："会事完毕。安国君听候判词。"嬴柱一点头告辞出门，奔王城而来。

长史桓砾正在王书房外厅归置官员上书，按轻重缓急排出先后次序，选出最紧要者在老秦王午眠之后立即呈进。埋头之时却闻案前微风，一只黑色木匣已经摆在了案头。桓砾一抬头，见正殿老内侍已经踩着厚厚的红地毡悄无声息地站在了面前，淡淡笑道："老寺公又要给人加塞？"老内侍红了脸，一边摇头一边低声道："看好也，太子紧急上书，莫非你老哥哥敢不接么？"桓砾一怔，撂下手头书简打开了黑漆木匣，揭开了覆盖匣面的红绫，一个更小的古铜匣显了出来，匣面上赫然太子府的黑鹰徽。按照公文呈送法度：太子上书长史无权打开，必须立即呈送秦王。桓砾抬手啪地盖上木匣捧起："老寺公知会太子，上书已经呈送，请候回音。"见老内侍无声地摇了出去，桓砾捧着木匣进了书房内厅。

春回之季，久卧病榻的秦昭王气色渐渐见好，听桓砾高声大气地禀报完毕，淡淡一笑："老夫听得见，忒大声。开启太子书，你念。"

"老臣明白！"桓砾心下一热，不禁一声哽咽。

近年来老秦王风瘫在榻，非但耳背重听，连说话也是咕哝不清了。无奈之下，桓砾与给事中（内侍总管）物色了一个极为聪敏可靠的少年内侍进了内书房，职事只有一个：终日守候秦王卧榻做"传书侍者"。每有重臣对事，少年内侍跪伏榻侧头靠王枕听老秦王咕哝说话，而后转身复述给臣下。几次下来，王族元老与蔡泽等几位重臣大为不安，如此传音断事，但有差错后果不堪设想。桓砾更是紧张莫名，每次对事都汗流浃背如同噩梦——不管是老秦王果然晚年昏聩，还是少年内侍传音出错，只要一两件国事断得荒诞不经，自己这个长年居于宫闱中枢执掌机密的长史与老给事中必然会成为"狼狈为奸蒙蔽王听"的奸佞小人，而被朝野唾骂遗臭万年。反复思虑，桓砾与老给事中秘密计议筹谋，对少年内侍施行了"矐刑"，以防这个渐渐长大的内侍生出非分野心。

那是一种秘密刑罚：将新鲜热马尿倾于密封木桶，将人头塞进锁定熏蒸，直到马尿没了气息；反复几次，人便睁眼失明——双目如常而不可见物。几十年后，名动天下的乐师高渐离因行刺秦始皇被判腰斩，秦始皇看重高渐离击筑才艺而特赦之，然又必须依法给予处罚，便对高渐离用了这种矐刑，从而使这种刑罚见诸史书。这是后话。

听着少年内侍沉闷的呜咽，桓砾在行刑密室里捶胸顿足地咒骂自己。老给事中看他几于癫狂，揶揄地嘲笑他“谋忠又谋正，卖矛又卖盾”，笑罢再也不请他监刑了。去年入冬之后，原本机敏聪慧清秀可人的少年内侍倏忽变得呆滞木讷，虽传言依然无差，然那对似乎依然明亮的双眸却终日无神地空望着前方，黯淡的两颊总是挂着一丝细亮的泪线，直看得桓砾心头发颤。虽然他已经请准秦王对少年家人族人做了赐爵厚赏，可每次看见这个默默跪伏在王榻一侧的少年，便生出一种难以名状的伤痛。年关之后春气大起，老秦王渐渐见好，今日竟能大体清晰地说话了，他如何不如释重负热泪纵横？

“好好念也……”秦昭王沙哑的声音慈和得像哄慰小儿。

“哎。”桓砾答应一声，拭去老泪启开铜匣展开竹简咳嗽一声诵读起来，“儿臣嬴柱顿首：得奉王命立异人为嫡，不胜感喟欣慰，恒念父王洞察深远。然，一事不敢妄断，请父王训示定夺：异人生母夏姬出身微贱，粗疏不足以为儿臣正妻；儿臣妻华阳夫人违法获罪，而今下狱，夫人爵被夺，依法已非儿臣之妻；如此儿臣无妻，诸子亦无正母，嫡子异人归来之日，若无正母在位示教似有不妥；此事该当如何处置，儿臣委实无策，恳请父王定夺示下。”收拢竹简，桓砾补了一句，“太子书完。”

一直靠着大枕闭目凝神的秦昭王良久默然，突兀道：“长史以为此事如何？”

“老臣……”桓砾一阵沉吟正要说话，秦昭王一拍榻栏：“宣嬴柱。”

正在候见偏殿呆看屋檐铁马的嬴柱，被老内侍带进深邃幽暗的王书房内厅，进门扑拜在地高声道：“春来阳生，儿臣祝父王康泰。”秦昭王淡淡一笑：“礼数倒是学得周全。坐了。”听得王榻苍老的说话声，嬴柱不禁大是惊愕，接连又是扑地一拜：“呜呼！天佑我秦，父王复聪，儿臣心感之至！”秦昭王白如霜雪的长眉皱成了一团，沟壑纵横的老脸却平静如水，轻轻一抬手道：“坐了回话。廷尉府会事如何？”嬴柱膝行到榻侧案前肃然挺身跪坐，将会事经过简洁说了一遍，末了归总一句："两夫人之谋，儿臣未尝与闻，唯听廷尉府依法处置。"秦昭王道："你若廷尉，此案如何裁决？"嬴柱毫不犹豫接道："坐实凭证，依律判之，首犯当腰斩。"片刻默然，秦昭王道："你若秦王，自觉能否特赦？"

"……"嬴柱顿时吭哧不敢接口。

"今日上书，要再次大婚？"秦昭王又淡淡地追了一句。

"……"嬴柱还是吭哧不敢接口。

"嬴柱啊，"秦昭王拍着榻栏粗重地叹息了一声，"既为国君，当有公心。无公心者，无以掌公器也。汝纵有所谋，亦当以法为本。秦之富强，根基在法。法固国固，法乱国溃。自古至今，君乱法而国能安者，未尝闻也！君非执法之臣，却是护法之本。自来乱法，自君伊始。君不乱法而世有良民，君若乱法则民溃千里。《书》云：王言如丝，其出如纶。诚所谓也！汝今储君，终为国君，何能以家室之心，图谋国法网开一面？汝纵无能，只守着秦法岿然不动，以待嬴氏后来之明君，尚不失守成之功矣！汝本平庸，却时生乱法之心，无异于自毁根基。果真如此，秦人嬴氏安能大出于天下？惜乎惜乎！秦人将亡于你我父子也！"一字一顿，铿锵沙哑的嗓音在大厅嗡嗡回响，沧海桑田在缓慢坚实地荡荡弥漫，骤然收刹之下，大厅中一片寂然。

"君上……太子……太医！"匆忙录写的桓砾蓦然抬头，才发现不知何时秦昭王已经坐了起来，脸泛红潮额头大汗淋漓雪白须发散乱张开，俨然一头行将猛扑的雄狮。一直低头受训的嬴柱，已涕泪纵横面色苍白地软瘫在了案前。

老太医一阵忙乱，绽开心劲的秦昭王已经疲惫地昏睡了过去，苏醒过来的嬴柱呆坐着发怔。良久，嬴柱扶案站起，对着王榻深深一躬踽踽去了。

蔡泽正在太子府书房等候，见嬴柱一副茫然的模样不禁笑道："安国君失魂也，要否寻个方士来？"嬴柱极是不耐地摇摇手："纲成君好聒噪，害我无地自容也！"蔡泽惊讶地瞪起了那一对鼓鼓的燕山环眼："如何如何？碰了钉子么？""钉子？是刀是剑！剜心剔骨！"嬴柱红着脸啪啪拍案，“面对父王那番训斥，我只恨不能钻到地缝去。纲成君啊，嬴柱完了，完了……”说着伏案大哭。蔡泽大是难堪，过来摇着嬴柱肩膀急促道：“安国君说个明白！若果真累你吃罪，老夫立即进宫自承撺掇教唆之罪，与你无涉！”嬴柱止了哭声叹息几声，将父王的训示一句句背来，末了又是放声痛哭。

“安国君，蔡泽先贺你也。酒来！”蔡泽手舞足蹈公鸭嗓一阵嘎嘎大笑。

“你！失心疯？”嬴柱一惊，回身要喊太医。

“且慢且慢！”蔡泽嘎嘎笑着坐在了对面连连拍案，“老夫只候在这里，若今夜明朝没有佳音，蔡泽从此不再谋事！酒来也！”

嬴柱看蔡泽如此笃定全然不似笑闹，心下虽将信将疑，却也当真唤来侍女摆置小宴，心不在焉地应酬着蔡泽饮了起来。未得三巡天色已黑，嬴柱正在思谋如何找个理由送走蔡泽自己好思谋对策，庭院突兀一声高宣：“王命特使到！安国君接书——”嬴柱陡然一个激灵，翻身爬起带倒酒案哗啦大响只不管不顾跌跌撞撞出了书房，在厅廊下却与悠悠老内侍撞个满怀，两人一齐倒地。

“呜呼哀哉！安国君生龙活虎也。”老内侍勉力笑着捡起了地上的木匣。

“老寺公，惭愧惭愧……”嬴柱脸色涨得红布一般。

“安国君自个看了。”老内侍双手捧过木匣殷殷低声笑道，“若非你紧急上书，此书今朝已发了。老夫告辞。”一拱手摇了出去。

“大灯！快！”嬴柱一边急促吩咐，一边已经打开了木匣将竹简展开，两盏明亮的风灯下两行清晰大字：

> 王命：夫人获罪，不及株连。安国君嬴柱可持此命前往廷尉府狱，探视其妻华阳夫人，以安家政。

嬴柱大步回到书房，将竹简往蔡泽手中一塞，人只站在旁边呼呼直喘：“老寺公说，我若不上书，此书今朝便发了。”蔡泽打开竹简扫得一眼一声长嘘："呜呼哀哉！老夫险些弄巧成拙也。"站起身一拱手告辞。"且慢且慢！"嬴柱连忙拉住了蔡泽衣襟，"纲成君莫如此说，只要得此王书，吃一顿训斥也是值当。你只说，我果然无事了？""安国君真是！"蔡泽有些哭笑不得，"倘若有事，老王能如此痛切一番？今日之训，大有深意也！"嬴柱大惑不解："有何深意？我只听得胆战心惊。"蔡泽正色道："安国君胆战心惊者，老王辞色也。老夫揣度秦王本意，似在为王族立规，非但要见诸国史，且不日会昭著朝野。左右事完，老夫去也。"摇着鸭步忙不迭匆匆走了。

嬴柱放下心来，好容易安稳睡得一夜，次日清晨乘辎车到了廷尉府。老廷尉一见王书，唤来典狱丞带着嬴柱去了城西北的官狱。秦国法度：郡县皆有官狱，只关押那些未曾结案定罪的犯人与轻罪处罚劳役的刑徒；一经审理定罪，一律送往云阳国狱关押。依当世阴阳五行之说：法从水性阴平，从金性肃杀，北方属水西方属金。故官狱多建于城西北民居寥落处，咸阳亦不例外，只是比郡县官狱大出许多而已。在官狱的高大石墙外停了辎车，嬴柱跟着典狱丞徒步进了幽暗的石门，曲曲折折来到一座孤零零的石条大屋前。典狱丞唤来狱吏打开硕大的铜锁，虚手一请，守在了门口。嬴柱进屋，眼前突兀一黑，一股湿淋淋的霉味迎面扑来，不禁一阵响亮的咳嗽喷嚏。

"夫君……"角落木榻的一个身影扑过来抱住嬴柱放声大哭。

"夫人受苦了……"嬴柱手足无措地抚慰着华阳夫人，凑在女人已经变得黏糊糊的耳根气声道，"莫哭莫哭，说话要紧。你如何招认？老姐姐说甚了？"

"我甚也没说。阿姐一口揽了过去，说一切都是她的谋划……"

"要犯分审，你如何晓得？"

"阿姐囚在隔室。前日她五更敲墙，从砖缝里塞过来一方薄竹片。"华阳夫人伏在嬴柱怀中，悄悄从显然不再丰腴的胸前摸出了一片指甲般薄厚巴掌般大小的竹片，哽咽着凑近到嬴柱眼前。幽暗的微光下，一行针刺的血字红得蹦蹦跳动——万事推我，万莫乱说！

嬴柱一声哽咽，大手一握从女人手心将竹片抹在了自己掌中，猛然捶胸顿足大声哭了起来："呜呼夫人！家无主母，嬴柱无妻，天磨我也！夫人清白，国法无私，但忍得几日，我妻定能洗冤归家！嗷嚎嚎——痛杀人也！"

"嬴柱！"突然隔墙女声的狂乱吼叫，"你妻清白！我有罪么！枉为姐妹骨肉，你夫妇好狠心也！老娘今日偏要翻供，任事都是你妻所做！教你清白！教你清白！"

"芈氏大胆！"狱吏高声呵斥着走到门前，"不怕罪加一等么！"

"法不阿贵，老娘怕你太子不成！"女人只是跳脚嘶吼，浑不理睬狱吏呵斥。

"大胆芈氏！"嬴柱沉着脸大踏步出来，径直走到隔间囚室门前怒声斥责，"国法当前，容得你胡扯乱攀！姑且念你与夫人同族姐妹，今日不做计较。你只明说何事未了，嬴柱以德报怨！"

女人一阵咯咯长笑："我只想你了，想你来这里陪我。"

"痴疯子！"嬴柱怒喝一声，转身对典狱丞高声大气道，"待她醒时说给她听：她的家人家事本君料理，教她安心伏法。"说罢大踏步走了。

回到府邸，嬴柱浑身散架倒在卧榻，再也没有力气爬起来了。

日暮时主书来报说，已经密查清楚：目下王宫谒者[1]芈椋是华月夫人的族叔，当年跟随宣太后入秦，一直在魏冄属下做主书吏；魏冄被贬黜之时，此人得秦昭王信任，留宫补了谒者王稽的职爵；此次正是向驷车庶长传送密书的芈椋向华月夫人透露的消息。嬴柱有气无力地问了一句："如此，又能如何？"主书惊讶道："安国君自当会事廷尉府，指实华月夫人与芈椋勾连犯法，方能救得华阳夫人也。"嬴柱喘息着坐了起来："王族以护法为天职。你知会家老并府中人等，从此任何人不得过问此事。芈椋之事万莫外泄，只听廷尉府查处裁决。"说罢对一脸茫然的主书疲惫地挥挥手闭上了眼睛。

莫名其妙地，嬴柱病了。半个月闭门不出茶饭不思，只有气无力地躺卧病榻，似乎连说话的力气也没有了。老太医几番望闻问切，除了嬴

[1] 谒者，战国秦官，职掌传送官府文书。

柱自己再熟悉不过的阴虚阳亢脾胃不和心悸虚汗等几样老病，无论如何也揣摩不出这种有（症）状无（病）因的“病”究为何物，只有先开了几剂养心安神温补药，而后立即报请太医令定夺。储君得无名怪疾，太医令何敢怠慢，当即上书老秦王，主张请齐东方士施治。谁料秦昭王却只冷冷一笑，咕哝了一句谁也不敢当做口书传给太子的话：“人无生心，何如早死？秦岂无后乎！”撂过太医令上书不置可否。

转瞬冰消河开，启耕大典在即。

自秦昭王风瘫在榻，近年来的启耕大典都是太子嬴柱代王典礼，而今太子卧病，启耕大典该何人主持？在国人纷纷揣测之时，王宫颁下了一则令朝野振奋而又忐忑不安的王书：秦王将亲自驾临启耕大典，大典之后举行新春朝会，再于太庙勒石！且不说启耕大典由高寿久病的老秦王亲自主持已经令朝野国人振奋不已，更有多年中断的新春朝会与闻所未闻而又无从揣测的太庙勒石两件大事，老秦人的激奋之心顿时提到了嗓子眼——秦国要出大事了！

消息传到太子府，嬴柱坐不住了。老父王以风瘫之躯勃勃大举三礼，他这个已过天命之年的老太子能安卧病榻？果真如此，不说老父王有无心劲再度罢黜太子，只那遍及朝野的侧目而视与非议唾沫也足以使人无疾而终，其时自己何颜面对国人面对天下。素来遇事左顾右盼的嬴柱，这次不与任何人商议，夜半披衣而起振笔上书，力请代父王主持三礼，否则自请废黜。书简连夜呈送王宫，嬴柱守着燎炉拥着皮裘坐等回音。眼看春寒料峭中天色大亮红日高挂，一辆辎车才嘎吱嘎吱到了府门。老内侍带来的口书只有两句话：“本王振事，与汝无涉。汝病能否参礼，自己斟酌。”

第一次，一股冰冷的寒气弥漫了嬴柱全身。

那领无价貂裘滑落到燎炉燃起熊熊明火，他依然木呆呆地站着。

二月初十，咸阳国人倾城出动。

拥过横跨滚滚清波的白石大桥，在渭水南岸的祭天台四周，万千老秦人观看了盛大的启耕大典。嬴柱四更即起，沐浴冠带，鸡鸣时分出了咸阳南门过了渭水白石桥，于朦胧河雾中第一个守候在了进入大典祭台的道口。红日初升，当须发霜雪的老父王被内侍们抬下青铜王车时，嬴柱无地自容了，一声哽咽热泪纵横地扑拜在了车前。老父王拍了一下座榻横栏，随行在侧的桓砾前出两步高声道："秦王口书：太子代行大典，本王监礼可矣！"嬴柱陡然振作，对着老父王深深一躬，驾轻就熟地开始了诸般礼仪。祭天地祈年、宣读祭文、扶犁启耕、犒赏耕牛、巡视百户耕耘、授爵先年勤作善耕的有功农户。马不停蹄地奔波到春日西斜夕阳晚照，才结束了这最是劳人的大典。张着巨大青铜伞盖的王车辚辚归城，秦昭王坐正身躯向道边国人肃然三拱，行拜托万民大礼时，欢腾之声骤然弥漫四野。嬴柱禁不住又一次热泪盈眶了。

次日清晨，接着新春朝会。

朝会者，聚国中大臣共同议决国事也。依着传统，这种朝会一年多则两三次，至少一次。这一次是启耕大典之后的新春朝会。自秦昭王风瘫以来，秦国已经多年没有朝会了。这次远召郡县大员近聚咸阳百官而行新春朝会，实在是振奋朝野的非常之举。清晨卯时之前，所有有资格参加朝会的官员都冠带整齐地候在了正殿外的两座偏殿大厅。相熟交好者低声询问议论几句，问得最多的话是："足下以为今日朝会当首决何事？"答得最多也最明确的话是："伐交逼赵，迎还公子。"嗡嗡低语中卯时三声钟鸣，正殿大门隆隆打开。官员们依着爵次络绎出厅，踩着厚厚的红地毡踏上了三十六级蓝田玉砌成的宽大台阶，鱼贯进入了久违的大殿。

谁也没有料到的是，被抬上大殿的秦昭王一句话不说，进入王座只一摆手。长史桓砾开始宣读近日尚未发出的几卷王书，唯一稍能引起朝臣关注者，是前将军蒙武被升爵一级，调任离石要塞做守关副将。宣读王书是将已决之事通告朝臣，并非征询商讨，朝臣们听了便是听了，谁也无须说话，只一心等待那个真正要"会议"的轴心话题。谁知接着又是纲成君蔡泽向朝臣知会李冰平息蜀地水患的功绩，桓砾再度宣读了一卷王书：蜀郡守李冰爵封右庶长，兼领巴郡，授"五千"兵符，得调驻蜀秦军随时讨伐苗蛮之乱。此事原是朝臣皆知，自然也不会有任何异议，人们依然在等待那个“会议”话题。

谁知等来的却是老秦王淡淡的四个字：“移朝太庙。”

太庙勒石虽是已经预先通告的大礼之一，然则谁也没有真正将这件事放在新春朝会之上。盖勒石者，无一不是念功念德以传久远。而太庙勒石，自然是念兹念祖追昔抚今。老秦王高寿久病，忆旧念祖也是老人常情，太庙勒石也是垂暮之年的题中应有之意，作为开春大礼也不会有谁非议铺排过甚。然则，朝会无“会”，便行此等“虚举”，眼看是将太庙勒石看做了最重大的国事，朝臣们心下便有些不以为然。战国之风奔放少迂腐，臣下耿耿言事蔚然成习，当下一班资深老臣先行站起诘难：“秦王多年未曾朝会，念王老病之身，臣等无意责之。今日既有朝会，便当会议迫在眉睫之国事，何能因勒石太庙而疏于国家大朝？”领头说话者便是那个“冷面唯一堂”老廷尉。

秦昭王只有一句话：“今日朝会在太庙。勒石之后，卿等再行会议。”

如此一说，只是个先后次序之事，朝臣们再无人异议，鱼贯出宫各登轺车浩浩荡荡地到了太庙。太庙在王城之内北面的一座小山之下，松柏苍郁殿阁层叠恍如一座城堡。第三进的中央大殿供奉着秦人嬴氏王族的历代国君的木像，香烟缭绕肃穆静谧。秦昭王车驾当先而行，到得巍巍石坊前停了车马，被六名内侍用一张形同王座的特制坐榻抬着进了太庙。随后官员们得到的命令是：“本王已代群臣祭拜，彼等无得停留，直入大殿庭院。”朝臣们不禁一阵惊愕。

太庙者，邦国社稷也。如此重地任是国君亲临，也须前殿祭拜方能进入中央正殿庭院，等闲臣子不奉王书则根本不得进入太庙。如今既来，如何能“无得停留直入大殿庭院”？虽是惊愕疑惑，然终究只是一件关乎礼仪的事。在“礼崩乐坏”的战国之世，在蔑视王道礼治的秦国朝臣心目中，如秦昭王这般越老越见强悍的国君能下如此书令，必然有着比礼仪更重要的因由，走便是了，说甚！

一条石板道将大殿庭院分作了东西两片柏林。朝臣们从石板道络绎进入庭院，见东首柏林空地中一柱红绫覆盖的两丈大石巍然耸立，碑前三牲列案香烟缭绕，秦昭王的坐榻已经落定在大殿与柏林之间。兼职司礼大臣的老太庙令将朝臣们分派成两方站立：王族臣子一方，非王族臣子一方。历来按文武成方按爵次列队的传统规矩今日竟被破了，臣子们又是一阵惊讶迷惑。

“太庙勒石大礼！乐起——”

老太庙令一声号令，大殿高台下的两方乐队骤然轰鸣，宏大昂扬的乐声顿时弥漫了柏林弥漫了太庙。蔡泽听得明白，这乐声不是各国王室在大典通行的《韶乐》，而是秦风中的《黄鸟》，心中不禁一动，左右一瞅朝臣们也是眉头大皱，便知今日勒石必非寻常。《黄鸟》是春秋时期风靡秦国朝野的一首歌谣，是老秦人追思为秦穆公殉葬的子车氏三良臣而传唱的挽歌。至于战国，《黄鸟》依然是秦国朝野最熟悉的悼亡歌。然终因此歌隐隐包含了对秦穆公杀贤而导致衰败的谴责，从来不会在礼仪场合被当做开礼之乐。更有甚者，今日勒石在太庙，太庙大殿的正中位置供奉着赫赫穆公，开乐《黄鸟》，老秦王要做甚？

“老臣有话！”乐声未到一半，王族队首的老驷车庶长嬴贲大踏步到了秦昭王坐榻前，“今日太庙大礼，如此乐声暗含讥讽伤及先祖，是为司礼失察。臣请重奏大乐开礼，后治太庙令之罪！”话方落点，王族大臣们一声呼应：“臣等赞同老驷车之见！”蔡泽注意到，只有默然肃立的太子嬴柱没有开口。

“我王有书。”未等迷惑观望的非王族臣子们出声，秦昭王身边的长史桓砾哗啦展开了一卷竹简，一字一顿地高声念诵，“王道礼乐之论，多文过饰非之颂。不开责己求实之风，何能固我根基？昔年孝公之《求贤令》，历数先祖失政之过，方能脱秦人之愚昧，开千古大变之先河。祖先之过不能及，今人之失不能议，君何以正？国何以强？卿等毋做迂腐之论，当襄助本王立万世规矩也！”

“我王明察，臣等赞同！”蔡泽目光一扫，非王族大臣们异口同声地一片呼喝。王族大臣们一阵寂然，终是默默认了。

“大乐重行——”太庙令悠然一喝，忧伤悲怆的《黄鸟》重新荡开。大臣们已经从显然是事先准备好的王书中嗅到了一种异乎寻常的气息——老秦王精心谋划有备而来，责穆公而扬孝公，这太庙勒石必然大有文章，一切都只能等到勒石揭开之后再说了。人同此心心同此理，太庙柏林中一片前所未有的肃穆。

“太子代王揭碑——”

冠带整齐的嬴柱肃然上前，双手搭住红绫两角轻轻一抖，那幅殷红的丝绫滑落到了石座的大石基上——凛凛青石历历白字赫然眼前。随着太庙令一声“太子诵读碑文”的司礼令，嬴柱对着大碑肃然一躬，高声诵读起来。朝臣们的目光随着嬴柱的诵读声盯着石文移动，那一个个深嵌大石的白色大字似一颗颗铁钉砸得人心头噗噗作响！

秦王嬴稷　勒石昭著　法为国本　君为国首　本首之道
变异相存　国之富强　根基唯法　法固国固　法乱国溃
自来乱法　自君伊始　君乱法度　国必亡焉　法乱国安
未尝闻也　诚为此故　告我子孙　嬴氏王族　唯大护法
法度肖然　万世可期　坏我秦法　非我族类　乱法之君
非我子孙　凡我王族　恒念此石　一年一诵　惕厉自省
乱法之君　人人得诛　生不赦罪　死不入庙　安亡必戒
毋行可悔　戒之戒之　言不可追　立此铁则　世代不移

嬴柱高声诵读着，满面通红，汗水涔涔。

苍苍柏林一片肃然，朝臣们粗重的喘息声清晰可闻。无论是因何而发，无论是因谁而起，痛切深彻的石文都像长鞭抽打着每个人的魂灵。直到嬴柱念罢最后一个字，朝臣们还是肃然默然地伫立着，连大典礼仪惯常呼喊的秦王万岁也忘记了。

二　塞上春寒　心变情异

三月初，渭水草滩搭起了一个巨大的刑场，咸阳国人大为惊奇。

秦法虽严，然真正的大刑杀只有商鞅变法之初与秦惠王即位初期根除世族复辟势力的有数几次。从秦惠王中期到秦昭王晚期，秦之刑杀形式逐渐回复到了古老的传统——每年一次，秋季决刑。百年下来，渭水草滩的大刑场已经变成了国人记忆中的一片落叶，除了春日踏青时凭吊讲古，很少有人提及祖上所经历过的肃杀岁月了。如今正在热气腾腾的春耕踏青之时，渭水草滩陡起刑场，国人不禁一个激灵！人们几乎不约而同地想起了当年大刑杀的两个征候：渭水草滩与开春时节。可是，也没听说有甚株连大罪案生出，杀何等罪犯用得着如此铺排？口舌流淌的议论最后沉淀为一个传闻：老秦王行将就木之前要清算旧账，大杀有可能危及王室的不轨人犯，为身后太子清道！在传闻由咸阳的巷闾市井弥漫村社山野时，两丈见方的内史书令[1]张挂到了咸阳四门城墙，赫然告知国人：春刑将决王族高爵人犯，许国人观之，以彰法度。此令一出，国中哗然。人们自觉官府书令验证了口舌传闻，果真如此，秦国还能安宁么？

施刑那日，农夫歇耕作坊停工商市关闭，整个咸阳倾城而出拥向了刑场。加上闻讯赶来的邻近各县庶民，几里宽的渭水草滩人山人海。然而结果却大大出乎人们所料，斩决的只有一个王族公子遗孀——华月夫人。尽管这个女人也算王族也算高爵，但在老秦人心目中，她却只是个仅仅进入宫廷的楚国女闲人，纵然犯罪，杀了也便杀了，如此大铺排实在是白耽搁一天好日头也。但是，当老廷尉在行刑之后奉命诵读了老秦王的太庙勒石文后，万千人众渐渐地鸦雀无声了，只有掠过原野的河风抖得大旗小旗啪啪作响。陡然之间，幽谷般的沉默被漫山遍野的声浪淹没："秦王万岁！""秦法万岁！""护我秦法！万世不移！"种种呼声春雷一般轰鸣起来。

暮色时分，当漫无边际的人海在夕阳之下流向咸阳四门时，一首古老的歌谣在人海中轰轰嗡嗡地弥漫开来："南山汉桑，北山胡杨。我有君子，邦国之光。愿此君子，万寿无疆。"绵长的歌声浪涛般此起彼伏，老秦人如饮醇酒手之舞之足之蹈之。这一日的踏青观刑，酿成了日后永远不能磨灭的美好记忆。

---

[1] 内史，秦国官职，掌京师军政；书令，官府公文通称，可张挂者即后来的告示。

春刑次日，华阳夫人被无罪开释了。

嬴柱本当驾车接人，想想还是派家老去了。

晚来小宴为夫人压惊，嬴柱蓦然觉得再熟悉不过的妻子变得陌生了。华阳夫人谈笑风生目光流盼，频频与夫君把爵对饮，说了许多闻所未闻的趣事乐事，与素来娇痴羞怯只蜗居在甘棠园小心侍奉的那个可人女子判若两人。嬴柱说，没有亲接夫人心下过意不去。华阳夫人咯咯笑着，连说没事没事何足挂齿。嬴柱说阿姐就刑深为惋惜。华阳夫人笑说生死在天，阿姐将世事看得明白，死得不懵懂便值了。嬴柱说太庙勒石震动朝野，日后我等得谨慎小心才是。华阳夫人点头笑应，只要不犯法小心个甚来，该当如何还是如何，放不开手脚，没事反倒被人看做有事一般，晓得无？见夫人不像疯癫之态，嬴柱心下稍安，却总是觉得没了那种熟悉的诱人风韵，打不起精神抚慰夫人。华阳夫人浑然无事，将笑吟吟红扑扑的脸膛埋进了嬴柱胸前，一展细柔的腰肢将他背进了寝室。

甘棠香弥漫的春夜里，嬴柱又一次感到了这个熟悉女人的陌生新鲜。她火辣辣地侍奉他折腾他，精力用之不竭，花式层出不穷，全然不是那个软绵绵娇生生静待他用罢方士药酒之后扑在她身上大逞雄风的细腰楚女了。酒意朦胧的嬴柱蓦地一个闪念——女人在一身两用，奋力重演着夫君最为痴心的三人嬉戏！陡然之间嬴柱热泪盈眶，紧紧抱住了热汗淋淋的赤裸身子，一口咬住了面前雪白的胸脯。女人浑身颤抖一阵咯咯长笑一阵嗞嗞哽咽，猛然喊出一声阿姐，一时放声大哭……

春寒料峭的鸡鸣时分，嬴柱没有呼唤侍女，自己下榻悄悄地给沉睡的妻子仔细裹好了丝绵大被，轻轻掩上了寝室房门，草草梳洗到了中院正厅。太庙勒石对他的震撼太大了。第一次直面因自己不肖而引起的前所未有的重大国事勒石，嬴柱实在是寝食难安。一柱将永世流传的太庙刻石，非但是王族子孙的耻辱，更是自己这个储君的耻辱。除非自己奋发惕厉登上君位后以皇皇政绩证实自己并非不肖，这种刻于青史立于朝野万众皆知的口碑耻辱永远无法洗刷。要洗刷耻辱，第一步便是不能在太子位随波逐流再生事端。面对老而弥辣的铁面父王，再也不能让“庸常无断”这四个字钉在自己身上了。自太庙勒石回来，嬴柱开始了闻鸡即起三更入睡的勤奋生涯，一个月下来虽说清瘦了许多，却也自觉精神矍铄，另有一种未曾经受过的新鲜。首先看在嬴柱眼中者，是府中风气为之大变。素来慵懒松懈卯时还不开中门的太子府，忽然变成了天色蒙蒙的寅时三刻便灯火大亮，中门隆隆大开，仆役侍女洒扫庭除一片忙碌，连大门前归属官府净街人洒扫的长街与车马场也打扫收拾得整齐利落一派光鲜精神。每日清晨必得巡街的咸阳内史大是赞赏，立即书令知会城内所有官署大加褒扬。各官署立即闻风向善，争相振作门庭，一时传为佳话。

“禀报安国君，一应公文齐备。”

看着主书备妥的卷宗笔墨，煮茶侍女捧来的滚热酽茶，嬴柱也不说话，坐进案前开始了忙碌。太子府公文虽然不多，除了王宫长史发来的必须办理的王书，多是些太子傅太史令太庙令驷车庶长府等一班相关官署的知会书简。多少年来，除了老父王王书，嬴柱历来不看那些仅仅是教他知道一番的知会公文。太庙勒石之后，嬴柱非但是每有书简必看，且每看必有批书。不管送来的书简是否需要他的批书，也不管这种批书是否有用，嬴柱都一丝不苟地认真批书，心下只将这批书公文当做他未来为君的磨炼。不想一段时日之后，每日清晨坐在书案前便油然生出一种肃穆，心下大为感慨，愈发地认真起来。

“禀报安国君，纲成君请见。”

“快请。”嬴柱抬头搁笔起身，利落地迎到了门厅廊下。

“君别三日，刮目相看矣！”摇到庭院的蔡泽老远拱着手嘎嘎笑了。

“朽木不堪雕，纲成君何须谬奖也。”

“老夫没那般乐趣。”蔡泽摇头感慨，“人有生心，夫复何言？老秦王神明也！”

“纲成君，父王又批说我么？”嬴柱心头猛然一紧。

“多疑成癖安国君也！”蔡泽嘎嘎一笑，“有大事，进去说。”

入厅坐定，不待嬴柱发问蔡泽念诵了一句：“奉秦王密书，安国君纲成君当即赶赴离石，礼迎吕不韦还都。”惊愕之下嬴柱不禁冒出一句：“没有异人么？”蔡泽故作神秘地摇摇头：“但奉王命，只此一句。”嬴柱不禁又是一问："吕不韦能驻离石，为何回不得咸阳？你我亲迎，礼数何其大也！"蔡泽肃然道："老秦王口书：吕不韦生死之功，两君代本王相机礼迎，不得怠慢。"末了一笑，"你我礼数还大么？"嬴柱略一思忖道："你只说何时北上！"蔡泽笑道："安国君若无不便，今日正午如何？"嬴柱啪地一拍案："国事当先，有何不便？一个时辰后走！""好！"蔡泽嘎嘎大笑，"老夫车马北阪等候。"起身一拱去了。

三月十五，正是离石要塞开营的日子。

开营者，大军解除冬日坚壁而恢复防区巡查之谓也。这是秦国西北四郡（陇西、北地、上郡、九原）驻军的统一法度，其军中意义如同京师民治开春之时的启耕大典。每年从第一场大雪开始，冰天雪地的西北四郡驻军便进入了冬营之期。城堡要塞深沟高垒，村社庶民坚壁清野，除非紧急军情与密令军务，大军不会开出营垒。来春三月，陇西山地与河西高原虽然依旧是极目无边的黄色天地，但昼夜鼓荡的浩浩春风已经使残雪消融河冰初解，漫山遍野的胡杨林脱尽了枯黄的叶子从树干渗透出晶亮朦胧的绿来。再有半月一月，阴山草原与大漠深处的匈奴胡骑便可以展蹄南下劫掠中原了。正是这种天候之差，使毗邻北疆的秦赵燕三国有了一个共同的军制：三月中开营，厉兵秣马以备胡骑南下。

战国之世，秦国关隘要塞有四处最为要害，老秦人称为"驻军四塞"。其一函谷关，其二武关，其三离石，其四九原。而四塞之中真正驻扎精锐主力者，唯有函谷关与离石要塞。所谓精锐主力，一是兵种齐全骑步俱有，二是大型兵器配备整齐，三是久战沙场之师。此中根本因由，在于防守之敌不同与地形不同。函谷关面对中原魏韩两大战国以及随时可能结成合纵的六国盟军，自然是重中之重。武关主要防楚且地处山隘，只驻扎两万步卒。九原防守匈奴，只驻扎三万轻装骑兵与五千弓弩兵。离石要塞正当河西高原中段，隔着峡谷大河与东北的晋阳遥遥相望，面对战国后期最强大的赵国，驻军便与函谷关等同：最精锐的三万铁骑、两万重甲步兵、五千军营工匠（工兵），各种大型兵器一应俱全。就实而论，函谷关是秦国东大门，离石要塞是秦国事实上的北大门。两处主将也历来都是秦军名将。目下的函谷关守将是老将桓龁，离石守将是老将王陵。蒙武以前军主将之职被调任离石要塞副将，爵位相同却被看做升迁，原因便在于大军战将悉听统帅调遣，而重兵要塞之主将则要独当一面，是显然的方面统帅。

蒙武马队重新赶回离石要塞之日，正逢开营大操演，军营中杀声震天战马嘶鸣一片热气腾腾。蒙武立即进入中军幕府参见主将王陵，交接罢诸般军务，又低声对王陵说得一阵。左臂还挎着夹板的老将军只一挥手："该去！东南步军营，不用我说你也认得出来。"

蒙武一拱手出了幕府，匆匆来寻吕不韦大帐。

离开咸阳时，年轻的蒙武被破例宣召入宫。坐榻拥枕的秦昭王听他仔细讲述了接应公子异人的经过与百人马队一路死战的惨烈情形，不禁悚然动容。蒙武清楚地看到，老秦王雪白的头颅微微颤抖，喘息声粗重得如同风啸，一双白眉耸动的老眼晶亮地闪烁着泪光。良久默然，老秦王枯瘦如柴的大手拍着榻栏一字一顿道："其一，异人暂居吕庄，不许回太子府归宗；其二，蒙武随带太医北上救治，一俟吕不韦伤愈，立即护送还都；其三，诸般事体皆以你名，不言王命。余事本王另做处置。"蒙武一时多有不明，却终是鼓着勇气只说了自己最上心的一件事："公子与末将同年，南归后暂住末将处心神颇安。吕公未归，居于吕庄多有不便。末将之见，公子当回太子府先举认祖归宗之礼，侍奉父母膝下，以慰其颠沛之心。我王明察。""蒙武差矣！"老秦王冷冷一笑，"情法同理，王子士子岂有二致？吕不韦破家舍生，老秦人岂能薄情？臣不负国，王不负臣，此大道也！今吕氏伤病未愈，异人先行归宗，宁伤天下烈士之心乎！"

蒙武大汗淋漓地走了，直到宫外心头还怦怦直跳。

虽然没有直然责难，老秦王的告诫却显然暗含着对自己处置方式的不满。不管有多少理由，弃重伤重病的吕不韦于苦寒之地而将嬴异人先行护送回来，实在是有些草率了。若非老秦王处置老到，再依着自己的想法教嬴异人先行回归太子府认祖归宗，当真是陷秦国王室于不义了。蒙武清楚地知道，自秦孝公开创了向东方各国求贤变法的先例，秦国在王室垂范之下生成了一种弥漫朝野的尊奉山东名士的习俗规矩。久而久之，天下有了秦国敬士的口碑。纵是那些最蔑视秦国的儒家人物，也不得不说一句："秦虽蛮夷，敬贤尚可也！"吕不韦乃天下大商名士，在山东六国广有结交，若仅仅是为了弃商谋官，只怕在齐赵楚魏几个大国都可轻而易举地做个上大夫之类的显荣高爵。然则，吕不韦终是为了一个秦国公子破家舍财结交死士这次又几乎身首异处，说到底，还不是看重秦国的清明强盛？对于秦国，还有何等物事比士子舍命亲秦更为宝贵？秦国要的正是天下归心，尤其是士子归心，你蒙武为何就没有想到这一层！将嬴异人秘密护送回咸阳，又秘密安置在自家府邸，不使异人与先期离赵归秦的吕氏商社人等通联消息，目下看来更是伤及吕氏家人的不妥之举。蒙武啊蒙武，你是上将军蒙骜之子，自己也凭着战功做了前军主将，目下被委以离石副将之职，实际上是要你接替老将王陵了。老秦王将独当一面的抗赵大任交付于你，你却在大事上如此懵懂，身为大将只知就事论事，何其惭愧也！

回到府邸，蒙武对正在摆弄秦筝哼唱秦风的嬴异人三言两语说了进宫经过，也不管这位昔日同窗如何嘟哝，亲自驾车连夜将异人送到了渭水南岸的吕庄。先行离赵归来的一班执事、仆役及异人在赵国的老内侍老侍女，回到咸阳对吕不韦消息一无所知，终日惶惶不安，乍见异人，凄惶得放声哭成了一片。西门老总事更是捶胸顿足，坚执要随蒙武北上照拂主东。嬴异人颇是不耐地呵斥道："哭甚吵甚！谁个不烦？吕公又没死，聒噪！"皱着眉头不再说话。

这次蒙武大有耐心，见劝阻不住，欣然答应带西门老总事北上。老总事顿时破涕为笑，带着蒙武去见夫人。令蒙武惊讶的是，这位天人般的新夫人听说吕不韦伤病留在河西，只闪动着明亮的眸子紧咬着红润的嘴唇盯住他甚话不说，良久默然，终是低声一句："多谢将军消息。"径直出厅去了。在那瞬息之间，机警的蒙武从那对闪亮的眸子中看到了警觉看到了疑惑，心头不禁猛然一颤。

蒙武给吕庄执事们留下了一千金，不管西门老总事如何推托，都没能拒绝真诚和善而又执拗得寸步不让的年轻将军。回府途中，蒙武又顺道拜访了内史官署，请这位执掌咸阳军政的王族大臣向吕庄派出百人轻骑队昼夜巡视。蒙武一出示老秦王的特使密书，老内史甚也没说派马队出城了。

蒙武马队兼程北上，堪堪将近高奴[1]，却见马队之前有一辆黑篷辎车辚辚疾驶。在马队越过辎车的刹那之间，西门老总事惊讶地噫了一声。并骑飞驰的蒙武心中突然一亮，立即低声吩咐一名军吏带三骑士换上便装跟随辎车。马队抵达阳周要塞时，一便装骑士飞马赶来禀报：黑篷辎车在高奴遭遇守军盘查，得知车中女子自称赵女，无秦人照身帖，经军吏担保已经过关；辎车昼夜驰驱不吃不喝，军吏担心车中女子出事，派特急快马请令定夺。西门老总事恍然大悟："夫人也！定然无差！"蒙武立即下令马队扎营等候，与老总事亲带十骑返程接应。次日清晨，终于在洛水东岸的土长城下看到了烟尘鼓荡的辎车与远远尾随的骑士。蒙武飞马迎上凌空跃起，硬生生在黄尘飞扬的原野勒住了没有驭手任性狂奔的两匹烈马。当老总事颤巍巍拉开车窗帘布时，一声嘶哑的哽咽滑倒在了车旁。情急之下，蒙武一把撕开车帘，惊讶得不知所措——车中一片血红，飞溅车厢的鲜血与散乱纠缠的红裙裹着一张苍白如雪的面孔，分明死人一般。

"谁懂医道？快！"

便装军吏飞步赶来，猛然一声惊呼："身孕血崩！快请太医！"

蒙武大惊，回头一声断喝："人安军榻！原地守候！我接太医！"翻身跃上那匹雄骏的战马风驰电掣而去……

蒙武至今还在后怕的是，假若没有那名随行太医，这位颠簸驰驱三昼夜而流身血崩的新夫人当真是死活难料。假若这位夫人死了，他有何颜面再见这位有功于秦的商旅义士？如今果然要见吕不韦了，蒙武心头难以自抑地翻翻滚滚。

吕不韦的大帐在小城堡的东南角。

---

[1] 高奴，战国时秦国河西要塞，今陕西延安。

走过连绵成片的军帐区，第一眼看见的是一杆随风鼓荡的与主将旗帜同样高低大小但却没有姓字的黑底白边大纛旗，旗下一圈高大厚实的马粪墙，墙外一圈人各三兵（长矛、长剑、弓弩）的重甲武士。踏着残雪走进马粪墙，一座浑圆大帐孤独矗立，一层显然是连缀起来的巨大丝绵被披挂在牛皮帐篷外，帐口钉着一张厚实得连盘旋呼啸的寒风也奈何不得的翻毛皮包木门，看去活似一座鼓鼓囊囊的灰土堆。直到帐口，蒙武也听不见帐中任何动静。若不是帐顶那口冒着袅袅轻烟的竹管烟囱，谁也不会相信这毫无声息的“土堆”中会有人。蒙武看得出，在冰天雪地的高原军营之中，这座大帐的保暖之工是绝无仅有的。主将王陵的幕府虽则宽敞，但那冷硬粗糙的青砖地，厚实却又漏风的石条墙，以及铁甲锵锵的进出将士，无论如何也无法做到如此的严丝合缝，也无论如何使人想不到“温适舒坦”四个字。

“王陵，终是父辈老将也！”蒙武不禁大为感慨。

那天日暮，匆忙将吕不韦用军榻抬进了离石城堡，只简略地对王陵留下了急赴邯郸请毛公的叮嘱，蒙武便率部护送嬴异人星夜南下了。在蒙武心中，自己奉命北来的使命只有一个，那便是接应护送公子回秦，公子但有意外，自己便是死罪！在吕不韦突然失心变颜而嬴异人又惊得六神无主时，蒙武全然没有想到如何周全处置。说到底，根由在于缺少历练没有洞察之能。王陵对此事原本一无所知，却偏偏能在他离开之后克尽全力，非但派出精干斥候兼程入赵请来了毛公，且亲自率领三千步卒刨雪搜山寻觅千年灵芝，以致滚沟跌成了骨折。若非老将军极尽所能地满足毛公之请，岂能挽回吕不韦垂危的性命？若是奉命之下，蒙武自认也能做得周全利落。然则，王陵恰恰是在既未奉命又不知情之时，以无可挑剔的诸般作为顾全了秦国敬士的大规矩，此中隐含的仅仅是精明干练么？非也非也。在秦国的年轻将军中，蒙武以“承乃父缜密沉稳，而精明干练过之”著称，若非如此，老太子嬴柱岂能选他来做这件扑朔迷离无定数的大事？然则两厢比较，你不得不服膺王陵老将军的过人之处。细想起来，在昔日武安君白起的秦军老将中，堪与王陵相比者不乏其人，父亲蒙骜不消说，王龁、桓龁、胡伤、嬴豹等都是。他们的战场之才虽各有千秋，然却都有一个共同处：身为大将而顾及国体，每结贤士必彬彬敬之，与山东六国士子们咕哝不休的“虎狼秦风”大异其趣。后来，六国士子们每每私相揶揄，西也东也，虎狼之风究竟何在？对秦国的攻讦之辞也越来越没有了颜色。何以如此？也许是这些老将军比蒙武一代更深地咀嚼了山东六国鄙视秦国的创痛，也更直接地经历了敬士带来的益处，人人衷心认同先祖孝公开创的求贤之风。蒙武一代，则淡漠了这种“天下”之心，以致见士而不知重，见重而不明其道……

“啪！”沉闷清晰的敲棋声打断了蒙武的思绪。

吕不韦与毛公正在对弈。

案前一座硕大的木炭火燎炉，大帐被烘得分外暖和。茶女静静地侍奉着拙朴的陶炉陶壶，俄而起身在厚厚的地毡上飘忽来去，全然没有声息。缭绕大帐的酽茶香气中，只有淡漠的敲棋声散漫无序地起落着。两颗白头隔案相对，恍若深山林泉间的世外高人。一颗白头边打下棋子边摇晃着散乱虬结的雪白头颅高声吟诵：“且夫水之积也不厚，则其负大舟也无力。覆杯水于坳堂之上，则芥为之舟；置杯焉而膠，水浅而舟大也。风之积也不厚，则负其大翼也无力。故九万里，则风斯在下矣！而后乃今培风；背负青天而莫之夭阏者，而后乃今将图南也……”

“风也飞也，你是鲲鹏么？”对面白头不耐地嘟哝。

蒙武一片懵懂，老人如此认真地念诵这不着边际的宏文究有何用？对面白头人为何又如此沮丧不耐？听得片刻，两位白头人依旧散漫敲棋时而念诵，蒙武终于走上前去深深一躬：“末将蒙武，见过吕公。”

背对帐口的白头蓦然转过来打量一眼，又转过身去：“吕公，将军见礼。”

“啊啊——将军？”盯着棋盘的白头抬了起来，望着一身泥土的铁甲大汉，一脸茫然地笑了，“好，王陵将军来也，请入座。”

“嘿嘿，输得糊涂了！”白发散乱的老人竹杖啪啪敲着大案，“蒙武将军！老小都分不出来，罚饮三爵！”

“嚷嚷甚？输了棋撒气，出息也。”

“哎哎哎！究竟谁个输了？老夫能输混沌人！”

“啊——想起来也，我输我输。”白头吕不韦伸着懒腰长长打了个哈欠一阵大笑，“输了好，输了好，输了好呵！”眼泪鼻涕一涌而出，只是不管不顾地兀自长笑。毛公霍然站起，竹杖啪啪打着棋盘：“吕不韦！你枉称棋冠，败在老夫之手，不想赢回去么！”大笑声戛然而止，吕不韦扶案站了起来，茫然盯着烘烘燎炉嘟哝着：“输了输了，还能赢回来？”毛公红着脸陡然一声大喝：“吕不韦！想不想再来！不想再来永世狗熊！”吕不韦回身点头茫然笑着：“好好好，再来再来，输光光怕甚？”毛公却又突然嘿嘿一笑，过来扶住吕不韦坐到案前：“老兄弟，礼客为先，会完将军，再来不迟。”说罢回身对蒙武一瞥，笑吟吟坐在了吕不韦身旁。

“王陵将军见我何事？”吕不韦淡漠地笑着。

“末将蒙武，受命任离石副将，临行受异人公子之托，特来拜会。”

“啊啊啊，蒙武。”吕不韦茫然地应着。

“嬴异人小子何在？”毛公突然拍案，“不会走路么！”

“禀报吕公，”蒙武肃然躬身，“异人公子与公同逃同战，负伤六处，回咸阳后先在末将府下卧榻疗伤，稍见好转坚执住到了城南吕庄；得知末将北上赴任，公子请得秦中名医扁鹊弟子与末将一同前来为公医治；另则，公子专门致书吕公。”蒙武从皮袋中取出铜管捧上，却被黑着脸的毛公截了过去。

吕不韦目光蓦然一闪：“将军是说，公子没有回太子府？”

“吕公明察。”蒙武又是肃然躬身，“末将护送公子回秦，本当立即禀报太子，然公子却坚执要末将说他留在了离石疗伤，不教父母知晓他回到了咸阳。末将问其故，公子答说：吕公性命之忧，异人安可独享富贵哉！念及同年同窗情谊，末将成全了公子心意，只对秦王与太子复命说，吕公与公子已经接应回秦，皆在离石疗伤。是故公子一直未曾拜会父母。”

吕不韦默默点头，淡漠木然的脸膛第一次漾出了一片舒展的笑容。毛公恰恰抬头将一方羊皮纸啪地拍到案上：“好！小子尚算有心也！”吕不韦瞥得一眼羊皮纸喟然一叹，一句话不说只默默点头。

蒙武去了，大帐中一片沉寂。吕不韦轻轻一声叹息又是悠然一笑："毛公啊，异人能有此番心意，不韦虽死足矣！"正在飞快眨眼的毛公突然拍案一阵大笑："呜呼哀哉！你老兄弟没看出此中蹊跷么？"吕不韦堪堪舒展的脸膛倏忽一片阴沉："老哥哥是说，异人有假？"毛公神秘兮兮地一笑："嘿嘿，假中有真，真中有假，小假大真，真假交混，妙哉妙哉！"吕不韦心绪陡然低落，又是一副茫然神色："输了，赔了，而已，何须惊怪？""错也错也！"毛公连连拍案，"谁输了赔了？大赢也！你混沌还有个底么？""好好好你说，我好了好了！"吕不韦突然焦躁起来，直瞪瞪看着毛公。

"嘿嘿，嚷不嚷都没跑，终归大好事也！"毛公也直瞪瞪盯住吕不韦双眼，"你可听好，其一，那位秦国的扁鹊弟子早做了太医令，嬴异人小子刚回咸阳，请得来么？其二，这封皮书之笔法近乎嬴异人，却决然不是嬴异人。莫忘了，老夫可是那小子老师也！其三，异人果真深明大义，如何能弃公先去？既弃公先去，如何能突兀回到吕庄？其四，这个蒙武可是秦军有为大将，纵是敬公而拘谨，也不当满面忧思欲言又止……呜呼哀哉！你老兄弟究竟进耳朵没有也！"

吕不韦两眼发直默然不语，良久突然拍案："说！四假可证何事？"

"天也！老兄弟终是醒了，醒了！"毛公挥着竹杖手舞足蹈地在帐中胡乱蹦了两圈，呼呼喘息着大盘腿坐下压低了声音，"老夫不会看错：假后有真！"见吕不韦只目光烁烁不说话，毛公掰着指头连珠开说，"不奉王命太医令不能北来，此其一。无得授意，不会有人为那小子代笔，纵然有人代笔，以蒙武将军之持重也不会自承信使，此其二。小子原本未回吕庄，便是不想回吕庄，不想回而能居住蒙氏府邸，必是蒙武赞同。两人一致又能突兀搬回吕庄，绝非那小子与蒙武忽然转向，必是上意所迫，此其三。蒙武对吕公敬重有加却又心事重重欲言又止，除却歉疚之心，背后必有隐情，此其四。凡此等等，可见背后总有上手操持。上手者何人？不是太子便是秦王！老夫看秦国老太子平庸，隐身而操此事者，必是老秦王嬴稷！你老兄弟说，是也不是？"

良久默然，吕不韦淡淡漠漠地笑了："秦有今日，天意也？人事也？”

“没劲道！不与老夫大饮两爵？”毛公黑着脸嘟哝一句。

“我，我只酸困，想睡，睡……”喃喃未了，吕不韦软软倒卧在了地毡上。

“小女子出来！”毛公嘿嘿笑着用竹杖敲了一下棋盘，对刚刚掀开后帐帘布的侍女板着脸低声吩咐，“扶吕公进帐，扒去衣物使之安卧。记住守在帐口，不许任何人任何动静叫醒惊醒吕公！”健壮的侍女答应一声抱起吕不韦进了后帐，毛公对悄无声息的煮茶女一挥竹杖做个鬼脸匆匆出帐去了。

帐中鼾声大起……吕不韦忽然化作北溟之鱼，鲲鹏飘游茫茫苍穹，翼若垂天之云，扶摇直上九万里，俄而又化鸿毛一羽，背负青天随风遨游苍苍尘寰便在眼底，蓬间雀叽叽喳喳议论着溪边蜩鸠嘟嘟囔囔嘲笑着，忽见日月大出而爝火不息，大光小光洒遍天地尘寰，鸿毛一羽飘飘忽不知所终，俄而出得云翳，天边山岳突兀化为云端大字——无己无功无名，鲲鹏鸿毛蓬间雀溪边蜩鸠山岳白云沧海大地忽然交融成一片漫无边际的混沌世界……

三月前的风雪血战之后，吕不韦的铁石心志突然崩溃了。

当毛公冒着漫天大雪赶到离石要塞时，吕不韦正躺在冰冷空旷的中军幕府奄奄待毙。毛公对王陵大发脾气。王陵赔着笑脸解说历来军营规矩：冻伤者需以寒凉缓解，不能骤然暖帐，何敢慢待功臣义士？毛公连连呵斥行伍粗疏不解心医。王陵始终不回一句。毛公没了脾气，立即转请设置暖帐救人。王陵一声令下，军士在顿饭辰光筑起了一座马粪墙包双层牛皮再加连缀丝绵被的密闭暖帐。毛公有备而来，立即将重金聘请的齐国方士邀入暖帐施法，一番运功运气再加神秘丹丸救心，面色铁青白发散乱形同骷髅的吕不韦神奇地醒了过来。

次日，毛公打发了方士，开始了自己的培本固元疗法。听说要千年灵芝安神救心，王陵二话不说亲率三千步卒入山，一连十日，终于在大雪覆盖的深山密林刨到了一株极为罕见的古灵芝。毛公高兴得嘿嘿直笑，对着王陵一个大拜叩头，惊得白发老将军顾不得臂膊骨折连连对拜。为滚沟负伤的王陵正骨之后，毛公终日守着吕不韦形影不离了。一月之后吕不韦渐渐清醒，茫然的眼神空洞无处着落，但总算是能够听话说话了。

一番揣摩，毛公开始了他的攻心救心法。

王陵依着吩咐，抬来了血战仅存的马队剑士越剑无。

身负十三处刀箭重伤的越剑无，被王陵安置在另帐独居。然越剑无不吃不喝更坚执拒绝治伤，见医者入帐便要咬舌自尽。直至毛公到来，越剑无才冷冷说了四个字："我等吕公。"不再开口。毛公也只一句话："吕公死活，尽在越义士也！君自思量。"腾腾去了。从那一日开始，越剑无才开始了疗伤进食，虽经一月依然不能下榻。被抬进来的越剑无一见枯树白发的吕不韦，一声吕公便放声痛哭。原本茫然枯坐的吕不韦噫的一声惊叫踉跄扑来，抱住越剑无哭作了一团。毛公冷眼旁观，吕不韦捶胸顿足地哭喊着："剑无剑无，不该瞒我当初！早知你等义士备死，吕不韦何能有此蠢举也！任侠烈士去矣，吕不韦虽九死不能赎罪啊！"

越剑无却蓦然打住，拭去泪水一拱手道："吕公之言差矣！剑无所哭者，公之失魂失形也，非我等剑士也。任侠剑士生于天地，不求碌碌苟活，唯求死得其所！吕公谋事存志节，待士有大义，我等人怀必死之心，非仅图报吕公，更求名扬天下！若吕公耿耿不能释怀，视我等之死为一己罪责，岂非玷污我等任侠求死之风？此番心境，原非剑无私撰。吕公请看，剑无可曾背错一字？"话方慷慨，越剑无已经刷地撕开胸前，扯下一方血迹斑斑的羊皮递过。吕不韦颤抖着双手接过，不忍卒睹。毛公接过一看，薄韧的白羊皮上血字历历，分明与越剑无所念一字不差，下方赫然一片已经变黑的斑斑印记，无疑是百名剑士的手印指印！

"吕公，确是荆云义士手笔。"

吕不韦双手接过抚在胸前，对着越剑无深深一躬。

"今日事毕，剑无去也。"在这刹那之间，挺身跪坐军榻的越剑无将一口短剑猛然插入了肚腹，一股鲜血喷溅大帐与吕不韦白衣之上，越剑无平和地笑着，"吕公，你非侠者，不能轻生求死，珍重……"

那一夜，吕不韦抱着越剑无冰冷的尸体坐到天亮，虽然一句话没说，旁边的毛公却看到了吕不韦苍白的脸膛有了一丝红晕。直到三日后将越剑无安葬到了马队剑士的谷地，吕不韦才扶着毛公的肩膀长叹了一声：“学无止境，吕不韦自认知人，不想竟如此无知也！”

自那日起，毛公开始了与吕不韦的对弈。在淡漠茫然的棋盘敲打中，毛公向吕不韦点点滴滴地叙说了各方事变：薛公没能赶来，老哥哥护送赵姬到天卓庄去了；虽说平原君并未大张旗鼓地拘拿“事秦党”，但却在暗地里搜寻嬴异人留下的妻子；薛公以为，只有将赵姬送回卓氏故里并恢复“卓昭”本名，在民多胡风嫁娶寻常的赵国，平原君才无法追究这笔秦妻账；目下料想已经安置妥当，邯郸该当无事了。嬴异人小子伤得不能动弹，又发热，他请蒙武将这小子送回了咸阳，想必开春之后这小子便要来接你回秦了。西门老总事也捎来了消息，吕庄上下人等都好，陈渲日夜祈盼只等着你吕公归来入政。总之统之，只要你吕不韦平安无事，结结实实的一件大事便做成了。

但是，无论毛公如何喋喋不休地絮叨，吕不韦都茫茫然心不在焉。毛公清楚吕不韦心结，每日敲着棋子曼声吟诵庄子的《逍遥游》，每念到“若夫乘天地之正，御六气之辨，以游无穷者，彼且恶乎待哉！故曰：至人无己，神人无功，圣人无名。”抑扬顿挫反复吟诵，常常引得吕不韦木然盯着他也不由自主地跟着念诵起来。

念归念，说归说，吕不韦终是没有真正地清醒振作过来。毛公颓丧了。也许，他只能将吕不韦送到这一步，吕不韦能否恢复雄风，只有天意了。那晚，毛公将一卷密封的羊皮纸书简交给了那位终日默默却诚实可信的茶女，叮嘱待吕不韦真正清醒时交给他。便在他陪着吕不韦下最后一局棋的时候，蒙武来了。

毛公看到了一线显然的光亮！果然，吕不韦松心了。

像一只苍老狡黠的土拨鼠，毛公连日出没在冰雪军营之间，旬日之后才回到了吕不韦的保暖大帐。吕不韦已经清醒过来，面色红润了，脸膛也荡出了久违的微笑，见毛公风尘仆仆满面脏污却又神秘兮兮地溜进帐来，不禁一阵哈哈大笑：“老哥哥也！通了通了！原是不韦求人太切，凡事以义责人。人皆义士，何有世事矣！”

毛公惊讶地瞪着一双老眼，提着竹杖绕着吕不韦直转圈子，突然站定嚷了起来："羊肉酒饭！咥饱肚子再说！前心后心没得分，饿死老夫也！"吕不韦看得乐不可支，转身连呼酒肉饭上齐，坐在对案饶有兴味地看着毛公大举饕餮。

"当真？"毛公撂下割肉刀突兀抬头。

"当真。"吕不韦坦然点头。

"其理何在？"毛公第一次没了嘿嘿笑声。

"权力公器之道，自有法度准则。"吕不韦平和的面容又弥漫出往昔的一团春风，"以义行之，则公器化为私道。不韦执拗于'义本'，原是以风尘商旅之道求权力公器之道。不容些许负义之行，于公器之道实为偏执。以此心入仕途，终将大毁也。异人离我回秦，于义于情有差，而于法度无碍。不韦耿耿不能释怀，犹鲲鹏未得大风，不能高天远观也！"

"嘿嘿，有进境，好！"毛公啪地摔下擦拭油嘴的帛巾，"老兄弟，若是猝然丧子，你会如何？能如这般撑持过去么？"

"老哥哥此说，不知所云也。"吕不韦自嘲地笑了，"生平无女运，先妻十载尚无一子一女。邯郸欲妻，又被天夺。只怕是应得一句老话，财旺人亏，子女还在糊涂国也！"

"嘿嘿，只怕未必。你目下没有娶妻么？"

"你说陈渲？"吕不韦目光骤然一亮又释然摇头，"原是不得已，笑谈耳耳。"

"是也是也，笑谈罢了。"毛公嘿嘿一阵站起身摇到帐外，拖进一只口袋用竹杖指点着，"明日开始一月之内，老夫要你这白头变黑！看好这药！否则啊，嘿嘿，你我老兄弟便负了人心也。"

吕不韦大笑："老哥哥自己须发如雪，倒是来医我这白头？"

"嘿嘿，懵懂！"毛公悠然甩着白头，"老夫年逾花甲，你几多大？白当其年为老，白不当年为病。老不可医，病可医。晓得无？"

"好好好，晓得晓得。无非吃药，随你也。"吕不韦一阵笑声未了，软倒在榻大放鼾声。毛公唤来侍女一阵叮嘱，又点着竹杖摇出了暖帐。

倏忽之间河冻消开春风变暖，新叶勃发的胡杨林绿蓬蓬覆盖了沟壑纵横的莽莽高原。四月中开始，吕不韦的一头白发眼看着日复一日地变黑，到了五月来临，形同白发骷髅的吕不韦又变成了一团和煦春风的洒脱士子。从来没见过昔日吕不韦风采的王陵蒙武应毛公之邀踏进久违的马粪墙圈时，远远看见帐外迎候的丰神士子，恍若隔世，惊讶得连连感叹！庆贺小宴上，得意的毛公矜持地点着竹杖宣布了对吕不韦的解禁令，来者不拒地与每个颂扬者劝饮者接踵痛饮，宴席未散已酩酊大醉了。

安置好毛公，王陵恭敬地邀吕不韦到幕府商议南下回秦事宜，将吕不韦请上了一辆军营罕见的青铜轺车。蒙武亲自驾车，驶向了小城堡外的河谷军营。夕阳晚照之下，冬日血战逃亡的冰雪天地已经是万绿覆盖辽阔山塬，吕不韦极目四望，不禁万千感慨。入得军营深处，但见营帐连绵旗幡猎猎炊烟袅袅战马萧萧，勃勃生机令人怦然心动。蓦然之间，轺车驶过营区进入了一片幽静的谷地，吕不韦心头顿时迷惑——主将幕府如何能在这里？

"东公——"一声苍老的哭喊，一个白发老人踉踉跄跄地扑了过来。

"西门老爹！"吕不韦飞身下车，跪地抱住了跌倒的老人。

"东公……"老人哭声摇着吕不韦臂膊，"夫人等你，她苦也！"

"夫人？"惊愕的吕不韦恍然醒悟，"你说是她，她也来了？"

"老朽粗疏，害东公大事也！"老人捶胸顿足断断续续叙说了经过，只抹着眼泪反复絮叨，"我只说夫人在庄，谁想她能自家北上？老朽何其蠢也！"

"西门老爹莫得自责。这是上天罚我，不韦认了。"吕不韦扶起老人，目光痴痴盯着前方洼地的马粪高墙与黑色帐篷，突然拔脚飞步大跑了过去。

一模一样的马粪墙，一模一样的丝绵被帐，这里却清幽孤寂得令人心颤。吕不韦突然止步，心跳得怦怦大响，眼前一黑扒着马粪墙软了下去……倏忽醒来，眼前一片红光！吕不韦屏住气息睁开眼睛，一个红裙女子拥在身旁，裙裾正搭在自己脸上，一双温热细腻的手灵巧地婆娑在胸膛，雪白的胸脯与脖颈在蒙蒙红光之中分外润泽丰腴。

"陈渲！"吕不韦霍然坐起将女子揽在了怀中。

"夫君……"陈渲滚烫的泪水洒满了吕不韦的胸膛。

这一夜，两人都没有睡意，裹着大被拥着燎炉挑着铜灯直坐到东方发白，娓娓侃侃缠缠绵绵，一番磨难使两人都生出一种咀嚼不尽言说不清的再生心境。陈渲说，若非蒙武随带太医，她便暴亡中途了；若非西门老总事着意寻来毛公对她施行固本培元疗法，她也恢复不了元气；她没能侍奉夫君倒添了诸多累赘，实在是心有愧疚。吕不韦抚慰说，你怀了一次身孕，是吕门最大功臣，我还没有想过自己会有儿子，值乎值乎愧疚甚来！陈渲抚着吕不韦蓄起的胡须说，夫君变了，柔和的圆脸变成了棱角分明的方砖，不怒自威我却不怕。吕不韦拍打着陈渲丰腴的身段说，我妻也变了，一个原本身轻如燕纤细窈窕做掌上舞的少女，倏忽变做了一个珠圆玉润的可人少妇，真是我妻了。陈渲红着脸笑说，她原本以为自己不会生子，少女时的舞技磨炼太严苛了，直到仓谷溪吕不韦强使她初经人事，她才第一次来了女红；此次历经大变，知道了自己能够身孕，她高兴得浑身发抖，日后要给吕不韦多多生一群儿子女儿，哪怕变成一只丑陋的老母鸡。吕不韦哈哈大笑说教你生，猛然将陈渲压在了大被中，两人滚作一团笑作一团尽皆大汗淋漓气喘吁吁。吕不韦说，天道有常人事不测，欲求不成，不求反就，他无论如何没想到已有婚约的卓昭嫁给了异人，而买来应对异人的陈渲却成了他妻，目下想来竟是颠倒得有趣。陈渲说，其实她第一眼就看出了其中奥妙：那位公子以死心求卓昭，卓昭则是犹可犹不可并不执一，主人属意卓昭却也并非不可变更；她则第一次便不喜欢那位公子，而喜欢买她的主人。吕不韦大奇，舞女耶巫女耶？你个小女子有先知之能？陈渲说，公子痴情却没有义根，卓昭美艳却无志节，主人秉性坚实情心渊深，非等闲心志所能体察激荡，她只喜欢主人这等深情之士。吕不韦摇头说，既然喜欢主人，为何要闭门辞世？陈渲说，嫁出卓昭后主人不能自拔，我怕主人送我重回绿楼，宁在主人身边死去。吕不韦紧紧抱住了陈渲低声耳语，我要你你也没想拒绝，可是？陈渲大红着脸说，若非主人强为，便是等闲武士也近不得我身。吕不韦促狭笑道，可你已经奄奄一息了，拒绝得何人？陈渲娇嗔说，我若病体不能护身，绿楼生涯岂有处子清白？甚法偏不说！吕不韦又是哈哈大笑，命数命数，你个小女子天生是我妻奴也，纵藏身绿楼，也被主人挖了来！陈渲娇笑着叫了一声好主人，猛然将吕不韦扑倒，贪婪地喘息起来……

次日过午，洼地一片车马辚辚之声。毛公与西门老总事陪着蒙武亲带三车百骑来迎接护送吕不韦夫妇回归离石城。吕不韦与陈渲携手迎出马粪墙，对着三人逐一躬身大拜，蒙武与老总事手足无措，逗得毛公手舞足蹈不亦乐乎。陈渲执意敬了每人一大碗自酿的马奶酒，才许蒙武下令拆帐装车。夕阳暮色时分，车马辚辚出了洼地，出了军营。到得离石城下，却见两人立马以待遥遥拱手："吕公别来无恙乎！"

"纲成君？安国君？"吕不韦惊讶得几乎不相信自己的眼睛。

"正是老夫不差！我等恭候大驾月余矣！"蔡泽尚在嘎嘎大笑，嬴柱已经当先下马，远远迎着吕不韦轺车深深一躬。吕不韦连忙整衣下车肃然一拜："不韦尺寸辛劳，何敢当安国君如此大礼也。"嬴柱抢步过来扶住吕不韦道："公存我子，功在社稷，安得不拜？公但上车。"说罢顺势将吕不韦扶上轺车，回身牵住马缰一招手，"吕公稳坐。"一圈马缰便徒步牵马进城。离开洼地帐篷时，吕不韦已经坚执谢绝了蒙武驾车，如今自己夫妇双双坐于伞盖之下，却教太子牵马前行，不禁大为不安，本当跃身下车，却见旁行蔡泽连连摇手，只好叹息一声了事。

三　别辞难矣　聚散何堪

南风吹拂田野泛黄的五月，蒙武要亲自护送吕不韦南下了。

安国君嬴柱与纲成君蔡泽已经先行回秦。因由是吕不韦的一句话："如此声势朝野侧目，不韦何以面对秦国父老？两君不先，我无颜归秦也！"蔡泽嬴柱此时才掂出老秦王口书中"相机"二字的意味，商议一番，不胜感慨地先行回秦了。两人离去之后，吕不韦每日五更即起拉着陈渲跑马练剑，旬日之后自觉精力体力大见好转，方才赞同了王陵蒙武的月末南下以避路途酷暑的主张。

行程一定，吕不韦立即派出快马信使去请薛公。三日之后，薛公安然抵达离石要塞。当晚，王陵蒙武在中军幕府摆开了盛大的饯行军宴。

粗豪奔放的秦军将领们举着大碗川流不息地与吕不韦五人痛饮，到得三更，虽然马奶酒温热劲爽如邯郸甘醪一般，五位大宾依然是醺醺大醉地被军士们抬回了帐篷。

直到次日午后，吕不韦帐篷方才有了动静。陈渲直为自己的醉酒酣睡过意不去，吕不韦却笑道："睡得好也！你不是饮得多，七八碗而已，是你尚未完全复原。若不大睡一番，如何熬得路途颠簸？"两人正在说话，毛公点着竹杖摇了进来当头一拱手道："夫人呵，老夫要借吕公一晚，特请恩准也。"陈渲红了脸连忙一礼："恩公笑谈，原是我北来多有搅扰，何敢当恩公一请？你等议事，我到旁帐去。"说罢便走。"错也错也。"毛公竹杖一伸拦住陈渲，"老夫邀吕公山河口品茶，不在大帐，你自方便。"吕不韦原本想明日将要上路，毛公薛公年事已高，今晚不再搅扰。目下见毛公郑重其事，霍然起身笑道："正当月中，山河口明月定是看得。夫人，随后送三桶酒来。"毛公又是一伸竹杖："吕公且慢。老夫倒是好酒，只薛公已经说定今日只品茶，酒免了也罢。""也好！"吕不韦回身对陈渲一笑，"教茶女到山口去。"毛公嘿嘿笑了："何时忒般多事？薛公已经先到山口了，用你铺排？人去便了。"拉着吕不韦出了大帐。

出得离石城堡东门，是赫赫大名的山河口。

离石城两山夹峙，城东山口正对大河。山口东侧高冈上立着一座粗朴的石亭，石亭下一座大石刻着斗大的三个字——秦河塞，大石背面是十六个大字：收我河西，雪我国耻，变法功业，斯世永存！老人们说，这是当年商君收复河西之后的勒石铭文，"秦河塞"是商君亲书，背面颂辞是秦孝公的褒奖令。因了常有国人游客来石前凭吊，上郡郡守请准秦王，将大石亭内外修葺一番，大石亭外另建两座茅亭供凭吊游客打尖歇息。时下五月大忙，往来游客绝迹，山河口分外的空旷辽阔。吕不韦与毛公赶到时正是初夜，一轮明月挂上蓝汪汪的山口，深邃的峡谷中河涛隐隐如雷，一道铁索大板吊桥飞过幽幽太虚般的大峡谷挽住了河东群山融进了茫茫河汉，两岸军灯如繁星在天遥遥相望，谷风习习万木森森刁斗声声马鸣萧萧，塞上月夜如梦如幻。

“吕公，对岸百里之外便是赵国了。”薛公遥遥指着河东苍茫难辨的沉沉高原，“长平大战之前，对岸军营可是赵军红旗也。”

“嘿嘿，东南是魏国。”毛公狠狠点着竹杖，“只可惜魏国王族无能！丢了河西竟连安邑也不要了。若是……嗨！不说也罢！”

“不韦小邦之民，无可忧心了。”吕不韦淡淡一笑。

“嘿嘿，将入大邦而生天下之心，老兄弟鱼龙之化也！”毛公显然不高兴了。

“山河变色，君子伤怀。”吕不韦喟然一叹，“然则，春秋之世诸侯千余，战国之世邦国三十余，归并统合之势，何曾以君子情怀而变易也！不韦不如两位老哥哥学问渊深，久为商旅奔走列国，对天下苦难稍多体察。以不韦观之，华夏激荡五百年，终将一统山河。天下不一，战国不休。两公皆洞察幽微之士，尚对邦国疆土之消长耿耿不能释怀，入秦新政难矣哉！”

“错错错也！”毛公连点竹杖，“入秦归入秦，老夫终是魏人！不许想之念之么？”

“但说故国，此公便硬。”薛公无奈地笑了，“匹夫遭罪而爱国，毛公一奇也。不用睬他，来，这是老夫自家炒的春茶，尝尝如何？”说着拉起吕不韦进了茅亭，从茶炉上提起陶壶注茶，娴熟利落不输茶女。随着热气蒸腾扑开，茶香顿时弥漫了山口茅亭。

“好茶也！”吕不韦大耸着鼻头，“莫急，逢泽芒砀茶！可是？”

“评鉴品物，无出吕公之右，佩服。”

“嘿嘿，不就是一鼻子看中了你的甘醪么？老夫不信邪！”毛公摇进茅亭端起茶盅咕的大吸一口，烫得丢下陶盅哈气连连，见薛公吕不韦哈哈大笑，点着竹杖嚷道，“老夫偏认是巨野山泽茶！你能品出泥土腥浓淡来么？”

“毛公考校，何敢逃遁？”吕不韦悠然一笑，“所谓评鉴品尝，无非经多见广善加揣摩而已，岂有他哉！孔子若不周游列国遍考各国典籍，如何能辨认出上古防风氏尸骨？逢泽巨野两大泽，一西一东相隔五百余里，虽同为上古大河改道遗留之积水，然历经数千年沉积，自成不同水土。巨野山泽汪洋，多有山溪活水注入，苇草茫茫山水激荡多雾少阳，水气清甜山土红黏，茶树肥硕而茶叶有幽幽清香。逢泽虽与芒砀山相连，却无活水注入，历经沉淀而水质黏厚，四野之土多有咸湿卤碱之气，是故茶树瘦高而茶叶劲韧，茶木之香中有隐隐厚苦，且最是经煮，与巨野茶之清香甘甜大异其趣也。老哥哥果真品尝不出？”

“嘿嘿，老夫饮来，天下茶叶一个味，只河水最好！”

“呜呼哀哉！”薛公连连拍案，“老夫亲采亲炒容易么？暴殄天物也！大煞风景也！”

吕不韦不亦乐乎：“毛公倒是不差也，煮茶以河水最佳！九原河水为上河，离石河水为中河，大梁河水为下河，也是各有千秋！”

“着啊着啊！还是老夫高明！没有河水，何来茶香？”毛公红着脸嚷嚷起来。

薛公吕不韦同声大笑，毛公也嘿嘿笑了起来，抓过案上一块酱牛肉就着滚烫的酽茶大嚼起来。薛公看得眉头直是一耸一耸，苦笑着摇摇头与吕不韦品啜起来。饮得几盅，薛公轻轻叹息一声：“遥想当年，吕公不期走进甘醪薛，恍如梦中矣！”吕不韦慨然笑道：“三五年沧海桑田，使我二十年商旅黯然失色，政道之难可见一斑也！若非两公襄助，吕不韦岂有今日？入得秦国，我等富贵荣辱一体，定然做他几件大事。”薛公思忖道：“公之入秦，任重道远。自老秦王到异人公子，吕公要周旋三代，可谓难矣！目下情势，异人虽为公之根基，然有老太子嬴柱与老秦王在前，公便须得有勾践十年生聚之韧力耐力，且戒躁动之心。”吕不韦悚然警悟：“薛公金石之言。不韦轻言躁动，惭愧也！”薛公摇摇手笑道：“今日邀公到此，原是要说几件想到之事，却与吕公方才之言无涉，公但听下去便了。”吕不韦笑道：“来日方长，随时可说，今夜不妨赏月品茶，塞上月夜难得也。”薛公摇头一叹：“垂垂老矣！不说过后便忘了，还是想起便说的好。”吕不韦依稀看见薛公眼中泪光闪烁，不禁慨然拍案：“薛公但说！不韦洗耳恭听。”

薛公品啜着醇酽的逢泽茶，对吕不韦侃侃说开。薛公以为，目下秦国以老秦王为第一枢要。据各方征候，老秦王大约还有三五年寿期。历来古训是暮政多变，唯有把准老秦王的一贯政风，方能从容应对。几年来，薛公多方搜求典籍传闻，对这位老秦王做了一番仔细揣摩，断言秦王嬴稷的为政秉性是："唯法无情，杀伐决断之锋锐，为历代秦王之最。"薛公意味深长地说了两个故事：

秦昭王三十八年，秦军在阏与首次败于赵军。宣太后一身承决断失误之罪自裁谢国，实际决断国事的丞相魏冄却沉默避罪。正在盛年的嬴稷郁闷无以排解，病了。秦中百姓闻之，许多农户买来黄牛杀了祭天，祈祷秦王早日康复。秦王病愈，百姓又买牛宰杀以塞祷[1]。王宫护军将（郎中）阎遏、公孙述到函谷关军务途中多次看到，回到咸阳晋见时当头兴冲冲一句："我王德过尧舜！旷古明君！"秦昭王陡闻如此颂词惊讶莫名，顿时沉下脸问："两位所言何谓也？"两人绘声绘色地将百姓为秦王买牛祈祷塞祷的见闻说了一遍，末了又是一番赞颂："尧舜为君，未闻百姓为之祈祷也。今我王卧病百姓祈祷，病愈百姓塞祷，王得民之爱心过于尧舜！"秦昭王阴沉着脸默然沉思，良久突然拍案："下书各郡县彻查里[2]社，核实祈祷者并里正、邻长姓名报来。"王书下，郡县邻里莫不以为将获厚赏，当即逐一登录星夜上报。三日后，一道王书飞赴郡县：凡买牛祈祷塞祷之民户，各罚铜甲两副！所在邻里之里正邻长各罚上好铁甲两副！后有非法祈祷者罪加三等！此令一出，举国皆惊，报信的两位郎中更是羞愧难言。后来，秦昭王章台避暑时心绪颇好，随行护卫的阎遏便问秦王："百姓为我王祈祷塞祷，王不奖掖反予惩罚，末将委实不明。"秦昭王顿时敛去了笑容："身为郎中，如此懵懂乎！百姓祈祷塞祷，固爱我也！然秦法无此律条，若本王以仁爱心许之，相沿成习，人人以法外之行邀功，法度何在？国法不立，乱亡之道也。何如去仁爱罚祈祷，而归于大治！"

长平大战次年，秦中三县大旱而生饥荒。丞相范雎上书：请开王室五处山泽园林，准许饥荒者进入王室五苑，采集山果野菜以活民。秦昭

[1]　塞祷，古礼之一，就是实现当初祈祷时对上天许诺的报酬，后世谓之"还愿"。

[2]　里，秦国村制单位，五家为邻，五邻为里，一里二十五家。后世所谓邻里，即缩语也。

王断然拒绝，一席话说得范雎哑口无言："我秦法铁则，有功而赏，有罪而诛。若开五苑，百姓有功无功者俱各得之，有功者何荣？无功者何羞？与其发五苑而乱，不如弃五苑而治！应侯莫做此想也。"后来，秦昭王开官仓"赏救"有功之民，硬是不发无功庶民一丝一缕，秦人莫不为之悚然动容。

这便是秦昭王，铁心行法敢与天地民心一争，宁落无情之名，不做乱法之君。

秦昭王一生，多遇不世雄才。宣太后芈氏、穰侯魏冄、武安君白起、应侯范雎，哪一个不是亘古罕见的强势人物？君强臣强，政见多有摩擦而秦国却始终没有内乱。薛公以为此中根本因由，在秦昭王对权、法、术三者炉火纯青的融合。尤其是罢黜魏冄、赐死白起、软解范雎三件事，件件在他国都可能酿成巨大灾祸，尤其是白起之死几乎是一场惊涛骇浪，偏偏在秦国却安然无事，不亦怪哉！此中根基，在秦昭王总是依法行权，步步有法度为据，敢于扫灭任何违法强势。白起三违王命，大敌当前，却因秦昭王一次错断而执拗到底，拒不率军应敌，若是寻常君王，可能是无所措手足了。秦昭王却断然下书，处死了秦国长城一般的天下战神，又许厚葬广祭以安民心。此中胆识何其了得！及至晚年，秦国国势大跌，强臣大才凋零，秦昭王当真成了孤家寡人。当此之时，这位老王潜心蛰伏以静制动，但求政事依法度运转，而不求重振雄风，竟能在十多年间使秦国风波不生，何尝不是天下奇闻？开春以来，诛杀华月夫人，太庙勒石护法，凡此等等，一则老秦王政风秉性使然，一则也是后继平庸的无奈之举也。

"明此老王，刻刻在心，秦国事可为也。"薛公归总一句。

"薛公拆解，明心醒志，永生不忘也！"吕不韦大是惊叹，一躬之下见毛公眯缝着老眼一脸神秘，转身一拱手，"敢问毛公，入秦何以应对？"

"嘿嘿，老夫没那番细发絮叨。"毛公霍然站起点着竹杖，"你只记得十二字，'秦法在前，只宜事功，不宜事学。'保你无事！"

"事学？"吕不韦始而迷惑既而释然一笑，"若做官不成，事学也是一途。”

“错也！罢官事学，要老夫饶舌？”

“毛公以为不韦非事学之才？”

“嘿嘿，日后自家揣摩去了。”毛公摇晃着硕大的白头，显然不愿多说。

“好！我记得便是。”吕不韦回头笑道，“薛公方才说老秦王只有三五年光景，据何论断？占星术么？”

“人过七十，老病不久。”薛公只淡淡一笑。

“天机不可泄露。老哥哥能说给你么？”毛公神秘兮兮地套用一句占星家的成语，吕不韦与薛公大笑起来。看看月到中天，吕不韦慨然道：“我车带来三桶老酒，不若搬来饮了，醉别河西！”毛公当即喊一声好跳了起来：“半日饮茶，鸟淡鸟淡！我来搬酒！”“老兄弟少安毋躁。”薛公沉沉一句，见毛公沮丧地站住，起身点着竹杖笑了，“吕公莫非要改明日行期？”吕不韦道：“三桶老酒而已，何能误了行期？”薛公摇头道：“好酒老夫也带了，只一坛。要得痛饮，我等回仓谷溪。”吕不韦未及答话毛公嚷嚷起来：“好啊好啊只我蠢，竟听话没带酒来！一桶便一桶强如鸟淡茶！我去拿也！”连跑带颠打开薛公车厢又是一阵嚷嚷，“分明一坛如何说一桶，糊涂糊涂！”抱起一只陶坛颠了回来。

薛公已经摆开了三只大碗，毛公撕开坛口罩布拔开坛口泥封咕咚咚倒酒，堪堪三碗滴酒皆尤，不禁哭笑不得：“哟哟哟！我说你甘醪薛如何这般促狭，只会做小碗买卖么？活活馋杀人也！”薛公哈哈大笑：“买卖不赔便好，大小碗何干？来！一人一碗！”

“真想与两位老哥哥重回仓谷溪也。”吕不韦笑了。

薛公举起了酒碗：“今日一饮，醉别河西！”

毛公举起了酒碗：“此酒金贵，老兄弟趁心趁意！”

吕不韦举起了酒碗：“好！醉别河西！咸阳再饮！”

叮当一声三碗相碰，三人咕咚咚一气饮干。毛公嘿嘿一笑点着竹杖摇出了茅亭，仰天对月长叹：“醉别河西矣！东望仓谷！他年他乡兮，魂兮归来——！”薛公笑道：“一碗便醉，三桶还有行期么？”吕不韦释然点头："薛公说得是。走，回去睡他两个时辰。"

明月西沉，车声辚辚，三人谁也不再说话。回到离石城堡，薛公毛公下车对着吕不韦深深一躬，径自回自己帐篷去了。吕不韦一路思忖今日夜谈，一拱手也回了帐篷。

次日寅末，一轮红日初上山巅，茫茫山塬在遥相呼应的牛角号中苏醒了。吕不韦帐前早已经车马齐备，想到两公年长昨夜晚歇，直到卯时三刻蒙武前来会马，吕不韦才吩咐西门老总事去请薛公毛公。片刻之间，西门老总事匆匆赶回，绕过蒙武走到吕不韦身边低声道："禀报东公：事有蹊跷，两公不在帐中，案上有一书简。"说着从大袖中拿出了一只铜管。吕不韦心头猛然一跳，连忙启开铜管抽出羊皮纸，不禁愣怔了——

> 吕公台鉴：老朽两人不能随公南去，至为憾事。遇公至今，感公大义高才，快慰平生也！老朽魏人，不当入秦，非为卑秦，实为念魏矣！故国孱弱，士民凋零，我等逃赵之士欲谋重振魏风，成败在天，但尽人事耳。酒后不忍辞，未与公酣畅痛饮，唯留他年之念也。薛毛顿首。

啪的一鞭，吕不韦快马飞出了营区。

山河口的清晨一片空寂，金色阳光鼓荡着幽幽峡谷巍巍吊桥，辽阔无垠的河东苍茫茫与天相接。是伞盖轺车还是胡杨白云悠悠飘进了深邃的碧蓝，恍然化作两张扑朔迷离的笑脸，又骤然消失在明净澄澈的黄色山塬……

吕不韦痴痴伫立着，一任河风拍面热泪纵横。

四 执一不二 正心跬步

蔡泽很是郁闷，入伏深居简出，终日在燕园轻衣散发卧石独饮。

入秦十年一事无成，身居高位无处着力，蔡泽不明白如何一步步滑落到了如此境地。当年初入秦国，一席说辞逼范雎去国，就任秦相天下瞩目，何等风采。然蔡泽终究是计然派名士，做大官是为了做大事，绝不会空落落吊只金印晃荡作罢。可在老秦王暮政之期为相，蔡泽却总是在云雾里飘荡，身不着地心不探底。老秦王巡视关中，自己提出了“明法、整田、重河渠”的富秦策，老秦王是欣然允准了的，可在清查府库赋税稍增之后，最大的关中河渠工程却被搁置了。老秦王只有淡淡一句话：“李冰入蜀治水需举国支撑，秦中稍缓可也。”然李冰治蜀大见功效之后，老秦王又将蔡泽相职交安国君嬴柱代署，封给蔡泽一个纲成君高爵专一处置太子立嫡事，关中河渠石沉大海了。蔡泽大惑不解，却也无可奈何。立嫡完了又是北上河西，吕不韦没接得成功，回到咸阳又成了待事散官。虽说还是可以过问相府政事，终是自觉无聊不愿介入。蔡泽百思不得其解，以老秦王之明锐，如何连丞相府事权都弄得如此模糊不清？如何将自己这样的相才重臣变成了一事一办的特使有一搭没一搭地用着？屡次想向秦王上书请事，好教老秦王清醒，可仔细一想，十几年来秦国还确实没有什么越过他的军国大事，主动请事岂非自讨无趣？也屡次想辞秦而去到他国施展，可一想到山东六国更是死气沉沉，连信陵君那般大才都被逼得久居他国而不能任事，况且他这等无根士子？如此下去，不说与商鞅相比，便是与张仪魏冄范雎相比也是不能了，只怕最终只能与甘茂这般无功弱相比肩了。仔细一想，连甘茂也比不得。甘茂无大才却有大运，一身兼将相大权位极人臣，风云战场纵横宫闱何事没有经过？自己这般不死不活平庸无奇的闲人生涯能比得甘茂了？

“知我者谓我心忧，不知我者谓我何求！”蔡泽不禁一声长叹。

“驾言出游，以写我忧。”林中传来谐谑的吟诵。

“唐举么？出来！”蔡泽摇摇晃晃站起一阵大笑，“你再相我，是否闲死命也！”

林木大石后转出一人，怀抱一个小圆木桶悠然笑了：“尝闻劳死，今却有人闲死，命数之奇，唐举焉能尽知也。”

“吕不韦？呜呼哀哉！想死老夫也！”

“何如醉死好？”吕不韦拍打着红木桶，“纲成君好口福，百年兰陵！”

蔡泽煞有介事地接过木桶拍拍嗅嗅:“啧啧啧!楚人有百年佳酿?”

“计然名家不知楚地物产,纲成君也算一奇。”吕不韦坐到树下光可鉴人的大青石板上,悠然一笑,“楚人立国八百余年,生计风华向来自成一体,与中原争高下。只怕楚熊部族以山果酿酒时,殷商西周还只有粟米酒也。谚云:楚人好饮,宁为酒战。楚宣王为天下盟主,号令列国以美酒为贡,赵国主酒吏以次充好,楚国大举起兵讨伐赵国,明说只要五百桶赵国老酒。你说,天下为酒大战者,舍楚其谁?楚人能没有好酒?”

“说得好没用,老夫先尝了再说。”蔡泽半醉半醒地嘟哝着扒拉酒桶铜箍,却无处下手,更来一连串嘟哝,“甚鸟桶?没有泥封没有木盖,混沌物事如何装得进酒了?没准是个岭南光葫芦老椰子!”

“老椰子光葫芦一个样么?”吕不韦笑着接过精致的红木桶,一边开启一边指点,“中原酒坛用泥封,楚人酒桶用木封。纲成君且看:最外面一层木盖,旋转即开;封闭桶口者是软木塞,头小尾大,长途运送颠簸激荡则更见密实;用这把铜旋锥旋转嵌入软木,趁力拔起,开,开,开!”一语落点,只听“嘭嗡!”一声大软木塞离桶,一阵酒香顿时弥漫林下。

“噫——好香也!”蔡泽耸着鼻头大是惊叹连忙捧过一只大碗,“快来快来!”

吕不韦屏住气息悬空高斟,但见殷红一线黏滑似油,入得白陶碗一汪澄澈嫣红清亮无比。“琥珀珠玉,何忍饮也!”蔡泽惊叹端详如鉴赏珍宝,不期舌尖小啜,猛然一个激灵咕咚咕咚两大口饮干,咂摸回味良久蓦然长嘘一声,“有得此物,天下焉得一个酒字!”

“人各所好,此酒合纲成君脾胃也。”吕不韦笑道,“就实说,各擅胜场而已。赵酒雄强,秦酒清冽,燕酒厚热,齐酒醇爽,魏酒甘美,一方水土一方口味罢了。”

“呜呼哀哉!先生倒是海纳百川也。”蔡泽的公鸭嗓嘎嘎大笑。

“酒之于我,商旅辨物而已,原不如好饮者痴情执一。”吕不韦谦和地微笑着,“纲成君但喜此酒,不韦可每月供得一桶,多则无可搜寻了。”

“你说甚？每月一桶？”蔡泽朦胧的老眼骤然睁开啪啪连拍石板，“好好好！老夫此生足矣！但有此酒，束之高阁鸟事！”

“万物之道，皆有波峰浪谷。”吕不韦应得一句适可而止，微笑地看着面红耳赤酒意醺醺的蔡泽。

“啊！对也对也！你几时回来？路途顺当么？”蔡泽恍然大悟。

吕不韦哈哈大笑：“呀！你接我回得咸阳，忘记了？”

“老夫没醉！”

“只不烂醉便好。”吕不韦见蔡泽神态确实有五七分清醒，侃侃说了一遍回来的情形。一个月前，蒙武带两百马队护送吕不韦一行安然回到咸阳。抵达北阪松林塬时，驷车庶长府一位郎官专车传令：吕不韦身涉王族事务，可按郡守县令入京礼遇住进驿馆，以便官事。吕不韦笑问若有宅邸可否自决？属官答曰可。吕不韦告辞蒙武绕城而过，回到了渭水之南的新庄园。无所事事的嬴异人高兴得无以言说，当晚与吕不韦饮酒叙谈直到四更。依着嬴异人主张，吕不韦当在次日立即拜会太子府，商定他认祖归宗日期。吕不韦却劝异人莫得心躁，只管养息复原便是。次日，吕不韦摆布庄中事务：属于家计的事务一律交夫人陈渲掌管，西门老总事只管外事；吕氏商社的一班老执事也同样分成两班，善处内者归陈渲，善处外者归西门老总事，其余仆役侍女人等则由陈渲与老总事商议分配。不消三五日，庄园内外整肃洁净秩序井然，庄园上下对夫人心悦诚服。吕不韦第一次有了家的感觉，心下舒坦，埋头书房读起了《商君书》。嬴异人心下惴惴却又无所事事，整日徜徉在园林中痴痴弹弄秦筝，谁也不去理睬。

旬日头上，安国君府派家老送来一札，请吕不韦过府叙旧。吕不韦如约前往，安国君没有着太子冠带，也没有在国事厅接待，而是夫妇设家宴待客。席间安国君嬴柱除了再三表示谢意与劝饮，很少说话，倒是华阳夫人关切地将子楚情形问了个备细。暮色时分吕不韦告辞，嬴柱执意送到府门看着吕不韦登车远去方才回身。此后两旬，没了动静。

“你也急了？”蔡泽嘎嘎一笑，似乎有些幸灾乐祸。

吕不韦淡淡一笑：“我来找你对弈，不高兴么？”

“啊哈！当真不要老夫指点？”

“成事在天。不韦只将人交给太子便是，他不急我急甚来？”

“蠢也！那是太子的事么？太子做得主，能等得一月？”

“便是老秦王也一般，听其自然。”

“嘿！你吕不韦沉得住气也！”蔡泽颇是神秘地压低了声音，“想在秦国立足，老夫给你支个法子。你要走了，老夫好酒不就没了？”吕不韦大笑道：“四海之内，不韦只要活着，少不得你纲成君好酒，有没有你那法子一个样。”“错！老夫偏说！”蔡泽忽地从大石板上滑到了吕不韦身边，喷着浓郁的酒气，“我等都是山东士子，不相互援手成何体统？老夫明说，借着老秦王尚能决事，立即上书请见，请老秦王直接下书，使异人公子认祖归宗，大行加冠正名礼，明其嫡王孙身份！”

“迟早之事，如此急吼吼好么？”吕不韦淡淡一笑。

“蠢也！”蔡泽拍着石板，“迟早之事那是嬴异人！你却如何？不想自家全身之策？公子可拖，你不可拖！如今公子心急，你正好推出他前头出面，老秦王岂能不准？可你吕不韦却反而劝公子莫急，当真怪矣哉！”

“顺其自然，不能全身了？”

“不能！”蔡泽呼呼大喘，“老秦王高年风瘫，命悬游丝，纵能保得几年性命，可谁能保得他始终清醒？你不在老秦王生前立定根基，若其一朝归去，安国君那肥软肩头撑得秦国强臣猛士？其时……咳！口滑口滑，不说也罢！”

“我没听见，纲成君再说一遍。”

“好啊！没听见好，没听见好！”蔡泽嘎嘎笑了起来。

“来，摆棋如何？”

“好！摆棋！”

浓阴之下微风轻拂，悠长的蝉鸣中棋子打得啪啪脆响。一局未了，蔡泽横卧石板大放鼾声。吕不韦笑了笑起身，唤来远处大树下的童仆照料蔡泽，悠然去了。

嬴异人散漫地抚弄着秦筝，心下烦躁沮丧极了。

“我生多难矣！我欲何求？”轰然秦筝伴着一声吟唱，嬴异人不禁热泪纵横。生身于卑贱侍女，孩童时他便觉到一种异样的冰冷。府中师吏对他的严厉似乎总是夹杂着轻蔑，侍女内侍们对他的粗疏中也似乎总是流露着轻慢。少年之期好容易遇到了志趣相投的蒙武，却被突然派去赵国做人质。十多年苦难屈辱的人质生涯，几乎彻底泯灭了他对生的乐趣，那时候，他最为憎恨的是这王子之身，无数次地对天发誓，来生再也不做王族子孙！偏在此时，吕不韦撞了出来，他懵懵懂懂成了王孙名士，锦衣玉食地过上了在秦国也没有享受过的风光岁月。正在他亢奋地品咂这梦幻般的荣耀，全副身心要与吕不韦建不世功业之时，胡杨林的那个夜晚，上天又突如其来地将一个神秘知音砸到了他的心弦。眼看神女无望身心即将崩溃，赵姬却又神奇地成了他的新婚妻子。与赵姬成婚，嬴异人第一次真正尝到了人的生趣，第一次知道了女人美妙，前所未有地沉浸在一种极为新鲜的激情与享受之中。赵姬是个拿得起放得下如火焰般热烈奔放的女子，非但没有因为与吕不韦的“兄妹情谊”而对他有稍微的淡漠，反而对他“宁失王孙，不失佳人”的心志如醉如痴。在两人忘情地燃烧之时，吕不韦却突然将他们生生分开。那一刻，嬴异人又一次对自己的王孙之身生出莫名憎恨。离赵回秦，身中三剑四箭而大难不死，上天总该折磨人尽也。谁料回到咸阳，又被冷冰冰撂在这郊野孤庄无人理睬，连蒙武这个少年至交都不敢留他。匆匆搬到吕不韦新庄，还是没有理睬他。太子是他父亲，老秦王是他大父，他们都不知道自己回到了咸阳？断无可能！如此说来，他们是有意遗忘自己了。王族无情，宫廷无义，自古皆然，夫复何言？上天啊上天，你将嬴异人倏忽寒冰倏忽烈火地反复煎熬，却终归如此抛开，无聊之至，不觉可笑么？

在轰轰然散漫无序的秦筝中，嬴异人的心彻底冰冷了。渐渐地，一切物事都从心田消失，唯有美艳的赵姬鲜活地向他娇笑着。嬴异人清楚地记得，他与赵姬在邯郸度过了短短四十三个昼夜零一日再零三个时辰，只吃了三十八顿饭，其余时光都挥洒在了那座庭院的每个角落，铭心刻骨至此尽矣！每每心念及此，嬴异人都是无可名状地怦然心动。纵是在开肉剥出箭头的疗伤之时，只要赵姬面影在眼前一闪，心中便会漫过一层强烈的暖流，一切伤痛都消失得无影无踪……

夕阳西下，嬴异人抱起秦筝，木然走出了池边柳林，走进了自己的小庭院，片刻之后，提着马鞭背着长剑一身便装一头散发，大步出了幽静的院门。

“敢问公子要去何处？”迎面而来的西门老总事大是惊愕。

“西门老爹，我被拘禁了么？”

“公子哪里话来？老朽前来知会，吕公要与公子议事。岂有他哉！”

“事已至此，议得何来？”嬴异人冷冰冰一句便走。

“老朽得罪，公子不能。”素来平和安详的西门老人一步跨前，当头一躬，“公子身为嫡王孙，蒙武将军以官身交公子于吕庄，若不辞而去，吕公何以向秦国说话？”

“老西门岂有此理！”

“公子有失唐突，老朽却不能失职。”

“你！你有何职？一个老奴罢了！让道！”

“公子纵然杀了老朽，也不能不辞而去。”老人不温不火却也寸步不让。

嬴异人面色铁青突然一声怒喝：“吕不韦！你藏到哪里去了——！”

“谁在说吕不韦藏了？”林外一声熟悉的笑语，本色麻布长衣的吕不韦已经到了面前，打量着嬴异人装束不禁又气又笑，“公子成何体统，要做侠士游么？”

“我不要体统！我要去赵国！找赵姬！”嬴异人颓然坐倒在地哽咽起来。

默然良久，吕不韦走过去低声道：“公子进去说话，林下蚊虫多也。”

嬴异人抹着眼泪默默进了庭院，坐在厅中木呆呆不说话。那个跟随嬴异人二十多年的老侍女闻声赶来却不知所措。吕不韦摆手示意，老侍女轻步出厅守在了廊下。吕不韦回身一拱手道：“公子已经生死劫难，但请明告，为何大功告成之时突生此等鲁莽举动？”嬴异人冷冷道：“自欺可也，何须欺人？这也叫大功告成？回秦无人理睬，父母如弃敝屣！”吕不韦恍然，长嘘一声肃然一躬：“公子如是想，不韦之过也。原以为经此生死大劫，公子已是心志深沉见识大增，必能明察目下情势，洗练浮躁心绪，是以未能与公子多做盘桓彻谈，尚请公子见谅。”嬴异人面红过耳，搓着大手嘟哝道：“何敢怪公？我是耐不得这般清冷，更怕没人理睬，活似当年做人质一般……”

“公子居吕庄而感孤寂，不韦之过也。今日你我煮茶消夜。”吕不韦心头已然雪亮，连日沉心书房思虑长远，却忽视了嬴异人耐不得清冷孤寂的恒久心病，日后永远不能忘记这个关节！思忖间对廊下老侍女一招手，“老阿姐，拿上好茶叶来煮！看你茶工如何？”

老侍女对吕不韦最是景仰，闻言忙不迭作礼，笑应一句不消说得，轻快利落地进了正厅。片刻茶香弥漫，吕不韦一耸鼻头惊讶道：“噫！香得炒面糊一般，甚茶？”老侍女殷勤笑答：“蒙武将军送公子的，说是胡茶。”吕不韦叹羡笑道：“呀！茶饮南北，还当真没品过胡茶也，回头我向蒙武将军讨个路数，买它一车回来。”心不在焉的嬴异人陡地振作，恍然大悟般连连挥手：“快拿胡茶！全送吕公！我喝甚茶都一个样，暴殄天物！”神情异乎寻常地兴奋。吕不韦笑道：“一桶便了，全数岂不掠人之美？”嬴异人慨然拍案：“吕公何解我心矣！异人只恨这胡茶不是河山社稷！”吕不韦肃然拱手道：“此乃咸阳，不是邯郸，公子慎言。”嬴异人眼中泪光闪烁，喟然一叹：“异人一生多受嗟来之食，几曾有物送人也！吕公能将未婚之妻忍痛割爱，成我痴心，此等大德，何物堪报？”

“公子差矣！”吕不韦倏忽变色，“赵姬乃我义妹，岂有他哉！”

“情事之间，公却迂腐也！”嬴异人罕见地抹着泪水大笑起来，“秦人赵人皆出戎狄胡风习，男女之情愫无羁绊，唯爱而已。婚约之言，只中原士人看得忒重罢了。当日异人已经看出，赵姬与吕公并不相宜。赵姬多情不羁，吕公业心持重，纵是婚配亦两厢心苦。否则，异人纵是痴心钟情于知音，也不会与公争爱！窈窕淑女，君子好逑。异人当日舍生求婚于吕公，非不知公与赵姬婚约也，而在看准吕公赵姬不相宜也。然天下多有此等人物，明知不相宜亦死不松手，生生酿得万千悲情。公之明锐，在于知心见性，不为浅情所迷，亦未为婚约诺言所牵绊。痛则痛矣，却是两全！唯公有此等大明，异人方心悦诚服，决意追随也！时至今日，异人不敢相瞒：此前吕公之于我心，政商合谋之一宗买卖耳，成则成矣，于后却是难料也；自与赵姬婚配，异人不止一次对天发誓：此生若得负公，生生天诛地灭！”

嘭噗一声闷响，茶盅跌碎草席，滚烫的茶汁将吕不韦的白衣溅得血红。

“先生烫伤！”抱来茶桶的老侍女惊叫一声，连忙伏身擦拭。

吕不韦浑然不知所在，听任老侍女摆弄着。嬴异人的率性剖白像一阵突如其来的风暴深深震撼了他。应当说，这位王孙公子对男女情事的眼光与见识，是吕不韦远远没有预料到的，今日骤然喷涌，当真令他惊愕不已。在吕不韦看来，嬴异人不惜丢弃大业而痴情求婚，除了因胡杨林梦幻对歌而生出的知音倾慕之情，便是不知道他与卓昭的婚约实情，而相信卓昭只是他的义妹。如今看来，嬴异人非但知道实情而且见微知著，连他自己好容易才理得清楚的与卓昭之间的心隔也是洞若观火，实在令他有些难以言说的滋味儿。倘若当初果真回应了火热的卓昭而与她未婚先居，此事将何以了之？依嬴异人说法，若不是“夺情”成功而对他心悦诚服，两人之间便只是一宗于后难料的买卖而已。果真如此，卓昭反倒成了吕不韦与嬴异人真正结为一体的热胶？自己的深远谋划倒是凭着一个女子才变得真正坚实起来？上天晦暝，如此令人啼笑皆非也！一时之间百味俱在，吕不韦回不过神来。然值得庆幸的是，嬴异人信誓旦旦，终生不会负他，长远谋划总是不会无端岔道了。说到底，目下还是大事当紧。

心念及此，吕不韦回过神来笑了笑：“此事已过，公子日后莫再提说。我只是不明：公子既信得不韦，如何却这般没有耐心？”

“没有赵姬，回到秦国我也只是个弃儿……”

“非也。”吕不韦长嘘一声摇摇头，“公子念情，表象也。根基所在，是对回秦大局失了信心。大事绝望者，唯情而生死也。若是公子已经认祖归宗冠带加身，纵然念妻，亦非此等凄绝之象。公子参详，可是此理？”见嬴异人长叹一声默默点头，吕不韦笑了，“恕我直言，公子虽秦国王孙，对乃祖乃父以至秦国政风，却不甚了了。长此以往，即或身居秦宫，公子之心依然还是赵国人质，与秦国秦政，与父母之邦，依然陌生如同路人，何以担得大任执得公器？”

“说甚？我对秦国陌生？”嬴异人的笑有着分明的揶揄。

“我且问你，毛公薛公何以没有入秦？”

“你回咸阳时说，我师随后入秦。”

“不。他们永生不会来秦了。”

“甚甚甚？永生不会来秦？我却不信！”

吕不韦也不分辩，只从邀薛公来河西说起，备细叙说了山河口话别之夜薛公毛公的说法，尤其是两人对老秦王为政禀性的剖析更说得点滴不漏，直说到纲成君蔡泽的郁闷与目下秦国秦政的种种“乱象”。嬴异人听得惊愕愣怔，良久默然。

“两公不入秦，公子以为根由何在？”吕不韦终于入了正题。

“谋划故国大事，也是名士常心。”

“纲成君身居高位而无所适从，根由何在？”

“名士谋功业。无事徒居高位，任谁都会彷徨郁闷。”

“国中种种乱象，公子如何说法？”

“雄主暮政，鲜有不乱。大父风瘫，岂能整肃？”

“公子差矣！”吕不韦意味深长地摇头一笑，“三答皆人云亦云，远未深思也。”

“三答皆错？我却不服！”嬴异人论战之心陡起，“先说两公，除非留书所说不是实情，断无另外根由！”

“两公留书非关虚实，只是宜与不宜也。”吕不韦轻轻叹息一声，“毛薛之心，其实便是山东士子之心：对秦法心怀顾忌，深恐丧失自由之身。自来山东名士少入秦，商鞅变法前如此，是因了秦国贫穷孱弱野蛮少文，或情有可原。商鞅变法后，秦国风华富庶不让山东，强盛清明则远过之，然却依然如此，根由何在？便在‘惮法’二字！秦法严明，重耕战，赏事功，举国唯法是从；然拘禁言论，士流难得汪洋恣肆，除非大功居国而能言事，在野则言权尽灭。如此情势，一班士人但无绝世大才必能建功，辄怀忌惮，不敢入秦。薛公毛公者，坎坷之士不拘形迹，放言成性，不通军旅，入秦纵做你我之谋士门客，亦不得尽情施展其奇谋之能矣！盖秦国法网恢恢，凡事皆有法式，他国能出奇制胜之谋，在秦国则大半无用。士无用则无聊，何堪居之？譬如公子，短暂寂寥尚且不能忍耐，况乎年年岁岁也！”

“也是。”嬴异人恍然点头，“吕公一说，我明白了过来，邯郸遇公之后实在舒畅，士林汪洋，交游论战，比在咸阳舒畅多矣！”

吕不韦道：“然秦国终是秦国，执一者整肃，自有另外一番气象。”

“好！此事我服。再说纲成君，能有甚根由？”

“纲成君之事，来日再说不迟。”吕不韦笑了，“目下我只问公子：听得毛公薛公故事，你我回秦后谋略该当如何？”

“愿公教我。”嬴异人恭恭敬敬地一拜。

“公子请起。”吕不韦大袖一扶，“公子少学，以何开篇？”

“自荀子出，秦国蒙学以《劝学》开篇。”

“积土成山，风雨兴焉。”吕不韦点头吟诵一句。

嬴异人一字一顿地念了起来：“积水成渊，蛟龙生焉。积善成德，而神明自得，圣心备焉。故不积跬步，无以至千里；不积小流，无以成江海。骐骥一跃，不能十步；驽马十驾，功在不舍。锲而舍之，朽木不折；锲而不舍，金石可镂。蚓无爪牙之利，筋骨之强，上食埃土，下饮黄泉，用心一也。蟹六跪而二螯，非蛇鳝之穴无可寄托者，用心躁也。是故无冥冥之志者，无昭昭之名；无惛惛之事者，无赫赫之功。故君子结于一也……”

“好！”吕不韦拍案，“这节，公子可悟得其中精义？”

“执一不二，沉心去躁。”

“在秦国，这个一字何指？”

“……”

“在你我，这个心字何意？”

“……”

嬴异人木然良久，不禁又是一躬："愿公教我。"

吕不韦郑重道："荀子《劝学》，大谋略也！自与毛公薛公河西话别，不韦反复思忖，你我回秦谋略只是八个字：执一不二，正心跬步。这个一，是秦国法度。凡你我看事做事，只刻刻以法度衡量，断不至错也。这个心，是步步为营不图侥幸。连同公子，目下秦国是一王两储三代国君，及公子执掌公器，十年二十年未可料也。如此漫漫长途，心浮气躁，可能随时铸成大错，非步步踏实不能走到最后。虽则如此，秦国后继大势已明，只要公子沉住心气，事无不成！"

嬴异人紧紧咬着嘴唇，双眼直愣愣盯着窗外黑沉沉的夜空，心头却在轰轰作响，赵姬啊赵姬，你等着我，嬴异人一定用隆重的王后礼仪接你回来。

五　丰京废墟的远古洞窟

嬴柱正捧着一卷竹简发愣，鼻端飘来一阵撩人心神的异香。

"整日窝书房，哓得多辛苦了。"一双玉臂柔柔地抱了过来。嬴柱拍拍胸前那双细巧的手一声叹息："老之将至，其言昏矣！你说父王这王书我如何揣摩不透？"身后女子吃吃笑道："不晓得夫人可以看么？"嬴柱不禁一笑，伸手将女子揽了过来用竹简轻轻拍着她脸庞："牢狱一回规矩了？考校考校你，看了。"顺手将竹简插进了女子雪白鼓胀的胸脯。女子一阵咯咯娇笑："亵渎王命也，晓得无？"嬴柱两手伸进女子胸衣揉弄笑道："食色性也，与王道何干？快看！看不出名堂受罚！"

华阳夫人咯咯笑着从胸前抽出竹简展开，眼光一扫跳了起来拍手笑叫："如此好事为何不说？该受罚！"嬴柱沮丧地一笑："立嫡事早明，有甚说头？""早明早明，好你个蠢也！"华阳夫人将竹简连连点着嬴柱玉冠，"那是密书，这是明书！那是驷车庶长行事，这是父母行事！那是遥遥无期，这是秋分便行！你当真掂量不得轻重了？"嬴柱不耐地撸过啪啪敲在头上的竹简哗啦展开："有甚不同？一个样！你只说，这句'该当处置者早日绸缪，当密则密'所指何来？"

“晓得了？听我说。”华阳夫人偎到嬴柱身边笑了，“夫君明察：秋分给子楚行加冠大礼，距今尚有两月，老父王定然是提前知会夫君了。知会之意，自然是要你我先做预备了。而当密则密，一则是莫得大肆铺排声张，二则么，对了，定然是不要先行知会子楚与吕不韦。”

“笑谈！”嬴柱连连摇头，“父王很是看重吕不韦，晓得了？”

“老父王暮政，本来就不依常规行事，晓得了？”

“好好好，那你再说‘该当处置者早日绸缪’何意？”

“这我却明白，早想对你提说又怕你说我找事，晓得了？”华阳夫人破例地没有了经常挂在脸上的娇憨笑容，“敢问夫君，原本立嫡何子？”

“公子傒呵。”

“傒儿目下何在？”

“问得多余。不在府中修习么？”

“子楚立嫡加冠，必得回府居住。以傒儿之浮躁乖戾，年又居长……”

“夫人是说，父王所指处置绸缪者便是此事？”

“我想得多日，府中唯此事须得预为绸缪，除此无他了。”

默然一阵，嬴柱长嘘一声颓然靠在长案扯起了长长的鼾声。华阳夫人悄悄起身从书房大屏后拿来一领布袍给嬴柱轻轻盖好，无声地飘了出去。日色西斜，嬴柱醒了过来抹抹嘴角湿漉漉的口涎，饮了一大盅凉茶，出了书房径自向后园的双林苑去了，直到三更时分方才回到了书房。

五更鸡鸣，一车一马出了咸阳东门辚辚直向函谷关。

上将军蒙骜对嬴柱父子的突然到来很是惊诧。秦国法度：太子不奉王命不得入军。嬴柱是老太子了，又与蒙骜有通家之好，突兀入军不怕涉嫌违法么？虽则如是想，蒙骜毕竟久经沧海，当即在狭窄简朴的中军幕府摆下了洗尘军宴，四面帐门大开，虽说山谷凉风习习穿堂，伏暑燠热之气一扫而去，可甲士军吏身影历历可见，宴席情形也尽人皆知。

“安国君如何知道老夫在函谷关？”一爵洗尘酒后蒙骜高声大气地笑了。

“不在蓝田大营，上将军能去何处？”嬴柱也是高声大气地笑着。

“安国君若去崤山狩猎，老夫许你三百弓马。”

“既非狩猎，亦非出使。嬴柱此来，本是王命也。”

“早说也！”蒙骜哈哈大笑着回身一挥手，“军吏甲士退帐，敛上幕府！”

“不需不需，我受不得燠热闷气，如此正好。”

“也好！若不关涉机密，安国君尽说无妨。”

“这是六子傒，老将军可还记得？”

“自然记得也。只是多年不见，公子更显凛凛之气了。”

“此子好武，我欲送他军旅历练，老将军以为如何？”

“入军何消说得！”蒙骜慨然一句又目光一闪，“记得公子傒曾因功得簪袅[1]爵，依照法度，可直做千夫将，或移做军吏，不知安国君与公子何意？”

未等嬴柱开口，嬴傒霍然起身一躬：“禀报上将军：嬴傒爵位并非战功得来，今入军旅，愿效当年白起先例，直入行伍军卒，凭斩首之功晋升！”

“好志气！”蒙骜拍案赞叹，立即高声唤来中军司马吩咐，“依法登录嬴傒军籍，隐去王族名分，分发函谷关将军麾下，即刻办理！”

“嗨！”中军司马挺身一应回头赳赳高声道，“公子军中姓名，秦傒！若无他事，即刻随我去函谷关将军幕府。”

“嗨！”嬴傒赳赳应得一声回身大步出帐。

“且慢！”嬴柱一招手站了起来走到帐口，解下黑色绣金斗篷默默地给儿子披在了肩头，又解下腰中一口短剑塞在了儿子手中。嬴傒觉察到了父亲的双手微微颤抖，斑白的两鬓顷刻间苍老了许多，心头不禁猛烈地一跳。瞬间犹豫，嬴傒咬着牙关回过神来笑道：“父亲，这般物事军卒不宜。”又给父亲系上了斗篷挎好了短剑，深深一躬，“君父老矣，善自珍重！”猛然回头大步赳赳地去了。

“……”嬴柱一个趔趄，却被身后的蒙骜恰到好处地扶住了。

---

[1]　簪袅，别称“谋人”，秦国第三级军功爵。秦爵第二十级最高。

"说起王族送子，还得算先祖惠文王硬气也。"蒙骜只慨然一句打住了。

嬴柱长嘘一声："骜兄，我心苦矣！无由得说……"

这一夜，蒙骜与嬴柱在山风习习的石亭下说到了天亮。两人虽交谊日久，促膝晤谈的机会却是极少。此次机会名正言顺，两人皆无顾忌，说起来滔滔不绝。嬴柱从来相信这位缜密沉稳的老将军，当年将嬴异人交给蒙府与蒙武同窗共读，而今又将嬴傒交到蒙骜军中历练，咀嚼个中滋味，一时不胜唏嘘。蒙骜遇战阵军事缜密多思，遇人交却又豪爽坦诚，听嬴柱唏嘘诉说大笑连连，说嬴柱这太子做得最轻松也最辛苦，轻松者强君在前，辛苦者不得心法也。嬴柱第一次听蒙骜感言国事，便问何谓不得心法？蒙骜说，远观者清，不得心法便是卖矛卖盾犹豫彷徨自家煎熬；要得心法只十二个字，自顾做事，子孙名位顺其自然。嬴柱听过许多人谋划开导，但要他对子孙顺其自然者，还只有蒙骜，一时不禁大是感慨，送嬴傒入军的伤怀之情减轻了许多，兴致勃勃地问起了蒙骜的军争谋划，是否要重新与六国开打了？蒙骜一阵沉吟而后反问，安国君若是秉政，军争大略将如何摆布？嬴柱顿时吭哧嗫嚅，父王如日中天，秉政之事从来没想过。蒙骜叹息一声，终究还是忍不住直言责难，既为邦国储君，当光明正大地思谋国事，老王纵是万岁亦终有谢世之日，若嬴氏子孙尽如安国君之心，秦国岂非下坡路也！嬴柱自感惭愧，坦诚地向蒙骜请教。蒙骜说得老实，目下蜀巴两郡已成富庶之地，秦国已经缓过劲来，他谋划在三年之内新成军二十万,五年内再成军二十万，使秦国总兵力恢复到长平大战前的六十万。

蒙骜啪啪拍着粗大的军案："老王歇兵，一则是等待邦国恢复元气，一则是等待盛年新君。若非如此，大军成势如何按兵不动？不争而预争，风瘫而绸缪身后，老王圣明也！"嬴柱大是惊讶："老将军是奉命扩军？"蒙骜神秘兮兮地摇头一笑："老夫何曾奉命扩军？说的是谋划，谋划！"

"啊——"嬴柱恍然大笑，"明白明白，只是谋划，只是谋划也！"

笑声中曙光初现，辽阔的桃林高地已经是淡淡霞红。趁着清晨凉爽，嬴柱与白发苍苍的蒙骜告别了。素来乘车上路呼呼大睡的嬴柱这次却无论如何也没了睡意，一路看着绿沉沉的原野车马行人川流不息的官道，嬴柱扎扎实实地嗅到了秦国土地上蒸腾而起的勃勃生机，多日郁闷的心绪第一次舒畅了明亮了。

天中明月，池中碧水，石板上一张草席，砖灶中一笼驱蚊青烟。吕不韦正在后园消夜，突然听见一阵急促的脚步声，刚刚从草席坐起，西门老总事已经到了身边。

“东公，莫胡有音信了！”老西门微微颤抖着来了。

“莫胡！甚音信？”吕不韦倏地站了起来。

西门老总事急促道：“暮时一黑犬入庄，嗖嗖四处搜嗅。仆役四围驱赶，黑犬却如灵猿一般躲闪逃开。老朽得报前去，黑犬不知从何处蹿出围着老朽四下直嗅，嗅得片刻便蹲伏老朽面前呜呜低吼，前爪直打脖子。老朽一端详，黑犬颈毛中隐隐一道细绳，大胆伸手触摸，黑犬一动不动。老朽在黑犬颈下长毛中一阵摸索，摸得一根皮绳绑着一支寸许长小指般粗细的竹管，解下打开一看，只有一行小字：初更随墨獒丰京谷口。我叫一声墨獒，黑犬倏地立了起来，便知是送信人派这只灵獒前来带路。老朽猜测不出何事，决意先行试探再报东公。天黑之后，老朽带了一个武仆撑了一只小舟，去了丰京口，谁知却是小莫胡……”

“先说人在何处？”吕不韦拍着大芭蕉扇有些不耐。

“老朽未敢贸然教她回来，人还在丰京口。”

“走！接她回来。”

“东公，华月夫人被刑杀，秦法连坐，这这这好么？”

“当初送莫胡给华月夫人便是错，不接回来更错！莫胡又不是芈氏老族人，秦法连坐，还能坐了仆役？吕不韦若连归来义仆也不敢收留，担待何在！”吕不韦边说边走，几句话说罢已经到了后园门边。

“东公莫走了，轻舟在园池码头。”

“倒是蒙了。”吕不韦兀自嘟哝一句，跟着西门老总事便走。

这座新庄建在渭水南岸的山塬之下，外边看去平淡无奇，实则大有奥妙。最特异处便是出行通道隐秘便捷，人车马舟皆可从任何角落直出庄园。后园水池虽只有二十多亩水面，却是水深三丈，经过一条极是隐秘的山洞暗渠直通渭水。吕不韦的轻舟有四名强壮水手，园池山洞不张帆也是轻快如陆车。从一片林木苇草中进得渭水，轻舟鼓起了一面白帆，借着风力向上游破浪而来。大约半个时辰进得丰京谷水口，明月之下山林幢幢峡谷幽幽，往昔三面山头专门给夜舟指航的风灯全然没有了。

站在船头的西门老总事啪啪啪连拍三掌，叫了声墨獒。片刻沉寂，山坡林木中一阵轻微刷啦声，一双绿幽幽的眼睛骤然闪烁在岸边黝黑的山岩。西门老总事吩咐一声靠岸，小船轻盈地荡了过去。西门老总事吩咐水手原地等候，头前带着吕不韦上了岸边山道。硕大威猛的墨獒正昂头蹲伏道中，见两人上岸扭头飞蹿出去。西门老总事低声道："墨獒去报信了，只怕走不到'王道'门便有人来了。"

"丰京谷还有人？"吕不韦不禁有些惊讶。

"几个伤残老仆与当初买来的胡女无处可去，莫胡领着他等狩猎采集度日。"

"莫胡原本胡女，倒是有担待也。"

正在说话间，王道废墟城门在朦胧月色下巍然矗立眼前。吕不韦油然想起第一次在这里与风姿绰约的华月夫人相见，不禁一声叹息。正在此时，一条黑影从废墟城门中倏地扑出，两人一惊之间，黑影已经蹲伏在吕不韦脚下，绿幽幽的光芒夹着哈哈喘息，石雕般一动不动。两人未及开口，废墟城门中又倏地飘出一团红影扑在了吕不韦身上！

"先生……"

"莫胡，苦了你也！"吕不韦轻轻拍着怀中簌簌颤抖的肩头。

"莫胡误事，当受惩罚！"红影猛然扑拜在地。

"哪里话来？"吕不韦扶起莫胡笑了，"华月夫人自触秦法，谁却管得了她？"

"不。"莫胡连连摇头，"若是我在，定然有信给先生，如何能使那蒯顸使者入邯郸而先生还不明就里？荆云大哥与马队义士如何能去？先生何能九死一生……"

“岂有此理！”吕不韦一声呵斥，“颟顸者坏事，我纵事先知晓便能免祸么！从今日始不许如此想头！要说有罪，吕不韦第一个。我不谋事，荆云马队义士何能惨死？”

“先生莫伤心，我错了……”莫胡泣不成声。

“莫胡呵，你是荆云大哥的义妹，从今后是我吕不韦的亲妹。走，跟我回家。”

莫胡没有动。吕不韦恍然笑道：“你个小头领莫担心，丰京口的胡女仆役全回去，伤残者养其终生，健旺者做事，西门老爹正愁新庄没有人手也。”

“先生……”莫胡哽咽了。

“还有事么？”吕不韦亲昵地抚摩着莫胡的散乱长发。

“先生容留那些兄弟姐妹，莫胡深感大恩。只是，莫胡不能回去……”

“莫胡！这是为何？”吕不韦大是惊讶。

“先生！”莫胡一声哭喊，猛然转身风也似的去了。

西门老总事大皱眉头：“莫胡忒煞怪！与老朽也是在这里会面片刻便去。噫！墨獒没走？”蹲伏的黑犬胸腔中发出一阵低沉的呜呜，站起来摇着沉重粗大的尾巴，又低头舔着吕不韦的脚面。吕不韦不禁悚然动容，轻轻一拍黑犬硕大的头：“墨獒，你领路，我等去找莫胡姑娘。”话方落点，眼前一道黑影噌地蹿出，边走边回头，曲曲折折地将吕不韦两人领到了一座黑黝黝的山洞前。“汪汪汪！”三声大叫，墨獒箭一般蹿了进去。

片刻之间，一盏风灯挂在了洞口，四名女子抬着两口大棕箱走了出来，为首者对吕不韦深深一躬：“莫胡姐姐说，这两口大棕箱交给先生，请先生恕她不归之罪。”

“敢问小姐姐，莫胡姑娘可是叮嘱你等随我而去？”

“是。可我等不能随先生留秦。”

“却是为何？”

“莫胡姐姐要回阴山草原，我等决意护送莫胡姐姐。”

“且慢且慢。”西门老总事摇摇手，“莫胡剑术骑术俱佳，要得护送么？”

女子顿时默然，相互看看却没了话说。吕不韦大是起疑，挥手断然道：“老夫要见莫胡姑娘！”说罢大步便走。几个女子满脸通红，连忙抢在洞口前拦住扑地拜倒：“先生不能！莫胡姐姐有苦难言，乞先生体察！”吕不韦生气道：“莫胡是我送出，有苦也是因我而起，我岂能不管？姑娘让开！”正在此时，一道黑影从洞中忽地蹿出，墨獒对着女子汪汪两声，回头一口咬住了吕不韦衣襟便扯。吕不韦说声走，墨獒回身进洞撒腿去了。四女无奈，举着风灯跟了进来。

这座山洞宽阔深邃而又曲折无规则，两壁时有各式小洞嵌入山体，显然是天然洞窟又做了人工修葺。洞中脚地角落随处可见各色腐朽的木桶，隐隐弥漫出一种似酒非酒的香气。吕不韦猜测，此洞很可能是当年西周王室的酒窖。如此一座大洞小洞反复交错的洞窟，若非灵异的墨獒搜嗅领道，吕不韦纵是进来也无所适从。走得片刻，墨獒回头一望，嗖地钻进了左手一座小洞。吕不韦疾步跟进，幽幽烛光下朦胧可见洞角草席上一片红影，走近端详，吕不韦不禁大为震惊！一个红裙女子缩做一团瑟瑟颤抖，脸上一副淡黄色的竹皮面具，散乱长发中显出的耳鬓之际白得毫无血色……

“莫胡！”吕不韦惊叫一声，伏身抱起女子回头便走，嗡嗡话音不断在山洞回响，“西门老爹留下善后，立即将丰京口遗留人等送回新庄，若有未了之事，当即妥善处置。我先轻舟回庄医治莫胡！”

蒙蒙曙色之中，轻舟飞进了新庄后园的大池。吕不韦将莫胡抱进自己的庭院，吩咐仆役人等不许对任何人提及今夜之事，而后立即唤来正在洒扫庭除的陈渲匆匆说了经过。陈渲端详片刻道：“此女……久伤未治又多居阴湿之地，气血两亏神志昏迷。我先给她灌下一碗灵芝汤再沐浴更衣，夫君只管请来名医便了。”

吕不韦指指莫胡头上的面具道：“夫人若是有底，最好不请太医。”

“我修过女医，已经瞧出了几分奥秘，该当无差。”陈渲红着脸一笑，“那你去忙了，只派个懂药的执事听我吩咐便可，若无异常，晚来当有起色。”

吕不韦忐忑不安地去了，坐在书房神不守舍。素来沉稳谦逊的陈渲说得三分便有十分，用不着担心。吕不韦心下激荡难平者，是对莫胡的境遇及其可能牵涉的种种未知人事的秘密。莫胡是荆云举荐到身边的，莫胡既然已经知道了荆云一班义士的惨烈，她的面具与荆云烈士们的面具是否关联？蓦然想到原本可以不死但却义无反顾剖腹自裁的越剑无，吕不韦心头一阵剧烈震颤。西门老爹当初说，莫胡是荆云的义妹，便难保不是爱着荆云的情人，也难保不是荆云马队某个义士的胞妹，她若也要随荆云而去，吕不韦何以面对隐身毁容全部惨死的任侠烈士？不！莫胡绝不能死！

午后时分，西门老总事满头大汗来报：丰京谷统共十六名遗留仆役，全数乘船回到新庄；只有那只墨獒守着华月夫人的墓园不走，谁也劝说不动；一个胡女说，若是莫胡在，也许能将它领走，华月夫人死后，墨獒只听莫胡一个人号令。

“西门老爹，丰京谷之事莫对任何人提起。”

“老朽明白。”

“荆云可曾说起过莫胡与他？”

老西门摇摇头：“荆云义士只有一句话：先生得此女，堪托生死。”

“老爹想想，莫胡可与哪位义士长相相似？”

老西门思忖一阵又摇摇头：“马队义士无人有真面目，委实看不出也。”

“华月夫人机谋颇多，老爹还是带几个人将丰京谷仔细踏勘一遍。”

“好！老朽今夜便去。”

倏忽暮色降临晚霞照窗，一使女来报说夫人有请。吕不韦起身便走，匆匆来到起居庭院，等候在廊下的陈渲将他领进了一间四面帷帐的小房。卧榻悬着白色纱帐，隐隐可见帐中安卧的纤细身影。陈渲低声道：“人已然无事，只怕要昏睡一两日了。”吕不韦道：“如此帷帐四布，不怕热出新病么？”陈渲红着脸一笑：“你知道甚来？回房说。”拉着吕不韦到了自家寝室。

陈渲说，这个莫胡姑娘有半年前的旧伤，然目下之险是分娩血溃，若非及时带回，只怕此刻已没命了。那副竹面具已经摘去，脸上并无破损之象，只发现鬓角发际处有一片秦半两大的烙印，大腿根刺有两个似字非字似图非图的青色印记，教人触目惊心。陈渲幽幽唏嘘，说她记得陈楚两国多有大商贵胄给自己的女奴烙印刺记，可这莫胡姑娘是阴山胡女，何以竟有此等烙身印记？

“夫人能记得印记图形么？”吕不韦脸色铁青。

“发际处分辨不清，腿根处记得。”陈渲蘸着茶水在案上画了起来。

“猗氏！古籀文！”

“猗氏？是楚国巨商猗顿氏么？”

“对！”吕不韦咬牙切齿，“这个部族素有恶癖，决然无差！”

“那分明是说，莫胡曾经是猗顿族的女奴。”

吕不韦一阵思忖：“荆云义士曾经在齐国刑徒营做苦役，会否在那里结识了吴越囚犯，逃出后受托救走了莫胡？说不清，还是等她醒来慢慢再问。”

“我看，当紧是寻找那个孩童，她分娩刚刚两日……”

“呀！糊涂！”吕不韦一跺脚拔腿便走，来到大池边却见轻舟已去，吩咐另来一只平日进咸阳运货的小船，跳上去说声丰京谷便下令开船。货船笨重，逆流上溯一个时辰方到丰京谷口。正要弃舟登岸，却闻山道脚步匆匆，西门老总事抱着一个包袱正迎面而来。

“老爹所抱何物？”

“一个弃婴！还活着，火炭一般滚烫！我正要轻舟先送回庄。”

“好极好极！我便抱回，你踏勘完后回来再说。”说罢接过包袱跳上轻舟，四名水手八桨荡起，小船箭一般顺流直下。

回到新庄，吕不韦立即将婴儿抱给了正在守候的陈渲。陈渲又惊又喜，忙不迭给嘴唇已经青紫的婴儿针灸灌药，片刻间婴儿哇的一声哭叫，两人才高兴得笑了起来。陈渲又是一番清理呵护，忙碌得不亦乐乎。看着妻子手忙脚乱却又兴奋得咯咯直笑，吕不韦眼前油然浮现出卓昭身影，她若是她，会如此么？

夜半时分，西门老总事归来说，查遍了丰京谷人能进去走动的所有废墟洞窟与华月夫人的庭院，没有发现可疑物事，只是这丰京谷太大，最好是莫胡伤病痊愈后再带人仔细搜寻，盲目寻去只怕是一月两月也没有眉目。吕不韦笑着摆手连呼天意，说找回了这个婴儿，其余物事与我何干，不用劳神费力，只催西门老总事说如何找到这个婴儿的。

西门老总事说，这个婴儿发现得颇是稀奇。他带着两个胡女正要去华月夫人常去消暑的一个山洞查找，却见一道黑影闪电般掠进那座酒窖洞窟。有个胡女叫得一声墨獒，另个胡女说她看见墨獒好似叼着一只活物。老西门心下一动，带着两个胡女提着风灯进了大洞。两个胡女边走边喊，墨獒墨獒，你在哪里？快出来呵。洞中却是毫无动静。老西门猛然想起这只神异墨獒送信时对他的气味似乎很熟悉也很信任，站在洞中高声道，墨獒出来，老夫是莫胡派来的，你看护的物事我等不会动的。如此说得三遍，一道黑影倏地从一个小洞钻了出来，蹲伏在老西门脚下低沉地呜呜着。老西门从皮袋中拿出吕不韦从洞中抱走莫胡时丢在草席上的一方汗巾，墨獒黑黝黝的大鼻子一耸，站起来摇了摇尾巴向大洞深处走去。老西门跟进一座小洞，不禁大是惊奇！小洞脚地铺着一层厚厚的茅草，一个全身红紫斑斑的婴儿赤身裸体躺在一方脏污的小棉被上，旁边卧着一只奶头胀鼓鼓的野羊。墙角处有一辆已经变做朽木形状却依稀可见的接轴古车，黑糊糊的车身还有溅上去的点点血迹。一时间，三个人都愣怔了。

“墨獒，弃婴还活着！你义犬也！”老西门大是赞叹。

墨獒粗大的尾巴动也不动，只淡漠地瞅了瞅老总事。

一个细心的胡女叫了起来：“野羊两奶鼓胀，婴儿没吃奶！”

“墨獒，野羊奶终究难养活人，老夫抱走他如何？”

墨獒猛然一扯老西门手中的汗巾，汪汪两声大叫。老西门心头一亮，摇摇汗巾指指婴儿：“墨獒，他是她的婴儿么？”墨獒又是汪汪两声。刹那之间老西门不禁老泪纵横，紧紧抱住了硕大的狗头：“墨獒啊墨獒，老夫定然将他抱回去交给她，养活他！你，也跟老夫去了。”墨獒的大头蹭了蹭老西门胸膛，绿幽幽的大眼中湿漉漉一片，摇摇尾巴再也不做声了。

老西门说，墨獒直跟着他走到谷口，听见吕不韦说话才回身跑了。临走时他们不见墨獒，找到了华月夫人墓园。墨獒果然孤零零地蜷在墓碑前，绿幽幽的大眼一片汪汪，任谁劝说也不起身。吕不韦听得万般感慨，良久默然无语。

三日后，莫胡终于完全清醒了过来，脸膛也重新泛出了红晕。

这日午后，吕不韦吩咐西门老总事守在内庄门口，任何人来访只说自己进咸阳城去了，安顿妥当与陈渲一起到了后园僻静的病室。靠在卧榻大枕的莫胡一见吕不韦泪水盈眶，挣扎着要起来行礼。吕不韦连忙上前摁住笑道："今日只说说闲话，姑娘要多礼，我只有走了。"陈渲也过来笑道："姑娘只管靠着说话，一切有我。"说着话拉开帷帐打开窗户煮好酽茶，又捧来一盅汤药教莫胡喝下，方才笑道："你等说话，我唤小茵子来照料，我还有事忙了。"说罢唤进一个伶俐女童匆匆去了。见莫胡只噙着眼泪哽咽，吕不韦笑道："莫胡呵，莫歉疚。我说过，你是我胞妹。做嫂者，照拂小姑病榻有何不可了？"莫胡哽咽道："先生高义大德，莫胡不配。"吕不韦幽幽叹息一声："难矣哉！若是姑娘别有隐情，不韦自不勉强。若说配与不配，姑娘却是言重了。上天生人，原本一等，若非世道不平，何有个高低贵贱？荆云大哥与马队义士哪个没有非人经历，可他们都是吕不韦的生死至交，情同骨肉，何论配与不配？"莫胡一阵默然，蓦然抬头，说起了她被先生送人后的经历。

莫胡说，自她到了丰京谷，便做了华月夫人的内事家老。华月夫人有个族人在王室书房做书吏，职司王书缮刻。华月夫人因而预先得知嬴异人立嫡密书。这是莫胡后来才知道的。华月夫人与华阳夫人密商谋划，是华月夫人有意告知莫胡，并教莫胡设法告知吕不韦预先绸缪。可派自己族弟为"特使"赶赴邯郸，华月夫人却瞒过了莫胡。当莫胡正要发出信鸽时，却偶然从一个贴身侍女的口中知道了"特使"一事，顿时心生疑惑，对华月夫人的虚虚实实难判真假，深恐错报消息坏了大事，决意亲自北上说个备细。

正在此时，华月夫人却派莫胡带着六名精干仆役冬日南下，来春办理三件大事：一是在吴越采炒震泽春茶；二是去荆山置办楚国式样的玉具珠宝，并用荆山玉为子楚打磨三套铭文玉佩；最要紧的一件事，是按照华阳夫人的图样，采买正宗楚丝，在郢都给子楚缝制地道的四季袍服冠带各六套。华月夫人反复叮嘱，这是她与华阳夫人给子楚归秦预备的赏赐大礼，于吕公也是光彩之事，非莫胡不能办好。莫胡不好推托，在腊月末启程了。轻舟一发，莫胡与仆役们约好二月十五在震泽最大茶场会面，而后立即单骑飞驰兼程赶赴邯郸。其时吕不韦与西门老总事恰好不在仓谷溪，行程紧迫的莫胡赶到了马队营地找到了荆云。住得三日，仓谷溪仍是空空荡荡，莫胡只好将诸事说给荆云匆匆南下了。二月与仆役们会齐，三月底春茶装舟北运，莫胡去了荆山，玉具珠宝定好又去郢都。一等事体往返办完，已经到了六月酷暑天，回到咸阳已经是七月底了。丰京谷的凄凉使莫胡大为震惊，本欲立即寻觅吕不韦，但遗留姐妹们的惨状却使她不忍猝然离去。

“此等大变，莫胡实在没有想到……”

“莫胡呵，往事过矣！不说也罢。”吕不韦长叹一声，“我只想问得一事，你可说便说，不可说便不说，且莫为难。你是分娩之身，那个婴儿，可是荆云大哥之后？”

蓦然之间莫胡如被电击，喉头咕噜一响颓然倒在了榻上。陈渲恰好赶到，轻柔娴熟地一阵施救，莫胡哇的一声哭喊出来：“先生！我儿还在么？”吕不韦一个眼色，陈渲轻步飘出，片刻抱来了一个火红的襁褓笑吟吟递到榻前。莫胡瑟瑟颤抖着抱过婴儿，看着襁褓中红润酣睡的小脸，疯痴般颠弄着襁褓又哭又笑。陈渲一边温婉劝慰，一边接过襁褓给婴儿把尿喂药，莫胡这才渐渐平静下来。

莫胡说，她一家都是楚国巨商猗顿氏买来的奴隶。父母是猗顿商社的海船苦役，在她八岁那年双双殁于海风沉船。小小的她被猗顿氏的一位公子看中，要收她做烙印的侍榻女奴。她说，只要公子带船出海捞回她父母的遗骸安葬，她便烙印入室，否则宁死不做烙印女奴。两年过去，那位公子并未出海，却见她长成了亭亭玉立的少女，便在一个漆黑的夜晚给她灌了迷药，给她烙了女奴印记。便在她痛不欲生不吃不喝只要饿死自己的时日，也是一个漆黑的夜晚，一个功夫神奇的黑衣蒙面人破门而入，连杀三名看守剑士斩断铁链将她救了出去。这个蒙面人将她带到了陈城郊野的一片密林营地，给她看了父母出海前给一个义商留下的刻画竹简。那片竹简上画着一个除了她绝不会是别人的小女孩，旁边画着一片草地一匹奔驰的黑马；又带她到隐秘的山坳看了一座奇形怪状的黄土堆，说这便是她父母的安葬地，只因没有救她出来，所以简陋葬埋，只等救出她后辨认而后重新安葬。清明时节打开了坟墓，启开了薄片棺木，父母尸身非但没有腐烂，反倒是大睁着两眼如活人一般。莫胡哭得死去活来，生生要跳进墓坑与父母同去，若非那个蒙面人死死抱住又多方救治，她即或当时不死回来也哭死了。

一个月后，她被那位大哥专程送到了阴山草原，托付给一个林胡族头领，要头领请一个中原士子教她认字读书，说好她长大了来接她。那个头领叫来了他的一群女儿，板着脸对女儿们说，他又有了一个新女儿，谁敢欺侮她就杀了谁！从此，她在草原开始了骑马读书看牛羊的生活，快乐逍遥中却总觉得空落落的。五年后，那个蒙面人果然来了，问她愿不愿意跟他到中原去。她没说一句话扑到蒙面人怀里哭了。后来，她知道了这个蒙面人叫荆云，密林马队的骑士们都叫他大哥。她心甘情愿地为他们洗衣做饭，又跟着轮流进炊房当值的骑士修习剑术。荆云也是每月一次一日进炊房造饭，与她渐渐便相熟了起来。荆云说她有灵气，埋汰在炊房忒可惜，坚执教她单帐居住，只教骑士们认字读书。很快，莫胡明白了这是一支护商马队，最多的事是四出探听道路消息，最大的事是护送商队不被抢劫。莫胡不甘整日坐帐读书教书，寻找种种借口到荆云帐篷帮他料理杂事，实在没事便跟着斥候骑士们出去探路。她灵慧聪颖，各国各地的文字话语一学便会，竟成了马队骑士们人人钟爱的小“通人”。

后来，她随着马队到了邯郸郊野的密林营地。有一次，荆云问她愿不愿意给他景仰的一个高士做贴身女仆？莫胡只说了一句话：“大哥教我做事，不须问我愿不愿意。”半月后，她跟着一个白发苍苍的老人到了邯郸胡寓……离开荆云，莫胡蓦然觉得自己深深爱慕着那个始终蒙面的荆云大哥。从丰京谷南下的时日，她心神不宁，总有一种不祥的预感，觉得自己再也见不到荆云大哥了。北上临别之日，心潮实在不能自已，她终于从空荡荡的仓谷溪飞马冲进了密林营地。那一夜，她缠着荆云终夜饮酒，两人说了许许多多的话，边饮边说，荆云终于醉了。她几乎没有丝毫犹豫羞怯，从容脱去了自己与荆云的全身衣物，紧紧抱着荆云钻进了大被之中……

“天意也！荆云义士有后了！”吕不韦喜极而泣跳了起来。

“莫胡呵，你儿子该有个好名字也！”陈渲咯咯笑了起来。

“请先生赐个名了。”莫胡红着脸低了头。

“不不不！莫胡自己起！父母命名，善莫大焉！”

莫胡思忖一阵低声道：“我生他时，那个洞中有辆接轴古车，就叫荆轲如何？”

“荆轲！好！荆轲！”吕不韦拍案大叫。

襁褓中的婴儿哇的一声大哭，响亮得屋中嗡嗡震响不绝。陈渲惊讶笑道：“哟！这小子哭声厉得紧！晓得无，准是个硬种儿了！”三人一齐大笑起来。

六 冠礼之夜的两代储君

仲秋时节，一道王书突然降临新庄，合府上下立即忙碌起来。

王书说的是：秋分之日，公子异人于太庙行加冠大礼，一应先礼着吕府操持。王书是老长史桓砾亲自前来颁读的。接书人指定的是公子嬴异人与义商吕不韦。王书宣读完毕，老长史寒暄几句，留下了太庙一班礼仪属官去了。当晚，吕不韦与西门老总事并陈渲莫胡一道，商议庄园人手房屋的摆布。四人都是理事能者，说得一阵铺排妥当：吕不韦只管照料公子的三日沐浴斋戒大礼，太庙礼仪官员的饮食起居由老西门带原商社的几名执事处置，一干本庄仆役与事务尽交陈渲莫胡。

议罢正要散去，莫胡老大不高兴地嘟哝道：“今日这王书将先生指称为‘义商’，忒煞怪也。人说君心难测，老秦王当真连那墨爇也不如了。”吕不韦不禁笑道：“莫胡能听王书了，好！西门老爹，你以为今日事如何？”老西门思忖道：“老朽以为，今日事名实不符有些蹊跷，然从实在处揣摩，还是情势大好。”“情势大好？说说了。”吕不韦饶有兴致。老西门笑道：“依着寻常法度，我庄尚是民居，便是咸阳内史府派一名书吏前来传令，也算得国人望族的礼遇了。即或涉及王族公子而须得秦王下书，派一名内侍前来颁书也都是破例了。今日颁书之人，却是极少出面的老长史，听说此人是老秦王暮年最信任的实权大臣。最要紧处，公子加冠大礼前不回太子府，留在我庄由东公主持前礼，太庙官员只是操持事务。此中用意老朽也看得不透，只从实处说，老秦王对东公是王族大臣之礼遇。义商两字，若照法度说也是实情，东公毕竟还，还没做大臣。老朽冒昧，东公明察了。”素来寡言的老西门说完这前所未有的长篇大论，额头涔涔汗水。

“说得好！老爹大有见识也！”

吕不韦拍案赞叹转而笑了，“莫胡这一抱怨，倒是要叮嘱几句：要告诫庄中上下人等，日后莫得私下议论国政，更不得抱怨国君，有话只对我说可也。记住，这是秦国，不是山东六国。”莫胡红着脸肃然一躬道：“先生叮嘱，铭刻在心！”西门老总事也连连点头：“该当该当，明日老朽便给执事仆役们立下这条规矩。”

次日，吕不韦新庄开始了加冠礼的礼前忙碌。

远古之时，华夏各部族有各种形式的“成丁礼”。就实说，便是在男子女子长到一定年龄且已具备了正常身体、学会了基本生存技能时，氏族以特定的礼仪承认这个男子或女子成为氏族正式成员，是谓“成人”。进入礼制发达的西周，成丁礼化为天下第一大礼——士冠礼。其时所谓士，是享有国人资格的所有男女。士冠礼，是给长大成人的男子加冠女子盘发插笄，从而认定其成人身份的礼仪。因其涉及天下每一生灵，故被视为天下第一礼。春秋以至战国，礼仪大大简化，各国亦多有不同，然士冠礼却大体沿袭了古老的传统，只是因被加冠人身份不同而繁简程度有差异罢了。嬴异人是王族子孙，更是已经确定的太子嫡子，虽已年过三十，然因少年为质曾提前大礼（秦人二十一岁加冠），这再次补办的士冠礼便成了秦国王室正式承认其身份的第一道礼仪，自然是分外郑重。

实质而言，士冠礼不是家礼，而是公礼。公者，乡社亭里也，氏族邦国也。也就是说，士冠礼是群体承认个体的礼仪，而不是家长承认子女的礼仪。唯其如此，士冠礼不由得家长动议，也不由得家长主持，家长与加冠者一样都是士冠礼中的嘉宾与当事人；以加冠者身份不同，士冠礼分别由有德行的乡老、族长以至国君或特定大臣动议主持。

士冠礼是庄重的成人礼仪，其操持过程也是分外讲究的。士冠礼分为两大礼程，第一程是预礼，第二程是正礼。预礼即正式加冠前以礼仪规定的程式做好准备事务，大要环节为：

筮日：以占卜确定冠礼日期。

筮宾：在参礼宾客中占卜确定一人为正宾。

约期：商定冠礼开始的具体时辰。

戒宾：邀请正宾与所有赞冠宾客。

设洗：加冠者礼前沐浴与当日特定梳洗。

第二程是正礼，即加冠之日的礼仪程式，完整的次序是十项：

陈服器：清晨开始陈设礼器、祭物与相应服饰。

迎赞者入庙：加冠者家长迎宾客进入家庙。

三加冠：始加布冠，意为冠者具备衣食之能；二加皮冠，皮冠亦称武冠，意为冠者具备基本武技；三加爵冠，爵冠亦称文冠，意为冠者基本具备知书达理之能；三冠连加的礼意在于激励冠者由卑而尊不断进取，是谓“三加弥尊，谕其志也！”

宾醴冠者：正宾为加冠者赐酒祝贺。

冠者见母：加冠者正式拜见礼仪确定的母亲，未必是生母。

宾赐表字：正宾为加冠者赐以本名之外供寻常称呼的称谓，这个称谓叫做“表字”，以与父母所取名区别。加冠之后“表字”代“名”，只有父母国君可呼其本名，礼意在于崇敬父母为冠者所取之名。是谓“冠而字之，敬其名也！”这一程式到春秋时已经少见，战国以至秦、西汉，世事风雷激荡，这种一人两称的繁琐程式已经大体消失，或以变通形式取代，人多以本名现世。诸如苏秦因是洛阳人而承袭周礼，加冠时取表字“季子”者，已经很是罕见。东汉伊始，士绅贵胄的尊儒礼之风渐盛，本名外取字的古礼重新恢复，一时蔚为风习。这是后话。

见家人：加冠者以成人身份正式礼见所有长幼家人。

见尊长：加冠者以成人身份正式拜见乡老族长大夫或国君。

醴宾：主家宴请参礼宾客。

送宾归俎：送走宾客后，从陈设祭物的礼器（俎）中取出三牲干肉，按宾客人数分割成若干份，这便是“俎肉”，而后派家人将俎肉送到所有宾客家中，其礼意在于使所有的宾客都与加冠者同享上天赐予的恩德。至此，士冠礼完成。

两大礼程之外，尚有一个极为重要的部分要在预礼阶段熟悉，那便是各个环节的法定礼辞与动作程式。所有参与冠礼者，都必须事先熟悉这些礼辞，熟悉所有与己相关的动作程式，以在轮到自己参礼时言行准确如仪。譬如最要紧的“三加”之礼：第一次加缁布冠，授冠者须得右手持冠后，左手执冠前，双手捧冠高诵：“令月吉日，始加元服[1]！弃尔幼志，顺尔成德！寿考唯祺，介尔景福！”第二次加皮冠，要等受冠者卸去缁布冠并重新梳发后，授冠者以同前动作执冠高诵：“吉月令辰，乃申尔服！敬尔威仪，淑慎尔德！眉寿万年，永受胡福！”第三次加象征文事的爵冠，授冠者须得高诵：“以岁之正，以月之令，咸加尔服！兄弟俱在，以成厥德！黄耇无疆，受天之庆！”正宾向受冠者赐酒祝贺时须得高诵：“甘醴唯厚，嘉荐令芳！拜受祭之，以定尔祥！承天之休，寿考不忘！”德行主持者为受冠者赐表字时须得高诵：“礼仪既备，令月吉日，昭告尔字！爰字孔嘉，髦士攸宜！宜之于嘏，永受保之，曰伯某甫！[2]”如此等等繁琐细致，一有差池非但越矩违礼，且累及加冠者终生受人讥讽，是以司礼者都须得是精熟礼仪的德行之士。春秋时期的孔子声名大作，很大程度得益于他对各种繁琐古礼的精通。战国之世尽管

[1] 元服，元，头也首也，元服，头首之服，即冠。

[2] 伯某甫，此处为礼仪规定的代用语。古人排行，长子为伯，依次为仲、叔、季。伯某甫是一个不确定的表字，伯为排行，某为某个具体字，甫为对男子的尊称；第一字可以加冠者排行取代。

礼仪大大简化，然特殊人物的特殊礼仪也是不能草率的。

嬴异人的士冠礼正是如此。

秦昭王的加冠王书吕不韦事前并不知晓，旬日之间要预备好诸般礼前事务，便在熟悉古礼的太庙令也非易事，何况吕不韦一个商人。但是，吕不韦却没有丝毫难色而坦然奉书。照实说，吕不韦原本是处置繁难事务的罕见大才，二十余年大商生涯从来没有出过调度铺排之失。以西门老总事为首的几个商社老执事个个更是理事能手，陈渲莫胡也都是多经沧桑的女中奇能之士，士冠礼尽管繁杂细致且为商旅之士所陌生，却也难不住这班能事之才。一经商定大略，各方揣摩规矩之后井井有条的铺排开来，旬日之内竟是诸般妥当毫无差错，连专门前来襄助的太庙令一班属员也大为惊叹。

秋分这日，清晨分外晴朗，深邃碧蓝的天空挂着一轮嫣红和煦的太阳，可谓是秋高气爽。卯时首刻，一队骑士吏员护卫着一辆青铜轺车辚辚出了新吕庄北门，整肃地上了横跨渭水的白石长桥，不疾不徐地进了咸阳南门，从中央王街北上，终于进了王城最深处的太庙。

王城在整个大咸阳的中央正北。王城北城墙的背后是一片数百亩的王室园林，园林北面才是真正的咸阳北城墙。出得北门三里之遥，突兀拔起一道林木苍茫的高地，这是闻名天下的咸阳北阪。太庙坐落在王城北端园林的最高处，四面松柏森森终年常青，秦式宫殿的短飞檐从茫茫绿色中大斜伸出，远处看去直是靠着北阪高地巍巍矗立的天上城阙。这太庙虽只有一座主殿，不似王宫那般层层叠叠，然整体布局却是宏大简约深邃肃穆，任谁到此也会油然生出敬畏之心。

一过王城宫殿区进入苍苍园林百步，迎面是两柱黑色巨石立成的禁门。门内是太庙禁苑，任何人不奉王书不得入内。进得禁门百步，苍苍松柏与高达三丈的龟龙麟凤四灵石刻夹峙着一条十丈宽的黄土大道，尽头一座六丈高的蓝田玉石坊，正中镶嵌着“太庙”两个斗大的铜字。进了石坊，经过梯次三进庭院，便是巍巍然高踞于三十六级阶梯之上的太庙正殿。

当车马进入已经洒水净尘的黄土大道，遥遥一片冠带伫立在石坊之下。青铜轺车上的嬴异人低声问："前方一片何人？一个不识得。"车旁走马的吕不韦低声道："最前是公子父亲安国君，身后四人自东至西，分别是纲成君、驷车庶长、太庙令、太史令，其余人等皆太子府属员。你只记住父亲便是。"嬴异人目力颇好，远远看见为首冠带者胖大臃肿须发花白，与他少时离秦时的父亲判若两人，心头不期然一阵酸楚。

正午时分，"三加"礼成。待主持冠礼的驷车庶长赐嬴异人表字为"子楚"，太庙中一阵欢呼。吕不韦心下明白，这个表字只是变通之法而已。依照礼仪，表字是本名字意的彰显，不能与本名毫无关联。而"子楚"与"异人"恰恰风马牛不相及。这是他经过安国君嬴柱与老驷车庶长事先商议好的，为的是使异人在邯郸改的这个名字有名正言顺的依据，以使华阳夫人不至于说嬴异人在搪塞她。

表字确定，嬴异人饮了作为正宾的太庙令的贺酒，又郑重祭拜了祖先神位，冠礼车马辚辚出了太庙向太子府而来行见母礼仪。"见母"于平民冠礼原是简单，因其礼仪场所在家庙或族庙，受冠者只需将祭品中的干肉装入笾豆（形如豆状的竹器），提着下堂出东墙进入母亲的房屋拜见，献上干肉，母亲拜祭品而受之；冠者拜送母亲回房，母亲以成人礼回拜儿子，至此见母礼成。然对于嬴异人这般王子，冠礼在太庙进行而女子不入太庙，自然变通为回府见母。

车马驶入府前广场停稳，预先已经肃立等候在门厅外的太庙司仪一声高诵："冠者子楚回府见母——！"青铜轺车中的嬴异人被一名太庙令属员以赞冠者身份扶下车来，在赞冠者导引下肃然进府。太子嬴柱以主人身份礼请驷车庶长、太庙令与吕不韦等进入正厅饮茶歇息等候。

华阳夫人早已经做了精心准备，事先从甘棠园搬到了方便礼仪的第三进东厢大屋。听得府门外车马喧呼之声，华阳夫人早早站在了东屋大窗下。片刻之间，一人挽着笾豆进了庭院，一身土黄色楚服，头上一顶四寸黑玉冠，身材适中面色黧黑步履沉稳端正，除了秦人特有的细长眼睛与略显瘦削，堪称得英挺厚重。"此子强于乃父，天意也！"华阳夫人一声长嘘，软倒在了厚厚的地毡上。

"冠者子楚，拜谒母亲——！"太庙赞冠吏一声高诵。

华阳夫人端正了一番自己的头饰玉佩，在侍女搀扶下款款跨过门槛到了廊下，对着阶下庭院中跪地低头双手捧举笾豆俎肉的嬴异人，极是优雅地躬身一拜，口中柔和念诵道：“咸加尔服，我子成人。子今敬母，母以子福。”念罢，双手从嬴异人头顶拿过笾豆，轻轻一拍嬴异人肩头，楚语柔声笑道，“子楚，苦了你也。晚间娘与你说话，兄弟姊妹也晚来见礼，晓得无？”嬴异人叩头一拜肃然起身诵道：“承天之庆，子楚加冠。自今以降，孝悌立身。恭送母亲！”接着低头低声一句，“子楚晓得了，谢过母亲。”华阳夫人微微一笑，端正矜持地躬身回拜了两拜，亲切低语一句：“当心风寒，秋风凉了。”被侍女搀扶着转身进厅中去了。

“夫人侠拜，见母礼成——！”

侠拜者，夫妻间女子两拜之谓也。周礼：凡女子于丈夫行礼，女子拜两次，丈夫回拜一次，此谓侠拜。士冠礼中母亲以侠拜礼对加冠儿子，礼意表示母亲对加冠成人的儿子如对夫君一般礼仪。见母之后，冠礼车马辚辚进入王城，进行这次士冠礼的最要紧一项——见尊长。

远观王城，今日如常。然车马鱼贯进入巍峨的宫城石门，立即发现了车马广场与正殿区域的异常：两队斧钺仪仗整肃排列，一副六丈宽六寸厚的红地毡使通往正殿的三十六级蓝田玉台阶在秋日的夕阳下一片灿烂。更令人惊诧的是，殿口平台上的两只大鼎燃起了粗大的烟柱，在车马场遥遥看去，竟似紫烟袅袅如天上宫阙。一时间，非但嬴异人惊愕，连经常出入王宫的太子嬴柱与驷车庶长也大感意外。依着法度礼仪，非朝会与大典，正殿前大鼎不能举香。今日除了太子嫡子嬴异人加冠，国中并无礼仪大典，这大鼎举香仪仗红毡便分外有了一种庄重肃穆。

“冠者嬴异人觐见！赞冠大宾随同上殿——”

正在众人惊愕之际，三声长呼鼓荡回响，迭次从殿中传到高阶平台再传到殿阶，整个车马广场都被内侍们这种久经训练的尖亮声浪覆盖了。随着声浪，一名年轻内侍将嬴异人等领上了红地毡，及至高阶尽头，白发苍苍的内侍大老恰恰摇到了平台口，将参礼者们默默领进了大殿。这时，吕不韦才蓦然一阵猛然心跳。老秦王有可能在加冠之日召见异人，这是吕不韦能够预料到的。然则，老秦王会在正殿以坐殿大礼召见，却是大大出乎吕不韦意料之外的。老秦王以耄耋之年风瘫之身，已经多年不在大殿举行任何礼仪，今日竟能在王孙加冠之日亲自坐殿，其间意蕴实在大有揣摩处。更令吕不韦百味俱生处在于，他设想过种种晋见老秦王的情景，甚至想到过老秦王死前不会召见他，他将终生与这位使山东六国蒙受摧毁性劫难的雷电之君不能相见，唯独没有设想过会在咸阳正殿以大宾之身晋见老秦王……

“异人么？近前来，大父看看！”方入大殿，各人尚未以在冠礼中的各自身份行礼参见，殿中响起了苍老沙哑的笑声，一切礼仪都被这突如其来的随意湮没了。太庙令与驷车庶长眼神一交，分别向嬴柱吕不韦示意就座等待。

“大父！”嬴异人一声哽咽，大步上了王台。

“尚可尚可。”秦昭王眯缝起白眉下的一双老眼打量着肃然挺立的王孙，不禁一声叹息，“磨难成人也。子为人质二十余年，难矣哉！”

“大父当年质燕，于战乱中九死一生！异人小苦，不敢当磨难二字！”

“未逢战乱，未必小苦也！”秦昭王慨然一叹，“大父当年为质，尚有娘亲照拂。孙儿少年孤身，于强敌异邦居如囚犯，国无音书，家无亲情，衣食无着，逃生无门，便是庶民，亦为磨难，况乎王孙公子矣！”

“大父……”嬴异人扑地拜倒，不禁放声痛哭。

大殿中一片默然一片哽咽，眼见秦昭王两道雪白的长眉耸起，吕不韦心下不禁一跳。只怕嬴异人这临机动情要坏大事。正在忐忑之间，却见秦昭王长嘘一声亲切慈和地笑了：“异人呵，抬起头来，这厢入座，拭去眼泪，听大父几句老话。”嬴异人哭声立止肃然跪坐进王座右下长案，秦昭王苍老平和的声音在大殿回荡起来，“磨难成人，磨难毁人，成于强毅心志，毁于乖戾猥琐。子今脱难归宗，当以儒家孟子大师之言铭刻在心，将昔日磨难做天磨斯人待之。莫得将所受折磨刻刻咀嚼，不期然生出愤世之心。果真如此，嬴氏不幸也，家国不幸也！”

“大父教诲，孙儿永生不忘！”

“好！回头将你的质赵札记静心整理一番，大父可是要教人念来听也。”

“孙儿谨记在心。边读书边整理，刻写成卷上呈大父批点。”

秦昭王点了点头，目光瞄向殿中：“不韦先生来了么？”

吕不韦从最后排的大案站起肃然一躬：“濮阳商贾吕不韦参见秦王！”

“先生大宾，恕老夫身残不能还礼，敢请近前就座说话。”

立即有一名内侍将吕不韦导引到王台左下的长案前，恰在秦昭王左下六尺处与嬴异人遥遥相对。吕不韦就座抬头拱手行礼，恰与老秦王凝视的目光相对，顿时感觉到一股平和而又肃杀的深邃目光笼罩住了心神，素来沉稳的他心头竟是一震。

“先生于嬴氏有大功，老夫不敢言谢。”

“不韦不期而遇公子，稍有襄助，原是图谋与秦通商之私心，不敢居功。”

“先生坦诚不伪，君子之风也！”秦昭王拍案喟然一叹，“然先生因异人之故，于商旅业已耽延多年，索性在秦国做官如何？”

“不韦愧不敢当。”

“先生过谦了。从小官做起如何？”

“但能做事，我心足矣。”

“宣书。”秦昭王淡淡一笑，目光一闪瞌睡般眯缝了过去。

坐在王案左后侧的老长史桓砾站了起来，打开一卷念道：“秦王书命：义商吕不韦有大功于秦国王室，今任吕不韦上卿之职，襄助丞相总领国政，爵位待定。”

“异人谢过大父！”嬴异人兴奋难抑，作礼拜谢之后却见大殿中一片默然，对面吕不韦也是安坐不动，不禁愣怔了。正在此时，秦昭王睁开老眼笑了：“先生不接王书，可是有说？”“秦王明鉴。”吕不韦离案站起肃然一个拱手礼，“在下一介布衣商旅，图谋入秦经商，原本是看重秦国法度严明，商事诚信过于山东。唯其如此，商事耽延之后在下亦愿在秦国效力。然则，秦为法治大国，以事功为官爵依据。依秦国法度：不韦襄助公子，只对安国君府有些许功劳，而非对邦国有功，不当以高官显爵赐封。在下不畏高位，然却不想位非其功，是以不敢奉书，秦王明察。”秦昭王枯瘦的手指叩着书案悠然一笑：“先生之说也是一理也。然先生亦自认对太子府有功，做右太子傅如何？”吕不韦还是肃然一拱：“太子傅为国家大臣，并非太子府属官，在下不敢奉书。”

“先生何其狂狷也！”嬴异人心头大跳，额头渗出了涔涔细汗。他虽久离秦国，却也知道大父老王的冷峻肃杀，吕不韦两次辞官且振振有词地驳回大父，非但自毁，且必然累及父亲与自己，当真是疯了！不行，我要说话！要以“期盼先生教诲”为名，替他接下太子傅。

“坦荡率直，先生有秦人之风也！”正在此时，秦昭王罕见地哈哈大笑起来，“先生便说，老夫该如何封赏于你？”

“在下愿从做事开始，修习秦法，以图日后事功而居高位。”

“好！先生可人也！”秦昭王慨然拍案，“本王书令：吕不韦为太子府丞，俸禄由王室府库支付。散……”一语未罢颓然卧案，一双长长的白眉顿时拉成了细长的缝隙，粗重的鼾声跟着在大殿荡开。

一班人出得王宫，天色已经全黑。依着士冠礼程式，接下来是最后一项，醴宾。但当太子嬴柱以礼相邀时，纲成君蔡泽却亮着公鸭嗓嘎嘎笑了：“安国君，老夫肚肠早瘪了也！冠礼可变通，还是各人自家回去咥饭实在。醴宾免了，俎肉回头送来便是！”几位大臣异口同声相和，嬴柱父子为难起来。吕不韦见状过来拱手笑道：“不韦方才已经受命做了太子府丞，此事听我如何？”嬴柱如释重负恍然点头：“对呀！我竟糊涂了，听先生处置便是！”吕不韦回身笑道：“诸位大人劳碌一日，冠礼醴宾只有干肉，还要如礼如仪地诸般讲究，如何咥得实在？大人们回府歇息用饭，俎肉由不韦亲自恭送上门。”蔡泽揶揄笑道：“好好好，吕不韦这太子府丞倒是做得像模像样也。告辞！”回身登车去了。老驷车庶长却沉着脸瞪了蔡泽一眼，回头一拱手道：“今日大殿拜官之事，实出老夫意料之外。望先生实言相告，何以不做上卿太子傅？”

“老庶长以为吕不韦大殿之言是虚？”

“虚不虚先生自知。老夫只是觉得委屈了先生。”

“老庶长恕我直言。”吕不韦肃然拱手，“在下决意入秦，是要在秦国站稳根基。不韦愿效白起事功得爵之风范，而不想以人得官。除此无他意。”

“好！当得秦人！老夫心安矣！”老驷车庶长高声赞叹一句，回身一拍嬴异人肩头，“子楚啊，小子有命，好自为之！”回身去了。

吕不韦正要拱手告辞，嬴柱却摁住吕不韦双手笑了：“先生已是自家人，忍心弃我父子独去么？”吕不韦笑道：“在下无他意，只是想依法度从三日后开始理事。”“不！”嬴柱压着吕不韦双手不容辩驳，“法不禁善。先生当自即刻掌事！走，你我同车回府！”不由分说拉起吕不韦上了青铜轺车。

太子府灯火通明中门大开，见嬴异人车马归来，门厅内外一声整齐地高诵：“恭贺公子冠礼大成！”吕不韦被嬴柱父子前后夹着进了正厅。灯烛之下宴席齐备，华阳夫人冠带玉佩礼服锦绣正在厅中肃然等候，见吕不韦入厅，过来行了两拜之礼：“先生功德，善莫大焉，嬴芈氏没齿不忘。”吕不韦连忙躬身一拜：“在下些许寸功，何敢当夫人拜谢？不韦已经是太子府丞，日后听候夫人差遣。”“如何如何太子府丞？晓得勿搞错了！”华阳夫人一连声嚷嚷，见夫君嬴柱连连眼神示意，回头高声大气一挥手，“府中上下人等都给我听好了：勿管先生何职何官，日后只许称先生做先生，不许叫府丞！谁但越矩，重重责罚！晓得无！”内外仆役侍女“嗨”的一声应命，华阳夫人这才回身恭敬笑道，“先生请！今日庆贺我子加冠，先生便是大宾，当为首座了。”吕不韦正要辞谢，见嬴柱连连摇手，无可奈何地笑笑，被华阳夫人亲自领到了东首与今日冠者嬴异人并排正座，嬴柱与华阳夫人却在西面两座主位陪了。

饮得三爵，嬴异人肃然起身正式拜见了父母。华阳夫人拭着泪水吩咐侍女捧来了一只铜匣，亲自打开取出一方晶莹的黑玉笑道：“子楚啊，这是奉书之日你父与母亲刻就的立嫡信符。左半归你，右半明日交王宫长史典藏了。”

“母亲！”嬴异人跪地再拜，双手颤巍巍接过玉符，端详着这只鹰形玉符上自己的生辰刻字、父母名讳与太子府徽记，不禁热泪盈眶。但为王子王孙，每人都有一方如此这般的身份玉符。所不同者，所有庶子玉符的右符都由家族做档保存，只向掌管王族事务的驷车庶长府报知登记即可；各家族嫡子的右符则须交驷车庶长府专档典藏；唯独太子嫡子的右符必须交由王室典籍密存，任何人不奉王书不得查看。这嫡子信符是他永远的血统身份，是将他与生母的血肉关联割开的法刀，如同烙在奴隶脸庞的火印一般永远不能磨灭。

“子楚啊，莫愣怔了。这厢才是母亲为你备下的冠日大礼，快来看了！”

嬴异人恍然抬头，这才看见华阳夫人正站在案后两口大棕箱旁向他招手，连忙起身走过去又是一躬：“子楚谢过母亲。”华阳夫人笑道：“忒多礼毋晓得累了？过来，打开，拿开苫布！”灯光之下锦缎灿烂珠玉夺目，嬴异人顿时手足无措。华阳夫人指点道：“这是四季楚服八套，连带八副荆山玉佩，都是正宗楚锦楚工了。来，穿上秋服，教你父亲与先生品评一番了！”说话间一个眼神，两名侍女从箱中捧出了秋服。华阳夫人同时利落地为嬴异人除去了上下通黑的冠日礼服，两侍女立即过来给嬴异人换上了一件土黄色的楚袍，挂上了一套晶莹温润的玉佩，大厅中顿时鲜亮起来。

“好！”吕不韦拊掌赞叹，“楚服楚玉，公子神气大增也！”

“果然鲜亮精神！不枉……”嬴柱突然打住了。

华阳夫人骤然红了眼眶道：“阿姐在天有灵，今日当安息也！”回头一抹泪水又笑了，“子楚晓得无？我拎得清，楚服虽好，做不得常服，咸阳终归是秦国，我儿终究是秦人了。只要子楚心里当真有我这个母亲，我也便知足了。”一番话说得珠圆玉润，眼中泪水却断线似的扑簌簌掉了出来。嬴异人看得心酸，躬身一拜慨然道：“子楚认祖归宗，自当尊天地礼法而克尽人道。若对母亲稍有不敬，天诛地灭！”华阳夫人带着泪水咯咯笑道：“好了好了，有心便好，何须当真一般了。来，我儿敬先生一爵！”拉住嬴异人到了吕不韦面前。

这场家宴直到三更方散。嬴柱要请吕不韦到书房夜谈，吕不韦坚执告辞，说三日后再来当值。嬴柱笑道：“理个甚事？先生莫将府丞当真，有事便来，没事多多歇息，日后有得大事做！”吕不韦笑笑也不回说，辞别登车去了。嬴柱送出大门回来，全然没有睡意，对华阳夫人叮嘱几句，将嬴异人唤进了书房。

“异人呵，今日大礼你做何想？为父很想知道。”

嬴柱靠着坐榻大枕，啜着滚烫的酽茶，打量着熟悉而又陌生的儿子，开始了二十余年来父子之间的第一次对话。嬴异人显然有些拘谨，思忖斟酌道：“冠礼之隆，异人实在没有想到。父亲苦心，儿没齿不忘。”嬴柱摇头笑道：“冠礼事是你大父亲定，并非为父安排。你质赵之时已经提前加冠，原本无须后补加冠大礼。你大父这般铺排，实在是用心良苦，你可揣摩出一二？”嬴异人一阵思忖终是摇头。“秦国之难，此其时也！”嬴柱长叹一声坐了起来，“大父之心，在于借你再次加冠大礼向天下、向朝野昭示：秦国社稷后继有人也！依着寻常法度，太子尚未即位，嫡王孙无须早早确定，更无须大肆铺排其冠礼。你大父所以如此，全在为父这个太子……”嬴柱哽咽一声，见儿子不知所措的模样，摇摇手示意他无须紧张，喘息一阵又平静开口，“为父身患先天暗疾，难说哪一日会撒手归去。你，才是秦国真正的储君。明白么？”

“父亲！”嬴异人难耐酸楚，不禁扑地拜倒哭出声来。

“起来起来。”嬴柱淡淡一笑，“秦自孝公以降，历经惠王、武王、大父四任三代雄强君主，方得大出天下。你大父之后，王子虽多，不见雄才。你伯父与为父先后两任太子，都是羸弱多病之身，以致你伯父病死于出使途中。为父虽挺到了今日，心下却是清楚，我时日无多矣！死生有命，寿数在天，为父不恨己身短寿，生平唯有一憾。”

“父亲何憾？儿一力当之！”

“为父终生之憾：身后诸子无雄强之才也。”

“父亲明察，”嬴异人顿时羞愧低头，“儿确是中才，有愧立嫡承统。”

“你中才倒是事实。然你秉性尚算平和，亦无乖戾之气，守成可也。”嬴柱又是一阵喘息，“为父要叮嘱你者，自今而后要预谋两事：一是寻觅强臣辅佐；二是务须留下一个出类拔萃的儿子！否则，弱过三代，秦国要衰微了。”

“强臣之选，父亲以为吕不韦如何？”嬴异人精神陡然一振。

“试玉之期，尚待后察。”嬴柱啜着酽茶恢复了平静，“你大父曾密书黑冰台，备细查勘了吕不韦，以为此人弃商助你，显然是要图谋入政。秦国渴求大才，然大才须是正才，如商君如张仪如范雎，益多益善也！若是只求高官而不务实干，抑或虽有小才而无正性，譬如甘茂身兼将相权极一时，却促成武王轻躁灭周而横死洛阳，此等人为害也烈。吕不韦究竟何等人才，你大父显然并未吃准。今日大殿三封两改，你不觉其中奥妙么？”

“父亲是说，大父在试探先生？”

“为君难矣！”嬴柱喟然一叹，“求才须防伪劣，庙堂须防奸邪，雷电杀伐，春雨秋风，法度权断，机谋节操，缺一破国丧庙也。难乎难乎，不亦难哉！”

“父亲明彻如此，如何要灭自家……”

“明彻？你说为父明彻么？”嬴柱一阵大笑，“异人啊，记住了，当国莫怀旁观之心。为父时而能说得几句明彻之言，根由便是没有当事之志，而宁怀旁观之心也。隔岸观火，纵然说得几句中的之言，又有何用？”

嬴异人低头思忖。嬴柱喘息不语。良久默然中，父子两人谁也没有看谁，眼眶却都是湿漉漉的。绵绵秋雨已经在黎明最黑暗的时刻刷刷落下，城头刁斗和着雄鸡长鸣回旋在茫茫雨雾之中。嬴异人终于站了起来，将父亲背回了甘棠苑，对着始终在灯下等候父亲的母亲深深一躬，转身大踏步去了。

第八章 风雨如晦

一 天人乱象 三策应对

秦昭王五十六年五月，一场老霖雨将秦川没进了茫茫阴霾之中。

老霖雨者，绵绵长雨也。《左传》云：“凡雨，三日以往为霖。”自古以来，秦川之地多有风调雨顺，然春夏之交与秋冬之交每每总有几日霖雨。若是时节得当，这老霖雨可成天赐佳雨。譬如三月八月的末旬霖，恰逢春耕秋收方罢麦谷播种已了，几日霖雨自是妙极。然若时节不当，老霖雨又是大大的灾异。今岁一进五月，天便燠[1]得出奇。风不吹树不摇四野山川寂静呆滞得石雕陶俑一般，唯有烘烘热浪裹着渭水的蒸腾湿气漫将过来，田间耕夫坊间工匠，官署宫殿的大臣吏员，终日皆是一身黏糊糊汗水，动辄气喘如牛，闷得一颗心总在胸口突突跳。老秦人将这种怪诞天候叫做“天魇”，说是上天被噩梦镇魇得没了气息。在老秦人惴惴不安心惊肉跳的当口，初旬末夜的三更时分，天际乌云密布，刷啦啦的雨幕笼罩秦川。从此一发不可收拾，停停下下下下停停日日夜夜地直扯到六月初才收住了淅淅沥沥的雨声。云开日出之际，渭水变成了滔滔巨川，关中变成了一片汪洋，遍野金黄的麦浪在白茫茫的水雾中变成

---

[1] 燠，热或暖。今音读 yù，古音读 òu。秦地古方言将闷热叫做“燠”（òu）。《诗·唐风·无衣》：“不如子之衣，安且燠兮！”

了绿森森野荒荒的草苗，村社房倒屋塌，场院千疮百孔，极目四野，无边萧疏。冷冰冰的六月，关中老秦人纷纷将秋冬时节的皮袍绵袍布夹袍胡乱上身，一边从破损的粮囤中挖出残存的豆芽一般的陈年五谷填充辘辘饥肠，一边默默聚向村社祠堂或里中最大的场院，勒紧鞶带期盼着从泥水中趟回来的亭长里正带回官府的应灾政令，尽快带领他们离村救荒。

秦法治灾不赈灾。这是老秦人都知道的法程规矩。但有天灾，王室官府从来不会打开官仓发放五谷救济饥民，也不会开放王室园林准许饥民狩猎采摘。其法理是：无偿发粮即国家赏赐，而灾民无功获赏，为国家立功之士会被人看轻，民人事功之心会轻淡。自秦孝公商鞅变法之后，秦国历经惠王、武王、昭王三君，都牢牢恪守了这一法令。

虽则如此，绝不意味着秦国对异常灾害无动于衷。对于灾害，秦法的主旨是“治”。所谓“治”，是在灾害发生之时，官府立即颁发应对政令，而后由灾区的亭长里正们带领民众族人到未曾受灾的山林中狩猎自救，或到官府指定的生地垦荒自救，使民经过辛苦劳作而度过饥荒灾难，避免民因不劳获食而成惰性。治灾之要义，是民人不得私相逃荒而致民力流失，须在官府政令之下由乡官率领实施。否则，连坐法令会使邻里族人一体同罪。法度虽然严厉，老秦人凛然遵守毫无怨言。此中根基在于两条：其一是秦法公平，法不阿贵，老百姓乐见贵胄官吏与他们一体同法；其二是官府敬事，政令快捷，对天灾人祸之应对历来都是全力以赴。当世秦川谚云：“治灾苦，食果腹。赈灾谄，受活散[1]。”说的正是这治灾比赈灾长人志气，使人精气神奋发不散，如同治病之苦口良药。

依着商鞅变法后百余年的法度规矩，每遇灾异，官署吏员会立即捧着书令驰进村社星夜部署治灾生计，根本无需乡官们来回奔波。然则，今岁如此涝灾，吏员非但不见踪迹，亭长里正们泥水奔波郡县官署，掌事官员们也是手足无措，只愁眉苦脸一句话：“诸位父老但等两日，官府书令只在迟早也。”

---

[1] 谄，秦地古方言，流传至今，意为舒坦。受活，秦地及北方古方言，流传至今，为古语“受用”之转，意为享受、得益。《周礼·天官·大府》：“颁其货于受藏之府，颁其贿于受用之府。”

出事了！

老秦人终于不约而同地生出了一种不祥预感，尽管秦法不许妄议国事，各种传闻还是在市井巷间山乡村社悄悄流传开来。人们当头想起的，是老霖雨中流传的一支童谣：“东南风止，鹑首天哭，太白失舍，缩三盈一。”这支童谣的后两句隐秘晦涩得谁也不解其意，然仅是显然已经应验的前两句，已经足以听得老秦人心惊肉跳了。这头两句说的是五月初那阵子天魇无风，最终引来了一个月的老霖雨。按照星象分野，“鹑首”是雍州秦地，“鹑首天哭”自然是秦国老霖成灾。后两句虽然难解其意，老秦人却确信不疑地知道说的是秦国之事，而且十之八九不是好事。太白星是接近太阳的大星，属西方，主肃杀之秋。太白星出现之后（即进入某地视野），运行二百四十日隐没，其间经过在二十八宿中的十八宿（舍）的停留；若该当出某舍而不出，该当入某舍而不入，谓之“失舍”，是运行失常。太白失舍，所主方向有极大忧患。有通晓星象的士子说，老霖雨前太白曾经隐没三日又短暂出现一夜，而后至今不见太白出入，这是失舍。至于“缩三盈一”，却是众说纷纭。有人说这是指秦孝公以来的国运盈缩。有人说这是日后的事情，天机岂能预泄？有人说童谣无欺，只怕恰恰要应在眼前。说者听者各执一词，谁也说不透谁也不服谁，却都不约而同地以为不是好事，秦国要熬煎了。在人们压着嗓门为童谣天象争辩不休的时候，一个更为惊人的消息在立秋这日传遍了朝野：陇西天崩地裂，山陵倒溃，死人无算！天崩者，陨石雨也。地裂者，大地震也。山陵倒溃者，高山洪水与泥石流也。陇西原是老秦人立国之前的根基之地，而关中则是老秦人立国后的腹心之地，如今根本与腹心同时突遭毁灭性大灾异，老秦人委实震惊了，市井村社顿时一片沉寂。大劫难结结实实地发生在眼前，任谁也不用揣摩吉凶预兆了，人们再也无心争辩甚个童谣天象，只铁青着脸默默等待着那个谁也无法预料而谁都有着隐隐预感的更大噩梦。

谜底终于揭晓。

六月初三黎明，洒扫庭除的市人最先看见一辆辆麻衣轺车急如星火般驶出王城，飞出咸阳四门。接着，王城城垣立起了三丈多高的巨大白幡。到得卯时太阳挂上东方山巅，一队队斧钺甲兵护卫着一个个宣令吏开到了咸阳四大城门，张挂起盖着咸阳内史鲜红大印的白布书令——

老秦王薨了！

令人诧异的是，咸阳大都反倒是异常的平静了。国人非但没有大放悲声，反是长长地出了一口气活泛了过来。灾异应验了，事情明白了，人们反而不慌了。蜗居噤声的国人出门了，歇业三月的民市店铺悄悄开张了，乡野农夫也匆匆进城了，咸阳四门的进出人群昼夜川流不息。一时间粟谷布帛盐巴的价格悄然大涨，三五日间出现了亘古罕见的大闷市。噩梦终于揭晓了。被灾异饥荒流言折磨得几近窒息的庶民们的心却踏实了。老秦王崩逝固然事大，然辘辘饥肠总要填充，倒塌的房屋总要修葺，淤泥封死的土地总要翻开，来年的生计总要着手操持，荒了夏不能再荒了秋，庶民百姓总要过日子才是。官府要行国丧大礼，显然是顾不得治灾救荒了，老百姓若再闷声扛去，岂非饿着肚子等死？人同此心，心同此理，素来厚重守法的老秦人第一次不再等待官府政令，我行我素地自救了。

大闷市一开，山东六国商贾聚集的尚商坊当即热闹起来。

依着战国邦交惯例，外国商贾不受所在国国丧大礼的束缚，原本可以径自开市。然秦为天下第一强国，动辄寻衅攻打山东，在秦的六国商人们历来分外谨慎，生怕给本国招来兵灾大祸。唯其如此，在秦国灾异频仍的几个月里，尚商坊的六国商贾们都淡漠以对，不收市也不张市，只坐等上门者交易。如今谜底揭晓，六国视同天煞星一般的老秦王死了，秦国百姓不顾国丧大礼而竞相涌市，出现了天下罕见的大闷市，六国商人如何不大喜过望。各国商社根本无须商议，立即打出“救灾义卖”的幌旗，不约而同地压低物价大贱卖，并破例开了早已消亡的以物易物的老市，将潮水般涌进咸阳的老秦饥民从秦商民市一举吸引了过来，卷起了更大声势的抢购互易大闷市。

消息传入王城，正在服丧的老太子嬴柱大为惊愕。

一番思忖，嬴柱当即召来咸阳内史[1]并大田令、太仓令、大内丞、

[1] 内史，周官称谓，战国秦沿袭名称，执掌京师政事。

少内丞、邦司空、廷尉、官市丞等一班相关大臣紧急商议应对之策，同时从太子府召来嬴异人听议。谁知议得三个时辰，依旧莫衷一是。内史嬴腾主张，立即捕拿乱民交廷尉依法问罪。冷面老廷尉直摇白头，说此次饥民闳市实属异常，不背法不悖理，若大举捕拿只怕后果难料，只宜交各经济官署合力处置为上。一班经济大臣议论两分，大田太仓大内少内四位大臣认定，官仓钱粮物法定不赈灾，只能移民进南山垦荒自救。邦司空与官市却认为此举远水不解近渴，目下不妨以静制动，听任秦人疯购于尚商坊，权且当做六国代秦赈灾，以度一时艰危。此论一出，内史嬴腾立即愤然高声："甚个味道！听任秦人疯购，大秦颜面何在！宁可大开官市，低价抛出官仓货物，也不能教六国坏了我民心！"执掌仓储的太仓令冷冷笑道："内史说得何其轻松？且不说国仓无法承受，纵是有如山存货，低价抛出实与违法赈灾无异，乱法之罪谁来担承？"

眼看纷争不休，老长史桓砾走过来在嬴柱耳边轻声说了几句。嬴柱恍然拍案："懵懂也！如何忘了这两位？诸位且回各司其职，异人留宫听议。"转身对老内侍一招手，"立即召纲成君与先生入宫，我在东书房等候。"

片刻之后，正在忙碌操持国丧的蔡泽匆匆赶到了王宫。接吕不韦的辎车却空着回来了。老内侍回报说，先生三月以来很少到太子府当值，今日倒是来了，点过卯出门一直未归，他已留言太子府，一俟先生回府立即送进王宫。

"既然如此，先请纲成君对策了。"嬴柱回身对蔡泽肃然拱手。

"目下之乱象，老臣深以为忧！"蔡泽铁青着脸色愤激慷慨，公鸭嗓嘎嘎回荡，"自古以来，不许赈灾之国法未尝闻也！我计然派虽精研经邦济世之学，然对大灾之救，亦不能做无米之炊！老臣之见，目下国人板荡，唯以亘古王道解之：其一，即刻颁行特急王书，开秦川与南山二百里王室禁苑，许民狩猎采摘自救。其二，即刻打开秦川与陇西三座国仓，依郡县料民之数，定量发放粟谷：男丁百斤、女子八十斤、十六岁以下少年五十斤。如此数量之五谷辅以狩猎采摘，当可撑持到来年夏熟。其三，立即开镐仓发放麦种，令郡县吏员急入村社部署：庶民一半狩猎采摘以自救，一半开田秋播，决然不能荒了大田！其四，当即修法，立国府赈灾法颁行朝野，以安民心。如此四条，太子若能决而行之，秦国可安也！"

嬴柱长叹一声，良久默然。

蔡泽看看嬴柱踌躇沉吟的愁苦相，不禁一腔酸楚，无可奈何地长嘘一声："太子已是事实秦王也！如此举棋不定，忍看国丧民乱乎！"嬴柱陡然浑身一震，正要拍案，一直凝神倾听的嬴异人突然开口道："子楚以为此事委实太大，君父该当持重为是。纲成君之策与方才之议大同小异。其间难处依旧在三：一是太仓令说国仓粮货不足以支撑赈灾，不知纲成君对国仓存储量是否心中有数？二是公然赈灾违背百年秦法，若无妥善处置，只怕是饮鸩止渴，后患更大。三是仓促修法是否妥当？秦法稳定百余年，秦人对治灾不赈灾并无怨言。目下之乱，始于官府因大父弥留之际全力戒备，而未能及时治灾，并非不赈灾引起乱象。此间难处如何权衡，尚请纲成君三思才是。"

"公子之论大谬也！"蔡泽慨然拍案，"民乱始因，固为未全力治灾，然目下事实已耽延变化，陷于不赈灾便不能治灾之两难境地。公子做名家词义之辩，实非其时也！"

"且慢且慢。"嬴柱苦笑着摇摇手，"纲成君，秦国各仓究竟有几多粮货？"

蔡泽不禁愤然红脸："主君明察：老臣不掌相权，如何查勘！"

一言落点，嬴柱顿时尴尬。蔡泽的相权早在几年前太子府立嫡时被父王下书交由他这个太子统摄。蔡泽居高爵而无实事，本来就愤懑不已牢骚不断。父王新丧威慑不在，蔡泽倚老卖老自然要找机会"提醒"，自己竟生生撞将上去，问出一个本该由自己回答的难题，实在是自讨无趣。然当此危局，嬴柱自知不能斤斤计较，歉然苦笑道："无心之言，纲成君莫得上心。子楚，即刻召回太仓令问对。"

正在此时，老内侍走过来道："禀报主君：先生书房外候见。"

"我迎先生！"子楚陡然振作，霍然起身大步出了书房。

吕不韦匆匆走进，风尘仆仆汗水津津，一身厚重的国丧麻袍也是皱巴巴沾满了泥水脏污。蔡泽不禁大皱眉头：“先生素来整肃，纵是无爵吏员，何当如此有失检点？”口吻之揶揄显然带有几分刻薄。吕不韦浑不在意，只接过子楚递过来的温茶大饮几口，坐进了蔡泽左下丈余的末位案前。嬴柱一指与蔡泽座案平行的子楚座案道：“先生莫拘常礼，这厢入座。子楚另案。”吕不韦正要辞谢，却被子楚不由分说扶了过去。待吕不韦坐定，嬴柱关切问道：“先生莫非来路翻车？要否太医诊治？”吕不韦拱手作礼道：“谢过主君。三个月来，不韦走了秦川二十六县，又连日去尚商坊挤抢，些许脏汗而已，身子并无关碍。”嬴柱不禁悚然动容，拍案慨然一叹：“举国惶惶，先生独能入乡查勘，难矣哉！若有应对良策，先生但说无妨，勿得任何禁忌。”

“国难当头，不韦自当言无不尽。”吕不韦回头对着蔡泽一拱手，“纲成君经济大家，愿先请教君之长策，不韦斟酌襄助补充可也。”虽然因国丧而没了脸上那一团春风的微笑，吕不韦的口吻却是柔和谦恭的，显然是要蔡泽明确地知道：吕不韦清楚自己尚是吏身，对纲成君这般高爵大臣是敬重的。

“老夫有甚长策，一番老论罢了。你若愿听，老夫再说一遍何妨。”蔡泽原本对吕不韦接受太子府丞这样的吏职大有不屑，此刻见吕不韦对他的敬重比白身商旅时还进了几分，心下颇觉受用，不禁也大度豪爽了起来，大咧咧一摆手，将自己的王道赈灾对策又说一遍，末了敲着长案加重语气道：“三代无定法，国难当变通。若墨守成法而不开赈灾之例，秦国危矣！”

“难处在这修法赈灾，先生以为如何？”

“纲成君，恕不韦直言：目下最不能做的一件事，正是这修法赈灾。”吕不韦从嬴柱的殷切目光中看出了这位被灾异国丧折腾得疲惫不堪的新主的期盼所在，但他却没有回应这位新主，而是直截了当地面对蔡泽开了口。

“岂有此理！因由何在？”蔡泽顿时红了脸。

“不韦初入秦国，想多多揣摩秦人法令风习。适逢太子府事务井然有序而无需过问，不韦从四月游历秦川，直到老霖止息方回。”吕不韦平静得讲述故事一般，“据实而论，秦国灾情大体三等：关中西部之雍城、虢县、陈仓多山塬，涝灾稍轻，民失囤粮当在三四成上下；自鄜县以东至栎阳以西，关中腹地平野受灾最重，民失囤粮当在七八成上下；关中东部之平舒、下邽、频阳并洛水诸县，受灾稍重，民失囤粮当在半数上下。陇西上邽地裂，死人两万余，然草场牲畜却无伤损，存活人口之生计已经由郡县大体安置妥当，并非大患。目下之危，唯在关中。关中之危，七八成在人心浮动，三两成在生计之忧。”

“笑谈！”蔡泽冷冰冰插断，“久雨久水，房倒屋塌，囤粮随波逐流，此乃常情！足下几成几成之算，何见得不是故弄玄虚？”

吕不韦依旧平静如常：“纲成君所言之常情不差，然秦人却有非常处。秦自孝公商君变法百余年，关中庶民尚耕尚战勤奋辛劳，纵是小户，存粮亦过三年。秦人之非常处，是经年备战之下生出的囤粮之法。秦人囤粮不在家居庭院，不在草席之囤，而在山洞石窖；山塬之民囤粮于石洞，平野之民囤粮于石窖；家中所囤者，半年粮也。此等藏粮风习，若非雨涝大灾时不韦跟随民人入山排水护粮，只怕也不知实情。”

“对也！”嬴柱恍然拍案，“如何这茬也忘了？洞窟藏粮，那是老秦人久战陇西，未进中原立国时的老规矩。没错！”

“既有此等牢靠囤粮，民心何以浮动？国人抢市岂非刁民寻衅？”

“不。人心惶惶乱象在即，是为不争事实。”吕不韦叩着书案，“然根本因由不在所余口粮几多，而在官府治灾滞后，庶民眼见秋播无望而大起惶惶！唯将根由分清，处置之法方能妥当。”

“足下是说，民非饥荒，唯地饥荒，不救民而救地？”

“民要救，地要救，国更要救。然救法须得对症，否则事与愿违。”

“好也好也。”嬴柱皱着眉头摇摇手，“纲成君对策已明，该先生倡明谋划了。”

“但凭主君，老臣洗耳恭听。”蔡泽冷冷一句捧起了茶盅。

“在下之见：今岁民乱乃多方纠葛而成，非纯然救灾可了，须一体治之方能见效。”吕不韦始终以吏身自称，平静的口吻中却蕴涵着坦然自信，“不韦谋划只有三句话：新主即位称王，官府治灾救地，商战救民安国。但做好三事，秦国可安也。”

“且一句句说来。”嬴柱大是困惑，“父王尚未安葬，如何能即位称王？”

“即位称王之要义，在于振奋朝野示强六国，不能以迂礼自缚。”

“称王，老夫却是赞同！”蔡泽陡然“啪！”地一拍案。

嬴柱惊得心头一颤，皱着眉头挖了蔡泽一眼，片刻默然，叹息一声道：“非常之时也，非常之法也。即位便即位，此事交纲成君筹划。”

“父亲明断！”嬴异人大为振奋，霍然起身走到吕不韦座前，“先生说不能修法赈灾，却要商战救民，定有甚个奥妙，盼能赐教。”

“公子谬奖也，说不得奥妙。”吕不韦一拱手道，“秦人之乱起于抢市，抢市之因在于山东商贾贱价抛物。贱价成市，并非六国商贾发兼爱之心代秦赈灾，而在图谋大榨秦人之市力。更要紧者，六国商贾随时可能陡然抬价。一旦贱市变贵市，愤愤秦人可能立时民变，杀戮外商捣毁尚商坊，如此必激怒山东六国愤然合纵，趁我国丧攻秦。”

“先生大是！”嬴柱不禁悚然动容，“索性关闭尚商坊！”

“商战商决。目下秦人需要六国商贾，强行关闭尚商坊，无赈饥民若逃国避荒，则更伤秦国长远大计。”吕不韦起身肃然一躬，“不韦请于半年之内暂领官市丞一职，与六国商贾一决商战之道。”

“好！先生出马，商战无忧！”嬴异人抢先一句，一瞄父亲却突然噤声了。嬴柱肃然起身整衣深深一躬：“先生救民安国，请受嬴柱一拜。”回身命一直在旁肃立的桓砾，“长史下书：一年之内，举凡秦国经济官署悉听先生密行号令，钱财物之调遣不受限数，违者视同上抗王命之罪！”吕不韦肃然一躬道：“主君信得不韦，不韦不胜感念。然太过彰显未必成事，不韦一不调遣国库钱财，二不掌诸多官署，只一个官市丞便可。”旁边蔡泽却嘎着公鸭嗓长长一叹：“天公昏聩也！阴差阳错也！”嬴柱脸色不禁一沉：“纲成君以为不妥么？”蔡泽兀自摇头晃脑地嗟叹：“老夫终生欲操经济实权，却是脱不得徒有虚名之风光！某生分明志在政事，却总是脱不开个钱粮支付。谋事者不得事，谋政者不得政，奇哉怪哉！敢问我君，上天公道么？”嘎嘎公鸭嗓尚在回荡，偌大厅堂哄然爆出一声大笑，又一齐捂着嘴噤声。

走出门厅，吕不韦压着笑意低声道："若非国丧，得灌君几坛！"蔡泽哼哼一声冷笑："你心舒坦，老夫憋闷，恕不奉陪！"转身摇到自家车边去了。吕不韦顾不得理会，径自匆匆走出宫门上马去了。

二　咸阳大市爆发了惊心动魄的商战

三日之后，咸阳举行了隆重的新君即位大典，太子嬴柱即位称王，史称秦孝文王。

特急王书星夜颁行郡县山乡，晓谕国人"新王当承先王之志，力行秦法强国之道，凡我大秦臣民，皆当勠力同心勤奋治灾奉法耕战，勿得懈怠！"王书的最后一行是"邦国灾异，先王国葬延迟于秋种之后，大酺免行，民耕不服丧，国人体察之"。随着王书，非但郡县官吏匆匆赶赴关中受灾村社，便是咸阳国府的一班经济大臣，也在纲成君蔡泽统领下悉数赶赴郡县官署督导治灾。

王书官吏接踵而至，关中老秦人精神顿时一振。

谁都知道，天下万事国丧为大，更不说老秦王这般战国在位最长的明君英主薨去，理当更为隆其葬礼了。魏国那个魏惠王在位年数比老秦王还少着几年，丧葬大铺排惊动天下。其时魏国暴雪异灾，大雪深及牛眼，大梁不少城墙也被压垮，根本无法出葬。魏国新王（魏襄王）非但不思救灾，反而征发民众修筑栈道，要数万精锐的"魏武卒"轮流抬惠王灵柩进山。若非惠施冒险智谏，说天降大雪是先王思念大梁魂灵盘桓不去，该当留住先王灵柩待来春安葬，魏国庶民便要大大受苦了。两厢比较，秦国新王奋然即位行政，将国葬延迟到救田秋播之后，且将服丧官员大半差遣到山乡村社治灾，原本已经是开旷古之先例了。然更令老秦人暖心的是，民耕不服丧与大酺免行这两条。"民耕不服丧"，是秋播耕作期间百姓不用穿戴累赘的麻衣丧服。"大酺免行"，是免去了举国痛饮大咥以庆贺新王即位的大礼。大酺，原本是春秋之前的古礼。其时酒肉稀缺，寻常时日不得饮酒食肉，国有大喜之事，天子方才下书赏赐朝野臣民大吃大喝一顿，是为大酺。就实说，大酺之日天子只象征性地赏赐些许酒肉给诸侯。到得村社乡野，一片肉一碗酒也不会有了。然大酺既为国之大礼，庶民百姓又不能不行。于是，痛饮之酒与粮肉菜蔬便要村社自筹，实际是老百姓自家吃自家而已。战国之世大酺虽不再拘泥，然在新王即位这等大事上，各国大体上还是要国人大酺庆贺的，形式也依然与古礼无异，仍然是老百姓自家吃自家。如此一来，大灾之年若行大酺，百姓自是苦不堪言了。如今新王将这虽属虚应故事然却是即位大礼不可或缺的"赏赐"也给免了，分明是体恤村社灾后乏粮乏货，庶民岂能不思之念之。感奋之下，秦川庶民闻书即动，连夜举着火把下田开泥松土。次日清晨，各村社的牛车队便拉着凑集起来的各色土产拥向咸阳大市，要换回农具食盐与最要紧的麦粟菽[1]种子。

谁料这一夜之间，咸阳的尚商坊大市陡生波澜，粮价物价一夜飞涨，种子价更是惊人！昨日还是一皮一石粮，一钱一只铧，依着今日行情，一里凑集的百十张熟牛皮才能换回一石种子，五十枚秦半两钱才能买来一只铁铧头。

老秦人怒不可遏！叫骂奸商的喧嚣声浪淹没了整个尚商坊。不知谁个一声喊打，愤怒的人群潮水般爆发，飓风般卷进店铺货棚砸了起来。六国商社的东主与大执事们却一个也不闪面，只有小执事领着仆役们拼命关门收货，一时之间，十里尚商坊前所未有的大乱。

正在此时，一阵低沉犀利的牛角号响彻大市，一队护市铁骑簇拥着一辆轺车直冲尚商坊的市令台下。立即有人高喊起来："官市巡市了！举发六国奸商！"声声传开，愤怒的老秦人们轰隆隆卷了过来，高喊着："奸商抬价！依律腰斩！"将市令台围得水泄不通。

号角又起，一个精瘦黝黑的中年人利落登上高台。人海一片惊天动地的声浪："官市行我秦法！没收奸商！腰斩奸商！！"接连三声静军长号，人海才渐渐平息下来。精瘦黝黑的官市丞洪亮苍劲的声音回荡开来：

---

[1]　麦粟菽，麦，小麦与大麦；粟，谷子，脱壳后为小米；菽，黄豆。战国时都是关中主要的秋播作物。

“老秦人听了：没货腰斩，是秦法对秦商。六国商贾乃客商，不能以秦法治罪！这是商君老法，行之百年，我秦人不能乱法哄抢，更不能砸店伤人，但有违犯，依法严惩！”人海一片死寂，显然的愤怒化成了清晰可闻的粗重喘息，猛然有人高喊：“奸商坑秦！天理不容！法不行理行！”立即有人接喊：“甚个官市！新王救灾，容得你袒护六国奸商！”眼见人海骚动，精瘦官市丞连忙插断高喊：“商事商治！本官市得报：咸阳百家秦商联手，南市大开！种子农具六畜应有尽有，国人只到南市买货，莫误了抢种大事！”人群静得片刻，骤然山呼海啸般呐喊一声“万岁！”隆隆拥出尚商坊，拥向毗邻的咸阳南市。

咸阳南市，实际是秦市中最大的农市。

“南市”之名，是老都城栎阳时便有的。秦人感念商鞅变法时在栎阳南市徙木立信而开新法，在迁都咸阳之后，仍将这片坐落城南的大市叫做了南市。南市与商街不同，紧邻城墙，占地方五里，没有店铺而只有连绵不断的各种货棚，雨天可拆晴天可撑，牛羊马匹等六畜可直然轰赶到市内货棚下交易。虽是粗放，却最是适合农家交易，渐渐变成了与城内长街商家不同的农市。尚商坊在东南，南市在正南，中间隔着一片两百多亩地的树林。这片树林原本是南市的六畜交易地，六国大商们不耐其臊臭弥漫，屡次与秦国官市交涉。张仪为相时要连横破合纵，为了吸引六国商贾，下令将六畜交易地内移，原地种起了一大片苍苍林木，将南市与尚商坊隔开。秦法虽从来没有过不许六国商人进入南市的禁令，但六国商贾却因鄙视南市粗俗村臭，从来不入南市设棚。于是，这南市成了秦国农事商人与南下的林胡匈奴商人的集中地，以物易物的交易方式在这里大行其道大得其乐，活生生一幅远古交易图。老霖雨以来，胡地商人南下受阻，关中秦人陷于泥泞，南市货棚收敛，行市大为萧条，才将老秦农人逼进了平日极少涉足的尚商坊。如今听说南市大开，当真是大喜过望，丢下六国商贾潮水般涌进了南市。

今日南市大非寻常。人潮一近市门，便有官市吏员沿着人群来路飞步高喊：“粮货天天有！鱼贯进市！勿得挤撞！”老秦人奉公守法已成习俗，见官府吏员如此敬事宣法，更听说粮货天天有，蜂拥漫来的人海没了慌乱渐渐整肃起来，放慢脚步礼让老幼，缓慢有序地鱼贯进入了南市高大的石坊。石坊口又有吏员轮流高喊："进市者依次买货，而后由南三门径直出城！给后来者腾地，勿得逛市逗留！"进得市内，各色货棚连绵回旋，一应农家物事如山堆积，铁铧头粗海盐便宜得与六国商贾大贱卖时一般价。更有两样令人心跳，那露天六畜市的胡地牛羊驮马一眼望不到尽头，斗大红字标明各色种子的粮柜满当当金灿灿晃人眼目。但凡农人，一搭眼便看出这等饱满干燥的颗粒决然是上好的种子。

市内每座货棚外都站着两个官市吏。一个吏员向不断进棚者每人发放一只盖着火漆印记的白色竹牌，一个吏员反复高声叮嘱："官市有令：以白竹牌烙印为凭据，每人可进市三日！粮货足量，无须惊慌。"货棚内更是不同寻常，种子与粗盐两种人人必买者都是打好的粗麻包，种子百斤一包，粗盐五斤一包；犁铧耒锹锨等农具，则一律拴着一根便于携带的粗麻绳；进市者自己带来货换货的物事，则商家一律不还价，只按老秦人一口开价为准；以钱交易者，则无论钱之国别种类一律照收，若有家藏祖传之古钱，则以主人一口价以秦半两折算。如此等等，道道关口有疏导有法程，买卖流水般快捷顺当。暮色降临之时，南市人海已经消散，空荡荡的货棚只剩下了瘫软在地大喘气的官市吏员与商家执事。

"呜——"的一声牛角号，南市中央的市令台传来精瘦官市丞熟悉的洪亮号令："白日当值者撤出！夜来当值者进市，清棚上货——"随着号令，白日吏员执事们拖着疲惫的双腿蹒跚挪出了各个货棚，聚集到南城墙根下几座冒着炊烟的帐篷去了。另有一队队精神抖擞的吏员执事从帐篷中拥出，提着风灯大步匆匆地散进各个货棚，清理白日狼藉，收拾修葺破损，叮叮当当一片忙碌。一弯新月刚刚挂上北阪林梢，队队牛车连绵不断地川流进市，火把风灯伴着隆隆车声，直是大战前的军营一般。

朦胧月色下，一辆垂帘辎车轻盈地飞进了南城墙下的帐篷区。

辎车在一座灯火通明的大帐前咣当刹住，车帘刚刚掀开，精瘦的官市丞匆匆大步到了车前一拱手道："吕公来得及时，在下正欲就教。"一身本色麻布长袍的吕不韦推开了官市丞要扶他下车的手，搭着车厢一步跳下笑道：“足下倒是精明，我想暗自踏勘一番也不行了。”官市丞嘿嘿笑道：“在下军辎营出身，车马声瞒不过我。吕公请！”

进得大帐，吕不韦见中间一张大案上两名吏员正在埋头拨着算柱清账，笑问一句：“今日进账如何？亏了盈了？”官市丞顿时没了笑意，挺身拱手道：“禀报吕公：今日亏十万钱上下。在下以为，当调出官市库金支撑，否则进货难以支付。”吕不韦从容坐进另案悠然一笑：“开市首日亏十万，足下不能承受么？”官市丞连忙道：“进货付钱是硬理，与在下能否承受无干。”吕不韦道：“官市库金是国财，非山穷水尽不能动用。自今夜起，大宗进货暂不付钱。小宗进货，皆由西门老总事支付。”官市丞吭哧片刻红着脸道：“恕在下直言：两法皆不可为。大宗不付钱不可，小宗私易更不可。此等经商，秦国官市未尝闻也。”吕不韦淡淡道：“商事如战，足下如将，只依照将令行事，无须论是否。”官市丞将士般“嗨”的一声，又直刚刚拱手道：“敢请吕公示下：明日物价几何？”吕不韦目光一闪笑道：“足下也是老官商，以为该当几何？”官市丞昂昂挺胸道：“今日已亏，明日当盈！在下以为明市当提价三成！老秦人与国府一心，断无怨言！”吕不韦一声叹息：“可惜也！有足下这般官市，难怪秦国百年无大商。官商如此拘泥，能做得邦交大商战么？”官市丞一脸坦然道：“商事非国本，能周流财货使民度日足矣！做忒大甚用？”吕不韦冷冷一笑：“甚用？秦国若有大商，抑或官商能事，岂有尚商坊乱秦之事？若你等者，几时明白商战可救国，便是出息也。”官市丞顿时红了脸道：“商贾奸诈，坑民为本。果能救国，耕战何用！”吕不韦不禁又气又笑拍案：“呜呼哀哉！商海有鲲鹏，何足于一个小店东道哉！”官市丞终于不耐，一拱手道：“吕公只说市价，在下不想争辩商道。”

“好！”吕不韦断然拍案，“明日落价三成，与尚商坊平齐！”

“岂有此理！”官市丞大急，“尚商坊今日猛涨，明日如何能猛跌？”

“只怕还要跌。你只记住：他跌我跌，始终低他一成价！”

“！”官市丞愣怔得大张着嘴巴说不出话来。

吕不韦走了。官市丞立即飞身上马急奔王城。嬴柱立即在前殿召见了擂鼓紧急求见的官市丞，然听得几句便沉下脸插断道：“秦国市易，悉听先生决断，不得越过先生奏事。”说罢不待官市丞回话径自走了。官市丞沮丧之极，怏怏回到南市的临时官帐打起精神赶紧巡查接货情形，生怕明日过不得大关。大棚接货吏员兴冲冲回报说，今夜的大宗货主特意申明货金不收，两月之后一并结算，进货天天不断。小棚吏员也是满脸堆笑，说西门老总事当场兑钱六十万，言明借给官市，两月后要讨一分利。官市丞又惊又喜，虽一时说不清其中奥秘，却顿时对吕不韦心生敬佩，一挥手高声道：“吕公有令：明日跌价三成！他跌我跌，始终低他一成！牛他一程！上货——”

南市的风灯火把彻夜未息，嗨哟嗨哟的号子声直到东方微明才平息下来。

次日清晨开市，果然情势大变。尚商坊六国大市一口气猛跌到南市物价的四成，各国商社的大小店铺纷纷张挂出“楚国上等稻种”、“齐国上等海盐”、“韩国精铁铧”、“魏国上等麦种”、“赵国上佳菽谷”、“燕国大麦黄粱”等等不一而足，旁边斗大红字的长幡显赫标明：“平价六成，大跌四贱卖！”老秦人纵然厚道，也不禁对这些寻常大名赫赫无法企及的粮货佳品以如此贱价出售怦然心动。毕竟，买便宜物事不犯法，且当此艰难救灾之时，何乐而不为？人同此心，心同此理，尚商坊开市一个时辰，南市的人潮便哗啦啦流到了尚商坊。

六国商贾昨日被秦国官市大闪一跌，人人懊恼家家愤然。他们无论如何想不到，最不善经商的秦国官市竟敢以低价抢市，竟敢与山东大商群较量商战。六国战力不如秦，也是无可奈何，然六国商人是骄傲的，能进入秦国咸阳的六国商人更是骄傲的。他们非但家家都是累代经商实力雄厚的大商，且入秦掌事者个个都是应变能才，人人都有国事意识。秦国官市一搭手，尚商坊立即觉察出一个大好商战机会到了面前，若能趁此机会一举搅乱秦国或使秦国大大衰弱，岂非为饱受欺凌的山东六国除了虎狼之害？楚国大商猗顿氏的第六代公子立即出面邀集六国大商聚会商讨对策，大商们备细分析了情势，一致以为秦国之势两难：秦法不赈灾，不能无限度低价出货；秦国要救灾，得靠六国商旅周流粮货；目下秦国大开所有关隘通道，免去了关隘税金便是明证；只要全力运粮，在粮战上给秦国当头一击，必能在商战中为六国复仇。

“诸位同道，目下秦国朝无大才，野无大商，正是商战良机！”英气勃勃的猗顿公子奋然高声，“在下之谋划是：我等勠力同心，但能保得旬日粮货饱满，一俟秦国官市粮货不济，尚商坊当即猛涨，打他一个软肋闭气！其时秦人鼓噪，无能之新秦王与迂阔之蔡泽束手无策，六国趁势出兵，纵是不能灭秦，也当迫其城下立盟，安我六国，复我国恨家仇！”

“万岁！商战复仇！”六国大商们虽然谁也没想到一场原本寻常的买卖交易能骤然变为六国商战复仇，然经猗顿公子一番慷慨说辞，皆觉果真如此。山东六国哪国与秦国没有血战之仇？哪族没有战死者？血气鼓勇之下，自然是奋然同声地赞同了。

尚商坊一跌价，秦官市立即接到吕不韦密令：一应官市吏员悉数脱去冠带，换做商人常服当值；货棚挂起各小国商社与胡商的招牌望旗，物价再跌一成半！片刻之间南市景象大变，黑衣吏员踪迹皆无，货棚尽皆张挂起卫陈薛曹邹等小国商社的望旗，各色服饰的商家执事们纷纷冲出石坊追着离去的人群高喊：“秦人听了，秦国官商退市，货棚悉数盘给了新主！我等跌价四成半，足色粮货了——”

如此一喊，老秦人们先是惊愕，继而大觉坦然。直娘贼！有你等杀价济秦，秦国落得省点儿钱财粮货，官市退得好！爷爷只是两头跑，看你狗日的谁个先趴下！秦川庶民不少人原本尚有歉疚之心，不忍丢下本国官市去凑尚商坊，如今心结大开，奔走相告两市奔跑，专找那半成落价的便宜。消息风一般传开，关中老秦人大为兴奋，除了精壮男丁整田秋播，老幼女子络绎不绝地赶着牛车奔赴咸阳抢市。一时间秦川八百里牛马载道笑语喧哗日夜不绝，老秦人不亦乐乎。

商战大势一成，两市欲罢不能，索性开了夜市鏖战。三日三夜，粮货价格半成半成地跌到了平价的两成，直如赔本送货。在这个商家心头滴血的价口，双方整整咬住了一日一夜未动，谁也不跌不提地耗着。这当口撑的是存货，谁在此时因无货而收市，谁就会血本无归！毕竟，商家跌价的真正图谋是撑到谷底猛然提价，而后十倍百倍地捞回，谁肯甘心在赔出血本之后不等回收而呜呼哀哉！

吕不韦敢打这场大商战，除了自身尚有些许本钱，便在于两座坚实的背后靠山：齐国田氏与赵国卓氏。早在老霖雨初起之时，吕不韦未雨绸缪，派出西门老总事奔赴临淄，派出莫胡奔赴邯郸，分别与田氏家族与卓氏家族立好了协约：入秦货金暂欠，结市后利金两成。此时田单已逝，其爵位由长子一支承袭，其商事由田单的一个颇有才气的庶子承袭，与吕不韦素来交好。赵国卓氏则是老卓原的次子执掌商事。两方接信都是哈哈大笑，二话不说应承下来。商战一开，非但齐赵粮货络绎入秦，两方还分别联络了许多素有来往的胡商入秦，一并连牛羊六畜市也解决了。然齐赵毕竟路途遥远，尚商坊纵有自家商社也不能公然调货，撑到第四日眼看有些乏力不济了。按照嬴柱的书令，原本可以调动府库财货撑持。然则如此一来，这场商战在秦国朝野的地位便会大大降低，吕不韦的分量也会大减，更会引来日后无穷尽的吕氏是否假手国库变相赈灾以成私名的争辩，朝野信任何在？唯其如此，不到万不得已，吕不韦绝不会使秦国府库卷入这场商战。

这日夜半，坐镇南市的吕不韦一番思谋，突然问得一句："咸阳新庄存钱几多？"西门老总事张口便答："饼金五万，秦半两六十万，列国钱三十万。"吕不韦目光大亮，一拳砸到案上："全押上去！赌了！"西门老总事大惊："开赌？先生失心疯了！"吕不韦一阵大笑，低声耳语一阵，西门老总事不禁猛然拍掌："好谋略！老朽也赌了。"

吕不韦立即召来官市丞秘密部署，连夜分头行事。天色拂晓时分，万千年轻力壮的老百姓拥进了尚商坊大市，清一色现金现钱买货，动辄一车半车，似乎人人都是大户人家子弟。其时商家买卖，买主但有个住处，赊账便是常事，虽然最终绝大部分都能收回，老秦人更是一有钱主动了账；但商家还是最喜欢现金现钱现了账，如此自然有了对现钱交易的种种让利规矩。如今现钱买货者如潮涌来，纵不让利，想当场提价却是万万不能。依着古风，买主来时价若想当场猛提，便是"盗商"，买主非但可立时砸店杀商，同行还要指斥该商为害群之马。因了如此，六国大商们没高兴得顿饭时光，便觉察出了异味，那接踵而来的买主黑压压堵在门前，关门不能，提价不能，现时转移粮货更不能，万般无奈只有硬撑。可眼见全部搬上店面的压仓存货流水般装车，谁个不汗流浃背心惊胆战。到得午后时光，偌大尚商坊的存货被哗啦叮当的金钱一扫而光，六国商人们尽皆铁青着脸色愣怔在当街，直觉天旋地转……

“公子公子，秦人有诈！”一个黄衣执事冲进尚商坊大嚷。

“快说！”软瘫在地的猗顿公子有如神助般跳了起来。

“秦人现金买货，都运进南市入了各家货棚！”

“晓得了！”猗顿公子长长地嘘出一口粗气不禁咬牙切齿，“非秦人有诈，南市商人有诈！分明是小国商贾联手，雇了秦人现金清我！诸位说，是毋是！”

“有理！俺看还有秦国官市在后插手！”

“鸟！一群蚂蚁商也敢跟我等抗市，不中！”

“左右血本无归，公子只说如何整法！”

“中！俺等也来他个六国合纵，听盟主号令，掠他个空市！”

“听盟主号令！”尚商坊一声齐吼。

“好！蒙诸位信得猗顿氏，我做了这只头鸟！”猗顿公子慨然拱手环礼一圈，“我之主张：不管秦国官市插毋插手，终究不会上到台面。只要秦国官府不疯，商战终归是商战，我等便以商战方略对之。目下第一回合，我等输了。然则还有第二、第三回合，我等定然要赢！南市之法叫‘吞吐市战’，当年李悝在魏国施展过，使列国粮货洪水般流入魏市。此法根本，在于财力是毋是雄厚。我等尽天下大商，粮货没了钱财依然如山！诸位说，如何战法？”

“买空南市！回头提价！整！”

“彩——”一声轰然喝彩，尚商坊顿时活了过来。

不说六国大商一夜忙碌，只说次日清晨连绵牛车马队从咸阳四门涌进了南市，却惊愕地发现南市的所有货棚都张挂出“上品上价　高平价一倍”的大布幡旗，一夜之间从平价的两成猛涨到平价以上两成，整整涨了二十成的高价，也是秦法许可的粮价最高点。石坊外的牛车马队不禁愕然，徘徊相互观望举步不前。终于，一队牛车咣当咣当起步，义无反顾地驶进了高大的石坊。后面的牛车马队一阵彷徨，终于相继跟了上来，络绎不绝地进了南市。

正当秋高气爽之时，和煦明净宛如阳春的蓝天下，前所未有的零宗大买卖在咸阳南市喧嚣开来。各色买主接踵而至，各国金钱应有尽有，也是清一色的钱货两清车载马驮。因了南市终究是秦国官市直辖的治灾市，自这次开市便有入市者每次限量买粮货的法令。此后秦国官市虽则隐退，南市名义上成了小国商贾的货棚区，但其市易治灾的法度却始终未变。此法之下，买主不能一次性大宗买货，而只能一车半车的小宗买。饶是如此，南市货棚也架不住这牛车马队连绵无尽的买粮装货，堪堪撑到夕阳将落，南市大小货棚与六畜大市除了满柜金钱，尽皆空荡荡了无一物。

秋月朦胧，南城墙下的官市大帐灯火通明。

官市丞汇总了账目，两手捧着简册瑟瑟颤抖着禀报：粮货全部售尽，一日得金二十三万八千，列国钱两百三十六万五千三百二十一枚，扣除粮货本金，获利足足六倍！官市吏员们正要应声欢呼，却见吕不韦脸色阴沉得秋霜一般，不约而同地没了声气。

“诸位但说，南市该当如何应对？”吕不韦沉声问了一句。

“在下之见，经商获大利，买卖好做！”官市丞昂昂挺胸高声道，“目下无非两路：其一，不与六国鸟商纠缠，用获利金钱出函谷关大进粮货，气死那班贼商！其二，再吞他一次，饿死那班贼商。这是秦国！他尚商坊还敢疯涨不成！”

“足下差矣！”西门老总事大摇白头，“六国商旅同气连枝，关外各市早已防秦，纵然出关也是一个价，第一策不可行。再吞么，力有不及。谁说六国商贾不敢在秦国涨价？你涨在先，人家涨在后，国府安能一事两理？金钱不济，第二策也不可行。”

“索性不理他。”一个老吏站了起来，“两市低价拉锯多日，左右秦人秋播也快完了，口粮冬货也差强够了。官市不理他，尚商坊要疯开高价，秦人只不买他粮货，他能奈何？挨到明年五月夏熟，他那陈粮敢不跌价！”

“不成不成。”西门老总事又是摇头，“自古粮货怕垄断[1]。此次商战之货，尽皆百姓日用之物，哪一日没有交易？农夫纵然有了种子与一两月口粮，咸阳市人如何度日？秦市没了粮货，咸阳国人只能听任尚商坊宰割，立时危局。”

吕不韦面无表情地转了两圈一挥手道：“诸位散了，容我思谋一番。”

官市丞没有走，过来低声问：“吕公，要么进宫，请发府库。”

“足下少安毋躁，五更进帐便是。”吕不韦一挥手径自去了。

进得后帐，吕不韦默默啜茶思忖，突然问：“尚商坊粮货几多？”

西门老总事一直捧着算柱肃立在旁，闻声即答：“两市周流之总量，减去连日卖出总量，目下流入尚商坊粮谷三百万斛[2]上下，各色农具六畜货物六十余万件；若以平价猛涨两倍计算，大体要饼金百万之数。”一口气所报数字直抵最终行动，这便是久经商海磨炼的西门老总事。

“连同家财，缺额几多？”

“缺额……”西门老总事第一次沉吟片刻开口，“五十万金上下。”

良久默然，吕不韦长嘘一声一拳砸到案上，茶盅咣当落地。五十万金，莫说任何一个商人，便是任何一个国家府库，如何能仓促筹集得起来？若是十年之前，但有旬日之期，吕不韦倒是不畏惧如此巨额运筹，然如今家财破尽，所余金钱昨日也一举投进了第一大吞，再有活钱便是真正的买米钱了，对如此巨额买卖无异杯水车薪耳。要做，唯一的出路是动用秦国府库。天意也！吕不韦当真要成于商败于商了……

“禀报先生，有人求见！”当值吏员似乎有些惊慌。

吕不韦顿时不耐：“甚叫有人求见，没个姓名么？”

“他，他蒙着面，不肯说，还不走。”

吕不韦目光一闪。西门老总事立即说声老朽去看，抱着算柱到了外帐，片刻之间，领着一个细瘦高挑青色斗篷青色毡帽青色面罩者矗在了

[1] 垄断，战国语词，语出《列子·汤问》《孟子·公孙丑下》，原意为商人登高探望行情，以求获得大利。后引申为独占把持。

[2] 斛，战国容量单位，一斛十斗，各国大小不一，一斛大体在一百斤至三百斤上下。

灯下。

“在下吕不韦。敢问足下何事？”

青斗篷者一点头不说话，只两手递过一支细亮的泥封铜管。吕不韦双手接过。西门老总事立即递过开封窄刀。吕不韦划开泥封拧开铜管抽出一卷羊皮纸展开，眼前两行古籀文：“有金六十万入足下秦市，其利几何？”左下空白处一方流水般阳文烙印！吕不韦目光一亮心头猛然一颤，一拱手道：“足下是信主还是信使？可愿在此地说话？”青斗篷者纹丝不动只轻声两字：“无妨。”吕不韦一点头道：“我需先听信主一句：何以要入秦国险市？”青色斗篷道：“商道牟利，岂有他哉！”吕不韦道：“官市法度，信主投金当有来路。”青色斗篷道：“井盐之利取于秦，还于秦。算得来路么？”吕不韦恍然长嘘一声：“清夫人善莫大焉！”青色斗篷淡淡道：“足下既知清夫人，是成交了。”吕不韦点头道：“利金但凭吩咐。清夫人有无他求？”青色斗篷轻声冷笑：“足下果真明于商道。然信主偏偏无他图，信得信不得？”吕不韦淡淡一笑：“取于秦还于秦，信哉斯言！”青色斗篷者一点头道：“利金一成。三更首刻，丰京谷口等候交割。告辞。”转身出帐钻入一辆两匹大青马驾拉的青色辎车，风一般去了。

“这是……”西门老总事惊愕得说不出话来。

“回头再说。”吕不韦压低声音叮嘱，“西门老爹立即回庄，唤莫胡一起轻舟去丰京谷口等候。我带牛车队随后从山麓赶来。”西门老总事连忙道：“老朽之见，当带官市马队前往，以防万一！”吕不韦一摆手道：“突兀之事防不胜防，但凭天意。”西门老总事嗨的一声匆匆去了。

明月挂上中天，丰京谷口的茫茫碧水横出一道黝黑蜿蜒的山林剪影。一只轻舟划过，点点桨声更显得天地幽幽。咸阳城楼隐隐传来三更刁斗时，一支几乎没有响动的牛车队沿着山麓驶进了谷口，对面山道一盏风灯悠悠飘来。风灯飘近牛车，领着一队黑衣人又飘进了山谷。黑衣人群在月光下忙碌穿梭大约顿饭时光，牛车队隆隆东去，泊在谷口码头的白帆轻舟也飞一般漂出了幽幽谷口，漂进了滔滔渭水。

次日清晨，尚商坊还带着昨日的喜庆醉意沉睡在朦胧霜雾之中，便被黑压压的人群牛车围了个水泄不通。依着秦国法度，尚商坊市门专由咸阳内史派出的一个百人甲士队护持市易；百人队驻扎于市门外两座大帐昼夜当值，除非尚商坊内发生盗劫或争执事端，甲士不得进入坊内大市；每日清晨卯时开市，卯时之前，买主不得进入石坊之内。今日卯时未到，各色人等牵马赶车络绎不绝地兴冲冲赶来，在秋霜晨雾中漫无边际。石坊口甲士反复呼喊今日歇市，汪洋人群大起喧嚣，呼喊着“治灾不开市，触犯秦法！”“六国奸商不开市！报官市马队冲开！”鼓噪起来，声浪越来越大。

终于，一个早起的山东商人发现了不妙，立即飞跑着沿街大喊起来：“不好了！秦人围市了！店铺开门！醒市了——”一阵大嚷，尚商坊骤然惊醒，立即手忙脚乱起来。随着喊声，石坊口甲士百夫长也飞步赶到尚商坊市令台前要找总事们说话，见各商社总事纷纷跑向楚国商社，也飞步赶了过来。

昨日大吞南市，尚商坊人心大快，依着山东六国的商道传统，夜来聚酒庆贺直到四更。六国商家一致认为，经此一口大吞，自家钱财虽填进大半，然将南市粮货一举清空更是大胜。粮货尽屯尚商坊，秦人灾后越冬只能指望尚商坊，其时涨价几何皆由我说。南市棚商要反吞翻市，至少须得百万巨金！不说此等小商财力原本薄弱，纵是加上秦国府库，仓促间也难以一次凑得如此巨额金钱，更不说冬期将至商贾冻账，能拿得出巨额金钱的六国大商皆在此地，小小南市到哪里凑钱？如此揣摩之下，六国大商们众口一词：纵有吞货之潮，也在明年夏熟之后，今冬明春，秦人只能任我天价宰割！说到涨价几何，却是众口纷纭，最后还是猗顿公子的“台阶涨法”得众人一口声赞同。所谓台阶涨法，是每日限货，每日一涨，低价少出货，春荒饥馑涨到十数倍价时最大量出货。末了猗顿公子呵呵笑道：“我等要做仁义商贾！晓得无？明朝起先歇市一日，若有零星市人小宗零买，只平价即可。后日开市限货提价一成，一日一成，十日一倍，明春饥荒时涨到十余二十倍！晓得无？”

“晓得！”众人一口声喊了一句楚国话。

“公子神妙！老夫给老秦人来个慢火炖虎狼，中不中？”

“彩——”众人一声喝彩又跟声喊出魏国话，“中！慢火炖虎狼！”

四更散饮，大商们人人扯着沉重的鼾声进了梦乡。骤闻秦人围市，一时懵懂没了主见。前后忙乱的执事们见到主家张口只两问：“开不开门？货价几何？”商贾们一时没了主张，又怕自家开市自家定价闪了同道，纷纷奔到楚国商社。猗顿公子刚刚被侍女从梦中唤醒，披散着长发裹着皮裘兀自愣怔，见商贾们纷纷拥来门厅，思忖片刻咬牙跺脚道：“秦人正在灾中，不开市要惹得秦国官府出来。六倍价开市！拼了！”

“不中不中！秦法粮价不得高过平价一倍！六倍犯法也！”

“如何不中！昨夜还说明春涨到二百成！”

“天爷爷！那是台阶涨加春荒！今日何说？秦法无情也！”

“诸位少安毋躁。”猗顿公子冷冷道，“今日说辞，是与小国商贾轮番商战，与秦国无涉，不受秦法约束！诸位畏惧秦国，我猗顿氏不怕！”回身断然挥手，“执事听令：知会坊口甲士队开市！楚国商社打出望旗，六倍价！”说罢一裹皮裘噔噔去了。

“六倍便六倍！中！谁怕秦国虎狼了！”魏商陡然回转，嚷嚷着大步去了。

“同道护持！六倍何妨！俺不怕！谁怕了？”

“不怕！”众人一口声呼应了齐国商人的问话，匆匆回到了各自商社。

霜雾方散，日上三竿。官市丞带着马队隆隆赶来时，尚商坊已经开市了。眼见人马牛车潮水般涌进了近二十丈宽的石坊口，官市丞又带着马队隆隆卷了回去。尚商坊内顿时鼎沸起来，纵六横三的九条大街分隔出的十个坊区，人群川流人头攒动，与苏秦描述当年临淄大市的“车毂[1]击，人肩摩，连衽成帷，举袂成幕，挥汗成雨”直是有过之而无不及。各色秦人今日闻所未闻的阔绰，将店口价牌瞄得一眼咕哝一句黑得狠，指点喊出粗粮一石青盐十斤铁犁头三个等等名目，而后摇着钱袋抖出金钱眼也不眨。商贾们原想限货，卖到午后关市，可昨日吞回的粮货

[1]　车毂，车轮中心用以插轴的圆木，亦做车轮代称。苏秦此语后演化为成语“毂击肩摩”。

匆忙间都堆在店铺尚未库藏，汹汹人海岂容你中途收市？无奈只有硬撑，眼看着黄灿灿沉甸甸的各式金钱流水般进柜，心头直疼得大汗淋漓。

黄昏收市，尚商坊又吐得空空如也。秋风鼓着落叶飘过长街，乱市后的寂静如幽谷一般。六国商贾们大为沮丧，顾不得聚集商讨，纷纷先缩进店堂盘账。一番忙碌结算，一吞三吐，大多商家都亏了三四成本钱，谁家生意越大，谁便亏得越多。

“鸟！老夫不服！终不成蛇吞象了！”终于有人吼喝起来。

当商贾们又渐渐聚拢到楚国商社门前时，却见尚商坊独一无二的显赫铁门已经关闭，猗顿氏商社的铜字也从门额消失了。商贾们立时觉得一股寒气渗透了脊梁——猗顿氏亏倒灶了？惊讶之余，神色各异的商贾们进了庭院绕过影壁，却见正房前一排高车，仆役们正进进出出忙碌着装车，猗顿公子铁青着脸站在廊下，满庭院沉闷得没有一个人出声。商贾们这番算是真正看明白猗顿氏倒灶了要关张出秦了，一时大泄了底气，不禁瘫软在院中。

“中！赫赫猗顿氏原本也是泥熊一个，不经亏也！”

“魏兄好风凉。”猗顿公子提着一支金镶玉的马鞭沉着脸走下台阶冷冷一笑，“就实说，我猗顿氏这次商战亏了入秦六成本金，于猗顿氏总社本金只是三成而已，撑持得住。念得诸位曾经拥戴我为盟主，猗顿实言相告。此乃家父密书，请魏兄念给诸位。”说罢从皮袋中抽出一支铜管抬手抛了过来。

“中！”魏商接住铜管抽出一张羊皮纸，高声念诵起来，“斥候执事业已探明：密领咸阳官市者，吕不韦也！此人多经商战风浪，未尝一次败北，若非方起之时数年全力援齐抗燕，早成天下第一巨商。此人执秦市欲彰显功劳，必致六国商贾于死地，儿当关张离秦移商大梁，以避其锋芒……这，公子何不早说！”

“诸位不来，猗顿还当真不想说。”

“老夫不信邪！一个吕不韦能整死尚商坊？”燕商愤愤然站了起来。

“俺倒是听说过吕不韦。”齐国商社总事苦笑一声，“也是神，此人专能绝处逢生。当年田单将军眼看要困死孤城，派鲁仲连寻着了这吕不韦。嗨！从此一海船一海船的粮货兵器源源不断。否则啊，那即墨能在乐毅大军下撑得六年？此等人领市，我等没辙。”

“鸟！这老杀才如此能耐，奔秦国做个小官市？不信！”

“人各有志。”猗顿公子冷着脸道，“无论吕不韦图谋何在，只这商战与我等相关，无关其余，晓得无？实在说，猗顿倒是钦佩这个吕不韦。君子复仇，十年不晚。诸位若有心志，十年后再进咸阳与吕不韦一见高下。谁受不得这场屈辱，谁留下，猗顿恕不奉陪。”

商贾们谁也不作声了。但为大商，都是世代累积的资财，谁敢眼睁睁将祖宗基业拼个精光？连猗顿氏这等天下巨商都要避开吕不韦锋芒，谁还当真有心撑持下去？一时人人沮丧，满庭院默然。

“禀报公子！”一个执事气喘吁吁跑来，“有，有人求见！”

“求见？”猗顿公子皱起了眉头，“秦国官市吏？”

“不像。一、一个白头老人，不说名讳来路，只说要见公子！”

“也好。请他进来。”

片刻之间，一个须发雪白的老人从容进了庭院，对着众人周遭一拱：“在下吕氏商社总事老西门。见过公子，见过诸位总事。”不卑不亢不笑不怒却又是一团和气满面春风，一看便是老辣商士。

“吕氏商社自是吕不韦了。”猗顿公子顿时脸色铁青，“他还要如何？”

“公子明察。”老西门一拱手，“老朽奉命前来，是要知会诸位：吕公欲待与诸位聚饮言和，退回诸位本金，并奉送利金一成，了结这场突兀商战。”

“不中！输便输！吕不韦要羞辱我等么？”魏商总事愤然喊了起来。

“此公差矣！”老西门坦诚拱手道，“吕公所念：秦人突遭天灾，官府突逢国丧，朝野措手不及，迟于治灾以致生发乱象。吕公念及商道大义，恐秦人因商家囤积粮货而难以度灾秋种，故而督导南市与尚商坊周旋。如今秦人度灾有望，这场突兀商战亦该平息。吕公念及六国商贾入秦百年，周流财货有大功，请准秦王退还诸位亏损本金并送利一成，所求处在诸位莫得离秦，如常留秦经商可也。吕公有言：商道无国，唯与百姓生计相连，若囿于邦国成见，失了商家本色也。吕公愿以东道之身大宴诸位，以了此次恩怨，实无他意，愿诸公明察。”

一席话了，庭院中所有人都瞪大了眼睛不说话。若说开始六国商贾还有愤愤然戒备之心，此刻倒当真难辨真假了。这位白头老者说得入情入理，神态口吻丝毫没有战胜者颐指气使的骄横，显然不会是吕不韦乘胜羞辱尚商坊了。然则战胜者退还本金又奉利一成，这等事匪夷所思，谁又敢贸然相信？一时人皆狐疑，目光又齐刷刷瞄向了猗顿公子。

“老总事好说辞。吕不韦好器量。”猗顿公子拊掌大笑，“我猗顿氏认了！利金不要，本金收了，留在咸阳继续商道。诸位认不认？自家说！”

“俺看使得！”齐商总事高声道，“我等要离开秦国，原本是怕吕公将俺等作仇敌待之。如今吕公折节屈就，要结交俺等，俺等岂能不识人敬？”

“中！只是咸阳尚商坊要大宴吕公才是！”

“不消说得！人各有份，一起做东！”

“如此谢过诸位！”西门老总事团团一拱手，“老朽便去回复吕公，明日定聚宴日期。老朽告辞。”说罢从容而去。六国商贾们又是感慨又是迷惘，你看我我看你如噩梦醒来一般。黄昏时还在痛失河山，两个时辰月亮升起却又是失而复得，若非天意，岂有如此人生变幻？

夜半时分，吕不韦得到西门老总事回报，不禁长嘘一声，心中大石顿时落地。无论商战何等获胜，若百年尚商坊的六国商贾愤然离秦，咸阳的庶民生计便会大为艰涩。毕竟，秦人不善商事，粗放的南市远远不足以周流咸阳大都与数百万关中老秦人，一旦尚商坊散，今冬明春的度灾立时急难。其时无论做何说辞，朝野国人都会不期然将罪责归在吕不韦身上；纵然新秦王护持得一时无事，吕不韦在秦国朝野刚刚生成的些许声望一定是荡然无存，谈何后业？这种结局及应对，是吕不韦领着牛车队去丰京谷的路上想透的。那个神秘青衣人一露面，他便相信这场商战必胜无疑。下一个难题不是神秘青衣人，而是安定六国商人。他能料定的是，只要冬春度灾的大局稳定，朝野任何人都不会计较这场商战的利金多少。唯其如此，他便能放开手脚处置这个难题。毕竟，商家是以牟利为根本的。与西门老总事一番精打细算，吕不韦将全部利金做十成分为四块：秦国官市一成，神秘的清夫人两成，田氏卓氏各两成，尚商坊两成；剩余一成依西门老总事说法，该当留给自己以补空虚，因为吕氏商社的余金这次也全部填进了商战。可吕不韦却断然摇头，最后利金全部留着安抚尚商坊。吕氏累万金钱已去，何在此时小钱？

“六国商贾如此通达，老朽倒是没有料到。”西门老总事分外感慨。

“通达是通达。”吕不韦脸上浮现出熟悉的微笑，“目下想来，此间根本是秦国人口众多市力雄厚。我等处置之法倒是次要了。”

“老朽倒以为，先生处置才是根本，换做官市丞定然面目全非。”

“谢过老爹奖掖。”吕不韦大笑，“说到底，天意也！”

次日过午，西门老总事领着满载大箱的牛车队隆隆进了尚商坊。按照商社逐一退还本金并奉利金一成。六国商贾们感慨唏嘘坚执谢绝利金，西门老总事则反复拜请，商贾们无奈，最终只得收了。

立冬这日，乱市后的尚商坊修葺一新重新开市。各商社总事与资深商贾百余人齐聚尚商坊最大酒寓洞香春，大宴吕不韦与秦国官市一班吏员。席间六国商贾对吕不韦大是敬服，异口同声申明：他日吕公但有吩咐，万金不吝！吕不韦也是感慨万端，举爵逐席敬酒痛饮，不待散席醺醺大醉了……令吕不韦无法预料的是，数十年后他被贬黜洛阳闲居，六国大商名士感念他当年义举，竞相赶赴洛阳抚慰探视，车马塞道门庭若市，为自己召来了杀身大祸。这是后话。

秋日临窗，吕不韦方才酒醒，沐浴更衣后喝了一陶盆陈渲亲手炖的鱼羊汤，发了一通热汗，浑身顿时舒坦振作，蓦然想起一事，正要对陈渲说起，西门老总事匆匆来报说，秦王召他紧急入宫。

三　新王朝会波澜迭起

这是新秦王嬴柱的第一次朝会，整肃列座的大臣们充满了感奋与期待。

向例：新王即位当有图新大举，一则在赏赐朝臣中推出新一代权贵，二则提出振奋朝野的新国策。上代老国君在位期间愈长，朝野对继任新君的期望就愈大。若秦昭王这般老国君在位五十六年，长平大战后的几年坚执守成，风瘫后更是蛰伏深宫，对外偃旗息鼓，对内了无新政，朝野诸多事端纠葛渐渐已成积重难返之势，听之任之。无论有识之士入秦抑或在朝能臣将士，近十年皆无功业可言，辄怀扼腕叹息之心。若在衰颓之势的山东六国，此等风平浪静也许正好是朝野期盼的太平日月。然则这是秦国，朝野容不得这种长期无所事事的蛰伏。自秦孝公商君大变法之后，老秦人的耕战事功精神骤然勃发，百年之中已成深植朝野人心的风习。庶民唯恐无战功，朝臣唯恐无事做，但有大战新政，举国生机勃发。家有战死烈士则荣显，村族多耕战爵位人家则扬名，民多有牺牲而无怨无悔。正是因了此等风习精神，秦昭王才敢于诛杀抗命不出战的白起，秦军将士也才能最终体谅秦昭王而义无反顾地出关血战。此后三战大败，老秦子弟血流成河死伤三十余万，河东新地尽失，朝野却了无怨声，只咬牙将息以待再战复仇。这便是秦国。这便是秦人。如今老秦王死了，新王即位了，朝野瞩目所在与其说是赏赐臣民推出新贵，毋宁说是新政大举。

吕不韦第一次参与朝会，也是第一次进入冠戴济济一堂的咸阳正殿。

当老内侍长呼一声“太子府丞吕不韦入殿——”时，幽深大殿中一片齐刷刷目光骤然射来，其中蕴涵的种种意味使尚未跨进门槛的吕不韦倏忽之间如芒刺在背。就在这片刻之间，一顶六寸玉冠一领绣金斗篷的嬴异人迎到了殿口，肃然一躬，将吕不韦领到了东首文臣区的首座，自己则稳步登阶，肃立在王案的东侧下手。一路踩着厚厚的红毡走来，吕不韦已经完全坦然了。吏身而入君臣大朝，大臣们的惊讶猜忌是可以想见的，但无论如何，自己的为政生涯要开始了，此等枝节日后不难化解。

“新王临朝——”当值司礼大臣的老长史桓砾一声长宣，嬴柱从黑鹰大屏后走了出来，须发灰白的头上一顶黑锦天平冠，身着黑丝绣金大袍，腰间一条六寸宽的锦带上挎着一口铜锈斑驳的穆公剑，远远看去高大壮硕巍然如一尊铁塔，比做太子时的慵懒松散大有气象。

“恭贺新君！秦王万岁——”满座大臣一齐在座案前拜倒。

“君臣同贺，朝野日新。诸位大臣就座。”嬴柱依着最简礼仪答得一句，到长九尺宽六尺的王案前就座，喘息之声清晰可闻。

“新王宣政——”

嬴柱轻轻一叩王案道：“诸位大臣，纲成君动议朝会，虑及朝野国人思变之心，本王从之。然则大灾方平，国葬未行，内政头绪尚多。本王欲先立定朝班诸事，而后再言经外可也。”喘息片刻一摆手，“长史宣书。”

老桓砾从王案右后前出两步，哗啦展开一卷竹简高声念诵：“秦王嬴柱元年王书：先王遗命，华阳夫人芈氏贤能明慧，堪为王后。本王即位，秉承先王遗命，立芈氏为王后，赐号华阳后，统摄后宫，母仪秦国朝野——”

“恭贺华阳后新立！万岁！”殿中大臣依礼齐诵了一声，浑然没将此等题中应有之意放在心上。华阳夫人原本是秦王做太子时的正妻，不立王后倒是不可思议了。然则如此一件顺理成章的册封，新秦王还要抬出老秦王遗命，实在有蛇足之嫌，反倒使不少朝臣大觉蹊跷。

“秦王嬴柱元年王书——”老桓砾又打开了一卷竹简，“王子嬴异人才德兼备心志坚韧，曾得先王迭次首肯，亲定为本王嫡子，又王命为嬴异人补加冠大礼。今本王已过天命之年，立嬴异人为太子，书告朝野——”

又是题中应有之意。大臣们又是同声齐贺，只是对新王书言必提先王遗命大感不适，许多人皱起了眉头。自来新王即位是事实上的改朝换代，若事事照搬先王遗命，秦国岂不还要沉闷下去？新锐之士岂非没了功业之路？

眼见老桓砾又打开了一卷竹简，大臣们不禁目光一齐瞄准了纲成君蔡泽。依着新王朝会常例，册封王后太子之后必是立定丞相。蔡泽入秦做了一年丞相，便成了君爵清要，丞相府一直由老太子嬴柱署理；而今老太子成了新秦王，且素来是多病之身，丞相确实是要当即拜定的，否则国事无法大举，而丞相人选，自然是非计然派名家蔡泽莫属。拜相之后则是议政，议政首在丞相举纲，才思敏捷者已经在思谋蔡泽将抬出何等新政举措了。

老桓砾的声音回荡了起来："秦王嬴柱元年王书：数年以来，义商名士吕不韦对秦国屡有大功：先拔太子于险难困境，再救太子于赵军追击之下，结交义士牺牲净尽，累积巨财悉数谋国。方入秦国，坚辞先王高官赐封，执意以吏起步，以功业立身，志节风骨大得先王激赏。灾异国乱之时，先生妥谋应对三策，临危受命与六国商战，建治灾大功，朝野感念矣！唯念先生德才堪为人师，今拜吕不韦为太子左傅，晋爵左庶长——"

随着铿锵激昂的宣诵，吕不韦实在大出意料。他对今日被召入朝的因由只有一想，是嬴异人要他列席朝会熟悉秦国政务，请准父王召他入宫。进殿被嬴异人亲自导引到首座，他料定这是要他对朝会禀报商战经过，之后再参与朝会议政，首座仅仅表示对他以吏身入朝的特殊礼遇而已。唯其如此想，吕不韦心下一直在斟酌自己的对策说辞，及至老桓砾念出"吕不韦"三字才恍然醒悟。心念连番闪烁，吕不韦终于静下了心神——秦王父子不与自己商议而在隆重朝会突兀封官，又在王书中大肆彰显自己功劳，显然是非要自己拜领官爵不可，若再推辞，不合论功行赏的法度。看着王阶上嬴异人热切的眼神，吕不韦终于站起身来肃然拜倒，行了称臣谢王的大礼。

"恭贺太子傅！万岁！"一声道贺整齐响亮，反倒比立王后太子大有劲道。朝臣们对于吕不韦的功劳才具早已经多有耳闻，尤其对国人交口传扬的咸阳商战更是感慨良多。经济臣子们更是实在，直言不讳地说秦国有了这场商战大胜，才算真正比六国强大了！今日又经王书实匝匝宣示一番，纵是些许大臣对商贾入政不以为然，对吕不韦入秦传闻多有疑惑，也是无话可说。

"臣请朝议大政！"例贺声犹在绕梁，有一人从前座霍然起身，极为特异的嗓音嘎嘎回荡在殿堂，"新王朝会，首在议政。朝会向例，不行丞相以下之官爵封赏。我王即位初始，当以国政为先，官爵封赏但以常例可也，勿得破例荣显某官某爵，开朝会之恶例。"

纲成君蔡泽？举殿大臣不禁愕然失色。

三道王书一下，蔡泽如坐针毡。无论如何，这第三道王书该当是确定相权的，而目下相权又无论如何该当是他蔡泽的。没有相权，计然派治国术岂非又要流于空谈？今日朝会若在立王后立太子之后不封任何官爵，蔡泽尚可些许心安，毕竟相权依然未定。然第三道王书却是封吕不韦为太子左傅，他立时觉察到了一种隐隐逼近的威胁。实在说，蔡泽对吕不韦是赞赏的，也是乐于交往的，事实上吕不韦第一次进入太子府也是他举荐的，吕不韦建功立业而得高官他也以为是迟早之事；若是自己业已实实在在做了十年丞相而吕不韦出现在面前，他倒是真想举荐吕不韦做丞相，如同范雎当年毅然辞官而举荐他做丞相一般。然则此时吕不韦突兀跳出，且一举是朝会封定的太子傅，他无法坦然了。历来朝会只拜定丞相上将军，其余官爵都是下王书封赏，而今丞相未定却先封太子傅，岂不是意味着他重掌相权渺茫之极？心绪烦乱之下，蔡泽忍不住当殿愤然发作，直然指斥秦王开了恶例。

蔡泽全然没有想到，自己这种发作本身更是匪夷所思的恶例。无论朝会有几多成例，毕竟都是传统与规矩的程式而已，既非法令又不牵涉实际的贬黜升迁，新秦王纵然作为特例抬高了吕不韦的赏封礼遇，也不是全然不能为之，赏罚毕竟出于君王，何能如此声色俱厉地指斥新君？一时间莫说大臣们惊愕，新太子嬴异人犹感难堪，顿时红了脸便要说话。

“诸位少安毋躁。”嬴柱似乎不经意地叩了叩王案，平静如常地笑了，“忧国谋政，坦陈己见，纲成君诚可嘉也！”又对身后一招手淡淡道：“长史宣书。”

一听还有王书，举殿大出意外。寻常传闻都说这老太子孱弱少断，如何一朝做了秦王判若两人？看今日朝会各方无不出乎意料之情势，分明是有备而来，又分明是没有与任何一位大臣事前商讨，却能连出四道王书，岂非大有成算？尤其难能可贵者，面对蔡泽声色俱厉的指斥，新王一笑一赞了之，如此君王能是孱弱平庸之辈么？如此寻思，第四道王书必定大有文章，殿中静得幽谷一般。

“秦王嬴柱元年王书——”老桓砾的声音又回荡开来，“本王即位于多事之秋，国政繁剧，朝野思变。为锤炼储君治国之才，丞相府由太子异人兼领统摄，纲成君蔡泽居府常署政事，太子傅吕不韦襄助——”

话音落点，新太子嬴异人肃然一躬：“儿臣恭领王书！谢过父王！”

惊喜交加的蔡泽连忙跟上深深一躬：“臣蔡泽奉书！谢过我王信臣之恩！”

吕不韦这时才暗自长嘘一声，跟在蔡泽后面一躬谢王。大臣们都在瞩目于当日立为太子又当日统摄相权的赫赫异人与前倨后恭判若两人的纲成君蔡泽，没有人注意平静拜谢且没有任何特异说辞的吕不韦。朝会至此再无神秘蹊跷处，举殿大臣顿时轻松，同声齐诵一句：“恭贺我王朝会定国，开秦新政！”

依着朝会规矩，权力格局一旦确定，议政便成为可有可无可长可短的程式。毕竟邦国大政都是枢要大臣事先议定的，纵上朝会也是书告朝野的程式而已，百余人的朝会从来都不是真正议政的场合。更要紧之处在于，新王体弱多病且正在服丧之期是谁都知道的，朝会不能太长，纵有大事也不能都挤在朝会提出。唯其如此，大臣们才齐诵一声，算做默认朝会可以了结。新王只须说得一声“但有新政之议，诸臣上书言事”，朝会便可宣告结束。

正襟危坐半日，嬴柱本来已经疲惫，扫视大殿一眼正要开口，却见西区首座一人霍然站起跨前两步赳赳拱手：“老臣蒙骜，请言大政！”

“上将军言政，但说。”嬴柱勉力一笑，心头不禁一动。

“我王明察！”白发苍苍的老蒙骜慷慨激昂，“秦国自长平大战之后连败于六国三次，国土萎缩，闭关蜗居十有三年。今新王即位，一元复始，当思重振雄风！为开秦国新局，老臣以为我军当大举东出，纵不能次第灭国，亦当夺回河东、河内两郡。今日老臣请朝会议决：冬日即行国葬，来春许臣统兵三十万东出，大战六国，雪我国耻！”

举殿大臣顿时被老蒙骜苍劲雄迈的声音激荡起来，感奋与期待骤然勃发出雷鸣般的呼应：“大战六国！雪我国耻！”蒙骜身后的将军们齐刷刷立起，铁甲斗篷犹如一片黑松林矗立殿堂。整个大殿除了蔡泽与吕不韦以及王阶上的新太子嬴异人与老长史桓砾四人，悉数大臣无不奋然高呼，其情势分明是只等新王拍案一决。疲惫朦胧的嬴柱心头陡然一紧，欲待开口，一时无所适从。朝会之前，唯一预闻朝会议题的大臣便是这老蒙骜。嬴柱与蒙氏交谊笃厚，与蒙骜素来言不藏心，事前召见为的正是叮嘱他切莫在第一次朝会上提起兴兵之议，兹事体大，需得国葬之后从长计议。老蒙骜则慷慨激昂地陈说了大军东出的方略谋划与种种胜机，力主以大军战胜之威振作朝野，为新王新政开创大局。对嬴柱的叮嘱，蒙骜没有异议，嬴柱也理所当然地以为老将军接受了。不想今日蒙骜在朝会末了突兀提出大战六国，鼓荡朝臣同声呼应，大有借朝堂公议声势迫使新王当殿决断之势。嬴柱纵然心下不快，也不能漠然置之，叩着王案一时沉吟不决。

"老臣不敢苟同上将军之议。"正在此时，蔡泽的公鸭嗓呷呷回荡起来，"我王明察：大战须得举国而动，备细筹划。何能但得动议，便仓促兴兵？秦军固得东出，国耻固得洗雪，朝野固然求战，然大灾未过国葬未行，大臣若以复仇开元之辞鼓荡朝议不谋而动，邦国何利，庶民何益？老臣之见：上将军动议不宜立决，当于国葬后再行商讨。"

"纲成君岂有此理！"老蒙骜怒火中烧，"甚叫仓促兴兵？甚叫鼓荡朝议？老夫为秦军东出谋划何止三五年！谋国不协力，专一无事生非，焉能居相摄国……"

"父王——"突兀一声尖叫打断了蒙骜的愤激虎吼，哄嗡争执的大殿顿时寂然无声。大臣们这才发现新王颓然倒案，新太子嬴异人抱着秦王哭喊不止。面色铁青的老桓砾与几个内侍乱作一团，匆匆赶来的两名老太医竟挨不到王案之前。蒙骜蔡泽大惊失色，率先向王座抢来。朝臣们也哄然一声惊呼围了上来，眼看着偌大正殿便要乱了方寸……

"两位止步！"吕不韦一个箭步跃上王阶，当头沉声一喝。蔡泽当即恍然，一把拉住蒙骜衣袖，同时回身喊了一声诸位止步。吕不韦转身跨上王台，扶住正在哭喊的嬴异人低声正色道："太子莫乱方寸，救治秦王要紧！"两手一用力将嬴异人扶开了新秦王，同时对挤挤挨挨乱作一团的内侍太医挥手厉声下令："让开屏道！请王后上前！"众人哗啦从大屏前闪开，这才看见冠带散乱的华阳后紧锁眉头倚着大屏气喘吁吁，分明是匆匆赶来却被乱人挡在了圈外。清醒过来的老桓砾心头猛然一沉连忙一躬："王后请！"华阳后没好气地一甩长袖到了王案前，一边伏身偎住嬴柱，一边从怀中摸出了两个晶莹陶瓶，右手捏着一个向嬴柱齿缝连连抖动，左手一个举到自己嘴边猛啜一口，而后低头将小嘴凑上嬴柱嘴唇猛然一鼓。只见嬴柱喉头一动，脸色渐渐和缓了过来。华阳后这才抬头扫视了一眼大汗淋漓的朝臣内侍，只对吕不韦轻轻颔首一下，蹲身将嬴柱揽在肩头背了起来。手足无措的老内侍一见王后劳力，向几名少年内侍一挥手，内侍们要抢步上前效力。

"且慢！"吕不韦一步跨出低声喝住，"王后救治之法，勿得搅扰。"

眼见华阳后袅娜摇去，殿堂一片粗重的喘息，大臣们不约而同地瘫在了厚厚的红毡上，木着脸你看我我看你，谁也没心思说话了。老蒙骜指指蔡泽，蔡泽点点老蒙骜，相对无声地摇头苦笑着，泪水不期然涌上了沟壑纵横的老脸。

掌灯时分，吕不韦被一辆辎车秘密召入了王城。

嬴柱在东书房密室接见了吕不韦，华阳后在旁煮茶，室中连侍女也没有一个。灯下看去，嬴柱气色竟比日间朝会时还要好些，吕不韦当头一躬："王体痊愈，臣心安也。"嬴柱招手示意吕不韦坐到身边案前，指指已经摆就的茶盅，叹息一声摇头苦笑道："无奈出此下策也。我若不发病，这朝会如何了结？"华阳后娇嗔道："你倒有心弄险！晓得无？若不是先生派人急报于我，只怕今日当真出事了。"吕不韦道："然则倒是神效。否则上将军与纲成君当真失和，国事大大艰难。"嬴柱又是一声叹息："国无良相，终是乱局矣！"默默啜茶不再说话了。华阳后起身笑道："晓得你有法度，我去也。先生放心说话，我在外室。"说罢飘然出了密室，身后厚重的木门悄无声息地闭合了。

"先生且看。"嬴柱从案下暗箱中拿出了一只铜匣推了过来。吕不韦接过一看，铜匣锁已打开，匣面赫然两个红字：密件！掀开匣盖拿出一卷展开，一瞄题头精神一振。

蜀郡守李冰启：老臣奉命料商业已完毕。巴蜀两郡共计商贾一万三千六百余，蜀郡十居其八。巴商多营木材兽皮鱼类与各色珍禽山货，殊无大利。蜀商经营繁多，几比关中，然大商巨贾极少，唯一商财货难以计量。此人号清夫人，民人呼之寡妇清，以遗孀之身掌持家事，始开商贾，以大船通商楚国，着力经营井盐丹砂象牙珠宝三十余年，人皆云累财无数。清夫人从无违法经商之事，于官府关税市税按期如数缴纳，然却从不与官府私相来往，亦不在蜀地常居。是故，仓促间无从知其财货虚实大数，容臣后查。 臣李冰秦王元年立冬顿首。

“蜀郡有如此奇商，臣始料未及也。”吕不韦不禁慨然一叹。

“若非先生预料确当，我如何想到下书蜀郡料商？”嬴柱微微一笑，“先生但说，如何赏赐这清夫人商战之功？”

“此事容臣思谋几日。”吕不韦沉吟着字斟句酌，“臣观其行踪心志，清夫人多有蹊跷处，绝非寻常商贾疏离官府之象。其利金臣已如数交付，赏赐不妨暂缓。容臣探清其虚实真相，而后定夺如何？”

“然也。”嬴柱一拍案，“第二事，将相之争如何处置？”

吕不韦思忖道：“上将军之议，纲成君之说，皆有道理。以秦国情势论，臣赞同纲成君主张，秦军不宜仓促东出。然朝议汹汹，国人思战，亦不可漠然置之。臣意：冬日先行国葬，其间我王与臣等可与上将军并纲成君从容商讨，悉数查勘府库军辎；若能有备而出自是最好，若府库军辎一时难以足量，则宁可推后。”

“先生愿领何事？”

“臣熟悉财货，可查勘府库军辎。”

“好！无论何说，总以府库军辎储量为准。”

“老将军耿介执拗，纲成君多有乖戾，臣无以助力，多有惭愧。”

“我知先生难矣！”嬴柱啜着热腾腾的酽茶慨然叹息了一声，“先生初入秦国，与将军无交，与老臣生疏，初任大臣难以周旋也。然则秦国只一样好处：任谁没有凭空得来的声望根基。我这老太子做了十几年，多次岌岌可危，说到底还是嬴柱没有功业。若非先王选无可选，嬴柱焉得今日王位？太子尚且如此，臣子可想而知。先生尽管放手做事，但有功业，虽天地难以埋没。”

“谢过我王体察！”吕不韦一声哽咽骤然伏地拜倒。

“先生哪里话来！”嬴柱一把扶住，与吕不韦四目相对喟然一叹，“天意也！我与异人虽骨肉父子，然几二十年天各一方，虽立其为太子，却无从督导。天赐先生于异人，嬴柱期先生远矣！”殷殷道来红了眼眶。

吕不韦不禁肃然一拱：“终臣一生，无敢有负秦国！”

霜雾之中隐隐传来一声雄鸡长鸣。嬴柱如释重负地长嘘一气颓然伏在了案上。华阳后悄无声息地飘了进来，对吕不韦笑着一点头，娴熟地背起嬴柱走了。吕不韦有些木然，站了起来默默跟着守候在门口的侍女走了。冬初的霜雾夹着渭水的湿气漫天落下，吕不韦的身影随着一盏摇曳的风灯飘忽起来，没进了咸阳的茫茫拂晓。

四　繁难国葬　学问腾挪

冬至。秦昭王的葬礼在寒冷的晚霞中收号了。

朝会次日，纲成君蔡泽奉特书总领国葬事务，兼署太史令、太庙令、驷车庶长、内史、太祝、行人[1]等相关六府。王书只字未提举兵东出事，只说“妥行国葬，以安朝野，为目下国政之要”。依次推去，举兵东出自然不是要务了。自己的主张能取代朝野汹汹拥戴的上将军蒙骜的动议，使蔡泽大为振奋，立即下令六府合署专司葬礼事务，当下大忙起来。

秦昭王薨去前后天崩地裂灾异不息，灵柩在太庙停了整整三个月有余。依着古老的风习，这是“异葬”。异葬者，非常之葬也，不吉之兆也。秦昭王死于六月炎夏，正应了一句古老的咒语：“恶死六月无可葬。”寻常人等若死六月，即或殷实之家富贵大族，连尸体至少停放三日的老

[1] 内史，战国秦官，掌京师咸阳军政。太祝，战国秦官，掌祈祷礼仪。行人，战国秦官，掌邦交事务。

礼都无从讲究，便得匆忙下葬。其间因由，在于炎夏酷热而民无冰室，尸体若居家过得三日三夜便会腐臭溃烂，死者难以全尸入殓。死不得全尸，是古人的最大忌讳，即或战场殒命的烈士遗体运回故乡安葬，族人家人也会千方百计地将残缺尸体续得浑全方才下葬。唯其如此，为顾全尸，酷暑之死无法讲究礼仪。然则，赫赫一代雄主的秦昭王，灵柩深藏冰窖，又恰逢连月老霖酷暑变做悲秋，尸身自然无事。然异葬终成事实，葬礼便处处得上应天数下合物议，方能破解不吉之兆，否则会引来列国嘲笑，且对朝野公议无法交代。如此异葬，便大大有了讲究。

第一件大事，议定老秦王之号。

号者，名称也。常人之号，姓名外加表字。对于国君，这个“号”不是姓名，而是谥号与庙号。谥号，是在国君死后依其生前行迹评定的称号，或褒或贬，以示盖棺论定。谥号制行于整个贵族层，国君谥号由朝会议定，大臣谥号由国君赐下。“谥者，行之迹也。号者，功之表也。是以大行受大名，细行受细名，行出于己，名生于人。”[1] 这是周礼大系中谥法的原本规矩。庙号，则是国君死后其灵位专室在太庙的序列称号，与行迹功业关涉不大，所依据者主要是辈分与灵位专室的位置。庙号制始于殷商，太甲庙号为太宗，太戊庙号为中宗，武丁庙号为高宗。无论是谥号还是庙号，都是国君死后的定位名称，人但呼其号，便是已逝国君。历经春秋数百年礼崩乐坏，战国之世的礼法已经大大简化，对国君之号的确定，看重朝野公议对国君业绩的褒贬，而轻忽国君在庙堂的辈次排列。风习之下，王号大多只有一个且很少拘泥形式，实际而论，大多是只有谥号而无庙号，如秦孝公齐威王魏惠王赵武灵王，等等。到了秦国统一天下，秦始皇索性连谥号庙号一齐废止，只按国君代次从始皇帝而二世三世地排列下去。西汉立朝，重新恢复了谥号庙号制。流传到后来，谥号制愈来愈变形，以二三十字为“长谥”而专一颂扬帝王的丑剧迭出不穷，使原本体现天下公心而由公议褒贬国君的谥法不期然变成了匪夷所思的恶制。这是后话。

---

[1]　见《逸周书·谥法解》。

谥号对于葬礼之重要，在于时时处处须得提及，否则成无名之葬。

蔡泽知道，停丧治灾期间，老秦王的谥号已经由太史令会同六府提出，拟定一个“襄”字。襄者，高也，成也，辅助也。但还有一个更重要的字意，是驾车的上等辕马。“襄”与“骧”通，襄者骧也。《诗·郑风·大叔于田》云：“两服上襄，两骖雁行。”两服，中央驾辕两马。两骖，两边拉套马。上襄，则是上等好马。也就是说，襄为驾辕之良马。应该说，这个襄字与老秦王一生行迹尚算切合。老秦王前半生事实是与宣太后共同主政，虽处辅助之位，亦算得两马共辕；后半生亲政大战六国摧枯拉朽功业大成，驾辕之良马当之无愧。然细加揣摩，蔡泽总觉得这个“襄”字有缺。缺之一，无得彰显老秦王秉性功业之威烈；缺之二，无以破解“恶死”之凶兆，无以顺应异葬之异数。后一点最是要紧。

在书房将自己关了一夜，次日清晨蔡泽匆匆进宫。

“老臣之意，先王谥号可加一字。”蔡泽开门见山。

“纲成君欲加何字？”

“昭！一个‘昭’字。”

“昭？昭？”嬴柱一时有些困惑，“其意何在？”

“昭字四意！”蔡泽精神大作一口气说了下去，“其一，昭从日，大明之光威烈赫赫。其二，昭为彰明显扬，昭著天下。其三，昭为明辨事理，孟子云‘贤者以其昭昭，使人昭昭’，此之谓也。最后一处尤为切合，先王宗庙之室排序在左，正是‘昭’位！”

“噫——”嬴柱惊叹一声恍然拍案，“好！昭襄王！一个昭字大出神韵也！”

“老臣还拟了八字号辞，以合异葬之数。”

“说！”

“威烈昭彰，天下为襄！”

嬴柱双目大明，慨然一躬到底：“纲成君奇才也，异葬郁结，自此解矣！”

谥号交付公议，朝臣们异口同声地拍案赞叹不绝，了无异议，蔡泽才名一朝鹊起。太庙令太史令两位老臣直是嗟叹：“宗庙之说竟出杂学之士，未尝闻也！我等荒谬颟顸，愧执学问公器矣！”原来，以太庙灵室排序，始祖居中，其后分“昭穆”之位两列：二四六诸代父室在左（东），曰“昭”；三五七诸代子室在右（西），曰“穆”；秦王嬴稷为嬴氏嫡系传承第二十八代，其宗庙奉祀之灵室正居左昭位，自然切合一个昭字。此等讲究若由太庙令太史令等一班算国之臣提出，便是题中应有之意，任谁不会意外惊叹。然由蔡泽这等经济杂学之臣提出，大大出乎朝野意料，谁却能不赞叹？

谥号王书颁行朝野，昭襄王名号立即响彻秦国朝野。“威烈昭彰　天下为襄”的巨幅白幛一夜之间挂上了各郡县城池与咸阳城头，唤起了国人对这位威烈之王的种种思念。

第二件大事，是要在国葬王书中对秦昭襄王异葬有个圆满解说。

秦昭王恶死六月，在山东六国早已经是流言汹汹，哄哄然占据主流的是赵国说法：老嬴稷杀戮山东庶民两百余万，血腥太重，天罚恶死，秦国大衰！大梁人则咬着牙根幸灾乐祸地嘲讽：当年我魏惠王死逢亘古大雪，秦人骂老魏王异葬天罚！哼哼，今日如何？老秦王才是真正的异葬天罚！仅仅是六国笑骂还则罢了，偏偏关中老秦人也暗地里流传一说：老秦王冤杀武安君白起，三战大败于六国合纵，秦军惨死三十余万，六月之死岂非报应？曾有驷车庶长愤然上书，请治关中流言者死罪。嬴柱却苦笑连连：“老王叔也，防民之口甚于防川，此时治流言，秦国要不要了？”说罢看也不看将一卷竹简烧了。这次特命蔡泽，新秦王专[illegible]叮嘱了一句：“纲成君，此次本王书特意申明你兼署六府，非为蛇足，君自细加斟酌。”蔡泽当时便明白回复：“老臣受命坐掌丞相府总摄百官，原不需申明兼署。我王之意，无非恐葬礼错失而已，是故令臣兼署六府一统葬礼。老臣无他，唯能调得天下众口也！”

谥号一定，蔡泽立即连夜召见六位大员，商讨国葬王书如何措辞。不想六人入座只异口同声一句话：“素闻纲成君学兼百家，我等但凭吩咐。”蔡泽淡淡一笑：“诸位要掂量老夫学问，也好，尚书笔录。”待尚书备好笔墨肃然就座，蔡泽已经晃着鸭步呷呷念诵了起来：

秦王嬴柱书告朝野：呜呼哀哉！先王故去，山河失色！号为昭襄，功业荡荡。薨于炎夏，威布阴阳！大秦居雍，上应太白，下为水德，太白主战，水德肃杀。王主秦政，威烈皇皇，大摧强赵，屡败六国，攻城掠地，震慑四方，执法如山，水德泱泱！炎夏风雷，王之天车，魂住三月，譬若文王，念我国人，魂萦故邦。生而伏暑，薨而大阳，昭襄天命，唯秦永昌！呜呼哀哉！恒念昭襄！

"好！"呷呷之声刚一收刹，六位大员不约而同地一声喊好。太史令摇着白头大是感叹："天也！老夫此来原也备得一篇，听纲成君书文，愧杀人矣！"太庙令拍案高声道："此文堪为昭襄王祭文。当勒石太庙，永为传诵！"驷车庶长当即接道："此事好说，老夫奏请秦王！"蔡泽啜着茶，听几个素称铁面的老臣连番赞叹，心下大是舒畅，不禁呵呵笑道："诸位既无异议，我等分头行事：老庶长持此文底进宫，呈秦王斟酌；秦王得准，立即颁行郡县，并交内史白幛誊抄，张挂咸阳四门；太祝与太史太庙，我等立即勘定陵墓并国葬之期；行人署将一应文告尽发六国，预闻葬礼。"

六位大臣一声应命，立即分头匆匆去了。次日清晨，特急王书飞骑颁行秦国郡县并张挂咸阳四门，国人争相围观诵读，学问士子纷纷慷慨解说，老秦人顿时恍然，心中疑云阴影烟消云散，不禁感慨万分。这秦昭襄王生也盛夏，死也盛夏，岂非明明白白一个大阳之王！死六月而逢老霖，天冷得要穿皮袍子，尸体竟安然无恙，这不是上天眷顾之意么？功业行迹生死应数，这是雄主天命，也是大秦国运。甚个恶死异葬，全然山东六国诅咒老秦，何其可恶也！

国人心结化开，蔡泽却皱起了眉头，为的是最大一件难事，确定墓葬地。

秦自立为诸侯，从陇西迁入关中，历代国君都葬在春秋老都城雍城一带，后世称为秦公大陵。战国之世，秦国的献公、悼武王两代国君也都回葬了雍城陵区。孝公、惠文王两君始葬咸阳郊野，却都是葬礼简朴，陵园狭小，且祭祀正宗皆在雍城。咸阳虽然也有宗庙，然却只有供奉先祖与历代国君的灵室，离陵墓甚远。老都雍城的陵墓区及其宗庙在王族与朝野国人心目中，自然比咸阳太庙要完整神圣许多。如此格局颇多不便，用老秦人话说，是“隔涩”。隔涩者，不顺畅也。首先的隔涩处是祭祀地以何为正宗？战国之世多骤发战事，祭祀告祖是大战之前之后不可或缺的仪式，加之时令节气灾异大政等诸般重大国事，国君大臣的祭祀几乎月月都会发生，若以雍城陵墓区宗庙为祭祀正宗，每遇祭祀驰驱数百里，自是大大不便。而若以咸阳宗庙为正宗，国君却只两代葬在咸阳，礼仪之隆自然比不上雍城。此等尴尬虽非兴亡大事，却也实实在在是个难题。秦自迁都咸阳，孝公惠王两代都曾想在咸阳城外的渭水南岸山塬建立宗庙，国君从此安葬咸阳渭南，以免不期祭祀之艰难。然终因战事多发，秦国尚未强大到滋生出天下终归秦土的普遍心志，老秦人终是以雍城为根基，国君葬于关中渭南的谋划难以成为定制，做到的只是将有此心志的孝公惠王安葬在了渭南。

秦昭王一代雄主，长期在位能从容行事，一心要为秦国一统天下奠定根基。除了力战山东摧毁六国实力，秦昭王晚年只思谋两件大事：一是稳定秦法做万世国本，二是消解老秦人素来以西土部族自居的马背之心。第一谋划之下，有了太庙勒石护法。第二谋划，秦昭王便想从国君东葬成为定制开始。此事看似虚笔，实际却是要为秦人树立一个精神界石，使秦人以天下为秦，而绝不仅仅以西部为秦。然此事终归要后人去做，自己无法强为。为此，秦昭王专一给太子嬴柱留下了一件遗书：“父死之时，若情势安定，或可葬于渭南，开秦陵东移之定制。”新君嬴柱将这一遗书郑重交给了蔡泽。蔡泽当即慨然应命，定要设法达成先王遗愿。

蔡泽却没有想到，今日一开口便遇到了“三太”的一致反对。

“纲成君轻言也！”太史令翘着山羊胡须当先开口，“先王虽有遗书，然根本处却在这情势如何。朝议所趋，人心所向，列国之势，都是改葬须得斟酌的情势。先王骤去，涝灾方息，秦国第一要务是安定，动不如静。昭襄王宗庙或可立于渭南，改葬之事万不可行！”

“宗庙东迁亦不可行！”太庙令立即赳赳接上，“亘古至今，墓庙两立未尝闻也！独我秦国竟能西墓而东庙，原本咄咄怪事！孝公惠王两代特例，不能做定制待之，昭襄王之葬岂能效法？老太祝，你做何说？”

满头霜雪的太祝从来寡言，沟壑纵横的古铜色老脸恰似他与之对话的神灵那般静穆，见太庙令敦促，方才字斟句酌道：“太祝掌邦国祭祀祈祷，献公东迁栎阳之后，宗庙祭祀一直东西两分。太祝府亦随之分为东西两署吏员，每逢祭祀诸多不便。据实而论，宗庙陵墓归一，最佳也。然老夫以为：自古宗庙循祖地，秦国宗庙陵墓当归一于雍城为上策。若迁关中，或利于事功，然却损于国运矣！”

“有损国运一说，可有依凭？”蔡泽立即追了一句。

“卜师钻龟而卦，其象不明，无可奉告。”

蔡泽默然思忖片刻道：“三位老太皆以为宗庙陵墓不宜东迁，我自当谨慎从事。然昭襄王遗愿也是凿凿在目，终归不能做过耳轻风。蔡泽敢问三太：若得何等情势出现，方可东葬昭襄王？”

三太一时语塞。蔡泽之言也有道理，作为奉命大臣，先王遗命不能置之不理。更有自古以来的习俗：葬地首从死者遗愿，死者但有遗言，后人若无非常理由皆应遵从。寻常庶民尚且如此，况乎一国之王？方才三人所说都是情势之理，而没有涉及死者遗愿。而如果改变死者遗愿，自然得有非同寻常的理由。反对理由三人方才已经说完，一时如何想得出非同寻常的东葬理由？蔡泽问话显然已经想到了这一点，所以问话是相反一个方向：此事有无回旋余地？要得怎样才能使昭襄王东葬？如果回答，事实上只有顺着完成死者遗愿的方向说话，若不作回答，显然有不敬先王遗命之嫌，三位老太一时沉吟起来。

“三位老太，此事尚可商榷。”蔡泽见三人无话，和缓笑道，“老太史之说，在国事情势不许。老太庙之说，在礼法成例不许。老太祝之说却是三分，一认东迁利于事功，二认当循祖地，三认卦象不吉。蔡泽总而言之：国事情势大体尚安，不足弃置先王遗愿。礼法成例祖地之说，于变法之世不足以服人。唯卦象一说尚可斟酌。蔡泽之意，若得卦象有他说可以禳解，先王东葬当无大碍，三位老太以为如何？”

“此法可行。”老太祝先点头认可。

“也好，先解了卦象再说。”太史令与太庙令也跟着点了头。

蔡泽顿时轻松，与三太约定次日会聚太庙参酌卦象，匆匆进宫去了。

嬴柱听完蔡泽禀报，心中喜忧参半，喜的是在丧葬大礼上的三个要害大臣还有转圜的余地，忧的是这莫名卦象究竟何意？战国之世虽不像春秋之世逢国事必得占卜，却也是大事必得求兆。所谓求兆，一是天象民谚童谣等天人变异，二是山川风云等各种征候变异，三便是占卜。前两种征兆可遇不可求，许多大事便要靠占卜预闻吉凶。先王丧葬为邦国礼仪之首，诸多环节都要占卜确定。太祝府的卜人署专司占卜，如今生出一个不明卦象，传之朝野岂非徒生不安？思忖再三，嬴柱提出要亲赴太庙听卜人解说卦象，蔡泽欣然赞同。

次日清晨，三太在太庙石坊口迎到新君与蔡泽车驾，辚辚进了太庙。

君臣在正殿拜祭之后，太庙令对太祝肃然一躬交出东道之职。老太祝肃然还礼，复从容前行，领着君臣几人徒步进了松柏林中的卜室。战国之世，各国王室占卜的职司程式大体都是三太共事：直接占卜的卜人隶属太祝府，国事占卜的地点却在太庙正殿，太史令则必须在场笔录入史；占卜之后的卦象，须得永久保存在由卜人掌管的太庙的卜室，供君主与相关大臣随时参酌。也就是说，太祝府职司占卜并卦象保存，太庙府职司占卜场所，太史府职司笔录监督。一事而三司，可见其时占卜之尊崇。

朝阳已在半大，卜室止厅却一片幽暗。装满各种卜材的高大木柜环绕墙壁，正中一口六尺高的青铜大鼎香火终日不息。绕过正厅大屏，再穿过头顶一片蓝天的幽深天井，进了一座静穆宽绰但却更为幽暗的石室，便是寻常臣子根本不能涉足的卦象藏室。室内三面石墙三面帷幕，中央一张香案，两列四盏铜人高灯、六张宽大书案，静谧如同山谷。

嬴柱君臣拜罢香案堪堪坐定，一个须发霜雪布衣竹冠的老人从深处过来肃然一躬，回身走到东墙下向胸前石壁一摁，一面可墙大的帷幕无声地滑开，整齐镶嵌在青石板上的一排排卦象赫然眼前。老人对着石板高墙又是肃然一躬，双手捧下头顶石板格中的一面龟甲，仔细卡进了一张与人等高的带底座的大木板。老人方得回身，已经有两名年轻吏员将木板抬到了大厅正中。

“卜人禀报秦王：此乃十月正日所得钻龟卦象。”老人用一根苍黄细亮的蓍草在三尺之外指点着裂纹奇特的龟板，“龟纹九条，间有交错，指向方位全然不明，无从判定吉凶也。卦象推前。秦王细加参酌。”随着卜人吩咐，两张大板同时推到了嬴柱案前。

嬴柱睁大了眼睛仔细端详，也看不出龟甲裂纹与曾经见过的龟卜卦象有何异同？不禁皱起了眉头：“三位老太学识渊博，可能看出此卦奥秘？”三颗白头一齐摇动，异口同声一句：“臣等多次揣摩，无从窥其堂奥。”

“纲成君以为如何？”

蔡泽端详已久，饶是杂学渊博且自认对易学揣摩甚深，然却对眼前这令人目眩的纹线看不出些许头绪来。大凡龟卜甲板，纹线最多三五条，大部分都只有一两条，其长短、曲直、指向及附带裂口，大体都有数千年传承的卜辞作为破解凭据，多识驳杂者往往都能看出几分究竟来。然则目下之龟板裂纹多达九条，长短不一且偶有交错与裂口，闻所未闻。蔡泽正在沉吟无话，却见老卜人盯着卦象嘴角抽搐了几次，心下猛然一亮，趋前深深一躬：“老卜人乃徒父[1]之后，累世掌卜，敢问可曾见过此等卦象？”蔡泽的谋划是，若老卜人也回说不知，便动议此卦作“乱卦不解”，如同“乱梦不占”一般。

“老朽遍查国藏卦象，此卦恰与春秋晋献公伐骊戎之卦象无二。”

老卜人一开口语出惊人，三太听得大皱眉头。蔡泽也是心下一沉，不想再问下去了。晋献公乃春秋多事之君，此等异卦现于他身焉能有吉兆？然素来只读医书而生疏于史迹的嬴柱却陡然振作拍案：“好！参卦也是一法。那副卦象可在卜室？”

老卜人一点头，两个年轻吏员从卜室深处推来了一方木板，中间卡着一片已经发黄的硕大龟甲。大板立定案前，君臣几人一齐注目，新老两片龟甲的裂纹确实一般无二。

[1] 徒父，秦穆公时职任秦国卜师，以龟卜闻名诸侯。

“晋献公龟甲有解？”蔡泽立即追问了一句。

“其时史苏为晋国卜史[1]，学问玄远，实非我辈能及也！”老卜人慨然一叹旋即漠然，淡淡的语调回荡在幽暗的厅堂，说起了一个遥远的故事，“晋献公五年，晋欲出兵伐骊戎[2]。史苏大夫龟卜得此卦象，解为‘胜而不吉’。献公问，何谓胜而不吉？史苏对曰，‘挟以衔骨，齿牙为猾，主纹交捽，兆为主客交胜，是谓胜而不吉也。’秦王且看，此处是‘骨猾’卦象。”

顺着老卜人枯瘦的手指与细亮的蓍草，嬴柱君臣对龟甲板上的纹路终于看出了些许眉目：两条稍显粗大的纹线扶摇向上，中间突然横生出一个短而粗的裂口，裂口两端各有一块裂纹恍若人齿；两齿间又穿进一条短粗纹线，恍若人口衔骨；两条粗大纹线越过“人口”相交合，挽成了一个奇特的圆圈。

“后来应验否？”嬴柱不禁倒吸了一口凉气。

老卜人道：“晋献公不信，斥其以子矛攻子盾，遂发兵，攻陷骊戎，得骊姬姐弟还国。骊姬妖冶，献公立为夫人，生子奚齐，骊姬弟生子卓子。骊姬姐弟谋晋国大政，结奸佞离间公室，自此晋国内乱频生：太子申生为骊姬陷害，被迫自戕；诸公子尽遭横祸，唯公子重耳与夷吾出逃；献公在位二十六年死，奚齐继位遭朝野物议，权臣里克杀奚齐，卓子再继位，复被里克所杀；公子夷吾在齐秦两国护送下回晋即位，剿灭里克一党，然终为大乱之局；夷吾死后若非文公重耳复国，晋国灭矣！”

“这便是，交相胜，胜而不吉？”蔡泽铁青着脸。

“晋胜一时，而国乱数十年杀戮不断，胜而吉乎？”

“卜人之意，本次龟卜也是胜而不吉？”嬴柱忐忑不安地追了一句。

“卦象同，老朽不敢欺瞒也。”

“果真胜而不吉，与国葬何意？”老太祝显然是要卜人说个明白。

“昭襄王改葬，或能国运勃兴，然预后不吉。”老卜人淡淡一句

[1]　卜史，春秋晋国占卜官。史苏，春秋晋国之卜史大夫，以此卦闻名诸侯。

[2]　骊戎，戎狄侵入中原后居住在关中骊山一带的部族。一云其地在山西晋城西南。

蔡泽一瞄，见太史令太庙令一副打定主意不开口的模样，走过来对嬴柱耳语了几句。嬴柱站了起来说声今日到此，大袖一甩径自去了。出得太庙，嬴柱辎车直奔驷车庶长府。蔡泽随后赶到时，嬴柱与驷车庶长已经在相对啜茶了。

“敢问老庶长，两年前可是陪同昭襄王最后西巡？”蔡泽就座便问。

“录之国史，纲成君明知故问也。”

“国史载：其时昭襄王郊见上帝。不知可曾留有遗书？”

“纲成君何有此问？”老庶长不置可否。

“蔡泽推测当有遗书，无得有他。”

“主葬大臣既然过问，老夫实言相告：先王确曾留下金匮密书。”

“王叔何不早说？”皱着眉头的嬴柱有些不悦。

“先王遗命：葬时不问，此书不出，只听天意也。”

“金匮密书典藏何处？”

“依法典藏太史令府。”

“走！”嬴柱一拍案起身便走，君臣三驾高车辚辚驶向了太史令府邸。

老太史令刚刚从太庙回到府邸，听说秦王车驾已到府门，不禁大是惊愕，匆忙迎到中门。嬴柱直接一句：“老太史，本王要当即拜查金匮密书。”老太史令这才回过神来，肃然一躬道：“金匮密书为历代秦王密典，我王拜查，须得占卜吉日方可。”蔡泽接道：“孟冬之月，盛德在水，府库启藏皆宜，何有不吉之日也。”老太史令点头道：“纲成君说得也是。如此我王随老臣前来。”领着嬴柱君臣三人走过了一片水池又进了一片松林，眼前一片肃穆的高墙庭院，厚重笨拙的石门前矗立着一座丈余高的大碑，赫然四个大字——国史典库。

绕过影壁，一片可着庭院的大水池，石条砌就池岸，池中蓝汪汪清水盈岸却没有任何花草，池边整齐排列着成百只大木桶；大水池的北东西三面全是石墙高房，整个庭院没有一棵树木，却弥漫着一股浓郁的异香。嬴柱皱着眉头道：“甚个味道？老太史，此乃王室典籍库，不能修葺得雅致些个？”老太史令顿时肃然：“秦王差矣！藏典须坚，防火防盗防虫蛀，是为第一要务。异香杀虫，池水防火，坚壁防盗，最不宜雅致也。”嬴柱有些脸红，不再说话，只默默跟着老太史令过了水池向北面六级高台上的大屋而来。

四名吏员合力拉开了城门一般厚重高大的铜包木门，跨过坚实粗大的门槛，便见屋顶高得足有寻常房屋的两倍，室内干燥温暖分外舒适，一座座四方“木屋”均匀分布在中央一片座案区前，寻常人实在看不出这里与典藏有甚瓜葛。

与在太庙一般，嬴柱君臣拜过香鼎，坐在案前肃然等候。老太史令带着两名吏员打开了最深处的一座“木屋”，搬出一只三尺高的铜匣抬了过来。铜匣盖缝处全部泥封，匣鼻吊着一把硕大的铜锁，钥匙眼也是赫然泥封；封泥上皆有清晰字迹：秦王嬴稷五十四年九月十三封典，匣面上四个拳头大的黑字——金匮密书！

金匮密书者，藏于金匮之绝密典籍也。此制开于西周的周公旦，流传于春秋战国。西周灭商后周武王大病不起，周公秘密祷告天地，自请身死以代武王；祷告之后将祷书藏于金匮密封存库，下令后世非王不得开启，以示诚不昭之于人；后来周成王听信流言，疑周公有异心，遂亲自开启金匮密书始知真相。金匮密书藏于重地，防范之要不在被人盗开，特异处在于寻常大臣不得擅开，所以无须使用机关器物，而是国王的皇皇泥封，但有新君查看，开启却是不难。

嬴柱起身，对着铜匣肃然三拜。老太史令用一把专用铜刀割开泥封，打开匣盖后退了三步。嬴柱颤抖着双手从匣中捧出了一方折叠的白绫，方一展开，几行大字赫然入目：

> 秋分出雍郊游，卧渭水之阳，梦见天帝。帝曰：嬴稷累矣，当眠秦中腹地而后安，雍城非汝寝地也！醒，白日皇皇，帝言犹在耳。若开此书，天意葬我于咸阳也！

“纲成君……”嬴柱一言未了颓然软倒在案前。

“诸位莫慌。”蔡泽摇摇手，从怀中掏出一只瓷瓶倒出一粒酱色药丸喂入嬴柱口中，又接过吏员递过来的温开水喂得一口，嬴柱喉头咕咚一响片刻间鼾声大起。“纲成君有如此医道？”驷车庶长不禁大为惊讶。蔡泽喘着粗气连连摇手：“非也非也，这是吕不韦提醒我，华阳后给的药。这几日秦王劳累，不得不防。”说话间过得大约半个时辰，嬴柱打个哈欠醒了过来，指着案上白绫道：“先王郊见上帝，密书被我君臣开启，天意分明要昭襄王葬于秦中也！纲成君立召六府会商处置。”

“嗨！”蔡泽将军一般赳赳应命。

送嬴柱回宫后，蔡泽当即召六位大臣到丞相府议决。驷车庶长、咸阳内史与行人异口同声无异议。太史令也不再坚持情势说，申明只要朝野信服便可行。太庙令无可无不可，终归是点头赞同了。唯独老太祝咬定胜而不吉的卦象，坚执认为只有龟卜才是预知天命国运的“信法”，余皆不足为国运断。老驷车庶长三人当即愤然指斥太祝疑昭襄王郊见上帝，荒谬过甚，当交廷尉府论罪。老太祝冷冷一笑：“天命不足为人道也。老夫言尽于此，论罪下狱何足惧矣！”板着脸不再说话。太史令与太庙令只看着蔡泽一言不发。蔡泽本欲论说一番，然虑及一旦扯开越说越深反倒不妙，断然拍案道：“先王密书不期而发，秦王之意已决，我等只议如何实施，余皆搁置。天道幽微难测，一人孤见亦是常情，容当后议。”

这一决断既顾全了事务，又避免了难以争辩清楚的纠葛，六臣异口同声赞同。蔡泽立即作了部署：驷车庶长与咸阳内史筹划征发民力修建新陵，蔡泽领太史令草拟颁行金匮密书的国府文告，并筹划葬礼议程；太祝太庙勘定墓葬地，并卜定国葬日期；行人向山东列国发出国葬文书，并派斥候探察六国动静。部署完毕分头行事，蔡泽七人大忙起来。

次日，随着金匮密书与国府文告的颁行，秦昭襄王雍城郊见上帝的故事便在朝野秦人中流传开来，各种疑云与反对改葬的议论顿时烟消云散。老秦人终是相信了上帝，相信威烈老秦王东葬定然是秦国大出的吉兆。

老太祝奉命勘定墓地，大大为难起来。

华夏传统，自古有墓地择阴阳的礼法。《诗·大雅·公刘》便是一篇记载周人先祖公刘以阴阳法测定豳地为周人定居地的故事。有云："笃公刘，既溥既长。既景迺冈，相其阴阳，观其流泉，其君三单。度其隰原，彻田为粮。度其夕阳，豳居允荒。"商周时期，阴阳堪地法已经流播天下，举凡建造都邑城郭民居，抑或部族迁徙死者安葬，都要卜地卜宅，更讲究者还要卜邻——以阴阳法选择邻居。《左传·昭公三年》记载："非宅是卜，唯邻是卜。二三子，先卜邻矣！"春秋战国之世，阴阳法发展为诸子百家中的一个独立学派——阴阳家。所谓阴阳，原本是相地中的说法，阴为不向阳的暗面，水之南，山之北也；阳为日照之光明面，水之北，山之南也。及至《周易》出现，阴阳一词由单纯的明暗之喻扩展为万物之性，进而演化为"道"论基石，此所谓"一阴一阳之谓道"，"阴阳不测之谓神"，从而成为所有神秘学派的根基学说，自然也是相地的根基学说。如此流播，后世便将堪舆者称为"阴阳先生"。

然则，战国之世学术蓬勃兴旺，治学与实际操持已经有了区别，专一治学的名士往往未必是世俗践行的各种师家。譬如慎到是法家治学大师，却始终没有实际参与任何一国的变法实践；邹衍为战国阴阳家的治学大师，却不是真正操持相地的地理师或堪舆师。其时，相地的学问根基是"地理"说。《管子·形势解》云："上逆天道，下绝地理，故天不予时，地不生财。"《礼记·月令》云："毋变天之道，毋绝地之理，毋乱人之纪。"所谓地理，后世东汉的王充在《论衡·自纪篇》先给了解说："天有日月星辰谓之文，地有山川陵谷谓之理。"后有唐代孔颖达注文再解："地有山川原隰，各有条理，故称地理。"由此可见，地理者，地势之结构条理也。地理说虽可视为操作之学，毕竟其立足点尚是治学，而不是专一的世俗操作。于是，战国中后期有了专一的相地操作家，这便是堪舆师。堪者，天道也；舆者，地道也。所谓堪舆，合天地之道以断地势也。

战国最有名的堪舆师，恰恰是一个秦人。

此人号称青乌子，一部《青乌经》被天下堪舆师奉为相地经典，一旦得之便视为不传之秘。举凡天子诸侯豪士贵胄，但能得青乌子相地而葬，则是莫大慰藉。秦人风传，青乌子隐居南山，皓首青衣深居简出，无弟子亦无家室，更无人知其年岁，几是半神之人。然则，更令人啧啧称奇的是，这位半神半人的大师从来没有人能请动其出山，准确地说，是根本无从寻觅。多少大国之王生前都想请这青乌子相地造墓，偏偏都是无法探察其踪迹。魏惠王笃信阴阳之学，曾经封阴阳家邹衍为丞相，晚年更是殷殷不忘寻觅青乌子为其相地定墓，派出三百名精干斥候秘密进入秦国，将南山与毗邻的崤山、陕原、桃林高地搜寻三年，终归没能如愿。有时，青乌子又不请自到，但来只说一句："天意当出，不得不出也！"当年齐桓公田午死，几名堪舆师为三处墓地争执不下，一个皓首青衣者陡然现身，只一句"齐公葬阳龙，后必勃兴焉"！倏忽离去。堪舆师们恍然惊叹，再无一句争执。后来齐威王铁腕变法，齐国果然富强而称雄天下。齐人万般感慨，从此笃信阴阳，方士之风大盛，齐国成了战国方士的渊薮。

说到底，青乌子[1]之奇，在于他自己不来则任你踏破铁鞋也难觅踪迹。这便是老太祝的难处。秦有青乌子，太祝府的堪舆师便微不足道，不得青乌子相地，非但秦国朝野疑云重重，更要惹得列国一番嘲笑，然则要请得此人出山，实在是无从着手。

思忖间心念陡然一闪，老太祝立即吩咐卜人占卦，以确定青乌子方位。老卜人踌躇一阵，终是进了太庙卜室起卦钻龟。不想烧红的竹锥刚一触及龟甲，龟甲便"嘎"的一声裂为无数碎片。老卜人倏然变色，老太祝也是惊愕万分，对着卜室大鼎扑拜祈祷良久，心头兀自突突乱跳。然职司所在，相地大事总是不能耽延。老太祝与几个精干吏员再三商议，决意派府中主书与六名堪舆师带一班熟悉南山的吏员进山寻觅青乌子。正在行将上路之际，门吏匆匆来报说纲成君蔡泽到了。

老太祝立即赶到府门迎接，脸上一副无奈的苦笑。

"老太祝知道了青乌子所在？"蔡泽皱着眉头揶揄地笑着。

"唯尽人事也，岂有他哉！"

---

[1] 青乌子被后世堪舆家奉为祖师，其所生时期有黄帝时、商周时、秦时三说。

“可遇不可求者，听其自然便是上上章法。”蔡泽悠然一笑，“收回人马，但听老夫部署。”说罢径自进了厅堂。

“纲成君有应对之法，本祝谨受教。”老太祝肃然一躬。

“老太祝治学有术，人事失之古板也。”蔡泽不失时机地嘲笑了这个高傲的老人一句，叩着书案问，“府下几名堪舆师？”

“九名。”

“秦中可相之地几何？”

“王者之葬，大体五六处。”

“将九名堪舆师并全部吏员分作六队，大张旗鼓相地，争执愈多愈好。”

“这……期限在即，工匠三万朝夕等候，自起纷争如何收场？”

“你只如此去做，有事老夫担承。”

“嗨！”老太祝顿时踏实，精神陡然振作，当即召来所有吏员一番部署。一个时辰后，九队人马各自打着三丈高的白色大纛旗出了咸阳南门，匆匆赶赴渭水沿岸的山水胜地。老太祝敬事，也亲自带领一队进了渭水之南的山塬。

如是三日，这九队相地人马将整个关中搅得沸沸扬扬。时当冬闲，“为王相地”的白色大纛旗招来了四野三乡的万千人众终日围观。堪舆师们也不避讳，但有歧见径自高声嚷嚷，经好事者一番解说，围观人众自然也跟着七嘴八舌地争论不休。各种消息不断流淌，旬日之间，“国府相地大有争执”成了朝野皆知的明事。

终于，九队堪舆人马齐聚渭水南岸的阴乡樗里[1]，开始了会商议决。

一旦说开，九名堪舆师还当真是歧见百出争辩不休。整个秦川中东部的形胜之地被一一罗列，最后还是各有所长难分轩轾。有人说，东部桃林高地的潼山被山带河，为虎踞龙盘之象，昭襄王葬此秦必大兴。有人说，华山为飞龙之势，雁腾鹰举双翼飞张，其北麓为最佳王陵。有人

[1] 阴乡，乡名，渭水之南为阴，即渭水南岸的一个乡。樗里，里，战国秦制对村的称谓，“樗”为里名；即一个叫做“樗”的里，后演化为姓，秦有樗里疾，时称樗里子，其故事见《大秦帝国·国命纵横》。

说，骊山背依南山群峰，形势高远如仰天大壶吞吐大河，为腾龙四海之象，其势最佳。跟随老太祝的两个堪舆师却说，渭水之南，南山之北的麓口形势磅礴，脉理隐延如浮排铺毡，王葬最宜。然此说却遭到其余堪舆师的纷纷指斥，说渭南之地铺排无序，平野难聚天地之气，充其量是回龙之势，实在是下下之选。一时各执己见，争执得不可开交。

老太祝不禁大皱眉头。他原本看好这阴乡樗里的山塬形胜，此地紧邻章台，非但山清水秀，且更有未来“帝运”。惠文王时的上卿樗里疾通晓阴阳之学，生前将自己的墓地选在了这里，死时曾对家人言及：“我死后百年，当有天子之宫夹我墓。”百年后为天子宫室，岂非秦国帝运？当然，此时的老太祝不可能知道，百年之后的“夹墓天子宫室”已经是西汉长安的长乐宫与未央宫了。这是后话。老太祝召堪舆师们到这里会商，实则是想提醒堪舆师们关注此地。不想这几个堪舆师争得面红耳赤，却没有一个人提及面前这方山水。反复思忖，老太祝终究还是没有开口明说。自己毕竟不是堪舆家，这些“专学”之师高傲非常，个个自视通灵知天，相互尚且全然不服，如何能赞同他这等术非专攻的俗见？对于相地这等术有专攻之学，纵然自己是权力上司，也无法使这些“属吏”听命。说到底，这既是“专学”之特异使然，亦是战国自由争鸣的奔放风习使然。譬如那个专司占卜的老卜人，你若要在钻龟解卦中提出与他不同的见解，除非你当真是占卜大家且说得确实有理有据，否则纵是君王也难以使他改口。老太祝属下“专学”吏员甚多，很是熟悉此等吏员的秉性，所以从来不在“专学”们面前抒发己见，如此方统领得这些能才异士，若自己事事都有高明见识，只怕太祝府早已经乱成了一锅藿菜羹。然今日这等争执却教老太祝颇烦。历来相地最多半月之期，眼看已是十三日，相地声势铺排得惊天动地，非但没有引来青乌子，自己一班人马也是莫衷一是拿不出定见，此事如何收场？

时当日暮，帐中嚷嚷不休。老太祝心下烦乱挥手陡然一喝：“散议造饭！”

堪舆师们正在愣怔，帐外吏员连声惊呼：“山口！山口！”

众人闻声出帐，只见一人遥遥站在山口峰头，皓首青衣大袖飘飘，身披七彩晚霞隐隐然仙人一般。老太祝与堪舆师们顿时警悟，当即一齐拜倒高呼："恳请青乌子赐教解惑！"

峰头传来沙哑苍劲的声音："堪舆之术，顺天成人而已。若以汝等之心，天命国运尽在堪舆，天下何有正道也！"

老太祝额头汗水涔涔而下，遥遥一拜高声道："我等愚鲁，容当自省。恳请青乌子指点秦王墓地，以解朝野疑惑，以安国人之心。"

"天意也！老夫只有了了这桩繁难。"峰头老人大袖擎着一支竹杖遥遥向天一画，"秦地多形胜，非一人能独占，因人因时因地耳。昭襄王背祖制而东迁，几为孤葬也。孤葬者，非于大山之下，必于广川之上。秦之南山乃昆仑东来，为中国三大干龙[1]之首。秦之渭水，注河入海，吞吐天地，向为天下广川。如此，南山之北渭水之南，大形胜也。然两处皆阴，须得阳势补之。"老人竹杖陡然直指东北，在晚霞中画出了一个大弧，"泾水渭水交汇处有芷塬盘踞，芷阳之地照大山而过广川，塬势光肥圆润势雄力足，平野铺展厚重万绿为盖，实是气脉灌注之佳穴也。泾水之南，渭水之北，芷塬之南，南山之北，两阴两阳，相济相生，合秦国之阴平水德，承干龙之大阳充盈，正当王者孤葬之地也。"

"敢问青乌子，既为孤葬，预后如何？"

"孤葬得势者，勃兴焉！"一语方罢，山口峰头的老人倏忽不见了踪迹。晚霞弥散，沉沉暮霭笼罩了苍黄的原野，众人痴痴站在旷野寒风之中，无一人说话。

次日清晨，老太祝将一卷刻写整齐的《青乌子相地辞》呈到了新君嬴柱的案头，并附上对国葬日期的占卜结果，又特意说明这是青乌子相地的最长说辞，实乃秦国之幸也。嬴柱看得兴致勃勃，特意在"孤葬得势者勃兴焉"一句旁画了一道粗大的红杠，并当即下书蔡泽"依青乌子所相，于芷阳[2]修建墓室，依占卜吉日大行国葬。"

蔡泽接书，立即会同驷车庶长与咸阳内史，率领三万余徭役民众

---

[1] 干龙，古代地理学将横贯中国的三大山系定为中国地脉三大干龙，意为三条主干龙脉，昆仑秦岭一线为第一干龙。

[2] 芷阳，史载秦昭王葬芷陵，芷，芷阳也，大约在今西安临潼区。

赶修墓地。其时君王墓葬远非后世皇帝那般宏大奢侈，只是规模较大的一座墓室外加地面一座陵园而已。祭祀宗庙则可葬后补建，无需同时动工。以战国风习，秦昭王陵墓成“中”字形，中央墓室合“九五”之数：长九百步，宽五十步；东墓道长三百步，宽六十步；西墓道长百步，宽二十步；墓深十丈，中央墓室分三级台阶达于正室；东墓道陈列殉葬臣僚与军阵陶俑，西墓道与南北两墓道陈列各种大型殉葬品；葬后地面起一座土山，是“陵”，陵外筑砌一圈石墙，石坊为门，便成一座陵园。与后世相比，如此工程远非浩大，但在战国之世却也是一等一的宏大陵墓了。秦人感念昭襄王大功，无分是否徭役之期，凡是田间无农活者一律拥来帮工，一座大墓陵园竟在月余之间建得停当。行人署依据老卜人卜定的葬期，向山东大小三十二个邦国一齐发出了国葬文告。秦王的国葬王书也同时颁行朝野，都城咸阳与各郡县当即大肆举哀。未及三日，秦国朝野淹没在一片白色汪洋之中。

冬至这日清晨，三万白甲铁骑隆隆开道，举国朝臣与王族男女护卫着秦昭襄王的灵柩缓缓地出了咸阳东门。东门外的沿途原野挤满了秦国民众，人们在清晨的寒风中肃然伫立，默默护送着这位大长秦人志气的威烈之王走向命运的尽头。从咸阳到芷阳的数十里大道原野上，白茫茫黑压压人群连绵不绝，各种香案祭品摆成了无边无际的长廊，老秦人捶胸顿足号啕长哭，伴着在风中断续呜咽的无数陶埙秦筝，弥漫出一种撼天动地的悲怆。

秦国灵柩大阵之后，是山东六国、周王室以及二十余诸侯国的各色与葬方阵逶迤尾随，连绵旌旗白幡长达三十余里。这次，山东六国都派出了极为隆重的与葬使团，或太子或丞相做特使，一色的“百乘”车队，一色的万骑马队。百乘战车拉着“贡”给秦昭襄王的殉葬礼品，万骑马队则意味着与葬国对死者灵魂的隆重尊崇。在列国与葬使团中，韩国最为显赫。韩桓惠王亲自带领一班大臣入秦，下葬之前全副衰绖[1]，专程到

[1] 衰绖，丧服。胸前六寸宽四寸长的麻布片为“衰”，结在头顶的麻绳为“首绖”，腰间麻绳为“腰绖”；丧服以麻布（衰）麻绳（绖）为主要标志，是故合称“衰绖”。

秦昭王的宗庙灵位前隆重祭祀，今日自然也紧紧跟着秦昭王的灵车，引得列国特使人人侧目。

这是春秋战国之世最为讲究的邦交礼仪——会葬。

无论如何征战攻伐，但凡一国君主国葬，各国都要派出特使会葬，然隆重繁简程度却是因人因国大有不同。战国初期，赵武灵王为其父赵肃侯国葬，中原大小诸侯悉数会葬，秦楚燕齐魏五大国各出百车万骑，其余小国车骑不等。葬仪之日，邯郸郊野旌旗蔽日白幡如林人马萧萧，号为战国最大葬礼。此后百年不乏雄主谢世，如齐威王、秦惠王、楚威王、燕昭王、齐宣王、赵武灵王、赵惠文王，然此等会葬大礼却未曾再现。

说到底，时也势也。

秦昭王之前，七大战国尚在最后一波变法强国浪潮之中，攻杀征战互有胜负，内政功业各见短长，天下远未形成强弱定势。其时秦国与山东六国的合纵连横缠绕攻击势成水火，七国敌友倏忽无定，各国忙于实打实大争，邦交来往与征战恩怨盘根错节，谁也没精力应酬邦交虚礼，会葬礼仪自然也成虚文。然则经秦昭襄王五十六年，秦国横扫六国如卷席，一世奠定了一强对六弱的天下定势：先大败六国联军于河内；再将土地最广袤潜力最大的楚国一举击垮，夺取夷陵、攻占郢都、设置南郡，逼楚国仓皇北迁，最有回旋余地的一个大国终于成了二流战国；然后强攻老底子最雄厚的魏国，捎带侵消已经软成了一摊烂泥的韩国，一举夺取河东河内三十余城，设河东河内两郡，迫使魏国龟缩河南之地，终于也成了二流战国；期间燕齐两国六年兴亡大战，最终两败俱伤，一齐成了二流战国；最后，秦结举国之力与新崛起的最强大对手赵国大决，长平一战三年，摧毁赵军全部主力五十余万，牢牢占据上党天险，若非秦国君臣歧见致白起愤然罢兵，秦军完全可能一战灭了赵国。原本已经孱弱的赵国，经长平大战丢上党、失宜阳与野王，更是滑入了三流战国；至此，作为山东屏障的最强大赵国虽然依旧是山东最强，然却与秦国再也无法对等抗衡了。秦国虽然也在长平大战后三败于山东联军，但实力元气远未根本损伤。秦昭襄王晚年励精图治，巴蜀变成了秦国又一个“陆海”，财货民众已经更为殷实。天下有识之士都看得明白：若非秦国大军暂无一流名将担纲，秦昭王也痛感后继者乏力从而主动采取守势，山东六国当真岌岌可危了。

这便是秦昭襄王的一世沧桑，在位五十六年使天下混战局势剧烈倾斜——秦成超强大国，山东六国全部成为二三流战国。当此大势分明之际，山东六国一派颓然疲惫，隐隐然认了这个令人窝心的事实。然见秦国十余年不再攻伐，后继新君与新太子子楚也并非雄主气象，渐渐不约而同地认为秦国王霸之气已去，只要撑持得十数二十年，战国必将重回群雄并立的老格局。人同此心，心同此理，山东六国不期然生出了与秦结好之心。毕竟，与秦国之所以纠缠恶战百年，起因还是六国不接纳秦国为战国一员，蔑视秦国要瓜分秦国。如今，秦国已经无可阻挡地成了最强战国，也无可阻挡地融入了中原文明，明是不敌，又何须死死为敌？此等想头虽未明确形成国策，然六国已经在邦交之道中对秦国有了异乎寻常的敬重。明白了这番根底，六国隆重会葬秦昭襄王，便成题中应有之意了。

旬日之后，葬礼与一应周旋俱已完毕，六国特使们各各上路归国。行至函谷关外分道处，赵国特使司空马见楚国车马停在道边，锦绣斗篷苍苍白发的春申君正在笑吟吟向他招手，不禁大是惊喜，利落下车趋前一躬：“在下见过春申君！”

“老夫等候多时，假相[1]无须多礼了。”

“若君有暇，敢请露营共酒一醉！”

“噢呀，出关便饮却是不妥，日后再说了。”春申君摇摇手一声叹息，“楚国多事之秋，老夫多年不曾涉足中原也！今见足下敦诚厚重，欲问两事，盼能实言相告了。”

“但凡不涉决策，在下知无不言。”

“平原君气象如何？”

“门庭若市，嘉宾周流不绝昼夜。”

---

[1] 假相，赵国官制，代理丞相。

“信陵君如何？”

“深居简出，饮酒论学，优游无状。”

春申君脸上没了一丝笑意，默然良久，从腰间佩袋中拿出了一支泥封铜管：“老夫想托假相带给信陵君一书，不知方便否？”

司空马双手接过铜管突然低声道：“秦国葬礼气象大非寻常，前辈可有觉察？”

“噢呀！老夫倒要请教了。”春申君老眼骤然一亮。

“如此国葬，秦军大将只有上将军蒙骜一人与礼，王龁王陵桓龁嬴豹张唐蒙武等一班战将，还有国尉司马梗，竟然均未与葬。更令人不解者，连那个从赵国脱逃的新太子傅吕不韦也没与葬。春申君但说，如此之多的文武高爵不与王葬，岂非咄咄怪事！”

“吾辈老矣！”原本漫不经心姑且听之的微笑一扫而去，春申君不觉紧紧皱起了眉头，喟然一叹忧心忡忡，“如此看去，六国纵是揖让，强秦却未必放手了。一旦刀兵再起，天下何以了结？”

司空马惊讶地盯着春申君，眼中期待的光焰倏忽熄灭，嘴角抽出一丝轻蔑的笑意：“前辈果然老矣！战国累世大争，刀兵如影随形，一时胜负何以灭了志气？秦国纵是再度东出，夫复何惧！败而再战，英雄也！一败涂地而成惊弓之鸟，何以立足战国！”

“后生可畏了。”春申君淡淡地赞叹了一句，对司空马的慷慨激昂以及对自己的讥讽不置可否，只一拱手道：“假相好自为之，后会有期。”说罢登上华贵的青铜轺车径自辚辚去了。年轻的司空马怔怔地望着黄色的车马远去，久久回不过神来。

五　箭方离弦　横摧长弓

春日踏青之时，蓝田大营骤然沸腾起来。

虽然在朝会遇到意料不到的反对，蒙骜始终没有放弃来春起兵的谋划。武安君白起时的秦军战无不胜攻无不克，他们一班老将自然也成了六国闻之变色的赫赫名将。然则白起死后，秦军却是连续三次大败，不得不缩回函谷关采取守势。此等奇耻大辱，非但一班老将怒火中烧，蒙骜更是耿耿于怀。毕竟蒙骜是上将军，无论按照秦国传统，还是按照秦国法度，连续三次大败的将军都是不赦之罪。虽说那三次大战都是王命强令出兵，兵败后没有问罪于任何一员大将，而是秦昭王向朝野颁行罪己书承担了全部战败之责，然败仗终究是将军们自己打的，心下却是何安？蒙骜记得很清楚，在武安君与秦昭王发生歧见之时，他们一班大将都是站在武安君一边的。但就心底里说，当时一班久经战阵的盛年老将都以为武安君是过分谨慎了。为此，他与王龁还私回咸阳专门劝了武安君一次，主张不要与王命对抗，只奉命出兵，以当时六国的涣散惊慌，获胜当毫无疑义。武安君却冷冰冰回道："战机在时不在势。战机一过，纵有强势亦无胜机。赵国已成哀兵，举国同心，唯求玉石俱焚，为将者岂能不察？"两人当时都没有说话。出得咸阳，王龁嘟哝了几句："甚说法？论兵还是论道？疏离战阵太久了。"蒙骜素以稳健缜密著称，与这位秦军头号猛将却是至交，当时虽没有呼应王龁，心下却并不以为王龁有错。蒙骜尚且如此，况乎一班驰骋征杀所向无敌的悍将？真正疏离战阵的秦昭王，更是以为秦军任何时候都可以对山东六国予取予夺。

正是因了庙堂君王与阵前大将的这种挥之不去的骄兵躁心，在武安君几次拒绝统兵出战时，秦昭王听从范雎举荐，派出了夸夸大言的郑安平将兵攻赵，结果是秦军三万锐士战死，郑安平率余部两万降赵。消息传来，举国哗然！秦军将士怒斥郑安平狗贼窝了秦军，发誓报仇雪耻。此前，王陵慨然"被迫"出战猛攻赵国，结果是兵亡五校[1]，几乎无法回师。大败之后，将军们非但没有清醒，反倒是求战复仇之心更烈。王龁又"被迫"代王陵为将，率大军二十万再次攻赵，结果遭遇信陵君统领的五国救赵联军，导致秦军前所未有的惨重败绩。至此，一班老将羞愤难当，嗷嗷吼叫着要作最后血战。还得说秦昭王有过人处，三战败北顿时清醒，严令秦军只取守势再不许出战。渐渐平静下来的一班大将们痛定思痛，这才对武安君把握战机的洞察力与冷静明彻的秉性佩服得五体

[1]　校，战国军职，将之下，尉之上。

投地，再没有了轻躁之心。

虽则如此，秦军将士的复仇之心刻刻萦怀。

蒙骜与一班大将们对山东兵势开始了认真揣摩，默默地厉兵秣马，等待着复仇大战的时机。三年后，也就是秦昭王风瘫的前一年，蒙骜秘密上书请求对山东作试探性攻伐。旬日之后秦昭王秘密召见蒙骜，一言不发地听蒙骜将用兵方略陈述了整整一个时辰。秦昭王最后只说了三句话："久不用兵，灭国人将士志气也。然目下不宜大战，只轻兵奔袭周与三晋可也。若擅动大军，休说老夫再度杀将。"蒙骜慨然应诺，秦昭王才颁发了出战王书。

连续五年之中，试探性攻伐大获成功。为了防止大将们轻躁冒进，蒙骜一律采取了奔袭战法：每战最多出兵五万，随军携带半月粮草，不配置辎重大营，一战即回函谷关。第一战，大将嬴摎统五万铁骑奔袭韩国，攻取阳城、负黍两座城池，全歼韩军步骑四万。第二战蒙骜亲自将兵，以王龁王陵两部精锐铁骑为主力长途奔袭赵国，旬日攻下二十三座县城，击杀赵军九万后迅速回师。恰在此时，周王室分封的西周公[1]不自量力，秘密联络残存的二十多个小诸侯国，要会兵伊阙[2]，切断函谷关与新得阳城[3]之间的通道。蒙骜得报抢先出动，派嬴摎再次统兵五万突然进攻西周。兵临城下万弩齐发，这个西周公大为惊慌，立即出城顿首投降，献出三十六座小城邑与三万周人。这是第三战，异乎寻常的顺利。唯一的憾事，是散漫成性的三万老周人入秦后不堪耕战劳苦，竟于第二年大批东逃回东周，若非秦昭王严令不得阻拦追赶，这个东周焉能存到今日？第四战，老将桓龁奔袭魏国，一举攻占吴城[4]，旋即回兵。

如此四战，虽战战皆胜，大大震慑了三晋，韩魏两国已向秦国称臣纳贡，天下第一次出现了罕见的"战国臣服"。可是蒙骜与一班老将心

[1] 西周公，春秋周考王将其弟封于河南，史称西周公；西周两代后（惠公）又将其子封于巩地，史称东周或成周，后占据洛阳；战国中期东西两周分治周室王畿，周赧王"迁天子都"于西周地。此时西周国君为武公。

[2] 伊阙，周室洛阳北方的要塞。

[3] 阳城，战国韩县，今河南登封东南之告成镇，后陈胜生地。

[4] 吴城，亦名吴山，战国魏地，今山西平陆县北。

中都非常清楚，此等小战纵是再胜一百次，也抵不得武安君白起平生任何一战。若不大举东出，这一代老将就将永远没有了大报仇的机会。如今秦昭襄王方死，新君刚刚即位，秦国正需要一场大战重新立威。从实力说，秦军主力也已经再度饱满，将达六十万之数，此时不出，更待何时？

然则，以纲成君蔡泽为首的一班主政大臣是反对的。

蒙骜素来关注朝局，深知主政大臣们的反对有着纷繁复杂的因由。首要之点，在新君无雄才，大臣们深恐大战一开新君不能激发举国之力，反而会生出无法预料的变局。其次，是大臣们对包括蒙骜在内的一班老将的用兵才能的疑虑。虽则谁也不会公然说开，但这种疑虑却是人人心知肚明的。唯其如此，大臣们彰明的理由是秦国需要充实国力，目下大军不宜轻动。就实说，秦川一场老霖雨，再加上陇西地震、秦王薨去，弄得秦国也确实有些狼狈。然则在蒙骜看来，这根本无损秦国元气，所谓乱象完全是主政大臣们应变无方造成的。设若商君、张仪、樗里疾、魏冄、范雎等任何一人主政，焉得在老秦王垂危之际措手不及？你蔡泽虽然没有实际摄相，但终归还是最高爵位的领政大臣，分明是计较自己丢失相权，耿耿于怀而不做国事预谋，到头来却要以“大灾未过，国葬未行”为理由反对出兵，当真岂有此理！老夫明明说的是来春出兵，与大灾与国葬却有何涉？难道老秦王要搁置一年不下葬么？难道一年之中你等一班主政大臣连一场老霖雨灾害都理不顺么？咄咄怪事！正因了如此等等想法，老蒙骜才在新君朝会上愤然指斥蔡泽。若不是新君突然发病，老蒙骜定然要与蔡泽将相失和了。

事情的转机，是在吕不韦奉王书查勘府库军辎之后。

吕不韦没有参与操持显赫的国葬大礼，朝会次日专程来拜会上将军府。蒙骜正要前往蓝田大营向诸将通报朝会情形，连说不见不见。正在此时蒙武回府，拦住了父亲低声道：“这位新太子傅不俗，父亲不该冷落。”蒙骜冷冷道：“俗不俗与我何干？老夫不耐这班文臣！”蒙武连忙将父亲拉到一边急迫道：“查勘府库势在必行，大臣们没一个敢来好么？吕不韦不去凑国葬风光，专来做这棘手差使，父亲若率性而去，岂非又添出兵阻力？”蒙骜恍然点头，立即吩咐军务司马推迟蓝田之行，转身到府门将吕不韦迎进了正厅。

“例行公事，不耽搁上将军行程。”吕不韦没有入座，准备说了事便走。

“哪里话来？太子傅请入座。上茶！”蒙骜一旦通达，分外豪爽。

“吕不韦奉命查勘府库军辎，一则知会，二则特来向上将军讨一支令箭。”

“公务好说！来，先饮了老夫这盅蜀茶。”

“好茶。”吕不韦捧起粗大的茶盅轻啜一口，不禁惊讶赞叹，“酽汁不失清醇，色香直追吴茶。蜀地有如此佳品，吕不韦未尝闻也！”

“吴茶算甚来，”素来鄙视楚物的蒙骜当地一敲大案，“轻得一阵风，上炉煮一遭便没了味道。蜀茶入炉，三五遍力道照旧。”

“噢？却是何故？”

“山水不同也，岂有他哉！”蒙骜慨然拍案，“蜀山雄秀，云雾郁结，蜀水汹涌，激荡地气。更根本者，蜀地归秦，李冰治水，茶树焉得不坚！”

吕不韦不禁莞尔：“茶树因归秦而坚，上将军妙论也。”

“你不觉得？”蒙骜大是惊讶，“吴国未灭时，震泽茶力道多猛？吴国一灭震泽归楚，哼哼，震泽茶那个绵软轻，塞满茶炉煮也不克食！”

“原来如此。”吕不韦一阵大笑，“上将军说的震泽猛茶，是粗老茶梗，自然经煮。绵软轻，那才是震泽春茶上品，须得开炉、文火、轻煮，其神韵在清在香，如何能克得猛士一肚子牛羊肉也。”

“着！有克食之力才是好茶，要那轻飘飘神韵做甚？”

“上将军喜欢经煮猛茶，不韦每年供你一车如何？”

“君子一言！”

“驷马难追！”

两人一阵大笑。蒙骜一挥手，大屏旁肃立的军务司马捧过了一支青铜令箭。蒙骜笑道：“秦国十六座军营辎重库，任太子傅查勘。”吕不韦接过沉甸甸的令箭肃然一拱手道：“国库军库共计三十三处，查勘非一日之功，上将军以为先查何方为好？”蒙骜笑道：“这是太子傅与国尉公务，老夫只保军库不作梗。”“如此在下告辞。”吕不韦正要离案起身，蒙骜一摆手道：“先生且慢。”见吕不韦愣怔困惑，蒙骜低声道，“秦军东出与否，纲成君一班政臣之因由，果真在老霖灾害，在财货实力？”吕不韦释然点头：“上将军以为不在灾害与实力？”蒙骜喟然一叹：“为将不能取信于大臣，惭愧也！”吕不韦默然片刻淡淡笑了：“若吕不韦揣摩不差，上将军是以为纲成君等怀疑一班大将战场才能了。果真如此，恕不韦直言，上将军错也。”见蒙骜环眼圆睁，吕不韦坦然恳切道，“不韦无须隐瞒，朝会之前纲成君已经上书，主张秦军稍缓东出，理由也是秦国元气尚未充盈；一俟国力强大，‘蔡泽愿为上将军督运粮草辎重，殷殷此心，望王允准！’”

“这番上书老夫知道，缓兵而已，岂有他哉！”

“不然。纲成君不以容人见长，若疑虑上将军之才，能自请军前效力？”

默然片刻，蒙骜淡淡一笑：“来日方长，是非自现，不争。”

“上将军无须疑虑，军辎但许出兵，终归无可阻拦。”吕不韦慨然一句告辞去了。

此后整整一个冬天，蒙骜几乎每隔三两日总能接到远近军报，说吕不韦逐一查勘驻军辎重营，比会同查勘的国尉府丞还要娴熟于兵器粮秣，连续查出六座辎重营兵器失修粮秣衣甲保管不当。蒙骜顿时不安，火速派出几名精干军吏奔赴各关隘军营督导修葺，结果还是被吕不韦屡屡查出纰漏。蒙骜大是沮丧，觉得新秦王派出如此一个执意要放三把火的棘手新官，分明是要挑理缓兵了。及至吕不韦腊月末冒雪赶赴蓝田大营作最后查勘时，蒙骜与大将们再也无心应酬这个新贵，只派出一个军务司马陪同吕不韦了事。一个正月，这个吕不韦也不过年，一鼓作气查勘完了关中的十多座官库，仍然是库库有纰漏。蒙骜哭笑不得，一气之下索性住到蓝田大营不回咸阳了。

二月末河冰化开，一卷紧急王书将蒙骜星夜召回咸阳。

蒙骜万万没有想到，新秦王当场下了王书——大军整备，三个月内相机发兵。秦王靠着大枕气喘吁吁将一卷竹简推到了他面前："老将军，若非翔实查勘，我还当真不知道秦国府库如此殷实。不打仗，也是白白糟蹋了物事。然则，各军库储物纰漏太多，折损太大，教人心痛也！这是清册，老将军务必在发兵之前整肃好军营府库。"蒙骜的心怦怦猛跳，接过清册慷慨激昂："我王勿忧！老臣定当整出一个好军库来！"

回到府邸翻开简册，蒙骜看得心惊肉跳。粟谷糜烂十三万斛、军械弓弩失修六万余件、帐篷霉变一万六千顶、车辆断轴三千余、车厢破损六千余、军船漏水者十三条、战马鞍辔皮条断裂者三万余具……统共开列十三项，项项有数目有府库地点有辎重将军印，最后是太子傅吕不韦与国尉司马梗的两方阳文大印。

不用核实，蒙骜便相信了清册的真实。

秦国法度：府库仓储分为三类，一类为王室府库，只存储王城王室器物粮货；一类为邦国府库，分为国库与郡县府库两级，存储各种民用财货；一类为军库，专门储存军用器物粮秣。仅以军用器物说，又分为"尉库"与"营库"。尉库者，筹划掌管存储全部军用物资的国尉府专库也；营库者，隶属带兵将领的军营仓库也。每年岁末，所有营库须得向国尉府上报本年总消耗与来年需求；再由国尉府上报国府太仓令，太仓令最终依据国君王书，与国尉府核定来年全部军用器物总数量，而后分期拨付。战国之世大战多发突发，为免缓不济急，国尉府向大军营库拨付的器物钱财历来都多出三个月，若遇长平大战那般的长期鏖兵，事实上便是尉库与营库直接合一。即便在寻常情势下，军营府库也至少多出一个月的仓储。如此一来，军营府库多为满仓，而尉库倒往往是半仓或空仓。也就是说，军用器物的储藏事实上多在常在军营府库，而不在国尉府库。然则，大军府库一律由辎重粮草营掌管，辎重营总管无一例外都是稳健又不失勇猛的将军，其军务重心首先在保障粮道畅通，而不是保障仓储完好。即使营库有少数通晓仓储的军吏，也无法使营库大将将仓储完好当做大事来做。大多时候，营库的粮草军械都是露天堆放，除了雨雪天气用麦草或帐篷稍作苫盖，几乎再没有任何法程。蒙骜也曾经做过几个月辎重将军，清楚记得国尉府军吏每次来核查粮秣器物时都要皱着眉头长吁短叹，而最终又都是摇着头默默走了。如今想来，当年还真是熟视无睹。这个吕不韦也是不可思议，短短三个月竟将举国府库查勘得如此巨细无遗，尤其对大军营库，几乎是仔细梳篦了一遍，令人不得不服。

蒙骜二话不说，飞马直奔国尉府，当头便要六十名仓储军吏。

“老兄弟胡话也！”同样白发苍苍的司马梗呵呵笑了。

“你老哥哥只说有没有？给不给？”

“莫说六十，只怕六个也没有。”

“堂堂国尉府，六十个仓储吏都没有？”

“老兄弟，仓储吏不是工匠，是巡查节制号令指挥，你说有几多？”

蒙骜恍然大笑：“老哥哥是说，一个仓储吏可管多个库场？”

“还没老糊涂。”司马梗嘟哝了一句。

“好好好，给三个！”

“三个？我一总才两个。”

“好好好，一家一个。”

“老兄弟也！”司马梗哭笑不得，“我这二十多座府库星星一般散在各郡县，一个跑得过来么？缓急还要被太仓、大内拉去帮库。再走一个，老夫还做不做大军后盾了？”

“鸟！”蒙骜不禁大皱眉头，“如此说，这吕不韦是拿捏老夫了？”

“吕不韦？”司马梗恍然笑了，“老兄弟只去找他，断无差错也！”

“老哥哥都没有，一个太子傅倒有了？亏你好章法！”

“你知道甚来？吕不韦的兵器仓储，只怕我得拜他为师了。”

见素来慎言的老司马如此推崇吕不韦，蒙骜心头又是猛然一跳，一拱手大步出门上马出城，过了渭水白石桥向吕庄而来。蒙骜听蒙武说过，这个吕不韦虽然做了太子傅，却超然于朝局之外，除非奉命，寻常总住在城南自家的庄园，城中府邸反倒十有八九都是空荡荡的。到得庄门拴好战马，蒙骜也不报号提着马鞭径自登门。门厅仆人想拦又不敢，飞步跑过蒙骜进庄通报去了。

“老朽见礼了。敢问可是上将军？”一个白发老人在正厅廊下当头一躬。

“足下识得老夫？”蒙骜有些惊讶。

“老朽见过蒙武将军。我家先生去太子府未归。上将军请。”

蒙骜原本便要告辞，忽然心中一动竟不觉走了进去。四开间的厅堂宽敞简朴，脚底一色大方砖，几张大案前也都是草席一张，没有地毡，没有青铜大鼎一类的名贵礼器，连正中那张大屏也是极寻常的木色。蒙骜打量一番不禁笑道：“人言吕氏富可敌国，不想如此简朴也。”肃立一旁的西门老总事回道：“义不聚财。我家先生又素来厌恶奢华，财力雄厚时也是如此。”蒙骜点头一声好，站了起来笑道：“相烦家老知会先生：他给老夫一道难题，老夫要向他讨一个通晓仓储者。茶水没工夫消受了，告辞。”说罢一拱手赳赳大步去了。

蒙骜没想到的是，当夜二更，那个家老带着吕不韦的一封书简与三个中年人到了上将军府邸。吕不韦书简只有两句话：“遵上将军嘱托，派来三名仓储执事，上将军但以军吏待之可也。彼等若立得寸功，也是立身之途，不韦安矣！”西门老总事说，这三个执事都是当年吕氏商社的干员，专一地经管陈城大仓，十多年没出过任何差错。蒙骜问得几句，见这三人个个精干，心下大是宽慰，立即下令中军司马给三人入策定职，先留中军大营听用。

次日黎明，蒙骜带着战时全套军吏风驰电掣般出了咸阳。

一月之间，蓝田大营始终没有停止过忙碌，夜间军灯通明，白日号角频频，除了没有喊杀声任何声音都有。修葺兵器辎重、处置霉烂衣甲、裁汰伤病老幼、整饬辎重将士、整顿大型器械、关塞步骑调整、确定进军方略等，久未大战的秦军在一个月的紧张折腾之后，三十万精锐大军终于在蓝田大营与函谷关集结就绪。

四月十六日清晨卯时，蒙骜升帐发令。第一支令箭方举，忽闻帐外马蹄声疾雨而来。满帐大将正在疑惑，白发苍苍的司马梗已经跌跌撞撞冲进大帐，对着蒙骜一摇手颓然倒在了两排将墩之间。蒙骜一步冲下帅案抱住了老国尉，右手掐上了人中穴。

“密书……快……”司马梗气若游丝，软在了蒙骜怀中。

“抬入后帐救治！快！”蒙骜一边卸司马梗腰袋一边大喊。

王书哗啦展开，蒙骜刚瞄得一眼，一声闷哼，一口鲜血骤然喷出，全副甲胄的壮硕身躯山一般轰隆倒在了帅案上。前排蒙武一个箭步冲上前，抱住父亲便进了后帐。老将王龁大是惊愕，愤然上前捡起王书，刚一搭眼也轰然跌倒在地，王书哗啦跌落展开，两行大字锥子般刺人眼目——秦王骤逝！东出止兵！王陵蒙武留镇蓝田，蒙骜王龁即行还都！

大帐静如幽谷，一片喘息犹如猝然受伤的狼群。骤然之间电光一闪雷声炸起，大雨瓢泼倾泻，无边雨幕笼罩了天地山川。中军大帐前缓缓升起了一幅巨大的白幡，广袤三十余里的蓝田军营没进了茫茫汪洋。

第九章 吕氏新政

一　变起仓促　吕不韦终于被推到了前台

夏姬实在想不到，一盅冰茶竟要了秦王性命。

记不清何日开始，门可罗雀的小庭院有人出入了。先是趁着夜色有侍女悄悄来说她的亲生儿子回到了咸阳，后来是自称当年小内侍的老内侍送来了久违的锦衣礼器，再后来又多了两个奉命侍奉的小侍女。独门幽居的夏姬，终于相信了这个梦幻般的消息，但却始终没有走出这座幽居了近二十年的小庭院。直到那个精灵般的小侍女将一方有着酱红色字迹的白绢神秘兮兮地给了她，她才从漫长的噩梦中醒了过来。白绢上那两行酱红色大字犹如春雷轰鸣甘霖大作，在她干涸的心田鼓荡起一片新绿。“我母生身，子恒不忘，幽幽之室，终有天光。”除了自己的亲生子，谁能对她如此信誓旦旦？是的，只有亲子，绝不会有别人！夏姬渐渐活泛了，走出了终日蜗居的三开间寝室，与两个可人的侍女对弈练剑读书论诗谈天说地甚至一起洗衣一起下厨，瘦削的身躯渐渐丰满了，苍白的面容渐渐红润了，琴声也变得娴雅舒展了。可是，她始终没有走出过后苑的那道石门。她坚信，即或儿子平安归秦，太子府正厅也永远不是她的天地，太子嬴柱也永远不会成为她真正的夫君。一个亡国公主，命运注定是没有根基的云，随时可能被无可预料的飓风裹挟到天边撕扯成碎片。争不争都一样，争又何益？年来情势纷纭，老秦王死了，嬴柱做了秦王，儿子做了太子。侍女内侍们都暗暗向她道贺，可夏姬却平静得一如既往地淡漠。老太子府的女眷公子们都搬进了王城，晋升了爵位。她却上书秦王，不进王宫，不受女爵，只请继续留居太子府后苑。昔日夫君今日秦王并没有复书给她，老内侍总管却准许她留下了。后来，还是那个精灵般的侍女悄悄对她说，这座老太子府已经是她的了，她是没有王后名分的王后。从此，她成了梦寐以求的闲人，与几名侍女内侍终日优游在这座空旷的府邸，品尝着一种前所未有的散淡。

可是，一次突如其来的秘密宣召却改变了这一切。

一辆寻常的垂帘辎车将夏姬拉出了咸阳，拉进了一片幽静的园林宫室。驾车内侍不说她也不问，只默默跟着老内侍走进了幽深的甬道，曲曲折折到了一间阳光明媚却又悄无声息的所在。林木茂盛葱茏，房子很高很大，地毡很厚很软，茶香很清很醇，案前一方香鼎，案上一张古琴。打量之间她心头怦然一动——没错！这正是当年第一次进太子府弹奏的那张古琴！泪水乍然朦胧，对着香鼎肃然一躬，她坐到案前轻轻地抚动了琴弦，沉睡在心底的古老歌儿流水般徜徉而出：“自古在昔，先民有作。洪水茫茫，田舍汤汤。导川去海，禹敷土方。成我井田，安我茅舍。生民咸服，幅陨既长。”

“一支《夏风》，韵味犹存矣！”拊掌声陡然从背后响起。

琴声戛然而止。“你？你是……”夏姬打量着这个不知从何处走出来的老人，惊愕得声音都颤抖了。虽说已经二十年没有见过当年的太子夫君，她心下也觉得他必是老了，可无论如何，她还是不能想象变化会是如此巨大。面前这个臃肿苍白满头灰发的老人，能是当年那个虽则多病却也不失英风的年轻太子？

“夏姬，嬴柱老矣！”

“参、参见秦王。”夏姬终于回过神来，终于拜了下去。

“起来起来。”嬴柱连忙扶住夏姬，不由分说将她推到座中，自己也喘着粗气靠到了对面那张宽大的坐榻上。见夏姬懵懂困惑的模样，嬴柱不禁一声叹息，对她说起了这些年的人事沧桑，末了道：“目下异人已是太子，来日便是秦国新君。你乃异人生母，异人来日必认你贵你。虽说天命使然，终归是你纯良所致，他人亦无可厚非也。然则，君无私事，宫闱亦干政道。异人既以礼法认华阳后为嫡母，此事当有个妥善处置。”嬴柱粗重地喘息了一阵，打住话头殷殷地望了过来。

“不需秦王费心。夏姬有今日，此生足矣！”

嬴柱顿时沉下脸：“若要你死，商议个甚？”

“……”夏姬愣怔了，“秦王只说如何，我听凭处置。”

“你若轻生而去，异人何能心安？华阳后何能逃脱朝野物议？我这秦王岂非也做得惭愧？从此万莫生出此心。”嬴柱叮嘱一番思忖道：“你幽居自隐，不失为上策。我看只一条：今日不争王后，他日不争太后，长居老府，散淡于宫闱之外。若得如此，各方皆安也。”

“王言正得我心。”夏姬第一次现出了灿烂的笑，对着香鼎拜倒立下了誓言，“此生但有一争，后当天诛地灭！”记得嬴柱当时有些伤感起来，“夏姬呵，子长幽居，我长惶愧，两心同苦矣！然既入王室，夫复何言？若有来生，唯愿你我生于庶民之家，淡泊桑麻，尽享生趣也。”

“夫君！”夏姬一阵眩晕，额头重重撞到案角昏了过去……一阵几乎已经被遗忘的感觉冲击得她醒了过来，一睁眼又惊又羞。她赤身裸体地横陈在那张宽大的坐榻上，嬴柱正拥着她丰腴雪白的身子奋力耕耘着啧啧赞叹着，雨点般的汗水洒满了她的胸脯，热辣辣的气息笼罩了她的身心，久旷的她终于忍不住大叫一声，紧紧抱住了那湿淋淋的庞大身躯……当嬴柱粗重地喘息着颓然瘫在坐榻时，她不期然看见了榻后的铜壶滴漏正指在午后申时——入宫已经整整四个时辰了。

记得很清楚，她亲手将案头自己未动的那盅凉茶捧给了嬴柱。嬴柱咕咚两口吞了下去，又张开两臂猛然圈住了她。她惊喜地叫了一声扑在他身上，忘情地自己吞吐起来。谁知就在两人魂销骨蚀忘形呓语的时刻，身下的嬴柱骤然冷汗淋漓喉头咕地一响昏厥了过去。老内侍随着她惊慌的呼叫赶来，撬开嬴柱牙关灌下了一盅药汁。嬴柱睁开了眼睛却没有看她，只对老内侍低声嘟哝了一句，夏姬立即被两个小内侍送进密封的辎车匆匆拉走了。

当晚三更，那个精灵般的侍女悄悄来说，秦王薨了！华阳后要杀她！

侍女说她要带她逃出咸阳。她问她是何人，侍女只催她快走，说令箭只有一夜功效，天亮走不得了。夏姬淡淡地摇摇头，默默地拒绝了她。嬴柱将一生的最后辰光给了她，便是她真正的夫君，她如何能抛下夫君尸身苟活于世？夏姬一夜枯坐，次日清晨上书驷车庶长府，自请以王族法度处置，准许自己为先王殉葬。也不管驷车庶长府如何回复，夏姬便在老府正厅堂而皇之搭起了秦王灵堂，衰绖上身，放声痛哭。

夜半时分，吕庄被一阵急促的打门声惊动了。

当吕不韦被从睡梦中叫醒时，西门老总事紧张得话也说不清楚了。吕不韦从老人的惊惧眼神已经料到几分，二话不说大步出门跟着内侍飞马去了。到得步骑林立戒备森严的章台宫，四更刁斗堪堪打响。老长史桓砾正在宫门等候，一句话没说将吕不韦曲曲折折领进了城堡深处的秘密书房。跨进那道厚实的铁门，吕不韦立即感受到一种扑面而来的紧张窒息。太子嬴异人跪在坐榻前浑身瑟瑟发抖。华阳后沉着脸立在榻侧，冷冰冰空荡荡的目光只盯着嬴异人。两名老太医与老内侍围着坐榻，惶恐得手足无措。坐榻上一方大被覆盖着白发散乱的一个老人，两手作势指点，喉头嘎嘎作响，却一句话也说不出来……

心下猛然一沉，吕不韦迅即觉察到最为不幸的事情已经发生，整个宫廷正在一片混乱茫然之中。当此之时，冷静为要。右手猛然一掐左手虎口穴，吕不韦顿时神志清明，大步进了令人窒息的厅堂。

手足无措的老内侍一眼看见吕不韦进来，立即匆匆迎来凑着吕不韦耳边低声一句："秦王弥留！只等太子傅。"将吕不韦领到了坐榻前。跪伏的嬴异人蓦然觉察吕不韦到了，噌地站了起来偎到父王身边，陡然将华阳后挡在了身后。华阳后眉头倏地立起，又迅速收敛，眼神示意太医退下，匆匆过去站到了坐榻里侧。

"臣吕不韦参见我王。"吕不韦拜倒在地，声音沉稳清朗不显丝毫慌乱。

坐榻大被下艰难地伸出一只苍白的大手，作势来拉吕不韦。吕不韦立即顺势站起，俯身坐榻高声道："我王有话但说，不韦与王后太子共担遗命！"

嬴柱迷离的目光倏忽亮了，喉头嘎嘎响着将吕不韦的一只手拉了过来，又将华阳后与嬴异人的手拉了过来叠在一起，目光只殷殷望着吕不韦，喉头艰难地响着嘴唇艰难地嚅动着，一个字也吐不出来。

"我王是说：要王后与太子同心共济，臣一力襄助。"

雪白的头颅微微一点，喉头嘎的一声大响，嬴柱双手撒开，两眼僵直地望着吕不韦，顿时没了气息！华阳后惊叫一声，颓然昏倒在坐榻之下。嬴异人愣怔片刻，陡然号啕大哭。太医内侍们顿时忙乱起来。

吕不韦凝神肃立坐榻之前，伸手抹下了秦王嬴柱的眼帘，理顺了散乱虬结的雪白长发，又拉开大被覆盖了骤然萎缩的尸身，对着坐榻深深三躬，这才转身走到已经被太医救醒的华阳后面前一拱手低声道："王后对秦王之死心有疑窦，臣自明白。然目下急务在安定大局，余事皆可缓图。王后与秦王厮守终生，深知王心，必能从大处着眼也。"华阳后深重地叹息了一声，陡然起身道："你勿逼我孤身未亡人。你也晓事之人，我这王后尚终日清心不敢放纵，竟有贱人竭泽而渔，当如何治罪了？不治杀王之罪，何以面对朝野！急务先于大局，晓得无？不将淫贱者剐刑处死，万事休说！"语势凌厉神色冰冷，与寻常那个清纯娇媚的纤纤楚女判若两人。

华阳后一开口，嬴异人的号啕哭声戛然而止，人虽依然跪在榻前，目光却剑一般直刺过来。夏姬是他的生母，华阳后非但当众辱骂生母还要立杀生母，何其险恶。嬴异人母子一生何苦，子为人质，母囚冷宫，还当如何折辱？嬴异人宁可不做太子秦王，也要顶住这个蛇蝎楚女！一腔愤怨，嬴异人的脸色立时铁青，一扶坐榻便要挺身站起怒斥华阳后。恰逢吕不韦的目光直逼过来，冷静体贴威严却又透出一丝无可奈何的绝望。那目光分明在说，你只要一开口，秦国便无可收拾一切便付诸东流。嬴异人读懂了那熟悉而又陌生的目光，终是低头哽咽一声，猛然扑到父王尸身放声痛哭。

"王后之见，臣不敢苟同。"

吕不韦转身对华阳后一躬，语气平和而又坚定，“王后明察：先王久病缠身朝野皆知。纵有他事诱发，终归痼疾不治为根本因由。再则，夏姬为先王名正言顺之妾，得配先王尚早于王后一年。夏姬正因先王为太子时多病孱弱，而洁身幽居二十年，此心何良？此情何堪？先王纵密召夏姬入宫，于情，于理，于法，无一不通。若得治罪，敢问依凭何律？秦法有定：背夫他交谓之淫，卖身操业谓之贱。今夏姬以王妾之身会先王，夫妇敦伦，何罪之有？”

“吕不韦！你，你、你岂有此理！”

“王后明察：当此危难之际，吕不韦既受先王顾命[1]，便当维护大局。无论何人，背大局而泄私愤，吕不韦一身当之，纵死不负顾命之托。”

大厅一片寂静，大臣吏员都肃然望着平和而又锋棱闪闪的吕不韦。陡然之间，老长史桓砾拜倒在地高声一呼：“老臣恳请王后顾全大局！”

“臣等恳请王后！”史官太医内侍们也一齐拜倒。

华阳后嘴唇咬得青紫，终是长嘘一声抹抹泪水抬头哽咽道：“先王死不瞑目，你等谁没得见？便不能体察我心？也好！此事容当后议。你只说，目下要我如何了？”

吕不韦道：“王后明察：国不可一日无君。”

“天负我也！”华阳后咬着嘴唇幽幽一叹，对着始终背向自己跪在坐榻前的嬴异人狠狠挖了一眼，走到大厅中央冷冰冰道：“老长史听命：秦王乍薨，国不可一日无君。本后与顾命大臣吕不韦，即行拥立太子子楚即位。”

“特命录毕，顾命用印。”长史桓砾捧着一张铜盘大步过来。

华阳后冷冷看了一眼吕不韦，打开裙带皮盒，拿出一方铜印，在印泥匣中一蘸，盖上了铜盘中的羊皮纸。老桓砾低声道：“拥立新君，顾命大臣亦得用印。”吕不韦慨然点头，打开腰间皮带的皮盒拿出一方两寸铜印盖了，低声吩咐一句：“立即刻简，颁行朝野。”转身向嬴异人拜倒：“臣吕不韦参见秦王！”

---

[1] 顾命，临终之命曰顾命。语出《尚书・顾命》。孔颖达疏：“言临将死去，回顾而为语也。”

“臣等参见秦王！”桓砾等所有在场官吏也一齐拜倒。

嬴异人正在愤怨难平兀自哀哀痛哭，骤然听得参见声大起，不禁一阵惊愕，手足无措地站了起来连忙先扶起吕不韦，又吩咐众人起身，神色略定，回身陡然一躬：“子楚谢过母后。”此举原是突兀，吕不韦与在场人众都不约而同地点头赞许。

华阳后冷笑道：“谢我何来？该你做事了。”

嬴异人略一思忖，又凑在华阳后耳边低语了几句，见华阳后神色缓和地点了头，回身哽咽着道：“父王新丧，我心苦不堪言，料理国事力不从心。今命太子傅吕不韦以顾命大臣之身，与纲成君蔡泽共领相权，处置一应国事，急难处报母后定夺可也。其余非当务之急者，父王丧葬后朝会议决。”

“臣吕不韦奉命。”吕不韦肃然一躬，回身径直走到老长史桓砾面前一拱手，“敢问老长史：今夜发出几卷王书？秦王病情知会了几位大臣？”

“回禀顾命，”老长史桓砾肃然拱手，“夜来发出国事王书六卷，皆是各郡县夏忙督农事；秦王病情除太子傅外，尚未知会任何大臣。下官禀明太子，加厚了章台守护。”

吕不韦一点头高声道：“在场吏员人等：今夜秦王不期而薨，秦国正在危难之期！首要急务，在宫廷稳定。吕不韦受秦王顾命与新君特命，临机发令如下：长史桓砾总领王宫事务，给事中[1]与老内侍总管襄助；谒者即行飞车回都，密召内史胜来章台，护持王驾一行回咸阳；目下先行妥善冰藏先王尸身，一应发丧事宜，待回咸阳定夺；当此非常之时，任何人擅自走漏消息，立斩无赦！”

“赳赳老秦，共赴国难！”那句古老的誓言骤然回荡在深夜的城堡。

吕不韦发令完毕，各方立即开始分头忙碌起来。吕不韦对桓砾低声耳语两句，过去将华阳后与新君嬴异人请到了章台的秘密书房。华阳后一脸不悦道：“你已是顾命大臣连连发令，如此神秘兮兮，匆晓得多此一举了。”吕不韦浑然无觉，只一拱手道：“臣启太后秦王：目下有急务

[1]　给事中，秦官职，掌宫内事务，多由内侍担任。

须得秦王王书方能处置，非臣不敢担承。”嬴异人目光一闪抹着泪水道：“我方才已经言明，服丧期间不问国事。先生与太后商议，我去守护先王。”说罢举步便走。“秦王且慢！”吕不韦肃然一躬，“王执公器，服丧不拘常礼，自古皆然。丧期之中，王虽不亲理国事，然大事不可不预闻也。当年宣太后主政之时，非但每事邀昭襄王共议，且必要昭襄王先出决断。太后母仪朝野，其心原不在摄政，而在锤炼昭襄王也。臣以为华阳后德非寻常，必不会以服丧之由拒秦王预闻重大国事。”华阳后被吕不韦点破心事，亦清楚听出吕不韦劝诫中隐含的强硬，一心不悦却不得不做大度，对嬴异人一挥手道：“晓得你只与母亲生分，要你走了么？回来回来，听了还要说，晓得了？”回头道，“先生便说，甚事要王书？”吕不韦正色道：“蒙骜三十万大军即将出关，须得立即止兵。”“呀！这件大事如何忘了？”嬴异人不禁恍然惊叹，眼角一瞄华阳后却没了声息。华阳后冷冷笑道：“先生已宣明了宣太后规矩，秦王自当先说了。”嬴异人略一思忖道：“先生之见甚是，非常之时当立即止兵。”华阳后一点头淡淡道：“只是先生想好，那班老将军为了出兵，只差要出人命，骤然止兵非同小可。此事须得那班老将军们信得过的老人去办，晓得无？”吕不韦欣然一拱手：“太后大是！臣当妥为谋划。”

“止兵王书成，太后秦王过目。”老桓砾匆匆捧来了铜盘。

嬴异人抢先捧起王书，展开在华阳后面前。华阳后点头说声好，嬴异人便将王书放入铜盘道：“长史用王印便了。”老桓砾道：“此书为特书，须三印成书，敢请太后新君用印。”嬴异人生平第一次用印，心头猛然一跳，摸着腰间道：“惭愧惭愧，我素来不带爵印，只盖母后印便了。”已经盖好王后印的华阳后非但没有责难，反而漾出一丝笑来：“晓得你长不大。老长史，立即派人到咸阳太子府用印，晓得无？”吕不韦急迫道：“臣正要先回咸阳物色赴军特使，秦王写一手书，臣带王书去太子府用印。”

王书妥当，古老的章台在晨曦中已经渐渐现出了城堡轮廓。

吕不韦大步出了书房，向城堡车马场走来，方进幽暗的永巷甬道，一个身影却蓦地闪了出来低声道：“先生慢行！”吕不韦止步端详，不禁大是惊讶：“方为新君，王何如此行径？”嬴异人喘吁吁道：“我印随带在身，快来用了。”吕不韦不禁大皱眉头道：“王做如此小技，臣不以为然。”嬴异人目光亮晶晶闪烁：“此女心机百出，哄得父王晕乎终生，左右得防她滋事。”吕不韦道：“执得公器便是王道。女子纵然难与，也当以正去邪，如此行径，王当慎之戒之。”说话间已经用了印，嬴异人收起铜印点头道：“不敢辜负先生所期，我只小心周旋罢了。”吕不韦叹息一声道：“服丧之期，王好自为之也。”一拱手匆匆去了。

进入咸阳，吕不韦的驷马快车径直驶向国尉府。

国尉司马梗是紧急止兵的唯一人选，这是吕不韦一开始便瞅准了的。司马梗非但是秦惠王时的名将司马错之后，而且是武安君白起时的老国尉，论军旅资历，比蒙骜一班老将还高着半辈。然则仅仅凭资历，战国之世也未必斡旋得开，在耕战尚功的秦国更是如此。这个司马梗却是资历与声望兼具，在秦军中可谓举足轻重。声望之根，是其人始终以“率军之才平平”为由，当年力主白起为将，自任国尉为秦军筹划后备粮草；白起死后，又力主昭襄王接受白起遗嘱以蒙骜为将，自己仍然甘当国尉。名将之后，知兵而不争将，谋国之大德。更难得者，司马梗数十年身居国尉不骄不躁，将秦军后备谋划运筹得滴水不漏，尤其是长平大战的三年，兢兢业业，保得秦国五十余万大军全无后顾之忧，到头来却总是将功劳推给当时的两任丞相——魏冄与范雎。秦昭王感念有加，几次要封司马梗为上卿，与丞相上将军同爵，都被司马梗固执地辞谢了，理由只一句话：“老臣无大才，若不欲老臣做国尉，老臣唯告退归隐也！”非但如此，每遇朝堂计议军国大事，甚或大将们商讨战法，司马梗都是坦率建言，绝不以明哲保身之道沉默避事。如此一个国尉，一班老将人人敬重，只他持书前去，断不致生出差错。

司马梗晨功方罢，正在厅堂翻检文书，忽见素无来往的吕不韦匆匆进来，虽颇感意外，却也郑重其事地请客人入座。吕不韦开门见山，入座一拱手便将夜来突然变故和盘托出。司马梗听得脸色铁青，不待吕不韦说出来意，陡然拍案插断：“连番国丧，新君未安，用兵大忌也！老夫愿请王书，立赴蓝田大营止兵！”骤然之间吕不韦热泪盈眶，深深一躬捧出了王书："这是三印特书，敢劳老国尉兼程驰驱。"司马梗慨然接书，回身一声高喝："堂下备马！六骑轮换！"吕不韦连忙道："战马颠簸，前辈还是乘车为好。"已经在快速披挂软甲的司马梗连头也没回："闲话休说！忙你的大事去，老夫掂不得轻重么！"吕不韦肃然拱手要告辞间，厅外战马一片长嘶，三名轻装骑士人各两马已在赳赳待命。司马梗提着马鞭大步出厅飞身跃上当头一匹火焰般的雄骏战马，喝一声"走"，两腿一夹暴风骤雨般去了。

吕不韦快步出门，立即驱车纲成君府邸。

"好个太子傅！老夫正要找人消磨，来得好！"蔡泽的公鸭嗓呷呷直乐。

"棋有得下，且先进书房说话。"

"书房闷得慌也，茅亭正好。"

吕不韦凑近低声一句："秦王四更薨去，老丞相好兴致？"

"胡说！此等事岂得笑谈？不想下棋走！"蔡泽脸色骤然涨红了。

吕不韦哭笑不得，拉起蔡泽大步走到茅亭下，倏地从皮袋扯出一卷竹简丢到石案上，"老丞相且看这是否王书？"蔡泽哗啦打开竹简一瞄，愣怔得一脸青紫大张着嘴喉头咯咯直响硬是说不出话来。吕不韦连忙一手扶住一手在蔡泽背上轻轻捶打，"老丞相莫急莫急，若非你逼我，不韦岂能从山墙下来？"

蔡泽呼哧呼哧大喘一阵，方才费力出声："吕不韦，你、你休得糊弄老夫！秦王纵去，弥留时岂能不召老夫？"吕不韦边捶打边道："老丞相盖世聪明，当知此中道理：秦王刚刚移驾章台，只有太子与华阳后及老长史随行，骤然发病，何能知会得诸多重臣？"

"岂有此理！"蔡泽一把推开吕不韦愤愤然嚷了起来，"莫非你也是方才知晓么？你太子傅能连夜奉书，老夫领国丞相竟是不能？秦王做了三十年太子，于公于私素来笃信于老夫，弥留时必召老夫无疑！果然未召老夫，其间必然有诈。你吕不韦是否矫书[1]亦未可知！"

[1] 矫书，假托君命发布君书。语出《公羊传·僖公三十三年》："矫以郑伯之命而犒师焉。"

虽是愤激之辞难免偏颇，蔡泽这番话却委实说得肃杀之极，直将吕不韦打一个“谋君矫书”的灭族罪嫌疑。吕不韦心下纵然清楚这个老人心病何在，却也不能不先刹住蔡泽这股疯焰，当下冷冷道：“纲成君固是丞相，然却不是开府独领，而是与太子嬴异人共领相权。秦王弥留，召君亦可，不召君亦可，何来必然之说？吕不韦虽非丞相，却是太子左傅。秦王弥留，托后为大。纲成君扪心自问：吕不韦与君，谁与太子更为相得？”

“……”蔡泽呼哧呼哧喘息着无话了。

吕不韦和缓语气道：“况且不韦也是三更被人唤起，蒙眬仓促不知所以，四更赶到章台，未到五更秦王撒手。华阳后多有微妙。太子无以措手足。吕不韦仓促安定章台乱局，纵想知会纲成君，哪里却来片刻时机？”

“秦国绝情，老夫只有挂冠去矣！”蔡泽一叹，愤然沮丧尽在其中。

“恕我直言，纲成君有失偏颇也！”

吕不韦慨然正色，决意要在这关节点上将话说开说透，“名士但入仕途，权力功业之大小，既在其人之才，亦在其时诸般遇合。譬如商君张仪范雎者，才堪砥柱又逢雄主，更在国势扩张之时，方得风云际会而成赫赫功业。所谓时也势也，此之谓也！君以计然名士之身入秦，却正当秦国收势，修养民力，对外止兵，对内息工，举国唯奉公守法生聚国力而已。当此之时，既无统筹军政对外争霸之可能，又无整治关中大修水利从而一展计然大才之机遇。君所能为者，皆清要政事也。君怀壮志入秦，二十年无赫赫建树而耿耿于怀，不韦诚能体察也！然则，此乃时势使然，非两代秦王不委君重任也。君自思量：自昭襄王任君为相，可有一宗军国大事避君而行？纵是不韦在邯郸秘密襄助嬴异人之举，君亦奉昭襄王密书遥遥运筹。凡此等等，若非功业，足下何以在尚功之秦国封为最高爵位？昭襄王一生铁面护法，不曾空赏一人，莫非足下偏能以‘人未尽才’而得封君乎？究其竟，君虽无壮举，然却有非常时期应急之功。当此之时，君本当以老臣谋国之风垂范朝野，以封君相职做纷纭乱局之中流砥柱。偏君耿耿于首相之权，孜孜于宏大功业，偏颇有加，事事求预闻机密，件件做权力计较，不若刻舟求剑乎？秦王痼疾骤发而死，朝野正在紊乱之时，君纵不效司马梗之风，亦当尽此首相职责也。然君皆不为，开口不问朝局安危，只在先王顾命之名分与吕不韦锱铢必较。较则较矣，亦当有节。平心而论，君若有骨鲠孤臣之风，以为吕不韦不堪顾命，尽可堂皇上书弹劾之！君若有名士大争之风，亦尽可行使相权与吕不韦较量政才！然正道君皆不为，偏以狱讼之辞欲置吕不韦于死地，不亦悲乎！”吕不韦戛然打住，从来都是一团春风的笑脸满面寒霜。

“嘿嘿，得理不让人了。”蔡泽听得脸色红一阵白一阵心中如五味翻搅，终归却撑出了一片艰难的笑。素称敦情厚义的吕不韦对他从来都是敬重有加，今日却有如此一番凌厉指斥，难堪是难堪到了尽头，想作更猛烈的反驳却是张口无言。根本处在于吕不韦说得句句在理，将自己入秦以来的心事赤裸裸剖白在光天化日之下，若再无理强三分死撑硬嚷，却是成何体统？“刻舟求剑，点得好！”思忖一阵蔡泽喟然一叹，“老夫今日始知，政道见识，吾不如子也！也罢，足下既为顾命，只说要老夫做甚！”

“纲成君，新王有书：你我同领相职。不韦何能指派于你？”

“甚、甚、甚！新王书命，你我同相？”蔡泽大是惊讶。

“老相若觉我不堪，不韦决意退相。”

“呜呼哀哉！蔡泽至于如此蠢么！”蔡泽陡然呷呷大笑，“老夫最怕无事可做，你若早说老夫有相位，至于枉自互骂一通么？”

“总是老相圣明。”吕不韦不无揶揄地笑了，“在这茅亭嚷嚷么？”

“走走走，书房！”蔡泽一拉吕不韦晃着鸭步出了茅亭。

两人在书房直说了整整一个时辰，眼看天色过午，吕不韦草草吞了两张蔡泽最喜欢的燕山麦饼匆匆告辞。蔡泽精神大振，立即跟出来呼喝车马赶到驷车庶长府，邀集“三太”忙乎国葬去了。

蒙骜王龁兼程回到咸阳，没有回府立即进了王城。

给事中将两人领进了东偏殿，吩咐侍女上茶，碎步疾走去了。片刻间老长史桓砾匆匆进殿，说新君连日疲惫昏睡未醒，只怕今日不能召见两位上将军。蒙骜脸色顿时阴沉下来："老夫奉三印急书赶回，新君何能不见？老长史可是如实禀报？"桓砾摊着双手连连苦笑摇头："上将军毋得笑谈，在下万万承受不起。"王龁霍然起身长剑咚咚点地："老长史兜甚圈子！君不见将，秦国几曾有过！老夫偏是不信！"老桓砾正在无可辩解，蓦然却见吕不韦大步进殿，连忙一圈拱手道："顾命大臣来也！两将军尽可与假相[1]议事，在下实在分不开身。"说罢一溜碎步走了。

吕不韦正要与蒙骜见礼说话，王龁赳赳大步过来道："敢问太子傅：上将军奉命紧急还都，新君不见，莫非章台之变不可告人！"如此强硬无理已经大非常态，蒙骜却铁板着脸无动于衷。吕不韦心下不禁一沉，思忖间肃然拱手道："少上造[2]若以为章台之夜有不可告人处，自可公诸朝野诉诸律法。若无凭据，还当慎言为是。"王龁怒冲冲道："老夫不知慎言！老夫唯知国不可一日无君！既为国君，何能召臣不见臣？老夫明言：若有人胁迫国君隐朝，数十万秦军绝不坐视！先王弥留之际，太子傅乃唯一顾命，对国君行止该当有个说法！"王龁为秦军资深猛将，战功卓著禀性刚烈，其少上造爵位比上将军蒙骜的大上造只低一级，若只从爵位说，比目下吕不韦的爵位还高出几级，情急之下大有威压之势。

"少上造之意，章台之夜是一场宫变了？"吕不韦冷冷一笑。

"你只说，新君反常，是否受制于人？"

"胁迫君王者，自古唯重兵悍将可为，他人岂非白日大梦？"

王龁正待发作，旁边蒙骜重重一个眼神止住，随即一拱手道："先生自可斟酌：朝局之变若告得我等将士便说，若涉密无可告知，老夫即行告辞。"

吕不韦肃然道："上将军乃国家柱石，何密不可预闻？上将军长子蒙武，更是新君总角至交。新君信不过上将军，却信得何人？"

"唯其如此，新君不见老夫，令人生疑。"

"上将军若一味心存疑虑步步紧逼，恕不韦无可奉告。"

---

[1]　假相，代理丞相。吕不韦此时正职为太子傅，丞相为特命兼领，朝臣依例视做假相。

[2]　少上造，秦军功爵位第十五级（共二十级）高爵。

“大胆卫商！敢对上将军无理！”王龁须发戟张长剑出鞘一个大步逼了上来。

吕不韦傲然伫立：“护法安国，死何足惜？王龁恃功乱国，枉为秦人！”

“老将军且慢。”蒙骜一步上前摁下了王龁长剑，转身冷笑道：“自承护法安国，先生当对目下朝局作个通说。隐而不说，难免人疑。”

“两位老将军如此武断[1]，我何曾有说话余地也！”吕不韦慨然叹息一声，“在下不期然临危顾命，与太后新王议定的第一道王书便是临难止兵，急召两位老将军还都。此应急首谋也，安得有不告之密？方才吕不韦从纲成君处匆匆赶来，亦是要迎候上将军先告章台之情。不想一步来迟，新王未曾立见上将军。此中因由，仓促间何能立时分辨？少上造不容分说先诛人心，竟指吕不韦宫变！如此威压，谈何国事法度？谈何共赴国难？”

王龁冷冰冰道：“你若信得我等，一班老军何消说得？”

“要说不信，只怕促成大军东出在外才是上策，何须急命止兵又召两将军入朝？”

“好了好了，来回倒腾个甚！”蒙骜拍掌长嘘一声，“朝局倏忽无定，一班将士疑云重重，老夫也是忧心如焚，失言处尚望先生见谅。”

吕不韦原无计较之心，只是面对这班自恃根基深厚动辄便疑外邦人背秦的老秦大将，不得不立定法度尊严，是以对两将军的武断气势丝毫不做退让。如今蒙骜已经致歉，吕不韦释然一笑，将两位老将军请到了东偏殿内室，备细将夜来章台之事说了一遍，末了叩着书案道：“如今诸事三大块：一为国丧大礼与新君即位大典，一为备敌袭秦，一为安定朝野。上将军以为然否？”蒙骜思忖点头道：“三大事不差。愿闻假相谋划。”吕不韦道：“两大国礼，已经有纲成君一力担承。其余两事如何摆布，不韦尚无成算，愿闻上将军之见。”蒙骜慨然拍案：“老夫职司三军，自当御敌于国门之外！安定朝野，却看假相运筹也。”吕不韦一拱手坦诚

[1]　武断，语出《史记・平准书》，原指乡间豪富只以武势主断曲直。后世引申为主观臆断。

道："上将军信我，不韦先行谢过。然则，目下情势多有微妙，以安定朝野最为繁难。不韦根基尚浅，自认斡旋乏力，尚要借重上将军之力。"蒙骜目光炯炯道："要老夫如何？但说无妨！"吕不韦直截了当问："若是上将军不赴军前，不知可有担纲御敌之大将？"蒙骜微微一笑："假相何有此问？秦军大将堪比老夫者不下五六人。面前老将王龁，是当年武安君时秦军第一大将，若非攻赵一败，王老将军当是上将军也。"吕不韦不禁肃然拱手："老将军国家长城，不韦敬佩有加！"王龁不禁满面通红慨然一拱手："王龁赳赳武夫多有鲁莽，国难在即，我等老军无不从命！"

"权衡朝局，上将军须亲留咸阳，并得调回蒙武将军。"

"蒙武职司前军大将，回朝甚用？"王龁陡然插断。

蒙骜略一沉吟断然拍案："老将军统兵布防，前将军改任王陵，蒙武回朝。"

"嗨！"王龁慨然领命。

"敢问老将军如何布防？"吕不韦特意一问。

"步骑十万进驻崤山腹地，策应函谷关；步军五万前出丹水谷地，策应武关；铁骑五万进驻河西，策应九原上郡；老夫亲将十万精锐驻守蓝田，驰援策应各方！"王龁毫无拖泥带水，显是成算在胸。

蒙骜对吕不韦点头道："防守不出，我军断无差错。"

"好！"吕不韦霍然起身，"敢请上将军王老将军去见太后。"

三人匆匆大步来到王城东部的王后寝宫，遥遥便见宫门已经挂起了一片白幡，进出的内侍侍女也都是一身衰绖满面冰霜，绕过影壁已闻哀哀哭声不断。吕不韦不禁一怔。蒙骜的一双白眉也拧成一团。王龁黑着脸一句嘟哝："未曾发丧先举哀，咄咄怪事也！"自来国丧法度：国府官文正式发布国君薨去的消息，谓之"发丧"；发丧之前事属机密，纵是知情者亦不得举哀；此谓，先发丧而后可举哀。如今国丧未发而后宫举哀，显然有违法度，三人如何不大感意外？吕不韦立刻唤过一名领班侍女前去禀报，片刻间侍女出来，将三人领进了已经成为灵堂的厅堂。

"敢问太后：未曾发丧而先行举哀，法度何在？"吕不韦径直一问。

华阳后正自哭得梨花带雨，闻言倏地站起："假相既说法度，老太子府举哀在前，便当先治！晓得无？你容她而责我，其心何偏！”

吕不韦淡淡道：“目下太后暂摄公器政事，非比寻常女子，若执意与名分卑微的夏姬锱铢必较，臣唯有诉诸王族族法，请驷车庶长府会同王族元老议决。”

华阳后顿时脸色铁青。自秦孝公始，秦国王族的族法也因应变法作了大修，较之国法更为严厉，执王族族法的驷车庶长府历来不参与朝政，只受命于国君监督不法王族。王族法的特异处在于：不经国家执法机构——廷尉府的审讯，驷车庶长邀集的元老会可径自审问处置被诉王族；凡涉及王族隐秘的妻妾与嫡庶公子等诸般丑闻争执，在难以清楚是非的情势下往往一体贬黜；对身居高位搅闹朝局而不便公然贬黜者，则几乎无一例外地密刑处决！唯其如此，秦国王族百余年来极少发生宫变式的内争，一旦发生也总能迅即平息，于战国之世堪称奇迹。若果真按此族法议决，华阳后在危难关头与先王一个“弃妇”作如此这般计较，其摄政德性会首先受到王族元老的质疑指斥，其摄政权力也必然会视种种情势而被以某种方式剥夺。总归是决无不了了之蒙混过关之可能。

“好呵，晓得你狠！”华阳后冷冷一笑吩咐左右，“撤去灵堂，各去衰绖。”一边说一边已经利落脱去了粗糙的缀麻孝服，现出了一身嫩黄色的丝裙与雪白脖颈间的一幅大红汗巾，艳丽窈窕风姿绰约，方才哀伤在倏忽间荡然无存。华阳后转身悠然一笑，“三位入座，有事尽说，晓得无？”

“上将军请。”吕不韦对蒙骜肃然一躬。

蒙骜径直对笑吟吟的华阳后一拱手冷冷道：“老臣无心坐而论道，只请太后速定将事，老臣立待可也。”毕竟华阳后心思机敏，浑然无觉般淡淡笑道：“军事缓亦急。这句老话我还晓得。上将军便说，要定何事？”蒙骜道：“请任少上造王龁为将，统兵布防御敌。”华阳后惊讶道：“王龁为将，上将军闲置么？”吕不韦一拱手道：“太后明察：上将军年来腰疾复发，急需治疗，臣请太后允准上将军所请。”华阳后眼波流动道：“晓得了，我等优哉游哉还落病，何况戎马生涯？上将军只管回咸阳疗病，王龁老将军统兵。”转身对吕不韦道：“你教老长史起书，拿来用印便是。”

“老臣告辞。”蒙骜王龁一拱手径自去了。

“假相还有事么？入座说了。”华阳后不无妩媚地笑了。

“臣有几事禀报。”吕不韦从容入座，将与蔡泽桓砾议及的国葬大礼与各官署急务等诸多国事说了一遍，末了恭敬地请华阳后作可否训示。华阳后叹息一声道：“你却为难人也！我入秦国三十余年，几曾问过国事了？纵是先王说及国政，我也是听风过耳，何曾上心了？同是芈氏楚女，我远无宣太后之能，也不以摄政为乐事。我只两宗事在心：夏姬色祸先王，罪不容赦！子楚即位秦王，毋得忘我恩义！你若主持得公道，我自会一心报之……”隐隐一声哽咽一串泪水滚落在晶莹面颊。

“太后之心，臣能体察。”吕不韦辞色端严，“臣为顾命，唯有一虑：目下先王未葬，新君亦未正位，国事决于太后，太后若孤行私意，秦国必乱也。臣请太后明心正性，顾大局而去私怨，如此朝野可安也。”

“我掌事权，尚不能决。朝野安定之日，只怕没有芈氏了。”

“以公器谋一己恩怨，虽王者亦败。此战国之道也，太后明察。”

“如此说来，你是不能指靠了？”

“臣不负先王所托，愿太后与新君同心。”

“可新君与我不同心，晓得无！”

“臣保新君不负太后。然若太后孤行一意，虽天地无保。”

“好了，我只记你一句话。”华阳后淡淡一笑飘然去了。

二　醇醇本色　殷殷同心

夜半时分，蒙骜刚刚与王龁议定了改变兵力部署的诸多紧要关节，家老急匆匆来报，说老长史桓砾捧王书到了。蒙骜对这个日间与他虚与周旋的老臣子很是不屑，只淡淡一句教那老吏进来，不去依礼迎接王书。桓砾一副万事不上心的淡漠神色，跟着家老进来，照着规矩宣读完了对王龁的任将王书，从腰间皮袋拿出一支铜管递了过来。蒙骜信手接过铜管打开，不禁大是惊讶。一方羊皮纸只有光秃秃八个大字——蒙武还都，务使密行！

“假相手笔？”蒙骜眯缝起老眼端详着这生疏的笔迹。

“此乃密书。”桓砾苍老的声音显得木然。

蒙骜哗啦一摇羊皮纸：“如此秃皮密书，老夫未尝闻也！”

“此等羊皮纸乃国君专用，入水可见暗印编号，天下没有第二张。”

“假相面君了？”蒙骜第一个闪念是吕不韦将蒙武事禀报了新君。

“假相暮时入宫，完书即被纲成君接走，前后不到半个时辰。”

稍一沉吟，蒙骜将秃皮王书递给了王龁。王龁端详片刻一点头：“没错！当年我代武安君为将进驻上党，昭襄王发来的也是这等王书，纵被敌方所获也难辨真假。只是，此时非战时，如此神秘兮兮做甚？”

“老长史可知密书所言何事？”蒙骜突兀一问。

“不想知道。”桓砾不置可否。

“新君处境艰危？”

“无所觉察。”

“也好！老夫奉命。”蒙骜正色拍案，“老夫却要言明：锐士入宫之前，新君但有差错，老夫唯你是问！”

“天也！”桓砾一摊双手哭笑不得，“王城护卫素非长史统领，我只管得文案政事，何能如影随形盯着国君也。”

“新君信你！”蒙骜大手一挥，“自古宫变出左右，老夫不认别个！”

“好好好，老朽告辞。”桓砾也不辩驳，只摇头拱手地佝偻着腰身去了。

蒙骜将桓砾送到廊下，回来关上厚重木门，与王龁又是一阵计议。四更时分王龁起身告辞，到廊下飞身上马连夜赶赴蓝田大营去了。马蹄声渐去渐远，咸阳箭楼的刁斗声在夏夜的风中隐隐传来，恍惚无垠山塬连绵军营如在眼前。蒙骜心绪难平，不觉向后园的胡杨林信步转悠过来。入得军旅四十余年，大战小战百余次，蒙骜从来没有过今日这般茫然。

嬴柱做太子时便与他敦厚交好，几乎是无话不可说无事不可托。二十多年前，嬴柱将孤独羞涩的少子嬴异人送到了他家读书。三年前，嬴柱又将立嫡无望的庶公子嬴傒亲自送到了他的帐下从军。但凡疑难危局，嬴柱都是第一个说给他听，不管他有没有上佳谋划。为免无端物议，两人过从并不甚密，然则紧要关头那份笃厚的信托是不言自明的。在蒙骜看来，嬴柱并非政道雄才，更兼孱弱多病，全然不是一个强势靠山。然则，嬴柱在大处从来不懵懂，对人对事既谨慎又坦诚，心有主见而无逼人锋芒，思虑周密而不失旷达。唯其如此，嬴柱做了数十年老太子，无功无过无敌无友，平淡得朝臣们竟往往忘记了还有这个老太子，寻常见礼直呼安国君者居多，鲜有对即将成为国君的成年太子的那种敬畏。不管是随时可能崩塌的病体所致，还是平庸寡淡的禀性所致，嬴柱总归是少了一种强势君主必然具有的威慑品格。然则，嬴柱毕竟在一个不世出的强势君王的五十余年的炫目光环下平安走了过来，你能说他是真正的平庸无能么？从心底说，蒙骜喜欢这样的嬴柱，甚至不乏赞赏。根本处，在于蒙骜觉得嬴柱与自己禀性有几分暗合，政道命运与自己的军旅命运更有几分相像。蒙骜也不止一次地觉察到，这个老太子同样赞赏自己，几是惺惺相惜。蒙骜始终相信，只要嬴柱能撑持到做秦王的那一天，他便能放开手脚与山东六国开打，为武安君之后的秦军重新争回战无不胜的荣耀与尊严！

人算不如天算，即位不到一年的嬴柱不可思议地去了，突兀得令人不敢相信。去则去矣，顾命之臣又偏偏是他最为陌生隔涩的新贵吕不韦。要说将在外不及召回受临终顾命，也是情有可原。然则，嬴柱给他这个最是堪托的通家“老友”竟连只言片语的叮嘱也没有留下，却使蒙骜老大不解，茫然之外不期然生出些许寒心——人但为君自无情，果真如此，世道何堪？

再说新君嬴异人，蒙骜虽略有所知，也都是那些已经变得很模糊的早年琐事了。如今的嬴异人已经年近不惑，从邯郸归来一直深居简出，除了在朝会上见过一次，蒙骜几乎连他的相貌都说不清楚了，谈何知底？此人一夜之间成了新君，举措却总是透着一股难以揣摩的诡秘，实在教人不知所云。揣情度理，但凡邦国危难朝局不明，国君第一个要“结交”的便是重兵大将，自古皆然。可这新君嬴异人非但不见他这个上将军，且连任将之权都交到了那个处处透着三分妖媚的太后手中，当真教人不可思议！若说未受挟制而甘愿如此，蒙骜无论如何不肯相信。然则若受挟制，又如何传得出密书？可若未受胁迫，又何须要蒙武密行还都？莫非新君在防范某种势力？防范谁？吕不韦还是华阳后？抑或还有别个？甚至包括他这个老军头？不，不会，新君绝不是防范他！若得防他，岂会召蒙武密行还都？如此说来，新君防范者不是吕不韦便是华阳后？虽说吕不韦于新君恩同再造又是顾命之臣，然则，往往正是此等人方使君王不安，当年商君之于新君秦惠王不正是如此？至于那个三分妖媚的华阳后，原本便该戒备提防。然则仔细参酌，似乎又都不可能。那么是提防纲成君蔡泽？也不会……自问自答，自设自驳，老蒙骜终归是云山雾罩莫衷一是。素称缜密的蒙骜第一次感到了智穷力竭洞察乏力政道之才实在平庸，章台之夜有三个关键人物，自己竟是个个没底处处疑云，想信信不过，想疑疑不定，何以提大军做中流砥柱？

……

夜幕消散，天倏忽亮了，夏日的朝霞匆匆挂上了树梢，幽暗沉郁的胡杨林顿时亮堂燥热起来。蓦然之间一阵童声在林间荡开："菲菲林下，酣梦忽忽，何人于斯，原是大父！"

"大胆小子！"蒙眬之中蒙骜嘴角连番抽搐，尚未睁眼一声大喝。

一个气喘吁吁满头汗水的总角小儿正顽皮地揪弄着蒙骜灰白的连鬓大胡须，陡闻大喝，小儿一骨碌翻倒却又立即爬开跳起拔出了插在旁边的短剑，一串连滚带爬既狼狈又利落煞是滑稽，坐起来的蒙骜不禁捧腹大笑。

"吾乃大将蒙恬是也！不是小子！"总角小儿挺着短剑奶声赳赳。

"呵呵，大酱倒是不差。忽而练筝，忽而练剑，甚个大将？"

"晨剑晚筝，大将正形！不是大酱！"

"好好好，是大将不是大酱。小子能找爷爷，记一功！"

"大父夜不归营，该当军法！"

"甚等军法？末将领受！"老蒙骜当即站起煞有介事地一拱手。

"罚修鹿砦三丈！"

"错也！"蒙骜板着脸大摇白头，"是拘禁三日不得与操。狗记性。"

“旧制不合军道！此乃蒙恬新法。”

“小子翻天也！甚处不合军道？说不出子丑寅卯看打！”

“大父懵懂！”总角小儿赳赳拱手奶声尖亮，“丁壮拘禁，不操不演，肥咥海睡，空耗军粮，算甚惩罚！罚修鹿砦，既利战事又明军法，还不误军粮功效，此乃军制正道！”

“噫嗨——”蒙骜长长地惊叹了一声，拍打着赳赳小儿显然凸出的大额头，“小子头大沟道多，有鼻子有眼也。小子再说，既不合军道，武安君做甚要立这等军法？”

“想不来。”小儿沮丧地摇摇头陡然红脸，“容我揣摩几日，自有说法！”

“好好好，小大将尽管揣摩，老大将却要咥饭了。走！”

“不能咥！”小儿一步蹦前张开两臂挡住又神秘兮兮地摇摇手，“大父附耳来。”蒙骜板着脸弯腰凑下，小儿搂住他脖颈低声说有人守在厅堂，大父不能去。蒙骜皱着眉头笑道，那教老大将饿肚皮么？小儿连连摇头，那人车中有一大箱酒，定然是想灌醉大父，大父一夜游荡未睡，沾酒便醉，不能去。蒙骜皱起了眉头，那人甚模样？知道是谁么？小儿大眼珠忽悠一转，该是吕不韦，没错！蒙骜大是惊奇，你小子如何知道吕不韦？小儿得意地笑了，父亲书房有张画像，写着吕不韦名字，与此人一模一样。蒙骜又是惊奇，噫！你父甚时有得吕不韦画像？小儿忽悠着眼珠咕哝，想想，我想想，三年前？对！三年前。蒙骜不禁哈哈大笑，吹牛号也！三年前你小子几岁？小儿陡然红脸赳赳，不管几岁，我记得清楚，说不准甘愿受罚！蒙骜连连点头，好好好大将无错，走，去看个准头。大父该大睡一觉，再会客不迟。小儿很不以为然地嚷嚷着。知道甚！蒙骜拉起小儿便走，老大将一日只要有个盹儿，打熬得十天半月，一宿不睡算甚？走！

等候在正厅的果然是吕不韦。

吕不韦也是一夜未眠。华阳后的明压暗示使他隐隐不安，从寝宫出来立即找到桓砾，说要即刻面见新君。桓砾沉吟片刻，找来了老给事中。

老给事中又找来了总管老内侍。老内侍虽然一直皱着一双白眉不说话，最终还是将吕不韦从密道曲曲折折领进了重重殿阁中一处最是隐秘的书房。新君嬴异人正在灯下翻检一只大铜箱中的竹简卷宗，对夤夜前来的吕不韦似乎很觉惊讶又很是木然，愣怔迷蒙得好似梦中一般。吕不韦见礼之后直截了当地禀报了华阳后与他的全部对话，申明目下朝局之要害首先在于新君与华阳后如何相处，该当未雨绸缪有个明确谋划。吕不韦话未落点，嬴异人焦躁得来回彷徨，直说太后要杀他，他已经几次看见了黑衣剑士的影子在王城飞来飞去，他先要藏匿起来躲过此劫，否则万事皆休！

“太后起动了黑冰台？”吕不韦思忖一问。

“对对对！正是黑冰台！先生如何知道？”嬴异人惊恐万状。

“敢问君上：第一次知道黑冰台，可是在邯郸之时？”

“是……是在邯郸。”嬴异人眼珠飞转，终于点了点头。

“敢请君上出舌一望。”

嬴异人稍一犹豫，还是走到了吕不韦案前的侍女铜灯下席地而坐伸出了舌头。吕不韦打量一眼又淡淡一问：“君上梦中凶险追杀可多？”“对对对！”嬴异人连连点头不胜惊恐，“万千绳索捆缚！野狼虎豹吞噬！刀剑逼喉、烈火灼身、暗夜深潭、丛林蟒蛇，森森白骨，甚都有！邯郸归来尤多噩梦，白日卧榻也是不得安生……”大喘着粗气说不下去了。

“君上已患心疾。此疾不祛，君上危矣！”

“甚甚甚？心疾？未尝闻也！”嬴异人陡然一笑，尖涩得如同夜半枭鸣。

吕不韦心中一抖，脸上却悠然一笑：“君上且安坐片刻，闭目从容调息，想想春夜茅亭你我与毛公饮酒趣谈，信陵君府邸的兵法论战，邯郸郊野的胡杨林，还有那长夜不息的秦筝……岂非其乐融融，叹我人生苦短矣！”

缓慢散淡而又闲适的语调如朦胧春风掠过，嬴异人竟情不自禁地闭上了眼睛，脸上也渐渐有了平和的笑意。良久，嬴异人蓦然睁开眼睛瞅着铜人灯惊讶道："噫！我似蒙眬睡去，何以没有做梦？怪哉！"

"其心入斋，怪亦不怪也。"吕不韦轻松地笑了。

"先生通晓方士法术！"嬴异人神色惊讶地陡然站起。

"便是方士之术，又何须一惊一乍？"吕不韦微微一笑轻叩书案，"君上且静神安坐，只想那胡杨林春夜秦筝，臣之说叨，权且当做清风掠过原野耳。"见嬴异人果然闭上了双目，吕不韦的缓缓侃侃如悠悠春水散漫流淌，"臣杂学尚可，亦算通得医道。心疾者，古来有之，鲜为人知也。然既为疾，自能医之，无须惊恐也。医谚云：舌为心之苗，心开窍于舌。君上舌晕混沌，若疮若糜，足见心乱神迷也。何谓心乱神迷？心主两功，一运血脉，一藏神志。此所谓'心藏脉，脉舍神'。心乱，则神不守舍。神不守舍，则心术不正矣。何谓心术？《管子·七法》有说，'实也，诚也，厚也，施也，度也，恕也，谓之心术。'凡此六者俱备，则能使心无为而治百窍，故谓心术。心术正，人能以常情揣度事理，不致偏执，不致昏乱。反之则神出心舍，恍惚失察，疑窦丛生，惊惧无度也。此等心疾诚不足畏，唯入心斋而已。"

"何谓心斋？"嬴异人闭目发问，呓语一般。

"心斋者，虚明之心境也。"吕不韦舒缓如吟诵，"庄子作《人间世》有说：唯道集虚，虚者，心斋也。何谓虚？明也，空也，气也，一志之心境也。虚而待物，心斋成矣。心斋成，则有容纳万物之心，对人对事无听之以耳，而听之以心；无听之以心，而听之以气；听之以气，则无感其名，无受物累，是谓形坐而神驰，万物化于我心也……"[1]

蓦然，嬴异人有了时断时续的呼噜声……吕不韦疲惫地笑了笑，打了个长长的哈欠，揉了揉干涩的眼睛，提起书案上的木翎笔拉过一张羊皮纸写了起来。写罢招手唤过悄悄守在大屏旁边的老内侍低声叮嘱几句，径自去了。

雄鸡长鸣的黎明时分，吕不韦的辎车辚辚出了王城，直接到了城内

[1]　心斋说源于庄子，原本是中国原生文化中独有的内省哲学，宋代之后仅仅被看做一种修养境界。

那座四进庭院的官邸。原来，陈渲与西门老总事见吕不韦前日深夜被急召章台，心知定有变局，立即派莫胡带着几个仆役侍女进了城内府邸收拾，又派一个精干武执事专门跟踪吕不韦车马行止，叮嘱务必在“歇朝”时刻将吕不韦接回府邸打尖歇息。谁知一日一夜之间吕不韦毫无消息，已经赶到城内府邸守候日夜的西门老总事坐立不安，索性守在门厅死等，若天亮依然没有主人消息，便要亲自出马探听了。正在此时，吕不韦辎车在朦胧曙色中辚辚回府，西门老总事匆匆迎过来，一声先生未叫出口，已软在了门厅之下。

吕不韦连忙下车，吩咐两个年轻仆人扶老总事去歇息。又回身对闻讯赶来的莫胡一班人叮嘱，日后要一如往常，不许这般铺排等候，国有法度，朝有规矩，我能泥牛入海了？莫胡连忙与几个仆役侍女熄灭灯火关闭大门，而后吩咐仆役侍女各去安歇，才领着吕不韦进了后院水池边的一座小庭院。吕不韦记得城内府邸的寝室是在第三进与书房相连。这座小庭院却似乎是一处客寓，便问如何要到这里来？莫胡说这是西门老总事谋划，她也不晓得原由。吕不韦不再多问，进得前厅刚靠上坐榻，软过去扯起了鼾声。

蒙眬之中吕不韦觉得有异，费力睁眼，莫胡捧着他的双脚在热水中轻轻揉搓，一个激灵清醒过来道：“不能耽搁，卯时还有要事，浴房有凉水么？”莫胡叹息一声说有，你去冲凉我去备膳，放开吕不韦双脚起身飘了出去。吕不韦进了浴房一摁机关，板壁高处两桶凉水涌泉般连续浇下，浑身一阵沁脾清凉，及至穿好衣裳，顿时觉得清爽了许多。回到前厅，长案上一鼎一盘一爵已经摆置停当，莫胡正跪坐案前开启酒坛。吕不韦眼前一亮摇手道：“莫胡且慢！可是那几桶兰陵酒？”莫胡回头一笑：“是也，夫人吩咐搬过来的，说先生最喜好了。”吕不韦点头笑道：“没错没错，只不过此酒有用，快都搬到车上去。”莫胡说声好，推着那辆小酒车出厅去了，须臾回来见吕不韦正在厅中四处打量，不禁笑道：“先生不用饭，转悠甚来？”吕不韦陡然一个响亮的饱嗝高声道：“已经用过，官衣搁在何处了？”莫胡走过食案一看，鼎盘已空，汤汁狼藉一片，不禁大是惊讶。在她的记忆中，主人历来都是从容不迫的，纵然一个人用饭也是整洁如仪，如何今日这般狼吞虎咽？心念一闪道："先生稍待，我去拿官衣。"飘了出去倏忽回来，一套折叠整齐的簇新官衣捧在手上。吕不韦眉头一皱道："新官衣硬邦邦太过板正，还是方才那套好。"莫胡惊讶笑道："方才那身汗津津湿透不知几番了，坐处揉得没了形，我已交浆洗坊了。"吕不韦依然皱着眉头："再没软旧衣裳了？"莫胡撅着小嘴嘟哝道："新官不到一年，哪里来的旧官衣？此等衣裳又不许自制，人有甚办法？要说也是，尚坊制得官衣总浆洗得硬邦邦，哪有自家丝麻衣裳随身了？"

"对也！拿一身自家常衣。"吕不韦陡然拊掌笑了。

"先生，莫胡无心之语……"

"岔了岔了。"吕不韦见莫胡委屈得泪水盈眶，连连摇头，过来轻轻揽住她肩头凑在耳边轻声说得一阵。莫胡娇媚地一笑一溜碎步飘了去，片刻捧来一身轻软的细麻布衣裳，利落地侍奉吕不韦换下浴房大衫，再用一支长大的玉簪穿好吕不韦梳理整齐的发髻，一个大袖无冠的布衣士子一团春风地活现在了眼前。

"昔日先生又回来也。"莫胡不禁喃喃感慨。

"好！我去了。"吕不韦拍拍莫胡肩头匆匆便走，又蓦然回身叮嘱："你回报夫人，说这几日不能回庄，索性她也过来算了。"说罢大步出了庭院。

清晨的咸阳城是忙碌的，店铺开张官署启门，长街大道处处都在洒扫庭除到处都是行人匆匆。谚云：农忙百业忙。目下正当夏熟大收时节，抢收抢种抢碾打抢储藏抢完粮，整个秦川都火爆爆地忙碌着。当此之时，无论国事朝局发生了多么突兀的隐秘的值得人们关注的变化，国人都不得不在紧张繁剧的劳作中淡漠置之。毕竟，实实在在的日子是要永远地辘辘转动下去的，任何陡然泛起的波澜都无法改变这亘古生计的河道。

吕不韦的垂帘辎车避开了熙熙攘攘的长街大道，只在僻静的小街巷穿行，原本可径直到达的短短路程，曲曲折折绕了近半个时辰。在国人匆匆的农忙时刻，吕不韦实在不堪华车招摇过市所招来的异样目光。曾经是三十余年的老商旅，吕不韦很是清楚整个五月对农人对工商对国人乃至对整个邦国意味着什么。去岁夏熟秦川遭老霖雨大灾，今岁夏熟便显得尤为不同寻常。作为顾命假相，他此时本该巡视乡野督导农忙减赋免税。可是，他实在是须臾不能离开咸阳，只能在王城与大臣府邸间走马灯般周旋。目下要去造访的上将军蒙骜，正是急需与之周旋的一个人物。

蒙骜对吕不韦的清晨上门确实感到意外。

小孙子蒙恬说是吕不韦，蒙骜根本不信。一个六七岁的小孩童说厅堂有个他三几岁时见过的客人，纵是分外认真，谁个又能放在心上？依蒙骜所想，来者必是蔡泽无疑。无论如何，这个老封君目下爵位最高又兼领相职，是动荡朝局中的强势大臣之一。若从常态权力看去，丞相与上将军从来都是最重要的两根支柱，与国君一起构成了一个支撑国家的权力框架，在邦国危难之时，这个框架的稳定更显得赫赫然无可替代。然则，此次朝局仓促生变，一相一将都没能临终顾命，而恰恰教一个爵位中等又无甚事权的太子傅成了顾命大臣，在秦国成了史无前例的“怪局”。尽管局势怪诞，然朝野瞩目者依旧是军政两大臣。蒙骜相信，只要这农忙五月一过，朝野议论必然蜂起，力促将相合力稳定朝局。在老秦人眼里，这个相不会是吕不韦这个“假相”，而是蔡泽这个老相。狡黠的蔡泽不会想不到此，能想到此则不会不与他通气。从心底说，蒙骜对蔡泽很不服膺。这个计然派名士除了农事沟洫一班经济事务，其余才能实在平平，机敏有余气度不足，总是敞着嗓子呷呷议论，无论是昭襄王暮政还是嬴柱即位的新政，蔡泽都没有展示出总揽全局的开府领国气象。蒙骜也知道，蔡泽对两代秦王总派他处置无关痛痒的风光大典很是牢骚。但蒙骜更清楚，你这个纲成君也就如此摆置最适合，真要你担纲大局，只凭你那见人呷呷乱嚷却总是切不准要害，你便做不得开府丞相。就实说，你也做过一年，有了甚名堂？说昭襄王雄主守势压了你才，纯然胡话！秦孝公不强么？秦惠王不强么？那商君张仪为何有声有色权倾朝野？没大才便没大才，偏偏地要嚷嚷时势耽搁了你，哼哼，只凭此点老夫也看你不入眼也。那个吕不韦虽是商人底子，然处事之沉稳言语之精当，紧要处之果决严厉，当真还比你这个老相强得几分……然则无论如何，时也势也，这个吕不韦不知根底，目下能齐心协力者还只有指靠这个蔡泽，否则国事千头万绪，没个众望所归的丞相如何理得顺了？这个蔡泽也当真懵懂，老夫仓促还都无法脱身，你究有何等要务缠身，一日一夜竟不来找找老夫，今日才想得起来也，哼哼，好你个记性……

“上将军，我已等候多时也。”吕不韦笑吟吟迎了出来。

“……”

骤然之间蒙骜心下一片空白，使劲揉了揉老眼才回过神来笑着一拱手，“啊，太子傅到了，老夫眼拙，见谅见谅。”吕不韦打量一眼笑道：“老将军这是夜宿林下了？”蒙骜不禁惊讶：“噫！你却知道？”吕不韦道：“商旅三十年，我也是山林野宿常客。老将军甲胄上落叶片片，脸膛一片干涩，不是晨功了。”“不差不差。”蒙骜呵呵笑了，“老夫夜来只说胡杨林转悠一番，不想蒙眬了过去，毕竟老也。”吕不韦不禁喟然一叹：“老将军如此操劳，不韦惭愧也！”蒙骜目光一闪突然哈哈大笑：“风马牛不相及，八竿子打不着，你太子傅惭愧个甚来？来来来，入座说话。”

吕不韦方得入座，蒙骜突然揉揉眼不无揶揄地惊讶道：“噫！太子傅一身布衣，不做官了？”吕不韦坦然一笑：“官衣浆洗得梆硬，天热不吸汗。左右老将军是前辈，不韦卖小自在一回，老将军只管笑骂。”蒙骜啪地一拍掌：“前辈不敢当，话却说得是！老夫最不喜那新官衣，又轻又硬又不贴身，上身活似一桶水，还不如这一身沉甸甸铁甲，不穿好不穿好。”吕不韦一拱手笑道：“人说军旅多实话，果不其然也。”蒙骜边脱甲胄边道：“人只本色便好，关军旅甚事？”

“小公子进来。”吕不韦突然笑对门外一招手，“偷觑个甚？进来也。”

门外不断伸头的红衣小儿大步赳赳进来，陡然站定一拱手：“我乃蒙恬是也！我大父十八个时辰没有用饭，该当如何？”挂好衣甲的蒙骜回身一挥麻布大袖板着脸道：“小子又来鼓捣！去去去，罚练二百大字，午后交出！”吕不韦连连摇手道：“且慢且慢，我倒以为小公子说得有理。老将军昼夜无吃无睡岂能熬得，该当先用饭再歇息，不韦改日再来拜访。”蒙骜哈哈大笑：“此儿老夫长孙，小子说叨多，听他摆布忙活死人。”转头厉声吩咐，“小子去传军令：给老爷爷上饭上酒！”小蒙恬对吕不韦赳赳一拱手道：“先生通达，蒙恬得罪！”提着短剑昂昂去了。

“此儿不可限量也！”吕不韦喟然一叹。

“足下通得相术？”蒙骜淡淡一笑。

“何须通晓相术？”吕不韦轻轻叩着书案，“谚云三岁看老。此儿发蒙之期有勃勃雄心，才兼文武，天赋神异，来日定是一代英杰。”

“那是你说也。”蒙骜轻轻叹息了一声，“此子太过聪明，时常教人无言以对。唯其如此，老夫每见此儿，总是不由自主地想到一个人，心下总是一揪一揪……”

“若不韦没有猜错，老将军心头之人是赵括。”

“正是也！”蒙骜啪地拍案，“赵括五岁称神童，十二岁与赵国诸将论书谈兵，难倒其父马服君赵奢。可后来如何？葬送了赵国六十万大军啊！老夫当年亲临长平战场，那赵括实在是可惜，英风烈烈天赋过人，却死得教人心疼……”

“老将军多虑了。”吕不韦悠然一笑，“我对赵国尚算熟悉，蒙恬之于赵括，至少两处不同：其一，禀性根基不同。赵括飞扬活脱，少时辄有大言，轻慢天下名将，与人论兵论战，攻其一点不及其余，纵有所短也不知服输，过后亦从无内省之心。小蒙恬不同，极有主张，却认事理。以方才而论，本心分明是担心大父辛劳，想要客官告辞；然老将军执意留客，小蒙恬便向我致歉谢罪。五七岁能知事理，分辨得何为通达何为执拗何为自失，且知过而能改，此等心气禀性，赵括几曾有过？其二，门第之教不同。马服君赵奢一战伤残，教子缺乏心力，更兼盛年病逝，致使赵括少年失教，弱冠之年承袭高爵，一发张扬无可顿挫，心底便没了沉实根基。小蒙恬则既有大父之慈教，又有父亲之严教，及至加冠，亦决然不会失教而流于无形。有此两不同，老将军大可放心。”

“先生此说，大是新鲜。”蒙骜朗朗一笑，“然揣摩之下，还当真有几分道理[1]！”

---

[1] 道理，语出《庄子·天下》：“是故慎到弃知去己，而缘不得已，泠汰于物，以为道理。”

正在此时，家老领着四名女仆提着饭篮抬着食盒逶迤进门。家老笑说不知大宾到府，未及备下客宴，便依着上将军平日吃法上了，先生包涵。说话间四名女仆已经将食案摆好。吕不韦面前是两盆两碗一盘：一大盆热腾腾肥羊拆骨肉，一大盆绿莹莹鲜汤，一大碗白光光小蒜葱段，一小碗灰乎乎秦椒盐面儿，一大盘外焦内白的切片厚饼。再看蒙骜面前大案，吕不韦不禁咋舌。一张硕大的食案，整整半只酱红油亮的烤肥羊雄踞一方大铜盘，两侧各是大盆大碗的绿汤厚饼小蒜小葱摞起，堆得满当当小山也似。

"上将军如此食量，直追老廉颇矣！"

"老夫常量而已！"见吕不韦惊讶神色，蒙骜不禁哈哈大笑，"秦将有三猛，王龁、王陵、桓龁，每咥必是一只五六十斤整肥羊。老夫才半只，实在算不得甚。"

"一只羊！五六十斤……"吕不韦第一次目瞪口呆了。

"也不稀奇！"蒙骜笑道，"你只想想，战场之上不是驰驱搏杀，便是兼程疾进，片刻歇息也只能啃块干肉干饼罢了。但能扎营造饭，谁个不是饥肠辘辘腹如空谷，能咥半只羊者比比皆是，不稀奇不稀奇。先生知道不知道？武安君当年定下的招兵法度第一条，便是看吃饭多少！后生一顿吃不下五斤干肉两斤干饼，不能入军。长平大战时武安君白起已经年逾六旬，每吃还是大半只羊。至于老廉颇，与老夫相差无几，军中常量而已！"

"大秦猛士，真虎狼也！"吕不韦脱口而出，忽然觉得不妥，心念一闪正不知要不要圆场，却见蒙骜拍案大笑："秦有虎狼之师，天下之大幸也！这是谁说的？张仪？同是老秦人，孝公商君之前如何一盘散沙私斗成风？孝公商君之后，何以立地成了虎狼？变法之威也！六国欲抗秦，唯师秦而抗秦。不欲师秦变法，却求灭秦之国，南辕北辙也！唯其如此，秦有虎狼之师，天下之大幸也！……呵呵，惜乎老夫笨拙，只能说个大意也。"

"天下第一利口，张仪无愧！"吕不韦不胜感慨，"纵横无私，大道无术，将变法强国之道明明白白倡给敌手，公然'资敌'，偏偏却成天下第一王霸之法，神乎其智也。”

蒙骜一边点头一边道：“来来来，不说虎狼了，开咥！”捋起衣袖正要上手撕扯烤胡羊，又恍然笑道：“老夫糊涂也，还得给先生说说这几样粗食来历……”

“大父但咥，我对先生说！”小蒙恬突然连跑带走蹿进来，对吕不韦一拱手又做个鬼脸低声笑道：“大父这老三吃说法，我早背熟了。”又突然昂昂高声，“先生请看，这是胡羊烤，匈奴战俘传来。这小碗是秦椒[1]搅的盐面儿，手抓肉块蘸这咸辣物事吞下，最是上口！此物顶饥耐战，如今是秦军大将主食。这是大秦锅盔，长平大战秦军创下的硬面大烙饼，一拃厚[2]，大砖头也似。坚实耐嚼又顶饥，好揣好带不易坏，如今是秦军常食，老夫每顿必咥！这是苜蓿炖羊汤，苜蓿说是苏秦之父从西域带回流传开来的马草，开春头茬，麦熟时二茬，最是肥嫩鲜香，入得任何肉汤。老苜蓿喂马最好。老夫引进军中，人吃马也吃，目下是军营主汤。蒙恬代大父禀报完毕，先生开咥，告辞！”红影蹿动一阵风去了。

“生子若蒙恬，夫复何憾也！”吕不韦大笑着拍案一叹。

正在大嚼大吞的蒙骜挥着一只羊腿也不看吕不韦，只兀自咕哝道：“这小子，甚事都是听一遍便自己经过一般。老夫无意絮叨些许琐事，嗨！他偏偏都装了进去，还能再说出来。老夫素来不喜太灵光之人，嗨！偏偏有了如此这般一个孙子，没办法没办法……”奖掖中又实实在在地透着几分隐忧与无可奈何。

“天生其才，自有遇合，老将军何须杞人忧天也。”

“也是！莫斯文，上手吃，筷子不给劲！”

“好！上手！”吕不韦平生第一次捋起衣袖伸手抓起大块羊肉猛一蘸秦椒盐面儿吞咬起来，一时满嘴流油手脸一片黏滑，心下大是快意。蒙骜素闻吕不韦衣食整肃，府中颇多讲究，如今却欣然与他一般本色吃相，

[1] 秦椒，调味物，并非后世传入中国的红辣椒。春秋战国时至少有三种椒：蜀椒、秦椒、胡椒。《齐民要术》录《范子计然》云：“蜀椒出武都，秦椒出天水。”然天水地名自西汉始（秦时为上邽），《范子计然》为春秋著述，疑地名有误，推测当在秦地无疑。

[2] 一拃，秦地流传至今的古方言，拇指与食指最大限度张开的长度。

顿时对这个商人名士生出好感，不觉挥着一只羊腿呵呵笑着连声喊好。

“噫！老将军吃肉不饮酒么？”吕不韦恍然抬头。

“酒？”蒙骜举着羊腿一愣随即恍然大笑，“糊涂糊涂！老夫是军中不饮酒，心思竟没转得过来。来人，上酒！”

“老将军喜好甚酒？”

“临淄酒。”

“正好！不韦带来四桶百年兰陵酒。”

“楚酒没劲道！老夫素来只饮赵酒秦酒临淄酒，左右只要粮食酒！”

“老将军有所不知也。”吕不韦也晃悠着一块拆骨肉笑道，“兰陵[1]恰在齐楚交界，沂水桐水正从齐国来，与齐酒无异也。兰陵酒坊在苍山东麓，沂水之阳桐水之阴，加之苍山多清泉，辄取沂水桐水苍山水，三水以百果酿之，酒汁透亮而呈琥珀色，其味醇厚悠长，百年窖藏者更称稀世珍品也。当世大家荀子所以应春申君之请，屈就兰陵县令，与这兰陵酒不无干系也！”

“当年孟尝君喜好此酒么？”

“正是！战国四大公子以春申君最好此酒，苏秦亦然！”

“只怕还得再加先生一个。”

“老将军圣明也！”吕不韦哈哈大笑。

“好！先生推崇此酒，老夫今日破例。来人，搬酒。”

片刻之间，一口勒着两条铜带的精致大木箱抬到了厅中。两个女仆左右端详却是无处开启。吕不韦笑道：“我来我来，这百年兰陵是专酿专藏专送，酒箱有专制钥匙。”蒙骜丢下光溜溜的羊腿骨不无揶揄地笑道：“光看这口红木大箱便值得几金，好张致！”吕不韦不禁笑道：“老将军对货殖一道，却如吕不韦之对军旅。这一箱四桶，要约期十年才能到手，猜猜价值几何？”蒙骜两手一拍：“百金天价！如何？”吕不韦大摇其头张开一手：“五百金！若是今日，只怕我也买它不起了。”“天也天也！”蒙骜不禁连连惊叹，“只怕老夫要喝金水了也！”

---

[1]　兰陵，战国楚县，今山东苍山县兰陵镇。

吕不韦一时大笑，打开嵌在箱体的暗锁，逐一取出了四只酒桶。蒙骜过来啧啧转悠着打量，只见这四只酒桶一式的本色红木，三道铜带箍身，桶底桶盖全是铜板镶嵌，桶盖刻一副似山似水山水缠绕的徽记，桶身刻着三行小字，分别是采果师酿造师储藏师的名字。蒙骜不禁喟然一叹："向笑买椟还珠者愚不可及，今日始知可能也！"吕不韦笑道："人云世有精工，唯楚为胜。如今吴越两地也归了楚国，这句商谚倒是不虚了。"

"好！并案！开酒！"蒙骜大手一挥，几名女仆在两张满当当的食案间又摆了两张只有酒具的酒案。四案相连，饮者座案相对利于对饮畅谈，谓之"并案"。酒案并好，一名小女仆便要打酒，蒙骜却道："莫忙莫忙，这物事金贵，是否还有讲究，听先生吩咐了。"

"今日不讲究。"吕不韦爽朗笑道，"原是还有荆山玉爵两尊、长柄镶珠酒勺一支，今日全免，只用这大碗木勺，否则如何与猛士吃法匹配！"

"好！便是这般。先生入座，打酒！"

桶盖叮当开启，一股浓郁醇厚而又不失凛冽的奇特酒香顿时弥漫整个大厅。蒙骜情不自禁地深深一个吐纳，兀自闭目喃喃惬意之极。蓦然睁眼，吕不韦也是默默闭目吐纳，打酒侍女已是满脸红潮气息急促，长柄木勺正要伸出嘤咛一声软软倒地。当真好酒也！蒙骜不禁拍案，家老快来，换人打酒！

白发苍苍的家老闻声赶来，却在厅门"噫"的一声惊叹止步。蒙骜闻声出门，却见小蒙恬蜷卧在门厅大柱下满脸通红晕乎乎睡了过去，不禁大乐，好小子！偷觑却成醉鬼，该当！及至吕不韦醒神出来，小蒙恬已经被一名使女抱走，蒙骜依旧在廊下兀自呵呵长笑。吕不韦笑道，没料到这百年兰陵如此厚力，竟能闻醉侍女小公子也。蒙骜一拍掌，老夫何尝不是头一遭闻酒则喜，走！开饮！

酒入陶碗，荡开一汪琥珀色澄澈透亮，长柄酒勺上点点滴滴细丝飘摇，旁边家老直是啧啧惊叹："世间何有此酒？分明蜂蜜[1]也！"蒙骜大

---

[1] 蜂蜜，中国养蜂至迟始于西周。《诗经·周颂·小毖》："莫予荓蜂，自求辛螫。"春秋战国时蜂蜜已经是上层普及之物，用以浸渍食物果品或做单饮或入药治病。

笑道："好！便做蜂蜜饮它一回！"慨然举起陶碗，"老夫初尝此酒，权且做个东道，干！"吕不韦举碗笑道："我好兰陵，却也是头一遭饮这老百年，便借此酒为老将军添几分军威！干！"两只陶碗当地一碰，两人咕咚咚一气饮干，及至哈出一口长气，两人脸色同时一片殷红。

蒙骜不禁拍案赞叹："醇和厚力，贯顶沁脾，绝世美酒也！"吕不韦笑道："委实好酒！只我这腹中火热，须得边咥边来！"说罢连忙转身在自己的食案上抓起一大块拆骨肉吞了下去，"来，再干！"蒙骜哈哈大笑："好好好！许你边咥边来。此等美酒，不胜酒力者少饮也罢！"吕不韦笑不可遏连连摇头："东道主劝客少饮，未尝闻也！不行不行再干！"一碗饮下，吕不韦又连忙抓肉，额头已经泛起了豆大汗珠。蒙骜也兀自惊讶道："噫！两碗酒便浑身发热？来，脱了大衫再干！"说罢扯下麻布长袍，抓开束发玉簪，一身粗布短衣一头灰白散发一脸殷殷红光，活脱脱一个威猛豪侠。吕不韦大是心痒，二话不说也扯去大袍散了长发，顿时英风飞扬，与平日的醇和持重判若两人。

再连干三碗，两人都是满面红光大汗淋漓一脸一身热气蒸腾。蒙骜连连惊叹，人如蒸饼竟是不醉，奇哉快哉！鸟！精身子[1]干！一把扯去粗布短衣，赤膊打坐当厅。吕不韦身子轻快得要飘将起来，一股大力在体内升腾不息，直觉自己无坚不摧，也一把扯去贴身短丝衣与蒙骜赤膊相对。蓦然赤膊对面，两人你看我我看你，不禁同时纵声大笑——蒙骜是油汪汪汗渍渍疤痕累累，粗壮结实的身躯如嵯峨古岩凛凛铜柱。吕不韦是红光光白生生水淋淋，胸口唯一的钱大伤疤反倒衬得一身肌肉分外晶莹，几是一条出水红鱼。

"昨日今日，物是人非也！"一阵大笑，蒙骜眼中骤然溢出了滚烫的泪水。

"赤膊吃酒，老将军还有过一回？"吕不韦兴味盎然。

"生死酒，老夫岂敢忘也！"蒙骜喟然一叹，"那是长平血战的生死关头，我军与赵军在上党相持三年未决胜负。赵军以赵括换廉颇为将，

---

[1]　精身子，秦地流传至今的古方言，即光膀子。

对我军转取攻势，要一战灭秦主力大军。武安君秘密赶赴军前统帅大决，也要一战摧毁赵国主力大军。当此之时，两军浴血大战势不可免。部署就绪之后，武安君下了一道异乎寻常的军令：各营一夜痛饮，将士各留家书，从此不灭赵军不许饮酒！此令一下，上党的沟沟峁峁都沸腾了起来！谁都知道，这是大战前的生死酒，是老秦人的安魂酒……各个营寨都悉数搬出了藏酒，燃起篝火开怀痛饮！夜半时分，人人都打赤膊精身子，举着粗陶碗搂着抱着唱着那支军歌，代写家书的军吏挨个问将士们最后的心事，竟然没有一个人理睬，手之舞之足之蹈之，漫山遍野只有笑声歌声吼叫声……刁斗打到四更，武安君派出的中军司马分路奔赴各营收集家书，各营交上来却都是一面面‘秦’字军旗，旗上全是密密麻麻的血指印。那一夜，老夫生平第一次精身子，生平第一次喝下了整整两坛烈酒，吼唱得喉咙都哑了……”

“不吼不唱不过劲，该当如此！”

“你可知道秦军的‘无衣歌’？”

“知道！”

“来！一起唱他一回！”说罢，蒙骜操起插在烤胡羊身上的那支青铜短剑拍打着大案唱了起来，沙哑激越的嗓音直荡开去：“岂曰无衣，与子同袍！王于兴师，修我戈矛，与子同仇！岂曰无衣，与子同泽！王于兴师，修我矛戟，与子偕作！岂曰无衣，与子同裳！王于兴师，修我甲兵，与子偕行——”

长歌方落，吕不韦感慨万端：“重弦急管，慷慨悲歌，秦风也！”

“噫！你如何没唱？”蒙骜甩着汗水气喘吁吁。

“素闻同唱此歌皆兄弟。不韦，只怕当不得也。”

“岂有此理！”蒙骜赳赳拍案，“精身子相对，蒙骜当不得你老哥哥么？”

“好！”蓦然之间吕不韦大是感奋，慨然拍案一拱手，“老哥哥！且听兄弟唱他一回！”抡起案上铜柄汤勺敲打着长案放声唱了起来，一时荡气回肠，比蒙骜还多了几分浑厚与悠长……两句方过，厅外突然秦筝之声大作，叮咚轰鸣，其势如风掠万木秋色萧萧，将这壮士同心的慷慨豪迈烘托得分外悲壮苍凉。吕不韦精神大振，一口气唱罢歌声尚在回荡便对着蒙骜肃然一拱："老哥哥府下高人何在？敢请当面赐教！"

家老匆匆进来作礼："禀报先生：小公子只说感念先生情怀，故而伴筝，容日后讨教，便去了。"吕不韦惊愕万分："如何如何？弹筝者是小蒙恬？老哥哥，当真么？"蒙骜皱起了一双雪白的长眉连连摇手："莫提这小子，天生是个兵痴加乐痴！三岁操筝，去岁又将秦筝加了三弦，变成了十二弦，叮咚轰鸣聒噪得人坐卧不宁。改便改矣，老夫又不是乐正，也懒得操那闲心去管他。只是这小子但弹秦筝，便莫名透出三分悲伤，听得老夫揪心也！谚云，乐由心生。小小孩童，辄出悲音，你说这这这……"

"关心则乱，老哥哥又做忧天者矣！"吕不韦哈哈大笑，"回头我找小公子，给他引见一个秦筝大家，陶陶他性子，保他亦师亦友亦知音！"

"好！老兄弟给劲！来，再干！"

"干便干！来，为那支'无衣'！"

一碗饮干，蒙骜一抹汗水突然神秘地一笑："老兄弟，若是你做了开府丞相，这秦国的力道该往何处使？"

"老哥哥笑谈，然兄弟也不妨直说。"吕不韦边吞咽着拆骨羊肉边用汗巾擦着手，"自孝公以来，秦国已历四代五君，终昭襄王之世强势已成。然目下秦国正在低谷，对山东取守势已经十年。其中根由，不在国力，而在朝局。朝局者何？雄主也，强臣也，名将也！三者缺一，朝局无以整肃，国力不能凝聚。孝公有商君车英，惠王有张仪司马错，昭襄王有太后魏冄白起！然目下两代新君朝局如何？将强而相弱，军整肃而政紊乱。恕老兄弟直言，幸亏天意止兵，若是大军已经东出，只怕秦国隐患多多也！"

"都对！只是还没说正题。"

"正题原本明了：一整国政，二振军威，只往这两处着力便是正道。一整国政，是廓清朝局凝聚国力，为大军造就坚实根基，确保秦军纵然战败几次，亦可立即恢复元气。若无此等根基保障，大军东出经不起长年折腾！"

“也对，武安君举兵之道也！其二如何？”

“二振军威，是要一举打掉山东六国十余年的锁秦之势，也给其间背秦的小诸侯一番颜色，重新确立君临天下之强势！至于如何打，老哥哥比我明白。”

“好！”蒙骜拊掌大笑，“有此正道，老兄弟当得开府领国丞相也！”

“早了早了，老哥哥慎言！”吕不韦连连摆手。

“老兄弟差矣！”蒙骜拍案喟然一叹，“国无良相，纲不举目不张。老哥哥纵然一介武夫，也掂量出了昭襄王给蔡泽的那个封号，纲成君，纲成君哪！可这个蔡泽担纲了么？张个老鸭嗓到处呷呷，呷呷出个甚名堂？但为国家计，得有公心！老哥哥也知道纲成君好人一个，可……不说了不说了，来！再干！今日醉了老哥哥背你！”

“干！不定谁背谁也！”吕不韦呵呵笑得一脸灿烂，刚刚举起陶碗便软软伏案鼾声大作。蒙骜看得哈哈大笑，呀呀呀！可惜一碗百年兰陵酒也！连忙凑过来接流下大案的酒汁，接得些许酒碗方举到嘴边，兀自喃喃两声倒在了吕不韦身上……

三 新朝人事 几多风雨

秋高气爽的八月，又一次隆重国葬终于疲惫地结束了。

纲成君蔡泽与老三太的一班人马刚刚办完昭襄王葬礼，一切驾轻就熟，既往疑难，也因有了先例而不再争执，诸事都算顺利。唯一的难处是嬴柱的谥号。嬴柱五十四岁骤然薨去，做了十几年的太子，只做了堪堪一年的国君，太子时多病无为，国君一年也未见宏图大举，从功业看去实在是难以褒扬。老三太主张定一个“文”字。蔡泽虽觉“文”字太过褒扬，然也想不出更妥当的号词。毕竟是国君谥号，其人只要不是恶政之主，寻常总是要从褒扬处着眼的。一番斟酌，蔡泽将老三太上书加署了自己的封爵名号并丞相官印，算做“朝议”呈报新君。

三更上书，吕不韦清晨来丞相府会事，拿的正是那卷竹简。

“纲成君，一个‘文’字似有不当，再参酌一番如何？”

“一朝做假相，足下学问见长也！”蔡泽不无揶揄地笑着，心下老大不快。作为总理国葬的丞相，新君纵对谥号有另见，亦当亲自对他言明，纵是下书驳回亦属常情，如何一个排在自己之后的假相能捧着自己的上书来重新参酌？吕不韦纵是顾命大臣，毕竟商旅根基，莫非连礼制学问也要指手画脚不成？更根本处，在于蔡泽深信新君没有理由不赞同这个谥号，哪有儿子对褒扬君父不首肯的？目下无批驳王书而只是吕不韦捧上书前来，分明是吕不韦自己认为不妥，或说服了新君，或直接在长史署截下了上书，没有呈报新君径直来找自己。若是前者，蔡泽便大有疑惑，吕不韦能以甚理由说得新君言听计从？若是后者，吕不韦便是仗恃顾命之身蔑视他这个封君丞相了，蔡泽如何受得？

“你只说何字妥当，老夫认可便是。”蔡泽呷呷一笑。

“纲成君，此书尚未呈报新君。”吕不韦坦然从容，“我是在老长史案前见到此书拿来参酌。老长史说我是假相，此书既有丞相府官印，理当两相共识，便许我拿了。不韦之见若不能成立，则可立呈此书。不韦若侥幸说得有理而蒙纲成君纳之，仍以此式上书，与我不相关。”

吕不韦当先便说来由，蔡泽自然晓得这是吕不韦看准了自己心事。吕不韦说的确实也是一理，依着此说，倒是自己轻慢这个假相了。然吕不韦显然是只解释不计较，还特意申明若说得有理与自己无关，全然不争功劳，蔡泽心下稍稍生出了三分歉意，一拱手笑道：“如此说来，假相倒是为老夫着想也。”

“那得看纲成君是否纳我之说，不纳，自是我居心叵测了。”

蔡泽呷呷大笑：“岂有此理！好好好，你说！”

“不韦以为，单一个‘文’字太得褒崇，徒招天下物议。自古以来，非大德昭彰奠定国本者不得谥文。一个周文王，何人可与之比肩？战国之世，一个秦王谥文，一个赵王谥文，都是两字，惠文！纲成君自思，先王即位一年即薨，何德何功堪称一个‘文’字？”

蔡泽微微点头一笑：“老夫何尝不知此理？偏是思谋不出一个令人拍案的字来。你只说何字何辞，老夫也省却揣摩。”

“依着先例，也加一字，修限‘文’字。”

“加何字？”

“孝。孝文。”

“孝？”蔡泽目光一闪眼珠连转，突然呷呷长笑拍案，“妙也！一个‘孝’字当先，从先王德行上做了文章，‘文’字做了辅从，褒德以隐功，合乎嬴柱！”

“如此说，纲成君纳言了？”

“纳……哎，我说你个吕不韦，这个主意，是你想的么？”

吕不韦大笑：“唯君纳言，管他何人主意也。”转而思忖道，“朝议在即，纲成君是否还当与老三太事先通说一番？否则任谁当殿争执起来，反倒显得纲成君一意孤行也。”蔡泽还想说话终是不无酸涩地笑了笑，“好好好，也只有这般处置了。”

三日后朝议，所有大臣都异口同声地赞同“孝文”谥号，华阳太后与新君嬴异人也没有任何异议。蔡泽获得了举殿君臣的一致赞赏，大大地风光了一回。回府细细思忖，蔡泽愈想愈觉得吕不韦琢磨出的这一个字有着不可思议的微妙。

先得说说这个“孝”字。在远古文明中，“孝”本来是一种广博的德行。《书·尧典》有云：“克谐以孝。”克者，胜任也，完成也。便是说，能做到和谐四方人众者为孝，何等远大的一种境界。春秋战国之世，“孝”渐渐具体化血缘化。儒家以养亲尊亲、善事父母为孝。孔子有云：“今之孝者，是为能养。”孟子有云：“孝子之至，莫大乎尊亲。”墨家反儒，以“兼爱”为“孝”之根基，将“孝”扩大为所有亲人而不仅仅是父母。是故，墨子有云：“孝，利亲也。”孝之内涵如此这般明确后，便有了“孝子”。顺从而尊敬父母者，孝子也。《诗·大雅·既醉》有云：“威仪孔时，君子有孝子。孝子不匮，永锡尔类。”

然则，作为概括贵胄层人生业绩言行的一种传统礼法，谥法对字意的讲究，依然是以原本的广博性为准则。尤其是单字，谥法几乎从来都是以原意古意为准。从谥法看去，“孝”是德的最高境界，不仅包容了对父母的孝行，更意味着以大德治国的操守与功业。作为秦国圣君的秦孝公，谥号只一个“孝”字，着眼处自然是大德之至，而决不仅仅是孝顺父母。若从此看去，只做了一年国君的嬴柱显然是难以企及的。

奥妙处便在谥法，两字组合相辅相成，从而产生出第三种内涵。

谥法之“文”，重奠基，重融会和谐，重文明开创，重守成养息。《易·系辞下》有云：“物相杂，故曰文。”儒家则将“文”定义为一种与“质”与“野”相对的修养气度。孔子说：“质胜文则野，文胜质则史。文质彬彬，然后君子。”然则对谥法而言，“文”如同“孝”一样，既包含了气度修养，却也决不仅仅是气度修养。

谥法传统：单字取古义，多字取合义。合义者，组合之意也，现世之意也。依照谥法讲究，嬴柱这般国君无论单用“文”字或单用“孝”字，都是不堪其名的。然若两字组合，内涵便发生了微妙的变化。变化之要，是单字之义向春秋战国以来的世俗化具体化靠近。一个“孝”，更多的指向孝子的孝行之德，至高大德的含义淡化了；一个“文”，更多的指向个人修养气度，文明开创与功业之意淡化了。如此一来，“孝文”两字尽落实处，与嬴柱对秦昭襄王的忠顺孝行及温文而不失睿智的禀性很是切合。没有这个“孝”字，或者换作其他任何一个字来配，都有显然失当处，自然会召来朝议论争。作为主持国葬首席大臣的蔡泽，必然第一个难堪。

但是，蔡泽却毫无庆幸之意。

他心下难解的疙瘩是，自己身为天下治学名家，如何竟没揣摩出嬴柱谥号的微妙处？也没琢磨出这个字来配？吕不韦一介商旅，如何便有此等见识？究竟是政道洞察力比自己强，还是学问才华在自己之上？第一次，蔡泽隐隐感到了吕不韦的威胁，心下不禁猛然一沉。新君即位，第一次朝会的首要大事定是拜相。新君嬴异人不是雄主气象，太后华阳也不是宣太后那种既明于政事又热衷权力的女主。当此之时，领政丞相异乎寻常的重要，几乎必然的是开府丞相。蔡泽入秦，梦寐以求者便是此等开府丞相。唯有成为开府丞相，才能施展计然派的治国主张，也才能建立商鞅那般千古功业。然事有乖戾命有蹉跎，蔡泽入秦近二十年，却只做了一年开府丞相，从此虚之高阁，戴着一顶封君高冠，开始了有爵无职或有爵游职的权力漂泊。游职者，一事一任也，无确定权力职守也。在秦国，只有声望甚大然未获信任从而被拜为上卿的入秦名士，才会落到这般有名无实的地步，秦惠王时的那个犀首正是如此。蔡泽之所以没有像犀首那般扬长而去，说到底，心中存了一个不可动摇的想头——秦昭王之后秦国必然恢复开府丞相，而开府丞相非蔡泽莫属。事实也在一步步证实着蔡泽的想法：秦昭襄王的最后几年，以他与老太子嬴柱共领相职；孝文王即位，他又与新太子嬴异人共领相职，除了开府，已经成为事实上的丞相；历数秦国大臣，论资望论才干论学问，无一人堪与蔡泽一争相位；放眼天下，山东六国也从来没有听说有大家名士希图入秦。如此看去，蔡泽显然是秦国开府丞相的唯一人选，自然也是最佳人选。除了天塌地陷秦国崩溃，没有任何意外。

然则不可思议的是，商人吕不韦偏偏在此时悄悄进入了秦国。

自与吕不韦相识，蔡泽从来没有认真想过这个商人。毋宁说，蔡泽从来都没将此人看在眼里放在心上。作为酒友棋友，蔡泽喜欢吕不韦。对吕不韦不时显露的曾经有利于自己的那些谋划才情，蔡泽认定只是“阅世明智”而已，与政道大谋岂能同日而语？至于学问，吕不韦在他面前从来都是虚心求教之态，蔡泽更不会去想了。十余年来，吕不韦唯有一长获得了蔡泽的认可，这便是重义结人。且不说那教人惊心动魄的百人马队死士，便是田单、鲁仲连、范雎、平原君、信陵君，包括他蔡泽在内的一班名动天下的英杰，或是毛公薛公等风尘奇才，只要与吕不韦相交，总能神奇地迅速成为至交，实在令人不可思议。服则服矣，揣摩之下，蔡泽却将吕不韦的这一长处或多或少归结于商旅之能——但为牟利，轻财交人而致义名。也就是说，在蔡泽心底里，吕不韦的重义只是商人的一种交人方式，与其人是否真正重义是不相干的，至少是有别的。唯其如此，蔡泽对吕不韦保护嬴异人从赵国逃回这一震动秦国朝野的壮举，根本就没有往深处去想。在他看来，一个商人为国家立了大功，自然可以步入仕途做官。蔡泽相信，丞相统辖的任何一个经济官署吕不韦都可胜任，然而吕不韦也仅仅如此而已。

回想起来，这吕不韦入秦后步步出人意料。先是不做上卿宁做太子府丞，惹得蔡泽大为蔑视。后来又突然秘密承手官市，与六国商人好一场大规模商战。蔡泽这次很是赞同，以为吕不韦操了本行便是正途。谁知便在人人都看准此人充其量在“吏班”做个“大吏”时，吕不韦却突然成了名副其实的高官——太子傅！蔡泽大不以为然。太子傅历来都是王师，虽无实权却是人人景仰的高位大臣，最是要学问道德之臣掌持，教一个商人做太子傅直是滑天下之大稽也！然则如何？非但做了，吕不韦还做得有声有色。蔡泽不禁又是大大地出乎意料。然则即使如此，蔡泽还是没有想到吕不韦会对自己这个丞相构成威胁。直到吕不韦不意做了顾命大臣——至少在蔡泽看来是偶然的——几乎同时又做了假相，除了最初的那种被排除在关键时刻之外的愤懑，蔡泽依然不认为吕不韦会对自己构成威胁。其所以如此认定，蔡泽的根本因由，是吕不韦的才具不堪领政大任，假相只是一个暂时职掌，即或破例成为常职，充其量也只是自己这个开府丞相的副手而已，而假相副手与真正的丞相之间可是天壤之别。

然则，这次的谥号事件却使蔡泽蓦然惊醒了。依吕不韦目下的势头，只要才具被一班大臣认可，加上新君嬴异人对他的信赖，完全可能成为开府丞相的另一人选。果真如此，蔡泽的功业大梦岂非将永远化为泡影？

这一夜，蔡泽通宵辗转未眠，天刚一亮便驱车进了王城。

华阳后刚刚从丰京谷扫墓回来，很有些伤感。

阿姐华月夫人是被刑杀的，不能入夫君墓园合葬，也不能独起陵寝安葬，只能草葬在她生前钟爱的这片山水废墟。若非嬴柱对阿姐有着一份说不清的情愫与癖好，亲自出面向老父王求情，阿姐当真要落个死无葬身之地了。毕竟这丰京谷是老周王城，也是老秦人凭吊祖先勤王立国之功的地方，而并非真正的荒山野谷。自这个阿姐一死，华阳后顿时没了心劲，连对老夫君也失去了抚慰逢迎的兴致。若是这个老夫君再活得几年，只怕她眼见便要失去这个体弱而心骚的秦王夫君的专宠了。那个久居冷宫的夏姬之所以能被秘密召入章台，还能与老夫君死灰复燃，能说不是自己懒于逢迎抚慰的苦果么？阿姐在世时的华阳夫人，在王城是个完美无瑕的女子，超然于一切纷争之外，只倾心关注自己体弱多病的夫君；在夫君嬴柱的眼里，则更是个须臾不能离开的可人儿，非但聪慧柔情善解人意，更有两样长处是嬴柱身边的所有女人都无法比拟的：一是奇绝如方士一般的救生护理之法，一是可意无比的卧榻风情。虽然如此，从来没有生儿育女的她之所以始终是老太子嬴柱的正妻且始终专宠于一身，实在是有着老阿姐的一半功劳。

当年，华月夫人一从宣太后口中晓得了要将妹妹嫁于嬴柱，便早早敦促她反复练习家传救护术，并千里迢迢地从楚国老族中寻觅到了早已失传的救心药秘方，说这是她的立身术，定然要反复揣摩娴熟。后来，阿姐不幸寡居，成了太子府的常客。平心而论，起初她对阿姐与太子夫君的不拘礼仪的种种谈笑，是心有芥蒂的。有一次，这位阿姐借着不期而至的大雨与她同宿了一夜，喁喁细语了一个通宵，她才真正从心底接纳了阿姐。毕竟，阿姐有历练有见识，给她将宫中秘闻与牢牢笼住嬴柱的利害说了个透亮。最使她惊心动魄的，是阿姐搂着她几乎贴在她耳边说的那番话。阿姐说，宣太后为她物色夫君时曾经对她有过秘密叮嘱：魏冄霸气太重，迟早要出大事；入秦芈氏后继无人，唯一的指望，是以她两姊妹与嬴氏王室联姻，只要一人能成气候，芈氏一族便有了根基……

从那一日起，她与阿姐越来越亲昵了。终于，热辣辣的阿姐俘虏了她，也俘虏了年过不惑的嬴柱，三个人变成了一个人……有了智计百出的阿姐，她非但真正巩固了夫人爵的妻位，且在立嫡周旋中使芈氏一族在秦国宫廷成就了举足轻重的夫人势。然则，她与阿姐被廷尉骤然关进大牢的那个晚上，她又绝望了。阿姐搂着她反复叮嘱，一切有阿姐，小妹一定会无罪，要忍着心痛走下去，芈氏不能没得你！阿姐在她耳边哈着热气说，晓得无？你非但要做王后，还要做太后！只一样记得了，没了阿姐，你只毋做多情女！

……

“禀报太后：纲成君请见。”

“教他到这厢来了。”华阳后思绪扯断蓦然醒悟过来。

蔡泽被侍女曲曲折折地领进了大池边那片胡杨林。秋阳透过树叶洒满了古朴的茅亭，一个高挑妩媚的背影沐浴着一片金红立在亭下，绚烂得耀人眼目。倏忽之间蔡泽有些后悔，愣怔着不知该不该向前走了。

“晓得是纲成君了。”亭下曼妙的楚音飘了过来。

“老臣蔡泽，见过太后！”

“进山喊林么？叫得好响。”绚烂金红的背影转过身来咯咯笑了。

“老臣有事禀报，敢请太后移步政事房。”

“哟！不会小声说话么？”见蔡泽一头汗水满面通红，华阳后笑不可遏，“与丞相说话便得到政事房，是礼还是法？老夫子林下不会说话了？”

“老臣……”

“行了行了，进来坐了，亭下与政事房一样了。”华阳后笑吟吟将蔡泽让进茅亭，转身一拍掌，“上茶，震泽新绿了。”隐隐地听得一声答应，片刻间一名侍女飘进亭来在靠柱石案上支好茶炉，一片木炭火特有的轻烟淡淡地飘了起来。

“老臣不善饮，白水即可。”

“哟！你是茶痴谁不晓得了？我的震泽茶不好么？”

“老臣是想说……”咫尺之内裙裾飘飘异香弥漫，蔡泽皱着眉头大是局促，分明站在石礅旁硬是坐不下去。华阳后蓦然醒悟，退后两步径自坐在了大石案对面的另一方石礅上笑道：“入座慢慢说了，何事？”

“老臣两事。”蔡泽坐进石案前，稍显从容地一拱手道，“其一，先王国葬已罢，太后对新君亲政之事将如何处置？其二，比照先例，先王遗孀当由新君尊奉名号，目下太后沿袭王后之号，尚未有太后名号，不知太后作何想法？如此两事，老臣欲先听太后之意。”

“是奉命而来？”华阳后冷冷一笑。

“非也。老臣自主请见太后。”

“晓得了，你是关照本后了。”华阳后的微笑中不无揶揄。

“不敢。”蔡泽侃侃说出了自己早已经揣摩好的腹稿，“老臣暂署相权，身处国事中枢而承上启下，若不明太后权力，便无以处置太后书令；

若不明太后名号，所行官文涉及太后亦难以措辞。念及先王与太后对老臣素有信托情谊，故而自行请见，此中苦心，尚望太后明察。”

华阳后眼波流动闪烁，倏忽一脸忧戚关切：“毋晓得你说的暂署相权何意了？先王顾命之时，本后与新君还有太子傅都听得清楚，如何暂署了？”

“敢问太后，先王顾命时如何说法？”蔡泽精神骤然一振。

“是说，纲成君做丞相，秦国无忧也。”华阳后一字一顿，很是认真。

“史官可有录写？”

“痛不欲生之时，我顾得关照左右么？”

良久默然，蔡泽粗重地一声叹息：“如此说来，此事疑案也！”

“疑个甚了？我分明听见了，子楚吕不韦听不见么？都听见了，史官写不写何用了！”华阳后愤激地嚷嚷几句又突然一转话头，“我那两事该如何处置？你只谋划个法子了。”

蔡泽正要说话，一个侍女从亭外匆匆进来在华阳后耳边低语了两句。华阳后笑着说声他也来得真巧，站起来指着侍女对蔡泽嫣然一笑：“纲成君且先回去，有事她便来见你了。”蔡泽一时大觉尴尬，站起身一拱手便走。那名侍女拦住他一笑：“纲成君请随我来。”将他从茅亭后的另一条林间小道领了出去。

嬴异人来见华阳后，实在有些不得已。

自从吕不韦那次“心说”之后，嬴异人当真做起了“心斋”。秘密入宫的蒙武亲率二十名铁鹰剑士昼夜守护，蔡泽一班老臣全力以赴处置国丧，老桓砾与给事中当着宫廷事务，守丧的嬴异人当真清净了好几个月。深居简出，他屏息心神深自吐纳，平心静气地仔细琢磨那些不堪回首的往昔岁月，即便是独守父王灵柩之前，也没有停止过“心斋”漫游。疲惫卧榻之时，饮下一盅老太医配置的安神汤，浑然忘我地睡去。几个月下来，原先那种莫名其妙的焦躁心悸与时不时突然袭来的莫名恐惧渐渐消失了，无休止的噩梦也没有了。及至秋天父王安葬，嬴异人的神色已经大为恢复，面色红润步履稳健谈吐清晰，与那个恍惚终日一惊一乍的嬴异人实在不可同日而语了。依着古老的服丧传统，孝子服丧期间是要憔悴失形才能显示哀思孝道的，若有孝子服丧而容光焕发，便是大大地不可思议了；对于君王之身，则几乎必然要引起朝野非议，甚或公然质询王者德行也未可知。然则，嬴异人的不可思议的恢复却截然相反，非但没有引起朝野非议，反倒使朝野泛起一片庆幸贺声。

秦国再也不能弱君当政了！老秦人异口同声。

当嬴异人很为自己的容光焕发惭愧的时候，各郡县官署与大族里社的贺王康复书纷纷飞到了案头，为太医令请功的呼声更是不绝于耳。嬴异人忐忑不安地请教吕不韦该当如何处置，吕不韦淡淡笑道："执公器者无私身，王者强弱系于天下，故天下人贺之。我王只需贵公去私，力行正道，坦坦然定国理政，何虑之有也？"

一旦直面国事，当真是谈何容易。

嬴异人仔细阅读了老长史桓砾专门为他梳理的"国事要目"，这才惊讶地发现，自长平大战后秦国累积的待决难题当真是一团乱麻。大父昭襄王的晚年暮政原则是万事一拖，除了后继立嫡与当下急务，几乎一切国事都留给了后人。老长史理出来的批有"待后缓处"四字的各种上书竟有四百六十余件之多。父王当政一年，可能是自知不久人世，竟然也是效法大父，批下了一百三十余件"待后缓处"的上书。这将近六百件的官文涉及了秦国朝野大大小小不知多少人多少事，饥荒赈灾、沟洫水利、官市赋税、郡县分界、朝局人事、王族事务、狱讼曲直、邦交疑难、战功遗赏、流民迁徙，等等，等等，看得嬴异人头昏眼花心惊肉跳。

"国事之难，竟至于斯！"拍案之下，嬴异人的心又乱了。

此时，老长史桓砾又默默捧来了一只铜匣。嬴异人终于不耐了："你拿来再多，我看了又有甚用！"桓砾一拱手道："此乃先王密书。先王薨前一月留给老臣，叮嘱非到新君理政之时，不能出也。"嬴异人惊讶了，抚摩着铜匣仔细打开，三层隔板之下的一卷羊皮纸展开在案头，只有寥寥数语：

国有积难，非强臣当政不足以理之。汝非雄主，领政之臣须与上将军同心方能聚合国力，补君之弱。蒙氏有公心，人事之要，可问蒙骜。

蓦然，嬴异人眼前现出父王在自己认祖归宗后的那次长谈，一时泪眼蒙眬。知子莫若父，诚所谓也！父亲自知不是雄主，也深知儿子不是雄主，那次已经推心置腹地说了，日后要做好两件大事：一是要寻觅强臣辅佐，一是要留下一个堪为雄主的嫡子。“君弱三代，秦国便要衰微了！”父亲的那句话对他的震撼是无法说得清楚的。然则，冥冥之中有天意，儿子的事他能做得主么？倒是目下的强臣领政最要紧，否则连个守成之君也做不好了。

依着嬴异人，这个领政丞相自然该是吕不韦。他信服吕不韦的德行才干，更敬佩吕不韦的韧性与勇气。可是，他只是一个漂泊归来的无根之君，他没有径自封任领国丞相的那种威权。蒙氏一族能支持吕不韦么？太后能支持吕不韦么？老蔡泽能认同吕不韦么？蒙氏是举足轻重的大军将领势力，太后是宫廷连带王族外戚势力，老蔡泽是朝臣与郡县官吏势力，哪一方面掣肘都是要命的。吕不韦一介商旅孤身入秦，能有甚根基？说起来可能还不如自己，纵是凭着才干功劳有了一些人望，可要执掌这开府丞相的大权，些许人望算得了甚？除了他与吕不韦的相互支撑，两人几乎都没有与之呼应的势力，当真奈何？

反复思忖，嬴异人还是决意先来见太后。只要太后认可吕不韦，蒙骜纵有阻力也容易周旋一些。在嬴异人看来，父王与太后在当初立嫡时都对吕不韦很是激赏，直到吕不韦做了太子傅，父王太后还是十分倚重吕不韦。至少，嬴异人从来没有从太后处听到过对吕不韦的任何微词。唯其如此，嬴异人决意抛开对这个纠缠着要将生母治罪的太后的私怨，来了却这桩最大的朝局人事，先将国政推动起来再说。嬴异人自信对女子颇有洞察，如华阳后这般柔媚女子，只要有些许让步与场面礼仪的亲情尊奉，该当不会有甚差池。强悍精明通晓政事如太祖母宣太后者，天下能有几人？

“哟！毋晓得子楚会来看我，坐了。”华阳后站在亭廊下淡淡地笑着。

“子楚拜见母亲……”嬴异人哽咽着拜倒在了满地黄叶之上。

华阳后拭着泪水一副不忍卒睹的悲伤：“快莫多礼了，曾几何时，天晓得竟成孤儿寡母了……来，这厢坐了说话。”

亭下坐定，嬴异人拱手痛心道：“章台还都之后，子楚守丧，心神迷乱，未能在母亲膝下多行孝道，今日特来请罪。”华阳后眼波流转不禁噗地笑道：“晓得了晓得了，子楚还当真了？有事直说了。”嬴异人颇是尴尬，红着脸道：“无甚大事。只是几位老臣动议立冬之日大行朝会，不知母亲意下如何？”华阳后道：“只晓得历来朝会都在开春，今次却要在立冬，不觉怪诞了？”嬴异人歉然一笑道：“老臣之心，无非急于立新而已，大约没有虑及时节是否适当？”华阳后道：“急匆匆朝会，毋晓得何事等不得了？”嬴异人道：“素来新朝会，都是以拜相为大。子楚之见，大约也脱不得这老法程。”华阳后惊讶道：“哟！你毋晓得父王顾命当晚你说的，蔡泽做丞相了？”嬴异人笑道：“子楚还说了吕不韦共领相职。母后明察：当时乃国丧期权宜之计，依着法度，丞相只能一个。”华阳后笑道：“哟！毋晓得丞相只能一个了。你只说，一个是谁个了？”嬴异人一拱手道：“子楚敢请母亲示下。”

“要我说么，王无戏言，原本说谁便是谁了。”

“那，那次说了两人。”

“一个首相，一个假相。孰前孰后记不得了？”

“母后之意，蔡泽为开府丞相？”

“君命既出，好朝令夕改了？”

嬴异人顿时默然。他已经清楚地明白，这个太后是认准要蔡泽做丞相了。既然如此，目下也只能不置可否，回头揣摩一番再作计较了。华阳后见嬴异人默然不言，淡淡一笑道：“还有么？只一件事了？”嬴异人道：“再有，就是定母后尊号了。”

“哟！你盘算如何处置母后了？”

“敢请母后示下。”嬴异人硬生生憋住了他原本打算做出的退让：只要华阳后赞同吕不韦做丞相，他便许太后“并国”临朝，至少顶半个宣太后。如今这位太后硬是揣着明白做糊涂，竟以维护君命为由头与自己为难，自然要给她个软钉子，看她如何开价了。

“还要说了？”华阳后咯咯一笑，“毋晓得先王顾命，拉着谁三人手了？”

“父王要母后与吕不韦同心襄助子楚，子楚心感父王……”

华阳后一双柔媚的大眼蓦然冷冰冰盯住了嬴异人，一阵默然，长袖一甩冷笑着径自出了茅亭。嬴异人对着华阳后背影深深一躬：“秋日转凉，母后善自珍重，子楚告退。”

出得胡杨林在太后寝宫区漫步良久，嬴异人无可奈何地长叹了一声。

咸阳王城很大，总格局是六个区域：中央大殿与殿前广场为朝会区，其后正北靠近北阪的松林地带为太庙区，西部为王室官署区，东部为国君理政区，此三区之后的西北地带是王室作坊与仓储区，东北地带有一大片占地三百余亩的园林为寝宫区，朝野俗称后宫。后宫又分为两大区域：西部为现世国君与王后以及各等级王妃的寝宫区，东部为太后寝宫区。前者小，后者大。其间原由在于：战国之世的国君的全部后妃至多二十余人，连带侍女内侍，总数也只在两三百人。太后寝宫区却是积世而居，人数远远超过了王后寝宫区，占地自然就大了。也就是说，依着王室法度，太后寝宫区并非一个正位太后（先王正妻）的专有居住区，而是所有已逝国君的所有后妃的居住区。嬴柱为国君，华阳后自然便是王后寝宫的主人。嬴异人做了国君，华阳后成了太后，自然得搬进太后寝宫区。王者多有不测风云，盛年骤然去世者比比皆是。然国君去世，大多数后妃却都正在盛年，自然都要搬入太后寝宫区居住。如此累积，这太后寝宫区要容纳所有没有随着先王过世而曾被先王拥上卧榻的后妃，其庞大与复杂也远远超过了王后寝宫区。

来见华阳后之前，嬴异人特意召来掌管宫廷的老给事中，要他在太后寝宫区遴选一座最是幽静的居处。谁知老给事中皱着一双白眉直摇头，君上有所不知，太后寝宫最是庞杂，难矣哉！嬴异人很是不耐，偌大寝宫三百余亩园林，连一处幽静居所也没有么？甚个事体！连连苦笑的老给事中抱来了一箱简册，一卷卷翻开说叨了半个时辰，听得嬴异人目瞪口呆了。老给事中说，太后寝宫共住先君后妃五十三人，最年长者是秦惠王当年一个十六岁的宠幸少使[1]，至今年已八十余岁；秦武王妃子尚有六人，均已是耄耋之年；昭襄王遗孀最多，二十三人，除了没有“后”，其余爵妃都有；孝文王嬴柱遗孀虽少，却是后妃齐全，整整二十六人。依着王室法度，先王遗孀一律加爵两级孝敬尊奉。如此几乎是人人一座独立庭院；全部太后寝宫的庭院只有四十二处，外加三片侍女内侍大庭院，幽静宽敞所在早已被占，却到何处去挤腾得出一座？

嬴异人终是半信半疑，借着进太后寝宫之机索性亲自查看一番，若能给喜好幽静的生母选择一处可心庭院，一片孝心也有个着落处了。然则转悠一个时辰，走遍了这片庭院层叠相连的园林，他最终还是失望了。整个太后寝宫除了这片胡杨林与一片大池，实在是找不出空闲之地了。尽孝难矣！莫非清心一世的可怜生母当真没有登堂入室进太后寝宫的命么……

“君上，长史大人请速回东殿。”

方出胡杨林道口，隐身随行的铁鹰剑士骤然从一棵大树上飘了下来急促禀报。嬴异人本欲出王城到吕不韦府上商议今日之事，一听老长史传言立即登车回了王城前区。等候在东偏殿书房的老桓砾见嬴异人进来，立即打开了王案上的铜匣：“禀报君上：上将军蒙骜紧急上书。”嬴异人心下顿时一紧，老蒙骜要做甚？不及入座从铜匣中拿出一卷竹简哗啦展开，瞄得几行，心头怦怦大跳起来。

> 老臣蒙骜顿首：秦国政事荒疏久矣！流弊丛生，吏治松弛，朝野散漫，奋发惕厉之心已流于无形也！昭襄王着意守成，先王未及着力，新君即位，任重而道远。当此之时，整饬朝局刷新吏治理顺政事为当务之急，否则东出中原将遥遥无期矣！唯其如此，老臣请以吕不韦为开府丞相，总领国事，力行新政。老臣遍观国中大臣，德才兼备而能总揽全局者，非吕不韦莫属也！老臣之心，唯王明察，当于朝会立决之，跌宕蹉跎，大道之忌也！上将军蒙骜秦王元年秋

[1]　少使，秦国君主后妃中的第七级（最低）爵位。

“上书报太后了么？”愣怔之间嬴异人蓦然问了一句。

“太后摄政未成定制，是故未曾报太后宫。”

“备车。上将军府。”

“君上要见上将军，宣召入宫较为妥当。”

嬴异人摇摇手，回身从案下拿出一件物事塞进腰间皮袋回身便走。

突然造访的新君显然使上将军府大感意外，阖府上下莫不脚步匆匆神色惴惴。老太子先王嬴柱当年是府上常客，一应仆从无不识得。这新君少时也在府上修学五六年，从赵国归来也曾密住府上些许时日，却是谁也没见过。一朝为君，岂能与少时小公子等闲视之？更要紧的是，以上将军与先王的笃厚之交，先王弥留时竟然未召上将军顾命，此中玄机谁能说得清楚？新君突然驾临是祸是福谁又能说得清楚？

嬴异人制止了要去通报的家老，一边打量着尚有朦胧记忆的路径庭院池水林木，一边咀嚼着那些遥远的往事。令他惊讶的是，这座与武安君白起府邸同样厚重古朴而又宏阔简约的府邸，除了砖石屋瓦在岁月风雨中已经变黑，当年与他等高的小胡杨树已经长成了金灿灿的参天巨木，覆盖一片大池的绿蓬蓬荷叶也做了片片残荷外，几乎没有丝毫变化。过了这片胡杨林，便是当年与蒙武同窗共读的小庭院了。晨功午课暮秦筝，他一生中最快乐的时光都点点滴滴地刻在了这片庭院，洒在了这片胡杨林，以至三十多年的王子生涯中，只有这寄身篱下的上将军府对他处处透着亲切，透着温暖。不知不觉地，嬴异人痴痴地走进了暮色中金红的胡杨林，耳畔弥漫着叮咚筝声，当年那稚嫩滚烫的歌声那般真切：萧萧雁羽，诉我衷肠，子兮子兮，道阻且长！呵，胡杨林，异人回来也……

“老臣蒙骜，参见君上！”

嬴异人蓦然转身，暮色之中泪眼蒙眬，蒙骜一时惊讶得无以应对了。

“老将军，异人本该早来也……”

“君上国事繁剧，老臣心下明白。”

“往事如昨也！”嬴异人粗重地叹息一声，“只可惜蒙武没有一起回来。”

“君上感怀旧事，老臣何忍卒睹也！”蒙骜揉了揉已经溢出泪水的老眼，昂昂一拱手道，“君上若因老臣上书而来，敢请书房容臣禀报。若着意怀旧，老臣唤来当年书童领道。”

嬴异人不禁笑道：“着意怀旧，有那工夫么？好！书房说话。”

两人来到书房，蒙骜吩咐已经掌好灯火煮好茶的侍女退了出去，又叮嘱家老守在府门，任何人来访一律谢绝，随即肃然就座，一副即将大论的模样。嬴异人摇摇手道：“老将军莫急开说，且先看看这件物事。”说罢将一支铜管递了过来。蒙骜接过打开方看得一眼，双手瑟瑟发抖，及至看完，号啕一声“先王也”便扑倒在了案上。嬴异人不胜唏嘘，拭着泪眼起身肃然一躬道：“目下朝局，尚望老将军鼎力襄助。”蒙骜止住哭声，霍然站起扶住了嬴异人：“先王有此遗命，蒙骜死何足惜！君上但说，何事为难？”嬴异人道：“老将军力保吕不韦拜相，太后却不赞同，此事最难。”

“太后欲以何人为相？”

“纲成君蔡泽。”

“君上之心，属意何人？”

“首选吕不韦。若是无可奈何，也……”

“老臣既蒙君上信托，自当尽忠竭力。君上但回，老臣自有主见。”

“老将军之意……”

“黑脸事体，君上只做不知便了。”

嬴异人又是肃然一躬，道声老将军酌情为之莫得为难，匆匆去了。

思忖片刻，蒙骜立即启动。先唤来主书司马与军令司马，吩咐主书司马将呈送秦王的上书再誊刻一卷，清晨卯时不管自己是否回来，上书立送太后寝宫；军令司马连夜赶赴蓝田大营，将自己的上书副本交于王龁，请与五大夫爵以上的老将会商呼应。吩咐一罢，蒙骜登上一辆垂帘辎车辚辚出府去了。

暮黑一掌灯，老驷车庶长嬴贲便生出了倦意。侍女正要扶他就寝，家老匆匆来报，说上将军蒙骜请见。这老蒙骜也是，不知道老夫规矩么？老嬴贲嘟哝一句，打着哈欠又是揉眼又是挥手，掌高灯煮酽茶，这老东西能折腾人也。两名侍女窃窃笑着连忙收拾，已闻沉重急促的脚步声腾腾腾砸了进来。

“老哥哥也，叨扰叨扰！”

“也就你了，谁个敢坏老夫这见灯睡？”老嬴贲竹杖顿得噔噔响。

“老弟兄一起啃了十三年血锅盔，还怕老哥哥生咥了我！”

“呵呵，你顽头大，我咥得动么？”老嬴贲竹杖敲打着长案板着脸，“尝尝我这太白秋茶如何？先说好，只许吃不许拿。”

蒙骜哈哈大笑：“拿多拿少说话了，几时有个不许拿。”说着捧起大陶盅吱地长啜一口，不禁啧啧赞叹，“给劲给劲！正克得硬面锅盔！家老，备一罐我带了！”廊下家老笑吟吟嗨的一声，一溜碎步去了。

老嬴贲无可奈何地摇头笑笑：“老兄弟说，甚事忙活得不教人睡觉了？”

“不是大事能搬你这尊睡神？”蒙骜半是神秘半是正色地压低了声音，凑到了老嬴贲案头，“国丧已罢，新君朝会在即，你这王族掌事倒做了没事人也！”

“王族掌事算个鸟！枯木一株罢了。”

“甚甚甚？整日忙活算个鸟！精铁打在刀口！”

“聒噪聒噪！只说甚事？”

“新君新朝，何者当先？”

“将相当先，自古皆然，用问么？”

“有将无相，车失一轮，立马要滚沟也！”

“老夫吃你吓么？纲成君为相朝野皆知，孰能无相？”

“老哥哥仔细思量：自应侯范雎辞秦，昭襄王暮政期的丞相从未开府，相职也总是太子与蔡泽共领。打实处说，从来没有名正言顺的开府丞相。权宜之计或可将就一时，然秦国要大兴，一直没有开府丞相岂非贻笑天下。然则新朝要定开府丞相，自然便有新旧两选。老哥哥说，这蔡泽行么？”

老嬴贲呵呵一笑：“老兄弟与蔡泽交厚，要老夫举他开府领政？”

“错错错也！你我老军，几曾有过闪烁试探之辞？”

“那明说，究竟要老夫做甚？”

“吕不韦堪为丞相！”

“你是说，那个保异人逃赵回秦的吕不韦？”

“正是！”

默然片刻，老嬴贲微微点头：“此人也算得商政两通，然蔡泽亦是计然名家，又无大错，较比之下，倒是难分伯仲。”

“错也错也！”蒙骜连连拍案，“甚个难分伯仲？天壤之别！吕不韦长处有三：其一，博学广才，多有阅历。其二，心志强毅，临难有节，重义贵公，具首相之德行。其三，有气度有心胸，不狗苟蝇营，不斤斤计较，坦荡无私，行事磊落。只说饮酒，举碗便干，赤膊大醉坦荡率真，与我等老军有异曲同工之妙。此等人物，可遇不可求也！”

“呵呵，说了半晌，原是教人家给喝服了。”

“岂有此理！”蒙骜脸色涨红高声大嚷，“你老哥哥尚败我三碗，吕不韦何曾喝过我也！”转而嘿嘿一笑，“老哥哥别说，我还真服吕不韦饮酒，不是服他酒量，是服那赤膊痛饮，虽大醉而不猥琐下作的本色气度。老哥哥也当知道，当年之商君、张仪、范雎，但凡名相器局者，哪个不是本色雄杰，哪个不是醇醇率真！唯其能酒而本色直道，真英雄也！”

“呵呵，虽是歪理，老夫也认了。还有甚事？”

“没了，该说说当年了……哎哎，别忙睡也！”

蒙骜言未落点，老嬴贲白头猛然一点，已扯起了悠长的鼾声。蒙骜愣怔站起哭笑不得地一招手，两名黝黑肥壮的侍女抬着一张军榻从大屏后出来，将军榻在案前摆好，一名侍女跪身偎住了老庶长，只轻轻一扶，老庶长嬴贲身子一歪便顺势可可地躺在了军榻，粗重的鼾声丝毫没有间断。两侍女相互一点头，轻柔无声地抬走了鼾声大作的军榻。蒙骜在旁直看得“噫噫”惊叹不绝，及至鼾声远去，情不自禁地大笑着吼了一声：“老哥哥！睡便睡，莫忘事也！”

立冬时节，秦国的朝会大典终于要举行了。

谚云：十会九春。说的是朝会历来都在开春。其时若无大战，郡县主官便要齐聚都城，在国王主持下与朝官一起议决诸般大事，启耕大典、祭祀天地宗庙、拜谒年高退隐功臣等等礼仪盛典也都要借着百官云集接踵举行。士农工商诸般国人庶民，一边议论着庙堂风云，一边郊野聚合踏青放歌、祭扫祖先坟茔、疏浚沟洫忙活春耕等等不亦乐乎。朝堂钟鼎声声，原野耕牛点点，窝冬之后的一切都在开春之时苏醒了萌动了。春行朝会，那是天道有常，国人从来以为是题中应有之意。

唯其如此，立冬朝会显得极是突兀。仿佛寒天要割麦子，国人硬是懵懂着回不过神来。便是国中官吏，也是窃窃以为不可思议。冬令肃杀，万物闭藏，此时岂能大行彰显新朝的朝会大典？然则无论如何不同寻常，秦国朝野还是默默认同了。毕竟，秦国目下正在连丧两君的非常之期，不借着冬令时光从容琢磨筹划，开春大忙之际岂能容得终日论争？当此之时，通会王书一下，郡守县令们匆匆动身了，朝官们也各自忙碌谋划起本署在朝会的待决大事。官道车声辚辚，官署昼夜灯火，市井街谈巷议，宫廷雨雪霏霏，秦国朝野第一次在窝冬之期骚动了。

较劲的关口只在一个，今朝丞相究是何人？

华阳后看到蒙骜上书，原本竭力压抑的一腔愤懑骤然发作，当即秘密召来蔡泽将事说开，要蔡泽明白说话，想做丞相便同心较力，自甘沉沦便等着罢黜治罪。蔡泽原本尚以为蒙骜等一班老将拥戴自己无疑，乍见蒙骜上书，如一桶冷水当头浇下，愣怔片刻突然怒火中烧。你老蒙骜与我蔡泽素来交好，不赞同老夫也罢，何须如此阿谀鼓噪一个商人吕不韦！若无不可告人之密，岂非咄咄怪事？然蔡泽毕竟是蔡泽，虽则气得脸色铁青，硬是隐忍未发，只对华阳后深深一躬，兹事体大，容老臣告退思虑而后作答。回到府中蔡泽再三权衡，深觉蒙骜此举大非寻常深浅莫测，不能正面计较。蒙骜之忠直秉性有口皆碑，上将军举荐领政大臣也是职责所在，自己若以事中人之身公然回击，一定是引火烧身无疑。事之要害依然是也只能是吕不韦，吕不韦之要害，则是究竟适合不适合做秦国丞相？若吕不韦不堪为相，自是釜底抽薪，谁也无可奈何。然则，要说出一番吕不韦“不堪为相”的凭据却是谈何容易。要将这“不堪”

之理再变成公议，更是谈何容易。思谋竟夜，蔡泽心头终于一亮，立即伏案挥笔写了起来。清晨霜雾正浓之时，蔡泽从一条隐蔽小巷秘密进了太后寝宫，与华阳后整整密议了一日，方才趁着暮色出宫。

次日卯时，华阳后风风火火到了王宫书房，将蒙骜上书气冲冲摔在了嬴异人案头，指斥蒙骜举荐失察，竟担保一个心怀叵测不堪为相的商人执掌秦国相印，是可忍孰不可忍！嬴异人大为惊讶，思忖间赔着笑脸道："母后自是明察知人。然这'心怀叵测，不堪为相'八字断语若无凭据，你我母子如何面对朝野公议？"

嬴异人没有料到，华阳后竟一口气款款说出了六条凭据：

其一，吕不韦早年周旋齐燕两军之间，既卖燕军兵器又做齐军后援，左右逢源而暴富，实为见利忘义之奸商。其二，吕不韦野心勃勃，当年在邯郸援助嬴异人，有"此子奇货可居也"之语，入秦居心不良。其三，吕不韦多言秦法弊端，赞同墨家义政，若为丞相，必坏秦国百年法度，大行王道儒政。其四，吕不韦曾为文非议商君"趋利无义"，若主秦政，必与商君之法背道而驰，其时秦国必乱。其五，吕不韦曾作"吏本"一文，以官吏为国本，藐视王权庶民，一朝为相，必与民争利，与王室分权，使权臣坐大而行三家分晋之故事。其六，吕不韦有"荡兵"之说，自诩疏通兵道，实则主张"义兵"，指斥秦国出兵山东攻城掠地为不义之道，若主国政必与山东六国罢兵息战，使秦国大业毁于一旦。

"敢问母后，如此六则，譬如为文，从何说起？"

"晓得你不信，自己看了！"华阳后一招手，身后侍女捧来一只红木匣恭敬地搁置王案中间，又熟练地打开了匣盖取出几卷竹简依次摊开。

嬴异人惊讶得眼睛都瞪直了。面前这些竹简韦编精细刻工讲究，正是吕不韦"器不厌精"的往昔做派，竹简上的刻字也分明是吕不韦的手迹。吕不韦偶尔为文他也知道，当年毛公薛公也说过，可三人谁也没见过吕不韦的文章。嬴异人记得有次酒后请求吕不韦展示大作，吕不韦大笑连连摇手："游思断想也！岂登大雅之堂？毛公薛公腹中藏书万卷，尽可教授公子。"今日华阳后能有吕不韦如此多的书简，岂非咄咄怪事也。

"子楚，愣怔甚来，看了。"

嬴异人皱着眉头瞄了过去，一卷卷确实扎眼——

安危荣辱之本在于主，主之本在于宗庙，宗庙之本在于民，民之治乱在于有司。三王之佐，其名无不荣者，其实无不安者，功大也！

义者百事之始也，万利之本也，中智之所不及也。不及则不知，不知则趋利。趋利固不知其可也！公孙鞅、郑安平是矣！公孙鞅之于秦，欲堙其责，非攻无以，于是为秦将而攻魏，终阴杀公子卬而为无道也，行方可贱可羞！

为天下及国，莫如以德，莫如行义。今世之言治，多以严刑厚赏，此世之苦害也！以德以义，则四海之大，江河之水，不能亢矣！

世当荡兵以息战。古圣王有义兵而无暴兵。义兵为天下之良药，暴兵为天下之恶药。用兵若用药，得良药则活人，得恶药则杀人！……

"母后之意，如何处置？"嬴异人推开了竹简。

"一则下书问责蒙骜。二则公议拜相事了。"华阳后从未有过的利落。

"公议？行朝会么？"

"朝会之先，当先召王族元老与在朝大臣议决了。"

"王族元老向不参政，妥当么？"

"毋晓得王族议政祖制了？不参政不议政，王族不是摆设么？"

"子楚遵母后命。"

"这便是了。"华阳后灿烂地笑了，"只我母子一心，才有个安稳，晓得了？"说罢一摆手唤过身后妙龄侍女亲昵指点道："娘晓得子楚冷清，我给你物色了一个侍榻女，震泽吴娃，医护之术青出于蓝了。你且试试如何？不可心娘再物色了。晓得无？”

“子楚谢过母后。”

“好了，母后去了。”华阳后笑吟吟走了。

嬴异人皱着眉头唤来老给事中低声吩咐两句，老给事中领着那个美艳的少女走了。嬴异人粗重地叹息一声，不禁焦躁地转悠起来，转悠得一阵自觉心头突然一亮，召来老长史桓砾密议一阵，立即分头登车出了王城。

老长史桓砾从密道出宫直驱上将军府，将书简木匣交给了蒙骜便马不停蹄地回宫去了。蒙骜思忖片刻，吩咐家老立派精干仆人去城中太子傅府送信邀约吕不韦，自己登上辎车出了咸阳南门直奔吕庄。到得吕庄堂上未曾饮得两盅酽茶，吕不韦轺车便辚辚回庄了。

“茶不行。上酒上酒，老赵酒！”吕不韦进门便嚷了起来。蒙骜浑不理睬，板着脸将案上木匣中的竹简哗啦反倒出来：“过来瞅瞅，谁个的物事？”“甚宝贝也？”吕不韦走过来不经意一瞄，不禁大是惊讶，蹲身连翻几卷，凝神片刻恍然笑道：“呵呵，如此半拉子物事竟蒙老将军收藏，惭愧惭愧！”蒙骜冷冰冰道：“明白说话，这些书简可是你的手笔？若是，如何能流传出去？谁个讨要的？还是你自己送出的？”

“神鬼难料，天意也！”吕不韦心知蒙骜秉性刚严缜密，如此神情绝非笑谈，不禁一声长嘘，“年轻时，我很是钟爱自己时不时写下的这些片段文字。商旅天涯，也总是打在车身的一个暗箱里，客寓歇息时翻出来揣摩揣摩。田单抗燕的第四年夏，鲁仲连邀我一起北上即墨商议援齐海船航道事宜。我心下明白，鲁仲连是要我实地体察即墨军民的苦战，铁定海路援齐的心志。我自不能拒绝。心知此行多有风险，上船时我只在皮袋中背了五六卷正在揣摩修改的竹简，除此一无长物。此时正逢乐毅彰显燕军‘仁政安齐’方略，准许商旅自由出入齐燕两国。即墨事完后，我乘一只小船沿齐国海岸北上河口，再从河口北上燕国，想托可靠胡商买得大宗皮革南运陈城，为齐军制作皮甲。在齐燕边境，恰恰遇到了一支燕军骑队截杀齐国流民。我愤而指斥燕将与乐毅仁政背道而驰，却被燕将呵斥为齐军乔装斥候，喝令士卒大搜我身。见我身与马具一无重金珠宝，也无斥候凭据，燕将恼羞成怒，将几卷竹简撕扯成片哈哈大笑着四处抛掷猛力踩踏一番，才将我押到了军营拘押……三日后，我被乐毅的巡军特使无罪开释，还马归钱许我自便。然则，当我去找那些竹简时，早已经没有了……从此，我很少作文，偶尔写得几篇，也都烧了……”

“如此说来，你文流出，只此一次？”

吕不韦点头笑道：“如此陋文有谁讨要，又何能送人现世？”

“这些竹简是你原本手迹么？”

“不错。”吕不韦翻弄抚摩着竹简，“也是才情平庸使然。我作文无论长短，都多有修改，是以喜好竹简，而不用携带方便的羊皮纸。竹简刻写，不妥处可以刮掉重刻，上好竹简刮得三次也不打紧。羊皮纸不然，一旦想改，就得涂抹，若是刮，便破损了。老将军手来摸摸，这每支竹简都有凹凸处，不说字迹，只是这凹凸简便非我此等庸才莫属。能是别个？”

“这些文字都是完整的么？二十年后还是你的主张么？”

“老将军把得好细也。”吕不韦悠然一笑，“飞散书简，何能完整？然则收藏者能将这些残简拼得成句成文，显是费了工夫，非行家里手不能为也！要说书文本身，因多拼凑，处处似是而非，不说与不韦今日之想大相径庭，便是与原本文字，也是相去甚远。譬如这‘义兵’一文，原本是‘有义兵而无偃兵’，这竹简却将‘偃兵’变成了‘暴兵’！我何曾有过‘暴兵’一说……”吕不韦突然打住，摸着竹简的右手食指猛然一抖，哗啦将手中一卷举到了眼前打量，“噫！怪也！这‘暴’字是人改刻！没错！我再看这几卷！”一时哗啦起落，接连指出了二十余处改刻，倏忽之间额头涔涔冷汗，“虽则鬼斧神工，终究难藏蛛丝马迹也！”

“如何能证有人后改？”蒙骜精神大振。

“凭据有二。”吕不韦举起竹简对着阳光，“老将军且看，这竹简韦编粗细不一，简孔有紫红痕迹，韦绳却是黑皮条。我当年韦编用的皮条是越商精制的水牛皮条，紫红发亮，磨得简孔边缘如红晕泛起。这黑皮条却是燕国黑羊皮，细柔过之，顽韧却是不足。此足以证实，这竹简成卷并非原先之连接次序，而是重新组合，文理不通处便改刻得！”

“牛皮羊皮之韦编，你能分得清楚？”蒙骜很是惊讶。

“愧为老商，辨器识物尚算成家入流矣！”吕不韦笑叹一句。

“其二？”

“其二是这用墨。”吕不韦将竹简在大案摊开，又起身匆匆到文案捧来一只铜匣一方白石，坐定打开铜匣拿出一个极为考究的乳白广口陶罐，从罐中哗啷倒出一堆黑亮亮的墨块，指点道：“这是我用的北楚烟墨，几十年没变过。这方白石是我的私砚，也从来没变过。”说着搬过那方中央凹陷的白石，滴入一汪清水，指夹一块扁平的墨块到石砚中，从石砚边拿起一片同样扁平却显稍大的石片压在墨块上旋转研磨了起来，一边道：“天下墨块以北楚陈城墨最是精纯，一方磨得十砚浓墨。[1]一个老墨工教我用白石做砚，研磨得墨汁柔和黏滑无杂质，墨迹干后油亮平整，刻刀上简极是顺畅，刻出字来周边绝无裂纹。然时人以瓦为砚，所磨之墨粗粝许多，字迹干后辄有瓦粉屑粒，刻刀着力处难免小有抖动，刻字边缘便常见细纹密布。老将军且看，这个‘暴’字正是如此。”

“不错！是有细纹！”蒙骜举着竹简大是惊叹。

吕不韦不再说话，只看着一片散开的竹简出神。蒙骜也不再多问，站起来收拾好竹简一拱手道：“只此一事，老夫去也。”吕不韦惊讶道：“噫！老将军这残简不是送我的么？”蒙骜拍打着木匣揶揄地一笑：“你以为老夫是拿着散失孤本讨赏来么？明说了，此物有主，惜乎老夫也不知其人来路也。”吕不韦目光一阵急速闪烁，随即恍然大笑：“得人揣摩者，必奇货也，拙文有此殊荣，幸何如之！”慨然一拱手，“老将军走好，恕不远送。”蒙骜连连摇手“不送不送”，抱着木匣匆匆去了。

蒙骜出得吕庄，驱车进城直奔驷车庶长府。刚刚入睡的老嬴贲被家老唤醒，来到厅中哭笑不得地顿着竹杖骂骂咧咧，然听蒙骜将事由说得

---

[1] 中国墨发明极早。商周时已有烟炱墨，即用火烟凝成的黑灰入泥而成黑色泥块，墨色稍差；春秋战国时已有较纯烟墨，普遍形制为小圆块，上压石片研磨，石片称研石；东汉始制圆柱状墨锭，可直接手拿研磨，研石方渐绝迹。砚，唐代以前以瓦为砚，故称砚瓦，唐以后始有石砚。《说文》：“石滑而不涩曰砚。”

一遍，当即瞪着老眼嚷嚷起来："直娘贼！秦国选相历来只看真才实学，几曾有过如此蹊跷之事？阴人！阴谋！老夫去见新君说话，请王族之法废了这不安分女人！鸟！是太后便要干政，还有国法么？啊！"

"且慢且慢，老哥哥息怒也。"蒙骜连连摇手，"此事还得依着规矩来，你且听听老兄弟谋划如何？"老嬴贲猛然一点竹杖："说呀！"蒙骜席上几步膝行，两颗雪白的头颅凑到了一起，良久喁喁低语，一阵苍老洪亮的笑声。

华阳后很是不解，王宫竟没有任何动静。

那个派在嬴异人身边的侍榻侍女通过一个楚人老内侍传了话来：近日秦王没有召见任何大臣，也没有出过王城，与老长史桓砾也没有说过与选相有关的话。如此说来，嬴异人是服软了？不像。当真服软肯定要来面见太后，至少要召见蔡泽才是。有甚新谋划么？也不像。不见大臣不亲自周旋，能有甚谋划？反复思忖，华阳后终是认定嬴异人是心有不甘却又无可奈何，索性撒手不管。心有不甘者，嬴异人身为秦王要报吕不韦之恩，却遭自己与蔡泽之强势阻断，能适意了？无可奈何者，毕竟蔡泽也是大有名望的才士，领相治国顺理成章，加上太后一力支持，嬴异人又能如何反对？更要紧的是，几卷老旧书简，铁定证明了吕不韦政道不合秦国，纵是昭襄王那般雄主在世也无可扭转，没有根基更无功业的嬴异人纵是一万个不满又能如何？毕竟，秦国百年以来形成的政道新传统稳稳占据了朝野人心，吕不韦非议老秦人视为神圣的商君，非议秦法秦战，崇尚老秦人最是厌恶的儒家政道，谁敢为他说话？

"纲成君之谋，乾坤之功了。"

华阳后见过嬴异人之后大赞蔡泽，自老阿姐死后心中第一次踏实了。虽则如此，华阳后还是觉得该当再推这个新君一把，最好使他在朝会之前明白表态，方可万无一失。思谋一定，华阳后立即秘密知会蔡泽，敦请他进王城面见新君陈述为政主张，软逼新君就选相说话；她自己则去周旋那些王族外戚元老，请他们出面主持选相。

对于说服这些"法定不干政"的贵胄元老，华阳后有一个最动人的理由：纲成君是昭襄王着意留给新君的良相，后来之所以虚其相权，为的便是新君实其相权时能给蔡泽以知遇之恩，而终得才士死心效力；说到底，昭襄王不曾大用蔡泽，恰恰是为了后来新君大用蔡泽；今朝不用蔡泽，是违背昭襄王遗愿，是贻害秦国。

每一个元老贵胄都肃然听完了华阳后罕见的雄辞，都对太后陡然表现出的才干大加赞赏。几个承袭封君爵位的芈氏外戚都是宣太后当年的老根底，对华阳后更是一力拥戴，异口同声地说：“华阳太后摄政，‘秦芈’中兴有望也！”

然则，蔡泽带来的消息却依然暧昧不明。新君认真听完了他整整一个时辰的为政大略，其间点头无数次，末了却说他服丧期间劳神伤心，听过人说话便忘，待他仔细看完上书定会登门拜访请蔡泽赐教。说罢连打哈欠，蔡泽只有告辞了。

“晓得了。”华阳后浑没在意，只淡淡一笑，“终究是朝会议决，其时纲成君只管陈说为政大略，余事毋上心了。”蔡泽嘴角抽搐了一下，想说话终未开口，晃着鸭步踽踽去了。华阳后立即来到王城前区东偏殿，对嬴异人申明：此次大朝，当许王族外戚之元老勋臣与会，与当国朝臣共议国政。

“母后之命，子楚无异议。”新君答应一句又嗫嚅道：“只是，依着法度，此事须得领相权之纲成君、上将军蒙骜、老驷车庶长三头赞同，母后以为如何处置？”

“纲成君、老庶长定然赞同了。剩一个蒙骜有甚打紧？年逾花甲，也该有新锐大将当军了。你自思忖，知会他是了。”华阳后不屑多说，咯咯笑着径自走了。

立冬这日，盛大的新朝朝会终于在咸阳王城举行了。

王城正殿座无虚席，中央王座与太后座之下的大厅分为五个坐席区：最靠近王阶的中央区是君侯席。其时秦国君侯都有虚领的封地，君侯等级相若。高下之别只在位次排列，但都是最高爵位。昭襄王时先后有六君四侯：武安君白起、华阳君芈戎、泾阳君公子市（嬴市）、高陵君公子悝（嬴悝）、安国君公子柱（嬴柱）、纲成君蔡泽，穰侯魏冉、应侯范雎、蜀侯公子辉、蜀侯公孙绾。孝文王嬴柱在位一年，将华阳后族弟芈宸封了一个阳泉君。此时已经只剩下了两君，纲成君蔡泽与阳泉君芈宸，所以与三位高职大臣上将军蒙骜、假相太子傅吕不韦、驷车庶长嬴贲合为首区五席，依着惯例仍然呼作君侯席。其次四大块坐席区依着职掌划分分别是：东北大令区，便是后世说的九卿正职，此时有大田令、太仓令、太史令、太庙令、司寇、司空、廷尉、国正监、国尉、长史等十席；东南郡守县令八十余坐席，战国时郡守县令同爵，有些大县县令比郡守爵位还高，是以同等坐席；西北高爵将军区，五大夫爵以上的大将二十余人；西南为大吏席，也就是各官署副职、属官与特许列席的内侍臣工，譬如内侍高官给事中、中车府令等。此等官员均是各官署实际执事的实权者，俗称"官尾吏头"，故朝仪中一体呼为"大吏"，人数最多，一百余坐席。唯其务实，寻常朝会大吏独议朝政者极少，非常朝会也常有不召大吏参与的时候，然在诸如决策立制这般重大国事中，大吏的群议之力却很是显赫，最能彰显朝议之力，故每逢新君大朝必有大吏与会。朝臣人各一席，每席一案，每案一茶一纸（皮）一笔。二百余席满当当排开，各区以红毡甬道分隔，一眼望去分外整肃。

"新朝朝会始！太后训辞[1]——"

华阳后从来没有参与过朝会，更没有面对满朝大臣说过话，乍听司礼大臣的礼程宣示大感意外，顿时满面通红，不禁狠狠地挖了嬴异人一眼厉声道："哓得我要说话了？"正襟危坐的嬴异人一脸惊惧之色连忙起身一躬，飘荡的声音弥漫着惶恐："子楚恭请母后训政。"说罢小心翼翼地垂手低头站在王案旁。

"子楚真吾儿了！"华阳后大感欣慰，不禁笑吟吟夸了一句，原先的拘谨也顷刻消散，朝堂也不过如此，还不是谁权大听谁了？于是点头，端起一副庄容道："毋晓得今日朝会我要说话了。子楚要我这嫡母娘亲说话，我说得几句了。自来朝政两柱石，一相一将。昭襄王晚年与先王

[1] 训辞，教导之言。语出《左传·僖公七年》："君若绥之以德，加之以训辞而率诸侯……"

在世，都是有将无相，在人便是有脚无手了。如今新君即位如何？还是有将无相。自然，领职相是有了，假相是有了。可领相不是相，假相也不是相了。新朝丞相要得像老相那般，是开府丞相，统领国政了。这一相一将么，诸位都说说谁个堪当？今日来个当殿议决了。自然了，事多了一次也说不过来，将职可先缓得一缓。毕竟了，蒙骜将军虽老了些个，也打过几次败仗了，可总归还算忠于王室了。再说目下也不打仗，缓缓再说也该当了。至于今日议政么，纲成君、阳泉君是两个封君大臣，要主持朝议公平了。晓得无？我说这些，诸位尽可知无不言了。”

司礼大臣的声音又回荡起来：“秦王口命——”

嬴异人抬头扫视着大殿只是一句：“太后业已训政[1]，诸臣议决便是。”

举殿默然，将军们粗重的喘息声清晰可闻，郡守县令们惶惑四顾，在国大臣们脸色铁青，总归是谁也没有开口。战国之世言论奔放，秦人更有牛性直言之风。战国中期以后，秦国政事吏治最为清明，大臣敢言蔚为风气，逢朝必有争，慷慨论国事，已大大超过了暮气沉沉的山东六国。当此之时，大朝无言，极为反常。

“久无大朝，诸位生分了。”阳泉君芈宸霍然起身一脸笑意高声道，“老夫先开这口子了。太后训导，新君口命，已然昌明今日大朝宗旨，这便是议政拜相。老夫之见，纲成君才德兼备，朝野服膺，又多年领相，职任新朝开府丞相正当其时了。”

“老臣不以为然！”随着一声苍老的驳斥，卿臣席颤巍巍站起了一个白发苍苍的高冠老臣，却是“老三太”之一的老太史令。老人看也不看阳泉君，只对着王座昂昂然一拱手，“不以为然者，今日朝制也。举朝皆知，先王顾命之时执太后、太子傅与新君三手相握，其意在叮嘱三方同心，而并未有太后摄政之命也。长史清理典藏，亦无先王命太后新朝摄政之遗命也。如此，则太后临朝训政于法度不合……”

“岂有此理！”阳泉君怒斥一声插断，“太后摄政有先王顾命，有新

[1] 训政，原意为国君训导政事。后世定制，太上皇传位后仍裁决大政或太后垂帘预政，称训政。

君下书成制，史官录入国史，你太史令岂能不知了！明知而非议，居心何在！”

“阳泉君差矣！”老太史令冷冷一笑，“唯录入国史，而老夫能言。且听老夫背得一遍新君口书，朝会共鉴之。国史所载新君口书原话为：‘父王新丧，我心苦不堪言，料理国事力不从心。今命太子傅吕不韦以顾命大臣之身，与纲成君蔡泽共领相权，处置一应国事，急难处报母后定夺可也。其余非当务之急者，父王丧葬后朝会议决。’史官若错录一字，老夫若错背一字，甘当国法！”

举殿大臣哄嗡一声议论蜂起。

绝大多数朝臣只知孝文王弥留时三人顾命，新君有书太后摄政，虽然从来没有接到过太后摄政的定制王书，但依然相信这是真实的。一则太后摄政有先例，二则国丧期间太后预政也是事实，若是无中生有，新君与吕不韦岂能容得如此荒诞之事？今日一见朝会议程，更相信了太后摄政已成定局，纵对这位华阳后有所不满，一时也无可奈何。不想这素来在朝会不说话的老太史令挺身而出，先对朝会议程提出非议，且言之凿凿，将新君口书背得一字不差，大有铁笔史官的凛然风骨，朝臣们如何不恍然悚然愤愤然纷纷然？阳泉君一时愕然无对，心知此时非顾命三人说话方可，然目光扫去，吕不韦无动于衷，姐姐华阳后满面通红地盯着嬴异人，嬴异人只低着头死死盯着脚下的红毡。

阳泉君忍无可忍，大步跨上王阶直逼王案：“臣敢请新君明示！”

“阳泉君大胆！”将军席上一声大喝，一员白发老将霍然起身戟指，“朝议国政，法有定制，汝仗何势敢威逼秦王！”话未落点，满席大将刷的一声全部站起一声怒喝，“王陵之见，我等赞同！阳泉君退下！”

“阳泉君确乎有违朝议法度。”铁面老廷尉冷冷补了一句。

站在王座区空阔处的司礼大臣正是那位三代老给事中，见状面无表情地尖着嗓子一声宣呼：“阳泉君退回原座议事——”

一直难堪默然的华阳后突然一笑：“本后事小，说说议议有何不可了？阳泉君何须孩童般较真，下去下去，听大家说了。摄政不摄政，都是为了国事了。依着我看，拜相比议论我这老太后要紧得多了。子楚，你说如何？”

嬴异人抖抖瑟瑟应道：“母后大是。子楚也以为是。”

华阳后突然恼羞成怒，拍案高声：“毋晓得你抖甚？你几时怕过我了！”

“母后说、说、说得是……”嬴异人倏地站起垂首变色，更见惊惧。

“嬴异人！！”华阳后猛地拍案尖叫一声，面色铁青地站了起来，突然之间咯咯长笑手舞足蹈，“国事了！国事了！毋晓得这般国事了！啊哈哈哈哈哈哈……”大笑一阵，猛然推开围过来的侍女径自大袖飘飘地去了。

举殿死一般的沉寂。阳泉君芈宸嘴角一阵猛烈地抽搐，终是坐着没动。司礼大臣正在无所措手足之时，新君嬴异人回头一声吩咐：“太医令立即看护母后，不得有误。”转身进入王座坐定，镇静如常道，“朝臣聚国，殊是不易。新朝新政，刻不容缓。国事不因人而废，诸位但依法度议事可也。”

举殿不约而同地长嘘一声，恍如一阵轻风掠过。大臣们蓦然明白，这位新君并非真正的孱弱，方才故事只不过是“示弱以归众心”的一个古老权谋而已。看来，这个新君尚有强韧底色，比萎靡不振的孝文王实在是有主见多了。秦国收势多年，朝野渴盼雄主强君如大旱之望云霓，唯其雄强，些许有违正道的权谋又有何妨？人同此心，朝臣们压抑沉闷的心绪一时淡去了许多。

“老臣有说。”郡守席站起一位白发瘦黑的老人，竟是巴蜀两郡太守李冰。

此时的李冰，已是天下治水理民之名臣，爵同上卿，是秦国地方大员中爵位最高的大臣，也是秦国资望最深权力最大的地方大臣。蜀道艰难，蜀地多乱，蜀地政务多由王室派驻蜀地的蜀侯与咸阳通连传递，李冰父子只专心水患治理与庶民生计，极少入朝，也极少涉足国政事务。然则三任蜀侯生变，尤其是第三任蜀侯公孙绾乃承袭其父嬴辉爵而继任，是昭襄王的嫡孙，竟然也图谋自立。昭襄王杀了公孙绾之后，终于晚年决意将巴蜀两地交李冰统领。孝文王嬴柱与李冰笃厚，死前正好下诏李冰回咸阳养息议政。辗转三月，李冰抵达咸阳时嬴柱已经薨去了，蔡泽与吕不韦同时主张李冰留国参与朝会，嬴异人自然允准了。此时李冰要说话，朝臣们一片肃然。

“老臣以为，理国之要，首在朝制。朝制不明，万事紊乱也。”李冰声音低沉，然却中气十足，整个大殿清晰可闻，“何谓朝制？首在君权。君权之要在一,一则安，二则乱。凡二，做应急之策可也，立为定制则不可也！譬如当年宣太后摄政，根源在昭襄王少年回秦，主少国疑，乃形势使然，不得已而为之也。故朝野无异议。目下秦国已经大不相同，新君年逾三旬，历经磨难，堪当公器大任，何能再做一政多头之朝制？今日朝会，太后训政首当其冲，似乎太后摄政已是定制，太史令提出非议，自是在所难免。谚云：大邦上国，不以一人之好恶立制。太后喜与不喜，自当以邦国兴亡为本，而不当以一己之好恶为本。故此，老臣请朝会先行议决：明君权，废摄政，纲举目张！”一言落点，戛然打住。

“好！老臣赞同！”驷车庶长老嬴贲嗵嗵点着竹杖，“老太守洞若观火，合乎法度，合乎祖制！秦国王族向不干政，太后乃前代国君妻室，王族嫡系，自当遵从王族法度，安居太后尊荣可也。”

“臣等赞同！”所有郡守县令异口同声。

“臣等赞同！”卿臣席十位大员也是异口同声。

“臣等赞同！”将军席一声齐呼。

大吏席区却是别有气象，此起彼伏地一片片报名呼应。先是一声“廷尉府属官赞同！”接着一声“太子傅属官赞同”，此后各署一声声连绵不断，大殿嗡嗡震荡不绝。呼应之声落定，殿中却是一片异样的沉默，大臣们的目光不期然一齐聚向了蔡泽。

席次最多的丞相府属官竟没有一人说话！

战国通制，朝政以开府丞相为枢纽，属官以丞相府为轴心。所谓开府，便是丞相府依法设置若干直属官署统一处置日常政务。这些直属官署与各大臣的属官不同处在于：各大臣属官是本司（专业）之划分，譬如廷尉府有狱丞、讼丞、宪盗等属官；太庙令府有祭祀、卜人、庙正等属官；丞相府属官则是综合性的领域划分，譬如行人（职司邦交事务）、属邦（职司附庸部族与属国事务）、甬（职司徭役事务）、工室丞（职司工匠）、关市（职司市易税收）、司御（职司官道车政）、府（职司府藏），等等，等等。战国后期之秦国疆土不断扩张，丞相府直属官署已经增至二十余个，实在是“大吏”中最最要害的力量。秦昭襄王后期的丞相府多有模糊处，从法度说依然是开府丞相制，但由于蔡泽封君后事实上脱离相权，时不时与太子嬴柱“兼领”相权，实则丞相府已经被“虚处”，只处置一些具体事务，重大政务一律由秦昭王直下诏令。然在秦孝文王嬴柱即位的一年里，蔡泽以唯一相职之身重新实际执掌了丞相府。为了给施展新政打好班底，蔡泽将实权属官作了一次改朝换代式的整肃，除了从燕国来投靠自己的得力亲信身居要职，其余要害属官便是华阳后与阳泉君举荐过来的“秦芈”。其时华阳后正得新君嬴柱宠爱，其族弟以“佐王立嫡有功”一举封了阳泉君。蔡泽思量要施展政才自然要结好华阳后姐弟，此所谓“人和者政通”。如此一来，丞相府属官中的老秦人全部迁职，直属官署几乎全部成了“秦燕人”与“秦楚人”，咸阳国人一时有了“相府大吏，秦蔡秦芈”的巷谚。如此一来，丞相府属官自然以蔡泽阳泉君马首是瞻。今日朝会阳泉君业已铩羽，“秦芈”如何能落井下石？蔡泽始终缄口不言，“秦蔡”又如何能附会群议？

“敢问纲成君，相府属官是非俱无么？”这次是老蒙骜冷冰冰开口。

“上将军何其无理也！”蔡泽正在为今日朝会的陡然变故惶惑烦躁不已，见蒙骜竟对自己无端发难，顿时怒火上冲，拍案呷呷厉声，“朝会议政非官署理事，人各自主对朝对君，属官之说，当真匪夷所思！”

“匪夷所思么？老夫却以为路人皆知。”

“嘿嘿！老将军做个路人，老夫掂掂也！”

“也好，老夫来作一番路人之评。”蒙骜拍案起身扫视大殿高声道：“举朝皆知，老蒙骜与纲成君交谊匪浅。然大臣面国无私交，今日老夫却要公然非议纲成君，宁负私情，不负公器。自纲成君重掌相权，其用人之道老夫大大不以为然！何也？畛域之见未除，私恩之心太重，而致相府重器溺于朋党也。国人流布巷谚：‘相府大吏，秦蔡秦芈。’举朝大臣谁人未尝闻也。秦自孝公以来，任用山东六国之士偏见日消，昭襄王之世可说已是毫无芥蒂之心。六国人言，秦用外士，为相不为将，终有戒惧山东之心。非也！蒙氏一族老齐人也，老蒙骜居上将军，子蒙武职前将军，可证此言大谬也！老夫慨然喟然者，倒是山东名士入秦掌权之后，时有六国官场恶习发作，畛域恩怨之心或生，任用私人，终致误国误己。应侯范雎才功俱高，唯一己恩怨过重，睚眦必报，明知郑安平、王稽才不堪用，偏是力荐郑安平为将，王稽为郡守大臣。结局如何？郑安平战场降敌，葬送秦军锐士三万余人！王稽受贿卖国，擅自将南郡八县私让楚国！范雎一世英名，终成不伦不类之辈也！纲成君所任相府属官，非故国来投之亲信，即私谊举荐之裙带，虽不能说无一能者，然铁定是没有公忠事国之节操！否则，何能人皆有断，唯丞相府举府无一人开言？所为者何？还不是等待主君定点而后群起呼应之？此等属官，究竟是秦国臣子，还是两君门客？如此用人气度，所用之人如此节操，尚能说'人各自主对朝对君'，能不令人齿冷？老夫该不该问纲成君一句？"

齐人语音原本咬字极重，加之蒙骜粗哑铿锵的声音，一字字如叮当铁锤连绵砸来，举殿无不震撼非常。以蒙骜之缜密稳健，寻常时除了与军旅征伐相关之事，不说朝会，便是重臣议政也很少说话，对朝中大臣更是礼敬相处毫无跋扈之气，今日却能在如此大朝之时以如此凌厉言辞抨击一个封君丞相，直是不可思议。一将一相国之柱石，如今将相对峙，朝臣们更大的担心则是将相失和而生出乱局。

"老将军所言不无道理也。"

蔡泽似乎并无难堪，语气惊人的平和，"然老夫之心上天可鉴：整肃相府非为他图，唯期新政雷电风行也。相府原来属官多是年迈老吏，虽公忠能事，惜乎力不从心，孰能奈何？老夫用人，成事为先。唯其能事，外举不避仇，内举不避亲，何忌楚乎燕乎？若无开辟新政之心，老夫何须多此一举耳！虽则如此，蔡泽以邦国为重，若有失察而任用不当者，老将军指名，老夫当即迁职另任也。"

"呵呵，车轴倒是转得快也。"驷车庶长老嬴贲点着竹杖揶揄地笑了，"既然说到了丞相一事，老臣也不想再绕弯子，索性明话直说：纲成君于气度，于总揽全局之能，皆不堪为相；老臣建言，推太子傅吕不韦做开府丞相。呵呵，诸位斟酌了。”

“此言大谬也！”相府大吏席有人突兀锐声一喊，一个中年属官赳赳挺身，“纲成君大有相德！外举不避仇，内举不避亲，大公之至！何错之有？上将军老驷车不问所以，唯做诛心之论，大非君子之道也！我等之见：秦国丞相，非纲成君莫属！”

“赞同！秦国丞相非纲成君莫属！”相府大吏齐声一呼。

“且慢。”老太史令摇着一颗霜雪白头冷冷一笑，“诸位既以春秋祁黄羊之论辩护于纲成君，责难于两大臣，老夫便来评点一二。‘外举不避仇，内举不避亲，祁黄羊可谓公矣！’此话乃孔子对祁黄羊之赞语也。囫囵论之，的是无差。然田有界垅，事有定则。若不就实论事，唯以此话做任用私人之盾牌，却是戏弄史书也！祁黄羊之公，首在公心，次在公身。祁黄羊其时致仕居家，置身国事之外，举人唯以才干论之，与自己却是无涉，此谓公身也。公心于内，公身于外，始能真公也！若重臣在任，举人用人关乎己身，唯以私人裙带任用部属，却要说‘内举不避亲，外举不避仇’，诚所谓假其公而济其私，何有真公也！”戛然打住，却没有涉及丞相人选，大臣们不禁又是一阵惊愕。

“议事非论史！只吕不韦不能拜相！”相府大吏中一人操着楚语愤然高声，“吕不韦素来非议秦法秦政，贬斥商君，主张罢兵息战！此人为相，亡秦之祸便在眼前了！”

此言一出，举殿骇然！大臣们对吕不韦毕竟生疏，谁也不知道吕不韦平素有何政道主张，今日有人能在此等隆重朝会公然举发，一口气列出三桩秦国朝野最厌恶的政见，何能是空穴来风？一时人人不安，只想看吕不韦如何辩驳。

“此说何证？”卿臣席老廷尉突然冷冷插问了一句。

相府长史高声道：“吕氏书简多有流传，在下有物证！”

老廷尉淡淡一句：“老夫能否一观？”

但为秦国朝臣，谁都知道这位冷面廷尉勘验物证的老到功夫，当即有人纷纷呼应：“是当请老廷尉一观。”“过得老廷尉法眼，我等信服！”“好！信得老廷尉！”众口纷纭之际，相府长史正要从腰间文袋取物，却有一吏突兀高叫：“谁个朝会带书简了，我等又没事先预谋了！要得物证，散朝后我等自会上呈了！”另一吏立即接道：“没有物证敢有说辞么？列位大人要听，我当殿背将出来！”“我也能背！”“背！公议有公道！”大吏们纷纷呼应，昂昂然嚷成了一片。

“反了！！”老驷车庶长一声怒喝，竹杖直指相府吏坐席，“这是大朝！胡乱聒噪个甚！没带物证便去取，岂容得你等雌黄信口！”这老嬴贲原本王族猛将，秉性暴烈深沉，怒喝之下震慑得愤愤嚷叫的大吏们一时愣怔无措，大殿顿时一片肃然。

蒙骜冷冷一笑，将一卷竹简哗啦摔在案上：“老夫有预谋！收藏有吕不韦散简原件百余条，你等拿来两厢比对，权将吕简作古本，请老廷尉当殿鉴识真伪！”

“愣怔个甚！快去拿来！”驷车庶长又是一声怒喝。

“拿便拿！”相府长史一咬牙便走。

“回来！”蔡泽突然站起厉声一喝，转而不无尴尬地淡淡一笑，“此事无须纠缠也。老夫入秦，与吕不韦相交已久，今日更是同殿为臣。为一相位破颜绝交，诚可笑也。老夫决意退出争相之局，退隐林下，以全国政之和，望君上与朝会诸公明察。”长嘘一声落座，毫无计较之意。殿中顿时愕然惶然纷纷然，长嘘声议论声喘息声哄哄嗡嗡交织一片。冷若冰霜的蒙骜与怒火中烧的老驷车庶长突然打滑，一时竟有些无所适从。

正在此时，一直默然端坐的吕不韦站了起来，拱手向王座向大殿一周环礼，从容悠然地笑道：“纲成君既有此言，吕不韦不得不说几句。承蒙天意，吕不韦当年得遇公子而始入秦国。纲成君不弃我商旅之身而慷慨垂交，吕不韦始得入秦国效力也。论私谊，不韦自认与纲成君甚是相得，诗书酒棋盘桓不舍昼夜。论公事，不韦与纲成君虽不相统属，然各尽其责互通声气，亦算鼎力同心。今日朝局涉及纲成君与吕不韦，人或谓之‘争相’，不韦不敢苟同也。朝会议相乃国事议程，人人皆在被议之列，人人皆应坦荡面对。人为臣工，犹如林中万木，唯待国家量材而用。用此用彼，臣议之，君决之，如是而已。被议之人相互视为争位，若非是非不明，便是偏执自许。若说相位有争，也是才德功业之争，而非一己私欲之争也。前者为公争，唯以朝议与上意决之。后者为私争，难免凭借诸般权谋而图胜。今纲成君无争，吕不韦无争，唯朝议纷争之，是为公争，非权谋私争也。既无私争，何来争相之局？”稍一喘息，吕不韦转身对着上座蔡泽慨然一拱，“纲成君无须虑及破颜绝交。自今而后，无论何人为相，无论在朝在野，不韦仍与君盘桓如故！”

“嘿嘿，嘿嘿，自当如此也。”蔡泽不得不勉力地笑着点头呼应着。

这一番侃侃娓娓，朝臣们始则大感意外，继而又是肃然起敬。

寻常揣度，孜孜相权的蔡泽突兀放弃对质物证，又更加突兀地宣布退出“相争”归隐林下，其间必有权谋考量。最大的可能，是物证蹊跷经不得勘验、重臣反对、朝议不利等情势而生出的自保谋划。退隐林下云云，则不无以清高姿态倍显吕不韦争权夺利之心机。以吕不韦之才智，自当看出蔡泽这并非高明更非真诚的权谋，自当被迫严词反击，以在朝会澄清真相，以利拜相之争。如果吕不韦如此说如此做，谁都不会以为反常，相反会以为该当如此。然则谁都没有想到，吕不韦既没有提及最引争执的书简物证，也没有严词斥责蔡泽及相府大吏，反倒是一腔真诚地评估了与蔡泽的交谊，且慨然昌明无论在朝在野仍当与纲成君盘桓如故，若有权谋计较之心，如此气度是决然装不出来的。若将吕不韦换做睚眦必报的范雎，换做孜孜求权而不得的蔡泽，说得出来么？唯其如此，人们自然钦佩。然则真正令朝臣们折服者，还在于吕不韦对“争相”说的批驳。分明是在批驳蔡泽，吕不韦却冠之以“人或谓之”，硬是给蔡泽留了面子；对争相本身，吕不韦却丝毫没有作清高虚无的回避，而是坦然面对，以林中万木之身待国家遴选，其意不言自明：选中我我便坦然为相，选不中我我亦坦然效力国家。如此姿态，与蔡泽的始则孜孜以求求之不得便要愤世归隐相比，直是霄壤之别，如何不令人大是钦佩？

“书简之事，可是空穴来风？”正在举殿肃然之时，老廷尉冷冷一问。

“实有其事也。”吕不韦坦然应承，“不韦少年修学，喜好为文，确曾写下若干片段文字。后入商旅，亦常带身边揣摩修改。二十年前，这些书简不意失散于商旅，不韦从此不再执笔。大吏所得，或正是当年失散之书简。”

“如此说来，阁下对秦法秦政确实是不以为然了！”阳泉君突然插进。

“有不以为然处。”吕不韦依旧是坦然从容，“自秦变法强国，至今已过百年，山东六国无日不在非议咒骂，不在抨击挑剔。不韦山东小邦人氏，少年为文，难免附会世俗，时有非议秦法秦政处。后来，吕不韦以商旅之身走遍天下，遂深感山东六国之论，多为荒诞不经，恶意诅咒，自当弃之如敝屣也。然以今日为政目光看去，其间亦不乏真知灼见之论。譬如当年墨子大师之兼爱说、孟子大师之仁政说、今世荀子大师之王道说，均对秦法秦政有非议处。非议之要，便在责备秦政失之于‘苛’，若以‘宽政’济之，则秦法无量，秦政无量也！平心而论，吕不韦敬重秦法秦政之根基，然亦认为，秦法秦政并非万世不移之金科玉律也！何谓法家？求变图强者谓之法家！治国如同治学，唯求‘真知’，可达大道也。何谓真知？庄子云，得道之知谓‘真知’。何谓治国之真知？能聚民，能肃吏，能强国，治国之大道也！去秦法秦政之瑕疵，使秦法秦政合乎大争潮流，而更具大争实力，有何不可也？若因山东六国咒骂之辞而摒弃当改之错，无异于背弃孝公商君变法之初衷也，不亦悲乎！”吕不韦粗重地喘息了一声，眼中有些潮湿了，“不韦言尽于此，阳泉君与朝议诸公若以此为非秦之说，夫复何言？”

随着回荡的余音，举殿大臣良久默然……是啊，夫复何言？阳泉君们最想坐实的罪名，吕不韦一口应承了。非但如此，还给秦国提出了一个前所未有的大难题：秦法秦政敢不敢、要不要应时而进？实在说，这确实才是一个开府丞相要思虑的治国大方略。然则对于秦国而言，这个难题太大了，也太犯忌了……

“散朝。”嬴异人淡淡一句，径自起身离开了大殿。

没有人挺身建言要坚持议个子丑寅卯出来，朝臣们都默默散了。天上纷纷扬扬飘着雪花，脚下的大青砖已经积起了粗糙的雪斑，灰色的厚云压得王城一片朦胧，分不出到了甚个时辰。然则，谁也没有说一句天气如何，谁也没有为今冬第一场大雪喊一声好。一片茫茫雪雾笼罩着一串串脚步匆匆的黑色身影，辚辚隆隆地弥散进无边无际的混沌之中。

四　岁首突拜相　亲疏尽释怀

朝会之后一个月，是秦国岁首。

自夏有历法，古人对一年十二个月的划分确定了下来。到了战国之世，一年已经被精确到三百六十五又四分之一天。然则，十二个月中究竟哪个月是一年的开端？即被称为正月的岁首，各代各国却是不同。历法史有“三正”之说，说的是夏商周三代的岁首各不相同：夏正（月）为一月，商正（月）为十二月，周正（月）为十一月。春秋战国之世礼崩乐坏，各国背离周制，开始了自选岁首的国别纪年。譬如齐宋两国回复商制，将丑月（十二月）作为正月；而作为周室宗亲的最大诸侯国晋国，则依然采取周制，将十一月奉为正月。三家分晋之后，魏赵韩则各有不同：魏韩为殷商故地，如齐，取商制，十二月为正月；赵国为夏故地，取夏制，一月为正月。秦国虽非周室宗亲诸侯，然作为东周开国诸侯，直接承袭周部族的发祥之地，以至周人秦人皆有“周秦同源”之说，是故自立国春秋之世一直承袭周制历法，十一月为岁首。后来，秦始皇灭六国统一建制，颁行了新创的颛顼历，十月定为岁首。这是后话。

就实而论，“岁首”并无天象推演的历法意义。也就是说，各国岁首不同，并不意味着人们对一年长短的划分不同。无论何月做岁首，一年都是十二个月。岁首之意义，在于各国基于不同的耕耘传统、生活习俗与其他种种原因，而做的一种特异纪年。用今日观念考量，可视为一种人为的国别文明纪年。譬如后世以九月作为“学年”开端，以七月作为“会计年度”开端一样，只有“专业”的意义，而没有历法的意义。

岁首之要，在除旧布新。这个“新”，因了“旧”的不同而年年不同。

去岁秦国之旧，在于连葬两王，新君朝会又无功而散，新朝诸事似乎被这个寒冷的冬天冰封了，临近岁首还没有开张之象。唯其如此，朝野都在纷纷议论，都在揣测中等待着那道启岁的王书。其时秦国民议之风虽不如山东六国那般毫无顾忌，却也比后世好过了不知多少倍。新朝会议政的方方面面，早已经通过大臣门客六国商旅郡县吏员城乡亲朋，传遍了咸阳市井，传遍了里社山乡。所有消息中最使人怦然心动的，是顾命大臣吕不韦的“宽政济秦法”说。朝如此，野如此，臣如此，民如此，咸阳王城如此，山东六国亦如此。

在秦人心目中，秦法行之百年，使国强使民富使俗正，且牢固得已经成了一种传统，纵是聚相私议，也绝无一人说秦法不好。但闻山东人士指斥秦法，老秦人从来都是愤愤然异口同声地痛骂六国，毫不掩饰地对秦法大加颂扬，几乎从来没有过例外。这次却是奇也，老秦人听到有大臣在朝会公然主张“宽政济秦法”，心下竟不禁怦然大动。第一次对非议秦法者保持了罕见的长久的沉默，莫名其妙地弥漫出一种说不清道不明的惶惶然来。咸阳王城一个月没有动静，这种惶惶然化成了各种流言流淌开来。有人说，太后与阳泉君逼新君拜蔡泽为相，上将军蒙骜与驷车庶长及一班老卿臣极力反对，新君左右为难举棋不定，丞相大印极有可能佩在纲成君腰上。有人说，吕不韦非议秦政是硬伤，能继续做太子傅已经是托天之福了，根本不可能做开府丞相。更有惊人消息说，吕不韦销声匿迹，实则已经被阳泉君指使黑冰台中的芈氏剑士刺杀了。也有人说，想杀吕不韦没那么容易，吕不韦早已经逃离秦国了。然则不管人们交相传播何种新消息，议论罢了总是要纷纷叹息一阵，这个吕不韦呵，还真是可惜了也！

在山东六国，当商旅义报与斥候专使从各个途径印证了消息的真实，并普天下播撒得纷纷扬扬时，六国都城先是幸灾乐祸，继而莫名困惑。幸灾乐祸者，虎狼秦国真暴政也，终于连自己人也不能容忍了。秦国自诩变法最为深彻，强国之道堪为天下师，连稷下学宫的荀子等名士们都曾经喊出过“师秦治秦，六国可存”，如今呢？嘿嘿，只怕秦国在道义上要大打折扣了。儒家说苛政猛于虎。如今这恶名肯定是坐实秦国了，秦人赖以昂昂蔑视六国的秦法秦政还值得一提么？就实说，山东六国的变法也一直没有终止过。然自秦国商鞅变法后迅速崛起并对山东形成强大威慑，六国始终以“苛政”说攻讦秦国，无论六国如何在曾经的变法中甚至比秦国手段还要酷烈，以及在后来的变法中竭力仿效秦国。前者譬如齐威王大鼎烹煮恶吏以整肃吏治，韩国申不害当殿诛杀旧贵族；后者譬如赵武灵王以胡服骑射之名全面变法，除了保留实封制，几乎无一不效法秦国变法。然则宣示于世，六国却大昌其为仁政爱民之变法，竭力与秦国的苛政拉开距离。也就是说，在六国舆论中，虽同是变法，秦国却是变法异类，是大大违背王道仁政的苛虐之政，只有六国变法才是天下正道，是天道王道之精义。说则说，真正的天道王道老是较量不过苛政，更兼王道之国官场腐败内乱连连庶民叫苦不迭，苛政之国却是清明稳定朝野无怨声，长此以往，六国也渐渐暗自气馁了。不期此时秦国竟有新贵大臣在朝会公然非议秦政，六国君臣如何不惊喜过望。有此佐证，六国在道义上可以大大地扬眉吐气，对内对外皆可昂昂然说话了。有此开端，反秦声浪会重新卷起，六国合纵何愁不能重立？如此这般一番推演，六国都城自然大大活泛了起来。然则，六国君臣又是莫名困惑，素来不容非议秦法秦政的倔犟秦人，如何既没杀这个吕不韦，也不用这个吕不韦？咄咄怪事！

一时议论蜂起，魏国派出特使与赵楚齐三国秘密商议，四大国分别以不同形式到咸阳“秘密”策动吕不韦出关拜相，做苏秦一般的六国丞相。随着各色特使车马在大雪飞扬的窝冬期进入咸阳，尚商坊的六国大商们流传出了一股弥漫天下的议论：秦国不容王道之臣，六国求贤若渴，相位虚席以待大贤。

骤然之间，与吕不韦相关的种种传闻成了天下议论的中心。

此时的吕不韦，静静地蜗居在城南庄园，不入朝，不走动，不见客，只埋首书房，当真窝冬了。各种流言经几位老执事们淙淙流到吕庄，吕不韦也只是听听而已，淡漠得令执事们大是困惑。一日西门老总事来报，近日山东士商多来拜访，均被他挡回。今日来了尚商坊的魏赵齐楚四国大商，说是专程前来要了结那年商战的几件余事，已在门外守候一日，实在难以拒绝。吕不韦淡淡笑道：“老总事只去说，吕不韦不识时务铁心事秦，虽罪亦安，说之无益也。”西门老总事颇是惊诧：“他等确是原先那班大商，不是六国密使也。”吕不韦笑道：“春秋战国之世，几曾有过不与国事的大商？老总事只去说，不要受他任何信件。”西门老总事惶惶去了，片时回转，说大商们闻言一阵愕然默然，回去了，猗顿氏要留下一信，他婉辞拒绝了。自此门户清净，山东客再无一人登门。

眼看岁首将临，这日暮色时分西门老总事又匆匆进了书房，说上将军府的家老求见。“不见。”吕不韦思忖片刻一摆手，“你只去说，吕氏之事与老将军无涉。”西门老总事匆匆出门片刻回来，说蒙氏家老只留下一句话，要先生务须保重，便走了。吕不韦淡淡一笑，又埋首书案去了。入夜大雪纷飞天地茫茫，吕庄书房的灯光却一直亮着。

“先生，有客夜访。”

“几多时辰了？”吕不韦看看神色紧张的西门老总事，也有几分惊讶。

“子时三刻。”

“没有报名？”

“蒙面不名，多有蹊跷。”

“请他进来。”

“非常之期，容老朽稍作部署。”

“无须了。”吕不韦摇摇手笑了，“若是刺客，便是民心，民要我死，自当该死。”

“先生错也！”随着粗沙生硬的声音，厅门已经无声滑开，一股寒气卷着一个斗篷蒙面的黑色身影突兀伫立在了大屏之前，“安知官府王城不要足下性命？”

“足下差矣！”吕不韦起身离开书案笑了，“我有非秦之嫌，秦王要我死，明正典刑正可安国护法，何用足下弄巧成拙也！”

“先生见识果然不差。”蒙面人双手交叉长剑抱在胸前，“在下敢问：秦王若怕负恩之名，不愿依法杀你，而宁愿先生无名暴病而亡，岂非可能之事？”

“足下之谬，令人喷饭也！”吕不韦朗声大笑，“负恩之说，岂是秦法之论？商君有言：有功于前，有败于后，不为损刑；有善于前，有过于后，不为亏法。此谓功不损刑，善不亏法。[1]执法负恩，六国王道之说，

[1] 见《商君书·赏刑》。意为：曾经的功劳与善举，不能抵消后来的犯罪与过失，不能减轻应当依法给予的惩罚。此为商鞅的重要立法思想之一。

儒家仁政之论而已。”

“自己可笑，反笑别人，先生不觉滑稽么？”

“愿闻指教。”

“朝堂之上，先生公然以王道之论非议秦法，非议商君，主张宽政以济秦法。今日之论，却是秉持商君而驳斥王道，驳斥仁政。前持矛而后持盾，不亦可笑乎！”

“足下有心人也！”吕不韦慨然拱手，“雪夜做访客，请入座叙谈。”

“先生有的说便说，毋的说在下要做事了。”蒙面人冷冰冰伫立不动。

“既然如此，且听我答你之说。”吕不韦不温不火侃侃而论，“我非秦法，唯非秦法之缺失，而非非秦法之根本。我非秦政，唯非秦政之弊端，而非非秦政之根基。我非商君，唯非商君之疏漏，而非非商君之大道。朝堂之论，吕不韦非其缺失也。今日之论，吕不韦护其根本也。我持宽政，乃就事论事之宽，譬如有灾当救，譬如有冤必平。唯其如此，秦法秦政方能拾遗补缺日臻完善，使秦终成泱泱大国。而王道儒家之仁政，却是本体仁政，是回复井田礼制之仁政，与吕不韦所持之济秦宽政，何至霄壤之别也。朝堂之论，吕不韦秉持之宽政，正是以秦法为本之宽政。今日之论，吕不韦驳斥王道仁政，却是复辟井田礼制之本体仁政。子说之矛非我矛，子说之盾亦非我盾。我既无子说之矛，亦无子说之盾，何来自相矛盾耳！”

蒙面人冷冷一笑：“先生此说，似乎与天下传言大相径庭。”

“足下是说，传言若不认可，吕不韦不是吕不韦了？”

“人言可畏。众口铄金。”

“足下当真滑稽也！”吕不韦明锐的目光盯住了蒙面人，骤然一阵大笑，转而肃然正色，“听群众议论而治国，国危无日矣！军有金鼓而一，国有法令而一。一则治，二则乱。王者不二执一，而万物正焉！赖众口流言而鉴人辨事，未尝闻也，不足论也！”[1]

---

[1] 见《吕氏春秋·不二》《执一》两篇。“群众”一词，源出于此。曾有名寺佛家人士对作者释“不二法门”之意，说“不二”一词为佛家独创。不敢苟同。春秋战国之时，佛家于域外方始创立，秦始皇时方有僧人第一次进入中国之记载，佛家独创“不二”一说，显是不实。

蒙面人默然良久，突然一拱手大步去了。西门老总事疾步跟出门廊，院中唯有大雪飞扬，黑衣人已是踪迹皆无。披着一身雪花，西门老总事进得书房低声道："此人方才举步出门，身形颇是眼熟！"吕不韦摇头笑道："倒是没看出。"西门老总事道："会不会是蒙武将军？"吕不韦道："似乎不像。蒙武将军敦厚阔达，当无此等谈吐。""怪也怪也！"西门老总事嘟哝着，"如何老朽总觉眼熟，却想不起来？"吕不韦道："想起来又能如何？最好永远想不起来。""啊啊啊——"西门老总事恍然笑了，"大雪下得茫茫白，老朽也是茫茫然也，想想也想不起来了。"吕不韦笑着一拱手道："天亮便是岁首，不韦先为老总事耳顺之年贺寿了。"西门老总事忙不迭一个还礼："老朽倒是忘了，岁首先生四十整寿，老朽也先行贺了。老朽糊涂，老朽忙家宴去了。"兀自感叹着摇了出去。

漫天大雪中，秦人迎来了极为少见的开元岁首。

开元岁首者，新君元年之岁首也。此等岁首之可贵，在于可遇不可求。多有国人活了一辈子，也没碰到过一次开元岁首。譬如秦昭襄王在位五十六年，只有即位第一年是开元岁首，其后五十余年几乎是三代国人的戎马岁月，多少人死了，多少人生了，多少人老了，可依然没有遇到过一次开元之年。唯其如此，开元岁首历来被国人视为大吉之岁，愈是年来坎坷不顺，愈是要大大庆贺一番，图的只是四个字——开元大吉！

天交四更，白茫茫的大咸阳热闹了起来。所有官署店铺的灯火都亮了起来，大街小巷一片通明，飞扬的雪花悠悠然落下，街市如梦如幻。隆隆锵锵的金鼓之声四面炸开，大队火把擎着"开元大吉，龙飞九天"的红布大纛旗，引着驱邪镇魔的社火哄哄然拥上了长街。所有的沿街店铺都变成了踊跃接纳国人的酒肆，人们携带着备好的老酒锅盔大块酱牛羊肉，聚在任意一间店铺痛饮起来呼喝起来品评着队队社火喝彩起来；喝得几碗浑身热辣辣地冒汗，拥上长街在漫天飞扬的大雪中手之舞之足之蹈之地吼唱起来舞动起来，店铺高楼无数的弦管埙篪伴着响彻全城的钟鼓吹奏起来。须臾之间，倾城重弦急管，满街慷慨悲歌，弥漫相和，老秦人吼着悲怆的老歌快乐地癫狂在混沌天地……

五更刁斗从四门箭楼镗镗镗连绵敲响时，一队骑吏飞出咸阳内史官署奔向各条大道，一路举着官府令箭连声高喊："国人听了，秦王决意拜吕不韦为开府丞相——新政开元，振兴大秦——"

"新政开元！振兴大秦！"

"秦王万岁！丞相万岁！"

随着一声声宣呼，莫名癫狂的国人始则一时愣怔，继而突然悟到了此刻的这道官府宣令意味何在，顿时兴奋狂呼，万千人众的呐喊此起彼伏声动天地，整个咸阳犹如鼎沸。

当太子傅府的吏员冒着大雪赶到城南吕庄贺喜时，吕不韦还没接到王书。吏员们惊讶得手足无措，正在与家人聚宴的吕不韦大笑道："开元岁首，群众癫狂，何须当真也。诸位既来便是嘉宾，正做贺岁一饮，万事莫论。夫人过来，你我共敬诸位一爵！"一身红裙的陈渲笑盈盈对众人一礼，说声诸位岁首大吉，双手捧起酒桶亲自给每人案前大爵斟满，方举起一爵与吕不韦一起道："岁首大吉，干！"一饮而尽。吏员们你看我我看你，饮得一大爵下肚，却是人人缄口。吕不韦浑然无觉谈笑风生，不断问起吏员们的家人家事，分明一个慈和的兄长一般。

"大人若欲离秦，老吏甘愿终身追随！"主书吏突然扑拜在地。

"我等亦愿追随大人！"一班吏员一齐拜倒。

"哪里话来！起来起来！"吕不韦忙不迭扶起一班吏员，入座喟然一叹，"诸位已在我属下任吏年余，尚信不过吕不韦事秦之忠么？"

"大人……"主书吏一声哽咽，"我等秦国老吏，只觉秦国负大人过甚。"

"诸位差矣！"吕不韦粗重地叹息了一声，"朝局纷杂，为君者不亦难乎？吕不韦一介商旅，何功何德竟位同上卿，非秦而得秦人包容，人生若此，秦国何负于吕氏也……"

"秦王特使到——"尖亮的一声长呼突兀飞入厅堂，所有人都是一怔。

"老给事中？大命！"主书吏猛然跳了起来。

吕不韦倏然起身，拦住了纷纷要出门先看个究竟的吏员，对陈渲与西门老总事一招手肃然道："领诸位到后院。记住，谁也没来过。"吏员们原本直觉好事，然见吕不韦神色肃然，也不敢违拗，更兼夫人与老总事殷切催促，也只好纷纷去了后院。及至厅中人空，吕不韦才静静神出了正厅来到门廊，一眼看去，不禁大是惊讶。

朦胧曙色中大雪飞扬，一尺多深的雪地中站着一个貂裘斗篷的黑色身影，两边各站一人，左边老桓砾，右边老给事中，身后丈余处一排重甲武士黑铁塔般矗立。如此森杀气势，莫非秦王亲临问罪？吕不韦心下猛然一跳，又迅速平静下来，稳稳地走下了六级台阶。

"吕不韦接书——"老给事中的尖亮嗓音飘荡起来。

"臣吕不韦待书。"吕不韦肃然一躬。

老桓砾哗啦打开了一卷竹简高声念诵："大秦王书：顾命大臣吕不韦德才兼备，屡克险难而成大功，朝野咸服。兹经公议，本王顺天应人，拜吕不韦为丞相，开府总领国政！秦王嬴异人元年岁首——"

"……"吕不韦想要说话，却软软地偎在了皑皑白雪中。

"先生！"嬴异人一步抢过来抱住了吕不韦，"太医！快！"

重甲武士前一员大将快步过来低声道："君上莫急，我有救急之法。"嬴异人见是蒙武蹲到了身边，便将怀中吕不韦托向蒙武。谁知恰在此时，吕不韦却睁开眼睛呵呵笑了："君上，老臣醉酒失态，惭愧也……"话未落点，猛然挣脱嬴异人臂膊趴到雪地上撑持着双臂呕吐起来，一时酒臭弥漫，熏得平生不沾酒腥的老给事中连连作呕倒退。旁边嬴异人不禁爽朗大笑起来："先生也有狼狈时也，我背先生进去了！"蒙武抢步过来，却被嬴异人一把推开，"不要你替，我自己来！"说罢蹲身雪地揽住醉者身子只一拱，将吕不韦拱到了背上，"一、二、三、四……"数着步子嘎吱嘎吱上了台阶到了廊下，"整整十三步！先生醒了，啊哈哈哈哈！"

匆匆赶来的西门老总事连忙扶稳了从嬴异人背上挣扎下来兀自摇晃着的吕不韦进了厅中，见素来讲究的主人如此不堪，饶是饱经世事应酬，老总事也不禁满脸涨红。

“先生今日贺岁，饮酒几何啊？”嬴异人乐不可支地笑着。

“回君上：先生今日没饮几爵。”老总事大是困惑。

“郁闷之人独自把酒，你却晓得了？”嬴异人笑语中竟带出了一句楚音。

“原是老朽愚昧。”西门老总事肃然一躬，退到一边去了。

已经饮下一碗醒酒汤的吕不韦，半偎半靠着座案只痴痴地笑。嬴异人开心地绕座案转悠着笑道：“先生见谅了。异人其所以做不速之客，只是想看看先生于意外惊喜之时如何？不想惹得先生醉卧雪地，实在没有料到也。”吕不韦依旧只痴痴地笑着，仿佛憨了傻了一般。嬴异人又是一阵开心大笑，“若非做了这君王，异人今日也是大醉也！先生好生歇息，酒醒便是新天地。告辞。”一拱手大步去了。

“夫人……”西门老总事看着匆匆赶来的陈渲，不禁哽咽了。

“好好的哭甚也。”吕不韦淡淡一笑。

“先生！”老总事猛然一个激灵。

“没事便好。”陈渲粲然一笑，“肚腹吐空了，先饮些许淡茶了。”

“不。上酒。”吕不韦又是淡淡一笑。

“先生……”西门老总事无所措手足了。

“西门老爹，那年邯郸弃商，几多年也？”

“昭襄王四十八年遇公子，先生弃商，至今整整十二年。”

“十二年，成矣？败矣？”

“嘿嘿，弃商从政，入秦为相，先生大成也！”

吕不韦哈哈大笑，酣畅淋漓的笑声在清晨的大雪中飞扬激荡。西门老总事嘿嘿嘿嘿地笑个不停。拭着泪水的陈渲莞尔一笑，飘然去了。须臾，陈渲带着两个女仆摆置酒菜妥当，吩咐女仆自去，膝行案前亲自打酒。吕不韦呵呵笑着拉西门老总事坐在身边案前：“岁首清晨，只我等三人做十二年饮。西门老爹啊，记得那年我给你重金巨产，让你自去经商，你却甚也不要，只要跟我跋涉前行。十二年啊，老爹老矣，除了无尽风险，却是一无所得……夫人，来！为老爹一世甘苦，干了这爵！”吕不韦慨然叨叨。西门老总事早已是老泪纵横不成声，点头摇头又哭又笑，干下一爵大喊出一声："值！"生平第一次哈哈大笑起来。

"夫人也！"吕不韦又举起一爵，忘情地揽住了陈渲的肩膀，"可记得嫁我几多年么？"陈渲红着脸咯咯笑道："只怕你记不得，问我来也！"吕不韦兀自慨然叨叨："你是谁人？我自知道。天意也！当年我不娶你，奈何？当年你不嫁我，奈何？人说吕不韦不知女子，不谙帐榻，一个粗鄙商旅而已。夫人啊，难为你也……""不！"陈渲紧紧抱住了吕不韦，凑在他耳边红着脸哈着气道："夫君最好！最知女子最谙帐榻！不谙帐榻，能乘人之危救人么？"吕不韦不禁开怀大笑："说得好！乘人之危而救人！好！老爹，你我为夫人干一爵！"西门老总事呵呵笑着干了，一掷爵慨然拍案："老朽憋闷太久，今日恕我直言：夫人非但国色，更是聪慧良善。先生但能断去昔日残情之根，不使死灰复燃，先生今生无量矣！""老爹啊老爹！"吕不韦又是大笑，"你可是杞人忧天也，我吕不韦有昔日残情么？纵有，又能如何？时移也，势易也，昔日之人，今日非人也！"陈渲咯咯笑了："今日非人算甚来？越是身贵，越是心空，不晓得了？"吕不韦越发地乐不可支："好好好，左右都要打我个残情未了也。便是未了，吕不韦还是吕不韦，夫人还是夫人，老爹还是老爹，谁奈我心何！"

"噫！天晴了？"三人大笑正酣，吕不韦却突然望着窗外愣怔了。

蔡泽正在后园茅亭下抱着一只葫芦饮酒。他实在不堪烘烘燎炉在四面帐帏的厅堂酿出的那种暖热，独自伫立山顶茅亭，冰雪在咫尺之外，凛冽的风夹着冰冷的雪粒打在脸上，还是燥热得一脸汗水，瞀乱得不知所以。

"禀报纲成君：新任丞相吕不韦求见。"

"谁？你说是谁？"

"新任丞相吕不韦。"

"不见！"蔡泽猛然大嚷，"甚个丞相！奸商！"

"不见我，我如何领骂？"山腰小径一阵笑声，一身麻布绵袍的吕不韦双手抱着一只木箱喘吁吁走了上来，老仆连忙过来接手，吕不韦臂膊一推，"别来，有人在气头，当心挨罚。"说着径自将木箱放到茅亭下的大石案上长嘘了一声，“就风下酒，纲成君功夫见长也。”蔡泽板着脸冷冰冰一句：“自是没有你那般功夫。”吕不韦也不理睬，只将木箱打开，搬出了一只亮闪闪的铜匣，再搬出了一只红幽幽的酒桶，慨然一笑道：“秦人谚云，有理不打上门客。纲成君要骂，我便听，只是左右得饮了这桶酒也！”蔡泽没好气道：“一桶酒算甚？喝便喝。怕你吕不韦不成！家老摆酒。”吕不韦哈哈大笑，看着老仆将酒肉铺排停当，举起一只大陶碗看也不看蔡泽先咕咚咚饮干，搁下碗喟然一叹：“老哥哥心里憋气，就痛痛快快骂一顿何妨？这丞相，吕不韦看得鸟淡！”

良久默然，蔡泽突然呷呷厉声：“吕不韦！老夫有无治国之才？”

“计然大才，举世公认。”吕不韦淡淡一笑。

“老夫谋国可有失当？”

“所谋皆当，谋无不中。”

“老夫有无荒疏怠惰？”

“孜孜勤政，躬操国事。”

“着啊！”蔡泽猛拍石案慷慨愤激，“为何你能做丞相，老夫不能？蒙骜与老夫故交，为何死力举荐于你？连驷车庶长老嬴贲一班老匹夫也跟着鼓噪！你敢说不是周旋买通？老夫何错，遭你等如此作践！”

“老哥哥当真大才，骂辞也是耸人听闻也。”

“笑甚！有理只说！”

吕不韦肃然拱手：“纲成君学究天人，不韦一事请教。”

“嘿嘿，不敢当！”蔡泽一双通红的眼睛亮闪闪盯住了吕不韦。

“计然派鼻祖范蠡，与文种相比，何者更有才气？”

“自是陶朱公范蠡更有才气！”蔡泽不假思索，其势不容辩驳。

“然则，何以文种做了丞相，范蠡却终是谋臣之职？勾践用人不当么？”

“错也！”蔡泽素来争强好胜，虽是负气不及深思，依旧是昂昂不容辩驳，“足下莫要忘记：陶朱公范蠡原无久政之心，明智全身，与丞相之才无甚干系！”

“如此说来，范蠡若有久政之心，则可代文种为相了？”

“范蠡之志，不在丞相！”蔡泽辞势已见滞涩。

“其志若在丞相，又当如何？”吕不韦盯住不放。

蔡泽没好气道：“有话便说！老夫无得闲心！”

“纲成君有容人之量，不韦直言不讳了。”吕不韦脸上挂着笑容，语气端严坦诚，“范蠡文种者，两式不同大才也。唯其如此，两人既不能相互替代，亦不能相互换位。范蠡之才在谋划，文种之才在任事。谋划与任事，乃大有区别之两式才能也。谋划之才贵在奇变，料人之不能料，测人之未可测，慧眼卓识而叛逆常规，方得有奇略长策。任事之才则贵在平实，不弃琐细，不厌繁剧，不羡奇诡，不越常理，方能圆通处事，化解纠葛，使上下同心而成事。如此区别，纲成君以为然否？”

“聒噪！老夫只吃酒！”蔡泽猛然大饮了一碗。

“好！老哥哥只管干！”吕不韦慨然拍案，“设使那般才华高扬、特立独行、胸罗天地玄机之谋划策士，都去做丞相郡守抑或司职大臣，日理万机而不能神游八荒，琐事扰心而不能催生光华，槃槃大才却做了碌碌之吏，毁人也？成人也？此所以苏秦张仪各任丞相而后有败笔，范蠡孙膑从未任相而光彩烁烁之理也。同理，设使那般任事之才去做谋划策士，以惯常事理揣摩天下，世间岂有奇变谋略哉！若文种做范蠡，必是捉襟见肘事倍功半也。此所以越王勾践以文种为相，以范蠡为谋之理也。若说范蠡没有治国之才，计然七策堪称经典！若说范蠡有治国之才，却从未涉足理民治国之事务。譬如纲成君者，任相年余被昭襄王迁相封君，从此始终未能独领开府丞相，其间因由，果是昭襄王、孝文王不善任人乎？纵然两王不善任人，一班老臣也颟顸得无视君之大才么？果真如此，纲成君始终高爵封君而未得贬黜，岂非咄咄怪事也！”

“照你说，老夫倒成混眼狗子也！”

“话虽丑，却也是老哥哥一面镜子。”吕不韦大笑，又是喟然一叹，“纲成君自感步步维艰，老兄弟看来，根由却在不知己。知己若非难事，兵法何以将‘知己知彼’并列之？上君下臣以至国人，都将纲成君做谋略之士期之待之，唯其如此，君之偏颇，君之瑕疵，君之不耐琐细，人皆谅之也。然老哥哥却偏偏将自己作丞相之才，便有愤懑，便有偏行，便有奔走，以致几乎失节……”

默然良久，蔡泽长长一叹：“事已至此，老夫何言也！”转而呷呷一笑，“你甚都知道，却来聒噪，等不得老夫自己离开秦国么？”

“纲成君差矣！”吕不韦慨然拱手，“不韦知老哥哥定有离秦之心，故而专来挽留，企盼你我精诚携手，互为补正，同理秦政，共图大业！”

“老夫还能做事？”

“能做事！”

“引咎不去，老夫岂非厚颜？”

“过而能改，善莫大焉！”

“好！”蔡泽一拍石案呷呷大笑，“与老兄弟共事痛快，老夫原舍不得离开秦国也！”

五　冰河解冻　新政抻着劲儿悠悠然推开

隆冬时节，正阳道中段的丞相府静悄悄开府了。

依新秦王嬴异人与蒙骜等一班老臣之意，丞相开府当行大典，等到孟春月与启耕大典一起举行方显新朝新政之隆重。吕不韦不以为然，特意上书新君，一力主张“不彰虚势，唯务实事，三冬之月绸缪，孟春之月施政”。嬴异人思忖一番，一班老臣感慨一番，也都赞同了。依照月令，三冬之月是十一月、十二月与一月，十一月为孟冬，十二月为仲冬，一月为季冬，是为三冬。这三冬之月正值大雪岁寒，向为窝冬闭藏之期，朝不行大政，野不举大事，在吕不韦看来，正是扎实绸缪的好时光。

从岁首中旬开始着手，两个多月中，吕不韦细心地做了两件事：一是逐一查勘了蔡泽留下的属官班底，除了保留两个为人端方又确有才干的大吏，其余全部迁为郡县吏员，不愿赴郡县的楚燕吏员，赐金许还故国。吕不韦特意告知了蔡泽，说此等未经政事的贵胄子弟不宜做实务大吏，该当从郡县吏开始磨炼才是正途，留在相府实则是害了他等。蔡泽大是感激，连说吕不韦将这个烂摊子收拾得太宽厚了，当心引来无端攻讦。吕不韦只笑笑了事。第二件，吕不韦亲率一班新任大吏清理了典籍

春秋之世，庶民涌动风习大变，民求知法成为新潮。一些力图顺天应人的诸侯国便开始了向民众公布法律的尝试。公元前536年，依当时纪年是周景王九年，郑国“执政”（大体相当于后来的丞相）子产首开先河，将郑国法令编成《刑书》，铸刻在大鼎之上，立于都城广场，以为郑国“常法”。其时，天下呼之为“铸刑书”。其后三十余年，郑国又出了一个赫赫大名的掌法大夫，叫做邓析。此人与时俱进，对子产公布的法律作了若干修改，刻成大量简册在郑国发放，气势虽不如堂皇大鼎，实效无疑却是快捷了许多。其时天下呼之为“竹刑”。紧接着，最大的诸侯晋国的执政大臣赵鞅，将晋国掌法大夫范宣子整理的《刑书》，全文铸在了一口远远大于郑国刑鼎的大鼎上，立于广场公诸于世，天下呼为“铸刑鼎”，是春秋之世公布法令的最大事件。

进入战国，在法家大力倡导与实践之下，公布法律已经成为天下共识。魏国变法作为战国变法的第一高潮，非但李悝的《法经》刻简传世，魏国新法更是被国府着意广为传播，以吸引民众迁徙入魏。其后接踵而起的各国变法，无一不是以“明法”为第一要务，法令非但公然颁布，而且要竭尽所能地使民知法，从而保障新法畅行。也就是说，战国之世不断涌现的变法浪潮，事实上正逐渐摆脱久远的人治传统，逐渐地靠近法治国家。

虽则如此，然由于传播手段、路径阻塞等等诸般限制，要确保法令在辗转传抄流播之后仍能一如原文，实在是一件难而又难的事情。就实说，法令在民间传播中出现讹误并不打紧，毕竟，民众对法令既无解释权又无执行权。这里的要害是，官府的法令文本若出现错讹，无论是官吏不意出错、疏忽忘记还是有意曲解，对民以错纠错，以讹传讹，难保不生出种种弊端，导致执法混乱，法令之效必然大打折扣。正因了这种事实上很难避免的弊端，各国变法中的“明法”成为最繁难琐细的政务。见诸变法实践，各国变法为精准法令想出的办法很多，但都没有制度化。时间一长，好办法也变得漏洞百出形同虚设。譬如，当时几个大国都沿袭了古老的“谤木”之法以为明法手段：在大道两边每隔一二里竖立一根平面刨光的大木，路人若有法令疑难，或遭恶吏错告法令，都可在大木上或刻或写地作质询作举发，此谓古老的“诽谤”制；吏员定期抄录谤木上的诽谤文字，供官府逐一处置。然则，谤木过于依赖官吏的公正贤明，又无制度法令具体规定其操作细节，加之战事频仍耕耘苦累庶民识字者极少等等原因，谤木实际上成了流弊百出而仅仅显示官府明法的象征性物事而已。传之后世，这种谤木越立越高，越立越堂皇，以致成了玉石雕琢的“华表”，当真令人啼笑皆非。

只有秦国变法，只有商鞅，彻底地解决了这一难题。

商鞅以细致缜密的制度，着重解决了明法过程中的三个关键环节的难题：其一，确保法令源头文本之精准，足以永为校准之范本；其二，各级官署设置专职法官与法吏，并得修建专门藏室，保管核定校准后的法令文本；其三，严厉制裁导致法令文本错讹的法官法吏。这些制度被商鞅的忠实追随者以“商君之文”的名义记载在《商君书》中，堪称中国古代唯一的“法令文本法”。

且让我们来欣赏一番两千多年前令人惊叹的法令文本制度[1]。

其一，设置法官与法吏。中央设三法官三法吏：王室一法官一法吏，丞相府一法官一法吏，国正监府一法官一法吏；[2]郡署一法官一法吏，县署一法官一法吏。各级法官法吏只听命于王室法官一人，而不受所在官署之管辖，完全是后世说的“垂直领导”。法官法吏有三大职责：保管法令、核对法令、向行政官吏与民众告知并解释法令。

其二，设置专门保存法令文本的“禁室”。无论是王城禁室，还是中央官署与郡县官署的禁室，都由该官署之法官管辖，其他任何官吏不得干预；禁室必须安装秘密机关式的“铤钥”，放入法令的箱匣必须贴上盖有王室或官署印鉴的封条；除了制度规定的例行校核，或大臣奉王命查对法律，任何时候任何人不得私入私开。

其三，每年一次法令校准。每年立秋，各级法官开启禁室，校准该辖区所有官署的法令抄件；各级法官禁室的法令副本，也要与王室法官

[1] 制度，语出《商君书·壹言》：“凡将立国，制度不可不察也。”

[2] 法官，秦国特殊官职，词出《商君书·定分》，并非后世新创。国正监，战国秦国的监察机构，其官员称为御史。后来的帝国时期将御史升格为御史大夫，爵同丞相。

禁室保存的法令正本校准一次。

其四，明确无误的文本查询制度。法官法吏须每日当值，接受行政官吏或庶民对法令文本的查询。无论是行政官吏对自己的法令抄件发生疑问，还是庶民百姓或涉法或因事需要查证法令的准确条文，法官法吏均应如实正确回答。每件查询均有严格备案：查询人须先行领取一支一尺六寸长的“法符”（木片或竹片，中线有预先刻好的花纹或记号，从中剖开，左片为左券，右片为右券），而后提出查询法令之名目，法官或法吏当场作答；旁边书吏将年月日时、所查法令名目以及法官之回答，同时写在法符之左右两券；经双方认可，将法符剖开，查询者执左券以为凭据，法官执右券以为凭据；法官右券必须专门装匣，用官印封存，即使身死之后，国府仍以符券之准确与否考核法官功过。

其五，法令文本但有错讹，对责任法官严厉治罪。处罚方式如下：

法官擅入禁室启封，对法令文本“损益一字以上，罪死不赦”！

法官当精熟法令，若忘记法令条文而影响执法，则以其所忘记的条文处罚该法官。

吏民查询法令，若法官法吏不肯告知，导致吏民因不知法而犯罪，则以吏民所查询之法令条文治法官之罪。

对于以上制度，商鞅明确陈述了立法理由：“法令者，民之命也，为治之本也，所以备民也……故圣人为法，必使之明白易知。置法官法吏以为天下师，令万民勿陷于险危。故圣人立，天下而无刑死者，非不刑杀也！行法令，明白易知，置法官法吏以导民知，万民皆知所避就，故能自治也。”这里的轴心是，一切制度都是为了使民众知法，进而达到自治境界。法官法吏的最大职责，是将法令明白准确地告知民众。

令吕不韦惊讶的是，彻查官文简册，在商鞅领政变法的二十余年中没有查出一件遗留未决的政事，更没有一件讼案呼冤书。足见商君之世，秦国新法实在是得到了雷厉风行的彻底推行，法令文本之精准，也如同巍然矗立国府的度量衡校准器一般准确无误。

然则，制度如此缜密，处罚如此严厉，商鞅之后近百年过去，秦国的法令文本还是渐渐地有了错讹，至今累积一百三十余处，实在令人不可思议。

作为新政第一刀的纠法，吕不韦的实务操持是三大步：第一步，全面校准秦国法令文本；第二步，依法制裁玩忽职守的法官法吏；第三步，整肃法官法吏，处罚有罪、裁汰昏聩、补充缺任，重建上下统属有效的法官法吏制度。吕不韦久经大商经营磨炼，对于纷繁芜杂的多头事务历来处置有方，纠法一事虽涉及整个秦国，却部署得井然有序。

吕不韦第一次以镇秦剑的威权，任命老国正监为纠法特使，配属三十六名精通法令的精干吏员与三百铁甲骑士护卫执法；从王室法官的法令文本开始校准，限期一年，了结整个秦国的纠法。其时秦国已经是天下最大的战国，国土已经达到了五个"方千里"[1]，以今日公制计，便是一百二十五万平方公里。也就是说，战国后期的秦国，国土面积已经大体是今日中国的六分之一强。如此辽阔的国土，若不借重各方协力而事必躬亲，新政要推开一事无成。吕不韦深知其理，只亲自参与监督了对京师三大法官（王室法官、丞相府法官、国正监府法官）所辖禁室的法令文本的校准，立即抽身出来部署他事。

纠法特使的车马方离咸阳，吕不韦着手实施另一大政——纠冤赦犯。

这是真正震撼秦人的新政要害。消息传出，朝野心弦立即绷紧，了无声息之中人人惴惴不安。其所以如此，在于这一新政将直接触及秦国新法的根基——有刑无赦。

商鞅变法的基本主张之一是："不宥过，不赦刑，故奸无起。"[2] 不宥过，是不宽恕过失，有过必罚。不赦刑，是不赦免刑罚，罪犯永远都是罪犯。也就是说，一个人要犯罪，其最低代价也是永生的罪犯身份，即或应得处罚已经承受，服刑已经期满，罪犯之身份依旧不变；正在承受的刑罚决不会更改，犯人决不会赦免，已经受过的处罚也不会纠正。这是商鞅重刑主张的立足点之一，也素来是秦国执法的基本制度，行之百年，早已经深入人心。吕不韦要纠冤赦犯，实在是谈何容易。

---

[1] 见《商君书·徕民》："今秦之地，方千里者五。"高亨考证，此篇为商鞅之后托名之作，所述之事已是战国后期。

[2] 见《商君书·定分》。

举朝大臣之中，最感不安的是铁面老廷尉。

吕不韦专程登门时，廷尉府的书房没有点灯，也没有熏香，黑糊糊的房中蚊蝇嗡嗡，一个苍老的身影动也不动地戳在大案前，朦胧月光之下一段枯木也似。吕不韦敲敲门框，苍老的枯木没有动静。吕不韦咳嗽两声，苍老的枯木还是没有动静。

“沧海跋涉三十年，些许风浪畏惧若此乎？”吕不韦不乏激励。

“风浪无所惧，所惧者，大河改道也。”苍老枯木淡淡一叹。

“水势使然，当改则改，何惧之有？”

“人固无惧，水工孰能无惧？”

“禹有公心，虽导百川而无惧，公何惧焉？”

“禹导百川，世无成法，是故无惧也。先人修河成道，人不觉淤塞，唯一水工执意疏浚，不亦难哉？”

“如此水工，不堪水工也！”

“愿公教我。”

“庶民各工，官吏各职。河之淤塞，唯水工察之也。国求疏浚，唯水工职司也。公所谓‘人’者，庶民官吏之庸常议论也。以此等议论乱己，辄生畏惧之心，犹工匠造车而听渔人之说，不亦滑稽哉？”

“老夫办案，老夫纠冤，不亦滑稽哉？”苍老的枯木终于不耐了。

“公之顾虑在此，早说也！”吕不韦一阵大笑。

“你只说出个办法来，老夫便做你这纠法特使，否则不敢受命。”

“老廷尉多虑也。”吕不韦正色道，“若在山东六国，此事委实难上加难。然则这是秦国，此事可无根本阻碍。其中根本，只在如何操持而已。”

“丞相差矣！”老廷尉慨然拍案，“恰恰相反，六国法统根基浅，纠冤无可非议。秦国纠冤赦犯，则是背离法统，无异于铤而走险。”

“老廷尉只知其一，不知其二也。”吕不韦爽朗一笑，“六国法统固浅，然王室特权官场腐败却秉承甚远。六国执法，素来对王族贵胄网开一面，冤讼者十之八九都是庶民。若大平冤狱，则必然导致贵胄封地之刑徒苦役流失，王室官吏第一个便要阻挠，孰能说无可非议？秦国则不然，王族犯法与庶民同罪，冤讼者有贵有贱。吕不韦曾仔细分计：秦国冤案，王族三成，官吏三成，庶民四成。其中因由，在秦法治吏极严，说治官严于治民，实在并不为过。譬如举国法官二百三十余人，历年因法令文本错讹而治罪者六十余起，错案至少在五六起之多。再譬如秦国王族不袭世禄，一律从军从吏凭功劳晋爵，违法者在所难免。百年以来，秦国处罚王族子弟违法案两百余起，错案至少在十起以上。如此等等，老廷尉自可揣摩：秦国纠冤赦犯，阻力究竟何在？王族么？官吏么？百姓么？以攻讦者之说，吕不韦在朝会公然非议秦法，主张宽政济秦，朝野虽则沸沸扬扬，却无一人力主治吕不韦之罪。因由何在？人同此心，心同此理，心底里都在期盼平冤赦犯也。”

良久默然，老廷尉喟然一叹：“吕公明于事理，老夫何说矣！”

“多谢老廷尉受命。”吕不韦肃然一躬，“我见：请出老驷车庶长、阳泉君芈宸、老上卿李冰、老太史令四人以为副使。老廷尉以为如何？”

“吕公用心良苦也！”老廷尉终于笑了，“王族、外戚、方面大吏、在朝清要，全是涉冤大户了。然则，此四人爵位个个在上，若生歧见，老夫该当何处？”

“以事权而论，本当由老廷尉立决。”吕不韦思忖道，“然第一次平冤，当分外慎重。五人有歧见之案一律搁置，最后由朝会公议，秦王决断。”

“如此老夫无忧也！”老廷尉拍案而起，“明日老夫会同四使。”

吕不韦出了廷尉府已是三更，车马一转，到了纲成君府邸。

蔡泽正在后山茅亭下悠哉品茶，见吕不韦匆匆上山，不禁大笑：“明月洒径，疾步赳赳，岂非大煞风景也。”吕不韦道：“你有风景，我没得风景。”蔡泽揶揄道：“权高位显奔波多，不亦乐乎！”吕不韦没好气笑道：“莫风凉太早，偏要你也不亦乐乎！”“老夫高枕无忧，自是不亦乐乎。”蔡泽呷呷笑着，“如何，与老夫对杀三局？”“没工夫。”吕不韦端起蔡泽面前专供凉茶的大陶碗咕咚咚一口饮干喘息了一声，“纲成君，这件大事只有你来做了。”“甚甚甚？我做大事？”蔡泽夸张地大笑，“又有谁个要行大葬了？老夫专擅葬礼也！”吕不韦也大笑了一阵，末了敛去笑容一番说辞，蔡泽愣怔着不说话了。

吕不韦要蔡泽出面的这件大事，是新政之三——明修功臣，褒厚骨肉。

这宗看似只会招人喜欢的善事，做起来却极难把握分寸，结局也往往是难以预料。所谓明修功臣，是对先代遭受不公处罚的功臣重新彰显褒扬。所谓褒厚骨肉，是对王族外戚的遗留积怨做出妥当的抚慰与安置。就内容而言，这两件事实际上是清理最高层的错案疑案，以重新凝聚王族与权臣后裔部族。蔡泽入秦已久且长期预闻机密，加之计然学派历来的自保权谋，非常留心历代国君权臣相处的微妙方略与种种令人感慨的结局，对秦国上层纠葛积怨与种种争议大案了然于胸。最是耿直秉笔的老太史令见了蔡泽也退避三舍，私下则说："纲成君多有掌故秘闻，终为野史，不足与其道也。"然则，吕不韦力主蔡泽担此重任，除了认同蔡泽的博学强记熟悉国史，更为看重的却是蔡泽的两大长处：极其特殊的秉性，极其特异的才能。

蔡泽秉性的底色特质，是计然派的明哲保身，以在权力官场全身而终为最高境界。唯其如此，做事做人求"执中"，以为"过犹不及"。见诸权力纷争，蔡泽历来主张"不可不争，不可过争，当止且止。"正因了如此，秦国朝堂多见蔡泽公然争权，更多见蔡泽不期然莫名其妙地偃旗息鼓。若遇同僚纷争，只要蔡泽不是事中人而又恰在当场，蔡泽总会将两造处置得个个满意。自秦昭王晚年开始，凡遇蹊跷繁难之大事，几乎无一不是蔡泽做王命专使排解，且处置结局大体上从来都是皆大欢喜。两王连葬，蔡泽连续做主葬大臣，诸多难题一一化解，更是有口皆碑。所以能够如此，根基在秉性，办法却在于才华。蔡泽才情在于机变多谋，尤其在事关学问礼仪传统世情疑难诸多事体时，蔡泽每每出奇制胜，每每令人拍案惊奇。

"纲成君，拜托也。"吕不韦肃然一个长躬。

"吕不韦，撂荒百年，你以为这块地好犁么？"

"若是好耕，岂敢请出精铁犁头？"

"好！算你说得老夫高兴！说，期限几多？"

“事大无期。纲成君自定。”

“既是新政，何能无期？一年，如何？”

“谢过纲成君！”

“别忙！老夫尚有三问。”

“不韦有问必答。”

“其一，老夫案权多大？是否得事事禀你？”

“纲成君为王命专使，每案报秦王书准即可。丞相府只解事务之难，不涉案权。”

“其二，查案上限何在？”

“上溯孝公之期，下迄今日秦王。”

“其三，老夫可有选吏之权？”

“一应属吏任君自选，报王室与国正监府备查便可。”

“嘿嘿，如此说来，你这丞相撒手不管么？”

“若得纲成君屈尊商讨，吕不韦即时奉陪。”

“不告不理。有分寸。痛快！老夫做他一回天案大法官也。”蔡泽呷呷大笑。

河冰消融，吕不韦主持的新政渐渐在广袤的秦国推开。随着一队队特使车马辚辚驶向郡县山乡，宽政理秦终于被朝野渐渐认同，无端非议渐渐消失，莫名戒惧淡淡化出。一宗宗冤狱不断纠平，一个个冤犯陆续还乡，一桩桩积案疑案迭次解决，虽然没有大变法那般轰轰烈烈，朝野国人却实实在在感到了春风化雨般的滋润，对新君新政新丞相也不期然生出了由衷的钦敬。

新政伊始，吕不韦立即开始了另一步大棋——整肃秦国涉军政务。

一番长谈，蒙骜对吕不韦的军政整肃方略大为惊讶。惊讶根由在于这个方略太过宏大，太过细致，以至于蒙骜无法想象其施行后果。秦国军政（涉军政务）历来是国尉府专司，一应招募兵员、要塞修建、兵器打造、衣甲筹划、粮饷辎重统统归国尉府。上将军府只管统兵出战。由于涉军政务事实上是一种特殊政务，所以国尉府历来受丞相府与上将军府双重管辖。由于战国大战多发，事实上却形成了一种不成文的传统：上将军府实际管辖国尉府，丞相府只是按照经上将军府核准的国尉府的“上书”，尽力完成其请求而已。孝公之后，秦国历代上将军都是天下名将，其中白起与司马错更是彪炳史册。如此一来，经常紧随大军的国尉在事实上成了强势上将军的属官，又更加巩固了这一传统。蒙骜虽不如白起司马错那般威赫强势，毕竟也是三朝名将，对国尉府自然也从来没有放手过。更为特殊的是，目下的老国尉司马梗是名将司马错的孙子，非但资望深重，更是蒙骜的笃厚至交，国尉府的事蒙骜纵是不闻不问，两厢也默契得天衣无缝。如此情势，吕不韦的这卷大方略未曾与老国尉商议便端到了自己面前，不管如何佩服赞赏支持吕不韦，蒙骜都生出了一种无法掩饰的不快。

吕不韦提出的方略是：三年之期，全部重建军政制度，大要为十项：

其一，兵员招募制度化，一年一征，数量根据郡县人口以法令明确之。

其二，要塞城防之兴建修葺，施工归于郡县，将相只合署确定地址规格。

其三，兵器打造统一部件尺寸，使战场兵器之部件可相互置换。

其四，甲胄制作之方式多样化，许民间能工巧匠制作甲胄以支徭役。

其五，军马以买马为主，养马为辅。关中禁开马场，确保秦国腹地农耕。

其六，选择关外稳定郡县兴建外郡仓，便利大战就近取粮。

其七，遣散辎重营常备车马，车马施行征发制，不打仗则车马回归民间耕耘。

其八，所有军辎器物，均可同时向商旅订货，以补国尉作坊之不足。

其九，军功爵之赏赐、烈士遗属之抚慰，一律交郡县官署施行，国尉府只照册查勘。

其十，都城之高爵将军府邸视同官署，一律交咸阳内史府按官产管辖。

密密麻麻写满三大张羊皮纸，每条下各有施行细则，看得蒙骜紧锁眉头良久沉吟终是憋不住愤愤然："相国如此谋划，直是天地翻覆也！莫说三年，只怕十年也整顺不了，反倒误了大事。"吕不韦不禁笑道："上将军久居战阵，只怕对政务有所生疏也。在不韦看来，此事比料理一家大商社繁难不了几多，只要得一班精干官吏，三年必定大成。""甚甚甚？你好大口气也！"蒙骜冷冷一笑，"你只说，老国尉赞同没有？"吕不韦摇摇头："我先来与老将军商榷。"蒙骜没好气道："为何？老夫好糊弄么？"吕不韦坦诚笑道："国尉年高体弱，心力不济，先看必有畏难之心，僵持反为不美。先与老将军计议，是想先讨老将军一句实话：如此制度但得实施有成，于秦国大军究竟有利有害？"

"你倒是用心也。"蒙骜脸色稍缓，"只怕施行不了。"

"那就是说，但能施行，于秦军有利？"

默然片刻，蒙骜终于明白点头："平心而论，该当如此。"

"既然如此，老将军只管放心，三年后保你兵精粮足！"

"莫急莫急！谁来操持此事？"

"国尉府操持。吕不韦一力督察。"

"相国不是说老国尉心力不济么？"

吕不韦稍一沉吟道："上将军以为老国尉不当高爵致仕了么？"

"你，你要罢黜老司马！"

"并非罢黜，是致仕资政，只不担实务而已。"

"司马梗是老矣！"蒙骜喟然一叹，"但为国事计，老国尉决无怨言，只老夫不忍罢了。但能使老司马入军赞划，此老心愿足矣！"

"上将军何有此说？"

"司马梗名将之后，酷好兵事，一世想做将军而不得，不亦悲乎！"

"记住了。"吕不韦重重点头，"我定然设法，圆老国尉之梦。"

"相国当真仁政也！"蒙骜不禁哈哈大笑，"功臣之梦尚且不忘，况我大军乎！"笑声戛然而止，恍然拍案，"你还没说，谁来做国尉？此人不称，老国尉不退！"

"蒙武。"吕不韦淡淡一笑。

"……"蒙骜顿时愕然。

吕不韦大笑一阵，起身一躬悠然去了，蒙骜却兀自愣怔着。

旬日之后，蒙武正式就任国尉。揣摩一番吕不韦的整肃方略，蒙武倍感事体重大，立即全副身心忙碌起来。与山东六国相比，秦国的涉军政务应当说是实用有效的，且行之百年已成传统，朝野并未有不变不足以应对大战的紧迫。然与吕不韦提出的方略一比，立即觉出了原有法度的缺陷。譬如兵员，秦国历来是在三种情势下征兵：一则是大战之前，一则是大军减员十万以上，一则是大败丧师之后朝野汹汹复仇之时。如此征兵，因了兵员入营训练的时间较长，不能立即与战阵之师融为一体。为了最迅速地形成战力，有征战传统的老秦部族往往是成年男子全体入军，而偏远山乡的渔猎游牧族群则往往一卒不征。时间一长，关中老秦本土的男丁人口始终紧缺，形成“田无精壮，家皆老幼，市多妇人，工多弱冠”的腹心虚空。若以吕不韦之法，年年依人口多寡由郡县定制征兵，非但成军人口[1]大为扩展从而源源不断补充大军，且每一次量不大，使新兵训练可充分利用无战时光从容进行。最大的好处，是使关中老秦部族的人口得以渐渐恢复，本土元气渐渐充盈。再譬如兵器打造，秦国历来是由官府作坊与军营作坊完成的，各种兵器的打造规格则完全以工师传统而定。骑士剑之长短轻重与用料总有种种差异。步卒之长矛盾牌亦各有别，同是木杆，木材遴选各异，长短粗细亦无统一尺度。尤其是大型兵器如弩机塞门刀车大型云梯等，部件虽则大体相同，然因其小小差异，根本不可能通用。其中弩机使用的箭镞箭杆消耗量最大，然打造箭镞的数十家作坊属铁工，制作箭杆的作坊属木工，打造也是各有尺寸，乍看差别不大，然装配为整箭用上弩机便往往不能配套连发。每逢大战，军营必要忙碌甄别仔细挑选，将配套的弩机长箭一一归置，否则会在危急时刻导致战败。以吕不韦之法，将所有兵器部件的规格尺寸及用料标准等等，一律以制度颁行所有作坊，且在兵器部件上镌刻主管官吏与工师姓名，但有尺寸不合，便可立即查处。如此统一尺寸材料的兵器部件

---

[1] 成军人口，中国古代特定用语，并非指军队数量，而是可以成军多少的人口基础。为使明白，此处使用了“成军人口”。史书多有某代某国可成军多少万之说，即指成军人口，也就是精壮男子的数量，并非等同于军队。

制度若得施行，秦军的战力无疑将会有一个巨大的跨越。如此等等，蒙骜一班大将自然理会得清楚，他们所担心者，是此中繁难琐细太多，实在是难以归置得整齐。

蒙骜尤其没有想到的是，吕不韦选择了蒙武做国尉。

蒙武秉承乃父缜密之风，处事周严，为人端方，作为军中大将，胆略勇迈却稍显不足，做前将军已经是稍显力软，要成大器名将显是差强人意。吕不韦独具慧眼，几次接触便觉蒙武理事之能长于战阵，通军而能理事，不亦国尉乎？更有微妙处在于，蒙武对各方皆宜：与秦王嬴异人有总角之交，与大军统帅及军中大将个个笃厚，与国尉府吏员素来相熟，与吕不韦本人也很是相得。整肃军政多涉机密忌讳事，虽有法度可循，然若无上下左右各方深信不疑，便会生出诸多难以预料的周折。一个蒙武，便使这宗异乎寻常的繁难新政，变成了一片生机勃勃的活棋。

当年立秋时节，吕不韦的新政已经是初见成效了。纠法与平冤两事进展大体通畅，只有数十例疑难案要在朝会公议了。令吕不韦大感意外的是，纲成君蔡泽竟在半年之中大体了结了最棘手的功臣王族案，与各方商议后上书秦王，竟是无人不满。其中最为朝野称道者，有六件事：

其一，重修商於郡之商君府，建商君祠，许民祭祀。

其二，昭雪武安君白起“抗命”之罪，建白起祠，行国祭。

其三，许甘茂遗族回归秦国，特许甘茂之孙甘罗入丞相府为属吏。

其四，王命正式尊奉华阳太后，不预国政，永享太后爵位。

其五，尊奉秦王生母夏姬为太后，改故太子府为太后宫，永为居所。

其六，阳泉君芈宸爵位如故，不拜实职，临机领事。

如此一来，吕不韦自觉紧绷绷的心大是舒缓。目下丞相府官署属吏已经整顺，处置寻常政务几乎不用吕不韦过问，唯一的大事是不时与蒙武商议整肃军政的诸般难题。这一日刚从国尉府回来，西门老总事颇为神秘地匆匆禀报，说国君特命相国与家老立即进宫，说是一饮老酒。吕不韦思忖道：“不消说得，定然是邯郸赵酒也。”西门老总事惶惑道：“老朽何许人也，如何进得王城？还是不去为好。”吕不韦笑道：“王命见召，能不去么？只怕老总事要做一回特使了。”西门老总事恍然醒悟，连忙道："这却如何使得，此事只怕非丞相亲自出马莫属。"吕不韦一叹："老疾在心，难矣哉！进宫回来再说了。"

果然不出吕不韦所料，两人进宫礼数寒暄方罢，嬴异人直截了当地说，他要在元年之期接回赵姬母子，想请西门家老实际操持，征询吕不韦如何接法最好？至于接人本身可行与否，嬴异人显然不想商议。吕不韦思忖片刻说，接人有两法：其一通过邦交途径以国礼接之，其二以商旅之名隐秘接之。以目下情势，若派特使恢复与赵国邦交，赵国很可能欣然隆重送人回秦。嬴异人并无成算，只要吕不韦谋划接人回来便是。吕不韦道："秦赵邦交已经断绝十余年。据臣所知，赵国正在图谋与我复交。容臣谋划妥善之策，若能以王后母子归秦为契机，与赵平息恩怨，对秦未尝不是好事也。"嬴异人连连点头，心绪大是舒畅。

一番侃侃，倏忽已是三更。吕不韦正要告辞，蒙骜风风火火大步进来，一拱手黑着脸愤愤然道："禀报君上：斥候密报，小东周联兵诸侯，图谋夺我关外两郡！老臣请兵二十万，一举灭了这个老朽王室！"吕不韦心下一惊，摇摇手道："小东周奄奄一息，如此蠢动必有隐情。我等须议定对策，不出兵则已，一旦出兵便要根除后患。"嬴异人霍然起身："走！立即去东偏殿商议！"

五更时分，将相两车飞驶出宫，没进了淡淡的初霜薄雾之中。

第十章 合纵回光

一 古老王朝的最后神迹

周王室几乎已经被天下遗忘了。

自从秦武王嬴荡进军洛阳举鼎暴亡，秦国吞并三川之地的图谋搁置了下来。其后五十余年七大战国鏖兵白热化：秦国先忙于安定朝局，再忙于反击六国合纵，接着北攻魏国河内南攻楚国江汉，接着又是争夺上党的长平大战，一刻也没有腾出手来；山东六国也是一边忙碌着合纵攻秦合纵抗秦，一边盟约变幻自家大战不休，一场持续六年的燕齐大战使东方最强的齐国一举衰落，堪堪崛起的燕国也重陷疲弱；至此，齐魏楚燕山东四强一蹶不振，独余赵国做了山东屏障。唯其如此，长平战后赵国危在旦夕，六国才鼓勇全力合纵救赵，好容易在最后关头击败了秦军，天下才歇兵罢战疲惫地喘息起来。如此天翻地覆大鏖兵，堪堪卡在中原要道的洛阳王城心胆俱裂。洛阳城外的原野经常是连天蔽日的军营，官道经常是川流不息的兵马车队，站在城头清晰可见的滔滔大河经常是樯桅如林白帆如云。长平大战的三年中，河内河东两郡百余万庶民男女全部野营驻扎洛阳郊野，砌起土灶为大军烙饼煮肉，丛林般的炊烟在洛阳天空聚成了黑压压的热云。战马嘶鸣号角震天喊杀昼夜不绝，洛阳国人夜不能寐日不能作，欲逃无门欲哭无泪，犹如身处汪洋大海的一座孤岛，只有听任狂涛巨浪拍打冲击。虽则如此，洛阳王城却始终平安无事，无论鏖战各方胜负如何，都没有一国兵马试图攻取过洛阳。久而久之，洛阳周人终于想通了。洛阳王城虽早早成了没有骨头的一方肥肉，然毕竟有着天子名号，任你垂涎欲滴，若没有吞灭天下的实力便来夹这方肥肉，只能惹得一身腥臊引来群起而攻之。齐滑王田地何等野心勃勃，敢独吞宋国也不敢来取洛阳。魏国丢了河内河东数十城邑，照样不敢拿近在咫尺的洛阳王城来填补。秦国兵势汹汹，争夺上党时六十余万大军经年以洛阳郊野为大本营，要取洛阳易如反掌，可就是对洛阳王城礼敬有加。因由何在？还不是顾忌周天子名号？还不是怕未得实利招来无端是非？大国如此，小诸侯更奈我何？如此看去，洛阳王城虽如风眼孤灯，却是天命攸归国祚绵长。天不灭周，谁奈我何？

如此揣摩一番，洛阳王城的老国人心安理得了。

其时的周室早已经分成了一王两诸侯：天子周赧王居洛阳王城，大诸侯的封地在洛阳以西，领三十六邑（小城堡）三万余国人，封号为西周公；小诸侯的封地在洛阳以东，领七邑，封号为东周君。确信天命不当亡周，一王两诸侯心志陡起，各自打出振兴王室的旗号，重新翻开无数的陈年老账有滋有味地斗了起来——东周欲种稻，西周不放水；西周欲通商，东周卡关隘；天子要整军，两周不纳贡；两周要封号，天子书申饬；西周伐东周，东周连诸侯……争夺无果则权谋纵横，各连诸侯讨伐对方。一时间“三周”骤然热闹得小春秋也似，成为战国中期的一道奇异风景。

周赧王五十九年，秦昭王五十一年，公元前256年，终于出事了。

先一年，使山东六国闻风丧胆的白起被杀了。秦昭王为证明白起抗命有错，接连派出王陵、王龁、郑安平三支大军攻赵，结局却接连铩羽。此时天下终于长长地出了一口气，秦国至少十年不会出关了。然而偏在此时，秦昭王断然派出王族大将嬴摎率十万大军第四次东出，攻取韩国的阳城、负黍两地。整个山东为之哗然，大呼老秦王疯了。

此时，独有客居邯郸的信陵君沉静异常，对平原君一语道破天机：“老秦王非庸常之君，岂能不识攻守之势也。秦军三败，不守反出，其图谋只在以攻为守，一则巩固函谷关外之残存地盘，再则明白昭示山东六国：即使秦国接连三败，仍有强大反击之力，震慑六国勿生进逼之心，争取秦国喘息之机也。”平原君问何以应对，信陵君答：“六国虽胜，实则力竭，比秦国更需休养生息。除非秦军大举灭国，山东只能背水一战救亡图存！若是一城数城之争，静观其变为上策。”“然也！”平原君恍然一笑，“十万大军夺两城，老秦王分明是张势为主，且任他去。”

如此一来，山东五大战国对秦军攻韩作了壁上观。

不可思议的是，洛阳周室突然跳了出来！

秦军东出。他国壁上观。韩国大为惊慌，深恐秦国一鼓灭韩。新郑君臣一番密谋，议出了一条“肥周退秦”的奇计。韩桓惠王派出特使，兼程赶赴洛阳。

战国之世，铁马相争大战连绵存亡危机迫在眉睫，大国小国全力应对各出绝活。经年累月地面对生死存亡，多有庸君庸臣被折腾得麻木迟钝又手忙脚乱，生出了许多令人啼笑皆非的“政治乌龙”事件，传之青史，每每成为后人无法理解的一种战国式幽默。咀嚼之下，既令人扼腕，又令人捧腹。其中，韩国的“政治乌龙”事件最为赫赫有名。其谋划之奇异，操持之隆重，发作之频繁，后果之惊人，整个战国时代无一国能望其项背。每发“乌龙”之谋，必令天下匪夷所思，必激起天下至大波澜，此乃韩国也。

第一大“乌龙”：公元前262年，主动将天下垂涎的最大最险的兵家必争之地——上党，献给赵国。韩国君臣自诩为“移祸大邦，脱我存亡之危也”。结局却是：引发秦赵长平大战三年，韩国身不由己地卷入其中，非但全部丢了上党、野王等大河北岸的要塞险地，且连大河南岸的水陆要道也被秦国全部占领。

第二大“乌龙”：便是目下这次“肥周退秦”计。结局是：非但导致八百余年的周王朝正式灭亡，自己也一举丧师十二万，从此疲弱得不堪一击，只有对秦国俯首称臣。

第三次大“乌龙”最为经典，是若干年后的“疲秦计”。韩国派出了天下最有才华的治水大家郑国入秦，为秦国筹划并主持兴建大型水利工程，图谋大耗秦国资财民力，使其不能征发大军东出灭韩。结局是：

秦国因这项长达四百余里的大型灌溉工程的成功而富甲天下，国力大增，为消灭六国奠定了最坚实的根基。其后大军东出，第一个先灭了韩国。

行将灭亡时，韩国又出了最后一次“乌龙”，隆重地将战国法家大师韩非贡献给秦国，图谋以韩非说动秦王不要攻灭韩国，此乃“存韩”乌龙也。结局是，秦国不上当，依法处死了韩非，灭国兵锋首先指向韩国。

割肉而饲虎，进才以资敌，使敌加速强大而能更加有力地吞噬自己，原本已经令人瞠目结舌了。偏是韩国君臣却能做得煞有介事，每每精心谋划，当做救国奇计隆重推出，实在堪称亘古奇观。其令人咋舌的思维方式，千古之下，足足构成政治哲学独一无二的研究对象。此乃后话。

此时洛阳王城的周赧王已是八十余岁的耄耋老翁，终日卧榻流涎一句囫囵话都说不得，非但无能理事，连王城也早被西周公把持了，自然是云里雾里不知所以。韩国特使清楚王城情势，执诸侯之礼觐见“代王”理国的西周公。西周公大为振奋，立即“赐见”韩使，仅仅半个时辰，心头已是大动。

韩使的说辞是：阳城、负黍两地恰在洛阳东南，为西来秦军必经之路；王师但能出兵截断洛阳要道，迫使秦军知难而退，韩国的阳城、负黍两地便割给天子做贡礼；秦军若责难周室，韩国愿出丰厚粮草，以供天子犒赏秦军，其时秦军必乐于班师。西周公冷冷笑道：“秦军十万，王师几何？特使岂非笑谈也！”韩使赳赳拱手道：“公何忧心也！韩国出兵八万，交公统帅，公但凑得些许人马可也。此中之要，唯求王师之名，不在王师之实。”西周公哈哈大笑：“韩出八万兵马变做王师，再割让两城于我，又出诸多粮草使天子抚慰秦军，得也？失也？滑稽也？”韩使振振有词：“公不知战国纵横之道也！唯行此策而三方皆大欢喜：西周得功得地，韩国避祸全国，秦国不损粮草。非但三全其美，且一举昌明天子偃兵救韩之大义，公何乐而不为也！”西周公思忖片刻，直觉韩国不像戏弄自己，虽对其真实图谋还是揣摩不透，却也不再多问便有了主张。毕竟，秦忌天子王师，兵势强盛之时尚避我洛阳，何况今日兵败势衰？只要王师一出秦军一退，我西周实利到手且大名赫赫，管他韩国如何匪夷所思，我何乐而不为？

“好！韩国旬日内出兵，老夫发王师救韩！”西周公奋然拍案。

也是命蹇时乖。九万“王师”窝在洛阳山谷之中尚未出动，秦军已风驰电掣地越过了洛阳，攻克了阳城、负黍两城，全歼韩国两地守军四万。此举大出韩国意料，惊慌失措间要撤回“王师”八万兵马守护都城新郑，却已经来不及了。秦军飓风般回师洛阳，将九万“王师”一举封堵在山谷之中。嬴摎紧急上书咸阳请命定夺，秦昭王回书只冷冰冰两句话：“蕞尔老邦，欺我大秦！不灭其国，无以震慑天下！”

嬴摎得书，以重甲步军封住了山谷出口，在两山架起六千具大型弩机，毫不留情地对“王师”发动了狂风暴雨般的弩箭攻势。无论山谷中的周军如何吼叫我乃周人，最终都与八万韩军一起葬身峡谷。这时的西周公还在王城幕府大宴群臣，痛饮王酒观赏乐舞，一边得意之极地接受着劝进颂辞，一边与心腹谋划着要在得韩国两城后仿效当年周公摄政。谁知尚未议论出个子丑寅卯，已被黑压压的秦军堵在了大殿。

西周公顿时软瘫在地，生怕虎狼秦军立时割了自己首级报功。嬴摎只一声大喝，尚未开口说话，软瘫昏乱的西周公便乖觉地献上了三十六邑与三万人众的册籍，期望秦国留下自己性命。嬴摎大感意外，却也明白了再不会遇到原本设想的死命守节与强烈抵抗，连夜上书咸阳，请命如何处置周室。秦昭王当即下书：“西周谋秦，当示惩戒：其城邑土地全部归入秦国，设郡治理；西周公交天子治罪；东周君未曾同谋，保留其封地；许西周遗留人众归于东周，以为周室遗民聚居祭祀之地；洛阳王城专属周王，不许东周君进入；唯九鼎为天下王权神器，着即运回咸阳。”

拆搬九鼎那一日，震惊天下的神迹发生了。

清晨天气难得的好。嬴摎号令三万秦军步卒开入王城广场，分别围定九鼎准备拆装。此时周室老内侍哀哀来报：天子执意要礼送九鼎离开洛阳。嬴摎答应了。毕竟，九鼎是周室守护了八百多年的王权神器，昔日天子礼送也不为过。片刻之间，两匹老马拉着一辆锈迹斑斑的青铜王车驶进了正殿广场，两名侍女扶着一个大红吉服满头霜雪腰身佝偻的老人下了王车。嬴摎正要上前作参见礼数，不想耄耋老人看也不看，只盯着巍巍九鼎痴痴出神。突然，老周王甩开两个侍女，步履如飞扑到了“中原王鼎”前伏地大拜，随即一阵苍老凄厉的哭嚎：“姬延无能！辱及宗庙社稷，辱及九鼎神器，愧对列祖列宗，愧对天地庶民也！”凄厉的哭嚎兀自回荡间，老周王陡然神奇地跃起，奋身撞向大鼎，只听一声沉闷的轰鸣，九鼎间鲜血飞溅，老周王的尸身直挺挺飞上了中原王鼎伫立不动，雪白的须发飞扬戟张。秦军将士与在场人众无不骇然。

此时，天空浓云骤然四合，隆隆沉雷震撼天地，整个王城顿时黑暗如墨。电光蛇舞阴空，巨雷连番炸开，暴雨翻江倒海排天而来，巨大的金铁轰鸣之声连绵不绝，高天翻滚着火红的云团，一柱巨大的红光如天宇长矛从黑沉沉的苍穹直刺王城，整个九鼎[1]广场闪烁着炎炎红光，天地混沌得无边无际……

云收雨住，山岳般的九尊大鼎连同周赧王的尸身全部无踪无影。

王城中所有与九鼎相关的职司官吏，都在那场雷电暴雨中无疾而终了。所有在场的周王随从侍女，全部被天火焚身而死了。那个已经麻木无神的西周公死得最惨——一声炸雷当头劈下，只留下了一段木炭也似的枯桩。而同样身临广场的三万余秦军将士，却一个也没有伤亡。嬴摎惊骇莫名，当即下令退出王城扎营，密书飞报咸阳。三日后，老太子嬴柱亲自到了洛阳，带来了秦昭王密书：毋动洛阳王城一草一木，立即班师回秦。

至此，历夏商周三代两千余年，曾经无数次战乱劫难而巍然无损的

---

[1] 关于九鼎的最后归宿，《史记·周本纪》简单得只有一句话：“……秦取九鼎宝器……”《秦本纪》中也只有一句话：“周民东亡，其器九鼎入秦。”《史记正义》作了一条注释：“器谓宝器也。禹贡金九牧，铸鼎于荆山下，各象九州之物，故言九鼎。历殷至周赧王十九年，秦昭王取九鼎，其一飞入泗水，余八入于秦中。”此条注释似乎交代了九鼎下落，然却经不起考究：其一是纪年有误，将周赧王五十九年错记为十九年；其二是路径可疑，秦若真取九鼎，自洛阳西去路途与东南泗水背道而驰，相距数千里之遥，九鼎之一如何能“飞”到泗水？若是后世在泗水发现一鼎而有此推论，情有可原。然据《正义》语句，显然却是搬鼎途中发生之事，大是可疑。其三是对“余八”没了交代，能对宝器详述起源而“疏”于最后下落，与情理不合。揣摩之下，有理由认为《正义》之说只是当时传闻之一，并非确切史实。参种种说法可以推测：从秦取九鼎的时刻起，一定发生了超乎常理的非常事件而导致九鼎消失。而无论如何解释九鼎的消失，都对秦国不利，故此秦国不再提及九鼎。后人无可寻迹，也就没有了说法，以至后世有史家怀疑，上古三代究竟有没有过九鼎。

王权神器——九鼎，神奇地永远地失踪了。此后的史书中再也没有了关于九鼎下落的记载，后世的实物发掘也没有征兆可资寻觅踪迹。九鼎的消失，终于尘封为中国历史上一个永恒的谜，也做了人类文明史上一个不朽的话题。

周王朝历经三十七王八百六十七年，至此宣告正式灭亡。

二　化周有长策　大军撼山东

八年后，周室遗民又一次疯狂了。

其时，作为周室遗民封地的小东周尚留有七城，史称七县，以当时地名分别是：河南、洛阳（王城之外的洛阳县）、穀城、平阴、偃师、巩、缑氏。已经灭国的周室遗民能保留如此一片相当于一个三流诸侯国的封地，在战国之世实在是破天荒了。至少，此时还没有灭亡的两个老诸侯——鲁国、卫国的地盘已没有小东周大。尽管如此，周室遗民对秦国还是大为不满。个中原因，是周室遗民的这块足够大的封地不是自治诸侯。也就是说，周人只能在这方土地耕耘生存，向自己的东周君交纳赋税，除此而外，必须遵守秦国法令。

秦国对周人的治式的选择，来自严酷的前车之鉴。

自夏商周三代有“国”伊始，战胜国对待先朝遗民的治理方式大体经历了两个过程：最先是封先朝遗族为自治诸侯，后来则是保留封地而取消治权。这一过程的演变，是血淋淋的复辟反复辟较量的结果。三代更替，商灭夏，周灭商，初期都曾经尊奉先朝遗族，许其在祖先发祥地立国自治，也就是允许其作为一个有治权的诸侯存在。其时，自治诸侯意味着几乎是完全意义上的军政治权。只要不反叛，只要向天子纳贡称臣，中央王室对自治诸侯几乎没有干涉。新战胜国之意图，重心是要通过保留并尊崇先朝王族，使天下庶民信服本朝之王道仁德，从而心悦诚服地臣服于新王朝。

然则，事实却总是与新战胜国的期望相反。先朝遗族一旦作为治权诸侯存在，便千方百计地图谋复辟旧时王制，最终每每酿成颠覆新政权的祸根。最先尝到苦果的，恰恰是力倡王道德化的周室新朝。周人自诩德治天下，灭商后非但准许殷商遗族原居故地做自治诸侯，还分别将神农氏、黄帝、尧、舜、禹等“圣王”的后裔部族，一律封为自治诸侯。然而，仅仅过了两三年，周武王刚刚病逝，殷商遗民首领武庚立即策动了大规模叛乱，非但联结了几乎所有的“圣王”遗族诸侯与东方夷人部族大举叛周，且匪夷所思地鼓动了周室王族中的反叛势力一起反周，其声势之大，只差点儿淹没了这个新王朝。靠着那位雄谋远略的周公的全力运筹，周王朝才终于平定了这场以殷商遗民诸侯为根基的大叛乱。

这是一场极其惨烈的华夏内战，更是一则极其惨痛的治国教训。

它使普天之下都明白了这样一个道理：有着数百年悠久传统的先朝王族，其复辟祖先旧制的愿望几乎是永远难以磨灭的；若不能将先朝王族后裔与其赖以生存的遗民分开治理，有治权的旧王族便随时有能力发动复辟战争。自诩德治的周王室终于醒悟，重新确立了一种新的诸侯制度：以周王族做遗民聚居地的诸侯国君，以周室礼法治理殷商遗民，如此便有了以周武王少弟康叔为诸侯国君，而实际“收殷余民”的卫国；先朝王族后裔的祭祀地虽保留“诸侯”名义，然先朝遗民却最大限度地迁徙到前一诸侯国，如此便有了重新选择的殷商王族后裔微子开的宋国。也就是说，殷商遗民与殷商王族后裔从此脱节，分为两个诸侯国。

自此开始以至战国，形成了另一种传统：大国但亡，其遗民聚居地至多只能做无治权诸侯国；小国灭亡，遗民则直接化入战胜国郡县，不再保留遗民封地。

从名义上说，周王室仍然是战国之世的天子之邦，是最大的先朝。无论哪国灭周，灭后都应当以某种形式保留封地，许遗民聚居并建立宗庙祭祀祖先，以示战胜者抚慰之德。更不说秦人与周人有着同出西土的悠长渊源，不会不明白这一点，也不会不照拂周室遗民。然则，秦昭王一代雄主，毕竟不会不顾及前车之鉴而留下无穷后患。灭周之初，秦昭王定下了“留其封地，秦法治周”的八字方略，将周室遗族封地纳入秦国郡县，只使封地仅仅成为周室遗族事实上的聚居之地而已。

周室遗民的疯狂，源自八年中无数难以忍受的自认的屈辱。

第一件难堪事，是胸前那方“秦周人”身份的标记。

新朝料民，原不意外。然周人心中的“料民”，只是各族族长将人丁数目开列上报官府，官府统计登录而已，与寻常国人并无干系。谁知秦法料民大大不然，料民黑衣吏亲自登门入户，举家无论男女老幼都要被登录到官册上。仅仅如此还则罢了，最令周人不可忍受的是，所有十六岁以上的成年人丁，都要在特定期限内亲自到县令官署制书“照身”。所谓照身，是一方打磨光洁的竹片或木板，上端事先已经烙好了官印徽记，并已刻就“秦周人”三个大字，最下端则是“某县”与天干地支组合的编号，譬如“平阴甲申号”等等；而后，由黑衣吏当场确认来人与上门登录的官册相符合，在竹片木板上刻下各人姓名，画上各人头像，或径直写上诸如“长大肥黑”之类的本人长相特征。如此一切就绪，黑衣吏宣明：但凡出门，“照身”必得悬于胸前，以便关隘客栈查核。若无“照身”，客栈不能投宿，关隘不能放行，总之是寸步难行。

周人拿着这方竹片木板，人人吃了苍蝇般恶心。在周人的久远传统中，只有奴隶与牲畜两样物事上官市交易，才在该物事鲜明处挂上一方竹木或草标，大字标明男女公母岁齿重量，以方便成交。如今胸前挂上如此一方竹牌，岂非与奴隶牲畜一般无二！甚叫身份标记？玉佩、剑格、族徽、车徽马具、服饰刺绣图样等等，那才是身份贵贱之标识。如此物事公然于大庭广众之下晃荡胸前，分明秦政羞辱周人也！愤愤然归愤愤然，面对秦国官吏的一丝不苟，秦军甲士的一片肃杀，老周人打掉牙肚里吞，总算生生忍住了。

第二件难堪事，民无贵贱皆服徭役。

周人入秦，原本的贵贱身份如过眼云烟，除了东周君与原先的一班老孤臣保留着自己的爵号，其余“国人”一律都成了“秦周人”。除非重新立功得秦国爵位，所有的“秦周人”都只是秦国的庶民百姓，没有任何特权。战国多事，国忙民忙。除了该当的耕耘劳作，庶民的经常性义务是两种徭役：其一是开通沟洫疏浚河道修葺城堡要塞等邦国工程，其二是为大军充当辎重营脚夫或各种工匠。大体论之，秦统一六国之前，各国徭役都是后者居多。秦赵长平大战，秦昭襄王亲赴河内，征发所有十五岁以上男子悉数入军，大数在百万上下，便是一场规模最大的战事徭役征发。秦国奖励耕战，这个“战”字包括了战场徭役。也就是说，民服战场徭役有功，与军功同赏。秦国多战，本土老秦人尚不能例外除役，正当中原冲要而临近战场的“秦周人”如何能免却徭役?

然在周人的传统中，国人是没有徭役的。当然，国人没有徭役不等于周王朝没有工程战事征发。所不同者，周人之徭役都由“家臣”(奴隶)充当，国人则只做战车甲士、带剑骑士、重甲步卒等荣耀武士，奴隶是没有资格充当此类武士的。唯其如此，但有徭役征发，都是各部族、家族依据国府指定人数派出自家庄园的奴隶承担，无论工程劳役还是军中劳役，皆算做主人的赋额。后来，周人的奴隶渐渐逃亡得所剩无几，周室几乎是无仗可打无工程可开，极少量的修葺城堡宫室类的徭役，便依然由寥落的国府官奴与大家族的奴隶支应，国人依旧没有亲自品尝过徭役劳作的滋味。

如今世事一变，要民无贵贱皆服徭役，对周人不啻一声惊雷。

分明是主人，却要与昔日奴隶一起气喘吁吁地劳作，一起接受黑衣吏的呵斥挑剔，一起被论优论劣赏赐惩罚，颜面何存?秦国郡守第一次征发的徭役是修葺残破的洛阳城垣，郡守令发下：每户出两名成年男丁，期限三个月，三千人一期轮换修葺。秦周人闻讯顿时炸开了锅，有爵位的族老五六百人纷纷从六座小城赶到外洛阳围住了东周君宫殿，痛心疾首地大呼苛政猛于虎，声称不免除徭役宁死不为秦周人。郁闷的东周君大是惊慌，心知劝阻国人必遭唾弃，只好向秦国郡守如实禀报，力请郡守以王道之心体恤民情。谁知秦国郡守想也没想便是一声冷笑：“违法民情，何由体恤?”立时召来郡法官与执法郡吏赶赴东周君宫殿前车马场。

面对汹汹周人，郡守毫不惊慌，先令郡法官宣读有关徭役的法令，而后郡守亲自申明：在场人众若有法令疑难，法官可一一答疑。然老周国人根本不听法官与郡守解说，只一口声大呼：“废除苛政！复我王道！”郡守勃然变色，当即召来一千铁骑，将请命族老五百余人全数缉拿。次日国人惊魂未定，便有执法吏飞骑七城传下处罚令：族老乱法，先服徭役两期六个月；若不服罪，罚为终身苦役；其余人众若再拒服徭役，死罪无赦！

老周遗民不禁愕然。五百余族老人人都是德高望重的袭爵贵胄，个个都有赫赫大名的家世先祖，几乎便是目下周族的全部有爵国人；若在周室治下，举国族老请命，简直就是天崩地裂般的大事，其威力足以改变任何既定的王命。不想做了秦周人，举国族老的请命竟轻飘飘一钱不值，非但没有改变辱没国人的徭役法令，反倒是最有尊严的族老们先做了徭役，是可忍孰不可忍！在周人各族密谋暴动反秦时，东周君带着两个“大臣”昼夜兼程地奔波于七城，苦苦劝住了义愤填膺的国人……秦周人又一次生生忍住了。

徭役事件方罢，不堪之法接踵而来。

最使周人悲愤莫名者，无过于“人无贵贱，同法同罪”了。

五百余族老首服徭役，原本已经使周人难以忍受，不想跟着又出了一件更令人不堪的事体。被周遗民们暗中呼为“太子”的东周君的长子姬桁，春日在洛阳郊野踏青，与一少女在林下篝火旁野合。次日清晨太子醒来，少女已经在春草中剖腹自杀了。太子唏嘘一番，给少女胸前挂上了自己的一副玉佩，要离去唤家臣前来掩埋。恰在此时，一个秦国执法吏不期撞到了面前，绕着少女尸身查勘一圈，不由分说便将太子缉拿了。

消息传开，周人大哗。

在周人的传统世界里，春日踏青时的男女野合，无论身份贵贱，都是不违礼制的情理中事。“窈窕淑女，君子好逑”，此之谓也。女子死去，与太子何干？退一万步说，纵然太子用强而女子死，又能如何？寻常贵胄犯法尚且无刑，况乎皇皇太子。“刑不上大夫，礼不下庶人”，此之谓也。秦人竟因一庶民女子缉拿太子，岂非咄咄怪事？愤愤然之下，周人在三日之内呈送了一幅割指滴血的万民书，一幅三丈六尺的麻布上只有紫黑色的八个大字——请命更法，王道无刑！其余布面便是密密麻麻鲜血斑驳的“冠者”姓名。也就是说，周人遗民中的加冠男子全部割指血书姓名，分明是举国请命。秦国郡守倒也快捷，连夜便将万民书送到了咸阳。

两日之后，秦昭王特书颁下：“王道已去，代有国法。秦法不赦王族，况乎入秦遗民也！着三川郡守查实案情，而后依法论罪，报廷尉府并国正监纠劾。”此王书一出，郡守再不理会包括东周君在内的任何周人的任何请命，第三日便在城门张挂了《决刑书》：

> 查：公子姬桁与家臣女芦枝野合于桃林，芦枝愤而剖腹。先是，芦枝为官奴隶身，因善绣锦服而出入东周宫室。姬桁歆慕其窈窕姿色，多求媾和。芦枝请先除隶籍，姬桁虚与周旋，未果。春来踏青，姬桁追随其女竟日不去。芦枝又请，姬桁首肯，遂野合于桃林之下。事毕，芦枝请姬桁出信物以为除籍凭据，姬桁沉吟不答，径自睡去。芦枝愤然，遂剖腹自裁于树侧草地。次晨姬桁虽有怜惜之态，然终无除籍之举。其后，东周君与其子民多为姬桁请命，终无一人一言提及其女除籍也。秦法无隶身，人皆国人，一体同法。是故：姬桁食言而致女死，以律斩首不赦！芦枝除隶籍，许其族人脱周自去，人若阻拦，依法问罪！

决刑书下，周人呼天抢地号啕不已。行刑那日，七城周人空巷而出，红压压围住刑场却是万众无声。这是周人有生以来第一次亲眼目睹与天子同一血统的太子伏法，谁能不惊惧惶愧。周人实在想愤然反秦，然则面对那幅言之凿凿的决刑书，却总觉得少了些底气，终是咬咬牙又生生忍住了。然则，周人的厄运并没有从此结束，几乎是衣食住行每件事情，都与“凡事皆有法式”的秦法生出说不清道不明的无尽纠缠——

村社分界量地，丈地者步伐难免大小有别，此等伸缩周人向不计较。可秦法偏偏有“步过六尺者罚”的法令，直教族老们无人敢于举步丈地。

每日清晨官市交易，斤两稍有出入，周人也是浑然无觉。可秦法偏偏明定度量衡规格，在官市设有校准度量衡的法定尺斗秤。你纵不去校准，市吏却经常在市间转悠查勘，但有哪家衡器出错，吏员便登录入册报官处罚。素来不善市易的周人胆战心惊，索性不入官市，私相在邻里之间做起了“黑市”买卖；若是几尺布几斗谷之类的小宗互易，官府倒也不问，然若是土地牲畜车辆兵器之类的器物做私相交易，又是大大违法。

最为寻常的道路街市的整洁，秦法也有严厉条文。道边严禁弃灰，街市严禁污秽；但凡路边倒灰、牛马道中拉屎、店铺泼脏水污秽街市者，一律黥刑——在脸上烙记刺字。若是直接对弃灰、赶车、打扫店铺的仆人黥刑还则罢了，毕竟周人的仆役是奴隶。可秦法却是仆役弃灰，主人受刑，五六年中竟有一百多个“国人”的鬓角被烙印刺字。

“疬罪”更教人毛骨悚然！

疬者，医家谓疬子颈，民人谓烂脖子，后世谓颈项间结核。此等病常因体虚气郁而发，常三五枚串生于颈项间，日久蔓延胸腋糜烂溃疡，此收彼起，非但使发病者“恶死”，且可能染及他人，其时根本无法医治。亘古以来，“疬病”视同瘟疫，一旦发作于某地，往往酿成人口大祸，历代圣王之治都是无可奈何。周人崇尚王道，对诸般瘟疫恶病都视作天命听之任之。秦人却心硬手硬法更硬，法令明定“疬者定杀”，瘟疫等同！定杀之法有二：水边疬者溺杀，而后捞出尸身掩埋；远水疬者生埋，后世谓之活埋。那年，洛阳恰恰有五六个国人生疬。东周君与七城官吏根本没有觉察，周人自然也不会去举发。不想却被定期料民的秦国黑衣吏发现，立即请命调来三百甲士，在洛阳王城外将几个有爵国人在光天化日之下当真活埋了……

日积月累，在推行一件迟来的法令时，周人终于发作了。

这件法令，是周人无法想象的什伍连坐法。

连坐法，商鞅变法首创。在秦国行之百年，秦人已经由最初的反对变为习以为常了。岁月悠悠，连坐的秦人倒生发出一种邻里砥砺、族人互勉、举相奉公守法的新民俗来，违法犯罪者大减，血肉同心者大增。战国中期秦国已有五个“方千里”的广袤土地，占当时整个中国的三四分之一，已经有几近两千万人口，占整个古中国人口的一小半。举国却只有一座云阳国狱，可见犯罪率之低。在后来的扩张中，秦国凡建新郡县，必行连坐法。究其根本，也是因了此法在老秦本土行之有效。尽管如此，秦国对周室遗民还是宽松了些许，终秦昭襄王之世，始终没有在三川郡推行连坐法。直到秦孝文王嬴柱即位，三川郡守上书言事，以为八年过去，当在秦周人中推行连坐法，否则战事但起，只怕周室遗民难以守法。嬴柱觉得并无不妥，下诏准许了。

然则，对于老周遗民，什伍连坐简直就是反叛天理辱没人心！

自后稷成族，周人以农耕立身，刀耕火种致力稼穑，安土重迁敦厚务本。无论治族治国，周人都以王道德治为本。一部《周本纪》，字里行间处处弥漫着世代周人笃厚礼让、敬老慈少、礼下贤者的民风。在周人的传统中，不能说完全没有强制性法令，但确实可以说，周人秩序的基本规范是传统习俗与种种礼仪。礼仪渐渐丰富，终成礼制。究其实，礼制可说是一种具有普遍制约作用的软性律法。也就是说，在周人的天地里，夏商王朝的种种硬性王法都化作了无数弥漫着人情气息的礼仪德行，邦国、部族、井田、奴隶、征伐、赏赐，一切的一切，都在一种威严肃穆而又温情脉脉的礼制中运行着。此种治民传统对后世发生了重大而又深远的影响。春秋时期的道家、儒家、墨家，都很是推崇这种不依赖赤裸裸的法令而达到的王道之治，都将这种远古德治描述为最为理想的“大同”世界。其中以孔子最为推崇周王朝的德治礼制，慨然赞叹曰：“郁郁乎文哉！吾从周！”[1]

随着周人势力的壮大，由部族而诸侯，由诸侯而王天下，周人治理天下的礼制也在逐渐发生着变化。春秋伊始，德治礼治的成分渐渐减少，法治的成分渐渐增多；王道德化的方式渐渐减少，诉诸武力与官府强制的方式愈来愈多。在不断滋生的士人、地主等新生族群看来，此乃世之相争使然，无可避免也。而在周人看来，这却是礼崩乐坏人心不古，无日不思回复到那恬静悠远的古堡庄园里去，主人踏青放歌，奴隶莘莘劳作，主人为奴隶劳心谋划，奴隶为主人献身效力，讲信修睦，盗贼不作，万事唯以德化，此万古王道也。尽管这种美妙日月在周人自己的王国中也不复存在了，仅有的几万周人子孙已经打得争得不可开交，然周人的

[1] 《礼记·礼运》将有关“大同”的描述归于孔子名下，史家说法不一，有道家墨家儒家三说。

族群邻里乃至家庭人口之间的相处准则，却依然是尊奉礼制的，是温情脉脉而井然有序的。

一朝入秦，情势陡变！

这秦法不要人互相礼敬，却要人互相举发，互相告罪，周人当真瞠目结舌。为大人隐，为圣人隐，为贤者隐，总之是为一切身份高于自己的人物隐瞒过失罪责，这是周人笃信力行的德性。然则，这秦法却要小人公然举发大人，卑贱者公然举发尊贵者，天下还有做人礼数么？更有甚者，举发有功，小人竟得爵，大人竟入狱，还有世事么？天下大势原已沦落，高岸为谷深谷为陵，王道式微诸侯坐大，以致乾坤之变目不暇接，周人无可奈何地认作天命还则罢了。可如今，却要在自己的卧榻厅堂之内，邻里族人之间，活生生地撕开面皮六亲不认地相互撕咬，小人做瓦釜雷鸣，妇人做乾坤颠倒，直与禽兽一般无二，周人顿时要闭过气也。

面对心头扎来的一刀，周人终于鼓噪起来。

七城的县人、里君[1]并一班族老齐聚东周君宫室，唏嘘哭诉慷慨激昂，声言东周君若不挺身救周，周人便要自行逃散到楚国岭南去也！东周君原本也是六神无主，想顺从秦国守住宗庙，可秦人老是给自己难堪，以致连自己的长子都杀了；想反秦自立，又担心国人一盘散沙；如今见官民同心反秦，精神陡然一振，再无虚言安抚，只是昼夜密谋。君臣民一拍即合，反秦大计在无比亢奋中秘密确定了。

旬日之间，东周君的九路特使接踵上路，除了分赴山东六大战国，其余三使联结剩余的实力诸侯卫国、鲁国与中山国余部。密使兼程出发，周人立即忙碌紧张起来，密组王师、修葺战车、征发兵器、整顿甲胄，一时不亦乐乎。

一月之后各路相继回报：韩魏两国力挺王师反秦，非但同时发兵，且愿为王师提供三万精兵的粮草兵器；楚赵燕齐四国也欣然拥戴王师，

[1]　县人，周王朝掌一县之政的官员，大体同后世县令。里君，周王朝乡官，大体相当于后来的亭长。

承诺在王师举兵反秦时立即出兵攻击秦国后路；鲁国、卫国各向王师纳贡六百金并三千斛军粮，发兵之时运送到军营；中山国余部慨然允诺，联兵匈奴攻击秦国上郡。也就是说，只要王师举兵，天下便成汹汹反秦之势。

“得道多助，失道寡助，诚所谓也！”东周君感慨万端。

又是命蹇时乖，极为隐秘的合纵谋划，兵马未举却惊动了秦国。正当立秋举兵之时，秦国的三川郡守前来郑重宣读王书：秦王特命相国吕不韦为特使、上卿司马梗为副使，旬日之后前来抚慰东周，督导疏浚三川沟洫，重建洛阳要塞，使三川郡真正成为秦国坚不可摧的东大门。东周君大是惊慌，立即密召一班昔日在天子殿前“协理阴阳”的高爵老臣前来商议对策，同时命卜师在太庙以最正宗的文王八卦占卜吉凶。

想不到，太庙卜师卜出了一个坎卦！

但凡周人，皆大体通晓八卦，知道坎卦乃是凶险卦象，兆其所事不宜轻动。周文王的《彖辞》对坎卦的释义是：“习坎，重险也。”也就是说，坎卦的总体征兆是重重险难。其“六三”位的阴爻最为凶险，周公写的《爻辞》释义云：“六三：来之坎坎，险且枕，入于坎窞，勿用。”春秋孔子写的《象传》对“六三”解释得更直接：“来之坎坎，终无功也。”坎坎者，险难重叠也。窞者，深坑也。意谓所卜之事进退皆险，终究不会成功。听卜师一番拆解，东周君不禁惊愕默然。

“我君毋忧，可效太公毁甲故事！”昔日老太师白发飞扬慷慨拍案，“武王伐纣，以龟甲占卜，卦象不吉，武王沉吟。太公闯入太庙，踩碎龟甲，大呼‘吊民伐罪，上合天道，当为则为，何须以朽骨定行止也！’其时雷电骤起，风雨大作，举座无不变色。然武王却肃然一拜太公，决然定策伐纣，始有过孟津、会诸侯、直入朝歌。若听凭卦象，焉有周室八百年王业矣！”

“老太师大是！”昔日在王室掌军的老司马立即呼应，“文王八卦虽我周室大经，然终以事用，不为大道之断。终文王之世，通连诸侯，筹划反商，几曾问过八卦吉凶？我君当断则断，无虑卦象也！”

“当断则断，我君无虑卦象！”举座异口同声。

“上下同欲，夫复何言！”东周君大是感奋，底气十足地拍案而起，“吊民伐罪，兴灭继绝，本君决意大兴王师，反秦复周！”

“万岁大周！”小小殿堂一片呐喊。

大计一定，立即开始兴师筹划。第一件大事，颁行誓词。三代之世大兴王师，该王都要在发兵之日亲临军前发布激励将士并晓谕天下的慷慨之辞，谓之“誓”。史官或以演说之地冠名，或以演说之王冠名，记载为《某誓》。夏有《甘誓》，是夏启讨伐有扈氏时，兵临有扈氏国都之外的“甘”地所发布的阵前演说。商代开国之王汤起兵讨伐夏桀，在大军从都城出发前激励王师，而有《汤誓》。周武王发兵讨伐商纣，兵临牧野之地将与商军决战，周武王亲临军前，左持黄钺右持雪白旄节，对将士们慷慨誓词，而有《牧誓》。在周室遗民心目中，这次反秦复周，是周人八百多年后又一次联兵诸侯大兴王师，自当隆重肃穆垂范天下，岂能没有一篇传之青史的“名誓”？一番紧张忙碌，“协理阴阳”的老太师与一班老臣，终于煞费苦心地为东周君拟出了一篇《河誓》，谋划在兴师之日于大河南岸的孟津渡口会兵明誓，以激励将士激励天下诸侯。

然则，东周君还没来得及将那拗口的誓词念熟，又是秦国郡守前来知会：丞相吕不韦与上卿司马梗的车队已经到了城外郊野六十里之地，请君筹划礼仪，明日出城迎候。

情急之下，东周君连连点头应命。送走秦国郡守，东周君又紧急召来几个老臣密议，而后断然下令：派出密使连夜飞赴新郑，敦请韩国急速发骑兵五万，从河南道秘密包抄吕不韦后路；自己则亲率一万王师将士，以隆重仪仗出城“郊迎”，届时合力缉拿吕不韦司马梗，以为反秦第一举。东周君特意叮嘱密使：“务对韩王昌明此理：拿得吕不韦司马梗，便能胁迫秦王归还韩国故地，周室亦可复国。两厢得利，良机万不可失！”

洛阳距新郑不到三百里之遥，密使换马飞驰，两个时辰便到。

这时的韩王，正是那位已经在位二十四年且最善“乌龙”谋划的韩桓惠王。前述战国四大“乌龙”，前三乌龙尽皆这位奇谋国王之杰作。此公听东周君密使一番说辞，比东周君还兴奋，连连拍案赞叹：“妙也！

大妙也！兵不血刃而复国脱困，堪称亘古奇谋也！”转身紧急召来老将韩朋，下令其立即调齐五万铁骑星夜秘密进入洛阳外河谷埋伏，务必一举擒拿吕不韦以为人质。

韩朋吭哧道：“秦军正谋东出，只恐此中有诈。怕，怕是不中。”

“何诈之有？如何不中？”老韩王顿时黑了颜面，“吕不韦只带三千人马入洛阳，你五万铁骑何惧之有？秦军尚未出关，纵使有诈，能片时之间飞出函谷关？待我拿得吕不韦，他再出关何用？此谋中，大中！”

“我王圣明，说中便中！”韩朋再不犹疑。

东周密使三更离开，韩国五万骑兵随后衔枚上路，清晨时分绕进了洛阳西北部郊野的山谷地带。思忖是一场小战，韩朋下令人马立即进入山林埋伏，偃旗息鼓不许埋锅造饭，军士只冷食歇息待战。部署方罢，韩朋登上山顶密林远眺，只见洛阳官道历历在目，骑兵突击顷刻即到，届时借东周君铺排礼仪之时冲出，擒拿吕不韦当易如反掌也。

初秋的太阳爬上了广袤的山塬，古老的洛阳沐浴在混沌的霞光之中。卯时刚过，东周君的王师仪仗宛若一片红云，悠悠然拥出了洛阳西门。肃穆的王乐弥漫在清晨的原野，《周颂·有客》的优雅歌词清晰可闻，当真一片祥和。王师迎出十里，西方官道有一片黑云迎面缓缓飘来。韩朋看得清楚，这支人马除了徒步行进的步卒甲士，便是苫盖得严严实实的连绵牛车，虽则成列，却并不整肃，咣当轰隆之声弥散原野，活似一支商旅车队。

“好事！”韩朋嘿嘿冷笑，“财货全收，教小东周干瞪眼。”

“将军万岁！”山顶几员骑将顿时呼喝起来。

此时，红黑两片大云在悠扬肃穆的乐声中相遇了。破旧却不失雄浑古朴的王亭之外的官道上旌旗开合乐声大作，诸般礼仪铺排了开来，依稀可见红黑两点在一片大红地毡上蠕动着……韩朋知道，东周君开始了冗长郑重的郊迎大礼。依着老规矩，这套礼仪至少也得大半个时辰，若稍增周旋，磨过一个时辰也不为多。

四野空旷山川如常。“啪”的一声，韩朋猛然甩下了红色令旗。

随着尖厉的号角，韩国骑兵分别从三个山口潮水般杀出，弥漫成一个巨大的扇形，向王亭包抄了过去。在这片刻之间，短促的牛角号连响三声，一字长蛇般排开在王亭外的千余辆牛车突然全部掀开了苫盖的牛皮，各自赫然亮出了一架大型弩机！车下驭手原本已经在停车之时撩下刮木，连车轮也用砖石夯得结实。此刻驭手挽住牛缰一声大喝，车旁三四名甲士飞一般跃上大车合力上箭。说时迟那时快，只听一声奇特的长号，一千多张大型弩机箭雨齐发，正正对着原野上的绿色骑兵铺天盖地浇了过去。

韩军将士满心一口吞下秦国丞相这方正肉，既掠大批财货，又大出一口多年被秦军压着打的恶气，心下丝毫没有强兵对阵的准备，乍遇这莫名其妙冒出来的强大弩阵箭雨，顿时阵形大乱，在原野上胡乱冲突起来。当此之际，立功心切又料定秦军没有后援的韩朋正好率领百骑护卫冲出山谷，当即一声大喝："司马！旗号发令：万骑一路，五路包抄冲杀，教秦军首尾难顾！杀——"长剑一挥，率领主力万骑便向王亭正面杀来。其余四万骑兵飞云般飘开撒在原野，从四面八方向小小王亭压了过来。

东周君正在亭外向吕不韦致洗尘酒，骤闻杀声大起，立刻做出一脸惶恐又愤愤然的模样嚷将起来："我以大礼恭迎丞相，丞相却发大军攻杀，何其居心不良！"吕不韦一阵哈哈大笑："东周君好权谋也！好！你来看看这支贼军如何下场！"说罢拉起东周君登上了王亭旁一架不知何时便矗立起来的三丈多高的云车。

云车上，白发苍苍的司马梗正在镇静自若地不断对掌旗司马发令，对漫卷原野的韩军全然不屑一顾。见吕不韦拉着东周君上来，司马梗不无揶揄地笑了："丞相差矣！此君正欲号令王师里应外合，还是放他下去是也。"吕不韦一副恍然模样笑道："原来如此，老夫何其蠢也！君自下车，号令王师去也。"东周君连连摆手："岂有此理岂有此理！周室只有郊迎仪仗，何来王师？老夫倒是想观瞻一番，秦军战力究竟如何？""好个观瞻！"司马梗冷冷一笑，"目下东周君所谋，无非是我这千张弓弩能否顶得住韩朋而已。顶得住，亭下便是仪仗；顶不住，亭下便是王师了。"东周君面色顿时涨红，只一串嚷着岂有此理，蒙受了莫大冤屈一般。吕不韦一摆手笑道："水落石方出，此刻争个甚来，观瞻便是。"司马梗向原野遥遥一指忧心忡忡道："东周君请看，韩军五路撒开遍野杀来，我只千张弓弩，分明是无法应对了。"

东周君从来没有登上过如此高的瞭望云车，鸟瞰原野分外苍茫视野分外开阔。遥见绿色韩军遍野杀来，秦军一排弩机似乎滔天洪水前的一道短堤，眼看便要被洪水吞噬，东周君不禁开怀大笑："天意也！秦军也有今日，两公已是老夫阶下囚也！"

吕不韦惊讶地盯着东周君，仿佛打量着一个怪物。司马梗再不理会，转身一声令下，掌旗司马将晴空下的大纛旗猛然画得一大圈。随着黑色的"秦"字大旗在天空翻飞旋转，无数牛角号呜呜吹动，长长的牛车弩机阵迅速合拢，恰似一条黑色长龙突然收缩，一个弩机圆阵顷刻成型。

东周君的万余王师原本环列在王亭之外，秦军的牛车队则一字长蛇地排列在这个巨大的红环之外。秦军开初列阵阻击韩军，王师始则愕然，继则欣欣然地在外围作壁上观，只要看秦军笑话。不想秦军弩机此刻突然飞动收缩，弩机圆阵倏忽之间缩进了王师环形之内，王师仪仗竟成了牛车弩机的外围屏障。眼看外面韩军骑兵潮水般漫来，里面秦军弩机则蓄势待发，王师直要做了石板石磙之间粉身碎骨的物事。扮做司礼大臣的王师老将不禁大骇，血红着脸一声大喝："鸣金四散！退开三舍——"吼罢跳上东周君的青铜轺车轰隆隆飞驰而去。匆忙拼凑起来的王师原本没经过任何阵仗，见大将先逃，乱纷纷鼓噪呐喊一声，四散落荒而走。

"！"云车上的东周君两眼一瞪喉头猛一呼噜昏厥了过去。

云车之下的原野上，已经乱纷纷铺开了一场奇特的攻杀。

韩国骑兵人多势众，然国力久衰，诸般装备老旧不堪——战马岁齿老幼不齐喂养精料不足蹄铁日久不修马力极是疲弱，马具笨重且破旧失修，兵器铜铁混杂长短不一，每骑士箭壶只有五六支长箭。更有甚者，这五万兵马是韩朋捧着王命金剑从三城紧急凑集而成，各军状况不一相互又无统属，冲杀起来全然没有章法。唯一能激励将士的，是韩朋事先下的全数夺秦财货的劫掠令，否则，还当真不知能否发动得第二阵多头冲杀？骑兵在平野上散开队形冲杀，原本对步兵阵形具有极大杀伤力。

依战国寻常规矩，千张弩机结阵，大体当得两三万骑兵的猛烈冲击。目下韩国骑兵五万，照理秦军无法抵挡。然则，韩国骑兵对秦国步卒的弩机大阵反复冲杀，竟硬是不能突破这个小小的牛车圈子。两军战力之悬殊由此可见。

盖秦国军法极严，一应兵器装备只要入军，除非战场毁损，绝不许因任何保养修葺之疏忽失职而导致兵器装备效力降低。秦军弩机分为大中小三型：大型弩机专对城垣攻坚，每弩配备两百名大力步卒专司上箭发射，箭杆如长矛，箭镞如大斧，其威力堪称惊世骇俗。中型弩机专对骑兵战阵，是步卒列阵对骑兵的最有效兵器，弩机可车载可人扛，两人上箭一人击发，一次连发六到十支，箭杆箭镞比寻常的膂力弓箭粗大几分，对高速奔驰的战马具有极大杀伤力。小型弩机则是山地野战的轻弩，俗称“脚踏弓”，也就是以脚踩之力上箭，而后瞄准击发。此次秦军有备而来，千张弩机全部是中型弩，牛车厢内箭支满装满载，每弩带箭足在六千支上下，配备三卒也尽是技艺娴熟身强力壮的连发弩机手，连番应对韩军五万弱骑竟是从容不迫。然则，要彻底杀退或歼灭骑兵，弩机阵必须配以骑兵或步军冲杀。毕竟，弩机是结阵防守，射退敌军之后不能避长就短地去冲杀。再说骑兵灵动可躲可闪，若是纠缠不退，弩机阵再强也只能耐心周旋。

几番冲杀，韩朋知道了秦军弩机阵威力。本想退军，韩朋却畏惧韩王惩罚又垂涎吕不韦带来的财货大礼，寻思秦军之箭总有射完的时候，便督着几员大将似冲非冲似杀非杀地围着秦军回旋不去。秦军又气又笑，却也无甚妥善之法，只有与远远作势的韩军对峙。

“此其时也。”云车上的吕不韦笑了。

“丞相所言不差。”司马梗一点头转身下令，“伏兵夹击！”

“嗨！”掌旗司马应命，转动机关，将那杆高竖云车顶端还有三丈余高的“秦”字大纛旗呼啦啦大摆向西再猛然向东。如是者三，便闻隆隆沉雷动地，原先拥出韩军的谷口铺天盖地杀出了黑压压的秦军铁骑。一面“秦”字军旗与一面“蒙”字帅旗当先飞扬，在午后的晴空之下分外夺人眼目。四野韩军尚在惊愕不知所以，黑色铁骑已经风驰电掣般兜

停止了对新郑的围攻，大军驻扎在成皋、荥阳之间的汜水河谷，蒙骜星夜赶来洛阳。

原来，接到小东周联结诸侯谋秦的急报，吕不韦蒙骜嬴异人君臣三人已经商议好连番对策：吕不韦偕新上卿司马梗为特使入东周，以抚慰之名突然擒拿东周君；蒙骜亲率十万铁骑秘密东出，歼灭最有可能援救东周的韩军；若一切顺利，蒙骜大军则立即继续攻韩，压迫韩国献出成皋荥阳两城，与周室的三川王畿合并为三川郡；若皆无意外，则以饱有军政阅历的司马梗为新的三川郡守，着意经营为秦军山东大本营；若攻韩顺利，蒙骜则回军三川郡驻扎绸缪，来年大举进攻山东六国；除了协调各方，吕不韦着重处置周室遗民，使三川郡不留后患。

到目下为止，一切都按照秦国君臣的谋划进行着。

吕不韦与蒙骜司马梗一番计议，立即按照既定方略铺排开来：吕不韦颁布丞相令，宣布正式设立包括成皋荥阳在内的三川郡；秦王王书三日内到达，王命上卿司马梗兼领三川郡守，整饬民政聚集粮草，以为山东根基；蒙骜秘密调集关内秦军陆续东出，屯扎于三川郡内各险要地段休整练兵，准备来年大举东进。

大局部署就绪，吕不韦立即与一班随行吏员清查典籍，讯问被缉拿的周官，草拟各种文告。三日之后，洛阳四门张挂出第一张《秦国丞相令》：东周君反秦作乱，不株连三族，只依法斩首本族满门！周室封地取缔，全部王畿之地统归秦国三川郡；周室遗民之处置，待秦王诏书颁行后确定。

“丞相全权处置周事，何须请王书也！”司马梗大是不解。

“周室虽小，终究王畿，审慎为是。”

“老夫听着不对。”

“实言相告，”吕不韦见司马梗一副穷追究竟的神色，不禁一笑，“全权者，不变既定方略之谓也。当年灭周时昭襄王已经有明确方略：秦法治周。我欲稍变，焉得无王书？”

“你欲稍变？要立新法治周？！”司马梗更是惊讶。

“我变不在这个‘法’字，却在一个‘治’字。”

“变治？民无治则乱。你却如何变？”

“治变为化。秦法化周，化周入秦。老上卿以为如何？”

“只怕难也！”司马梗连连摇头，“当年周室灭商也是一个‘化’字，化出了甚？化出了武庚之乱！你要化周，只怕王族老臣们第一个反对。”

“唯其如此，方须上书劳动秦王也。”

“老夫也不赞同！”司马梗慨然拍案，“依法治国，政之正也！”

吕不韦淡淡一笑，转身从靠墙大铜柜中拿出了一卷竹简道：“此乃我草拟的上秦王书，老上卿可先行斟酌一番再说。”司马梗显然没有想到吕不韦已经草拟好了上书，惊讶接过打开，瞄得几行，不禁神色肃然地一气看了下去——

> 臣吕不韦顿首：周室尽灭，三川郡成，唯周室遗民之处置颇费斟酌。臣领三十余吏备细查勘灭周八年之治情，多有不如意处。一言以蔽之：东周之乱，与我秦法急治不无干系也。盖周人特异，王道久远，望重天下，故能以微弱之势而久存战国矣！我以实力灭之可也，我以强法初治不可也。为彰显秦法之包容天下，臣拟四字方略：化周入秦。何谓化？秦法为本，力行经济，缓法治民，分而治之，磨合入秦。具体言之：留祭祀之地，改其嫡系，另立周君；王族迁秦国腹地，周君领新嫡系留居宗庙之地。此谓夺其势而安其民，缓强法而成我事也。我王当审慎思之也。
>
> 人或曰：周室化商而有武庚之乱，我岂能为？臣曰：时移势易也，不可同日而语也。周行诸侯制，王畿之外皆诸侯，自当以法治而不当化之。秦行郡县制，凡我国土皆归我治，行秦法而化新民，无后顾之忧。更为长远计，秦国若不自此彰显秦法包容四海之博大，日后灭得六国，亦难免酿成汹汹祸乱也！是故，化周非但为今日大计，更为日后一统大计，若不从今日化周入手，后终措手不及也。

良久默然，司马梗向吕不韦深深一躬：“大谋在前，老夫谨受教。”吕不韦连忙扶住了这位白发苍苍的老功臣，不禁一声深切的叹息：

“老上卿片刻知我，国之大幸也，不韦之大幸也！”

“言重了。”司马梗呵呵一笑，“秦王与丞相渊源甚深，老夫之言淡如清风，岂敢当大幸两字？”吕不韦摇头道：“老上卿过谦了。这化周之策，阻力有二：一是王族大臣，二是军中大将。保不准，蒙骜老将军便要在此翻脸也。老上卿在军中资望深重，且说当得当不得大幸两字？”司马梗恍然大笑：“老夫又中你心战埋伏也，一通颂词，只要老夫做你说客。”

“莫急莫急，卡住了再说。”吕不韦由衷地笑了。

果然不出吕不韦所料，飞马急报的上书，一个月没有回书。

司马梗自己先急了，只给随从文吏叮嘱两句，兼程赶赴蒙骜军前。及至吕不韦知晓，早已追赶不及。三日后，司马梗又兼程赶赴咸阳。旬日之后，正在吕不韦焦灼不安时，司马梗风尘仆仆地回来了。吕不韦快步迎出时，软倒在车轮下的老司马一扬手只说得“特使”两字，便晕厥了过去。

秦王特使是驷车庶长嬴贲与长史桓砾两位老臣。

桓砾宣读的秦王书大赞吕不韦化周方略思虑深远，末了说：“朝议虽有歧见，终以大局长远计而生共识：化周做特例行之。丞相但全权处置，毋生犹疑可也。”驷车庶长宣读的王书却是始料不及：封吕不韦为文信侯，以洛阳十万户为封地。两特使与在场官吏同声庆贺，吕不韦却没有丝毫亢奋之情，洗尘酒宴完毕，安置好两位特使老臣寓所歇息，匆匆来看望司马梗。

昏黄的风灯下，老司马睡得很沉。吕不韦唤过家老询问一番，知道老司马已经随行太医诊断服药而后安歇，方才大觉放心；回头又来王使寓所盘桓，两位老臣闻声即起，与吕不韦煮茶消夜，说起司马梗辛劳一番感慨唏嘘。

老桓砾说，司马梗是带着蒙骜与军中一班大将的上书赶回咸阳的。其时正是三更，东偏殿当值的老桓砾说，秦王已经歇息，请老上卿明日再来面君。老司马却硬邦邦一句：“三川民治如水火，当不得秦王一觉么？你若不报，老夫正殿钟鼓！”老桓砾二话不说，去寝宫严令老内侍唤醒了沉睡的秦王。迷迷瞪瞪的嬴异人被两名内侍架着来到东偏殿，一见司马梗又气又笑："一丞相一上卿，又是明书全权，何事不得断，要本王夜半滚榻也！"老司马依旧冷冰冰一句："一王滚榻，强如江山滚沟。"嬴异人不好发作，摇摇手道："好好好，老上卿说事。"及至司马梗将来由说完，清醒过来的嬴异人捧着蒙骜等一班大将的上书却良久默然。

老驷车庶长说，当初吕不韦的上书一到咸阳，秦王急召几位资深老臣商议。除了他自己，铁面老廷尉反对最烈，声言化周策便是害秦策，行之天下后患无穷。老太史令更以国命证之：秦为水德，主阴平肃杀，天意该当法治，若无法治，便无秦国。不知何故，连已经不涉政事的阳泉君也进宫面君，指斥化周之策为居心叵测，力主罢黜吕不韦丞相之职。面对汹汹朝议，秦王只有搁置了吕不韦的上书。司马梗带来蒙骜等一班大将的上书后，秦王次日立即举行了在都大臣朝会，公然宣读了吕不韦上书与蒙骜上书，请司马梗与众臣廷争。

驷车庶长说，老司马驳斥太史令的一席话最终震撼了朝堂。说着从腰间皮袋摸出了一张羊皮纸，老夫从史官那里抄录了老司马这番说辞，你且听了。

"以国命之说非议化周之策，大谬也！水德既为秦之国命，何以孝公之前三百余年不行法治也？何以商君变法时，举国老臣皆以穆公王道为天意，而不以法治为天意也？不行法治，王道为天。法治有成，法治为天。究其竟，上天无常乎？朝议无常乎？商君有言：三代不同礼，五霸不同法；故知者作法，不肖者拘焉！今丞相吕不韦审时度势，不改秦法，亦不拘成法，唯以民情而定治者，此乃商君变法之道也！公等拘泥成法，笃信虚妄，不以秦国大业为虑，唯以恪守祖制为计，秦国安得一统天下也！"

"正是这番廷争，举朝非议之声顿消。"老庶长分外感慨。

"也还有蒙骜硬匝匝的撑持。没有司马梗，谁说得动这班虎狼大将？文信侯，天意也！"老桓砾一副深知个中艰难的神色唏嘘感叹着。

"又是天意！"吕不韦淡淡一笑，一丝不易觉察的泪水从细密的鱼尾纹渗了出来。此时一声雄鸡长鸣，吕不韦站起来一拱手告辞去了。时当深秋，霜雾朦胧，吕不韦踽踽独行，心绪复杂得麻木无觉，洛阳王城空旷清冷的长街也虚幻得海市蜃楼一般……若非西门老总事与莫胡带着几个仆役找来，吕不韦还不知道自己已经迷路了。

三日后，吕不韦丞相令颁行洛阳：阳人聚[1]半县之地留周王族后裔聚居，建庙祭祀祖先；周室王族后裔之嫡系重新确定，立唯一没有参与作乱的一个王族支脉少年为周君，奉周宗庙；其余周室老王族万余户遗民，全数迁入关中周原，置换出同等数量的老秦人填充大洛阳。

周人终于默然，完全没了脾气，心安理得地接受了上天赋予的命运。

新立的不足一百户的王族后裔，留在汝水北岸的阳人聚，开始了建庙耕耘的莘莘劳作。其余万户之众，在秦军的“护送”下回到了久远的祖先之地，真正开始了由周入秦的痛苦的脱胎换骨。也只是在此时，周人才恍然悟到了目下这位秦国丞相的宽仁——虽执秦法，却没有对东周君行九族之刑，果真以秦法的叛乱罪行刑，周王族只怕便要灭绝。虽迁关中，这些王族后裔的周人实际上却是回到了遥远的根基之地——周原，重操耕稼，尚可遥念祖先。若非如此，这些真正的王族后裔只怕当真便要绝望得投溺渭水了。

人同此心心同此理，周人终于百般艰难地化进了战国新潮。

倏忽之间冬去春来，吕不韦回到了咸阳。

刚入四月，山东便传来捷报：蒙骜率二十万大军渡河北上，一举攻克晋阳[2]，正挥师南下猛攻赵国腹地。吕不韦立即派出干员出河西接收晋阳，并筹划设立太原郡[3]。方过三月，又来捷报：蒙骜大军连克赵国榆次、新城、狼孟等大小三十七城，赵军连连败北。吕不韦直觉太过顺当，深恐蒙骜中赵军诱敌之计，连忙赶赴三川郡与司马梗商议。司马梗认为吕不韦顾虑不无道理，提出：为防万一，派老将王龁率五万精锐铁骑猛攻上党以为策应，使赵国不能从侧后袭击秦军。吕不韦欣然赞同，请准

---

[1] 阳人聚，今河南省临汝县西。

[2] 晋阳，今日太原。战国中期的晋阳一直是秦赵两国拉锯之地，此前秦国已经两次占领。

[3] 太原郡，太原，古名大原。《诗·小雅》：“薄伐猃狁，至于大原。”《传》：“高平曰太原。”《疏》：“太原，原之大者。”太原为郡，自吕不韦治秦始，治所在晋阳。

秦王嬴异人，当即命王龁率兵北上策应。及至入冬，王龁军传来捷报：上党大小城邑全数攻克，险要陉口全部占领，斩首六万，赵军败兵三万余逃出上党之地！已经赶回咸阳的吕不韦立即亲赴晋阳，正式设置太原郡，辖晋阳与上党之间全部新得的大小四十余座城池。

在此期间，蒙骜大军东寻赵军主力不遇。本欲猛攻邯郸，又恐激得赵国调遣云中边军回防，遂休整两个月。次年开春挥师南下，一举攻下魏国大河北岸的两大要塞——高都、汲城，斩首八万。拔城不多，魏军主力却大半覆没，以致逃回大梁还溃不成军。蒙骜接着挥军东进，越过魏齐之间的大野泽直逼齐国边境。

山东六国大为震恐，一场救亡图存的合纵开始了艰难的谋划。

三　布衣有大义　凛说信陵君

重组合纵，是两位草庐布衣鼓荡起来的。

自河西不辞而别吕不韦，毛公薛公回到了邯郸，将一切与吕不韦嬴异人相关的余事处置妥当，欣然来见信陵君。正在与门客斗酒的信陵君出迎，立即将薛公毛公裹进了酣热的酒阵。毛公与薛公一对眼神，放量痛饮起来。及至月上林梢，几个门客醺醺大醉相继被人抬走，林间亭下只剩下了毛公薛公信陵君三人。一番醒酒汤后，侍女在茅亭外草地上铺排好茶具座案，三人酒意兀自未尽，大碗牛饮着香醇的酽茶，林间月下海阔天空。

“老夫三千门客，此六人号为酒中六雄，六雄！”信陵君脸膛亮红白发飞扬，脚下落叶婆娑，手中大碗飘忽，“老夫不以为然，约好今日与六雄林下鏖酒！结局如何？老夫大胜也！两公便说，老夫该当何等名号？啊！”

“该当王号！”毛公猝然一喊，响亮非常。

“毛公多戏言也！”信陵君呵呵酒笑不无谐谑，“薛公庄稳，请赐老夫名号。”

“王号正当其人。”薛公也是清清楚楚一句。

“酒仙也乱矣！”信陵君摇头大笑，“老夫无得名号，今日酒战终无正果也。”

“嘿嘿，差矣！”毛公一笑，“非为无号，乃君无规矩也。”

“老夫无甚规矩？”信陵君顿时板起脸，虽是佯怒，却也逼人。

毛公不管不顾道：“世间名号，自来有规矩。譬如我等两人，论名号，薛公是酒神，老夫才是酒仙。信陵君以薛公为酒仙，又拒酒王之号，谈何规矩矣！”

“噫！酒仙酒神还有规矩？你且说说。”

“此中规矩在于二。”毛公嘿嘿一笑，“其一，神、仙之别。自来神圣相连，大德大能谓之圣，圣而灭身谓之神。神者，天官也。但有神号，必有职司。譬如后稷升天为周人农神，神农氏升天为荆楚农神，公输般升天为天下工神。其余如风云雷电如名山大川，皆为神号。何也？天界职司之谓也。一言以蔽之，无职司不是神。仙者何？天界散人也。奇才异能谓之名士，名士身死谓之仙也。譬如伯夷叔齐不食周粟、俞伯牙独琴、庄子梦蝶、扁鹊不为医官而只矢志救人，等等等等，方得为仙，此其谓也。一言以蔽之，凡仙，有奇才异能而无权责职司。此乃神、仙之别矣！”

“算得一家之言。其二？”

“其二，饮者酒风之别也。”毛公分外来神，“秉性豪侠，不苟酒令，每每海饮不醉，且能谈政论事者，谓之酒神也！此等人若薛公，若当年之张仪、孟尝君者皆是。散漫不羁，酒量无常，初饮有飘飘然酒意，然却愈醉愈能饮，愈醉愈清醒者，谓之酒仙也！此等人若本老儿，若当年之樗里疾、春申君者皆是。”

“如此说来，老夫算得酒神一个！”信陵君慨然拍案。

“张冠李戴，非也非也。”毛公嘿嘿直笑。

“这却奇也！老夫再饮三斗无妨，如何当不得个酒神之号？”

“经神、仙共议：信陵君非神非仙，当受王号也。”毛公一本正经。

“老夫自来饮酒，唯闻酒神酒仙之号。酒王之号，未尝闻也！”

“非也。酒徒、酒鬼、酒痴、酒雄、酒杰诸般名号，信陵君不闻么？”

“那却与老夫何干？”

薛公猛然插了一句：“酒号如谥号，酒王唯酒号之最，寻常饮者自然不知也。”

信陵君目光一闪：“你说，老夫如何当得酒王之号。”

“好！”毛公没了惯常的嘿嘿笑声，“王号者，德才位望也……”

“休得再说！这是酒号么？”信陵君拍案打断。

“老夫直言了。”薛公肃然起身对着信陵君深深一躬，“公子身负天下厚望，当了结客居生涯，回大梁即魏王之位，中兴大魏，以为中原抗秦屏障。”

“你……”信陵君不禁愕然，“两公蓄意，陷无忌于不义？”

“公子且坐了。”毛公嘿嘿一笑将信陵君扶到案前就座，“蓄意也罢，临机也罢，一言以蔽之，公子不做魏王，中原文明便将覆灭也。”

“危言耸听。”

“公子差矣！”薛公大步走了过来，“方今天下，秦国一强独大。反观山东六国，赵国已呈衰微之势，齐国偏安海隅，楚国支离破碎，燕国一团乱麻，韩国自顾不暇，无一国堪为合纵轴心也！唯有魏国，国土虽大销，然终存河外腹心，沃野千里人口千万。更为根本者，魏国有公子在焉！公子文才武略名动天下，更是王族嫡系，在魏众望所归朝野咸服，若能取当今平庸魏王以代之，何愁魏国不兴山东无救？”

“嘿嘿！小也小也！”毛公竹杖当当打着石板，“公子若做魏王，先退秦，再变法，而后便当与秦国一争天下。王天下者，必我大魏也！安山东，何足道哉？”

良久默然，信陵君喟然一叹：“两公之论，犹赵括纸上谈兵也！”

“何以见得？”薛公神色凝重，显然是要说个究竟出来。

“两公坦诚，无忌也照实说了。”信陵君指节敲着案头，“一则，此举大违人伦之道，无忌不屑为也。方今魏王，乃我同胞，秉命即位，我何能取而代之也？二则，方今魏王虽则平庸，却无大失。当年，我私盗兵符、擅杀大将而不获罪，足见其宅心仁厚也。当年，魏王欲结秦灭韩，夺回祖先旧地，我力谏，王从之，足见其明断也。无忌客居赵国，自愧有背于魏王也，无得有他。若能回魏，助王可也，何得夺王自立而引天下侧目。”

“公子大谬也！”薛公慨然正色，“但为国君，国弱民疲便是第一罪责，何谓无大失也？好人未必做得好王。公器之所求，非好人也，乃好王也！”

信陵君正要说话，毛公一阵嘿嘿连笑：“公之迂腐，老夫今日始知也。告辞！”当当点着竹杖走了。薛公一怔一笑一拱手，也飘然去了。

此后两年，毛公薛公竟从世间消失一般，任信陵君派出门客如何在邯郸市井寻觅，也是不见踪迹。信陵君没了直抒胸臆的诤友，顿觉百无聊赖，自是郁郁寡欢，沉溺酒棋色乐，一时大见颓废。

蒙骜大军攻魏，魏国君臣大是惊慌。安釐王魏圉与一班心腹连夜密谋，终究一无长策。安釐王脸色阴沉下来。良久沉寂，一老臣低声道：“臣有一策，我王或可斟酌中不中？”“有策便说，何须吞吐。”安釐王自己虽无见识，却最烦没担待的臣子。老臣更见惶恐：“请王恕臣死罪，臣方敢言。”安釐王不禁大是烦躁：“病急乱投医，况乎社稷危难？纵然错谋，何来死罪？快说！”老臣终是嗫嚅道：“魏有一才，我王记得否？信陵君……”吭哧着打住了。安釐王目光骤然一亮：“你是说，请信陵君回魏抗秦？”老臣不敢应答，只低着头不看安釐王。另一个将军促声接道：“末将愚见，信陵君不会回魏！”

“为何？”安釐王大惑不解。

“不会！”那个将军还没有说话，先前老臣一反惶恐之态断然插话，“信陵君深明大义，若大王诚意释嫌，公子必能回魏！”

“何谓诚意释嫌？”

“公子离国，由兵事生嫌。欲以解之，自当仍以兵事。老臣之见，以举国之兵并上将军之印委公子，可见我王之诚也！”

安釐王一番思忖终于拍案，立即命老臣为秘密特使兼程奔赴邯郸。

老特使没有想到的是，信陵君一听是魏使，竟严词拒绝且不许门吏再报。如是三日，老特使竟连信陵君的面也不能见，焦灼得热锅上的蚂蚁一般。这日正在百思无计兀自后悔自己说下了大话，却有驿馆吏来报，说一个竹杖老酒徒在门口大嚷要见魏使。老特使正在连说不见，已经有苍老的嚷叫声响彻庭院："蓦尔魏使，不见我仙，你却能见得何人，啊？"老特使心下一动，连忙快步迎出肃然一躬："敢问足下，可是老魏高士毛公？"老酒徒嘿嘿一笑："你说是便是，老夫只要瞅瞅魏王王书，余无他事。"老特使惊喜过望，当即将邋遢肮脏的老酒徒请进正厅。老酒徒看罢王书，只说声你老等着，点着竹杖晃晃悠悠去了。

自对信陵君建言无果，毛公薛公愤愤然出游赵北燕南。在老卓原的天卓庄盘桓了半年有余，其间恰逢赵国大礼护送秦国王后归秦，毛公薛公顺便送走了赵姬母子。此后欲去齐国，却在济水东岸正遇蒙骜大军连绵驻扎，大野泽两岸所有的官道都被秦军封锁。薛公说："不妨见见蒙骜，一则可探听秦军意图，二则或可收弦高犒师[1]之功效。"毛公嘿嘿冷笑："春秋秦军是偷袭之师，今日秦军明火执仗，还怕你知道？只怕去了便回不来也。"薛公问："为何？"毛公连连点着竹杖说："不闻蒙骜吕不韦交谊么？若那蒙骜硬要将你我送到咸阳去见吕不韦，你还指望回来么？"薛公恍然大笑："呀！懵懂也！老兄弟说的是，不去了。"一番商议，两人终于还是赶回了邯郸，一路见山东庶民落荒遍野南逃避战，心下大为不宁，反复思虑，还是决意再见信陵君。正在此时，忽闻魏王特使入邯郸而信陵君不见，毛公机警，便有了驿馆酒徒的故事。

毛公见过魏王王书，回去一学说，薛公二话不说抬脚便走。

这时，平原君正在胡杨林下与信陵君艰难地周旋着。魏王特使入邯郸，赵国君臣大喜过望，以为信陵君必定是应声回魏重组合纵。谁知几日过去，事情竟眼睁睁僵住了。赵孝成王急得火烧火燎，本欲亲自去说信陵君，却又愧于当年对信陵君食言，自觉功效不大，便召平原君密议。自信陵君客居邯郸，平原君也自觉与信陵君之间有了一种微妙的隔膜，

[1] 春秋时，秦军奔袭郑国，郑国商人弦高路途得知消息，便赶着自己用以交易的羊群，以郑国特使名义迎上犒劳秦师。秦军统帅见郑国知道了秦军行踪，虑及郑国有备，遂退军。"弦高犒师"遂成典故。

政见之争，门客之争，后来直是信望之争，原本笃厚的交谊与亲情在不知不觉间淡漠了。虽说也时不时有酒宴酬酢，可连门客们都是心知肚明，两公子再也不是从前的两公子了。然秦军压境，赵国腹地已经大受威胁，此时只有根基尚存的昔日强国魏国与赵国合力，才有望重立合纵扭转危局，形势使然，一己恩怨也只有丢开了。

时当盛夏正午，信陵君散发布衣正在茅亭下自弈打棋，左手拈一枚黑子啪地打下，右手又拈一枚白子啪地打下，摇摇头又点点头，似凝神沉思又似漫不经心。平原君在亭廊外的草地落叶上沙沙走动，时不时说得几句，亭中信陵君也时不时应得几句，有一搭没一搭总是不入辙。良久，平原君终于入亭坐定在信陵君对面的大石案前，突然拍案高声："无忌兄，山东存亡危在旦夕，兄当真作壁上观乎！"

"不作壁上观又能如何？"信陵君依然漫不经心地打着棋子。

"回魏为将，合纵抗秦！"

"回魏？老夫做阶下囚，你舒心么？"

"岂有此理！魏王王书搬你，何来阶下囚之说？"

"你信得君王之言，老夫信不得也。"

平原君顿时被噎得没了话。天下皆知，赵国食言于信陵君，始作俑者是自己，终无交代者也是自己。此事非但使赵国在山东六国信誉扫地，连秦国也是嗤之以鼻。至于平原君个人的豪侠声望，更是一落千丈，否则，自己能在如此急迫之时窝在邯郸不去奔波合纵么？每每心念及此，平原君愧疚不已。若是当初赵国遵守诺言，在信陵君不能回魏之时如约封给五城之地，只怕信陵君组成的封地护军也是一支抗秦锐师了，如何能教秦军长驱直入连夺三十七城？然则，一切都迟了。一步差池，赵国在丧师失地的危急关头再也没有了山东大旗的呼吁力量，景况比长平大战后的兵临城下还要难堪尴尬。那时信陵君一呼而列国救赵，根由便是山东战国以赵国为抗秦中坚，深信赵国是一个诚信武勇的大国，今日我救赵，明日赵便能救我！曾几何时，一切都面目全非了……信陵君公然如是讥讽，无异对平原君心头一剑。一阵愣怔，平原君猛然举爵大饮，沟壑纵横的脸上泪水漫涌而下。

“胜兄……”信陵君蓦然回头不禁惊愕万分，连忙起身过来一个长躬，“无忌无心之言，绝非重提旧事，兄何其介怀也。”

“失信者言轻，何怨于兄？”平原君起身一拱扬长去了。

信陵君望着平原君已显老态的背影，一时莫名烦躁起来。正在此时，门客总管领来了毛公薛公，信陵君不禁惊喜过望：“泥牛入海竟有归，无忌有幸也！家老，上酒！”

“今日非聚酒之时。”薛公肃然拱手，“但为君来进一言也。”

“何来客套，但说无妨。”

“我老兄弟从大野泽仆仆赶回，沿途所见不忍卒睹。凡城皆人心惶惶，凡村皆逃战岭南。中原之地已是生民涂炭，各国朝野皆如惊弓之鸟，与此前任何一次秦军东出均不可同日而语也。老夫直言，中原大险临头矣！当此时也，公子身负天下重望，独能闲散饮酒悠然打棋乎？”

“以公之见，我当自投罗网？”信陵君揶揄地笑了。

“魏无忌大谬也！”毛公一点竹杖直呼其名。

“何以见得？”信陵君微微一笑。

“国家者，国人之国也，非王者一人之国也！救亡图存，君何计较于一己恩怨？天下重魏，魏有君也！天下重君，君有魏也！魏无君则败亡，君弃魏则失天下之心也！魏王固非明君，然信陵君拒其救国之请，又岂是大才正道？君雄才大略傲视天下，宁与庸常之君恩怨必较而使魏国灭顶哉？”

“君与魏国，一体相依也！”薛公肃然一躬。

林下一片沉寂。信陵君的心被两位布衣老士子的话深深震撼了。大才失国，终为朽木。客居异国原本只说能襄助赵国军政，一展胸中所学，到头来却是处处受制逼得自己沉沦酒色，结局好么？长此以往，纵保一条活命，何异于行尸走肉也。心念电闪间信陵君拍案而起：“立备快马，兼程回魏！”

三日后，大梁郊野人山人海。魏安釐王带领文武大臣出大梁北门三十里，隆重迎接别国几近二十年的信陵君。大梁国人几乎是倾城而出，要见识见识这位肩负着魏人图存重望的邦国干城的气象。暮色时分，一团黄云般的烟尘从北方席卷而来。遍野百姓一阵乱纷纷呐喊:“马队来也!”“信陵君万岁!”马队渐渐清晰,信陵君的大红披风像一团火焰在飞动。伫立亭外高台的安釐王长长地出了一口气,正要举步下台,却软得烂泥也似……待一切整顺之后,安釐王当即在事先筑好的拜将台举行了堪称盛大的拜将大典,当着举国臣民向信陵君郑重拜下,授上将军印,授调遣举国兵马的虎符。当信陵君接过印鉴兵符时,长久郁闷的魏国人终于爆发了,漫山遍野吼声雷鸣,整个大梁都被这壮阔的声浪淹没了。魏国君臣奋激万分,围着信陵君异口同声地高呼了无数遍“振兴大魏”……

四　赵国的最后名将与最后边兵

平原君马队昼夜兼程北上了。

碰壁于信陵君,平原君绝望了,也伤心了。那一刻,他痛楚地咀嚼了自己种下的苦果,也真切地咂摸了命运掌握在别人手里的滋味,眼中是泪,心头是血,却没有半点儿奈何。信陵君在赵国君臣面前的冷漠高傲固然事出有因,身为当年当事人,时常负疚的平原君确实没有责怪信陵君之心。然则,还是在那一刻,平原君对信陵君的景仰荡然无存了,信陵君赖以巍巍然矗立在平原君心田的根基也骤然松动了。这个根基,是信陵君独有的节操与胆略,是那种忍辱负重不计个人得失而全力维护大局的德行魅力。唯其如此,信陵君五十余年领袖战国四大公子,风尘豪侠文武名士争相归附,成为苏秦之后山东六国公认的合纵支柱,虽客居赵国十余年而声威不减。在平原君心目中,赵国固然有负信陵君,然在整个山东六国生死存亡的危急关头,信陵君一定不会计较这些一己恩怨,一定会慨然出山。为了给信陵君一个结结实实的台阶,平原君派出几个得力门客前赴大梁,说动魏国两位王族老臣向魏王提出迎回信陵君合纵抗秦的谋划,使信陵君可以堂而皇之地回魏擎起合纵大旗,届时赵国立即全力响应,何愁合纵不成?发动这个台阶时,平原君心下已生凄凉——同为当年与苏秦一起周旋合纵的战国四大公子,今日危亡之时竟不能公然奔走合纵抗秦，情何以堪也！然魏王王书一发，平原君这丝凄凉顷刻消散了。他以为信陵君必能立马回魏，赵国只需谋划如何有力应和。及至信陵君几日不见特使，平原君才觉得事情有些棘手，反复思忖一番，最后还是亲自登门了。虽说多年来与信陵君龃龉不断，平原君还是相信，只要自己真诚说之，信陵君绝不会固执于往昔。平原君万万没有料到，信陵君竟直对着他心头一刀……

平原君愤怒了。

当晚，平原君匆匆进宫对赵孝成王说了大体经过。孝成王顿时皱起了眉头，连连长叹却说不出一句囫囵话。见赵王如此窝囊，平原君雄心陡起慨然拍案："我王毋忧！数十年来赵国独抗秦军，血流成河伏尸如山，山东五国受恩多矣！今彼忘我大德，思我小怨，以为联手合纵仅是赵国抗秦之需，岂非大谬也！若论实力，只怕唯有赵国尚可自救，他国终归还得靠赵军血战。而今，无须看他人脸色，老臣请命北上，调十万边军飞骑南下，先打秦军一个措手不及。其时合纵局面自开，强如畏缩乞求也！"

"好！王叔气壮，赵有救也！"孝成王当即拍案。

平原君马队临行时，门客报来说信陵君已经回大梁去了。平原君只淡淡一笑，马鞭一挥轰隆隆去了。

两日之后，马队抵达雁门郡。一线河谷穿行于苍莽山塬，山势分外险峻。走马行得一个多时辰，只见远处两座青山遥相对峙，各有孤峰插天而上，雁阵从两峰间向北飞去，雁叫长空山鸣谷应，在辽远的蓝天白云之下，恍若上天为南来北往的大雁在千山万壑中劈开了一道寒暑之门。

"雁门塞！兵家险地也！"一个门客兴奋地喊了起来。

"北出雁门关，人道李牧川！"另个门客也高声念诵了一句。

平原君望着险峻天成的雁门要塞，油然而生的豪迈中夹杂着沉甸甸的思绪。还是在与秦军上党对峙而长平大战尚未成局之时，平原君要北上阴山草原调边兵南下，赵括向他举荐了年轻的李牧。那时候，李牧还只是一个飞骑千夫长。平原君寻思赵括为少年才异之士，连赵国一班老将军都不放在眼里，却推崇一个少年骑士，其中必有原因。一到雁门关大营，平原君便亲自到骑兵大营访到了这位少年骑士。

平原君记得很清楚，他看了李牧的精湛骑射之后哈哈大笑，慨然拍着李牧肩头激励道："小兄弟好身手！老夫举你骑将之职，独军杀敌！"赵军骑将是率领三千飞骑的将军，对于匈奴作战，这是基本的兵力单元，赵军任何一个骑士都以做骑将为莫大荣耀。然李牧似乎并不是特别兴奋，只一拱手："骑将终是可做，谢过平原君举荐。李牧以为：赵军对匈奴，不可如此无休止缠战！"平原君大是惊愕，几乎怀疑自己的耳朵听错了。对匈奴的战法是武灵王胡服骑射之后确定的，简而言之，叫做"骑对骑，射对射，牙还牙，血还血"，赵军将士从此大觉扬眉吐气，这个小李牧竟说这是缠战？在平原君沉着脸不说话时，李牧却又开口了："我军欲胜匈奴，必先固本而后一举痛击！不固本，虽百胜无以根除匈奴，终至陷于世代纠缠。"

平原君惊叹不已，与这位少年骑士在山月下整整说到天色曙光。重新部署大军时，平原君力举李牧做了骑将，便率领大军南下了。此后便是长平大战，赵国边军几乎全数南下本土与秦军血战。还是平原君担保，赵王任命李牧做了云中将军，率领仅有的万骑边军与匈奴周旋。

从此，这李牧开始了他那独特的固本之战，只护卫着赵国云中郡的草原不动。开始时，赵国本土大战连绵，朝野都认为李牧的坚守是明智的。更兼李牧还有一绝：虽只有一万人马，可匈奴大军趁赵军主力南下连忙铺天盖地压来时，却连李牧军的踪迹也找不见。匈奴单于索性挥军南攻雁门关，又被李牧军闪电般从草原深处杀出，雁门关六千守军也强弩疾射鼓噪杀出，匈奴全军溃乱，骑士死伤六万余，无奈悻悻退兵。如是三次，匈奴打消了越过李牧边军而径直南下攻赵的打算，只轮番骚扰赵军营地与牧民草原，引诱李牧追击。李牧却是奇异，只要匈奴骑兵杀来，便早早没了踪影，匈奴骑兵但退，军营里又是人喊马嘶炊烟袅袅，只是绝不追击匈奴的小股轻骑。

天长日久，李牧边军面目全非。

赵王特使的说法是，非商非牧非军非民，四不像！活匈奴！

原本保护牧民交易的四千飞骑，变成了奇特的"军代商"。这支马队收了赵国牧民的牲畜皮革盐巴粮食，摇身变做驮马商旅，深入草原与匈奴小部族做生意，交易完毕立即回程；若遇匈奴轻骑骚扰，便有接应飞骑杀出，驮货马队趁机脱身；回到营地，交易货物立即发还牧民，边军只二十取其一地收税，或钱或物不论。若有匈奴部族欲与赵民交易，边军也同样替代。其时，匈奴游骑遍布草原，赵国边民饱受劫掠，根本无法正常市易。军代商一开，边民大悦，竞相将多余物事交李牧军代为交易。后来各族聚议，说李牧边军苦甚，坚执将边军的收税提到了十取其一。如此数年，李牧军的财货战马皮革兵器宗宗丰厚，装备之精良远超匈奴的贵族骑士：每骑士拥有三匹雄骏战马、六口精铁战刀、三套精制的上等皮革甲胄、三副硬弓配五百支长箭。除此而外，全军还打造了一万张大型连发弩机、五万顶牛皮帐篷，囤积了大量的牛羊干肉与粮草。但扎营军炊，每个百人队日杀两牛，人人放开肚皮猛吃。饱餐之后在空旷的草原驰骋骑射，直到三匹战马都累得一身大汗。边民艳羡李牧边军，精壮纷纷拥来从军。李牧以当年吴起遴选“魏武卒”之法考校，从军者非但要精通骑射，更要体魄雄健，下马可做步战勇士。扩军人数虽则不多，却尽皆精锐无匹。

另有三千飞骑专门看守遍布五百里山头的烽火台，搜集囤积狼粪。

三千通晓匈奴语的骑士组成了间谍[1]营。每个间谍带两只上好的信鹞，装扮成匈奴牧民，撒向广阔的大漠草原。一支万余人的边军，竟有三千间谍，可谓空前绝后。

其余主力飞骑由李牧亲自统领，骑士全部皮装轻甲弯刀硬弓，远观与匈奴骑兵没有丝毫区别。这主力马队的任务只有一个：日夜漂泊草原，与匈奴只作无休止的归去来兮的周旋，却绝对不许交战。李牧的军令是：“匈奴但来，急入收保，有敢擅自捕获匈奴者，斩！”

如此三五年周旋，匈奴对李牧无可奈何。而李牧的边军则在国府没有拨付分文的情势下，已经壮大到了五万精锐飞骑，更兼粮草财货丰厚

[1] 间谍，先秦时一般将探事者称为“斥候”。战国后期始有“间谍”一词，见《史记·廉颇蔺相如列传》之李牧附记。间谍代斥候，意味着探事手段与涉探范围的扩大与深化。

军辎装备精良，其战力非但已经远远超过了疲惫已极的本土赵军，而且远远超过了一味野战的匈奴骑兵。

此时，非议李牧的声浪弥漫了邯郸。一班与秦军血战后仅存的将士更是不满，纷纷指斥："多年一仗未打，边军肥得流油，李牧究竟意欲何为？"赵王派出特使视察李牧边军，回来将"四不像"与"活匈奴"之象一通禀报，赵国朝堂炸开了锅！此时，秦军攻逼赵国的浪潮已经回缩，赵国君臣在合纵胜秦之后又是踌躇满志，忽然醒悟一般，纷纷指斥李牧畏缩不战徒使大赵受辱于胡虏。孝成王大以为是，立即再派特使赶赴阴山军营，敦促李牧立即大战匈奴。年轻的李牧只是冷冰冰一句："将在外，君命有所不受。"依然如故地与匈奴归去来兮地虚与周旋。

孝成王发怒了，立即召回李牧，改派乐乘为将出战匈奴。

平原君记得，那次自己没有劝阻赵王，李牧做得太过分了。

然则，急于对匈奴作战的结局却迅速证实：李牧没有错。

乐乘是名将乐毅的儿子，赴任之后立即集中李牧散开的兵力对匈奴展开了反击战。一年半时间全军出击十六次，非但没有一次捕捉到匈奴主力决战，反而每次伤亡骑士战马数千，许多精锐骑士竟莫名其妙地失踪了。仅仅如此还则罢了，偏是赵国边民没了"军代商"，不堪边军驰突与匈奴的无常骚扰劫掠，纷纷逃亡秦国的九原与燕国的辽东，广袤的阴山云中草原迅速地凋敝，李牧的边军积累也几乎全数耗光。乐乘无奈，紧急上书邯郸，请求立即拨付大批军辎粮草，否则无法续战。

赵国朝堂一片惊愕！赵国君臣这才恍然想起，国府已经近十年没有向边军拨付分文了，这李牧却是如何撑持得不倒还能节节壮大？实在是奇也哉！

平原君力谏赵王重新起用李牧。孝成王终于接受了。可年轻的李牧却牛性发作，声称自己得了大病，已经不堪战场之苦。赵王又气又笑，第三次下书"强起"。强起者，不从也得从，违命死罪也！这次李牧没有说病，却对赵王提出了一个条件："我王若必用臣，许臣战法如前，否则不敢奉命。"

二话不说，赵王立即答应了。

李牧重为云中将军，到任又是一任匈奴骚扰劫掠，只是游骑周旋。边民闻李牧复职，也纷纷回归故土，“军代商”又蓬蓬勃勃地恢复起来。三两年后，李牧的五万精骑全部恢复，万余张大型弓弩需得配备的十万射手兼步军也全部就绪，秘密演练娴熟。这年入秋，李牧下令：八千飞骑扮作牧民，邀集回到阴山草原的牧民们全部赶出囤积的牛羊马匹，一齐作远草放牧。一时之间，畜牧大纵，人民遍野，整个阴山南北的草原都热闹了起来。所谓远草放牧，是牧民在秋草之时先赶牲畜到百里或数百里之外的远处放牧，到天寒之时，再退回到大本营消受基地牧草。这是牧民千百年的放牧规矩，谁也不以为反常。

这三两年里，匈奴虽捕捉不到赵军，却也终于认定：这个李牧终究是个只知开溜的大草包。及至今秋边民远牧，匈奴游骑立即风一般卷来劫掠。赵军护卫牧民的几个千骑队一战即溃，竟被匈奴掠走了数以万计的牲畜。消息传到北海，匈奴单于再不疑虑，发动诸部三十万骑兵呼啸南下，要一举端了赵国云中郡根基。

烽火台狼烟大起！

李牧集中步骑十五万大军连夜开过阴山，在阴山北麓早已选定的河谷地带摆开了大战场。这是一片貌似无奇实则特异的山川之地，东西两道山梁如同阴山北麓张开的两道臂膊，搂住了一片澄澈大湖，撒开了几条淙淙小河。在草木莽莽山峦起伏的绿色大草原，谁也不会以如此一方山水为特异。然而，李牧蓄谋多年，对阴山南北的地形地貌了如指掌，不知多少次踏勘比较，才认定了这方战阵之地，自然深知其中奥妙。

清晨时分，匈奴大军沉雷般从北方大草原压来。进入两道山梁之间，遥见湖水如镜河流如带，已经兼程奔驰了大半夜的匈奴骑士们一阵遍野欢呼鼓噪，纷纷下马奔向水边。大军中央的单于见状，略一思忖传下军令：“歇息造饭，半个时辰后一举攻过阴山！”片刻之间，匈奴大军满当当撒在了湖边河边的草地上。

骤然之间，一片牛角号凄厉地覆盖了河谷草原！

匈奴大军尚在愣怔，万千强弩长箭伴着喊杀声暴风雨般三面扑来。不待单于发令，匈奴骑兵飞身上马，洪水般向唯一没有箭雨的北口蜂拥冲杀。刚出两道山梁，又闻草原杀声大起，赵军两支精锐飞骑各从东西红云般压将过来。这五万飞骑乃李牧多年严酷训练的精锐之师，人各三马，战刀弓箭精良无比，较之匈奴贵族骑士的人各两马还胜过一筹。更有一处，李牧在战前已经重赏每个骑士百金安家，人怀必死之心，号称“百金死士”。五万飞骑十五万匹雄骏战马在大草原隆隆展开，气势慑人心魄，第一个浪头便将匈奴骑兵压回了河谷！

反复冲杀之时，赵军战法陡变——三面强弩大阵箭雨骤见稀少，八万步军列成三个方阵，挺着两丈三尺的铁杆长矛，从东西南三面森森压来，隆隆脚步势如沉雷，对蜂拥驰突的匈奴骑兵视若无物。匈奴骑兵向以驰突冲杀见长，大约以为天下只有这一种战法最具威力，否则，何以赵武灵王要胡服骑射？今日乍见中原步军军阵的森煞气势，一时竟是蒙了。

一头目大吼一声，率千余骑展开扑来。尚未入阵，便被森林般的长矛连人带马挑起，甩得血肉横飞，一个千人马队片刻间荡然无存。匈奴老单于大骇，弯刀一挥嘶声大吼：“冲杀北口！回我北海！”

那一战，匈奴大军留下了二十余万具尸体，而李牧军死伤不过万余。

一战成名，李牧却辞谢王命，没有回邯郸受赏受贺，而是率领五万飞骑一鼓作气向东北追击。连灭襜褴[1]、东胡两大胡邦，又迫使林胡邦余部举族降赵。匈奴大为震恐，老单于率余部远遁茫茫西域没了踪迹。此后至今十余年，整个北方胡人无一族敢犯赵国北疆。

……

北出雁门，越过赵长城百余里，是赵国边军的岱海大营。

时当暮色，牧人渐归，炊烟四起，高远的长调掠过草浪随风飘来——

牛羊如云李牧川
天藏飞骑大草原

---

[1] 襜褴，战国时北方胡族，居地在赵国代郡之北，大约今日内蒙古东南部。

不怕边军吃
不怕边军穿
只怕边军不吃不穿不动弹
长城自此无战事
胡马不得过阴山
我有李牧川
车马流水富庶年年
……

“一将之能，竟至于此也！”平原君慨然一叹，一马当先飞过一片片牛羊帐篷，终于进入了赵军营区。夕阳之下，一座城堡般的莫府[1]突兀矗立，在连绵无际的牛皮大帐海中俨然一座显赫的孤岛。分明莫府前并无军吏，马队未入军营却有大号呜呜长吹，一员黝黑粗壮的将军从莫府飞步出来。

“末将李牧，参见平原君！”

“李牧啊，今非昔比，你可是大有气象了！”

“边军气象，赖平原君之功！”

平原君哈哈大笑：“老夫当言则言而已，还是将军雄略也。”

“聚将号！开洗尘军宴！”李牧令下，牛角号飞向辽远的草原。

洗尘军宴设在莫府前的特大型牛皮帐下，当真是闻所未闻的气势。三百多只烤整羊、六百多桶老赵酒、小山一般的燕麦饼、饮多少有多少的皮袋装马奶子，大帐外的草原上烤整羊的篝火映照得半边天都红了。没有军营常见的冷峻简朴，脚底是厚得人脚软的红地毡，眼前是两排环绕大帐摇曳着粗大羊油烛的六尺银烛台，摆放烤羊的食案是清一色的九尺白玉大案。所有将领全部与宴，个个肥硕壮健慷慨呼喝，腰挂镶金嵌

[1] 莫府，亦作幕府。《史记集解》引如淳云：“将军征行无常处，所在为治，故言‘莫府’。莫，大也。”又引崔浩云：“古者出征为将帅，军还则罢，理无常处，以幕帟（小帐幕）为府署，故曰‘莫府’。则‘莫’当做‘幕’字之讹也。”流传日本做“幕府”。考其流变，大意为“军无定治，以幕为府”之意。

玉的半月战刀，手捧恍若金铸的奇特的青铜大碗，豪阔得教人咋舌。

“如此军宴，虽匈奴单于亦见寒酸也！”平原君无法不感慨了。

李牧哈哈大笑：“边军没得国府一钱，但求无罪可也！”

“但有常心，何罪将军矣！”平原君笑叹一句，“只老夫不明，自来军中戒奢，何边军如此殷实豪阔，将士却能视死如归？”

李牧肃然拱手答道：“厚遇战士，善待人民，将无私蓄，军无掳掠，牧之军法也！如此虽厚财丰军，亦得将士用命人民拥戴。”[1]

“禀报平原君！”一将高声插话，“云中边民常大驱牛羊数千入军，我军若是不受，边民便疑虑我军战力，逃亡他乡。近年来，云中牧民举家随军流动者不下三万户。边民有歌，‘不怕边军吃，不怕边军穿，只怕边军不吃不穿不动弹！’你只说，我等有甚法子拿捏！”

“来路之上，老夫也曾闻歌，只是不解其中奥妙也！”平原君重重拍案曼声吟诵，“不怕边军吃，不怕边军穿，只怕边军不吃不穿不动弹……民心也！战力也！老夫长见识也！”言罢哈哈大笑，分外畅快。

军宴结束，平原君拉着李牧转悠到了莫府外的草原。一汪醉人的明月压在头顶，无边的草浪飘拂在四野，两人久久无话。

“李牧，可闻秦军东出消息？”平原君终于开口了。

“间谍多报，如何不知？”

“你若南下，云中边军会乱么？”

“不会。然则，李牧不欲南下。”

“却是为何？”

“恕我直言。”李牧慨然拱手，“秦军全部兵力已达五十余万，且无虚师。目下抗击秦军，非赵军一力可当，唯赖合纵联军。李牧资望尚浅，既不能为合纵达成奔走，也无法做联军统帅，即便南下，徒添一将而已。李牧之见：六国联军唯以信陵君为帅方可服众，统兵制胜之才，信陵君不下白起也！李牧相辅，不增其制胜之力，反添其多头干扰。此其一也。”

---

[1] 战士、人民、群众等词，皆出战国，《史记》亦有记载。

“还有其二？”平原君有些惊讶——李牧显然已经清楚了他此行意图。

李牧呵呵一笑：“其二，与信陵君比肩作战，和谐莫如平原君与春申君。若赵魏楚三国合兵，韩燕齐三国助攻，由三位久经磨合的大公子统率，此战必胜无疑。”

“你是说，老夫带赵军与信陵君会合抗秦？”

“李牧以为，这是上上策。”

“可是，军力……”

“平原君毋忧。五万边军精骑全数南下可也！”

“如此你岂不成了空营之师？”

“十万步军尚在，危机时改做飞骑也是使得。”

平原君良久默然，泪水模糊了沟壑纵横的老脸。有得李牧这般杰出的大将，赵国可说是边患无忧矣！李牧若得为赵国上将军，赵国安得不重振声威？可是，一想到邯郸朝堂大臣们对李牧的种种非议，想到越老越是刚愎自用的赵王，平原君心头不禁沉甸甸的。赵胜老矣！无力左右国政了。然则无论如何，最后这两件事都要做好：一是合纵抗秦，二是力保李牧执掌赵国大军，舍此无他求也。

三日后，平原君率领五万精锐飞骑南下了。

马蹄如雷，弯刀闪亮，红色飓风掠过了辽阔的云中草原。

五　壮心不已　春申君奔波合纵

信陵君在魏国拜将的消息传来，整个郢都顿时亢奋起来。

楚国已经沉寂多年了。自白起攻克夷陵夺取老郢都，楚国尽失荆江地域东迁淮水南岸，至今已是三十年过去。楚顷襄王已经死了，继任的考烈王也已经在位十五年了。三十年中，除了顷襄王在东迁之初平定了江南十五城的小叛乱从而巩固了新郢都外，楚国几乎没有过任何一件使天下关注的大事。北上中原争霸的雄心再也不提说了，面对中原惊心动魄的连绵大战，楚国所能做的也只有“小心周旋”四个字。小心周旋者，

势大未必心安。威赫之余，春申君毕竟还是想做一番功业的。仔细揣摩，要在楚国再像屈原那般折腾变法，显然是劳而无功也，只有在军政治民等几个易见成效且无争议的方面做些建树了。此等谋划之下，借着齐国衰微，春申君亲率十万大军举行了声势浩大的“北伐”，一举灭了连一万兵力也没有的奄奄一息的鲁国。班师庆贺之日，在国史上大大记载了一笔：“春申君相八年，为楚北伐灭鲁。”有此一举，春申君成为楚国历史上为数极少且楚人最为看重的“灭国功臣”。大功之下，春申君又广召天下名士委任为治民之官。最为著名者，是将声名赫赫的荀子请到楚国，做了兰陵县令。由是春申君政声大作，在中原有了中兴楚国的名望。

此其时也，信陵君复出，春申君怦然心动了。

对一班鼓勇朝臣不置可否，那是因为春申君明白这班朝臣根本不知合纵为何物，以为只要大楚国振臂一呼便是天下响应。楚国已经多年沉睡，楚王心志究竟如何还很难说，而楚王不开口，再气势汹汹也是没用。毕竟，楚国是大族封地分治，地盘最大的还是王族。论目下实力，只要楚王与春申君联手，便有了楚国三分之二的土地人口，兵力粮草便能大体保障。春申君对合纵动心，根本的原因也在这里。虽则如此，在楚国首倡合纵，春申君却不能第一个动议，包括不能在没有国王的非朝议的场合下拍案赞同从而成为大臣拥戴的主倡人，而只能任由大臣们汹汹议论，自己只十分专注地听。之所以如此，在于春申君十分清楚，一旦楚国决定首倡合纵，必是自己出面，而自己若不以“迫不得已，受命为之”的姿态奔波合纵，一旦合纵失败便没有了退路，只有自己承担全部罪责。数十年间几度合纵，六国联军只胜过一次。每次合纵失败，自己的实力都猛跌一回。若非如此，何至于最后竟陪同太子做了人质？这是合纵抗秦的痛苦经历，数十年刻骨铭心，却教春申君如何忘却？当然，合纵也给春申君带来了天下声望，使他拥有了足以抵得十万精兵的“战国四大公子”名号，在楚国有了屈原之后无人与之匹敌的民心根基。若非如此，又如何能在实力连续顿挫的黯淡岁月中没有被昭、景、屈、项四大族吞没？一言以蔽之，有心合纵，无心请命。这便是春申君。

“群臣鼓荡，国人纷纷，相君何以筹划？”楚王开门见山。

“邦国大计，老臣唯我王马首是瞻。”春申君分外谦恭。

“若是合纵抗秦，得失如何？”

“论得失，须得先论成败。”

“相君就实说，此次合纵有几成胜算？”

“六成。”

“何以见得？”

“其一，除楚国之外，山东五国均受秦军兵祸，若倡合纵，其心必齐，兵力粮草必丰。其二，信陵君复出为魏国上将军，联军统帅无争议。其三，秦国正在低谷，君暗臣弱而急图功业，东出铺排过大。昔年秦昭王全盛之时，对山东开战尚从来都是一个战场，对其余战国还要不遗余力地离间拆散。如今嬴异人、吕不韦、蒙骜君臣三人秉国堪堪一年，未固根基便大举东出多方树敌，先轻率灭周再连攻四国，犯兵家大忌也。其四，周遗民怨愤甚烈，秦国新建之三川郡尚无扎实根基。东出秦军势大，就近根基却是薄弱。如此者四，合纵可保六成胜算。”春申君说得很是平和，并不见如何慷慨激昂。

“果真如此，楚国何得？”

春申君一阵沉吟方道：“这得看楚国介入力度。”

“相君不妨直言。”

“若依往例被动响应，以约派出二五万人马，败秦之后，至少可保中原各国十年内不再攻楚，至多可在淮北再争得三五城之地。若首倡大义，担纲合纵主力，则至少可得洛阳至函谷关之间的三百里土地，做得好，甚至……”春申君又是一阵沉吟。

“如何？！”

“楚国可一举北上，至少与赵魏共霸中原。”

考烈王牙关紧咬嘴角抽搐，良久无语，突然拍案：“本王不能一鸣惊人乎！”

春申君肃然一躬：“老臣之言一谋耳，我王可广纳他议而后断也。”

“当断则断，何须再议！”考烈王霍然起身一挥手，“左徒书命！”

当着春申君的面，楚王的王书由口述、录写、誊抄、刻简、烙印等程式飞快走完，当即颁发到了春申君手里，直是空前绝后的快捷。王书只有短短几句话："本王决意力行大义首倡合纵，今拜相国春申君黄歇为特使斡旋合纵，得调遣举国兵马粮草，郡县封地凡有抗命者斩！"

事情的进展比预想的还要顺当，春申君自然是"夫复何言"地感喟一阵，开始忙碌筹划起来。合纵路数春申君驾轻就熟。既然是首倡之国，便得先打出合纵的动议书，将首倡旗帜捧在手里。目下赵魏虽有举动，但合纵动议却尚未喊出，其因由必在信陵君对赵国君臣的冷漠尚未融化，信陵君与平原君尚在各自行动。此其时也，楚国出面正好。所以在奉书当晚，春申君先拟好了五封说辞不同的国书，楚王阅后加盖王印，派出快马信使兼程北上，分送中原五国。

三日之后，春申君带着一支千人马队匆匆北上。

第一站直奔大梁。魏国虽然无可避免地衰落了，但有信陵君这根擎天大柱，这个曾经领战国风气之先近百年的老牌强国任谁也不敢小觑。更为根本处，信陵君是唯一战胜过秦军的合纵统帅，也是这次合纵无可替代的统帅，只要与他先行沟通，最关键的兵力分派便做到了心中有底，春申君只需奔波聚兵便是。

"春申君，白发老去矣！"郊迎三十里的信陵君大是感慨。

"噢呀，无忌兄倒是壮健如昔了！"

信陵君的大笑中不无忧伤："老夫十数年沉沦无度，何来个壮健如昔？你老兄弟只哄得我开心，却是无用也。"

"大大有用了！"春申君呵呵笑着，"无君便无合纵，有君自有六国。"

"多年未见，春申君老辣多矣！"信陵君拉着春申君进了郊亭一阵痛饮，突然凑到春申君耳边，"君当立即北上邯郸，稳住平原君……也代我致歉，无忌实在无心计较旧事也。"

"好！议定各国兵力，我便北上了。"

信陵君从腰间皮袋摸出一张折叠的羊皮纸："此乃兵力谋划，兄可斟酌增减无妨。魏王已阅楚王国书，正待回书响应，你便来也。”

春申君打开羊皮纸飞快看得一遍霍然起身：“既然如此，我兼程北上！”

“你我心领神会，无忌不做俗礼客套。”

就这样，春申君马队在大梁城外仅仅停留了一个时辰便绝尘北去。次日午后，马队抵达邯郸南门。来迎接的是赵王特使，说平原君巡北边未归，请春申君暂住驿馆等候赵王宣召。春申君颇是疑惑，赵国多年已无北患，兵祸分明在西南秦国，巡甚北边？然事已如此，也只有住下等候。谁知一连三日，赵王没有声息，春申君不禁焦灼起来。

“小吏参见平原君！”

春申君正在廊下思忖如何能强见赵王，却听得前院驿丞惶恐声音，心下顿时一亮，正要吩咐书吏去看，便闻腾腾脚步朗朗笑声一头霜雪一领大红斗篷已经火焰般卷到了庭院。

“老哥哥，赵胜请罪来也！”平原君当头一躬。

“噢呀，哪里话来，”春申君一把扶住端详，“平原君，老矣！”

“老哥哥的腰都粗了，谁能不老也！”平原君两只大手一比划间哈哈大笑，春申君不禁也连连点头大笑。在四大公子中，原是春申君生得最是英挺，蜂腰窄肩浓眉大眼，处处透着南国灵秀之气，与北方三公子的粗厚壮健适成鲜明对比。昔年孟尝君曾拍着壮硕鼓荡的肚皮戏谑：“春申君错生男儿身也，只怕我等老去，他那细腰也还盈手可握也！”春申君红着脸连连叫嚷：“噢呀，岂有此理了！南人腰粗得迟而已了，老夫之时，只怕比你还粗得一圈了！”众人一阵大笑，留下了这段趣话。

当晚，平原君邀集赵国重臣在府邸大宴春申君一行，饮酒间只字未提自己行迹。春申君素来机敏无双，见平原君不提，知其中必有不便，自然也绝口不问只是海阔天空。三更宴罢，大臣与门客散去，平原君留春申君于湖畔胡杨林下饮茶，春申君依然是默默啜茶只不做声。

“春申君，好耐性也。”平原君终是笑叹一句开口了。

“秦军攻赵最烈，赵国缄默，夫复何言了？”

“岂有此理！谁人说赵国缄默？信陵君么？”

“不是了！”春申君嚷得一句旋即正色，“信陵君郑重委托老夫：向平原君致歉。一句无心之言，老兄弟至于如此耿耿在怀了？”

“不说他也罢。”平原君沉吟若有所思，“赵国非缄默，唯虑一后患也。”

“噢？匈奴远遁，赵国还有何后患了？”

“燕国。”

“燕国？！”

“正是。”平原君点头意味复杂地一笑，“这燕国素来有一恶习，专一趁赵国吃紧时作背后偷袭。百年以来，燕赵大战小战不计其数，十有八九都是这只老黄雀恶习不改！长平大战后赵国势衰，燕国也在败于齐国后衰颓，原本可以相安。然燕王喜却故伎重演，屡屡密谋攻赵。一战大败，仍不思改弦更张。秦军攻占赵城三十余座而赵国不能全力抵御者，便是燕国同时聚集十余万大军偷觑我背后也。有邻卑劣如此，安得轻言合纵？”

“老夫若说得燕国合纵，赵国又当如何了？”

“燕国但能无事，赵军自是合纵主力！”

“数十年不与燕国交往也，容老夫一试。”春申君实在不敢将话说得太满。

平原君见春申君倏忽松劲，目光一阵闪烁慨然拍案：“春申君只管去说，谅无大碍也。这个燕王喜我知道，服硬不服软。春申君只给他挑明：燕国若要在此刻盘算赵国，我云中郡边军立即痛击燕国！李牧将军没有南下，便是对付燕国的后手！老姬喜若是颟顸不明，教他攻赵，看灭国者究竟何人也！”

“噢呀！原是平原君胸有成算，只借我做个说客而已了！”

两人哈哈大笑，直说到五更鸡鸣方才散了。

歇息得一日，春申君马队继续北上，兼程奔驰两日，第三日清晨看见了苍莽葱郁的燕山群峰与古朴雄峻的蓟城箭楼。谚云：望城三十里。依着邦交风习，使节历来在三十里时开始缓车走马，一则表敬重与国，再则也为免去在车马行人稠密处夺路扰民。春申君老于邦交，正要下令马队稍事歇息而后缓辔入城，依稀却见官道上一队骑士卷着烟尘飞驰而来，商旅车马庶民行人纷纷匆忙躲避。春申君知道绝非常人，立即下令马队转下官道树林以示礼让。正在此时，对面马队喊声响亮："太子丹郊迎特使——"春申君不禁愕然。喊声未落，一少年飞马而来，火红斗篷墨绿玉冠腰悬短剑手执马鞭，一派飒爽英风。

"此儿非凡，活似当年赵括也！"春申君不禁油然赞叹。

"林下可是春申君么？"一声清脆呼叫，红衣少年已经飞身下马大步下道又大步进入树林毫不犹豫地对着春申君一躬，"太子姬丹迎客来迟！春申君见谅！"

春申君大笑着迎了过来："噢呀！英雄果在少年了。"

"姬丹敢请春申君登车，父王已经在郊亭设宴等候。王车！"少年一连串说话发令，快捷得没有春申君对答余地。待春申君登上辚辚驶来的青铜王车，少年太子丹已经跃上了驭手位置，说声君且安坐，王车便哗啷啷飞驰而出，实在是干净利落。

车近十里郊亭，乐声大起排号长吹，一队红蓝衣者从亭廊下踩着红地毡上了官道。当先之人清癯黝黑须发间白，稀疏的胡须挂在尖尖下颌，一顶颇大的天平冠几乎完全遮掩了小小头颅与细细颈项，身后亦步亦趋者是一位粗肥壮伟的白面将军，倒是相映成趣。春申君目力极好，一眼认定当先老人必是燕王喜无疑，一扶伞盖铜柱从车上站起，遥遥一个拱手礼，及至王车停稳，春申君已经下车走上了长长的红地毡。

"春申君别来无恙矣！"

"黄歇参见燕王！"

燕王喜从来没有见过春申君，却笑得故交重逢一般亲切，一手拉住春申君一阵热切地端详："南国多俊杰，诚哉斯言！相君英风凛然，羡杀姬喜也！"春申君大觉别扭，呵呵笑着岔开了话头："噢呀！黄歇寸功未见，却劳太子驭车燕王亲迎，心下有愧了。""相君何来此说。"燕王喜亲昵地拍拍春申君肩膀，"斡旋合纵，大功于天下，任谁不认，老夫认也。来！亭下痛饮说话。"不由分说拉着春申君进了石亭，对身后的将军大臣一个也没有介绍[1]。

洗尘酒饮得三爵，燕王喜命亭廊外陪宴大臣的座案移到林下树荫处，亭中唯留那位粗肥白面将军陪饮。春申君明白，这明是关照大臣，实则是要开说正题了。果然见燕王喜又敬春申君一爵，幽幽一叹："春申君，本次合纵难矣哉！"

"燕王以为，难在何处？"

"难在赵国。"

"噢呀？愿闻其详。"

"老夫知赵深也！"燕王喜慨然拍案，"说来话长。西周成王分封之时，我祖召公为天子三公，遥领燕国封地，与周公共主天下大政。其后三百余年，我燕国始终代天子监北方诸侯，其时赵国安在哉！后来魏赵韩三家在晋国崛起，争相示好燕国，以使燕国不干预晋国内乱。其中赵鞅最工心计，在三家合谋诛灭智氏后，又独灭范氏、中行氏两大部族。其时赵氏兵力不足，秘密借我兵力三万，许诺立国后割让北边五城以报。然则后来如何？"燕王喜愤然拍案，"赵氏立国，非但装聋作哑不割五城，赵仲小子还夺了我代郡西北三百里！尚大言不惭，说是战国但凭实力，只有蠢猪才割地！春申君且说，此等龌龊之国，我堂堂七百余年之大燕，该不该复仇也！"

"噢呀……"

虽是古老的往事，却也听得春申君心头怦怦直跳。战国之世，燕赵长期龃龉尽人皆知。天下议论多认定燕国不识时务横挑强邻，鲜有指责赵国者。赵武灵王之后，赵国成为山东屏障，燕国在山东诸侯中更是不齿了。如春申君一班合纵名士，对燕国历来十分头疼，直是不解燕国君臣何以褊狭激烈如市井痞民，竟能屡败屡战地死死纠缠强大的赵国。今日听燕王喜一番愤愤然说辞，春申君这才恍然大悟——燕之于赵，犹吴

[1] 介绍，先秦古语。语出《礼记·聘义》："介、绍而传命。"其时礼仪：宾方的随从称为"介"，主方的迎宾称为"绍"；初相来往或正式礼仪场合，宾方意思由"介"传给"绍"，再传于主人；主方意思由"绍"传给"介"，再传于宾方主人。介、绍相连成词，意谓从中沟通而使双方发生联系。

越之于楚也！几百年恩怨纠缠，谁打谁都有一番慷慨理由，如何能一个“不识时务”了得？

“只是，秦国已经夺赵三十七城，若不遏制其势头，秦军必以太原为根基北上攻燕。其时燕国奈何了？”春申君还是回避开了那些说不清的旧事，委婉地拒绝了回应燕王，而只说目下急迫之事。他相信，无论燕国君臣对赵国有多么仇恨，总不会坐等亡国。

“燕国本是合纵鼻祖，自然要合纵抗秦。”燕王倒是没有丝毫犹豫，当即表明了参与合纵，又突然压低了声音，“然则，须得赵国一个承诺！”

“燕王但说了。”

“发兵之前，还我代郡之地，或割五城，了却旧账。”

“噢呀，燕王还记五百年前老账也！”春申君大笑。

“毕竟，秦国还没打燕国。”燕王的微笑很是矜持。

“燕王是说，赵国无此承诺，燕国不与合纵了？”

“春申君说？”

“燕王差矣！”春申君终是无法回避了，决意将话说透了事，“春秋战国五七百年，大小诸侯相互蚕食，谁个没占过别个土地，谁个之土地没有被别个占过？秦国河西被魏国占过五十余年，几曾无休止纠缠着魏国袭扰？未曾变法时，秦孝公为了离间六国瓜分秦国之同盟，还忍痛放了在战场俘获的魏国丞相公叔痤。变法强大后，秦国一举夺回河西！战国铁血大争，何国没有过顿挫屈辱？谁人没遭过负约背盟？计较复仇得分清时机，如此不分时机一味纠缠，只能落得个天怒人怨四面树敌败家亡国！”春申君粗重地喘息着，“黄歇言尽于此，燕王斟酌了。”

“如君所言，秦军攻占山东也无须计较？”燕王揶揄地笑着。

“噢呀！往昔之争，各国实力不相上下而互有争夺。秦军与山东之争，却是存亡之争！燕王若连如此道理也揣摩不透，夫复何言！”春申君显然生气了，起身一拱，“燕楚素来无瓜葛，告辞了。”

“春申君且慢。”燕王喜哈哈大笑，起身一躬，“君之合纵诚意，本王心感也！来，入座再说。”笑呵呵拉住春申君摁进了座案，自己也顺便礼贤下士一般跪坐在了对面，一拱手低声道："春申君但说，燕军果真南下合纵，赵军会偷袭我背后么？"

"笑谈也！燕国但入合纵，赵军能偷袭燕国了？"

"只怕未必。赵军廉颇、李牧两部均未南下，派何用场？"

"燕王既得此报，更当明白了。"春申君从容一笑，"赵为四战之地，任何战事都不能出动全部兵力而须留有后备，此乃常理，无足为奇也。然则，燕王所虑亦不无道理。黄歇揣摩：赵国为合纵抗秦主力，两大名将却不参战，实在也是在等待燕国动态。燕若合纵抗秦，燕赵便是同盟，廉颇、李牧可随后南下。燕若不与合纵，则廉颇、李牧便是应对燕军袭赵的最强手！届时两军必然夹击燕国，燕王奈何？"

"此乃君之揣摩，抑或平原君带话？"

"无可奉告了。"春申君微笑着摇摇头。

一阵默然，燕王突然拍案："好！老夫入合纵！"

"派军几何了？"

"五万步骑如何？"

"何人为将了？"

"这位肥子将军。"燕王喜离座起身指着粗白将军，"春申君，这位是栗腹将军，多谋善战，燕国干城也。"春申君正在沉吟，粗肥将军已经扶着座案爬了起来，一拱手赳赳挺胸道："栗腹胜秦，犹虎驱牛羊！我王尽可高卧蓟城静候捷报！"声如洪钟顺溜滑口。燕王姬喜哈哈大笑，连连拍打着栗腹的肥肚皮："汝这肥腹之内，装得雄兵十万么？"粗肥的栗腹似乎已经对这般戏弄习以为常，左掌拍拍肥大的肚皮突然之间声如黄莺脆鸣："大腹无雄兵，只有忠于我王的一副肝肠脏物也！"燕王又是开心地大笑："将军能战而乖巧，真可人也！"粗肥的栗腹又如黄莺脆鸣般流利响亮："臣子臣子，为臣者子也，自当取悦我王也！"

春申君一身鸡皮疙瘩，背过身佯做饮茶远眺，腹中直欲作呕。

正在此时，红斗篷的太子丹突然大步进亭昂昂道："启禀父王：儿臣举荐昌国君乐闲为将。栗腹乃草包将军，人人皆知，如何当得秦军虎狼！"

“无理！”姬喜恼怒呵斥，“身为太子，粗言恶语成何体统！”

太子丹满脸通红泪水骤然涌出，扑地拜倒依旧是昂昂声气：“此等弄臣庸人败军误国，今日更在合纵特使前出乖弄丑！儿臣身为太子，有何面目立于天地之间！”话未落点陡然纵身拔剑，一道寒光直向那肥大的肚皮刺去。

“太子！”从胡杨林宴席跟来的一个将军猛然扑上抱住了太子丹。

“父王……”太子丹捶胸顿足拜倒大哭。

燕王喜脸色铁青，一时默然无措。太子丹身后的戎装大臣慨然拱手道：“太子刚烈忠直，尚在少年便撑持起大半国事，忧国之心上天可鉴！我王幸勿为怪。”燕王烦躁得厉声嚷嚷：“好啊！他忧国你忧国，只本王害国么？”戎装大臣正色道：“恕臣直言：燕国尽有将才，栗腹屡战屡败，我王委实不当任为大将。”

“将才将才！为何都打不过赵国？”燕王喜高声大气比划着分不清是斥责臣子还是诉说自己，“栗腹败给赵国不假，你等谁个又胜了赵国？同败于赵，凭甚说栗腹便是草包？乐闲爵封昌国君，又是名将乐毅之子，你等都说他能打仗！可上年为何拒绝带兵攻赵？还不是惧怕赵军！他便不是草包？你将渠也败给过赵军，为何不是草包？啊！说！”

抱着太子丹的大将脸色铁青，一时默然无对。此时，胡杨林设席的大臣们已经闻声出林围在了亭廊下。一个须发灰白的戎装大臣稳步趋前拱手高声道：“我王明责老臣。老臣尚有辩言。”

“好！你老乐闲说个大天来也！”燕王兀自怒气冲冲。

乐闲正要说话，跪伏在地的太子丹霍然站起道：“父王差矣！栗腹之败如何能与乐闲、将渠相比？栗腹败军在无能，三战皆全军覆灭！两老将之败乃保全实力退避三舍，就实而论，未必是败！父王若以此等荒谬之理问罪大将，儿臣甘愿自裁，以谢国人！”腰间短剑锵然出鞘，剑尖倏然对准了腹心。

“太子不可！”乐闲大惊，一个大步抱住了太子丹。

大臣们惊愕万分，纷纷拥过来护住了太子，几乎没有人顾及燕王如何。燕王喜又是难堪又是恼怒面色忽青忽白，喘息片刻突然干涩地笑了起来："也好也好，本王让你等一回不妨。"又骤然对乐闲将渠声色俱厉一喝，"乐闲将渠！本王命你两人统兵抗秦，若得再败，定斩不赦！"

大臣们依旧默然，乐闲与将渠也愣怔着浑然不觉。圈中太子丹连忙一拉乐闲低声道："昌国君，国事为重。"乐闲将渠恍然，同时转身作礼："老臣领命！"

"春申君，燕国可是合纵了，啊！"燕王喜仿佛甚事也没有发生过，对独自站在亭廊下的春申君呵呵笑着，"赵军若再算计老夫，栗腹的十万大军可等着打到邯郸去也。"春申君竭力想笑得一笑，却无论如何也挤不出些许笑来，末了淡淡一句："敢问燕王，发兵几何了？"燕王喜不假思索道："八万燕山飞骑。燕国有兵二十三万，那十五万么，是老夫后手。栗腹么，是燕国之廉颇李牧。"春申君不想笑，却又禁不住哈哈大笑："噢呀好！燕国合纵，天下大功了！廉颇李牧，自当留着后手了。"

燕国事定，春申君次日赶赴临淄。太子丹与乐闲、将渠送到十里郊亭。太子丹分明有话，却终是没有开口。春申君本想抚慰几句，也实在想不出说辞，只与乐闲说得一些齐国情势，匆匆告辞向东南去了。

这时的齐国，已是几度沧桑面目全非了。

数十年前，燕军灭齐。田单与貂勃分守即墨、莒城，与燕军相持六年而终得战胜复国，拥立齐湣王田地之子田法章即位，是为齐襄王。是时田单拜安平君兼领丞相统摄国政，齐国虽经大战之后百废待兴，却也在艰难之中渐渐振作。其时，秦赵剧烈大战，整个中原都被卷进这场巨大的风暴，几乎没有人想到要衰弱的齐国襄助，实在是齐国恢复元气的大好时机。然则，齐襄王猜忌心太重，听任九位心腹重臣处处掣肘田单，致使齐国在齐襄王在位的十九年间始终未能变法再造，只是国势略有恢复而已。齐襄王死后，太子田建即位最后一代齐王，由于没有谥号，史称齐王建，也就是春申君目下要去拜会的齐王。

这个齐王建，幼时有恋母症，整日与母亲形影不离，聪敏过人，事事得母亲点头允准而后行。齐王建的母亲，是当年在齐国赫赫有名的太史敫的女儿。此女与扮作工奴逃亡的田法章私订婚姻，礼仪固执的太史敫大感羞愧，从此终生不见这个做了王后的女儿。也正因了如此，此女在齐襄王田法章眼中是大大的功臣，生前赐号“君王后”，意谓与君同等的王后也。君王后自己蔑视礼教，教子却是极严，始终与儿子同居一宫事事教诲。田建做了太子，也没有能够开府独居。岁月浸染，田建十八岁做了齐王，依旧一个总角孩童般跟在君王后身后亦步亦趋，重大国事自然听凭君王后决断。

田建即位第六年，秦赵相持上党长平大战。赵国派出紧急特使四面求救，向齐国提出的请求，只是援助二十万斛军粮而无须派兵。建请母亲定夺，君王后一口回绝了。理由只是冷冰冰两句话：“秦已知会，亲赵必攻。我宁罪秦而遭战乱乎？”大臣周子慷慨劝谏说：“粟谷救赵，我大齐振兴之机遇也。强秦成势，齐楚赵三强犹唇齿相依也，唇亡则齿寒。今日秦灭赵，明日必祸及齐国。救赵，高义也。却秦，显名也。义救亡国，威却秦军，齐国大也。今君王后不务国本而务些许粟谷，妇人之算计过也！”君王后恼羞成怒，当即罢黜周子驱逐出齐国。周子对着端坐王座的建连连大呼：“齐王救齐！君王后误国！”建却呵呵直笑：“此人滑稽也。竟要我与母后作对？”

自此，齐国成了山东六国的另类——秦国不亲，五国不理。齐国却安之若素，锁国自闭只在海滨安享太平，几乎断了与中原交往。有大臣非议，君王后说：“我有临淄大市，东海仙山，优哉游哉，何染中原战乱。”

上天乖戾，最需要母亲的建，在即位第十六年时，君王后盛年死了。这年正当秦军灭周，也便是两年之前。君王后一死，已经是三十五岁的建顿时没了主心骨，两年间浑浑噩噩不知伊于胡底，连秦军屯于大野泽预备东进的紧急军报也茫然无对，将焦灼等候君王定夺的大臣将军丢在宫外，只兀自嘟哝不会也不会也果真如此如何是好……

春申君抵达临淄，正是齐国最惶惶不安的时刻。

依照邦交礼仪，马队驻扎城外十里处，春申君只带着几个文吏与十个护卫剑士进了临淄。没有人前来迎接，齐国朝野似乎根本不晓得天下发生了何等事情。直到驿馆门前，才有一个老臣单车赶来，自己介绍是中大夫夷射。不待春申君询问，夷射唤出驿丞，下令给春申君安置最好的庭院。片刻铺排就绪，夷射请春申君觐见齐王。

“大夫之来，齐王之命？”春申君觉得有些蹊跷。

“若无王命，春申君便长住驿馆不求合纵么？”夷射一句反问。

“敢问大夫，齐国目下何人主事？”

“君王后阴魂。”

“噢呀，大夫笑谈了。”

“田单之后，齐国无丞相。只有右师王欢、上大夫田骈奔走政事，也不过传命耳耳，万事皆决于君王后幕帷之中。君且说，何人决事？”

“上将军何人了？”

“田单之后，田姓王族大将悉数不用。君王后说，开战在王，打仗在将，要上将军何用？从此齐国没了上将军。六大将各统兵五万，驻守六塞。君且说，将军决事么？”

“！”春申君愕然，一时竟觉自己孤陋寡闻了。二十年没有与齐国来往，这个昔日大国变得如此荒诞不经，实在是匪夷所思。默然良久，春申君对夷射肃然一躬，“面君之要，尚请足下教我。”

“春申君终是睿智也！”夷射不无得意地慷慨一拱，“君见齐王，无须长篇大论，只说秦军之威，只请一将之兵。要言不烦，合纵或可成也。”

春申君点头称是，当即跟随夷射直奔王城。一班守候在前殿的大臣闻大名赫赫的春申君到来，莫不惊喜非常地纷纷围过来讨教。春申君借势将中原大势说了个概要。大臣们如同听海客奇谈，连连惊呼连连发问。春申君哭笑不得又应接不暇，只好耐心周旋。正在此时，白发御史[1]在殿廊下一声高宣：“楚国特使觐见——”春申君才好容易脱开了大臣们的圈子。

御史领着春申君几经曲折，来到树林间一座似庙似殿的大屋前。在守门内侍示意下，御史领着春申君轻手轻脚走了进去。大厅中烟气缭绕

[1] 御史，战国时齐国官职，国君秘书长，相当于秦国长史。

沉沉朦胧，依稀可见一人散发布衣跪在中央一座木雕大像前，口中喃喃不休。

“禀报我王，春申君到。”老御史轻声软语抚慰孩童一般。

布衣散发者梦幻般的声音：“是与孟尝君齐名的春申君么？”

“楚国黄歇，参见齐王。”春申君庄重一躬。

“坐了说话。”布衣散发者转过身来，面白无须眉目疏朗，咫尺脸膛使人顿生空旷辽远的懵懂之感，飘忽嘶哑的声音如同梦幻，“我母新丧，建服半孝，君且见谅也。”

“齐王大孝，母薨两年犹作新丧，黄歇深为景仰。”

“春申君善解人也。”齐王建欣慰一叹又是幽幽梦幻般，“齐国臣民却不作如此想，竟日嚷嚷惶惶，风习不古，人心不敦也。”

“齐王明察！”春申君唯恐这梦幻之王突然生出意外而中断会晤，先迎合一句又恍然醒悟一般高声道，“噢呀！黄歇老矣，几忘大事了。老臣来路途经大野泽，见秦军三十万已经屯兵大野泽东岸，距临淄只有三日路程了！不知可是齐王邀秦王围猎大野泽了？”

“啊！果有秦军屯驻大野么？”

“连绵军帐黑幡，声势浩大，齐王未得军报？”

“秦军意欲何为？！”建猛然站了起来。

“大军压境，却能何为？”春申君啼笑皆非。

“齐秦素无仇隙，秦军为何攻我？”

“齐王以为，虎狼啖人要说得个理由了？”

“秦若灭齐，会留我田氏宗庙么？”

“断然不会！”春申君骤然明白了建的心思，当下正色道：“秦灭人国，先灭宗庙。当年白起烧我楚国夷陵，芈氏祖先陵寝悉数被毁。此次吕不韦灭周，周室王族全数迁离洛阳，宗庙何在了？秦军入临淄，必毁田氏宗庙，以绝齐人复国之心。其时，君王后陵寝必当先毁，王后惨遭焚尸扬骨亦未可知，齐王将永无祭母之庙堂了。”

建面色惨白惊愕默然，良久，肃然一躬：“请君教我。”

“齐王救国，唯合纵抗秦一道，别无他途了。”

“合纵已成旧事，本王从何着手？”

“齐王毋忧了。”春申君拍案起身，“齐王只派出一将之军、一个特使足矣！一将之军依指定日期开赴联军营地，一个特使随黄歇前往联军总帐协调诸军。如此，战场不在齐国，临淄亦不受兵灾。若非如此，齐国只有坐等秦军毁灭宗庙了。”

“啊——”建恍然长叹一声，“军国大事原是如此简单，一支兵一特使而已哉！好！本王依君所说，只是……这特使谁来做？”

“中大夫夷射可为齐王分忧。”

“好！”建拍案高声，第一次生出了发令的亢奋，“御史书命：晋升夷射为上大夫之职，任本王特使，随同春申君周旋合纵。春申君，本王这王书有错么？”

“齐王天纵英明，齐国可望中兴了！”春申君连忙狠狠褒奖了一句。烟气缭绕的朦胧厅堂顿时响起了从来没有过的大笑声。

春申君在临淄住了三日，襄助齐国君臣理顺了诸般国务路数，譬如调兵程式，譬如特使奉命程式等；还力劝齐王建任命一位王族大臣做了丞相，一位好赖打过几仗的边将做了合纵兵马的将军。齐王建慨然许诺：若败得秦军，这位将军凯旋之日便是齐国上将军。如此这般国事在任何一国都是再简单不过的基本路数，在一潭死水的齐国却已经积成了谁也不知道该谁来管的一团乱麻。国中尽有稷下学宫的田骈等一班名士任官，却是谁也不晓得自己的职司。除了关市税金始终有人打理，其余任何国事都是一事一议临机指派专臣办理，邦国的日常政务早已经滑到了连名义也纠缠不清的地步。春申君也只能将目下最要紧的出兵事宜摆置得顺当，眼看着将军奉了兵符开始调集兵马，这才与夷射离开了临淄奔赴新郑。

韩国已成惊弓之鸟，整个新郑弥漫着无法言说的恐慌。

蒙骜大军越过韩国呼啸东去，攻占赵国三十余城、重夺魏国河内之地，兵锋直指齐国，竟没有理睬韩国。韩国朝野大是惊慌。本来，周室尽灭，整个大洛阳三百余里变成了秦国三川郡，韩国立时如泰山压顶，直觉那黑森森的刀丛剑阵便在眼前。当此之时，秦军一举横扫韩国，山东救援只怕都来不及也。然则秦军没有攻韩，却径直扑向更强的对手，韩国君臣立时觉得脊椎骨发凉。毕竟，韩国君臣再懵懂，也清楚地知道这是秦军没有将韩国放在眼里，或者说，秦军早已经将韩国看成了囊中之物，回师之时顺势拿下罢了。

如此危局，韩国庙堂顿时没了主张。

天下战国，深为秦国所苦者莫如三晋，三晋之中莫如韩国。自从秦国崛起东出，近百年来，韩国所有的邦交周旋只有一个轴心——却秦。六国大合纵，三晋小合纵，韩周更小合纵，等等等等，无一不为了消除秦祸。然则无论如何使尽浑身解数，种种移祸之策到头来总是变做搬起石头砸自己脚的滑稽戏，韩国终究摆脱不了这黑森森的弥天阴影。非但不能摆脱，反倒是越陷越深。如今，这黑影眼看便要吞没了整个韩国。韩国庶民想不通，韩国君臣更想不通。曾几何时，韩国也有"劲韩"之号，论变法比秦国还早着一步，论风华智谋之士还胜过秦国，论刚烈悍勇之将士也不输秦国，如何硬是连番丢土丧师，竟至于今日抵不住秦军一员偏将的数万孤师？

没主张便议。韩国君臣历来有共谋共议出奇策之风。

正在此时，人报春申君与齐使夷射入城。韩桓惠王大喜过望，当即亲出王城殷殷将这两位合纵特使迎进了大殿，就着朝臣俱在，便是一番洗尘接风的酒宴。春申君无心虚与盘桓，三爵之后对韩王说起了合纵进展。韩王慨然拍案："春申君毋得多说，合纵乃韩国存亡大计，何须商榷？君只明说，韩国需出几多军马？"春申君沉吟笑道："韩国实力，黄歇心下无数，韩王自忖几多了？"

"八万精兵全出如何？尚有十余万步军老少卒，可做军辎。"

"韩王大义，黄歇深为敬佩了！"这句颂词照例是一定要说的。

"春申君谬奖。"韩王难得地笑了，老脸一副凄楚模样，"我今召得一班老臣，原是要计议出个长远之策来。经年惶惶合纵，终非图存大计也。"

"噢呀好！"春申君这次真心敬佩了。他对楚王说叨过多少次，要谋划救国长策，却无一例外地因种种燃眉之急拖得没了踪影。韩国当此危急关头，却能聚议图存大计，无论你对他有几多轻蔑，也得刮目相看了。依着邦交惯例，春申君一拱手道："合纵已定，黄歇只等明日领军上道。韩王君臣计议长策，黄歇告辞了。"

"春申君见外也！"韩桓惠王油然感慨，"如今六国一体，生死与共，两位虽楚相齐臣，犹是韩相韩臣也。姑且听之，果有长策，六国共行，岂不功效大增？"

"恭敬不如从命！"虽是鞍马劳顿，春申君却实在有些感动。

"夷射领得长策，定奉我齐国共行！"

"好！诸公边饮边说，畅所欲言也。"

二十余名老臣肃然两列座案，显然都是韩国大族的族长大臣。相比之下，倒是韩桓惠王年轻了些许。虽说国君宣了宗旨，老人们却是目不斜视正襟危坐，一时无人开口。春申君久闻韩国自诩多奇谋之士，夷射更是闭锁多年新出，敬佩之情溢于言表，两人正襟危坐神色肃然。

"诸公思虑多日，无须拘谨也。"韩桓惠王笑着补了一句。

终于，有个嘶哑的嗓音干咳了一声，前座一位瘦削的老人拱手开口："老臣以为，欲抗暴秦，唯使疲秦之计矣！"

"何谓疲秦？"韩桓惠王顿时亢奋。

瘦削老人正容答道："韩国临河，素有治水传统，亦多高明水工也。所谓疲秦，是选派一最精于治水之河渠师赴秦，为秦国谋划一数百里大型河渠，征召全部秦国民力，尽倾于该河渠，使其无兵可征，又长耗其粮货。强秦兵少粮乏，自然疲弱无以出山东也。"

韩桓惠王沉吟点头："不失为一法，可留心人选，容后再议。"

"老臣以为，老司马之策未必妥当。"座中一位肥胖老人气喘吁吁，"河渠之工，误其一时耳，不伤根本也。莫如效法越王勾践，使秦大泄元气为上矣！"

"噢——"韩桓惠王长长一叹，"老司空请道其详。"

老人咳嗽一声分外庄重："当年勾践选派百余名美艳越女入吴，更有西施、郑旦献于吴王，方收吴王荒政之奇效也。我可举一反三：一则，选国中妙龄女郎千余名潜入秦国，与秦国贵胄大臣或其子弟结为夫妇，使其日夜征战床第而无心战事，秦国朝堂从此无精壮也。二则，可选上佳美女三两名进献秦王，诱其耽于淫乐荒疏国政；若生得一子使秦王立嫡，则后来秦王为我韩人，韩国万世可安也。纵不能立嫡，亦可挑起秦国王子之争，使其内乱频仍无暇东顾，此万世之计也，我王不可不察也。”

举殿肃然无声，老臣们个个庄容深思。韩桓惠王目光连连闪烁，指节击案沉吟道：“论说韩女妖媚，床第功夫似也不差……只是，仓促间哪里却选得数百成千？”

夷射突然“噗”地喷笑，眼角一瞄却见春申君正襟危坐，连忙皱眉低声一呼：“我要如厕！”跟着一个小内侍踉跄去了。正在沉吟思索的韩桓惠王立即觉察，高声挥手：“太医跟去，看先生可是醉酒？”片刻间小内侍来报：“先生又哭又笑涕泪交流，太医正在照拂，想必要吐。”春申君冷冷道：“醉酒，任他去了。”韩桓惠王一笑：“也好，吐出来好。诸公接着议。”

一老人慨然拱手道：“美女之计太不入眼，当使绝粮之计！”

“老司徒快说，倘能绝秦之粮，六国幸甚也。”韩王显然是喜出望外。

做过司徒执掌过土地的老臣语速快捷：“当年越王勾践也曾用此法对吴，使吴国大歉三年而不知所以也。我王可集国仓肥大谷粟十万斛，以大铁锅炒熟，而后献于秦国做种子。秦人下种耕耘而无收，岂不绝粮乎？”

“！”倏忽之间老臣们瞪圆了眼珠。

“此计倒是值得斟酌……”韩桓惠王皱着眉头踌躇沉吟。

“老司徒之策太得缓慢，又耗我五谷！”一老臣霍然离座，“焚烧咸阳，夷秦宗庙，逼秦迁都，秦国必衰！此乃效法秦国衰楚之计，春申君幸毋怪之。当年白起攻楚夷陵，毁楚国历代王陵，又占郢都，楚国无奈东迁，从此衰落也。行此策时，再悬重赏买敢死刺客百名，潜入咸阳刺杀秦王，秦国自是一蹶不振！”

“大宾在座，老司寇出言无状矣！春申君见谅。”韩桓惠王一个长躬。

“噢呀！无甚打紧了。”春申君嘴角终是抽搐出一片笑来，“只是黄歇不明老司寇奇计了，韩国连天下形胜上党之地都拱手让给了别家，能有几多大军攻咸阳夷宗庙？果能如此，天下幸甚了。”

韩国君臣大是难堪，一片嘿嘿嘿的尴尬笑声。正在此时，殿外一声少年长吟：“禀报叔王，我有奇计也！”似唱似吟颇是奇特。韩桓惠王对春申君笑道：“此儿乃本王小侄也，自来口吃，说话如唱方得顺当。三年前，我将他送到荀子大师门下修学，想必从兰陵赶回来看望本王也。传命，教韩非进来。”春申君自然立即下台：“好！黄歇当一睹公子风采。”

随着内侍传呼之声，一个红衣少年飘然进殿，散发未冠身形清秀若少女。到得王座之前一躬，春申君却看得分明，这个少年眉宇冷峻肃杀，目光澄澈犀利，全然没有未冠少年该当有的清纯开朗，心下不禁惊讶。韩桓惠王一招手笑道：“非呵，过来坐了，也听听老臣谋国，强如你兰陵空修也。”少年昂然高声道：“韩韩韩非前来辞行，不不不不屑与朽木论道也。”脸憋得通红。“小子唐突！”韩王板起了脸，“你之奇计说来听听，果有见识，饶你狂妄一回。”

“叔王，”小韩非肃然吟唱，“古往今来，强国之道无奇术，荒诞之谋不济邦。以诡异荒诞之谋算计他国，而能强盛本邦者，未尝闻也！若要韩强，只在十六字：修明法制、整肃吏治、求士任贤、富民强兵，岂有他哉！若今日韩国：举浮淫蠹虫加于功实之上，用庸才朽木尊于庙堂之列；宽宥腐儒以文乱法，放纵豪侠以武犯禁；宽则宠虚名之人，急则发甲胄之士；不务根本，不图长远，所养非所用，所用非所养，腐朽充斥庙堂，荒诞滥觞国中。如此情势而求奇计，犹缘木而求鱼，刻舟而求剑，南其辕而北其辙，焉得救我韩国也！”铿锵吟说激扬殿堂，老臣们死一般寂然。

“竖子荒诞不经！”韩桓惠王勃然变色，“几多岁齿，学得一番陈词滥调！当年申不害也如此说，还做了丞相变了法！韩国倒是富强了一阵，可后来如何？连战惨败，非但申不害畏罪自裁，连先祖昭侯都战死城头！事功事功，变法变法，事功变法有甚好？老夫只看不中！小子果有奇计便说，若无奇计，休得在此聒噪！”

老臣们长嘘一声顿时活泛。少年韩非咬着嘴唇愣怔了，突然嘿嘿一笑："叔王若要此等奇计，韩非可献得五七车也。"

"噢？先说几则听来。"

"叔王听了。"小韩非似笑非笑地吟唱起来，"请得巫师，以祭天地，苍龙临空，降秦三丈暴雨，秦人尽为鱼鳖，连根灭秦，大省力气。"

"岂有此理！他国不也带灾？"老司徒厉声插入。

少年韩非哈哈大笑："此雨只落秦国，他国岂能受此恩惠？"

"此儿病入膏肓！老臣请逐其出殿！"老司寇拍案而起。

"沉疴朽木，竟指人病入膏肓，天下荒诞矣！"少年韩非的清亮笑声凄厉得教人心惊，摆着大袖环指殿中又是嬉笑吟唱，"蠹虫蠹虫，皓首穷经，大言不惭，冠带臭虫！"

"来人！"韩桓惠王大喝一声，"将竖子打出殿去！"

"打出殿去！"老臣们跟着一声怒吼。

"韩非去也！"武士作势间红衣少年嘻嘻笑着一溜烟跑了。

……

韩国的图存朝议，终是被这个少年搅闹得灰溜溜散了。

春申君郁闷非常，回到驿馆在厅中独坐啜茶，思绪纷乱得难以理出个头绪来。少年韩非的一番言辞深深震撼了他——素来孱弱的韩国王族如何出了如此一个天赋英才？这个未冠少年的犀利言辞简直就是长剑当胸直入，教人心下翻江倒海阵痛不已。"强国之道无奇术，荒诞之谋不济邦"，可谓振聋发聩。一篇说辞字字金石掷地有声，岂止指斥韩国，直是痛击山东六国百年痼疾也。如此天纵英才，若在百年前变法大潮之时，实在是堪与商鞅匹敌了，何今日之世，竟落得举朝斥责一片喊打之声？韩国之哀乎？六国之哀乎？平心而论，今日韩非若在郢都，楚国朝堂能接纳此番主张么？你黄歇能像当年拥戴屈原一般慨然挺身撑持韩非么？此念一闪，春申君脸红了。说到底，春申君的烦乱正在于此——荒诞情景发生在别国朝堂，自己却惭愧得无地自容。今日韩王一口允准出兵，合纵算是大功告成了，然春申君非但没有丝毫的快意，心头反倒酸涩得直要流泪。

夷射来了，也是只默默啜茶。直到五更鸡鸣，两人一句话也没说。

六 兵家奇谋 大义同心

九月中旬，六国兵马终于聚齐了。

这次合纵不同以往，六国兵马都是隐秘集结。这是信陵君特意给各国申明的要旨：合纵之军务必穿行河谷昼伏夜行，战马衔枚裹蹄，全军轻装禁炊，不求快捷，务求隐秘。这封密书使各国将军大感意外，既往合纵历来都是大张旗鼓出兵，声势唯恐不大，何以这次出兵要做贼一般？大军行进在本国本土，还要衔枚裹蹄轻装禁炊，这不是作践人么？如此神秘兮兮地折腾，秦军没有斥候么？各国将军完全是不约而同地将这封密书当做了耳旁风，纷纷大聚兵马，要做浩浩荡荡的兴兵伐罪之师。

正在此时，信陵君军书又到，除重申前书要旨，更口吻严厉地立约：何国军马不秘密开进，休要出兵，魏赵韩三国抗秦足矣！这可是战国合纵头一遭——自来合纵都是唯恐哪国不动兵力不足，各国都要兴兵了又说可以不要，咄咄怪事也。这魏无忌究竟要弄甚个玄虚？疑惑归疑惑，牢骚归牢骚，各国君臣思忖再三，还是严厉下书：务必遵照信陵君将令行事，如期秘密开进。

这便是信陵君魏无忌的威望。战国自有合纵抗秦，此前成立过四次六国联军，独有信陵君统率联军的那次，一举大败秦军挽救了赵国挽救了山东。马服君赵奢是山东六国第一个胜秦名将，然其威望与信陵君却不能同日而语。何也？赵奢胜秦乃山地战，双方兵力俱在十万以内，狭路相逢唯浴血拼杀耳，虽则难能可贵，终难成兵法谋略之范例也。合纵救赵之战却是平原野战，双方兵力均在三十万以上，且不说战场调遣远非山地小战可比，单是能将六支战力不一素无统辖临时凑集的散兵拧成一支鼓勇之师，便绝非常人所能做到。信陵君非但是一员战场猛将，更是深通兵法的兵家奇才。此人仿佛天生将兵之命，没有战事论国政，比孟尝君、平原君、春申君三公子也强不到哪里去，甚或不如三公子在庙堂游刃有余；然则若有战事，信陵君在庙堂政事中所有的弱项，都立时变为非凡之处而大放光华。刚严凛然的秉性化作罕见的将帅威权，豪侠尚武的结交化作最能亲和将士的魅力，任贤用能讲求实效的做事方式天然是凝聚大军的将帅德风，广学而知天文地理兵家战阵，异能而通诸般大型攻防兵器，运兵谋划每每出人意料，战场将令每每令人惊叹。临危而亢奋，乱局而从容。如此等等，都使进入莫府的信陵君如鱼得水，调兵遣将如庖丁解牛。更为山东诸将景仰者，在于信陵君临战关头的决战决胜之气。当年五国聚兵救赵，唯缺大将到位。魏王因猜忌之心，硬生生不任信陵君为将。便在五国联军群龙无首眼看救赵就要成为泡影之时，信陵君盗窃兵符，力杀魏王心腹大将，强夺魏军兵权，硬是风风火火赶赴了联军营区，一鼓救赵大败秦军。此等勇略胆魄，非天赋异禀而无可为也。唯其如此，信陵君客居邯郸而有门客三千，以至平原君门客也纷纷来投，一时竟使素来粗莽的赵国成为天下士子汇聚的风云之地。信陵君在邯郸写下了一部兵书，也成为孙膑之后最为山东名士推崇的战国兵法。百余年之后的太史公为信陵君作传，末了也是由衷赞叹："信陵君名冠诸侯，不虚耳！"这是后话。

却说六支兵马分头秘密疾进，九月初终于全部抵达大野泽西北山地。

大野泽山地是信陵君精心选择的战场。战国之世，大野泽又称巨野泽，与逢泽、巨鹿泽共为中原地区的三大湖泊。除巨鹿泽在黄河流域赵国境内，大野、逢泽皆在济水流域。逢泽在魏国境内，大野泽在魏国与齐国边境地带。虽说战国时期的领土城池经常盈缩不定，但魏齐同为大国，相互交战不多，国土大体上还是始终以大野泽为分界的，泽东为齐国，泽西为魏国。后来，大野泽随着济水的干涸消亡而渐渐干涸萎缩，只留下了被后人称为东平湖与梁山泊的狭小水域。后世中国人所熟悉的梁山好汉聚集的水泊，便是大野泽留下的痕迹。战国时期，济水是天下四大名水（河、江、淮、济）之一，水量丰沛，横贯魏齐赵而独立入海，是中原地区当之无愧的母亲河之一。济水洪流沉积扩展的大野泽烟波浩淼汪洋恣肆，方圆几近千里，水道东连泗水，成为吞吐两大河流的巨泽，时称中原三大泽之首。直到唐朝枯涸之时，大野泽尚有南北三百里水面，可想其全盛之势。《书·禹贡》有云："大野既潴。"《周礼·职方·兖州》

云："其泽薮曰大野。"《左传》哀公十四年（公元前481年）记载："西狩于大野。"如此等等，足见大野泽声名之显赫。

大野泽周边无著名高山，丘陵连绵林木茂密，看似平平无奇，实则却是河谷险道纵横交错，寻常人难以窥其奥秘。当年孙膑两胜庞涓的桂陵之战、马陵之战，都是在这片山地打的伏击战。信陵君回到大梁接受上将军印后的第一件事，便是派出精干斥候及与秦国有商事往来的老商，同时在咸阳与秦军营地细致探察，月余之后汇总的情势是：秦军东出攻齐，其路径是从大野泽的东北岸官道越过大野泽，前出于大野泽以东的卢县[1]山塬驻扎；蒙骜的谋划是：先行攻克齐国济北的二十余城，再南下攻克已经分别被齐国、楚国灭掉的薛国鲁国，一举震慑齐楚两大国；蒙氏本齐人，不愿齐国化为焦土废墟，故而欲先大展军力，而后迫降齐国；故此，蒙骜大军东进，没有像攻掠三晋那般电闪雷鸣地猛烈突袭，而是先向济北从容张兵，目下已经出动一军攻克五城，蒙骜率主力大军陈兵薛郡（故薛国）边境，尚未对薛鲁开战。

因地利之便，信陵君率领的魏军最先抵达大野秘密营地。

营寨扎定，信陵君立即下令：除修葺军械兵器与接应各路兵马之外，其余将士立即为未到的各国大军开辟营地、准备冷炊。魏军将士大感诧异，历来合纵联军都是各军自理粮草辎重，营地起炊之类的军务更是各军本分，不相互倾轧已经是万幸了，几曾有过先到之军为后者开营备炊之事？诧异归诧异，基于对信陵君的信服，魏军将士还是立即忙碌了起来。

信陵君对联军作战有着深深的忧虑。也就是说，此次能否战胜秦军，他是心中无底的。忧不在战，忧在将士之心。大约谁都没有信陵君看得明白，如今山东六国的糜烂衰颓已经是无以复加了，君臣倾轧军政掣肘已成积重难返之恶习，大军虽发，安知没有诸般无法预料的后患？纵是各军齐到，有没有决战决胜之心，实在也未可知。反复思忖，信陵君定下了三个基点：一是此战不能持久，久则联军内部必生事端；二是必当

---

[1] 卢县，战国齐县，在古济水东岸，大约今山东肥城西北。

有同心死战之志，各军相互自保，必然败军；三是此战必须以奇谋用兵，非奇不足以速决。三点之中，以同心死战最为要紧，无此根基，任你奇谋百出也是付诸东流。

五六日之后，各军先后抵达大野山地。

峡谷密林之中，信陵君在简陋的联军莫府第一次聚将会商军情。

中军司马首先宣读了联军会兵概要：赵国精骑五万步军两万，主帅平原君；楚国步骑十万，主帅春申君；魏国弓弩武卒（步军）六万，铁骑三万，主帅信陵君；韩国步骑八万，主帅老将韩朋；燕国轻骑六万，主帅将渠；齐国步骑六万，主帅陈逯。总计六国兵力四十六万，将军五十三员。

“噢呀，秦军二十六万，我方胜出多了。”春申君长嘘一声。

平原君连连摇头：“不好比也，联军哪次不超秦军兵力十几二十万？”

“敢请信陵君先说个打法出来，老夫憋闷。”老将韩朋耐不住了。

“对也！这秘密进军折腾死人，赶紧说如何打法。”齐将陈逯立即呼应。

“春申君、平原君，诸位将军，”信陵君沉稳从容地从那张名为帅案实则只是一张支架着的大木板前站起，“之所以要各军秘密进发，在于联军只有出其不意攻其不备，方能制胜也。数十年前，山东六国气势正盛，各国尽有精锐之师，尚不能合纵胜秦，况今日国力凋敝之时，我方实力大减，秦国方兴未艾，尤需慎之又慎，缜密战事也。就实而论，此战非往昔合纵可比。往昔可一败，可再败，各国根基尚能支撑。今日之战，却大是不同。六国存亡，全在此战！此战若胜，六国尚有重新崛起之机遇。此战若败，则六国军力崩溃，亡国之期指日可待！唯其如此，堪称六国背水之战也！诸位但平心而论，此战若败，何国当得秦军兵锋？其时便是不谋而合纵，兵力何在？军辎何在？结局只能是土崩瓦解天下归秦，岂有他哉！”帐中一时肃然，信陵君粗重地喘息了一声，“无忌先出危言，不在耸人听闻，而在醒动诸位：此战唯做死战图存之心，方能精诚一心缜密谋划战而胜之！”

“死战图存！精诚一心！”大将们轰然吼了一声。

“噢呀——”春申君长长一声喟叹，“如此景象，老夫恍若梦中了。”

平原君一眶热泪：“同仇敌忾，六国多年不见矣！”

“信陵君已经说得透底，谁若畏敌惜命，当下回去了！”春申君拍案而起，“楚国动议合纵，老夫先发个誓愿：此战不胜，老夫自裁谢国！”

“赵胜亦同！”

“魏无忌亦同！”

当三双大手紧紧叠握三颗白发苍苍的头颅聚在一起时，大将们悚然动容了，不约而同地慷慨高呼：“不胜秦军，自裁谢国！”

“但有此心，我军必胜！”信陵君奋然一呼，转身大步走到帅案前，“开图！”

中军司马拉开案后大幕，一张丈余见方的木板大图“大野山川”豁然显现眼前。信陵君手中长剑指点着地图道：“此战仿效孙膑之桂陵战法，在大野泽西北岸伏击破秦。伏击之要：一在攻敌要害，迫使蒙骜主力回军驰援；二在大军隐蔽巧妙，使敌不能觉察；三在接战之时全力死战，不使秦军轻易冲破伏击战场！以联军战力，不求全歼秦军，但能杀敌十万以上，则秦军必然退出山东，是为大胜！诸将以为可行否？”

“彩——”

“信陵君尽管发令，诸将军无异议了。”春申君认真点头。

“好！”信陵君剑鞘指向大图，“诸位且看，秦军我军所在恰是大野泽两端。秦军在大野东北，我军在大野西南，遥遥相距四百余里；秦军另有王陵一军攻济北，与我军相距八百余里。我军预谋，是在桂陵东北山地的这片山塬密林伏击秦军。”

燕军大将将渠突然插断道：“孙膑设伏老战场，秦军岂能上当？”

“将军差矣！”平原君摇头，“兵不厌诈，二伏必胜。此乃军谚也。以军情论，秦军蔑视六国已久，此次秦军连攻山东未遇抵抗，蔑视六国尤甚。蒙骜仅分兵五万攻济北二十余城，显然将十万济北齐军视若无物。如此秦军，岂能想到联军伏击？纵然想到，也以为不堪一击，反以为是尽灭六国大军的天赐良机。唯其如此，使秦军入伏，不足虑也。”

将军们纷纷点头，认同了平原君说法。

信陵君肃然道：“平原君所言，正是秦军弱点所在。唯有此弱，我军可战也。”长剑又指大图，“我军战法是：兵分四路，两次设伏。具体[1]谋划为：一军飞骑北上，强攻王陵五万铁骑而后佯作南逃，诱使其追击南来；在其南下五百里处之大峡谷，一军以六万步军设伏，包围王陵铁骑，佯作王陵不能突围而我军亦无法歼灭之相持态势，诱使蒙骜主力大军前来救援；我军佯作不支，第一道伏击圈崩溃南逃；秦军必全力追杀，我军主力预在其百里之外设伏，痛击秦军！”

“愿闻将令！”大将们异口同声，显然是信心大增。

“四路大军。”信陵君从帅案拿起了第一支令箭，“第一军为北上飞骑，由赵魏两军八万骑兵组成，攻敌务求猛烈快捷激怒王陵，此军由老夫亲自统领。”放下令箭又取一支，“第二军六万步卒，于秦军南下五百里处峡谷设伏，由春申君统领。”春申君嗨的一声接过令箭。信陵君又拿起第三支令箭，“第三军燕军飞骑六万，专一接应掩护第一道伏击圈佯败后撤之步军，合为一体后赶赴最后战场之外围，截杀突围秦军，由将渠统领。”将渠慨然领命。信陵君拿起第四支令箭，“伏击主战场为二十六万步骑，对蒙骜大军合围痛击，由精于战阵之平原君坐镇统帅！”

平原君却没有接受将令，只目光烁烁地看着信陵君不说话。帐中顿时一片寂然——赵军乃联军主力，平原君若是与信陵君生出龃龉，这合纵抗秦便是岌岌可危。春申君机敏过人，立时呵呵一笑：“噢呀平原君，不堪重负了？”春申君本意原在激将，不想平原君喟然一叹：“知我者春申君也！信陵君在此，赵胜实在不堪主战场重任矣！”转身对着信陵君深深一躬，“赵胜知君厚意，先行谢过。北上军最是险难，需主将亲自披坚执锐冲锋陷阵，故君自领也。主战场虽为鏖兵剧战，然主将重在调遣，少有性命之危，故交赵胜也。战阵厮杀，赵胜自认强于信陵君。坐镇调遣，信陵君强于赵胜多也。君之任命，正是互调两人之长，各用两人之

---

[1]　具体，古词，语出《孟子·公孙丑上》：“子夏、子游、子张皆有圣人之一体，冉牛、闵子、颜渊则具体而微。”原意谓事物各部分全部具备。后世引申为与“抽象”相对的哲学概念。

短。赵胜若坦然受之，岂非六国罪人乎！”

大将们一时肃然一时难堪。

春申君一时也不知如何说法——两君都是刚烈豪侠之士，平原君方才口吻，显然不无责难信陵君之意，却也没有明白表示自己请命统领第一军；信陵君也是默然不应，若一言劝说不当，此前嫌隙复生，局面便难以收拾了。然则不说更是难堪，非但两君不能化解，连自己这个首倡合纵者都要被将军们疑为没有公道了。思忖之间，春申君断然开口：“噢呀信陵君，黄歇直言，万事以抗秦为大了！”

一言落点，大将们的目光齐刷刷聚到了信陵君帅案。

信陵君走下帅案，对着平原君深深一躬：“平原君深明大义，无忌谨受教也！”转身对着大将们又是一躬，“此事乃无忌弥补私谊之心过甚，以致将令失当，无忌谢罪！”

“无忌兄！赵胜计较过甚，错责人也！”

“赵胜兄！无忌私而忘公，夫复何言！”

两厢对拜四手相握，帐中一声喝彩，春申君老泪纵横了。

七　血战半胜秦　山东得回光

蒙骜有些不高兴了。

兵出山东已经年余，正在所向披靡之时，吕不韦却派特使送来紧急密书一件主张退兵，理由是大军前出太远，粮草军辎难以连续输送。蒙骜先对此等方式不悦。说是班师，却无君命王书，丞相私修密书便教大军班师，不是给老夫出难题么？往好处说，蒙骜愿意相信这是吕不韦对他的敬重，宁可先行商议，指望他接受班师理由而后自己提出班师，而不贸然以君命形式强使他班师。毕竟，秦王对吕不韦的倚重与信赖朝野皆知。吕不韦若一意孤行，请得秦王一道王书实在不是难事。往不好处说，吕不韦此举似有猜忌之嫌，又似有圆滑之意。猜忌者，怕蒙骜功业过盛，如同当年之范雎对白起也。圆滑者，逃避朝野责难也，日后若公议将班师指为贻误战机，蒙骜难道能说奉文信侯密令么？然无论如何，此等猜想带来的不悦终是一闪念而已。蒙骜之所以对特使当场申明不赞同班师，更为根本的原因，在于他以为吕不韦所说的理由根本是子虚乌有。

作为大军统帅，蒙骜岂能没有粮草谋划？

秦军此次东出，除了攻韩攻魏依靠新设立的三川郡输送粮草军辎外，攻掠赵国与东出齐国，都是以战养战夺取城池自取军食，何曾向吕不韦嚷嚷过粮草军辎？“千里不运粮”，既是军谚也是商谚，老夫能充耳不闻视而不见么？军前实情分明别样：三晋兵马望风而逃，攻陷城池之后根本无须掠民，仅官仓谷麦财货就足够军食了；出兵年余，辎重营车队向三川郡运回的粮货远远多于运来的粮货，大军所需要输送者，仅仅是将士特需的秦地酱牛羊肉与修葺甲胄兵器的皮革铁料而已。退一万步说，即或因路途遥远无法输送这些特需物事，秦军也完全能就地解决；只要粮谷充裕，不咥秦人烹制的酱牛羊肉还不照样打仗？决意攻齐之前，蒙骜作了筹划：大军一进入大野泽东岸的齐国边境，立即派出五万铁骑攻济北，立即同时在主力大军营地修筑临时粮仓；待济北十余城官仓的粮草财货全数运到，方是秦军猛烈攻齐之时；攻占临淄之后稍事休整，大军便可直下楚国。

蒙骜很清楚，地域辽阔的楚国是最难击溃的。秦国攻楚的路径历来只有两条：一出武关打山地战，一下江峡打水战。当年武安君白起攻占郢都，是水路下江。从根本上说，这两路都难以给楚国致命一击。原因只有一个，道远路险，主力大军与粮草辎重皆难以最大规模地展开。而从齐国南部边境压向楚国的吴越故地，则形势立变为从背后猛击楚国。楚失江东吴越，淮南淮北之腹地立时袒露在秦军兵锋之下，灭楚便是指日可待。若得对鞭长莫及而最难打的楚国狠狠一击，纵不能一战灭楚，也将使楚国名存实亡。

如此功业，如此情势，任何一个大军统帅都会怦然心动。

蒙骜能轻易班师么？不说是文信侯密书，当真是秦王下书，蒙骜也会以“将在外，君命有所不受”而拒绝——大军正在冲要之地，岂能因不切实情之一书错失战机也。

“禀报上将军：大野西岸三百里没有军营。”斥候营总领高声回复。

“王翦，你言军情未明，却是何指？”

“禀报上将军：王翦只是推测，并无探察凭据。平原君乃资深重臣猛将，赵国栋梁，若无后续接应，当不至于仅率五六万飞骑孤军拼杀。兵不厌诈。若有疑点，便当慎之又慎，不当冒进！”

正在此时，斥候飞骑报来：辎重车队在漯阴之南遭遇三万魏军骑兵截杀，护车万骑正在拼死激战，请求紧急驰援！王龁顿时拍案高声：“敌情明也！魏赵联兵，截我粮草！赵胜老匹夫好盘算！”蒙骜心念电闪，无论军情如何粮草辎重都不能丢失，当即发下将令：大将嬴豹立即率三万铁骑北上驰援，务使辎重车队安然返回！嬴豹领命出帐。蒙骜又命王陵司马立即回军叮嘱王陵：追杀赵军适可而止，无论斩首多少，二百里之内必须撤回！

“今夜天亮之前若再无异情，便是魏赵两军截击济北粮草，图谋迫使我军班师。”蒙骜对大将们昌明了他对情势的大体判断，而后下令，“各军部署不变，继续攻齐军备！一俟粮草车队归仓囤积，我主力大军与济北王陵军同时进发，两路威慑临淄。不管齐王建降与不降，务必在十月初拿下临淄！”

“嗨！”大将们轰然应命。

王龁狠狠拍案：“可惜也！又教赵胜老匹夫逃了！”

不想五更时分，两道紧急军报接连传来：第一道军报说，王陵铁骑追击赵军于二百里处中敌埋伏，激战不能突围，敌军亦无力吞掉我军，目下正在胶着僵持！第二道军报说，嬴豹三万骑昨日北上两个时辰后，正遇辎重车队，一举杀退魏军；护送车队回归路上，嬴豹将军闻王陵危境，遂分兵万骑交辎重大将护卫车队归营，自率两万铁骑星夜驰援王陵去了。

蒙骜接报，实在有些哭笑不得。看来这是最终敌情了：信陵君平原君设下计谋，以同时袭击王陵与辎重车队为饵，诱使王陵入伏，进而诱使秦军主力驰援，图谋伏击大败秦军。然则这支伏兵连王陵五万铁骑都吞不下，最多也就是十余万步骑埋伏，自然也不会有大型连发弩机，否则王陵能撑持一夜？如此区区之兵，也竟敢在秦军二十余万主力大军面前设下圈套强夺粮草辎重，当真好盘算也！骤然之间，蒙骜雄心陡起，老夫将计就计，率领大军杀入伏击谷地，一举反击全歼魏赵残余军力，教尔从此束手就擒！魏无忌啊魏无忌，你虽精通兵法，然终是无米之炊，老夫不吃了你岂非暴殄天物也？

聚将鼓在黑沉沉的黎明隆隆擂响，蒙骜断然下令：老将桓龁率八万步军守定大营粮草，老夫自与老将王龁率领全部主力铁骑十万驰援王陵！一时雷厉风行，不到半个时辰，十万铁骑已经狂飙般向大野泽西南卷去。

此时的秦军铁骑已经是一人两马，又是不带粮草只带随身三日干肉的轻兵飞骑，兼程奔驰当真是速度惊人。正午时分，便由大野泽东北飞驰三百余里，进入大野泽西南山地，大举杀入伏击战场。接战未及半个时辰，伏击山谷被秦军猛力打穿，两岸山林的伏击敌军乱纷纷蜂拥向南逃窜。秦军追出谷口，只见各色旗帜遍野散乱，只信陵君、平原君、春申君的旗下人马稍有部伍之形，其余军马落荒奔走狼狈鼠窜。

“禀报上将军：伏击军马有六国旗号！”

其实在斥候飞骑之先，蒙骜已经在山丘看见了春申君的黄色大旗。有春申君旗号，眼前便可能是六国合纵联军。斥候飞报六国旗号皆齐，合纵成军便再无疑虑。明此情势，蒙骜顿时又惊又喜！惊的是此次东出全然未闻山东六国合纵消息，如何这合纵竟秘密结成了？喜的是不经意间一举击溃了六国合纵，当真痛快不过也。

“上将军！”一骑飞上山冈，战马嘶溜溜打着圈子。

“王翦！为何脱队！”

“王龁老将军带大军追杀三公子！末将阻拦不住，请上将军鸣金收兵！”

“正是大败合纵之时，鸣金做甚，返回杀敌！”

“敌情不明，六国旗帜有序而逃！”

“老夫有眼！”蒙骜大是恼火，“六国乌合之众，莫非还能二次设伏！中军司马大旗发令：全军追杀，务擒三个老匹夫！”说罢飞身上马，对三千护卫一挥长剑一声喊杀……正在此时，王翦从马上飞身跃起直扑马前，硬生生凌空扯住了马缰，战马陡然嘶鸣人立，将蒙骜掀翻下马。护卫骑士大惊，哗啦圈马，数十支长剑立即指住了王翦周身。

“上将军！复仇误国，不能追杀啊！”王翦已经托住了蒙骜，嘶声哭喊着。

“大胆！”蒙骜一脚踢开王翦，“革职羁押，战后论罪！”

军法司马一挥手，四名甲士轰然架开了王翦。王翦兀自挣扎大叫：“上将军！不能啊！敌军分明有诈……”眼看马队隆隆下山，王翦一急竟昏死了过去。军务司马立即掐住了王翦人中穴大叫：“王翦醒来！不领军法便想死么！”

蒙骜催动后军全力掩杀，遥见前方山塬之间“王”字黑旗大展，王龁的前军主力正向信陵君大旗逼近。蒙骜长剑高举左右示意，身边军令号两阵呜呜长吹，后军四万铁骑分作两翼展开，向广阔的山塬包抄过去。杀过一道山梁，眼看要兜头抄住包括三公子大旗在内的溃败逃军，山梁却突然变为一道高耸的山峰，各色旗帜的敌军竟绕过山峰密林消失得无影无踪。狂飙追杀的秦军马队收刹不住，后军蒙骜眼看着王龁的前军主力迅速地没进了突然出现的神秘大峡谷。

“鸣金！”蒙骜心下一闪举剑大喝，后军堪堪收在了谷口山梁。

前军未曾回身，大峡谷中已经响彻隆隆战鼓与山崩地裂般的杀声。几乎同时，蒙骜又闻身后山塬杀声大起，一片红旗的赵国边军暴风骤雨般卷地杀来，当先一面大旗便是“平原君赵”。蒙骜没有任何选择，长剑一举一声喊杀，秦军铁骑返身冲下山梁与赵军飞骑厮杀在了一起。两支骑兵都是天下闻名的精锐之师，在起伏无定的山塬间展开生死大搏杀，当真是慑人心魄。蒙骜军三万余骑，平原君也是三万余骑，堪堪伯仲，一时难解难分。然则双方将士战心却是不同。平原君是心无旁骛，赵军是唯专厮杀。蒙骜却是三军统帅时时虑及谷中主力大军，其焦灼之情可想而知。秦军将士也情知身陷危境，恨不能一阵杀光赵军入谷接应王龁。秦军上下人人情急，部伍配合便多有缝隙。烟尘搏杀之中，蒙骜的三千中军护卫马队竟鬼使神差地被平原君马队围进了一片山坳之地，情势万分危急。

正在此时，赵军身后杀声大起，大片秦军铁骑如泰山压顶般从来路山地杀来。漫山遍野的黑色骑士无甲无胄赤膊挥剑开弓劲射，浑然不知生死，冲锋气势俨然狂人死战。当先一将赤膊散发连连砍杀，率一支马队径直向平原君大旗狂吼冲来！

“秦军轻兵！鸣金入谷！”山梁上的平原君一声惊呼，赵军飞骑呼啸而去。

“上将军！末将来也！”

“王翦来得好！”蒙骜一马冲上坳地，“率轻兵守住退路，老夫入谷接应！”

“上将军！”王翦一马横立，“三军统帅当掌控全局！若信得王翦必死之心，请许王翦两万轻兵入谷接应老将军！”

“听你！”蒙骜慨然一句转身大吼，“轻兵两万归王翦统辖！入谷死战！接应主力出谷！老夫死守谷口！”

“轻兵勇士随我入谷！杀——”王翦率领两万轻兵飓风般卷进峡谷。

耳听谷中杀声如雷，蒙骜后悔得心头滴血。若非大本营还有主力步军与辎重大仓，全局确实需要随时调度，他无论如何不会在这里受此生死煎熬，而教年轻的王翦率领轻兵入谷。老王龁是天下闻名的猛将，战场杀红了眼从来不知后退，王翦劝得住他么？若是入夜谷中主力还不能突围，又该当如何？看看将近暮色，一时大为焦灼，素来以稳健缜密著称的蒙骜有些发懵……

“禀报上将军：五万重甲步军兼程开到！”

“啊？重甲步军！好！”

蒙骜狠狠吼了一声好，转身看着已经翻过山梁沉雷般压来的重甲步军，顿时精神大振，来不及去想步军如何突兀开来，断然下令，“中军司马率铁骑守定谷口！重甲步军弓弩当先，随老夫入谷接应！”中军司马欲待请命，蒙骜不由分说一声大吼，“军令如山！步军列阵！”说罢一把扯下绣金斗篷摘去头盔卸掉铁甲，一身汗津津的衬甲布衣一头雪白散乱的戟张须发，俨然一头雄狮怒吼，“绝地轻兵！死战六国！”

“绝地轻兵！死战六国！”震天动地一声怒吼哗啦啦一阵大响，五万重甲步卒全部卸去衣甲头盔，人人轻装布衣挺矛背弓，直是凛凛煞神！

轻兵者，轻生敢死之兵也。就战法而论，全身无防护，更不携带任何背囊军食之类累赘物事，只带兵器作拼死一战，谓之轻兵。秦军轻兵来自一个古老的传统。秦人立国之前，久处西部游牧部族包围之中，浴血奋战直是家常便饭。每遇绝地险境，必得丢弃辎重举族死战，人皆赤膊散发疯狂拼杀，全无生死之念。久而久之，秦人的赤膊疯战威名大震西部草原，号为“绝杀兵”，戎狄部族闻风丧胆，再不敢对秦人生出赶尽杀绝之心。立国之后，秦国军旅依旧保留了“绝杀兵”这一古老传统。春秋之世，秦国尚远远没有后来的强势大军，绝杀之战多有发生，其疯狂战法屡次震惊天下。中原诸侯便给这种赤膊无甲的绝杀兵起了一个名号——轻兵，其意实际是讥讽秦人轻狂蛮勇不知兵家战阵之礼。譬如兵礼有“不鼓不成列”。秦国轻兵则全然没有金鼓之号，一声喊杀疯狂冲来死战，全无阵法讲究，在中原诸侯眼里自然是轻狂无礼了。《左传·僖公三十三年》记载：“秦师轻而无礼，必败。”说的正是这般意思。战国之世秦国崛起，轻兵绝杀战极少有机会出现，事实是越来越少使用了。今日王翦突发骑士轻兵，救蒙骜于绝境，本是齐人的蒙骜才恍然想起了秦军这一古老战法——轻兵之战无须将令，人人以死战为无上荣誉，挽救绝境主力正当其时。

秦军五万轻兵大举杀入大峡谷之时，正当夕阳落下夜色降临。峡谷中夜色沉沉，联军已经是漫山遍野的火把与壁垒篝火。激战半日，联军频频猛攻，眼见秦军尸体堆积如山，却总是无法全歼谷中秦军，更无法俘获一员大将。暮色时分信陵君下令稍事停顿，野炊战饭之后再攻。秦军轻兵入谷时，联军攻杀重开战法突变：军士不再深入谷地搏杀，而只对谷中有光亮处有人马晃动处箭雨猛射。已经改为步军的秦军骑士无法反击，又不能有火光动静，只有蛰伏各种沟坎大石之后，一时寂然无声。

突然之间，沉沉峡谷爆发出震天动地的喊杀声。

没有一支火把，没有丝毫光亮，两岸山坡的密林中突然黑森森挺出一排排两丈多长的粗大长矛，夹杂着猛烈箭雨，向联军的几段主要山腰壁垒无声扑来。一时遍山惨叫，联军山腰大乱阵脚。信陵君厉声大吼："熄灭火把！滚木礌石全数打出！"遍山火把顿时熄灭，隆隆巨石夹着滚木呼啸着砸向山谷。人手一支两丈长矛的秦军轻兵浑然无觉，拨打闪避间绝不停留半步，未被砸倒砸死者依旧黑森森扑向山腰。不到半个时辰，联军有三处山腰壁垒失守。山地之战，步军原是大大优于骑兵。信陵君端详片刻，已经觉察到此等战法战力显然不是被围困的秦军骑兵，只能是秦军的精锐步兵，顿时大觉蹊跷。斥候分明报说秦军步兵留守大野泽东，如何能突然杀出？是蒙骜将计就计么？是秦国增兵而未被我斥候探察么？情急之下，信陵君一时无从判断，思忖联军战力未必抵得秦军此等死战，于是断然下令："步军硬弩断后！各军鸣金出谷！"

联军全部硬弩密集齐射，片刻间退上了两岸山头。秦军轻兵不再疯狂纠缠追杀，也没有退回山谷，而是守定联军退去后的山腰壁垒。从山头望去，此时方见山谷中点点火把人马蠕动，秦军显然是在匆忙撤出大峡谷。

"天意也！"信陵君长叹一声，"秦军死战，救其主力也！"

平原君道："经此一战秦军大损，来日蒙骜必退兵回秦。我军可在要道再次设伏，或以魏赵飞骑绕道截杀，必能全胜！"

"未必也。"面色冷峻的信陵君摇了摇头，"联军参差不齐，优势只在出其不意作突兀伏击。秦军已经有备，必选平川官道退兵。弱军无险可依，设伏无胜算。若是作旷野大战，我军兵力虽多，亦不敌秦军十万之众也。再说，目下之兵已经倾尽六国家底，若再打硬仗，只怕有人便要走了。"

"噢呀！不追杀也罢！秦军终是败了，合纵终是胜了！"春申君笑着一指黑沉沉的大峡谷，"料他老蒙骜回秦也是一死，至少十年，秦国不敢轻易东出了！"

"老夫最后一战，竟不能全胜，痛哉！"平原君狠狠跺脚。

"是也是也，最后一战，最后一战啊！设使有当年数万魏武卒，何有今日半胜之局矣！”信陵君喃喃叹息终是默然。平原君与春申君也是相对无言。秋风在谷中呼啸，将士欢呼之声在风中飞向无垠的山塬。三位白发苍苍的老将，不约而同地泪水溢满了眼眶。

第十一章 仲父当国

一　亦正亦奇　吕不韦破了秦国百年法统

兵败消息传入咸阳，秦国君臣瞠目结舌了。

此次出兵可谓举国同心。国人昂昂拥戴，将士赳赳请战，庙堂谋划无一人持论相左，见之战场更是所向披靡，山东六国大有土崩瓦解之势，如何能一夜败军？太突兀了，太离奇了，真是不可思议。咸阳老秦人无论如何不肯相信，一口声叫嚷是六国乱秦伎俩。正在病榻的秦王嬴异人更是难以置信，急召文信侯议事的同时，立即派出国尉蒙武星夜赶赴三川郡查实军情火速回报。大臣闻报，纷纷聚来王城大殿，敦请秦王紧急朝会以明视听。秦王嬴异人传下口书："诸臣散去，三日后待军报查实，再行朝会。"大臣们一听秦王也不信军报之说，心下顿时踏实，纷纷议论着散了。

吕不韦奉召匆匆入宫，良久默然。嬴异人情急道："文信侯也吓蒙了么？说话也！"吕不韦一拱手道："臣反复揣摩，军报既来，八九无虚。此事纷繁芜杂，容臣细致梳理。我王万莫轻躁处置也。"嬴异人大急拍案："朝野议论汹汹，谈甚细致梳理！若是兵败不虚，你我何颜面对国人！"吕不韦正色道："治大国若烹小鲜。唯从容操持，大局可定也。毕竟山东无力攻我，目下秦国并无亡国之危，不需要快刀之法。目下所乱者，朝议民心也，战败之责也，关外善后也。凡此等等牵涉广阔，一事处置不当，便会人心离散伤及国本。唯其如此，宁慢毋快，须反复斟酌而后动也。”一声粗重的喘息，吕不韦突然伏地拜倒，“恕臣直言：目下秦国之危不在政，在王！”“秦国之危在王？！”嬴异人大惊离座，一步扶起吕不韦，“文信侯且说，莫非有宫变谋反？！”

“我王差矣！”吕不韦连连摇头，“臣所谓危在王者，我王病体也。秦国三年薨两王。我王即位堪堪两年，储君未立大局未定，昔年磨难之痼疾却时时发作。我王乃激情任性之人，若不静心养息，但有不测，秦国大险矣！臣遇我王于艰危之时，自认与王肝胆相照，故此直言不讳，望我王再三思之。”

“文信侯……”嬴异人长嘘一声哽咽了，略一思忖转身吩咐，“长史记书：与大军东出相关事体，一应由相国吕不韦统摄裁处。秦王嬴异人二年秋月。”

吕不韦肃然一躬奉命，出了王城马不停蹄赶到司马梗府邸，半个时辰后又赶赴驷车庶长府邸，再一个时辰后赶赴廷尉府，暮色时分又径直奔了纲成君蔡泽府邸。直到三更，吕不韦方才回到丞相府，又紧急召来职掌邦交事务的行人密谈有时。行人走了，吕不韦书房的灯火直亮到东方发白。

蒙骜战败的消息，吕不韦知道得比到达王城的三川郡守的“初报”尚早了半日。月前，吕不韦派出特使给蒙骜密书动议班师。这特使不是别人，却是西门老总事。吕不韦之意，派出西门老总事便是将此动议作私谊对待，期盼蒙骜能审时度势自请班师完胜而归。西门老总事虽不通军旅，却老于人事沧桑，见蒙骜隐隐不快并当即回绝了班师之议，一句多余话没说，只与已经从军的昔日吕氏商社的工匠们盘桓半日，知趣地告辞离军了。辞行那日，蒙骜不在莫府，老西门不经意地瞄见了那一眼便能认出的吕氏信管竟被随意地丢在帅案上。思忖犹豫一番，老西门最终还是将信管拿走了。次日再到莫府辞行，老西门见蒙骜丝毫没有提及吕不韦书信之意，心知这位上将军不是压根没有将主人书信放在心上，便是装作忘记而不屑提及，也终于无愧地带走了信管。由于此前听工匠们说不日将有大战，老西门的回程走得慢了。到得洛阳，老西门索性住了几日，一则看看吕氏封地的民情民治，二则也希图证实一下自己这个局外人对军情的揣测。不想未到旬日，突围逃出峡谷的散兵已流到洛阳，向三川郡守禀报了大军遭受伏击的消息，请求郡守立即设法接应救援。老西门万分惊讶，当即找到这些伤痕累累血染衣甲的散兵询问。散兵中恰好有一个昔日商社的马掌工，一番唏嘘感慨而又不无惊惧地诉说，老西门的脊梁骨飕飕发凉，二话不说飞马回了咸阳。

“此事非同小可！”吕不韦的第一直觉，是不能轻举妄动。

已有私信在先，若再先行挑明蒙骜败军消息，必然要主动提出处置之策。如此一来，虽与法度相合，然在蒙骜一班大将看来，吕不韦便是携先见之明而落井下石，丞相府与上将军府必然生出永远难以弥合的嫌隙。纵是蒙骜被问成死罪，文武两班只怕也要龃龉下去了。将相不和历来是国家大忌，吕不韦岂能因不慎而搅局。就实说，若是没有那封班师私信，吕不韦倒是无所顾忌了，即或公然指斥蒙骜几句，蒙骜也必欣然承受。偏是有此一信，吕不韦便需分外谨慎，不能失却与蒙骜业已生成的交谊。当然，首要之处是自己永远不能说出曾经有过如此一封班师信件，虽然那封书信已经又回到了自己手中；其次便是待王命而后作为，不能抢先揽局在手。

秦王王书一颁，吕不韦立即依着自己谋划好的方略行动。司马梗是老兵家，吕不韦叮嘱其立即着手仔细揣摩这次败战的全部因由，届时之评判务使朝会大臣咸服。驷车庶长嬴贲乃王族老将，在王族在军旅皆有根基。吕不韦请老嬴贲出马立即赶赴蓝田大营部署接应败军事宜，务使六国不敢在蒙骜残军回撤时再生战端。老廷尉铁面执法，吕不韦要他在接到翔实军报后三日之内拟出依法处置之判词，先报丞相府，此前不许公之于朝。纲成君蔡泽民治熟悉又兼善于应变，吕不韦请他星夜兼程赶赴三川郡督导郡守，并拟出蒙骜大军战败后三川郡要不要撤郡的切实方略。而给行人署的命令是：一月之内火速查明六国合纵的经过与一应内情。几处先期急务部署妥当，吕不韦找来了西门老总事，要他尽量翔实地叙说关外月余的全部见闻。待到东方发白，两人都倒卧在书案上大起鼾声。

三日之后，正式军报与查军特使蒙武同时抵达咸阳，败军事终于大白。

九月底，败军回归蓝田大营。那日大将还都，三十六辆秦川牛驾拉的木栅刑车沉重缓慢地驶过了渭水长桥。当先刑车是自囚请罪的上将军蒙骜，须发散乱衣甲皆无，背负粗大的荆条，古铜色的肩背鲜血淋漓，其状惨不忍睹。原本义愤填膺空巷而出只要唾骂败军之将的咸阳国人，忍不住地放声痛哭了……

秋风萧瑟，秦国朝野沉浸在无边的寒凉之中。

十月十三，咸阳大殿紧急朝会，专议战败罪责。蒙骜一班大将自请布衣负荆，悉数于大殿西南角落的一片草席跪坐。举殿大臣面若寒霜一片肃杀。秦王嬴异人进殿时脸色苍白得没有一点血色，刚及王座前便颓然跌倒。内侍连忙来扶，却被嬴异人一把推开。一阵举殿可闻的粗重喘息，嬴异人对着殿下首座的吕不韦艰难地挥了挥手，又颓然跌在坐榻靠枕之上。

“诸位臣工[1]。”吕不韦从座中起身，“我军不意败于山东，六国弹冠相庆，秦人物议汹汹。今日破例朝会，旨在厘清真相，明白罪责，妥为处置，以安国人，以定大局。为明事实，上将军蒙骜当先行翔实陈述战事实情。来人，为老将军卸去荆条，并设坐席。”

“不须。”蒙骜推开了两名老内侍，依旧负着粗大的荆条霍然起身，“败军负罪，焉敢去荆入席。”赳赳前行几步，站定在两列朝臣坐席的中间甬道，向王座昂然一拱手，“罪臣蒙骜，敢请我王许中军司马陈述战事，以明真相。”

嬴异人有气无力道：“具体事宜，丞相决断。”

吕不韦当即道：“上将军有公允之心，自当许之。”

战国之世，中军司马是统帅莫府总司军令之将官，率领所有司马处置各种军务，几类于后世的参谋长。统帅战法但定，中军司马一则作具

[1] 臣工，周代称谓而后世沿用，指群臣百官。《诗·周颂·臣工》：“嗟嗟臣工。”《毛传》云：“工，官也。”

体调遣，二则保管并记载统帅发出的所有军令。唯其如此，中军司马是对战场全局最熟悉且握有全部证据的将官。只要处以公心，一个中军司马最能说清战场诸般细节。军旅传统，中军司马几乎总是由既有将军阅历又有文官阅历的文武兼通的“士将”担任。因了此等军职的特异性，许多国君为了有效监控大军，总是尽可能地“举荐”自己的心腹做中军司马。目下蒙骜的中军司马，恰恰是王族嫡系公子嬴桓，血统是秦王嬴异人的侄子、老驷车庶长嬴贲的孙子。

“末将如实禀报。”一个同样背负荆条布衣渗血的年轻人从罪将坐席区站起，从大军东出说起，攻韩、攻魏、攻赵、攻齐，一路说到两次陷入埋伏的激战情势，无论是将帅谋划还是兵力调度，都是条分缕析有凭有据。整整说了一个时辰，大殿中都是鸦雀无声。

“容罪臣补充两则。”蒙骜慨然接上，“其一，老夫之罪，尤其过于他人！文信侯此前曾有一信与我，言粮道过长师老兵疲，嘱我完胜班师。蒙骜昏聩自负，置文信侯主张于不顾，终于酿成惨败。蒙骜不畏罪责，不想战场自裁以死逃法，恳请国家明正典刑，以戒后来。其二，此战无逃责之将，唯骑将王翦有大功，恳请我王晋其爵位。”

言未落点，突闻罪将席一声高喊：“败军无功！王翦与诸将同罪！”

“王翦少安毋躁。”吕不韦淡淡一指年轻将军，又环视殿中道：“战事已明，余情待后再查。行人署禀报六国合纵实情。”

一个年轻持重的官员从丞相府属官坐席区域站起，向王座肃然一拱手道：“行人王绾奉命查实：我军东出攻魏之际，六国合纵已秘密开始。”年轻官员不无内疚地叙说了六国合纵的经过与内幕，末了道：“既往我军但出，必是邦交先行，着意连横，分化山东。即或六国合纵，其一举一动也在我意料之中。唯独此次邦交迟滞，六国合纵行人署一无所知。究其根源，与其说六国隐秘，毋宁说秦国疏忽。六国积军数十万，我竟全无觉察。自秦崛起东出，此等事未尝闻也！”

大臣们有些惊诧了。如果说此前大臣们只一门心思揣摩着如何处置败军之将，行人的一番陈述与评判却使人蓦然醒悟——战场之外还有庙堂失算。若是事先清楚六国大军集结动向，蒙骜大军岂能只谋划攻齐？

禁不住高声问了一句："敢问纲成君，何谓特治三川郡？"

"特治者，充实人口，大开商市，大修沟洫，大兴百工，使三川郡成天下第一富庶之地也。若得如此，秦国南有蜀郡天府、东有三川粮货，何愁一天下也！"

"好！"举殿一声赞叹，大臣们几乎忘记了朝会主旨。

"敢请老廷尉依法拟罪。"吕不韦声音不大，大臣们却顿时一片肃然。

端坐案前的老廷尉嘴角猛然抽搐，一时说不出话来。越是如此，朝臣们越是肃静，各色目光烁烁盯住了那张黝黑如铁的枯瘦老脸，殿堂凝滞了。"难矣哉！"良久，老廷尉长嘘一声终于开口，声音干涩得令人不忍卒听，"老夫决刑断狱三十有年，未逢今日弥天大案也！"老人双手抖抖索索捧起案头一卷竹简，一字一顿地念了起来。举朝大臣谁不知晓，这铁面老廷尉能将一部洋洋万言的秦法倒背如流，寻常断刑开口便是文书，今日竟要照卷念诵，可见此刑定是闻所未闻。

"蒙骜军败，秦军战死八万三千四百四十三人，轻伤五万三千一百余人，重伤及残者两万一千八百一十四人；折损粮草十万斛，铁料兵器六万余件；帐篷衣甲尚未计报完毕，大体十三四万件上下，城池得而复失者三十二座，民众流失难以计数。秦法有定：无端战败之罪责，不避功贵，虽功难抵，虽贵不恕。昔年胡伤攻赵大败，宣太后自裁谢国，此其例也。今东出之败是否'无端战败'，臣实难断，唯以战败法度决刑如左：

"上将军蒙骜军法粗疏调遣失当，致军大败，当处斩刑。

"前军大将王陵未奉将令追敌中伏，当处斩刑。

"中军主将王龁未奉将令追敌，拖全军中伏，当处斩刑。

"后军大将桓龁未奉将令私发步军，虽救主力终违军法，当处流刑。

"斥候营大将军情探察有误，当处斩刑。

"骑将王翦假借军令私调步军、擅组轻兵，虽救军有功，贬黜卒伍。

"败军不论赏功。死伤将士由丞相府斟酌抚恤。

"另查：庙堂之失，丞相吕不韦总揽失察，当削其侯爵夺其封地；行人署对六国合纵无所觉察，行人当处流刑；若有举发，其余罪责待查……”老廷尉掷下竹简，已经是大汗淋漓喘息不能自已，颓然伏案，再也没有了说话气力。

举殿大臣尽皆愕然！依据前几个查事重臣陈述的种种情势，此战之败显然与往昔败仗不同，且不说种种牵涉甚广之因由，仅以后果论，并未伤及秦国根本，也未丢失秦国最看重的三川郡，如何要人人戴罪尽皆重刑？以战场论，贬黜王翦该当么？以庙堂论，夺吕不韦爵位该当么？如此看去，岂非秦王也要戴罪了？

“决刑失察！国正监抗断！”

“司寇府不服！”

“御史台有参！”

三大臣接连亢声站起，殿中议论之声顿时蜂起。这国正监、司寇府、御史台与廷尉府，是秦国的四大司法官署，各司其职又相互制约，自商鞅变法成制，百余年来一直稳定有效地运转着秦国法制。国正监与御史台原本是军中监察记功之官，商鞅变法时将其职司扩展，变为国家监察官署。《商君书·境内》载：“（攻城时分），将军为木台，与国正监、正御史（登台）参望之。（军士）先入者，举为最启；后入者，举为最殿。”由此可见其原本职能。但为国家官署，这两府职司是监察臣工举发不良，对官员的违法犯罪依法弹劾。也就是说，这两府官员对朝臣违法犯罪有着更为直接具体的掌握，对其处置也有着督察之权。见诸于实践，官员处刑常常总是廷尉府会同两府会商而后决。司寇府则是职司捕盗、维护邦国治安之官署，对庶民犯罪的决刑有着很大权力，故此与廷尉府也是互有制约。后来秦成统一帝国，将国正监御史台合并为正式监察官署，其主管大臣御史大夫为爵同丞相的重臣，这是后话。

如今三府一齐公然异议，朝臣们既感惊诧又觉蹊跷。

正在此时，突闻老内侍惊呼一声：“大王！”议论哄嗡之声顿时沉寂。大臣们愕然望去，只见王座中的嬴异人嘴角吐着白沫昏厥了过去，王阶之下近在咫尺的吕不韦已经上台抱住了秦王，太医已经匆忙赶来救治了。片刻之间，秦王被太医内侍们连坐榻抬了下去，殿中一片惶惶然。

“诸位臣工毋忧，我王操劳过度，寝食难安，故此昏厥，谅无大碍也。"吕不韦罕见地笑了笑，从容转向正题，"今日朝会，各方情势已明，唯余廷尉决刑有争。此事牵涉既广，纠葛又多，不妨待我王健旺时再作会商，诸位以为如何？"

"丞相极是！"举殿异口同声。

"一班戴罪将军如何处置？"老廷尉突然抬起头来。

大臣们恍然醒悟，将军们尚是布衣负荆鲜血淋漓，正式下狱抑或临时羁押都实在难以决断，连国正监、御史台都颇费踌躇，一时无人说话，都看着吕不韦如何决断。吕不韦肃然正色道："既未问刑，便非罪人。敢请国正监、御史台两府为大将去刑，并送各人回其府邸养息。我王若得问罪，吕不韦一人当之，与诸位臣工及两府无关。"

大臣们一时愕然！在法度严明的秦国，戴罪之身虽未经决刑，也是罪犯无疑，关押牢狱那是一定的。大臣们所不能决断者是如何关押，是送往五六十里外的云阳国狱正式下牢，还是临时关押咸阳听候决刑？谁也没有想到，也不敢想到不会想到要放二十多位将军回家。吕不韦虽是丞相文信侯，受命统摄裁处战败之责，毕竟与法度传统背离太大，谁个敢轻易赞同？然若反对，经今日朝会，谁不觉得大将们实在是浴血死战劫后余生？人人服罪慨然赴死，丞相既有此令又明示一人担责，人皆有恻隐之心，何忍心夺情悖理也。

默默地，老廷尉点着竹杖先径自走了，大臣们也各自散了。国正监与正御史两人相互一点头，向殿口甲士一挥手，大步到殿角冷清寂然的将军草席区去了……

初冬的白日很短，晚膳时天色已黑定了。

嬴异人只喝下了一鼎炖羊汤，寻常喜好的拆骨肉一口也没咥便离开了食案，走得几步微微发得些热汗，自觉舒畅了许多。午后在殿堂昏厥，虽说是有意为之，却也实在是体力不支心烦意乱念头一闪说倒便倒不意竟弄假成真。醒来卧榻自思，嬴异人当真是有些恐慌了。时当三十余岁之盛年，果真要不行了么？当年在赵国做人质时何等艰涩清苦都挺过来了，何一做秦王竟每况愈下？嬴异人记得很清楚，长平大战之前赵国要秦军退出上党，被秦昭王断然拒绝；赵国便对他这个人质作限粮折磨，一日只能一餐，一餐只有一盆半生不熟的绿森森藿菜；他整日饥肠辘辘枯瘦如柴，看见绿菜绿草便要反胃吐酸。饶是如此，他也没有病倒。结识吕不韦后日月一变，他立即硬朗起来，每日精神抖擞地斡旋于邯郸官场士林，还要与新婚的赵姬酣畅淋漓地卧榻折腾，真是生龙活虎。便是万般惊惧地逃赵回秦，立为太子的最初几年，他也丝毫未觉乏力，赵姬没有接回来时，依然时不时与妾妃侍女解饥消渴。然自父王骤逝，即位秦王，他便日复一日地弱不禁风了。正在丰腴之年风韵万千的赵姬夜夜侍榻殷殷期盼，他情急如火热汗淋漓，可那物事却生生不举。赵姬脸上带笑抚慰，眼中的哀怨却使他无地自容……唯一使他欣慰者，国事蒸蒸日上也。吕不韦做丞相总政后展现出惊人的治国才能，秦国吏治整肃法令修明大局稳定，十数年蛰伏的秦国战车重新隆隆压向东方，年余之间灭周设立三川郡，又夺三晋三十余城；照此情势再有五七年，灭六国而一天下是完全可能的。若得如此，嬴异人纵是长卧病榻生趣全无，此生功业尚可对人道也……偏在他多愁常生感慨之际，陡然大军东败消息传来，他当时便是眼前一黑颓然倒了。看着一片浴血负荆的大将，嬴异人心惊肉跳。杀了他们无异于自毁长城，不杀他们无异于自坏法度，两难也。法令是秦国根本，大军将士是国家干城，两难也。吕不韦本有斡旋之能，可连他自己也被朝议卷入了错失罪责的追究之中，若是再主张宽政，便是违法为自己在内的罪臣开脱，教他如何说话？吕不韦不能说话，秦国岂不大乱了？如此一路想来，在老廷尉宣读决刑书后秦王须得例行定夺之际，他昏厥了……

“苍苍上天，秦国何罪至此也！”廊下枯立的嬴异人一声长叹。

“禀报我王：文信侯求见。”

“快请！”

吕不韦脚步匆匆，脸上却是一团春风全然没有忧急之色，来到廊下一躬：“王体恢复，臣心安矣！”嬴异人惊讶道：“我心如焚，文信侯倒是无事人一般！”吕不韦悠然一笑：“举国阴霾，臣做一丝光亮可也。”“文信侯用心良苦。”嬴异人轻轻一叹低声道，“日间之事莫当真。

走，进书房说话。”

两人书房坐定。侍女煮好茶，掩上门退下了。嬴异人立即移席吕不韦对面，急色低声问：“如今乱局如何处置？”吕不韦道：“我王且定心神。今日之局难则难矣，并无乱象。难点一解，新局便开。”“还不乱么？”嬴异人既疑惑又惊讶，“大将戴罪，举朝有失，朝会惶惶，法司抵牾，我心两难，举朝无挽得狂澜之人，乱得不够么！”吕不韦肃然一拱：“臣请挽此狂澜。”“我的丞相也，”嬴异人更急，“你已陷罪，被廷尉拟议削爵夺地以抵罪，以罪责之身，理同案乱局，如何服众？”“我王有所不知。”吕不韦从容道，“臣陷指责，乃着意为之。”“如何如何？着意为之？”嬴异人急得几乎凑到了吕不韦鼻子底下。吕不韦点头道：“我王但想，日间朝会时，各方陈情可有虚假？”嬴异人摇摇头：“有凭有据，令人信服。”吕不韦道：“唯其如此，大势可明。大军在外征战，臣居中枢掌控全局。若臣置身事外，分明是不做事只整人也，朝野何人信得？为政之道，权责一体也。大权亦当大责。唯臣不避罪责，方得举朝同心也。削爵夺地之罚，乃臣拟议，非老廷尉本心也。唯臣领罪，罪当其责，而臣能言也。唯臣能言，何惧狂澜也？我王思之，可是此理？”

“文信侯……”嬴异人哽咽了。

“王心毋忧。一侯一地之失，于臣何足道哉！”

“如此说来，大将斩刑也是你意？”

“刑罚依法，非臣本意。公诸朝堂，臣之意也。”

“其意何在？”

“试探朝议，以定后来。”

“如何评判？”

“人皆恻隐，事有可为。”

“然秦法如山，大父昭王有定法铁石，如何为之？”

“回旋之策不难。难在我王之心。”

“难在我心？！”

“我王若以秦国兴亡大局为重，不拘泥成法，事则有为。我王若以恪守百年法统为重，以为成法不可稍变，虽有良策，亦难为之。此谓难在王心也。”

“文信侯差矣！”嬴异人又着急起来，“秦法之变，当年我在邯郸也有所思，你岂不知？为今之难，不在当不当变，而在变之方略与理由。理由不足，朝野视你我蓄意颠覆国本，却如何变得了也！”

“我王定心，臣岂无策？”吕不韦微微一笑，趋前低声说得一阵。

“哈——”嬴异人不禁笑了，“如此老策，我如何想它不到？”

又说得片刻，心绪松泛的嬴异人有了困顿神色，吕不韦适时告辞了。一出王城，吕不韦轺车直奔纲成君府，片时出来又是驷车庶长府、廷尉府、国正监府、御史府。直到曙光染红了咸阳城楼，吕不韦才疲惫地爬上了卧榻，日近正午离榻梳洗匆匆用饭，一盅绿菜羹未曾喝罢，蔡泽的公鸭嗓已在庭院呷呷起来。西门老总事正要阻拦蔡泽，吕不韦已经闻声搁下菜羹进了书房。

“纲成君自觉如何？”吕不韦当头一问。

蔡泽从腰间皮袋拿出一卷竹简摇晃着：“代人捉笔，自觉如何又能如何？终须你说也。”将竹简往吕不韦手中一塞呷呷笑叫，“酒来！老夫一夜工夫，不来两爵亏也！”

“何消说得，上酒！”吕不韦一边高声吩咐一边浏览竹简，片刻啪地一合竹简，“主书立即抄录刻简，一式六卷。”

“六卷？要流播天下么？”蔡泽不禁大是惊讶。

“纲成君，如何操持你莫问了。来！陪你一爵。”

吕不韦精神显然见好，陪蔡泽没饮得一爵，反是自己大咥一通，引得蔡泽皱眉苦笑呷呷叫嚷：“命也命也！你说老夫何事能得个正座？分明嘉宾主咥，到头来却还是个陪咥，有世事么？”吕不韦忍俊不禁，噗地喷得一袖饭菜，狼狈之间哈哈大笑：“纲成君乐天知命，大福也！来！干此一爵。”蔡泽皱眉苦笑连连摇头：“不干不干，干了又是陪饮。”吕不韦益发乐不可支，大笑着自己干了一爵，起身对主书叮嘱事情去了。蔡泽看得百般感慨，连连举爵大饮。及至吕不韦回身，蔡泽已经伏案醉倒了。

三日之后，丞相府上书郑重送到了长史案头。

看着两名书吏抬进一只铜箱，老长史桓砾不禁大奇，何等上书竟装得一箱之多？未及发问，丞相府主书拱手禀报："此箱文书十三卷。丞相上书为正卷。其余十二卷为附件，乃诸大臣查勘陈述之实录、蒙骜等将之陈述实录，已经各位当事大人订正，一体呈上秦王定夺。"老桓砾大惊，秦王已有王书命吕不韦统摄裁处战败罪责，此等上书之法，不是推卸职责胁迫秦王么？吕不韦素来不是畏事之人，这次要退缩了么？心下纷乱揣测，脚步匆匆进了秦王书房。嬴异人得报，立即从寝宫赶到书房，看着桓砾打开铜箱泥封相印将竹简一卷卷陈列，只拿起首卷吕不韦上书认真看了起来，片刻合卷断然吩咐道："老长史，立即按照丞相上书主旨拟就王书，颁发朝野。"

次日清晨，秦王王书下达官署并张贴咸阳四门。随着谒者传车的辚辚车声，随着传命快马的兼程飞驰，秦国朝野立即沸沸扬扬奔走相告。咸阳南门向为吞吐商旅之口，今日更是热闹非凡，商旅皆驻车马，行人云集翘首，都在听高台上的黑衣书吏一遍又一遍地高声念诵秦王王书：

大秦王特书：此次我军兵败山东，朝野皆云匪夷所思。经翔实查勘，朝会公议，此次战败既有战场之误，亦有庙堂之失，诸般纠葛涉及广阔。当此之时，非杀将可以明法，非严刑可以固国。唯庙堂大臣与莫府大将共担过失，使涉事者人人不避战败之责，方得以戒后来而举国同心。此非本王之臆断，有穆公成法在先也。昔年秦军大败于崤函，穆公不杀孟明视、西乞术、白乙丙三将，而与将军大臣共担过失，未毁干城，不坏法度，使孟西白三将骄躁尽去而秦国再胜。唯其如此，本王决效穆公之法，对本次战败处置如左：

丞相吕不韦总领国政运筹有差，削其侯爵并夺封地。

行人王绾未察六国合纵，削职，黜为相府吏。

上将军蒙骜军令有失，削爵三级，罚俸两年。

大将王龁、王陵轻战冒进，削爵三级。

其余将士，依常战论赏罚，死伤者得抚恤，斩首者得赐爵。

大秦王嬴异人二年冬月。此书。

如此王书，国人听得百味俱生，一时惊喜无状，恍然欣然者有之，涕泪唏嘘者有之，惶恐不安者有之，手舞足蹈者有之，纷纷然哄哄然议论成一片。

惊愕者，吕不韦及其属署处罚最重。分明是战场之败，况且是将在外君命有所不受，领政丞相纵然涉及军事，如何能干预得了上将军决断之权，何至于削侯夺地？行人是丞相府属员，没有探察六国合纵，自是没有奉邦交之命，何至于由官贬吏？

唏嘘者，对将士以常战论功过也。秦法有定：败战不论功，死伤唯得三年抚恤。凡为秦人，十室九有兵。任何一次大战实际上都是举国涉及，一战败军，烈士不得名号，斩首不得爵位，伤残仅得些许抚恤而不能如常战之后永享战士荣耀，谁家不是叹息悲伤？虽说历经百年，也渐渐解得法令一力激励战胜的本意，然戚戚然之心却总是长时期地无法平息。秦人之所以对战败大将愤恨不能自已，根本处在于：一将失误便意味着断送了全部将士的应得功业，立功也是白立！在耕战为本的秦国，谁人能对亲人的浴血牺牲淡泊处之？谁人不求败军之将以死补偿万千白白战死者？此战乃是长平大战后的最大败仗，消息一出，举国忧愤无可名状，异口同声地指斥蒙骜败军该杀，原是此等忧愤之心。秦国君臣历来不敢轻赦败将罪责，根本因由也在这里。然今日王书一出，竟可“常战论功过”，老秦人心下顿时一片热乎泪眼蒙眬，更有战死者家人大放悲声，哭一阵笑一阵不知所以。慰藉之心但生，对败军之将的苛责自然也就淡了，没有人再公然指斥蒙骜一班大将，更没有人愤愤然喊杀了。

恍然欣然者，穆公之法仿效绝妙也！在老秦人心目中，穆公是圣人一般的君主。即或当年雄心勃勃的秦孝公，在求贤令中申明的宏图也是：“复穆公之故地，修穆公之政令。”漫漫百年，能与商君秦法在老秦人心目中抗衡者，还只有秦穆公这个圣君。若非抬出秦穆公不杀孟西白三将故事，秦国朝野之心还当真难以化解。能抬出穆公而一河水开，这个新秦王当真了得！

诸般议论如潺潺流水般在官署王城流淌开来，森森僵局自然而然地破了。

蒙骜一班大将羞愧万分，赦罪当日聚议联署上书秦王：自请一律贬为老卒效命疆场，再为吕不韦鸣冤，吁请恢复其文信侯爵位封地。书简未成，吕不韦赶到了上将军府邸。蒙骜与将军们一齐拜倒，热泪纵横却无一人说话。

“老将军如此，折杀我也！”吕不韦连忙扶起蒙骜，语态脸色少见的忧急，“闻得诸位将军拟议上书，可是实情？”

“文信侯遭此非罪，老夫等不说话，天良何在也！”

“文信侯太冤！我等不服！”大将们异口同声。

“上将军，诸位将军，”吕不韦深深一躬，直起身肃然道，“自请加罪而为人陈情，吕不韦先行谢过。然国家法度在，秦王书何能朝令夕改？更为根本者，诸位不察大局就事论事，实乃帮倒忙也！目下秦国大局何在？在重整精锐大军。月前我军新败大将待刑时，军心民心，举朝君臣，尽皆惶惶不安。为甚来？是秦人经不起一败么？不是！是朝野上下都看明白了一个大局：一班老将之后，我军良将无继！果真以成法问诸位大将死罪，万千大军交于何人？秦王书虽违法统，朝野却是赞许欣慰，是秦人不拥戴法制了么？不是！是人人都看到了我军青黄不接之危局！何谓旁观者清当局者迷？这便是！吕不韦愿担罪责，既非与上将军私谊笃厚，亦非仁政恻隐之心，唯秦国大局所需也。诸位老将军但想：自武安君白起之后，我军超拔新锐将领有得几个？莫府升帐，满目白头，四顾之下，一无后继。当此之时，秦王甘冒天下之大不韪，效穆公成例保全诸位老将军，难道是秦军缺乏几个老卒么？”吕不韦粗重地喘息着长叹一声，“天意也！原本想在战胜班师之后对上将军提及此事，不意一战而败，竟在此等时刻令诸位难堪，不亦悲乎……”

庭院中一片寂然，老将们羞愧低头，蒙骜满脸涨红。良久，蒙骜凝重地长长一躬：“丞相金石之言，蒙骜敬服也！”

“我等谨受教！”老将们异口同声。

吕不韦肃然对拜一躬，直起腰身慨然笑道：“扫兴已罢，当为诸位老将军压惊一饮也。来人，抬进秦王赐酒！”随着话音，立即有一队内侍抬着秦凤酒逶迤进院，一字摆开竟有二十六桶之多。蒙骜与将军们同声一谢，吕不韦对蒙骜拱手笑道：“老哥哥，兄弟也要叨扰几爵了！”“老兄弟……”蒙骜心头大热，回头一挥手高声吩咐，“当院设酒！一醉方休！”

“一醉方休！”萎靡日久的老将军们陡然振作了。

草席木案，肥羊锅盔，较酒论战，万般感慨，劫后余生一场酒，大将们直喝得天翻地覆。哄哄嚷嚷之中，吕不韦与蒙骜大汗淋漓衣冠尽去，却始终凑在一起比划着议论着。蒙骜说，他想在三年之内将秦军大本营从秦国腹地东移关外，建立三川郡洛阳大本营，使秦国本土结结实实跨出函谷关。吕不韦说，若得如此，须先除去一个随时可能成为致命对手的劲敌。蒙骜双眼突然冒火，是他！老夫偏要留着他战场复仇！吕不韦狡黠地一笑，凑在蒙骜汗津津的耳边嘀咕得一阵又是神秘一笑：老哥哥以为如何？蒙骜大皱眉头，此等伎俩老掉牙，有人信么？吕不韦哈哈大笑，秦国没人信，未必山东六国没人信也。

及至夜阑酒散，一个秘密的谋划已经酿成了。

二　卑劣老伎在腐朽国度生出了惊人成效

大雪纷飞，特使王绾的车队辚辚出了咸阳。

一路东来，王绾心绪总是不能安宁。如此老谋在魏国行得通么？使命若是失败，自己永远只能做个书吏事小，毁了丞相声望岂非永生负罪？王绾是这次被革职为吏的丞相府行人，敦厚端方而又不失聪敏灵动。三年前吕不韦初署丞相府，简拔王绾于一班书吏之中，做了职掌邦交事务的行人。战国邦交为要职，各国皆为丞相亲领，行人只是开府丞相处置邦交大计的事务专署而已。虽则如此，行人也是丞相府属署中最显赫的官员之一了。对于一个年轻的书吏而言，不啻由士兵而将军一般的超拔。王绾记得清楚，吕不韦在整肃相府吏治时说：“政事如人，唯生生不息而能步步趋前也。丞相开府，为国政枢要，下联百官上达王城，梳理朝野总摄万机，最要紧者便在实效。今相府官吏不可谓不能，然老暮过甚理事缓滞，可当谋划，而不当任事也。本丞相简拔后生裁汰老弱，唯以国事为本。超拔任事者毋以升迁为喜，虚位谋划者毋以去职为悲，如此人人同心，秦国有望也！”王绾敬佩吕不韦，也敏锐看出了吕不韦在这次处置战败事端中的艰难，慨然自请解职，成为丞相府唯一陪吕不韦受到处置的官员，虽则革职，却受到了丞相府所有官员大吏的敬重。吕不韦也全然没有将他做革职官员对待，依然命他在行人署“以吏身暂署事务”。这次出使山东周旋大梁，也破例地派给了他。

所谓破例，在于王绾职任邦交事务，却从来没有出使过山东六国。依照传统，官员首次出使只能做副使。首使而正，独当一面，在秦国邦交中还从来不曾有过。唯其如此，王绾不能不又一次敬佩吕不韦的用人胆识，也不能不心绪忐忑。

也是王绾的使命实在奇特——谣言离间，陷信陵君于死地。

据实而论，离间计实在是老掉牙的伎俩，纵能坦然行之于敌国，可成效如何便难说了。远古之世，蓄意制造谣言而中伤对手，历来都是失败者无可奈何的发泄，对手无一例外地嗤之以鼻，从来都没有真正击倒过谁。当年殷商旧族与周人叛逆对周公大肆流言中伤，不是连周成王那样的少年天子也没有相信么？然自春秋之世天地翻覆，士人崛起智计大开，这谣言攻敌竟莫名其妙地渐渐成了正宗计谋，被堂而皇之地写进兵法，谓之离间计、反间计！虽则如此，春秋之世三百余年，真正使用离间计反间计而收成效者，也是寥寥无几，名君名臣名将中此伎俩者几乎一个也没有。

战国之世，流言离间的卑劣伎俩却轰然发作屡见奇效。

第一个落马者是名将吴起，一生三中谣言而终致惨死。先背“杀妻背鲁”之流言逃鲁入魏；再中魏国长公主“恶女”离间计，拒绝迎娶少公主而被魏武侯猜忌，不得不离魏入楚；最后中楚国反变法贵族的“谋反”流言，为示忠心而离开大军孤身回郢都，终被旧贵族在楚王灵位前乱箭射死。

第二个落马者是名将廉颇。此公比吴起更甚，一生四中流言恶计，终致客死异国。第一次是长平大战，秦国贬低老廉颇的流言击中赵国君臣，廉颇被罢黜抗秦统帅之职而愤然隐居。第二次，赵国大败后六年廉颇被迟迟起用，刚打了一场胜仗便被一班将军流言恶攻。老将军这次怒火中烧，愤然起兵猛攻接替他兵权的乐乘。虽然乐乘逃走了，廉颇却也不得不逃亡魏国。第三次，廉颇客居魏国，又被“其心必异”之流言中伤，不为魏国所用。第四次，赵王因屡次败于秦国，又想起用廉颇，不意却被仇人收买的使者郭开造了一通离奇谣言，说老将军“一饭三遗矢（屎）”，哄得赵王居然信了。于是一世名将终于逃隐楚国愤懑而死。

第三个落马者是变法诗人屈原。此公忠正激烈热血报国，却在张仪的离间流言面前碰得头破血流。后来张仪淡出了，旧贵族的流言却始终紧紧纠缠着屈原，以致昏聩的楚怀王总对这个最大的忠臣投以最怀疑的目光，临死也没有相信这个后来跟着他死去的千古人物。

第四个落马者是名将乐毅。此公两中流言，第一次侥幸躲过，第二次终于落马。从此隐居赵国，终身不复为将。这两次流言都是老对手田单、鲁仲连的离间计。第一次流言离间，说乐毅野心勃勃要做齐王，其时恰逢燕昭王在位，非但没有罢黜乐毅，反倒杀了那个被齐国收买的造谣者。第二次是新王即位，田单故伎重施，而且依旧散布流言说乐毅还是要做齐王。这个新燕王不可思议地相信了，乐毅被罢黜了，燕军也立即一败涂地了。

第五个落马者是孟尝君田文。此公赫赫豪侠却一生不幸，自封君领国终生被流言恶计纠缠，多次罢相复相，危机时便逃回封地薛邑拥兵自守。最后还是在齐湣王、齐襄王两代被流言困扰而不得其用，终是郁闷而死。

第六个是后来成为秦国应侯的范雎。此公才智非凡，以使节随员之身出使齐国，在无能的使节须贾被田单冷淡时，挺身而出力陈大义，维护了魏国尊严促成了魏齐结盟。田单器重人才，劝范雎留齐任事，范雎婉言谢绝。如此一件大功，却被须贾以“齐吏私云”编造流言，生生说范雎“私相通敌”。魏国丞相立即相信，当众对范雎极尽侮辱拷打，“尸体”几乎要被喂狗。若非事有巧合死里逃生改名换姓到了秦国，范雎准定当即死于流言恶计且永远地不为人知。

还有几个赫赫人物虽也是终生受流言恶计纠缠，倒而起起而倒，战战兢兢如履薄冰再不敢放开手脚做事。一个是纵横家武安君苏秦，一个是楚国春申君黄歇，一个是赵国平原君赵胜，一个是兴齐名将安平君田单。其后还有名将李牧与诸位看官马上就要见到的魏国信陵君。说也是奇，凡此种种奇迹，竟然尽出于山东六国。而六国之使节、商旅、斥候从来都是不惜工本地在秦国制造流言，却从来都是泥牛入海，秦国竟从来没有因流言错处过一个大臣将军。自商鞅变法之后百余年，以“人言”之法说秦王者只有一次，这便是几乎被谣言杀死的范雎见秦昭王。范雎的说辞是，人皆知秦国有太后、穰侯，而不知有秦王也。后来，秦昭王虽与范雎结君臣之盟铲除了太后穰侯两大政敌，然究其实，根本之点在于秦昭王原本便要夺权归王，无论范雎如何说辞，秦昭王都会跨出这一步。一方借“人言”激发秦王早日夺权，一方要倚重范雎之才整肃秦政，实在算不得离间计之功效。因了秦国不为流言左右，于是山东六国有了公议，说“秦人蛮蠢，不解人言”。千古之下，令人啼笑皆非。

明乎于此，吕不韦坚执一试，图谋用这卑劣的老伎俩除却一个劲敌。

身为如此特使，王绾的难处是不知如何造谣。临行请教，吕不韦哈哈大笑：“你个王绾也！只管拣最老的谣言去说，要你创新么？只有一样，必须说得像，说得煞有介事。”王绾做事认真，恍然大悟之余，对战国以来的离间流言作了一番梳理揣摩，最终选定了两宗最常见的流言利器：

其一，“诸侯只知有某，不知有王”。此流言暗寓：某人功业声望远远超王，有可能取王而代之。此等流言的厉害处在于，一言将某人的功劳变为威胁，可使国君立起狐疑之心，纵不收当时之效，亦准定埋下内讧种子。功业赫赫的田单，便是中此一击而萎靡不振。

其二，“闻某称王，特来贺之”。此计之操作方式为：先无中生有，以“闻”（听说）法造出一个某某要称王的消息；其后，隐秘赴某府祝贺其称王；再其后，无论某人如何否认，只找要紧人物四下秘密询问某人称王日期，并叮嘱被询问者万勿外泄。此乃杀伤最强之行动流言，且做得越是隐秘，流言传得越快。名重天下的乐毅，硬是倒在了“贺王”流言之上。只要耐心贺去，被贺者一次不倒，二次必倒。

揣摩一定，王绾好奇心大起，决意要品尝一番这从未经历过的新鲜使命。

窝冬之期，大梁呈现出多年未见的消闲风华。

六国胜秦，老魏国是主力，信陵君是统帅，魏人大觉扬眉吐气。官市民市都破了“冬市逢十开”的成例，冬日天天大市。大梁人原本殷实风华，今冬遇此喜庆更是心劲十足，眼看年节在即，天天上市转悠，买不买物事倒在其次，希图的是三五成群海阔天空地交换传闻议论奇异。如此一来，大市日日人山人海，联袂成幕挥汗成雨，直与当年最繁华的临淄大市媲美。国府官署也破例，往年窝冬是三日一视事，今年改成了五日一视事。官吏们欣欣然之余，日每抖擞精神进出酒肆绿楼，或聚酒痛饮或博戏设赌或听歌赏舞醉拥佳人；一番风流之后纷纷聚到两家最大的酒肆，或名士论战或对弈品茶或引见拜会；然无论如何，最终都是兴致勃勃地议论朝局褒贬人物，欣欣然悻悻然直到刁斗打得五更，方才踏雪而归酣睡直过卓午；一顿不厌精细的美餐老酒之后，又车马辚辚踏雪而出了。

风花雪月之时，大梁口舌流淌出一个惊人消息：信陵君要称王了！

薛公皱着雪白的双眉叙说了这则神秘传闻，信陵君哈哈大笑：“秦使何其蠢也！如此荒诞不经，谁却信他！”薛公连连摇头：“信陵君莫得掉以轻心，久毁成真，流言杀人者不知几多也。朝局清明固然无事，然目下之魏国，公子以为清明么？”信陵君默然良久，拨着燎炉木炭火喟然一叹：“然则奈何哉！魏无忌能去大喊一声不称王么？”

“君若犹疑，大祸至矣！”毛公一顿竹杖霍然站起。

“卑劣离间，此等雕虫老伎，魏王断不会相信。”

“信陵君差矣！”毛公急迫嚷嚷，“老夫旧话重提，为今之计唯六字：清君侧，真称王！非如此魏国无救，君亦无救！君固不念己身，岂能不念魏国！”

薛公冷冷补上：“非毛公言过其实，老魏国大厦将倾也。”

信陵君连连摇头：“无忌耿耿忠心可昭日月，魏王岂能无察？”

“恕老夫直言。”薛公正色道，“君子之心，不能度小人之腹也。日前老夫已从王城内侍口得知：秦使王绾面见魏王请求结盟。魏王笑问其故。王绾回道，‘秦国所畏者，信陵君也。公子亡在外十年，天下惜之。一朝为将大败秦军，六国军马皆听其号令，诸侯唯知有信陵君而不知有魏王也。秦国安能不惧？’魏王听罢，良久无言，其后也未召君入宫商谈对秦邦交。信陵君但说，魏王信得你么？”

“卑劣之尤！”信陵君愤然拍案，“知某不知某，何其可笑也！当年齐国佞臣以此中伤田单，平庸的齐襄王半信半疑，被貂勃严词批驳后便不再相信。你说，魏王连齐襄王也不如么？”

“君非差矣，大谬也！”毛公点着竹杖冷冷道，“流言离间之际，当思破间救国之法为上。君怨离间者何益？寄望于他人知我何益？王果知君，岂有君十年亡外也！”

“毕竟魏王已经与我和解，无忌岂能负君？”

“信陵君也！”毛公真是哭笑不得，“身为国家重臣，耿耿忠心远非唯一。事之根本，是君王是否相信你之忠心。君王狐疑，纵有忠心于国何益！于事何益！于人何益！自命忠心谋国，却一任君王被奸佞包围而误国亡国，耿耿忠心能值几钱！”

薛公肃然接道：“信陵君目下军权尚在，若不称王，老夫出一最下之策：发军除却一班佞臣，派遣公忠能事之干员入王城各署，以确保时时有人在君王之前陈明君之忠正，君自领政强国可也。非如此不能救魏，亦无以立身也！若以迂腐之心操国家权柄，因自身忠正而不铲除奸佞，最终必被奸佞流言吞没，其时悔之晚矣！”

毛公苦笑道：“若得如此，老夫也不劝君称王了。”

“二公苦心先行谢过。”信陵君拱手一礼，“然兹事体大，容我进宫与魏王晤面一次，再行决断如何？”

毛公突然大笑一阵：“老夫有眼无珠也！原以为信陵君乃救国救民之大才，谁料只是一个将兵之才耳！君好自为之，老夫告辞也！”笃笃点着竹杖拉起薛公长笑去了。

信陵君愕然不知所以，思忖良久，终于登上轺车进宫了。信陵君想不到的是，魏王冒雪迎出，殷殷执手百般询问，关切之情溢于言表。书房品茶，魏王坦然将秦国使节的诸般言语和盘托给了信陵君，还请信陵君权衡决断对秦邦交。信陵君心中大石顿时落地，回府之后立即派出门客去寻访毛公薛公。三日后门客回报说，两公已经离开了大梁，不知到何处游历去了。信陵君心下颇觉不安，却也很快忘记了此事，毕竟，处置好秦国邦交是目下当务之急。

在信陵君要会见秦使时，王绾也请与信陵君密谈和约。有鉴于这是战国邦交常例，信陵君依例在书房密室与王绾会商。谁知说得一个时辰，王绾却尽是称颂信陵君功业盖世或绕着不相干的话题絮叨，和约条款只字未提。信陵君明知其意却不阻拦，只冷笑以对，寻思老夫偏要你秦国看看魏国君臣如何破你离间计。

这番密谈之后，多有神秘人物争相邀王绾酒肆聚饮，海阔天空话题百出，唯独不涉秦魏和约。王绾更是只顾痛饮，醺醺之际辄凑近身边人物低声神秘地问得一句："公子称王，君何贺之？"及至听者惊愕不已反问穷追，王绾狠狠打自己一个耳光，从此只饮酒不说话。一次，王绾终于酩酊大醉，博戏连输三局，赌金三千悉数堆在了一个"老吏"案前。王绾叫嚷再来。老吏笑云："无金不赌。然大梁有赌言风习，公若说得一个老朽从未听闻之消息，三千金悉数归公，当可再来博戏也！"满面通红的王绾哈哈大笑："本使为秦王密使也！足下知道么？"老吏摇头笑云："是使皆密，谁人不知？算不得。"王绾愤愤然拍案大嚷："本使之密你知道？说出来也！"老吏笑云："公醉也，不说也罢。""醉？谁醉？没醉！"王绾连连拍案大嚷，又一把拉过老吏将热烘烘喷着酒气的嘴巴压上了老吏耳根，"公子要自立为王，请秦国为援，秦王要十五城为谢，公子只割十城。本使是来交涉此事！你却知道？知道么？说！"老吏哈哈大笑，连说不知不知，老朽服输，再来博戏便是。神态犹如听风过耳，只管连连赌去。王绾着意再输，却鬼使神差总是赢，三千金硬是堆在了自己面前，引得王绾只是叹气。

说也说了，做也做了，王绾心中却实在没底。

神秘人物传来消息，说魏王已经将王绾说辞悉数托给了信陵君，君臣亲密无间地聚谈了一个多时辰。王绾蓦然想起信陵君密谈只听不说的冷笑，分明便是将计就计要看秦国出丑。如此情势，留在大梁岂非等着落入圈套为秦国丢丑？思忖之下，王绾派员兼程回咸阳呈报：周旋无望，请准离魏返秦。旬日之后，吕不韦亲笔书简到来，简单得只有两行字："汝能安居大梁而魏王不杀，足见功效。一任周旋，少安毋躁，来春归秦可也。"显然，丞相是详细向信使询问了他在大梁的诸般细节，评判是"足见功效"，并对他的躁动不悦，要他沉住心气等到来春。上命如此，王绾又能如何？只有在酒肆府邸间继续周旋，时不时将老话问问将老秘密吐吐，在场的显耀官吏们无论是第几次听说，都立刻一副莫测高深的模样你看我我看你相互一笑，也立刻不再搭理王绾而争相慷慨激昂地争论起如何抗秦强魏的话题。王绾顿时郁闷不堪，深感被人戏弄，几乎每次都是悻悻而去，决意只挺到开春之后，届时不管丞相允准与否他都要离开这莫测高深的鬼地方。

冬雪茫茫，王绾忽然觉得自己滑稽之极。

自嘲的王绾无论如何也想不到，年节将尽河冰未开之际，大梁坊间酒肆的口舌长河突然流淌出一则惊人传闻：称王公子将被免将！听着官吏士子们淡淡地笑谈相传，王绾既惊讶又疑惑，几乎无从评判了。惊讶者，若是真事，干城将毁，魏人竟能如此麻木！疑惑者，若是虚假，如何高官显贵市井无赖都是言之凿凿？

未过旬日，终于水落石出——魏王下书：信陵君年老多病，太子魏增代掌上将军印，虎符收归王室。王绾得闻，惊愕得无以复加，竟不敢走出驿馆，生怕魏人迁怒于他将他活活当街撕扯。不想正在惊惧之时，却有一班大吏来邀他聚饮。车行街市，无一人指点王绾的黑色秦车。席间痛饮，一班大吏争相表明是自己最先预言了魏国隐患，而今验证了恰恰如此。众人议论相和，窃窃之情尽去，公然弹冠相庆，纷纷祝贺公子生也命厚竟得颐养天年，纷纷喟叹魏国躲得一劫终是天命攸归也。

王绾直觉面对一群怪物，酒席未完惶惶告辞了。刚刚回到驿馆，快马信使送来吕不韦密信：国有要事，立即返秦！王绾如逢大赦，立即吩咐连夜整顿车马，又留下一名书吏代向魏王书信辞行，次日天色未明，冒着料峭寒风出了大梁西门。

大梁西达函谷关的官道名为河外大道，堪称当时天下最为闻名的交通轴心。所谓河外大道，是十丈宽的车马大道沿着大河南岸横贯东西千余里，主干道直抵大梁，分道则东至临淄、北至邯郸、西南分别伸入新郑洛阳。大道两边树木葱茏，十里一亭，旅人歇息酬答极是方便。冬日之时树木萧疏，大河南岸的茫茫芦苇簇拥大道，隔着道边林木恍如帘外长浪，实在蔚为冬日旅途之奇观。

王绾心中有事，任是景观也熟视无睹，只是催着车马辚辚赶路。将过韩国岔道之时，突有一支马队从车队之后飞插前来，为首骑士对轺车上的王绾低喝一声："有人追杀！使节快走！我等断后！"言未落点，已见道林外茫茫苇草边飞骑纵横刀剑挥舞分明正要上道。王绾不及多想，方喊得一声急车，驭手已经将驷马青铜车哗啷啷飞了出去。那支十骑马队飞也似卡住了上道岔口，身后便有了喊杀声。不消半个时辰，王绾车马已经进了洛阳地面，也就是秦国三川郡边界。王绾正在思忖要否进入洛阳，一队黑衣铁骑风驰电掣般从洛阳道飞来，遥遥一声高喊："使节尽管回秦！善后有我！"王绾见是秦军接应，心下顿时轻松，扬手一谢辚辚西去了。

然这个追杀谜团，王绾一直未能解开。

若干年后，王绾做了秦国丞相，灭魏之后进入大梁视察民治，留心访得信陵君旧日门客，方知当日情形：直到魏王王书到府，信陵君尚蒙在鼓里。良久愣怔，信陵君哈哈嘎嘎狂笑不止手舞足蹈陀螺疯转，终是昏厥了过去，旬日后方才醒转。其时，信陵君门客们义愤不能自已，立即追杀王绾，要给信陵君洗冤，不想却遭秦国黑冰台密骑截杀，终究未能成功。此后门客渐渐散去，信陵君闭门不出，将写就的兵法一片一片地拆开烧了，终日拥着酒桶与几个侍女昏天黑地，没过四年便脱力死了。魏王如释重负，下书厚葬信陵君。大梁倾城出动，送葬人众绵延数十里哭声震天动地……

三　再破成例　吕不韦周旋立储

春气方显，秦王嬴异人突然病倒了。

吕不韦匆匆赶赴王城寝宫，正遇太医令与两位老太医在外厅低声会商。见吕不韦到来，太医令过来惶惶一躬低声道："秦王此病少见，诸般症状杂乱，脉象飘忽无定，老朽不敢轻易下药。"吕不韦当即道："先扶住元气，其余再一一调理。"说罢进了寝室。

寝室中四只木炭火满当当的大燎炉烘烘围着卧榻，两扇大开的窗户却又呼呼灌着冷风，榻前帐帷半掩，嬴异人坐拥着厚厚的丝绵大被，身边却站着两名侍女不断挥扇，景象实在怪异。吕不韦走近榻前一看，嬴异人面色如火额头渗汗浑身瑟瑟发抖双眼忽开忽合闪烁不定，心下不禁猛然一沉，肃然一躬低声道："我王此刻清醒否？"

嬴异人喘息如同风箱："丞相，我，尚能撑持……"

"臣求得一名东海神医，欲为王做救急之术可否？"

"救命，莫问……"

吕不韦疾步走出寝室，片刻带进一个被长大皮裘包得严严实实的人来。此人进室摘去皮裘，却是一个面如古铜清奇古远的白发老人。老人稍作打量，吩咐关闭门窗，撤去燎炉，女子尽皆退下。嬴异人正要阻止，却莫名其妙地颓然靠在大枕上蒙眬了过去。老人从腰间一只精致的皮囊中倒出一颗暗红色药丸用开水化入盏中，上前轻轻一拍嬴异人脸颊，嬴异人嘴微微张开。老人悬肘提起药盏，红亮的一丝细线分毫不差地注下。片刻药线断去，老人在榻前丈余处肃然站定，躬腰，蹲身，出掌，几类武士马步一般。骤然之间，老人两掌推动，须发戟张，形如古松虬枝。眼见一团淡淡白气笼罩了整个王榻，榻中便有了轻微鼾声，白气越来越浓，榻中鼾声也越来越响。大约顿饭辰光，老人收身对吕不韦道："王者在天。老夫之方大约管得月余，此后必有发作，每次可服此丹药一颗，三丹而终。"吕不韦惊讶道："既是施救之药，大师何不多留得几颗？太医治本也从容一些。""丹不过三。"老人淡淡一拱手，"余皆无可奉告，老夫告辞。"转身拿过长大皮裘，一裹头身又包得严严实实去了。

吕不韦轻步走到外厅，吩咐一个机警侍女守在寝室门口，但有动静立来禀报。安顿妥当，吕不韦在寝宫外的柳林转悠起来。春寒料峭时节，树皆枯枝虬张，林外宫室池水斑斑可见。吕不韦凝望着林外大池边一片高高耸立的青灰色的秦式小屋顶，不禁有些茫然。秦王沉疴若此，王后王子为何不来守榻？她母子回到秦国迟钝了？秦王眼看是病入膏肓，要紧急安顿的事太多太多了，既要快捷还不能着了“后事”痕迹，如此便须缜密谋划，不能乱了方寸。这方士方术虽非医家正道，却能救急延命，秦法为何一定要禁止方士？能不能改改这条法令？吕不韦木然地穿行在枯柳之间，一时思绪纷至沓来，不知不觉来到了林外大池边。

“禀报丞相，王已醒转。”

吕不韦蓦然一振，随着侍女大步匆匆回到寝宫。嬴异人已经披着一领轻软皮裘坐在案前悠然啜茶，迎面招手笑道：“丞相这厢坐了。”及至吕不韦坐到身边，嬴异人惊叹笑道：“这东海神医当真神也！一觉醒来，甚事没了。”吕不韦低声道：“君上不知，此乃方士也。方才情势紧急，臣未敢禀明。”“怪道也！”嬴异人恍然一笑，“不管甚人，治病便是医。我看此禁可开。”吕不韦笑着一点头，从随身皮囊中拿出一个小陶瓶，将方才老人的话说了一遍，末了思忖问道：“发病皆无定，此药交王后，抑或交侍榻内侍？”“王后忙也。”嬴异人叹息一声，“药交内侍算了，他们总在身边，缓急有应。”吕不韦一点头，招手唤过榻边老内侍仔细叮嘱了一番，转身一拱手道：“臣有要事，请王定夺。”

“要事？丞相但说。”嬴异人显然有些惊讶。

“年来上病多发，臣反复思虑，王当早立储君。”

“你是说册立太子？”嬴异人沉吟片刻缓缓道，“丞相所言，我亦曾想过。然我仅嫡庶两子，只十一二岁。长子生于赵，次子又是半胡。再说，我即位堪堪两年……原本思忖本王正在盛年，或许还能有得几个子女，其时择贤立储水到渠成。今日局面立储，实在是诸多不便。”

嬴异人的踌躇，在于秦国两个传统。其一，王子加冠得立储君。其二，秦王即位三年得立储君。前者防备在位国君疼爱小儿而立未经历练的童稚少年做储君，后者则防备权臣外戚向国君施压，逼迫国君仓促立储。以前者论，秦人二十一岁加冠，而两个王子年岁尚在少年，嬴异人自己也才三十余岁正当盛年，此时立少子为储，便要大费周折。以后者论，嬴异人父亲孝文王即位一年便薨，自己即位刚刚两年又恰逢大败于山东，此时立储朝野便多有疑虑：一则疑秦王两代孱弱短寿其后难料，二则疑秦王受王后吕不韦联手胁迫。诸般想法嬴异人不便明说，于是不得利落。

“我王差矣！”吕不韦已经将这位秦王心思揣摩透彻，当即颜色肃然，“储君乃国家根本，早立迟立皆须以时势论定，拘泥成例何能救急安国？先祖孝公不拘成例，立八岁之子为太子，因由便在当年秦国时势：邦国危难，国君时有不测之险也。秦武王亦不拘成例，临终专书十五岁幼弟嬴稷继任，亦是时也势也不得不为也。至于赵胡之念，王更谬其千里也。顿挫之时王不拒赵女为妻，称王之后却顾忌王子生于赵国，此谓疑人无行也。王归咸阳后，与宫妃胡女生得次子，也是堂堂王族骨血，何忌之有也？当年惠文王之长子荡为太子，太子母乃戎狄佳人举国皆知，何碍武王为大秦争雄天下？秦之宏图，一天下也。王若心存此等畛域之分，实是有愧先王社稷矣！更为根本者，今日我王虽在盛年，然少时多受坎坷，痼疾无定发作，若不及早绸缪，臣恐措手不及也！”素来辞色温和的吕不韦今日句句扎实针针见血。嬴异人一时不适，良久默然。

“我是说朝野顾忌之情，丞相却全做我心了。”嬴异人勉力笑了笑。

“吕不韦急切之心，我王见谅。”

“丞相无错，实在是我心有游思也。”

“唯王明心，臣自有妥善操持之法。”

思忖片刻，嬴异人慨然拍案：“天意如此，立！否则无颜面见先祖也！”

王绾方进丞相府，见吏员们匆匆进出政事堂与各署之间。依王绾经验，除非战事与特急朝会，丞相府不会如此忙碌，拉住一个熟悉吏员一问，方知在启耕大典时将册立太子，丞相府正在筹划诸般事宜。王绾听得半信半疑，顾不得多问便来丞相书房复命。

“腐朽深植朝野，六国安得长久也！”听罢王绾禀报，吕不韦一声叹息。

“丞相急召，王绾请奉差遣。”

“非为事急，只你做得妥当也。”吕不韦似乎心有所虑，斟酌着字句对王绾说起了事由，末了微微一笑，“此事甚难，无官无爵只做事。你若不便，老夫另行物色人选可也。”

“王绾既是首选，自当不负差遣。”

“好！”吕不韦欣然拍案，“子有大局器量，此事便能做得好。若非如此，老夫还当真不甘急召你回来。子当好自为之，凡事权衡大局而后行也。”

王绾肃然一躬告辞去了，回到行人署一番交接离开了丞相府。

吕不韦派给王绾的差使是：吏身入王城，做王子舍人；旬日之内明白回报，这个王子政能否经得起王室少学之考校？也就是说，王绾目下最急迫的事，是要摸清王子政的少学深浅，以助吕不韦决断考校方略。所谓少学，也称幼学，总之是孩童时期的根基之学。王室少学由太子傅府执掌，专一延请若干饱学之士教习所有王子王孙，大体是三个等次：五至十岁一等，十至十三岁一等，十四至十六岁一等。十六岁之后至二十一岁加冠之前，不再属于少学。吕不韦给王绾明白交底：这个王子政随王后回秦没有几年，回秦后王子政也没有入太子傅府的少学馆，而是自行修习，其少学根基不甚清楚。

据王绾所知：王子政是秦王嫡长子，王后赵姬所生。秦王还有一个庶出子叫做成蛟，是一个胡女所生，比王子政只小得三两岁。无论依照祖制还是依照秦法，秦国立储都要将遴选对象扩展到后代嫡系庶出王族之内的所有同代王子公子。也就是说，立储人选非但包括王子政与成蛟，与王子政同辈的所有王族嫡系或庶出男子，都有资格参加立储之争。在秦国，这叫择贤立储，嫡庶不避。除非秦王急难的非常之期可以专书传位，譬如秦武王嬴荡举鼎暴死洛阳，专书指定幼弟嬴稷继任，寻常立储必当依法考校择贤而立。目下秦王在位，又无战事急难，自当依法立储。然如何考校，却是例无定制。领政操持的大臣每次都要大动心思，方能衡平各方。王绾揣摩吕不韦之意，是要一力扶助王子政立为太子，然又不想有违法度，想先行清楚王子政少学根底而后确定一种较为稳妥的考校方式。

若非如此，急召他一个大吏回来做个舍人，便有些滑稽了。

舍人者，文职侍从也，非官非吏亦官亦吏，国君大臣王子王孙，但凡贵胄皆可设之。所谓非官非吏亦官亦吏，是说舍人虽无正式官爵，却看你跟的是谁做得如何。若是权臣舍人又得宠信，自然是比寻常官员还要有实权了。虽则如此，舍人毕竟不是仕途正道，真正名士寻常都是不屑为之。因了如此，才有吕不韦对王绾的特意征询与特异叮嘱。

王绾原本秦人士子，走的是秦士务实之路，少学颇有优声，入咸阳为吏。战国士风：少学一成便周游天下，而后再留学魏国大梁的官学或齐国临淄的稷下学宫，先获名士声誉再入仕途；一策动君王，为上上之选；退而求其次，则至少是一步为卿臣高官。名士而曾为吏者也有，然大多在未获名士声誉之前，譬如商鞅，譬如范雎。秦国变法之后东学西渐，法家墨家儒家道家农家兵家纷纷入秦，秦国也有了士人学风。然橘生淮北则为枳，秦学收秦人子弟，不可避免地形成了秦士独有之风。其与六国不同者，是不务高远，不求一举步入庙堂，而是有学即为吏，由吏而建功立业晋升爵位。在耕战为本的秦国，此乃现实与可能使然也。在法度森严功过分明吏治整肃的国度，只要你有才敬事，但有功劳，几乎没有被埋没者。国风如此，身为布衣之族的士者，自然不会去贪大求远，毋宁先扎实地一步解决生计之道而再求功业上进。

依照吕不韦叮嘱的方法，王绾先去见了王后，呈上了吕不韦书简。王后似乎淡淡笑了笑："也有他上心时日？好，他信得过你，便是你了。"说罢有一张羊皮纸飞到王绾面前，"这是王子修学所在，不难找。"如此这般没有任何繁杂叮嘱琐碎礼仪，甚至连一句对儿子的介绍也没有，王绾便成了王后认可的王子舍人。

一马出了咸阳南门，过了渭桥。王绾顺着渭水南岸的东西大道西去不到两三里，拐进一条西南方向的山道，再过一片还未发出新芽的萧疏柳林，遥遥山顶果然有一座庄园。王绾飞马上山，到得山头眼界顿时豁然开阔。来路望时，这片山地绵延相连，深入山谷登上山头，见庄园所在是一座孤峰之巅，与左右两山遥遥成三足鼎立，两道峡谷中小河明净草木葱茏，实在是想不到的好去处。王绾正在悠悠然四面观望，突闻峡谷中骏马嘶鸣杀声隐隐，注目看去不禁大是惊讶——

西面峡谷的草地上，一匹白色骏马正在纵横飞驰，依稀可见马上骑士身着短衣窄袖的红色胡服，长发散乱飞舞手持长剑高声喊杀。骏马驰山涉河飞掠草地皆是轻松自如，即或与秦军铁骑相比，此等骑术也毫不逊色。然从身形与嗓音判断，骑士却似乎是一位少年。心念及此，王绾心头蓦然一闪，立即飞马下了山坡。正在此时，雄骏白马突然在一道山梁前长嘶一声人立而起，红衣骑士从马上摔出跌落草地，瞬间滑出丈余之远。

"少公子！"一声清亮稚嫩的惊呼，一个红衣小童飞跑马前。

"没事。"红衣骑士摇摇手想站起来，又跌倒在草地上。

王绾正在此时赶到，飞身下马疾步近前一看，少年骑士脸上蹭满草色，双腿划破鲜血渗出，脸上却兀自笑着。王绾正要说话，红衣小童抱着少年骑士的伤腿呜呜哭了。少年骑士大是不耐，一把推开小童厉声申斥："战阵之上皮肉之伤算甚！哭哭哭！再哭回赵国去！"红衣小童哭声立止抹着眼泪抽泣："毕竟，不是战阵么。"

"心有战阵！便是战阵！"少年骑士怒喝了一声。

王绾一拱手笑道："这位公子勇气可嘉！然有伤还是及时医治者好。在下正好有红伤药，可先行清理包扎，而后再延医疗伤。"

"战课未完，疗得甚伤？"少年骑士冷冷一笑，突然右手拄地奋然站起，瘸得几步捡起长剑走近战马。红衣小童连忙扑过去要扶，却被少年生气地推开。红衣小童急咻咻躬身趴在马前："少公子，踩着我上马！"少年眉头猛然一耸厉声道："秦法无隶身！知道么？起开！"红衣小童哭喊道："法是法，伤是伤，公子从权！"少年怒声道："法便是法，岂能从权！"说罢拉起小童甩到一边，大喝一声跃上马背，骏马流星飞出，喊杀声又遥遥传来。

王绾正在暗自心惊，见白马飞驰回程，恰恰又在那道山梁前一声长嘶前蹄直撑后蹄飞起，少年骑士纸鹞般从马上飞出，重重摔在草地上，长剑也脱手飞出颤巍巍插在三四丈外的草地上。王绾与惊叫的小童疾步冲到近前，只见少年右腿血流如注，身下的草地已经渗出一片血红。少年骑士脸色铁青牙关紧咬，双手狠力握着伤口只不吱声。红衣小童吓得张口结舌只啊啊乱叫，一句囫囵话也说不出。王绾不由分说蹲身下去，拿出皮囊中伤药陶瓶扒开少年双手将药面撒了上去，再用腰间汗巾松紧适度地裹好，最后用小童忙不迭递过来的一条丝带绑定，这才松了一口气。片刻血止，少年惊讶地噫了一声，“不疼了也！”神情分明是从来没有用过药治过伤。

“谢过先生。”少年拱手一笑分外灿烂。

“公子破例，原是该谢公子。”王绾不无诙谐地笑了。

“先生可人也。我叫赵政，敢问先生高名上姓。”

“在下王绾，前来就职。”王绾正色拱手作礼。

“就职？我处有职可就？”

“舍人之职，该当有的。”

“呵，”少年恍然一笑，“给我派来个督学。先生愿做舍人？”

“为何不愿？”王绾又诙谐地笑了。

“难为先生也！”少年慨然一叹，“恕赵政直言，我修学无师，无须督导。过几日我去说，先生还是原路回去，谋个正经功业为是。”语气神色比加冠成人还来得练达。

“公子差矣！”王绾暗暗惊讶的同时也认真了三分，“但为国事，无分巨细。公子或将参与太子遴选，岂能无谋划料理？在下并无督导之能，唯尽襄助之力而已。”

“先不说。咥饭要紧。回庄。”少年一挥手，推开紧跑过来的小童咬着牙关站了起来，“不骑马了，走回去。”说罢平稳缓慢地迈开了步子，虽然额头大汗淋漓，脚下却一步没停。这面山坡虽算不得陡峭，也是山石凹凸草木交错时有沟坎，对常人固然无碍，对一个伤者却是大大艰难。王绾眼看小童不敢上前，想了想从一株老树上折下一支无皮枯木再用短剑三五下削去枝杈，大步追上去笑道：“河西义仆，可助公子。”少年目光一闪：“先生河西人氏？”王绾笑道：“在下少学在河西。公子去过河西？”少年摇摇头接过木杖道：“我只知道，河西猎户将杆棒呼做义仆。好名号。”拄地一走，脚步顿时利落了许多。一路上山，小童牵马跟随，王绾只在少年身后三五尺处跟随。少年不求助，王绾也不主动抢前搭手。如此一路虽有沟坎艰难，也终于在半个时辰左右上到了山顶。

庄园围墙很高很坚固，显然新砌不久，山石条间的泥缝还清晰可见。一座石门几乎是镶嵌在石墙之中，若非稍许突出的门顶短檐，几乎看不出这里便是庄门。小童飞跑上前砰砰打门。门内有女子应答之声，石门隆隆拉开，一个衣衫整洁的中年女子打量着受伤少年，目光显然惊讶异常，脸上却微微带笑道：“公子有客，快请进来。”只站在门厅一边，丝毫没有搀扶少年之意。

“先生请。”少年谦和一笑，分明将王绾敬为嘉宾而非舍人，与山下的任性强横判若两人。王绾不禁大感惊讶，彼此身份已明，如此礼敬岂非还是拒我不纳？然又不好门前与伤者反复客套，拱手一声谢过先进了庄院。少年又对女子吩咐一声：“今日带酒，我为先生接风。”扶着木杖大步进了石门。

庄院内一目了然：三排大砖房北东西围成马蹄形，东北两房相接处有一道石门，例当通向跨院；庭院青砖铺地，中央除了孤立一尊教人不明所以的青铜古鼎，其余没有任何器物摆设，干净整洁得纤尘不染。王绾打量得一眼，被少年又请进了北面正房。厅堂并不宽敞，粗编草席铺地，本色木案两张，四面墙壁一无悬挂装饰，质朴得完全可以称之为简陋。两人刚刚入座，小童抱来了一只大陶壶两只大陶碗，放好陶碗大陶壶倾倒，红亮的汁液顷刻注满。小童笑道：“只有凉茶，先生见谅。”少年淡淡道：“山茶梗煮的，消暑解渴只是稍苦，不知先生能否受用？”王绾笑道：“此乃赵国骑士茶，在下最是喜好，上路总带一大壶。”少年顿时笑了：“喜好甚投，那便干了。”举碗与王绾一照，汩汩痛饮，片刻连饮三大碗方才住了，接着吩咐酒饭上来。

中年女子带着小童两大盘捧来，摆上案一菜一饭：菜是萝卜炖羊肉，饭是焦黄的硬面大锅盔。虽只两样，量却是极大，径尺大陶盆羊骨萝卜堆尖，大木盘一摞锅盔足有六七张。少年看看王绾，王绾诙谐笑道：“足食为本，公子有骑士饭量，在下甘拜下风。”少年慨然拍案：“不足食岂能足神！然今日先生来，却要先酒！”小童立即捧来一只大盘，盘中三只大陶碗，分别给少年一碗王绾两碗。少年举碗道：“来，为先生接风。干！”两碗一碰如饮茶般汩汩下肚，脸色立时绯红，“我不善酒，先生尽管放量痛饮，百年老凤酒有好几桶。”王绾笑道：“在下也是食过于酒，至多如此两碗。”少年道：“正好。开咥！”说罢一双长筷入盆插起羊肉呼噜大咥。王绾方得半饱之际，少年已经盆盘皆空，兀自气定神闲地看着王绾。王绾虽吃相全无猛咥海吞，终还是只消受得盆盘一半，便丢下了筷子。

“公子食如雷霆，虽骑士不能及也！”王绾由衷赞叹一句。

“日后先生另案，我急食过甚，引人饭噎。”

“不然不然。”王绾连连摇手，“与公子同席，虽厌食者胃口大开。在下寻常只咥得一张锅盔，今日竟得三张，生平第一快事也！”

少年大笑：“急食还有此等用处，我心尚安也。”笑得一阵，少年蓦然正色，“先生到来，未及介绍。我这庄院连我三人，令狐大姑是宫派女官，不要不行；小童赵高，是赵国时的童仆，你呼他小高子便成。”说罢向小童一招手，“小高子，饭后带先生到前后院转悠一番，任先生选个所在住下。先生若是耐得，晚来赐教。”连串说完，也不待王绾回答，拄着义仆笃笃走了，快捷干练如专精事务之良吏。

“先生请。”小童殷殷过来一拱手。

“小兄弟，几岁了？”王绾行走间与小童攀谈起来。

“八岁。先生官身，可不敢叫我小兄弟。”

“我也公子侍从，原本兄弟也。”

“可不原本。你是官吏，我是……公子法度森严哩。”

王绾见小赵高神色有异目光闪烁，心念一闪转了话题：“你说公子法度森严，甚法度？国法？还是私下规矩？”

“都有。都严。”

“公子最烦甚等事体？”

“最烦人照拂。老骂我跑得太勤，一只小狗！”

“呵呵，公子最喜好的事体？”

“读书骑射。整日只这两件事！噢，睡觉不算。”

“公子没有老师么？”

“没。外公教识字，公子四岁便识得五七百字，从此自读自修。”

“噢？那你也识得许多字了？”

“小高子不行。只识得百字不到。”

“公子教你学字么？”

“公子骂我笨，要令狐大姑教我。”

“太子傅府可有先生来给公子讲书？”

“有过三回，都教公子问得张口结舌。后来，再没人来了。”

“小兄弟读书么？”

“没人教读不懂。公子只教我背诵秦法，说先不犯法才能做事立身。”

边说边走边看，王绾终于在东跨院选择了一间大砖房。这东跨院其实就是一大片石条墙圈起来的草地，足足有三五十亩大，南北两边各有一排六开间房屋。王绾选的是北边最东边一间空屋，其余各间或多或少都摆满了兵器架，尽管机灵可人的小赵高说都可以腾出来住人，王绾还是选了一间现成空屋。小赵高说，这座庄院原本是一家山农的林屋，公子回秦后不想住在王城里，整日出得咸阳南门进山跑马骑射，后来自己与山农成交，用二十金买下了这片空庄；再后来公子好容易请准父母搬了出来，才有了王后派来的令狐大姑与三个可人的小侍女，偏公子只留下令狐大姑，其余都支了回去；这里原本没有石墙，去岁秋季秦王与王后来了一回，硬是给庄园修了一圈石墙，否则便要公子搬回王城，没奈何公子才不吱声了。

“哪，王城没给山下驻兵？”

“不知道。当真有，可了不得，公子准定发怒。”

一番转悠之后收拾住屋，妥当之后便是晚汤。老秦人将晚饭叫做晚汤，本意大约是白日吃干晚来节俭喝稀。小赵高送饭时说，庄院晚汤从来是分食，给公子送进书房，他与令狐大姑自便，大姑说先生比照公子，他便送来了。王绾笑说午间咥得太扎实，晚汤用不了这多，不若同汤便了。小赵高摇摇头，说他从来不晚食。王绾问为甚，小赵高却岔开了话题，说若是先生汤后要去公子书房，他去拿风灯，跑开了。片刻风灯来到，王绾将一小碗藿菜羹也堪堪喝罢，跟着小赵高来到正院。

"公子书房如何不在东厢？"王绾颇是不解。依着寻常规矩，主人书房纵然不在北面正房，亦当在东面向阳一厢，如何赵政的书房竟在承受西晒之西厢？而从东厢灯火动静看，那里分明是厨屋与两仆居所。

"公子非得如此。说厨下劳累早起晚睡，正当消受朝阳之光。他五更晨练天亮跑马，人又不在书房，要阳光做甚？令狐大姑拗不过公子，只好如此了。"

"公子倒是体恤之心也。"

"那是！公子敬贤爱下，令狐大姑说的。"

"呵呵，那还为难国府老师？"

"嘘！"小赵高开心而神秘地一笑，"遇得无能自负者，公子厉害哩！"说话到西厢门前，轻手轻脚上前轻轻叩门。

"在下王绾，请见公子。"王绾肃然一躬。

"高子，领先生进来，南间。"屋内一声清亮的回答。

西厢是六开间青砖大房。王绾一打量便知是一明两暗三分格局：南间是真正书房，中厅会客，北间起居。思忖间上得四级宽大石阶推开厚重木门，迎面三步处一道完全遮挡门外视线的红木大屏，大屏两端与两扇内开大门形成了几容一人通过的两个道口。绕过南边道口，借着风灯光亮，王绾顿时惊讶不已——中间三面墙完全挤满了高大的木架，一卷卷竹简码得整齐有序，满当当无一格虚空，中间一张书案，案后一方白玉镌刻着一个斗大的黑字：灋！王绾正在愣怔，少年已经走出了南间："呵，先生看书也，这间是法令典籍。来，顺便到北间。"小赵高已经轻灵地先到点起了四盏铜人灯，北间顿时一片大亮。也是满当当书架竹简，中间书案与厚厚的地毡上还摊着十几卷展开的竹简，直是无处不书。

"这是诸子间，只可惜还没有收齐荀子近作。"

王绾更是惊讶："荀子乃当世新学，公子也留神此公？"

"荀子法儒兼备，文理清新奇崛，真大家也！"

“公子在南间起居了？”

“走，去南间。”少年笑了。

走进南间，王绾良久默然。这里是“国是”两个大字。少年说，这里的所有书卷都是从王城典籍库借来的国府文告与大臣上书之副本，每三月一借一还，今日他正在读国府的赦将王书。“此书高明！借穆公之例赦败军之将，避成法，安国家，从权机变虽千古堪称典范也。”少年拿起案上摊开的竹简笑着评点。

“公子如此雄心，在下景仰之至！”

“笑谈笑谈，”少年大笑，“消磨时光也算得雄心？先生趣话也。”

“如此消磨时光，也是亘古奇观。”

“先生也！”少年慨然一叹皱眉摇头，“你说我是否甚病？一日歇息得两个时辰便够，再要卧榻便是辗转反侧，左右起来做事才有精神。偏又无甚事可做，只有骑射读书，只这两件事我下得工夫，还不觉累人。也只在这两件事，我用了王子身份。否则，哪里去搜齐天下典籍？哪里去搜齐天下兵刃？你说，这是病么？”

“病非病，只怕上天也不甚明白。”王绾不无诙谐。

“偏先生多趣话。”少年一笑拿过一卷，“来，请先生断断此书。”

这一夜，评书断句海阔天空，两人直在书房说到五更鸡鸣。料峭春风掠过山谷，少年赵政送走王绾独自晨练去了。王绾感奋不能自已，漫步山冈遥望咸阳灯火，无法平息翻翻滚滚的思绪。

旬日之后，吕不韦接到王绾书简：“公子才略可经任何考校，丞相放手毋忧矣！”王绾做事扎实秉性厚重且不失棱角，素来不轻易臧否人物，吕不韦没有不相信的道理。然兹事体大，王绾断语如此之高，吕不韦也不能没有疑惑。毕竟，这位王子自己只见过三五次，迎接王后归秦时王子还是个总角小儿，后来又都是恰恰在东偏殿不期遇到，话都没说得几句，实在是不甚了了。思忖一番，吕不韦立即以行人署旧事未了名义，派一书吏将王绾紧急召回，密谈一个时辰，吕不韦方才定下了方略。

第一步，吕不韦先要清楚地知道各方势力对立储的实在想法。

所谓各方势力，是能左右立储的关联权臣。尽管秦国法度清明，此等势力的作用远非山东六国那般可以使天地翻覆，然则要将事情做得顺当，还是须得顾及的。这是吕不韦一以贯之的行事方式。大局论之，秦王一方，朝臣一方，后宫一方，外戚一方，王族宗亲一方。具体论之，秦王一方只有两子，秦王无断然属意之选，可做居中公允之力而不计；后宫一方两王子之母皆无根基，王后赵姬母子入秦未带任何赵国亲族，胡妃原本低爵胡女更无胡人亲族在秦，纵然有心也是无力，也可不计；外戚一方历来是与参选立储诸王子关联的母系势力，两嫡子没有外戚势力，其余王子的外戚势力便只有芈氏一支了。这芈氏一族，乃当年宣太后嫁于秦惠王时“陪嫁”入秦的楚国远支王族。历秦昭王一世五十余年，经宣太后与穰侯魏冄着意经营，芈氏与嬴氏王族相互通婚者不知几多，芈氏遂成秦国最大的外戚势力。目下可参选立储的诸王子中，至少有五六个是芈氏外甥外孙。芈氏虽在低谷之时，然毕竟还有华阳太后这个秦王正母在，若再与参选王子本族联手，势力不可小视。

但最要紧的，还是朝臣与王族宗亲两方。

说朝臣，还是一虚一实两方。虚者纲成君蔡泽，实者上将军蒙骜。蔡泽虽无实职，然从秦昭王晚年开始一直操持国事大典，从安国君嬴柱立嫡开始，举凡国葬、新王即位、启耕大典、王子加冠等等无一不是蔡泽主持。此公学问渊博心思聪睿，一班阴阳家星相家占卜家堪舆家无不服膺，便是朝野公议，蔡泽说法也有极大影响力。此公若心下有事，突然搬出意料不到的稀奇古怪的祖制成法，顿时便是尴尬。蒙骜是军旅轴心，遇事无甚长篇大论，只结结实实一个说法便举足轻重。自处置战败难题后，吕不韦与蒙骜已经是私谊笃厚。然此公耿直倔强，遇事从来不论私情，私交笃厚充其量也只是不遮不掩兜底说，想要他揣摩上意权衡左右而断事，准定要翻车。思忖一番，吕不韦还是先登蔡泽之门。两人直说了一个通宵，次日午后同车联袂来拜访蒙骜。

“自囚方了，有春风嘉客，老夫何幸也！”

蔡泽呷呷大笑：“老将军存心教人脸红也，你自囚，老夫该受剐！”

“笑谈笑谈。”蒙骜虚手一引，“两位请。”

“一冬蜗居自省，老哥哥律己之楷模也！”吕不韦由衷赞叹。

“闲话一句，说它做甚。”蒙骜连连摆手，将两人礼让进正厅落座，吩咐使女煮上好齐茶，这才入座笑道：“老夫不日将赴洛阳，着手筹划三川郡大本营，原本正要到丞相与纲成君府辞行。今日两公联袂而来，老夫一总别过。若有叮嘱事体，也一并说了。”

蔡泽接道：“河冰未开，老将军未免性急些了。”

“老夫走函谷关陆路，不走渭水道，不打紧也。”

吕不韦笑道：“不是说好启耕大典后你我同去么？”

“你是日理万机，只怕到时由不得你也！”蒙骜喟然一叹，“秦王身体不超其父，朝局国事多赖丞相也。还是老夫先行趟路踏勘，届时等你来定夺便是。”

说话间使女上茶，啜得半盏滚烫的酽茶，吕不韦沉吟道：“老将军能否迟得半月一月？”蒙骜目光一闪道：“若有大事，丞相尽管说。若无大事，迟他甚来？”吕不韦熟知蒙骜秉性，将秦王病状与立储一应事体说了一遍，末了道：“此事秦王已经决断，着不韦与上将军、纲成君酌商会办。纲成君老于立嫡立储诸般事务，今日我等三人先来个大概会商如何？”

“你只说，议规矩议人？”蒙骜爽快之极。

蔡泽揶揄道：“规矩只怕老将军掰扯不清，还是议人实在些个。”

“想甚说甚，老哥哥自便。”吕不韦笑着点头。

“老夫以为，秦国立储该当也！”蒙骜慨然拍案，“虽说秦王即位只有两年，两子也在冲幼，与成法略有不合。然秦王痼疾时发，举朝皆知，国人亦有所闻，立储获举国赞同不难。至于王子论才，老夫对此次可参选之庶出公子不甚了了。”蒙骜虽有些沉吟，但还是叩着书案清晰地说了下去，“若论秦王两子，老夫以为次子成蛟可立。成蛟少年聪颖，读书习武都颇见根基，秉性也端方无邪。更有一处，据太医所言，成蛟无暗疾，体魄亦算强健，立储可保秦君不再有频繁更迭之虞矣！”

“老将军对二王子如此熟悉？”

“不瞒纲成君，成蛟曾几次前来要老夫指点兵法，而已。”

“那可是王子师也，而已个甚？”蔡泽呷呷笑得不亦乐乎。

蒙骜笑骂道：“越老越没正形！老夫说得不对么？”

“还得说另一王子如何不当立，否则如何论对错？”

蒙骜正色道：“长子政有两失：其一，生于赵国长于赵国，赵女为其生身，与赵人有先天之亲兼后天之恩。此子回秦，仍自称赵政，不自复嬴姓，足见亲赵之心。其二，据老夫所闻，此子秉性多有乖戾，任性强横恣意妄为：不就太子傅官学，戏弄太子傅府教习先生，私带仆从侍女野居河谷，有伤不治有病不医……凡此等等，皆非常人之行，更非少年之行也。”蒙骜叹息一声，“两公莫要忘记，当年之齐湣王田地少年怪诞，终使齐国一朝几亡。秦武王嬴荡也是怪诞乖戾，以致后患连绵……人为君王，还是常性者佳也。”

蔡泽不禁惊讶：“老将军对大王子也如此清楚？”

蒙骜淡淡一笑：“成蛟无心言之，老夫无意听之，而已。”

“传闻之事尚待查证，姑且不论。”蔡泽诙谐笑脸上的两只圆滚滚环眼大大瞪着，“其母赵女，其子必有赵心。这血统之论老得掉渣，战国之世谁个垂青？不想老将军却拾人余唾言之凿凿，不亦怪哉！”嚷得几句蔡泽又是微微一笑，“老将军当知，秦自孝公以来，五王皆非上将军所言之纯净血统也。孝公生母为燕女，惠王生母为齐女，武王生母为戎女，昭王生母为楚女，孝文王生母为魏女，当今君上生母为夏女，嫡母华阳太后又为楚女。以上将军血统之论，秦国君王个个异心了。实则论之，一个皆无。这血统论何能自圆其说也？”

“……”蒙骜一时语塞，恼怒地盯着蔡泽。

“再说我等，谁个老秦人了？”蔡泽揶揄地笑了，“丞相卫人，上将军齐人，蔡泽燕人。往前说，商君卫人，张仪魏人，范雎魏人，宣太后、魏冄楚人，甘茂楚人。也就是说，百余年来，在秦国总领国政者尽皆外邦之人。谁有异心了？你老将军还是我蔡泽？”

“纲成君，得理不让人也。”吕不韦淡淡一笑。

蒙骜原本也只是厌烦蔡泽呷呷逼人，见吕不韦已经说了蔡泽不是，心气平息，释然一笑道：“纲成君所言倒是实情实理。此条原本老夫心事，不足道也。平心而论，老夫所在意者，储君之才德秉性也。慎之慎之。”

“老哥哥以为，辨才辨德，何法最佳？”

“这是纲成君所长，老夫退避三舍。”

蔡泽大笑一躬：“多蒙老将军褒奖，方才得罪也。”

蒙骜努力学着蔡泽语势斥责：“国是论争，此说大谬也！”

三人大笑一阵，吕不韦思忖道：“老哥哥所言极是，辨才辨德事关立储根本。储君才德不孚众望，我等失察之罪。唯其如此，本次立储遴选，才德尽皆考校。我与纲成君议过：才分文武，文考由纲成君操持，武考请老哥哥操持；德行之辨尚无良策，容我思谋再定。老哥哥以为如何？”

“持平之论。”蒙骜欣然拍案，“三考之下，是谁是谁。”

议定大略，吕不韦大体有了底气，留下蔡泽与蒙骜仔细计议文武考校事宜，自己辚辚去了驷车庶长府。老嬴贲虽则年迈半瘫，历来敬事，听吕不韦仔细说明来由，立即吩咐掌事书吏搬出王子辈嫡系王族册籍。当场查对抄录，除却十岁以下男幼童、所有同辈女子、未出麻疹者、伤残者、与业经太医确诊的先天暗疾者外，能够确定参与遴选储君者只有十三个王孙公子：十至十五岁七人，十五至二十岁三人；另有三人分别是二十三岁、二十五岁、三十岁，且皆在军中为将，只因与王子同辈例当参选，老嬴贲许诺立即召回。

“老庶长可有属意王子？”吕不韦终有此问。

“整日王子王孙乱纷纷，老眼花也。”老嬴贲笑叹一句，“只要这些碎崽子不犯事，老夫足矣！是贤是愚，管不得许多了。丞相谋事缜密，又有知人之明，你说谁行？”实在的信任又加着三分的试探，战场伤残而居“闲职”的老嬴贲精明之至。

“吕不韦操持此事，只能秉公考辨，不敢先入为主。”

“好！丞相此心公也。若有搅闹，老夫竹杖打他！”

“谢过老庶长。”

回到丞相府，吕不韦立即将带回来的王子卷册交给了掌事主书，吩咐立即誊抄刻简呈报秦王，并同时派出精干吏员探察诸王子学业才德，务必于旬日之内清楚每个人实情。三更上榻五更离榻梳洗，天方大亮，吕不韦又驱车去了王城太后宫。

“哟！毋晓得大丞相来也。”华阳太后百味俱在地笑着。

“见过太后。”吕不韦肃然一躬，“老臣多有粗疏，太后见谅。”

“老话过矣，不说也罢。毋晓得今日何事了？”

吕不韦一脸忧色道：“太后也知，秦王年来痼疾多发，预为国谋，欲立储君。秦王本当亲自前来拜见太后禀明，奈何病体不支，差老臣前来拜谒。参选王子皆太后甥孙，尚请太后多加指点。”

“子楚倒是送过个信来，我算是大体晓得了。”华阳太后原非争强好胜之女，自与嬴异人生母夏太后闹过一番龃龉，只恐嬴异人做了秦王忘恩负义借故报复，后来见嬴异人非但没有丝毫报复，反倒多有照拂使她安享尊荣，对夏太后的那番心气也渐渐淡了。毕竟，夏太后是生子为王，又受大半生磨难，临老做个太后也是天理该当。嬴异人虽然来得少，每遇大事却都通个声气，也没将芈氏老外戚做了罪人看，阳泉君还保留了爵位封号，纵是亲子又能如何？如此想去，华阳太后也淡然如常，秦王有事问她，她便依着自己想法说事，倒是没有虚套。

“这些孙辈王子年岁都小。几个大的，又都早早入了军旅，只怕参与考校也是力不从心了。晓得无？”华阳太后幽幽一叹，“要我说，只一句话：你等操持者将心摆平，给王孙们一个公道。子楚卧榻多病，你这丞相便是栋梁。晓得无？”

“太后激励，老臣铭记不忘。”

“晓得了？人都说吕不韦能人能事，今回看你了。”

“不韦若有不当，敢请太后教诲。”

“哟！不敢当。只要你还记得我这冷宫，算你会做人了。”

“太后毋忧。”吕不韦心念一闪终于将华阳太后最想听的话说了出来，“纵是秦王不测，老臣也保得新王不负太后。”

“晓得了！”华阳太后顿时一脸灿烂，“你只放心放手立储，谁个没规矩，我老太后第一个骂他！晓得无？”

"谢过太后。"吕不韦心中长长地松了一口气。

四　两番大考校　少年王子名动朝野

启耕大典之后，遴选储君的诸般事体终于筹备妥当。

四月初三，诸王子大考校正式开始。考者，查核之法也。《书·舜典》云："三载考绩，三考黜陟幽明。"校者，比较核实也。《礼记·学记》云："比年入学，中年考校。"就实而论，两者都是古老而有效的考核人才方法。前者起源于查核官吏政绩，后者起源于查核学子修习。延至春秋战国，考校之意大为扩展。但说考，大体都指官吏学子之查核。但说校，大体都指武士之查核。考校相连，大体便是文事武事一齐查核。立储而考核王子，原本不多见。夏商周三代以来，长子继承制已成宗法传统，本无立储考子之说。只有最清明的君王在没有嫡子而必须在庶子甚或旁支中遴选继任人时，才偶有查核之法。战国之世，无能君主直接导致亡国，立储考核王子才时有所见。秦国虽有查核立贤之法度，然如今次这般公然对王子文事武事一齐考核，非但朝臣齐聚以证，且特许有爵国人观看，实在是亘古未闻。

消息一出，咸阳老秦人无不惊讶，一时争先恐后到咸阳令官署登录姓名爵位领取通行官帖，筹备年节社火一般热闹。四月初三这日清晨，有爵国人络绎不绝地进了咸阳王城正殿外的车马广场，层层叠叠安坐在早已经搭好的圆木看台上，连同六国使节与尚商坊的富商大贾，满当当几近万人。这些老秦人虽有耕战爵位，然真正进过王城的也实在没有几个，今日逢此祖辈难遇的良机，一边满怀新奇地打量议论王城气象，一边盯着正殿前一片黑压压坐席纷纷揣测考校之法，人人亢奋不已。倏忽日上城角，大钟轰鸣一声，全场顿时沉寂下来。

"卯时已到！纲成君职司文考，伊始——"

随着司礼大臣的宣呼，蔡泽昂昂然走到殿前第三级台阶的特设大案前站定，从案头拿起一支熠熠生光的金令箭高声道："本君奉王书主考诸王子文事，此前业经初考，已入军旅之三王子因少年无学而弃考。今日参与大考者，十位王子也。大考之法：文事三考，答问史官实录，考绩朝野可证。三问不过，即行裁汰，不得进入武校。诸王子入场——”

十个少年王子应声入场，走到殿前阶下十张大案之前肃然站定，无分长幼尽皆一式衣冠：头顶三寸少冠[1]，身着黑丝斗篷，腰间牛皮鞶带悬一支青铜短剑。个个英挺健壮，当即引来老秦人一片由衷的赞叹。

“诸王子入座。”蔡泽的呷呷亮嗓回荡在王城广场，“第一考，应答者自报名讳，应答不出者书吏录名。诸位王子可否明白？”

“明白！”王子们整齐一声。

“第一问，老题：秦国郡县几何？有地几何？人口几多？”

哄嗡一声，全场议论如风过林海。人们不约而同地惊讶，此等问题也算学问？然一思忖，对于即将成为国君的王子又岂能不是学问？左右说不清，还是先看王子们如何应对，全场哄嗡片刻复归平静，万千眼睛都盯向了十位王子——王子们显然是一片迷惘，你看我我看你期期艾艾无人开口。

“算甚学问？大父立嫡问过！”一个王子红脸高声异议。

“对！老问不算！”

“该考学馆所教之学！”王子们纷纷附和。

“嘿嘿！”蔡泽微微冷笑，“诸位王子说得不错。此一老题，乃当年孝文王为太子时选立嫡子而首次提出，至今已经十余年。老夫记得清：当时昭襄王得闻诸公子竟不知邦国实情，大为惊诧。特命太子傅府编修邦国概要，以为王子少学。十年已过，老题重出，诸王子却说没学过，此何人之责乎！”

节外生枝，殿前大臣与全场有爵秦人无不大感意外。果如蔡泽所言，秦昭王已经将邦国情势定为王子少学而王子们依旧懵懂如故，这太子傅府说得过去么？正在众人疑惑之际，一个白发苍苍的老臣从蔡泽身后的大臣坐席区站起，愤然高声道：“纲成君之意，要追究老夫玩忽职守么？”

---

[1] 少冠，贵胄少年加冠之前所戴的低冠，加冠后之冠依据本人爵位官职之高低而定冠之高低。

“秦王口书——”司礼大臣突然在殿阶高处一声宣呼，“今日大考王子，余事另论。诸王子唯问是答，不得对考题辩驳。大考续进——”

“老臣奉命！”蔡泽与太子傅向殿口肃然作礼。

“我等奉命！”王子们齐声领命。

蔡泽回身就案：“上述一问，可是无人答得？”

“我知道有内史郡……”

“我知道有河西六百里，秦川八百里，土地总数么……”

两人吭哧之后，大多王子们都红着脸不吱声了。此时一个英俊少年突然挺身站起一拱手道：“成蛟答得人口土地，只是郡县记得不全。”

蔡泽拍案：“若无人全答，王子成蛟可作答。”

“赵政全答。”西首一个王子挺身站起，见蔡泽一点头，从容高声道，“秦国有郡一十五，有县三百一十三；秦国目下有地五个方千里，华夏山川四有其一；秦国目下人口一千六百四十万余，成军人口一百六十余万。”

“知道十五郡名么？”蔡泽呷呷笑着加了一问。

“十五郡为：内史郡、北地郡、上郡、九原郡、陇西郡、三川郡、河内郡、河东郡、太原郡、上党郡、商於郡、蜀郡、巴郡、南郡、东郡。三百一十三县为……”

“且慢！”蔡泽惊讶拍案，“王子能记得三百余县？”

“大体无差。”

“好！你只需答得全内史郡所有县名，此题便过！”

“内史郡二十六县，从西数起：上邽、汧县、陈仓、雍县、郿县、虢县、鄠县、漆县、美阳、斄县、好畤、云阳、杜县、高陵、频阳、芷阳、栎阳、骊邑、蓝田、郑县、平舒、下邽、夏阳、丹阳、桃林、函谷。二十六县完。”

“彩——”六国使节商旅一声喝彩。

老秦人们惊喜交加纷纷议论赞叹，连忙相互打问这王子如何叫做赵政等等不亦乐乎。蔡泽巡视着惊愕的王子们笑问：“可有能复述一遍者？”见王子们纷纷低头，肃然点头拍案，“第一考，王子赵政名列前茅！”

“好！”老秦人们终于吼了一声。

“第二考：秦国军功爵几多级？昭王以来秦军打过多少胜仗？”

王子们眉头大皱，低头纷纷抓耳挠腮。

“我知道！上将军、将军、千夫长！”终于一个王子昂昂作答。

“不然！还有百夫长、什长、伍长！”

话音落点，全场不禁哄然大笑。笑声方落，少年王子成蛟稳稳站起高声答道：“秦国军功爵二十级，从低到高分别是：公士、造士、簪袅、不更、大夫、官大夫、公大夫、公乘、五大夫、左庶长、右庶长、左更、中更、右更、少上造、大良造、驷车庶长、大庶长、关内侯、彻侯。昭王以来，秦国大战胜十六场、小战胜二十九场！”

“好！”全场老秦人都有军功爵，不禁一声吼。

“胜不忘败。五大败战最该说！”王子赵政霍然站起，“胜仗可忘，败仗不可忘也。唯不忘败，方可不败。昭王以来，秦军首败于攻赵阏於之战，再败于王龁攻赵之战，三败于郑安平驰援之战，四败于王陵邯郸之战，五败于本次河外之战。五战之失，皆在大战胜后轻躁急进。五败铭刻在心，秦军战无不胜！”

全场愕然寂然。此子虽在少年，见识却当真惊人。胜不忘败原本便是明君圣王也很少做到，更别说一言以蔽之将五败根本归结为大胜后轻躁冒进，此等见识出自一个弱冠少年之口，任你名士大臣百业国人谁能不大为惊愕？更为根本者，经少年王子一说，举场臣民顿时恍然——秦国五败还当真都是大胜之后轻躁冒进，若是不骄不躁持重而战，何至于六国苦苦纠缠？当真应了一句老话，不说不知道，一说吓一跳！

“秦王口命——”正在举场惴惴之时，司礼大臣宣呼又起，“王子政此说不在大考之界，容当后议。大考继续——”

“老臣奉命！”蔡泽向殿口一拱手转身道，“赵政之说，不置可否。第三考：秦为法治之国，秦法大律几何？法条几多？”

“知道！男子年二十一岁而冠！”一个十岁公子昂昂童声。

“我也知道，弃灰于市者刑！”

“知道！有律（旅）一重（众），有徒（土）一刑（成）！”

“错也！夏少康土地人口，不是秦律！”另个公子认真纠正。

满场哄然一阵大笑，老秦人都是万般感慨地纷纷摇头。

成蛟霍然站起：“秦法二十三大律，法条两千六百八十三。”

“知道二十三大律名目么？”蔡泽呷呷一问。

“成蛟尚未涉猎。”

“王子政可知？”蔡泽径直点了低头不语的赵政名字。

“知道。”赵政似乎没了原先的亢奋，掰着手指淡淡道：“秦法二十三大律为：军功律、农耕律、市易律、百工律、游士律、料民律、保甲连坐律、刑罚律、厩苑律、金布律、仓律、税律、徭役律、置吏除吏律、内史律、司空律、传邮律、传食律、度量衡器律、公车律、戍边律、王族律、杂律，共计为二十三大律。”如数家珍一般。

“王子可曾听说过《法经》？”蔡泽饶有兴致地追问一句。

赵政似乎突然又生出亢奋，高声回答：“李悝《法经》，赵政只读过三遍，以为过于粗简。以法治国，非《商君书》莫属。”

“王子读过《商君书》？”蔡泽惊诧的声音呷呷发颤。

“赵政不才，自认对《商君书》可倒背如流。”

“此子狂悖也！”背后坐席的一位老臣厉声一喝，辞色愤然，“《商君书》泱泱十余万言，辞意简约古奥，虽名士尚需揣摩，少学何能倒背如流？大言欺世，足见浅薄！”

“嘿嘿！”蔡泽连声冷笑，“老夫司考，太子傅少安毋躁。足下未闻未见者，未必世间便无也。”转身呷呷一笑，“王子政，老夫倒想听你背得一遍，奈何时光无多。今日老夫随意点篇，你只背得头几句，便证你所言非虚如何？”

“纲成君但点便是。”

“好！《农战第三》。”

少年赵政昂昂背诵：“凡人主所以劝民者，官爵也。国之所以兴者，农战也。今民求官爵皆不以农战，而以巧言虚道，此谓佻民。佻民者，其国必无力。无力者，其国必削……”

“停！《赏刑第十七》。”

“圣人之为国也，一赏，一刑，一教。一赏则兵无敌。一刑则政令行。一教则下听上。夫明赏不费，明刑不戮，明教不变，而民知于民务，国无异俗。明赏之犹，至于无赏也！明刑之犹，至于无刑也！明教之犹，至于无教也……”

“停！”蔡泽拍案狡黠地一笑，“你言能倒背如流，老夫便换个法式：王子可在《商君书》中选出十句精言，足以概观商君法治之要。嘿嘿，能么？”

少年赵政丝毫不见惊慌，一拱手从容道：“政读《商君书》，原是自行挑选揣摩，纲成君之考实非难题。十句精髓如下：国之所以治者三，一曰法，二曰信，三曰权。”

“一句！”场外老秦人不约而同地低声一呼。

“法无贵贱，刑无等级。”

“两句！”

“自卿相将军以至大夫庶人，犯国法者罪死不赦。”

“三句！”

“法已定矣，不以善言害法，故法立而不革。”

举场肃然无声，人们惊讶得屏住了气息忘记了数数，只听那略显童稚的响亮声音回荡在整个王城广场：“明王任法去私，而国无隙蠹矣！杀人不为暴，赏民不为仁者，国法明也。刑生力，力生强，强生威，威生德，德生于刑，故能述仁义于天下。以刑去刑，刑去事成。凡战胜之法，必本于政胜。凡将立国，制度不可不察也，治法不可不慎也，国务不可不谨也，事本不可不专也。圣人治国，不法古，不修今，因世而为之治，度俗而为之法……”

“万岁——王子政——”全场老秦人沸腾了起来。

蔡泽矜持地挥手作势压平了声浪，回身向大臣坐席一拱手道：“老夫已经考完，诸位若无异议，老夫这便公布考绩。”

“且慢！”太子傅亢声站起，“《商君书》乃国家重典，孤本藏存，本府王子学馆尚无抄本。王子政生于赵国居于赵国，何以得见？若是以讹传讹，岂非流毒天下！事关国家法度，王子政须得明白回答！”

蔡泽冷冷道：“此与本考无涉，答不答只在王子，无甚须得之说。”

少年赵政却一拱手道：“敢问太子傅，我背《商君书》可曾有差？”

“老夫如何晓得？！”

“敢问太子傅，昭王时曾给各王子颁发一部《商君书》抄本，可有此事？”

“老夫问你！不是你问老夫！”

蔡泽呷呷笑道：“此事有无，请老长史作证。”

老桓砾站起高声道：“昭王四十四年，王孙异人将为质于赵。昭王下书：秦国王子王孙无分在国在外，务须携带《商君书》日每修习，不忘国本。始有此举也。”

少年高声接道：“赵政之《商君书》拜母所赐，母得于父王离赵时托付代藏。敢问太子傅，此番来路可算正道？可合法度？”

老太子傅面红耳赤，对着蔡泽恼羞成怒道：“此子年方幼齿侃侃论道，诡异之极！非是妖祟即是方术，断不能定考！”

“老大人当真滑稽也！”蔡泽呷呷大笑，“战国以来，少年英才不知几多。鲁仲连十一岁有千里驹大名。上将军嫡孙蒙恬与王子政同年，已是文武兼通才艺两绝。甘茂嫡孙甘罗，今年方才五岁，已能过目成诵，咸阳皆知也！一个王子政背得《商君书》，却有何大惊小怪？天下之才，未必尽出一门。老大人，悲乎哉！”话音落点，全场不禁哄然大笑……

一场文考宣告了结：赵政、成蛟、公子腾三人进入武校；其余王子皆行退出遴选，于太子傅府善加少学。随着正午开市，文考散场，咸阳坊间当即流传开了王子赵政的神异故事：过目成诵对答如流直如神童一般！见识更是一鸣惊人举朝莫对，太子傅张口结舌，主考纲成君百般诘难而不倒，连秦王都说容当后议，不亦神哉！只是王子自报名讳曰赵政，坊间传闻却是老大不悦，纷纷说王子若是再叫赵政，国人便上万民书请逐这个自认赵人的王子政，纵是神童也不稀罕。

文考散去，吕不韦拉过蔡泽蒙骜一番商议，三人立即匆匆进了王城。暮色降临时，秦王特急王书到了太庙令府：“王子政归秦数年，未入太庙行认祖归宗大礼。着太庙令即行筹划，两日内行此大礼，使王子政复归王族嬴姓。”与此同时，又一道王书颁行朝野并张挂咸阳四门：“秦王允准上将军蒙骜之请：立储校武延迟三日，于四月初八日在咸阳校军场举行武考。国人无分有爵无爵，尽可往观。特王以告。”

四月初五日，王城北松林的太庙一派肃穆。秦王嬴异人亲自主持了王子政的认祖归宗礼，向列祖列宗翔实禀报了王子政出生邯郸的经过，亲手将有随同王后的老内侍老侍女押名见证的生辰刻简嵌入王子政辈分的铜格之中。王子政衣冠整齐，对列祖列宗焚香九拜。老驷车庶长嬴贲郑重唱名，史官当场登录，“嬴政”这个名字从此被纳入了秦国史册。

次日，驷车庶长府文告颁行各官署，并张挂咸阳四门。文告曰：“王子政归秦，适逢两王国丧交替倥偬，认祖归宗与正名大礼延宕至今，以致王子政以‘赵政’之名居国数年，驷车庶长府之过也！今承王命，已于四月初五日为王子政于太庙行正名大礼，自此认祖归宗，复其‘嬴政’之名。特告之朝野。驷车庶长嬴贲。”

文告一出，咸阳国人欣欣然奔走相告——王子政老秦人也！没错！一时人人弹冠家家庆贺，无不对天祷告这个神异王子早日成为王储。四月初八日那天，咸阳国人空巷而出拥向校军场，要争相一睹神异王子的风采。

就实而论，咸阳校军场很少用于校军。战国之世大战多发，各大战国的大军一般都屯驻在要塞或真正可以展开野战训练的大本营，而极少如后世朝代那般专门拱卫京师。譬如秦国大军屯驻地除了蓝田大营，便是函谷关、九原郡、离石要塞三处重地；赵国大军则是武安大营与云中、阴山、雁门关等要塞。纵是咸阳守军，也是驻扎在北阪与章台两地，不奉兵符是从来不会进入咸阳城的。如此一来，咸阳校军场除了王城守军的礼仪性操演，实际上多用于诸多庆典聚会，一如大年社火、将士出征与班师犒赏、每年授民耕战爵位等等大典，都在这校军场举行。真正的校武，倒还真没有过几次。在咸阳国人的记忆中，当年司马错攻灭巴蜀班师后曾在校军场举行大典，那个王子嬴荡在这里第一次展示神力震惊天下，似乎是唯一的一次。倏忽六十余年，今次校武又是王子嬴政，校军场之会岂非天意也！

各方就绪，红日堪堪东升。

武考不若文考，秦国君臣悉数公然露面。北面高台正中央是秦王王座，王座下一字排开三张长案，中间丞相吕不韦，左侧纲成君蔡泽，右侧上将军蒙骜；平台两侧大红毡上，文武大臣以文左武右之式坐成两个纵长方形；中间一片十丈见方的空场摆着两张书案，右角是手握大笔的史官，左角是驷车庶长老嬴贲。显然，文考之后朝野情势为之一变，秦人对立储的关注之情大为高涨，此前对秦王多病的隐忧也随之淡化。秦国君臣为之一振，索性全数出动，欲借立储之机以扭转战败后的沉闷之气。

司礼大臣宣读王书任命主考之后，校武在一阵隆隆鼓声中宣告开始。

须发雪白一领绣金黑丝斗篷的主考官上将军蒙骜霍然站起，大步走到前出三丈的中央司令台，捧起一口铜锈斑驳的青铜剑肃然高声道："蒙骜受命穆公剑，职司武考，任何一方不遵号令或滋事干扰，立斩不赦！"武校不若文考，历来法度森严，然却也从来没有请出过只有大军征伐才斟酌赐予大将的穆公剑。国人未免一阵哄嗡议论，顿时觉得这场校武定是非同寻常，纷纷揣摩间听蒙骜又道："校武两考：一为涉兵见识，二为武技体魄。应考三公子入场——"

六面战鼓隆隆响起，三骑从南面入口飞驰进场。到得司令台前骤然勒马，三匹骏马嘶鸣咆哮间一齐人立而起，满场人众一声喝彩。三公子利落下马大步走到蒙骜案前作礼报名，蒙骜一指右手三张长案，三公子各自赳赳到案前肃然伫立。

蒙骜苍老的声音回荡起来："虑及诸公子正在少学，涉兵见识由老夫军务小司马执考，可相互应对以明涉猎，亦可相互辩驳以明见识；三问错其二,一考告罢；应对辩驳太多，老夫令行禁止！三公子明白否？"

"明白！"

"好！第一场公子腾——"

"嬴腾在！"排在第一案的年轻公子赳赳三步，恰恰站在了草席中间的白圈中。他是三公子中唯一年及加冠且已经从军者，一身甲胄一领斗篷分外的英武干练，这掐尺等寸的三步到圈，立即便知绝非庸常士卒。几乎与此同时，蒙骜大案后走出一人，身着司马软甲，头盔上却垂下一方厚厚黑布遮住了面容，站到大案前，一个清亮而不失铿锵的声音在场中响起：“本司马奉命执考，公子腾应对。”

“嗨！”

“第一问，三代以来，传世兵书几何？”

“五部：《太公兵法》《孙子兵法》《吴子兵法》《孙膑兵法》《司马法》！”

“第二问，成而毁之者，兵书几何？”

“……”公子腾愣怔片刻愤愤道：“既已毁之，人何知之？无对！”

“两公子可有对？”蒙面者的清亮声音似乎有些笑意。

“成蛟有对：范蠡兵书成而毁，赵武灵王兵书成而毁，信陵君兵书成而毁。”

“可见有对。”清亮声音悠然道，“第三问，当年戎狄攻占镐京，晋齐鲁皆五千乘之大诸侯，周平王何以舍近求远，千里迢迢深入陇西，搬我秦族东来与戎狄大战？”

“……”公子腾又是愣怔愤愤然，“陈年老账，与兵事何干？无对！”

清亮声音似乎微微冷笑：“与将士也许无干，与君王却是有关也。”肃立台后的蒙骜沉着脸淡淡一挥手：“公子腾考罢，退场。”有备而来的公子腾大觉窝火，对着蒙骜便嚷：“校武不校武！只这般三言两语聒噪算甚？校武！武场见分晓！”蒙骜冷冷一笑：“公子少安毋躁。选储君并非选锐士，知道么？退场！”公子腾看看蒙骜案上那口铜锈斑驳的穆公剑，嗨的一声脚步腾腾地砸出了场外。

“公子成蛟应对。”

“成蛟在！”

“第一问：自有华夏，最早大战为何战？”

“成蛟有对：炎黄二帝阪泉大战。其时黄帝族人势长大河之南，炎帝族人势长大江之北，两大势力碰撞于河内阪泉之地，因而大战。黄帝胜而炎帝败，华夏大地始得联盟为一。”

“第二问：春秋四百年，何战最大？”

“成蛟有对：春秋车战，晋楚城濮之战最大。时为周襄王二十年，晋文公五年，楚成王四十年。其时楚为霸主，出动兵车万乘有余，联兵陈蔡曹卫四国。晋国出兵车六千余乘，联兵秦宋滕三国。楚军大败，晋国称霸天下。此战之特异，在于首开车战以弱胜强之先河！”

“第三问：乐毅灭齐，挟万钧之力而六年不下即墨，因由何在？”

“成蛟有对：六年不下即墨，乃乐毅义兵也，非战力不逮也。若乐毅不遭罢黜，田单必降无疑！奈何阴差阳错而使竖子成名，义兵之悲也！”

“敢问公子，何谓义兵？天下曾有兵而义者乎？”

“圣王之兵，载道载义。宣而战，战而阵，不掳掠，不杀降，是为义兵。春秋义兵，宋襄公可当。战国义兵，唯乐毅攻齐大军可当！”

“敢问公子，乐毅攻齐，可曾宣而后战？”

“……不曾。”

“可曾战而列阵？”

“不曾。”

“乐毅大军掠齐财货六万余车天下皆知，可算不掳掠？”

“……”

“进入临淄前，乐毅两战败齐大军四十万。二十万战俘全数押回燕国做苦役刑徒，路途饥寒死得大半，其余未过三年，悉数冻馁死于辽东，可与杀降有异？”

“虽如此，终非杀降……”成蛟低声嘟哝着。

“纵然如此，可算义兵？”

“……”成蛟终于满面涨红不说话了。

在这最后一问之时，校军场万千人众静得幽幽峡谷一般。老秦人已经知道了这位公子是生于秦长于秦的正宗王子，心里原比对那个虽然已经复归嬴姓毕竟曾自称赵姓的王子政亲近了几分，对成蛟前面两答更是十分赞许一片喊好，然及至成蛟最后一答开始，满场老秦人鸦雀无声脸色铁青了。若依得此等义兵之说，秦国大军岂非强盗么？武安君白起岂非不义之屠夫么？依此蔓延，奖励耕战、斩首晋爵等等秦法，还有个甚意思来？远处不说，战国两百年秦人变法强国之前，秦国财富被山东掳掠了多少？秦人降卒被六国活活杀了多少？老秦人谁家无兵，是人皆知秦人宁可死战而不降，与其说是悍勇，毋宁说是被山东六国杀降杀怕了。杀便杀，老秦人只怨自己也不说甚，可只许你杀我不许我杀你是个甚理？一个义兵便搪塞了？鸟！万千百年谁个有义兵了？周武王灭商杀得血流成河，还将殷商朝歌烧了个叮当光，义兵何在？当年秦国穷弱，六国抢占了秦国整个河西将大军压到了骊山，将关中抢掠一空，其时义兵何在？要在天下立足，不图强国血战，却去念叨歆慕甚个义兵，直娘贼出息也！

“秦人只知有战，知道甚个义兵啊！”一个老人高喊了一声。

“只知有战！不知义兵！”全场震天动地一片吼声。

北面高台上一阵骚动，片刻间蔡泽站起高声喊道：“秦王口命：考校之论不涉国事，未尽处容当后议，国人少安毋躁，考校续进！”

“老臣奉命！”蒙骜慨然一躬转身一挥手，“成蛟退场，待后校武。”

蒙面司马高声接道：“王子嬴政应对。”

“嬴政在。”一直伫立不动的戎装王子跨前三步，从容到了中间圈内。

“第一问：战国以来，何战败于不当败，胜于不当胜？”

此问奇诡！清亮声音一落，满场人众惊愕议论，如此问一个少年王子，这个司马也忒是狠了一些。便是北面的君臣座区也是一片寂然，相互顾盼间直是摇头。

“问得好！”少年王子嬴政却是由衷赞叹，一拱手高声答道，“嬴政有对：长平大战后，秦国大将王龁、王陵相继率军二十万猛攻邯郸欲灭赵国，遭六国联军夹击，败于不当败；其时信陵君窃符救赵，联兵六国大胜秦军，胜于不当胜！”

“敢问其故？”清亮声音紧追一句。

“长平大战后秦国耗损甚大，实不具备一举灭赵之实力。既已自上党班师，不当复攻赵国。先祖昭王不听武安君白起之断而执意起兵，连遭两败。此败非秦军战力不敌也，而在庙算之失也，故云败于不当败。信陵君以一己威望奇诡之谋，强夺兵权力挽狂澜，胜秦军于措手不及。

此战之胜，既非六国政明民聚，亦非联军战力强大，实为奇谋以救衰朽，终不过使山东六国苟延残喘也！故云不当胜而胜。”

“好——”秦人大是兴奋，全场一声齐吼。待场中声浪平息，蒙面司马狠狠咳嗽一声道：“第二问：春秋之世，一公惯行蠢猪战法。所谓蠢猪，大要如何？”此问实在离奇，话音落点全场哄然一阵笑声又迅即平息，都全神贯注要听王子如何回答。

“有得此问，足见司马见识过人也！”少年嬴政罕见地笑了笑，竟对这位蒙面考官赞赏了一句，“司马所指，当是宋襄公无疑。此公伪仁假义欺世盗名，其‘三不’战法令人捧腹，确如蠢猪一般。堪称三不经典者，宋齐泓水之战也。”

“何谓三不？”

“三不者：敌军无备不战，敌军半渡不战，阵势未列不战也。”

全场哄然大笑，连北面高台上的大臣们也是一片笑声。秦人尚武之风极盛，是人都能对打仗唠叨一番，然春秋隔世，朝野之间倒也实在很少有人知道这个宋襄公的如此三不战法，一听之下笑不可遏。“天爷爷！老夫一辈子打仗，只听过攻其不备，谁听过敌无备不战？”“呀呀呀！宋襄公倒是猪得可人！咋不遇到我这群冷娃也！”一时嚷嚷不休满场哄笑不绝于耳。蒙骜身旁的中军司马连摆令旗，场中才渐渐平息下来。

“第三问：当今六国之将，何人堪称秦军日后劲敌？”

“赵国李牧！”少年嬴政断然回答。

“李牧一战胜匈奴，从未入中原战场，以他为秦军劲敌，有何凭据？”

少年嬴政看一眼北面高台的君臣坐席，显然有意提高了声调：“边将李牧，乃当今赵军最具后劲之年轻名将。嬴政少随外祖游历云中，曾入李牧军中盘桓旬日。与天下名将相比，此人勇略不输赵奢，谋略过于乐毅，沉雄堪比田单。尤为可贵者，李牧善于战法创新从不拘泥陈规陋习，胜不骄败不馁善待将士，大有武安君白起之风。秦军若不认真研习李牧战法，再败秦军者必李牧也！”

“谋略过于乐毅？公子不觉有失偏颇？”蒙面司马显然很惊讶。

少年嬴政郑重摇头："乐毅一生一战，犹虎头而蛇尾，李牧过之多也！"

全场惊讶不已，俄而议论哄嗡之声大起，一班大将更是轻蔑地大笑。蒙骜大皱眉头，然虑及主考之身执掌进程，猛然一劈令旗高声道："一己之论容当后议！公子退场，准备武校——"话音落点，全场兴奋点立即转移，一声喊好便三五成群聚相猜度今日结局。六国大商使节的坐席区更见热闹，纷纷掷下大宗赌金——校武局成蛟胜出！

大约顿饭辰光，校武各方事宜部署妥当。蒙骜一挥令旗宣示宗旨："强兵能战者，非赵括之流徒然纸上谈兵也！秦以锐士立国，尚耕战，轻孱弱，虽王族皆然。今日校武为武考根本，校武不过者，前考不足论也……"正在此时，蔡泽晃着鸭步匆匆前来在蒙骜耳边一阵低语。蒙骜脸色不悦却也点了点头，继续高声宣示，"武校之本，一在知兵，二在能战！考校武技，明心志强孱弱！为保考校公允，本主考派一秦军及冠士卒出阵，以为标杆，去其远者为败。考校两阵，一阵骑射，一阵搏击！"

"彩——"武风弥漫的老秦人真正狂热了。

"第一阵骑射考校，各方入场！"中军司马令旗挥动鼓声大起，便见两骑士身背长弓从南面入口处飞马而入，白马骑士为王子嬴政，红马骑士为王子成蛟。老秦人一看便知，嬴政白马乃阴山良驹，成蛟红马是东胡骏马，各有所长不分伯仲。两骑方在司令台前勒定，一骑黑马倏然飞到，马上骑士长弓箭壶全黑甲胄黑布蒙面，只有两只眼睛熠熠生光，身材虽不高大，剽悍沉稳之势却全然不似蒙骜方才所说的"及冠士卒"气象。场中不禁一阵哄嗡，觉得今日煞是怪异，两个考师都是蒙面出场，神秘兮兮不知有何蹊跷？

"外场开启——骑士上线——"

号令一起，黑红白三骑走马来到一道白灰线前一字排开。校军场南边的高大木栅隆隆拉开，马前宽阔的黄土大道遥遥直通外场。所谓外场，是马道出校军场之后的一片百余亩大的圈墙草地。骑士须得在这片草地跑得三大圈射出十箭而后入场，全程十里，中靶多且第一个回程校军场者为胜。

“起！”令旗呼啸劈下，战鼓隆隆大作，三骑风驰电掣般飞了出去。

骏马展蹄，呼啸呐喊如雷鸣般骤然响起。校军场之内三骑骏马几乎是并驾齐驱，飞出外场，遥遥可见黑色闪电已经领先两马之遥，其后一团火焰飞动，最后才是一片白云。黑骑领先并不为怪，要紧的是王子成蛟的东胡飞骑。此马身材高大雄骏鬃毛长可及腰，大跑之时鬃毛飘飘如同天马御风，雄武之美当真举世无双。“纸上谈兵！王子政毕竟不行也！”“胡马飞龙！成蛟得胜！”场中人海叹息加着惊诧嚷嚷成了一片。声浪沸腾之际，红马成蛟率先开弓，一连三箭射出，人海又是一阵呐喊呼啸。

“红骑成蛟，三箭三中！”遥遥呼喊从外场迭次传入校军场。

“黑骑少卒，三箭三中！”

“快看！白马上前了！”场中一片惊呼。

人众屏息注目，便见身材并不显如何高大雄骏的阴山白马骤然如飓风般掠过红马，其灵动神速直如草原飞骑，蛰伏马背的少年骑手突然拈弓开箭连连疾射。场中一班以目力骄人而此刻自愿做“斥候”者当即大叫起来：“至少五箭四中！绝非三箭两中！”

“白骑嬴政，五箭五中——”外场司马正式报靶声随风传来。

“哗——”犹如疾风掠过林海，整个校军场都骚动了起来。马上疾射能连发五箭已经非常惊人了，能五发而五中虽匈奴骑射也是极为罕见，这王子嬴政神也！

“黑骑四箭三中！”

“红骑三箭两中！”

声浪复起之时，人海“斥候”们突然一片惊呼——外场情势突然生变，白马长嘶一声飞跃一道土梁时人立而起，少年骑士树叶般飞出了马背飘落在草地——全场顿时屏息寂然。在场中人海与王台君臣不及反应之间，那片树叶竟然又神奇地飘回了马背，白马又飞掠草地追了上去。远远地，人们都看见红黑两骑已经射完箭靶折向回程，而那片白云却还在第三圈飘悠。终于，白马骑士挺起了身子，搭起了弓箭……

“黑骑三箭两中！”

“红骑四箭三中！”

“白骑，五箭两中——”

随着外场司马悠长的报靶声，白马又飓风般逼近了回程的黑红两骑。恰在进入校军场马道的刹那之间，阴山白马一片柔云般从黑红两骑中间飞插上来，堪堪又是三马并驾齐驱，全场声浪又一次震天动地般激荡起来。及至三马在司令台前勒定骑士下马，人海却骤然沉寂了——王子嬴政一身甲胄遍染鲜血，连背后长弓也是血迹斑斑，脸上却是灿烂地笑着。

“王子政能否撑持？”蒙骜耸动着白眉走了过来。

“战场流血，原是寻常！”王子政的声音有些暗哑。

“中途惊马，差得三箭，是否输得不服？”

“此马尚未驯好，骑士之责，嬴政认输！”

“尚未驯好你敢用做考校坐骑？”蒙骜大是惊讶。

少年嬴政笑了：“不打紧，它只是怕过大坎。”

“王子胆略尚可也。”蒙骜第一次些许有了赞许口吻，当即对台上君臣坐席高声报了骑射之考的定论：王子成蛟十箭八中，王子政十箭七中，士卒考手十箭八中，成蛟胜出！转身吩咐各方准备搏击考校。大约小半个时辰，中军司马报说各方就绪，蒙骜高声宣布了搏击考校之法：仍由原先及冠士卒与两王子作剑术搏击，每场三合；两王子不作剑术较量，只以对考师战况论高下。宣布完毕三人进场，俱是秦军短甲装束，只是及冠士卒依旧黑布蒙面，平添了几分神秘。

第一场，成蛟对蒙面考师。此考师身材并不高大却异常厚实，右手一口阔身青铜短剑，左手一张牛皮盾牌，十足的秦军步卒气象。成蛟是一口形制特异的精铁剑，长约两尺有余，青光凛然闪烁。战国之所谓精铁者，钢也。其时铸铁成钢之工艺尚没有青铜工艺纯熟，钢铁兵器之打造质量也不很稳定，上好的精铁剑要铸得两尺以上不是不能做到，而是不能如青铜兵器那般大量制造。唯其如此，秦军之大路兵器依然是青铜制作，真正的精铁长剑只是大将与贵胄武士们才能拥有的。这便是成蛟精铁剑的特异处。当然，成蛟的盾牌也是上佳品相，仅盾面那一圈闪闪发光的铜钉便比蒙面卒的盾牌钉稠密了许多，一看便是王室尚坊精工制作。如此两人一进场，四周人海一阵纷纷喟叹。

“公子请。”士卒考师剑盾铿锵交合，行了一个军中校武礼。

“战无常礼。”成蛟微微冷笑，蹲身一冲身形似一步又似两步地飘然滑到了蒙面卒身前三尺处，左手棕红色盾牌当先一出，精铁青光倏然到了蒙面卒胸前。蒙面卒早已扎好马步，长剑刺来之时并未出剑截击，左手那面已经变得黝黑光亮的皮盾迎住长剑一带一抹，长剑刃口恰恰卡在了稀疏的盾牌铜钉之间，只听呛啷一声长响，蒙面卒黝黑皮盾后甩的同时，成蛟也随着盾牌带抹长剑的弧形力道猛然前冲，一个踉跄几乎跌倒。恰在此时，蒙面卒大盾一回，几乎跌倒的成蛟又骤然钉在了原地，借势稳住了身形。蒙面卒说声方才不算公子再来。成蛟不禁恼羞成怒，大吼一声抢步直刺。蒙面卒不躲不闪，短剑出手猛击盾牌，黝黑盾牌忽地一声直撞长剑。成蛟直觉长剑如刺岩石，虎口一震长剑几乎脱手飞出，便在此时，那面黝黑的皮盾连绵推进直撞胸前，嘭的一声，成蛟撒开两手结结实实跌了出去……如此威猛干净的步战，引得万千国人的喝彩声浪几乎淹没校军场。成蛟还要爬起来再战，却被蒙骜沉着脸喝住，转身又对蒙面卒吩咐，说说他败在何处？教他知道甚叫步战。

“先说兵器。”浑厚声音从蒙面头盔下响起，“公子长剑虽然锋锐，失之太轻。市井侠士用之尚可，万马军中纠缠厮杀，着着都是死力气，如此轻剑根本经不起大力一击。还有这华贵盾牌，铜钉铆得密密麻麻，一看便是公子自己主张。实战盾牌铜钉稀疏，且露出盾面半寸许，用处实在锁卡敌方剑器矛戈。铜钉稠密固能使敌方兵器滑开，然更使自己无法着力。我这军盾可一击带你长剑，你却不能，缺失大半在这中看不中用的盾牌。”

“战法之失何在？”成蛟一跃而起拱手请教。

“公子所学搏击，显是游侠剑士所教，多轻灵利落，少根基功夫。战场拼杀务在沉雄。一个盾牌马步蹲下，若经不起三四支长矛刀剑的同时猛击，算不得一个秦军锐士。毕竟，战场之上，一对一的较量只是最轻松的活计。”

“成蛟谨受教。”少年王子深深一躬，显然是服膺了。

“王子有此番气度，也不枉输得一场也。”蒙骜罕见地笑了笑。

中军司马走来一阵耳语，蒙骜思忖片刻点头。中军司马举起了手中令旗：“王子政轻伤无碍，搏击第二场开始——”

隆隆鼓声又起，少年嬴政大步走到中间圈中站定，右短剑左皮盾与秦军步卒一般无二，甲胄上下血迹斑斑，却是精神抖擞毫无委顿之象。再看入场蒙面卒，一口短剑在手依旧战礼一拱：“公子请。”少年嬴政冷冷道：“足下兵器不全，不足成战。”蒙面卒道：“公子负伤出战，我少得一盾方见公平。”嬴政摇头道：“校武公平假公平，战场公平真公平。足下无盾，嬴政不战。”蒙面卒慨然一拱：“公子所言合乎实战，小卒深以为是！”转身到场边执定黝黑皮盾再到中央，一招手扎好了马步。

“杀！”少年嬴政大喝一声短剑直进猛砍。

蒙面卒只将黝黑皮盾一挺，短剑结结实实砍在皮盾之上。只听嘭的一声大响，蒙面卒岿然不动，少年嬴政却钉在了原地无法连番再击。原来，久经战阵的秦军老皮盾都是皮质蓬松，每日风吹雨打矛戈交击，三层牛皮几乎膨胀得两寸多厚，短剑猛击如砍进树干一般被猛然夹住，未经战场者不明就里一时发蒙，才有这短暂僵持。在这瞬息之间，少年嬴政一步退后右手趁力一带，短剑脱开皮盾夹裹的同时人已凌空跃起，盾牌左砸短剑右刺猛攻当头。蒙面卒皮盾上扬短剑斜出，盾击盾剑迎剑，嘭锵两声大响，少年嬴政便重重跌翻。

在全场雷动喝彩之际，少年嬴政大吼一声掠地而来，短剑横砍盾牌翻滚直攻下路！蒙面卒大出意料，原地一个纵跃短剑拦下的同时，双脚也被滚地而来的盾牌砸中，未及跃开踉跄倒地……

“停！”蒙骜怒声大喝，“校武有回合，不许偷袭！”

“上将军请勿责难公子。”蒙面卒拄剑站起肃然一躬，“公子虽失校武节制，实战却是猛士上乘战法。公子既视校武为实战，不许我以其伤让其兵，便当以实战较量待之。战场搏杀，秦军锐士轻兵哪个不是带伤死战？此合小卒输得心服！”

“敢问足下，”少年嬴政一拱手，“盾夹剑时为何不反击？”

“实不相瞒，”蒙面卒也是一拱手，“盾迎短剑，是试公子力量。我见公子并非神力，又想试公子应变之能。寻常新手，盾但夹剑便不知所以。公子能于瞬息之间趁力脱剑再行猛攻，实非我所料。”

“那是说，你若当即出盾反击，我则没有当头攻杀之机？”

“正是。”

“既然如此，嬴政输得心服！”

“敢请指教。”

“我原以为足下迟钝不识战机，既是有意考量，自然服膺！”

蒙骜哈哈大笑：“迟钝不识战机？你以为他是蠢猪宋襄公么？”说罢大手一挥，“还有一合如何比？公子自己说！”

“角牴如何？”

“小卒奉陪！”

蒙骜点头，中军司马一声宣示，场中山呼海啸般欢呼呐喊起来。

角牴者，后世之摔跤也，相扑也。战国之世，角牴是各国民间最为风行的搏击游戏，称谓说法也各自不同。山东六国的雅言叫做“角抵”，庶民百姓却呼为“胡跤”，说的是此等搏击术原是匈奴胡人传入。秦国也有文野两种叫法，雅言叫做“角牴”，其音其意与六国雅言“角抵”相同，语意本源却是不一。山东之“抵”，取人徒手相搏之象。秦语之“牴”，却取兕牛以角牴触之象。《淮南子·说山》云：“熊罴之动以攫搏，兕牛之动以牴触。”一字之差，见其本源语意。秦国山野庶民却直呼为“摺跤”或“绊跤”，取其手脚并用看谁能将谁摺倒绊倒之象。后世西汉转而称为“角抵戏”，大约自此成为可以进入宫廷的观赏游戏。再后宋元时称之为“相扑”或“争跤”。秦灭之后，嬴氏后裔辗转逃之东瀛，角牴得以“相扑”之名风行日本流传至今，成为中国古老角牴术的活化石。此乃后话。

赵秦两国胡风最重，两个大国中都有许多戎狄匈奴部族化入，徒手搏击的角牴之风更是浓烈，老少男女耕夫走卒尽皆以之为强身之法。生于赵国其母又是赵女的王子嬴政，既要与蒙面卒比试角牴，在赵必是胡跤高手无疑。秦军将士中更是盛行角牴摺跤，这蒙面卒也未必不是一流斗士。若是兵器较量，许多人还需得内行解说才能清楚。这角牴摺跤却

史之上，几曾有过如此以正道为立身之本的少年王子？譬如殷纣有才无学，言伪而辩，行僻而坚，虽少有搏击之勇，然更有渔色淫乐之行！而王子嬴政者，所学所言所为，无不堂堂正正，不近酒色，不恋奢华，只一心关注学问国事。此等王子，虽有缺失，亦必成大器！若善加教诲诱导，粗粝偏颇打磨圆润，未必不能超迈昭襄王而成秦国大业也！”

“纲成君大是！”蒙骜慨然拍案，“丞相吕不韦柔韧宽厚，学问心胸皆大，最善化人。老臣建言：若能使丞相兼领太子傅，将王子政交其教诲，必能成得大器也！”

“臣等赞同！”举殿大臣异口同声。

“好……”王座上一声好字未了，秦王嬴异人颓然栽倒案前。左右太医一齐过来扶住，连忙拿出吕不韦曾经交给的丹药施救。举殿大臣一时默然，见吕不韦挥了挥手，便心事重重地散去了。

五月大忙之后，秦国在咸阳太庙举行了册立太子大典，王子嬴政被立为太子。秦王同时颁发特书：罢黜教习拘泥的太子傅，改由丞相吕不韦兼领太子傅。旬日之内秦王王书抵达各郡县，朝野老秦人终于长长地松了一口气。

五　庄襄王临终盟约　破法度两权当国

秋高气爽的八月，咸阳王城一片阴沉窒息。

方士的丹药越来越没有了效力，卧榻之上的秦王嬴异人肝火大作，喘咻咻拒服任何药石，只叫嚷着看上天要将他如何。吕不韦闻讯连夜入宫劝慰，偏偏都逢嬴异人神志昏昏无视无听。吕不韦大急，严令太医令务必使秦王醒转几日，否则罪无可赦！见素来一团春风的吕不韦如此严厉，太医令大是惶恐，当即召来最有资望的几名老医反复参酌，开出了一个强本固元的大方，每剂药量足足两斤有余。药方呈报丞相府，吕不韦细细看罢喟然一叹：“病入膏肓者虽扁鹊难医，固本培元终是无错，只看天意也！”太医馆立即将药配齐交各方会同验过，连夜送入王城寝宫。太医令亲自监督着药工将一剂重药煎好，内侍老总管唤来最利落的一个有爵侍女服侍奄奄卧榻的秦王用药。这个中年侍女果真干练，偎身扶住昏昏秦王靠上山枕，左手揽住秦王肩头，右手轻轻拍开了秦王毫无血色的嘴唇，圆润小嘴从药工捧着的大药碗中吸得一口，轻柔地吮上秦王嘴唇注将进去，片刻之间一大碗温热的汤药喂完，点滴未洒。白头太医令直是目瞪口呆。

大约一个更次，昏昏酣睡的嬴异人大喊一声热死人也倏然醒转，一身大汗淋漓似沐浴方出。守候外间的太医令惊喜过望，一面吩咐侍女立即预备汤食，一面派人飞报丞相府。及至吕不韦匆匆赶来，嬴异人已经用过了一盅麋鹿汤，换了干爽被褥重新安睡了。喂药侍女说，秦王临睡时吩咐了一句，请丞相明日午后进宫。吕不韦思忖一番，到外间吩咐太医令指派几名老太医轮流上心守候，心事重重地去了。

秋雨蒙蒙，辎车辚辚，吕不韦思绪纷乱得如坠迷雾一般。

领政三年，几经顿挫，吕不韦对秦国可谓感慨万端。当初邯郸巧遇人质公子嬴异人时，吕不韦并无经邦济世大志向，实在是老辣的商人目光使他决意在这个落魄公子身上豪赌了一次。其时所求者无非光大门庭，使吕氏家族从小国商人变为钟鸣鼎食的大国贵胄，如此而已。然一旦搅入局中全力周旋，历经十年艰辛险难而拜相封侯，吕不韦的心志渐渐发生了自己不曾意料到的变化。光大门庭之心渐渐淡了，经邦济世之心却渐渐浓了，偶尔想起当初的光大门庭之求只有淡淡一笑了。功业之心的根基，一是吕不韦对秦国政事国情弊端的深切洞察，二是吕不韦内心深处日益酝酿成熟的纠弊方略。若没有这两点，吕不韦自然也就满足于封侯拜相的威赫荣耀了。至于国事，依照法度便是，自己完全可以不用操劳过甚。在事事皆有法式的秦国，做一循例丞相是太容易了。至少嬴异人一世不会罢黜他，纵是嬴异人早逝少年新君即位，自己凭着三朝元老的资望，至少也还能做得十年丞相。一生做得十三年大国丞相，已经是大富大贵之巅峰极致了，夫复何求？果能如此想头，吕不韦也不是吕不韦了。吕不韦的迷茫在于：嬴异人若果真早逝，自己治秦方略的实施将大为艰难，如果自己的独特方略不能实施，而只做个依法处置事务的老相，实在是味同嚼蜡，何如重回商旅再振雄风？至少，风险丛生的商旅之道使人生机勃勃，强如板着老吏面孔终老咸阳。

王子嬴政的炫目登临，加深了吕不韦的忧虑迷茫。

秦国为政之难，是不能触法。无论事大事小，只要有人提及法制之外的处置，立即有颠覆秦法之嫌，朝野侧目而视，几将你看做孔孟复辟之徒。百余年来，秦法以其凝聚朝野的强大功效，已经成为秦人顶礼膜拜的祖宗成法，历经秦昭王铁石勒誓，秦法更成为不可侵犯的圣典。吕不韦几次改变成法而从权处置重大国事，虽则每次都是艰难周折，然终是成功且未被秦国朝野指为坏法复辟，已经是秦国奇迹了。正是这种被视为奇迹的结局，既加深了吕不韦的忧虑，也增强了吕不韦的自信。忧虑加深者，秦国朝野求变创新之潮流已见淡薄，固守成法之定势已经大行其道，若需改变，难之难矣！自信增强者，几次特例破法实实在在证实，诸多朝臣国人并非发自内心地死板护法，变之适当化之得法，纠正秦法弊端不是没有可能的。然王子嬴政在考校中大获朝野赞许的言论见识，却使吕不韦敏锐捕捉到了一个消息：王子政少学以《商君书》为圣典，视秦法为万世铁则，更兼其秉性刚烈大非寻常少年，完全可能成为纠正秦法弊端之未来歧见。

果真如此，吕不韦的为政功业便是大见渺茫了。然则，吕不韦并没有将少年嬴政看死，一个十二三岁的少年，正是好论逆反之时，见识偏执未必不能校正，若化之得法，也许正是推行掺以吕不韦方略的新秦法的得力君王。然则，如何才能化解这个自己甚为生疏的少年太子？自己心下无谱。秦王嬴异人安置后事时能给自己多大权力？心下也无谱。虽说嬴异人对自己信任有加，然怪疾折磨之下难保心性失常，假若生出万一，又当如何……

淅沥秋雨打着池中残荷，萧疏秋风摇着檐下铁马。吕不韦一夜不能成眠，晨曦之际蒙眬入梦，又莫名其妙地蓦然自醒。寝室中悄无声息，只有一个熟悉的侧影镶嵌在虚掩的门缝中，心头一闪，吕不韦霍然起身离榻。

“未过卯时，大人再睡无妨。”莫胡轻柔地飘了进来。

“凉浴强如迷榻。”吕不韦嘟哝一句，径自裹着大袍进了里间的沐浴室。莫胡连忙说去预备热水，却被关在了门外。两桶冰凉刺骨的清水当头浇下，浑身一片赤红的吕不韦顿时觉得神清气爽，裹着一件长大的丝绵袍出来，早膳已经在案头摆置妥当了。

“大人，”莫胡跪坐案前边盛滚烫的牛髓汤边低声道，“西门老总事要我代为禀报：近来似觉腿脚不便，几剂药不见好转，请允准他老去归乡。”

“何时说的？”吕不韦放下了伸出的象牙箸。

“已经三日，一直不得见大人回府。”

吕不韦起身便走。莫胡情知拦挡不住，连忙拿起一把油布伞追了上去，张开伞也不说话，只默默跟着吕不韦到了西跨院。潇潇雨幕中，西门老总事的小庭院分外冷清。当莫胡抢先推开虚掩的正房大门时，一股病人特有的气息夹杂着淡淡的草药味儿弥漫出来，走过正厅进入东开间寝室，幽暗的屋中垂着一顶布帐，幽静得没有一丝声息。

“西门老爹！”吕不韦一步冲前掀开布帐，只见西门老总事似睡非睡地仰卧在大被中，双眼似睁非睁气息若有若无，素来神采矍铄的古铜色脸膛骤然变得苍白瘦削沟壑纵横，俨然弥留之际。吕不韦心中大恸，扑上去抱住老人语不成声：“老爹……不韦来迟也！”西门老总事艰难地睁开了眼睛，嘴角抽搐出一丝微笑：“东主，是老朽不教他们报你……”吕不韦只一点头，二话不说两手一抄连带大被抱起西门老总事便走。慌得莫胡连忙抢前张伞，雨水搅着泪水在脸上横流，却紧紧咬着牙关生怕一出声便要大哭。

匆匆到得正院第三进，吕不韦径直进了自家起居庭院的南房。将西门老总事在榻上安置妥当，吕不韦吩咐莫胡去请夫人。片刻间陈渲匆匆进来，吕不韦喘息一声道：“太医我已经吩咐去请了。自今日起，西门老爹住在我这南房治病，不好不许搬出。夫人亲自照料。”陈渲一边点头一边过来探视，一见西门老爹奄奄一息情状不禁哽咽拭泪：“老爹前几日还好好与我说话来，如何便……”吕不韦不禁一声长叹：“老爹生性刚强，是我疏忽也！”

说话间太医已经到了。一番诊脉，太医说是操劳过度气血虚亏老疾并发，歇息静养百日可望康复。吕不韦这才放心下来，坐在一旁默默看着陈渲与莫胡将汤药煎好，良久无言。及至陈渲将一盅药亲自给西门老总事喂下，老人沉沉睡去，吕不韦才起身对莫胡吩咐道："留心查勘一番旧时老人，谁在秦国有事未了，立即报我。"陈渲听得一怔："你？这是何意？"莫胡心下蓦然闪现出当年离开邯郸时吕不韦清理仆役执事们余事的情形，不禁惊讶得脱口而出："大人！要离开秦国么？"吕不韦一句话也没说走了，只留下陈渲莫胡良久愣怔。

午后时分，吕不韦在绵绵秋雨中进了王城。

过了王城宫殿官署区，是秦王寝宫。这里被称为内苑，朝臣们也叫做内城。依照法度，内苑的正式居住者只有秦王与王后，大臣非奉特召不得入内。内苑在前宫殿区与嫔妃侍女后宫区的中间地带，虽然不大，却是整个王城的灵魂所在。所以为灵魂者，在于国君除了大型朝会以及在东偏殿举行小型会商或郑重其事地会见大臣，大多时光实际上都在内苑书房处置政务。君王晚年或患病之期，更是长住内苑深居简出，这里便显出了几分神秘。自秦昭王晚年起，接连两代多病国君，内苑更显枢要了。

已经早早在内苑城门口迎候的老内侍，将吕不韦领进了一座树木森森的独立庭院，而不是昨日那座很熟悉的秦王寝室。王城多秘密，自古皆然。吕不韦也不多问，只跟着老内侍进了林木掩映的一座大屋。进得门厅，一股干爽的热烘烘气息扑来，在阴冷的秋雨时节很是舒适。连入三进方入寝室，各个角落都是红彤彤的大燎炉，吕不韦脸上顿时渗出了一层细汗。

嬴异人脸上有了些许血色，靠着山枕拥着大被埋在宽大的坐榻上闭目养神。听见脚步声，嬴异人倏然睁开眼睛："丞相坐了。上茶。"

"臣参见我王。"吕不韦深深一躬，这才在坐榻对面案前入座。

"老霖雨烦人，外边冷么？"嬴异人淡淡问了一句闲话。

"季秋之月，寒气总至，水杀浸盛，天数使然也。"

侍女轻盈地捧来茶盅，又轻盈地去了。嬴异人默默地看着啜茶的吕不韦，吕不韦也默默地啜着滚烫的酽茶，室中一时寂然。良久，嬴异人轻轻叹息了一声："丞相，异人将去也！"吕不韦心下一惊，脸上微微一笑："我王笑谈。太医大方已见神效，我王康复无忧矣。"嬴异人摇摇头："丞相通晓医道，何须虚言慰我？我身我命，莫如我知，不怨天，不尤人。"

"我王……"一声哽咽，吕不韦的茶盅当啷掉在了座案上。

"丞相静心片刻再说。"嬴异人淡淡一笑，看着侍女收拾好吕不韦座案又斟了新茶飘然离去，又是淡淡漠漠一笑，"太医大方我连服三剂，为的便是今日你我一晤。丞相笃厚信义天下皆知，今日之谈，你我肝胆比照，同则同之，异则异之，不得虚与周旋，丞相以为如何？"

"吕不韦生平无虚，我王尽知……"

"先生请起！"嬴异人连忙推开大被跳下坐榻扶住了大拜在地的吕不韦，又推开吕不韦要扶他上榻的双手，索性裹着大被坐在了吕不韦对面幽幽一叹，"得遇先生，异人生平之大幸也。先生之才过于白圭，更是秦国大幸也。嬴异人才德皆平，唯知人尚可，与先父孝文王差强相若。一言以蔽之：先生开异人新生，异人予先生新途，两不相负，纵不如俞伯牙钟子期知音千古，也算得天下一奇也。"

"我王一言，吕不韦此生足矣！"

"然则，异人还有一事烦难先生。"

"我王但说，吕不韦死不旋踵！"

"既得先生一诺，拜托也！"嬴异人扑拜在地，骤然泣不成声。

"我王折杀臣也……"吕不韦连忙膝行过案，不由分说抱起嬴异人放上了坐榻又用大被裹好，退后一步深深一躬，"王若再下坐榻，臣无地自容。"

嬴异人粗重地喘息了几声一挥手："好！先生但坐，我便说。"待吕不韦坐定，嬴异人斟酌字句缓缓道："我将去也，太子年少，托国先生以度艰危，以存嬴氏社稷。秦国虽有王族强将，朝中亦不乏栋梁权臣，然如先生之善处枢要周旋协调总揽全局者，却无第二人也。更有甚者，先生两度稳定新丧朝局，又与本王、王后、太子渊源深远，与各方重臣皆如笃厚至交，在朝在野资望深重，无人能出其右。此所以托先生也。"

“我王毋言……臣虽万死，不负秦国！”

“先生，且听我说。”嬴异人喘息着摇摇手，“拜托之要，一在太子，二在王后。太子生于赵，长于赵，九岁归秦，我为其父亦知之甚少。此子才识俱佳，唯秉性刚烈，易入乖戾之途，若不经反复打磨而亲政过早，大局难以收拾。此子亲政之前，先生务须着意使其多方锤炼，而后方可担纲也。”

“臣铭刻于心……”

“至于王后。”嬴异人突然意味深长地笑了笑，“原本便是先生心上女子，掠人之美，异人之心，长怀歉疚也。”

“我王此言，大是不妥……”吕不韦急得满脸涨红。

“先生莫急，先祖宣太后能对外邦使节谈笑卧榻之密，我等如何不能了却心结？”嬴异人坦然拍着榻栏喟然一叹，“不瞒先生，王后赵姬与我卧榻欢娱至甚，生死不能舍者，赵姬也。然则……王后欲情过甚，异人实有难言处……我思之再三，决意以王后与先生同权摄政当国。一则效法祖制，使王族不致疑虑先生独权；二则使先生与王后可名正言顺相处，于国事有益，更于教诲太子有益。异人苦心，先生当知也。”

“……”吕不韦愕然不知所对，惶恐得一个长躬伏地不起。

“先生！”嬴异人又跳下坐榻扶起了吕不韦，“方才所言，乃你我最后盟约，须得先生明白一诺。否则，嬴异人死不瞑目也！”

蓦然之间，吕不韦失声痛哭：“王言如斯，臣心何堪也！”

“人之将死，言唯我心……”嬴异人也不禁唏嘘拭泪。

“王为国家，夫复何言！”

“先生应我了？”

吕不韦大袖拭着泪水认真点了点头。嬴异人不禁拍案长笑：“秦有先生，真乃天意也！”一言方罢，颓然倒伏案头。吕不韦大惊，正欲抱起嬴异人上榻，守候在外间的太医内侍已经闻声赶来。一阵针灸推拿，嬴异人气息渐见匀称然却没有醒转，只气若游丝地冬眠一般。太医令一把脉象，将吕不韦拉到一边低声说得几句，吕不韦匆匆去了。

出得内苑，暮色如夜大雨滂沱声声炸雷掺夹着雪亮狰狞的闪电，整个大咸阳都湮没进了无边无际的雨幕。正在此时，老长史桓砾疾步匆匆迎面赶来，顾不得当头大雨电闪雷鸣拉住吕不韦嘶声喊得一句："特急密报：晋阳将反！快同见君上！"吕不韦略一思忖断然高声道："君上昏迷！急报交我处置！你守候君上莫得离开！"老桓砾面色倏地苍白，颤索索打开怀中木匣拿出一个铜管塞给吕不韦，消失到廊外雨幕中去了。吕不韦立即吩咐驭手独自驱车回府转告主书：全体吏员夜间当值，不许一人离开丞相府；说罢向王城将军讨得一匹骏马，翻身一跃冲进了茫茫雨雾。

片刻之间，吕不韦飞马到了上将军府。匆匆说得几句，蒙骜立即下令中军司马去请蔡泽。待蔡泽从雨幕中喘咻咻湿淋淋冲来，三人聚在最机密的军令堂会商了大半个时辰。大约二更时分，蒙骜的马队出了府邸直飞蓝田大营，蔡泽车马辚辚赶往咸阳令官署，吕不韦一马回了丞相府。

蔡泽抵达咸阳令官署，立即下令当值吏员飞马请来内史郡郡守与咸阳令、咸阳将军三人。此三人乃同爵大员，其执掌皆是秦国腹地最要害所在——内史郡管辖整个陇西关中本土，咸阳令管辖都城咸阳之民治政令，咸阳将军部属五万精锐步骑专司大咸阳城防。每临危机，这三处都是最要紧所在。此三职之中，咸阳将军归属上将军管辖，内史郡郡守与咸阳令隶属丞相府管辖，蔡泽原本均无权过问。然今日不同，蔡泽持有丞相吕不韦授权书令与上将军令箭，又是比目下丞相与上将军爵位还高的国家一等重臣，召见两署主官自然不生政令抵触。三人到来，蔡泽沉着脸极其简约地说了朝局大势：秦王病危，有逆臣欲反，三署皆归老夫节制！说罢一番部署：咸阳城立即实行战时管制，所有城门早开暮关，取缔夜间开城与城内夜市；内史郡立即晓谕各县：着意盘查奸细，但有北方秦人流民逃入一律妥为安置；咸阳将军将五万步骑全数集中驻扎渭水以南山谷，随时听候调遣。一番部署三人分头忙碌去了，蔡泽又匆匆赶到了丞相府邸。

丞相府一片紧张忙碌。大雨之中，各个官署都是灯光大亮吏员匆匆进出。蔡泽做过几年丞相，一听吏员答问便知丞相府正在紧急汇集晋阳一路的各种情势，方进得书房，吕不韦当头便是一躬。蔡泽连忙扶住道：

“晋阳反国，理当同心，丞相何须如此？”吕不韦肃然道：“纲成君明白大局，今日秦国危难不在晋阳，在王城之内也！不韦欲请纲成君坐镇丞相府总署各方急务，得使我全力周旋王城，以防不测。”

“当然！”蔡泽慨然拍案，“君王弥留，自古大权交接之时，丞相自当守候寝宫！放心但去，老夫打点丞相府，也过过把总瘾也！”

“三日之内，纲成君须臾不能离开丞相府。”

“当然！老夫瘾头正大，只怕你赶也不走！”

“谢过纲成君，我去了。”

四更时分，吕不韦冒着百年不遇的深秋暴雨又进了王城内苑。

嬴异人已经是时昏时醒的最后时刻。太子嬴政与王后赵姬已经被召来守候在榻边，母子两人都是面色苍白失神。几年来吕不韦第一次看见赵姬，一瞥之下，见她裹着一领雪白的貂裘依然在瑟瑟发抖，心下突然一阵酸热。吕不韦大步走过去深深一躬：“王后太子毋忧，秦王秦国终有天命。”低头啜泣的赵姬只轻轻点头。少年嬴政却肃然一躬：“邦国艰危之时，嬴政拜托丞相。”吕不韦心头一颤，连忙扶住少年嬴政。正在此时，嬴异人一声惊叫倏地坐起，又颓然倒下口中兀自连喊丞相……

“启禀我王：臣吕不韦在此。”

“丞相，凶梦！有谋反，杀……”

“我王毋忧。”吕不韦从容拱手，“晋阳嬴傒起兵作乱，臣已与上将军、纲成君谋定对策，上将军已经连夜轻兵北上，河西十万大军足定晋阳！”

“啊，终是此人也。先父看得没错，没错！”嬴异人粗重地喘息一阵，双目骤然光亮，一伸手将少年嬴政拉了过来，“政呵，自今日始，丞相是儿之仲父，生当以父事之。过去拜见仲父……”

少年嬴政大步趋前向吕不韦扑地拜倒：“仲父在上，受儿臣嬴政一拜。”

“太子请起，老臣何敢当此大礼也！”吕不韦惶恐地扶起了少年嬴政，待要回拜，却被少年嬴政架住了双臂低声一句：“国事奉命，仲父辞让你我两难。”吕不韦喟然一叹只得作罢。

“王后，政儿，丞相……”嬴异人将三人的手拉到了一起轻轻地拍着，一汪泪水溢满了眼眶，不胜唏嘘地喘息着，“三人同心，好自为之也……异人走了，走了……”颓然垂头，没了声息。

赵姬与少年嬴政同时一声哭喊，待要扑将过去……吕不韦猛然伸手将两人拉住低声一喝：“王薨有法！莫得乱了方寸！”说罢向身后一招手，老太医令带着两名老太医疾步趋榻。老内侍已经将秦王嬴异人扶正长卧。三老太医轮流诊脉，各自向书案前的太史令低声说了同一句话：“王薨无归。”老太史令郑重书录，肃然起身高声一宣：“秦王归天矣！不亦悲乎！”寝宫中所有人等，这才随着王后吕不韦三人一齐拜倒榻前大放悲声。

“宣王遗书——”老长史桓砾突然郑重宣呼一声。

吕不韦很清楚，此时所有自己未曾预闻的事项都是秦王临终安置好的，程式礼仪未曾推出自己，只有听命。王后赵姬与太子嬴政似乎也事先不知遗书之事，一时惶惶不知所措，见吕不韦眼神示意，这才安静下来。

桓砾苍老战栗的声音在哗哗雨声中如一线飘摇——

> 秦王嬴异人特命：本王自知不久，本王书做遗命公示大臣，新王亲政之前不得违背：本王身后，吕不韦复文信侯爵，实封洛阳百里之地，领开府丞相总摄国政；太子嬴政即位，加冠之前不得亲政，当以仲父礼待文信侯，听其教诲，着意锤炼；王后赵姬预闻国事，得与文信侯商酌大计。政事实施悉听文信侯决断。秦王嬴异人三年秋月立

风雨声大作，一应臣子都惊愕愣怔着似乎不晓得王书完了没有。只有小赵高轻轻扯了扯少年嬴政的衣襟。少年嬴政突然叩地高声道：“儿臣嬴政恭奉遗命！”王后赵姬这才醒悟过来，转头看了身后吕不韦一眼，也是伏地一叩：“赵姬奉命。”吕不韦见老桓砾向他连连晃动竹简，心知再无未知程式，伏地一个大拜：“臣吕不韦奉命。”

远多于强君暮政之危。原因只有一个，强君雄主毕竟是凤毛麟角不世出，而少主即位却是频频可见且无法避免。西周初年周成王少年即位而举国流言四起，终于酿成了祸及天下的内外勾连大叛乱，是“主少国疑”危局的最早典型。正是这种反复发作的政治痼疾，沉淀成了一则令人心惊肉跳的危局箴言：“主少必有强臣出，国疑则有乱象生。”

残酷的历史结论是：强君暮政导致的危局是震荡性的，主少国疑导致的危局则是颠覆性的。就实而论，后者为害之烈远远大于前者。

如今恰是少主临朝而强臣在国，老秦人如何不惴惴惶惶？

这一切，吕不韦都很清楚，清楚弥漫朝野的流言，也清楚该如何应对。

国丧完毕，新君即位大典的前三日，吕不韦搬出了王城东偏殿的外书房，回署丞相府总理政务。老长史桓砾与中车府令一齐反对，也没能挡住吕不韦搬出。吕不韦只有一句话：“万事宜常态，非常之法不能久也。”明智勤谨的老桓砾已经做了近三十年的长史，执掌国君书房事务已伴过了三代秦王，对君臣衡平之微妙处自然入木三分，见吕不韦执意要去，叹息一声也不再反对了。及至案头收拾就绪交接完毕，老桓砾坚持将吕不韦殷殷送到了车马场。吕不韦将要登车之时，老桓砾终是低声问了一句：“在下已见老疾，欲辞官隐去，文信侯以为可否？”吕不韦顿时愣怔，思忖片刻反问道：“新君即位而长史辞官，大人以为妥否？”老桓砾忧戚一叹：“老朽居中枢已久，非常态矣！”吕不韦不禁一笑随即正色道：“大人既问，恕我直言：主少国疑之时，枢要大臣宜静不宜动。只要秦王不以我等为不堪，大人当常态居官，无思异动也。”老桓砾连忙惶恐一礼：“老朽与文信侯如何比肩？文信侯言重也。”“老哥哥差矣！”吕不韦慨然一拍车轼，“同朝事国，纵事权各异，何碍勠力同心？数年之后秦王有成，换代之时我与老哥哥一同辞官如何？”“文信侯！”老桓砾一声哽咽，大袖遮面匆匆去了。

三日之后，咸阳宫正殿举行了隆重的新君即位大典。

少年太子嬴政即位称王，成为自秦孝公之后的第六代第七任秦王。

大典上正式宣示了秦庄襄王的遗书，恢复了吕不韦的文信侯爵位。

赵姬第一次走进王宫正殿，接受了太后尊号，也接受了举朝大臣的三拜贺礼。太庙告祖之后，秦王嬴政郑重地拜见了太后，拜见了仲父，登上王座后的即位明誓辞简约而实在："嬴政少年即位，心志才识多有缺失，当遵父王遗书惕厉锤炼。本王加冠亲政之前，一应国事由太后、仲父商酌处置，各署大臣无得请命本王。"大礼完毕之后，老桓砾高声宣读了太后文信侯并署的第一道摄政书："新王方立，国事但以秦法常制。丧喜同期，举朝臣工俱安其位，各勤政事，怠政者依法论罪。上将军蒙骜平定晋阳有功，爵加两级晋升大庶长，其余将士战功依法度行赏晋爵。"

大典散去，朝臣们大感意外，如一脚踩空闪得心下没了着落一般。

无论是孝文王即位还是庄襄王即位，主持大局的吕不韦都曾经推出了颇新鲜实在的几着新政，虽有争论，然总是令国人耳目一新。唯其如此，诸多朝臣料定：这次新君开元吕不韦全权摄政必要大动干戈，全力推行其宽富新政，再度破除秦国成法。基于此等判断，诸多大臣各怀心思做好了不同准备。廷尉、御史、司寇、国正监等一班涉法大臣的预备应对，是一定要阻止文信侯再度修法，若遭文信侯拒绝，不惜贬黜下狱也要动议大朝议决。驷车庶长等一班执掌王族事务的王族大臣，则最怕吕不韦借开元之机清算因嬴傒晋阳叛乱而生出的王族纠葛，但有不慎后患无穷，主张将查处参与谋反事先放放再说，若吕不韦执意不从，也只有破脸以护国了。大田令、太仓令、邦司空、关市令等一班经济大臣，最怕的是吕不韦在新政开元之时大减赋税大免徭役；今年多灾，虽说减税减役也有安定民心之功效，然则主少国疑之时最易招致强敌来攻，其时官仓无粮府库无钱却是奈何？武臣将军们虽大多还在晋阳平乱，但蒙骜也有一封紧急密书送到了国尉蒙武之手，只叮嘱一事："文信侯若行新政，务劝其暂勿减赋，若执意不从，我当亲回力谏也。"凡此等等都有一个共同理由：主少国疑朝野惶惶，国事以无为备乱为上。然则谁也没有想到，新君即位大典却一无出新举措，一道摄政书宣读完毕，朝臣们还没回过神来便散朝了。

"走眼也！"

"平平无为也！"

“伸缩自如，难得也！”

朝臣们流出殿堂流进车马场，纵然听得近旁有人兀自长嘘喟叹也绝不凑上去议论，谁也不看谁，匆匆走到自家车前登车而去了。毕竟秦国法度森严，大臣们此刻都蓦然明白过来：当此非常之时，各司其职为第一要务。文信侯新政无为所求者何来？还不是安定朝野但求大局稳定。摄政书那句“俱安其位，各勤政事，怠政者依法论罪”说的甚？还不是怕大臣们惶惶疏政！既有此说，可知文信侯对大局已是洞若观火，全然不是我等预料。自家做好自家事为上，还叨叨个甚来？

一连旬日，吕不韦在所有报来的官文上都只批下三句话：“有法依法。无法依例。无例者主官先出裁度。”秦法原本周严，山东六国谓之“凡事皆有法式”。无法可依之事寥寥无几，再加一条“无法依例”，几乎便囊括了所有国事。真正无法无例可循者，百宗不得其一。便是如此罕见事端，吕不韦也要主管官署的大臣首先拿出自己的办法，到了他这里也就是会商拍案而已。如此一来，吕不韦大见超脱，每日在书房坐得两个时辰批阅完了所有官文，剩余时光在园囿中踏雪漫游，不裹皮裘不着皮靴，只一领本色丝绵大袍一双三层布靴，满脸被风雪打得绯红也兀自不停脚步。

终于，这场一夜塞门的骇人暴雪纷纷扬扬收刹了。红日初出，彤云渐散，澄澈的碧空下终于现出了几被活埋的大咸阳。老秦人活泛了过来，不用官府督导争相出户铲雪清道。不消三日，三尺大雪全部变为巍巍雪人伫立在所有大街两边的沟渠旁，一条条通往城外渭水的暗渠昼夜淙淙地消解着这些庞然大物，也带走了老秦人惴惴惶惶的郁闷烦躁。官市民市开张了，百工作坊生火了，国人上街了，农夫进城了，一切又都复归了平静。

清道之日，吕不韦的辎车辚辚进了王城，径直停在了东偏殿外。进得殿中，空荡荡冷清清不见一人，大厅通往书房的门户也紧紧关闭着。吕不韦正在四下打量欲唤得一个内侍来问，却见老桓砾佝偻着腰身从西偏殿摇了过来，踽踽老态给空旷的王宫平添了一抹凄楚。

“老长史，秦王何在？”吕不韦匆匆下阶扶住了老人。

“一言难尽也！”老桓砾摇头一声叹息，“大典次日，秦王便搬出了王宫。坚执前去护送的老中车回来说，秦王搬到了章台近旁的一座别苑，实际上住在距别苑一里处他的一座小庄园里。老中车说，那是秦王还没做太子时自己购置的农户庄园。老朽大不放心，次日赶去晋见，欲请秦王回王城，不想……”老人却摇摇头打住了。

“老长史便说无妨，不违法度。”

“惭愧惭愧，桓砾老糊涂也！”老人似乎这才醒悟过来，又是一阵长吁短叹，“秦王说，我居王城，臣工日过殿堂，见与不见皆难，徒乱仲父决政也；我出王城，一合父王遗书着意锤炼，二使仲父领政无得滋扰，一举两得如何不妥？”

“如此，你等王室政务官吏做何处置？”

“说得是也！”老桓砾点头摇头地叹息着，“秦王说，长史吏员、中车府内侍皆归太后仲父代为节制，我有一个王绾足矣！”

“一个没留？”

“一个没留。”

“身边内侍？”

“只有一个童仆赵高。”

“军兵车驾？”

“都住在章台别苑。”

吕不韦思忖片刻断然道：“老长史立即着人整饬东偏殿，书房务使既往。我这便去章台请王。”

“文信侯，难矣哉！”

吕不韦再不多说，跳上殿前一辆王室中车府的双马轺车辚辚飞出了王城，过得渭桥直向东南。东去官道上的积雪早已经清得干净，在茫茫雪原中抽出了沉沉一线，虽说车马寥落毕竟时有可见。下得官道一拐上通往章台的支道，情形大为不同。这里属于王室园囿，初夏之前照例封苑，路径当值内侍一律回守章台宫，无人除雪亦无人沿途接应查勘。虽经月余风吹日蚀，干雪冰凌还是严严实实掩盖着路面，冷风裹着干硬的雪粒如影随形般撕扯纠缠着车马。对于只有一顶伞盖的轺车来说，这种

风搅冰凌天算是最大“路难”了。驭手抖擞精神高喊了一声：“大人扶稳伞柱！”正要上道，吕不韦却突然一跺脚沉声喊停。

“大人正当改日再去。”驭手恍然勒马。

“谁要改日？”吕不韦跳下轺车挥手下令，“卸车换马！”

“在下御车术尚可，大人登车便是。”

吕不韦揶揄地笑了：“也只在王城尚可尚可也，干雪冰凌道乃行车大忌，不知道么？”

“大人……”中车府的驭手一时满脸涨红。

“不打紧。卸车换马来得及。”

驭手倒是当真利落，片刻之间卸下两马整好鞍辔，又在车旁道口画了一个硕大的箭头，飞身上马要头前踩道。吕不韦摇手制止道：“你没走过冰凌道，跟在后面。”驭手大是惶恐：“这如何使得！冰凌道何难？”吕不韦也不说话，轻轻一提马缰，走马上了露出枯干茅草的道边塄坎，却不走看似平坦如镜的大道中间。驭手随后跟着也不敢多问，一路小心翼翼，二十余里路走马一个多时辰才看到了章台别苑。下路时吕不韦笑道：“记住了：雪后冰凌道，只看草出雪，莫看土过冰。”驭手原本是王室中车府的一流能者，平日驾一辆轻便轺车在东偏殿外当值，专一预备秦王急务。今日被文信侯一路憋屈，驭手虽唯唯点头心下却是老大疑惑。眼见堪堪下路，驭手似无意般一提马缰，踩上了一块冰雪之上的路面。不料马蹄一沾路面倏地滑出，马身重重跌倒，驭手猝不及防竟被压在马身之下。

“蠢也！”吕不韦又气又笑心下又急，一马飞向别苑，吩咐鹿砦营门的守卫军士出来救助驭手，自己直奔大帐。

总领国君车驾护卫的公车司马[1]惶惶来见，诉说秦王行止不依法度吏员无所适从，屯在这旷野园囿形同废弃物事。吕不韦也不多说，只吩咐立即整顿车驾仪仗去行宫迎接秦王。公车司马大为困惑，却不敢多问。毕竟，章台是个伸缩太大的所在，说小是章台宫，说大是咸阳渭水东南

[1] 公车司马，秦国王城警卫军之副将（正职为卫尉），兼领王城城门守护。

方圆百余里的王室园囿，这片山水中究竟有几多行宫，公车司马自己也未必清楚。一番紧急收拾，车驾仪仗并护卫军兵隆隆开出章台别苑向西而来。走得大约一个时辰，已经从咸阳东南到了正南，进了三面山头对峙的一片谷地。吕不韦方才下令车驾军兵短营歇马，公车司马带六名卫士随他上山。

时已冬日斜阳，山坡积雪虽化去许多，依旧是深可及膝。好在有一行极清晰扎实的脚印直达山顶，吕不韦一行免去了脚下探察之苦。小半个时辰到得山头，草木枯竭白雪皑皑，小小山头一览无余：百余步之外一道石墙圈着一座庄院，石门关闭，炊烟袅袅，实在是再寻常不过的农家庭院。吕不韦倒是听王绾说起过这座庄园，当时只想定然是秦王为王子另建了一座山居，再简朴也当与自己当年的那座城南私庄不相上下。今日身临其境，吕不韦直面粗粝简陋的庭院不禁大为感奋，一个少年能以如此所在锤炼自己，纵为秦王亦不舍弃，不亦难哉！

“这？行宫？”公车司马满脸疑云地嗫嚅着。

“诸位切记：自今日始，此山叫做鸿台！”吕不韦神色肃然地挥手吩咐，“卫士守护鸿台之外，公车司马报号请见秦王。”

“嗨！”公车司马一声领命，当即对着石门高声报号，“文信侯开府丞相吕不韦领公车司马等，晋见秦王——”回声未落，石门已经咣当拉开，一个黑衣人抢步出门一拜：“舍人王绾拜见文信侯。”话音未落，院内一阵急促脚步，一个身着黑色绣金斗篷的散发少年已经冲到了面前深深一躬：“果是仲父来也，政失远迎！”吕不韦连忙扶了少年，正欲回拜却被少年嬴政一把扶住，“仲父若要大礼，我便要乱了方寸。走，请仲父进庄说话。”说罢搀扶着吕不韦进了石门庭院。

毕竟是少年心性，嬴政兴致勃勃地亲自领着吕不韦前后看遍了庄园。看看天色已经暮黑，王绾领着赵高与令狐大姑已经在北房正厅摆好了小宴。嬴政吩咐道：“庄内只仲父与我说话。公车司马等一班来人在庄外扎营军炊便了，那几坛老凤酒都给他们搬去。”也是吕不韦有心要看看这少年秦王如何处置这般不期而遇的事务，一直只是听只是看却不说话，如今见这少年嬴政从容有致，心下舒坦了许多。及至两人对案相坐饮得一爵，嬴政放下酒爵道："我不善饮，只此一爵，仲父自便。"吕不韦喟然一叹："老臣昔年尚可，如今也是不胜酒力，三五爵而已矣！"嬴政一拱手道："仲父今日前来必是有事，但请明示。"

"我王可知，秦自孝公之后，几次少主即位？"

"两次。当年昭襄王十五岁即位，今日政十三岁即位。"

"两次少主即位，大势可有不同？"

"大同小异。"

"我王自思：同为少主，王与昭襄王孰难？"

嬴政目光骤然一闪坦然答道："昭襄王难，难多矣！"

"何以见得？"

"其时，老祖宣太后与四贵当政四十二年，而昭襄王终能挺得，故难。"

"昭襄王不亲政而挺得四十二年虚王，个中因由何在？"

嬴政无言以对，片刻愣怔，伏地一叩："愿闻仲父教诲。"

吕不韦轻轻叩着木案："昭襄王挺经只在八个字：不离中枢，事事与闻。"见少年秦王凝神沉思，吕不韦从容接道："寻常少主，但不亲政便信马由缰而去，或声色犬马日见堕落，或自甘事外远离中枢。无论何途，总归是一个心思：相信摄政之母后权臣届时必能还政于己也。殊不知，公器最吞私情。纵为父子母子，主动揖让公器者，万里无一也。纵是明慧英断如宣太后者，摄政至昭襄王五十七岁而不归其政，其情理何堪？若是寻常君王，谁个挺得四十二年？只怕二十四年便会呜呼哀哉！然恰恰是昭襄王少年便有过人处，不颓唐，不回避，不轻忽秦王名分，虽不亲政却守定王城中枢；但凡国事，只要太后权臣与之会商，便坦陈主见。但凡入宫朝臣或外邦使节，只要撞到面前，秦王便参与会议申明已见，决不作壁上观；一应国家大典礼仪，凡当以秦王名分主持者，决不假手他人……凡此等等，宣太后与四贵权臣也终是无法置昭襄王于全然不顾，终渐渐有了'王与闻而不决'，又渐渐有了'王与闻而共决'。若非如此，昭襄王何能在亲政之后立即凝聚全力对赵大战，且始终掌控大局也。"吕不韦的喟叹夹着粗重的喘息，"王少年明事，此中关节，尽可自思也。”

良久默然，少年嬴政肃然起身离座对着吕不韦大拜在地：“仲父教诲，政终生铭刻在心！”一叩起身，向外招手高声下令，“王绾关闭此庄，立回咸阳王城！”

“我王明断……”

“文信侯！”快步进来的王绾一声惊呼，抵住了瑟瑟发抖摇摇欲倒的吕不韦，“秦王，文信侯大受风寒一身火烫！”

嬴政抢步过来，一把扯下自己斗篷包住了吕不韦身体，回身又是一声高叫：“小高子！快拿貂皮大裘来！”反手接过皮裘再将吕不韦一身大包，双手抱起边走边厉声下令，“车驾起行！燎炉搬上王车！令狐大姑小高子上车护持仲父！王绾善后！”一溜清亮急促的话音随着山风回荡间，嬴政已经抱着吕不韦大步流星地出了庄园。

庄外公车司马已经闻声下令。三声短号急促响起，山下训练有素但却极少施展的王室禁军顿时大显实力——百余名精壮甲士硬是抬着一辆王车冲上山来，待嬴政将吕不韦抱上王车安置妥当，又平稳如风地抬下了山去。嬴政厉声喝退了所有要他登车上马的内侍护卫，只跟车疾走，护持着王车寸步不离。

干冷的冬夜，这支仪仗整齐的王室车马风风火火出了山谷，过了渭水，进了咸阳，大约四更时分终于进了王城。守候日夜的老长史桓砾实在料不到这个桀骜不驯的少年秦王果然归来，不禁连呼天意，下令王城起灯！及至见到王车上抬下人事不省的吕不韦，老长史禁不住地老泪纵横了。此刻王城灯火齐明，所有当值臣工都聚来东偏殿外，既为秦王还位庆幸，又为文信侯病情忧戚，一时感慨唏嘘，守在殿廊久久不散。

三日之后，吕不韦寒热减退精神见好，坚执搬回了府邸。大臣吏员们闻风纷纷前来探视，吕不韦抱病周旋半日大觉困顿，辞谢一班朝臣回到寝室昏昏睡去了。一觉醒来，已是夜半更深。吕不韦自觉清醒，见夫人陈渲与莫胡双双守在榻旁，坐起吃了些许汤羹，问起了府中近日事务。

“夫君既问，莫胡说了无妨。”陈渲淡淡一笑。

“是。”莫胡答应一声，转身从里间密室搬来一只铜匣打开，“大人进王城那日晚上，一个自称巴蜀盐商的老者送来此匣，说是代主家送信于大人，请大人务必留心。我问他要否大人回音，他说大人看后自会处置，便去了。”说着掀开三五层蜀锦，将出一支几乎与手掌同宽的竹简。

“绿背独简？”眼角一瞄，吕不韦有些惊讶。这是一种寻常人极少使用的独简，宽及三寸，背面是竹板葱绿本色，正面黄白老色，字迹清晰。灯下端详，简上刻着三行已经失传的古籀文，仔细辨认却是：“伯嬴心异，已结其势，蒙面两翼，正搜骐骥，君欲固本，吾可助力，思之思之。”最后空白处，依旧烙着那个纹线荡漾的“清”字。

“这支独简总透着些许诡异。”陈渲小声嘟哝了一句。

“夜已三更，容我好睡一觉。”吕不韦疲惫地淡淡一笑。

次日清晨，吕不韦辎车直奔国尉官署。正在忙碌晋阳粮草的蒙武很是惊讶，亲自将吕不韦迎接到正厅。屏退了左右吏员，蒙武肃然一躬：“文信侯必有急务，敢请示下。”吕不韦淡淡一笑道：“急也不急，不急也急。想见贵公子一面，派他个差事也。”蒙武释然笑道：“文信侯笑谈了，黄口小儿做得甚事？”“可是未必。”吕不韦啜着茶摇摇头，“秦王已回王城书房修习。老夫欲请蒙恬、甘罗两公子做秦王伴读，相互砥砺，亦无枯燥。否则，秦王再思山谷独居，老夫要抓瞎也。”

“文信侯思虑缜密，在下敬服！”蒙武慨然点头，半欣然半牢骚道：“只是这小子素来黏缠大父，与我这父亲倒是隔涩。上年这小子去了逢泽，说是要寻访大父战败秘密。在下原本不赞同，可家父却偏偏一力纵容赞赏，有甚法也。至今堪堪一年，给我连个竹片子也没有。只给家父军前带去一句话，也只是‘我甚好’三个字。文信侯且说，小子成何体统也！”

“小公子如何？”

“不敢不敢！蒙毅只八岁，如何进得王城？”

“蒙恬何时可归？”

“咳！在下实难有个子丑寅卯。”

“天意也！”吕不韦叹息一声，起身径自走了。

第十二章 三辕各辙

一 少壮奇才 不意遇合

少年蒙恬第一次知道了鞍马劳顿的滋味。

涉过一道大水爬上一道山梁，蓦然看见山顶耸立的兰陵界碑时，蒙恬高兴得大叫一声瘫在了山坡上。他知道，身后大水叫做沂水，眼前青山叫做苍山，那座梦中学馆便隐藏在这片淡黄青绿的峰峦之中。虽是一身精湿又饥又渴，但想到不日便能见到追慕已久的大师，见到孜孜寻访的奇士，蒙恬高兴得不能自已，跳起来将内外衣裳一齐脱下一边笑嘻嘻嚷着惭愧惭愧，一边一件件拧干搭上半人高的草丛，又从马背取下皮褡拿出一件不曾沾水的麻布宽袍裹住了自己，大带腰间一扎，兴致勃勃地在山坡采起了兰草。

兰陵者，兰草之山也。兰陵非但是楚国名县，更是天下名县。兰陵之名两出：一则兰草，一则美酒。若论本原，兰草之名远远早于大于兰陵酒。兰草，花淡黄而叶淡绿，清香幽幽沁人心脾，亦草亦花亦药亦用，可人之心，足人之需，庙堂风尘无不视为心爱之物。楚人尤爱兰草，佩戴兰草饰物盛于中原佩玉。屈原《离骚》云："纫秋兰以为佩。"说的正是此等风习。兰草惠及天下，还有另一大用途，便是兰膏之妙。兰膏是兰草炼成的油脂，用来燃灯，既可生香又可驱虫；女子和油泽发，既可使秀发润泽如云，又终日香如花蕊。《离骚·招魂》云："兰膏明烛，华容备些。”兰草由此另得一名曰泽兰，此之谓也。

蒙恬少学渊博多才多艺，最好山水风物之美。此刻见苍山兰草在夕阳下绿葱葱黄幽幽随着山峦河谷伸展得无边无际，蒙恬的疲惫饥渴早已抛到了九霄云外。采得几大把兰草，编织成一顶绿黄花冠，又编成一幅长可及膝的兰佩，头上顶起花冠，脖颈挂起兰佩，在山坡上手之舞之足之蹈之跳着叫着疯跑起来。

“大意无所拂悟，辞言无所击摩，然后极骋智辩焉……”

蓦然之间，一阵悠长清亮的吟唱随风隐隐飘来，虽不甚辨得辞意，铿锵顿挫之韵律却分明甚是古奥。蒙恬惊喜眺望，遥见山下一辆牛拉轺车向着山口而去，伞盖在长风草浪间忽隐忽现，黄牛漫走，车铃叮当，那清越吟唱飘荡在淡淡幽香的无边兰草中。蒙恬顿时童心大起，迎着山口遥遥招手大喊：“前辈高人！好个悠闲自在——”

牛车依然丁零哐当地散漫走着，清越的吟唱依然弥漫飘荡着。

蒙恬一口气冲到了车前：“在下敢问前辈，苍山可有一座学馆？”

大黄牛哞的一声悠然止步，车盖下一人倏忽坐起——散发布衣瘦骨棱棱，年轻明亮的眼睛深邃得有些茫然——恍然醒悟间一句吟唱：“与我说话者，足下也？”蒙恬一拱手道：“前辈吟诵得痴迷，在下正是求教前辈。”“前辈？不，不，不敢当。”布衣瘦子猛然面红过耳口吃起来，下车一拱手又吟唱一句，“足下何事，但说无妨。”蒙恬恍然醒悟一拱手道：“兄台语迟，方才失敬处敢请见谅。”布衣瘦子这才认真地上下打量了一眼面前少年，冷冷一笑揶揄道：“少年雅士，兰草商家，要找兰陵县令么？”蒙恬不禁笑道：“这位大哥有趣，我已问过，这苍山可有一座学馆？”

“学馆不管兰草买卖。”

蒙恬笑得一片烂漫：“这位兄台！非得派我做个商人？”

“商人入山皆是这般做派，一身香草。”布衣瘦子面色冰冷。

“恨商及草，兄台原是方正过甚了。”

“相形不如论心，论心不如择术……”

“形相虽善而心术恶，无害为小人也。”

“你，你读过《非相》篇？”冰冷的布衣瘦子惊讶了。

蒙恬顽皮地一笑：“《荀子》传扬天下，我背不得几句么？”

“不中！《非相》篇乃大师新作，几时传扬天下了？”

“不中？”蒙恬学得一句恍然拍掌，“对也，你是韩非大哥！”

“足下何人？我不识得。”布衣瘦子依旧冷冰冰一句。

“大哥识得鲁仲连否？”

“只说你是谁。”

“在下鲁天，齐国鲁人，游学求师。”

“原来如此，方才得罪也。”冰冷的韩非有了一丝笑容。

“如此，在下不是商人了？”

“小兄弟可人。”韩非淡淡一笑，“要入苍山学馆？”

“正是！”

“此嘉宾也。”韩非大步走到牛车旁，拔下车中伞盖转身插到草地上，“苍山法度，凡遇求学士子，即时倾盖洗尘。这是大师车盖，我与小兄弟先饮三碗。”说罢又从牛车拿下一只胀鼓鼓的皮囊与两只嵌在车厢的木碗。蒙恬高兴得跳脚拍掌笑道：“兰陵美酒大妙！我有干肉！大哥坐了，我来！”飞跑马前拿来一只皮袋摸出两方荷叶包裹的酱干牛肉，飞步搬来一片石板摆在车前，荷叶铺开皮囊斟酒，干净利落得全然不用韩非动手一切就绪。

“知子之来之，琼浆以报之！”

“既见君子，德音不忘！”

依着古风，两人吟诗唱和一句，大碗一碰汩汩饮下。蒙恬面色绯红提起皮囊再次斟酒，双手捧起大碗又慨然念诗一句：“虽有兄弟，不如友生。”韩非举碗却是一句深重的叹息：“每有良朋，况也咏叹！”再碰一饮，蒙恬笑道：“韩非大哥何有良朋之叹？”“时势感喟也！”韩非慨然一叹，“方今实力大争之世，朋也友也盟也约也，皆如兰草，空自弥香也。”蒙恬笑道：“兰草用途多多，绝非空自弥香，韩非大哥言重了。”“人无切肤，不足道矣！”韩非骤然一脸肃杀，“鲁国若是亡在今日，小兄弟可有兰草之心哉！”蒙恬心思灵动，连忙笑着岔开话题道：

“苍山学馆有稷下外馆之称，兄弟歆慕久矣！只不知大师收取门生法度如何？”

“去则自知。”韩非霍然起身冷冰冰一拱手，“我去兰陵拉酒，不能奉陪。小兄弟越过前方山头，自见苍山学馆。”说罢拔起车盖插上牛车，咣当丁零地径自去了。

“怪人也。”蒙恬嘟哝一句，良久回不过神来。

漫山兰草，漫天霞光，幽幽谷风，一片清凉。蒙恬亢奋的心绪被韩非的突兀发作搅得很有些沮丧。鲁仲连已经对他叙说了荀子大师的种种情形，当然也不会遗漏大师的两名高足韩非与李斯。蒙恬当时便有了主意：说动韩非李斯入秦，方算不虚此行。然今日初见韩非，还未说得几句便是这般难堪，此人实在难与也。如此看去，荀子门下必多狂狷奇崛之士，要寻觅几个正才还当真可能不是一件容易事体。离开咸阳堪堪一年，莫非果真要空手归去了？鲁仲连说，自稷下学宫大树衰微，天下名士落叶飘零，盛机过矣！虽则如此，可蒙恬总是忘不了王翦那句话，鼓荡之世自有风云雄杰，大才不在寻访，在遇合也。

还得说大父那奇特的考校方式成就了他们。

那日，大父找他来一番叮嘱，教他做个蒙面不露相的少年司马与王子嬴政较量兵书学问。蒙恬大觉新鲜有趣，欣欣然上阵做了“少司马”考官。不料一番较量下来，蒙恬却对那个少年王子大是赞赏，立时觉得秦国就该此等王子做储君。大父一班老臣苛刻挑剔，未免太过颟顸。及至看完王子与蒙面卒的搏击较量，蒙恬对王子油然生出了钦佩之心。考校之后咸阳多有流言，连大父都说这个嬴政未必是储君最佳人选。蒙恬突兀生出一个念头：结识这个王子，说动他一起游历天下做风尘隐士。奇思一出，蒙恬终日揣摩如何能探听得这个不居王城的王子行踪。他不想通过大父或任何官署探得王子居所，而只想自己摸索得来悄然找去与王子神不知鬼不觉离开咸阳，那才叫神来之笔，何其快哉也！不想一连旬日一无所获，蒙恬有些悻悻然了。正在此时，一个内侍小童在后园的胡杨林下撞上了他，塞给他一方物事笑嘻嘻跑了。蒙恬打开那张折叠得方正的羊皮纸，几道山水旁边一行小字：“蒙面亦知音，承蒙不弃，敢请一晤。接书次日按图索骥可也。”

次日清晨，蒙恬荡着一只小舟在渭水南岸的芦苇湾中见到了王子嬴政。两人一见如故，在漂荡的小舟上饮着老秦酒咥着酱肉干锅盔，直说到夕阳枕山还是意犹未尽。蒙恬说了他听到的种种传闻，末了慨然道：“政兄撂开！不必纠缠这太子之位，你我结伴同游天下，做个俞伯牙钟子期高山流水，岂不妙哉！”嬴政拍着船帮笑骂一句：“太子个鸟！我是想做事。兄弟只说，大事若是可为，你果真愿意做高山流水？”蒙恬道：“所谓做事，无非功业一途。秦国将相多有，少得你我两人么？”嬴政目光炯炯道：“兄弟所言，原是将流言看得重了。若是储君可为，兄弟又当如何？”蒙恬拍掌笑道：“政兄果真做得储君，自然是大事可为，不做高山流水也罢！”嬴政肃然道：“好！回庄说话，晚来还有一人。”“是那个蒙面卒么？”蒙恬突然脱口而出。“兄弟神异也！”嬴政哈哈大笑，与蒙恬两桨同出，片刻到了岸边。

月上南山，一精干舍人领着一个英挺人物来了。舍人是王绾，英挺人物果然是那个蒙面卒。不等王绾介绍，蒙恬跳了起来：“我知道！这位大哥是王翦，秦军后起之秀！”嬴政王绾一齐大笑，敦厚的王翦倒是局促得无所适从了。谁料三碗酒一过，海阔天空之际顿见这位年轻将军的英雄本色，话语简约，句句切中要害，大非寻常赳赳武士可比。同是评判大势，熟知权臣纠葛的蒙恬实在是心中无底。王翦却是沉稳异常：“朝野流言虽多，然终抵不得真才二字。人势所趋，秦国储君非王子莫属也。”蒙恬见王翦说得笃定，笑问一句：“王子果为储君，当如何作为？”王翦一字一顿道：“但为储君，讷言敏行，勤学多思，以不变应万变。”

“若继大位又当如何？”蒙恬又紧追一句。

王翦依旧沉稳道：“大位在时势。时不同，势不同，方略不同。”

“三年内即位如何？”

“主少国疑，唯结权臣以度艰危。”

“十年之后即位如何？”

“遥遥之期，非此时所能谋也。”

蒙恬记得很清楚，凝神倾听的王子嬴政起身离座对着王翦拜倒：

“将军乃我师也，嬴政谨受教。”慌得王翦连忙拜倒相扶：“在下只年长几岁，多了一份常人之心，何敢当王子如此大礼。”嬴政又肃然扶住了王翦道：“将军雄正就实，不务虚妄，嬴政自当以师礼事之，将军何愧之有哉！”蒙恬过来扶住两人胳膊道：“王翦大哥先莫推辞，只说说目下我等该做何事？若是对了我也拜师！”嬴政不禁点头笑了：“好！将军便说，再收一个学生也。”

“岂敢岂敢！”王翦一做俗礼便老成敦厚如农夫，一说正事则犀利稳健如名士，直是两人倏忽变换。顽皮的蒙恬直揉着眼睛一惊一乍：“吔，名士又变村夫！莫变莫变，眼花甚也！”举座哈哈大笑，王翦一时窘得涨红了脸膛，仰头大饮了一碗老秦酒，这才思忖道：“要说目下，倒是真有一事当做。”

“何事？”嬴政蒙恬异口同声。

“搜求王佐之才！”王翦慨然拍案，“大事须得远图。以秦国朝野之势，王子成为储君只在迟早之间。秦王破例考校少年王子以为太子人选，此间定有若干变数。变数之一，是王子或可不期立储，甚或可不期即位……”举座骤然屏住了气息，王翦粗重地喘息了一声，“不期之期一朝来临，王佐之才便成急务也。”

“方才不是说唯结权臣以度艰危么？”蒙恬噗地笑了。

“艰危之后又当如何？”王翦没有丝毫笑意。

“蒙恬心服，只要赖师账也。”嬴政淡淡一笑倏忽正色，“将军之言深合我心。我不居王城，原本想的只是结交由人也。若非考校之事来得突兀，我原本是要游历天下三年的……只是天下茫茫，大才却到何处寻访？”

“王子但有此心可也！”王翦慨然拍案，“鼓荡之世自有风云雄杰，大才不在寻访，在遇合也。但有求才之心，终有不期遇合。”

“说得好！”蒙恬拍掌笑叫一声又倏地压低了声音，“此事唯我做得。王子离不开咸阳。王翦大哥离不开军营。只我悠哉无事。可是？我去找大名鼎鼎纵横天下之士，此人与各大学派均有关联，定然能为寻求大才指点路径。如何？”

嬴政思忖片刻恍然道："大名鼎鼎纵横天下？鲁仲连！"

"然也！"

"你如何识得鲁仲连？"王翦惊讶了。

"天机不可预泄也。"蒙恬不无得意地笑了。

……

就这样，蒙恬在去岁立冬时分上路了。众所周知的理由是，齐人清明节气比秦国早，蒙恬代齐氏回归故土祭祖要在先年冬天出发。就实说，蒙恬在来春清明时节也确实在齐国祭拜了祖先坟茔，只是祭祖之后悄然去了东海之滨。在故越国的一群小岛中，蒙恬终于找到了隐居多年的鲁仲连。蒙恬拿出了一支三寸宽的独简。鲁仲连端详一番哈哈大笑："天意也！二十年前一诺竟应在了今日！小子好气运，老夫认了！"蒙恬记得清楚，当鲁仲连领着他登上岛中孤峰时，山顶女子的歌声美得使他陶醉了："齐子归来兮，报我以琼瑶。渔猎耕稼兮，雨打蓬茅。天下乐土兮，唯我孤岛。"那白发苍苍的鲁仲连对着大海长吼一声快乐得高唱起来："山高水遥，我心陶陶。家国何在，天外孤岛——"随着歌声，草木婆娑的山道上隐约现出一个布衣长发纤细窈窕红润丰满的女子，背上一只小竹篓，手中一柄小弯锄，时而挖得几株草药丢到背篓之中，质朴得毫无雕饰，美得如天上佳人。那时，少年蒙恬第一次在女子面前怦然心动了……

小岛山根处是鲁仲连与小越女的家。一排茅草木屋，一片圆木围起来的庭院。院中一只正在打造的独木舟，还有大片正在编织的渔网。庭院当中是一个永远都在冒烟随时都可点燃的大大的火坑，坑中高高支着一个烧烤的吊架，浑然远古部族的渔猎营地。在那座渔猎小院里，碧蓝的夜空挂着澄澈的月亮，鲁仲连燃起了篝火，吊起了硕大的陶罐，打开了一只半人高的陶瓮。小越女从吊架上取下陶罐，用一只长把木勺从罐中盛出小鱼笑吟吟盛进了蒙恬面前的陶盆："晓得无？小海鱼用山菜山鸡一炖，再配岛山草药，清香开胃滋养元神祛湿降燥，小兄弟放开吃了。"亲切慈和得娘亲一般，蒙恬的心又一次簌簌战栗了。

那个夜晚，小蒙恬第一次体味了飘飘然的醉意，陪着鲁仲连一碗又一碗地干，心下舒展得要飞起来一般。少年的心感动不已，说了要拜鲁仲连为师修习纵横术隐居海岛。鲁仲连哈哈大笑说：“小子醉也！纵横隐居，一矛一盾，小子矛乎盾乎？”蒙恬赳赳高声：“先矛后盾，譬如老师！”小越女不禁大是赞叹：“小兄弟聪慧过人，真当今千里驹也！”鲁仲连哈哈大笑眼眶溢满了泪水：“老骥又见千里驹，老夫何幸哉！只可惜，老夫不能使千里驹驰骋天下也！”蒙恬赳赳相问。鲁仲连一阵感喟，说的一句话至今还震撼着蒙恬。鲁仲连说，而今天下时势不同，一强独大而六国沉沦，此时习纵横家之术犹刻舟求剑也。

“前辈之见，而今当习何学？”

“唯荀子之学，堪当今日天下也。”

“人言荀子步儒家后尘，前辈何有此论？”

“笑谈笑谈！”鲁仲连连连摇着白头，“老夫一生笑傲天下，未曾服膺一人，只这老荀子，老夫今日却要说得一句：当其学生，老夫犹不够格也！”

在海岛盘桓的日子里，鲁仲连每每说起荀子便是不胜感慨：“老夫当年在稷下学宫识得荀子，数十年未断交谊矣！若非老夫逃避诸侯，只怕也与老荀子凑到苍山去也。”蒙恬问荀子治学之风，鲁仲连只沉吟着说得几句：“荀子学究天人，贯通古今，有儒家之学问，有法家之锐气，有墨家之爱心，有道家之超越；然又非难诸子，卓然自成一家，堪称当今天下学派之巅峰也！”蒙恬总是有些不以为然：“荀子学问果如先生所言，如何屈做一个小小县令？”鲁仲连良久默然，末了一声叹息：“造物之奥秘，生人之艰辛，非你我所能穷尽也。古往今来，治学巨子皆难见容于仕途。孔子颠沛流离，孟子漂泊终生，老子西出流沙，庄子隐迹山野。他们都曾做官，老子做过周室史官，孔子做过鲁国司寇，孟子做过稷下客卿，庄子做过漆园小吏。无论大小，皆一个‘辞’字了结。此中因由，堪称一篇人生大文章也。至于荀子，为何要做一个小小县令，老夫岂能说得清楚？”

一个月后，蒙恬依依不舍地离开了那座海岛，离开了那对永远教人铭刻在心的天生佳偶，离开了那几乎要将他征服融化的梦幻生涯，跋山涉水地寻觅到了楚国兰陵。

二　苍山大师与谜一般的二十一事

山坡草地上，七八个少年若即若离地簇拥着一个布衣老人漫步。老人侃侃而论，少年们时不时高声发问，老人悠然止步从容解说，如此反复，逍遥漫游般飘到了一片谷地。

清晨灿烂的阳光下，谷中兰草弥漫出淡淡的幽香。谷地山根处一座山洞一片茅屋，竹篱竹坊圈起了一片大庭院，院中一排排石案草席错落有致又干净整洁，炊烟袅袅书声琅琅，一片生气勃勃的山中胜境。进得庭院布衣老人吩咐道："你等将《不苟》篇诵得熟了，明日与师兄们一起辨析。"少年们整齐应答一声是，布衣老人悠悠然向山洞去了。

"老师！"庭院外的山道上一声高喊，"春申君书简！"随着喊声，一个长发黄衫的年轻人飞马进了大庭院翻身下马，将一只皮袋双手捧给了布衣老人。老人打开皮袋取出了一卷竹简展开，看得片刻笑道："李斯呵，公孙龙子要来论战，你以为如何应对？"

"既来论战，自是求之不得！"黄衫年轻人很是亢奋。

"你可知公孙龙子何许人也？"

"名家第一辩士，我门最大公敌。"

"过也。"老人淡淡一笑，"午后聚学，老夫说说公孙龙子。"

"嗨！"李斯欣然应命，"午后韩非正可回来，酒亦齐了。"

"还有，鲁仲连飞鸽传书，说举荐一人来山，近日留意也。"

"弟子遵命！"李斯一拱手匆匆去了。

布衣老人从容进了山洞。一段曲折幽暗眼前便豁然大亮，早晨的阳光从幽深的天井洒将下来，洞中与洞外一般的明亮干燥。天井右侧一个天然石洞，洞口一方几与人高的圆石上刻着三个硕大的红字——积微坊。老人进了积微坊，在石壁下的一排排木架上浏览起来，抽出一卷竹简凝神翻阅，不禁呵呵笑了。

布衣老人是荀子，目下战国最后一位卓然成家的大师。

荀子是战国诸子中最为特立独行的大家之一，其论战之锋锐，其学派之显赫，其行踪之淡隐，无不令天下惊叹。战国之世名动天下而节操淡泊者，唯墨子堪与荀子相提并论。当然，如果仅仅是神秘与淡泊，老子庄子等更在其上。此间关节在于，老子庄子所执无为出世之学曲高和寡，远离天下潮流，行踪唯关一己之私而已，本无所谓神秘淡泊。荀子与墨子却都是天下显学而疏离仕途，不回避论敌，不逢迎官府，一干大国徒然歆慕而无以为其所用，天下学派攻讦有加而无以夺其峥嵘。两厢比较，荀子被天下关注还略胜一筹。盖墨子学派虽则独树一帜，在战国之世却是走偏，终非主流思潮，其拒绝仕途乃学派本旨使然，无论如何神龙见首不见尾，天下皆以为理所当然。荀子则不然，学居主流引导思潮，入世而出世，出世而入世，与孔子孟子之孜孜求官俨然两途，故令天下人惊叹也。

论处世，荀子是一道悠悠自在的山溪。

论治学，荀子是一团熊熊不熄的火焰。

极端相合，水火交融，注定了荀子生命的奇幻乐章。

少年荀况走出赵国故土的时候，恰是赵武灵王鼓荡天下风雷的强赵之期。秉承了赵人的豪侠血性，在赵国已经少年成名的荀况，背着一只青布包袱与一只盛满马奶酒的皮囊来到了临淄的稷下学宫。这座学宫名士云集，没有人正眼看他这个从遥远的北方来的布衣少年。学宫为少士们确定师门时，没有一个成名大师点他入门，也没有一个锦绣少士邀他同门修学。荀况看到的是轻蔑的眼神，听到的是窃窃嘲笑：“嘻嘻，赵国只有草原蛮子，毋晓得修个甚学也！”木讷老成的少年被激怒了，当场赳赳高声宣布：“荀况不入一门，只以学宫为师，以百家之学而成我学！”学宫令驺衍大为惊奇，当即对这个赵国少士开了先例：许其自由出入各门学馆听学，任馆不得阻拦。于是，少年荀况成了稷下学宫唯一一个没有名门老师的自由少士，愿意到哪个学馆便到哪个学馆，除了不能得学宫诸子的私下亲授，官课倒是鼓荡饱满。依照学宫法度，此等少士视同游士求学，三年后若不能在学宫少士论战中连胜三场，便要离开学宫，且日后不得冒学宫弟子之名。

三年后，天赋惊人的荀况在学宫少士论战中旬日不败。其渊博的学问，犀利的辩才，使昔日嘲笑他的锦绣少士们一一溃败，无人能与荀况辩驳得片刻辰光。由是，年轻的荀况一战成名。诸子大师纷纷点其做特拔弟子，争执到学宫令面前，驺衍要荀况自己说话。年轻的荀况依然是昂昂一句："荀况无门，学宫是我师也！"

"狂傲之尤，荀况也！"

"木秀于林，堆出于岸，此子难料也！"

成名诸子们大为扫兴，对荀况的议论评点日益地微妙起来。荀况初为人敌，很不喜欢这等使人无可辩驳的"人言"流风，一气离开稷下学宫到列国游历去了。二十余年游历，荀子寻访了所有不在稷下学宫的名士大家，坦诚磋商争鸣论战相互打磨，不期然沧桑变幻，成就了一代蜚声天下的大家。

这时，齐襄王闻荀子大名，派特使邀荀子重入稷下学宫做学宫祭酒。已经盛年之期的荀子一番思忖，终于没有推辞，生平第一次做了学官。齐国君臣没有料到的是，荀子做了相当于上大夫的学宫祭酒，却全然没有做官的模样，依然是醉心治学孜孜论战，丝毫不将为齐国网罗士林人心的大事放在心上，惹得许多大师都不愿再来齐国了。

这便是荀子，一生都没有停止过论战治学之风，不屈不挠，不断创新，遂开天下新学，鼓荡大潮浩浩前行，独领战国后期风骚。

大略数来，荀子的学问大战有过四次：

第一战，在稷下学宫与孟子高徒的"人性善说"作空前论战，独创"人性恶说"。后来，荀子将论战辩驳写成了《性恶》篇，一举奠定了法家人性说之根基。也就是说，只有在荀子之后，法家学说才有了真正的人性论基础。此说之要害在于：法律立足于"人性恶"而产生，遏制人性之恶乃是法制正义之所在！两千余年后，西方法学以现代哲学的方式论证法律产生的正义性的时候，同样以人性恶为法治之起源基础。可见，荀子学说是整个人类法学的人性论基础。这是后话了。

第二次大战，是讨伐天下言行不一的伪善名士。其时也，诸子为左右治国学说之趋势，纷纷对法家学说做出了各种各样的诠释，大多不顾自己的根基学问而对法家恣意曲解。荀子愤然作《非十二子》篇，开篇慷慨宣战：“于今之世，饰邪说文奸言以枭乱天下，谲诡委琐，使天下浑然不知是非治乱之所存者有人矣！”其下汪洋恣肆，逐一批驳了天下十二名家的六种治国邪说：环渊、魏牟被荀子指斥为“纵情性，安恣睢，禽兽行，不足以合文通治！”陈仲、史鳍被荀子指斥为“苟以分异人为高（只求与别人不同而自鸣清高），不足以合大众明大分，足以欺惑愚众！”墨子、宋钘被荀子驳斥为“不知一天下、建国家之权称（法度），不容辨异悬殊君臣之分（不允许有任何待遇差别及君臣等级）。然其持之有故言之成理，足以欺惑愚众！”慎到、田骈被荀子驳斥为“尚法而无法，听于上，从于俗，终日言成文典，倜然无所归宿（疏阔不切实际），不可以经国定分！”惠施、邓析被荀子指斥为“好治怪说，玩奇辞，察而不惠，辩而无用，多事而寡功，不可以为治纲纪！”子思（孔子的孙子）、孟子被荀子驳斥为“法先王而不知其统，犹然而才具志大闻见杂博……幽隐而无说（神秘而不知所云），闭约而无解（晦涩而不能理解），子思唱之，孟轲和之，世俗之沟犹瞀儒嚾嚾然不知其所非也，遂受而传之，以为兹厚于后世，子思、孟轲之罪也！”荀子将上述十二家逐一批驳，其立足点是指斥这些名家大师的言行与其倡导的学说相背离——自己尚且言行不一，何以使天下人信服也！用后人的话说，荀子所斥责者正是名士们的人格分裂。

“天下诸子善为人敌者，莫如荀子也！”

“一口骂尽天下者，其心必诛！”

稷下学宫议论蜂起，纷纷以指斥荀子为能事。议论风靡之时，齐国君臣也对荀子冷眼相待了。齐襄王说荀子如张仪，利口无敌而有失刻薄。此说传开，齐人诟病荀子成了朝野风尚，全然忘记了当初对荀子的斐然赞誉。当年荀子重回稷下，齐国人以荀子的锋芒为稷下学宫的荣耀，齐人有颂歌云：“谈天衍，雕龙奭，炙毂过髡。”说的是荀子论战的赫赫功绩。“谈天衍”，指的是赫赫阴阳家驺衍，其人开口便是天事，故有“谈天衍”之号；“雕龙奭”，指的是另一个阴阳家驺奭，此人将阴阳学派的“五德终始说”阐发得淋漓尽致，文章雕饰得如古奥龙文，故得“雕龙奭”名号。如此两个专好神秘之学的大师，被荀子在几次大论战中批驳得张口结舌。后来，又有杂家辩士淳于髡挑战荀子，又被驳得体无完肤。齐人嘲笑淳于髡的才学是“炙毂之油”（涂车轴的膏油），遇见荀子这把烈火便被烤干了（炙毂）。“炙毂过髡”便是“过髡如炙毂”也。唯其有此盛名，才有了荀子三为稷下学宫祭酒。然则，今日却因向十二子开战而被齐人诟病，荀子万般感慨，愤然辞去稷下学宫祭酒之职，从此开始了漫长的漂泊。

漂泊归漂泊，艰辛岁月丝毫没有钝化荀子的治学锋芒。

这次，荀子沉下心来着意清算了最善口舌官司的儒家，直接对老仲尼宣战了。这便是荀子的第三次大论战，堪称正本清源之战。

荀子治学，素来不拘一门博采众长，或论战或著文素来旁征博引，从来不因人废言。对儒家大师孔子的言论，荀子更是引述多多，甚或不乏在诸多场合将孔子与上古圣贤并列。而对于自己一力推崇的法家，荀子也是如实批驳其短处，从来不无端维护。有了这两个由头，一班反对儒家也反对荀子的论敌，硬生生将荀子说成了儒家。久而久之众口铄金，连明知荀子新法家精要的一班法家名士，都将荀子说成了“亦儒亦法”。便是赞同荀子学说的诸多士子，也将荀子看做“师儒崇法”。总而言之，自成一家的荀子硬生生被说成了师承孔子的儒家，不是法家，更不是新法家。若仅仅是师源偏见，荀子倒不会去认真计较。偏偏是此等说法每每扭曲荀子学说的本意，气息奄奄的儒家士子们更是将荀子抬出来做挡箭牌，动辄便说荀子“师法仲尼，隆仁政，实乃我儒家后学之大师也”！

荀子平心静气地抛出了《儒效》篇，犹如庖丁解牛，对儒家做出了冷静而细致的独特清算，又恰如其分地将自己与儒家的最大区别勾勒出来。《儒效》篇将儒家之士分为俗儒、雅儒、大儒三种：俗儒者，“逢衣浅带（穿着宽袍束着阔带），蟹堁其冠（戴着蟹壳般中间高两边低的高冠），略法先王而足乱世（粗浅地嚷嚷些法先王的老说辞以乱人心），术谬学杂，不知法后王而一制度也”！雅儒者，“隆礼仪而杀诗书，明不能济法教之所不及、闻见之所未至，则知不能类也。内不自诬，外不自欺，尊贤畏法而不怠傲”。大儒者，“法先王，统礼仪，一制度，以古持今，苟仁义之类也，虽在鸟兽之中若白别黑”！三种儒家之士，俗儒装腔作势，徒然乱世害人；雅儒学问不足以弥补法教，实际不过一群老实人而已；大儒，也就是儒家的大师级人物，其为政学说则完全是“法先王”老一套，混在鸟兽之中也是黑白可辨。与大儒之“法先王”相比，荀子一再重申了自己的为政主张——“法后王，一制度，不二后王！百家之说，不及后王，则不听也！”这是荀子以最简洁的方式向天下昌明：儒家法先王（效法古制），自己法后王（效法当世变法潮流），荀况与孔子孟子之儒家迥然有别也！

从此之后，荀子成了天下士林的孤家寡人。

后来，荀子从赵国漂泊到秦国，又从秦国漂泊到楚国，最后终于在兰陵扎下了根基。那是在秦赵长平大战之后，信陵君客居邯郸，与平原君共邀荀子留邯郸创建学宫。荀子对六国士风已经深为失望，一再地婉言推却了。信陵君一生多受猜忌诋毁，对荀子心境深有体察，非但不再相劝，反倒设身处地为荀子计，将荀子郑重举荐给了春申君。依着信陵君说法，楚国广袤，有隐人纳士之风，春申君风雅敬贤不强人意，实在是荀子这般大师的晚境育人之地。荀子饱经沧桑，信陵君所言深合心意，当即南下了。

权倾朝野的春申君亲自郊迎荀子进入郢都。洗尘接风之后啜茶叙谈，春申君问荀子心志在官在学？荀子悠然笑道：“晚学育人，唯求一方山水做得学馆，终老可也。”春申君颇感意外，思忖片刻笑道：“噢呀，我已向楚王举荐先生为上卿，这却如何是好了？”荀子慨然笑道：“天下可为上卿者多矣，可为老夫者毕竟一人耳！君自斟酌是也。”春申君哈哈大笑：“噢呀是了！楚国已经有三个上卿，各拿虚名禄米了，原本也想教先生挂个上卿，好在郢都安居了。”笑得一阵春申君思忖道：“今闻先生之言，庙堂官府原是龌龊所在。不说了，黄歇只给先生一个好去处便是。”

三日后，春申君陪着荀子到了自己的北楚封地兰陵，在县城先会了县令，又辚辚到了苍山。转悠一日，荀子对清幽美丽的苍山欣然赞叹不已。春申君欣然大笑：“噢呀！先生喜欢苍山，苍山便是先生学馆了！”转身对随来县令吩咐，“自今日始，先生是兰陵县令，你为县丞了。”荀子连忙辞谢，说若做县令只有离开楚国。春申君诙谐笑道："噢呀先生，这官府龌龊处，上天也是无奈了。先生不兼个职事，沟坎多得你不胜其烦，想治学也难。先生只虚领县令便是，一应事务尽有县丞，决不扰先生学馆了。"

于是，荀子破天荒地做了兰陵县令。

春申君给县丞明确了法度：兰陵县务必在半年之内建成苍山学馆，其后兰陵赋税一半归苍山学馆；荀子禄米从国府支出，不占拨付学馆之赋税。荀子感喟有加，也不再与春申君推辞，实实在在地住了下来，开起了苍山学馆。令荀子想不到的是，学馆在建时便有少士学子纷纷来投，开馆之日竟有二百余名学子前来就学。荀子情知这是几位战国大公子在助力，便给春申君信陵君平原君分别致函，坦诚剖明心志："荀况晚境治学，志在得英才而育之，非徒取势也。仲尼弟子三千，受业身通者仅七十七人，足以载道者三两人耳！为今之世学风已开，官学之外诸子私学多有，开启蒙昧之学大有所在也。老夫所求，采撷精华矣！谚云：'求以其道则无不得，为以其时则无不成。'育人非养士，养士多多益善，育人则精益求精。唯流水自然之势，荀况所愿也。"从此，汹汹求学之势方渐渐收敛。荀子又将已经入馆的二百余名少士一一作了考辨，大多举荐给了楚国官学，只在苍山学馆留下了三十余人。光阴荏苒，倏忽十年，苍山学馆名闻天下，被天下士子们誉为"苍山若稷下，非精英不得入也"！

本欲专心育才的荀子，又不得已大战了一次。

这最后一次大论战的敌手，便是要来苍山挑战的名家大师公孙龙子。

午后，韩非回到了学馆。

李斯、陈嚣高声呼唤弟子们在林下石案前聚学大讲。弟子们一听老师要大讲分外兴奋，聚在林下纷纷相互询问大讲题目。李斯正要说话，却被站在身边的韩非拽了一下衣襟。李斯回头，韩非向竹篱外一指："远客来也。"李斯顺势看去，一个红衣少年正牵着马从山道走来。李斯略一思忖，吩咐陈嚣去请老师，自己迎出了小城楼般的竹坊。

“在下鲁天，见过大师兄。”红衣少年当头一躬。

“你识得我？”李斯不禁惊讶了。

“荀门李、陈、韩，求学士子谁个不晓得？”

“足下可是从故鲁国来？”

“在下从秦国来。”

“噢？秦人求学，未尝闻也！”

“在下从秦国来，定是秦人么？”

“呵，自然未必了。”李斯淡淡一笑一拱手，“敢请足下先到办事房歇息用膳，夫子大讲后再行初考了。”

“初考？新规矩么？”红衣少年似乎有些惊讶。

李斯点点头：“夫子近年新法：凡少士入苍山学馆，必得受少学弟子先行考问，以免蒙学未启根基未立。足下可于歇息时先自预备一番。初考一过，在下便分派足下起居所在。”

“多谢大师兄关照。”

“无妨。回头还得相烦足下说说秦国了。这边请。”李斯领着红衣少年进了竹坊又进了庭院一间茅屋，片刻间便匆匆出来了。

两名少年弟子抬来了一张与人等高的本色大板在中间大案前立好，陈嚣已扶着荀子出了山洞。午后艳阳当头，庭院林下却是山风习习凉爽宜人。各在错落山坡的石案前席地而坐的弟子们见老师到了，一齐拱手高声齐诵一句：“治学修身，磨砺相长！”荀子从容走到恰在半坡的中间大案前，坐到一张大草席上淡淡一笑：“今日临机大讲，所为只有一事：名家辩士公孙龙子，要来苍山学馆论战。为师老矣！若得你等后学与公孙龙子论战而胜，老夫不胜欣慰也。为此，你等须先得明了名家之来龙去脉与所治之学，亦当熟悉老夫当年与名家三子之论战情形。故此，今日大讲之题是：名实之辩与二十一事。”荀子缓缓巡视了一遍林下弟子，轻轻叩着大石案，“谁先来说说，何谓二十一事？”话音落点，弟子们的目光齐刷刷聚在了荀子左右的三位大师兄身上。

“弟子惭愧！”李斯对着荀子深深一躬，“名家之学，弟子素来不以为然，心存轻慢，二十一事大约只记得一半……”

“弟子也只记得一半。”陈嚣也是满脸涨红。

“学宜广博也！”荀子轻轻叹息了一声，“积土成山，风雨兴焉。积水成渊，蛟龙生焉。不积小流，无以成江海。老夫所做《劝学》篇，你等日每诵之，见诸己身则熟视无睹，此修学之大忌也，戒之戒之！”

弟子们满场肃然，人人有羞愧之色。此时，韩非一拱手吟唱道：“老师明察，弟子以为名家陷于琐细诡辩，关注此等学问，无异于自入歧途也。两师兄原是浏览过名家之学，只记忆有差，不足为过也。”

“韩非学兄差矣！”一黄衫少年弟子赳赳站起高声道，“知之为知之，不知为不知，此求学之道也！名家纵失之荒谬，亦是天下一大家。不知不战，无以开正道之学，何言不足为过也！”

“甘罗此说却是在理。”荀子淡淡一笑，“韩非素来博闻强记，是当真不知二十一事，还是轻蔑名家不屑重申？”

“老师明察！”韩非慨然一拱，“弟子对名家二十一事尚算熟悉，这便给诸位学弟解说一遍。”见荀子点头，韩非起身走到大板前拿起案上一方白土，在大板上写一条唱说一条，虽来得缓慢，却也将二十一事说了个通透。

原来，这“二十一事”是名家四位大师惠施、宋钘、尹文、公孙龙子先后提出的二十一个论战命题，件件与常识背道而驰，教人匪夷所思。出世伊始，二十一事遭到了法儒墨道四大显学的轻蔑嘲讽，任名家之士孜孜寻衅，四家大师却几乎是无一例外地不屑与之论战。然则，无论显学大家们如何蔑视，名家“二十一事”却以新颖奇特乃至为常人喜闻乐道的方式，在天下士林与庶民国人中蓬蓬勃勃地成了势头。但凡坊间酒肆聚会，游学士子们会不期然选择一个命题，相互驳论以为乐事。市井国人之能者，也会在亲朋遇合之时津津乐道地辩驳卵究竟有没有毛，鸡究竟是两脚还是三脚，不管结论如何，人们都会快乐得捧腹大笑。如此奇特功效，任何一家显学都望尘莫及。由是日久，无论显学名家们如何斥责名家惑乱人心，终究都无法对名家的二十一事置若罔闻了。

于是，相继有了墨子庄子一班大师对名家的种种驳斥。

战国诸大家之中，以庄子对名家最有兴趣，在《天下篇》中破例记

理由是：暗夜之中，人目不见物；神眠之时，人目亦不见物（熟视无睹），可见目之不能见物也；目以火（光线）见物，故目不见物，火（光线）见物也；目以神（注意力）见物，故目不见，神（注意力）见也。

十一，指不至，至不绝。常人看来，只要用手指触摸某件物事，也就知道了这件物事的情形。这便是寻常士子学人们所谓的“视而可识，察而见意”。也就是说，常人总以为只要看见了（视）接触了（察）物事，自然便知道了这件物事的形状体貌（外观）与其属性（意），从而能够对物事命名。可名家偏偏说，常人这种认知事物的方法是错误的，人即使接触了某件物事，也不能完全知道这件物事（指不至）；即使为某件物事定下了名称，也不能完全知道这件物事的全部（至不绝）。名家在这里说的“至”，不是“到达”，而是“穷尽”之意。用白话说，“指不至，至不绝”便是，接触了事物不能穷尽事物，命名了事物同样也不能穷尽事物。这是“二十一事”中最具思辨性的命题之一，名家大师公孙龙子甚至特意作了一篇《指物论》来阐发他的见解。

十二，龟长于蛇。蛇比龟长，成体尤其如此，这是人人皆知的常识。可名家偏说龟比蛇长，不能不令人愕然。其理由是：龟有大小，蛇有长短，大龟可以长过短蛇，故云龟长于蛇也。名家大师惠施从此出发，生发出一大篇常人难以窥其堂奥的辨物之论：“至大无外，谓之大一。至小无内，谓之小一。无厚，不可积也，其大千里。天与地卑，山与渊平。日方中方睨，物方生方死。大同而与小同异，此谓小同异；万物毕同毕异，此谓大同异。南方无穷而有穷。连环可解也。氾爱万物，天地一体也。”

十三，矩不方，规不可以为圆。矩者，曲尺也。规者，圆规也。常人皆知，曲尺是专门用来画方的，圆规是专门用来画圆的。连荀子在《赋》篇中也说：“圆者中规，方者中矩。”可见方圆规矩非但是常人常识，也是学家之论。可名家偏偏说：曲尺不能画方，圆规不能画圆。名家的说理是：“方”与“圆”都是人定的名称，既是名称，便有共同标尺（大同）；而规、矩所画之圆之方，事实上却是千差万别（大异）；是故，矩所画之方非“方”，规所画之圆非“圆”；所以说，矩不能画方

（“方”），规不能画圆（“圆”）。

十四，凿不围枘。凿者，卯眼（榫眼）也。枘者，榫头也。榫头打入，榫眼自然包围了榫头。这是谁都懂得的事理。可名家偏偏说，榫眼包不住榫头。名家的理由是：榫头入榫眼，无论多么严实，都是有缝隙的；否则，榫眼何以常要楔子；是故，凿不围枘也。

十五，飞鸟之影未尝动也。鸟在天上飞，鸟儿的影子也在动，这是三岁小儿都知道的常识。可名家偏说，飞鸟的影子是不动的。公孙龙子的说法是：“有影不移，说在改为。”意思是说：鸟影不动。飞鸟与影子总是在某一点上，新鸟影不断生成，旧鸟影不断消失，此谓影动（改为）之错觉也。

十六，镞矢之疾，而有不行不止之时。射出的箭头在疾飞，这是谁都看得见的，常人没有人会说箭头不动。可名家却说，疾飞的箭头既不动（不行）也不停（不止）。令人惊叹的是，名家此说与稍早的古希腊学者芝诺在遥远的爱琴海提出的“飞矢不动”说几乎如出一辙。芝诺的理由是：一支射出的箭在飞，在一定时间内经过许多点，每一瞬间都停留在某一点上；许多静止的点集合起来，仍然是静止的，所以说飞箭是不动的。而中国名家的说理是：疾飞之箭，每一瞬间既在某点又不在某点；在某点便是“不行”，不在某点便是“不止”，故云飞矢不行不止。与芝诺说理相比，既在又不在（不行不止），显然比纯粹“不动”说深邃了许多。

十七，狗非犬。常人观之，狗就是犬，犬就是狗，一物二名而已。可名家却说，狗不是犬！周典籍《尔雅·释畜》云：“犬未成豪曰狗。”也就是说，犬没有长大（豪）时叫做狗。公孙龙子由此说理：二名必有二物，狗即“狗”，犬即“犬”；狗不是犬，犬亦不是狗；非大小之别也，物事之别也。

十八，黄马骊牛三。骊牛者，纯黑色牛也。在常人看来，一匹黄马与一头黑牛，显然是两物。名家却说，一匹黄马与一头黑牛是三件物事。公孙龙子的理由是：黄马一，黑牛一，“黄马黑牛”名称一，故谓之黄马黑牛三。这与“鸡三足”乃同一论战命题。

十九，白狗黑。白狗是白狗，黑狗是黑狗，这是常人绝不会弄错的事。可名家偏与常识唱对台，说白狗可以是黑狗。理由便是：狗身有白曰白狗，狗身有黑曰黑狗；今白毛狗生黑眼睛，同为狗身之物，故白狗也是黑狗。墨子当年为了批驳此论而先解此论，在《小取》篇推论解说：马之目眇（瞎），谓之马眇（瞎马）；马之目大，而不谓之马大。牛之毛黄，谓之牛黄；牛之毛众，而不谓之牛众。据此推论：狗目瞎可叫做瞎狗，狗目黑自然可以叫做黑狗也。

二十，孤驹未尝有母。无母之儿为孤儿，无母之驹为孤驹。然无论孤儿孤驹，都是曾经有过母亲的。这是常人毫不怀疑的事实。但名家却说，孤驹从来（未尝）没有过母亲。理由便是："孤驹"，物名也，母死谓"孤驹"，母未死不谓"孤驹"；但为"孤驹"，一开始便没有母亲；故云，孤驹从来没有母亲。

二十一，一尺之棰，日取其半，万世不竭。一根木杖用刀拦腰砍断，每日从中一半一半砍去，砍不了几日砍无可砍，木杖自然也就不存在了。这是常人都知道的事理。名家却说，即或一尺长的木杖，每日取一半，万世也分割不尽。理由便是：物无穷尽（物不尽），一尺之棰本身有尽，然不断分割（取），便成无尽也。

到了战国中后期，公孙龙子成为名家最有名的大师。这公孙龙子非但对"二十一事"大有增补，更独创了"离坚白"（石头的"坚"与"白"是可以分离的）、"白马非马"等论战题目。因了"二十一事"已为天下熟知，所以公孙龙子后期的这两个命题没有列入"二十一事"之中。虽然如此，同样是名家的重要命题。

公孙龙子率一班追随者游历天下处处求战，日渐大成势头。许多名士即或不赞同名家之说，却也公然钦佩公孙龙子学问。这年来到邯郸，平原君邀得信陵君与几个名士与公孙龙子席间论战，恰恰有当世两个最负盛名的显学大家——荀子与孔子第六代孙孔穿。孔穿自恃大儒，不屑与公孙龙子辩驳那些鸡零狗碎偏离大道的杂说，只淡淡笑道："白马非马，异说也。公孙子若弃此说，孔穿便拜足下为师耳。"

“足下大谬也！”公孙龙子昂昂然道，“吾之成名，唯因白马非马之辩也！果真弃之，何以教人，何以为足下之师？”

“岂有此理！”孔穿顿时涨红了脸。

“无理者，足下也！”公孙龙子笑道，“足下欲拜人为师，无非因才学不如人也。今足下要我弃立身之说，犹先教诲于我而后再求教于我，岂非无理也？再说，白马非马之说，当年孔子也曾用之，足下何以羞于受教耳？”

“子大谬也！先祖几曾有过此等邪说？”

“足下学未到家也！”公孙龙子颇有戏谑，“当年，楚王射猎而丢失弓箭，左右急忙寻找。楚王曰‘楚人丢之，楚人得之，何须寻找？’孔子闻得此事评点曰，‘楚王道未至也！人丢弓，人得弓。何须定说‘楚人’？由此看去，孔子视‘楚人’与‘人’为二，‘楚人’非‘人’也！足下若赞同孔子楚人非人之说，却又指斥白马非马，岂非矛盾之谬乎！”

“诡辩邪说！”孔穿愤愤然一句噎得没了话说。

“公孙子又来惑人矣！”一生论战的荀子终于没能忍得住，掷下大爵与公孙龙子论辩起来，从白马非马说开去，到离坚白又到二十一事，两人直从正午论战到风灯高挑，终是未见分晓。平原君信陵君大为振奋，次日在胡杨林下搭起了高台，三千门客与游学邯郸的名士将胡杨林挤得满当当人山人海。公孙龙子支撑三日，最后终于长笑一躬：“在下今日拜服，心中终归不服也！但有十年，再见分晓。”

荀子乃赵国大家，平原君倍感荣耀，将书吏录写的论战辩辞广为散发，自然也给了荀子长长一卷。此后荀子到了兰陵，将论战辞作了一番修订，定名为《正名》。这《正名》篇备细记载了荀子对名家的全面批驳，使公孙龙子“今日拜服”的要害在其中的根基之论，大要有三：

其一，正名正实。也就是先对“名”“实”作出明确界定。荀子说：“名固无宜（物事的名称本无所谓好不好），约之以命（众人相约以命名）。约定俗成谓之宜，易于约则谓之不宜。名无固实（什么名称指向什么物事，并非一开始就固定的），约之以命实（众人相约用这个名称命名这个物事），约定俗成谓之实名（众人都承认了，这个实物的名称也就确立了）。”荀子此论一出，“名”“实”便有了确定的界限。

其二，名、实之关联变化。名家辩题之出，大多在名实之间的关联变化上做文章。所以荀子特意申明：“名有固善（名称要起得很好），径意而不拂（平直易晓而不使人误解），谓之善名。物有同状而异所者（物事有形状相同而实质不同者），有异状而同所者（有形状不同而实质相同者），可别也。状同而异所，虽可合，谓之二实。状变而实无别而为异者，谓之化，有化而无别，谓之一实。此事之所以稽实定数也（稽查物事的实质来确定名称的多寡），此，制名之枢要也。后王之成名，不可不察也。”这里，对名实之变作了根基上的说明，实际上驳倒了名家的混淆名实之论。譬如名家“二十一事”之“狗非犬”，便是拿大狗小狗名称不同做文章。可荀子指出，形状变而“实”没有区别，只是相异，这便是化（变化），有变化而无区别，是二名“一实”！也就是说，大狗小狗形状各异，其“实”相同，所以是一种物事而两种名称罢了。

其三，揭示名家辩术要害所在。荀子罗列了名家所有命题的三种辩术，叫做“三惑”（三种蛊惑之法）：其一，用名以乱名，如狗非犬、白马非马等辩题；其二，用实以乱名，如山出口、山与渊平等辩题；其三，用名以乱实，如黄马骊牛三等辩题。如此一来，名家之“术”了无神秘，诡辩之法也易为人识破了。

《正名》篇最后告诫天下士子说：“无稽之言，不见之行，不闻之谋，君子慎之！”也就是说，对那些徒以言辞辩术标新立异惊人耳目的言行，一定要慎重辨别。显然，这是对名家的警告，也是对天下学子的提醒。

……

韩非唱说一罢，少学子弟们大感新奇，满场一片笑声不亦乐乎。黄衫甘罗先笑叫起来：“这若算学问，我明日也出得三五十个了！”“我一个，树不结果！”“我一个，田不长苗！”“我也一个，男非男，女非女，狂且有三！”哄然一声，全场大笑起来。

“静——”李斯长喝一声深深一躬，“请老师大讲。”

“汝等辄怀轻慢之心，终非治学之道矣！”荀子肃然正色道，“名家虽非大道，辩驳之术却是天下独步，否则无以成势也。论题易出，论理难成。公孙龙子若来，汝等谁能将其二十一事驳倒得三五件？谁能将其立论一举驳倒？若无此才，便当备学备论，而非轻慢妄议，徒然笑其荒诞而终归败学也！”

全场鸦雀无声。突然一个红衣少年从后场站起拱手高声道：“弟子以为，战胜公孙龙子并非难事！”

“你是何人？妄言学事！”黄衫甘罗厉声喝问一句。

“在下鲁天，方才进山。”

荀子悠然一笑：“鲁天呵，你可是鲁仲连举荐之人？”

“正是！弟子未曾拜师而言事，老师见谅。”

“学馆非官府，何谅之有呵？”荀子慈和地招手笑道，“你且近前。方才昂昂其说，战胜公孙龙子并非难事。你且说说，战胜之道何在？”

“老师容禀，”红衣少年从容作礼侃侃道，“弟子有幸拜读老师大作《正名》篇，以为老师已经从根基驳倒名家。只需将《正名》篇发于弟子们研习揣摩，不用老师亲论，人各一题，韩非兄统而论之，战胜公孙龙子便非难事！”

“呵呵，排兵布阵一般也。”荀子显然对这个曾经读过自己旧作的少年颇有好感，思忖间继续一问，几乎便是寻常考察少学弟子的口吻了，“说说，《正名》篇如何从根基上驳倒了名家？”

“弟子以为有三！”少年成竹在胸一般，“其一，老师理清了名家诸论之要害，犹如先行击破名家中军大阵！名家二十一事，几乎件件混淆名实之分。老师从正名论实入手，一举廓清名实同异，纲举目张，二十一事件件立见纰漏也。其二，老师对物名成因立论得当，使混淆名实之巧辩成子矛攻子盾。其三，老师对名家混淆名实之巧术破解得当，归纳以‘三惑’辩术：以名乱名、以实乱名、以名乱实，并一言以蔽之，‘凡邪说辟言，无不类于三惑者矣’！使人立见天下辩者之浅智诈人。此犹两翼包抄，敌之主力不能逃脱也！”

荀子哈哈大笑：“后生诚可畏也！连老夫也得排兵布阵么？”

李斯一拱手道：“老师，鲁天所言，弟子以为可行。”

“弟子赞同！”韩非陈嚣也立即跟上。

“我等请战！”黄衫少年甘罗昂昂然道，“老师但发《正名》篇，我等少学弟子人各一题，与名家轮番论战，定教公孙龙子领略荀学正道！”一言落点，少年弟子们一片呼应，大庭院中嚷嚷得一团火热。

“后学气盛，老夫欣慰也！”荀子嘉许地向少学弟子们招了招手，转身看着李斯沉吟道，“只是仓促之间，何来忒多竹简刻书？”

李斯慨然道：“此等琐务老师无须上心，弟子办妥便是。”

“好。”荀子笑了，“备学备论你来操持，韩非甘罗襄助，如何呵？”

“弟子遵命！”

荀子起身离座向红衣少年一点头，说声你随我来，悠悠然向山洞去了。红衣少年笑着对李斯韩非一拱手，匆匆跟去了。进得山洞又进了积微坊，红衣少年打量着洞中满当当的书架书卷，不禁惊讶咋舌又顽皮地对着老人背影偷偷一笑。荀子走到大石案前在大草席上坐定，突然一问：“蒙恬，你到苍山意欲何为？”红衣少年顿时愣怔，涨红着脸吭哧道：“老师，你却如何、如何知道我是蒙恬？”荀子淡淡道：“语涉兵道，齐语杂秦音，若非将门之后，咸阳三少才嬴、蒙、甘之一，能是何人？”红衣少年目光闪烁道：“老师，这、这是揣测，算不得凭据。”荀子悠然一笑：“老夫当年入秦，《正名》篇全文只被应侯范雎索得一卷。应侯征询老夫：将军蒙骜与他交谊笃厚，其子蒙武好学，《正名》篇全文抄本能否馈赠蒙氏一卷？老夫念及将门求学，破例答应了。三惑之说，唯留秦本有之。小子诵得《正名》，记得三惑，不是蒙氏之后么？”

“老师明察！蒙恬隐名，愿受惩罚。”

“小子快意人也！你只说，果是要在苍山求学么？”

“老师……”蒙恬憋得一脸通红，说不出话来。

“蒙恬呵，老夫明白说话。”荀子轻轻叩着石案，“你若果真求学，必有大成，老夫自当悉心育之也。然则，老夫虽居山野，却也略知天下风云。甘氏归秦，将甘茂之孙甘罗送来苍山修学。由是，老夫知方今秦国正在低谷艰危之时，蒙氏已是秦之望族国之栋梁。当此之时，你能置身事外而做莘莘学子乎？便是当真求学，又何须不远千里苦寻鲁仲连举荐？再者，你天赋过人，又喜好兵事，亦终非治学之人也。凡此等等，你岂能当真为求学而离国有年蹉跎在外乎？”

“老师！”蒙恬扑地大拜，“蒙恬浅陋无知，老师教我！”

荀子扶起了泣不成声的少年。蒙恬拭去泪水，从头至尾将十多年来秦国的变故备细叙说了一遍，末了坦然道：“少公子与王翦及弟子三人遇合，只想为秦国求才，以备文信侯之后将相可倚。只因歆慕老师与鲁仲连大名，我便借祭祖之名离国，实则只想借游学之机寻觅人才，并无他图。若扰乱学馆，蒙恬自当即刻离去。”

“小子差矣！”荀子喟然一叹却又一笑，“以小子眼光，苍山可有人才？”

“有！李斯、韩非、甘罗！”

“陈嚣算不得一个？”

“恕弟子唐突……陈嚣似更宜治学。”

“不错，小子尚算识人也。”

“老师是说，三人可以入秦？”蒙恬大是惊喜。

“小子好算计也！”荀子朗朗笑了，“人各有志，虽师不能相强。老夫只知你来意便了，至于各人何去何从，非关老夫事也。”

“弟子明白。谢过老师！”蒙恬又大拜在地重重叩了一头。

二　初行出山礼　老荀子慷慨一歌

立秋时节，公孙龙子带着十三名高足由春申君陪同来了苍山。荀子以蒙恬之法对之，只与春申君悠悠然坐在山坡兰草中，听老而弥辣的公孙龙子与苍山弟子们轮番大战。也是三日三夜，公孙龙子终归还是“今日拜服”了。此番论战，李斯韩非陈嚣甘罗鲁天大显才学，被春申君呼为“苍山五才”，各赐每人精工编织的兰草冠佩一套，学馆少学弟子们每人赐酒一斗；馈赠公孙龙子青铜轺车一辆、郢金两百、兰陵酒三车、弟子每人一顶兰草冠。由是满山欢呼，两门弟子各各盘桓论学，荀子与公孙龙子慨然叙旧，苍山学馆整整热闹了半个月。

倏忽大半年，鲁天已经成了颇得学子们喜欢的小师弟。

三位秉性大不相同的大弟子，都与鲁天甚为相得。总领学馆事务的大弟子李斯，觉得这个小师弟学问颇丰又精干利落勤快异常，但有空闲便来帮他打理琐碎事务，从来没有出过一件差错。韩非乃韩国贵胄公子，锋棱闪闪又傲骨铮铮，更兼语迟，寻常独来独往，很少与学子们亲密过从，与李斯恰成鲜明对照，在少年弟子们中得了“热李冷韩”之名。如此一个人难相与的韩非，却偏偏与这个新入馆的小师弟说得相投，动辄从少学弟子群中拉走鲁天去僻静处论辩驳难，一说一两个时辰。小甘罗愤愤不平，时常嚷嚷：“韩非学兄忒也偏执！只与鲁天论学，我等如此不肖么？”韩非闻之冷冷一笑悠然吟唱：“鲁天见识寻常，博闻强记多才多艺，却在我之上也。如此活典，交谊有益也。”陈嚣是敦厚实诚之人，觉得小师弟鲁天虽然年少，却信言信行毫无浮华之气，说起典籍学问也没有韩非那般无端傲气；时常借机相与，或上山采撷兰草药材，或在李斯处讨得个出外差事，总要请准这个小师弟做帮手，一路娓娓论学不亦乐乎。一班少学弟子们也觉得鲁天才学出众，人却比小甘罗谦和了许多；谁有难处但找鲁天，这个新师弟都会热忱相帮绝无任何推诿之辞；时日一久，也纷纷将鲁天视为可交之士。少学领班小甘罗很是不悦，每每寻衅鲁天缝隙琐事打嘴仗，鲁天都是呵呵笑得一阵回避开去，任甘罗红着脸絮叨只一句话不说，甘罗嘟哝得一阵没了脾气，也喜笑颜开了。

冬日来临，苍山学馆静谧了许多。

荀子办学育人，很是讲究方法，宽严有度，松紧得宜，与战国诸子大不相同。自孔子开私学，春秋以至战国，诸子私学已蔚然成风。同为私学，诸子育人之法风格迥异。四大显学之中，儒家墨家最为严格，教学各有定制，弟子各有等差，弟子修学的若干年得追随老师行迹，群居群行而少有自由。道家最为松散，弟子既少，教习更无定制。法家则大多依托官学，除天下最大的官学稷下学宫聚集了慎到等几名法家大师外，其余法家名士大多身在官府；如此一来，法家弟子便多为官府吏员，一则实际磨炼政务，一则在政事之外由老师插空教导点拨，说不得甚学制。其余如兵家、名家、农家、阴阳家等，则完全是弟子追随老师行踪，由老师酌情私相授受，说不得育人有成法。

唯有荀子学馆，学制法度皆独创一格，为战国之世罕见。

荀子教学有三法：一曰逍遥解惑，二曰单课叙谈，三曰聚学大讲。逍遥解惑者，专对学有困惑而羞于启齿的敦厚弟子。荀子常常不经意地点得几人，于风和日丽之时漫步兰草弥香的山野，边走边说；弟子们全然没了拘谨，问题纷纷出口，灵光也多有闪现，诸多疑难在逍遥漫步之中倏然化解。单课叙谈者，专对个别天赋非凡学有所成的精英弟子，如目下之李斯韩非陈嚣甘罗，都常常被荀子唤进积微书堂单独叙谈。此等叙谈荀子不作长篇大论，而是听弟子阐发学理，听弟子诉说修身感悟，要紧处点拨得几句，末了再评点一番，指出日后修为方向，精英弟子们每每茅塞顿开。聚学大讲，则是集全部弟子阐明最重要最基础的论题。聚学大讲是教学之纲，大讲一次便是开题一次。此后少则一月多则三月，弟子们便围绕此题究诘论战以求生发。

三法之外，荀子尚有与其余诸子最特异处，便是激励弟子创新超越老师。弟子若能不拘泥老师所讲，不拘泥当世成说，而有独立创见，荀子便大加褒奖。荀子曾作《劝学》篇，开首便将超越老师、磨砺学问立为学子当有之标尺："学不可以已（学习不能停止）。青，取之于蓝而青于蓝；冰，水为之而寒于水……故木受绳则直，金就砺则利，君子博学而日参省乎己，则知明而行无过矣！"后来，李斯韩非等皆出荀子之门，而其学问却皆大有创新，根基正是荀子育人之法得宜也。

对弟子管制，荀子也是宽严有度松紧得宜。

苍山学馆没有专门处置学务的执事，一应弟子的起居事务均由"能事弟子"管理。是否能事，两步决疑：先由荀子举荐，再由弟子公推。六年前，荀子一眼选定了干练的李斯。经弟子们公推确认，李斯统管了学馆事务，被弟子们称为"兼领执事"。后来，荀子见李斯确实有实务才能，便将与兰陵县官府打交道的事务也一并交给了李斯。多年下来，盈则百人缩则数十人的苍山学馆井井有条，连时不时来盘桓几日的春申君都噢呀连声地赞叹不已。

苍山学馆的冬日景况，是荀子育人的诸多特异之一。

每临立冬，苍山学馆便进入了半休学状态。一则，冬日不开大讲。风雪天学子们都在四人一房的茅屋里围着燎炉，或读书论学或海阔天空，苍山静谧了许多。二则，荀子特许家中有事的弟子冬天回家省事。每年立冬时节，都有许多弟子离馆出山，开春时节再像候鸟般飞回。三则，冬日留山的学子们有诸多自便：可自由起居，可自由习武，可在兰陵县境之内自行游历，只要三日归山便是。有了诸般自便，许多弟子不愿轻易回家省事，非万不得已，总是留山享受快乐的冬天。

立冬三日恰逢大雪，小师弟鲁天笑呵呵钻进了绳砺舍。

绳砺舍是李斯与韩非的茅屋。在苍山学馆，少学弟子四人一居，已经加冠的成人弟子与大弟子则是两人一居。各屋弟子磋商定名，都给自己的茅屋取了名号。李斯与韩非居，韩非不屑琢磨此等琐事，任由李斯取了“绳砺”二字。鲁天掀开草帘推开木门时，见只有韩非一个人坐在木榻上背门沉思，吐着舌头顽皮地笑了笑，将怀中一只大陶罐小心翼翼地放在了燎炉边，又从皮袋中拿出两只荷叶包打开，再轻手轻脚到墙角木架上取来三只陶碗摆好，径自坐在燎炉边拨火加炭，悠然自得如主人一般。

“我若为君，李斯兄便是丞相也。”韩非的说唱不无揶揄。

“只怕你为不得君也。”李斯一步跨进门来，一边拍打着身上积雪一边脱下破旧的丝绵长袍小心翼翼挂好，一边对鲁天笑了笑，“酒肉齐备，小鲁兄贺冬么？”

“呵，鲁天？”榻上韩非转身一步下来，随手丢开窝成一团的雪白皮裘，饶有兴致地凑到了燎炉边，“小子偷偷摸进，为何只做个闷埙？”

“韩非大哥思谋深远，酒徒不敢打扰。”鲁天呵呵笑着。

“深你个头！今日偏要饮酒！”韩非见了鲁天便高兴。

“两位大哥且看！”鲁天轻轻叩着精致的泥封陶罐，“前日我到兰陵，特意沽得这罐三十年老酒、十斤酱山猪肉。今日首雪，正好贺冬如何？”

“好！”韩非笑了，“钱从韩账出，今冬外钱都算我。”

“韩兄未免做大了。”李斯淡淡一笑，“去岁立夏，新郑只给你送来一千老韩钱与二十韩金。你每去兰陵便买几百支竹简，还要饮酒，动辄花得几百钱。目下韩账只余得三百余钱，只怕连这一罐老酒尚不够付也。”

“你你你何不早说……”韩非满脸涨红连唱着说也忘了。

“韩非大哥莫急。”鲁天粲然一笑，“李斯大哥好心也，说得早了你岂不气恼？今日凑着话说了，无非给大哥提个醒，有甚上心？外钱多少左右不关修学，韩账没钱，等便是了，韩国王室还能不管你不成？”

原来，荀子学馆得春申君襄助，但以才学取人，不收弟子学钱，连孔夫子那五条干肉之类的投师礼也不收。弟子一旦入馆，衣食费用由兰陵县拨来的赋税支出，虽不丰裕，也堪堪养得学业。李斯掌管学务后别出心裁，请准荀子，教弟子们在各种课余与休学时日轮番进山采撷兰草，运到兰陵卖给兰膏作坊，所积之钱用来添补学子衣食。如此一来，苍山学馆的学子们也算得衣食无忧，一班清贫庶民之家的有才少年方得安心就学。然学子家境不一，衣食所好自是不同，清贫子弟安居乐道的日子，贵胄子弟便有诸多的额外需求。荀子胸襟广阔，主张修身在己，不若墨家对弟子一律以苦修苦行求之，允许富贵弟子在学馆共有衣食之外花销“外钱”。所谓外钱，是富贵人家给弟子送来的私钱。为防不肖者偷盗等诸般尴尬事，荀子责令李斯妥善管制“外钱”。李斯大有法度：“外钱”属弟子私钱，然得交由学馆统一设石柜保管；人各一账，任由本人在修学期间额外支出。韩非乃韩国王族子弟，外钱自是多多，今日听李斯一说大出意料，如何不觉得尴尬？若非鲁天一番笑脸说辞，两人眼见难堪。

“也是，我只提醒韩非兄而已，岂有他哉？”李斯先笑了。

“国不国也！”韩非跺脚一叹，显然已经不是对李斯了。

鲁天连忙斟好老酒各捧给两位学兄一碗，相邀贺冬一饮。李斯原是圆通练达，韩非也终不失贵胄气度，一碗饮下哈哈大笑，方才不快烟消云散了。

“两位学兄取‘绳砺舍’却是何意？”鲁天紧找话题。

“李斯兄取的，自己说。”韩非永远是不屑论及琐细的。

李斯笑道：“绳者，法度准绳也。砺者，磨刀石也。”

“兄弟明白。”鲁天连连点头，“老师《劝学》宗旨也。”

“小鲁兄，”这是李斯在论战公孙龙子后对鲁天的奇特称谓，既不乏敬重又颇为亲昵，正是李斯练达处。此刻李斯拨着燎炉红红的木炭，沉吟间突然一问，“我入山六年有余，终究要离山自立，你说该去何处？”

“大哥吓我！”鲁天咋舌一笑，“韩非大哥该先说。”

李斯淡淡一笑：“我与非兄同室六年，岂能无说？”

“然也！”韩非锋棱闪闪气咻咻道，“李斯兄领政大才，当入弱小之国，振弱图强，方成功业。譬如商君当年入秦是也。唯其如此，我几说李斯兄入韩，与我联手振兴韩国。可李斯兄偏说韩国无救，中原无救，岂有此理也！”

李斯连连摆手：“后生可畏，还是听小鲁兄说法了。”

“中原无救？”鲁天略一沉吟恍然拍掌，“对了，甘罗说他要回秦国！李斯兄去秦国如何？左右中原各国你看不入眼也。”

“倒也未必。”李斯摇摇头，“楚国早要我做郡守了。”

韩非冷笑：“郡守之志，何足与语。”撂下大碗上榻去了。

“锦衣玉食者，不知柴米也。”李斯拨着木炭笑叹一句。

“两位大哥都对。”鲁天呵呵一笑，“这是绳砺舍。韩非大哥激励李斯大哥壮心，没错！李斯大哥不图虚妄而求实务本，更没错！要我说，李斯大哥还有一条路，赵国。今日天下，唯赵国可抗衡秦国。老师是赵人，又与平原君交厚，不妨请得老师举荐书简一封，投奔赵国做一番大功业。”

“至少当如此也！”韩非又猛然下榻凑到了燎炉旁。

“刻舟求剑耳。”李斯摇头轻蔑地一笑。

“那便齐国。齐王建正在求贤。”

“胶柱鼓瑟耳。”

“燕国？”

“南辕北辙耳。”

“魏国？”

“歧路亡羊耳。”

“那，只有楚国了？”鲁天忽然小心翼翼。

"印明月而太息兮，何所忧之多方！"李斯慨然吟诵了一句。

"大事多犹疑，斯兄痼疾也！"韩非皱着眉头冷冷一笑，"旷世之志不较细务，千里之行不计坎坷。若你这般，既忧不得大位无以伸展，又忧空得清要生计无以坚实。此亦忧，彼亦忧，终无一国可就也。但为大丈夫，歆慕一国便当慷慨前往，不计坎坷不畏险难，虽九死而无悔，可成大事也！譬如商君，譬如范雎，两人入秦为相，皆经万般坎坷。是你这般，哼哼，不中！"韩非原本棱角分明的瘦削脸膛更见冷峻，举碗大饮一口戛然而止。

"韩非大哥言重了……"鲁天连忙笑着圆场。

"无所谓也。"李斯一摆手笑道，"我与非兄相互挞伐，何止一日一事？犹疑固然不好，然轻率决事，又何尝不是多败也。"李斯喟然一叹，径自大饮了一碗兰陵老酒，补丁衣袖拭着嘴角酒汁大是感慨，"斯少时尝为乡吏，见官仓之鼠居大屋之下，安安然消受囤中积粟，悠悠然无人犬袭扰之忧也。而茅厕之鼠，既食劣污琐碎，更有人犬不时袭扰，动辄惶惶逃窜，更有几多莫名猝死。同为鼠之生计，其境遇天壤之别矣！所以者何？在所自处不同也。那时李斯便想，人之境遇譬如鼠矣，在所自处耳……"李斯似乎有了些许酒意，眼中闪烁着晶晶泪光，"譬如非兄，生为王子，钟鸣鼎食，进可为君王权贵，退可为治学大家，自然是视万物如同草芥，遇事昂昂然立见决断，至于成败得失，则可全然不计也。然若李斯者，生于庶民，长于清贫，既负举家生计之忧，亦负族人光大门庭之望，更图自家功业之成，进则步履维艰，退则一蹶不振，纵有壮心雄才，何能不反复计较三思而后行也！"

"李斯大哥……"鲁天不禁哽咽了。

"无稽之谈也，唏嘘者何来？"韩非冷冰冰一句，见鲁天直愣愣看着自己，不禁愤愤然敲打着陶碗骂了一句："鸟！王族子弟才不中！生不为布衣之士，韩非恨矣哉！布衣之士何等洒脱？可择强国，可择明主，合则留，不合则去，功业成于己身，大名归于一人，回旋之地海阔天空，勒石之时青史留名，何乐而不为也！王族子弟如何？世家恩怨纠葛，宫廷盘根错节，择国不能就，择主不能臣，有才无可伸展，有策无可实施；

眼见国家沉沦而徒作壁上观，唯守王子桂冠空耗一生，尸位素餐，形影相吊，此等孤愤，人何以堪？！”

“韩非大哥……”鲁天又是一声哽咽。

小小茅屋寂然了。时已暮色，燎炉明亮的木炭火映照得三人唏嘘一片，良久无言。终是李斯年长豁达，将三只陶碗斟满兰陵酒释然笑道：“人生各难也！原是我错了话题，引得非兄不快。来，人各一碗，干罢撂过一边！”矜持孤傲的韩非素来不吐心曲，今日破天荒一番感喟唏嘘，虽满脸涨红，心下却轻松了许多，抹抹眼角也举起了大陶碗：“今日之言，韩非解得斯兄也。来，干！”鲁天连忙举碗赞叹：“两位大哥同窗修学，也是旷世遇合。干！两位大哥殊途同归，尽展壮心！”三碗嘭然相撞，一阵大笑随着飞扬的雪花弥漫了苍山。

整整一个冬天，鲁天都住在绳砺舍。三人白日进山漫游，夜里围炉畅谈。及至冬去春来，漫山兰草又一次绿莹莹黄灿灿蓬勃发开，一个始料未及的谋划也酝酿成型了。三月开春，省事弟子们络绎不绝地回到了苍山。李斯将一应学务打点得顺畅，走进了荀子的积微坊。

“李斯呵，有事说了。”

“老师，学务就绪，弟子想辞学自立。”

“可是西行？”荀子悠然笑了。

“正是。弟子想去秦国。”

“为何选中秦国？”荀子并无意外，依旧一问。

李斯略一思忖从容拱手道：“老师曾云，得时无怠。方今天下，正在归一大潮酝酿之时，亦正是布衣之士驰骋才略、游说雄主之机。李斯得蒙老师教诲成才，若不能适时而出，即如禽鹿视肉而不猎，人徒能行而不出户也。斯本布衣，若久处困苦之地，徒然非议时势而无为，非士子之志也。唯其如此，弟子决意西行入秦，以图伸展。”

“大势评判，尚是贴切，老夫无可说也！”荀子喟然一叹转而笑道，“李斯呵，子非蓬间雀，此老夫甚感欣慰处耳。行期但定，老夫亲为你饯行。”

“老师……学务之事，我交陈嚣如何？”

“学馆事务已有成法，交谁执掌你自斟酌可也。”

“还有，鲁天想见老师，托弟子代请。”

荀子笑道：“小子忒多周章，教他来。”

李斯答应一声匆匆去了。片刻之间，鲁天捧着一只青布包袱进了积微坊，对着荀子当头拜倒在地：“弟子蒙恬，拜见老师。”“起来起来。”荀子从石案后站起来笑了，“蒙恬呵，你不是老夫学生，无须执弟子礼也，日后只与老夫做忘年交便是了。”“不！”蒙恬一头重重叩在地上，“弟子虽就学日浅，然一日为师，终身为师也，弟子不敢僭越。”“小子偏多周章也。”荀子呵呵笑道，“好！老夫随你，要做弟子便弟子，左右也是个英才。”“嗨！”蒙恬高兴得爬起来捧起包袱，“我奉老师两样物事。”

“蒙恬，不知苍山学馆法度么？”

“老师，此物非礼物，文具而已。”

“老夫不乏文具。”

“此文具乃弟子自创，老师用来定然顺手。”蒙恬说着打开包袱现出两只小小木匣，及至将木匣摆在荀子面前石案上打开，老荀子双目顿时大亮——一方打磨极为精致的温润石砚，一支从未见过的长管毛笔！荀子一生文案劳作，自然一眼看出两物不同寻常，打量间评点道：“这方石砚乃楚国歙玉砚，名贵则名贵，无甚新奇。只这支大笔世所未见，不知是何高明工匠所造？”

蒙恬颇是顽皮地一笑：“老师先试写几字，看是否顺手？”

荀子也大觉好奇，从木匣拿起了长管毛笔仔细打量。原来，战国之前古人书写工具甚是不一，布衣士子有木笔、竹笔、石笔，甚或以白土为笔，贵胄王室有铜笔、翎笔、刀笔（不经书写而直接在竹简刻字）、毛笔，等等。也就是说，战国之前的毛笔只是书写工具之一，而且是贵胄名士才能使用的。再者其时所谓毛笔，是在一支竹管或木管的末端外围扎束一层狼毫，狼毫中空而末梢聚合，蘸墨写字，速度虽未必比其余笔快，却有三个显著好处：一是可在较长时间内反复使用，二是写字轻松，三是字迹圆润美观；同时也有一个缺陷：毛束中空，容易漏墨，常有墨渍玷污竹简、木板或羊皮纸，需要写字者分外小心。尽管如此，因了三个好处，毛笔还是渐渐在战国之世多了起来，然其形制始终是管外缚毛，所以也始终没有成为人人乐于使用的文具。

荀子手中这支毛笔却是奇特：一丛细亮的雪白毛支可可卡在末端竹管之中，毛无中空，是结结实实一丛，手指触去，毛尖竟有柔韧弹性。显然，这一丛白毛比管外缚毛的那种毛笔用毛多了几倍。

“丛毛如此厚实，吸墨何其多也！”

“吸墨多，写字多，终归节俭。”蒙恬立即接得一句。

“好，试试手。”荀子拿过一大张甚为珍贵的羊皮纸铺开。蒙恬便将新笔浸泡在清水盂中，并在新砚中开始磨墨。待墨堪堪成汁，蒙恬从清水中拿出毛笔轻轻甩干，双手捧给了荀子。荀子接笔入砚，砚中墨汁倏忽消失大半，大笔也立见膨胀起来，不禁一声惊叹：“毛笔乎！墨龙乎！”蒙恬乐得大笑：“老师但写，方见墨龙之威也！”荀子提笔，竟觉大笔沉甸甸下坠，不禁手指一紧腕力一聚，一股心力奋然生出，饱蘸浓墨的大笔在羊皮纸上重重落下，大力挥画，片刻间三行大字巍巍然如重峦叠嶂耸立——天行有常，不为尧存，不为桀亡！

“万岁！老师写得秦篆也！”蒙恬顿时欢呼雀跃。

荀子淡淡笑道：“秦篆笔画多，看你这墨龙写得几个字，叫甚？”说罢将已经瘦瘪但依旧整顺有形的毛笔凑到了眼前大是感慨，“此物神异也！不漏墨，力道实，粗细浓淡由人，还可蓄墨续写，当真天工造物！何方神工所制？老夫当亲自面谢。”

“老师，”蒙恬顿时红了脸，“这是弟子做的。”

“你？你能工事？”荀子惊讶得老眼都直了。

“老师明察。”蒙恬拱手道，“弟子尝好器物，曾将秦筝由九弦增至十二弦，音色颇见丰雅沉雄。弟子离开鲁仲连前辈，北上来寻兰陵，路经故吴越国之震泽[1]西南山地，猎羊野炊；见此地野山羊腋下之毛柔韧劲直，忽发奇想，采得许多羊毫细细挑选，又削得青竹几支，做成了一

[1] 震泽，即后世太湖，水面大于后世许多。此处所说山地，即后世濒临太湖的浙北山地，大体当是湖州（隋始置州）地区。蒙恬于湖州制笔之传说，至今依然在湖州流传。蒙氏祖籍齐人，蒙恬下吴越在两个时期最有可能：一是少年游历，一是率大军灭齐之后顺势南下安定吴越之地。

大一小两管毛笔。大管呈给老师，小管想呈给大父，免他责骂我逃外不归。”

“天意也！新笔出，文明兴，蒙恬大功也！”

“弟子不敢当此褒奖。”

“老夫何奖？青史自有蒙恬笔也！”

“老师不做俗礼拒收，便是蒙恬之福。”

“小子偏会说话。”荀子哈哈大笑，“你鼓捣得老夫两大弟子，老夫便收了这支蒙恬墨龙笔！哎，此物可曾得名？”

“弟子之意，欲以‘荀墨管’三字命名。”

“小子差矣！老夫何能掠名？”荀子悬提着大笔显然是爱不释手，“历来器物，多以工师之名而名。蒙恬所制，曰‘蒙氏大管’如何？”

“弟子不敢当。”蒙恬红着脸道，“毛笔乃先世成物，弟子虽有改制，毕竟依然毛笔。譬如弟子改制秦筝，秦筝依然为秦筝一般。”

“明乎其心，远乎其志，蒙恬必有大成也！”

春分这日，苍山学馆破例举行了出山礼。

春秋战国私学大兴。与官学不同者，私学大师为学育人多在山海清幽处，譬如计然家、墨家、道家、兵家、名家、农家、医家、阴阳家等等不可胜数。故学子结业入世，多称之为“出山”。出山礼者，学子结业辞学之礼仪也。后世私学气候大衰，且多依附官学而靠近都会，“出山”一说遂成了隐士入仕的代名词，而不再是天下学子的通礼，这是后话。

晨曦初现，荀子出了积微坊，一领干净整洁的本色麻布大袍，一顶六寸竹皮冠，一双厚实轻软的青布靴，灰白的须发在风中飘洒。方出山洞，早已经在洞口甬道列队的弟子们一声齐呼：“恭迎老师——”荀子淡淡一笑：“何人司礼呵？”为首青年趋前一步拱手高声道：“禀报我师：弟子陈嚣司礼，出山两弟子已在祭台前守仪。”说罢转身一摆手，弟子们两边簇拥着荀子出了学馆庭院。

翠绿淡黄的兰草山坡上，已经有了一座石条搭建的丈余高台，台下香案的祭品却不是猪头羊头，而是一陶罐亮晶晶的兰膏。李斯韩非与相陪的甘罗蒙恬四人正肃然跪在台下草席上静默守候。听得身后一声高呼："我师与在山弟子到——"四人一齐起身转身深深一躬："出山弟子恭迎我师！"荀子依然是淡淡一笑，对前后弟子们招招手道："礼者，心也。你等且莫如孔门弟子，拘谨礼仪过甚而失心境也。"弟子们高兴地喊了一声万岁。陈嚣过来在荀子耳边低语两句，见荀子点头，一声宣呼："出山弟子告天——李斯——"

李斯肃然举步，那件洗得发白的麻布长袍随风卷起，露出了贴身衣裤的层层补丁与脚下簇新的草鞋。上得祭台，李斯拈香对天深深三拜，插好香柱对天拱手高声道："昊天在上：上蔡李斯今日出山，决明心正志，弘扬大道，张我师门之学。若有欺心私行，背我师门修身之教，愿受上天惩罚！"

"李斯万岁——"弟子们一片欢呼。

韩非举步上台，几个少年弟子便窃窃嬉笑。原来韩非素来不修边幅，一领名贵的锦绣长袍揉得皱巴巴堪堪吊在小腿当间，一双皮靴脏污得全然没了光泽，头顶虽是一顶四寸玉冠，长发却散乱得似乎根本没有束发玉簪，埋汰之象恰与李斯成黑白对照。也是荀子育人不究细行，若是孔子门下，此等行迹是断然不能与礼的。饶是如此，韩非浑然无觉，瘦骨棱棱的身躯摇上高台，拜罢愤激悲声："皇皇上天，危乎高哉！汝行既常，何致天下文野乖张？汝心既明，何陷韩非于败亡之邦？嗟乎韩非，才不得伸，志不得酬，蹉跎日月，空有孤愤哉！今韩非出山，上天果有烛照，当许韩非立锥之地伸展我学，若天有幽微，人无遇合，韩非愿为天囚，死亦无憾也！"悲怆吟唱在习习谷风中回荡，弟子们欢呼无由了。

陈嚣惶惶然不知所措，不禁向李斯一瞥。李斯坦然道："礼有序，事有法，不以一己为变。"陈嚣顿时醒悟，再看老师也是平淡如常，立即又是一声唱呼："弟子告天毕。我师出山赠言——"

在这片刻之间，蒙恬与甘罗已经将韩非扶下了祭台。因蒙恬不是常学正名弟子，甘罗则是少学离馆日后还可能再续学业，两人皆算不得正式出山，是以不做告天。韩非虽一时悲从中来不能自已，然毕竟旷达之士，下台对荀子一躬道："弟子浅陋，责天悲己，愧对我师……"荀子豁达地挥手笑道："天亦常物，责之何妨？己心有苦，悲之何妨？"弟子们一片笑声，韩非也红着脸呵呵笑了。

弟子们在祭台下的草地上围着荀子坐成了一圈。老师对出山弟子做临别告诫，是传统风习，也是出山礼中最要紧的一环。春秋以来，每每有大师对弟子的临别告诫便是立身箴言，甚或成为谶语。所以非但出山弟子极为看重，在馆弟子也是人人上心。弟子们都知道，老师非但学问渊深，且通晓阴阳相法，虽写了《非相》篇专门批驳相人之术，然识人料人却是每每有惊人之语。今日两位大弟子出山，也是苍山学馆第一次行出山礼，老师必有非常告诫，更是不敢轻慢疏忽。

李斯肃然起身一躬："弟子出山，请我师金石针砭。"

荀子缓缓道："李斯呵，老夫送你十六字，但能持之，必达久远也。十六字云：恃公任职，恃节谋事，心达则成，志滑则败。"

"敢请老师拆解。"

荀子既淡漠又凝重："子乃政才，然关节不在持学持政。为政生涯，才具一半，人事一半。明乎此，大道可成矣。"

"我师教诲，李斯铭刻在心！"

韩非起身一躬："弟子出山，敢请我师箴言药石。"

"子乃性情中人也！"荀子轻轻一叹，"但能常心待事，衡平持论，为政为学，皆可人成矣。"见韩非还是愣怔怔看着自己，荀子思忖间又补一句："屈原者，子之鉴戒也。"

"谢过我师。"韩非欲言又止，终是没有开口。

陈嚣小心翼翼地走了过来："老师，两师兄该上路了。"

"好！"荀子站起一挥手，"老夫与你等一起出山。"

弟子们一声欢呼，簇拥着老师，簇拥着李斯韩非，在花草烂漫的山道上逍遥而下。到得山口，望着山下一线官道，几乎所有人都同时止住了脚步望着额头已经是涔涔细汗的老师。荀子不禁笑道："出山终需一别，老夫歌得一曲，为你等四人壮行如何？"李斯韩非两人尚在愣怔，从来没有听过老师歌声的少年弟子们已经万岁声大起了。执事的陈嚣颇是尴尬地笑道:“可惜也!没有抬老师古琴来。”“我有陶埙!”蒙恬从皮袋摸出一只黝黑的物事举着高声笑道,“老师,是否楚风格调?”荀子慨然一笑:“好!楚风招魂曲。”

蒙恬答应一声,双手捧定陶埙一沉心气,深远高亢而又略显凄楚的埙音在山风中呜咽飘荡起来。楚歌自成一格,与中原歌咏大是不同。首先,楚歌词句长短自由,韵脚亦可有可无,不若中原大多四字一歌,韵脚也大体整齐;其次,楚歌旋律起伏回旋极大,不若中原吟唱调式相对平直。由孔子删定的《诗经》所收歌辞三百余首,文华诸侯各有一章,连孔子不甚喜欢的秦国都有《秦风》一章,唯独没有收入楚风之歌。屈原死后,《离骚》流播中原,楚歌的独特风韵终于渐渐为中原人所熟悉。荀子学无轩轾心无畛域,一篇《乐论》,开首便道:“乐者,乐也,人情之所必不免也。”将音乐首先当做快乐,当做人情之所必须,实在是战国大家的独特之论。对自由洒脱的楚歌,荀子喜爱有加,向弟子们讲述天下歌乐,尝慨然拍案:“雅、颂之声虽齐,终不如楚歌之本色也!”

随着悠长呜咽的埙音,一声苍迈的咏叹骤然回荡山谷——

河有中流兮天有砥柱!
我有英才兮堪居四方!
天行有常兮,不为尧存,不为桀亡
地载有方兮,不为冬雪,不为秋霜
列星随旋兮,日月递炤
四时代谢兮,大化阴阳
人道修远兮,唯圣贤不求知天
天不为人之恶寒兮
地不为人之辽远
君子之道以常兮,望时而待,孰制天命而用之!
呜呼——
我才远行兮,天地何殇
吾心悠悠兮,念之久常

苍沙激越的歌声在山峦回荡，弟子们连欢呼都忘记了。但为战国士子，谁都知道楚风招魂曲的凄厉悲切，今日荀子唱来，却是情境大异，使人平添一股烈烈感奋之情怀，弟子们一时肃然默然。及至荀子转过身来，李斯深深一躬："我师赐歌，辞意深远，鼓荡人心，李斯谨受教。"韩非也是一躬："老师发乎《天论》，出乎《离骚》，过屈原之《天问》多矣！弟子当铭刻在心：制天命而用之。"荀子慨然一笑："韩非呵，子能以老夫之歌与《天问》相比，颇近大道也。屈子者，烈烈有识之士也。然士子尽如屈子者，天下亦难为矣！"

"弟子谨受教。"李斯韩非甘罗蒙恬四人同声一拱。

"日当正午，离学弟子出山——"

随着陈嚣的宣呼声，少学弟子们齐喊一声师兄出山喽，挽手成圈踏歌起舞，唱的是依荀子《劝学》篇编的一支歌儿："青成蓝兮蓝谢青，冰寒水兮水为冰。积跬步兮成千里，十载学兮做砺绳。出山行兮路修远，学之大兮终得成。"

歌声漫漫，兰草青青。李斯韩非四人终是依依不舍地去了。峰头的荀子如一尊雕像般临风伫立默默远望，眼见四人身影渐渐出了山口，渐渐变成了绿色山峦中的悠悠黑点，渐渐消失在通向北方的官道。

四　吕不韦终于立定了长远方略

蒙恬惊讶地发现，渭水南岸变得热闹了许多。

咸阳建成百余年，一直背依北阪横亘在渭水北岸的巨大河湾里，都会的风华繁盛几乎全部集中在渭水北岸。南岸平川多有山塬，水流皆从南山奔出进入渭水，道短流急，农耕艰难，由来是未曾开垦的荒莽之地。当年迁都咸阳，秦人聚居渭水北岸，孝公商鞅将可耕之田甚少的渭水南岸划做了秦国公室的园囿。禁耕禁工百余年，渭水南岸林木成海禽兽出没，无边苍莽直接巍巍南山，化成了一片天下难得的陆海。除了一条通往蓝田大营的备用车道，一座南山北麓的章台，几乎没有任何官署建筑。然造物神奇，在这茫茫陆海的北部，也就是与咸阳遥遥相对的渭水南岸，有一条叫做灞水的河流从莽莽南山入渭，两岸生得大片大片柳林，苍茫摇曳覆盖百余里。但逢春日，柳絮飘飘如飞雪漫天，北岸咸阳遥遥望去茫茫如烟，秦人蔚为奇观。在这灞渭交汇柳絮如烟的地带，不知何年何月积起了一片方圆数十里的清澈大湖，周边花草葱茏林木茂盛，兰草茂盛幽香弥漫，秦人呼为兰池。

一池如镜，两水如带，柳絮如烟，松柏成海，背依南山，遥望北阪，渭水南岸风物天成，渐渐成了国人游春踏青的胜境。然因是王室苑囿，农工百业却始终不能涉足这片天成人育的荒莽之地。尚商坊的六国商旅无不歆慕兰池灞柳，纷纷上书王室，请准在此开设百工作坊与商铺酒肆。蔡泽为相时，也曾经提出“渭南开禁，兴建沟洫，拓展农田，以为山东移民垦荒之地”的方略。然其时正逢秦昭王晚年守成以对六国，诸事不愿大兴，山东商旅的上书与蔡泽的拓展方略都做了泥牛入海。蒙恬离开咸阳时，渭水南岸还是清幽荒莽如故，目下却大是不同了。

兰池与渭水之间的柳林地带，工匠纷纭人声鼎沸，两座大石赫然矗立，东石大刻“文信学宫”，西石大刻“文信贤苑”。显然，都是以吕不韦封号命名。两片工地之间，一道石条大桥直通北岸咸阳，与西面的渭水老白桥遥遥并立，成为滔滔渭水的两道卧波长虹。咸阳南门原只有两座城门：正对白桥的是正阳门，与南山主峰遥遥相对，故为南正门；西侧两里一道侧门，因直通西去故都雍城的石港码头，故曰雍阳门。如今又在南正门以东新开了一道城门，叫做栎阳门。栎阳门正接新桥，东侧又新建了一座石港码头。蒙恬揣摩，必是在码头登船可东下故都栎阳，故叫栎阳门，与西侧门之名实正相呼应。文信学宫与天下贤苑之南的兰池岸边，也有了几家已经开张的商铺酒肆，更有许多正在修建的喧闹工地，车队人流纷纭交错，一片繁忙热闹。

“怪也哉！吕不韦要在秦国兴办私学么？”

念头一闪，蒙恬无心回家了，略一思忖打马直奔了南岸山塬的那座隐秘庄院。可进山一看，面目已然大非原来，一条丈余宽的黄土碎石大道直通山头，山下一座石刻赫然是“鸿台”两个大字。犹豫片刻，蒙恬终究还是登上了坡顶。山头庄院倒是无甚变化，只是庄院外新起了一座颇有格局讲究的小庭院，时有内侍侍女进出。蒙恬说找王绾，便有一个中年侍女出来，打量得一眼问他是否蒙恬公子。蒙恬点点头，中年侍女将他领进了庭院正厅，问也不问只吩咐小侍女上大罐凉茶与酱肉锅盔。风尘仆仆的蒙恬正在饥渴之际，二话不说痛饮大咥。堪堪咥罢，王绾匆匆赶来，带着蒙恬下山，登上一辆垂帘辎车，辚辚进了咸阳王城。

"果真是你！"嬴政惊喜地拉住了蒙恬，"黑了瘦了！"

"蒙恬参见秦王。"

"嗄！"嬴政不屑地抬住了蒙恬两只胳膊，"嬴政还是嬴政。走，这里有密室。"回头又吩咐，"王绾，你在书房守着。只要不是仲父，便说我去太后处了。"说罢拉着蒙恬推开了东偏殿深处厚重的木门。

一边啜茶一边急切说话，两人都是如饥似渴地倾听着对方的倏忽沧桑，直到赵高轻手轻脚进来点亮了铜灯，才不约而同地叫出一声："呀！黑了！"喝下赵高捧来的两盆羊骨汤，两人又是精神大作。嬴政思绪奋然道："只要李斯入咸阳，便是秦国人才！那个韩非，日后再行设法。哎，你说，这李斯会直奔王城见我么？"蒙恬思忖道："以目下情势，李斯极可能投奔文信侯门下。试玉尚需七日，我以为这是好事。""大是也！"嬴政慨然接道，"再说，我这秦王距亲政之期尚远，既不能任事考功，又不能护其风险，搁在身边也是徒然。"蒙恬道："我也如是想，所以始终没有显露真身，也没有陪李斯入函谷关。"嬴政笑道："然绝不能教'鲁天'从此消遁形迹，要联住李斯。一旦时机在即，要能召得此人。"蒙恬道："没错！我已经说了大父在咸阳有商铺，我会时不时来咸阳游学，来了便去找他聚酒。""好！"嬴政拍案道，"只要有人，万事可成！你也眼见，文信侯的新政方略已初见成效。我无实事，只每日在东偏殿守株待兔，遇得国事听一听，说不说无所谓也。当此之时，我只一个心思：熟悉国政，把定可用之才。"蒙恬恍然道："哎，王翦大哥不在咸阳了？""天意也！"嬴政一叹道，"上将军大军攻韩，老将军王龁脱力死了。王翦被晋升为前军副将，正在中原鏖兵，我也近一年没见将军了。"蒙恬大皱眉头："我这老大父越老越急兵，零打碎敲没个尽头。照我看，中原有洛阳郡为根基便好生经营，一朝富强秋风扫落叶。整日打小仗，老糊涂也！”嬴政释然笑了：“打便打，有甚法？文信侯一力支撑，将相同心，大约也不会再有小战大败。此等小战要止，除非天灾。人，目下不能止也。”蒙恬目光骤然一闪：“是否有人想拓展洛阳封地？”嬴政肃然摇头：“蒙恬切记：不能非议文信侯。我不能，你不能，谁都不能。”蒙恬立即恍然拱手：“嗨！蒙恬明白。”

正在此时，赵高匆匆进来对嬴政低声几句。嬴政歉然笑道：“王绾有话：文信侯在正厅等我。小高子，从密道送公子出王城。”站起身匆匆去了。

吕不韦空前地忙碌了起来。

自从山居劝回少年秦王，吕不韦心头始终沉甸甸不能释怀。少年秦王显然不是随遇而安的庸才，而是极有主见极有天赋的少年英杰。借着太子傅与仲父之身，吕不韦几乎是每三五日必与秦王晤面一次，说完国事也必然要说到修学。半年下来，见事深彻的吕不韦有了一个鲜明印象：少年嬴政唯法家至上，对其余诸子百家大体上不屑一顾。尽管嬴政从来没有激烈地非议过任何一家学说，也没有醉心地推崇颂扬过法家，但吕不韦依然可以从一个少年难以掩饰的对前者的漫不经心与对后者的了如指掌中敏锐觉察到了其中要害。若是嬴政鲜明激烈地推崇法家，反倒是好事了。一则，推崇法家原本便是秦国正道。二则，坚持秦法也是历代秦王的为政准则。对于吕不韦，既可直言相向地指出法家治国之缺失，亦可用新政事实来证实：修补这些缺失是国人所期许的。然而，嬴政却分明不是如此。这个少年秦王显然在压抑自己对法家的激情，显然有意对“仲父教诲”不作任何辩驳地只管聆听。这是嬴政的秉性么？面对既行秦法又改秦法的吕不韦新政，凡事都有主见的少年嬴政却从来不置可否。这便是吕不韦的心病。吕不韦曾经推测，嬴政内心可能以为：吕不韦不断推出的新政不是法家正道，自己若公然推崇法家，则与目下秦国新政相背，所以要匿形匿心，不能与吕不韦有任何歧见。吕不韦记得清楚，第一次想到这里，自己几乎是吓了一跳。果真如此，其心难测也！吕不韦曾有意无意地对太后赵姬说起此事，赵姬亲昵笑道：“小子自幼强横，外公教他读书，总是折辩不断。但做甚事，不管我如何说法，小子都要闷头想一阵子。也有一样好处，有错便认，从不缠夹。你是仲父也，他一个毛孩子明得甚治国大道？”那以后，吕不韦又秘密召来王绾备细询问嬴政诸般行止秉性，终于认定这只是少年才子的偏执通病而已，只要诱导得法，必能改弦更张而成泱泱器局。

此等心事，只与纲成君蔡泽有得一说。

一个细雨霏霏的黄昏，吕不韦的青铜轺车进了蔡泽府邸。

在秦国，蒙骜、吕不韦、蔡泽都是当世入秦的外邦人，老秦人谓之“外臣”。三人之中，唯蒙骜是孩提时随家族入秦，然毕竟不是生在秦国，算不得名副其实的老秦人，故在“外臣”眼里依然是同样的伴当。目下，三人又恰恰是秦国三个职爵最高的权臣，一相一将一上卿，几乎是秦国的全部实权事权。若再将太后赵姬这个赵国女子与有着一半赵国血统的秦王嬴政算在内，秦国庙堂几乎便是外邦天下了。当今之世，也只有秦国有这种罕见的外臣聚权之象。诚然，战国时代各国任用外邦名士为权臣者，可谓举不胜举。然则都有一个共同处：一代明君所为，明君之后终是断断续续，最后必然是越孱弱越猜忌外邦名士。秦国大大不同，自从秦孝公任用商鞅变法开始，百余年来历经六代七君，始终是外臣当国，英才荟萃，从无间断。大体说来，秦国的外臣有五种人：一是名士而成权相者，如商鞅、张仪、甘茂、范雎、魏冄、蔡泽、吕不韦以及后来的李斯；二是基于纵横需要而入秦任相的外邦人臣，如曾经短暂做过秦国丞相的孟尝君等；三是移民入秦而成大将者，如司马错、蒙骜与军中的胡族将领；四是被永不过时的求贤令吸引入秦，而成为郡守县令与各官署大臣者；五是嫁给秦君而成气候的外邦公主，以及随公主入秦而立功封爵的外邦贵胄，如宣太后以及华阳君、阳泉君等。如此连绵不断的外臣气候，山东六国可谓望尘莫及也。就实而论，一个久居西部边陲数百年的半农半牧部族，一旦崛起，竟有如此襟怀气魄，不能不说是天下异数。令吕不韦深为感慨的是，秦国朝野从来没有觉得有甚反常，更没有无端地戒惧猜忌。虽说老秦人有时也因不满某事某人而对外臣骂骂咧咧一阵，然终究从未酿成过疑外风潮。这便是秦国，一个令天下俊杰才子无法割舍的施展抱负之地。

“四海胸襟，秦人王天下小矣！”英雄感喟者不知几多。

唯有此等气候，吕不韦与蔡泽、蒙骜以及所有“外臣”之间的相互来往，从来没有忌讳。外臣聚相谋国，从来都是坦坦荡荡。百余年来，除了范雎举荐的郑安平战场降赵，不计其数的外臣尽皆耿耿襟怀忠心事秦，从来没有过“二心”之人，更没有过背叛秦国的事件发生。

然今日吕不韦拜会蔡泽，却恰恰因为蔡泽是外臣，是燕国人。两人对秦法缺失早有同感，说起话来少了许多顾忌。这一话题若与老秦人说起，是官是民都要黑着脸先打量你一番，接着会是无休止地争辩。即或与蒙骜论及，这位虽非老秦人的上将军几乎与老秦人一般模样：只说甚事如何办尚可，若要总体涉及“秦法缺失”以及如何修补引导，定会沉下脸断然阻止。能论长远之道者，唯蔡泽也。此君历经坎坷，早已没有了争取重新为相的勃勃雄心，决意忠实辅佐吕不韦推行新政也成了人人皆知的事实。有此两者，吕不韦至少可以放开说话。

“果然文信侯也。”蔡泽摇着大芭蕉扇笑着迎了出来。

“纲成君有备而待？”吕不韦也笑了。

进得正厅，蔡泽当头一句：“此其时也！更待何时？”

吕不韦悠然一笑：“此时何时，尚请纲成君教我。”

蔡泽呷呷大笑：“天知地知也！左右你不来老夫便去。”

一夕畅谈，淅沥雨声滤出了蔡泽的十六字方略——大兴文华，广召贤良，修书立说，化秦戾气。末了蔡泽呷呷笑道：“此策也，可做不可说，文信侯当知其妙。”吕不韦摇头一叹：“纲成君方略无差，归宿未免偏颇矣！”蔡泽大笑：“何时修得如此计较，方略无差，归宿竟能偏颇？老夫未尝闻也！”吕不韦正色道：“君所谓化秦戾气者，六国偏见也。不韦多行新政，所图谋者，唯补秦法之缺失也，唯壮秦法之根基也，焉得有他哉？”蔡泽不禁呷呷长笑：“好说好说！戾气也好，缺失也罢，只要做去，左右一事也。”吕不韦淡淡一笑摇摇头，也没有再争辩下去。

一番筹划，吕不韦开始了有条不紊的铺展。

蔡泽的方略被吕不韦简化为两件实事：一是兴建学宫，二是兴建门客院。两件事都以私学之法兴办。也就是说，无论是学宫还是门客院，都是吕不韦私举，与国府无关。之所以如此做法，吕不韦是反复权衡而后拍案的。

要得明白吕不韦的良苦用心，得先说说战国文明大势。

战国之世，秦国虽不断强大势压天下，然就文明风华而言，无论是根基还是形式，尚远远不如山东六国。这既是天下公认的事实，也是秦人认可的事实。其所以如此，并非秦国没有财力人力大兴文华，而是基于商鞅法治的根基理念：国无异俗，民务厚重，耕战为本，心无旁骛。基于如此理念，商鞅的治国方略非常明确：一赏，一刑，一教；一赏使兵无敌，一刑使法令行，一教使下听上。其中涉及文明风华的“一教”，商鞅归纳为：“务之所向（教化的努力方向），存战而已矣（只能是强化人民战心）！”从而达到“富贵之门出于战（富贵门庭只能通过战功获得），精壮者务于战（精壮男子只求上战场），老弱者务于守（老弱者只求守御家园），死者不悔（战死不后悔），生者务劝（生还者激励国人求战），合棺而后止（直到躺进棺材为止）！民闻战而相贺，起居饮食歌谣者，无非战也！”为达到贯彻举国上下的求战风习，对一切涉及文华风尚而有可能涣散战心的士人，诸如“博闻、辩慧、信廉、礼乐、修行、群党、任誉（以出力保护他人为誉的任侠）、清浊”之士，秦法皆作了严厉限制：“不可以富贵（不能获富贵地位），不可以评判（不能评论国事），不可独立私议以陈其上（不能私下议论，也不能将私议结论呈报官府）！”[1]

如此法度之下，一切文华之举都被视为浮华惑民，自然要严厉禁止。孝公商君之后百余年，山东士人虽不断流入秦国，山东商旅更是大举入秦，然秦国都有法度限制：士子入秦只能以官府吏员为正途，不能兴办私学培育言论；商旅入秦，只能在专为外商兴建的咸阳尚商坊经营，不能进入老秦人的国人区，更不能与老秦人混居。也就是说，商鞅法治非但禁止老秦本土的一切风华之举，而且也着意防范六国浮华风习对秦人

[1]　见《商君书·刑约》，为文意通晓，据高亨先生校注作了个别梳理。

官市民市皆成气候。临淄之齐市、大梁之魏市领风气之先，交易之盛几无任何禁忌。陈城之楚市、新郑之韩市、邯郸之赵市、蓟城之燕市，虽先后曾有盈缩，然风华繁盛之风依旧充盈。若再加上曾经闪烁流风的宋市、卫市、鲁市、吴市、越市、草原胡市等，说商风弥漫天下亦不为过。是时也，人无论穷富，官无论大小，尽皆千方百计涉足商道以富家。所谓“天下熙熙，皆为利来；天下攘攘，皆为利往”，诚如是也。历史地说，战国商风之盛，其后两千余年直到中国进入近代之前，始终无法望其项背。

此等浓烈商风之下，珠宝、娱乐、博彩、赛马、倡优、珍奇器物、珍禽异兽、奴隶交易、贵胄酒店等诸般奢靡行业大起，风华衣食崇尚器物积为风习，高台广池豪阔营造流行官场，侈靡之风弥漫朝野，一时大开亘古之先河。其间根本处，在于寻常庶民大肆卷入商道，居住在都邑城堡的“国人”尤其孜孜于商事，不惜出奇致富。《史记·货殖列传》非但历数了春秋战国的赫赫大商，且罗列了寻常庶民以商致富的“奇胜”之道：“夫纤啬筋力，治生之正道也。而富者必用奇胜。”所谓奇胜之法，是贵族富人不屑为之的卑贱商路。《货殖列传》列举了当时专执贱业而致富的“奇胜”之业之人：掘墓本奸事，田叔借以起家；博戏为恶业，桓发操其致富；串街叫卖（行贾）乃贱行，雍乐成却做到了富饶之家；贩卖脂膏是屈辱营生，雍伯却累积了千金；卖浆为小业，张氏却富至千万；替人磨刀（洒削）本是薄技，郅氏却至鼎食之家；马医药方浅陋，寻常医家不屑为之，张里却大富起来……末了司马迁感慨万端：“由是观之，富无经业，则货无常主，能者辐辏，不肖者瓦解。千金之家比一都之君，巨万者乃与王同乐，岂所谓‘素封’者邪！非也？”也就是说，致富无恒常之业，财货无恒常之主，能者聚集财富，平庸者崩溃产业；千金之家的富贵堪比都邑高官，万金之主的享乐可比诸侯国王，简直就是没有正式封号（素封）的王者贵胄！难道不是么？

人皆求商，邦国风习自无敦厚可言。

后世史书对各地风俗虽都有详略不同之记载，然对战国风习的分国概括描述，仍当以《史记》与《汉书》最为贴近翔实。且来看看前述文献对各国民风民俗的描述：

纵横家苏秦描述齐国云：“临淄甚富而实，其民无不吹竽、鼓瑟、击筑、弹琴、斗鸡、走犬、六博、蹹鞠者。临淄之途，车毂击，人肩摩，连衽成帷，举袂成幕，挥汗成雨；家殷人足，志高气扬！”[1]《史记·货殖列传》的描述则是：“齐带山海，膏壤千里，人民多文采，好贾趋利……齐人宽缓阔达，贪粗好勇。足智好议论，地重难动摇。怯于众斗，勇于持刺，故多劫人（强盗）者，大国之风也。其中具（聚）五民……游子乐其俗不复归，故有五方之民也！”《汉书·地理志》则描述云：“齐俗多靡侈，织作冰纨绮绣纯丽之物，号为冠带衣履天下。”

楚国风俗之描述云：“通鱼盐之货，其民多贾。其俗剽轻，易发怒，寡于积聚（很少有人积累财货）。南楚多竹木金铁，民好辞，巧说少信，与江南大同俗……妇人尊贵，好祭祀，用史巫，故其俗巫鬼。”

赵国风俗之描述云：“地薄人众，丈夫相聚游戏，悲歌慷慨，多美物，为倡优；女子则鼓鸣瑟跕屣，游媚富贵，入后宫，遍诸侯。代地人民不事农商，矜懻忮（强直刚愎），好气，任侠为奸。邯郸土广俗杂，大率精急，高气势，轻为奸……矜夸功名，报仇过直，嫁娶送死奢靡。”

燕国风习之描述云：“地广民稀，其俗愚悍少虑，轻薄无威，亦有所长，敢于急人；宾客相过，以妇带宿，嫁娶之夕，男女无别，反以为荣。”

韩国风习之描述云：“其俗夸奢，尚气力，好商贾渔猎，好争讼分异……俗杂好事，业多贾，任侠。”

魏国风习之描述云：“有盐铁之饶，民喜为商贾，不好仕宦……俗刚强，多豪桀侵夺，薄恩礼，好生分（父母在而昆弟不同财产）。”当时有名士吴札赞颂魏风曰：“美哉沨沨乎！”沨沨者，华贵中庸貌也。可见魏国文明之盛。

洛阳周人之风习描述云：“周人之失，巧伪取利，贵才贱义，高富下贫，喜为商贾，不好仕宦……东贾齐、鲁，南贾梁、楚。”

---

[1] 见《史记·苏秦列传》。

秦国风俗之描述则云："其民好稼穑，殖五谷，地重，重为邪（不敢为奸邪）……民务本业，修习战备，高上气力，以才力为官，名将多出焉！民俗质木，不耻寇盗……汉兴，立都长安，五方杂处，风俗不纯，易为盗贼，常为天下剧。嫁娶尤崇侈靡，送死过度。"显然，战国秦风与后世秦风是有很大差异的。

如此活生生风俗画，赫然可见天下文明之一斑。

谚云："政久成俗。"民风酿政道，政道生民风，自古皆然。秦国民风以商鞅变法为分水岭而为之大变，此乃政道生民风之典型也。山东民风之所以截然不同，直接原由亦在政道。这个政道，便是源远流长的崇商之道。秦国重农战而山东崇工商，植业根基之不同，终致民风大相径庭。就实而论，非秦人天生恶商，亦非六国之民天生崇商。所以有如此差别，根本原因在两种治国之道的激励督导不同，更深远处则在两种治国理念之差别。

商鞅治国理念已经说过，再来看看山东治国理念。

仅说商风最浓的齐国。春秋之世，齐立国的第一任国君姜尚，便开了与周道不同的治国之道："太公望封于营丘，地泻卤，人民寡。于是太公劝其女功，极技巧，通鱼盐……通工商之业，因其俗，简其礼，而人民多归齐。"[1]《汉书》则云："初太公（姜尚）治齐，修道术、尊贤智、赏有功，故至今其士多好经术、矜功名（不出来做实事）；其失（缺点是）夸奢朋党，言与行谬，虚诈不情，急之则离散（遇到急难便四散），缓之则放纵（寻常时日则放纵享受）。"两则记载，前者说齐国开首以激励（劝）通商、简化礼制吸引人民，后者说齐国开首便放纵士风。两者相互浸润，国风始得放纵。

后来，管仲开新政变革先河，对民众经商之风更有明确立论，其云："饮食者也，侈乐者也，民之所愿也。尚简约，所以使民贫也；美垄墓（兴建豪华的田宅坟墓），所以文明也；巨棺椁，所以起木工也；多衣衾，所以起女工也。犹不尽，故有此，浮也。富者靡之，贫者为之……

---

[1] 见《史记·货殖列传》《史记·齐太公世家》。

作此相食，然后民相利。”[1]

姜尚之道，管子之论，实际上一直是山东六国的立民之道与治国理念。战国之世，依然被奉为圭臬。有此理念，商风大起民风奢华，遂成传统衍生的必然。到了战国之世，纵然是震撼最大的魏国李悝变法，也依然将壮大商旅利用商道作为基本国策。李悝保障不伤农事的法令不是限制商人，而是以商市手段调节谷价。稍后的魏国丞相白圭，更是以天下大商之身入仕，以经商之道论述治国，以治国之道论述经商，将商道政道融为一体。与商鞅以重农而保障激励农战的秦法相比，这显然是另一种更具深远意义的治国理念。假如六国能法商并重，对变法能如崇商那般持之以恒，历史也许会是另一番面目。

尽管六国民风多受指责，然却依然是文明风华之渊薮。

吕不韦要做的，是在秦国大开文明之风，使秦国文明与山东六国比肩而立，也使自己心中的化秦方略得以成就。明乎此，第一步之力所能及者，便是兴办私学、广召门客，依靠大量进入自己门下的治学士人酿成文明大势，进而著书立说，渐渐诱导朝野之风。吕不韦很清楚，在秦国要使官府做此事，必然难免一场庙堂论争，操持不好会引起举国震荡。目下唯一的可行之策，是借自己权倾朝野的势力，以私家之道行事，纵有朝野非议，最多也是私下指责自己歆慕虚名而已，决然不会使国人生乱。只要秦国不乱，自己便可从容行事。

五　巴蜀寡妇清　咸阳怀清台

吕不韦方略一定，先愁了高年白发的西门老总事。

要造两座大馆所，财货金钱自然是第一急务，再加上数千士人门客，花销之巨大可想而知。此时，吕不韦的封地是洛阳百里十万户，在秦国历史上可谓空前。然则秦法有定：封地赋税归于封主者不得超过一半，其余仍归国家府库。加之吕不韦昔年囤积早已告尽，入秦后也从不

[1]　见《管子·侈靡》。

敛财，对封地赋税事从不过问，只吩咐西门老总事相机斟酌而已。就财力而言，今日吕府与昔年的吕氏商社已经不可同日而语，如何担得如此巨大财力？再说，即便是十万户赋税全部归己，大约也只建得一座学宫而已，后续大事又当如何？思虑几日，沉疴在身的老人步履蹒跚地走进了大书房。

“两座馆所，大体要得多少金？”吕不韦没有客套。

“百万金上下。”默然良久，老人终于开口了。

“开馆之后，年金几多？”

“以三千门客计，每人每年均平三十金，总计年人头金九万；再加学事、车辆、衣食、马匹、杂役等诸般开支，年总额当在百万金上下。若能国府建馆，我府养士，尚可勉力承担。依天下成例，门客院可由国府建造，日后不做我府私产罢了。”

“秦国首开私学，国府不担一钱。”

“……”

“西门老爹，洛阳十万户封地，年赋几多？”

“十万金上下……文信侯欲加赋税？”

“我行新政，宁自毁哉！”吕不韦粗重地叹息了一声，“周人新归，洛阳庶民正是秦军根基，若竭泽而渔，吕不韦何颜面对天下？”

“老朽两谋，文信侯斟酌。”西门老总事喘息得风囊一般，“一则，收门客入门金。孔老夫子为私学鼻祖，每人半年尚须交五条干肉……文信侯若能收得投奔者些许丝绸珠宝金钱，或令门客衣食自理，或可……”

“老爹笑谈也！”吕不韦不禁大笑，“若得身有珠宝衣食自理，谁却来做门客？”笑得一阵又慨然一叹，“老爹毋忧也！此事容我设法，若无转机，便是天意了。吕不韦当就此止步，再不侈谈新政也！”

“文信侯，老朽原是两谋。”

“噢——”吕不韦恍然，“老爹快说另一策。”

“文信侯可愿求助于人？”

“老爹，本是求无可求，何来愿不愿也。”

老西门狡黠一笑，压低了声音：“尚商坊。宽简清。”

默然良久，吕不韦终是没有说话，直至西门老总事出了书房，兀自痴痴思忖。念及当年商战义举，吕不韦相信尚商坊的六国商旅不会不给他如此一个显赫回报。然则果真如此，风声便会流播天下，口碑定然是“吕不韦得六国之力招揽门客。”山东六国固欣欣然不已，可秦国朝野接受么？且不说依照秦法有里通外国之嫌，纵是庙堂无人追究罪责，你吕不韦在老秦人中的声誉也必是一落千丈。如此南辕北辙，岂不荒谬之极？

宽简清倒是秦商，从当年对尚商坊商战时一举援助六十万金的大手笔说，此人财力可谓丰厚不可测。然则，这个总在宽简上烙一个古籀文“清”字的人物，从来都是神龙见首不见尾，在邯郸长青楼未曾谋面，只闻其声，未见其人；在后来仅有的一次谋面中甚至连面纱也没有撩起，更没有留下任何可供联络的居所与方式，甚至交接金钱都是在约定之地一次完毕，神秘之风较任侠之士犹有过之，仓促间到何处去找？然则无论如何，吕不韦毕竟清楚了此人根基，目下之难只在如何能见到此人，否则想开价也是枉然。

说起来，自从当年在邯郸绿楼第一次见到那方宽简，第一次破解了那个“清”字烙印，毛公也说了寡妇清。可吕不韦心下无底，便开始有意无意地秘密打探此人根底。当然，那时是为了准备送给嬴异人为妾的陈渲日后不受牵累。后来诸事牵绊，终是不曾打探清楚。初相那年，莫胡辞府出行，去山东六国寻觅当年突儿丢失的小荆轲，两年后才回到了咸阳。虽然没有找到儿子，莫胡却给吕不韦带来了一个令人惊讶的消息——她去了邯郸卓氏庄园，卓原老人问起吕不韦情境，听到宽简蒙面客襄助商战一节，卓原老人哈哈大笑说：“巴蜀大商寡妇清，瞄上吕不韦也！”

“噫——果然她也！”吕不韦恍然大悟了。

还在年轻的吕不韦雄心勃勃地奔走商事之时，便知道了天下五大巨商——楚国猗顿氏、魏国白氏、赵国郭氏与卓氏、齐国田氏；因郭氏卓氏同属赵商，于是也有四大巨商之说。然在五大四大之外，商旅之中还流传着另一种说法：巴蜀有大商方氏，财货金钱无可訾量，真正的天下第一大商。尽管商贾们说起巴蜀方氏都是啧啧然神秘态，但却没有一个人说得清来龙去脉，甚或很少有人能明白说出方氏操持的行业。这便是方氏之奇特处——人人知其名而人人不知其详。后来，商旅之中又纷纷扬扬传出一种说法：巴蜀之地女丈夫出，人呼寡妇清，其财货金钱更不可量，犹超方氏！吕不韦闻之哈哈大笑："我操盐铁兵器之业，尚不得跻身巨商。巴蜀穷山恶水，操何营生竟能连出两巨商？人言荒谬如此，何信之有也。"正是因了心下认为寡妇清根本就是子虚乌有，后来在邯郸得见宽简"清"字，吕不韦才压根没有将那个"清"字与商旅传言中的寡妇清联系起来，对毛公推断也是听风过耳。后来，这个心头谜团也就渐渐淡了。

于是，对这个巴蜀方氏，对这个寡妇清，洞悉天下商旅根底的吕不韦始终是云山雾罩，说不得三言两语。若是仍在经商，吕不韦也许就永远地云山雾罩下去了，左右自家事要紧，谁却孜孜不倦地打探别家私密做甚？然则，自莫胡带来卓原老人的说法，吕不韦便不能继续迷糊下去了。寡妇清确有其人，意味着秦国的巴蜀之地藏匿着富可敌国的巨商大贾。身为秦国秉政丞相，对国中如此两个巨商大贾一无所知，岂非滑天下之大稽？更要紧者，这个寡妇清似乎总是在暗中时时关注着自己的行止起落，其意究竟何在，吕不韦能永远地云山雾罩么？

那年开春，吕不韦派出了几个仍然在府的当年商社的老执事秘密进入巴蜀。一年之后，几个老执事先后归来，终于揭开了巴蜀方氏与巴蜀寡妇清的云雾面纱。老执事们多方印证至为翔实的商族奇幻故事，令吕不韦感慨不已。然更令吕不韦惊讶的是，方氏与寡妇清原本一事，寡妇清便是方氏商族的第九代女掌族。

"天下之大，无奇不有，信哉斯言！"

方氏者，方士也。春秋之世，齐国朝野奢靡为天下之最，君臣豪士富贵之家尽求长生不老，方士遂乘时大兴。其时，方氏一族居东海之滨，以渔猎为生，尚无姓氏，因常采得山海珍奇卖给云游方士炼制丹药，人皆呼为海药氏。一年，秋潮大涨，一白发老方士孤舟触礁，被困之罘岛半月不能出。其时，海药氏族人恰遇一云游方士重金求购巨海龟蛋，然怒潮连天，无人敢驾舟出海。族长情急，召族人紧急计议，约定：但能取得海龟蛋者，生为族长，死为族神。族中一水性极好的少年亢声起身："乌！不要族长族神，只要族人衣食！俺出海！"举族殷殷相送，少年轻舟破浪出海，瞬息间湮没在了滔天白浪之中。三日之后少年归来，非但采到了一枚罕见的海龟蛋，还带回了那个气息奄奄的老方士。旬日之后老方士康复，祭拜海神生恩之时却突兀指定少年大呼："子乃海神水童也！堕居尘俗，不畏举族饲海乎！"族人大惊，拜求脱难之法。老方士只一句话："此子但随老夫侍奉海神，汝族可得后荫也！"

五十年后，被齐景公奉为国师的大方士来之罘岛出海求仙。海药族应征，举族为驾舟水手。出得之罘岛，白发苍苍的大方士召海药族水手于船头祭海。屏开少年童仆，大方士对着族人当头一个深躬："我乃当年出海子也！我族幸甚！"族人欢呼之余，欣然接受了大方士对族运的神谕：少年尽为方士，余皆为方士执业，则方氏大兴矣！

从此，海药氏成了方士世家与丹药业族。其时习俗以业为姓，于是齐国有了方氏。方氏代有赫赫神通之方士，又有包揽丹药材料之大商。及至进入战国，方氏方士已经流布天下，成为各国宫廷的神秘座上宾。田氏代齐时，方氏的第十代方士已经稳稳地成了齐国方士的神盟天主。所谓天主，是齐人尊奉的第一神灵，中原各国皆无。其时天下三个海滨大国——齐、吴、越，祭祀尊神巫术之风都很是浓烈，其独特习俗亦与中原大有不同。时人云："（齐）明国异政，家殊俗，齐独行，不及天下。"[1] 也就是说，齐国的政道风俗特立独行，非但家族风习各异，齐国习俗也不通行天下。譬如节令，中原二十四节气，齐国却是三十节气。譬如祭神，中原只祭拜天地，齐国却祭拜八神——天主（天）、地主（地）、兵主（蚩尤）、阴主（三山）、阳主（之罘山）、月主（蓬莱）、日主（成山）、时主（琅邪）。方氏方士能为天主，可见其神位之尊崇异常。

[1]　见《管子·幼官》集注。

然在此时，方氏俗族却突然在齐国消失了。

十余年后，巴国的崇山峻岭中驶出了一艘艘大船，满载丹砂从江水东下入云梦泽，再从海路北上之罘，船头大旗赫然飘扬着方氏族徽——一只巨大的变形海龟。

原来，已经成为“天主”的第四代方氏方士周游天下，踏勘出一个巨大的秘密——巴山蜀水间有天成丹砂，若得垄断之利，非但富甲天下，更是称雄神业。此业既大，自然非方氏莫属。然要已经在齐国欣欣向荣渐成望族的方氏千里跋涉举族迁徙，则风险更大。毕竟，海族有冒险漂泊之天性。经过半年多的议论筹措，没有方士之身的方氏俗族断然举族南下了。为了尽快踏勘出丹穴，方族在云梦泽西尽头弃船登陆，沿着夷陵北岸的山地跋涉直上。半年之中死伤族人三百余，终于在江水北岸的山地[1]找到了丹穴，由是开始了掘丹之业。

丹者，辰砂也，俗称朱砂，为方士炼制丹药之不可或缺的材料。所谓丹穴，实则朱砂矿井。方氏既知方士之需，又明天下丹药需求之势，操起这寻常商人匪夷所思的行业正是得心应手。踏勘出丹穴之后，方氏举族定居巴山，一面量力掘丹，一面全力造舟。掘出之丹装舟东下，进入齐国，则由方氏方士请准国君或贵胄以重金买下，而后再将所得之金三分：一份留中原营造商社根基并供本族方士之需，一份供族人生计，一份雇佣各色山民水手扩大采掘并建造大船。如此两代人光景，方氏已经是富甲巴蜀了。及至秦惠文王时司马错进军巴蜀、秦昭王时李冰入蜀治水，方氏已经在巴东山地经营了六代一百余年。

如此实力大商，天下却是一片朦胧。也是方氏素有隐秘行事的族风，非万不得已绝不轻泄执业秘密。被方氏雇佣的山民与水手，只被告知采掘之物是中原建造宫殿用的红石，其余严禁打问。所有的丹砂交易，都是方氏商社的嫡系子弟亲自经办，从不假手他人。更有一奇，方氏从来不在秦国经商，而只在山东六国与胡地奔走。如此一来，秦国朝野极少有人知晓藏匿在巴山蜀水间的这个巨富大族。而中原商旅所知者，也只

[1]《史记·货殖列传》集解云：“涪陵出丹。”涪陵，即今日重庆市之涪陵地带。

有方氏在山东列国所开的寻常商社。唯其如此，方氏之富对天下商旅始终是个影影绰绰的谜，博闻多见如吕不韦者，也只是徒闻其名不知其实。

后来，神秘勃起的方氏家族发生了一次突然变故。

秦昭王二十八年，也就是公元前 279 年，白起大军进入已经是秦国巴郡的江水上游，全力打造战船筹措水军，准备东下大举攻楚。其时，巴蜀两郡精壮水手几乎悉数被秦国水军征发。方氏船队在巴郡声威赫赫，六百多名年金过百的水手更是人人精悍，自然在水军征发之列。然则，方氏族人虽久居巴郡，却从来没有将自己做秦国庶民看待，而始终认定方氏部族只是齐人在秦做客商，与秦国并无瓜葛；官署赋税，方氏也以商铺不在本地为名，只缴纳些许地盘金而已；至于关税，则由于其时无力在荒僻大江设防查商，而只能在陆路设关，只走险峻水路的方氏更是无须缴纳。也就是说，方氏入秦百余年，赋税实际上都缴给了齐国与中原设店之国，对丹穴根基之地的秦国，恰恰是无甚粘连的两张皮。加之方氏一族醉心掘丹神业，与外界极少往来，对天下大势之变化也是不甚了了。有此诸般原因，方氏老族长在丹穴城堡接到秦国水军的征召令时，操着齐语傲慢地笑了："俺非秦人，凭何征召？秦国打仗得靠山东商贾么？不去。"

水军司马急报统帅白起。冷峻的白起大感意外，秦人闻战则喜，精壮争相入军，百工踊跃应征，素常只为裁汰犯难，几曾有过拒绝征发之事？询问了方氏大致情景，白起亲自到了郡守官署，冷冰冰话语掷地有声："秦无法外之民。方氏居秦百年，采我丹砂，用我民力，多逃赋税，实为不法奸商。郡守宁无视乎！"

其时，巴蜀两郡皆由蜀侯嬴辉统领，巴郡郡守正是嬴辉亲信。嬴辉本是秦昭王的第三个王子，因与安国君嬴柱争太子失利而被派任蜀侯；心下耿耿，遂有心接纳巴蜀强豪富商以图将来自立。巴郡郡守奉命行事，对方氏一族只是笼络，从未有过依法监督之举。然今日白起震怒，巴郡郡守大起恐慌，连夜秘密飞报了蜀侯嬴辉。嬴辉深知白起刚严善战，且得宣太后、穰侯与秦昭王之鼎力支持，自己虽是侯爵王子，然若以轻法之行抗拒，按照秦法不用上报咸阳，白起以上将军之权力便可将他拘押问罪。权衡之下，嬴辉对巴郡郡守只有一句回话：“但以国法行事，毋再报我。”

三日之后，方氏老族长被依法处斩。郡守明谕方氏：“在巴水手一律入军，在外水手月内召回入军；罚金十万，抵历年逃税之数；逾期不行，举族没为刑徒！”

遭此大变，方氏举族震惊，一时大乱。

其时老族长的公子正在中原奔走经营，身在丹穴城堡的其余庶出公子又皆少不更事，唯有一个少妇算得正宗嫡系人物。此人正是公子正妻、年仅二十岁的玉天清。方氏有族规：巴蜀女可妾不可妻，嫡子正妻必娶之罘海女。这玉天清正是齐国之罘岛区的渔家女子，族操海业，以“海”为姓，人呼海清女。海清女貌美聪慧，有胆有识，少女时便被海滨渔猎族呼为海神女。一年，方氏之天主方士突发神谕：方氏第九代嫡子当以海神女为妻，此子之气已现之罘，稍纵即逝，着速成婚以镇方氏之厄！方氏老族长立即惶惶奔赴之罘海滨，终于寻觅得十七岁的海清女，为被自己定为身后掌事人的次子完婚。

方氏为方士世家，成婚之法大是特异：凡天意镇厄之女，须在婚礼之后处子三年，始得合卺。有此族法，十七岁的海清女虽已结发开脸，却依旧是亭亭玉立的少妇处子。夫君天下奔走，海清女独守清幽山水，给自己取了个名号，叫做玉天清。渔女多奔放，玉天清却是沉静异常，每日只在族长书房襄助处置商事，终日无一言，理事却从无差错。老族长尝对执事们感喟言之：“此女若为男子，俺方氏必当称雄天下也！”

变起突兀，族人执事们惶惶聚来，一口声要玉天清决断是逃是留。玉天清几乎没有丝毫犹豫，当即做出了五则决断：其一，在巴水手每人奉送百金，立即入军，战后再回商社；在外水手月内无法归来，立即派一得力执事出江入楚，重金招募等量水手充做方氏水手入军。其二，罚金多纳十万,二十万金立即缴纳官署。其三，接连放出三只信鹞，急请公子回巴理事。其四，老族长就地简葬，不得依旧例运回齐国大肆铺排。其四，举族如常守业，凡有脱逃者立即沉江处死。末了，玉天清一字一顿道：“秦国正在如日中天，逃匿天边也是灭族之祸。方氏疏秦，绝非长策，若不改弦易辙，我族无立足之地！”

寥寥数语，精于商道的方氏族人无不悚然警悟，异口同声拥戴玉天清主事。一番有条不紊的铺排，方氏一族终于没有作鸟兽散。便在此时，却传来了一个惊人消息：匆忙返程的嫡子在云梦泽突遇巨浪吞舟，公子与十六名卫士随从无一生还。

玉天清没有一声哭泣，一身素服召集族人，似淡漠似肃穆竟隐隐然有天主方士之象，淡淡缓缓道：“方氏俗族有今日，天意也。族人若信得海清女可镇厄兴族，便留下与我共守祖业。否则，分了财货库金各自谋生。海清女与族人均等分财，决不以嫡系多占一钱。”

此言一出，族人感喟唏嘘，一时默然无对。十几位族老一番计议，公推一资望最深的族老当场征询族人意向。片时之后，族老慨然陈辞：“聚族事大，无镇厄族长，我族纵聚族守业，也是灾祸连绵。海神女若做我族长，我族便聚！海神女若只权宜掌事，我族便散！”族人们也是纷纷嚷嚷，要海清女做族长主事，否则便作鸟兽散。玉天清默然良久，起身对族人肃然一躬：“兹事体大，容我明日作答。”径自去了。

玉天清之难，却有一番分说。方氏一族自操持神业，日渐成为商旅望族，几代下来生成了一套严苛的族规，尤其对族长的交接有明确法度：非常之期，嫡长子正妻可为掌事族长；但为族长，终身不得再嫁。海清女虽已嫁与方氏，然终未合卺，尚是处子之身；临危主事，原也只是出于急难之心，打算只要族人不散，安定之后另举族长主事；不意族人竟以她为镇厄神女，举族执意拥戴，给海清女大大出了一个难题：不做族长，方氏立散，百余年丹砂巨商就此化为云烟；若做族长，则要终身守寡，满腹情愫将成一世磨难……那一夜，明月高悬，城堡深处的竹楼上，处子少妇玉天清一直痴痴伫立到东方发白。

清晨卯时，族老执事们纷纷聚来决事厅。玉天清只对着族老们淡然一笑，对着族长座案肃然一躬，便走上了已经被历代族长踩出深深脚窝的六级石板台阶。商社总事与执事们请示日后对秦国应对之策，玉天清道：“入秦籍，守祖业，散财货，固根基，秘密拓展中原商事。此为我族日后方略。”族老执事们大是惊愕，不约而同地愤然嚷嚷，万事好说，唯独不能入秦籍。玉天清冷冷道："方氏久事神业，闭目塞听已有八代，族人业已不知天下大势为何物也。方氏若得远图，便依我方略，否则，巴山丹穴便是举族葬身之地。尔等好自为之。"说罢起身便走。族老执事们慌忙一齐拜倒，请议一日而后决断。

秘密计议中，玉天清申明了族老执事们根本没有想到的一点：秦国越来越强，六国越来越弱，借此关节成为秦人正当其时；唯其成为秦人，方氏才能借强国之力席卷山东商社；若不为秦人，则只能以异地小丹穴为业，富则富矣，王天下之商却是春秋大梦也。族老执事们顿时恍然，大是感奋，同声拥戴玉天清方略。暮色时分，诸般铺排已经筹划妥当，执事们立即开始忙碌。

巴郡郡守向白起与蜀侯禀报了方氏情形，白起念及方氏水手全数入军又甘愿倍出罚金，非但不再追究，且请准咸阳赐方氏新族长初爵两级。赐爵王书到达之日，玉天清率族中族老执事大礼迎出，接书后郑重地向特使申明：方氏居秦数世，实是老秦之民，自今愿弃客商之身，入秦籍，为秦人，诸般赋役与国人同等。特使回报咸阳，宣太后破例下书："方氏为秦人，秦始有大商矣！免方氏徭役，赐爵两级以示褒奖。"于是，方氏化入秦国，成了有第四级不更爵的秦商。

方氏变身大获成功，玉天清从此走上漫长的商旅生涯……

豁达的吕不韦第一次不能成眠了。

如此一个寡妇清，此刻在中原还是在巴蜀？是否还在暗中关注着秦国朝局，关注着吕不韦？虽入秦籍，寡妇清终是齐人，还有事秦之心么？诸般心思纷至沓来，吕不韦终夜辗转反侧，清晨刚刚蒙眬睡去，却闻外厅急匆匆脚步轻悄悄话语纷杂交织，霍然离榻坐起："莫胡，有事么？"莫胡轻盈飘进寝室低声说了一句，吕不韦立即下榻出了寝室，大步匆匆来到了书房。

一支熟悉的宽简工稳地插在案头笔架的中央！

几乎没有丝毫犹豫，吕不韦决意会见这个神秘人物。按照宽简上刻画的路径图，吕不韦的垂帘辎车于暮色降临时终于来到了咸阳西南的丰京谷。这片山水并不陌生，当年华月夫人的历历往事还时常依稀浮现在吕不韦心头。到得那座巨石码头，吕不韦吩咐驭手与两名随行剑士留在岸边，自己只带着扮做童仆的莫胡上了山道。在一片松林入口处，两名黑衣人正在等候，验看了宽简，领着吕不韦进了林木荒莽的丰京废墟。

明亮的灯光闪烁在一片茅屋庭院。吕不韦记得，那正是华月夫人曾经的快乐居所。进得庭院，两名黑衣人在茅屋门外站定，廊下灯影里一名少女恭谨地将吕不韦引进了茅屋。吕不韦当年曾经是营造密室的高手，一进门便看出这茅屋绝非其质朴外观那般简单——宽阔敞亮，重帘叠帐，显然是入深极大，一直通到了背后的山崖山洞亦未可知；脚地铺着厚厚的彩织地毡，任你身如山岳也没有丝毫声息。吕不韦依着少女手势，从容在东首案前落座，莫胡站在了身后。另有一少女捧来煮好的鲜茶。吕不韦方啜得两口，却闻身后莫胡猛然一声喘息，蓦然抬头，心下不禁一跳！紫红的大屏后悠然转出一道黑柱——身着一领黑袍，面垂一方黑纱，正一动不动地伫立在对面座案前。

“文信侯老矣！”略显苍老的女声喟然一叹。

“清夫人别来无恙？”吕不韦不期然漾出了当年的满面春风。

“今日不速之请，得文信侯拨冗赴约，玉天清先行谢过。”黑衣人微微一礼坐回到了对面案前，“文信侯治秦有方，老身时常感喟于心，惜乎无由得诉也。今日之约，略表寸心而已。老身一生无空言，亦望文信侯坦诚相向，毋得虚与周旋。”

“不韦谨受教。”吕不韦慨然拱手，“清夫人商道沧桑五十余年，亦曾救国于急难之时，不韦素来敬佩，却无由酬谢，心下惭愧久矣！”

“区区之举，文信侯幸勿上心。”

“私恩身报，国恩功报。受恩无报，此不韦之不安也。”

“文信侯心有疑团，但说便是，无须以愧疚表疑。”

吕不韦原本欲引得神秘的寡妇清自己说出关注他的动因，不意这个老夫人洞若观火，又要他明白说话，思忖遮掩不得，一拱手坦然道：“不韦心下不明者唯有一事：夫人何以时时关注不韦行止，总在急难关节处现身襄助，纵无所图，亦有因由，盼夫人明告。”

“也好，老身说。”玉天清悠然一笑，“文信侯为商之时亦曾称雄天下，当知商旅所盼者，官府重商之法度也。邦国重商，则商贾兴。邦国贱商，则商贾亡。秦国固强，然法度贱商却是天下之最。文信侯秉政，渐开宽政之风，渐行农商并重之道，诚天下大幸也。老身既为秦商，不该助一臂之力么？”

默然良久，吕不韦慨然一句：“夫人远见，过我所望也。”

“且慢。”玉天清轻轻叩案，“老身也有一己之求。”

“夫人但说。”

“我有一族侄，欲入仕途，欲托你门下。”

“国家求才，此事何难。”

“好。日后但有持‘清’字简投你者，便是我侄。”

吕不韦点点头，略一思忖道：“夫人，不韦亦有一请。”

“两座馆所，百万金，无须你请。”

吕不韦摇摇头：“不韦此请不成，宁不受援。”

玉天清显然一怔：“文信侯……可是要老身示以真容？”

“不情之请，夫人见谅。”

“天意也！”玉天清粗重地叹息了一声，“你担国政，不受疑人之援，该当。”说罢一挥手，两名侍女退到了大屏之后。吕不韦回头一瞄，莫胡也轻步出门守候去了。玉天清一抖黑丝大袖，一双纤细丰满白如凝脂般的手搭上了发冠，随着一头乌云般黑发散下，垂面黑锦倏忽落地，一张带着血红伤疤的丑陋面孔在灯下煞是狰狞可怖！

“夫人能否见告……”吕不韦声音有些颤抖。

那双绝美的手又缓缓抬起，不知如何在头上一绕，黑冠黑丝依然故我，似乎一切都没有发生过。“你想知道，我也无须相瞒。”玉天清轻轻叹息了一声，“要救我族，海清女便要永生做贞女，做寡妇清。留得处子面容，人我皆多不便……”平静淡漠的话语中渗着一丝细微的沙沙声，依稀秋夜苍凉的细雨。

又是默然良久，吕不韦起身深深一躬，一句话没说出门去了。到得庭院门口，一个黑衣中年女子从灯影里走了出来道：“文信侯，咸阳灞上有金库一座。这是路径图。这是入库宽简。”吕不韦接过两样物事道：“若有要事，如何得见夫人？”中年女子沉吟片刻道：“夫人素来不喜人约，然从来不误大事，文信侯毋忧也。”吕不韦说声知道了，一拱手去了。

回到咸阳，吕不韦夜不能寐，在池边林下转悠到月上中天才回到书房，铺开一张羊皮纸认真地写了起来——

请立怀清台书

臣吕不韦奏：老臣尝闻：石可破也，不可夺坚；丹可磨也，不可夺赤。今查：巴蜀大商玉天清者，少时入嫁方氏，尚未合卺而夫溺水，又卒遇翁公伏罪，族业分崩在即；玉天清临难救族，以处子之身继族长之位，使方氏得入秦籍，巴蜀赋税与日俱增；疏财好义，多筑路桥，常济急难，山民拥戴其业而不见侵犯，巴山之奉公守法遂成风习；其后，又襄助六十万金助我商战，去岁大饥，大舟助粮百万斛，诚有功于国也！尤令人感喟者，其女五十年守贞未曾改嫁，时已耳顺之年，犹处子之身矣！此等心志节操，理当为朝野万民感念也。凡为天下，治国家，必务本而后末也。所谓本者，务其人也。务人者，贵在彰其节操，若孝行，若守贞，皆当彰荣于国，使民效之也。故此，老臣请立台祠，以表玉天清之操行，以彰我王大治之道也！此万事之纪也，我王当行之。秦王五年夏

次日清晨，吕不韦上书依照惯例当即送往王城长史署。当值左长史王绾依照仲父秉政法度，当即将吕不韦上书改写为秦王王书，并紧急呈太后宫阅过用印，回来后再加盖秦王铜印，而后立即作为秦王王书颁发丞相府施行；吕不韦的上书与王书底样，则与当日公文一起呈送秦王嬴政做熟悉国事之读。

午后时分吕不韦接到王书，立即在空白处批下：“着官市署会同司空府筹划实施，建成之日，择吉大表。”官市署是丞相府属官，统管举国商事。司空府则独立成府，执掌举国工程。两府奉命，次日在渭水之南的灞水柳林中勘定了一座小山，开始了筑台工程。消息传开，关中秦人

纷纷打问寡妇清其人其事。这位巴蜀女商人的神秘故事，便在朝野迅速流传开来。之后，遂有了一首巷闾传唱的童谣：“乌氏倮，寡妇清，封君筑台，礼抗千乘。牧长穷山，唯商显荣，嗟我耕战，萤萤其功。”

童谣传开，蔡泽匆匆来到丞相府，力劝吕不韦立即停止建造怀清台。吕不韦思忖片刻沉着脸问：“纲成君以为，重商必妨农战么？”蔡泽红着脸道：“文信侯事中迷也！不是老夫以为如何，而是秦人如何想头！尊商重商，与秦国情不合，当审慎为是，逐步化之。操之过急，祸在你我也！”吕不韦正色道：“化秦如同变法，当效商君之坚直方有功效。我政不伤民，何惧庶民一时之怨？商贾与民有功，何惜国家之显名？遇议则改，持之不恒，为政为法之大忌也。君可反我，切勿以保身之道劝我。”蔡泽一时大急，呷呷嚷道：“你十万户侯尚且不惧，我五千户封君怕个鸟！老夫偏跟你撑着，秦人终不成生哐了两副老骨头！”“好！你我双车共进退。”吕不韦笑叹一句又突然低声：“以君之才，没有歌谣么？”蔡泽恍然点头，呷呷大笑着去了。

三日之后，又有童谣流传坊区：“耕者功，战者功，商者独萤萤。有国法，有王命，解我年馑者何无功？”此歌在秦中一时传开，原先的嗟叹童谣渐渐没了声息，老秦人争先传诵起两年大饥时的商贾之恩。

原来，自嬴政即位的第三年起，自来风调雨顺的关中连续两年大旱。滔滔渭水几乎干了河道，蝗虫大起，遮天蔽日，夏秋颗粒无收。大半年之后，庶民囤粮十室九空，朝野顿时惶惶。秦法不赈灾，吕不韦的丞相府只有依靠暗中抛出库金压低商市谷价来救一时之急，然若没有大宗粮米进入关中，再撑得半年势必会有民众大量逃亡。吕不韦紧急召见尚商坊的山东商贾，一则激励一则请求，期盼六国商旅设法解秦国燃眉之急。然六国商贾已各接本国密令，不许向秦国运粮。咸阳之六国商贾所能做者，也就是平价甚或低价卖完现有存粮而已，显然无法从根本上缓解饥荒。正在吕不韦决意冒险开启关中两座谷仓之时，潼关渡口传来急报：一支无名船队满载稻谷停泊于河口，因渭水枯涸无法进入航道，请派牛车五千辆运载入秦。吕不韦大喜过望，亲自带着一班吏员兼程东来，到达渡口之时，船队主人却已不在，水手班头只有一句话：“我家主人卖粮于秦，三年后收金便是。”递上一支宽简，便没了言语。吕不韦感慨万端，情知寻觅无着，只有连夜卸船运粮，立即向各郡县分发。

秋冬稍安，开春之后又是旱象依然，眼看夏种无着，秦国朝野又蒙上了一层厚厚的乌云。便在此时，北地郡又来急报：一支连绵马队南下，乌氏大商倮运粮救秦。吕不韦长呼一声天意也，又立即亲自北上了。未到北地，吕不韦便清楚了乌氏倮的情形。

乌氏[1]者，秦国北地郡之县名也。倮者，人名也。乌氏倮，便是乌氏的商人倮，人呼乌氏倮者是也。倮族世居北地，代代以畜牧为业。商鞅变法之后，整个河西高原被秦国收回，牧区再也没有了民众最怕的拉锯战，畜牧蓬蓬勃勃生发起来。及至倮做了族长，倮族之畜牧业已经伸展到了阴山以北，与胡族常相交易了。倮豪侠仗义，善于周旋，与匈奴各部单于交好非常，便在畜牧之外做起了马商：将中原谷物盐铁卖于匈奴，再将换来的草原良马南下卖于中原各国。数十年下来，乌氏倮财货剧涨，声名遍及草原胡族。这年闻故国大旱饥荒，乌氏倮深感秦国之威秦人之身给自己的胡商生意带来的巨大好处，遂慨然买得大批燕赵粮谷并草原数万头肉牛南下救秦。吕不韦接得浩荡马牛与数十万斛燕麦稻黍，感喟之余力邀乌氏倮南下咸阳盘桓。乌氏倮入咸阳三日，“秦王”下书封乌氏倮领上卿尊荣，爵位与封君相同，号为乌氏君。也就是说，乌氏倮虽非在朝官员，却可以名正言顺地享受如同纲成君蔡泽一般的仪仗、府邸、衣冠、车马等等诸般尊荣。在“尊荣必出于农战”的秦国，商贾纵然有得金山，也不能建造具有贵胄格局的府邸，庭院再大房屋再多，门前也不能有石坊石刻，门额也不能有府邸标记；衣食住行可富不可贵，不得乘坐带有伞盖的轺车，只因为伞盖高低是爵位高低之标识。

如此法度之下，乌氏倮爵比封君，可谓石破天惊！

然则，其时毕竟饥荒大作人心惶惶，谁也顾不得去计较这些名位虚事，一时风平浪静。事过境迁，转过年来风雨如常饥荒渐去，老秦人眼见怀清台开工，油然想起此事，不禁有了满腹牢骚。及至念功童谣出，

---

[1]　乌氏，亦作乌枝，战国秦惠王置县，大体在今宁夏固原之东南地带。

秦人一番咀嚼品味，感念之下自觉愧疚，也不再计较商贾获显荣的事了。

八月秋风起，怀清台告成。秦王嬴政驾临灞上拜贺开台，吕不韦亲自宣读了表彰王书。关中老秦人非但没有非议之辞，且纷纷赶来拜贺。吕不韦大为感喟，对身旁蔡泽一叹：“民心为天也！天许我化秦，我何惧之有矣！”嬴政见吕不韦慨然动容，遂过来关切道：“敢问仲父，乌氏倮尚有封君之荣，玉天清何故只彰名不封爵？”吕不韦素来不以仲父轻慢君臣之礼，一拱手道：“回复君上：玉天清高年淡泊，曾言欲贵后人，有族侄可入仕途；容臣考校后论，若有才具，自当封其爵位。”嬴政笑着点头：“果真此人有才，封他个等同侯爵！”君臣三人一阵大笑。

来年开春，学宫与贤苑两座馆所大体完工，吕不韦颁发手书广召门客。入夏时节，便有山东士子纷纷来投。吕不韦大为振奋，立即与蔡泽开始筹划编撰治国典籍事宜。正在此时，太后宫传来密书，要吕不韦兼程赶赴梁山宫共商国是。吕不韦捧着密书愣怔半日，蔡泽撇着嘴呷呷一笑：“梁山之夏，快活于咸阳多矣，公何迟疑哉！”说罢摇着鸭步径自去了。望着蔡泽已显苍老的背影，吕不韦不禁沉重地叹息了一声。

六　幽幽梁山　乃见狂且

空守西畤，太后赵姬实在是急不可待了。

咸阳西北百余里，有新老两处宫室，古堡西畤与梁山夏宫。西畤，是秦人立国的第一座都邑，实则是在山地河谷里用大石原木搭建的一座简易城堡而已。五百年前，周平王封秦人为东周开国诸侯，地盘是周人的老根——关中之地。封国时周平王说得明白：“戎狄夺我故土，毁我丰镐两京。秦能驱逐戎狄，即有其国也。”也就是说，地盘虽好，却不现成，要秦人从戎狄手中一寸寸去夺。其时，秦人草草建城的全部用途只有一个，做与戎狄连年激战的大本营。悠悠五百余年过去，距离谷口大道十里之遥的西畤都邑已经被岁月侵蚀成了山谷中一座人迹罕至的小小石头城，若非是秦人第一都邑而有官府时不时修葺维护一番，只怕早是废墟了。过了西畤十多里，是秦昭王时建造的夏宫古邑。

夏宫所在的这片山地叫做梁山[1]，是咸阳西北方向的第一道山地。后世《陕西通志·山川》云："梁山高三百七十四丈，周九里，广二里。正南两峰相对，直北一峰最高。东与九嵕（山）比峻，西与五峰相映，南与太白终南遥拱，为一方大观。"梁山两峰正在一片高地之上，几道河谷草木葱茏溪流多出，有草有水可进可退，堪称占尽兵家攻守之地利。久在陇西山地血战求存的老秦人，当年将这里作为攻占关中的大本营，实在是独具慧眼。及至关中成为秦国腹地，梁山便成了靠近咸阳的北部最佳消夏之地。较之于伟丈夫一般的巍巍南山，梁山是柔美的处子——山不峻绝，道不险阻，水不湍急，林不荒莽，习习谷风摇曳山野草木，直如佳丽之喁喁低语。因了如此，晚年的秦昭王才在梁山河谷建造了一片庭院，名为夏宫，每年酷暑总要在这里住上一两个月，风高水急林荒道狭的南山章台倒是很少去了。当然，最要紧的还是梁山近便，飞骑轺车片时可达咸阳，夤夜有事说走便走，误不了任何军国急务。也正是因了这种便利，数十年后成为始皇帝的嬴政大肆扩建了梁山夏宫，梁山宫始成赫赫之名，这是后话。

赵姬最喜欢的，是梁山的秀美娴静。

只有在梁山，赵姬才能依稀找见少女时熟悉的庄园日月。邯郸山川是粗犷的奔放的热烈的，那漫山遍野的胡杨林永远是燕赵山川的旗帜。无论是一片金红，无论是一片粗绿，甚或是一片枯红的沙沙落叶，都弥漫着一种干爽一种凛冽一种令人心志焕发的天地生气。来到秦国关中，她最感不适处是夏日的湿热。第一年入夏，嬴异人特意陪她去了章台，可她却在那里似病非病地卧榻了整整三个月。嬴异人大为不解。她说，章台山阴太重，冰凉到心，打不起精神。于是，第二年夏日来到了梁山，她竟一直住到了第二年入夏，若不是嬴异人病势沉重，她还是不想回咸阳。异人诧异。她说，梁山疏朗，西畤古远，人心舒坦。自此年年来梁山，除了年节、启耕、祭天、大朝等需要王后出面的大典，她几乎钉在了梁山。后来，赵姬专谕王室工室丞，在西畤古堡旁的树林中另建了一

[1]　梁山，秦国宫室所在地，在今陕西乾县，亦是后世唐高宗与武则天之陵墓。

座庭院，取名西苑，与梁山夏宫轮换来住。夏夜谷风习习星河如洗，独立楼头百无聊赖，她便前半夜在夏宫，后半夜到西苑，奔波得不亦乐乎。

说来自己也不明白，赵姬实在不喜欢咸阳这座皇皇大都。既厌烦永远都在耳边嗎嗎唧唧的市声，也厌烦周边永远都流淌不完议论不休的种种消息，更厌烦议国议政时大殿一片黑压压的冠带衣履与一个个锐声刺耳的激烈论争。几次梦魇，这座皇皇大都化成了汪洋大海，鼓着巨浪将她如沙石树叶般吞没！一身冷汗醒来，她竟不知自己身在何处。嬴异人死后，她几次想离开咸阳重回赵国，去寻觅少女时的自由岁月。每当她要脱口而出时，每每都被身边侍女的一声太后惊得一个冷战。是啊，她是秦国太后，而且是秉政太后，除非暴死，她能走得脱么？整日抑郁恍惚，她不知不觉地常常在王城梦游了。一夜，小内侍赵高在王城唯一一片胡杨林中看见了只一方蝉翼白纱一头散乱长发的太后，吓得顿时瘫在了林边。次日，已经是秦王的儿子嬴政带着太医令前来觐见，诊脉后的太医令背着她对儿子低声说了片刻，寻常声称自己离不开母后教诲的儿子，才终于将她专程送到了梁山。

咸阳宫的那片胡杨林，恰恰是吕不韦在王城的理政署。

重到梁山的第三日，吕不韦来了。虽然带来了一大堆急待处置的国事，吕不韦却一件也没有说，只是陪她默默地对坐着。赵姬也是一句话不说，只低着头时不时一声断肠般的叹息。从正午坐到暮色降临，两人谁也没有动得一动，谁也没有说得只言片语。掌灯之时，赵姬不经意瞄了吕不韦一眼，心头不禁猛然一抖。豆大的泪珠正从那张熟悉而陌生的苍老面容上滚落，吕不韦紧紧咬着牙关，两腮抽搐得中风一般……脸色苍白的赵姬轻声屏退了侍女，走到了吕不韦身边，轻柔地搂住了那颗鬓发斑白的头，雪白的汗巾蒙住了那张泪水纵横的脸。猛然，吕不韦抱住了她瑟瑟抖动的身躯，那股力道几乎要使她窒息过去……

那一夜之后，她才明白了自己真正的渴求。

自此，吕不韦每月必来。后来，便有了一道秦王王书：每月月末三日，为太后丞相会政之期，举凡本月国事，务必在月末三日前理清待决。赵姬笑吕不韦画蛇添足。吕不韦却说："政有政道，毕竟需得有个说法。"

赵姬却说："你爱蛇足便蛇足，左右不许丢开我。"说罢便抱住吕不韦忙碌起来。虽然吕不韦体魄壮硕，却总是莫名其妙地时不时萎缩不举。无论赵姬如何殷切勤奋热汗淋漓，吕不韦只木然望着帐顶浑然无觉，那初始曾经的雄风也总是渺渺无期。在两人兴味索然地疲惫睡去之时，吕不韦却往往在更深酣睡之中突然挺进，她那灰色的梦顿时一片火海一片汪洋。清晨游山，赵姬红着脸嘲笑那物事患的是五更疯。吕不韦皱着眉头一声粗重的叹息："你太后也，我丞相也，秦王日长，如此终非常法也。"赵姬咯咯笑了："太后丞相不是人么？当年宣太后私通朝臣几多，谁说甚来着。秦王再大又如何？我正寻思，待他亲政，我便再嫁给你这丞相。"那一刻，吕不韦脸都白了，愣怔间勉力对她笑了笑，昭妹莫任性，此事还是容我三思，总得有个妥善出路才是。赵姬耸眉立目，妥善个甚？索性你我辞国，做范蠡西施泛舟湖海，强如教这沉沉冠带活活绞死！吕不韦默然无语，直到离开都没有再说一句话。

那次以后，吕不韦已经大半年没有再来了。

每次派亲信回咸阳敦促，吕不韦都有千百个实在不能前来的理由。赵姬一次又一次地体谅了吕不韦，一次又一次地告诫自己且莫任性，当设身处地为他着想，要吕不韦既全力辅佐自己的儿子，又悉心做自己的夫君，毕竟难为他了。然则，无论赵姬如何在心中为吕不韦开脱，已经重新燃烧的肉体却由不得自己。夜来辗转反侧吞声饮泣，白日茶饭不思恍惚如梦。为了不使自己再度陷入梦游，她每日夜半骑马，从夏宫飞驰西苑，又从西苑飞回夏宫，直至折腾得自己疲惫地倒下。几个月过去，一日不意揽镜，她竟被镜中的自己吓得尖叫起来——两鬓丝丝银发，一脸密密褶皱，苍白的瘦脸直如老妪！她哭了，整整哭了一日一夜，为了上天对她的折磨，为了命运对自己的欺骗。分明是生就的娇媚女儿身，上天却教她每每久旷。当年因了吕不韦的冷漠，她嫁给了火焰般燃烧的秦国公子嬴异人。可这丛火焰只燃烧了短短半年，又倏忽飘逝了。多年之后，当她带着儿子嬴政被隆重接回秦国时，昔日的火焰竟莫名其妙地熄灭了。当年公子做了秦王，却没有了她日夜梦想的凛凛英风，她期盼他对她能如当年那般任意肆虐。可一切都是梦幻，嬴异人不可思议地变成了一个卧榻病夫，只能时不时抚摩着她焦渴的肉体，挤出一丝难堪的笑来。吕不韦的不期到来，非但圆了她少女初情的梦，更点燃了她奄奄一息的欲念。终于，她绽开了丰盈旺盛的生命之花，倏忽又变成了一个艳丽的绝代美夫人。侍女歆慕，朝臣惊叹，她更是快乐得几乎要醉了……然曾几何时，这一切竟眼看着又将成为一场梦幻。在疯狂地用药杵砸着铜镜的时候，她突然明白了，她一生的命运磨难都是因吕不韦而起。吕不韦逼她嫁给了嬴异人，第一次抛弃了她！吕不韦唤醒了她的垂死灵魂却又置之不理，第二次抛弃了她！梦而又梦，碎而再碎，不是吕不韦却是何人？那一刻，她横下了心，要召吕不韦来说个明白：或她再嫁吕不韦，或两人辞国隐居，否则她便与吕不韦同死同葬！

做好了一切准备，也派出了亲信信使，吕不韦依然没来。

气狠之下，她第一次动用太后大印，下书吕不韦前来议政。

下书三日，吕不韦派书吏送来一信，说正在为她物色一宗可心大礼，不日即到，要她平心静气等得几日。书吏还带来了吕不韦亲自为她配制的一箱安神清心草药，备细写了煎服之法，其情殷殷，跃然纸上。赵姬又一次心软了，凄然叹息一声，满腹怨恨又化做了刻骨铭心的念想。

这次吕不韦倒是没有泥牛入海。一月之后，吕府的女掌事莫胡到了夏宫，给赵姬带来了三车茶酒衣食与各种器玩，也带来了吕不韦的关切之心。赵姬虽是太后，一应物事可说应有尽有，然则在精于器物的昔日大商吕不韦送来的这些绝世佳品面前，也是啧啧称奇爱不释手。莫胡是个极其可人的女子，虽然已经年逾三十，却有着少女难以比拟的风韵，更兼聪慧过人见闻多广，一日间便与赵姬处得姊妹一般。赵姬原本无视法度厌恶威严，得遇如此可心女子，又是吕不韦身边之人，亲昵之心油然而生，夜来拉着莫胡同榻并枕抱在一起说话，说得最多的自然是吕不韦。越说越入港，赵姬揪着莫胡耳朵悄悄笑问："小妹可是他的人了？"莫胡红着脸将头埋在赵姬胸前咯咯笑道："小妹原是他买的女奴，能不是他的人么？"赵姬又问："目下他还要你么？"莫胡羞涩道："夫人月红时有过两次，只搂住我睡，做不得事。"赵姬问："是病么？"莫胡连连摇头："我敢问么？我只悄悄说给了夫人。夫人笑说，不行近半年了，才晓得，预备着与老姐姐守活寡便是了。我问何不找太医诊治，夫人说药都服了几个月，甚动静没有，连清晨尿勃也没有了，只怕是真不行了。姐姐你说，为甚恁般厉害一宗物事，说不行便不行了？”赵姬听得心头怦怦直跳，心下直悔错怪了吕不韦，莫不是自己太疯，他能好端端塌架了？

盘桓几日，夜夜亲昵，赵姬与莫胡几乎是无话不可说了。这夜说得热闹，赵姬问莫胡经过几个男人？莫胡说两个，“姐姐几个？”赵姬说也是两个，说罢一声叹息：“你说，男人物事莫非都是这般不经折腾？”莫胡咯咯直笑，“不晓得不晓得。”笑得一阵恍然欲言，却又笑得趴在了赵姬大腿根儿。赵姬大奇，拧住莫胡嫩白的脸蛋儿要她说话。莫胡一边讨饶一边吃吃笑道：“姐姐可知，男人物事能有几多大几多硬么？”赵姬噗地一笑，向莫胡的脸打了一掌道：“明知故问！说，你见过多大多硬物事？”莫胡吃吃笑着讲述了一则奇闻——

那日，莫胡去渭南贤苑送药，吕不韦不在书房，等候之时她起了睡意。正在蒙眬之际，一阵喧哗笑语加着连声惊叹突然从庭院林下暴起。莫胡睁开眼睛走到窗下望去，顿时心下突突乱跳！一个生着连鬓大胡须的壮伟后生赤裸裸挺立在人圈中间，一个车轮正在围着他飞转，那车轴孔中的物事竟是一根巨大的紫黑色的阳具！莫胡眼力极好，眼看那支阳具青筋暴涨勃勃耸动，便知绝非虚假障眼的方士法术。待车轮静止，那支硬得不可思议的阳具还将轴孔嘭嘭敲打了几下，才听得一个带着胡腔的粗厚声音大笑了一阵，“如何？这是在下绝技，谁个敢来一试？”正在此时，众人哄笑着纷纷散去。莫胡一看，原来是吕不韦匆匆来了，连忙便倒在书案上睡了过去。

赵姬苍白的脸红得晚霞一般喃喃自语：“那厮胡人？有名字么？”莫胡咯咯直笑，“此等奇人伟丈夫，我也上心哩，悄悄一打问，一个新来门客，名字忒怪，叫做？对！叫嫪毐！”赵姬笑着在莫胡的雪白丰臀上连打几掌，“偏你有眼福！还能记住如此一个怪名字！哪两字？写来！”莫胡笑叫着连呼遵命，在赵姬的肚皮上写画起来：“姐姐，记住名字管甚用？一饱眼福才叫奇观。”赵姬幽幽一叹：“我不若小妹，这梁山是我终生牢狱也。”莫胡爬上来搂住赵姬在耳边吃吃笑着说了一番，末了笑问一句，“姐姐，我这谋划如何？”赵姬不禁面红过耳，亲昵地将莫胡揽在了怀中笑道：“若有如此一个玩物，小妹也来消受一番。”莫胡连忙笑叫着爬开，“不敢不敢，莫胡见了那物事发晕，小命要紧也。”赵姬一把扯住莫胡长发骑到了莫胡那滑腻丰腴的背上，一边捶打一边笑叱：“教你个死妮子小命要紧！偏姐姐命贱么？”莫胡笑得上气不接下气：“姐姐池深，命大。小妹太浅，只怕那物事溺得一泡，也要淹死人哩！”赵姬不禁咯咯长笑，一时心旌摇动身子大热，骤然一股热流喷出软滑在了莫胡背上……

盘桓了旬日，莫胡还是回了咸阳，赵姬又开始了彷徨焦虑。

又是月余，时当春尾夏头，正是梁山不冷不热最为舒适的阳春之季。这日午后，一支马队牛车轰隆咣当地到了夏宫。赵姬正在山坡跑马，遥见车队马队，以为必是莫胡到了，连忙一马飞回，在庄园南门恰恰截住了前来车马。迎头参拜者却是已经白发苍苍的给事中[1]。赵姬顿时兴味索然，转身径自回了寝室。随即庄园内外进出脚步匆匆，赵姬情知又是王城依例送来了过夏物事，也懒得理会，进浴房冲凉去了。换好干爽衣衫出来，赵姬郁闷未曾稍减，正要吩咐掌事侍女备车去西苑，给事中苍老的声音传了进来：“老臣请见太后。”

虽则心下厌烦，赵姬却也明白这是法度，她不在那方羊皮纸上用印，臣工无法回王城复命。冷冷一声答应，老给事中脚步轻悄地到了厅中。赵姬漫不经心地一指书案道：“印在玉匣，自己用。”老给事中恭谨地盖好了太后大印，却只向羊皮纸上哈着气不走。赵姬皱起眉头：“路上去呵，我要去西苑了。”老给事中连忙躬身低声道：“老朽受吕府女掌事之托，给太后带来了一宗物事尚未交接。”赵姬淡淡道：“她倒托大，自己为何不来？”老给事中连忙道：“太后明察：渭南两院门客大满，终日论战。女掌事说，文信侯教她去襄助料理，入夏有了头绪方得分身。”赵姬一笑：“也罢。甚个物事？”给事中道：“一辆辎车，一个内侍。”赵姬

[1] 给事中，内侍官职，执掌王宫内部事务，也是内侍总管。

不禁又气又笑："乖张也！梁山内侍二十余，要那物事何用？还不如送一只狗来。"给事中连忙摇头："不不不，太后容老朽禀明：这个内侍，本是文信侯女掌事亲为遴选，言其多才多艺，使人不亦乐乎。为太后颐养天年，女掌事特意知会老朽，依王城法度行净身之术，而后进献太后为乐。"赵姬没好气道："也罢也罢，左右一只活物，来便来也。"说罢回转身唤进守在门廊下的中年侍女吩咐，"你且去随给事中将车接了，随我轺车赶往西苑，看这活物能给我甚个乐子？"

待给事中的车马离去，赵姬自己驾了轺车快马上道。但住梁山，她素来都是自己驾车自己骑马，从来不要驭手驾车。也只是在车马飞掠山林之时，她才依稀有得些许少女时的奔放情境，心绪也才略微有些轻松。自与莫胡盘桓旬日，她的心又被一个荒诞的梦燃烧起来，焦渴地期盼着可人的莫胡能给她一个真正的闻所未闻的奇观，也不枉了这天生的女人之身。不想这个莫胡如此扫兴，竟给她送来了一个净身内侍，虚应故事还说能使人不亦乐乎，当真岂有此理！看来还得召吕不韦来梁山，要再不来，她便亲回咸阳与儿子嬴政理论，逼也要逼得他赞同她嫁给吕不韦；吕不韦若是推辞拒绝，她便亲登丞相府，大张旗鼓地与陈渲住在一起，看你个吕不韦如何处置？心之将死，身败名裂又怕甚来……

"太后勒马！西苑到了。"

若非身后飞骑侍女锐声一呼，赵姬的青铜轺车便要冲进荒莽的山林了。待车马徐徐勒定，赵姬马鞭一指："上山！"飞车冲上了西苑旁绿草如茵的山坡，赵姬下车搌拭着额头细汗吩咐道："摆我赵酒，都来痛饮一回。"侍女掌事过来悄声问："那个活物在车中直喊饥渴，如何处置？"赵姬冷冷道："狗！将他下来，丢他一根骨头一盆水了事。"

待一方大毡在草地铺开酒肉摆置整齐，两个小侍女偎着赵姬品啜凛冽的赵酒时，侍女掌事带过来了一个黝黑伟岸的汉子，一身内侍黑衣，三寸布冠软塌塌趴在一头散发之上，脸膛光溜溜红赤赤犹如刚被滚水烫过的新猪一般怪诞。赵姬不禁看得噗地一笑："一副好身板，只可惜没了物事也。"两个小侍女偎着赵姬笑做一团。突然，一个小侍女惊讶叫道："哟！太后快看，生拔胡须也！莫怪脸红得鲜猪一般！"另个小侍女红着脸咯咯笑了起来："莫如也生拔了头发，活脱脱一头黑猪也！"

"猪便猪！老爹要酒肉！"壮汉猛然一声大喝。

哄的一声，赵姬与几个侍女笑成了一片。侍女掌事笑得弯了腰："哟！猪火气蛮大也！先下得那排满肉大骨头，喝得那盆清水再说酒肉了。"壮汉嘟哝一句，只要有得咥，一排骨头算个鸟！说罢两腿大叉开小山一般坐在两只大陶盆前，捞起大排骨狼吞虎咽。赵姬们一爵酒还没啜完，壮汉手中的大排骨已荡然无存。赵姬们一时屏息，只见壮汉又将盛满清水的大陶盆高高举起，一注急流朝着那张大嘴灌了下去，也不见壮汉吞咽，急流忽忽入腹，片刻间大陶盆清水一滴不出了。

侍女们惊愕地笑叫起来："呀！海龟饮川也！"

赵姬也笑了："小子倒是本色，叫甚名字？"

"俺叫嫪毐！说了也白说！"

"为甚来？"

"女人都是笨猪，记不得俺这带毛女人半毒猪！"

哗啦一声，侍女们又是喷声大笑，分明是酣畅极了。这个被人骂做猪狗或骂别人做猪狗皆不在乎的壮汉，却能将自己的名字拆解为"带毛女人半毒猪"，至少不是一个真正的笨汉，明而粗，惠而猛，几是妙不可言也。心念及此，赵姬咯咯笑骂道："你这黑猪，忽而秦声，忽而齐语，猪头猪脑却分明一个胡奴，小子究竟何国人氏？"壮汉昂昂道："俺嫪毐，生在阴山，长在之罘，老根却在秦国！你老姐姐说，俺嫪毐何国人氏！"说罢又不胜沮丧地兀自嘟哝一句，"说也没用，女人都是笨猪。"侍女们又是一阵乐不可支的大笑，谁也没觉得这是对太后的冒犯。侍女掌事一巴掌打落壮汉头上软塌塌的布冠笑问："你个笨猪，可知道送你到此为了甚来？"壮汉依然一副昂昂然神情："知道！女掌事说了，给一个贵夫人做榻奴，陪她甚来？对！不亦乐乎！"一个小侍女气咻咻道："呸呸呸！榻奴要你么？黑猪模样！"壮汉却高声大嚷起来："休说黑猪，给你做榻奴俺嫪毐还不愿意，脆得一枝豆芽菜，经得折腾揉搓么！给你个小母狗说，俺有大本钱！有绝技！只这位老姐姐一盆好菜，配我侍奉！你等几个，哼哼，配不上！"

哄哈一声，侍女们又笑又骂又羞又恼，却对这种闻所未闻的惊人的粗俗无可奈何，除了一口声骂猪骂狗，一句解气的话也说不出来。只赵姬笑悠悠打量着这个黝黑粗俗半脏半净半清半浊似愚似智的后生，心头竟甜丝丝的。虽然那几句赤裸裸的奉承是脏污的狎邪的纯然肉欲的，却也是结结实实的，从来没有从一个男人口里听到过的，她本能地相信，这也是真实的。不是么？作为一个真实的肉体的女人，那几个嫩豆芽般的小侍女能比她更值得男人享受么？这头黑猪倒也精明，真是个折腾女人的高手也未可知。只可惜他被阉割了，没了那物事充其量也只是个逗乐的活宝而已，莫胡啊莫胡，你倒下得手也。

“你等先回西苑，我听这黑小子乐乐。”

侍女们嘻嘻哈哈地跑开了。女掌事临走递过来一根马鞭笑道：“这头猪皮粗肉厚，打他几鞭定然解气。”赵姬接过马鞭笑了：“黑小子，敢教我打么？”“敢！”嫪毐一把扯开内侍黑丝袍，赫然露出结实黝黑的上身，两步爬到了赵姬面前，“老姐姐打我是疼我！”赵姬笑吟吟用鞭杆敲敲那黝黑的脊梁，嘭嘭之声一方石板也似，不禁咯咯直笑：“小子石头一般，打不动也。哎，你小子方才说甚？大本钱，绝技，都是甚来？”“老姐姐想看么？”嫪毐嘿嘿一笑，猛然翻身直跪在赵姬面前，一扯腰间大带，一支巨大的物事直扑赵姬眼前！啊哟一声尖叫，赵姬软在了嫪毐脚边。

“还有绝技，老姐姐！”

“走……”赵姬面红耳赤地闭着双眼，两手软软地推着。

“走个甚来？俺侍奉老姐姐绝技！”嫪毐兀自嘟哝着，粗大的臂膊不由分说揽起了赵姬软成烂泥的身躯，撕扯开华贵的锦绣，一挺身猛然长驱直入。赵姬痛楚地大叫一声便昏昏然不知所以了……不知过了几多时间，赵姬睁开了眼睛，直觉自己浑身酥软得面团一般，眩晕得飘悠在云中一般，噫！灯也亮了？啊！身子下湿乎乎是血还是……猛然，一阵粗重的鼾声在榻边响起，啊！这头黑猪！赵姬要霍然起身扑过去咬断这头黑猪的喉咙，却变成了软绵绵滚在一座黑山之上，脸颊紧紧贴住了那粗壮的脖颈，口水随着粗重的喘息淹没了毛乎乎的胸膛。“老姐姐醒了，来劲也！”黝黑的一双臂膊猛然托起白光光的肉体猛然摁了下去，赵姬一声微弱的呻吟，又被汹涌无边的潮水淹没了……

夏天还没有来临，苍白憔悴的赵姬又变成了一个红润娇艳的美妇人，两鬓的白发竟神奇地消失了。终日胡天胡地，赵姬没有了哪怕片刻的独处，任何事都无暇去想也来不及想。那嫪毐随时随地都可能不可思议地将她尽情蹂躏一通，片刻离身，她立即呼呼大睡，往往还在沉沉之中，又被折腾醒来。赵姬第一次尝到了连做梦也没有了空闲的疲惫舒畅与忙碌，心下几乎成了一片空白，只终日摇曳着那宗令她沉迷的物事。立秋那日，侍女掌事禀报说丞相府送来待决公文十多卷，其中六宗要太后用印。她愣怔良久才恍恍惚惚笑了，“噢噢噢，丞相府呀，用便用了。”女掌事问要否给文信侯带信？她又是一阵愣怔恍惚，“文信侯？噢噢噢，不看我忙么，聒噪！”女掌事再没有说话便走了。

一冬窝罢，夏宫太医照例给太后作开春调理，一诊脉惊得半日不敢说话。在赵姬慵懒的嘲笑中，太医战战兢兢地说，太后有了身孕。旁边女掌事顿时吓得没了颜色。赵姬却咯咯笑道：“女人没身孕还是女人么？本后有身孕，又不是你等有身孕，我都不怕你等怕甚来？”

立春时节，赵姬第一次用太后印知会秦王并丞相府：内侍嫪毐，忠勤任事，擢升给事中，等同庶长爵，留掌太后宫事务。三日之后，丞相府发来官印上书，说秉承太后书令，已经将内侍嫪毐之官爵列入俸金，太后毋念为是。然则，王城的秦王儿子却始终没有回书。从摄政法度说，封官赐爵之事，不亲政的秦王是无话可说的，也就是没有任何干预的权力。然则，从礼仪人伦说，作为亲生儿子的秦王，对母后对身边宠臣的封赐表以认同却实在是该当的；不作任何表示，未免太过尴尬了。

赵姬蓦然想起，儿子已经有大半年没有来梁山夏宫做孝行探视了。知道儿子秉性，赵姬心下不禁有了些许忐忑与歉疚。然则一夜之后，盛年怒放的艳丽美妇人又将一切的一切都抛到了九霄云外，连必须有秉政太后参与的春耕大朝会都忘记得干干净净了。

第十三章 雍城之乱

一 冠剑将及兮 风雨如磐

嬴政很是烦恼，直觉此等一个秦王实在是旷世窝囊。

自母后长住梁山，倏忽三年过去，他已经二十岁，做秦王已经七年了。三年之中，国事尚算平稳。对外，蒙骜王陵一班老将连续出战山东侵削三晋，小胜连连，先后夺得三十余城，新设了东郡；其间，赵魏韩楚拉着卫国做成了一次五国联兵攻秦的小合纵，攻下了秦国从赵国夺取的寿陵[1]，蒙骜亲率秦军大举反击，未曾接战五国联军便自行退兵了。内政，文信侯当国，虽有两次大旱饥馑，终是无关大局，诸事皆有条不紊。渐渐长大的嬴政虽不亲政，对用人、决策、实施等诸般实务也是概不过问，然却时时关注着秦国大势，身处局外而日日勤奋披阅公文典籍，留心踏勘朝局变化，反倒对国事有了一种超然的清醒的评判。近三年以来，嬴政越来越清楚地觉察到，繁盛稳定之后，一种巨大的危机正在逼近秦国，逼近自己，而他却无能为力！

最感束手无策者，是对自己的母亲。

三年以来，摄政的太后母亲发生了太多太多的事情，每一件都教嬴政愤愤然脸红，却又无可奈何。最初，精灵般的小赵高悄悄打探得一个

[1] 寿陵，亦做寿灵，原赵国常山郡城池，今石家庄市西北地带。

消息：送入梁山的嫪毐没有被阉割，是个假内侍！嬴政黑着脸问赵高如何知道？赵高说，秦王派他去梁山给太后送秋仪时，他见到了嫪毐，一看便知是个假货。回咸阳后，他私下找一起从赵国来的一个净身坊内侍打问，那人说，根本没给此等一个人净过身。嬴政听得吞了苍蝇般作呕，然夜来一番回味，终是体谅了母亲。战国之世风习奔放，赵秦两国更是多有胡风，王后在国君死后改嫁或是与大臣交好，原也是寻常之事。母后正在盛年，没有与秦国的大臣将军私相交好，一定是顾及他这个秦王儿子的尊严。如今有得如此一个“内侍”侍奉，实在也算不得甚，何须锱铢较之？次日，嬴政严厉对赵高一番叮嘱，嫪毐之事休对任何人提起，只做他是真内侍。赵高频频点头，连说知道知道。

想不到的是，半年之后，母亲下了一道摄政太后书，竟将嫪毐擢升为王城内侍的最高官爵——给事中！原先的老给事中贬黜为郎官，却又“领王城事务总管”。令书一下，整个王城内侍侍女无不惊愕。这给事中向有两大职权：一则执掌王城内所有非国政事务，二则总管内侍。此等令书实际上是教嫪毐只做官只管人，而不做事。嬴政深感突兀，更觉母后不晓事理法度。身为一国太后，毕竟不是桑麻女子，有一个侍奉卧榻的“内侍”便也罢了，何苦如此张扬？若是嫪毐的“内侍”真相传扬开来，岂不引天下大大耻笑？再说，纵是实在要封赏这个匹夫，也当依照法度，人、事两权归一，原先的老给事中也好另行安置；如此嫪毐掌权管人，老给事中成了小郎官，却要分派内侍们做事，每个内侍侍女及一应后宫女官之功过赏罚岂不生乱？当真大谬也！负气之下，嬴政始终不理睬这道令书，例行的孝道探视也一应取消。嬴政是想教母亲明白：如此作为大大不妥，该当收敛才是。

谁知，荒谬的事情只是刚刚开始。在嫪毐成为给事中半年之后，小赵高又悄悄说给他一个更为惊人的消息——太后与嫪毐生下了一个儿子，已经秘密移居雍城旧宫，着意回避咸阳耳目。

“果真？”嬴政的脸刷地变得苍白了。

“小高子死得百次，也不敢虚言！”

那一夜，嬴政独驾辎车飞出了咸阳，回到了久违的已经被叫做鸿台的山间庄园，打马在河谷奔驰了整整一夜。回到咸阳王城，嬴政对已经是十五岁少年的赵高一番秘密叮嘱，小赵高便向已经遭贬的王城老给事中讨了个差事，到雍城宫做杂役内侍去了。未及一月，小赵高传回密信：太后又有了身孕！嬴政气得心头滴血，却思谋不出如何应对这等难堪的事件。有几次，他都想找仲父吕不韦商议，可每次一闪念都本能地觉得不妥，如何不妥，自己又说不清楚。彷徨之下，想找来蒙恬商议，又觉太过唐突难以启齿，终究还是气狠狠搁在了心头。若是仅仅如此，也许过得一阵嬴政也就自行开脱了。生两个儿子又能如何？终不成母后教这两个孽子来做秦王？再说母后独居又心有顾忌，召高明太医配制流药毕竟不便，她又能如何消解得此等难堪？纵是密召武士暗中杀了这个狂且之徒，母亲要再找别个男子，徒叹奈何也。

然则，事情远远没有仅仅如此。今年开春，小赵高从雍城秘密赶回咸阳，带来的消息更是嬴政无论如何也无法预料的——太后与嫪毐私约：秦王死，立嫪毐之子为君。

“今古奇观也！”嬴政反倒拍案笑了。

小赵高却是直白：“信与不信，我王自断。小高子禀明事体原委：我通得太后一个侍榻小侍女，许她日后一个可心前程，或以自由身出宫嫁人，或做秦王女官。小侍女对嫪毐得宠原本大有醋意，答应替我留心那个浑毛猪。这次密谋，是太后当着小侍女面与嫪毐说的。那个浑毛猪高兴得又跳脚又拍掌，还当着小侍女的面将太后……”小赵高骤然打住，吓得直抹额头汗珠。

“小高子，”嬴政浑然无觉地淡淡道，“日后做事可许人金钱，不可许人官爵。这是大秦国法，不可越矩，记住了么？”

“小高子记住了！”

“好。今夜无论谁来，只说我方歇息。呵，除了仲父。”

“嗨！”小赵高军士般答应一声赳赳去了。

一夜未眠，嬴政终于绝望了。这个太后还是自己的母亲么？这个母亲还是秦国的太后么？与一个“内侍”私生两子，藏匿雍城旧都深宫，非但丝毫不以为羞耻，反倒要取代嬴政做秦王，当真滑天下之大稽也。

一个身为太后的女子，盛年之期如此迷醉于淫乐，显然已经远远超越了礼仪风习所能认可的人之常情。以秦赵风习说，寡居私通可也，私通生子可也。然则，这个母亲太后竟要以私通之子，在法度森严的秦国承继非嫡系王子不能染指的秦王大位，如此无视人伦之大防，岂非狂乱痴迷？嬴政反复揣摩，太后之所以如此荒诞不经，无非有两种可能：不是欲望过度患了失心淫疯症，便是实实在在地臣服在嫪毐那个浑毛猪的胯下了。无论哪种可能，对秦国，对自己，都将是无法洗雪的耻辱。若是后一种可能，即太后母亲清醒地有意地为她自己与这个狂且浑毛猪的将来构筑永久的巢穴，则危机更为深重，局面将更难以收拾。然则，究竟太后母亲之荒诞行径是病情所致还是欲心所致，嬴政一时难以评判……思虑一夜，嬴政决意再忍耐得一阵，待真正清楚局势要害时再谋如何应对，目下唯需上心者，是绝不能再接近母后，以防她等有杀心……心念方生，"秦王死"三字竟如轰雷击顶般陡然闪现在心田，心下顿时雪亮——是也，嬴政不死，孽子何以为秦王？嬴政尚未亲政而言其死，能是如何谋划？！

嬴政突兀一个激灵，不由自主地软在了池畔。直到小赵高来将他扶进了王城寝宫，嬴政依旧是大汗淋漓面色苍白。小赵高连忙要去召太医，嬴政摇摇手低声道："不要太医，去寻蒙恬，快！"

正午，王城官吏进出最稀疏的时分。小赵高驾着秦王辎车辚辚入宫，在大树浓阴的东偏殿外一掠而过消失了。扮做内侍模样的蒙恬脚步匆匆地进了殿廊，廊下一个老内侍立即将他领进了秦王书房后的密室。直到入夜，蒙恬才又钻进辎车辚辚去了。

在嬴政开始谋划自保的时刻，五月大忙来临了。在重农尚战的秦国，五月是雷打不动的督农之季，非但郡县官吏全部出动到村社激励督导排解急难，便是国府相关官署的吏员也飞马各郡县督察农时，若有郡县不能解决的急务便飞报国府定夺。咸阳的丞相府则是昼夜当值，时刻通联各官署，全力调遣各种力量确保夏收夏种。这是秦国的久远传统，虽为大国，亦丝毫无变。文信侯吕不韦非但下令丞相府吏员依法度当值，而且下令门客院休学一月，全部三千门客皆下关中村社督农视农。嬴政自然也遵从惯例，知会仲父后带着王绾、赵高与几个武士到关中视察农事去了。

旬日之间，嬴政一行方到骊山，接到丞相府特使急报：太后有特急令书，命秦王还都与文信侯一同奉令。思忖片刻，嬴政对特使笑道："目下举国农忙，有事仲父知会我便了，何须还都也。"特使还要说话，嬴政一摆手道："我这秦王尚未亲政，素来不接令书，只事后披阅。此乃法度，特使回去复命便是。"特使只有怏怏去了。

不想次日午后，吕不韦亲自飞车到了骊山。嬴政与随从们正在帮农夫们装车运麦，见官道车骑烟尘是文信侯旗号，不禁大感意外。及至擦拭着汗水匆匆来到道边林下，吕不韦车骑堪堪飞到。嬴政正要行礼，吕不韦一步下车扶住了他："秦王已经长成，无须再行这少年之礼了。"说罢拉住嬴政到了树下，将身后书吏手中的铜匣捧了过来，"太后两道特急令书，老臣呈王披阅。"嬴政默默打开铜匣，展开了第一道令书：给事中嫪毐忠勤王事，封长信侯，秦王得称假父，封地山阳[1]城连带周边六万户！第二道令书是：自且月[2]起，长信侯以假父之尊代太后秉政，与文信侯吕不韦同理国事！

"秦王以为如何？"吕不韦淡淡问了一句。

"仲父以为如何？"嬴政也淡淡问了一句。

"秦王有所不知也！"吕不韦慨然叹息了一声，"以大臣摄政成例，爵高者为首为主。大臣如此，更何况太后摄政也。太后昔年不问国政，老臣尚可勉力周旋。太后但要摄政，老臣也是无可奈何矣！今日之势，太后分明是要将自己的摄政权力交于嫪毐了。此等变局，老臣始料未及也。如之奈何？"

良久默然，嬴政突兀道："仲父当初何不与母后成婚？"

"岂有此理！"吕不韦面红过耳低声呵斥了一句。仓促之间，吕不韦一时不清楚嬴政说的这个"当初"究竟是说邯郸之时还是梁山之时，

---

[1] 山阳，原为战国魏城，此时归秦国河内郡，今河南省焦作市以东地带。

[2] 且月，农历六月，《尔雅·释天》："六月为且。"

而无论如何，嬴政有得此说，至少是知道了当年的他与赵姬的情愫渊源。而能告诉嬴政的，不是嬴异人便是赵姬。喘息片刻，吕不韦缓缓道，“当年之事，不敢相瞒。邯郸遇先王之时，老臣与时当少姑的太后确有婚约。先王得识太后，矢志求之，老臣自当成全。岂有他哉。”

“仲父，我说的并非邯郸之时。”

“……”骤然之间，吕不韦面色铁青。

嬴政将手中令书愤然摔在尘土之中：“名节之重，宁过邦国存亡哉！”霍然起身径自一步一步地淹没到金黄的麦田中去了。

刹那之间，吕不韦分明看见了嬴政眼眶中的泪水。眼见那年轻伟岸的身躯沉重地在麦田中踉跄奔走，吕不韦不禁粗重地叹息一声，油然生出一种愧疚之心——吕不韦啊吕不韦，你当真是以功业为重么？果然功业至上，何不能如商鞅一般不计名节而宁愿以死护持大局？“名节之重，宁过邦国存亡哉！”年轻秦王说的何等好也！然这般器局你吕不韦有么？既顾名节，何与太后私通？既要功业，何不索性与太后成婚，只要秦国稳定，纵死又有何妨？千不该万不该，不该顾忌名节而生移祸之计，密进嫪毐身奉太后，到头来弄巧成拙，非但失了摄政乱了国家，且完全可能引火烧身！嫪毐气象，决然不能善终。嫪毐真相，决非善类，终会水落石出。到得那时，你吕不韦名节何在？大义何存？功业善终之梦想又在哪里？赵姬啊赵姬，人固有情欲，然吕不韦何能想到你淫荡若此！原本是投你所好，谁知你竟在欲火中大失品位，变成了一个纵情纵欲还将庙堂公器当做玩物一般取悦那只猪狗狂且！更有甚者，还教那猪狗狂且与吕不韦等同，吕不韦文信侯，他做长信侯！吕不韦称仲父，他称假父！吕不韦丞相摄政，他代太后摄政！赵姬啊赵姬，你是报复吕不韦么？如此恶毒报复，何如杀了我也！上天啊上天，吕不韦一生不善此道，唯此一次，便要身败名裂么？

火一般的暮色中，吕不韦第一次老泪纵横了。

入夜，嬴政一行被蒙恬隐秘地接进了蓝田大营。

连年征战，上将军蒙骜终于一病不起。几年前，威猛素著的老将王龁已经死了。桓龁、王陵、麃公、嬴豹等也都已年迈苍苍。蒙骜一觉察到自己病势不妙，立即在吓退五国小合纵后班师直回关中蓝田大营，只在洛阳留下了五万精锐铁骑策应函谷关外防务。进入蓝田，三名奉命赶来的老太医日夜守在幕府开始了细致诊治，三个月过去，病情非但不见丝毫好转，反倒日见沉重。情急之下，蒙骜断然拒绝了终日服药，在病榻开始了对诸般军务的善后部署。开春之后，蒙骜稍见轻缓却又立即加重，卧榻之后就再也坐不起来了。已经是国尉的儿子蒙武闻讯星夜赶来，要接父亲回咸阳医治。倔强的老蒙骜摇摇手："一动不如一静。离开军营，老夫死得更快。"无奈之下，蒙武立即派出快马信使，接来了母亲与妻子及族中要人，除了老母亲，其余人等皆住蓝田塬下以备不测。偏偏地，两个嫡孙竟没能来侍榻。蒙武大为气恼，在幕府外高声喝令家老立即将两个逆子捆来！老蒙骜听得真切，将蒙武唤进来正色道："马革裹尸，将军之幸也！子惶惶不可终日，将一班家小族人悉数哄来军营，不觉坏我蒙氏忠勤族风么？立即教族人家小全数回去。身为大将，这般累赘，烈士之风安在哉！"一番呵斥，蒙武只得勉强应命，将家小族人又送回了咸阳。夜来侍榻，老蒙骜拍了拍蒙武的手背，喟然长叹了一声："吾儿谨记：我孙蒙恬，才具之士也！来日建大功业者，必为此子也！汝多平庸，毋得动辄以父命强其所难。便是幼孙蒙毅，只教蒙恬去带，汝只做甩手父亲便了。记住，庸人多事常自乱，没个好也。"蒙武诺诺听命，一时泪水流了出来。

三更之际，遥闻幕府外军道马蹄如雨。蒙武疾步出帐去看，不想竟是长子蒙恬带着只有十岁的弟弟蒙毅来了。蒙武本想呵斥几句，想起父亲方才叮嘱，终于没有说话，只黑着脸将两个儿子领到了父亲榻前。

"大父……"蒙恬蒙毅一齐在榻前拜倒。

"孙儿来了，老夫足矣！起来起来，哭甚来？"

"大父！"蒙恬起身拭着泪水急迫道，"我有急难求助！"

老蒙骜目光一闪对蒙武示意："你去守住幕府入口，任何人不许在天亮前进入。"转过头慈和地一笑，"又有甚招数糊弄大父了？说。"

"大父患病，可假寐歇息，只听我说。"蒙恬上前将大父靠枕放低又将丝绵大被拉到大父胸前，看着大父微微奄下了一双雪白的长眉，这才低声说了起来。渐渐地，老蒙骜的脸色越来越冷峻，越来越肃杀。蒙恬整整说得小半个时辰方罢，老蒙骜竟始终没吐一个字。蒙恬愣怔片刻欲待再问，大父已经鼾声大作了。

“大父要赖！”小蒙毅猛然跳了起来。

蒙恬摇摇手轻声呵斥：“事关重大，少安毋躁。”

“你小子说，”蒙骜猛然睁开了一双老眼，“秦王尚未亲政，最终能否亲政，目下亦未可知。你，决意与他相始终？”

“正是。”蒙恬认真地点头。

老蒙骜喟然一叹：“天意也！夫复何言？”

“不是我一个，还有王翦将军！”

“呵呵，一色少壮，倒有先祖孝公之风也。”

“大父，秦王危难，万请援手！”

老蒙骜淡淡一笑：“仲父摄权，秦王何舍近而求远也？”

“大父……”蒙恬满面涨红，生生憋住没有说话。

默然良久，老蒙骜轻轻点头：“老夫先见见他，再说。”

次日清晨，少年蒙毅一骑快马出得蓝田大营，飞驰骊山前来知会嬴政一行。午后时分，恰在骊山脚下的田野中看见了王绾与赵高，三人秘密商定了进入蓝田大营的接应之法，蒙毅又上马飞驰去了。暮色降临之时，嬴政马队飞驰向南，不消片时越过灞水上了蓝田塬，直向那片汪洋恣肆的灯海奔去。如约到得营区东门之外，蒙恬正在营门外林下等候。嬴政吩咐一班内侍武士在林中扎营歇息，自己只带着一身甲胄的王绾赵高随蒙恬入营。蒙恬手持令箭，高呼一声函谷关军使接到，领着三人飞骑进了鹿砦，从营中军道直飞幕府。

老蒙骜依然靠卧在特制的长大军榻之上，见嬴政进来，正要勉力起身见礼，却被抢步过来的嬴政牢牢扶住。嬴政深深一躬道：“上将军戎马数十年未曾歇息，竟一病若此。嬴政探望来迟，深有愧疚！”蒙骜淡淡笑道：“秦军将士人皆如此，老臣尚能全尸而去，足矣！”说话间中军司马已经将凉茶布好，请秦王入座说话。嬴政却摇摇手制止了，只肃然站在蒙骜榻前，汪着莹莹泪光默然无语。蒙武见状，带着蒙毅将王绾赵高请到了隔间的司马室饮茶，幕府寝室只留下了嬴政、蒙恬与中军司马三人。

“倏忽八年，恍若隔世矣！”打量着英挺伟岸的年轻秦王，蒙骜不禁感慨中来。

嬴政突然拜倒：“秦国将乱，敢请上将军力挽狂澜！”

“秦王折杀老臣也。快快请起！”老蒙骜挣扎着只要下榻，蒙恬连忙扶起了嬴政又摁回了大父。喘息片刻，蒙骜疲惫地笑了，“秦王即将加冠亲政，何乱之有？”

“嬴政自身难保，也许不及亲政，已身首异处。”

“秦王信得老臣，老臣自当明告。”蒙骜的一双老眼闪烁着热切的光芒，“秦王能洞察细微，绸缪于未雨之时，老臣深感欣慰，纵乱何惧之！”喘息片刻长长一叹，“然则事有法度，乱既未生，任谁无处着力也。臣若盛年，自当不负我王厚望。惜乎老臣来日无多，只怕等不到乱生之时了，唯一能为者，是使蒙氏之后与王共艰危也。愿我王好自为之。”

“不！上将军能助嬴政，且未必有违法度。”

“噢？我王明示。”

“但能有两千锐士听命于嬴政，大事可安。”

老蒙骜思忖片刻缓缓道：“秦国军法严明，若非战事，百人之调奉将令，千人之调合兵符。秦国兵符分作三等：征战大军奉黑鹰符，关塞之兵奉虎符，皆归秦王一人掌管；另有一等豹符，亦称小虎符，做护卫王城并捕盗之用，秦王可临机授予特使大臣，也可在将薨之时授予当授之人，以解急难。”喘息一阵又道：“先王将薨之时，已经将兵符执掌事明书文信侯、老臣及军中大将：秦王亲政之前，不得启用黑鹰符与虎符；但凡征战与关隘调遣，以太后、文信侯与老臣三人商定为断，开启兵符亦当三人同时，并得史官到场实录。至于小虎符，老臣不知先王薨时授予何人？不知我王……”

“我无此等兵符。”嬴政立即明朗回了一句。

老蒙骜目光一闪，一双雪白长眉不断地耸动着：“既然如此，朝局盘根错节也。须知，秦国征战大军之外，尚有三种兵力：其一王城侍卫军，其二内侍武士旅，其三专一对外之黑冰台。此外还有一等散兵，是直属各官署的护卫武士，执法官署的捕盗武士，云阳国狱与几座大郡监狱的守军。所有这几等兵力，算起来大体当有五六万之众。更有一处，这几等兵力恰恰都云集于咸阳四周，若有乱象，防不胜防也！”

“大父真是！”蒙恬又气又笑，“絮叨半日，终无一举！”

“不。”嬴政摇摇头，“上将军已经给了我一条路。”

老蒙骜长嘘一声，勉力一笑：“秦王如此悟性，秦国大幸也。”又耸着白眉一瞥，蒙恬立即附耳在大父枕边。蒙骜一阵低声喘息念叨，蒙恬频频点头。老蒙骜疲惫地一笑，颓然靠在了枕上，一双雪白的长眉眯缝在了一起……

“大父——”已经悄悄进来守在榻边的蒙毅瞬间愣怔，一声痛彻心扉的哭喊扑在了军榻上。蒙恬猛然哽咽一声又立即回头低声道：“君上快走！我自会寻机来会！”此时，蒙武王绾三人已经闻声进来。蒙恬对着父亲蒙武连连摇手。蒙武生生憋住了哭声，软瘫在了父亲榻前。嬴政脸色铁青，对着老蒙骜军榻深深三躬，不胜依依地拍了拍蒙恬肩膀，对王绾赵高一挥手，大步匆匆地出了幕府。

出得大营，正是三更，夜空如洗，河汉璀璨。嬴政站在蓝田塬头仰天呼啸一声，不禁泪如泉涌。正在此时，幽蓝深邃的夜空一阵白光弥天而过，隐隐金石之声中，一颗巨大的彗星拖着长可径天的雪亮光芒，闪电般掠过西方天宇，长大的扫帚尾巴弥久不散。

“上天——秦何罪于你，彗星一年三出也！”

“君上毋忧。”王绾过来扶住了踉跄呼喊的嬴政。小赵高又拿过皮囊，请嬴政喝下了几口凉茶。嬴政这才颓然坐在刚刚收割完小麦的麦茬田埂上，望着天边残留的白光粗重地喘息着。王绾站在旁边温婉笑道：“君上，绾略知天文。今岁彗星三出，先在东方，次在北方，今又在西方，兆皆事之灾异也，非国之大乱也。星相家云，‘彗出北斗，兵大起。彗在三台，臣害君。彗在太微，君害臣。彗在天狱，诸侯作乱。彗在日旁，子欲杀父。所指，其处大恶也。’依我测之，彗出北方斗柄，主秦军攻赵；彗出西方，应在秦国大将陨落；唯有彗出东方三台，扑朔迷离，绾不能测。我王当慎之又慎也。”

“王绾，你不敢说罢了，是么？”见王绾默然，嬴政气咻咻霍然起身，“走！回咸阳！”说罢大步走到田边一跃上马，飞下了蓝田塬头。

三日之后，秦王嬴政与太后、长信侯、文信侯四印共署的文告紧急颁行朝野，为上将军蒙骜隆重发丧。因了酷暑难当，吕不韦亲赴上将军府主持丧事，与蒙武蒙恬一番商议，决定在入殓旬日之后即行葬礼。嬴政则打破向不公然参与朝臣礼仪周旋的成例，亲自出马从王城冰窖督运大冰砖为蒙骜棺椁镇暑。葬礼之日，吕不韦与秦王嬴政亲自为灵车执绋，秦军三十六员大将与五千精锐铁骑尽皆麻衣相随护陵，直将蒙骜稳妥地送到了秦昭王陵园旁的墓地。秦人感念蒙骜之忠勤刚直，咸阳国人空巷而出护送灵柩，正在农忙的关中百姓也络绎不绝地拥在道边相送。将到墓地之时，恰当大雨滂沱，官员百姓在雨中尽皆大放悲声，渭水南岸哭声震天。第一次，老秦人有了一种前所未有的不安——如此重大的勋臣葬礼，从始到终没有摄政太后与那个新贵长信侯的影子，岂能是吉兆？

葬礼之后，一首童谣在咸阳迅速传开：“三辕四辙，猴尾夹龟，春土一冠，老屋鹰飞。”小赵高神秘兮兮地将童谣念给了嬴政，说他请老长史桓砾拆解这支童谣，老长史思谋半日只说好好好，他却想不明白，请秦王多多上心才是。嬴政顿时沉下了脸：“邦国治乱，当为则为，当不为则不为。揣摩流言，计较吉凶，公器之道何在！”小赵高吓得连声喏喏，再也不敢在这个年轻秦王面前作多余叨咕了。

旬日之后，嬴政借着督农夏种，来到了少时庄园。

入夜之后，蒙恬扮做一个侍卫武士飞马赶来。蒙恬说给了嬴政三件事：第一件，大父临终前叮嘱他的是两千精锐骑士。至于骑士如何接手等等细务，大父教蒙恬莫要说给秦王；但出任何差错，都与秦王无干。三日之后，蒙恬便要去做这件事，至迟明春赶回，将骑士驻扎在靠近秦王的隐秘地带。第二件，大父临终之前，已经将王翦晋升为前军主将，其部属五千铁骑常驻咸阳北阪，若有小虎符便可奉调，秦王须当在意。

美，在座学子可各抒己见，无得顾忌。若有见解被采纳为法令者，文信侯如约重赏也！”

林下一人高声道：“我有一言：修正之秦法虽增补了赈灾、兴文、重商、孝义诸节，并将所有刑罚一律宽缓三分，使商君开创的秦法成宏大完美之势。然则，商君秦法已行百年有余，秦人似未觉不便，朝野亦无修法之呼声。我之所虑者，唯恐文信侯新法无推行之根基也，望文信侯三思而行。”

“畏首畏尾，成何大事也！”草地前排站起一位黑衣竹冠士子高声道，“在下曾在廷尉府做执法郎，深知秦法之弊端。昔年秦法之威，正在应时顺势而生。百年以来，天下大势与庶民生计皆已大变，秦法若不及时修正，势必成秦国继续强盛之桎梏。文信侯修正秦法，正为秦国统一天下预做铺垫，并未改变既往国策，何惧之有也！”

“我有一问！”一人霍然起身高声道，“春秋战国以来，但凡变法先得明其宗旨。譬如商君变法，宗旨富国强兵。今日修正秦法，开首并未阐明宗旨，只做律条增补。敢问文信侯：修法宗旨究竟何在？为何不能公之于秦法篇首？”

场中一时默然。蔡泽巡视一周，见无人说话，一挥手中卷宗呷呷道：“修正秦法之宗旨，便是摒弃对内之严刑峻法，对外之锐士暴兵，使秦国以宽刑明法立天下，以富国义兵雄天下！此间分野，是霸道与王道之别，是商君法与文信侯法之别。所以不在篇首彰明，是不欲朝野徒然议论纷争。如此而已，岂有他哉！”

“纲成君差矣！”林下一士子激昂开口，“在下乃申不害传人，敢问纲成君：秦乃法家圣土，摒弃王道仁义、推行耕战国策、以实力雄视天下，其来有自也。文信侯修法之宗旨，若果然是回复王道仁义之老路，缄口不言岂非欲盖弥彰？与其如此，何如公然昌明，如商君一般强力变法！”

林下又是一阵沉默。忽然一人站起，向吕不韦蔡泽一拱手，又向林下士子们环礼一周，厚重的音色随风回荡起来：“在下李斯，以为诸公所论皆未切中要害也。据实而论，秦法当有所变。然则，昌明宗旨，强力变法，天下时势不容也。孝公商君之时，列强并立，相互制约，妥善斡旋便能争得变法时日，即或对内使用强力，亦可避得他国干预。今日时势大非当时，秦国一强独大，森森然已成众矢之的。强力变法一旦生乱，苟延残喘之六国必得全力扑来，其时秦国百年富强便将毁于一旦也！唯其如此，只有迂回渐变，从律条增补与修正入手，做长远变法之图谋。此等务实之艰难，非徒然高论所能解也。唯体察时势，方见文信侯之苦心。虽则如此，据今日秦国之势，李斯敢请延缓修法之举，文信侯三思也。”

蔡泽愤然拍案：“李斯！修法乃第一等大事，何由延缓！”

“纲成君息怒。”石案前吕不韦站了起来，平稳亲切的声音在风中摇曳，“今日之论，诸位为我谋，亦为国谋，老夫受益匪浅，深感欣慰矣！就事理而言，诸位皆天下名士，尚见仁见智，况乎天下？况乎秦国朝野？显然，修正秦法，先得一场学理论争。否则，不足以顺乎人心也。然春秋战国以来，举凡变法之争、为政之争、治国之争，往往皆陷于实用功利之论战，一不深究法令国策之大道根基，二不洞察千秋万代之长远利害，遂使法令流于刑治，功利囚于眼前。而要在秦国再度变法，便得先从学理入手，深究历代治国之道，以千秋史家之目光权衡法令得失。此等见识若能风行朝野，再度变法有望矣！唯其如此，目下学宫事务可做倒置：先修书，后修法，书为法之绸缪也。诸位以为如何？”

“立法先立学，文信侯英明！”

“吕子万岁！”

“稷下之风行天下！”

在林下一片喧嚷之中，王绾领着嬴政匆匆绕过柳林，从后门进了木楼。王绾周密，先请嬴政自进书房内间等候，自己站在了门厅下等候。吕不韦远远看见王绾立在门厅，对身边蔡泽与李斯等一班门客名士吩咐了几句，待蔡泽等走向相邻庭院，吕不韦才匆匆走来低声问：“秦王来了？”王绾低声一句：“内书房。”吕不韦笑道：“你也进去，门厅有人。”待王绾入内，吕不韦唤过一老仆吩咐几句，这才随后进了木楼。

“见过仲父。”嬴政见吕不韦进来，迎面肃然一躬。

“老臣参见秦王。”吕不韦也是大礼一躬，直起腰身一叹，“我王业已成人矣！自今日始，老臣请免仲父称谓，乞王允准，以使老臣心安也。”

“仲父何出此言？”嬴政又是深深一躬，“仲父为顾命大臣，受先王遗命，坦荡摄政，公心督课，何得于心不安？若是嬴政荒疏不肖，愿受仲父责罚。”

“敢请君上入座，用茶。”吕不韦虚手一扶嬴政，坐在了对面书案前喟然一叹，“君上蒙羞，老臣愧对先王也！”重重鱼尾纹中一双老眼顷刻溢满了泪水。

“仲父……嬴政少不更事，骊山之言多有唐突……”

“不。”吕不韦摇摇手，“君上一言，真金石也！那日之后思忖往事，老臣始得明白：世间人事错综纠缠，但凡大局事体，终非一人可左右也。譬如目下，老夫所能为者，唯修书修渠两事耳。朝局成今日之势，不怪老臣，却怪何人哉！”

嬴政目光骤然一闪：“敢问仲父，莫非又有新变？”

“昨日新令，君上且看。”吕不韦掀开案头铜匣，拿出一卷递了过去。嬴政展开竹简，赫然盖着太后大印的令书上几行大字：“摄政太后令：长信侯嫪毐忠勤国事，增太原郡十三万户为其封地。另查，文信侯吕不韦荒疏国政，着长信侯嫪毐以假父之身接掌国事，丞相府一应公事，皆报长信侯裁处。秦王八年春。”

“几支竹片而已，老秦人听他了？”嬴政轻蔑地笑了。

“秦人亦是人，君上莫轻忽也。”

吕不韦正色一句，说起了嬴政所不清楚的内外变化。自嫪毐陡然蹿起，便有一班得其厚赏的吏员内侍大肆奔走，打着太后旗号为嫪毐笼络势力。嫪毐在封地山阳起了一座占地千亩的“名士院”，大言宣称：“今日为我门客，他日为秦公卿！”咸阳官署多有吏员去职投奔，虽说并无要员显臣，然执掌各署实权的大吏也是不少，若连同山东六国投靠的士子一起算，嫪毐门客已经有两千余人了。不可思议的是，太后还下了一道特令：凡秦国宫室、苑囿、府库，长信侯得任意享用并可任凭调拨财货！借此恩宠，今岁嫪毐又在太原郡起了一座“武贤馆”，大肆收纳胡人武士与中原游侠，目下已有三千余人，终日狩猎习战汹汹扰民，动辄对太原郡征发车马劳役，滋扰甚多。秉性耿直的太原郡守忍无可忍，已经三次上书吕不韦请求去职太原了。

嫪毐有千人马队专司护卫，奔走于封地与太后寝宫之间，频频以“摄政太后书”与“长信侯令”对丞相府之外的各官署发号施令。嫪毐揽政，从来不来咸阳理事，只在各处游乐狩猎的“行宫”任意批示公文发布书令。嫪毐的书令几乎全部集中于两事：一则擢升亲信，二则压迫六国向自己献金。除此之外，举凡涉及正经国事的批令皆与吕不韦拗力：丞相府要修葺关隘，“太后书”便下令停止征发民力；丞相府要清查府库，“太后书”便封存府库；丞相府要整肃吏治，“太后书”便停止官吏升迁贬黜……如此等等，吕不韦的政令没有一件可以遵照实施了。此等乱局之下，咸阳各官署的吏员们无所适从，便有歌谣云：

> 飞来文，不可奉。
> 与嫪氏乎？与吕氏乎？
> 不知所终！

目下，仅在丞相府十三属署，已积压了百余件号令全然相左而无法实施的国事公文。更有甚者，山东六国已经觉察到了秦国乱局，图谋扶嫪毐而倒吕不韦了。斥候已经探得明白，魏国有谋士已经对魏景湣王划策：割地三百里以资嫪毐，长其实力，以使秦国罢黜或诛杀吕不韦！吕不韦本欲借此对魏国大举进军，虑及若是“太后书”又来制止，反倒是弄巧成拙，也只好隐忍了……

“如此乱局，仲父忍作壁上观？”

“有心无力，徒叹奈何也！”

良久默然，嬴政突兀道：“急难无虚言。嬴政冒昧揣测：以仲父之能，绝非无可着力。仲父束手，投鼠忌器也！仲父与先父与太后渊源深远，既顾忌伤及太后，亦顾忌先王蒙羞，更顾忌嬴政来日翻云覆雨，于是，仲父只能静观待变。可是？”

“……”面对嬴政的直白凌厉，吕不韦默然了。

嬴政扑地拜倒：“今日一求，乞仲父允准！”

吕不韦连忙趋前扶住：“老臣但听王命。”

嬴政起身，又是肃然一躬：“只求仲父扶持我冠剑亲政，而后纵有千难万险，嬴政一无所惧！”吕不韦释然一笑：“此事本当老臣职责所在，君上何言相求？秦王若不亲政，吕不韦这仲父之名岂非滑稽也！”嬴政不禁大为振奋，切齿拍案道：“但得仲父同心，何惧嫪毐那猪狗物事！”吕不韦淡淡笑道：“君上少安毋躁，只牢记八字：晦光匿形，欲擒故纵。”嬴政目光骤然一闪：“仲父是说，助长嫪毐野心？”吕不韦慨然道：“势盈则心野。以老臣阅历，此等不知天高地厚者，必急不可待也。后法制之，不留后患。先法制之，无以除根。君上但如常处之，无虑老臣也！”嬴政长嘘一声：“仲父之言，使茅塞顿开。嬴政告辞。”起身一躬，与王绾去了。

暮色时分，吕不韦来到了门客苑深处的一座小庭院。

李斯惊讶地看着独自前来的文信侯，连忙从书案前起身行礼，又连忙捧来陶壶煮茶。吕不韦坐到书案前一边打量案头小山一般的卷宗，一边摇摇手笑道：“李斯呵，任事不用，只坐下说话了。”李斯机敏，二话不说搁下陶壶恭敬地坐到了屋中仅有的那张书案对面。吕不韦慈和地笑着：“李斯呵，做老夫门客舍人，自觉如何？”李斯略一思忖道：“尚可。”简单两字，不说话了。“言不违心，磊落名士也！”吕不韦点头赞许了一句笑道：“以老夫之见，李斯之才，理事长于治学，足下以为如何？”李斯坦然道：“文信侯所言极是。埋首书案，斯之短也。然则，编修此等广涉杂学之书，李斯尚能胜任。”吕不韦喟然一叹：“强使大才埋书案，惜哉惜哉！”李斯不禁目光一闪：“斯与诸客多有相左，文信侯欲教我去么？”吕不韦悠然一笑：“子何其敏思过甚也！老夫之意，欲使才当其实，别无他意。”李斯慨然拱手：“文信侯但有差遣，义不容辞！”吕不韦摇头道：“非差遣也，实相询也。老夫欲使你做一功业实务。然则，此事既得苦做，一时又无功利，只不知你意下如何？”李斯断然道：“士子建功，凡事皆得苦做。士子立身，不求一时功利。”“好！”吕不韦一拍书案，“秦国将开天下最大之河渠，足下可知？”李斯惊讶地摇摇头：“天下最大河渠？未尝闻也！”吕不韦朗朗一笑：“原是上天助秦，老夫何尝想到有此等好事送上门也！”

笑得一阵，吕不韦说起了筹划这个河渠工程的因由。

去岁立秋时节，丞相府来了一个奇人求见吕不韦。其时正当万里晴空，其人却头戴斗笠身披蓑衣，足下一双草鞋，手中一支铁杖，面色黝黑风尘仆仆，俨然苦行之士。吕不韦不禁揶揄笑道：“足下未雨绸缪，真远见也。”其人冷冰冰道：“此乃我门行止法度，无关晴雨，文信侯错笑也。”吕不韦连忙从座中起身一拱：“足下墨家乎？农家乎？”其人只冷冷两个字：“水工。”吕不韦当即请这个不苟言笑的水工入座，吩咐童仆即上凉茶为嘉宾消暑。上茶之间，水工说了几句话，结实干净得没有一字多余：“我名郑国。韩国水工。山东无国治水，故来秦国。”说罢头也不抬地连续痛饮，直至一大陶壶凉茶饮尽，始终也没看吕不韦一眼。吕不韦借此思忖得一阵，淡淡一笑道：“足下治水之才，较李冰如何？”郑国只硬邦邦八字两句：“李冰尚可。余不足论。”吕不韦惊讶失笑：“足下轻忽李冰，蔑视天下，莫非曾随大禹治河？”郑国冷冷道：“若生其时，治河未必大禹。”吕不韦不禁哈哈大笑：“足下傲视古今，老夫倒是生平未见也！你且先说，可曾有治水之绩？”郑国点着铁杖道：“引漳灌邺十二渠，吾成后六渠。鸿沟过大梁。汉水过郢通云梦。此后六国无心无力，非郑国不治水也。”

吕不韦不禁惊愕了。

引漳灌邺，乃魏文侯时的邺城令西门豹开始的庞大治水工程，一直到魏襄王之世的邺城令史公方才完成，历时四代百余年，先后修成大渠十二条，魏国河内由此大富。鸿沟则是魏国开凿的一条人工河流，引大河从大梁外南下直入颍水，全长三百余里，历魏惠王、魏襄王两代近百年修成，南魏北楚不知得利几多。汉水过郢入云梦，则是战国中期楚国的最大治水工程。白起夺取楚国老郢都之后，楚国都城迁往云梦泽东北岸建立仍然叫做郢都的新都城，引汉水过郢而入云梦泽，使郢都水路畅通。如此三大治水工程尽皆惊世沟洫，任能领得一项都是不易，郑国能领得三项，如何竟不闻此人之名？

“水工无虚言。”郑国显然洞悉了吕不韦心思，笃笃点着铁杖，“我为水工，素不治役，唯踏勘沟洫水路、攻克施工难题，故工程之名皆无郑国名号。公不知我，原不足怪。以一己之知断事，事必败也。”说完这几句最长的话，站起来便走。

“先生且慢。”吕不韦连忙拦住郑国，当头肃然一躬，“不韦不通水事，尚请见谅。先生既有志治水，秦国必有伸展之地。先生可先行住定，容我选得一班吏员襄助先生，先行踏勘秦国水情如何？”

“不必踏勘。秦国水情，郑国了然于胸。”

“如此敢问先生：治秦之水，以何当先？”

“解秦川拥水之旱、良田荒芜为先。”

“如何解得？”

“引泾入渭，长渠横贯东西，水旱可解，盐碱可消。”

“渠长几何？”

“东西四百余里。”

“需民力几多？何年可成？”

“十万，数十万,百余万。数十年，十数年，五七年。”

吕不韦沉吟片刻道：“先生稍待月余，容我筹划决断。”

“月余？”郑国嘴角抽出了一丝冷笑，“半年之内，我在泾水瓠口。半年无断，再莫找我。告辞。”铁杖一点，大步利落地出了厅堂。

当晚，吕不韦造访了昔年耿耿图谋于秦川治水的蔡泽。这位计然派传人感慨万端：“天意也！秦川治水自商君动议，百余年来历经七王八相，连同老夫，皆未成事矣！今日重提秦川治水，恰当时势遇合，文信侯为相何幸也！”吕不韦笑道：“纲成君所谓时势遇合，却是何意？”蔡泽侃侃道：“秦川百年治水不成，因由在三：其一，战事多发，民力不容聚集；其二，府库不丰，财货不容两分；其三，水工奇缺，一个李冰不容兼顾。老夫为相之时，诸事具备，唯缺上乘水工，以至计然派富国之术终无伸展也。今日之秦国无战无乱，财货丰盈，民力可聚，更有天下名水工送上门来，岂非时势遇合哉！”默然良久，吕不韦断然拍案：“秦川不治水，秦国无以富，纵是有战有乱，吕不韦也当全力为之。”蔡泽连连喊好，末了昂昂道：“你这学宫另选能才，老夫去做河渠令！”吕不韦连忙笑吟吟抚慰道：“纲成君学问渊深，见识卓著，兴文明大业正当其任也！河渠事务劳碌不堪，让给后生辈了。”蔡泽老眼瞪得一阵，说声也是，方才悻悻然不争执了。

……

“文信侯，李斯愿领河渠事务！”

“此事非同小可也。”吕不韦觉李斯见事极快，也立即说到了事务，“河渠虽未上马，先期筹划是根基。郑国不善周旋，勘定河渠又必须与各色官署交涉，全赖你也。河渠一旦铺开，民力十万数十万甚或百余万，更涉及郡县征发、河渠派工、衣食住行、功过督察、官署斡旋等诸般实务，可谓头绪繁多。郑国不善辖制调遣，然既是治水工程，却得领爵为首，以示水工威权。管辖事务者虽只是襄助副职，却得全面总揽，铺排调遣……李斯呵，理事为人之副，你可受得？”

“纵为卒伍，亦当建功，何况副职事权也！”

“好！”吕不韦赞许拍案，“子有此志，无可限量也！”

次日，李斯交了学宫的案头诸事，到丞相府属署办理任事公文。及至走出丞相府，李斯不禁对吕不韦大为感佩。原来，丞相府已经事先奉摄政仲父书令，将李斯任做了河渠丞，俸金等同郡守，一年千六百石谷麦。丞者，佐官（副职）之通称也。战国通例：官署之“丞”，是总揽官署事务而对主官负责之佐官；任事之“丞”，是对该事项主官负责之佐官。官尾吏头，是为大吏。秦国之不同在于：以才具初任官吏一律无爵，得建功之后依据功业定爵；任事无功便得降职或罢黜，建功得爵始为正式入官，即所谓官身；无爵之官吏实为试用，故其俸金只是“等同某某”。李斯对秦国法度了如指掌，清楚地知道，秦国新吏之俸金最高也只是“等同县令”。使他等同郡守俸金，实在是大破成例。楚国平民出身的李斯曾做过小小乡吏，对生计艰难之况味刻骨铭心，今日一朝任事便是赫赫郡守俸金，如何不感慨中来？

然则，李斯见事透彻，深知激赏必有重任，这郡守俸金的大吏绝非轻松职事。回到门客苑，李斯立即打点好自己的青布包袱，给文信侯留下一书，搬到新吏驿馆去住了。旬日之后，李斯将吕不韦特命拨付的十三名小吏遴选整齐，带着一班人马兼程去了泾水瓠口。

吕不韦安置好河渠启动事务，立即来了另一件大事。

暮色时分得莫胡急报：寡妇清已经回到丰京谷，路途寒热大发病势沉重。吕不韦立即连夜向丰京谷赶来。原来，莫胡已经奉命在丰京谷守候了三个月，才等到了寡妇清从巴郡北来。吕不韦之所以急于见到寡妇清，是要清楚一个秘密：那个捧着"清"字宽简前来投奔吕不韦门下的嫪毐，究竟是何根底？及至下船登山，已经是初更了。山口武仆拦住吕不韦，说主人不在山中。吕不韦从腰间大带皮盒中拿出一方黑玉鹰牌冷冷道："此乃秦王至令，大将尚得奉书，况乎秦国商旅？"武仆见来人气势肃杀，二话不说便去通禀。片刻之后，方氏家老亲自来迎，将吕不韦主仆接进了山顶庄园。

偌大正厅空无一人，隐隐弥漫出一股草药气息。吕不韦尚未入座，大屏后一阵细微响动，两名侍女推着一张帐幔低垂的卧榻从厚厚的地毡上碾了出来，恰在大屏前的台阶上稳稳停住。卧榻中传来苍老的喘息与熟悉的声音："文信侯，别来无恙乎？"吕不韦肃然拱手道："不知清夫人染病，多有叨扰也。"卧榻中一声好说，两名侍女已经将帐幔挂起在两侧榻柱，一身黑衣仰面而卧显露着半边丑陋面容的寡妇清赫然在目。

"夫人……"

寡妇清双眼望着屋顶粗重地一声喘息："诸般情形，我已尽知。今日之言，我心对天。文信侯既拥生杀予夺之权，玉天清愿受任何处罚。"

"清夫人，事已至此，纵然杀你，于事何益也！"吕不韦不无痛心地一拱手，"昔年，不韦念你一生孤愤，立身端正，与国多有义举，与民广行善事，是以陈明秦王，筑怀清台以表夫人名节。夫人提及族侄欲入仕途，不韦亦一力襄助。不想持'清'字宽简来投我者，竟是如此一个人物！敢请夫人据实相告：嫪毐究竟何人？夫人族侄乎？亲信冒名乎？

其秉性恶行渊源何在？”

“上茶。”寡妇清吩咐一声，微微一喘道，“玉天清时日无多，无须隐瞒。文信侯但请入座，容我清清神说来。”说罢轻轻一拍榻栏，一名侍女捧来了一只铜盘，盘中一盏一碗。另一名侍女从玉盏中夹起一粒红色丹丸放入主人口中，又用细柄长勺从玉碗中舀得两勺清水徐徐灌入主人口中。寡妇清喉头一动吞了下去，闭目喘息片刻，口齿神气振作了许多，长叹一声说起了一个曲折离奇的故事——

在方氏一族中，玉天清夫家是嫡系正脉。玉天清尚未合卺的夫君有兄弟两人，长子乃正妻所生，夫君却是后来的一个少妾所生，年岁相差甚大。夫君在云梦泽覆舟暴亡时只有二十六岁，兄长却已经年逾四十了。当年，方氏族业两地兴旺，翁公颇通商道的正妻大多时光留在临淄接应丹砂督察商社。长子一出生，翁公与正妻商定：母子一起留在齐国，一则照料商社，一则督导儿子尽早修习商道，以利将来总掌方氏。翁公自己则带着几个老执事，专一经营巴郡丹穴。几年之后，临淄商社的亲信执事密报：长公子荒学过甚，主母无力督课，请主公速回临淄定策。翁公风火兼程地赶回临淄，方知儿子生出了一个怪癖：酷好方士诸般秘术，举凡采药炼丹、运气治人、通神祈雨、强身长生、童阴童阳、画符驱邪、出海求仙等等等等，无一不孜孜追随，极少进得书房，更不踏入商社一步。多方查询打探，谁也不清楚是何原由。翁公一番揣摩，认定是族中方士熏染所致，便将儿子带到了巴郡丹穴，自己亲自督导。谁知一入巴郡，这个小公子上吐下泻病得奄奄黄瘦。翁公认定是水土不服，自己开得几剂药教儿子服用。不料几个月过去，儿子依然如故，根本没有力气离榻。一个老医家说，这是心气病，久则夭亡。翁公无奈，只得又将儿子送回了临淄。从此，临淄不断传来正妻书简，说儿子改流归正，日每读书习商大有长进。翁公欣然，于是又埋首商事周旋去了。谁料过了几年，临淄的亲信执事又来密报：公子已成冥顽之徒，终日沉迷于方士一群，但说商道与学问便瑟瑟颤抖不止；再不设法，此子毁矣！翁公大为惊诧，眼见儿子将到加冠之年，如此下去如何了得？当即星夜赶回临淄，一问之下，老妻从来没有写过如此这般的书简，所发六书均是告急，巴郡却从来没有收到。翁公大觉蹊跷，顾不得细细斟酌，先怒气冲冲在大方士处揪回了儿子，并当即重金延请了一位刚严名士督导儿子。

谁也想不到，老师到馆的当夜，这位公子失踪了。

翁公大散钱财百般寻觅，却终无踪迹。气恨之下，翁公抛下正妻独回巴郡，两年后与一位可人的少妾生下了第二个儿子，也就是玉天清后来的夫君。夫君加冠之年，兄长依然是杳无音信。翁公终于绝望，决然将少子立嫡了。直到翁公遭刑杀，夫君遭覆舟，玉天清鼓勇掌事，方氏的嫡长公子依然泥牛入海。

岁月倏忽，在玉天清已经步入盛年的时候，齐国的天主大方士不期然到了巴郡。历来齐国方士多出方氏一族，大方士入巴自然要会方氏族人并祭拜族庙，方氏族人自然也需大礼铺排以示族望。旬日之间，诸般礼仪完毕，大方士郑重宣示了一则惊人的预言：百年之内，方氏将有大劫难！族人惊恐，同声吁请禳灾。大方士一番沉吟，终究是允诺了。依照大方士备细开具的禳灾法度，玉天清当斋戒三日，禳日独卧家庙密室，聆听上天之意。那一日，玉天清从夜半子时进入了家庙密室，静待清晨禳灾。谁知在四更时分，玉天清却不由自主地蒙眬了过去。半睡半醒似梦似幻之中，玉天清见密室石墙神奇地转开了一道大门，一身法衣的白发大方士仿佛从云端悠然飘了进来。

“玉天清，可知老夫何人么？”

“不知道……”

“五十年前，方氏长子失踪，你当知晓。”

“知晓……”

“老夫便是方氏长子。你乃老夫弟妻也。”

“呵……”

“方氏劫难，应在阴人当族。念你终生处子，独身撑持方氏，老夫代天恕你。然则，你需做好一事。否则，此灾不可禳也。”

“呵……”

“有一后生，但使其入秦封侯拜相，百事皆无。”

“何人……”

“老夫亲子，十六年前与胡女所生也。”

“噫……”

“莫惊诧也。老夫终究肉身，未能免俗。老夫之途，未必人人可走。此子虽平庸愚鲁，然有大贵命相。老夫欲借你力，了却这宗尘世心愿，亦终为方氏荣耀也。”

“啊……”

清晨醒来，禳灾已经完毕，神圣的大方士也已经云彩般飘走了。两年之后，一个黝黑粗莽的汉子到了巴郡丹穴，浓烈的腥膻混杂着草臭马粪味儿扑鼻而来，分明显示着自己的路数。玉天清掩着鼻息皱着眉头，接过了汉子捧过来的一只陶瓶。陶瓶中几粒丹药一方寸竹，竹片上八个殷红的小字——嫪毐我子，当有侯爵。玉天清一声叹息，将这个腥膻粗蠢得牧马胡人一般的汉子留下了。从此，玉天清开始了一步步的谋划：一边请一精明执事教习嫪毐些许粗浅的读书识字功夫，打磨那厮教人无法容忍的粗鄙举止；一边开始了探听秦国朝局，并踏勘接近秦国大臣路径的细致铺垫。邯郸得遇吕不韦进入绿楼重金搜买歌伎，玉天清开始关注吕不韦了。及至秘密探清吕不韦与嬴异人非同寻常的结盟，玉天清开始不着痕迹地下工夫了。吕不韦入秦后几次关节时刻，玉天清都毫不犹疑地重金襄助，为的是有一日了却这则实非其心却又不得不为的孽愿……

“然则，文信侯请秦王筑怀清台，老身始料未及也。”寡妇清幽幽叹息了一声，“我以邪道谋秦，秦却以正道待我，玉天清虽悔无及矣！”

一路听来，吕不韦牙关咬得几乎出血。一个商旅部族，竟能为如此荒诞的一个理由大抛举族积财耗时二十年去达成一个令人齿冷的目标，结局却又是如此背离初衷，令所有参与其中者尽皆蒙羞而追悔莫及，当真匪夷所思也！一时之间吕不韦啼笑皆非，一句话也说不出来，默然良久，方冷冷问得一句：“嫪毐那厮，可有邪术？”

“天意也！”寡妇清一拍榻栏，说起了后来的故事。

自嫪毐与太后的丑行秘密传开，寡妇清大为震惊，念及秦国厚待，更是愧疚于心。三年前，寡妇清将方氏族业悉数安置就绪，亲自带着一支包罗各色人才的商旅马队北上胡地，决意查清嫪毐其人。三年中，寡妇清与斥候执事们遍访草原匈奴与诸胡部族，终于清楚了嫪毐底细。原来，当年的大方士带着三十六名少年弟子，应匈奴老单于之约北上炼丹护生，并为老单于祈祷长生。老单于派了八个壮美的少女奴隶，专一侍奉大方士饮食起居。大方士与八个女奴同居一帐，夜夜以令女奴惊叹呻吟的神术做阴阳采补，一年后，齐刷刷生下了十三个肥重均在十斤之上的儿子。老单于哈哈大笑，直赞叹大方士一头好公猪，竟能使八头母猪同日生崽，此等公猪术定要传给老夫！大方士尽知胡人习俗，非但毫无难堪，竟然立即开始住进老单于大帐，召来老单于二十余名妻妾，日夜传授采补神术。谁料半年之后，大方士的十三个儿子竟如生时一般，一日之内又齐刷刷地夭亡了。面对老单于与牧民们的冲冲怒火，大方士无地自容，在月黑风高的夜晚丢下一具狼吞的假尸，也丢下了三十六名弟子，孤身逃离了匈奴草原。

逃至阴山南麓，大方士又在一个林胡部族住了下来，图谋招收弟子以重返中原。其时恰逢林胡头领患了不举之症，大方士人到病除，老头领重振雄风，慷慨地赏赐给了大方士十名少年胡女。大方士这次却坚执不受，只讨了一名老头领最不待见的妻子。此女年近三十，丰满壮硕，被老头领掳掠入帐时已经是另一部族头领的已婚女奴了。大方士这次小心从事，只在最不得已时通神采补一番。想不到的是，一年后，这个头领妻子还是生下了一个肥壮的儿子。大方士不意得此一子，视为天意，钟爱有加。然要操持方士神业，尤其要做天主大方士，有得一个儿子终是为业规所不容。思忖一番，大方士给这个儿子取了一个怪异的名字——嫪毐，叮嘱其生母着意抚养，届时他自会前来照应。

十年之后，大方士秘密回到阴山，给嫪毐母子带来了足以成为牧主的一车财货。出于自幼癖好，大方士检视了儿子全身，终是喟然一叹："此子无恙，唯阳卑微也！大丈夫横行天下，无伟岸物事，何得其乐哉！"于是，大方士施展了自己独有的壮阳缩阴密术。一年之间，少年嫪毐拥有了一宗罕见的伟岸物事。后来，大方士每年必到阴山一次，只着意秘密传授嫪毐的强身采补之法。有得此等邪父，嫪毐自十五岁开始，成了草原少女避之唯恐不及的阴山大虫……

“狗彘不食！”吕不韦不禁狠狠骂了一句。

“我已练得百名死士。不杀此獠，我心难甘！”

“夫人大错也！”吕不韦断然一摆手，“今日之嫪毐，非昔日之嫪毐也。既成国事，自当以国法处置。此子虽根基不正，然若不作乱祸国，取悦于太后未尝不可也。若其作乱发难，邦国自有法度。私刑侠杀，纵合道义，却违法度。更有甚者，此等私刑只能帮得倒忙，一旦不能得手，反使嫪毐一党愈发猖狂为害，实则乱上添乱，夫人万莫轻举也。”

“然则物议汹汹，文信侯执法，得无投鼠忌器之顾忌乎？”

“夫人差矣！”吕不韦慨然拍案，“功业不容苟且，谋国何计物议！吕不韦已然一错，何能再错？”吕不韦粗重地喘息一声，又低声道：“夫人当知，吕不韦与太后有昔年情愫。然国法在前，岂能顾得许多？更兼今日一谈，方知此獠本真邪恶。吕不韦纵以义道为本，亦当有依法惩恶护国涉险之志也！”

“文信侯，老身拭目以待了。”

“夫人但挺得病体过去，自有水落石出。告辞。”

回到文信学宫，吕不韦径直到了蔡泽庭院，将与寡妇清会晤的经过备细说了一遍，蔡泽听得感慨不已。末了，吕不韦对蔡泽说出了一个一路思忖的决断：挺身而出，力促秦王加冠亲政！蔡泽大是惊讶，思忖一番忧心忡忡提醒道：“秦王奉法过甚，主见过人。我等大兴文华化秦，最要紧者是化秦王于同道。如今，秦王是否与文信侯同心同道，尚不分明。若得一朝亲政，又来另路，岂非后患？”吕不韦慨然道：“政道者，以时论事也，权衡利害也。嫪毐如此邪恶根基，分明我等死敌。此獠目下已经成势，若不夺其权力，我等必为其所杀也！身死国乱，毕生心血毁于此等邪物之手，卑污之极，宁如自裁！制约嫪毐，唯扶持秦王可也！至于日后秦王如何，纲成君，只能另当别论了。”

眼见吕不韦泪光莹然，蔡泽默然良久，终是一声叹息。

一番计议，两人将学宫诸事安置妥当，已经是天色大亮了。匆匆用了早膳，吕不韦驱车回了丞相府。各署闲散当值的吏员们深为惊讶，纷纷聚来领书署探听意向。吕不韦闻声出来站上台阶，一拱手慨然道："诸位，老夫年来荒疏政务，深为惭愧也！自今日起，老夫坐守丞相府，与诸位一起当值，能做得一件事便做得一件事，决不苟且！"吏员们一阵惊愕，相互打量着议论纷纷。

"各署照旧运转。"吕不韦正色下令，"凡经老夫批示之公文，各署照令实施。但有梗阻，皆依秦法办理。纠缠不下者，禀报国正监与廷尉府共同裁决。老夫倒要看看，何人敢在秦国违法乱政！"

"文信侯万岁！"自感窝囊日久的吏员们一片欢呼，顿时精神大振，甚话不说疾步匆匆散开回了各自官署。半日之间，在外消遣的吏员们也纷纷闻讯赶回，丞相府又恢复了往昔的紧张忙碌。

吕不韦回到久违的政务书房，一时感慨良多无法入案，便到后进寝室沐浴了一番。及至换得一身干爽袍服出来，吕不韦自觉精神振作了许多，坐进书案，铺开一张羊皮纸又提起大笔，开始将早已在心头蹦蹿的话语一字一字地钉了上去：

吁请秦王加冠亲政书

臣吕不韦顿首：谚云，治国者举纲。国之纲者何？君也。昔年先王将薨，依秦国法度考校遴选，方立子政为秦王，约定加冠之年得亲政。而今八年，秦王二十一岁矣！太后与老臣受先王遗命秉政，亦倏忽老去，以致政务多有荒疏错乱也。秦王自即位以来，观政勤奋有加，习法深有所得，体魄强健，心志亦成也。秦法有定：王年二十二岁加冠带剑。是以，先祖惠王、昭襄王皆二十二岁行冠礼也。唯其如此，老臣吁请：当在明年春时为秦王行加冠大礼。太后将老，老臣更近暮年，若能在恍惚之期还政于秦王，则于国于民大幸也！

秦王八年九月己酉

一时得罢，吕不韦长嘘一声搁笔起身，唤进了领书吩咐道："此上书，除依式呈送雍城太后宫外，抄刻送全部国府大臣与王族老臣，当即办理。”领书领命，将案头墨迹未干的羊皮纸放入铜盘捧起，匆匆到书简坊去了。三日之后，吕不韦上书在咸阳所有官署与大臣府邸传开，情势立即有了微妙的变化。大臣们始而惊愕，继而纷纷然议论。

“是也！秦王业已二十一岁，该行加冠礼了！”

“三辕各辙，政出多门，不乱才怪也！”

“秦王亲政，一国事，万事整顺！”

“文信侯乃摄政仲父，有这等吁请，大节操也！”

“吕不韦不揽权，有公心，大义也！”

“说归说，此事做来却难！”

“是也！此信彼信，仲父假父，奈何？”

“鸟！那厮能与文信侯比了？”

“不然也！那厮不行，可那厮物事行也！”

“物事再行又能如何，靠那物事成事么？可笑也！”

……

纷纷攘攘之际，大臣们都掂出了吕不韦这卷上书非同寻常的分量。且不说吕不韦三安交接危局已经载入史册的特有功绩，也不说秉承先王遗命以仲父之命摄政当国这份几乎与国君等同的权位，仅是这卷上书便使人陡然一震！细心的大臣们都注意到，寻常论事很少抬出秦法的吕不韦，这卷上书却是处处说法咄咄逼人，实在是温和理政的吕不韦一个罕见的例外。上书开首申明君为国纲，其意何在？接着申明嬴政是先王依法所立，所指又何在？再申明国政多有荒疏错乱，所指何在？又申明“王年二十二岁加冠带剑”之秦法，并着意列出秦惠王、秦昭王二十二岁加冠亲政的成例，其意何在？上书言事，特加“吁请”二字，其意其指又何在？最后一句，将还政于秦王看做“于国于民之大幸也”，其寓意为何？

如此等等反复揣摩聚议，王族大臣们先忍不住了。被嫪毐骂为“老不死”的驷车庶长老嬴贲愤而出面奔走，联结王族大臣具名上书，历数历代秦王加冠成例，坚请次年为秦王行加冠大礼。接着是纲成君蔡泽联结国正监、老廷尉等一班执法大臣具名上书，请以法度检视目下国事，为秦王加冠，以一国政。

偏在此时，一桩亘古未闻的奇事生出，秦国朝野顿时哗然！

正在大涨秋水之时，鱼群竟从大河中溯流而上，黑压压涌入秦川渭水河道，从桃林高地的河口直抵栎阳咸阳连绵不断。河鱼大上的消息顷刻传遍秦中，老秦人人人称奇不已，不及思索纷纷骑马赶车到渭水两岸，一边在河边支锅起炊大啐，一边用牛车装鱼运回连吃带卖不亦乐乎。一时各色帐篷连绵撑起，大小锅灶炊烟连绵，渭水两岸三四百里蔚为奇观。

在秦人不亦乐乎之时，游学秦国的阴阳家们发出了一片惊呼之声："呜呼！豕虫之孽，秦为大害也！"一时传开，秦人心惊肉跳，渭水两岸的连绵帐篷炊烟哄然散得一干二净。接着更有森森然预言传开：鱼者，阴类也，臣民之象也；秦以水德，鱼上平地，水类失序，秦将有大灾异也！一时言之凿凿，秦国朝野骚动不宁，纷纷将预兆归结为国政紊乱，渐渐弥漫出一片昂昂呼声：秦王亲政，国归其所！

三 雍也不雍 胡憯莫惩

九年开春，秦王嬴政的车驾终于向雍城进发了。

上年冬月[1]之时，嬴政接到了太后与假父长信侯同署的特书："吾子政当于开春时赴雍，居蕲年宫，择吉冠礼。"虑及亲到丞相府诸多不便，嬴政当即命王绾秘密请来吕不韦商议。吕不韦看了令书不禁笑道："嫪毐难矣哉！不得不为也，心有不甘也！"笑罢又皱起了眉头，指点着寥寥两行大字一阵沉吟，"此令……悉数事宜一无明示，唯居地明定蕲年宫……王行冠礼，国之大典也。依照法度，先得太史、太庙、太祝三司会商，于太庙卜定月日时，同时拟订全部礼仪程式并一应文告；秦王行止日期、随行大臣、仪仗护卫等诸般事宜亦当明确无误。然则，此令一事不涉，实在不明所以，老臣以为当三思而后定。"

"政之所见，倒是不然。"嬴政似觉生硬，说罢歉然一笑。

---

[1] 冬月，秦人称十一月为冬月。至今，关中方言仍将农历十一月叫做冬月。

吕不韦坦然道："大关节处正要主见，我王但说。"

嬴政思忖道："仲父以常人之能看嫪毐，将嫪毐看得高了。嬴政所知，此人虽则狡黠，本色却是粗蠢愚顽。仲父方才所言之法度，嫪毐原本丝毫无知。其人所思是：我教你来加冠，说一声你来便是。其余根本想不到，也不想。是以此令非思虑不周之破绽，而是嫪毐以为事情该当如此。"

"既然如此，何以想得到蕲年宫？"

"嫪毐要在蕲年宫杀我。"

"啊！王、王何有此断？"吕不韦惊得破天荒地口吃了。

"一接得此令，蕲年宫三字便钉上了我心！"

吕不韦良久默然。嬴政对嫪毐的论断使他深为惊讶。蓦然之间，他从这个年轻秦王身上看到了一种锋锐无匹的洞察力，虽然时有臆断之嫌，但那发乎常人之不能见的独特判断总是使人心头为之一震！在久经沧海的吕不韦眼里，嫪毐生乱是必然的，一旦真正得势便要除掉自己也是必然的；但说嫪毐要杀秦王，他却实在没有想到，也从来没有想过；自古大奸为恶，真正弑君称王者毕竟少之又少，至少战国两百余年没有一例成功，绝大部分都是剪除权臣对手夺得摄政权而已；嫪毐粗鄙，朝野皆知，杀了吕不韦这般对手能一人摄政掌国，可杀了秦王他能如何？自己做秦王么？岂非滑天下之大稽也！唯其无利有害，说嫪毐目下要撂开吕不韦直对秦王下手，谁能想到？谁能相信？然则，嬴政却有了这个骇人的直觉！你能说，这个年轻秦王所认定的危局断然没有可能么？毕竟，嫪毐之邪恶不能以常人度量也。

"除非嫪毐有子！"吕不韦突兀一句。

"国耻也！"嬴政的喘喘教人心颤。

"啪！"的一声，吕不韦拍案而起，面色涨红地急速转了两圈，勉力压下了骤然涌起的厌恶作呕之感，站定在硕大的书案前："事已至此，老臣划策：大张冠礼，密为绸缪，后法除恶，一举定国！"

"绸缪之要在兵，余皆好说。"

"一切皆在老臣之身！王但如期赴雍。"

此后月余，吕不韦将一应冠礼事务大肆铺开。先以秉政仲父名义颁发书令通告朝野：明春行王冠大礼。接着派定曾领三王葬礼与两王即位大典事务的纲成君蔡泽为总揽冠礼大臣，聚“三太”会事，拟定行止程式；朝会商定随行大臣，司空府会同王室尚坊修葺蕲年宫，大田令征发民力疏浚渭水航道，沿途各县平整官道，雍城令受命搭建祭坛，等等等等。事事皆发国书通告朝野，程式就大不就小，一个冬天将秦王加冠大礼铺排得蜚声朝野妇孺皆知，老秦人无不弹冠相庆。然则，细心者却留意到了：如此王冠大礼，秦国四十万大军却无一旅调遣，悉数随行大臣竟没有一个大将，整个秦军似乎被遗忘了一般。蔡泽对吕不韦这个显然的漏洞大是疑惑，吕不韦颇为诡秘地一笑：“粗对粗，此天机也！”嬴政心领神会不置一词，始终听凭吕不韦大肆铺排。

依照预先宣示朝野的行止，二月初二这日，王驾离开咸阳西来。

秦人谚云：“二月二，龙抬头。”说的是这二月初二多逢惊蛰节令，春雷响动苍龙布雨，万物复苏，是为春运之首也。吕不韦与蔡泽反复密商，着意将秦王起行定在了这“龙抬头”之日。其时，龙虽然还只是“四灵”（龟、龙、麟、凤）之一，尚未如后世那般成为天子神圣的专有征兆，然则，龙毕竟是《周易》论定而为天下公认的正阳神物，腾飞九天振云兴雨叱咤雷电，正是所有振兴关节最为看重的征兆，寓意至为明显。老秦人一闻秦王二月二出行，自然是一口声喝彩。

起行这日风和日丽，正是初春难得的阳升气象。咸阳国人空巷而出，聚集在西门外官道两边争睹秦王风采。吕不韦亲自率领留守都城的所有大臣吏员三百余人，在郊亭为嬴政举行了隆重的贺冠饯行礼。正在嬴政饮下吕不韦捧上的一爵百年秦酒时，万里晴空一阵隆隆沉雷滚过，陡然在咸阳上空当头炸响！

“晴空霹雳！龙飞九天——”蔡泽呷呷一声狂呼。

“龙飞九天！秦王万岁！”

原本愣怔不知所以的官员庶民恍然解兆，顿时爆发出一阵弥漫原野的山呼海啸。嬴政当即对天拜倒高诵：“上天佑秦！我大秦臣民万幸也！”大臣吏员们齐刷刷跟着拜倒，万千庶民也跟着黑压压拜倒，上天佑秦的声浪潮水般掠过了渭水两岸。正当午时，冠礼大臣蔡泽一声宣呼："王驾起行！"大片旌旗车马便在原野上辚辚启动了。散发无冠的嬴政着一领绣金黑丝斗篷，站在粲然金光的青铜轺车的九尺伞盖下，随着秦王万岁的滚滚声浪在人海中缓缓西去，端庄威严得天神一般。

雍城，是秦国旧都，也是历代储君加冠的神圣之地。

尚在华夏远古时期，雍已有了赫赫大名。大禹治水成功后建国立邦，将天下划分为九州，雍便是九州之一。其时，九州地域皆宽泛框架，所谓"河之西为雍"的雍州，实际是整个华夏西部，包括了后世中国的陕西、甘肃、巴蜀与青海一部分。古雍州的治所，便是这雍城。究其实，古雍城只是一座镇守西中国的要塞城堡。这雍州，是更为遥远的西北戎狄部族汹汹进入古中国的最主要通道，甚或是唯一通道。战事多发，兵灾频仍，偏偏却叫了一个祥和的名字——雍。雍者，谐和也。雍城者，谐和之城也。揣摩其意，大约也是古人祈求和平岁月的一番苦心也。历经夏商周三代两千余年，雍州之地始终是抵御游牧部族入侵华夏腹地的西陲屏障。

上天刻意，长期在雍州抵御戎狄者，恰恰是秦部族。

尧舜之时，秦人先祖乃是华夏腹地声望卓著的大部族，其首领便是与大禹同担治水重任的伯益。由于治水大功，舜帝赐伯益一族五色大旗（皂游），并赐以"嬴"为姓，慨然预言曰："而后嗣将大出！"也就是说，日后嬴族必然繁衍茂盛，大出天下！因了如此，大禹临死之时"以天下授益"，举荐益做继任天子。然则，谁也说不清究竟发生了何等事件，最终是禹的长子启继承了王位，伯益竟不知所终了。从此，嬴部族与夏王族有了很深的恩怨，却又无法了结，便从华夏腹地四散迁徙，隐伏渔猎。但是，嬴部族终究没有忘记深藏心底的仇恨。夏末之时，嬴族毅然追随商汤反叛夏桀，举族鼓勇，助商一举大败夏军于鸣条之战，灭夏而成商。自此，嬴部族正式成为世代防守西部的主力大军，既是商代诸侯，也是镇守一方的军旅望族。其时，周人正在嬴部族的镇守之地日渐崛起。嬴部族忠于商王，况且还有两个被后世称做助纣为虐的嬴族大将——蜚廉、恶来做纣王近臣，自然与图谋推翻商王的周人多有冲突。后来，周人灭商，杀了恶来。嬴族又与周人有了恩怨，嫡系一族迁徙到周王朝鞭长莫及的偏远的陇西山地。直到西周中期的周穆王时，嬴族方才渐渐臣服周室，做了专为王师放牧战马的臣民。再后来，周孝王给了嬴族一个比诸侯小得许多的封号，叫做“附庸”，以秦水数十里河谷为嬴族封地。再后来，周宣王封嬴族首领秦仲做了大夫，秦部族便在封地修建了一座名为秦亭[1]的小城堡作为治所。这是秦人第一座以“秦”命名的城堡。

立国东来之后，秦部族忙于从戎狄手中夺取关中之地，先后匆忙修建了四座小城堡：第一座是梁山的西畤，第二座是汧水渭水交汇处的西垂宫，第三座是稍东的鄜畤，第四座是岐山北麓的平阳。四座城堡实际上都是战事大本营，尚远远不够一个大诸侯国的都城规格。直到第六代君主秦德公即位，关中已定，方才备细堪舆占卜，选择了在古雍城[2]遗址所在地修建都城，仍然以“雍”为名。谁知这位三十三岁即位的德公，在位两年便薨了。其时，刚刚建成了一座公室住所——大郑宫，作为都城的雍城实则刚刚开始修建。后来历经宣公、成公两代十六年，直到秦穆公即位，雍城方才大体竣工。从此，雍城作为秦国都城确立下来，直到战国初期，整整历时十七代君主二百五十三年。

雍城依山傍水，正在肥沃而又显要的河谷地带。山者，雍山也。水者，雍水也。雍水发源于雍山，中段又有一条叫做中牢水的河流融入，东南流百余里入得渭水。雍城便建在雍水、中牢水与渭水的三水交汇地带，北靠雍山岐山，南临渭水，东西挽雍水中牢水，除了不甚广阔难以伸展，可谓得天独厚也。作为公室国府，雍城有秦德公修建的大郑宫、秦惠公修建的蕲年宫。秦国强大后，又相继在雍城周围建起了几座宫室，供国君回故都祭祀时居住，然论其地位，仍当以大郑宫、蕲年宫为正宗。

进入战国之世，秦献公即位，为了抵御已经占领整个河西高原与

---

[1] 秦亭，早秦城堡，亦称秦城，今甘肃省天水市张家川以东。西晋始以天水为秦州，后世遂将秦州做秦人根基之地看待。

[2] 雍城，春秋时秦都，大体在今陕西凤翔西南地带，有秦公大墓遗址。

关中东部的魏国的蚕食，决然将都城东迁三百余里，在关中中部靠近骊山的栎水北岸修建了一座要塞式都城，命名为栎阳。数十年后秦孝公即位，重用商鞅变法，秦国强大，方才在渭水北岸大规模修建了一座新都城——咸阳。

在秦国的都城历史上，雍城与咸阳是两座最重要的真正意义上的都城。与咸阳相比，雍城虽然古老狭小，然却有着咸阳所不能替代的神圣地位。一则，雍城郊野埋葬着秦昭王之前秦国所有二十七代君主。二则，雍城有着嬴族祭祀了数百年的古老宗庙与社稷。三则，雍城处处都是秦人祖先的遗迹。正是因了此等原由，秦国都城东迁后依然以雍为根基之地，只要不是大战不能脱身，重大的祭祀与君王加冠典礼都无可争议地在这里举行。这也是嫪毐提出在雍城加冠而嬴政吕不韦无以质疑之所在。

嬴政车驾徐徐西来，行到郿县依预定行止扎营歇息。

行营扎在郿县城外，嬴政接受完郿县官吏与孟西白三大族族长的拜王礼仪，随行内侍总管便下了熄灯禁客秦王歇息的号令。嬴政进得后帐，立即换上了一身轻软柔韧的精工软甲，摘下了那口少时在赵国打造的轻锐弯刀，默默地伫立在幽暗的帐口等候。二更刁斗打响，正是月黑风高之时，一个瘦小的黑影过来将嬴政一扯，两人匆匆出了只供秦王一人出入的后帐辕门，直向行营背后的一个山包去了。

“参见秦王！”山坡萧疏林木中闪出了一个黑影。

“蒙恬！”嬴政低呼一声，两双年轻的大手紧紧握在了一起。

“禀报君上：事已办妥，两千骑士便在雍山！”

“王翦将军如何？”

“事有蹊跷！”蒙恬急促道，“王翦大哥正欲借整修器械之机，率自己的一千中军护卫铁骑进入岐山呼应。不想却有一道秘密兵符到达蓝田大营，特使指定王翦前军之五千轻兵随时待命，违令者立杀不赦！连暂代上将军的桓龁也不知兵符来路，王翦大哥不能脱身了。”

“不管兵符来路如何，只要王翦领兵便好。”

“对！王翦大哥也是这般说法！”

“蒙恬，小高子探事机灵，教他跟着你了。”

“不！赵高对君上用处更大，跟我至多一个斥候而已。”

“也好，不争了。”嬴政两只大手重重地拍在了蒙恬双肩，“你我若得再聚，便是天意！若得不见，你到兰陵投奔荀子，嬴政来生找你！”

“君上……”蒙恬骤然哽咽了。

嬴政一挥手，大步下了山坡。瘦小的黑影飞一般赶了上来低声道：“君上，教小高子说，蒙恬没事，王翦也没事，那个大物事更没事，操甚心来？”嬴政不禁噗地笑了：“鸟话！王翦蒙恬大物事纠缠到一起说，还都没事！”赵高只呵呵笑着：“只要君上高兴，没事没事，都没事！”嬴政一声喘息，陡然靠住了一株黝黑的枯树兀自喃喃：“不明兵符若是太后所出，蒙恬那两千散骑抵得住么？上天也……”

“君上，蒙恬人马不是散骑！”

“噢？不是散骑是甚？”

“锐士！重甲锐士！还有二三十铁鹰剑士！”

“信口开河！”

“小高子还没顾上禀报，说完君上再骂不迟。”

原来，蒙恬离开咸阳后便没有了消息。接嫪毐“令书”后嬴政顿时着急，立即派出赵高星夜秘密北上寻觅。前日，突然接到蒙恬秘密传书，说他与赵高已经南下，尽知咸阳情势，约定在鄜县会面。嬴政原先料定蒙恬北上必是筹划兵事，然蒙恬毕竟是受蒙骜临终密嘱所为，蒙骜未对嬴政说，蒙恬也未说，嬴政自然也不便多问。对于一个没有权力的国王而言，嬴政深切明白，一切都是微妙而可变的，所谓君择臣臣亦择君也，如蒙恬这般同心同道者更不能有丝毫勉强。是以直至方才会面，嬴政也没有问起来龙去脉。而其中情形原由，已经是十八岁的赵高在草原却已经“探察”得一清二楚。

蒙骜临终之际对长孙蒙恬说的是：“嫪毐粗鄙蠢物也！何须大军应之？大父交你两千牧马骑士，既不违法度，又缓急得济。至于调度是否得宜，便看你小子与秦王的才具了。”而后叮嘱的是：“奉我信物，阴山草原，找秦军马营。毋告秦王，小子当独担其责也。”蒙恬体察大父苦心：

万一事有败绩，不要牵涉秦王。故此，蒙恬没有对秦王细说。及至到了阴山，找到秦军牧马营地，蒙恬这才明白了大父要给他牧马骑士的原委。

自赵国大败匈奴占领云中郡东部，秦军的战马来源减少了许多。当年的武安君白起为了保障秦军战马源源不断，派出了九原郡五千骑兵长驻阴山草原，一则营造自己的牧马营地，二则与匈奴部族做良马交易。这五千骑士不在军制，然一应后勤粮饷衣甲辎重仍然由秦军供应，实际上是秦军的一支军商马队。由于通商，更由于时常与突然出现的匈奴飞骑较量，这座营地非但财货殷实，且兵强马壮能分能合，战力甚至在秦军主力铁骑之上。

蒙恬一出大父的一只剑形玉佩，已经须发灰白的牧马将军便哈哈大笑："老夫孟广，上将军老部属，识得这玉剑佩也！久闻公子大名，有事但说！"蒙恬知是郿县孟西白三族老人，心下顿时踏实，然也不敢贸然行事，只连日与孟广及几位千夫长盘桓痛饮，一件件朝野大事娓娓道来，听得久处偏远的孟广与千夫长们时而感慨时而唏嘘。说到粗鄙嫪毐以巨阳入宫一节，孟广当下拍案大笑："呀！无奇不有也！不是大车轴那小子是谁？嫪毐个鸟！问问这几位老兄弟，林胡族谁不知道这只恶物！"蒙恬大奇，不禁问起了原由。

原来，当年阴山草原的林胡部族有个方士留下的儿子，人人戏呼其小方士。少年时，小方士那物事骤然神奇地变得粗大坚硬，终日顶得翻毛羊皮裤一个鼓鼓大包。一班顽劣少年欺侮戏弄小方士，专一找他摔跤，小方士输了便要拿出物事，大家看稀奇。谁知小方士毫不以为羞，非但赳赳拿出物事任少年们观瞻把玩，且教人找来一只废弃车轮，以物事做车轴呼呼转动车轮兜圈子。奇闻传开，小方士得了个名号——大车轴，成了阴山草原人人皆知的怪物。后来，这小方士经常在夜里摸进牧民帐篷恶奸女人，竟是无分老幼。牧民们大为愤怒，一口声要赶杀这个邪恶少年。正在此时，少年却神秘地永远地从草原上失踪了。

"公子说，不是他却是何人！"孟广笑得不亦乐乎。

"错不了！是大车轴！"千夫长们异口同声。

"天作孽！辱我秦人也！"蒙恬一声叹息，将嫪毐入宫后的种种恶行说了一遍。孟广将士们听得怒火中烧，嗷嗷叫着要赶到秦川割了这小子两只头。蒙恬见已经无须再磨工夫，便径直说了来意。牧马将军孟广与五个千夫长人人争先要随蒙恬南下。好容易一番劝说，这才商定了办法：全营地较武，遴选最精锐的两千骑士，人各两马，带足干肉马奶子兼程南下。诸般事体妥当，已经是过年了。正在此时，赵高风风火火寻来了……

“君上，没事吧。”赵高顽皮地笑了。

“小子干得好！没事。走。”

两人匆匆回到行营后帐，已经是四更时分了。嬴政摸黑卧榻，心下起伏难平。蒙恬这边是没事了，可王翦那边还远不能说没事。能在此时直接向蓝田大营勘合兵符者，会是何人？嫪毐后封之侯，虽掌国事，可决然不会有只有父王才能亲授的兵符。文信侯如何？倒是有可能得父王亲授兵符。然则秦国法度有定，即或摄政权臣，也不能执掌兵符呵。再说，父王临终几次交代也从未提及如此。文信侯更是从来没有说过，实际看，文信侯也没有手握秘密兵符的迹象。如此说来，只有太后这个实则已经不是母亲的母亲了？否则还能有谁？果然如此，王翦能违抗兵符调遣么？不能！无论有多少种理由，都不能！那么，王翦能做甚举动呢？唯一能做者，只有……只有……

“君上，五更已过，该梳洗了。”

“梳洗梳洗！洗得光堂顶个鸟用！”嬴政烦躁地爬起来扒拉开低声呼叫的赵高，拉起袍服往身上乱裹。“不行不行！”赵高笑叫着夺下嬴政手中袍服，“不梳洗也来得。君上只坐好，我来。”一边轻摁嬴政坐定，一边利落地梳发束发上衣安履，片刻间一切就绪，“君上，外帐案头早膳备齐。”嬴政再不说话，大步来到外帐埋头咥了起来。

卯时一到，大号悠扬而起，秦王车驾又辚辚西行了。

雍城大郑宫一片喧嚣，全然不同于往日的嬉闹。

嫪毐最是亢奋，马不停蹄地东奔西走吆喝分派，虽气喘吁吁额头冒汗，显然却是乐此不疲。一年多来，嫪毐在太原封地、山阳封地、雍城、梁山四处走马灯般交叉来回，但做得一事必来给赵姬高声大气地嚷嚷一遍。自从与嫪毐生下了两个儿子，赵姬一门心思只在两个新儿子的秘密抚养上，醉心地沉溺在庭院卧榻间恍如平民般的小女人日子里，日每亲自督察一班侍女乳娘，一应外事不闻不问，对嫪毐经常离开自己也不太在意了。然则只要嫪毐回到雍城，必得日夜大肆折腾。每每在赵姬软瘫得烂泥一般时，嫪毐这才兴致勃勃地嚷嚷诉说他的赫赫劳绩。听着听着，已经渐渐变得粗俗的赵姬忍不住狠狠点戳着嫪毐额头骂将起来："生猪也！除了整治女人还能做甚！有那般做事么？呼啦啦鸡飞狗跳，闹哄哄满城风雨！老娘没吃过猪肉见过猪哼哼，哪个图大事者如你这般生憨？还教儿子做秦王，做你个鸟！"偏嫪毐一挨骂更是舒坦，拍打着赵姬也是一番回骂："母狗！贱货！知道个甚？老子做事，胡刀猛砍，凭得个劲头，恁多花花肠子顶个鸟用！"说罢揪住赵姬的一头长发，又拧住那雪白笔挺的鼻头，一番呱呱笑叫："母狗听着！老子只要有权有钱，自有能人替老子做事！秦王算个鸟！老子儿子不做秦王，做天子！做三皇五帝！"气得赵姬想对骂又没气力，只好淌着泪水一声叹息，无可奈何了。

粗鄙归粗鄙，对人对事，嫪毐有一套自己的办法。对赵姬，嫪毐是心无旁骛，只死死守定这一个盛年美人儿尽兴折腾，从不吃得碗里瞅得锅里去鼓捣那些日夜随侍个个娇艳的侍女。即或赵姬月事期间实在不堪支应，嫪毐宁可睡在赵姬榻下鼾声如雷，也决不独宿猎艳。常常是赵姬夜半醒来骂一声："生憨！"心下便是良久感慨——此了虽粗虽俗，然对我专一若此，天下何有第二也！赵姬年已半老，能得消受如此青壮奇男子，夫复何求矣！年余之后，嫪毐月月如此死守，赵姬横下心打破了月红禁忌，任嫪毐随时胡天胡地了。

对于政事，嫪毐也有自己的独特法程。用门客们的话说是八个字：重金结人，挥权成事。先说结人。无论内侍侍女，还是官署吏员，只要投奔嫪毐门下，俸金立比国府猛涨十倍，尚不计随时可能乘兴掷来的种种赏赐；山东士子投奔，则一律比吕不韦门客高三倍年金，且人各一座庭院一辆轺车一名童仆，若有稍微像样的名士，更以郡守礼遇待之。长信侯门客仆从衣食之丰礼遇之隆，非但使秦人惊讶，纵是对官场奢靡司空见惯的山东士子们也为之咋舌。

如此铺排招揽，也确实引来不少秦国官吏或明或暗地投奔到嫪毐门下，或成嫪毐侯府属吏，或暗中为嫪毐效力。其中也颇有二十余名实权人物，最显赫者是几个文武大员：首位是内史嬴肆。内史一职非同小可。战国时秦国关中腹地不设郡，内史是统辖咸阳与整个秦川的民治大臣，历来是非王族不任。这个嬴肆素以王族枢要大臣自居，不满吕不韦倚重驷车庶长嬴贲，在嫪毐亲信门客游说许以未来丞相之下，便投奔了嫪毐。其次是卫尉林胡竭、左弋东胡竭。这两人都是胡族将领，卫尉执掌王城护卫军，左弋是王城护卫军中的弓弩营将官。还有一个是执掌议论的中大夫冷齐。此人极善钻营，嫪毐封侯称假父，立即主动来投，以清议无事为由，留在了嫪毐门客院做了谋士头领。

说到办事，门客吏员们倍感自在。嫪毐粗通书文，于法度礼仪生疏如同路人，见公文令书更是不胜其烦。嫪毐自有奇特办法——设立“三坊”，办理一应公事。第一坊叫做文事坊，第二坊叫做武事坊，第三坊叫做谋事坊。文事坊以门客舍人魏统为坊令，处置全部公文，除了以太后、长信侯名义颁发的令书、国书要嫪毐口授外，对所有官署公文的批示一律由门客吏员“揣摩酌定”。武事坊以东胡竭为坊将军，专司招揽教习各色武士。武士分为三营：胡人武士之弯刀营，中原武士之矛戈营，宫人武士之短兵营。前两营不消说得，只这宫人营天下罕见也。不管是咸阳带来的，还是雍城原有的，凡不是侍奉赵姬与嫪毐的内侍侍女，都得修习刀剑，被门客呼为“宫闱之内，甲胄三千！”谋事坊以冷齐为坊令，专事探察朝局、出谋划策、代为运筹。嫪毐但皱眉头，冷齐的谋事坊便得立刻有谋略奉上，否则便得当众挨一顿粗无可粗的痛骂。而只要即时拿出方略，不管有用无用，嫪毐便会当即掷出谋士们喜出望外的豪阔之赏。如此一来，谋事坊的士子们只要思谋得三两个应对方略搁在心头，日子便是无比地舒心惬意，锦衣玉食跑马游猎聚酒博彩野合佳丽，俨然一群王孙公子。久而久之，非但将雍城、太原、山阳三城搅得鸡犬不宁，便是留守咸阳长信侯府邸的仆从门客，也是鲜衣怒马豪阔招摇，引得老秦人人人侧目。

挥金挥权皆如土，嫪毐成势便也不是匪夷所思了。

那年赵姬生得第一新子，重九斤五两，嫪毐大喜若狂。谋事坊立即呈上了一个惊人论断——九五者，天子之数也，此子当为秦王！嫪毐一阵呼喝，立即赏赐了整个谋事坊人各一名十三岁少女。也便在嫪毐手舞足蹈地将此预兆嚷嚷给赵姬时，才有了两人以私生儿取代嬴政的那番密谋。从此，嫪毐才真正地大权在握，也才真正地为“大业”忙碌起来。及至吕不韦上书请秦王加冠亲政，接着又是河鱼大上朝野沸沸扬扬。嫪毐第一次有了一丝心虚，立即下令谋事坊：“立拿办法！”冷齐们立呈一策：将计就计，借行冠礼攻杀秦王，扶“九五公子”即行称王。嫪毐咬牙切齿地操着混杂口音拍案大嚷：“鸟！中！杀秦王！俺老子儿子做秦王！下步咋整？再拿办法！”谋事坊一夜熬灯，冷齐呈上了一套连环之法——雍城行冠礼，蕲年宫做预谋，六万精兵攻杀嬴政，“九五公子”雍州称王，再一鼓作气进咸阳，长信侯与太后行成婚大典，晋爵太上万世侯！

嫪毐心花怒放，连呼天神爷不止，又嚷嚷下令：“谋事坊总筹决断，文武坊一力做事！大功成就，龟孙子人人封侯！”大郑宫一时鼎沸，连呼长信侯万岁，立即铺排开了种种头绪。此时，嫪毐却断然下令：“任谁不得将大计说给太后！否则老子生煮了他！”冷齐谋士们大为疑惑，说诸多关节必须太后出面，否则引咸阳生疑。嫪毐毛乎乎大手一挥：“疑教他疑！老子怕甚！太后要给我养儿了！出甚面？谷米也不出！任事都是老子！太后只管给老子生大崽！”冷齐们皱着眉头不敢再说话了。于是，立即发出了嫪毐口授冷齐润饰的那卷两行令书，也开始了隐秘的兵马集结。

冷齐们谋划的六万精兵有五种来路：其一为县卒，也就是各县守护县城的步卒营。其二为卫卒，也就是卫尉部属的王城护卫军。其三是官骑，也就是国府各官署的护卫骑士。其四是西北戎翟部族的轻骑飞兵。其五是嫪毐的武事坊三营。调兵之法也是四途：其一，以秦王印与太后印合发急书，由内史嬴肆暗中协助，调集关中各县卒与各官署之官骑；其二，以太后之小兵符，密调卫尉的王城护卫军；其三，飞骑特使星夜奔赴陇西，召戎翟飞骑一月入关中；其四，武事坊三营立即从太原郡赶赴雍城。

开春时节，消息说各路兵马陆续上路。冷齐的谋事坊拟定了起事方略与兵力部署：武事坊三营驻扎岐山三道溪谷，届时攻蕲年宫擒杀嬴政；卫卒、县卒、官骑统由林胡竭率领，驻扎渭水官道，截杀秦王护军与咸阳有可能派出的援军；戎翟飞骑驻扎陈仓要塞，防备嬴政突围，逃往老秦部族的根基之地秦城；咸阳长信侯府邸的卫卒与门客同时举兵，攻占丞相府擒杀吕不韦；山阳、太原的两处封地家兵同时攻占山阳城与太原城。

“哈哈！四面开花，老瓮捉鳖！”

粗疏的嫪毐这次却一口叫白了冷齐的部署，原因只在嫪毐多有奔波，对秦川西部地形了如指掌。雍城两山三水，大郑宫所在的雍城背靠雍山，后建的蕲年宫却在雍城外东北二十余里处，背靠岐山面对雍城，中间恰有雍水、中牢水南流入渭。武事坊三营事先秘密驻扎进岐山三道溪谷，在东西两侧与背后三面包围了蕲年宫，唯独留下了南面的雍水；纵是嬴政逃出蕲年宫过得雍水，又恰恰遇卫尉兵马堵在官道截杀。如此部署，也难怪嫪毐一眼看做瓮中捉鳖了。

方得筹划妥当，咸阳丞相府派员传来国书，向太后长信侯禀报了秦王冠礼的行止日期及相关事宜。冷齐见没有提到秦王护卫军兵，心下顿时生疑。嫪毐呱呱大笑：“疑个鸟！吕不韦一个商驴！知道个鸟！觉俺是盘好菜，盼着嬴政早死，与俺争天下！商驴之谋，以为老子不知道，哼哼！”冷齐们也不清楚是嫪毐将商旅念作商驴，还是嫪毐心下以为商旅真是商驴，左右被嫪毐一顿粗口逗得捧腹大笑，一点疑云也就随风飘散了。

四　一柱粗大的狼烟从蕲年宫端直升起

将近午时，秦王车驾到了雍城东门外的十里郊亭。

依照礼仪法度，已经先在雍城的长信侯嫪毐，须得亲率所有官吏出城迎接王驾。若在春秋时期，自然是迎出越远越显尊王。战国之世，此等礼仪大大简化，然基本环节的最低礼仪还是明有法度的。遇到如秦王加冠这般大典，司礼大臣还要拟定诸多寻常忽略而此时却必须遵行的特殊礼仪，以示肃穆庄严。此次秦王西来，预先知会各方的礼仪中便有入雍三礼：长信侯得率官吏出雍，迎王于一舍之亭；行郊宴，王赐酒；长信侯为王驾车，入雍。也就是说，嫪毐得在雍城外三十里处专候王驾，完成隆重的入雍仪式。

然则，三十里驿亭没有迎候臣民，二十里长亭也没有迎候臣民。目下十里郊亭遥遥在望，依然是大风飞扬官道寂寥，茫茫旷野的这片皇皇车马如漂荡的孤舟，既倍显萧疏，又颇见滑稽。随行大臣吏员内侍侍女连同各色仪仗队伍整整一千六百余人，连一声咳嗽也没有，旅人最是醉心的沓沓马蹄猎猎旌旗辚辚车声，此刻却是从未有过的令人难堪。

“止道——”面色铁青的蔡泽长喝一声。

车马收住。蔡泽走马来到王车前愤然高声道：“老臣敢请就地扎营！我王歇息。老臣入雍，敦请长信侯郊迎如仪！”

“纲成君莫动肝火。”嬴政扶着伞盖淡淡一笑，“雍城乃我大秦宗庙之地，我回我家，何在乎有迎无迎？”说罢一挥手，“一切如常，走。”

正在此时，一小队人马迎面飞驰而来，堪堪在仪仗马队丈许处骤然勒马，烟尘直扑王车。一个黑肥老吏刚刚悠然下马，蔡泽迎面呷呷大喝：“王前不得飞马！给我拿下！”仪仗骑士轰然一声正要下马拿人，轺车上的嬴政一摆手道：“信使飞骑，情有可原。退下。”转身看着黑肥老吏，“长信侯有何事体，但说。”黑肥老吏一拱手又立即捧出一卷竹简展开，挺胸凸肚尖声念诵道：“吾儿政知道：假父已将蕲年宫收拾妥当，吾儿可即行前往歇息。三日之后，假父国事有暇，来与吾儿饮酒叙谈。冠礼在即，假父万忙，吾儿不得任性。长信侯书罢——”

“岂有此理！”蔡泽怒声呷呷，“冠礼有定：秦王入雍，得拜谒太后！先入蕲年宫，无视礼法！嫪毐无知！坏我法度，该当何罪！”

“你老儿何人呵？”黑肥老吏冷冷一笑，“秦王尚听假父，你老儿倒是直呼假父名讳，还公然指斥假父，该当何罪！”

“竖子大胆！”蔡泽顿时怒不可遏，长剑出鞘直顶老吏当胸，“老夫纲成君蔡泽！先王特命带剑封君！说！君大侯大？！”

“君君君、君大……”黑肥老吏顿时没了气焰。

嬴政向蔡泽一拱手道：“纲成君，看在假父面上，饶他一次了。”待蔡泽悻悻然收剑，嬴政对黑肥老吏淡淡一笑，“告知假父：嬴政遵命前往蕲年宫；不劳假父奔波，三日之后，嬴政自当前往大郑宫拜谒假父母后。”也不等老吏答话转身一挥手，“起驾，蕲年宫。”车马仪仗隆隆下了雍城官道向东北去了。

午后时分，秦王嬴政进入了古老的蕲年宫。

突然没有了预定的诸多盛大礼仪，蕲年宫显得空落落的。依照约定，蕲年宫的内侍侍女与仆役皆由咸阳王城事先派来，不劳动雍城人力。如此宫中便没有了大郑宫的人，里外虽然清幽，嬴政却踏实了许多。借着蔡泽与内侍总管分派人马食宿，嬴政带着赵高将蕲年宫里外巡视了一遍。

蕲年宫是一座城堡式宫殿，形制厚重与章台相近，却比章台房屋多了许多。章台因避暑而建，可谓季节性行宫。蕲年宫因战事而建，一旦有战，或国君或储君，总有一班能继续立国存祀的君臣人马进驻蕲年宫，既与雍城遥相策应，又能独立行动。由于与都城近在咫尺，又是冬暖夏凉清幽舒适，寻常无战，当年的秦国国君多居蕲年宫处置国务。蕲年宫占地近千亩，庭院二十余座，房屋楼阁石亭高台六百余间，暗渠引入雍水而成大池，蜿蜒丘陵庭院之间，林木葱茏花草茂盛，比章台的森森松林显然多了几分和谐气息。与宫内景观不同，蕲年宫的城墙城门与所有通道，全然以战事规制建造。城墙高三丈六尺，外层全部用长六尺宽三尺高一尺的大石条垒砌，里层夯土墙两丈六尺宽，城内一面再用大砖砌起；城墙只开东西南三座城门，每门只一个城洞；城门箭楼全部石砌，看来灰蒙蒙无甚气势，却经得起任何重量的石礮弩箭的猛攻，坚固如要塞一般。若遇激战，宫内可驻扎数万人马，只要粮草不断，要攻破这座宫城大约比登天还难。

“小高子，请纲成君到书房议事。”

看得一遍，嬴政心头已经亮堂，匆匆回到了那座历代国君专用的大庭院。片刻间蔡泽来到，先禀报了人马安置情形：所有仪仗骑士全部驻扎宫城外，所有随行大臣分住秦王周围三座庭院，内侍侍女仆役原居所不动。嬴政问蔡泽对蕲年宫是否熟悉？蔡泽说第一次来雍，还未及走得一趟。嬴政拉过一张羊皮纸边画边说，将蕲年宫内外情形说了一遍，末了叩着书案道："蕲年宫有得文章做，纲成君以为如何？"蔡泽笑道："君上有主意便说，左右得防着那……老杀才！"蔡泽的"老鸟"两字已冲到嘴边硬生生打住，结巴得狠狠咳嗽了两声才换了个正骂。嬴政一笑："该骂甚骂甚。各人是各人。"蔡泽不禁呷呷大笑："我王明鉴也！各人是各人，说得好，大义在前！"嬴政叩着书案道："我意，要连夜做三件事：一则，仪仗骑士全部驻扎宫城内，与精壮内侍混编成三队，各守一门；二则，清查宫内府库与城墙箭楼，看有得几多存留兵器，可用者一律搬到该当位置；三则，北面城墙外山头，当有一支秘密斥候驻扎，随时监视几道山谷情势，并约定紧急报警之法。目下，我只想到这三件事，纲成君以为可否？"

"噫！老臣倒是未曾想到也！"蔡泽毫不掩饰地惊讶赞叹，"老臣原本谋划，蕲年宫至多住得三五日，便要入雍预备冠礼。今日一见那只老鸟如此做大，直觉冠礼要徜徉时日，只想如何据理斡旋，全然没想到万一……"蔡泽不禁倒吸了一口凉气，"我王明断！老臣即刻部署，也学学将军运筹！"说罢霍然起身摇着鸭步赳赳去了。嬴政思忖片刻，又唤来赵高一阵低声叮嘱，赵高连连点头匆匆去了。

次日清晨，蔡泽揉着疲惫发红的老眼来了，未及说话软倒在地毡上大起鼾声。嬴政立即抱起蔡泽放到了书房里间自己的卧榻上，教一名小侍女专一守候在侧，出来对同来的王绾、仪仗将军及内侍总管道："纲成君年事已高，日后此等实务由王绾总领，你两人襄助。"三人领命，当即禀报了夜来清查府库结果：蕲年宫库藏兵器三万余件，大都是旧时铜剑且多有锈蚀；弓箭只有膂力弓，没有机发弩弓，箭镞不少，箭杆却大都霉烂；大型防守器械只有三辆塞门刀车，急切间很难修复；粮草库存倒是不少，目下千余人马可支撑得两个月左右。嬴政听罢道："塞门刀车不去管它了。最要紧是弓箭。若能赶制得几万支箭杆再装上箭镞，便可应急。”内侍总管道：“从咸阳王城运得几十车来，只说是冠礼赏赐用物。”嬴政揶揄道：“能从咸阳运送，何有今日？目下之要，是不着痕迹不动声色，一切都在蕲年宫内完事。”王绾思忖道：“蕲年宫库藏尚有不少原木，以起炊烧柴之名拉出锯开，内侍仆役人人动手削制，大约也赶得一两万支箭出来。”嬴政赞许点头：“好！只要不出大动静。一切外事有我与纲成君周旋，你等只紧办此事。”

一番商议，王绾三人立即分头忙碌去了。嬴政教书吏从典籍房找来蕲年宫形制图，埋头揣摩起来。暮色降临之时，蔡泽醒来。两人一起用了晚汤，嬴政坚持将蔡泽送回了大臣庭院，叮嘱内侍不许蔡泽夜来理事，这才又回到书房翻起了书吏送来的蕲年宫旧典。四更之时赵高匆匆回来，禀报说已经探察清楚，大郑宫没有给蕲年宫安置人手，大郑宫的内侍侍女大都不在宫内，说是随嫪毐狩猎去了。嬴政觉得稍许宽慰，这才进了寝室。

三日过去，嫪毐未来蕲年宫，却派黑肥老吏送来一书，说祭祀之物尚未备好，祭天台尚未竣工，冠礼还需稍待时日，吾儿在蕲年宫歇息等候便是。嬴政笑问：“假父说来饮酒，何日得行呵？”黑肥老吏气昂昂道：“假父日理万机，该来自会来也！”嬴政依旧笑着：“假父既忙国事，嬴政理当前往拜谒抚慰。”黑肥老吏连连挥手摇头：“不不不，假父长信侯说了，万事齐备，自会来蕲年宫见王！”“啊——好也！”嬴政长长打了个哈欠，抹着鼻涕慵懒地笑着，“咸阳忒闷，我正要出来逍遥一番也。给假父说，莫劳神费力，慢来，左右只是个加冠，飞不了，急甚来？”黑肥老吏嘿嘿直笑：“是是是也，急甚来？左右不是杀人，怕甚来？”一边笑一边摇着肥大的身躯径自去了。

“一班杀才！”嬴政狠狠骂了一句。

倏忽到了三月初，冠礼大典泥牛入海。

嫪毐对蕲年宫置之不理，咸阳群臣也没有动静，一个月前的声势如同荒诞的梦幻。唯一教嬴政沉得住气的是，留守咸阳的吕不韦每日派来一飞骑特使向嬴政禀报政事处置并带来重要公文。每次禀报完毕，特使总有一句话：“文信侯有言：咸阳如常，王但专行冠礼是也。”却从不提及冠礼延迟及相关事宜。嬴政明白，这是仲父在告诉他：咸阳无后患，他只需全力应对嫪毐。嬴政想得清楚：冠礼大典是朝臣公请而太后假父特书的大事，嫪毐不可能不了了之；目下出现如此为法度所不容的“臣慢君”僵局，意味着嫪毐已经不怕与他这个秦王翻脸对峙，最大的可能是嫪毐的图谋还没有就绪，有意冷落他，公然贬损他这个秦王的尊严；以寻常目光看去，谋划未就便公然做此僵局，显然愚蠢之极，无异于公然向朝野昭示野心；然则，对嫪毐不可以以常理忖度，别人不敢为他偏敢为——老子便是这般！秦国能如何？秦王又能如何？嬴政自然明白，只要耗到时候，嫪毐终究是要露出真面目的，与其僵持时日给嫪毐以从容谋划，何如打破僵局教他手忙脚乱？可是，如何打破这个僵局呢？蔡泽只天天大骂老鸟，分明是无可奈何。王绾日夜督察秘密制箭，显然顾不得静心思虑。嬴政独自思谋，一时竟无妥善之法。

眨眼间清明已过，遍地新绿。这日吕不韦飞骑特使又到，带来的是一个出人意料的消息：吕不韦领在都大臣上书太后，力请太后敦促长信侯在四月之内行秦王加冠大礼；若诸物筹划艰难，丞相府当即征发并派员襄助。

“仲父此举，正当其时也！”嬴政捧着上书副本长嘘一声，再看一遍，蓦然发现大臣具名中多了一个很生疏的封君，不禁惊讶问，“昌文君何人？”特使回道：“昌文君是驷车庶长嬴贲。”“老庶长几时封君了？”嬴政更是惊讶。

特使感喟一叹，对年轻的秦王说起了老庶长封君之事。

原来，庄襄王弥留之时对吕不韦留下了一道密书，叮嘱：“我子政少年即位，及加冠亲政尚远。冠礼之年若有艰难，当开此书。”二月中旬，吕不韦得知嫪毐延误冠礼，更接秦川十余名县令密报，说太后密书调县卒赴雍，无由拒绝。吕不韦顿觉此事大为棘手，蓦然想起这道遗命，当即开启庄襄王遗书，只有一句话：“拜驷车庶长贲为君爵，起王族密兵可也。”吕不韦不禁惊喜感叹：“先王之明也！天意使然也！”立即会同老长史桓砾赶赴老庶长府邸宣示了王书。老桓砾征询老庶长爵号，老庶长呵呵笑道：“老夫老行伍，只做事，给个甚号算甚号！”老桓砾诡秘一笑道："目下需示形于外，便定'昌文'如何？"老庶长哈哈大笑："随文信侯一个'文'字，好！文信长信，只不随那个臭'信'字便结！"吕不韦与老桓砾一阵大笑，当日将昌文君一应印信、随吏定好，敦促老庶长立马拿出应对之策。老庶长思忖道："一月之内，老夫密调五千轻兵入关中。三千归老夫，届时剿那假阉货咸阳、太原、山阳三处老巢！两千给文信侯，解雍城之危！如何？"老桓砾大是疑惑："嫪毐可调数万人马，你五千轻兵有恁大威力？"吕不韦也是大有忧色。老庶长不禁大笑："两位放心也！王族密兵何物？轻兵也！轻兵何物？嬴族敢死之士也！莫说数万乌合之众，便是十数万精兵在前，老夫五千轻兵也当所向披靡！"一声喘息，突然伤感一叹，"天意也！当初孝公变法，留在陇西的嬴族全数迁入关中，只留下了几千人驻守老秦城根基。当年约定：非王室急难，最后一支陇西嬴族不得离开秦城。百余年来，这支老嬴族已经是三万余人了。这是秦国王族留在陇西的家底，百余年未尝一动，今日竟要老夫动用秦人密兵，嬴秦之羞也！"老桓砾恍然感喟，又疑惑道："没有秦王兵符，你这封君调得动么？"老庶长释然笑道："你只揣摩'王室急难'这四个字，便当知道王族密兵之调动与常法大异。否则，庄襄王何必遗书封老夫一个君爵也。"见涉及王族秘事，吕不韦与桓砾不再多问，只叮嘱老庶长几句便告辞了。

"如此说来，昌文君事雍城尚不知晓？"

"禀报君上，此乃文信侯着意谋划。"特使指点着上书，"封君不告雍城，上书却有具名。文信侯是想教嫪毐明白，朝局并非他与太后所能完全掌控。嫪毐若生戒惧之心，乱象或可不生。此乃文信侯遏制之法，王当体察。"

"遏制？为何要遏制！"嬴政连连拍案，"心腹之患，宁不早除？文信侯此时上书敦促冠礼，能使此獠手忙脚乱匆忙举动，原本正当其时，何须多此蛇足，以昌文君之名使其顾忌也。目下不是要遏制，恰是要引蛇出洞一鼓灭之！"目光一闪急问，"上书送走否？"

"臣正要入雍呈送。"

"好！刮了昌文君名号，换一人上去！"

“君上……文信侯……”

嬴政目光凌厉一闪，冷冷道：“此乃方略之事，不涉根本。”说着一把揪下自己胸前玉佩轻轻拍到特使面前，“秦王至令：刮。仲父面前有本王说话。”面对年轻秦王无可抗拒的目光与最高王命，特使略一犹疑，终是吩咐廊下随员捧来铜匣取出上书正本，拿起书案刻刀刮了起来。

特使一走，嬴政立即召来蔡泽王绾计议。嬴政将情形说了一遍。王绾大是赞同。蔡泽却以为文信侯之法还是稳妥，若激发嫪毐早日生乱，只怕各方调遣未必得当，若不能一鼓灭之，后患无穷。嬴政沉着脸道：“此獠得有今日，宁非人谋之失也！疥癣之疾而成肘腋之患，肘腋之患终致心腹大患。秦无法度乎？秦无勇士乎？宁教此獠祸国乱宫也！”见这个年轻的秦王一副孤绝肃杀气象，蔡泽心头猛然一颤，一时默然。

“君上之意，如何应对？”王绾适时一问。

“此獠必大发蠢举，日夜收拾防卫，预备血战！”

“王之举动，实铤而走险也！”蔡泽终于忍不住呷呷大嚷，“蕲年宫只有千余人，可支一时，当不得嫪毐上万人马半日攻杀！老臣之见，秦王当回驾咸阳，冠礼之日再来雍城。否则老臣请回咸阳，与文信侯共商调兵之法，至少得三万精锐护卫蕲年宫，剿除雍城乱兵！王纵轻生，何当轻国也！”

默然片刻，嬴政勉力笑了笑，又正色道：“纲成君，平乱当有法度。今嫪毐将乱而未乱，又假公器之名。若举大军剿其于未乱之时，省力固省力，然何以对朝野？何以对国法？嬴政既为秦王，当为朝野臣民垂范，依法平乱，平乱依法！何谓依法平乱？乱行违法，决当平之，不容商议！何谓平乱依法？乱行不做，国法不举；乱行既做，国法必治！行法之道，贵在后发制人，此谓依法也。今乱迹虽现，然终未举事。当此之时，嬴政若回咸阳，嫪毐必匿其形迹而另行图谋，了却祸乱便是遥遥无期。唯其如此，嬴政宁孤绝涉险，以等候冠礼之名守候蕲年宫，引此獠举事。届时各方发兵剿乱，自是名正言顺，乱象宁不定乎！”

“老臣是说，国失秦王，秦将更乱！孰轻孰重？”

“纲成君差矣！”嬴政罕见地第一次直面驳斥高位大臣，“百年以来，秦国公器如此龌龊生乱，未尝闻也！只要平得此乱，嬴政虽死何憾？果然嬴政死于龌龊之乱，便意味着秦国法度脆弱之至，不堪一击也。若秦人不灭，便当重谋立国之道！有此等醒世之功，嬴政怕死何来？”末了淡淡地笑了。

“……”蔡泽愕然。

王绾不禁热泪盈眶：“君上，蕲年宫将士与王同在！”

“两位放心也！”嬴政霍然起身，“嫪毐若是成事之人，何待今日？既到今日，得遇嬴政，又何能成事？纲成君，你与文信侯一般，都是高看此獠，多有犹疑以致屡屡失机。谓予不信，拭目以待也！”说罢一阵声振屋宇的哈哈大笑。

蔡泽终究默然，不是无可措辞，而是被这个年轻的秦王深深震撼了。一个从未处置过邦国大政且年仅二十二岁的后生，在如此乱象丛生的艰险关头如此地坚不可夺，宁舍身醒世而不苟且偷生，使任何全身再谋的劝谏都显得猥琐苍白，夫复何言矣！然更令人惊诧者，是这个年轻秦王竟能在这般头等大事上如此透彻地把握法治精要，如此透彻地洞察乱局，如此果断清晰地纠正吕不韦与蔡泽这班能事权臣，直是旷世未闻也！蔡泽生在宫廷祸乱最为频仍的燕国，深知平息此等乱局，最需要的便是敢于而且能够力挽狂澜的柱石人物。当年燕国的子之摄政，逼得三代燕王束手无策，以至于不得不将燕王之位禅让给子之；其时，燕国三王但有一君如目下之嬴政，焉得有燕国的三世之乱？赫赫大名的燕昭王其时虽是太子，并深得燕国臣民拥戴，比目下嬴政的处境要好得多，却还是处处避着子之锋芒，处处采取先求保全再图谋国的方略，后来才以大肆割地换来齐军平乱。依着人世法则，便是纵论千古之史家，便是大义当先之豪侠，任谁也不能指责燕昭王这般存身谋国之道。然则，与嬴政这般宁可舍身也要护法醒世的秦王相比，蔡泽无法置评了。谚云：蝼蚁尚且贪生，况于人乎！嬴政只有二十二岁，尚未加冠亲政，真正秦王的显赫威权未曾一日得展。当此之时，嬴政退让以求再谋，何错之有？老臣以此道劝谏，何错之有？然则，今日一切都变了。一切常人眼中的大道在嬴政这里似乎都变得幽暗，一切常人眼中的求生方略在嬴政这里似乎都变成了雕虫小技。一时之间，狂傲一生的蔡泽莫名其妙地觉出一种小来，蓦然一个念头闪过：吕不韦大书芳心，化得这个嬴政么……

“老臣力竭矣！王好自为之。”蔡泽一躬，疲惫地去了。

当夜，蕲年宫悄无声息地忙碌了起来。王绾虽非军旅之士，调遣事务却很是利落，与仪仗将军前后奔波，倒也井然有序。仪仗骑士全部改为步卒，轮流登城防守并将搬运到三座箭楼的滚木礌石火油火箭等一应归置到位，以免初次接战的内侍们到时忙中出错。内侍侍女们则将这段时日削制的箭杆赶装箭镞，再装入一只只箭壶送上箭楼。仆役们则全力赶制军食，因了不能炊烟大起，只有用无烟木炭在冬日取暖的燎炉上烤饼烤肉，再大量和面揉制面团，届时以备急炊。嬴政身着一身牛皮软甲前后巡视，特意叮嘱一班小内侍将几日搜寻来的狼粪搬上了蕲年宫土山最高的一座孤峰，连夜修筑了一座小小烽火台。

三日之后，泥牛入海的雍城又来了黑肥老吏，给嬴政气昂昂宣读了一卷令书：假父长信侯决意于四月初三日为嬴政吾儿大行冠礼，自谷雨之日起，子政得在蕲年宫太庙沐浴斋戒旬日，以迎冠礼。读完令书，黑肥老吏矜持地笑了：“假父长信侯有言，沐浴斋戒之日，蕲年宫得日夜大开宫门，以示诚对天地。王可明白否？”嬴政捧着令书木然地摇了摇头：“我无兵卒，大开宫门，教狼虫虎豹入来么？”黑肥老吏一挥手：“斋戒之日，自有兵马护卫蕲年宫，王只清心沐浴斋戒便是！”嬴政憨呵呵笑道：“好也好也，我只清心沐浴斋戒便是，甚难事？记住了也。”黑肥老吏不屑地笑了笑大摇大摆去了。

“今年谷雨，三月二十。”旁边王绾提醒一句。

“还有六日！”嬴政突然将令书狠狠摔向厅中铜鼎，竹简顿时哗啦四飞，转身铁青着脸低声吩咐，“毋再忙碌，兵器军食照三日预备即可。自今日起，除斥候之外，一律足食足睡，养精蓄锐！”王绾嗨的一声，大步出厅去了。

这夜三更，夜猫子一般的赵高又悄无声息地回到了蕲年宫，给嬴政轻声说了两个字：“妥了！”嬴政目光从书案移开，面色十分的难看：“小高子，事发在即，你只一件事：设法找到蒙恬，讨三五百骑士，奇袭雍城，斩草除根。”赵高机警地眨着大大的蔚蓝色的胡眼低声道：“无需恁多骑士，蒙恬打仗要紧，一个百人队足够。”嬴政细长的秦眼凌厉一闪：“无论如何，不许失手！”赵高肃然一躬：“根基大事，小高子明白！”

谷雨这日，上天恰应了时令之名。

细雨霏霏杨柳低垂，雍城笼罩在无边的蒙蒙烟雨之中，整日矗在老秦人眼前的白首南山也被混沌的秦川湮没了。正午时分，蕲年宫箭楼传来一声苍老的宣呼：“秦王沐浴斋戒——三门大开——”随着长长的呼声，三队步卒三支马队分别进入了东西南门外的官道，隆隆在三门洞外分列两侧。部伍已定，南门外一千夫长对箭楼一拱手高声道：“禀报纲成君：末将奉卫尉之命，城外护宫！”箭楼上传来了蔡泽苍老的声音：“秦王口书：赐护军王酒三车，以解将士风寒——”话音落点，一队内侍拥着三辆牛车咣唧咯吱地出了城门。千夫长打量着牛车上排列整齐的铜箍红木酒桶，不禁哈哈大笑：“好！果然正宗王酒！”转身高声下令：“每门一车，人各两碗，不得多饮！”一名军吏嗨的一声领命，指派士兵领着两辆牛车向东西两门去了。

片时之间，士卒们一堆堆散开在了遮风挡雨的大树下，纷纷举碗呼喝起来。未几，士卒们人人红了脸，纷纷解开甲胄摘下头盔：“王酒好劲道！好暖和！”“甚个暖和？里外发烧！”“烧得好舒坦！忽悠驾云一般！”正在此时，千夫长甩着额头汗水红着脸高声道：“老夫王城当值十多年，跟卫尉饮王酒多了！给你等说，这还不是百年王酒，要是那百年王酒，嘿嘿，一碗醉三日！”遥遥向几棵大树下一挥手，“左右白日无事，弟兄们眯瞪一觉了！”大树下一阵欢呼，随即纷纷靠在了树干窝在了道边呼噜鼾声一片。

倏忽暮色，蕲年宫静穆如常。

春雨依然淅沥淅沥地下着，一切都是君王斋戒当有的肃然气象。除了最北边的斋戒太庙亮着灯光与游走更夫的摇曳风灯，整个宫中灯火俱熄，弥漫着斋戒时日特有的祭祀气息。三座城墙箭楼上各有一张摆着牺牲的祭天长案，大鼎香火在细密的雨雾中时明时灭地闪烁着。除了城外此起彼伏的连绵鼾声，蕲年宫静谧得教人心颤。

中央庭院的书房廊下，一身甲胄手持长剑的嬴政已经在这里默默伫立了整整两个时辰。刁斗打响三更，王绾匆匆走来低声道："君上，太医说药力只耐得四更。"嬴政一点头低声道："下令箭楼，随时留心关城！"王绾回身一挥手，一个精壮内侍疾步匆匆去了。王绾转身道："宫外也就一个千人队，君上无须担心，歇息一时了。"嬴政摇头道："这个千人队可是卫尉的王城护卫军，不是等闲乌合之众，至少要顶到天亮。"王绾慨然道："我守门洞，仪仗将军守城头，君上居宫策应，如此部署撑得一两日当有胜算！"正在说话之间，突然庭院绿树红光闪烁，随即宫门处城门隆隆杀声大起。王绾拔脚便走。嬴政飞步出了庭院向太庙方向奔来。

原来，为嫪毐总揽各方的谋事坊从各方消息判定：嬴政全然没有戒备之心，宫中更是懒散非常。然为妥当，还是作了周密部署：先下特令嬴政旬日斋戒，趁斋戒之期突袭蕲年宫；斋戒之日，以卫尉所部的一个王城护军千人队驻扎宫门外"守护"蕲年宫；斋戒第三日夜半，卫卒千人队与岐山河谷之伏兵同时发动，突袭蕲年宫。及至黑肥老吏回报说嬴政赞同了"大开三门以对天地"，嫪毐呱呱大笑："说我生憨，这个狗崽才当真生憨！天意！老子亲儿子做秦王！"当即下令：其余军马开往咸阳助战，蕲年宫擒拿嬴政由老夫率千人队亲自动手。冷齐的谋事坊无可奈何，只好赞颂一通长信侯圣明罢了。

嫪毐折腾完赵姬再吃饱喝足，正是二更方过。此时云收雨住，天露出了汪汪蓝色片片白云。嫪毐连呼上天有眼，兴冲冲亲率一支三百人马队与冷齐等一班谋士门客风风火火赶到了蕲年宫。及至到得宫前大道，遥见南门洞开，卫卒步骑倒卧在道边树下鼾声大作。冷齐大为恼怒，过去揪住卫卒千夫长大骂起来："甚精锐王师，一群烂鸟！坏长信侯大事，该当何罪！"嫪毐马鞭指点着呱呱大笑："这群生猪！尽管睡！成了大事不要抢功！"说罢马鞭一指大吼下令，"马队进宫！随老夫擒杀嬴政！"马队骑士一声呐喊冲向了城门。

恰在此时，一阵沉雷般响动，蕲年宫厚重巨大的石门轰隆隆关闭。

箭楼骤然一片火把，仪仗将军举剑高呼："贼子作乱！杀——"滚木礌石夹着箭雨在一片喊杀声中当头砸下，城下顿时人仰马翻一片混乱。嫪毐被嘶鸣蹿跳的战马掀翻在地，一身泥水爬起来又惊又怒，马鞭指着城头连连大吼："杀这狗崽烂鸟！一个不留！拿住嬴政封万户！都给老子上！"转身又马鞭点着冷齐吼叫，"军马都给老子拿来！不去咸阳，先杀嬴政！快！"冷齐从未经过战阵历练，陡见面前血肉横飞，原本已经抖瑟瑟乱了方寸，又被疯狂的嫪毐一通大吼，话都说不浑全，只连声应着爬上马背一阵风去了。嫪毐气急，提着马鞭对着将醒未醒的卫卒们挨个猛抽："猪！猪！猪！都给老子爬起来！再睡老子开了你这猪膛！"卫卒千夫长连忙掏出牛角短号一阵猛吹。王城卫卒原本秦军精锐，一闻凄厉战号立即翻身跃起，步卒刷刷列成百人方队呼啸着杀向城门，骑士百人队立即以弓弩箭雨掩护，气势战力显然比乱纷纷的嫪毐马队大了许多。

"猛火油——"城头仪仗将军一见卫卒猛攻，突然一声大吼。几乎是应声而发，城头立即显出一大排陶瓮铁桶木桶，随着咕咚咚哗哗哗大响，气味浓烈的黑色汁液立即从城墙流淌下来弥漫在嫪毐马队与卫卒脚下。此时，城头火箭连发直射黑色汁液，城墙城下轰然一片火海，马队步卒无不惊慌逃窜。嫪毐大骇，在门客护卫下逃到宫前大道的尽头兀自喘息得说不出话来。此时，一个谋事坊门客上来划策："看来嬴政有备，长信侯此时不宜强攻。待天亮之后，赴咸阳军马调回，再与岐山河谷伏兵一起杀出，三面猛攻，必杀嬴政无疑。"嫪毐气狠狠点头："传令下去，嬴政狗崽多活半日！老子多歇半日！你几个催发兵马，老子候在这里，等着给嬴政狗崽开膛！"门客谋士们情知不能再说，上马分头部署去了。嫪毐一阵呱呱大笑："酒肉摆开！都来！咥饱喝足！杀进蕲年宫，每人三个小侍女！啊！"骑士门客一片欢呼大笑，蕲年宫外便是胡天胡地了。

倏忽天亮，雨后初晴的清晨分外清新。天蓝得辽远澄澈，地绿得汪汪欲滴，一轮红日枕在岐山峰头，古老雍州的山水城池沉醉得毫无声息。正在日上竿头的时分，蕲年宫外又喧闹起来。冷齐与几路谋士分头来报：赴咸阳兵马已经在郿县追回，岐山河谷的伏兵也已经就绪；辰时，咸阳、太原、山阳、雍城四路一起举兵。打盹儿醒来的嫪毐顿时来了神气，马鞭敲打着冷齐带来的几架云梯，又对着沉寂的宫门吼叫起来："拿两千兵马！老子偏要从这正门摆进去，在蕲年宫太庙掏出嬴政心肝下酒……"

"长信侯！快看！"一个谋士锐声打断了嫪毐。

门客骑士们全都惊愕得没了声气——辽远澄澈的蓝天之下，一柱粗大的狼烟端直从蕲年宫孤峰升起，烟柱根部腾跃的火苗清晰得如在眼前！

"烂鸟！"嫪毐呱呱大笑，"要烧蕲年宫，想得美！"

"长信侯有所不知也。"面色苍白的冷齐喘息指点着，"此乃狼烟，自古以来便是兵事警讯，但有军兵驻扎处，见狼烟便须驰援。今狼烟起于蕲年宫，分明是嬴政召兵勤王……"

"邪乎！"嫪毐眉头拧成了一团，分明对这柱粗大的狼烟极有兴致，不待冷齐说完自顾大呼小叫起来，"这蕲年宫哪来的狼粪？阴山草原狼多得邪乎，岐山也有狼？你等不知道，这狼烟是狼粪烧的，狼粪是狼屙的！狼粪晒干，再收成一堆焐着柴火烧才能出烟！老子狼粪都烧不好，嬴政竟能烧狼粪？邪乎邪乎！没看出小子有这号本事。娘个鸟，这蕲年宫要烧了，老子母狗岂不少了个安乐窝……"

"长信侯！"冷齐终于忍不住吼了一声。

"喊甚喊甚？知道！"嫪毐似乎回过了神来，"老子杀过狼，还怕它狼烟？"转身抄过卫士手中一口胡刀挥舞着大吼，"给老子起号！明兵暗兵一起上！嬴政要烧蕲年宫，叫戎翟老儿也一起杀过来！"

一时号角大起，遥闻四方山谷喊杀声此起彼伏，分明是渭水岸边与岐山河谷的兵马已经发动。嫪毐大喜，一声喝令，卫卒与新来步卒展开云梯冲向城门，蕲年宫顿时一片震天动地的杀声。堪堪将近正午，蕲年宫南门岿然不动。背后的岐山河谷分明阵阵杀声，却硬是不见猛攻蕲年宫的迹象。嫪毐急得不知大骂了多少次烂鸟狗崽，依旧只能在南门外原地打圈子。正在不知所以之时，几个浑身血迹的门客带着几群同样浑身血迹的乱兵内侍侍女不知从哪里拥来，乱纷纷一阵诉说：号角起时，岐山河谷的内侍军已经悄悄爬上蕲年宫背后的山头，不料从密林中突然杀出无数的翻毛胡刀匈奴兵，砍瓜切菜般一阵大杀，三千多内侍军十有六七都折了；渭水北岸的三万多卫卒县卒官骑，一闻号角在卫尉林胡竭率领下向蕲年宫杀来，不料刚刚冲出两三箭之地，两侧山谷便有秦军精锐铁骑漫山遍野杀出，不到一个时辰死伤无算，卫尉被俘，全军四散逃亡……

“烂鸟！”嫪毐暴跳如雷，一个大耳光将冷齐掴倒，“烂鸟烂鸟！老子大事都叫你这般烂鸟毁了！还谋事坊，谋你娘个鸟！”举起胡刀要砍了冷齐……

突然之间，四野呼啸喊杀声大起，秦军的黑色马队潮水般从南边包抄过来，当先将旗大书一个斗大的“王”字，一望而知必是铁骑精锐无疑。与此同时，几支怪异的飞骑又潮水般从蕲年宫背后的三面河谷追逐着嫪毐的内侍残军杀出，一色的翻毛胡袄，一色的胡骑弯刀，粗野的嘶吼伴着闪电般的劈杀，直与匈奴飞骑一般无二。嫪毐开初以为是戎翟军杀到，正要跳脚呼喝发令，却被亲信护卫们连拉带扯拥上马背落荒而去，尚未冲出两三里之地，又被遍野展开的秦军铁骑兜头截杀。亲信门客护卫千余骑拥着嫪毐死命冲突，暮色降临时终于冲出岐山，直向北方山野去了。渐渐地，秦军铁骑四面聚拢，一队队泥水血迹的俘虏被悉数押到蕲年宫外的林荫大道。当“王”字大旗飞到时，蕲年宫南门大开，一身甲胄满面烟尘的嬴政带着蔡泽王绾大步迎了出来。

“末将王翦，参见秦王！”

“将军来得好！嫪毐如何？”嬴政当头急促一问。

王翦一拱手道：“禀报秦王：嫪毐数百骑向北山逃去，预料欲经北地郡到太原，再逃向阴山。蒙恬昨夜与末将约定，岐山之北归王族轻兵堵截，是故末将未曾追击。”

“那便先说此事。”嬴政目光一闪，几乎是立即有了决断，“蒙恬要分兵雍城，可能不及堵截。王绾，立即以王印颁行平乱急书，下达北地、太原、九原、云中四郡：全力堵截要道，搜剿嫪毐！生得嫪毐者赐钱百万，擒杀者赐钱五十万！敦请文信侯立即下令关中各县，截杀嫪毐余党，斩首一级赐钱一万！疏漏之县，国法问罪！”语速快捷利落，毫无吭哧斟酌。嬴政边说，旁边王绾已经用一支木炭在随身携带的竹板上连作记号，待嬴政说完，王绾嗨的一声转身疾步去了宫内。

“我王明断。末将疏忽。”王翦显然颇有愧色。

“如此乱局，谁能一步收拾得了？”嬴政倒是笑了。

王翦又一拱手正色道：“末将奉文信侯命：乱局但平，即请王入雍城，等候文信侯率朝臣到来，如期行冠礼大典！”嬴政爽朗地笑了：“好好好！明日入雍。走，进宫说话。待蒙恬完事，晚来我等痛饮一场！”

五　血火冠剑日　乱局竟未息

秦王九年四月己酉日，雍城举行了盛大的加冠亲政大典。

一切都是异乎寻常的快捷：嫪毐与一班亲信们尚未逃出北地便被全部活擒，关中西部中部十三县民众擒杀嫪毐余党两万余，乱军无一人能逃至骊山以东；咸阳城内的乱军两万余人，被昌文君的两千王族轻兵一鼓击溃，全部擒杀；太原郡、山阳城的乱兵方出城邑，被太原郡守与山阳县令的捕盗卒伍及自发涌来的老秦人堵住混战，斩首万余，活擒三千余，也是无一漏网。截至冠礼之日堪堪半月，嫪毐及其残存余党数千人全部被押送到云阳国狱重枷关押。只有一个太后赵姬，无人敢于定夺。于是，嬴政亲自下令：“太后移居萯阳宫[1]，依法待决。”萯阳宫乃是关中最狭小的行宫，国君很少亲临，实际已经是多年的冷宫。此令一下，朝野一阵哗然。然则，毕竟是大乱新平，毕竟是太后有过，朝野之心关注的终究还是秦王冠礼，一时倒也无甚汹汹议论。

加冠大礼是井然有序的。吕不韦率咸阳全体朝臣如约赶到。嬴政在雍城太庙沐浴斋戒三日，而后祭天祭祖。四月十二日这天正午，冠礼在雍城大郑宫正殿隆重举行。纲成君蔡泽司礼。文信侯吕不韦为秦王加冠。昌文君嬴贲代先祖赐秦王穆公剑。冠剑之礼成，太史令当殿清点了秦王印玺与各方呈出的兵符，一一登录国史。此后吕不韦当殿宣示：自请去

[1]　萯阳宫，秦惠文王建造的行宫，大体当在今陕西西安市鄠邑区境内。《三辅黄图》云：“萯阳宫，秦文王所起，今在户县（后改名鄠邑区）西南二十三里。”

“仲父”名号，还政秦王。

秦王嬴政颁布了第一道亲政王书：文信侯吕不韦加封地百里，仍领开府丞相总摄国政；其余封君、大臣、将军，凡平定嫪毐叛乱有功者，皆着文信侯酌情加地晋爵；所有参战内侍，皆晋军功爵一级；王绾晋升长史，职掌王城事务；蒙恬晋升咸阳令兼领咸阳将军，职掌国都军政；王翦晋升前将军，副桓龁总署蓝田大营军务；内侍赵高进少府，职掌王室府库。

“秦王明察！”

王书宣示完毕，大臣们立即异口同声拥戴，终于松了一口气。多年来，秦国政出多头传闻纷纷，朝野对这个新秦王也是越来越扑朔迷离，在咸阳的大臣们更是如此。当年立太子时都说这个嬴政才具如何如何了得，然即位九年，也未见得有甚惊人见识出来，人们便有些不知所以了。然则无论一个人如何令人难以揣摩，只要他做了国王而且亲政，终究要显出真山真水。亲政第一关便是摆布朝局，一道王书立见政风。若依着朝野风传的嬴政秉性，秦王大封追随他平息嫪毐之乱的一班后生也未可知。果真如此，朝臣们也无话可说。毕竟，除去嫪毐这个令人腻歪的龌龊之物，也亏了年轻的秦王与几个年轻的辅佐者。然则果真大封，譬如封君或拜将相，朝臣们还是不以为然的。毕竟，邦国之大爵大位非一功之得也。如今这亲政第一道王书一发，大臣们心下一声叫好——封赏工稳，合乎法度！这般看去，惩治叛乱人犯必也是循吕不韦宽刑安国一路，对太后事更不消说得了，果真如此，秦国安矣！

皇皇冠礼一毕，嬴政连夜回了咸阳，大臣们莫名惊诧了。

进咸阳王城的次日，嬴政立即进入国事，派长史王绾请来文信侯吕不韦，又召来廷尉、司寇、宪盗、御史、国狱长、国正监等一班行法大臣，在东偏殿举行了小朝会，专一计议对嫪毐乱党的定罪处罚。依照百余年传统，秦国法度严明，任何罪行历来都是依法定罪，从来没有过朝会商议某案的先例。然自吕不韦摄政，首开朝会议决蒙骜兵败事后，似乎又有了一种虽未成法但却已经为朝臣默认的章法：大刑可朝会，朝会可宽刑。因了人怀此念，一班行法大臣都看着吕不韦不说话，显然是想先听听吕不韦如何说法。吕不韦心头雪亮，只泰然安坐一口一口啜茶，根本没有开口之象。嬴政也不失措，犀利的目光只反复巡睃着一个个正襟危坐的大臣，分明在耐心地等待着第一个开口者。

“既是涉法朝会，老臣等无以回避。”终于，黝黑枯瘦满头霜雪的铁面老廷尉开口了，“老臣等所以默然以待，实则欲等秦王与相国定得此案准则：依法问罪乎？法外宽刑乎？若是依法问罪，事体简单明了：臣等依法合署勘审，依法议定刑罚而后报王定夺。勘审之先，似无须朝会计议也。今行朝会，老臣等揣度便是要法外宽刑。果真如此，秦王、相国得先行定得分寸。否则，老臣等无以置喙也。”

“臣等正是此意。”几位大臣异口同声。

“文信侯以为如何？”嬴政淡淡问了一句。

“国有法度，自当依法。”吕不韦正色叩着座案，“然则，法无万千之细。若确有特异人事，亦当就事就实妥善处置。当年蒙骜宽刑，便是量事量情而宽，设若不宽，秦军大将几无存焉！诸位既为邦国大臣，当处处为邦国长远计，当严则严，当宽则宽。若事事要王先定分寸，我等臣工职司何在？”

“文信侯差矣！”铁面老廷尉依旧是永远平板的黑脸，“当宽则宽，当严则严。王道人治之论也，非法治之论也。但有律法在前，宽严尺度便在律法，何罪何刑可谓人所共知。执法所能斟酌者，刑罚种类也，刑差等级也，流刑之远近，苦役之长短也。何来律法已定，而由人宽严之说？由人宽严者，三皇五帝也，三代之王也，非秦国百余年法统也。秦法虽严，王亦有个例特赦之权，若确欲宽刑，自当王先授意，而臣等斟酌如何实施，何错之有也？”一番话扯出了法治人治之争，殿中一时默然。

“廷尉之说，一家之言也，姑且不论。”吕不韦淡淡地笑了笑。第一次遭遇正面驳斥，吕不韦心下实在不快，然深知这老廷尉是个铁面法痴，决然不会在任何他所认定的法理上低头，也不会顾忌被他驳斥者是谁，纠缠人治法治实则自讨无趣，一句话岔开，又喟然一叹，“老臣所虑者，唯太后一人也！今太后涉案，若不法外议处，王室颜面何存？此事理也，非法理也，我等何能不三思而后行？”

案中最重大最忌讳的议题被吕不韦突兀托出于朝堂，几位大臣顿时肃然，目光一齐聚向年轻的秦王。嬴政一脸冷漠，“啪！”地一叩王案道：“诸位皆行法大臣，既有疑虑之心，本王便立定准则：自今而后，无论案事大小，无论事涉何人，一律由行法台署先行依法定罪，而后报本王定夺，无须朝会议决。”大臣们一片惊愕。吕不韦淡然漠然。嬴政谁也不看，又道“今日朝会，原非议法议刑，实为议事。所谓议事者，是本王预闻诸位：嫪毐谋逆作乱，乃秦国法治之耻！但能事事依法，此獠何能以宦者之身入得宫闱？唯其如此，本王决断：六臣合署，以廷尉府领事勘审此案，除本王专使督察，其余任何官署不得干预；两月之内，嫪毐及全部余党得勘审完毕，不得延误。”

“太后……”国正监小心翼翼问了一句。

嬴政突然恼怒，一拍案霍然起身：“便是本王涉案，照当议处！”一甩大袖径自去了。殿中一阵默然，六位大臣看看略显难堪的吕不韦不知所以，各自向一直在殿角书录的年轻长史一拱手纷纷出殿去了。

“文信侯……”王绾走过来似乎想抚慰木然枯坐的吕不韦。

“天意也！”吕不韦粗重地叹息了一声，对王绾摆摆手，扶案起身径自去了。看着已显老态的吕不韦的踽踽背影，王绾眼眶不禁湿润了。

七月流火，关中燠热得人人挥汗如雨。

秦王嬴政破例没有到任何行宫避暑，依然守在咸阳王城，守在那座林荫深处的王书房忙碌着，夜晚灯光常常亮到四更。王城各官署又恢复了昼夜当值车马如流，王城冰窖也第一次出现了并非夏葬而仅是消暑引起的冰荒。久违了此番气象的老内侍老侍女们大为感慨，逢人一声感喟：“大秦有幸，又见昭襄王之世矣！”在这炎热忙碌的酷暑时节，行法六署报来了嫪毐案的定罪决刑书——

平乱俘获嫪毐及其余党六千三百四十七人，依法据事定罪处刑如左：嫪毐乱宫谋逆罪，车裂处死，灭其宗；卫尉竭、内史肆、佐弋竭、中大夫冷齐等二十七人附逆作乱，枭首[1]处死；内侍、侍女两千三百三十三人，从逆作乱罪，斩首处死；门客、舍人两千六百四十六人，从逆未战，罚为鬼薪[2]；有爵者从逆四千一百六十三人，本人另刑外，其家夺爵，流房陵；太后涉案，削俸两千石，迁都外冷宫，绝闻政事。

嬴政没有任何犹豫，提起蒙恬为他特制的一支粗硬大笔点着朱砂，在长长一卷竹简的题头空白处批下了一行大字："可也。秋刑决之！"批过的决刑书下发廷尉府，行法六署立即忙碌起来，仅仅是甄别登录流徙房陵的四千余家人口，便用了整整一个月。进入九月霜降时节的决刑期，渭水草滩大刑场人山人海，嫪毐被五头斑斓水牛狂野地车开肢体时，整个刑场都欢呼起来，秦法万岁与秦王万岁的声浪久久没有平息。老秦人都说，这是秦惠王大杀复辟旧世族之后的最大刑场了，秦国要有新气象了！也有人说，乱国害民自该杀，可也有不该杀的人被杀了，造孽！

大刑之日，秦王的《告朝野臣民书》赫然张挂咸阳四门：

秦王书曰：自先祖孝公变法以降，狂且之徒以阉宦之身入宫闱，以至封侯摄政盗假父名号乱国害民，未尝闻也！此嫪毐之乱，所以为秦国法耻也！谚云：法不行则盗生。嫪毐之乱，足证秦法之松懈矣！孝文庄襄，政行倥偬，缓法宽刑，以致吏治涣散流弊多生；政出多门，臣工无所适从，官署无从尽职，此嫪毐乱党所以生也！若听任法度流散，吏治不肃，国何以国，政何以政，秦何以立足天下！今本王亲政，明告朝野：举凡国政，有法者依法，无法者以例，无法无例者听上裁夺。国府郡县，臣工吏员，但擅自枉法宽严者，决依法论罪，勿谓言之不预也！

---

[1] 枭首，斩首后悬头颅于高杆示众。
[2] 鬼薪，苦役之一，给王室宗庙或贵胄祠堂打柴供薪。

此书一宣，老秦人顿时大快。秦王英明也，该整治这班官吏了！分明一个大屌怪物，能做个拔了胡须的阉宦送进宫去，还将太后弄得生了两个私王子，害得老秦人说起都脸红，没有枉法者才怪！再说这秦国本来好好的，甚事都有人管，多整顺！忽然五七年乱糟糟一团，甚事也没人管了，连堂堂文信侯丞相府都成了摆设，前年关中大水硬是饿死百姓无人问津，这还是秦国么？这能说是嫪毐那个大屌杀才一个人的罪过么？鬼才信！这新秦王厉害，杀伐决断处处都在命穴上！你便看，明是秦孝公一般非议大父与父王，实则是回避公然指斥文信侯，却又将事体掰扯得一清二楚；说是《告朝野臣民书》，却一个字不责及百姓，只斥责那些坏法坏事官吏，这分明是说秦国庶民都是好百姓，都是这班狗官坏事！啧啧啧，便这两下子，胜过乃祖乃父多也！往前走没错，秦国又要威风了！

大刑这日夜里，铁面老廷尉与国正监两人秘密求见秦王。

嬴政正在书房翻阅近二十年卷宗文书，听得赵高禀报，当即到廊下迎进了两位老臣。老廷尉历来不善寒暄，入座便是正事口吻："老臣夤夜请见，为禀报涉案密情而来，一虚一实两事。虚者国正监禀报。实者老臣禀报。"嬴政不禁笑道："涉案还有虚事，奇也！先说虚了。"国正监稍事沉吟肃然道："臣等业已查实，嫪毐与太后两私子已在乱军中被杀。然山东六国传闻纷纷：一说秦王派私兵趁乱杀死两子，一说秦王自入雍城于大郑宫密室摔死两子。臣等追查传闻根源，起于嫪毐乱党中几个老内侍。两子已了，本事谓之虚。唯一牵涉在于：能否对几个未参战而起流言的内侍，以流言攻讦王室问罪？如此而已。"

"可恶！"嬴政面色铁青连连拍案，"此等罪孽之子若是活着，本王也会亲自杀他！流言攻我，何所惧也！再说，依国法，两子也是赐死。便是嬴政所为，何错之有！"

"那，几个内侍……"

良久默然，嬴政长嘘一声："既非乱军，放过也罢。"

"如此老臣禀报实事。"铁面老廷尉依然平板的瘦脸猛然抽搐了一下，"经备细勘审一应在押乱党，王城密宫坊两内侍分头供认：当年嫪毐去势之日，乃文信侯府女掌事，其名莫胡者，持文信侯手令入宫，令密宫坊总管亲自操持去势，一操术内侍辅助；该操术内侍供认，只对嫪毐拔须洗面，遂交女掌事莫胡密车带走。此一也。其二，太后侍榻两侍女供认：此前，这女掌事莫胡奉文信侯命入梁山夏宫，将嫪毐巨阳之戏似乎有意透露给太后；此后数月，即有嫪毐入梁山。其三，嫪毐族侄供认：嫪毐乃寡妇清族侄，当年文信侯曾受寡妇清之托，允诺助其族侄入仕；后来，嫪毐持寡妇清烙印宽简投奔文信侯，成为文信侯门客舍人。此三事尽有人证物证，足证嫪毐之发端，皆由文信侯而起。兹事体大，老臣不敢不报。”

“……”听着听着，嬴政素来凌厉的目光变得一片茫然，良久愣怔不知所以。及至缓过神来，才见座中已经没有了两位老臣，只有赵高小心翼翼地站在灯影里。

“小高子，你说，世间，还有可信之人么……”嬴政的声音飘忽得如同梦幻呓语，眼眶兀自流淌着泪水浑然不觉。精明机警的赵高第一次看见被他视作神圣一般的秦王如此痛楚如此可怜，一时慌得无所措手足，只匍匐在嬴政面前叩头咚咚，“君上，你索性打小高子一顿了……你你你，君上不能啊……”

突然之间，嬴政一阵嘶声大笑：“上天也上天，何如此戏弄我也！”森森大笑中爬起身来摇摇晃晃去了。赵高忙不迭跟出，秦王梦游般进了那片胡杨林，悄无声息地晃悠着晃悠着。眼看霜雾渐浓寒凉袭人，赵高拿着皮裘却不敢上前。渐渐地雄鸡鸣了刁斗停了天色朦胧亮了，依旧踽踽独行的嬴政颓然倒了。赵高一个箭步上前，二话不说背起秦王飞回了寝宫。

吕不韦又住进了文信学宫。

漫游在兰池林下，一种无法言说的思绪淤塞心头，已经年逾花甲的吕不韦第一次迷茫错乱了。不是国事无着，不是权力萎缩，而是心底第一次没有了那种坦荡坚实，没有了那种凛凛大义，没有了那种敢于面对一切流言而只为自己景仰的大道奋然作为的勇气。他实在不明白，久经沧桑后的自己如何竟能心血来潮，以那般愚蠢那般荒诞的方式来了却那种渊源深远的情事？自少时进入商道，吕不韦做任何事情都是谋定而后动的，二十余年商旅运筹没有失算过，二十年为政生涯也没有失算过，如何偏偏失算于此等阴沟琐事？当年，他的谋划是：将嫪毐秘密送入赵姬宫闱，既可解赵姬少妇寡居之寂寞，亦可全寡妇清之托付，同时也解脱了自己不善此道的难堪，可谓一举三得也。按说，秦国太后王后寡居后的种种情事历来多发，既没有一件成为朝野丑闻，更没有一件发作为朝局乱象，找一个男子为太后之身的赵姬聊解饥渴，实在想不出有甚险象。

记得，当年刚刚将嫪毐送进梁山夏宫不到半年，他陡然有了一种不祥的预感！因由只有一个，嫪毐闪电般做了给事中，而那是他为嫪毐所谋算的最高官爵，只能发生在十年二十年之后。从此，突兀封赏接踵而至，非但这个嫪毐的权力疯魔般膨胀，且连素来不问政事的赵姬也疯魔般做起了摄政太后，结局竟是自己这个最要紧的顾命摄政大臣被束之高阁。事情一步步邪乎，他的心头也一日日淤塞，以至沉甸甸淤积压得他越来越喘不过气来。每每夜半梦魇，无不是嫪毐赵姬在张牙舞爪，一身冷汗霍然坐起，连声兀自嘟哝匪夷所思也。然则，不管多少次地觉得匪夷所思，吕不韦还是无数次地清醒地重新盘算了这件事的每一个细节，最终恍然理出了头绪。说到底，他事先没有谋算到这件事的三处纰漏：其一，赵姬对他的昔年情愫可谓深厚，一旦被他以“替身”方式冷落甚或拒绝，赵姬会生出何等异乎寻常之心？其二，嫪毐原本狂且之徒，对一个盛年寡居女子具有何等征服力，他根本没有想过，更可能想了也想不到。其三，嫪毐原本假阉割，也许迟早会露出真相，可他根本没有谋算到嫪毐的巨阳真相竟会在短短一年中朝野皆知……及至想得清楚，大错已经铸成了。然最令吕不韦痛心的还是，他无法以最妥善的方式了结这种最难堪的局面。他请出过最高明的剑士暗杀嫪毐，然却都让这个粗蛮的禽兽侥幸逃脱了。他派莫胡三次秘密进入梁山夏宫与雍城，力劝赵姬丢弃这个粗蛮禽兽，至少“罢黜”了这个沐猴而冠的异类，可红润丰满的赵姬都只是咯咯长笑：“甚叫不亦乐乎，文信侯知道么？赵姬今日才活得明白：他有他的功业，我有我的功业！一个侯有甚了得，他是侯，我教他也是侯，到头来不都一般么？”吕不韦终于明白，这个女子的心思对他永远都是个谜。若非如此这般种种图谋失效，他也不会公然支持秦王亲政，更不会暗助秦王剿灭嫪毐累及赵姬。

然则，他却没有丝毫轻松，淤塞之感反是甚而又甚了。

秦王将嫪毐之乱看做国耻法耻，锋芒隐隐直指他的为政方略。《告朝野臣民书》更是直然指斥“缓法宽刑”为乱国之源，要整肃吏治，要廓清朝局，其意至为明显。若仅仅是这般政事，吕不韦全然可坦然对之，能化则化，不能化则争，功业之道，吕不韦从来不会苟且于任何人。初入秦国尚且如此，况乎今日？吕不韦深为难堪的是，他强烈预感到嫪毐的真相即将大白于天下，宗宗隐秘丑闻都将直接指向自己。嫪毐余党被俘者六千余人，又有铁面廷尉六署彻查，何事不能水落石出？于国法论，进假宦以乱宫闱国政，任谁罪无可赦。于情理论，居仲父而辱及顾命母子，任谁人伦全失。此等事莫说公之于朝野，想起来都令人汗颜不止，其时也，你吕不韦何颜居国……

“文信侯，好消闲也！”

“纲成君？”吕不韦恍然，“来，亭下坐了。”

踏着萧萧黄叶进入池畔石亭，蔡泽呷呷笑了：“上酒上酒！老赵酒，老夫今日一醉方休！”吕不韦淡淡一笑，也不问原由便向亭外少仆招招手。少仆转身便去，片刻间推来两轮酒食车，在大石案摆就酒菜便来斟酒。蔡泽挥手笑道：“你只去也，老夫自来。”吕不韦一个眼神，少仆轻步出亭去了。

“文信侯，今日一别，不知何年再聚矣！”

“纲成君何意？”吕不韦倏然一惊。

“老夫欲辞官远游，文信侯以为如何？”

“且慢。”吕不韦心头一动，“稍待时日，你我同去。”

“笑谈笑谈！你大事未了，想阵前脱逃么？”

“时也势也！吕不韦也该离开秦国了。”

“大谬也！”蔡泽汩汩痛饮一爵连连拍案，“老夫知你心思，然只告你，错也！大错也！跟随两月，秦王此人老夫看准了：重国重事，不重恩怨，不听流言！你莫看那王书似在指斥你文信侯当政，实则却为你开脱，宁可将过失拽到自己老子身上。至于吏治，委实要得整肃！三五年你不在政，嫪毐将上下官署搅成了一团乱麻，不整如何了得？当此之时，你走个甚来？不做摄政便失心疯么？当真老昏花也！”也许是再无顾忌，蔡泽的慷慨激昂前所未见。

“既然如此，你走个甚由头？”

“老夫不然！”蔡泽依旧连连拍案，“居秦无功，高爵无事，味同嚼蜡，不走更待何时？且实言相告：其一，老夫给你的大书找好了总纂替手，不误事！其二，老夫讨了个差事，出使燕国。使命一了，老夫就地交差！呵呵，光堂利落又顺便，何乐而不为也！”

“天意也！”吕不韦喟然一叹。

蔡泽不禁呷呷大笑：“心不在焉，文不对题！文信侯老矣！”

“纲成君，”吕不韦不自觉压低了声音，“有流言云秦王扑杀嫪毐两子，你以为此事如何了结？”蔡泽又是呷呷大笑：“无稽之谈无稽之谈！老夫与赵高一起进入雍城大郑宫，赵高亲见乱军误杀两子，与秦王何干？若教老夫说，此乃上天眷顾太后也！昌文君那老儿事后告老夫，嬴族有族规：但为王后太后，私情不论，若得私生孽子，母子得同在太庙处死！你且说，两子已死，开脱太后岂不有了名目？若是嬴政所为，岂不也是怜母之心！能如何？还不是不了了之！”吕不韦长嘘一声，思忖间又道：“依纲成君之见，嫪毐罪案是否会株连下去积至朝野？”“断然不会！”蔡泽没有丝毫犹豫，“秦王乃明法谋略之君，告臣民王书所言之法耻国耻，实为整肃吏治开道，绝非为株连无辜开道！若是株连，嘿嘿，只怕满朝只剩得半朝也未可知。”

良久默然，吕不韦举起铜爵慨然一叹：“斯人将去，独留我身，上天何忍也！干！”也不待蔡泽回辞汩汩饮干。正在此时，丞相府一书吏匆匆来到，禀报说秦王风寒高烧卧榻不起，几件紧急公文需待时日。吕不韦凝神思忖片刻，说声进宫，拉起蔡泽便走。

两人驱车进了王城，东偏殿果然一片冷清。长史王绾见吕不韦精神见好，心下顿觉宽慰，也不及多说连忙到寝宫禀报。片刻之后王绾回来，说秦王刚服完汤药太医还要针灸，不便见臣。然秦王闻两人同来探视，说了一句话："文信侯但能当国，我病何妨也。"吕不韦心头一热，当即肃然道："长史转告秦王，国事有丞相府撑持，王但养息康复是也！"出得王城径直回了丞相府处置积压的公文了。

旬日之后，秦王病情仍未减轻，丞相府又忙碌了起来。这日入夜，吕不韦正在书房埋首书案，李斯却风尘仆仆地回来了。李斯说，沟渠路径已经大体勘定，水工郑国正在最后踏勘引泾出山的瓠口；前日接到蔡泽书简，要他回来代为完成学宫大书的善后事宜。吕不韦这才明白，蔡泽所找的替手是李斯，不禁笑道："也好！有你善后，老夫无忧也！"当即搁下案头公文，带着李斯去了学宫。

次日，李斯立即开始了辛勤劳作。也是李斯精力过人且极有章法，将一班主撰门客摆布得井然有序：补撰、纠错、总纂、誊抄、刻简五坊环环相接，将蔡泽遗留的一大堆疑难缺漏竟在一个月中全部梳理完毕。进入隆冬，昼夜守在燎炉边的李斯已经最后核定了全部大书文章，并将所有该当吕不韦斟酌的事项一一开列齐备，专程进咸阳请来了吕不韦做最后定夺。

"足下快捷若此，大才也！"吕不韦不禁由衷赞叹。

"文信侯请看，"李斯一边指点着码得整整齐齐的六大案竹简，一边捧起总纲长卷向吕不韦禀报，"此书分为三部二十六卷，分别为：八览第一部，六论第二部，十二纪第三部，共计二十六卷。览部八卷，称八览，其名取天斟万物而圣人览之意，其宗旨在考察天地万物，确立为政之本。论部六卷，称六论，其名取权衡评定而立规之意，其宗旨在确立君臣士子立身持节之准则。纪部十二卷，其名取纲纪四方梳理国务之意，以春生、夏长、秋收、冬藏四季十二个月为十二纪，历数每月当为之政事；其宗旨在于按月划定国事纲目，以明轻重缓急。全部书文史论兼采，以论为纲，以史为鉴，以各国史书与士子见闻作为例证，有理有据，堪称皇皇雄辩。目下书文全部完毕，未定而最需斟酌者，是书名。"

"你说，拟定书名为何？"

“《吕氏春秋》！”

“噢？”吕不韦显然感到意外，“因由何在？”

“此书乃文信侯为治国立道，宗旨与孔子《春秋》同。”

吕不韦接过长卷一阵端详，断然道：“也好！既是老夫担纲，便是《吕氏春秋》了！”李斯一拱手道：“然则，在下尚有一言。李斯素闻文信侯学问博而杂，编纂此等史论兼采之书正当其长。文信侯若能对书文逐一校订，则此书神韵自生也。”吕不韦不禁喟然一叹：“李斯呵，老夫本无学术，不意一缕之思竟化做了如此一部大书，人为乎！天意乎！当年本为化秦之念也，然今日时势，老夫当真不知如何处置它了。”看着吕不韦痛楚的神色，李斯不禁感慨中来：“文信侯何难也！李斯一谋，愿公纳之。”

“噢？足下但说！”

“公之于世，任人评说。”李斯蓦然念及吕不韦对自己的倚重赞赏，知遇之心顿起，有些动情了，“我师荀子《解蔽》篇云：宣而成，隐而败。《吕氏春秋》但能公然流传天下，便是为天地立心，为庶民立命，化秦小矣，当化天下！”

“好见识！”久违的爽朗笑声喷涌而生，吕不韦大为振奋，“宣而成，隐而败。老荀子何其明彻也！容老夫思谋妥善之法，教天下人人读得《吕氏春秋》。果然如此，吕不韦虽死何憾矣！”

[《大秦帝国·阳谋春秋》终]

三代辅政　帝王将出